କେତକୀ ବନ

କେତକୀ ବନ

ପ୍ରତିଭା ରାୟ

BLACK EAGLE BOOKS
2019

 BLACK EAGLE BOOKS

USA address:
7464 Wisdom Lane
Dublin, OH 43016

India address:
E/312, Trident Galaxy, Kalinga Nagar,
Bhubaneswar-751003, Odisha, India

E-mail: info@blackeaglebooks.org
Website: www.blackeaglebooks.org

First International Edition Published by
BLACK EAGLE BOOKS, 2019

KETAKI BANA
by **Pratibha Ray**

Copyright © **Pratibha Ray**

Cover: Ashok Mohanty

Interior Design: Ezy's Publication

ISBN- 978-1-64560-010-7 (Paperback)

Printed in United States of America

କେତକୀ ବନରେ ପ୍ରେମ

ଜୀବନର ବିବିଧ ଅନୁଭୂତି ଜନିତ ଉପଲବ୍ଧି, କେବଳ ନିଜର ନୁହେଁ, ନିଜ ଚାରିପଟେ ଆତୟାତ ହେଉଥିବା ଚିହ୍ନାଅଚିହ୍ନା ମଣିଷ, ଗଛବୃଛ, ପଶୁପକ୍ଷୀ, ଆକାଶ, ପୃଥିବୀ— ସମସ୍ତଙ୍କ ଭିତରେ ଘଟୁଥିବା ଦୃଶ୍ୟ ଅଦୃଶ୍ୟ, ସୂକ୍ଷ୍ମାତିସୂକ୍ଷ୍ମ ଅନୁଭବ ଚିତ୍ରିତ ହୋଇଥାଏ ଗଳ୍ପରେ । ବାସ୍ତବରେ ଲେଖକ ନିମିତ୍ତ ମାତ୍ର । ସେମାନେ ଲେଖକ ସହ ଏକାତ୍ମ ହୋଇଯିବା ପରେ ତା' କଲମରେ ନିଜକୁ ଲେଖନ୍ତି । ସେହି ଅକ୍ଷର ଓ ଶବ୍ଦ ଦର୍ପଣରେ ବାକି ସମସ୍ତେ ନିଜ ମୁହଁ ଦେଖନ୍ତି ।   ଜୀବନର ସବୁ ସଙ୍କଟ ଭିତରେ ପ୍ରତ୍ୟେକ ମଣିଷର ଭରପୂର ଆଶା ଭଳି ସ୍ରଷ୍ଟାମାନସର ବି ଏକ ଅଭୀପ୍ସା ଅଛି ।   ତୃତୀୟ ନୟନରେ ସେ ଦେଖେ ଶାପମୁକ୍ତ, ସଙ୍କଟମୁକ୍ତ ଆଉ ଏକ ସୁନ୍ଦର ପୃଥିବୀର ସ୍ୱପ୍ନ । କିନ୍ତୁ ସୁନ୍ଦର ପୃଥିବୀ ଭିତରେ ବାସ୍ତବତା ନଥିଲେ ଆଜିର ନିଛକ ବାସ୍ତବବାଦୀ ମଣିଷ ପାଖରେ ସେପରି ସ୍ୱପ୍ନର କୌଣସି ମୂଲ୍ୟ ନଥାଏ । ତେଣୁ ଗଳ୍ପରେ ମଣିଷ ଜୀବନର ବାସ୍ତବ ସମସ୍ୟା ଓ ସମସ୍ୟାରୁ ମୁକୁଳିଯିବାର ଛଟପଟ ପ୍ରୟାସ, ମଣିଷର ଦୁର୍ବଳତା ଏବଂ ଦୁର୍ବଳତାରୁ ଉତ୍ତରଣର ତପସ୍ୟା, ମଣିଷର ସମସ୍ତ ସ୍ୱାର୍ଥପରତା ଭିତରେ ଏକ କଲ୍ୟାଣକାରୀ ଅନ୍ତଃଚେତନାର ଅନ୍ୱେଷଣ ହିଁ ଗଳ୍ପରେ ପ୍ରକଟିତ କରିବା ପାଇଁ ପ୍ରୟାସ କରିଥାଏ ସ୍ରଷ୍ଟା ।

ଗଳ୍ପ ଲେଖିବାର ଧରାବନ୍ଧା ନିୟମ ନଥାଏ । କେଉଁ ଗଳ୍ପର ବୀଜ କେତେବେଳେ, କେଉଁ ଖଣ୍ଡରେ ଲେଖକର ମନୋଭୂମିରେ ରୋପିତ ହୁଏ ସେକଥା ଲେଖକ ସେଇ ମୁହୂର୍ତ୍ତରେ ହୁଏତ ଜାଣିନପାରେ । ବାହାରେ ଘଟିଯାଇଥିବା ଘଟଣାଟିଏ ଗଳ୍ପବୀଜରୁ ଆତ୍ମପ୍ରକାଶ କରି ଲେଖକର ଚିତ୍ତପଟରେ ବାରମ୍ବାର ଘଟିତ ହୁଏ । ସମ୍ପୃକ୍ତ ଚରିତ୍ରମାନେ ବାରମ୍ବାର ଉଭା ହୋଇ ଲେଖକକୁ ଆଲୋଡ଼ିତ କରନ୍ତି, ଉସ୍କାନ୍ତି ଏବଂ ଫୁଲଟିଏ ଫୁଟିବା ପରି ନିଜ ବାଗରେ, ନିଜ ବେଳାରେ ଫୁଟନ୍ତି । ଫୁଲର ପାଖୁଡ଼ାକୁ ଜୋରକରି ଖୋଲିଲେ ଫୁଲ ଫୁଟେ ନାହିଁ । କ୍ଷତବିକ୍ଷତ, ବିକଳାଙ୍ଗ ହୁଏ । ଠିକ୍ ସେମିତି ଜୋରକରି ସମ୍ପାଦକଙ୍କ ତାଡ଼ନାରେ ଗଳ୍ପଟିଏ ଲେଖିଲେ ତାହା ବିକଳାଙ୍ଗ ହୁଏ ଓ ଅବଶେଷରେ ଲେଖକକୁ କଷ୍ଟ ଦିଏ । ଗୋଟିଏ ଗୋଟିଏ ଗଳ୍ପ ବୀଜ ପୂର୍ଣ୍ଣ

ରୂପ ନେବା ପାଇଁ ତିରିଶ ବର୍ଷ ବି ଲାଗିପାରେ । ଦିଲ୍ଲୀର କଥା ପୁରସ୍କାରପ୍ରାପ୍ତ ମୋର ଗଳ୍ପ 'ଶାପ୍ୟ' (୧୯୯୪) ଓ ଚଳଚ୍ଚିତ୍ରରେ ରୂପାନ୍ତରିତ ଜାତୀୟ ପୁରସ୍କାରପ୍ରାପ୍ତ ମୋ ଗଳ୍ପ 'ମୋକ୍ଷ' ମୋର କୈଶୋରର ଅନୁଭୂତିରେ ପ୍ରଶ୍ନବାଚୀ ସୃଷ୍ଟି କରିଥିଲା । ସେହି ଅବୁଝା ଘଟଣା ଓ ଦରବୁଝା ଚରିତ୍ରମାନେ ନିଜକୁ ବୁଝାଇବା ପାଇଁ ନେଲେ ତିରିଶ ବତିଶ ବର୍ଷ ! ତେବେ ମଧ ସେମାନଙ୍କୁ ଠିକ୍‌ରେ ବୁଝିହେଲା କି ନାହିଁ ଜାଣେ ନାହିଁ । କିଏ ବା ନିଜକୁ ନିଜେ ସମ୍ପୂର୍ଣ୍ଣ ବୁଝିପାରେ ! 'କେତକୀ ବନ' ଏକ ବିଶେଷ ଗଳ୍ପ । ଏହା ଦ୍ୱିତୀୟବାର ଦିଲ୍ଲୀର 'କଥା' ପୁରସ୍କାର (୧୯୯୯) ପାଇଛି । ଏହାକୁ ଏକ ବିଶେଷ ପ୍ରେମଗଳ୍ପ ଶ୍ରେଣୀଭୁକ୍ତ କରାଯାଇପାରେ । କହିବାକୁ ଗଲେ ସବୁ ଗଳ୍ପ ମୂଳ ହେଉଛି ପ୍ରେମ । କିନ୍ତୁ ମୋର ଅନେକ ଗଳ୍ପ ବର୍ଷ ବର୍ଷ ଧରି ମୋର ସୃଷ୍ଟି ଚେତନାକୁ ଆଲୋଡ଼ିତ କରିବା ପରେ ଜନ୍ମ ନିଅନ୍ତି । ସୃଜନର ପ୍ରସବ ବେଦନା କେତେକାଳ ସହିବାକୁ ହୁଏ ତା'ର କିଛି ଧରାବନ୍ଧା ସମୟ ନାହିଁ । ଅବଶ୍ୟ ଯୋଜନା ତ ଅବଚେତନରେ ରଖିଥାଏ ଏବଂ ଦିନେ ସେହି ବ୍ରାହ୍ମମୁହୂର୍ତ ଉପସ୍ଥିତ ହୁଏ ଏବଂ ଗଳ୍ପଟି ଆତ୍ମପ୍ରକାଶ କରେ । ଯେକୌଣସି ସମୟରେ ଯୋରକରି ଗଳ୍ପଟିଏ କାଗଜ କଲମରେ ରୂପ ଦେବା ପାଇଁ ସ୍ରଷ୍ଟାର ଶକ୍ତି କାହିଁ ? ବିଧାମାରି ପଣସ ପଚେଇଲେ ତାହା କ'ଣ ରସାଲ ହୁଏ ଏବଂ ସେଥିରେ କ'ଣ ମିଠା ଥାଏ ? ଯେତେବେଲେ ସ୍ରଷ୍ଟା ସୃଷ୍ଟି ପ୍ରକ୍ରିୟାରେ ଥାଏ, ସେତେବେଲେ ତା' ପାଖରେ ଗଳ୍ପର ଘଟଣା ଓ ଚରିତ୍ରମାନଙ୍କ ବ୍ୟତୀତ ଆଉ କେହି ବି ଉପସ୍ଥିତ ନଥା'ନ୍ତି । ଲେଖକର ପ୍ରସବ ଯନ୍ତ୍ରଣା ଓ ଆନନ୍ଦ ତା'ର ଏକାନ୍ତ ନିଜସ୍ୱ । ଏହା ଏକ ନିରୋଲା ପ୍ରୟାସ କିନ୍ତୁ ନିସଙ୍ଗ ନୁହେଁ, କାରଣ ଗଳ୍ପର ସଂସାରଟିଏ ତ ତାକୁ ଆବୋରି ବସିଥା'ନ୍ତି ।

ଜଣେ ସଫଳ ଗାଳ୍ପିକର ସବୁ ଗଳ୍ପ ସଫଳ ହୋଇ ନପାରେ । ଶହେ ଗଳ୍ପରୁ ଯଦି ପାଞ୍ଚଟି ଗଳ୍ପ ସଫଳ ହୁଏ ତେବେ ତାହା ପରମ ସୌଭାଗ୍ୟର କଥା । ଗୋଟିଏ ସଫଳ ଗଳ୍ପ ଲେଖକର ନିଜସ୍ୱ ହୋଇ ରହେ ନାହିଁ । ତାହା ପାଠକର ଚିଉରେ ଏପରି ଅଙ୍କିତ ହୋଇଯାଏ ଯେ ତାକୁ ପାଠକ ତା'ର ନିଜ ଗଳ୍ପ ବୋଲି ଭାବେ । ଭାବେ, "ଏ ଗଳ୍ପଟି ତ ମୋ ଜୀନର କଥା । ମୋ ଭାବନା ସହ ଏ ଲେଖକ ଏକାତ୍ମ ହେଲା କିପରି ?" ଆଜି ପରମ ପୂଜନୀୟ କିଶୋରୀବାବୁଙ୍କ କଥା ସ୍ମରଣକୁ ଆସୁଛି । ମୋର 'ମୋକ୍ଷ' ଗଳ୍ପଟିକୁ ସେ ତାଙ୍କ ଗଳ୍ପ ବୋଲି କହୁଥିଲେ । କହୁଥିଲେ, "ଏ ଗଳ୍ପଟିକୁ ମୁଁ ଲେଖିଛି । ତମେ କେମିତି ସ୍ୱପ୍ନ ଦେଖି ଖାତାରେ ଉତାରି ଦେଲ ?" ଗୋଟିଏ ଗଳ୍ପ ସଂକଳନର ଦାୟିତ୍ୱରେ ଥିବାବେଲେ ମତେ ଫୋନ୍ କରି କହିଥିଲେ, "ମୁଁ ମୋ ଗଳ୍ପଟିକୁ (ମୋକ୍ଷ) ଏଥିରେ ସ୍ଥାନିତ କରୁଛି । ତୁମର ଅନୁମତି ନେଇନାହିଁ କାରଣ ଏଟି ମୋ ଗଳ୍ପ ।

ଏହା ମୋ ପାଇଁ ପରମ ପୁରସ୍କାର ଥିଲା । ମୋର 'କମଳ' ଓ 'ହାତ ବାକ୍ସ' ଗଳ୍ପକୁ ସେଭଳି କହୁଥିଲେ ଆମ ସମୟର ଅନନ୍ୟ ସ୍ରଷ୍ଟା ଗୋପୀନାଥ ମହାନ୍ତି । ମୋର ଗଳ୍ପ "ପାଦୁକା ପୂଜନ" ଓ 'ଖୁଡ଼ୀ' ଗଳ୍ପ ଦୁଇଟିକୁ ସେମିତି ଆପଣାର 'ଗଳ୍ପ' କରିଛନ୍ତି ନମସ୍ୟ ସ୍ରଷ୍ଟା ମହାପାତ୍ର ନୀଳମଣି ସାହୁ । ଏହି ଗଳ୍ପ ଦୁଇଟିକୁ ପଢ଼ି ନିଜକୁ ଦାଦା ଓ ଖୁଡ଼ୀ ମନେ କରି ମତେ ଯେଉଁ ପତ୍ର ଦୁଇଟି ସେ ଲେଖିଛନ୍ତି ତାହା ମୋର ଅମୂଲ୍ୟ ସମ୍ପଦ । ମୋ ଆତ୍ମଜୀବନୀରେ ସେ ପତ୍ର ଦୁଇଟିକୁ ମୁଁ ସ୍ଥାନିତ କରିଛି । ଜଣେ ବରିଷ୍ଠ ଲେଖକ ଆଉ ଜଣେ କନିଷ୍ଠ ଲେଖକର ଗଳ୍ପକୁ କିଭଳି ଆଦର କରିପାରେ – ଏହା ତା'ର ପ୍ରମାଣ । ତିନିଶହରୁ ଊର୍ଦ୍ଧ୍ୱ ଗଳ୍ପ ଲେଖିବା ପରେ ଏମିତି ହାତଗଣତି କେତୋଟି ଗଳ୍ପକୁ ମୁଁ ସଫଳ ଗଳ୍ପ କହିପାରେ । ଯେଉଁ ଗଳ୍ପ ସୁଧୀ ପାଠକର ଚିତ୍ତରେ ଅଲିଭା ଅକ୍ଷରରେ ଲେଖା ହୋଇଯାଏ ତାହା ହେଉଛି ସଫଳ ଗଳ୍ପ । ଏହା ଚିତାକୁଟା ଦାଗ ପରି ଏକ ଅଲିଭା ଦାଗ, ଯେଉଁଥିରେ ଯନ୍ତ୍ରଣା ଓ ଆନନ୍ଦ ଫେଣ୍ଟି ହୋଇଥାଏ ଓ ହୃଦୟରୁ ରକ୍ତ କ୍ଷରଣ କରେ, ପୁଣି ମଲମ ହୋଇ ପୁଲକର ପ୍ରଲେପ ଦିଏ । ଏକ ସଫଳ ଗଳ୍ପ ହେଉଛି ଶକ୍ତ ଆଘାତ, ଠିକ୍ ବିଦ୍ୟୁତ୍ ଆଘାତ ପରି । ଯେପରି ବିଦ୍ୟୁତ୍ ଆଘାତ ନିମିଷକେ ଶରୀରର ସମସ୍ତ ସ୍ନାୟୁକୁ ସ୍ପନ୍ଦିତ କରିଦିଏ, ଠିକ୍ ସେହିପରି ସଫଳ ଗଳ୍ପ ଚୁମ୍ବକେ ଚେତନାର ଶେଷ ସତ୍ତାକୁ ସ୍ପନ୍ଦିତ କରିଦିଏ । ସଫଳ ଗଳ୍ପ ପାଠକର ମନ, ଜ୍ଞାନ, ଚୈତନ୍ୟକୁ ଦୃଶ୍ୟରୁ ଅଦୃଶ୍ୟକୁ, ବାହ୍ୟ ଜଗତରୁ ଅନ୍ତର୍ଜଗତକୁ, ଆତ୍ମକେନ୍ଦ୍ରିକତାର ପାତାଳରୁ ମାନବିକତାର ଉଦାର ଆକାଶକୁ ଆଲୋକର ପଥଟିଏ ଫିଟାଇଦିଏ ।

ସାହିତ୍ୟ ସବୁକାଳରେ ସାଂସ୍କୃତିକ, ମନସ୍ତାତ୍ତ୍ୱିକ, ସାମାଜିକ ଉପଲବ୍ଧିରୁ ସୃଷ୍ଟ । ତେଣୁ ପ୍ରତ୍ୟେକ ଭାଷା ଏବଂ ସଂସ୍କୃତିରେ ଜନ୍ମ ନେଉଥିବା ଗଳ୍ପର ସ୍ୱାତନ୍ତ୍ର୍ୟ ରହିବ । ଓଡ଼ିଆ ଗଳ୍ପ ତା'ର ସ୍ୱାତନ୍ତ୍ର୍ୟ ଏହି ଦୃଷ୍ଟିରୁ ବଜାୟ ରଖିଛି । ଏଠାରେ ସବୁ ଗଳ୍ପ ସମ୍ପର୍କର କୁହାଯାଉ ନାହିଁ । କେତୋଟି ସଫଳ ଗଳ୍ପ ସମ୍ପର୍କରେ କୁହାଯାଉଛି । ଅନ୍ତର୍ଜାତୀୟ ଓ ସର୍ବଭାରତୀୟ ସ୍ତରରେ ଗଳ୍ପର ସାଂସ୍କୃତିକ ଭିତ୍ତିଭୂମି ଭିନ୍ନ ହୋଇପାରେ କିନ୍ତୁ ମାନବିକ ଆବେଦନ ଏକ । ତେଣୁ ଏକ ଶକ୍ତିଶାଳୀ ଓଡ଼ିଆ ଗଳ୍ପର ସଫଳ ଅନୁବାଦ ହେଲେ ତାହା ଯେକୌଣସି ଭାଷା ଓ ଦେଶର ପାଠକୁ ନିଜ ଗଳ୍ପ ଭଳି ମନେହେବ । ଏହା ପାଠକର ଚିତ୍ତକୁ ବିନୋଦନ କରି ଉତ୍ତରଣ ପଥରେ ବାଟ କଡ଼ାଇନେବ । ଭାରତୀୟ ଲେଖିକାମାନଙ୍କ ଗଳ୍ପ ସମ୍ପର୍କରେ ଗବେଷଣା କରିବା ପାଇଁ ଆମେରିକାର ଫୁଲ୍ ବ୍ରାଇଟ୍ ସ୍କଲାର୍ସିପ୍ ଲାଭକରି ଭାରତକୁ ଆସିଥିଲେ ଗବେଷିକା ସୁ ଡିକ୍ମ୍ୟାନ୍ । ସେ ଓଡ଼ିଶାରୁ ମତେ ଗବେଷଣାର ପରିଧି ଭିତରକୁ ନେଇଥିଲେ । ମୋର କଥା ପ୍ରାଇଜ୍ ପାଇଥିବା

ଦୁଇଟି ଗଳ୍ପ, 'ଶାପ୍ୟ' ଓ 'କେତକୀ ବନ' ତାଙ୍କୁ ଅତ୍ୟନ୍ତ ଆମୋଦିତ କରିଥିଲା ଓ ସେ ଗଳ୍ପ ଦୁଇଟିକୁ ପ୍ରାଣଭରି ଉପଭୋଗ କରିଥିଲେ ବୋଲି କହିଥିଲେ । ଅଥଚ ଗଳ୍ପ ଦୁଇଟି ସମ୍ପୂର୍ଣ୍ଣ ଓଡ଼ିଆ ଗ୍ରାମ୍ୟସଂସ୍କୃତିଭିତ୍ତିକ ଥିଲା । ତାହା କିପରି ସ୍ୟୁ ଡିକ୍ମ୍ୟାନ୍ଙ୍କୁ ସ୍ପର୍ଶ କଲା ? ଏକ ଗ୍ରାମ୍ୟ ଗୁଣିଆ ପାନରେ ଔଷଧ ଦେଇ ପରକୀୟା ପ୍ରୀତିରେ ପାଗଳି କରିଥିଲେ ଜଣେ ନାରୀକୁ 'ଶାପ୍ୟ' ଗଳ୍ପରେ । 'କେତକୀ ବନ' ଗପରେ କେତକୀ ଫୁଲର କଣ୍ଟାଧାରଯୁକ୍ତ ପାଖୁଡ଼ା ଖୋଲିବାର କଳା କୌଶଳ ଜାଣି ସେହି ଫୁଲ ଭିତରେ ଥିବା ପ୍ରେମର ସୁଗନ୍ଧକୁ କିପରି ଉପଭୋଗ କରିପାରିଲେ ଆମେରିକୀୟ ଗବେଷିକା ସ୍ୟୁ ଡିକ୍ମ୍ୟାନ୍ ? ତେଣୁ ଭାଷା ବା ସଂସ୍କୃତି ଆଞ୍ଚଳିକ ହୋଇପାରେ କିନ୍ତୁ ସାହିତ୍ୟ ହେଉଛି ସାର୍ବଜନୀନ । ଏହି ଗଳ୍ପ ଦୁଇଟିର ସଫଳ ଅନୁବାଦ କରିଥିଲେ ପ୍ରଫେସର ସଚିଦାନନ୍ଦ ମହାନ୍ତି । ଏହାହିଁ ଆମେରିକୀୟ ଗବେଷିକାଙ୍କ ପାଖରେ ପହଞ୍ଚାଇଥିଲା ।

ଅନେକ ସମୟରେ ଆମ ସମାଲୋଚକମାନେ ସମକାଲୀନ ଲେଖକମାନଙ୍କର ଲେଖା ନପଢ଼ି ଦୋଷାରୋପ କରିଥା'ନ୍ତି ଯେ ସାଧାରଣ ଲୋକଙ୍କଠାରୁ ଗଳ୍ପ ଦୂରେଇ ଯାଉଛି । କିନ୍ତୁ ସାଧାରଣ ଲୋକଙ୍କୁ ବାଦ୍ ଦେଇ ଗଳ୍ପ ଲେଖାଯାଇପାରେ ବୋଲି ମୋର ଧାରଣା ନାହିଁ । ସେହିମାନେ ହିଁ ଆମ ଗଳ୍ପରେ ଅଧିକ ଭାସ୍ୱର । ଆମ ଗଳ୍ପରେ ଗୋଟିଏ ଦିନମଜୁରିଆ ବି ନାୟକ ଏବଂ ଜଣେ ଉଚ୍ଚପଦସ୍ଥ ଅଫିସର ବି । ଠେଣ୍ଟ, ମନ୍ତ୍ରୀ, ସାଧୁସନ୍ତ ବି ନାୟକ । ସାହିତ୍ୟ ପାଖରେ ସମସ୍ତେ ସ୍ପୃହଣୀୟ, କେହି ବର୍ଜନୀୟ ନୁହେଁ । ମୁଁ ମୁକ୍ତ କଣ୍ଠରେ ସ୍ୱୀକାର କରିବି ଯେ ମୋ ଗାଁର ତଥା ଆମ ସମାଜର ଅନେକ ମଳିମୁଣ୍ଡିଆ ଅନାମଧେୟ ସାଧାରଣ ଲୋକ ହିଁ ମତେ ଅନନ୍ୟ ଉପଲବ୍ଧି ଦେଇଛନ୍ତି ଏବଂ ମୋର ସଫଳ ଗଳ୍ପଗୁଡ଼ିକ ଭିତରେ ସେମାନେ ସ୍ଥାନ ପାଇଛନ୍ତି । ଅନ୍ୟ ଭାଷାରେ, ସେମାନେ ହିଁ ମୋ ଗଳ୍ପକୁ ସଫଳ କରିଛନ୍ତି ।

ଲେଖକ ଯେତେବେଲେ ବ୍ୟକ୍ତି ସତ୍ତାର ସୀମା ଅତିକ୍ରମ କରି ସାର୍ବଜନୀନ ସତ୍ତାରେ ପରିଣତ ହୁଏ, ସାହିତ୍ୟ ହୁଏ ମହିମାମୟ । ସ୍ରଷ୍ଟାମାନସ ଅହଂଭାବାପନ୍ନ ହେଲେ ସାହିତ୍ୟ ବ୍ୟକ୍ତିକୈନ୍ଦ୍ରିକ ହୋଇପଡ଼େ ଏବଂ ମଣିଷ ତା'ର 'ମୁଁ' କୁ ଗଳ୍ପରେ ଖୋଜି ପାଏ ନାହିଁ । ତେଣୁ ସ୍ରଷ୍ଟାକୁ ନିଜ ଅହଂର ଚାରିପଟେ ନିଜଗଢ଼ା କାନ୍ଥବାଡ଼, ପାଚେରିକୁ ଭାଙ୍ଗିଦେଇ ନିଜର ବ୍ୟକ୍ତିସତ୍ତା ଓ ସାର୍ବଜନୀନ ବ୍ୟକ୍ତିସତ୍ତା ମଧ୍ୟରେ ସମ୍ପର୍କର ସେତୁ ବାନ୍ଧିବାକୁ ପଡ଼ିବ । ତେବେ ଯାଇ ସୃଷ୍ଟି ସଫଳ ହେବ । ସାରସ୍ୱତ ଯାତ୍ରା ପଥରେ ସିଦ୍ଧି ନୁହେଁ, ସାଧନା ହିଁ ଲକ୍ଷ୍ୟ ହେଲେ ଲକ୍ଷ୍ୟସ୍ଥଲରେ ପହଞ୍ଚି ହେବ ।

- ପ୍ରତିଭା ରାୟ

ସୂଚୀପତ୍ର

ଉଲ୍ଲଂଘନ

ମରଣ ଶେଯରେ ଜୀବନସଙ୍ଗିନୀ ସାବିତ୍ରୀ ମନେପଡ଼ିଗଲା। ସାବିତ୍ରୀ ଯିବାର ଚାଳିଶ ବର୍ଷ ପୂରିଗଲା। ସାବିତ୍ରୀ କ'ଣ ସେପାରିରେ ଅପେକ୍ଷା କରିଥିବ ? ସତରେ କ'ଣ ଜଣେ ଜଣକୁ ଜୀବନରେ ବା ମରଣ ସେପାରେ ଅପେକ୍ଷା କରେ ? ଯଦିବା ସ୍ୱାମୀ, ସ୍ତ୍ରୀ ଜନ୍ମଜନ୍ମାନ୍ତରର ସାଥୀ, ତା' ବୋଲି ସାବିତ୍ରୀଙ୍କ କି ଗରଜ ପଡ଼ିଛି ଯେ ସେ ସେପାରିରେ ଭବନାଥଙ୍କ ଭଳି ନିସ୍ପୃହ ସ୍ୱାମୀଙ୍କୁ ଅପେକ୍ଷା କରି ବସିଥିବ। ସେଥିପାଇଁ ସାବିତ୍ରୀଙ୍କୁ ଦୋଷ ଦେଉନାହାନ୍ତି ଭବନାଥ।

ଯଦି ସାବିତ୍ରୀ ଆଜିଯାଏ ବଂଚିଥା'ନ୍ତା, ତାକୁ କେତେ ବଯସ ହୋଇଥା'ନ୍ତା ଭବନାଥ କହିପାରିବେନି। ତେବେ, ସେ ଦମ୍ଭ ଥା'ନ୍ତା, ସ୍ୱାମୀର ସେବାଶୁଶ୍ରୂଷା ମନପ୍ରାଣ ଦେଇ କରୁଥା'ନ୍ତା। ଭବନାଥ ଜୀବନସାରା ଯେତେ ଅଣହେଳା କଲେ ବି ସାବିତ୍ରୀ ତାଙ୍କୁ ଆଜି ମରଣ–ଶେଯରେ ଅଛଟରେ ମରିବା ପାଇଁ ଛାଡ଼ିଦେଇ ଚାଲି ଯାଇନଥା'ନ୍ତା। ସାବିତ୍ରୀ ବାହାଘରର ଆଠଟି ବର୍ଷ ପରେ ଶ୍ରୀନାଥ ପାଞ୍ଚ ବର୍ଷର ନ

ହେଉଣୁ ଅଚିହ୍ନା ରୋଗରେ ଆଖି ବୁଜିଦେଲା। ଭବନାଥ ସ୍ତ୍ରୀ ମୁହଁ ଚାହିଁ ବସୁ ନଥ୍‌ଲେ ସତ, ମାତ୍ର ସାବିତ୍ରୀ ଏମିତି ଜହ୍ନଫୁଲ ଆୟୁଷ ନେଇ ତାଙ୍କ ହାତ ଧରିଥିଲା ବୋଲି ଭାବି ନଥ୍‌ଲେ। ସାବିତ୍ରୀ ଯିବା ପରେ ପରେ ତିନିବର୍ଷର ବଡ଼ଝିଅ ସରଳା ବାହୁଡ଼ିଗଲା। ଶ୍ରୀନାଥଟା ଆୟୁଷ ଜୋର ଯୋଗୁଁ ମରୁ ମରୁ ବଞ୍ଚିଗଲା। ଭବନାଥ ସେତେବେଳେ ଯୁଆନ ଟୋକା। ଦ୍ୱିତୀୟ ବିବାହ ପ୍ରସଙ୍ଗ ଯେତେବେଳେ ବି ଉଠିଛି, ଭବନାଥ ଟାଳି ଦେଇଛନ୍ତି। ସେଇ ଶ୍ରୀନାଥର ସ୍ତ୍ରୀ ମଞ୍ଜୁ ସତୁରି ବର୍ଷର ମଲାବୁଢ଼ାଟାକୁ ମରଣଶେଯରେ ଅଛଟରେ ମରିବାକୁ ଛାଡ଼ିଦେଇ ବାପଘର ପଳାଇଲା। ପୁଅ ଶ୍ରୀନାଥ ବିଦେଶରେ ଏମିତି ଗୋଟାଏ ଅକଲିଆ ଚାକିରି କରୁଛି ଯେ ବାପର ମରଣକୁ ଜଗିବସିବା ପାଇଁ ତାକୁ ଛୁଟି ମିଳୁନି। ଏକା ଶ୍ରୀନାଥର ନୁହେଁ, ଚାକିରି ମାତ୍ରକେ ଅକଲିଆ। ତୁମ ମୁଣ୍ଡ ଆଉ ତମର ନୁହେଁ, ପର ଘରେ ତାକୁ ବନ୍ଧା ପକେଇ ସାରିଛ। ଏଣେ ପଇସା ଠଣ୍ ଠଣ୍ ଗଣିଆଣିବ, ତେଣେ ଗାଆଁକୁ ପ୍ରତିମାସରେ ଆସିପାରିବ, ଏକଥା କେମିତି ହେବ ? ତେବେ ଥରକୁ ଥର ଶ୍ରୀନାଥ ଚେଷ୍ଟା-ଚରିତ୍ର କରି ଦିନେ ଦୁଇଦିନ ଛୁଟି କରି ଆସିଛି, ବାପାଙ୍କର ସେବାଯନ୍ତ୍ରରେ ଉଣା ନ କରିବା ପାଇଁ ସ୍ତ୍ରୀ'କୁ କାନେ କାନେ ଉପଦେଶ ଦେଇଛି। ଭବନାଥଙ୍କ ଭଳି ନିଃସ୍ୱାର୍ଥ, ଦେବତୁଲ୍ୟ ଶ୍ୱଶୁରର ସେବାଯନ୍ତ୍ରରେ ଉଣା କଲେ ନର୍କବାସ ହେବ ବୋଲି ବନ୍ଧୁ-କୁଟୁମ୍ବ ଗଲା-ଅଇଲା ସମସ୍ତେ ମଞ୍ଜୁ କାନରେ ନିତିପ୍ରତି ଭାଗବତ ପଢ଼ିଛନ୍ତି। ଶ୍ୱଶୁର କିଏ, ବାପ କିଏ ? ଘରେ ଆଉ କିଏ ଅଛି ଯେ ବୁଢ଼ାଙ୍କ ହେପାଜତ କରିବ ? ମଞ୍ଜୁର ନିଜ ବାପା ମଲାଶେଯରେ ପଡ଼ିଥିଲେ ମଞ୍ଜୁ କରନ୍ତା ନା ନାହିଁ ?

ମଞ୍ଜୁ ମନପ୍ରାଣ ଦେଇ ଶ୍ୱଶୁରଙ୍କର ସେବା କରୁଥିଲା- ବୋହୂ ହୋଇ ଆସିବା ଦିନଠୁଁ ଭବନାଥଙ୍କୁ ଆପଣାର ବୁଢ଼ାପୁଅଟିଏ ଭଳି ଗେଲବସରେ ପାଲିଥିଲା। ଭବନାଥଙ୍କର ପଇଁତ୍ରିଶ ବର୍ଷର ଏକଲାପଣକୁ ପୋଛି ନେଇଥିଲା ନିଜର ସ୍ୱଭାବସୁଲଭ ଭଲପଣିଆରେ। ମଞ୍ଜୁର ବୋହୂପଣିଆ, ଶ୍ୱଶୁରଙ୍କଠି ଭକ୍ତି, ସଂଭ୍ରମ ଆଉ ଆଦରଯନ୍ ଦେଖି ଲୋକେ କହୁଥିଲେ, ମଞ୍ଜୁ କୋଉ ଜନ୍ମରେ ଭବନାଥଙ୍କର ଗର୍ଭଧାରିଣୀ ମା' ଥିଲା। ଭବନାଥ ନିଜେ ମଧ୍ୟ ସେଇକଥା ଅନୁଭବ କରୁଥିଲେ। ମଞ୍ଜୁକୁ କଲ୍ୟାଣ କରୁଥିଲେ ଅନ୍ତରାୟ୍ୟରୁ। ଠାକୁରଙ୍କୁ ଦିନରାତି ପ୍ରାର୍ଥନା କରୁଥିଲେ, ତାଙ୍କୁ ଆଉ ମରଣଘୋଷରାରେ କଲବଲ ନ କରି ସହଜ ଭବସାଗର ପାରି କରାଇ ଦେବାପାଇଁ। ମରଣ ତାଙ୍କୁ ଯେତେଦିନ ଘୋଷାରିବ, ମଞ୍ଜୁ ତାଙ୍କ ସଙ୍ଗେ ସେତେଦିନ ଘୋଷାରି ହେବ। ତାଙ୍କୁ ଯେତେ କଷ୍ଟ ନୁହେଁ, ମଞ୍ଜୁକୁ ସେତେ କଷ୍ଟ। ଏକଥା ମଞ୍ଜୁ ମୁହଁ ଖୋଲି କହିନି କେବେ, ଭବନାଥ ବୁଝିପାରନ୍ତି ମଞ୍ଜୁର ଝାଉଁଲା ମୁହଁରୁ, କ୍ଲାନ୍ତ ଚାହାଣିରୁ, ନହକା ଦେହରୁ, ତାଙ୍କୁ ବସାଉଥା

ନବାଆଣିବା କଲାବେଲେ ମଞ୍ଜୁର କପାଲରେ କର୍ଣ୍ଣି ଆସୁଥିବା ଝାଲରୁ, ଅବସାଦଭରା ଚାପିଲା ମନ୍ଦ ଦୀର୍ଘଶ୍ୱାସରୁ। କେତେ ବା ବୟସ ତା'ର। ଏକା ଏକା କେତେ କରିବ।

ବାଧକା ପଡ଼ିବା ଆଗରୁ ବୁଢ଼ା କୁଜା ହୋଇ ବାରଣ୍ଡାରେ ବସିଥା'ନ୍ତି କାନ୍ତୁକୁ ଆଉଜି, ନିଟେଇ ନିଘା କରୁଥା'ନ୍ତି ମଞ୍ଜୁକୁ। ଘରେ ବିଲେଇ ଛୁଆଟିଏ ନାହିଁ ଯେ ମଞ୍ଜୁଠୁ ଆଖି ଉଠେଇ ଆଉ କାହାକୁ ନିଘା କରିବେ! ଭବନାଥ ଆଜିଯାଏ ଜାଣି ନଥିଲେ, ଝିଅ ବୋହୂକୁ ନିଘା କରିବାରେ ଏତେ ସୁଖ ଅଛି ବୋଲି। କାରଣ, ସେ ଆଠବର୍ଷର ଦାମ୍ପତ୍ୟ କାଲରେ ସାବିତ୍ରୀକୁ କେବେ ନିଘା କରି ନଥିଲେ, ସାବିତ୍ରୀର ମୁହଁ ଦିନର ଆଲୁଅରେ ପରିଷ୍କାର ଦେଖି ନଥିଲେ। କୁଟୁମ୍ବଦାରିଆ ଘରେ ସାବିତ୍ରୀ ଘରର ପାଇଟି ସାରି ଶୋଇବା ଘରକୁ ଆସିବା ବେଲକୁ ଅଧରାତି, ଡିବିରିରୁ ତେଲ ସରିସରି ଆସୁଥିବ। ତା' ଉପରେ ବିଟ୍ ବିଟ୍ ଅନ୍ଧାର। ତା'ଛଡ଼ା ସାବିତ୍ରୀକୁ ନିଟେଇ ନିଟେଇ ଚାହିଁବାର ମନ ସେତେବେଲେ ଭବନାଥଙ୍କର ଥିଲା କୋଉଠି?

ଭବନାଥଙ୍କର ଗାଆଁରେ ସୁନାମ ଥିଲା। ସେ ପରଝିଅ ବୋହୂଙ୍କୁ ଆଖ୍ ଟେକି ଚାହୁଁ ନଥିଲେ। ଯୁବାକାଲରେ ଚିତ୍ତା-ଚୈତନ୍ୟ କାଟି ଠାକୁରବାଡ଼ିରେ ସମୟ କାଟୁଥିଲେ। ଶାସ୍ତ୍ର ସାଧନାରେ ଯୌବନ ଉତାରୁଥିଲେ। ଏକରକମ ସନ୍ୟାସୀ। ଘରକୁ ଆସୁଥିଲେ ବୋଉର ବାଧ୍ୟରେ। ନ ହେଲେ ଦିନେ ଦିନେ ପ୍ରସାଦ ପାଇ ଠାକୁରଘର ବାରଣ୍ଡାରେ ସଉପ ପାରି ଚମ୍ପାଫୁଲିଆ ପବନ ସାଥିରେ କଥାଭାଷା ହେଉ ହେଉ ଶୋଇପଡ଼ୁଥିଲେ। ନିଜ ବଂଶର ଠାକୁରବାଡ଼ି, ଘରକାନ୍ତୁକୁ ଲାଗିଛି। ବୁଢ଼ାମାନେ ସେଠି ନାମ-ଜପ କରନ୍ତି। ଟୋକାମାନଙ୍କର ଆଖଡ଼ା ଅନ୍ୟଠି। ମାତ୍ର ଭବନାଥ ଟୋକା ବୟସରେ ବୁଢ଼ା। ଧୀରମତି, ସ୍ଥିରଚିତ୍ତ। ମଣିକାଞ୍ଚନ କି କାହିଁରେ ମୋହ ନାହିଁ। ସ୍ନାୟୁରେ ଉଉେଜନା ନାହିଁ, କଳ୍ପନାରେ କାଲିମା ନାହିଁ। ସାତ୍ତ୍ୱିକ ଆହାର-ସାତ୍ତ୍ୱିକ ବିଚାର। ବିଷୟ, ସମ୍ପତ୍ତିରେ ମନ ନାହିଁ, ମନ କୁଲ ଦେବତାଙ୍କଠି।

ଭୂରି ଭୂରି ପ୍ରଶଂସା ଦଶଖଣ୍ଡ ମୌଜାରେ।

ଭବନାଥଙ୍କ ଭଲି ଉଚ୍ଚ ବିଚାର, ପବିତ୍ର ଭାବନାସମ୍ପନ୍ନ ଯୁବକକୁ ଜ୍ୱାଇଁ କରିବା ପାଇଁ ବୁନିଆଦି ଘରର ବାପାମାନେ ଚାହିଁବା ସ୍ୱାଭାବିକ କଥା। ଉତ୍ତମ ଚରିତ୍ରର ପୁଣ୍ୟବନ୍ତ ସ୍ୱାମୀଟିଏ ପାଇଲେ ଝିଅଟି ସୁଖରେ ରହିବ। ଉତ୍ତମ ସନ୍ତାନର ଜନନୀ ହେବ। ଆଉ କ'ଣ ଲୋଡ଼ା? କୁମାରୀ ଝିଅମାନେ ଶିବଙ୍କ ମୁଣ୍ଡରେ ଚମ୍ପା ଚଢ଼ାଉଥିଲେ ଭବନାଥଙ୍କୁ ସ୍ୱାମୀ ଭାବରେ ପାଇବା ପାଇଁ। ସାବିତ୍ରୀ ଲକ୍ଷେ ଚମ୍ପା ଶିବଙ୍କ ଶିରରେ ଚଢ଼େଇଥିବ ପରା। ଭବନାଥଙ୍କୁ ସେ ସ୍ୱାମୀରୂପେ ପାଇବା ଯୋରୁ ସମବୟସୀ ଝିଅବୋହୂମାନଙ୍କର ଈର୍ଷାର ପାତ୍ରୀ ବି ହୋଇଥିବ; କିନ୍ତୁ ସାବିତ୍ରୀ ପାଇଲା କ'ଣ? ବିଚାରୀ ସ୍ୱାମୀ-ସୋହାଗ

କ'ଣ ଜାଣିଲା ନାହିଁ। ଦିନେହେଲେ ସ୍ୱାମୀ ତା'ର ସୁନ୍ଦର ମୁହଁକୁ ମୁଗ୍ଧବିଭୋର ହୋଇ ଚାହିଁବା କି ରସଭରା କଥାପଦେ ସ୍ୱାମୀଙ୍କ ମୁହଁରୁ ଶୁଣିବା–ତା'ର କପାଳ ଲିଖନ ନଥିଲା। ଆଠବର୍ଷ କଟିଗଲା ଓଢ଼ଣା ତଳେ। ଈଶ୍ୱରଙ୍କ କୃପାରୁ ଗର୍ଭୋଦୟ ହେଲା। ଶ୍ରୀନାଥ ଜନ୍ମିଲା। ବାସ୍ ନାରୀଜନ୍ମ ସାର୍ଥକ ହେଲା। କୁଳରକ୍ଷା ହେଲା। ଜୀବନ ପୂର୍ଣ୍ଣ।

ସତରେ କ'ଣ ସାବିତ୍ରୀର ଜୀବନ ପୂର୍ଣ୍ଣ ଥିଲା ? ଶ୍ରୀନାଥ ପାଞ୍ଚବର୍ଷର ନ ହେଉଣୁ ଛାତିପିଟି ହୋଇ ସେ ସେପାରିକୁ ବାଟ କାଟିଲା କାହିଁକି ? କି ରୋଗରେ ଦିନୁଦିନ କ୍ଷୀଣ ହେବାକୁ ଲାଗିଲା ? ଭବନାଥ ସେ କଥା କହିପାରିବେ ନାହିଁ। ସାବିତ୍ରୀର ଦେହପା'କୁ ବାପାବୋଉ ଥିଲେ, ରୋଗକୁ ଥିଲେ ବୈଦ୍ୟ। ସାବିତ୍ରୀର ଶେଷ ବେଳରେ ବି ଭବନାଥ ତା' ପାଖରେ ନଥିଲେ। ସମସ୍ତଙ୍କ ସମ୍ମୁଖରେ କେମିତି ବସିଥା'ନ୍ତେ ଯୁବତୀ ସ୍ତ୍ରୀର ଶେଯରେ, ହେଉ ପଛକେ ମଲା–ଶେଯ ? ସାବିତ୍ରୀର ମଲାମୁହଁକୁ ଆଉଣ୍ଠି ଦେବାକୁ ଅବଶ୍ୟ ମନ ହେଉଥିଲା। ମନ ହେଉଥିଲା ଦି'ବୁନ୍ଦା ଲୁହ ତା'ର ମନୋରମ କପାଳରେ ଥାପିଦେବା ପାଇଁ। ମାତ୍ର ପୁରୁଷପଣିଆ ସାଙ୍କୁଡ଼ି ଦେଇଥିଲା ପ୍ରେମିକପଣିଆକୁ। ପୁଣି ସଂଭ୍ରମ ତ ଅଛି। ତା' ଛଡ଼ା ମାଟିପିଣ୍ଡରେ ମାୟା ଲଗେଇ ଲାଭ କ'ଣ ? ଅସାର ସଂସାର ଜାଣି ମଧ୍ୟ ସଂସାରକୁ ଜାବୁଡ଼ି ଧରିବା ହେଉଛି ମୋହଗ୍ରସ୍ତ ମଣିଷର ଲକ୍ଷଣ। ଭବନାଥ ପଛ କରି ଦେଇଥିଲେ ଅବୁଝ। ମାୟାମୋହକୁ। ସାବିତ୍ରୀର ଶବ ଅହ୍ୟ ଓଙ୍ଗୁରା ବଜେଇ ଉଠିଥିଲା ଅଗଣାରୁ। ଭବନାଥ ସତକୁ ସତ ଲୁହ ଢାଳିବାର କେହି ଦେଖିନି। ଯାକୁ କହନ୍ତି ପୁରୁଷର ଧୈର୍ଯ୍ୟ। ସାବିତ୍ରୀର ମୃତ୍ୟୁରେ ଭବନାଥଙ୍କୁ ଆଶ୍ୱାସନା ଦେବାକୁ ଆସି ଲୋକେ ଓଲଟି ଆଶ୍ୱାସନାବାଣୀ ଶୁଣୁଥିଲେ ଭବନାଥଙ୍କ ମୁହଁରୁ, "ମୋ ପାଇଁ ଆପଣମାନେ ଏତେ ଦୁଃଖ କରୁଛନ୍ତି ଦେଖ ମତେ ବଡ଼ ଦୁଃଖ ଲାଗୁଛି। ବ୍ୟସ୍ତ କିଂଆଇ ? ସେ ତା' ଧର୍ମ ନେଇଗଲା। ଅସାର ସଂସାରରେ ଘାଣ୍ଟି ହୋଇଥା'ନ୍ତା କାହିଁକି ? ପୁଣ୍ୟବତୀ ଚାଲିଗଲା। ଶ୍ରୀନାଥ ପାଇଁ ଦୁଃଖ। ଯିଏ ମା'ଛେଉଣ୍ଡ କରିଛନ୍ତି, ସେଇ ତାକୁ ମଣିଷ କରିବେ। ବାପା–ମା' ନିମିଉମାତ୍ର।" ସମସ୍ତେ ତାଜୁବ। ଭବନାଥଙ୍କୁ ଆହା ଚୁଟୁ କହି ଫେରିବା ପରିବର୍ତେ ବାହାବା ଦେଇ ଫେରନ୍ତି।

ସାବିତ୍ରୀଙ୍କ ମରଣକୁ ମଧ୍ୟ ଈର୍ଷା କରିବାର ଯଥେଷ୍ଟ କାରଣ ଥିଲା। ସାବିତ୍ରୀ ଯେତିକି ଦିନ ବଞ୍ଚିଥିଲା, ସ୍ୱାମୀର ଯଶରେ ଗରବିଣୀ ଜୀବନ କାଟିଥିବ। ସାବିତ୍ରୀ ପୁତ୍ରବତୀ ହେଲା, ଜୀବନର ଦୁଃଖ–ଶୋକ–ଜରାବ୍ୟାଧ୍ୟ କ'ଣ ଜାଣିଲା ନାହିଁ। ମୁଣ୍ଡର ଓଢ଼ଣା ଖସିନାହିଁ, ଭୁଆସୁଣୀ ଦିହ ଭାଙ୍ଗି ନାହିଁ, ଅହ୍ୟ ସୁଲକ୍ଷଣୀ ହୋଇ ମଥାଏ ସିନ୍ଦୂର ନାଇ ମରଣ ଚିତାରେ, ଦାଉ ଦାଉ ଜଳିଲା। ଯାଉ ବଲି ସୁଖର ଜୀବନ, ସୁଖର ମରଣ କ'ଣ ଅଛି ? ମରଣ ତ ସାବିତ୍ରୀକୁ ଯଶୋବନ୍ତୀ କରିଦେଲା।

ଭବନାଥ ସ୍ୱାମୀ ଭାବରେ ଅନୁଦାର ଅନୁଉମ ଥିଲେ, ଏ କଥା କିଏ କହିଦେବ ? କ'ଣ ଦୋଷ ଥିଲା ଭବନାଥଙ୍କଠି ? ଚୋରି, ନାରୀ, ଦ୍ୱାଚୋରି, ମାଡ଼-ଫଉଦାରୀ, ନିଶାପାଣି, ଫୁଟାଣି, ସ୍ତ୍ରୀ'କୁ ଗାଲି-ଫଙ୍ଜିତ, ମରାଧରା, କ'ଣ ଦୋଷ ଥିଲା ଭବନାଥଙ୍କଠି ? ଘରେ ବାହାରେ ସବୁଠି ସ୍ତିତପ୍ରଜ୍ଞ । ସାବିତ୍ରୀ ସ୍ୱାମୀଙ୍କର କୋଉ ଦୁର୍ଗୁଣର ଖିଅ ଧରି ଯ୍ୟା'ତା ଆଗରେ ଟୁପୁ ଟୁପୁ ଫୁସୁ ଫୁସୁ ହେବ ଯେ ସେ ସୁଖୀ ନୁହେଁ, ତା' ଛାତି ଭିତରେ ଦୁଃଖ ରୁନ୍ଧି ହୋଇ ତାକୁ ଅଶନିଃଶ୍ୱାସୀ କରିଦେଇଛି । ଭବନାଥ ସ୍ତ୍ରୀ-ସୁଖାଗୀ ନୁହେଁ ବୋଲି କହିପାରିଥା'ତା ସାବିତ୍ରୀ । ମାତ୍ର ଜବାବ ମିଳିଥା'ତା, ଛିଃ ! ମୁଖଲଜ୍ଜା ବୋଲି କ'ଣ କିଛି ନାହିଁ ? ତେବେ, ପୁଅର ମା' ହେଲୁ କେମିତି ? ସେ କ'ଣ ଆଉ ପୂଜାର୍ଚ୍ଚନା ଠାକୁର ଧଦା ଛାଡ଼ି ତତେ ଦିନରାତି ଢେଇ ଢେଇ କରୁଥା'ତା ? ଘରର ସଂସ୍କାର ବୋଲି ତ କିଛି ଅଛି....

ସାବିତ୍ରୀ ଏପରି ଝିଙ୍ଗାସବଚନ ଶୁଣିନାହିଁ । କାରଣ, ତା'ର ଜିହ୍ୱା କେବେ ସ୍ୱାମୀନିନ୍ଦା କରିନାହିଁ । ଘରେ ଖାଇବା ପିନ୍ଧିବାର ଅଭାବ ନଥିଲା, ଶାଶୂଶ୍ୱଶୁର, ନଣନ୍ଦ, ଦିଅର, ଖୁଡ଼ୀଶାଶୂଙ୍କର ସ୍ନେହସୋହାଗରେ ଉଣା ନଥିଲା । ପୂରା ଘର-ପରିପୂର୍ଣ୍ଣ-ସଂସାର ଆଉ ଅପୂରା ରହିଲା କୋଉଠି ? ଯଦି କୋଉଠି କିଛି ଅପୂରା ରହିଲା, ସେ ନିଜର ଦୋଷ । ସେ ଦୋଷ ଯାହାଟି ଥିବ, ସେ ସାତଜନ୍ମରେ ବି ପୂରା ଜୀବନ କ'ଣ ଜାଣିବନି ।

ଭବନାଥ ମରଣ-ଶେଯରେ ପଡ଼ି ସାବିତ୍ରୀକୁ ଭାବି ହେଉଛନ୍ତି । ସେଦିନ ଯାହା ଯୁଆନ ଆଖିର ଜ୍ୟୋତିରେ ଦିଶୁ ନଥିଲା, ସେକଥା ଆଜି ପରଲ୍ପକା ଦରମଲା ଆଖିରେ ସ୍ୱସ୍ତ ହୋଇଉଠୁଛି ।

କିଏ କହିଯାଇଛି, ପର ଝିଅ ବୋହୂଙ୍କୁ ଆଖି ଟେକି ଅନେଇବା ପାପ ? କିଏ କହିଯାଇଛି, ଆପଣାର ବାହାହେଲା ସ୍ତ୍ରୀ'କୁ ମନ୍ଦପୂରେଇ ସୋହାଗ କରିବା କାମୁକତା, କିଏ କହିଯାଇଛି, ଟୋକା ବୟସରେ ବୁଢ଼ାଙ୍କ ପରି ଚିତା-ଚୈତନ୍ୟ କାଟି, ଧର୍ମ, ଅର୍ଥ କାମକୁ ଲାତମାରି ମୋକ୍ଷକୁ ମୁକୁଟ ମଡ଼େଇ ବୁଲିବା ଚରିତ୍ରବଢ଼ା ? କିଏ ବାନ୍ଧିଛି ଯଶ, ଅପଯଶ, ଭଲମନ୍ଦ ପାପପୁଣ୍ୟର ଆଉ ସଂଯମର ଏଲ ବନ୍ଧ !

ଯଦି ଝିଅବୋହୂଙ୍କୁ ଅନେଇବା ପାପ, ତାହେଲେ କ'ଣ ଆଖି ଫୁଟେଇ ଦେବା ପୁଣ୍ୟ ? ସୁନ୍ଦରକୁ ସୁନ୍ଦର କହିବାରେ ପାପ କୋଉଠି ରହିଲା ? ମା' ଲକ୍ଷ୍ମୀ ସୁନ୍ଦର, ମା' ଦୁର୍ଗା ଓଜସ୍ୱିନୀ, ମା' ସରସ୍ୱତୀ ବାଣୀକଣ୍ଠୀ, ଏକଥା ପ୍ରାଣ ଖୋଲି ସଭିଏଁ କହନ୍ତି । ଏଇଟା କ'ଣ ପାପ ? ସେଇମିତି ଗୋଟାଏ ପାପରୁ ଉର୍ଦ୍ଧ୍ୱରେ ରହିବା ପାଇଁ ଭବନାଥ ଟୋକା ବୟସଟାକୁ ବୁଢ଼ା କରିଦେଲେ । ସେଥିପାଇଁ ତାଙ୍କର ଦୁଃଖ ନ ଥିଲା, ଅବସୋସ ନଥିଲା । କୁଳଦେବତା ଶ୍ରୀ ଜୀଉଙ୍କ ଚରଣରେ ଚିଉ ଚୈତନ୍ୟ କେନ୍ଦ୍ରିତ କରି ସେ ପ୍ରୌଢ଼

ହୋଇଗଲେ । ମାତ୍ର ଆଖି ଟେକି ପରେ ଝିଅବୋହୂଙ୍କୁ ଚାହିଁବାର କେହି ଦେଖିନି । ତାଙ୍କ ମନ ଭିତରେ ବାସନା ଜାଗ୍ରତ ହେବାର ଲକ୍ଷଣ କାହାରି ଆଖିରେ ପଡ଼ିନି । ବାପା ମା'ଙ୍କ ବାଧବାଧକତାରେ ବାହା ହୋଇଥିଲେ କୁଳରକ୍ଷା ପାଇଁ । କର୍ତ୍ତବ୍ୟ ମଣି ତାହା ସେ ସମ୍ପାଦନ କରିଛନ୍ତି । ମାତ୍ର କହିବାକୁ ଗଲେ, ଚିନ୍ତାଚେତନାରେ ସେ ଆଜନ୍ମ ବ୍ରହ୍ମଚାରୀ । ଅବଶ୍ୟ ସାବିତ୍ରୀ ବେଶୀକାଳ ବଞ୍ଚିଥିଲେ ଭବନାଥଙ୍କର ଏଇ ମନଟାଣ ସବୁଦିନକୁ ରହିଥା'ନ୍ତା କି ନା, ସେ ଆଜି ଜୋର ଦେଇ କହିପାରୁନାହାନ୍ତି । ଏଥିପାଇଁ ଜୋର ଦେଇ କହିପାରୁ ନାହାନ୍ତି ଯେ ଆଜି ମଲା ଆଖିରେ ସାବିତ୍ରୀ ବାରବାର ଦିଶି ଯାଉଛି । ସେ ଦିଶିବା ଦମକାଏ ଚୋରା ମଲୟ ପରି ଅସ୍ପଷ୍ଟ । ମଲୟର ପରଶ ଅନୁଭବ ପାଲଟିବା ପୂର୍ବରୁ ଉଭେଇ ଯାଇଥାଏ । ସାବିତ୍ରୀର ଦେହ-ସ୍ମୃତି ଠିକ୍ ସେମିତି ।

କେମିତି ସାବିତ୍ରୀର ମୁହଁ ? ନାଲି, ନେଲି, ବାଇଗଣୀ, ମେଘରଙ୍ଗୀ, ରଙ୍ଗଣୀଫୁଲିଆ ଶାଢ଼ିର ଈଷତ୍‍ଲମ୍ବ ଓଢ଼ଣା ତଲୁ ସାବିତ୍ରୀର ଜହ୍ନଫୁଲିଆ ଧାର ମୁହଁଟି ଦିଶେ ପବିତ୍ର ସଂଜବତି ଭଲି । ଶାଢ଼ିରେ ଆବୃତ ତା'ର ସଜ ଦେହ ଦିଶେ ଦେବତାଲାଗି ପତ୍ରଫୁଲ ମିଶା ସାତ୍ତ୍ୱିକ ତୁଳସୀକେଣ୍ଡା ଭଲି, ତା'ର ଅଲତାବୋଲା କଅଁଳପାଦ ଦୁଇଟି ଦିଶେ ମୁଠିମୁଠି ନିଟିପଡ଼ ଝୋଟି ଭଲି, ତା'ର ବାଲା-ବଟଫଳପିନ୍ଧା ଅଧ୍ୟସୁଲକ୍ଷଣୀ ହାତ ଦୁଇଟି ଦିଶେ ମିଶାମିଶି ରଙ୍ଗବେରଙ୍ଗ ଫୁଲର ଅଧାଗୁନ୍ଥା ଗଜରାମାଳ ଭଲି, ତା'ର ହଳଦୀପାଟଳ ପାପୁଲି ଦୁଇଟି ଦିଶେ ଦେବତା-ଛଡ଼ା, ପଦ୍ମପାଖୁଡ଼ା ଭଲି, ତା'ର କ୍ଷୀଣ ସୁଠାମ ଅଙ୍ଗୁଲି ଦିଶେ ଜିଉଙ୍କ ସେବାଲାଗି ଘୋରିହୋଇ ଯାଇଥିବା ଚନ୍ଦନକାଠି ଭଲି । ତା' କପାଳର ଦାଉ ଦାଉ ସିନ୍ଦୂର ବିନ୍ଦୁରେ ସୂର୍ଯ୍ୟ ଉଠିଆସେ ଗହଳ କେଶର ଅନ୍ଧାର କାଟି, ନାକଫୁଲିର ସୁନାମାଛି ପ୍ରଭାତୀ ତାରା ପରି ଜିକି ଜିକି ଦିଶେ । ସେଠି କାମନା-ବାସନାର ସ୍ଥାନ କାହିଁ ? ତା' କେଶରୁ ଫିଟିପଡ଼େ ଧୂପ ଅଗୁରୁର ପବିତ୍ର ଗନ୍ଧ । ତା' ନିଃଶ୍ୱାସରେ ଲିଭିଲା ଦୀପର ବାସ୍ନା... । ସବୁ ମିଶି ସାବିତ୍ରୀ ଦିଶେ ପୂଜାଅର୍ଘ୍ୟ ପରି । ସେଠି ଦେହ କାହିଁ ? ଖାଲି 'ଭାବ' ହିଁ 'ଭାବ' । ସାବିତ୍ରୀ ତ ପୂଜାର ପ୍ରତିମା । ଭବନାଥଙ୍କର ସାବିତ୍ରୀ ସହ ସେଇ ସମ୍ପର୍କ ଶ୍ରୀନାଥର ଜନ୍ମ ପରଠୁଁ । ଭବନାଥ ସାବିତ୍ରୀକୁ ଜିଉଙ୍କ ଛଡ଼ାମାଳ ଭଲି, ବଡ଼ ସାଦର ସୋହାଗରେ ଭାବନାର ଡୋରିରେ ଗୁନ୍ଥି ବଞ୍ଚିଥିଲେ ସେତିକି ବର୍ଷ ଗୃହସ୍ଥ ରକ୍ଷିତିଏ ଭଲି । ଯାକୁ କ'ଣ କହନ୍ତି, ସ୍ତ୍ରୀ ପ୍ରତି ଅବହେଲା ? ଅପାରଗ ସ୍ୱାମୀପଣିଆ ? ଅବିଚାର, ନିଷ୍ଠୁରତା ?

ଆଜିଯାଏ ସେକଥା କେହି କହିନାହାନ୍ତି ଭବନାଥଙ୍କୁ । ସାବିତ୍ରୀ ବି କେହି ନଥିଲା । ଆଜି କେଜାଣି କାହିଁକି, ସେ ନିଜ ପାଖରେ ସଫେଇ ଦେଉଛନ୍ତି ।

ସାବିତ୍ରୀର ଦେହାନ୍ତ ପରେ ଭବନାଥ ଯଦି ପର ଝିଅବୋହୂଙ୍କୁ ଆଖି ପୂରେଇ

ଦେଖିଥା'ନ୍ତେ, ତା'ହେଲେ କ'ଣ ହୋଇଥା'ନ୍ତା ଈଶ୍ୱରଙ୍କୁ ଜଣା । ମାତ୍ର ଭବନାଥ ନିଜ ଆଖି ଉପରେ ପଟି ବାନ୍ଧିଦେଲେ । ଆଖି ସୌନ୍ଦର୍ଯ୍ୟଗ୍ରାହୀ । ସୌନ୍ଦର୍ଯ୍ୟ ଅନେକ ସମୟରେ କାମନା ଉଦ୍ରେକକାରୀ । ତେଣୁ ସୌନ୍ଦର୍ଯ୍ୟକୁ ଚିରକାଳ ଦୂର୍ ଦୂର୍ ମାର୍ ମାର୍ କରିଆସିଛନ୍ତି ଭବନାଥ ଏବଂ ସେଥିପାଇଁ ସଂସାର ତାଙ୍କୁ ଦୃଢ଼ଚରିତ୍ର, ସାଧୁସନ୍ତ କହି ବାହାବା ଦେଇଛି । ଆମ୍ବ ବଉଳିଲେ କୋଇଲି କୁହୁ କୁହୁ ଗାଏ, ବସନ୍ତ ଆସିଲେ ଆପଣାଛାଏଁ ଶାଖାଏ ଶାଖାଏ ମୁକୁଳିଆସେ ପେଣ୍ଡୁ ପେଣ୍ଡୁ ଫୁଲକଢ଼ । ନୂଆ ବୟସରେ ଦେହେ ଦେହେ କାମନାର ଫୁଲ ଫୁଟେ, ମନର ଶାଖାଏ ଶାଖାଏ କୋଇଲିର ଉନ୍ମାଦ କୁହୁତାନ ଝଙ୍କୃତ ହୁଏ, ସ୍ନାୟୁରେ ଲାଗେ ଚମକ । ମଣିଷ ଏସବୁ ଭିଆଇ ନାହିଁ, ଏସବୁ ଆପେ ଆପେ ହୁଏ, ଯେମିତି ରତୁ ବଦଳେ ଆପେ । ଫୁଲ ଫୁଟିବା କ'ଣ ପାପ ? କୋଇଲି ଗାଇବା କ'ଣ ଅପ୍ରାଧ ? ରତ-ସତ୍ୟକୁ ସମାଜର ଅଯଥା ବିରୋଧ କାହିଁକି ? ଆଜି ମନେହେଉଛି, ସବୁ ଉପରଦେଖାଣିଆ, ଭିତରର ପାପ ଛପେଇବା ପାଇଁ । ଜହ୍ନର ଆରପାଖ ଦିଶେ ନାହିଁ, ତେଣୁ ଜହ୍ନ ସ୍ୱର୍ଷ୍ଖକାନ୍ତି । ମନର ଆରପାଖ ଦିଶେ ନାହିଁ; ତେଣୁ ପୃଥିବୀରେ ଏତେ ସାଧୁ-ସନ୍ତ ନିଷ୍କାମ ମହାତ୍ମା । ଯୁବାକାଳରେ ବେଦାନ୍ତ ଦର୍ଶନର ସାରତତ୍ତ୍ୱ 'ଜଗତ୍-ମିଥ୍ୟା', ବ୍ରହ୍ମ-ସତ୍ୟ ଭବନାଥଙ୍କୁ ଉଦ୍ବୁଦ୍ଧ କରିଥିଲା । ଜାଗତିକ ରସ ବିଷକଣା, ଜଗତ ହେଉଛି କ୍ଷଣଭଙ୍ଗୁର । ଏ ଜଗତ ଆମର ସ୍ଥାୟୀ ବାସସ୍ଥାନ ନୁହେଁ, ଜଗତକୁ 'ମୋର' କହି ଜାବୁଡ଼ି ଧରିବା ହେଉଛି ଭ୍ରମ । ଜଗତଠାରୁ ସମସ୍ତ ମୋହ ମାୟା ଛିନ୍ନ କଲେ ଯାଇ ବ୍ରହ୍ମପ୍ରାପ୍ତି ହେବ, ଏ ଧାରଣାରେ ଭବନାଥ ସଂସାର କରି ମଧ ବେସଂସାରୀର ଜୀବନ କାଟିଲେ । କିନ୍ତୁ ବ୍ରହ୍ମପ୍ରାପ୍ତି ତ ଦୂରର କଥା, ବ୍ରହ୍ମ ଦର୍ଶନ କାହିଁ ? ତେବେ, ଜଗତକୁ ମିଥ୍ୟା କହିବାର ଅର୍ଥ କ'ଣ ଆମ୍ପ୍ରବଞ୍ଚନା ? ଜଗଦୀଶ୍ୱର ଜଗନ୍ନାଥ ଭବନାଥଙ୍କ କୁଳ-ଦେବତା । ଯଦି ଜଗତ ମିଥ୍ୟା, ତେବେ ଜଗଦୀଶ୍ୱର ସତ୍ୟ ହେବେ କିପରି ? ଏପରି ପ୍ରଶ୍ନ ମନରେ ବାରବାର ଆସିଛି ସତ୍ୟ; କିନ୍ତୁ ସେ ନିଜକୁ ଧିକ୍କାର କରି ଏ ପ୍ରଶ୍ନକୁ ଟାଳି ଦେଇଛନ୍ତି । ଅର୍ଥାତ୍ ଜଗତମିଥ୍ୟା, ଜଗଦୀଶ୍ୱର ସତ୍ୟ ! ଏକ ବ୍ରହ୍ମ ଅନେକ ରୂପରେ ମିଥ୍ୟା ଜଗତରେ ଯଦି ପ୍ରକଟିତ, ତେବେ ଜଗତକୁ, ଜୀବନକୁ ମିଥ୍ୟା କହି, ଅଦୃଶ୍ୟ, ଅଲଭ୍ୟ ବ୍ରହ୍ମଲୋକ ପ୍ରାପ୍ତିର ସାଧନା କ'ଣ ବ୍ରହ୍ମର ଅବମାନନା ନୁହେଁ ? ଏହି ସଂସାର, ଏହି ଇହଲୋକ ହିଁ ହେଉଛି ସିଦ୍ଧିର ତପୋଭୂମି, ଯାହା ବ୍ରହ୍ମଲୋକ ପ୍ରାପ୍ତିର ହିଁ ପଥ । ତେବେ, ସଂସାରକୁ ସମ୍ପୂର୍ଣ୍ଣ ଅସାର ସିଦ୍ଧ କରିବା ଯଥାର୍ଥତା କାହିଁ ? ଜୀବନ ଓ ମୃତ୍ୟୁ ଦୁହେଁ ଦେହ ଧର୍ମର ଅଧୀନ । ଅଥଚ ଜୀବନର ଯାବତୀୟ ପ୍ରାପ୍ତିକୁ ଅସ୍ୱୀକାର କରି ମୃତ୍ୟୁ ପରର ପ୍ରାପ୍ତିକୁ ଧେୟ କରି ଭବନାଥ ଜୀବନ ସହ ଓ ସତ୍ୟ ସହ ଚଞ୍ଚକତା କରି ଆସିଛନ୍ତି ବୋଲି ବାର୍ଦ୍ଧକ୍ୟରେ ଉପଲବ୍ଧି କରୁଛନ୍ତି । ବିବାହିତା ସ୍ତ୍ରୀ ସତୀ ସ୍ୱାଧୀ ସାବିତ୍ରୀକୁ 'ମାୟାରୂପୀ

ନାରୀ' କହି ଶୃଙ୍ଗାର ରସକୁ ସଂହାର ରସ ଭାବରେ ଧିକ୍କାର କରି ଭବନାଥ ଯୁବାକାଳରେ ବହୁ ଯଶ କୀର୍ତ୍ତି ଅର୍ଜିଛନ୍ତି ସତ, ମାତ୍ର ଭବ-କର୍ଦ୍ଦମରୁ ତ୍ରାଣ ପାଉନାହାନ୍ତି କାହିଁକି ? ବସିଲାଟି ଟଳିପଡ଼ି ବ୍ରହ୍ମପ୍ରାପ୍ତି ହେଉ ନାହିଁ କାହିଁକି ? ମୃତ୍ୟୁରେ ଯଦି ବ୍ରହ୍ମପ୍ରାପ୍ତି ସତ୍ୟ, ତେବେ ବ୍ରହ୍ମପ୍ରାପ୍ତିର ଦ୍ୱାରଦେଶରେ ପଡ଼ିରହି 'ମାୟାରୂପୀ ନାରୀ' ସାବିତ୍ରୀ ବାରବାର ସ୍ମରଣକୁ ଆସୁଛି କାହିଁକି ? କାମଦେବତା ମଦନଠାରୁ କାମ-ଶମନର ଦେବୋପମ ପୁରୁଷ ଭୀଷ୍ମଙ୍କୁ ବେଶୀ ମାନ୍ୟତା ଦେଇଥିଲେ ଭବନାଥ। ଭୀଷ୍ମଙ୍କୁ ଗୁରୁମଣି ପିତୃଆଜ୍ଞା ପାଳି ପୁତ୍ରସନ୍ତାନଟିଏ ଉପୁଜାଇ ବ୍ରହ୍ମଚର୍ଯ୍ୟ ସାଧନା କରିଛନ୍ତି ଜୀବନସାରା। ଇହଲୋକରେ ଯାହା ସହ ଜାଗତିକ ମିଳନକୁ ସେ ଉପେକ୍ଷା କରିଛନ୍ତି, ପରଲୋକରେ ତା' ସହ ମିଳନ ପାଇଁ ଆଜି ଭବନାଥ ଉନ୍ମୁଖ କାହିଁକି ? ପରଲୋକରେ ସାବିତ୍ରୀ ସହ ଆତ୍ମିକ ମିଳନ କ'ଣ ସତ୍ୟ ନା ଆତ୍ମ-ପ୍ରବଞ୍ଚନା ?

ମୃତ୍ୟୁଶଯ୍ୟାରେ ପଡ଼ି ଭବନାଥ ଭାବୁଛନ୍ତି, ଗୋଟିଏ ଜନ୍ମ ହାତଛଡ଼ା ହୋଇଗଲା। ଭୋଗ୍ୟ ବସ୍ତୁକୁ ପାଦରେ ଆଡ଼େଇ ଦେଇ ତ୍ୟାଗକୁ ଶ୍ରେୟ କରିଥିଲେ ସେ। ଅଥଚ ଆଜି ଏ ଦେହ-ଦାହ କାହିଁକି ? ସେ ଆଉ ମଣିଷ ଜନ୍ମ ପାଇବେ କି ନା କିଏ ଜାଣେ ? ବାସ୍ତବରେ କ'ଣ ଆର ଜନ୍ମ ଅଛି ?

ଖାଲି ସାବିତ୍ରୀ କାହିଁକି, ସେ ସମଗ୍ର ନାରୀଜାତିକୁ 'ମାୟା' ମଣି ଆଖିବୁଜି ଦେଇଛନ୍ତି। ଝିଅ ପ୍ରତି ପିତାର କର୍ତ୍ତବ୍ୟ କରିନାହାନ୍ତି। ବିଚାରୀ ଅଧାରୁ ବାଟ କାଟିଲା। କୈଶୋରର କଅଁଳ-ଛୁଆଁ ଲାଗିବା ଦିନଠୁ ନିଜର ଭଉଣୀକୁ ବି ଆଖିଟେକି ଚାହିଁନାହାନ୍ତି ଭବନାଥ। ସ୍ତ୍ରୀ ସାବିତ୍ରୀକୁ ତ ଆଡ଼ଆଖିରେ ଦେଖିନାହାନ୍ତି। ମା'କୁ ସେ ଆଖି ପୂରେଇ ଦେଖିଛନ୍ତି ବୋଲି ସ୍ମରଣ ହେଉନି।

କିନ୍ତୁ ମଞ୍ଜୁ ବୋହୂ ହୋଇ ଆସିବା ପରଠୁ ସେ ତାକୁ ଝିଅଠୁଁ ବଳି ସ୍ନେହ କରିଛନ୍ତି। ଏତେ ସ୍ନେହ, ଏତେ ବାତ୍ସଲ୍ୟ ତାଙ୍କ ଭିତରେ ଥିଲା ବୋଲି ସେ ନିଜେ ବି ବିଶ୍ୱାସ କରିପାରୁ ନାହାନ୍ତି। ସେ ତ ନିଜକୁ ଭାବିଥିଲେ, ଶୁଖିଲା କାଠଖଣ୍ଡିଏ। ସେଠି ରସର ସ୍ଥାନ କାହିଁ ? ବୋହୂ ଆସିବା ପରଠୁ ଶ୍ରୀନାଥ ତାଙ୍କୁ ଠାକୁରବାଡ଼ିରେ ରହିବାକୁ ଦେଲା ନାହିଁ, ଘରକୁ ନେଇଆସିଲା। ବିଚରା ଜୀବନସାରା ଠାକୁର ପ୍ରସାଦ ମୁଠାଏ ଲେଖାଁ ପାଇ ରହିଲେ। ବୁଢ଼ାନନାର ହାତରନ୍ଧା ପ୍ରସାଦ ଥିଲା ଅମୃତ। ତା'ପୁଅର ଆଉ ଠାକୁରବାଡ଼ିରେ ମନ ନାହିଁ। ଅଇଗରାକୁ ବାଇଗଣ ପକାଇଲା ଭଳି ଅନ୍ନ ଡାଲମା କଅଁା ସିଝା କରି ଫୁଟେଇ ଦେଇ ପାର। ଗଞ୍ଜେଇ ଟାଣି ଆଖଡ଼ା ଘରେ ତାମସା ଦେଖିବା ହେଉଛି ପ୍ରଧାନ କାମ। ଅବଶିଷ୍ଟ ଜୀବନଟା ବୋହୂ ହାତରନ୍ଧା ଖାଇ, ବୋହୂଠାରୁ ସେବାଶୁଶ୍ରୂଷା ପାଇ ରହନ୍ତୁ। ବୟସବେଳେ ଏ ପ୍ରସଙ୍ଗରେ ବୁଢ଼ା ବାପାଙ୍କ କଥା ଚାଲି ଦେଇଥିଲେ ଭବନାଥ।

ଆଜି କିନ୍ତୁ ପୁଅ କଥା ଟାଳି ପାରିଲେ ନାହିଁ। ଭବନାଥ ପୁଡ଼ା ପୁତୁଲି, କୋଥଲି ଧରି ଘରକୁ ଚାଲିଆସିଲେ। ଠାକୁରବାଡ଼ି ଅନାଥ ପିଲାପରି ଆଁ କରି ଚାହିଁଥିଲା।

ନିୟମିତ ଘର ଛପରା ହେଉନି। ଠାକୁରଙ୍କ ମୁଣ୍ଡ ଉପର ଚାନ୍ଦୁଆ ଟପି ଖରା-ବର୍ଷା ଠାକୁରଙ୍କୁ ଚନ୍ଦନଲାଗି କରୁଛି। କାନ୍ଥ ଲିପା ହୋଇନି କେତେକାଲରୁ। କୁଥ ଉଜୁଲା ହେବାର ନାଆଁଗନ୍ଧ କେହି ଧରନ୍ତି ନାହିଁ। ଏପରିକି ଠାକୁରପାଲିର ଦାୟିତ୍ୱ ନେବାକୁ କାହାରି ମନ ନାହିଁ। କୋଠମାମଲାର ଏଇ ଅବସ୍ଥା ଏ କାଲେ। ଠାକୁରବାଡ଼ି ତ ସବୁକାଲେ କୋଠବସ୍ତୁ। ତେଣୁ ନିଜ ଘର ଛପରା ହେବ, ଠାକୁରଘର ବେଛପରା।

ଠାକୁରଙ୍କୁ ପ୍ରଣାମ ଜଣାଇ ମନେ ମନେ କହିଲେ, "ତୋର ଯାହା ଇଚ୍ଛା ତାହା ହିଁ ଘଟୁଛି ପ୍ରଭୁ। ବାପାଙ୍କ ମନ ଭାଙ୍ଗିଥିଲି, ପୁଅର ମନ ଭାଙ୍ଗିପାରିଲି ନାହିଁ। ବାଲକରୁ ମା' ଛେଉଣ୍ଡ। ମୁଁ ତ ଅଯୋଗ୍ୟ ବାପାଟାଏ। ସ୍ନେହ-ଶ୍ରଦ୍ଧା ବାସଲ୍ୟ କ'ଣ ଜାଣିନି ବିଚରା। ଶେଷ ଜୀବନଟା ପୁଅବୋହୂଙ୍କ ସୁଖର ସଂସାର ଦେଖି ଆଖି ବୁଜିବି..."

ଭବନାଥ ଧର୍ମପ୍ରାଣ, ଦୃଢ଼ଚରିତ୍ର, ନିଃସ୍ୱାର୍ଥ ନିର୍ମାୟା ମଣିଷଟିଏ। ଶ୍ରୀନାଥର ମା' ମଲାବେଲକୁ ବାପାଙ୍କର ବୟସ ପଇଁଡ଼ିଶ ବି ଟିପିନି। କେତେ ପ୍ରସ୍ତାବ ଆସିଛି ସେ ସମୟରେ। ସାବତ ମା' ହାତରେ ଶ୍ରୀନାଥର କାଲେ ଅବହେଲା ହେବ, ସେଇ କଥା ଚିନ୍ତି ଦ୍ୱିତୀୟ ବିବାହର ନାଆଁ ଧରିନାହାନ୍ତି। ପର ଝିଅବୋହୂଙ୍କୁ ଆଖି ଟେକି ଚାହିଁ ନାହାନ୍ତି। ଦୃଷ୍ଟି, ମନ, ଚୈତନ୍ୟ କେନ୍ଦ୍ରିତ କରିଛନ୍ତି ଶ୍ରୀଜିଉଙ୍କଠି। ସାମନ୍ତ କରଣ ପରିବାର। ସ୍ତ୍ରୀ ଥାଉ ଥାଉ ରକ୍ଷିତା ରଖିବା ହେଉଛି ବୁନିଆଦି। ଭବନାଥଙ୍କ ସାନଭାଇ ସ୍ତ୍ରୀ ଥାଇ ତିନିଟା ରକ୍ଷିତା ରଖିଥିଲେ। ଭବନାଥ ବିବାହ ନ କରି ରକ୍ଷିତା ରଖିପାରିଥା'ନ୍ତେ। ବଡ଼ଘରର ଚଲଣି। କେହି କହି ନଥା'ନ୍ତେ ଦୁଶ୍ଚରିତ୍ର ବୋଲି। ମାତ୍ର ତାଙ୍କଠି ସେ ନୁଙ୍ଗୁରା ପଣ ନାହିଁ। ବେକରେ ତୁଲସୀମାଲି, ନାକରେ ରାମାନନ୍ଦି ଚିତା, ହାତରେ ଜପାମାଲି, ଆଣ୍ଟୁ ନ ଲୁଟିବା ଧୋତି, ଫତେଇ, ଶୀତଦିନେ କାନ୍ଧରେ କାଣ୍ଟିଆ ଚଦର, ଗ୍ରୀଷ୍ମଦିନେ ନାମାବଲୀ। ମୁଣ୍ଡରେ ଧାନଖୁଣ୍ଟା ପରି ଖୁଣ୍ଟା କେଶ-ଜଟା ବାନ୍ଧିଯାଇଥିବା ଗୋଟିକିଆ ସାନ ଚୁଟିଟିଏ। ନିଷ୍କାମ ଦରବୁଜା ଆଖି-ଅନବରତ ମାଲା ଗଣି ଗଣି ନାମ ଜପିଛି। ଉନ୍ନତ ନାକ, ଉତ୍ତମ ସ୍ୱାସ୍ଥ୍ୟ, ଶ୍ୟାମବର୍ଷ। ବୟସର ଜୋର୍‌ରେ ନୁହେଁ, ନମ୍ର ଭାବନାରେ ଅଢ଼ କାଙ୍ଗ ଯାଇଛନ୍ତି। ଭକ୍ତଶ୍ରେଷ୍ଠ ଆଜନ୍ମ ବ୍ରହ୍ମଚାରୀ ନାରଦ ଚିରଯୌବନର ଅଧିକାରୀ। ତାଙ୍କ ସହ ତୁଲନା କରାଯାଇ ନପାରେ। ପରିଣତ ବୟସରେ ଭକ୍ତ ଧୁବ ପ୍ରହଲାଦ ଏମିତି ଦିଶୁଥିବେ। ଦାଣ୍ଡପିଣ୍ଡାରେ ଭକ୍ତି-ମୁଦ୍ରାରେ ନିମୀଲିତ ନେତ୍ରରେ ବସିଥିବାବେଲେ ଦାଣ୍ଡରେ ଯିବାଆସିବା କରୁଥିବା ସ୍ତ୍ରୀ-ପୁରୁଷ ଓଲଗି ହୋଇ ସଂଭ୍ରମରେ ଚାଲିଯାଆନ୍ତି। ଶ୍ରୀନାଥ ଆଖିରେ ଭବନାଥ ଇଷ୍ଟଦେବ ଶ୍ରୀଜିଉଙ୍କର ଚଲନ୍ତି ରୂପ। ପିତାଙ୍କଠାରେ ଅଟଲା ଭକ୍ତି।

ପିତା ଧର୍ମ, ପିତା ସ୍ୱର୍ଗ, ପିତା ହିଁ ପରମ ଗତି । ଭବନାଥଙ୍କ ପୁଅ ବୋଲି ପାଞ୍ଚଖଣ୍ଡ ଗାଁରେ ଶ୍ରୀନାଥଙ୍କୁ ଲୋକେ ସମ୍ମାନ କରନ୍ତି । ନଚେତ୍ ଶ୍ରୀନାଥର କ'ଣ ବା ସାଧନା ଅଛି! ପ୍ରଥମ ରାତିରେ ହିଁ ମଞ୍ଜୁ କାନରେ ପ୍ରେମ ଗୁଞ୍ଜନ କରିବା ପରିବର୍ତ୍ତେ ଶ୍ରୀନାଥ ପିତାଙ୍କ ଗୁଣ କୀର୍ତ୍ତନ କରୁ କରୁ ରାତି ପାହିଯାଇଥିଲା । ମଞ୍ଜୁ ସାମ୍ନାରେ ଶ୍ରୀନାଥ ପରିଷ୍କାର କହିଦେଇଥିଲା ଯେ ବାପା ଆଗ, ସେ ପଛ । ବାପାଙ୍କ ସେବା ଯତ୍ନରେ ଅଜ୍ଞାତରେ ମଧ୍ୟ ତ୍ରୁଟି ହେବା ଅକ୍ଷମଣୀୟ ଅପରାଧ । ବାପା ଖୁସି ରହିଲେ, ଶ୍ରୀନାଥ ପ୍ରସନ୍ନ ରହିବ । ଶ୍ରୀନାଥ ଚିରକାଲ ବୋଉକୁ ଦୋଷ ଦେଇଆସିଛି, ବାପାଙ୍କୁ ଯୁବାକାଲରେ ଛାଡ଼ିଯାଇଛି ବୋଲି । ପ୍ରଥମରୁ ନବବଧୂ ମଞ୍ଜୁ ଜାଣିଛି, ଏ ଘରେ ପ୍ରେମ ନୁହେଁ ସେବା ହିଁ ଧର୍ମ ।

ମଞ୍ଜୁର ଶ୍ୱଶୁର-ଭକ୍ତି, ସେବା-ଯତ୍ନ କାହାକୁ ଅବିଦିତ ନଥିଲା । ମଞ୍ଜୁ ସୁନ୍ଦରୀ ଓ ମଞ୍ଜୁ ସ୍ୱାମୀ ପ୍ରତି ପ୍ରେମଶାଳା ବୋଲି ଶ୍ରୀନାଥ ମଞ୍ଜୁକୁ ପ୍ରାଣଦେଇ ଭଲପାଉ ନଥିଲା, ଭଲପାଉଥିଲା ହୃଦୟ ଦେଇ, ମଞ୍ଜୁ ବୁଢ଼ା ଶ୍ୱଶୁରଙ୍କ ସେବାଯତ୍ନ ଓ ଭକ୍ତିରେ ପ୍ରବୀଣା ବୋଲି ।

ମଞ୍ଜୁକୁ ଚାହିଁଦେଲେ ଭବନାଥଙ୍କର ମନେପଡ଼ିଯାଏ, ଦଗା ଦେଇ ଚାଲିଯାଇଥିବା ଝିଅର କଥା । ବଞ୍ଚିଥିଲେ କାହାଘର ଏମିତି ଉଜ୍ଜ୍ୱଳ କରିଥା'ନ୍ତା । ପୁଣି ମନେପଡ଼ିଯାଏ ସାବିତ୍ରୀ । ବଞ୍ଚିଥିଲେ ଲକ୍ଷ୍ମୀପ୍ରତିମା ବୋହୂକୁ ଦେଖି ତା' ଗୋଡ଼ ତଳେ ଲାଗୁନଥା'ନ୍ତା । ବିଚାରୀ ସୁଖ କ'ଣ ଜାଣିଲା ନାହିଁ, ଜୀବନ କ'ଣ ଦେଖିଲା ନାହିଁ ।

ମଞ୍ଜୁ ସାନଛୁଆଙ୍କ ପଛରେ ଲାଗିବା ପରି ବୁଢ଼ାଙ୍କ ପିଛାରେ ଲାଗିଥାଏ ସକାଳୁ ସଞ୍ଜ । ଶ୍ୱଶୁର ତ ନୁହେଁ, ବୁଢ଼ାପୁଅ । ଭବନାଥ ମଧ୍ୟ ମଞ୍ଜୁ ପିଛାରେ ପଡ଼ିଥିବେ ହରଦମ୍ "ଭଲ ଖା-ଭଲ ପିନ୍ଧ, ହସ ଖୁସି କର-ବିଶ୍ରାମ ନେ' - ସ୍ୱାସ୍ଥ୍ୟ ପ୍ରତି ଧ୍ୟାନ ଦେ', ମୁଣ୍ଡ କିଆଁ ଫୁର ଫୁର, ଦିହ କିଆଁ ନୁଖୁରା, ତେଲ ହଲଦୀ କ'ଣ ଅଭାବ? ମୁହଁ କାହିଁକି ଶୁଖାଇଛୁ, ମା'ବାପା ମନେପଡୁଛନ୍ତି କି? ଏଠି ସିନା ତୋର ଶାଶୂ ନାହିଁ, ମୁଁ ପରା ବସିଛି, ତୋର ବୁଢ଼ାବାପଟା..."

ମଞ୍ଜୁ ପ୍ରତି ବାପାଙ୍କର ବାସଲ୍ୟ ସ୍ନେହଶ୍ରଦ୍ଧା ଶ୍ରୀନାଥକୁ ବେଳେବେଳେ ଈର୍ଷାନ୍ୱିତ କରେ । ଶ୍ରୀନାଥକୁ ବି ବାପା ତାଙ୍କ ଜୀବନକାଳ ଭିତରେ ଏତେ ସ୍ନେହ କରିନାହାନ୍ତି, ଏତେ ଧ୍ୟାନ ଦେଇନାହାନ୍ତି, ଯେତେ ଧ୍ୟାନ ଦେଇଛନ୍ତି ମଞ୍ଜୁକୁ । ମଞ୍ଜୁକୁ ଶ୍ରୀନାଥ ହସି ହସି କହେ, "ବଡ଼ ଭାଗ୍ୟବତୀ ତୁମେ । ବାପାଙ୍କ ଭଲି ନିର୍ବିକାର, ନିର୍ବିକଞ୍ଚ, ସଂସାରବିରାଗୀ ଲୋକ ତୁମକୁ ଏତେ ସ୍ନେହଶ୍ରଦ୍ଧା କରିବା ଆଶ୍ଚର୍ଯ୍ୟ ଲାଗୁଛି । ମତେ ବି ପିଲାଦିନେ ଏମିତି ଗେହ୍ଲା କରିବାର ମନେ ନାହିଁ । ଅବଶ୍ୟ ଏଥିପାଇଁ ତମର ବୋହୂପଣିଆକୁ ତାରିଫ କରିବାକୁ ହେବ । ଗୋଟାଏ ହାତରେ ତାଲି ବାଜେନାହିଁ । ତମେ ଯଦି ବାପାଙ୍କୁ

ହତାଦାର କରୁଥାନ୍ତ, ବାପା ବୋଧହୁଏ ଛାଟିପିଟି ହୋଇ ପୁଣି ଠାକୁରବାଡ଼ିକୁ ପଳାଇଥା'ନ୍ତେ।”

ଆତ୍ମସନ୍ତୋଷରେ ମଞ୍ଜୁର ସରଳପ୍ରାଣ ଭରିଯାଏ। ଶ୍ରୀନାଥ ଏବେ ବାପାଙ୍କ ପାଇଁ ନିନ୍ଦକ ହୋଇ ବଦଲି ହୋଇଥିବା ଚାକିରି ସ୍ଥାନକୁ ଯାଇପାରିବ। ମଞ୍ଜୁ ନ ହୋଇ ଆଉ କିଏ ହୋଇଥିଲେ ସ୍ୱାମୀ ସଙ୍ଗେ ବାହାରିଥା'ନ୍ତା। ଗାଆଁରେ ପଡ଼ିରହି ଶ୍ୱଶୁର ବୁଢ଼ାର ସେବାଯତ୍ନ କରିବା ପାଇଁ ଏକାଲେ କୋଉ ବୋହୂ ଚାହେଁ!

ନିନ୍ଦକ ମନରେ ଶ୍ରୀନାଥ ବଦଲି ହୋଇ ଅନ୍ୟତ୍ର ଚାଲିଗଲା। ପୁଅ ବିଦେଶ ଯିବା ଭବନାଥଙ୍କୁ ଆନନ୍ଦ ଦେଲା ନାହିଁ। କିନ୍ତୁ କେଜାଣି କାହିଁକି ଆଶ୍ୱସ୍ତ ଲାଗିଲା। ଏକ ବିଚିତ୍ର ସୁଖାନୁଭବରେ ଛାତି ଭିତରର ଅଦେଖା ଭାବନା ରଂଜିତ ହେଲା। ଏଣିକି ମଞ୍ଜୁ ଗୋଟାପଣେ ଭବନାଥଙ୍କର ବୋହୂ। ମଞ୍ଜୁର ସବୁ ସମୟ ଭବନାଥଙ୍କ ପାଇଁ ନିୟୋଜିତ ହେବ। ଭାଗ ବସାଇବା ପାଇଁ ଶ୍ରୀନାଥ ନଥିବ। ଭବନାଥ କ'ଣ ପୁଅକୁ ଈର୍ଷା କରୁଥିଲେ ମଞ୍ଜୁପାଇଁ? ମଞ୍ଜୁ ଶ୍ରୀନାଥ ସହ କଥାଭାଷା ହେଲାବେଳେ ଭବନାଥଙ୍କର ଯାବତୀୟ କାମ ପାଇଁ ମଞ୍ଜୁ ଲୋଡ଼ା ହୁଏ। ରାତିରେ କାମଧନ୍ଦା ସରିଲେ ମଞ୍ଜୁ ଶୋଇବା ଘରେ ପଶିବା ମାତ୍ରେ ବୁଢ଼ାଙ୍କର ଧଇଁକାଶ ଆରମ୍ଭ ହୁଏ। ପୁଅବୋହୂ ଦିହେଁ ବାହାରି ଆସନ୍ତି ଶେଯ ଛାଡ଼ି, ବୁଢ଼ାଙ୍କ ସେବାରେ ଲାଗନ୍ତି। ଏମିତି ଛପିଲା ଈର୍ଷାରେ ଜଳୁଥିଲେ ଭବନାଥ ପିଲାଦିନେ। ବାପାଙ୍କ ପ୍ରତି ବୋଉର ସ୍ନେହ-ଶ୍ରଦ୍ଧା ନିବିଡ଼ ମିଳାମିଶାକୁ ସେ ସହ୍ୟ କରିପାରୁ ନଥିଲେ। ସେ ଭାବୁଥିଲେ, ବୋଉ ଗୋଟାପଣେ ତାଙ୍କର, ବାପା ଅନ୍ୟାୟରେ ଭାଗ ବସାଉଛନ୍ତି। ଏବେ ମଧ ସେ ଭାବୁଛନ୍ତି, ବୋହୂ ଗୋଟାପଣେ ତାଙ୍କର, ଆଉ ଶ୍ରୀନାଥ ଭାଗ ବସାଉଛି। ଆଜିକାଲି ଯିଏ ପାରିବାର ହେଲା, ସେ ବିଦେଶ ଗଲା। ତାଙ୍କ ପୁଅ ପାରିବାର। ଖୁସି ହେବାର କଥା।

ଭବନାଥ ପୁଣ୍ୟବନ୍ତ। ତେଣୁ ମଞ୍ଜୁ ଭଲି ବୋହୂ ପାଇଛନ୍ତି। ନ ହେଲେ ବୁଢ଼ା ଶ୍ୱଶୁରକୁ କିଏ ଘୋଷାରୁଥା'ନ୍ତା ଗାଆଁରେ ମାଟି କାମୁଡ଼ି? ବାହାବାସୀଠୁଁ ମୁଁ, ମୋ ସ୍ୱାମୀ, ଆଉ ପିଲା, ଏତିକି ହେଉଛି କଳିଯୁଗରେ ପରିବାରର ସଂଖ୍ୟା। ସେଠି ବୁଢ଼ାବୁଢ଼ୀଙ୍କ ସ୍ଥାନ ନାହିଁ। ସେଇ ଦୃଷ୍ଟିରୁ ଭବନାଥ ଭାଗ୍ୟବାନ୍। ପୁଣି ମଞ୍ଜୁ ଭାଗ୍ୟବତୀ। କୋଉ ଶ୍ୱଶୁର ବୋହୂକୁ ଝିଅ ଭଲି ଦେଖେ? ଶାଶୂ ନାହିଁ ବୋଲି ଭବନାଥ ଶାଶୂ ଶ୍ୱଶୁର ସବୁ। ଶ୍ୱଶୁରଙ୍କ ସ୍ନେହ-ସୋହାଗ ଭିତରେ ଶ୍ରୀନାଥ ବିଦେଶରେ ରହିବାର ଏକାଟିଆ ଖାଁ ଖାଁ ଭାବଟି ଚାପା ପଡ଼ିଯାଏ ମଞ୍ଜୁର। ଶ୍ରୀନାଥର ଚିଠି ବାପାଙ୍କ ପ୍ରତି କର୍ତ୍ତବ୍ୟ ସମ୍ପର୍କରେ ମାଲିକା। ଶେଷବେଲକୁ ମଞ୍ଜୁ କଥା ଧଇଁଏ। ମଞ୍ଜୁର ବେଲେ ବେଲେ ଅଭିମାନ ହୁଏ। କିନ୍ତୁ ପରକ୍ଷଣରେ ଭାବେ ବାପାଙ୍କୁ ଆଗ କରି ସ୍ୱାକୁ ପଛ କରିବା ଶ୍ରୀନାଥ ଚରିତ୍ରର ଦୋଷ

ନୁହେଁ, ତା'ମଣିଷପଣିଆର ପ୍ରମାଣ। ଭଲ ମଣିଷଟିଏ ସ୍ୱାମୀ ରୂପେ ପାଇବା ସମସ୍ତଙ୍କ ଭାଗ୍ୟରେ ନଥାଏ। ମଞ୍ଜୁ ଯଦି ବୁଢ଼ା ଶ୍ୱଶୁରଙ୍କର ସେବା ନ କରିବ, ତେବେ ଗାଆଁବାଲା କ'ଣ କହିବେ ?

ପ୍ରଥମେ ପ୍ରଥମେ ମଞ୍ଜୁ ଶ୍ୱଶୁରଙ୍କ ସାମ୍ନାରେ ହାତେ ଓଢ଼ଣା ଦେଇ ଚଳପ୍ରଚଳ ହେଉଥିଲା। ଓଢ଼ଣା ଭିତରୁ ମଞ୍ଜୁର ଧାରେ ତୋଫା ମୁହଁ ସାବିତ୍ରୀର ମୁହଁ ଭଳି ଦିଶିଯାଏ। ଭବନାଥ କେଜାଣି କାହିଁକି, ସାବିତ୍ରୀର ମୁହଁକୁ ଏବେ ଡରନ୍ତି। ମଞ୍ଜୁକୁ କହନ୍ତି, "ଏତେ ଆଢ଼ ଉଢ଼ାଲ କରିବୁନି। ତୁ ତ ମୋର ଝିଅ...." କ୍ରମଶଃ ଶ୍ୱଶୁରଙ୍କ ସାମ୍ନାରେ ମଞ୍ଜୁର ଓଢ଼ଣା ବେଳେବେଳେ ଖସିଯାଏ। ମଞ୍ଜୁର ଗହବା ବାଲର ଖୋସା, ଖୋସା ତଳକୁ ନିଟୋଲ ବେକ, ବେକରେ ସୁନା କଣ୍ଠିମାଳ ଦିଶିଯାଏ, ଦିଶେ ସାବିତ୍ରୀ ଭଳି। ସେଇ କଣ୍ଠିମାଳଟିରେ ଗୁନ୍ଥା ହୋଇଛି ଏ ଘରର ମାନ-ମର୍ଯ୍ୟାଦା, ସ୍ମୃତି, ଇତିହାସ। କେଉଁ ଅମଲରୁ କେଜାଣି ଶାଶୁ ବେକରୁ ବୋହୂ ବେକକୁ ସେଇ କଣ୍ଠିମାଳଟି ବଂଶ ପରମ୍ପରାକ୍ରମେ ଯାଉଛି, ସେ କଥା ଭବନାଥ ସ୍ମରଣ କରିପାରନ୍ତି ନାହିଁ। ତେବେ, ନିଜର ବୋଉ ବେକରୁ ସ୍ତ୍ରୀ ସାବିତ୍ରୀଙ୍କ ବେକକୁ କଣ୍ଠିମାଳଟି ଆସିଥିଲା। ସାବିତ୍ରୀଙ୍କ ମଲାବେକରୁ କଣ୍ଠିମାଳଟି କେହି ଜଣେ ଆମ୍ଯ଼ାୟ ଭିଡ଼ିଆଣି ଭବନାଥଙ୍କୁ ଦେଇଥିଲେ। କହିଥିଲେ, "ହାତେ କରି ରଖ। ଶ୍ରୀନାଥ ଯଦି ମଣିଷରେ ଗଣା ହେଲା, ତେବେ ତୋ ବୋହୂକୁ ଏଇଟା ଦବୁ।" ଭବନାଥ ପେଟରା ଭିତରେ କଣ୍ଠିମାଳଟା ରଖିଥିଲେ, ବୋହୂ ମୁହଁଦେଖା ଗହଣା ଭାବରେ ସେଇ ମାଳଟି ତାକୁ ଦେଇଥିଲେ। ସୁନ୍ଦର ମାଳଟି। କଣ୍ଠି ଗୋଟିକେ ପୋହଲା ଗୋଟିଏ। କଳାସୂତାରେ ଗୁନ୍ଥା। ମଝିରେ ହଳଦୀ ମୂଲୁକୁଟିକୁ ଟିପରେ ଚିପିଦେବା ଆକାରର ସାନ ପତଲା ସୁନା ପଦକଟିଏ। ମାଳଟି ପିନ୍ଧିଲେ ବଡ଼ ସୁନ୍ଦର ଦିଶୁଥିବ। ମାତ୍ର ଭବନାଥ ସେ ମାଳଟିକୁ ସାବିତ୍ରୀ ବେକରେ ନିରେଖି ଦେଖିନାହାନ୍ତି। ସେଦିନ ଖରାବେଳଟାରେ ମଞ୍ଜୁ ବାରିଦୁଆରେ ବସି ହାଲିଆ ମାରୁଥିଲା। ଦମକାଏ ବେମୁରୁବା ପବନ ତା' ଓଢ଼ଣା ଟାଣିଦେଲା। ମଞ୍ଜୁର ବେକମୂଲ ଓ ପିଠିରୁ ଫାଲେ ମୁକୁଲା। ପଛପଟେ ଝିକି ଝିକି ଦିଶୁଛି କଣ୍ଠିମାଳରୁ ଅଧା। କଣ୍ଠିମାଳ ତଳକୁ ମଞ୍ଜୁର ଗୋରା ପିଠିରେ ଦୁଇଟା ତିଲଚିହ୍ନ। ବଡ଼ ସୁନ୍ଦର। କ'ଣ ସୁନ୍ଦର ? କଣ୍ଠିମାଳ ନା ମଞ୍ଜୁର ଗଭା, ସୁବର୍ଣ୍ଣ ଗ୍ରୀବା ନା ମଞ୍ଜୁର ପିଠିର ତିଲଚିହ୍ନ ? ଭବନାଥଙ୍କୁ ଲାଗିଲା ଯେମିତି ଅଭିମାନରେ ସାବିତ୍ରୀ ବସିଛି ତାଙ୍କୁ ପଛ କରି। ସାବିତ୍ରୀ ପିଠିରେ ତିଲଚିହ୍ନ ଥିଲା କି ନା ଭବନାଥ ଜାଣନ୍ତି ନାହିଁ। ମଞ୍ଜୁ ତାଙ୍କୁ ବାରମ୍ବାର ସାବିତ୍ରୀ ଭଳି କାହିଁକି ଦିଶୁଛି ? ମଞ୍ଜୁ ପଛକୁ ଚାହାନ୍ତେ, ଶ୍ୱଶୁର ଏକଲୟରେ ତା'ର ମୁକୁଲା ପିଠିକୁ ଚାହିଁଛନ୍ତି ଦେଖି ସରମରେ ଶିଢ଼ିଗଲା। ଛିଃ !... ସେ ଏବେ ବେମୁରୁବା ହୋଇଗଲାଣି। କେମିତି ଏଢ଼େ ବେହୁସିଆର ହେଲା ? ଅଜାଣତରେ ଓଢ଼ଣା

ଖସିଗଲା ବୋଲି ଶ୍ୱଶୁର ତାକୁ ଚାହିଁ ବସିବା କଥାଟା ମଧ୍ୟ ମଞ୍ଜୁକୁ ଅଡ଼ୁଆ ଲାଗିଲା। ରଷିପ୍ରତିମ ଶ୍ୱଶୁର। ମଞ୍ଜୁକୁ ଆକଟି ପାରିଥା’ନ୍ତେ। ମାତ୍ର ଉଦାରତା ଗୁଣେ କିଛି କହିପାରିନାହାନ୍ତି। ମଞ୍ଜୁ ଏଣିକି ହୁସିଆର ହେଲା।

ଭବନାଥ ଏଣିକି ସବୁ କଥାରେ ମଞ୍ଜୁକୁ ଆଶ୍ରା କଲେଣି। ଦିନରାତି ‘ମଞ୍ଜୁଲୋ, ମା’ ମଞ୍ଜୁ, ପାଣି ମୁଢ଼ାଏ ଦେ, ଚନ୍ଦନ ଘୋରିଦେ... ପୂଜା ସରଞ୍ଜାମ ସଜାଡ଼ି ରଖ...” ଏମିତି ଯାବତୀୟ କାମ ବରାଦ କରନ୍ତି। ବୁଢ଼ାଙ୍କ ଚାରିକଟି ସକାଳୁ ସଞ୍ଜ ମଞ୍ଜୁ ମହୁମାଛି ପରି ଗୁଣୁଗୁଣୁ ହେଉଥିଲେ ବୁଢ଼ାଙ୍କୁ ଖୁସି ଲାଗେ। ଶ୍ରୀନାଥ ଛୁଟିରେ ଆସିଲେ ବୁଢ଼ାଙ୍କ ମୁହଁରୁ ମଞ୍ଜୁର ପ୍ରଶଂସା ଶୁଣି ଖୁସି ହୁଏ। ମଞ୍ଜୁ ମଧ୍ୟ ଶ୍ୱଶୁରଙ୍କ ପ୍ରଶଂସାରେ ଶତମୁଖ। ଏତେ ସ୍ନେହଶ୍ରଦ୍ଧା ମଞ୍ଜୁ ନିଜ ବାପାଙ୍କଠୁ ବି ପାଇ ନଥିଲା।

କିନ୍ତୁ କେତେକାଲ ମଞ୍ଜୁ ବୁଢ଼ାଙ୍କୁ ଜଗି ଗାଆଁରେ ପଡ଼ିଥିବ ? ଶ୍ରୀନାଥ ବିଦେଶରେ ଖିଆପିଆରେ ହଇରାଣ ହେଉଛି। ଶ୍ୱଶୁରଙ୍କୁ ସାଥିରେ ନେଇଗଲେ ସମସ୍ତେ ରହନ୍ତେ ଶ୍ରୀନାଥ ପାଖରେ। ମଞ୍ଜୁ ଶ୍ରୀନାଥଙ୍କୁ ଏ ପ୍ରସ୍ତାବଟି ଦେଇଥିଲା। ଶ୍ରୀନାଥ ମଧ୍ୟ ତାହା ହିଁ ଚାହୁଁଥିଲା। ମାତ୍ର ଭବନାଥ ଶୁଣିବାମାତ୍ରେ ଖପା ହେଲେ। ମଲାବେଳକୁ ଗାଆଁ ମାଟି, ଇଷ୍ଟଦେବତା, ବନ୍ଧୁ କୁଟୁମ୍ବକୁ ଛାଡ଼ିଯିବେ ? ମଞ୍ଜୁର କି ଶ୍ରୀନାଥର ଯଦି ଅସୁବିଧା ହେଉଛି, ତେବେ ମଞ୍ଜୁ ପୁଅ ସାଥିରେ ଯାଉ। ଭବନାଥ ବାରଣ କରୁନାହାନ୍ତି। ମାତ୍ର ଭବନାଥ ଭିଟାମାଟି ଛାଡ଼ିବେନି। ମଞ୍ଜୁ କଥାରେ ପଡ଼ି ବାପାଙ୍କୁ ଏଭଳି ଏକ ଅସଂଗତ ପ୍ରସ୍ତାବ ଦେଇଥିବାରୁ ଶ୍ରୀନାଥ ମଞ୍ଜୁ ଉପରେ ବହେ ଚିଡ଼ିଲା। ସ୍ତ୍ରୀ-ବୁଦ୍ଧି ପ୍ରଳୟଙ୍କରୀ। ବାପା ଭାବୁଥିବେ ଶ୍ରୀନାଥ ମଞ୍ଜୁକୁ ଛାଡ଼ି ରହିପାରୁନି, ସ୍ତୈଣ। ଛି, ବଡ଼ ଲଜ୍ଜାର କଥା ହେଲା। ମଞ୍ଜୁକୁ ତାଗିଦ୍ କଲେ “ମୋ ଚିନ୍ତା ଛାଡ଼ିଦିଅ। ମୋର ବଳବୟସ ଅଛି। ମୁଁ ତମ ବିନା ଚଳିଯାଉଛି। ବାପାଙ୍କର ଏ ବୟସରେ ତମ ଛଡ଼ା ଆଶ୍ରା କିଏ ? ତମେ ତ ଜାଣ, ବାପା ଗାଆଁମାଟି ଛଡ଼ିବେନି। ତେଣୁ ବାପା ବଞ୍ଚି ଥାଉ ଥାଉ ତମେ ମୋ ପାଖକୁ ଯିବା ନାଆଁ ଧରିବନି। ମୁଁ ତ ମଝିରେ ମଝିରେ ଛୁଟିନେଇ ଆସୁଛି।”

ନିଜକୁ ଅପ୍ରାଧୀ ମଣି ମଞ୍ଜୁ ଚୁପ୍ ରହିଲା। ସତରେ କେତେ ବେଆଡ଼ା କଥାଏ ହେଲା। ବାପା ଭାବୁଥିବେ, ମଞ୍ଜୁ ସ୍ୱାମୀକୁ ଛାଡ଼ି ରହିପାରୁନି। ଭାବୁଥିବେ ଶ୍ୱଶୁରର ସେବା କରି କରି ମଞ୍ଜୁକୁ ଚିଟା ଲାଗିଲାଣି। ଶ୍ୱଶୁର କଲ୍ୟାଣ କଲେ ମଞ୍ଜୁର ମଙ୍ଗଳ ହେବ, ଶ୍ରୀନାଥର ସର୍ବଶୁଭ ହେବ। ସେ ଶ୍ୱଶୁରଙ୍କ ମନରେ ଆଘାତ ଦେବା ଭଳି କାମ ଆଉ କେବେହେଲେ କରିବ ନାହିଁ। ତା’ ପରଠୁଁ ମଞ୍ଜୁ ଆଉ ବିଦେଶ ଯିବା ନାଆଁ ଧରିନି। ଭବନାଥ ଏଣିକି ମଞ୍ଜୁଠାରୁ ମୋଡ଼ାୟସା ଖାଇଲେଣି। ଶ୍ରୀନାଥର ନିର୍ଦ୍ଦେଶ। ସଂକୋଚ କରିବାର କିଛି ନାହିଁ। ବୁଢ଼ା ଶ୍ୱଶୁରଙ୍କ ପାଦରେ ହାତ ଦେବା ପାଇଁ ଆଉ କିଏ

ଅଛି ଏ ଘରେ ? ଶ୍ରୀନାଥ ଘରେ ଥିବାତକ ବାପାଙ୍କୁ ମୋଢ଼ାଘଷା କରେ । ବିଦେଶ ଯିବା ପରେ ମଞ୍ଜୁର ପାଲି । ପ୍ରଥମେ ପ୍ରଥମେ ମଞ୍ଜୁକୁ ଅଡ଼ୁଆ ଲାଗୁଥିଲା । ଧୀରେଧୀରେ ସଙ୍କୋଚ କଟିଗଲା । ବାପା କିଏ ଶ୍ୱଶୁର କିଏ !

ଭବନାଥଙ୍କୁ ମଞ୍ଜୁର କଅଁଳ ହାତର ହାଲକା ହାଲକା ସ୍ପର୍ଶ ବଡ଼ ଭଲଲାଗେ । ସାବିତ୍ରୀ ଏମିତି ମୋଡ଼ି ଦେଉଥିଲା ରାତିଅଧରେ । ମଞ୍ଜୁ ଯେମିତି ସାବିତ୍ରୀର ହାତ ଦୁଇଟା ଛଡ଼େଇ ଆଣିଛି । ଦିନେ ବୋହୂଠାରୁ ମୋଡ଼ା ଖାଉ ଖାଉ ଭବନାଥ ଭୂତ ଲାଗିବା ଭଲି ଉଠି ବସିଲେ । ମଞ୍ଜୁକୁ କଟାସ ଭଲି ରୁହିଁ ରହିଲେ, ତା'ର ସାନ ସାନ ନରମ ପାପୁଲି ଦୁଇଟି ଭିଡ଼ିନେଇ ନିଜ ହାତରେ ମୁଠାଇ ଧରିଲେ । ଢଙ୍‌ ପେଲିବା ଭଲି ଅଣନିଃଶ୍ୱାସୀ ହୋଇ କହିଲେ, "ତୋ ଶାଶୁଙ୍କ ହାତ ଦି'ଟା ଠିକ୍ ଏମିତି କଅଁଳ ଲୋ ମା' । ସେଇଥିପାଇଁ ତୋ ମୋଡ଼ାଘଷା ମତେ ଭଲଲାଗେ.... ।"

ମଞ୍ଜୁ ଶ୍ୱଶୁରଙ୍କ ହାତମୁଠାରୁ ହାତ ଖସେଇନେଲା । କିଛି ନ କହି ଘରୁ ପଦାକୁ ବାହାରିଗଲା । ବାରିପଟ ଢିଙ୍କି ଶଳିଆରେ ବସି ଆକାଶପାତାଲ ଭାବିବା ପାଇଁ ଲାଗିଲା । ଶ୍ୱଶୁରଙ୍କ ଆଖିରୁ ସେ କ'ଣ ପଢ଼ିଲା, ତାଙ୍କ ହାତମୁଠାରୁ କ'ଣ ଅନୁଭବ କଲା କେଜାଣି, ତାକୁ ନିଜ ଘରଟା ଖାଇ ଗୋଡ଼େଇଲା । ଗୋଟିଏ ଅଜଣା ଭୟର ବୀଜ ତା'ର ସନ୍ଦିଗ୍ଧ ମନୋଭୂମିରେ ସେଇ ମୁହୂର୍ତ୍ତରୁ ଭୂମିଷ୍ଠ ହୋଇଗଲା । ଏଣିକି ଶ୍ୱଶୁର ତାକୁ ଆଉ ଦେବତା ଭଲି ଦିଶିଲେନି । ଦିଶିଲେ ତୁଚ୍ଛା ମଣିଷ ଭଲି, ପର-ପୁରୁଷ ଭଲି । କିନ୍ତୁ ଏକଥାଟା ସେ ଶ୍ରୀନାଥକୁ ଲେଖିପାରିଲାନି, କାହାରି ଆଗରେ କହିପାରିଲାନି । ତା'ଛଡ଼ା କିଏ ତା' ମନର ସନ୍ଦେହକୁ ପରତେ ଯିବ ? ଓଲଟି ତାକୁ ହିଁ ଦୋଷ ଦେବେ । ନିନ୍ଦା ରଟିବ ତା'ରି । ଶ୍ୱଶୁର ତ ବେଆଡ଼ା କିଛି କହିନାହାନ୍ତି, ଶ୍ରଦ୍ଧାରେ ସ୍ୱାକୁ ସ୍ମରଣ କରିବା କଥାରେ ମଞ୍ଜୁ ଏମିତି ବେଢଙ୍ଗ ଭାବନା ମନକୁ ଆଣିଲା କାହିଁକି ? ପାପ ମନ !

କିନ୍ତୁ ପୁରୁଷର ମନ ପଢ଼ିବା ପାଇଁ ଭାଷା ଲୋଡ଼ାହୁଏ ନାହିଁ । ନାରୀର ଆଖି କଷଟି-ପଥର । ପୁରୁଷର ରୁହାଣିରୁ, ସ୍ପର୍ଶରୁ, ଶ୍ୱାସ-ପ୍ରଶ୍ୱାସରୁ ସେ ଜାଣିନବ ତା' ଭାବନାରେ କେତେ ସୁନା, କେତେ ଖାଦ । ଶ୍ୱଶୁରଙ୍କର ମନଟା ମଞ୍ଜୁକୁ ଏଣିକି ଏଣିକି ଜଳ ଜଳ ଦିଶିଲା । ସୁନା ଶକ୍ତ ଥିବାଯାଏଁ ଖାଦ ଦିଶେନି, ତରଲିଲେ ଖାଦ ବାରିହୋଇଯାଏ । ଭବନାଥଙ୍କର ଆଉ ନିଜ ଉପରେ ଅଧିକାର ନାହିଁ, ସେ ତରଲୁଛନ୍ତି । ବସିବା, ଉଠିବା, ପାଇଖାନା ଯିବା, ଗାଧୋଇବା, ଖାଇବା ସବୁଥିରେ ଆଶ୍ରା ଖୋଜୁଛନ୍ତି । ଶ୍ରୀନାଥ ବାରବାର ତାଗିଦା କରି ଲେଖୁଛି, "ବାପାଙ୍କୁ ସମ୍ଭାଲିଥିବ । ଏ ବୟସରେ ଯଦି ପଡ଼ିଯାଇ ହାଡ଼ ଭାଙ୍ଗିଲା, ତେବେ ସେଇ ଶେଷ !" ମଞ୍ଜୁ ଏକା ଏକା ପାରେନାହିଁ । କୋଟିଆ ଦାମକୁ ସାହାଯ୍ୟ ପାଇଁ ଡାକିଲେ ଶ୍ୱଶୁର ବିଗିଡ଼ି ଯାଆନ୍ତି । ଦାମ ଶୂଦ୍ର । ଛୁଇଁଲେ

ପାପ ହେବ, ମାଲା ଜପିପାରିବେନି, ଦିନକୁ ତିନିଥର ଗାଧୋଇଲେ ସନ୍ନିପାତ ଧରିବ । ଥରେ ଦି'ଥର ଭବନାଥ ବୋହୂ ଉପରେ ଗୋଟା ଛାଁ ଅକାଡ଼ି ହୋଇ ପଡ଼ିଲେଣି । ମଞ୍ଜୁ କୌଣସିମତେ ନିଜକୁ ସମ୍ଭାଳି ନେଉ ନେଉ ବୁଢ଼ା ତାକୁ ମାଡ଼ିବସି ଅସମ୍ଭାଳ ବାର୍ଦ୍ଧକ୍ୟକୁ ସମ୍ଭାଳି ନିଅନ୍ତି । ହାଁ ହାଁ କହି ଦାମ ସାହାଯ୍ୟ କରିବା ପାଇଁ ଧାଇଁଆସିଲେ ଭବନାଥ ଖିଙ୍କାରି ଉଠନ୍ତି । ଥରେ ନୁହେଁ, ବାରବାର ଶ୍ୱଶୁର ତା' ଉପରେ ଅକାଡ଼ି ହୋଇ ପଡ଼ିବାଟା ମଞ୍ଜୁକୁ ବିଷ ପରି ଲାଗେ । ମଞ୍ଜୁ ଶ୍ରୀନାଥଙ୍କୁ ଚିଠି ଲେଖିଲା, "ବାପାଙ୍କୁ ମୁଁ ଆଉ ଏକା ଏକା ସମ୍ଭାଳି ପାରୁନି । ଏଡ଼େ ବଡ଼ ମଣିଷ, ଚଳପ୍ରଚଳ ପାଇଁ ମତେ ଆଶ୍ରା କରୁଛନ୍ତି । ମୋର ବଳ କେତେ ? ଥରେ ଦୁଇଥର କଟଡ଼ା ଖାଉ ଖାଉ ଅଡ୍ଡକେ ବଞ୍ଚି ଯାଇଛନ୍ତି । ମୁଁ ଆଉ ପାରୁନି । ତମେ ବସିଲାଠୁ ଉଠିଆସ ।"

ଉତ୍ତର ଆସିଲା, "ଛୁଟି ମିଳୁଥିଲେ ମୁଁ ବାପାଙ୍କୁ ଏ ଅବସ୍ଥାରେ ତମ ଆଶ୍ରାରେ ଛାଡ଼ିଦେଇ ନିଦକ ବସିଥାନ୍ତି କି ? ଅବିକା ଦିନଟାଏ ବି ଛୁଟି ମିଳିବା କଷ୍ଟ । ଯଦି ବା ମୁଁ ଋରି ଛଅ ଦିନ ଛୁଟି ନେଇ ଯିବି, ତେବେ କୋଉ କାମର ? ଏତେ ଦିନ ବାପାଙ୍କ ସେବା କଲ, ଶେଷ ଅବସ୍ଥାରେ ଏପରି ଚିଠି ଲେଖିଲ ? ତମ ବାପା ହୋଇଥିଲେ କ'ଣ କରିଥାନ୍ତ ? ଦେବତା ଭଳି ମଣିଷର ସେବା କରିବା ପାଇଁ ତମର କୁଣ୍ଠାଭାବ ବଡ଼ ବାଧିଲା ମତେ । ଆଉ ଏପରି ଚିଠି ଲେଖି ତମ ପ୍ରତି ମୋର ସ୍ନେହ ଊଣା କରିବନି । ଏବେ ଯଦି ଛୁଟି ନେଇ ଯିବି, ଅସଲ ବେଳରେ ଛୁଟି ପାଇବି କେଉଁଠୁ ?"

ମଞ୍ଜୁ ପାଇଁ ସବୁ ଦ୍ୱାର ରୁଦ୍ଧ । ତା' ପାପୀ ମନର ସଂଶୟ କାହାକୁ କହିବ ? ଯଦି କିଏ ଶୁଣିବ, ତାକୁ ଛିଛା କରିବ । ମରିଗଲେ ମଧ୍ୟ ଶ୍ରୀନାଥକୁ କହିପାରିବ ନାହିଁ ଯେ ତମ ଦେବତା ସମାନ ବୁଢ଼ାବାପା ଦେବତା ନୁହନ୍ତି, ମଣିଷ, ସେ ତା'ର ବାପା ନୁହନ୍ତି, ଶ୍ୱଶୁର । ସମ୍ଭବତଃ ସେଇଥିପାଇଁ ଶ୍ୱଶୁର ବୋହୂରେ ଆଢ଼ଉଢ଼ାଳ ଅନୁଭବସିଦ୍ଧ ପରମ୍ପରା । ତମ ବାପାଙ୍କର ମତିଭ୍ରମ ହେଲାଣି... କିନ୍ତୁ ସବୁକଥା ମନ ଭିତରେ ଋପା ପଡ଼ିଯାଏ ଭୟରେ, କୁଣ୍ଠାରେ, ସଂକୋଚରେ । ସେଦିନ ରାତିଅଧରେ ଚେର ପରି ଅନ୍ଧାର ଭିତରେ କିଏ ଜଣେ ତା' ଦେହକୁ ଛୁଇଁଲା । ମଞ୍ଜୁର ନିଦ ଋଉଁକିନା ଭାଙ୍ଗିଗଲା । 'କିଏ, କିଏ ?' ଭୟରେ ଚିତ୍କାର କଲା ମଞ୍ଜୁ ।

ତସ୍କର ଭଳି କିଏ ଜଣେ ଋପା ଗଲାରେ କହିଲା, "ମୁଁ, ମୁଁ..... ଡରୁଛ କାହିଁକି ମା' ?"

"ଏତେ ରାତିରେ ତମର ମୋ ଘରେ କି କାମ ବାପା ? ତମେ ପରା ଋଲିପାରୁନ, ଦିନରେ ବି ଆଶ୍ରା ଖୋଜୁଛ । ରାତିରେ କେମିତି ଏକା ଏକା ଉଠିଆସିଲ... ?"

"ପାଇଖାନା ଯିବି ବୋଲି ଉଠିଥିଲି । ତତେ ଆଉ କେତେ ହଇରାଣ କରିବି ?

ହେଲେ, ଅନ୍ଧାରରେ ବାଟବଣା ହୋଇ ତୋ ଘରେ ଭୁଙ୍କିଗଲି। ରାତିରେ ଆଖିକୁ ଆଉ କିଛି ଦୃଶ୍ୟ ହେଉନିରେ ମା'ରାଣୀ....।"

"ଔ, ଯଦି ପଡ଼ିଯାଇଥା'ନ୍ତ ଅନ୍ଧାରରେ, କ'ଣ ହୋଇଥାନ୍ତା ? ଏ ବୟସରେ ହାଡ଼ ଭାଙ୍ଗିଲେ...." ମଞ୍ଜୁ ବ୍ୟଥିତ ହୋଇ କହିଲା।

"ମରିଯାଇଥା'ନ୍ତି ସଝଳ। ଆଉ ବଞ୍ଚିରହି ସମସ୍ତଙ୍କୁ ଦହଗଞ୍ଜ କରିବାର ଇଚ୍ଛା ନାହିଁ।" ବୁଢ଼ାଙ୍କ ସ୍ୱରରେ ଅପାର ଖେଦ। ମଞ୍ଜୁ ଦିଆସିଲି ମାରି ଡିବିରି ଜାଳିଲା ବେଳକୁ ବୁଢ଼ା ପଡ଼ିଉଠି ଆପଣା ଘରେ ଭୁଙ୍କି କବାଟ ଭିଡ଼ିଲେଣି। ତାଙ୍କୁ ପରା ପାଇଖାନା ତଲବ ଦଉଥିଲା ? ତେବେ ଘରେ ପଶି ମୁହଁ ଲୁଚାଇଲେ କିଆଁ ?

ଶ୍ୱଶୁରଙ୍କ ଉପରେ ମଞ୍ଜୁର କେବଳ କ୍ରୋଧ ହେଲାନି କି ଘୃଣା ହେଲାନି, ନିଜକୁ ବଡ଼ ବିପନ୍ନ ମନେକଲା ମଞ୍ଜୁ। ବାର୍ଦ୍ଧକ୍ୟଗ୍ରସ୍ତ ଶ୍ୱଶୁର ତା' ସାମ୍ନାରେ ଶରୀରରେ ଦୁର୍ବଳ ଓ ଶକ୍ତିହୀନ, କିନ୍ତୁ ମାନ୍ୟରେ, ପରମ୍ପରାଗତ ମର୍ଯ୍ୟାଦାବୋଧରେ ହିମାଳୟଠୁଁ ଉଚ୍ଚ। ବେଳ ପଡ଼ିଲେ ଶ୍ୱଶୁରଙ୍କ ଉପରକୁ ସେ ହାତ ଉଠେଇ ପାରିବନି, ତାଙ୍କୁ ଠେଲି ଦେଇ ତାଙ୍କ ଛାତି ଉପରେ ଚଢ଼ିଯାଇ ପାରିବନି, ପୁଣି ତାଙ୍କ ବିରୋଧରେ ନିଜ ସ୍ୱାମୀ ପାଖରେ ମଧ ଅଭିଯୋଗ କରିପାରିବନି। ଏପରି ପବିତ୍ର ସମ୍ପର୍କର ଉଲ୍ଲଂଘନର କଥା କେମିତି ବା କାହା ପାଖରେ ପ୍ରକାଶ କରିବ ମଞ୍ଜୁ ? କିଏ ବିଶ୍ୱାସ କରିବ ଭଲା ? ଯୁବକଠାରେ ଯୁବସୁଲଭ ଉତ୍ତେଜନା ସମାଜ ହାତକାଟି ଲେଖିଦେଇଥିବା ଲକ୍ଷ୍ମଣରେଖାର ଉଲ୍ଲଂଘନ କଲେ କି ବେଆଡ଼ା ଲାଗିଲେ ବି ସହିହୁଏ, ଦୋଷ ବୟସର ଭାବି ମଣିଷଟାକୁ କ୍ଷମା କରିଦେଇହୁଏ। ମାତ୍ର ବୃଦ୍ଧ ମାନ୍ୟ ମଣିଷଙ୍କଠାରେ ଯୁବସୁଲଭ ଅନୁଚିତ ଉତ୍ତେଜନା ସମ୍ପର୍କରେ ଲକ୍ଷ୍ମଣାଗାର ଉଲ୍ଲଂଘନ କଲେ ଘୃଣାରେ ଧୂଳିସାତ୍ ହୋଇଯାଏ ପୂର୍ବକଳ୍ପିତ ସମ୍ମାନ, ଆଦର, ମାନ୍ୟମଣିଷଙ୍କ ସମ୍ପର୍କରେ ସଭକ୍ତିକଳ୍ପିତ ମୁଗୁନି ପଥରର ଭାବମୂର୍ତ୍ତି। ମଞ୍ଜୁକୁ ସାରାଦିନ କେବଳ ଜରଜର ଲାଗିଲାନି, ବାନ୍ତି ବାନ୍ତି ଲାଗିଲା। ଫାଲିକିଆ ମୁଣ୍ଡ ବିନ୍ଧିଲା, ସାରାସଂସାରର ଦୂଷିତ ପବନ ତା'ରି ଦିଗକୁ ବହିଆସିଲା, ଠାକୁର ପୂଜା କଲାବେଳେ ଠାକୁର ଠାକୁରାଣୀଙ୍କ ମନୋରମ ମୂର୍ତ୍ତି କଦାକାର ଦିଶିଲା।

ସେ ଚିଠିଟିଏ ଲେଖିଲା ଶ୍ରୀନାଥକୁ, "ବସିଲାଠୁଁ ଉଠି ଆସିବ। ମୋର ଆଉ ବଳ ପାଉନାହିଁ ବାପାଙ୍କୁ ସମ୍ଭାଳିବା ପାଇଁ। ବାପା ବଡ଼ ବେଅକ୍ତିଆର ହେଲେଣି। ତମେ ଆସିବାରେ ଡେରି କଲେ ମୁଁ ଦାମ ହେପାଜତରେ ବାପାଙ୍କୁ ଛାଡ଼ି ଆମଘରକୁ ଚାଲିଯିବି..... କାରଣ ମୁଁ ଆଉ ପାରୁନି....।"

ଶ୍ରୀନାଥ ବସିଲାଠୁ ଉଠିଆସି ପାରିଥା'ନ୍ତା। ମାତ୍ର ଦାମ ହେପାଜତରେ ତା' ବାପାଙ୍କୁ ଛାଡ଼ିଦେଇ ବାପଘରକୁ ଚାଲିଯିବା କଥାଟା ମଞ୍ଜୁର କୁତ୍ସିତ ଧମକ ଭଳି ମନେହେଲା।

ଶ୍ରୀନାଥ ରାଗରେ ଦୁଇଚାରିଦିନ ମୁହଁ ମାଡ଼ି ରହିଲା। ସ୍ଥିର କଲା, ଯଦି ମଞ୍ଜୁ ସେପରି କେବେ କରେ, ତେବେ ଆଉ ଅଯୋଧ୍ୟା ମନ ନ କରିବ.....। ଶ୍ୱଶୁରଙ୍କ ଡାକ କାଲେ ରାତିରେ ଶୁଭିବ ନାହିଁ ବୋଲି ମଞ୍ଜୁ କବାଟ କିଳିଣୀ ଭିଡ଼େନାହିଁ। ସେଦିନ ରାତିରେ ମଞ୍ଜୁକୁ ଭଲ ନିଦ ହେଲାନି। ଘେଉଁ ଘେଉଁ ଲାଗିଲା, ରାତିଅଧକୁ ଟିକେ ଛାଇନିଦ ଲାଗିଆସୁଛି, ଶ୍ୱଶୁର ମଞ୍ଜୁକୁ ଅଣ୍ଠାଳି ଅଣ୍ଠାଳି ପୁଣି ବାଟ ହୁଡ଼ିଲେ, ବିଶ୍ୱାସ, ସମ୍ପର୍କ, ଧର୍ମ-କର୍ମ, ଆଚାର-ବିଚାର ଉଲ୍ଲଂଘନ କରିବାର ଭୂତ ଯେମିତି ସବାର ହୋଇଛି ତାଙ୍କ ମୁଣ୍ଡରେ।

ମଞ୍ଜୁ ମର୍ଯ୍ୟାଦା ଉଲ୍ଲଂଘନ କରିପାରିଲାନି। ଯୁଗଯୁଗର ସଂସ୍କାର। ଶ୍ୱଶୁରଙ୍କୁ କହିପାରିଲାନି, "ବାପା, ନର୍କ ବୋଲି କିଛି ଅଛି, ଅନ୍ଧାରରେ ବି ଈଶ୍ୱରଙ୍କର ଆଖି ସବୁ ଦେଖିପାରେ..." କେମିତି କହନ୍ତା ? କାଲେ ତା'ର ସନ୍ଦେହ ମିଥ୍ୟା ହୋଇଥିବ ? କାଲେ ସତକୁ ସତ ବାପା ଅନ୍ଧାରରେ ଏରୁଣ୍ଡିବନ୍ଧ ଡେଇଁଥିବେ। ମଞ୍ଜୁ କେବଳ 'ବାପା' ବୋଲି ଚିକ୍କାର କରିବା ମାତ୍ରେ ଭବନାଥ ହାଣ୍ଡିଖିଆ କୁକୁର ପରି ନୁଆଁପୁଙ୍ଗୁ ହୋଇ ଘୁସୁରି ଘୁସୁରି ପଲାଇଲେ। ମଞ୍ଜୁର ସନ୍ଦେହ ତା' ଆଗରେ ଭୂତ ଭଳି ଠିଆହୋଇ ତାକୁ ଖାଇ ଗୋଡ଼େଇଲା। କିନ୍ତୁ ରାତି ପାହିବା ମାତ୍ରେ ମଞ୍ଜୁ ତା'ର କର୍ତ୍ତବ୍ୟ, ଦାୟିତ୍ୱ ଓ ସହନଶୀଲତାର ସମସ୍ତ ନିୟମକୁ ଉଲ୍ଲଂଘନ କରି ବାପଘରକୁ ଚାଲିଗଲା। ମୁଣ୍ଡରେ ଓଢ଼ଣା ଟାଣି ଶ୍ୱଶୁରଙ୍କ ପାଦତଲେ ଓଲଗି ହେଲା। ଆଖିରୁ ଲୁହ ବହିଗଲା। ଶ୍ୱଶୁରଙ୍କ ଅବସ୍ଥା ଦେଖି ଛାତିକୁ ପଥରକରି ଶଗଡ଼ରେ ବସିଲା। ଗାଁ ଯାକର ଅପନିନ୍ଦା ମଞ୍ଜୁ ଉପରେ ଅଜାଡ଼ି ହୋଇପଡ଼ିଲା। ବୁଢ଼ାଙ୍କ ପାଇଁ ଗଛପତ୍ର ଆହା ଚୁ ଚୁ କରୁଥିଲେ। କୋଠିଆ ଦାମା ବି ମଞ୍ଜୁ ଉପରେ ଖୋସା ହୋଇଥିଲା। କି ହୃଦୟହୀନା ସ୍ତ୍ରୀଲୋକ। ଶ୍ୱଶୁରଙ୍କୁ ଘୋଷାଡ଼ିବାକୁ ପଡ଼ୁଛି ବୋଲି ଘର ଛାଡ଼ି ଚାଲିଗଲା ? ଧର୍ମ କର୍ମକୁ ଡରିଲାନି ?

ଖବର ପାଇ ଶ୍ରୀନାଥ ଆସି ପହଞ୍ଚିଲା। ବୁଢ଼ା ମଞ୍ଜୁ ଯିବା ଦିନଠୁ ପାଟିକୁ କିଛି ନେଇନାହାନ୍ତି, ପାଦୁକ ପାଣି ପିଇ ରହିଛନ୍ତି। ମୁଦିଲା ଆଖିକୋଣରେ ଛାପିଛାପିକିଆ ଲୁହ। ଦାମାକୁ ଦିହ ମୁଣ୍ଡରେ ହାତ ମରେଇ ଦେଉନାହାନ୍ତି। କଥାବାର୍ତ୍ତା ବନ୍ଦ। ପାଟି ପଡ଼ିଯାଇଛି ଅରନ୍କ। ଉପରକୁ ଜଳଜଳ ଚାହିଁ କଦାକାର ଯମଦୂତମାନଙ୍କୁ ଦେଖୁଛନ୍ତି ନିଜ ଚାରିକଟି। ସାବିତ୍ରୀର ସଙ୍ଗୀ ସଲିତା ଭଳି ଶୁଭଙ୍କରୀ ମୁହଁଟା ଦିଶୁଛି ମା' କାଳୀଙ୍କ ହାତର ଖର୍ପର ଭଳି। ସେ ବକା ପାଲଟି ଯାଇଛନ୍ତି। ଭବନାଥ ଦେବଙ୍ଗ, ମାତ୍ର ଦେବବ୍ରହ୍ମ ଋଷି ନୁହନ୍ତି। ସେ ଜଣେ ନିସ୍ତହ ଘରୁଆ ମଣିଷ। ଯଦି ସେ ମୁନିରୁଷି ହୋଇଥା'ନ୍ତେ, ତାଙ୍କ ପାଇଁ ସାତଖୁଣ ମାଫ୍ ହୋଇଥା'ନ୍ତା। ମୃତ୍ୟୁଶଯ୍ୟାରେ ପଖାଉରାପ କଲାବେଲେ ମନେପଡ଼ୁଥିଲା ଋଷି ସୌଭରି ଓ ଋଷି ଚ୍ୟବନଙ୍କର ଆଖ୍ୟାନ।

ବ୍ରହ୍ମଚର୍ଯ୍ୟ ପାଲନ କରି ଯୌବନକୁ ଫୁଟ୍‌କି ମାରି ଉଡ଼େଇଦେଲେ ଋଷି ସୌଭରି।

ମାତ୍ର ବୃଦ୍ଧ ବୟସରେ ଅବଦମିତ କାମକ୍ଜ୍ୱାଳାରେ ଦହିହେଲେ ସେ। ରାଜକନ୍ୟାକୁ ବିବାହ ନ ଦେଲେ ଅଭିଶାପ ଦେବେ ବୋଲି ଇକ୍ଷ୍ୱାକୁ ବଂଶର ରାଜା ମାନ୍ଧାତାଙ୍କୁ ଭୟ ଦେଖାଇଲେ। ଅଭିଶାପ ଭୟରେ ରାଜା ନିଜର ଗୋଟିଏ କନ୍ୟା ନୁହେଁ, ପଚାଶ ଜଣ କନ୍ୟାଙ୍କୁ ଋଷିଙ୍କ ସହ ବିବାହ ଦେଲେ। ପୁଣି ଋଷି କଠୋର ତପ ବଳରେ ପୁନଃଯୌବନ ପ୍ରାପ୍ତ ହୋଇ ସମ୍ଭୋଗର ପ୍ରାଚୁର୍ଯ୍ୟ ଭୋଗ କଲେ। ଋଷି ଚ୍ୟବନ ବୃଦ୍ଧ ବୟସରେ ରାଜକନ୍ୟା ସୁକନ୍ୟାଙ୍କୁ ବିବାହ କଲେ। ସ୍ୱର୍ଗବୈଦ୍ୟ ଅଶ୍ୱିନୀ କୁମାରଦ୍ୱୟ ଚ୍ୟବନଙ୍କୁ ନବଯୌବନ ଦାନ କଲେ ଓ ସେ ସମ୍ଭୋଗସୁଖରେ କାଳାତିପାତ କଲେ। ଏମିତି କେତେ କେତେ ଜରାଗ୍ରସ୍ତ ବ୍ରହ୍ମର୍ଷି ମୁନିଋଷି ନବୀନ ତରୁଣୀ କନ୍ୟାଙ୍କୁ ବିବାହ କରିବାର ପବିତ୍ର ଦୃଷ୍ଟାନ୍ତ ଭବନାଥ ଶାସ୍ତ୍ରରେ ପଢ଼ିଛନ୍ତି। ରାଜା ଦଶରଥ ବୃଦ୍ଧ ବୟସରେ ନବୀନା ତରୁଣୀ କୈକେୟୀଙ୍କ ପାଣିଗ୍ରହଣ କରିଥିଲେ। ରାଜା ମହାରାଜାଙ୍କୁ ମଧ୍ୟ ସାତଖଣ୍ଡ ମାଫ, ମାତ୍ର ଭବନାଥଙ୍କୁ? ଲୋକେ ତାଙ୍କୁ କହନ୍ତି ଋଷିପ୍ରତିମ, ମାତ୍ର ସେ ଋଷି ନୁହନ୍ତି। ସେ କାହାକୁ ଅଭିଶାପ ଦେବାର ଭୟ ଦେଖାଇ ବୃଦ୍ଧ ବୟସରେ ତରୁଣୀ ଭାର୍ଯ୍ୟା ଗ୍ରହଣ କରିପାରି ନଥା'ନ୍ତେ। ସେ ରାଜା ମଧ୍ୟ ନୁହନ୍ତି, ଜଣେ ସାଧାରଣ ମଣିଷ। ତେଣୁ ତାଙ୍କ ପାଇଁ ସବୁପଥ ରୁଦ୍ଧ। ଶ୍ରୀନାଥର ବିବାହ ପୂର୍ବରୁ ତାଙ୍କ ମନରେ ଅବଶ୍ୟ ନାରୀ ସଙ୍ଗସୁଖର କାମନା ଜାଗ୍ରତ ହୋଇଥିଲା। ମାତ୍ର ସେ ଇଚ୍ଛାକୁ ସେ ବିବେକର ଛାଟ ମାରି ରକ୍ତାକ୍ତ କରିଦେଇଥିଲେ ଓ ଶ୍ରୀନାଥ ପାଇଁ ବୋହୂ ଖୋଜିଥିଲେ। ମଞ୍ଜୁକୁ ଦେଖିବା ମାତ୍ରେ ତାଙ୍କର ନିର୍ଲିପ୍ତ ପ୍ରାଣରେ ପହିଲେ ବାତ୍ସଲ୍ୟର ମଧୁ ହିଁ ପ୍ରବାହିତ ହୋଇଥିଲା। ମଞ୍ଜୁକୁ ନେଇ କୌଣସି ନିଷିଦ୍ଧ ଭାବନାରେ ସେ କେବେହେଲେ ପୀଡ଼ିତ ନଥିଲେ। କିନ୍ତୁ ମରଣ ପୂର୍ବରୁ ଜାଗତିକ ସଂସାରର ସୁଖ ହାତଛଡ଼ା ହୋଇଯାଉଛି ଭାବି ମନର ହୁଗୁଲାପଣର ଓର ଉଣ୍ଡି ସେଇ କଦାକାର ରାକ୍ଷସଟା କାହିଁକି ଯେ ମୁହୂର୍ତ୍କ ପାଇଁ ଉଙ୍କି ମାରିଲା, ସେକଥା ଭବନାଥ ନିଜେ ବି ବୁଝିପାରୁ ନାହାନ୍ତି। କାଳିକାର ପିଲାଟା ମଞ୍ଜୁ। ତାଙ୍କ ଝିଅଠୁ ସାନ, ପୁଅର ଧର୍ମପତ୍ନୀ, ତାଙ୍କ ବୋହୂ। ସେ ବି ଦେଖିପାରିଲା ସେ ରାକ୍ଷସଟାକୁ କିଟି କିଟି ଅନ୍ଧାର ଭିତରେ। ଆଉ କେହି ନ ଜାଣନ୍ତୁ, ଭବନାଥ ଜାଣନ୍ତି, ବୋହୂ ମଞ୍ଜୁ ଜାଣେ ଯେ ଭବନାଥ ଋଷିପ୍ରତିମ ନୁହନ୍ତି, ପିତୃପ୍ରତିମ ନୁହନ୍ତି, ଭବନାଥ କୁତ୍ସିତ, କାଦାକାର ରାକ୍ଷସ। ହେ ଭଗବାନ୍! ରାକ୍ଷସଟା ଏତେକାଳ ଧରି ଶୋଇରହିଲା, ଯେତେବେଳେ ଗୋଟା ଗୋଟା ମୁଣ୍ଡ ମୋଡ଼ି ଖାଇଥା'ନ୍ତା, ସେତେବେଳେ ପ୍ରସାଦ, ପାଦୁକ ପାଇ ପିଣ୍ଡ ରକ୍ଷା କଲା; ଅଥଚ ଗଳିତ ଚର୍ମ, ନଖ, ଦନ୍ତ ନେଇ ମୁଣ୍ଡ ମୋଡ଼ିବ, ରକ୍ତ ପିଇବ ବୋଲି ବ୍ୟର୍ଥ କାମନାକୁ ପ୍ରକଟିତ କରି ନିଜେ ଅଭିଶପ୍ତ ହୋଇଗଲା।

ଭବନାଥ ପାପ ସ୍ୱୀକାର କରୁଛନ୍ତି ନିଜ ପାଖରେ। ମାତ୍ର ପୁଅ ପାଖରେ ବୋହୂ

ପାଖରେ ତୁଣ୍ଡ ଖୋଲି କହିପାରିବେନି ଯେ ମଣିଷମାତ୍ରକେ ମତିଭ୍ରମ ହେବା ଅଘଟଣ ନୁହେଁ – ଏପରି ଘଟେ। ଘଟିଥିଲା ଋଷି ଚ୍ୟବନଙ୍କର – ଋଷି ସୌଭରିଙ୍କର, ରାଜା ଦଶରଥଙ୍କର... ଆଉ କେତେ କେତେ ମହାମ୍ନାଙ୍କର..... ବୋହୂଠାରୁ କ୍ଷମା ମାଗିନେଇ ମରିପାରିଲେ ଭଲ ହୁଅନ୍ତା। ମାତ୍ର ନା, ଛୁଆଟାର ସଜ‌ଫୁଲ ଭଳି ନିର୍ମଳ ପବିତ୍ର ମୁହଁକୁ ସେ ଆଉ ପାପ ଆଖି ଟେକି ରୁହିଁପାରିବେନି। ମଞ୍ଜୁ ଢଳି ଯାଇ ଭଲ କରିଛି। ନହେଲେ ରାକ୍ଷସଟାକୁ କୋଉ ବିଶ୍ୱାସ।

ମଞ୍ଜୁ ପ୍ରତି ସେ କୃତଜ୍ଞ। ମନେ ମନେ କଲ୍ୟାଣ କରୁଛନ୍ତି। ପୁଅକୁ ଆଖିଟେକି ରୁହିଁ ପାରୁନାହାନ୍ତି। ପାଟି ଖୋଲି କହିପାରୁ ନାହାନ୍ତି, 'ମଞ୍ଜୁର କିଛି ଦୋଷ ନାହିଁ – ଦୋଷ ଏଇ ପାଷାଣ୍ଡ ବର୍ବର ବୁଢ଼ାର...' ତେଣୁ ପାଟି ବନ୍ଦ।

ବାପାଙ୍କର ଏ ଦୟନୀୟ ଅବସ୍ଥା ଦେଖି ଶ୍ରୀନାଥ ଦୁଃଖରେ ମ୍ରିୟମାଣ ଯେତେ ହେଲା, ତା'ଠୁ ବେଶୀ ଅଗ୍ନିଶର୍ମା ହେଲା ମଞ୍ଜୁ ଉପରେ। ଦାମା କହିଲା, "ବୁଢ଼ା ସାଆନ୍ତ କେତେ ସ୍ନେହ କରୁଥିଲେ ବୋହୂସାଆନ୍ତାଣୀଙ୍କୁ। ଦିନେ ଖିଟ୍ ଖିଟ୍ ହେବାର ଶୁଣିନି। ଏତେ କାଳ ସେବା କଲେ, ପ୍ରାଣ ଯିବାବେଳକୁ ଛାଡ଼ି ଢଳିଗଲେ। ବାରବର୍ଷର ତପ ଶୁଖୁଆପୋଡ଼ାରେ ଗଲା। ବୋହୂ ମା' ଗଲା ପରଠୁ ବୁଢ଼ାସାଆନ୍ତଙ୍କର ପାଟି ପଡ଼ିଗଲା – ଆଉ ଖାଦ୍ୟ ଗଲୁନି ତଣ୍ଡିରେ। ବଡ଼ ବାଧିଛି ସାଆନ୍ତଙ୍କୁ..... ବୋହୂ ମା'ଙ୍କୁ ଝିଅଠୁଁ ଅଧିକ କରିଥିଲେ। ଦିନରାତି ରାମ ନାମ ଜପ ଛାଡ଼ି ମଞ୍ଜୁ ମଞ୍ଜୁ ହେଉଥିଲେ।"

ଭବନାଥଙ୍କର ଇଚ୍ଛା ହେଉଛି, ପ୍ରତିବାଦ କରିବା ପାଇଁ। ତାଙ୍କରି ଇଚ୍ଛା ହେଉଛି ମଞ୍ଜୁକୁ ଅଯଥା ଦୋଷାରୋପରୁ ରକ୍ଷା କରିବା ପାଇଁ – ଇଚ୍ଛା ହେଉଛି, ନିଜ ପିଠିରେ ନିଜେ ଛାଟ ମାରିବା ପାଇଁ। ମାତ୍ର କିଛି କରିପାରୁନାହାନ୍ତି ସେ। କଣ୍ଠଦେଶରେ ସବୁ ରୁଦ୍ଧ ହୋଇଯାଉଛି। ବାର୍ଦ୍ଧକ୍ୟ ତାଙ୍କୁ ଅସାଢ଼ କରିଦେଉଛି। ମଞ୍ଜୁର କଅଁଳ ମୁହଁଟି ମହିଷାସୁରମର୍ଦ୍ଦିନୀଙ୍କ ମୁହଁ ଭଳି ତାଙ୍କୁ ଭୟ ଦେଖାଉଛି। ପୃଥିବୀର ସାମାନ୍ୟ ବିଚଳନରେ ଯୁଗ ଯୁଗର ସଭ୍ୟତା ଧ୍ୱସ୍ତ ହୋଇଯିବା ପରି, ବାର୍ଦ୍ଧକ୍ୟର ସାମାନ୍ୟ ବିକାରଗ୍ରସ୍ତ ଭାବନା ତାଙ୍କର ସମଗ୍ର ଜୀବନର ସଂଯମ ଓ ପୁଣ୍ୟକୁ ଧ୍ୱସ୍ତ କରିଦେଇଛି। ଯୁବାକାଳରେ ତାଙ୍କର ସଂସାର ପ୍ରତି ବୀତସ୍ପୃହତାକୁ ପୁଣ୍ୟ ଆଖ୍ୟା ଦେଇ ଯେଉଁମାନେ ଉସ୍ସାହିତ କରିଯାଇଛନ୍ତି, ସେମାନଙ୍କୁ ସେ ନୀରବରେ ଅଭିଶାପ ଦେଉଛନ୍ତି। ବ୍ୟାକୁଳ ହୃଦୟରେ ପ୍ରାର୍ଥନା କରୁଛନ୍ତି, "ପ୍ରଭୁ ମୋର ଯୌବନ ଫେରାଇଦିଅ – ମୋ ସାବିତ୍ରୀକୁ ଫେରାଇଦିଅ – ମୋ ଶକ୍ତି-ସାମର୍ଥ୍ୟ ଫେରାଇଦିଅ। ମୁଁ ମଣିଷ ହୋଇ ବଞ୍ଚିବାର ସ୍ୱାଦ ଅନୁଭବ କରିବାକୁ ରୁହେଁ। ମୋର ଦେବତା ହେବା ଲୋଡ଼ା ନାହିଁ। ଯଦି ଏକଥା ଆଉ ମୋର ପ୍ରାପ୍ୟ ନୁହେଁ, ତେବେ ମୋର ଶେଷ ଜୀବନର ପାପ ଭାବନା ଯୋଗୁଁ ମୋର ମୋକ୍ଷ ଫେରାଇନିଅ

– ମତେ ପୁନର୍ଜନ୍ମ ଦିଅ – ପୁନର୍ଜନ୍ମ ଦିଅ....” ଜୀବନସାରା ଈଶ୍ୱରଙ୍କ ନାମ ଜପ କରୁଥିବା ତୁଣ୍ଡ ପୁନର୍ଜନ୍ମ ମାଗୁଣି କରୁ କରୁ ଜୀବନ ଛାଡ଼ିଗଲା ।

ଶ୍ୱଶୁରଙ୍କ ମାଲା ଖବର ପାଇ ମଞ୍ଜୁ ଆସିଲା । ଶ୍ୱଶୁରଙ୍କ ଶବ ପାଖରେ ଅପରାଧିନୀଟି ପରି ଠିଆ ହୋଇ ଲୁହ ଢାଳିଲା । ମାତ୍ର ଶ୍ୱଶୁରଙ୍କ ଶୀତଳ ମାଲା ପାଦ ଦୁଇଟି ଛୁଇଁ ମୁଣ୍ଡ ଲଗାଇ ପ୍ରଣାମ ହେବା ପାଇଁ ତା’ର ସାହସ କୁଳାଇଲା ନାହିଁ । ମଡ଼ା ଉଠିଲା ଅଗଣାରୁ । ସହାନୁଭୂତି ଜଣାଇବା ପରିବର୍ତ୍ତେ ଲୋକେ ମଞ୍ଜୁକୁ ଛିଃଛିଃ କରୁଥିଲେ ।

ଭୁଲ୍ ତ୍ରୁଟିର କେତେ କୁଟାକାଠି-ଅଳିଆ ସମୟ ଭସେଇନିଏ । ଶ୍ରୀନାଥ ଓ ମଞ୍ଜୁ ପକ୍କା ସଂସାରୀ ଜୀବନ କାଟିଲେ । ମାତ୍ର ଶ୍ରୀନାଥଙ୍କର କଠୋର କ୍ଷମାଶୂନ୍ୟ ଦୃଷ୍ଟି ମଞ୍ଜୁକୁ ସାରାଜୀବନ ଗୋଟିଏ ପ୍ରଶ୍ନ ପଚରୁଥିଲା, “ମୋ ବାପାଙ୍କ ପ୍ରତି ଯାହା ଆଚରଣ କଲା, ସେଥିପାଇଁ କ’ଣ ଈଶ୍ୱରଙ୍କ ପାଖରେ ଅପରାଧିନୀ ମଣୁନାହିଁ ?” ସଂଭ୍ରମ ଓ ମର୍ଯ୍ୟାଦା ଜଡ଼ସଡ଼ ମଞ୍ଜୁର ଦୃଷ୍ଟି ନିରୁତ୍ତର, କର୍ତ୍ତବ୍ୟ ଉଲ୍ଲଂଘନର ପାପବୋଧରେ ତା’ର ଦୃଷ୍ଟି କାତର । ପ୍ରୌଢ଼ା ମଞ୍ଜୁର ଅନୁଭୂତିରେ ସଂସାରର କେତେକେତେ ଉଲ୍ଲଂଘନର ଇତିହାସ ଲେଖା । ଅଥଚ ଶ୍ୱଶୁରଙ୍କର ସାମାନ୍ୟ ଚିତ୍ତ ବିଚଳନକୁ ବରଦାସ୍ତ କରି ନପାରି ମରଣ ଶେଯରେ ଅଣହେଳାରେ ଛାଡ଼ି ସେ ଚଲିଗଲା । ଶ୍ୱଶୁରଙ୍କର ପ୍ରାଣ କ’ଣ ଅଛଟରେ ଛାଡ଼ିଗଲା ? ମଞ୍ଜୁ ତା’ର ସହନଶୀଲତାରେ ଶ୍ୱଶୁରଙ୍କର ମୃତ୍ୟୁକୁ ସହଜ ସୁଖଦ କରିପାରିଥା’ନ୍ତା । ଅଥଚ ବାପ ସମାନ ଶ୍ୱଶୁରଙ୍କ ମାଲାମୁହଁରେ ସେ ପାଣିଟିକେ ଦେଇପାରିଲା ନାହିଁ । ପ୍ରତିବର୍ଷ ଗାଲବସ୍ତ୍ର ହୋଇ ଶୁଦ୍ଧପୂତ ଚିତ୍ତରେ ଶ୍ୱଶୁରଙ୍କ ଶ୍ରାଦ୍ଧଦିନ ପିଣ୍ଡ ବାଢ଼ିଦେଲା ବେଳେ ମଞ୍ଜୁ ଜାଣିଥାଏ ଯେ ଏ ପିଣ୍ଡ ଶ୍ୱଶୁରଙ୍କର ଆତ୍ମା ଗ୍ରହଣ କରିବ ନାହିଁ । କାରଣ ମଞ୍ଜୁ ଅପରାଧିନୀ । ମରଣ ଦୁଆରେ ଠିଆହୋଇ ଶ୍ୱଶୁରଙ୍କର ଯଦି ପାଦ ଥରଥର ହେଲା, ମଞ୍ଜୁ ତା’ର ଶକ୍ତ ସମର୍ଥ ଶୁଶ୍ରୂଷାମୟ ହାତରେ ତାଙ୍କୁ କ’ଣ ପ୍ରତିରୋଧ କରିପାରି ନଥା’ନ୍ତା ? ମଞ୍ଜୁ କ’ଣ ଅପରାଧିନୀ – କାହାକୁ ପଚରିବ !

ଆକ୍ସିଡେଣ୍ଟ

ଏ ଗଳ୍ପଟି ଆଜି କହୁଛି, କାରଣ ପ୍ରବୀରବାବୁ ଆଉ ସୁସ୍ଥ ମନରେ ନାହାନ୍ତି । ତୁଣ୍ଡ ବାଇଦ ସହସ୍ର କୋଶ ରୀତିରେ ଏ ଗଳ୍ପଟି ଯଦି ଆଗରୁ ତାଙ୍କ କାନରେ ପହଞ୍ଚିଥାନ୍ତା, ତେବେ ସେ ଆଘାତ ନିଶ୍ଚିତ ଭାବେ ତାଙ୍କ ବ୍ୟଥିତ ପ୍ରାଣକୁ କମ୍ପିତ କରି ତାଙ୍କର ସୁସ୍ଥ ମନକୁ ବିକାରଗ୍ରସ୍ତ କରିଥାନ୍ତା; ଏଥିରେ ତିଳେମାତ୍ର ସନ୍ଦେହ ନଥିଲା । ସେଇ ଭୟରେ ଏ ଘଟଣାଟି ମୋ ହୃଦୟରେ ଅବିରତ ଫୁଟୁଥିଲେ ବି ମୁଁ ତାହା ଏଯାବତ୍ ପ୍ରକାଶ କରି ନଥିଲି । ଆଜି ଆଉ ସେ ଭୟ ନାହିଁ ବରଂ ଏ ଗଳ୍ପର ଆଘାତରେ ତାଙ୍କର ବିକାରଗ୍ରସ୍ତ ମନ ପୁଣି ଥରେ ସୁସ୍ଥ ହେଇଯିବାର ସମ୍ଭାବନା ଥାଇପାରେ ଭାବି ଗଳ୍ପଟି ମୁଁ କହୁଛି ।

ଏ ଗଳ୍ପର ନାୟକ ଅଜ୍ଞ ବହୁତ ଆଜିର ଆଧୁନିକ ଆତ୍ମକେନ୍ଦ୍ରିକ, ପ୍ରତ୍ୟେକ ବ୍ୟକ୍ତି ହୋଇପାରନ୍ତି । ମାତ୍ର ଟିକେ ଉଣେଇଶ ବିଶ୍ ହୋଇପାରେ । ତେଣୁ ମୁଁ ପ୍ରଥମରୁ ସମସ୍ତ ପାଠକବନ୍ଧୁଙ୍କଠାରୁ କ୍ଷମା ମାଗି ନେଉଛି । କାରଣ ଏ ଗଳ୍ପରେ

କାହାକୁ ଅଯଥା ଆକ୍ଷେପ କରିବାର ଉଦ୍ଦେଶ୍ୟ ନାହିଁ। ଏ ଘଟଣାଟି ପ୍ରବୀରବାବୁଙ୍କର ବ୍ୟକ୍ତିଗତ। କଥାଟା ଏମିତି—

ନୂଆ ଫିଆଟ୍ ଗାଡ଼ିଟା ଆସିଯିବା ପରେ ମୁଁ ମନେ ମନେ ଭାବଗ୍ରାହୀ ଭଳି ଜଣେ ବିଶ୍ୱସ୍ତ ଦକ୍ଷ ଡ୍ରାଇଭର୍ ଖୋଜୁଥିଲେ ମଧ୍ୟ ହଠାତ୍ ଭାବଗ୍ରାହୀଙ୍କୁ ମୋ ବିଜ୍ଞାପନର ପ୍ରାର୍ଥୀଭାବରେ ମୋ ସାମ୍ନାରେ ଦେଖି ମୁଁ ଆନନ୍ଦିତ ହେବା ପରିବର୍ତ୍ତେ ବିସ୍ମିତ ହେଲି। ଭାବଗ୍ରାହୀ ପ୍ରବୀର ବାବୁଙ୍କ ଅନାଦି କାଳର ପୁରୁଣା ଡ୍ରାଇଭର। କାରଣ ପ୍ରବୀରବାବୁଙ୍କର ଗାଡ଼ିର ବୟସ ଓ ଭାବଗ୍ରାହୀର ପ୍ରବୀରବାବୁଙ୍କ ପାଖରେ ଚାକିରିର ବୟସ ସମାନ। ପ୍ରବୀରବାବୁଙ୍କର ମୁନିବ ହିସାବରେ ଯେମିତି ସୁନାମ ଥିଲା ଭାବଗ୍ରାହୀର ଡ୍ରାଇଭର ତଥା ଭୃତ୍ୟ ହିସାବରେ ତା'ଠାରୁ ଅଧିକ ଖ୍ୟାତି ଥିଲା।

ପ୍ରବୀରବାବୁଙ୍କ ମୁହଁରୁ ଭାବଗ୍ରାହୀର ଭୃତ୍ୟପଣିଆର ବିଶ୍ୱସ୍ତତା ଓ ଡ୍ରାଇଭର ପଣିଆର ଦକ୍ଷତା ଅନେକ କାହାଣୀ ତାଙ୍କର ବନ୍ଧୁମାନେ ଶୁଣି ବିସ୍ମିତ, ପୁଲକିତ ଓ ଈର୍ଷାନ୍ୱିତ ହେଇଥିଲେ। ପ୍ରବୀରବାବୁଙ୍କର ମୁନିବଗିରିର ଯଶ ମଧ୍ୟ କାହାରିକୁ ଅଚ୍ଛପା ନଥିଲା। ତେଣୁ ଭାବଗ୍ରାହୀ ପ୍ରବୀରବାବୁଙ୍କ ଘରୁ ବାହାରି ଆସିବାଟାକୁ ମୁଁ କୌଣସିମତେ ସହଜରେ ଗ୍ରହଣ କରିପାରୁ ନଥିଲି। ଏତେ ଦୟାଳୁ, ହୃଦୟବାନ୍ ମୁନିବଠାରୁ ଦୀର୍ଘ କୋଡ଼ିଏ ବର୍ଷର ସମ୍ପର୍କ ଛିଣ୍ଡାଇ ସେ ଯେଉଁ ଅଭାବ ହେତୁ ଆସି ଥାଉନା କାହିଁକି ମୁଁ ଯେ ତା'ର ଅଭାବ ପୂରଣ କରିପାରିବି ସେ ବିଷୟରେ ମୁଁ ନିଜେ ଅତ୍ୟନ୍ତ ସନ୍ଦିହାନ୍ ହେଇଉଠିଲି। କାରଣ ପ୍ରବୀରବାବୁଙ୍କ ଭଳି ମୁନିବ ମୁଁ ହୁଏତ ହେଇ ନ ପାରେ।

ଶୁଷ୍କ କଣ୍ଠରେ ମୁଁ ପ୍ରଶ୍ନ କଲି–କିନ୍ତୁ ତମେ ଯେ ପ୍ରବୀରବାବୁଙ୍କ ପାଖରୁ ବାହାରି ଆସିପାର, ଏକଥା ତ ଆଶା କରାଯାଏନା ?

ଭାବଗ୍ରାହୀ ଏଭଳି ପ୍ରଶ୍ନର ସମ୍ମୁଖୀନ ହେବାପାଇଁ ଆଗରୁ ନିଶ୍ଚିତ ଭାବେ ପ୍ରସ୍ତୁତ ଥିଲେ। ତଥାପି ଆହତ ଗଳାରେ ସେ ଉତ୍ତର ଦେଲା– ଆଜ୍ଞା, ସବୁକଥା ତ ଖୋଲି କୁହାଯାଇପାରେନା। ସା'ଙ୍କ ଭଳି ଖାଉଦ ମତେ ଜନ୍ମେ ଜନ୍ମେ ମିଳନ୍ତୁ... କିନ୍ତୁ ମୁଁ ତାଙ୍କର କେତୋଟି ଅଭ୍ୟାସ ପାଇଁ ବ୍ୟତିବ୍ୟସ୍ତ ହୋଇ ନିଜ ଇଚ୍ଛାରେ ଏତେଦିନର ଚାକିରି ବାଧ୍ୟହୋଇ ଛାଡ଼ିଦେଲି। ତେବେ ସେକଥା ମତେ ଆଉ ପଚାରନ୍ତୁ ନାହିଁ।

ମୁଁ ଲକ୍ଷ୍ୟ କଲି ଭାବଗ୍ରାହୀର ଆଖିର ଆକାଶରେ ବର୍ଷୁକୀ ମେଘର ଆସର ଜମି ଉଠୁଛି। ଜଳଧାରା ଭୂଇଁ ସ୍ପର୍ଶ କରିବା ଆଗରୁ ଭାବଗ୍ରାହୀ ସଲାମ ବଢ଼ାଇ ମୁହଁ ଫେରାଇ ଚାଲିଗଲା ଚାକିରି ଖଣ୍ଡେ ପାଇବାର ଅନୁରୋଧ କରି।

ଭାବିଲି କେଉଁ ଗୋପନ ଦୁଃଖରେ ଭାବଗ୍ରାହୀ ଦୁଃଖ ପାଉଛି ? କେଉଁ କାରଣରୁ ସେ ପ୍ରବୀରବାବୁଙ୍କ ପାଖରେ ବିବ୍ରତ ହେଇ ଦାନାପାଣି ଗଣ୍ଡାକ ଗୋଡ଼ରେ ଆଡ଼େଇ

ମୋ କୃପାଭିକ୍ଷା କରୁଛି ? ପ୍ରବୀରବାବୁ ମୋ ପରିଚିତ ବନ୍ଧୁ କହିଲେ ଅତ୍ୟୁକ୍ତି ହେବ ନାହିଁ । କାରଣ ମୁଁ ତାଙ୍କର ବ୍ୟକ୍ତିତ୍ୱର ଜଣେ ସ୍ତାବକ ଥିଲି । ଆଉ ସେ ଥିଲେ ମୋର ଜଣେ ଶୁଭାକାଂକ୍ଷୀ । ଭାବଗ୍ରାହୀକୁ ନିଯୁକ୍ତି ଦେବା ଆଗରୁ, ପ୍ରବୀର ବାବୁଙ୍କୁ ଥରେ ପଚାରିଦେବା ଉଚିତ୍ ଓ ଭଦ୍ରୋଚିତ ଭାବି ମୁଁ ତାଙ୍କୁ ପଚାରିଦେଲି । ଭାବଗ୍ରାହୀର ପ୍ରଶଂସାଟା ତାଙ୍କୁ ଆଘାତ ଦେଲା ଯେମିତି । ମାତ୍ର ପରମ ଆନନ୍ଦରେ ତାଙ୍କର ବ୍ୟଥାଭରା ମୁହଁଟି କ୍ଷଣକ ପାଇଁ ବର୍ଷୁକୀ ଆକାଶରେ ବିଦ୍ୟୁତ୍ ଝଲକ ଭଳି ଉଜ୍ଜ୍ୱଲ ହୋଇଉଠିଲା । ଗଦ୍ ଗଦ୍ କଣ୍ଠରେ ସେ କହିଲା ତେବେ ଭାବଗ୍ରାହୀ ଠିକଣା ସ୍ଥାନରେ ପହଞ୍ଚିଯାଇଛି । ଯା’ହେଉ, ତା’ର ଦାନାପାଣି ଗଣ୍ଠିକ ଗଲା ପରେ ତା’ ପାଇଁ ମୋର ଚିନ୍ତାର ଅନ୍ତ ନ ଥିଲା । ବିଚରା ଗରିବ ଲୋକ ପାଞ୍ଚପ୍ରାଣୀ କୁଟୁମ୍ବ । ଯେଉଁ କାରଣରୁ ସେ ମୋ ପାଖରୁ ବାହାରି ଯାଇଥାଉନା କାହିଁକି ଡ୍ରାଇଭର ହିସାବରେ ତା’ଠାରୁ ଅଧିକ ଯୋଗ୍ୟ ଲୋକ ଆପଣ ପାଇବେନି । କୌଣସି ବ୍ୟକ୍ତିଗତ କାରଣରୁ ମୋ ପାଖରୁ ନିଜ ଇଚ୍ଛାରେ ବାହାରି ଯାଇଛି ବୋଲି ମୋର ତା’ ପ୍ରତି ଆଦୌ ଆକ୍ରୋଶ ନାହିଁ । ଦୟାକରି ଆପଣ ତାକୁ ନିଯୁକ୍ତି ଦେଲେ ମୁଁ କୃତଜ୍ଞ ହେବି ।

ପ୍ରବୀରବାବୁଙ୍କର କଥନଭଙ୍ଗୀରେ ଏତେଟିକେ ଅତିରଞ୍ଜିତ ନ ଥିଲା । ପ୍ରତ୍ୟେକ ଶବ୍ଦରେ ଥିଲା ତାଙ୍କ ହୃଦୟର ଉଚ୍ଛ୍ୱାସ । ତେବେ କେଉଁ କାରଣରୁ ଭାବଗ୍ରାହୀ ବାହାରି ଆସିଲା ତା’ ମୁଁ ଜାଣି ନ ପାରି କେମିତି ଆଶ୍ୱସ୍ତି ଅନୁଭବ କଲି । ଭାବିଲି ଯଦି ଏ କାଳ ମହର୍ଗରେ ପଡ଼ି ଭାବଗ୍ରାହୀ ଦରମା ବଢ଼ାଇବାକୁ କହିଥାଏ ଆଉ ପ୍ରବୀରବାବୁ ସେଥିରେ ଏକମତ ନହୋଇ ଥାଆନ୍ତି, ତେବେ ଭାବଗ୍ରାହୀକୁ ନିଯୁକ୍ତି ଦେଲେ ମୋ ପକ୍ଷେ ଟିକେ ଅଧିକ ବ୍ୟୟସାପେକ୍ଷ ହେବନି କି ?

କିନ୍ତୁ ଭାବଗ୍ରାହୀ ଯେତେବେଳେ ପ୍ରବୀରବାବୁଙ୍କ ପାଖରୁ ଯେତିକି ଟଙ୍କା ନେଉଥିଲା ଠିକ୍ ସେତିକିରେ ନିଯୁକ୍ତି ପାଇବା ପାଇଁ ମତେ ଅନୁରୋଧ କଲା— ମୋର ସେ ଆଶଙ୍କା ମଧ୍ୟ ଅମୂଳକ ବୋଲି ପ୍ରମାଣିତ ହୋଇଗଲା ।

ସେ ଯାହାହେଉ ଭାବଗ୍ରାହୀ ମୋ ଡ୍ରାଇଭର ପଦରେ ନିଯୁକ୍ତି ପାଇଗଲା । ଯେ କୌଣସି କାରଣରୁ ହେଉନା କାହିଁକି, ଭାବଗ୍ରାହୀ ପ୍ରବୀରବାବୁଙ୍କର କୌଣସି ଏକ ବଦଭ୍ୟାସରେ ବ୍ୟତିବ୍ୟସ୍ତ ହୋଇ ତାଙ୍କ ଭଳି ହୃଦୟବାନ୍ ପ୍ରଭୁଙ୍କୁ ଛାଡ଼ି ମୋର ଆଶ୍ରୟ ନେଇଥିଲା । ମାତ୍ର ଭାବଗ୍ରାହୀର ସମସ୍ତ ସୁଗୁଣ ଓ କାର୍ଯ୍ୟଦକ୍ଷତା ସତ୍ତ୍ୱେ ମୁଁ ମଧ୍ୟ କିଛିଦିନ ପରେ ତା’ର ଏକ ବଦଭ୍ୟାସ ପାଇଁ ଅତିଷ୍ଠ ହୋଇଗଲି । ପ୍ରଥମେ ପ୍ରଥମେ କିଛିଦିନ ସମସ୍ତ ବିରକ୍ତି ସତ୍ତ୍ୱେ କଥାଟାକୁ ଚଲାଇ ନେବି ବୋଲି ଭାବିଥିଲି । ମାତ୍ର ଶେଷକୁ କଥାଟା ମୋର ମଧ୍ୟ ଅସହ୍ୟ ହେଲା । ଯେ କୌଣସି ଲୋକର ବି ହେବା

ସ୍ୱାଭାବିକ ।

ସେଦିନ ମୁଁ ସାମାନ୍ୟ ରୁକ୍ଷ ଗଳାରେ ପ୍ରଶ୍ନ କଲି— କଥା କ'ଣ ଭାବଗ୍ରାହୀ ? ଭାବଗ୍ରାହୀ ସେତେବେଳକୁ ଅକାରଣରେ ରାସ୍ତା ମଝିରେ ଗାଡ଼ି ଅଟକାଇ ସାରିଥିଲା । ମୋ କଥା ଶୁଣି ଲଜ୍ଜିତ ଭଙ୍ଗୀରେ ସେ ପୁଣି ଗାଡ଼ି ଷ୍ଟାର୍ଟ କଲା । ମୋ କଥାର କିଛି ଜବାବ୍ ଦେଲା ନାହିଁ ।

ବିନା କାରଣରେ ବାରମ୍ବାର ରାସ୍ତା ମଝିରେ ହଠାତ୍ ଗାଡ଼ି ବନ୍ଦ କରିଦେବା ଭାବଗ୍ରାହୀର ଏକମାତ୍ର ଅସନ୍ତୋଷଜନକ ବଦଭ୍ୟାସ ଥିଲା । ତା ଛଡ଼ା ତା'ର କୌଣସି କାର୍ଯ୍ୟରେ ମୁଁ ଅସନ୍ତୁଷ୍ଟ ନ ଥିଲି । ନିର୍ଦ୍ଧାରିତ ସମୟର ପୂର୍ବରୁ ସେ ଆସି ଗାଡ଼ି ବାହାର କରୁଥିଲା । ଯେଉଁଟାକି କୌଣସି ଡ୍ରାଇଭରଠାରୁ ଆଶା କରିବା ବିଡ଼ମ୍ବନା । ଗାଡ଼ିର ଖୁବ୍ ଯତ୍ନ ନେବା ସଙ୍ଗେ ସଙ୍ଗେ ଖୁବ୍ ସାବଧାନତା ସହକାରେ ସେ ଗାଡ଼ି ଚଲାଉଥିଲା । କିନ୍ତୁ ତା'ର ଏଭଳି ବାରମ୍ବାର ରାସ୍ତା ମଝିରେ ଗାଡ଼ି ବନ୍ଦ କରିବାର କାରଣ ମୁଁ ଖୋଜି ପାଉନଥିଲି ଓ ସେ ମଧ୍ୟ କୌଣସି ପ୍ରକାର କୈଫିୟତ୍ ଦେବାକୁ ପ୍ରସ୍ତୁତ ନ ଥିଲା । କିଛିଦିନ ପରେ ମୁଁ ଅନୁଭବ କଲି ଖଣ୍ଡେ ଦୂରରେ ଝରି ଛ'ଜଣ ଲୋକ ଦେଖିଲେ ତା'ର ଗାଡ଼ିର ବେଗ ଆପେ ଆପେ କମିଯାଇ ଅଟକେ ଓ ସେମାନଙ୍କୁ ଟିକେ କୌତୂହଳୀ ଦୃଷ୍ଟିରେ ରହିଁ ସେ ପୁଣି ଗାଡ଼ି ଚଲାଉଛି । ମୋର ସମସ୍ତ ବିରକ୍ତି ସତ୍ତ୍ୱେ ତା'ର ଏ ବଦଭ୍ୟାସର କୌଣସି କୈଫିୟତ୍ ସେ ଦେଉନାହିଁ ବା ବଦଭ୍ୟାସଟିକୁ ଛାଡ଼ି ପାରୁନାହିଁ । ନୀରବରେ ମୋର ଗାଳିକୁ ହଜମ କରି ନେବାବେଳେ ତା' ମୁହଁରେ ଯେଉଁ ଅସହାୟବୋଧ ଫୁଟି ଉଠୁଛି ସେଥିରୁ ମୁଁ ବୁଝିଲି ଏ ବଦଭ୍ୟାସ ଉପରେ ତା'ର ଆଦୌ ନିୟନ୍ତ୍ରଣ ନାହିଁ ।

ସେଦିନ ଏକ ଅତ୍ୟନ୍ତ ଜରୁରୀ କାମରେ ମୁଁ ଭୁବନେଶ୍ୱର ବାହାରିଥାଏ । ନିର୍ଦ୍ଦିଷ୍ଟ ସମୟରେ ପହଞ୍ଚିବା ମୋର ଅତ୍ୟନ୍ତ ଜରୁରୀ । ଏ କଥାଟା ଭାବଗ୍ରାହୀକୁ ଜଣାଇଦେଲି । ଆଗରୁ ବିନମ୍ର ଓ ଲଜ୍ଜିତ କଣ୍ଠରେ ସେ ହାତଯୋଡ଼ି କହିଲା— ଆଜ୍ଞା, ମତେ ମାଫ୍ କରିବେ । ଆଜି ଆପଣ ଯିବା ବେଳାଟା ଗାଡ଼ି ଚଲାଇଲେ ଭଲ ହୁଅନ୍ତା । ଫେରିଲାବେଳେ ମୁଁ ଗାଡ଼ି ଚଲାଇବି ।

ଡ୍ରାଇଭରଟାର ସାହସ ଦେଖି ବିସ୍ମିତ ହେଲି । ସେ ଦରମା ନେଉଛି ଗାଡ଼ି ଚଲାଇବ ବୋଲି; ଅଥଚ ମତେ କହୁଛି ଗାଡ଼ି ଚଲାଇ ଯିବା ପାଇଁ ? କିନ୍ତୁ ତା'ର କଥାର ଅର୍ଥ ବୁଝି ଓ ମୋ' କାମର ଗୁରୁତ୍ୱ ଦୃଷ୍ଟିରୁ ମୁଁ ରୂପ ରୂପ ଗାଡ଼ି ନେଇ ବାହାରିଗଲି । ତାକୁ ସେଦିନ ସଙ୍ଗରେ ନେଲି ନାହିଁ ଏବଂ ଫେରିଲେ ତାକୁ କାମରୁ ଛୁଟି କରିଦେବି ବୋଲି ଠିକ୍ କରିନେଲି । ଏମିତି ଅନେକ ଜରୁରୀ କାମରେ ମତେ ବାହାରିବାକୁ

ହେବ– ଅନେକଥର ମତେ ତେଣୁ ଗାଡ଼ି ଚଲାଇବାକୁ ହେବ। ତେବେ ଏଭଳି ଡ୍ରାଇଭର ରଖି ଲାଭ କ'ଣ? ମୁଁ ଫେରିବା ପରେ ଭାବଗ୍ରାହୀକୁ ଡାକି କିଛି କହିବା ପୂର୍ବରୁ ସେ ମୋ' ହାତକୁ ଖଣ୍ଡେ ଛୁଟି ଦରଖାସ୍ତ ବଢ଼ାଇଦେଲା। ଭାବଗ୍ରାହୀ ଚାରିମାସ ଛୁଟି ମାଗିଥିଲା। ମୁଁ ବିରକ୍ତରେ ଅତିଷ୍ଠ ହୋଇ ରୁକ୍ଷ କଣ୍ଠରେ କହିଲି–ଚାରିମାସ କାହିଁକି, ମୁଁ ତମକୁ ସବୁଦିନ ପାଇଁ ଛୁଟି ଦେଇ ଦେଉଛି।

ସେ ସହଜ କଣ୍ଠରେ ବିନମ୍ର ଭାବେ କହିଲା— ଆପଣଙ୍କର ବିରକ୍ତିର କାରଣ ମୁଁ ବୁଝୁଛି ଆଜ୍ଞା! ତଥାପି ଦୀର୍ଘ ଦଶବର୍ଷର ଏ ବଦ୍ଅଭ୍ୟାସଟା ଛାଡ଼ି ପାରୁନାହିଁ। ସେଇଥିପାଇଁ ମୁଁ ଚାରିମାସ ଛୁଟି ମାଗିଥିଲି। ଭାବିଥିଲି ଚାରିମାସ ଗାଡ଼ି ଚଲାଇବା ଛାଡ଼ିଦେବା ସଙ୍ଗେ ସଙ୍ଗେ ଏ ବଦ୍ଅଭ୍ୟାସଟା ବି ଛାଡ଼ି ହେଇଯିବ। କିନ୍ତୁ ଦେଖୁଛି ଯେଉଁଥିପାଇଁ ଅତିଷ୍ଠ ହେଇ ମୁଁ ସା'ବଙ୍କୁ (ପ୍ରବୀରବାବୁ) ଛାଡ଼ିଥିଲି ସେଇଥିପାଇଁ ଆପଣ ଅତିଷ୍ଠ ହେଇ ମତେ ଛାଡ଼ୁଛନ୍ତି। ଭାଗ୍ୟର ଏ ବିଡ଼ମ୍ବନା... ମୁଁ ପୂର୍ବରୁ ବୁଝି ନ ଥିଲି ଯେ ବଦ୍ଅଭ୍ୟାସଟା ସା'ବଙ୍କଠାରୁ ଆସି ସମ୍ପୂର୍ଣ୍ଣ ମୋର ହୋଇଯାଇଛି ବୋଲି।

ମୁଁ ତାକୁ ଅଶ୍ମୀଳ ଆଖିରେ ଚୁହିଁ ରହିଲି। ବୁଝିପାରିଲିନି ତା'ର ଏ ବଦ୍ଅଭ୍ୟାସ ସଙ୍ଗେ ପ୍ରବୀରବାବୁଙ୍କର କି ସମ୍ପର୍କ ଥାଇପାରେ। ମୋ ଚୁହାଣିର ଅର୍ଥ ବୁଝି ନିମ୍ନ କଣ୍ଠରେ କହିଲା ଯେଉଁ କଥାଟା କହିବା ପାଇଁ ମୋର ଏତେ କୁଣ୍ଠା, ସେଇଟା ଆପଣଙ୍କୁ ଖୋଲି କହିବାକୁ ହେବ। ଅନ୍ତତଃ ମୋର ଦାନାପାଣି ଗଣ୍ଟାକ ପାଇଁ ମୁଁ ସବୁ କହିଛି ଆଜ୍ଞା। ତା' ପରେ ଆପଣଙ୍କ ଦୟା ଉପରେ ମୋର ଭବିଷ୍ୟତ ମୁଁ ଛାଡ଼ିଦେବି।

ମୁଁ କୌତୂହଳୀ ହେଇ ତା'ର କଥା ଶୁଣିବାପାଇଁ ଇଚ୍ଛା ପ୍ରକାଶ କଲି। ତା' କଥାର ସାରାଂଶ ଏଇଭଳି।

ପ୍ରବୀରବାବୁ ଅତ୍ୟନ୍ତ ବଦାନ୍ୟ ହୋଇ ବେଳେ ବେଳେ ନିଜେ ଯେମିତି ଅଡୁଆ ଭିତରକୁ ଟାଣି ହେଇଯାଇଛନ୍ତି— ତାହା ତାଙ୍କର ସ୍ତ୍ରୀ ଆଦୋ ବରଦାସ୍ତ କରିପାରନ୍ତି ନାହିଁ। ବିଶେଷକରି ରାସ୍ତା ମଝିରେ କେହି ହାତ ଦେଖାଇଲେ ଆଦୋ ଗାଡ଼ି ବନ୍ଦ ନ କରିବା ପାଇଁ ସ୍ୱାମୀଙ୍କର କଡ଼ା ଆଦେଶ। କାରଣ କିଏ କେଉଁ ମତଲବ ନେଇ ଗାଡ଼ି ରୋକିଦେବ ତା' କିଏ କହିବ? ଆଜିର ଆତ୍ମକୈନ୍ଦ୍ରିକ ଯୁଗରେ ପରକୁ ସାହାଯ୍ୟ କରିବାର ଅର୍ଥ ନିଜକୁ ବିପଦ ମୁହଁକୁ ଠେଲିଦେବା। ଏପରିକି ରାସ୍ତାରେ କୌଣସି ଦୁର୍ଘଟଣା ଘଟିଥିଲେ ବି ଆହତ ବ୍ୟକ୍ତିଟିକୁ ଗାଡ଼ିରେ ନେଇ ନିକଟସ୍ଥ ଡାକ୍ତରଖାନାରେ ପହଞ୍ଚାଇ ଦେବାଟା ବଡ଼ ବୋକାମୀ। କାରଣ ତା' ଦ୍ୱାରା ପୋଲିସ କେସ୍‌ରେ ନିଜେ ସଂପୃକ୍ତ ହୋଇଯିବା ସଙ୍ଗେ ସଙ୍ଗେ, ବେଳେବେଳେ କିଛିଟା ଅର୍ଥଶ୍ରାଦ୍ଧ ମଧ୍ୟ କରିବାକୁ ହୋଇଥାଏ। କିଏ ଜାଣେ ଆଜିକାଲିକାର ବେକାର

ଟୋକାଏ ସେଇ ସାହାଯ୍ୟକାରୀ ବ୍ୟକ୍ତି ନିଜେ ଧକ୍କା ଲଗାଇଛନ୍ତି ବୋଲି କହି କ୍ଷତିପୂରଣ ଆଦାୟ କରିବେ ? ଏସବୁ ପ୍ରବୀରବାବୁଙ୍କର ସ୍ତ୍ରୀଙ୍କର ସୂକ୍ଷ୍ମ ଚିନ୍ତା। ଏମିତି ଘଟଣା କେଉଁଠି କେବେ ଘଟିଥିଲା ତା'ମଧ୍ୟ ସେ ଉଦାହରଣ ଦେଇ କହିପାରନ୍ତି। ସ୍ତ୍ରୀଙ୍କର ଏତେଟା ସ୍ୱାର୍ଥପରତାକୁ ଅନ୍ତରେ ଅନୁମୋଦନ କରି ନ ପାରିଲେ ବି ତାଙ୍କ କଥାରୁ ବାହାରି ଯାଇପାରନ୍ତିନି ପ୍ରବୀରବାବୁ। କାରଣ ସ୍ତ୍ରୀଙ୍କର ବାରଣ ନ ମାନି ରାସ୍ତା ମଝିରେ ଗାଡ଼ି ଅଟକାଇବାର ବିଷମ ପରିଣତି ଥରେ ଅଧେ ଅଙ୍ଗେ ଲିଭାଇଛନ୍ତି ପ୍ରବୀରବାବୁ। ଥରେ ଅଧେ ଧୋକା ଖାଇ ସେ ମଧ୍ୟ ଭୀଷଣ ଆତ୍ମକୈନ୍ଦ୍ରିକ ହେଇଉଠିଥିଲେ।

ସେଦିନ ପ୍ରବୀରବାବୁ ସ୍ତ୍ରୀଙ୍କ ସହ ବାହାରିଥାନ୍ତି କଟକ। ଭାବଗ୍ରାହୀ ଗାଡ଼ି ଚଳାଉଥାଏ। କିଛିବାଟ ଗଲାପରେ ଖଣ୍ଡେ ଦୂରରେ ରାସ୍ତା କଡ଼ରେ ଅନେକ ଲୋକ ରୁଣ୍ଡ ହୋଇଥିବାର ଦେଖି ପ୍ରବୀରବାବୁ ଚଞ୍ଚଳ ହୋଇଉଠିଲେ। ସ୍କୁଟରଟିଏ ଟେପା ହେଇ ରାସ୍ତା ମଝିରେ ପଡ଼ିଥିବାର ସ୍ପଷ୍ଟ ଦେଖାଗଲା। କିଛି ଗୋଟାଏ ଆକ୍ସିଡେଣ୍ଟ ହୋଇଯାଇଛି ବୋଲି ସମସ୍ତେ ବୁଝିଲେ। ଗାଡ଼ିଟା ଦେଖି ଲୋକମାନେ ମଧ୍ୟ ଦୂରରୁ ହାତ ଦେଖାଇଲେ। ପ୍ରବୀରବାବୁ ଗାଡ଼ି ରଖିବେ କି ନା ଦ୍ୱନ୍ଦ୍ୱରେ ପଡ଼ିଲେ। ଅସହାୟ ଦୃଷ୍ଟିରେ ସ୍ତ୍ରୀଙ୍କର ସମର୍ଥନ ଲୋଡ଼ିବା ପୂର୍ବରୁ ସ୍ତ୍ରୀ ଭାବଗ୍ରାହୀକୁ ଏପରି ଏକ କଠୋର କଟାକ୍ଷ ହାଣିଲେ ଯାହା ଫଳରେ ଗାଡ଼ିର ବେଗ ହଠାତ୍‌ ବଢ଼ିଗଲା। ଗାଡ଼ିଟା ଜନତାକୁ ଅତିକ୍ରମ କରି ଛୁଟିଗଲା ବେଳେ ପ୍ରବୀରବାବୁ ଆଖି କୋଣରେ ରାସ୍ତାକଡ଼କୁ ଚାହିଁ ଶିହରୀ ଉଠିଲେ। ଜଣେ ଅଣ୍ଟ ବୟସ୍କ ଯୁବକ ରକ୍ତାକ୍ତ ଅବସ୍ଥାରେ ଅଚେତନ ହେଇ ପଡ଼ିଥିଲା। ପ୍ରବୀରବାବୁ କିଛି କହିବା ଆଗରୁ ସ୍ତ୍ରୀ ନିଜ ମନର ଦୁର୍ବଳତାକୁ ଚପେଇବା ପାଇଁ କହିଲେ ବେପରୁଆ ହେଇ ଚଲେଇବାର ଫଳ ଆଉ କ'ଣ ହୋଇପାରେ ? ଆଜିକାଲି ରାସ୍ତାଘାଟରେ ଏତେ ଆକ୍ସିଡେଣ୍ଟ ହେଉଛି ଯେ ସାହାଯ୍ୟ କରିବା ପାଇଁ ଗାଡ଼ି ରୋକିଲେ ପ୍ରତି ପାଞ୍ଚ ଦଶ ମାଇଲରେ ଗାଡ଼ି ରୋକିବାକୁ ହିଁ ହେବ। ହୁଃ, ଟୋକାମାନେ ସ୍କୁଟର ଖଣ୍ଡକରେ ବସିଗଲେ ଇନ୍ଦ୍ର ଚନ୍ଦ୍ର ମାନୁ ନାହାନ୍ତି। ଏମାନେ ମରିବେନି ତ ଆଉ କ'ଣ। ପ୍ରବୀରବାବୁ ଦୀର୍ଘଶ୍ୱାସ ଛାଡ଼ିଲେ। ମନେ ମନେ ଭାବିଲେ— କାହାର ପୁଅଟି ଆହା ! ଆଜି ସଙ୍ଗରେ ସ୍ତ୍ରୀ ନଥିଲେ ସେ ହୁଏତ ନିଶ୍ଚୟ ପିଲାଟାକୁ ଉଠାଇ ଆଣି ହସ୍ପିଟାଲରେ ପହଞ୍ଚାଇ ଦେଇଥାନ୍ତେ। ଅବଶ୍ୟ ତାଙ୍କ ପଛରେ ଅନେକ ଗାଡ଼ି ଏ ରାସ୍ତାରେ ଆସୁଛି। ଯେ କେହି ପିଲାଟାକୁ ଉଠାଇ ଆଣିବେ। ଏଇ ଯାହା ପାଞ୍ଚ ଦଶମିନିଟର ଫରକ। ପ୍ରବୀରବାବୁ ନିଜ ମନକୁ ପ୍ରବୋଧ୍‌ଲେ। ଗାଡ଼ିଟା ସେତେବେଳକୁ ଅନେକ ବାଟ ଆସି ଯାଇଥିଲା।

କଟକରେ ପହଞ୍ଚ କେତେଟା ଏଣୁ ତେଣୁ କିଶାକିଶି କରି ପ୍ରଦୀପକୁ ଦେଖାକରି ଫେରି ଆସିବାର ପ୍ରୋଗ୍ରାମ ଥିଲା। ପ୍ରଦୀପ ରୁମ୍‌ରେ ନ ଥିଲା – ସପିଂ କରିବାକୁ ଯାଇଥିଲା। ପ୍ରଦୀପର ସିଙ୍ଗଲ୍ ରୁମ୍‌ରେ କିଛି ସମୟ ଅପେକ୍ଷା କରିବାକୁ ହେଲା। ତା'ର ସାଙ୍ଗ ଜଣେ ତାକୁ ଡାକି ଆଣିବାକୁ ଯାଇଥିଲା। ପ୍ରଦୀପ ପାଇଁ ନେଇଥିବା ଜଳଖିଆ ସବୁ ତା'ର ଡବାରେ ରଖୁ ରଖୁ ମନେ ମନେ ପିଲାଟା ଉପରେ ବିଗୁଡ଼ୁଥିଲେ ତା'ର ମା'। ଗୋଟାଏ ବୋଲି ପିଲା ହୋଇଥିବାରୁ ପ୍ରଦୀପକୁ ଶାସନ କରିବାର କୋହଳ ନୀତି ଯୋଗୁଁ ପିଲାଟା ଟିକେ ସ୍ୱେଚ୍ଛାଚାରୀ ହୋଇଯିବାକୁ ବସିଲାଣି। ଷ୍ଟଡି ଆୱାରରେ ପାଠ ନ ପଢ଼ି କେଉଁଆଡ଼େ ଯାଇ ପୁର୍ତ୍ତି ମାରୁଛି; ଅଥଚ ସେଇ ହିଁ ତାଙ୍କର ଏକମାତ୍ର ଆଶାଭରସା। ରେଜଲ୍ଟ ନ କଲେ କ'ଣ ହେବ ତା'ର ଫିଉଚର ଆଜିର କମ୍ପେଟେଟିଭ ଯୁଗରେ ? ଫାଇନାଲ ଏମ୍.ବି.ବିଏସ୍ ପରୀକ୍ଷା ମାସ କେଇଟା ରହିଲା– ଏ ପାଠ ଏମିତି ପଢ଼ା ଯାଏନା। ଆଜି ପିଲାଟାକୁ କଡ଼ାମିଠା ଶୁଣାଇବାକୁ ମନେ ମନେ ସ୍ଥିର କଲାବେଳେ ହଠାତ୍ ପ୍ରଦୀପର ଦୁଇଜଣ ବନ୍ଧୁ ବିବ୍ରତ ହେଇ ରୁମ୍‌କୁ ପଶିଆସିଲେ। କାତର କଣ୍ଠରେ କହିଲେ—— ଶୀଘ୍ର ହସ୍ପିଟାଲ ଆସନ୍ତୁ ଆଜ୍ଞା। ପ୍ରଦୀପର ଆକ୍‌ସିଡେଣ୍ଟ ହେଇଯାଇଛି। ଏଇମାତ୍ର ତାକୁ ହସ୍ପିଟାଲ ଅଣାଯାଇଛି।

କେଉଁଠି କେତେବେଳେ ? ଆର୍ତ୍‌ଚିତ୍କାର କରିଉଠିଲେ ମିସେସ୍ ମିଶ୍ର। ପ୍ରବୀରବାବୁଙ୍କ ଆଖି ଆଗରେ ଭାସି ଉଠିଲା ରାସ୍ତାକଡ଼ର କିଛିକ୍ଷଣ ତଳର ସେଇ ଦୃଶ୍ୟ। ପର ପିଲାଟାକୁ ଅସହାୟ ଭାବେ ମରିବାକୁ ଛାଡ଼ିଦେଇ ଆସି ନ ଥିଲେ ଆଜି ହୁଏତ ତାଙ୍କର ଏକମାତ୍ର ସନ୍ତାନର ଆକ୍‌ସିଡେଣ୍ଟ ହେଇ ନ ଥାନ୍ତା।

ପ୍ରଦୀପର ବେଡ଼ ପାଖରେ ଠିଆହୋଇ ତା'ର ବୀଭତ୍ସ କ୍ଷତ ବିକ୍ଷତ ମୁହଁଟିକୁ ଚାହିଁ ଦେଉ ଦେଉ ମିସେସ୍ ମିଶ୍ର ସଂଜ୍ଞା ହରାଇ ରକ୍ଷା ପାଇଗଲେ। ପ୍ରବୀରବାବୁଙ୍କ ଆହୁରି ଧକ୍‌କା ସହିବାକୁ ଥିଲା। ଡାକ୍ତର କହିଲେ- ଆଉ ଗୋଟାଏ ଘଣ୍ଟା ଆଗରୁ ହସ୍ପିଟାଲ ପହଞ୍ଚ ପାରିଥିଲେ କିଛି ଚିନ୍ତାର କାରଣ ନଥିଲା। ବର୍ତ୍ତମାନ ମସ୍ତିଷ୍କରୁ ଅତ୍ୟଧିକ ରକ୍ତସ୍ରାବ ଫଳରେ ତା'ର ଜୀବନ ଆମର ନିୟନ୍ତ୍ରଣ ବାହାରେ। କେବଳ ଈଶ୍ୱର ଭରସା।

ପ୍ରଦୀପର ବନ୍ଧୁ ଜଣେ ଘୃଣାବ୍ୟଞ୍ଜନ କଣ୍ଠରେ ମନ୍ତବ୍ୟ ଦେଲେ- ମଣିଷ କେତେ ସ୍ୱାର୍ଥାନ୍ଧ ହେଇଯାଉଛି ଦିନୁଦିନୁ। ଆକ୍‌ସିଡେଣ୍ଟଟା ଆଖି ଆଗରେ ଦେଖି ମଧ ଗାଡ଼ି ନ ରୋକି ସ୍ପିଡ୍ ବଢ଼ାଇ ଚୁଲି ଆସିଲେ ଜଣେ ଭଦ୍ରଲୋକ। ଆକ୍‌ସିଡେଣ୍ଟ ପରେ ପରେ ଧଲା ଆମ୍ବାସଡର ଗାଡ଼ିଟାଏ ପାସ୍ କରି ଆସିଲା। ଲୋକେ ହାତ ଦେଖାଇଲେ ବି ଅଟକାଇଲାନି। ସେଥିରେ ଆସିଯାଇଥିଲେ ଏତେଟା କ୍ଷତି ହେଇ ନ ଥାନ୍ତା। ଆଉରି ଅଧଘଣ୍ଟାଏ ସେଠି ପଡ଼ି ରହିବାକୁ ହେଲା।

ପ୍ରବୀରବାବୁଙ୍କର ଆଖି ଦୁଇଟାରୁ ଲୁହ ନୁହେଁ – ସତେ ବା ଡୋଲା ଦି'ଟା ବାହାରି ଖସି ଆସୁଥିଲା।

ପ୍ରଦୀପ ସାଙ୍ଗଠାରୁ ସ୍କୁଟରଟାଏ ଧରି କାହାକୁ ନ ଜଣାଇ ବାପା ମା'ଙ୍କ ପାଖକୁ ଛୁଟିଯାଉଥିଲା। ପ୍ରବୀରବାବୁଙ୍କ ଗାଡ଼ି ତାକୁ ରାସ୍ତା କଡ଼ରେ ଅସହାୟ ଭାବେ ଛାଡ଼ି ସ୍ଥିତ ବଢ଼ାଇ ଚଲି ଆସିଥିଲା।

ଭାବଗ୍ରାହୀ କଥା ଶେଷ କଲାବେଳକୁ ତା'ର କପାଳରେ ବିନ୍ଦୁ ବିନ୍ଦୁ ଝାଳ ଜମିଥିଲା। ତା' ପରେ ମୁଁ ଉସ୍ସୁକ କଣ୍ଠରେ ପଚାରିଲି।

ଦୀର୍ଘଶ୍ୱାସ ଛାଡ଼ି ଭାବଗ୍ରାହୀ କହିଲା— ପ୍ରଦୀପ ବଞ୍ଚିଗଲା। ମାତ୍ର ସମ୍ପୂର୍ଣ୍ଣ ଅକର୍ମଣ୍ୟ ଆଉ ପଙ୍ଗୁ ହୋଇ ତାକୁ ସାରା ଜୀବନ ରହିବାକୁ ହେଲା। ତା'ର ବ୍ରେନ୍ ଆଉ କାମ କଲା ନାହିଁ। ଗୋଟାଏ ଗୋଡ଼ ଓ ଗୋଟାଏ ହାତ କଟା ହେଲା।

ସେଇଠୁ ମେମ୍‌ସା'ବ ମୂକ ହୋଇ ଯାଇଥିଲେ କହିଲେ ଚଲେ। ଆଉ ପ୍ରବୀରବାବୁଙ୍କର ମସ୍ତିଷ୍କରେ ସାମାନ୍ୟ ବିକୃତି ଦେଖାଦେଲା। ରାସ୍ତାରେ ଯେ କୌଣସି ଲୋକ ଦେଖିଲେ ସେ ଗାଡ଼ି ଅଟକାଇ ବୁଝନ୍ତି କୌଣସି ସାହାଯ୍ୟ ଦରକାର କି ନା। ଏକାଠି ଚାରି ପାଞ୍ଚଜଣ ଲୋକ ଦେଖିଲେ ଗାଡ଼ି ଅଟକାଇ ଓହ୍ଲାଇ ପଡ଼ନ୍ତି। କୌଣସି ଆକ୍‌ସିଡେଣ୍ଟ ହୋଇଛି କି ନା ବାରମ୍ବାର ପଚାରି ବୁଝନ୍ତି। ତାଙ୍କର ନିର୍ଦ୍ଦେଶରେ ଦଶବର୍ଷ ଧରି ରାସ୍ତା ମଝିରେ ବାରମ୍ବାର ବିନା କାରଣରେ ଗାଡ଼ି ଅଟକାଇ ମୁଁ ବ୍ୟସ୍ତ ବିବ୍ରତ ହେଇ ତାଙ୍କୁ ଛାଡ଼ିଥିଲି।

ମାତ୍ର ମୁଁ ଜାଣି ନଥିଲି ବଦଭ୍ୟାସଟା ବି ମୋର ହୋଇଯାଇଛି ବୋଲି। ବର୍ତ୍ତମାନ ମୁଁ ବୁଝିପାରୁଛି ସା'ବଙ୍କ ନିର୍ଦ୍ଦେଶ ପାଇବା ପୂର୍ବରୁ ମୁଁ ବି ଗାଡ଼ି ଅଟକାଇ ଦେଉଥିଲି— ଆପେ ଆପେ।

ଭାବଗ୍ରାହୀର ବଦଭ୍ୟାସ ଛାଡ଼ିବା ପାଇଁ ଚାରିମାସ ଛୁଟି ମଞ୍ଜୁର କରିଦେଲି।

କିଛିଦିନ ପରେ ଶୁଣିଲି– ଭାବଗ୍ରାହୀ ବାହାରି ଆସିବା ପରେ ପ୍ରବୀରବାବୁ ନିଜେ ଗାଡ଼ି ଚଲାଇବା ଫଲରେ ରାସ୍ତା ମଝିରେ ଏମିତି ଅଚାନକ ଗାଡ଼ି ଅଟକାଇବାକୁ ଆରମ୍ଭ କଲେ ଯେ ତାଙ୍କୁ ଶେଷରେ ଟ୍ରାଫିକ୍ ନିୟମ ଭଙ୍ଗ ଅପରାଧରେ ହାଜତକୁ ନିଆଗଲା ଓ ପରେ ଡାକ୍ତରୀ ପରୀକ୍ଷାରୁ ସମ୍ପୂର୍ଣ୍ଣ ପାଗଳ ଘୋଷଣା କରାଯାଇ, ମେଣ୍ଟାଲ ହସ୍ପିଟାଲକୁ ପଠାଗଲା।

ସେ ବର୍ତ୍ତମାନ ମେଣ୍ଟାଲ ହସ୍ପିଟାଲରେ ଥିବାରୁ ଏ ଘଟଣାଟି କହୁ କହୁ କହିଦେଲି।

ଆମ୍ବ ଗଛ

ସେଇ ନିରୀହ ଆମ୍ବଗଛଟାର ବୟସ ଗଣନା କରୁଥିଲେ ଅବସରପ୍ରାପ୍ତ ବୟସ୍କ ମହୀକାନ୍ତ । ଗଛର ପ୍ରତିଟି ଡାଳରେ ଝୁଲୁଛି ନେଚୁ ନେଚୁ ଆମ୍ବକଷି । ଏଇ ଗଛର ଡାଳରେ ପ୍ରତିବର୍ଷ ରଜରେ ଦୋଳି ଖେଳିଛି ଝିଅ ପ୍ରଥମା । ବଡପୁଅ ଆଦ୍ୟପ୍ରାଣ ଏଇ ଆମ୍ବଗଛ ଛାଇରେ ପ୍ରତିବର୍ଷ ତା'ର ଜନ୍ମଦିନରେ ସାଙ୍ଗମାନଙ୍କ ସହ ବାର୍ଥ ଡେ ପାର୍ଟି କରିଆସିଛି । ଆମ୍ବଗଛର ଫଳ ଅପେକ୍ଷା ଶୀତଳ ଛାୟା ହିଁ ତା' ପାଇଁ ବଡ଼ ଆକର୍ଷଣର ବସ୍ତୁ । ସାନପୁଅ ଆୟୁଷ୍ମାନର କିନ୍ତୁ ଗଛର ପ୍ରତ୍ୟେକଟି ଫଳ ପ୍ରତି ଲୋଭ । ପିଲାଟି ଦିନରୁ ସେ ଆମ୍ବପ୍ରିୟ । ତା'ର ଆମ୍ବ ଫଳଟି ପ୍ରତି ଲୋଭ ସଙ୍ଗେ ଏଇ ଆମ୍ବଗଛର ଇତିହାସଟା ପ୍ରାୟ ଛନ୍ଦାଛନ୍ଦି । ଆୟୁଷ୍ମାନ ଯେତେବେଳେ ପ୍ରଥମ ଖାଇବାକୁ ଶିଖିଲା, ସେତେବେଳେ ବଜାରରେ ବାଇଗଣପଲେଇ ଆମ୍ବ ପଡ଼ିବାର ସମୟ । ଅନ୍ନପ୍ରାସନ ଦିନ ସେ କିନ୍ତୁ ନୂଆ ରୂପାଗିନାରେ କ୍ଷୀରି ଅପେକ୍ଷା ବଡ଼ଭାଇ ଆଦ୍ୟପ୍ରାଣର ଥାଲିର ଆମ୍ବଟାକୁ ହିଁ ବେଶୀ ପସନ୍ଦ

କରିଥିଲା । ତା'ର ଟିକି ଟିକି ହାତ ବଢ଼ାଇ ଆମ୍ବଖଣ୍ଡକ ଭାଇ ଥାଲିରୁ ଝିଙ୍କି ନେଇଥିଲା । ତା'ପରେ ଆଦ୍ୟପ୍ରାଣର ଅଞ୍ଚଟ କାନ୍ଦ । ତା'ପରଠୁ ମହୀକାନ୍ତ ଘରକୁ ବଜାରରୁ ଭଲ ଭଲ ଆମ୍ବ ବାଛି ଆଣିବାକୁ ଆରମ୍ଭ କରିଥିଲେ । ଯେତେ ଆମ୍ବ ଆଣିଲେ ବି ଆମ୍ବ ପାଇଁ ତିନିପିଲାଙ୍କ ଭିତରେ ସବୁବେଳେ ମାଡ଼ଗୋଳ । ବସୁମତୀ ମଧ୍ୟ କମ୍‍ ଆମ୍ବପ୍ରିୟ ନୁହନ୍ତି । ପିଲାମାନେ ଖାଇ ଶିଖିବା ଆଗରୁ ସେ ବସୁମତୀଙ୍କ ଥାଲି ପାଖରେ ପାଟିଲା ଆମ୍ବ ଚୋପାର ଗୋଟାଏ ସ୍ତୂପ ଦେଖି ଅନେକ ମଧୁର ପରିହାସ କରୁଥିଲେ । କିନ୍ତୁ ପିଲାଙ୍କର ଆମ୍ବ ପ୍ରତି ଆସକ୍ତି ବଢ଼ିବା ସଙ୍ଗେ ସଙ୍ଗେ ବସୁମତୀଙ୍କର ଆମ୍ବ ପ୍ରତି ଆସକ୍ତି କମିବାକୁ ଆରମ୍ଭ କରିଥିଲା ଆପେ ଆପେ ।

ତାଙ୍କ ଥାଲିରେ ଖଣ୍ଡକରୁ ଦୁଇଖଣ୍ଡ ଆମ୍ବ ସେ ଆଉ ଦେଖିନାହାନ୍ତି । ମହୀକାନ୍ତ ଆଉଖଣ୍ଡେ ଆମ୍ବ ନେବା ପାଇଁ ବଲେଇଲେ ବସୁମତୀ କହନ୍ତି ''ଥାଉ ପିଲାଏ ପଛକୁ ଖୋଜିବେ । ଆଜିକାଲି ବେଶୀ ଆମ୍ବ ଆଉ ପେଟରେ ଯାଉନି ।'' ମହୀକାନ୍ତ ହସନ୍ତି ମନେ ମନେ । ସେ ଜାଣନ୍ତି ଆମ୍ବର ଗୋଟାଏ ସ୍ତୂପ ଆଣି ଘରେ ଥୋଇଲେ ବି ବସୁମତୀଙ୍କର ପିଲାମାନେ ପଛକୁ ଆମ୍ବ ଖୋଜିବେ – ଏବଂ ବସୁମତୀ ଖଣ୍ଡକରୁ ଦି'ଖଣ୍ଡ ଆମ୍ବ ଆଉ ନେବେ ନାହିଁ । ପିଲାମାନଙ୍କର ସବୁତକ ପ୍ରିୟଖାଦ୍ୟ ଏଣିକି ଆଉ ବସୁମତୀଙ୍କ ଦେହରେ ଚଳିବ ନାହିଁ । ପିଛିଲା ସ୍ମୃତି ସବୁ ଧାଡ଼ିବାନ୍ଧି ଗଢ଼ି ଆସୁଛନ୍ତି ପଛକୁ ପଛ...

ପ୍ରତିଥର ଗସ୍ତରେ ଗଲେ ବସୁମତୀଙ୍କ ପାଇଁ କିଛି ନା କିଛି ଉପହାର ଆଣିବା ମହୀକାନ୍ତଙ୍କର ଅଭ୍ୟାସ । ବସୁମତୀଙ୍କ ସେଥର କିନ୍ତୁ ଉପହାରଟି ଦେଇ ସେ ଏକବାର ଚମକୃତ କରି ଦେଇଥିଲେ । ତାଙ୍କ ପାଇଁ ସେ ଆଣିଥିଲେ ଏକ କଲମୀ ଆମ୍ବଗଛଟିର ଚାରା । ଚାରିଟି ନାଲି ନାଲି କଅଁଳିଆ ପତ୍ର ମେଲିଥାଏ । ଅତି ଯତ୍ନରେ ଗଛଟି ଆଣିଥିଲେ ସେ ଏତେବାଟରୁ । ତା'ଠାରୁ ବେଶୀ ଯତ୍ନରେ ତାଙ୍କ ହାତରୁ ଚାରାଟିକୁ ନେଇଥିଲେ ବସୁମତୀ । ସତେ ବା ଚାରାଟି ନାଲି ନାଲି କଅଁଳିଆ ପତ୍ର ନୁହେଁ, କଅଁଳିଆ ହାତଗୋଡ଼ ଚାରିଟି । ଚାରାଟିଏ ତ ନୁହେଁ – କଅଁଳା ଛୁଆଟିଏ – ସତେ ବା ଏକୋଇଶି ଦିନର ପୁଥ ଆୟୁଷ୍ମାନ ସେ । ଠିକ୍‍ ସେମିତି ଯତ୍ନରେ ଗଛଟିକୁ ଦାଣ୍ଡ ସାମ୍ନା ବଗିଚାର ଗୋଟାଏ କଣକୁ ବହୁ ଭାବିଚିନ୍ତି ଲଗାଇଥିଲେ ବସୁମତୀ । କେତେ ଝଡ଼ବତାସରୁ ଗଛଟିକୁ ବଞ୍ଚାଇଥିଲେ । ପିଲାଙ୍କ ଦେହ ଅସୁସ୍ଥ ଥିଲେ ଯେମିତି ରାତି ରାତି ଉଜାଗର ହୋଇ ବସିଥାନ୍ତି, ବସୁମତୀ ଯେମିତି ଘଡ଼ିକି ଘଡ଼ି ଚମକି ଉଠିପଡ଼ି ପିଲାଙ୍କ ଦେହରେ ହାତ ମାରନ୍ତି – ଠିକ୍‍ ସେମିତି ଝଡ଼ବର୍ଷା ରାତିରେ ଚମକି ଉଠିପଡ଼ନ୍ତି ବସୁମତୀ । କାଲେ ଗଛଟି ଭାଙ୍ଗିପଡ଼ିବ କି ? ଚାକରକୁ ଉଠାଇ ବାଉଁଶର ଠିରା ପୋତେଇ ସମସ୍ତ ସାବଧାନତା

ସହ ଗଛଟିର ନିରାପତା ଦେଖନ୍ତି । ଗଛଟିରେ ପୋକ ଲାଗିଲେ– ପତ୍ର ଟିକେ ମୋଡ଼ି ମୋଡ଼ି ହେଲେ– ପତ୍ରର ରଙ୍ଗ ପରିବର୍ତ୍ତନ ହେଲେ ସଂଗେ ସଂଗେ ସ୍ଥାନୀୟ କୃଷି ବିଶାରଦଙ୍କୁ ଡକାଇ ଉପଯୁକ୍ତ ପଦକ୍ଷେପ ନିଅନ୍ତି ମହାକାନ୍ତ ବସୁମତୀଙ୍କ ପରାମର୍ଶରେ । ମହାକାନ୍ତଙ୍କର ମନେହୁଏ ବସୁମତୀଙ୍କୁ ସେ ଆମ୍ବଗଛ ନୁହେଁ, ଆଉ ଗୋଟିଏ ସନ୍ତାନ ହିଁ ଦେଇଛନ୍ତି । ଏ ସେଇ ଆମ୍ବଗଛ । ସମୟ ସଂଗେ ତାଳଦେଇ ପିଲାମାନେ ବଢ଼ି ଉଠିବା ସଂଗେ ସଂଗେ ଆମ୍ବଗଛଟି ନିର୍ଦ୍ଦିଷ୍ଟ ସମୟରେ ପଲ୍ଲବିତ ପୁଷ୍ପିତ-ଫଳବତୀ ହୋଇଉଠିଛି । କେତେ ମୁଠ ଫଳ ଖାଇଲେଣି ଠିକ୍ ମନେ ପଡ଼ୁନି । ଆମ୍ବଟାର ସ୍ୱାଦ କିନ୍ତୁ ସ୍ୱତନ୍ତ । ତିନି ପିଲାଙ୍କର ଅତିପ୍ରିୟ ଏଇ ଗଛର ଫଳ । ବଜାରର ଯେତେ ଜାତିଆ ଆମ୍ବ ଆଣିଲେ ବି ପିଲାମାନେ ପ୍ରତିବର୍ଷ ଏଇ ଆମ୍ବର ତାରିଫ୍ କଲାବେଳେ ମହାକାନ୍ତଙ୍କର ମନେହୁଏ, ପିଲାମାନେ ଆମ୍ବକୁ ନୁହେଁ– ତାଙ୍କୁ ହିଁ ତାରିଫ୍ କରୁଛନ୍ତି । ଆଉ ବସୁମତୀଙ୍କର ମୁହଁଟି ଉଜ୍ଜ୍ୱଳି ଉଠେ ଠିକ୍ ପିଲାମାନେ ସ୍କୁଲ୍ ଡେ'ରେ ପ୍ରାଇଜ୍ ଆଣିଲା ବେଳେ ତାଙ୍କ ସୁନ୍ଦର ମୁହଁଟି ଯେମିତି ଉଜ୍ଜ୍ୱଳି ଉଠେ । ପିଲାମାନେ ବାହାରେ ରହି ପାଠ ପଢ଼ିଲାବେଳେ ମହାକାନ୍ତଙ୍କୁ ବାରମ୍ବାର ବହୁ ଅର୍ଥ ବ୍ୟୟ କରି ଆମ୍ବ କେତେଟା ଧରି ତାଙ୍କ କଲେଜ ହଷ୍ଟେଲକୁ ଯିବାକୁ ପଡ଼େ । ପିଲାମାନଙ୍କ ଚିଠିରେ ଆମ୍ବକୁ ଝୁରିବାର ସଂକେତ ପାଇ ଆମ୍ବର ସ୍ୱାଦ-ବାସ୍ନାର ବର୍ଣ୍ଣନା ପଢ଼ି ବସୁମତୀ ପାଟିକୁ ଆମ୍ବଖଣ୍ଡେ ନିଅନ୍ତି ନାହିଁ । ସବୁଟକ ଆମ୍ବ ସେ ବାରମ୍ବାର ନେଇ ପିଲାମାନଙ୍କ ପାଖକୁ ଯିବା ସମ୍ଭବ ନୁହେଁ ଓ ବହୁ ବ୍ୟୟସାପେକ୍ଷ ବୁଝିଲେ ମଧ ବସୁମତୀ ମହାକାନ୍ତଙ୍କ ବାଧରେ ଆମ୍ବଖଣ୍ଡେ ପାଟିରେ ଦେବା ମାତ୍ରେ ତାଙ୍କର ଆଖି ସଜଳ ହୋଇ ଉଠିବାର ଲକ୍ଷ୍ୟକରି ମହାକାନ୍ତ ଆଉ ତାଙ୍କୁ ବାଧକରି ଆମ୍ବ ଖାଇବାକୁ କହନ୍ତି ନାହିଁ । ପିଲାଙ୍କ ଅନୁପସ୍ଥିତିରେ ଆମ୍ବ ସବୁ ପଡ଼ୋଶୀମାନଙ୍କୁ ବାଣ୍ଟି ବାହାବା ନିଅନ୍ତି ବସୁମତୀ । ସେଇ ବାହାବା ନେଇ ପଛରେ ମାତୃହୃଦୟର କାରୁଣ୍ୟଟି ଯେ ଛଳ ଛଳ କରୁଥାଏ, ତାହା ସେମାନେ ବୁଝିପାରନ୍ତି ନାହିଁ ।

ଏ ସେଇ ଆମ୍ବଗଛ... କେତେ ବା ବୟସ ତା'ର ? ଆୟୁଷ୍ମାନ ପ୍ରଥମ କରି ସ୍କୁଲକୁ ଯିବାବର୍ଷ ଗଛରେ ପ୍ରଥମ ମୁଠକ ଫଳ ଆସିଥିଲା । ତା' ଟିଫିନ୍ ବାକ୍ସରେ କଟା ଆମ୍ବ ଦେଉ ଦେଉ ବସୁମତୀଙ୍କ ମୁହଁଟା ସେଦିନ କେମିତି ଆନନ୍ଦରେ ଛଳ ଛଳ କରି ଉଠିଲା, ତାହା ତାଙ୍କର ଠିକ୍ ମନେପଡୁଛି ।

ଆହା, ଆଉରି ଅନେକ ବର୍ଷ ବଞ୍ଚିଥାଆନ୍ତା ଆମ୍ବଗଛଟା... ଏବେ ମଧ ସବୁଜ ପତ୍ର ସମ୍ଭାରରେ ସେ ଯୌବନବତୀ ନାରୀଟି ଭଳି ତାଙ୍କ ସାମ୍ନାରେ ଠିଆ ହୋଇଛି । ଚଷ୍ଣୁଲାଗି ଆସୁଥିବା ଆମ୍ବଗୁଡ଼ିକ ନିଶ୍ଚିନ୍ତ ମନରେ ଦୋଳି ଖେଳୁଛନ୍ତି ପବନରେ । ଆଉ ଦିନ କେଇଟାରେ ଆମ୍ବଗୁଡ଼ା ପାଚିଥା'ନ୍ତେ ...

ଅଥଚ – ଅଥଚ ଗଛଟା କାଲିକୁ ନଥିବ । ଗଛ ମୂଳର ମାଟିଟା କାଲିକି ସମତୁଳ ହୋଇଯାଇଥିବ । ସମୟର ଉତ୍‌ଥାନ ପତନର କୁଆରେ ବଦଳି ଉଠୁଥିବା ପିଲା ମନର ରୁଚି ସହ ତାଲ ଦେଇ ।

ଆମ୍ବଗଛଟା କଟାଇ ସୁନ୍ଦର ଲନ୍‌ଟିଏ ହେବ । ସୁନ୍ଦର ଦୁର୍ଲଭ କାକ୍ଟସ୍ ଗଛଟିଏ ଲଗାହେବ ଆମ୍ବଗଛ ଥିବା ସ୍ଥାନରେ । ବଡ଼ବୋହୂ ସୁଦୀପାର କାକ୍ଟସ୍ ଗଛରେ ଖୁବ୍ ସଉକ । ଅଥଚ ଆଦ୍ୟପ୍ରାଣ ଦିନେ ଆମ୍ବଗଛଟାର ଶୀତଳ ଛାୟାର ପ୍ରେମିକ ଥିଲା । କାକ୍ଟସ୍ ଗଛ ଛାୟାଦାନ କରିପାରୁ ନାହିଁ; ତଥାପି ବୋହୂ ସହ ସେ ଏକମତ । କେବଳ ସେ ନୁହେଁ ଆୟୁଷ୍ଥାନ ମଧ୍ୟ । ଯିଏ ଆମେରିକାରୁ ଫ୍ଲାଏ କରି ଚାଲି ଆସିଥିଲା ଆମ୍ବ ପାଚିବା ଋତୁରେ ମାସେ ଛୁଟିନେଇ ତା'ର ଗବେଷଣା ଛାଡ଼ି ।

ଏଥିରେ ବୈଚିତ୍ର୍ୟ କ'ଣ ଅଛି ଯେ, ସେ ଆତ୍ମ୍ୟିତ ହେବେ; କିନ୍ତୁ ବିଚାରୀ ବସୁମତୀ ! ସେ ତ ଆତ୍ମ୍ୟିତ ନୁହନ୍ତି – ଏକବାର ସ୍ୱୟଂଭୂତ । ଫଳନ୍ତି ଗଛ ପୁଣି ଏମିତି ସେମିତି ଗଛଟିଏ ନୁହେଁ – ତାଙ୍କ ପିଲାମାନଙ୍କର ଏକଦା ପ୍ରିୟ ଆମ୍ବଗଛଟି ଯେ କଟାହେବ, ଏହା ତ ତାଙ୍କ ପକ୍ଷେ ଏକବାର ଅଭାବିତ । ଅଥଚ ତାଙ୍କ ପିଲାମାନଙ୍କର ସଉକ ଆଉ ରୁଚି ଅନେକ ଦିନରୁ ବଦଳିବାକୁ ଆରମ୍ଭ କରିଛି ବୋଲି ସେ ଜାଣିଥିଲେ ସେଇଦିନ– ଯେଉଁଦିନ ତାଙ୍କ ବେଡ଼ରୁମ୍ ଆଉ ଆଦ୍ୟପ୍ରାଣର ବେଡ଼ରୁମ୍‌ର ଭିତରେ ଥିବା ମଝି ଦ୍ୱାରଟା କାନ୍ତ ଉଠାଇ ବନ୍ଦ କରି ଦିଆଯାଇଥିଲା । ସେଦିନ ମହୀକାନ୍ତଙ୍କର ମନେ ପଡ଼ିଥିଲା ଘର ତିଆରି ହେବା ବେଳର ପ୍ରତ୍ୟେକଟି ଛୋଟବଡ଼ ଘଟଣା । ସହର ଉପାନ୍ତର ଏଇ ମନୋରମ ସ୍ଥାନରେ ଏଭଳି ଏକ ପ୍ରାସାଦ ତିଆରି ତ ସାଧାରଣ କଥା ନୁହେଁ – ତାଙ୍କ ସାରାଜୀବନର ଗୋଟିଏ ବିଶିଷ୍ଟ ଘଟଣା– । ରକ୍ତ ଆଉ ସ୍ୱେଦରେ ଲେଖା ଏକ ମହାନ୍ ଇତିହାସ ।

ଯାହିତାହି ଘରଟିଏ ତ ନୁହେଁ – ଘରର ପ୍ଲ୍ୟାନ୍‌ଟି ଖୁବ୍ ଉଚ୍ଚ ଧରଣର । ଦୁଇ ପୁଅଙ୍କର ଓ ତାଙ୍କ ନିଜର ତିନୋଟି ବଡ଼ ବେଡ଼ରୁମ୍ – ଡ଼ଙ୍ଗାଁ ସଂଲଗ୍ନ ଡାଇନିଂ ହଲ୍‌– ଗେଷ୍ଟରୁମ୍–ଲାଇବ୍ରେରୀ ଇତ୍ୟାଦି ଓ ତା' ସହ ସମସ୍ତ ଅତ୍ୟାଧୁନିକ ଆନୁଷଙ୍ଗିକ ବ୍ୟବସ୍ଥା ସହ ଘରଟିକୁ ସମ୍ପୂର୍ଣ୍ଣ କରିବା ଭିତରେ ସ୍ୱାମୀସ୍ତ୍ରୀ ଦୁହେଁ ଧାରକରଜ ଅଭାବ ଓ ଦୁଷ୍ଚିନ୍ତା ଭିତରେ ଜୀବନର ପ୍ରଥମ ପ୍ରେମମୟ ବର୍ଷଗୁଡ଼ିକୁ ବରବାଦ୍ କରି ଦେଇଥିଲେ – ଯେଉଁ ବୟସରେ ସେମାନେ ବୁଲିପାରିଥାନ୍ତେ – ସଉକ୍ କରିପାରିଥାନ୍ତେ, ସେ ବୟସରେ ବସୁମତୀଙ୍କର ଦୂରଦର୍ଶିତା ଓ ପାରଦର୍ଶିତା ପାଇଁ ଘରଟି ତୋଲା ହୋଇଗଲା । ଘର ତିଆରି ପରେ ଧାରକରଜ ଶୁଝୁ ଶୁଝୁ ପିଲାମାନେ ବଡ଼ ହୋଇଗଲେ– ଖର୍ଚ୍ଚ ବଢ଼ିଲା – ଦାୟିତ୍ୱ ବଢ଼ିଲା । ବୟସ ବି ବଢ଼ିଗଲା– ସଂସାରର ନାନା ଉଠାଣି ଗଡ଼ାଣି ରାସ୍ତାରେ ବ୍ୟସ୍ତବିବ୍ରତ ହୋଇ ଚାଲୁ ଚାଲୁ ହଠାତ୍ ଋତୁଟା ଯେ ପରିବର୍ତ୍ତନ ହୋଇଗଲା, ତାହା

ବି ବୁଝିହେଲା ନାହିଁ - ଆଉ ଜୀବନରେ ବୁଲିବା-ସଉକ କରିବା ସମ୍ଭବ ହେଲା
ନାହିଁ । ଜୀବନର ଏଇ ସମସ୍ତ ସ୍ମୃତି ବହନ କରି ଏକମାତ୍ର ଆଶ୍ୱାସନା ହୋଇ ବିରାଟ
ଘରଟା ହିଁ ଠିଆହୋଇ ରହିଲା ଯାହା । ମନେ ପଡୁଛି ଦୁଇ ବେଡ୍‌ରୁମ୍ ଭିତରେ
ଦ୍ୱାରଟିଏ ରଖିବାକୁ ପ୍ରତିବାଦ କରୁଥିଲେ ମହୀକାନ୍ତ । ସେ ବସ୍ତୁବାଦୀ ମଣିଷ । ଗୋଟାଏ
କାନ୍ଥ ସ୍ଥାନରେ ଗୋଟିଏ କବାଟର ମୂଲ୍ୟର ଫରକଟା ହିଁ ଥିଲା ତାଙ୍କ ପ୍ରତିବାଦର
କାରଣ । ତାଙ୍କ ଯୁକ୍ତିରେ ଅଗଣା ନଥିବା ନୂତନ ଢାଞ୍ଚାର ଘରର ଦୁଇ କୋଠରି
ଭିତରେ ଗୋଟାଏ ଦ୍ୱାର ରଖିବାର ଆବଶ୍ୟକତା ନାହିଁ । ବସୁମତୀଙ୍କର ଯୁକ୍ତି ଥିଲା -
ପିଲାମାନେ ଟିକେ ବଡ଼ ହୋଇଗଲେ ନିଜ ନିଜ କୋଠରିରେ ଶୋଇବେ । ମଝିରେ
ଦ୍ୱାର ଖୋଲା ନରଖିଲେ ତାଙ୍କୁ ନିଦ ହେବ ନାହିଁ । ପିଲାଗୁଡ଼ା ମଶାରି ପକାଇଲେ କି
ନା- ଚଦର ଘୋଡ଼େଇ ହେଲେ କି ନା ଦେଖିବା ପାଇଁ ତାଙ୍କୁ ବାରମ୍ବାର ପ୍ରତ୍ୟେକଙ୍କ
କୋଠରିକୁ ଯାଇ ଦେଖିବାକୁ ହେବ । ମଝିରେ ଦ୍ୱାର ଖୋଲା ରହିବାର ଆଉ ଏକ
ସୁଦୀର୍ଘ ଚିନ୍ତାଧାରା ବି ଜଡ଼ିତ ଥିଲା । ସେମାନେ ବାର୍ଦ୍ଧକ୍ୟରେ ଜରାଗ୍ରସ୍ତ ହୋଇପଡ଼ିଥିବା
ବେଳେ ମଝି ଦ୍ୱାରଟା ଖୋଲା ଥିଲେ ପିଲାମାନେ ରାତିରେ ବାରମ୍ବାର ତାଙ୍କୁ ଆସି
ଦେଖିବା ପାଇଁ ମଧ୍ୟ ସୁବିଧା ହେବ ।   ଶେଷରେ ବହୁ ଯୁକ୍ତିତର୍କ ପରେ ବସୁମତୀଙ୍କ
କଥା ହିଁ ରହିଲା । ପ୍ରତି ଘରକୁ ଘର ଦ୍ୱାର ରଖାଗଲା । ସେଦିନ ମହୀକାନ୍ତ ରସିକତା
କରି କହିଥିଲେ ''ତମେ ଯେତେ ଆଗକୁ ଚିନ୍ତା କରିପାରିଲେ ମଧ୍ୟ ସମୟକୁ   କ୍ରୟ
କରିପାରିବ ନାହିଁ ବସୁ - ଦେଖିବ, ପିଲାମାନେ ପସନ୍ଦ କରିବେ ଭାବି ତମେ ଯେଉଁ
ଯାହା ସବୁ କରିଛ - ହୁଏତ ପିଲାମାନେ ବଡ଼ ହୋଇଗଲେ ତାଙ୍କୁ ଆଉ କିଛି ପରିବର୍ତ୍ତନ
ଭଲ ଲାଗିବ - ସେମାନେ ହୁଏତ ଆମର ସବୁ କଥାଗୁଡ଼ିକ ପସନ୍ଦ କରିବେ ନାହିଁ ।
ଏଇ ଦ୍ୱାରଟାକୁ ହୁଏତ ଦିନେ ସେମାନେ ବନ୍ଦ କରିଦେବେ ।'' ସେଦିନ ହସରେ
କଥା ଉଡ଼ାଇ ଦେଇଥିଲେ ବସୁମତୀ ।

କିନ୍ତୁ ମହୀକାନ୍ତଙ୍କର ସେଦିନର ପ୍ରତ୍ୟେକଟି ଲଘୁ ପରିହାସ ଫଳିତ
ଜ୍ୟୋତିର୍ବିଦ୍ୟା ପରି ଗୋଟିକ ପରେ ଗୋଟିଏ ସତ୍ୟରେ ପରିଣତ ହେଉଛି । ଆଦ୍ୟପ୍ରାଣର
ଚିନ୍ତାଧାରା ସବୁ ବୋହୂ ସୁଦତ୍ତା ଆସିବା ପରେ ଅକସ୍ମାତ ଦିଗ ପରିବର୍ତ୍ତନ କରିଛନ୍ତି ।
ଶାଶୁ-ଶ୍ୱଶୁରଙ୍କ ବେଡ୍‌ରୁମ୍ ଭିତରେ ଦ୍ୱାରଟିଏ ରହି ସୁଦତ୍ତାଙ୍କର ପ୍ରାଇଭେସି ଯେ ନଷ୍ଟ
ହେଉଛି ଓ ଭବିଷ୍ୟତରେ ନିଜର ପିଲାମାନେ ସ୍ୱତନ୍ତ୍ର ଶଯ୍ୟାରେ ସେ ଘରେ ଶୋଇବା
ଦରକାର । ସଙ୍ଗେ ସଙ୍ଗେ ଦ୍ୱାରମୁହଁଟାର ଆବଶ୍ୟକତା ଯେ ନିହାତି ଅପ୍ରାସଙ୍ଗିକ,
ତାହା ସୁଦତ୍ତା ଅନୁଭବ କଲାମାତ୍ରେ ଆଦ୍ୟପ୍ରାଣ ତାକୁ କାର୍ଯ୍ୟରେ ପରିଣତ
କରିଦେଇଥିଲେ । ସେଦିନ ବସୁମତୀ ଅଭିମାନରେ ଗୁମୁରି ଗୁମୁରି ସ୍ୱାମୀଙ୍କ ପାଖରେ

କହିଥିଲେ ''ଏବେ ସିନା 'ଆଦ୍ୟ' କିପରି ଶୋଇଲା ନ ଶୋଇଲା – ମଶାରୀ ପକାଇଲା କି ନା ମୋର ଆଉ ଦେଖିବା ଦରକାର ହେଉନାହିଁ – ଭବିଷ୍ୟତରେ ଆମେ ଜରାଗ୍ରସ୍ତ ହେଲେ ସେ ତ ଆମକୁ ରାତିରେ ବାରମ୍ବାର ଆସି ଦେଖିବା ପାଇଁ ଅସୁବିଧାର ସମ୍ମୁଖୀନ ହେବ !''

ସର୍ବଜ୍ଞାଣ ସିଦ୍ଧପୁରୁଷଙ୍କ ଭଲି ହସିଥିଲେ ମହୀକାନ୍ତ । ସ୍ଥିର କଣ୍ଠରେ କହିଥିଲେ ''ତା'ର ସ୍ବତନ୍ତ୍ର ଶୟନଗୃହ ଆବଶ୍ୟକ ହେବ ବସୁ ! ଆଦ୍ୟର ପ୍ରଥମ ପିଲାଟି ହେବା ପରେ ଆୟା ସହ ସେ ଆମରି ଘରେ ଶୋଇବ । ଆମର ବହୁ କଷ୍ଟୋପାର୍ଜିତ ପୁରୁଣା ଫର୍ଣିଚରଗୁଡ଼ିକ ଭଲି ଆମେ ସ୍ଥାନାନ୍ତରିତ ହୋଇଯିବା ଲାଇବ୍ରେରୀ ସଂଲଗ୍ନ ଛୋଟ ଘରଟିକୁ । ସୁଦୂରା ଘରକୁ ଆସିବା ପର୍ଯ୍ୟନ୍ତ ତମେ ରାତିରେ ବାରମ୍ବାର ଉଠି ପିଲାମାନଙ୍କୁ ଦେଖି ଆସୁଥିଲ, ତମକୁ ରାତିରେ ଅକସ୍ମାତ ଶୀତ ଲାଗିଲେ ତମେ ଉଠିଯାଇ ପିଲାମାନଙ୍କୁ ଚଦରଟିଏ ଘୋଡ଼େଇ ଦେଇ ଆସୁଥିଲ । ଗରମ ହେଲେ ତମେ ଉଠିଯାଇ ପିଲାମାନଙ୍କ ଘରେ ପଙ୍ଖାଟାକୁ ଜୋର କରି ବୁଲାଇ ଦେଇ ଆସୁଥିଲ ।   ନିଜେ ଦୁଃସ୍ବପ୍ନ ଦେଖି ଉଠିଡ଼ିଲେ ପିଲାମାନେ ବିଲିବିଲେଇଲେ ଭାବି ତାଙ୍କ ଦେହରେ ହାତମାରି ଆସୁଥିଲ । ତା' ନକଲେ ତମେ ଶାନ୍ତିରେ ନିଦ୍ରା ଯାଉ ନଥିଲ । କିନ୍ତୁ ସୁଦୂରା ତା'ର ପିଲାମାନଙ୍କୁ ଆଦୌ ଏତେଟା ଅତ୍ୟଧିକ ଯନ୍ତଶୀଳତା ଭିତରେ ବଢ଼ାଇବ ନାହିଁ । ତଦ୍ଦ୍ବାରା ମାନସିକ ବିକାଶ ବାଧାପ୍ରାପ୍ତ ହେବ । ପିଲାଟିଏ ହେଲେ ସେ ତାକୁ ସ୍ବତନ୍ତ୍ର କୋଠରିରେ ଶୁଆଇବ । ତାହା ସ୍ବାସ୍ଥ୍ୟରକ୍ଷା ସମ୍ମତ । ତେଣୁ ତୁମେ ସେହି ଦ୍ବାରମୁହଁଟା ବନ୍ଦ ହୋଇଗଲା ବୋଲି ଦୁଃଖ କରୁଛ କାହିଁକି ? ସମୟର ଗତି ସଙ୍ଗେ ପାଦ ମିଳାଇ ଚାଲିବା ଜୀବନର ଧର୍ମ । ତମେ ବି ତ ମୋ ବୋଉର କେତେଟା ମାନ୍ଧାତା ଅମଲର ଚିନ୍ତାଧାରା ଓ ଅନ୍ଧବିଶ୍ବାସକୁ ଏଡ଼େଇ ଯାଇଥିଲ । ବୋଉ ଚାହିଁଥିଲା ଆମର ପ୍ରଥମ ବାହାର ଘରଟା ହିଁ ଠାକୁର ଘର ହେଉ । ଠାକୁରଙ୍କ ଫଟୋ ସଂଗେ ବାପାଙ୍କ ଫଟୋଟି ସେ ଘରେ ରହି ପୂଜା ପାଆନ୍ତୁ । ମାତ୍ର ତମେ ତ ସେତେବେଳେ ଚତୁରତାର ସହ ଠାକୁର ଘରଟିକୁ ଉଠାଇ ନେଇଥିଲ ସର୍ବଶେଷ କୋଠରିଟିକୁ । ବୋଉକୁ ବୁଝାଇ ଦେଇଥିଲ– ଆଜିକାଲି ଘରକୁ ସବୁ ଜାତିର ସବୁ ପ୍ରକାର ଲୋକେ ପଶି ଆସୁଛନ୍ତି । ଗୋଡ଼ରୁ ଜୋତା ଖୋଲି ଘରେ ପଶିବାର ଅଭ୍ୟାସ ଭୁଲିଗଲେଣି । ସେଇ ଦୃଷ୍ଟିରୁ ଠାକୁର ଘରଟି ସ୍ବତନ୍ତ୍ର ଏବଂ ସାମାନ୍ୟ ଦୂରତ୍ବ ରକ୍ଷା କରି ରହିବା ଉଚିତ । ତମର କଥାରେ ବୋଉ ବୁଝିଯାଇଥିଲା କହିଲେ ଠିକ୍ ହେବ ନାହିଁ – ସେ ମନକୁ ବୁଝାଇ ଦେଇଥିଲା । ପ୍ରତ୍ୟେକ ପରିସ୍ଥିତିରେ ମନକୁ ବୁଝାଇନେବା ହିଁ ବୁଦ୍ଧିମତାର ପରଚାୟକ । ମନକୁ ଅବୁଝା କରି ପୁରୁଣା କଥାକୁ ଗଣ୍ଠିକରି ବସିଲେ ସମୟ ପଛକୁ ଫେରି ଆସିବ ନାହିଁ; ବରଂ ତମେ ନିଜେ ହିଁ ପଛରେ ପଡ଼ିଯିବ ।

ସମୟ ଏକ ଗତିଶୀଳ ଯାନ । ଆମେ ସବୁ ଏକ ଏକ ଯାତ୍ରୀ । ଗତିଶୀଳ ଯାନରେ ବସି ପଛକୁ ଫେରି ଚାହିଁବାରେ ମଣିଷ ଝୁଙ୍କି ପଡ଼େ – ଆଘାତ ପାଏ ।

ବସୁମତୀ ନିଜ ମନଟାକୁ ଯେତେ ବୁଝାଇନେବାକୁ ଚେଷ୍ଟା କଲେ ବି ଘରର ନୂତନ ରୂପଟିକୁ ଆଦୌ ସହ୍ୟ କରିପାରନ୍ତି ନାହିଁ – ଯେମିତିକି ନିଜ ବୋହୂ ସୁଦ୍ଧାର ବବ୍‌କରା କେଶ ରାଶିକୁ ସେ ସହ୍ୟ କରନ୍ତି ନାହିଁ । ନିଜ ଘରଟିକୁ ସେ ନିଜେ ଚିହ୍ନିପାରନ୍ତି ନାହିଁ – ପ୍ରତିଦିନ ଘରଟିର କୌଣସି ନା କୌଣସି ଅଂଶରେ କିଛି ନା କିଛି ଭଙ୍ଗାଗଢ଼ା ଚାଲିଥାଏ । ଦିନେ ମହୀକାନ୍ତଙ୍କ ନାମଫଳକର ତଳକୁ ଆଦ୍ୟପ୍ରାଣର ନାମଫଳକଟି ଗୃହ ସାମ୍ନାରେ ଟାଙ୍ଗି ଦିଆଗଲା ।

ଆଉ ଦିନେ ବସୁମତୀ ଓ ମହୀକାନ୍ତ ବାହାରୁ ଫେରୁ ଫେରୁ ହଠାତ୍‌ ବସୁମତୀ ଗେଟ୍‌ ପାଖରେ ସ୍ତବ୍ଧ ହୋଇ ଠିଆହୋଇ ରହିଲେ । ବଡ଼ପୁଅ ଆଦ୍ୟପ୍ରାଣର ନୂତନ ନେମ୍‌ପ୍ଲେଟ୍‌ଟି ଚକ୍‌ ଚକ୍‌ କରୁଛି । ତା’ର ନାମ ସହ ଅନେକ ଦେଶୀ ବିଦେଶୀ ଡିଗ୍ରୀ ଓ ଉପାଧ୍ୟ । ସେସବୁ ଆଦ୍ୟପ୍ରାଣ ନୁହେଁ – ମହୀକାନ୍ତ ଓ ବସୁମତୀଙ୍କର ସମସ୍ତ ଉତ୍ସର୍ଗୀକୃତ ଜୀବନର ସାଫଲ୍ୟ ! ତାଙ୍କର ହସନ୍ତ ମୁହଁଟି ଉଜ୍ଜ୍ୱଳ ଉଠୁ ଉଠୁ ଅକସ୍ମାତ ମଳିନ ପଡ଼ିଗଲା । ଆଦ୍ୟପ୍ରାଣର ନୂତନ ନେମ୍‌ପ୍ଲେଟ୍‌ ଉପରକୁ ମହୀକାନ୍ତଙ୍କର ସେହ ପ୍ରାଚୀନ ରଙ୍ଗଛଡ଼ା ଅତି ପରିଚିତ ନେମ୍‌ପ୍ଲେଟ୍‌ଟି ନାହିଁ । କେବଳ ତା’ର ପରିସୀମାର ଅସ୍ପଷ୍ଟ ଦାଗଟା ହିଁ ତା’ର ସ୍ମୃତିକୁ ବହନ କରି ଫାଙ୍କା ଆଖି ମେଲି ଚାହିଁ ରହିଛି ବସୁମତୀଙ୍କୁ । ବସୁମତୀଙ୍କର ଅସହିଷ୍ଣୁ ପ୍ରଶ୍ନିଳ ଦୃଷ୍ଟିକୁ ପଢ଼ିନେଇ ସାମ୍ନାରୁ ଆସୁଥିବା ଆଦ୍ୟପ୍ରାଣ ଉପରେ ପଡ଼ି ସଫେଇଦେଲା ‘‘ବାବାଙ୍କର ନେମ୍‌ପ୍ଲେଟ୍‌ଟା ଖୁବ୍‌ ପୁରୁଣା ହୋଇ ରଙ୍ଗ ଛାଡ଼ି ଯାଇଥିଲା । ଆଉ ଗୋଟାଏ ନୂଆ ନେମ୍‌ପ୍ଲେଟ୍‌ ଦୋକାନରୁ କରାଇ ଆଣିବି ।’’ ସହଦେବଙ୍କର ସେଇ ସର୍ବଜ୍ଞାଣ ରହସ୍ୟମୟ ହସ ହସିଲେ ମହୀକାନ୍ତ । ଯାହାର ଅର୍ଥ– ଆଉ କେବେହେଲେ ମହୀକାନ୍ତର ନୂଆ ନେମ୍‌ପ୍ଲେଟ୍‌ଟିଏ ଦୋକାନରୁ ଆସିବ ନାହିଁ । ଆସିବାର ଆବଶ୍ୟକତା ନାହିଁ । ମହୀକାନ୍ତ ନିଜେ ପୁରୁଣା ରଙ୍ଗଛଡ଼ା ଧରିଲେଣି । ନୂଆ ନେମ୍‌ପ୍ଲେଟ୍‌ଟିଏ ଟାଙ୍ଗିଦେଲେ ମଣିଷ ତ ନୂଆ ହୋଇଯାଏ ନାହିଁ । ସେ ଅମାୟିକ କଣ୍ଠରେ କହିଲେ ‘‘ତୋର ବାପାଟା ପୁରୁଣା ଜରାଜୀର୍ଣ୍ଣ ହୋଇଗଲାଣି ବୋଲି ତା’ ସ୍ଥାନରେ ନୂଆ ବାପାଟିଏ ଆଣିଲେ ତୋର ବୋଉ କ’ଣ ତାକୁ ଗ୍ରହଣ କରିବ ଆଦ୍ୟ ? ବୋଉଟା ପରା ତୋର ନିହାତି ମରହଟୀ ! ବରଂ ଥାଉ – ଏଣିକି ଆଉ ମୋର ନାମ ଫଳକର ଆବଶ୍ୟକତା ନାହିଁ । ଏବେ ତ ତୁ ନିଜେ ହିଁ ମୋର ନାମଫଳକ ।’’

ମହୀକାନ୍ତଙ୍କର ଉଦାରତା ଆଉ ଅମାୟିକତା ପାଖରେ ଆଦ୍ୟପ୍ରାଣ ଏତେ ଟିକେ

ହୋଇଯାଇଥିଲା । ନିଜ ମନକୁ ବୁଝାଇ ନେଇଥିଲେ ବସୁମତୀ – ବଞ୍ଚି ରହିବାକୁ ହେଲେ ଅନେକ କଥାରେ ମନଟାକୁ ବୁଝାଇ ଦେବାକୁ ହୁଏ ।

ମାତ୍ର ଆଜି କାହିଁକି ସାମାନ୍ୟ ଆମ୍ବଗଛଟାକୁ ହାଣିଦେବା କଥାଟାରେ ମନଟାକୁ ବୁଝାଇ ନେଇପାରୁ ନାହାନ୍ତି ବସୁମତୀ ? ଆମ୍ବଗଛଟା ଯେ ନିଶ୍ଚିତ ହଣାଯିବ, ଏକଥା ଜାଣିବା ପରେ ବି ସେ ସେମିତି ମନେ କରୁଛନ୍ତି ପିଲାମାନଙ୍କର ତାଙ୍କ ସହ ଏ ଏକ ଚପଳ ରସିକତା । ଆମ୍ବଗଛଟା ଅଧାହଣା ହୋଇ ରହିଛି । କାଲି ସକାଳ ଓଲିଟା ଦୁଇଟା ଲୋକ ଲାଗିଲେ ଗଛଟା ପଡ଼ିଯିବ । ବସୁମତୀ ଦିନସାରା ଗମ୍ଭୀର । ତାଙ୍କର ଏ ଗମ୍ଭୀରତାର ଅର୍ଥ ମହୀକାନ୍ତ ବୁଝନ୍ତି । ରାତିରେ ବିଛଣାରେ ଶୋଇ ମହୀକାନ୍ତ ବସୁମତୀଙ୍କୁ ବୁଝାଇଥିଲେ ଅନେକ । ସବୁଥରକ ଭଳି ବସୁମତୀ କିଛି ଯୁକ୍ତି କରି ନଥିଲେ ପିଲାମାନଙ୍କ ଉପରେ ଅଭିମାନଭରା ଉପେକ୍ଷା କରି ନଥିଲେ । ଛାତକୁ ଜ୍ଵଲ ଜ୍ଵଲ ଚାହିଁରହି ମହୀକାନ୍ତଙ୍କ କଥା ଶୁଣୁ ଶୁଣୁ ଅସଲଗ୍ନ-ଅପ୍ରାସଙ୍ଗିକ ଭାବରେ ହଁ ମାରୁଥିଲେ । ପେଣ୍ଟୁ ପେଣ୍ଟୁ ରସୁଆଲ ଆମ୍ବର ଦୋଲି ଖେଳ, ତା' ସଙ୍ଗେ ଆୟୁଷ୍ମାନର ଶୈଶବର କୁଲୁବୁଲିଆ ଚେହେରାଟି ତାଙ୍କୁ ସ୍ମୃତିମାନ ହେଉଥିଲା । ଆମ୍ବଗଛ ସହ ଆୟୁଷ୍ମାନର ଶୈଶବଟା ଯେ ଏକବାର ଜଡ଼ିତ ।

କଥା କହୁ କହୁ ଘୁମେଇ ପଡ଼ିଥିଲେ ମହୀକାନ୍ତ । ବସୁମତୀ ଗୋଟାଏ ଅସହ୍ୟ ଅବ୍ୟକ୍ତ ଅସ୍ୱସ୍ତିରେ ଛଟପଟ ହେଉଥିଲେ–

ମଧ୍ୟରାତ୍ରିରେ ବର୍ଷା ଆଉ ତୋଫାନର ଶବ୍ଦରେ ଚମକି ଉଠିଥିଲେ ବସୁମତୀ । ଏଇ ବର୍ଷା ଆଉ ତୋଫାନର ଚକ୍ଷୁ ଲାଗି ଆସୁଥିବା କିଶୋରୀ ବୟସର ଆମ୍ବଗୁଡ଼ିକ ସହ ଯେମିତି ତଳ ଉପର ଭାଇଭଉଣୀର ଈର୍ଷା ଆଉ ବାଦ ! କେଉଁଠି ଥାଏ ଏ ବର୍ଷା ଆଉ ତୋଫାନ ? ବର୍ଷକୁ ବର୍ଷ ଠିକ୍ ଏଇ ସମୟରେ ଚକ୍ଷୁଲଗାର ଆମ୍ବଗୁଡ଼ିକ ଉପରେ ଦାଉ ସାଧେ । ଫଳ ଭାରରେ ଭାଙ୍ଗି ପଡ଼ୁଥିବା ଆମ୍ବଗଛଗୁଡ଼ା ଆମ୍ବ ପାଚିବା ସମୟକୁ ଅଧାଅଧି ଫଳଶୂନ୍ୟ ହୋଇଯାଇଥାଏ । ଆଜି ମଧ୍ୟ ବେଳ ଉଣ୍ଟି ନିଶୁନ୍ ରାତିରେ ଈର୍ଷାତୁର ତୋଫାନଟା ବାଦୁଆ ପିଲାଟି ଭଳି ମାଡ଼ିଆସୁଛି । ବସୁମତୀ ମନ୍ତ୍ରବତ୍ ଚମକି ଉଠି ବସିଲା । ଠିକ୍ ଯେମିତି ଆଦ୍ୟପ୍ରାଣ ବା ଆୟୁଷ୍ମାନର ମଧ୍ୟରାତିରେ ହଠାତ୍ ଜ୍ୱର ବଢ଼ିଗଲେ ଉଠିବସନ୍ତି ସେମିତି, ତାଙ୍କର ଅବସ୍ଥା ।

ଆହା ! ଆମ୍ବଗୁଡ଼ା ସବୁ ଯେ ଝଡ଼ିଯିବ ଏଇ ପ୍ରବଳ ତୋଫାନରେ । ଅଥଚ ବସୁମତୀଙ୍କର ଏକବାର ବିସ୍ମରଣ ହୋଇଯାଇଛି ଯେ କାଲି ସକାଳେ ଆମ୍ବଗଛଟା ଧରାଶାୟୀ ହୋଇଯିବ ବୋଲି । ନିଜ ସନ୍ତାନଟି ଆଉ କେବେହେଲେ ଆରୋଗ୍ୟଲାଭ କରିପାରିବ ନାହିଁ ବୋଲି ଜାଣିବା ପରେ ମା' କ'ଣ ଚିକିସ୍ସା ବନ୍ଦ କରିଦେଇପାରେ !

ବସୁମତୀ ନିଃଶବ୍ଦରେ ଶଯ୍ୟାଛାଡ଼ି ଉଠିଗଲେ ବାହାରକୁ । ସତେ ବା ସମୟର ପ୍ରବଳ ତୋଫାନ ସହ ମୁକାବିଲା କରିବା ପାଇଁ ।

ପରଦିନ ମହୀକାନ୍ତଙ୍କର ନିଦ୍ରାଭଙ୍ଗ ହେଲା ଗୋଟାଏ ଦାରୁଣ କୋଲାହଲରେ । ବାହାରକୁ ଉଠିଆସି ସେ ଦେଖିଲେ ଗତ ରାତିରେ ଝଡ଼ ଥମିଯାଇଛି । ଆକ ପୂର୍ବଦିନଟି ଭଳି ଶାନ୍ତ । ମାତ୍ର ତାଙ୍କ ଘର ସାମ୍ନା ଲନ୍‌ରେ ସେଇ ନିଦାରୁଣ ଝଡ଼ଟା ଛାଡ଼ିଯାଇଛି ତା'ର ହୃଦୟବିଦାରକ ତାଣ୍ଡବଲୀଳାର ଗୋଟାଏ ମର୍ମନ୍ତୁଦ ଭଗ୍ନାବଶେଷ । ବସୁମତୀଙ୍କର ସେଇ ସନ୍ତାନତୁଲ୍ୟ ଆମ୍ବଗଛଟା ଧରାଶାୟୀ ହୋଇପଡ଼ିଯାଇଛି ଝଡ଼ରେ – ତା'ର ଡାଳପତ୍ର ଫଳ ସବୁ ଛିନ୍ନଛତ୍ର ହୋଇ, ବିପର୍ଯ୍ୟସ୍ତ ହୋଇପଡ଼ିଛି ସଂଜ୍ଞାଶୂନ୍ୟ ଧର୍ଷିତା ନାରୀଟି ଭଳି । ସମୟର ଉତ୍ଥାନ ପତନର ଏଇ ବୀଭତ୍ସ ଝଡ଼ଟାର ଭଗ୍ନାବଶେଷକୁ ଅଧିକ ହୃଦୟବିଦାରକ କରି ଆମ୍ବଗଛର ବାଙ୍କର ଗଣ୍ଡିଟା ତଳେ ଚାପା ପଡ଼ିଯାଇ ବିଭତ୍ସ-ବିକୃତ ହୋଇପଡ଼ି ରହିଛି ଏ ଗୃହର ଏକଦା କର୍ତ୍ରୀ – ତାଙ୍କର ପ୍ରାଣପ୍ରିୟା ପତ୍ନୀ ବସୁମତୀଙ୍କର ନିସ୍ପନ୍ଦ ଶରୀରଟି ।

ଆମ୍ବଗଛଟା ଦିନେହେଲେ ଧରାଶାୟୀ ହୋଇଥାନ୍ତା । ବସୁମତୀ ଦିନେହେଲେ ସୃଷ୍ଟିର ନିୟମକୁ ମାନି ସେପାରିକୁ ଯାଇଥାନ୍ତେ । ମାତ୍ର ଏବେ ମଧ୍ୟ ଯୁବତୀ ନାରୀଟିଏ ଭଳି ମନେ ହେଉଛନ୍ତି ବସୁମତୀ ! ତାଙ୍କ କ୍ଷତାକ୍ତ ଶରୀର ଚତୁଃପାର୍ଶ୍ୱର ରକ୍ତଭିଜା ଲାଲ୍‌ମାଟି ସେଇ ପ୍ରଥମ ରାତ୍ରିର ଲାଲ୍ ବନାରସୀ ପାଟଟି ଭଳି ସତେ ଯେମିତି ବସୁମତୀଙ୍କର ଶରୀରଟାକୁ ଗୁଡ଼ାଇ ଧରିଛି । ଆଜି ନିସ୍ପନ୍ଦ ନିଥର ବସୁମତୀ ସେଦିନର ମୌନାବତୀ ବ୍ରୀଡ଼ାବତୀ ନବବଧୂ ବସୁମତୀଙ୍କ ଭଳି ମହୀକାନ୍ତଙ୍କ ନିଷ୍ଣ୍ଡ ହୋଇଆସୁଥିବା ଦୃଷ୍ଟିରେଖାରେ ପ୍ରହେଲିକା ସୃଷ୍ଟି କରୁଛନ୍ତି ।

ଗୋଟାଏ ଦାରୁଣ ଦୁର୍ଘଟଣା ବ୍ୟତୀତ ଘଟଣାକୁ ଅନ୍ୟ କେଉଁ ଭାବରେ ଗ୍ରହଣ କରିପାରୁ ନଥିଲେ ଶୋକାକୁଲ ଜନତା । ଆଦ୍ୟପ୍ରାଣ ଗଭୀର ଅପରାଧୀବୋଧର ଯନ୍ତ୍ରଣାରେ ଗୁମୁରି ଗୁମୁରି ଭାବୁଥିଲେ – ତାଙ୍କ ବୋଉର ଏମିତି ଗୋଟାଏ ଅହେତୁକ ମୋହ ଯୋଗୁଁ ଏତେବଡ଼ ଦୁର୍ଘଟଣାଟା ତାଙ୍କୁ ସାରା ଜୀବନ ପାଇଁ ଅପରାଧୀ କରିପକାଇଲା । ବୋଉ ତାଙ୍କ ଉପରେ ଅଭିମାନ କରି ଆତ୍ମହତ୍ୟା କରିନାହିଁ ତ ଆଉ ? ବସ୍ତୁବାଦୀ ଦୁନିଆରେ ଅତ୍ୟାଧୁନିକା ବୋହୂ ସୁଦୃଢ଼ା ଓ ସୁପ୍ରିୟା ଅଙ୍ଗମୋଚନ କରୁ କରୁ ଭାବୁଥିଲେ, ''ଆହା ! କେତେଟା ଆମ୍ବ ପାଇଁ ବୋଉଙ୍କର ଏମିତି ଲୋଭ ଯୋଗୁଁ ଜୀବନଟାର ଦାମ୍ ଦେବାକୁ ହେଲା । ହେଲା ବା ଆମ୍ବ କେତେଟା ଝଡ଼ ରାତିରେ ସାଇପିଲାଏ ନେଇ ଯାଇଥା'ନ୍ତେ । ଆହା ! ବୋଉ ଏ କ'ଣ କଲେ !''

ମହୀକାନ୍ତ ନିର୍ବିକାର ସିଦ୍ଧପୁରୁଷଟି ଭଳି ଠିଆହୋଇ ବସୁମତୀଙ୍କର ଶେଷ ଯାତ୍ରାର ପ୍ରସ୍ତୁତିପର୍ବର ମୂକସାକ୍ଷୀ ହୋଇ ଭାବୁଥିଲେ– ହାୟ ! ଆଜିର ଯନ୍ତ୍ର ଯୁଗର ହିସାବୀ

ପିଲାଗୁଡ଼ା କେଉଁଠୁ ବୁଝିବେ ଯେ ସନ୍ତାନର କଣ୍ଢେଇଟିକୁ ନଦୀଗର୍ଭରୁ ଉଦ୍ଧାର କରିବା ପାଇଁ ଜନନୀ ନଦୀରେ ଝାସ ଦେଇପାରେ ବୋଲି ? ବସୁମତୀଙ୍କୁ ତାଙ୍କ ବ୍ୟତୀତ କେହିହେଲେ ଠିକ୍ ବୁଝିନାହାନ୍ତି । ଏ ହେଉଛି ବସୁମତୀଙ୍କର ସନ୍ତାନବାସଲ୍ୟର ସର୍ବଶ୍ରେଷ୍ଠ ଦୃଷ୍ଟାନ୍ତ– ସନ୍ତାନର ଯଥାଅଯଥା ସମସ୍ତ ସୁଖ ଓ ଆର୍ଯ୍ୟର ପାଇଁ ହେଉଛି ଜନନୀର ନୀରବ–ଅଭିଯୋଗହୀନ–ଆତ୍ମାହୁତି ।

ବସୁମତୀଙ୍କର ଶେଷପର୍ବର ଚରମ ପର୍ଯ୍ୟାୟ ପାଇଁ ଆମଗଛଟାର ଗଣ୍ଠି ଚିରା ହେଉଛି – ଠକ୍–ଠକ୍–

ବୃଦ୍ଧ ପତ୍ନୀଗତପ୍ରାଣ ମହୀକାନ୍ତଙ୍କର ପଥର ଆଖିରୁ ଲୁହ ନୁହେଁ, ଡୋଳା ଦୁଇଟା ଯେମିତି ଅବଶେଷରେ ଖସି ଆସୁଛି ଠସ୍... ଠସ୍ ।

ଆଖି

ଆଖି !

ଆଖି ନୁହେଁ – ଦୁଇଟି କଥାକୁହା ଓଠ । ଆଶ୍ଚର୍ଯ୍ୟ ! ଆଖି ପୁଣି କଥା କହେ ?

ପାଦ ଦୁଇଟା ମୋର ସ୍ଥିର ହୋଇଗଲା । ରେଲିଂ ସେପଟେ ଆଖି ଦୁଇଟା ଓଠ ପାଲଟିଯାଇ ମୋତେ କିଛି କହୁଛି । ମୁଁ ଶୁଣିବାକୁ ଚେଷ୍ଟା କରି ସବୁ ଶୁଣିବା କଥା; କିନ୍ତୁ ବୁଝିହୁଏ ନାହିଁ । ସବୁ ବୁଝିବା କଥାର ଜବାବ ଦେଇ ହୁଏ ନାହିଁ । ସେଇ କରୁଣ ଆଖିରେ ଅନେକ ଅଭିଯୋଗ – ସେ ଅଭିଯୋଗର ଉତ୍ତର କିଏ ଦେବ ? ପ୍ରସ୍ତୁତି ଅଭାବରୁ ଶିକ୍ଷକଙ୍କର ସହଜ ପ୍ରଶ୍ନଟିର ଉତ୍ତର ଦେଇ ନପାରି ଅନ୍ୟମନସ୍କତାର ଛଳନା କରି ଶିକ୍ଷକଙ୍କର ଦୃଷ୍ଟିକୁ ଏଡ଼ାଇଦେଇ ଖସିଯିବାକୁ ଚେଷ୍ଟା କରୁଥିବା ପାଠଚୋର ଛାତ୍ରଟି ଭଳି ମୁଁ ସେଇ କୈଫିୟତ ତଲବ୍ କରୁଥିବା ଆଖି ଦୁଇଟିକୁ ଦେଖି ନପାରିଥିବା ଭଳି ଛଳନା କରି ଏଡ଼ାଇ ଯାଉ ଯାଉ ସେଇ ବିରାଟ ପାଚେରିଘେରା ଦ୍ୱିତଳ ପ୍ରାସାଦଟିର ଗେଟ୍ ଆଡ଼କୁ

ଆଗେଇଗଲି । ଆଖି ଦୁଇଟି ରହିଗଲା ସେଇ ବିରାଟ ପ୍ରାସାଦର ଏକାନ୍ତ କୋଠରିଟିର ଝର୍କା ରେଲିଂ ସେପଟେ ।

ଗେଟ୍ ଖୋଲି ଭିତରକୁ ଯିବା ପୂର୍ବରୁ ମୁଁ ଅଟକି ଗଲି । ଗେଟ୍ ସାମ୍ନାରେ ପୂର୍ବଦିନ ଭଳି ସେଇ ଅବୋଧ ଅପରିଚିତ ବାଳକଟି ଗୋଡ଼ି ଖଣ୍ଡେ ଧରି ବାଲି ଉପରେ ଗାର କାଟୁଛି । ନିଜେ ବସିଥିବା ସ୍ଥାନଟିର ଚାରିପଟେ ସୁନ୍ଦର ବୃତ୍ତିଏ କାଟିଛି ଅନ୍ୟମନସ୍କ ଭାବରେ । ସେ ବୃତ୍ତଟି ଯେମିତି ଗେଟ୍ ଭିତରକୁ ତା'ର – ପ୍ରବେଶ ନିଷେଧର ଚେତାବନୀ ।

ଦରୱାନ ଗେଟ୍ ଅଞ୍ଚ ଖୋଲି ଧରିଲା । ପିଲାଟିର ଓଠ ଦୁଇଟି ସ୍ମିତହାସ୍ୟରେ ଉଜ୍ଜ୍ୱଲି ଉଠି ଖୋଲିଗଲା ଅଞ୍ଚ । ମୁଁ ଭିତରକୁ ଗଲି । ଗେଟ୍ ପୁଣି ବନ୍ଦ ହୋଇଗଲା । ପିଲାଟିର ଓଠଦୁଇଟି ମଧ୍ୟ ବନ୍ଦ ହୋଇଗଲା । ତଳକୁ ମୁଣ୍ଡ ଝୁଙ୍କାଇ ସେ ପୁଣି ଭୂଁରେ ଗାର କାଟିବାକୁ ଲାଗିଲା ।

ମୋର କାମ ସରିବା ବେଳକୁ ଦିନ ଗୋଟେ ବାଜି ଯାଇଥିଲା । ପିଲାଟା ସେମିତି ତଳକୁ ମୁହଁ ପୋତି ଟାଙ୍ଗ ଟାଙ୍ଗ ଖରାରେ ବସି ଏକାଗ୍ରଚିତ୍ତରେ ଭୂଁରେ ଗାର କାଟୁଛି । ଆହା ! କାହାର ଅବାଞ୍ଛିତ ପିଲାଟିଏ ହେବ ପରା ! ଏବେ ତା'ର ସ୍କୁଲ ଯିବା ବୟସ । ଏମିତି ଏକାଗ୍ରତା ନେଇ ପିଲାଟି ଯଦି ପାଠ ପଢ଼ୁଥାନ୍ତା, ତେବେ ଦିନେ ଏ ଦେଶର ଜଣେ ଉଜ୍ଜ୍ୱଲ ମଣି ହୋଇ ଝଟକି ଉଠନ୍ତା ନାହିଁ ବୋଲି କିଏ କହିବ ?

କାହାର ସମୟ ଅଛି ପିଲାଟିର ପରିଚୟ ଜିଜ୍ଞାସା କରିବାକୁ – ସମୟ ତ ଧାଇଁଛି । ତା' ସଙ୍ଗେ ଧାଇଁଛୁ ଆମେ ସମସ୍ତେ ବ୍ୟସ୍ତବିବ୍ରତ ହୋଇ । ଅଥଚ ଏକଥା ସତ୍ୟ ଯେ ସମୟ ସଙ୍ଗେ ଯେତେ ପ୍ରତିଯୋଗିତା କରି ଧାଇଁଲେ ବି ଆମେ ସବୁ ନିର୍ଦ୍ଦିଷ୍ଟ ପଥର ଯାତ୍ରୀ । ତଥାପି ଏ ଦୌଡ଼ ପ୍ରତିଯୋଗିତାର ଶେଷ କାହିଁ ?

ମୁଁ ହାତଘଣ୍ଟାକୁ ଚାହିଁ ଦୌଡ଼ିବାକୁ ଆରମ୍ଭ କରିବା ପୂର୍ବରୁ ଅକସ୍ମାତ ପିଲାଟା ପ୍ରତି ମୋର ଧ୍ୟାନ ଆକର୍ଷିତ ହୋଇପଡ଼ିଲା । ପିଲାଟା କାଠି ଖଣ୍ଡେ ଧରି ବାଲି ଉପରେ ବଡ଼ ବଡ଼ ଅକ୍ଷରରେ ଲେଖିଛି 'ମୋ ମା' ପାଗଳୀ ନୁହେଁ, ମୋ ମା' ପାଗଳୀ ନୁହେଁ ।' ପାଦଦୁଇଟି ମୋର ସ୍ଥିର ହୋଇଗଲା । ଏ ପାଗଳଖାନାର ପ୍ରତ୍ୟେକଟି ରୋଗିଣୀଙ୍କର କେସ୍ ହିଷ୍ଟ୍ରି ମୋ ଫାଇଲ୍‍ରେ ସଯତ୍ନରେ ଲିପିବଦ୍ଧ ହେଉଛି । ଅଥଚ ନିର୍ବୋଧ ପିଲାଟା ପାଗଳଖାନା ଗେଟ୍ ସାମ୍ନାରେ ଏ କ'ଣ ଲେଖିଛି ? ମୁ ତା' ନିକଟକୁ ଯାଇ ପ୍ରଶ୍ନ କଲି "ଏ ପିଲା– ତୁ ଏଟି ବସି କ'ଣ କରୁଛୁ ? ଘରକୁ ଯାଉନୁ କାହିଁକି ?"

– "ମୁଁ ମା'କୁ ସାଙ୍ଗରେ ନେଇଯିବି । ମା'କୁ ସେମାନେ ଛାଡ଼ୁନାହାନ୍ତି । ମୁଁ ଘରକୁ ଯାଇ କ'ଣ କରିବି ?" ପିଲାଟା ଖୁବ୍ ସରଳ ଭାବେ ଉତ୍ତର ଦେଲା ।

– ତୋ ମା' କ'ଣ ଏଠି ଅଛି ? ମୁଁ ପ୍ରଶ୍ନ କଲି । ପିଲାଟି ମୁଣ୍ଡ ଟୁଙ୍ଗାରିଲା । ମୁଁ ପଚାରିଲି– ତୋର ମା' କିଏ ? ତା'ର ନାଁ କ'ଣ ?

– ମା' ତ ମା' । ତା'ର ଆଉ ନାଁ କ'ଣ ? ପିଲାଟି ରୋକ୍‌ଠୋକ୍ ଜବାବ୍ ଦେଲା । ମୁଁ କୋମଳ କଣ୍ଠରେ ପ୍ରଶ୍ନ କଲି ''ତୋର ବାପା ତୋର ମା'କୁ କ'ଣ ଡାକେ ?''

– ବାପା ! ପିଲାଟି ଚମକି ପଡ଼ି ପଛକୁ ଚାହିଁଦେଲା । ସତେ ବା ମୁଁ 'ବାପା' ବଦଳରେ – ବାଘ କହିଦେଲି । ପରକ୍ଷଣରେ ସେ ଆଶ୍ୱସ୍ତ ହେଲା ଯେ, ତା'ର ବାପା ଏଠି ନାହିଁ । ସେ ସଙ୍କୁଚିତ କଣ୍ଠରେ କହିଲା ''ବାପା ମା'କୁ ଗୋଟାଏ ନାଁରେ ଡାକେ ନାହିଁ – ଦିନରେ ଡାକେ 'ଆବେ – ଶୁଣିଯା'–''

''ଆଉ ରାତିରେ ?'' ମୁଁ ଆମୋଦିତ ହୋଇ ଉଠି ପ୍ରଶ୍ନକଲି ।

''ରାତିରେ ? ରାତିରେ ଡାକେ ହାରାମଜାଦୀ – ଛତରଖାଇ !'' ପଲାଟା କହୁ କହୁ କାନ୍ଦି ପକାଇଲା । କଥାଟା ଏମିତି ହୋଇଥିବ ବୋଲି ମୁଁ ଆଶା କରି ନଥିଲି । ମୁଁ ବଡ଼ ଅଡୁଆରେ ପଡ଼ିଗଲି । ପିଲାଟିର ପିଠି ଥାପୁଡ଼େଇ ପ୍ରଶ୍ନ କଲି ''ଆଚ୍ଛା ଆଚ୍ଛା । କିଛି ଖାଇଛୁ ?''

– ବାପା ପକେଟ୍‌ରୁ ଯେତିକି ଟଙ୍କା ଧରି ଗାଁରୁ ପଳାଇ ଆସିଥିଲି, ଗାଡ଼ିଭଡ଼ା ଖର୍ଚ୍ଚ ଯାଇ ସାରି ଦି'ଦିନ ଚଳିଗଲା । ଆଜିକି ଆଉ କିଛି ନାହିଁ । ପିଲାଟି ସକେଇ ସକେଇ କହିଲା ।

ଗୋଟାଏ ଅଦମ୍ୟ କୌତୂହଳରେ ମୁଁ ପିଲାଟିକୁ ଘରକୁ ଧରି ଆଣିଲି । ମୋ ସାଙ୍ଗେ ଆସିବା ପୂର୍ବରୁ ପିଲାଟିକୁ ପ୍ରତିଶ୍ରୁତି ଦେବାକୁ ହେଲା ଯେ ତା' ମା'କୁ ଖୁବ୍‌ଶୀଘ୍ର ଛାଡ଼ି ଦେବାର ବ୍ୟବସ୍ଥା କରାଇବି । ପିଲାଟି ଖାଇପିଇ ସୁସ୍ଥ ହେବା ପରେ ମୁଁ ତାକୁ ପ୍ରଶ୍ନ କଲି ''ଆଚ୍ଛା ରାଜୁ, ତୋର ବାପାଙ୍କ ନାଁ କ'ଣ ?'' ରାଜୁ ପୁଣିଥରେ ଚମକି ଉଠିଲା । ସନ୍ଦେହାକୁଳ ଦୃଷ୍ଟିରେ ଚାହିଁ ରହିଲା ମୋ ମୁହଁକୁ । ଭୟାତୁର କଣ୍ଠରେ ପ୍ରଶ୍ନ କଲା ''ମୁଁ ଏଠି ଅଛି ବୋଲି ତମେ କ'ଣ ବାପାକୁ ଖବର ଦେଇଦେବ ?''

ମୁଁ ରାଜୁର ପିଠି ଥାପୁଡ଼ାଇ ଆଶ୍ୱାସନା ଦେଲି ''ଆରେ ନା – ନା – ତୋ ବାପାର ନାଁଟା ଜାଣିଲେ ତୋ ମା'କୁ ମୁଁ ଚିହ୍ନି ବାହାର କରିବି ।'' ରାଜୁର ମୁହଁଟି ମେଘମୁକ୍ତ ହୋଇଗଲା । ସେ ମୋ କଥା ବିଶ୍ୱାସ କରିଛି ବୋଲି ମନେହେଲା । ପରକ୍ଷଣରେ ସେ ବାପାର ନାଁଟା ମୋତେ କହିଲା । ତା'ର କହିବାର ଅବଜ୍ଞାସୂଚକ ଭଙ୍ଗୀଟି ମୋତେ ଚକିତ କଲା । ସତେ ବା ସେ ବାପାର ନାଁଟି ଉଚ୍ଚାରଣ କରିବାକୁ ବି ପ୍ରସ୍ତୁତ ନୁହେଁ । କଣ୍ଠ କୋମଳ କରି ପଚାରିଲି ''ରାଜୁ– ତୋର ବାପା କ'ଣ ତୋତେ

ଭଲ ପାଉଆନ୍ତି ନାହିଁ ?'' ରାଜୁର ସୁନ୍ଦର କୋମଳ ନିର୍ବୋଧ ମୁହଁଟି ଘୃଣା, ରାଗ, ଯନ୍ତ୍ରଣା ଓ ଭୟର ଏକ ମିଶ୍ରିତ ଆବେଗରେ ବିକୃତ ହୋଇଉଠିଲା । ସେ ଫୋପାଡ଼ିଲା ଭଳି କହିଲା ''ବାପା ଛୋଟ ଦୁଇଟା ଭଉଣୀଙ୍କୁ ନୁହେଁ କି ମାଆଙ୍କୁ ବି ନୁହେଁ । ସେଇଥିପାଇଁ ମୋର ମାଆକୁ ସେ ଆସି ପାଗଳଖାନାରେ ଛାଡ଼ିଯାଇଛି । ତାଙ୍କୁ ଆଉ ନେବା ପାଇଁ ଆସୁନାହିଁ । କିନ୍ତୁ ମୁଁ ଜାଣେ ମୋର ମାଆ ପାଗଳୀ ନୁହେଁ –'' ରାଜୁର ଆଖି ଦୁଇଟାରେ ଲୁହ ଭର୍ତ୍ତି ହୋଇଗଲାଣି ମା' କଥା କହୁ କହୁ ।

ମୁଁ ନରମ କଣ୍ଠରେ କହିଲି ''ପାଗଳଖାନାରେ ସମସ୍ତେ ପାଗଳ । ସେ କଥା ଡାକ୍ତର ପରୀକ୍ଷା କରି ଜାଣିପାରନ୍ତି । ତୁ କେମିତି ଜାଣିଲୁ ଯେ ତୋ ମା' ପାଗଳୀ ନୁହେଁ ବୋଲି ?'' ନିକଟଅତୀତରେ ଦେଖିଥିବା ପୁରୁଣା ଛବିଟିର କାହାଣୀ ସ୍ମରଣ କରିବା ଭଳି ସଂଧ୍ୟା ଆକାଶର ଏକାନ୍ତ ନିଃସଙ୍ଗ ନକ୍ଷତ୍ରଟିକୁ ଚାହିଁ ଚାହିଁ ରାଜୁ ନିମ୍ନ କଣ୍ଠରେ ସ୍ୱଗତୋକ୍ତି କରୁଥିଲା ''ନା – ନା – ମୋ ମାଆ ପାଗଳୀ ହୋଇ ନପାରେ । ସବୁଦିନ ଭଳି ସେ ମୋତେ କୋଳରେ ବସାଇ ଖୋଇଦିଏ । ରାତିରେ ଡ଼ିବିରି ଜାଲି ପାଠ ପଢ଼ାଏ । ବାପାକୁ ନ ଶୁଭିବା ଭଳି ଚୁପ୍‌ ଚୁପ୍‌ କରି କହେ ''ରାଜୁ ମୋ ଧନ – ମନଦେଇ ପାଠ ପଢ଼ । ତୁ ଦିନେ ବଡ଼ ମଣିଷ ହେବୁ । ତୋ ବାପା ଭଳି ନିଶା ଖାଇ ମାତାଲ ହେବୁନି । ଭଲ–ବନ୍ଦ, ନ୍ୟାୟ–ଅନ୍ୟାୟର ବିଚାର–ବୁଦ୍ଧି ହରାଇବୁନି । ତୁ ବଡ଼ ହେଲେ ମୋର ଦୁଃଖ ଦୂର କରିବୁ । ରାତିରେ ଅନ୍ଧାର ଭିତରେ ଜାକିଧରି ମା' ସକେଇ ସକେଇ କାନ୍ଦେ । ମୋ ନିଦ ଭାଙ୍ଗିଗଲେ ମା' ଲୁହ ପୋଛି ପକାଇ କହେ 'ସପନ ଦେଖି କାନ୍ଦୁଥିଲି – ଧନଟା ପରା ।' ଆଉ ଦିନେ ଦିନେ ରାତି ଅଧରେ – '' ରାଜୁ ଅଟକିଗଲା । ଭୟଙ୍କର ବିଭସ୍ତ ଦୃଶ୍ୟ ଦେଖି ପକାଇବା ଭଳି ବିଷଣ୍ଣ ହୋଇ ଉଠିଲା ତା'ର ମୁହଁ ।

ମୁଁ ତାକୁ ପାଖକୁ ଟାଣିଆଣିଲି । ଅଭୟ ଦେଲା ଭଳି କହିଲି ''ମୁଁ ତ ତୋ ପାଖରେ ବସିଛି । କହ – କ'ଣ ହୁଏ ଦିନେ ଦିନେ ରାତି ଅଧରେ –'' ରାଜୁ ମୋର ଗୋଟାଏ ହାତକୁ ଜାବୁଡ଼ି ଧରି ଫିସ୍‌ ଫିସ୍‌ କରି କହିଲା – ''ଦିନେ ଦିନେ ରାତି ଅଧରେ ମା'ର ବିକଳ କାନ୍ଦଣା ଆଉ ବାପାର ଗର୍ଜନରେ ଆମ ସମସ୍ତଙ୍କର ନିଦ ଭାଙ୍ଗିଯାଏ । ମା'କୁ ମାରି ମାରି ବାପା ରକ୍ତାକ୍ତ କରିଦେଇଥାଏ । ଆମେ ଛୁଆଯାକ ଏକାବେଳକେ କାନ୍ଦି ଉଠିଲେ ବାପା ଆମକୁ ବିଛଣାରୁ ଘୋସାରି ନେଇ ମାଡ଼ ବସାଏ । ବାପା ସେତେବେଳେ ମଣିଷ ହୋଇ ନଥାଏ, ଜାନୁଆର ପାଲଟି ଯାଇଥାଏ । ବାପା କବଲରୁ ଆମକୁ ଉଦ୍ଧାର କରିବା ପାଇଁ ମା' ରଣଚଣ୍ଡୀଙ୍କ ଭଳି ସାମ୍ନାରେ ଠିଆ ହୋଇଯାଏ । ପାଟିକରି, ଚିତ୍କାର କରେ, ବାପାକୁ ରାମ୍ପୁଡ଼ି ପକାଏ – ଦିନେ ବାପା ହାତକୁ କାମୁଡ଼ି

ରକ୍ତ ବୁହାଇଦେଲା । ତା'ପରେ ବାପାର ସେ ଯୋଉ ଭୟଙ୍କର ଚେହେରା, ଆଉ ମା' ଉପରେ ସେ ଯେଉଁ ନିର୍ଘାତିଆ ମାଡ଼ !'' ରାଜୁର ହାତଗୁଡ଼ା ବରଫ ଭଲି ଥଣ୍ଡା ହୋଇଆସୁଛି । ସାଦା କାଗଜଟି ଭଲି ମୁହଁ ରକ୍ତଶୂନ୍ୟ । ରାଜୁ ଥରି ଥରି ଆଣ୍ଠୁସନ୍ଧିରେ ମୁହଁ ଲୁଚାଇ ନିସ୍ତେଜ ହୋଇଗଲା । ତା'ର କିଶୋର ମନର କୋମଳ ଶାଖା ପ୍ରଶାଖା ବାପାର ନିଷ୍ଠୁର ରୌଦ୍ରତାପରେ ଜଳିପୋଡ଼ି ପାଉଁଶ ହୋଇଯାଉଛି ଯେମିତି ।

ମୁଁ ରାଜୁକୁ ବୋଧ ଦେଇ ଘରେ ଛାଡ଼ି ପାଗଳଖାନାକୁ ବାହାରି ପଡ଼ିଲି ।

ସିଷ୍ଟରଙ୍କ ସାହାଯ୍ୟରେ ରାଜୁର ମା'ଙ୍କୁ ଚିହ୍ନଟ କଲି । ପ୍ରତିଦିନ ପାଗଳଖାନାକୁ ଆସିବାବେଳେ ତଳ ମହଲାର ସେଇ ଏକାନ୍ତ କୋଠରିଟିର ଝରକା ରେଲିଂ ଦେଇ ଯାହାର ଆଖି ଦୁଇଟା ବାହାର ଜଗତକୁ ଚାହିଁ ରହିଥାଏ ଜ୍ବଳନ୍ତ କଠୋର ଦୃଷ୍ଟିରେ, ସେଇ ରାଜୁର ମା' । ତାଙ୍କ ସହ ମୁଁ ଇଷ୍ଟରଭ୍ୟୁ ମାଗିବା ମାତ୍ରେ ସିଷ୍ଟର ରୋକ୍ଟୋକ୍ ନାହିଁ କରିଦେଲେ ''ବିମଳା ଏପରି ସାଂଘାତିକ ମାନସିକ ବ୍ୟାଧ୍ୟଗ୍ରସ୍ତା ହୋଇପଡ଼ିଛନ୍ତି ଯେ, ପାଗଳଖାନାର ସମସ୍ତ ନିରାପଦା ବ୍ୟବସ୍ଥାର ନିୟନ୍ତ୍ରଣ ବାହାରକୁ ଚାଲି ଯାଉଛନ୍ତି । ସେଥିପାଇଁ ତାଙ୍କୁ ସମ୍ପୂର୍ଣ୍ଣ ସ୍ବତନ୍ତ୍ର କୋଠରିଟିରେ ବନ୍ଦିନୀ ଅବସ୍ଥାରେ ହିଁ ରଖାଯାଇଛି ।''

ଶେଷରେ ବହୁ କଷ୍ଟରେ କର୍ତ୍ତୃପକ୍ଷଙ୍କର ଅନୁମତି ମୋତେ ମିଳିଗଲା । ଦ୍ୱାର ଖୋଲିବା ମାତ୍ରେ ବିମଳା ଝଙ୍କାଇଆଥୁ ମୁହଁ ଫେରାଇ ଆଣିଲେ । ତାଙ୍କର ଜ୍ବଳନ୍ତ ଚକ୍ଷୁ ଦୁଇଟା ମୋ ଉପରେ ସ୍ଥିର ହୋଇ ରହିଗଲା । ଗୋଟାଏ ଅଜ୍ଞାତ ଭୟରେ ମୁଁ ଗୋପନରେ ଶିହରି ଉଠିଲି । ତାଙ୍କ ମୁହଁର ଶିରାପ୍ରସିରା କଠିନ ବିଭତ୍ସ ହୋଇଉଠୁଛି । ଗୋଟାଏ ମୁହୂର୍ତ୍ତରେ ସେ ମୋ ଉପରକୁ ଝାଁପି ପଡ଼ିବେ ଯେମିତି । ମୁଁ ନିଜକୁ ପ୍ରକୃତିସ୍ଥ କରିନେଇ କହିଲି ''ମୁଁ ଏ ଡାକ୍ତରଖାନାର କୌଣସି କର୍ମଚାରୀ ନୁହେଁ ।   ମୁଁ ସମାଜବିଜ୍ଞାନର ଜଣେ ଅଧ୍ୟାପକ । ଗବେଷଣା ପାଇଁ ଏଠାକୁ ଆସିଛି ।'' ହଠାତ୍ ଉଚ୍ଚାଳ ହସରେ ଫାଟି ପଡ଼ିଲେ ବିମଳା । ସେ ହସର ଯେମିତି ଶେଷ ନାହିଁ - କେଶବାସ ବିପର୍ଯ୍ୟସ୍ତ ହୋଇପଡ଼ିଲାଣି । ଅଥଚ ସେଥିକି ତାଙ୍କର ଲକ୍ଷ୍ୟ ନାହିଁ । ମୁଁ କିଂକର୍ତ୍ତବ୍ୟବିମୂଢ଼ ହୋଇ ପଡୁ ପଡୁ ଉପସ୍ଥିତ ବୁଦ୍ଧିଟିଏ ମୋ ମନକୁ ଆସିଗଲା । ମୁଁ ଶାନ୍ତ କଣ୍ଠରେ କହିଲି ''ରାଜୁ ଗାଁରୁ ପଳାଇ ଆସିଛି । ସେ ମୋ ପାଖରେ ଅଛି ।''

ଜ୍ବଳନ୍ତ ଅଗ୍ନିଶିଖା ଜଳଧାରର ସ୍ପର୍ଶରେ ନିମିଷକେ ନିର୍ବାପିତ ହୋଇଗଲା । ରାଜୁର ମା' ହଠାତ୍ ପ୍ରକୃତିସ୍ଥ ହୋଇଗଲେ ।   ମୋତେ ସ୍ଥିର ଦୃଷ୍ଟିରେ ଚାହିଁ ରହି କହିଲେ ''ତାକୁ କାହିଁକି ଆପଣ ଅଟକାଇ ରଖିଛନ୍ତି । କ'ଣ ତାକୁ ପାଗଳଖାନାରେ ଭର୍ତ୍ତି କରିବେ ?''

ମୁଁ ସାହସ ସଞ୍ଚୟ କରି ଭିତରକୁ ଆସିଲି । ଶାନ୍ତ କଣ୍ଠରେ କହିଲି ''ରାଜୁ

ଆପଣଙ୍କୁ ନନେଲେ ଗାଁକୁ ଫେରିବ ନାହିଁ ବୋଲି ପଣ କରିଛି । ବାପାଙ୍କ ପକେଟରୁ ଟଙ୍କା ଚୋରି କରି ଗାଁରୁ ପଳାଇ ଆସିଛି ।’’ ରାଜୁର ମା’ ଅସହାୟ କଣ୍ଠରେ କହିଲେ ‘‘ତା’ର ବାପା ତାକୁ ଫେରାଇ ନେବା ପାଇଁ ଆସି ପହଞ୍ଚିବ । ସେ କିନ୍ତୁ ସେ ନର୍କପୁରୀକୁ ସହଜରେ ଫେରିଯିବା ପିଲା ନୁହେଁ । ତା’ ବାପାଙ୍କୁ ଦେଖିଲେ ସେ କ’ଣ ଯେ କରିବ ମୁଁ କଳ୍ପନା କରିପାରୁ ନାହିଁ । ଶେଷକୁ ମୋ’ରି ଭଳି ତାକୁ ମଧ ପାଗଳଖାନାରେ ଭର୍ତ୍ତି କରିଦେବ ସେ ସଇତାନ୍‌ ଲୋକଟା ।’’

ମୁଁ ବନ୍ଧୁତ୍ୱପୂର୍ଣ୍ଣ ଗଳାରେ କହିଲି ‘‘ଆପଣ ସମ୍ପୂର୍ଣ୍ଣ ସୁସ୍ଥ ମନେ ହେଉଛନ୍ତି । ଆପଣଙ୍କଠାରେ କୌଣସି ପ୍ରକାର ମାନସିକ ବିକୃତିର ଚିହ୍ନ ନାହିଁ ।’’

ସେ ଅକସ୍ମାତ ତାତି ଉଠିଲେ ‘‘କ’ଣ ମୋତେ ପରିହାସ କରୁଛନ୍ତି ?’’

‘‘ନା – ମୋତେ ବିଶ୍ୱାସ କରନ୍ତୁ ।’’ ମୁଁ ଛେପ ଢୋକି କହିଲି । ସେ ମୋ ମୁହଁକୁ କିଛି ସମୟ ଚାହିଁ ରହିଲେ । ମୋ ଆଖିରେ ଆନ୍ତରିକତାର ସ୍ପର୍ଶ । ସେ ପୁଣି ଶାନ୍ତ ହୋଇଗଲେ । ଅବସାଦଭରା କଣ୍ଠରେ କହିଲେ ‘‘ଭୁଲରେ ହେଉ ବା ଠିକ୍‌ରେ ହେଉ ଏ ପାଗଳଖାନାରେ ଥରେ ଯିଏ ପଶେ, ସେ ଜୀବନସାରା ଆଉ ହସିପାରେ ନାହିଁ – କାନ୍ଦିପାରେ ନାହିଁ – ରାଗ ଅଭିମାନ ପ୍ରକାଶ କରିପାରେ ନାହିଁ । ଯେତେବେଳେ ଯାହା କଲେ, ସମସ୍ତେ ଭାବନ୍ତି ତା’ର ପାଗଳାମି ଆରମ୍ଭ ହୋଇଗଲା । ତା’ପରେ ମୋର ଅବସ୍ଥା । ପୁଣି ଏଇ ପାଗଳଖାନାର ନିର୍ଜନ କୋଠରି । ସୁସ୍ଥ ହୋଇ ଘରକୁ ଫେରିଗଲେ ପୁଣି ସେଇ ପୁରୁଣା କଥାର ପୁନରାବୃତ୍ତି – ଅଛିଣ୍ଟା ଗଣିତ ପରି ସବୁ ପୁଣି ଅଡୁଆ ତଡୁଆ । ଯେତେ ସଜାଡ଼ିଲେ ସବୁ ବିଗିଡ଼ିଯାଏ । ମା’ ଥରେ ପାଗଳଖାନା ଦେଖିଲେ ପିଲାମାନଙ୍କର ବି ନିସ୍ତାର ନାହିଁ । ମୋ ରାଜୁଟିର ସେଇ ଅବସ୍ଥା । ପ୍ରତି କଥାରେ ସାଙ୍ଗସାଥୀ, ଭାଇବନ୍ଧୁ, ସ୍କୁଲ୍‌ ପିଲା ଶିକ୍ଷକ ତାକୁ ସାମାନ୍ୟ ଭୁଲ୍‌ଟୁଟି ଯୋଗୁଁ କଟାକ୍ଷ କରନ୍ତି ମା’ଟା ତ ପାଗଳୀ । ପିଲାଟା ଭଲ ହେବ କେଉଁଠୁ ? ପିଲାଟା ପାଗଳ ନହେବ ବୋଲି କିଏ କହିବ ?’’ ରାଜୁ ବେଳେ ବେଳେ ଏମିତି କଥାରେ ଏତେ ସାଂଘାତିକ ଭାବେ ଉଚ୍ଛ୍ୱସିତ ହୋଇଉଠେ ଯେ ମୋର ବି ବେଳେ ବେଳେ ମନରେ ସନ୍ଦେହ ହୁଏ, ସତକୁ ସତ ସେ ପାଗଳ ହୋଇଯିବ । ଏବେ ପୁଣି ସେ ଘର ଛାଡ଼ି ଚାଲିଆସିଛି । ତା’ର ଆଉ ନିସ୍ତାର ନାହିଁ ।’’ ସେ ବିବଶ ହୋଇ ଖଟରେ ବସିପଡ଼ିଲେ ।   ମୁଁ ତାଙ୍କର ଆସ୍ଥାଭାଜନ ହୋଇପାରିଛି ବୋଲି ଜାଣିନେବା ପରେ ମୁଁ ବି ଚେୟାରରେ ବସିପଡ଼ିଲି ତାଙ୍କୁ ସାମ୍ନାକରି । ନରମ କଣ୍ଠରେ କହିଲି ‘‘ଆପଣଙ୍କ କଥାଗୁଡ଼ା ଅକ୍ଷରେ ଅକ୍ଷରେ ସତ୍ୟ । ଆପଣ ବେଶ୍‌ ପାଠଶାଅ ପଢ଼ିଛନ୍ତି ମନେ ହେଉଛି । ଆପଣ ଆଦୌ ପାଗଳ ହୋଇନାହାନ୍ତି । ରାଜୁ ଠିକ୍‌ କହୁଥିଲା, ତା’ର ମା’ ପାଗଳୀ ନୁହେଁ ବୋଲି ।’’

–ରାଜୁ ଏ କଥା କହୁଥିଲା ? ବିମଳା ଝର ଝର ଆନନ୍ଦାଶ୍ରୁ ଢାଲିଦେଲେ । ମୁଁ କହିଲି – ''ଆପଣ କାହିଁକି ଏଠି ରହିଛନ୍ତି ମୁଁ ବୁଝିପାରୁ ନାହିଁ । ଆପଣ ତ ଏବେ ସମ୍ପୂର୍ଣ୍ଣ ସୁସ୍ଥ ହୋଇଉଠିଲେଣି ।'' ସେ ଚିହିଁକି ଉଠି କହିଲେ ''ତେବେ ମୁଁ କ'ଣ ଆଗରୁ ଅସୁସ୍ଥ ଥିଲି ବୋଲି ଆପଣ କହୁଛନ୍ତି ? ଏ ପାଗଳଖାନାରେ କେହି ଜଣେ ହେଲେ ଅସୁସ୍ଥ ନୁହନ୍ତି । ଯେଉଁମାନେ ପାଗଳଖାନା ବାହାରେ ଅଛନ୍ତି, ସେମାନେ ଅସୁସ୍ଥ– ବିକରାଗ୍ରସ୍ତ ପାଗଳ । ଆମର ଯେତେବେଳେ ଇଚ୍ଛାହୁଏ ଆମେ ହସୁ – ହସି ହସି ବେଦମ୍‌ ହେଉ । ଯେତେବେଳେ ଇଚ୍ଛା ହୁଏ କାନ୍ଦୁ, କାନ୍ଦି କାନ୍ଦି ବେହୋସ ହୋଇଯାଉ । କାହାରିକୁ ଭଲ ପାଇ ବସିଲେ ତା' ପାଇଁ ପ୍ରାଣ ଦେଇଦେଉ, ଘୃଣା କଲେ ପ୍ରାଣ ନେବାକୁ ପଛଗୁଞ୍ଜା ଦେଉନାହିଁ । ଅଥଚ ଆପଣମାନେ ଠିକ୍‌ ଓଲଟା କଥାଟି କରନ୍ତି । ଭିତରେ ଭିତରେ ଜଳୁଥିବା ବେଳେ ଆପଣମାନେ ମିଠା ହସ ଫୁଟାନ୍ତି ମୁହଁରେ । ଅପରର ଦୁଃଖରେ ଖୁସି ହେଉଥିଲେ ବି କୁମ୍ଭୀର କାନ୍ଦଣା କାନ୍ଦନ୍ତି । ଆପଣମାନଙ୍କର ସ୍ନେହ, ପ୍ରେମ, ହସ, କାନ୍ଦ, କଥା, ପ୍ରତିଶ୍ରୁତି ସବୁ ମିଛ – ଆପଣମାନଙ୍କର ମୁହଁର କଥା ଓ ମନର କଥା ଏକ ନୁହେଁ । କୁହନ୍ତୁ ତେବେ ଅସୁସ୍ଥ କିଏ ? ପାଗଳ କିଏ ?''

ମୁଁ ଅବାକ୍‌ ଆଖିରେ ଚାହିଁ ରହିଲି ରାଜୁର ମା'ଙ୍କୁ । କିଏ ଯା'ଙ୍କୁ ଆଣି ପାଗଳଖାନାରେ ଭର୍ତ୍ତି କରିଛି । ବିମଳା ନିଜ ଜୀବନର ସତ୍ୟପାଠ କରିବାକୁ ଆରମ୍ଭ କରିଥିଲେ–

ହାଇସ୍କୁଲ୍‌ ପଢ଼ୁ ପଢ଼ୁ ମୋର ବିବାହ ହୋଇଗଲା । କଅଁଳ ବୟସରେ ଅନେକ ସ୍ୱପ୍ନ ନେଇ ମୁଁ ସ୍ୱାମୀ ଘରକୁ ଆସିଲି । ତରୁଣ ବୟସର ସ୍ୱପ୍ନଗୁଡ଼ା ଏତେ ଅବାନ୍ତର ବୋଲି ମୁଁ ତ ଭାବି ନଥିଲି । ଶକ୍ତ ଧକ୍‌କା ଲାଗିଲା ମନରେ । ହଠାତ୍‌ ମୁଁ ବୁଝିଲି 'ସ୍ତ୍ରୀ' ହେଉଛି ଏକ ଗୃହପାଳିତ ପଶୁ । ପାଟିବୁଜି କାମ କରିଯିବ– ଜୀବନ ବଞ୍ଚାଇବା ପାଇଁ ଯେତିକି ଖାଇବା ଦରକାର, ସେତିକି ମିଳିଗଲେ ଯଥେଷ୍ଟ । ମୁଁ କିନ୍ତୁ କୌଣସିମତେ ନିଜକୁ ମଣିଷ ବ୍ୟତୀତ ଗୃହପାଳିତ ପଶୁଟିଏ ଭାବିପାରିଲି ନାହିଁ । ପାଟିବୁଜି କାମ କରିଗଲେ ବି ମୋ ଭିତରେ ଭୀଷଣ ପ୍ରତିକ୍ରିୟାର ଅନ୍ତଃପ୍ରବାହ ଚାଲିଥାଏ ।

ସ୍ୱାମୀଙ୍କର ମନ୍ଦ ସ୍ୱଭାବ ଓ ବଦଭ୍ୟାସ ଜାଣିନେବାକୁ ମୋତେ ବେଶୀଦିନ ଲାଗିଲା ନାହିଁ । ରାତିରେ ସେ ମାତାଲ ହୋଇ ଫେରନ୍ତି – ତା'ପରେ ମୋ ଉପରେ ମନଇଚ୍ଛା ଦୁର୍ବ୍ୟବହାର । ମୁଁ ଦେଖିଥିଲି ଗୋଟାଏ ସୁଖୀ ସଂକ୍ଷିପ୍ତ ପରିବାରର ସ୍ୱପ୍ନ । ମାତ୍ର ସ୍ୱାମୀଙ୍କର ଅପରିଣାମଦର୍ଶିତା ଯୋଗୁଁ ମୋତେ ଲାଗ ଲାଗ୍‌ ଚାରିଟି ସନ୍ତାନଙ୍କୁ ଜନ୍ମଦେବାକୁ ହେଲା । ରାଜୁ ଏକମାତ୍ର ପୁତ୍ରସନ୍ତାନ । ତିନିଟି କନ୍ୟାସନ୍ତାନ ଜନ୍ମଦେଇ ମୋର ଦୁର୍ଦ୍ଦଶା ଆହୁରି ବଢ଼ିଗଲା । ସତେ ଯେମିତି କନ୍ୟା ପ୍ରସବ କରିବାର ଦୋଷଟା

ମୋରି । ତା’ ପରେ ଅଭାବ – ଦାରିଦ୍ର୍ୟ-ଅନାହାର-ପିଲାମାନଙ୍କର ଦୁଃଖଯନ୍ତ୍ରଣା ଭିତରେ ମୁଁ ପେଷି ହୋଇଗଲି । ସ୍ୱାମୀ ଭାବନ୍ତି, ପିଲାଟିଏ ସୃଷ୍ଟି କରିଦେଲେ ପିତା ହେବାର କର୍ତ୍ତବ୍ୟ ଶେଷ ହୋଇଗଲା । କିନ୍ତୁ ମୁଁ ମା’ ହୋଇ ସେପରି ଭାବିପାରିଲି ନାହିଁ – ପିଲାଙ୍କ ମୁହଁରେ ମୁଠାଏ ଆହାର ଦେବା ପାଇଁ ମୁଁ ଯନ୍ତଟିଏ ଭଳି ଦିନରାତି ଖଟିଲି । ତଥାପି ମଧ୍ୟ ମୋ ମନରେ ଅନେକ ସ୍ୱପ୍ନ । ମୋ ରାଜୁ ପାଠ ପଢ଼ିବ – ବଡ଼ ମଣିଷ ହେବ – ମୋର ଦୁଃଖ ଦୂର ହେବ... । କଷ୍ଟୋପାର୍ଜିତ ଅର୍ଥରୁ କିଛି କିଛି ସଞ୍ଚୟ କରିବାର ନିଶା ମୋ ମନରେ ଜାଗିଲା । ସେ କଥା ସ୍ୱାମୀ ଜାଣିନେବା ପରେ ମୋର ଦୁର୍ଦ୍ଦଶା ଶେଷ ସୀମାରେ ପହଞ୍ଚିଗଲା । ସେ ଆଉ ଘରକୁ ଟଙ୍କା ଦେଲେ ନାହିଁ । ବରଂ ମୋଠୁ ଟଙ୍କା ଆଦାୟ କରିନେବାକୁ ଚେଷ୍ଟା କଲେ । ଦେଖିବେ ତା’ର ପ୍ରମାଣ ? ସେ ତାଙ୍କର ମୁକୁଲା ପିଠି ମୋତେ ଦେଖାଇଲେ । ମୁଁ ଚାହିଁପାରିଲି ନାହିଁ । ସାରା ପିଠିଟା ନିର୍ମମ ଲୋକଟାର ଅତ୍ୟାଚାରରେ କ୍ଷତବିକ୍ଷତ ।

ମୁଁ ଚୁପ୍‌ଚାପ୍‌ ବସି ରହିଲି । ସେ ଦମ୍‌ ନେଇ କହିଲେ – ‘‘କେତେଦିନ ଆଉ ସହନ୍ତି – ରକ୍ତମାଂସର ଦେହ ତ ! ବେଳେ ବେଳେ ଇଚ୍ଛା ହୁଏ ମୁଁ ଟିକେ ବିଶ୍ରାମ ନିଅନ୍ତି । ମୁଁ ଖୁବ୍‌ ଦୁର୍ବଳ ହୋଇପଡୁଛି ଦିନୁଦିନ । କିନ୍ତୁ ମୁଁ ବିଶ୍ରାମ ନେଲେ ଘର ଚଳିବ କେମିତି ? ଦିନେ ରାତିରେ ରୁଟି ସେକୁ ସେକୁ ଭାବିଲି – ମୋର ଏଇ ହାତ ଦୁଇଟା ଯଦି ଅକାମୀ ହୋଇଯାନ୍ତା, ତେବେ ମୋତେ ବିଶ୍ରାମ ମିଳିଯାନ୍ତା । ଲୋକଟି ତା’ର ଛୁଆମାନଙ୍କୁ ଖାଇବାକୁ ନଦେଇ କ’ଣ କରନ୍ତା ? ହଠାତ୍‌ ଗୋଟାଏ ଆବେଗର ଝାଙ୍କରେ ମୁଁ କୋଇଲା ଆଉଁରର ଉହ ଉହ ନିଆଁ ଉପରେ ହାତ ଦୁଇଟା ପୋଡ଼ି ପକାଇ ମୂର୍ଚ୍ଛା ଗଲି ।’’

ସେହି ହେଲା ମୋ ପାଗଲାମିର ଆରମ୍ଭ । ସମସ୍ତେ କହିଲେ ମୁଁ ପାଗଲ ହୋଇଯାଇଛି । ଯେଉଁଦିନ ମୋ ଭିତରେ ଅବାଞ୍ଛିତ ପଞ୍ଚମ ସନ୍ତାନଟିର ସ୍ଥିତି ଉପଲବ୍ଧି କଲି, ସେଦିନ ମୋ ମନ ତଳେ ମୋ ସ୍ୱାମୀଙ୍କ ପ୍ରତି ତଥାପି ମଧ୍ୟ ଅବଶିଷ୍ଟ ଥିବା ମମତା, ଘୃଣା-ଅସହିଷ୍ଣୁତାରେ ପରିବର୍ତ୍ତିତ ହୋଇଗଲା । ମୋର ମନେହେଲା, ମୁଁ ଗୋଟାଏ ଖୁନୀ ଆସାମୀର ହାତ ଧରିଛି । ତିଳ ତିଳ କରି ସେ ହତ୍ୟା କରି ଚାଲିଛି ମୋତେ – ମୋର ଛୁଆମାନଙ୍କୁ । ମୋ ହୃଦୟରେ ଚାପା ପଡ଼ିଥିବା ରାଗ – ପ୍ରତିହିଂସା, ଘୃଣାର ପରିପ୍ରକାଶ ମୁଁ କିନ୍ତୁ କରିବି କେଉଁଠ ? ସ୍ୱାମୀଙ୍କର ପଶୁତ୍ୱ ପାଖରେ ମୁଁ ଯେ ଏକବାର ଦୁର୍ବଳ । ମୁଁ ଉତ୍ତେଜନାର ସବୁ ଆବେଗ ସୁଝାଇଲି ନିଜ ଉପରେ – ଘରର ନିର୍ଜୀବ ଆସବାବପତ୍ର ଉପରେ ।

ସ୍ୱାମୀ ସେଦିନ ରାତିରେ ନିଶାରେ ଟଳି ଟଳି ଆସିବା ବେଳକୁ ସବୁ ଜିନିଷପତ୍ର

ଭାଙ୍ଗିରୁଜି ଚୁରୁମାର । ପିଲାମାନେ କବାଟ କିଲି ହାଉଳି ଖାଉଛନ୍ତି ମୋର ପ୍ରଚଣ୍ଡ ରୂପ ଦେଖି । ସ୍ୱାମୀ ମୋତେ କିଛି କହିବା ପୂର୍ବରୁ ମୁଁ ତାଙ୍କୁ ଆକ୍ରମଣ କରି କ୍ଷତାକ୍ତ କରିଦେଲି । ତା'ପରେ ଏଇ ପାଗଳଖାନା । ପ୍ରଥମଥର କିଛିଦିନ ପରେ ଛାଡ଼ ପାଇ ଘରକୁ ଫେରିଗଲି; କିନ୍ତୁ ସେଇ କାହାଣୀର ପୁନରାବୃତ୍ତି । ବଡ଼ଝିଅଟା ବିବାହଯୋଗ୍ୟା ହେଲାଣି । ବସ୍ତି ଟୋକାଙ୍କର ତା' ଉପରେ ଆଖି । ରାଜୁଟା ଦିନୁଦିନ ଭିନ୍ନ ପ୍ରକାର ହୋଇଯାଇଛି । ବାପାଙ୍କୁ ଦେଖି ହାତମୁଠା ମୁଠା କରେ – ଦାନ୍ତ ରଗଡ଼େ – ଘରୁ ବାହାରିଯାଇ ସବୁ ରାଗ ଉତ୍ତେଜନା ସୁଝେଇ ଦେଇଆସେ ବସ୍ତିର ଆଉ କେଉଁ ନିର୍ଦ୍ଦୋଷ ପିଲା ଉପରେ । ରାଜୁକୁ ନେଇ ବସ୍ତିରେ ସବୁଦିନେ ମାଡ଼ ଫଉଜଦାରୀ । ସମସ୍ତଙ୍କ ମୁହଁରେ ସେଇ କଥା – ମାଆ ତ ପାଗଳୀ – ପୁଅଟା ବି ପାଗଳ ହୋଇଯିବ । ରାଜୁ ବାପାର ଅମଣିଷପଣିଆ ମୁଁ ସିନା ସହି ନେଇଥିଲି – ମାତ୍ର ରାଜୁର ସେମିତି କିଛି ହେବ, ଏ କଥା ମୋ ସହ୍ୟଶକ୍ତିର ବାହାରେ । ଦିନେ ହଠାତ୍ ଭାବିଲି – ମୁଁ ଯଦି ସତକୁ ସତ ପାଗଳୀ ହୋଇଯାନ୍ତି, ତେବେ ଏତେଗୁଡ଼ାଏ ଦୁଃଖ ମୋତେ ସହିବାକୁ ପଡ଼ନ୍ତା ନାହିଁ । ସବୁ ଦୁଃଖରୁ ମୁକ୍ତି ମିଳିଯାନ୍ତା ।

ତା'ପରେ ବାରମ୍ବାର ସେଇ ଉତ୍ୟକ୍ତ କାଣ୍ଡ । ବାରମ୍ବାର ଏଇ ପାଗଳଖାନାରେ ବନ୍ଦୀ ଜୀବନ । ଅଥଚ ମୁଁ ପାଗଳୀ ହୋଇନାହିଁ– ମୁଁ ସବୁ ସ୍ମରଣ ରଖିଛି । ଏଇ ବନ୍ଦୀଶାଳାରେ ମୁଁ ସେଇ ନିରୀହ ପିଲାଗୁଡ଼ାଙ୍କ ପାଇଁ ଝୁରି ଝୁରି ମରୁଛି । ରାଜୁର ବାପା ମୋତେ ନେବା ପାଇଁ ଆସୁନାହାନ୍ତି । ମୋର ପାଗଳାମି ଭଲ ହୋଇନାହିଁ ବୋଲି ଡାକ୍ତର କହୁଛନ୍ତି । ତେଣୁ ଏବେ ମୋର ସବୁତକ ରାଗ ଡାକ୍ତରଙ୍କ ଉପରେ । ସେମାନେ ମୋତେ କଷ୍ଟ ଦିଅନ୍ତି – ଅଥଚ କଷ୍ଟ ଉଣା କରିପାରନ୍ତି ନାହିଁ ।

ରାଜୁ ମା'ଙ୍କ ବକ୍ତବ୍ୟ ଶେଷ ହୋଇଥିଲା । ମୋର ଆଉ କିଛି କହିବାକୁ ନଥିଲା । ଏ ସମସ୍ୟାଟି ରାଜୁ ମା'ଙ୍କର ବ୍ୟକ୍ତିଗତ ସମସ୍ୟା ନୁହେଁ – ଏ ଏକ ବିରାଟ ସାମାଜିକ ସମସ୍ୟାରେ ପରିଣତ ହୋଇଛି । ମୁଁ ହୁଏତ ରାଜୁର ମା'ଙ୍କୁ ମୁକ୍ତ କରି ନେଇଯିବି – ମାତ୍ର ତା'ର ଘରର ସେଇ ଦୂଷିତ ପରିବେଶକୁ ବଦଳାଇ ପାରିବି ନାହିଁ । ପୁଣିଥରେ ତାଙ୍କୁ ଏଠାକୁ ଫେରିଆସିବାକୁ ହେବ । ଅସହାୟ ଭାବରେ ମୁଁ ବସିରହିଲି । ସେ କହିଲେ ''ମୁଁ ଜାଣେ ଆପଣ ମୋତେ ନେଇ ଲମ୍ବା ବିବରଣୀ ଲେଖିବେ – ଗଳ୍ପ ଲେଖିବେ – ବକ୍ତୃତା ଝାଡ଼ିବେ, ବାହାବା ନେବେ । କିନ୍ତୁ ମୋ ସମସ୍ୟାର ସମାଧାନ କରିପାରିବେ ନାହିଁ । ମୋର ଏତିକି ଅନୁରୋଧ, ରାଜୁକୁ ରକ୍ଷା କରିବେ । ତାକୁ ଯେମିତି ଶେଷକୁ ପାଗଳ କରି ଦିଆ ନଯାଏ ।''

ମୁଁ ତାଙ୍କୁ ପ୍ରତିଶ୍ରୁତି ଦେଇପାରିଲି ନାହିଁ । ମୋର ପରିଦର୍ଶନର ସମୟ ଶେଷ

ହୋଇଥିଲା । ଡାକ୍ତର, ନର୍ସ ଆଉ ଦୁଇଜଣ ରକ୍ଷୀ ପହଞ୍ଚିଲେ । ବିମଳାଙ୍କୁ ଇଞ୍ଜେକ୍‌ସନ ଦେବାର ସମୟ ହୋଇଯାଇଥିଲା । ହଠାତ୍‌ ‌ଯେମିତି ତାଙ୍କ ଭିତରେ ଗୋଟାଏ ବିରାଟ ବିସ୍ଫୋରଣ ହୋଇଗଲା । ସେ ରକ୍ଷୀ ଦୁଇଟାଙ୍କୁ ଆକ୍ରମଣ କଲେ– ଚିତ୍କାର କଲେ – ଅଶ୍ଲୀଳ ଭାଷାରେ ଗାଳିଗୁଲଜ କଲେ । ତାଙ୍କର ସେଇ ସୁନ୍ଦର ଆଖି ଦୁଇଟା ଭୟଙ୍କର ହୋଇଉଠିଲା । ତାଙ୍କୁ ମାଡ଼ିବସି ଇଞ୍ଜେକ୍‌ସନ ଦିଆଗଲା । ପରକ୍ଷଣରେ ସେ ନିସ୍ତେଜ ହୋଇଗଲେ । ଶଯ୍ୟାରେ ଶୋଇ ଧକେଇ ଧକେଇ କାନ୍ଦିବାକୁ ଲାଗିଲେ । ସେଇ ଅସହ୍ୟ ଦୃଶ୍ୟକୁ ପଛ କରି ମୁଁ ପଦାକୁ ବାହାରି ଆସୁ ଆସୁ ସିଷ୍ଟର କହିଲେ ''ଅପେକ୍ଷା କରନ୍ତୁ – ଅଳ୍ପ ସମୟ ପରେ ପୁଣି ହସର ସୁଅ ଛୁଟିବ । ଆମେ ସବୁ ମୂର୍ଖ, ବୁଦ୍ଧୁ – ପଶୁ ବୋଲି କହି ଏମିତି ହସିବ ଯେ ଆପଣ ନିଜେ ବି ପାଗଳ ହୋଇଯିବେ ।''

ମୁଁ ନିମ୍ନ କଣ୍ଠରେ ପ୍ରଶ୍ନ କଲି ''ଏଠି ସେ କେତେ ଦିନ ଆଉ ରହିବେ ?''

– ହୁଏତ ଜୀବନସାରା । ସ୍ୱାମୀ ତାଙ୍କୁ ‌ଫେରାଇ ନେବାକୁ ପ୍ରସ୍ତୁତ ନୁହେଁ । ସ୍ୱାମୀ ତାଙ୍କର କହୁଛନ୍ତି ''ପାଗଳୀଟାକୁ ଘରେ ରଖି କ’ଣ କରିବ ?'' ଅଥଚ ଲୋକଟା ଆମ ସହ ଟିକେ ସହଯୋଗ କଲେ ରୋଗିଣୀ ସମ୍ପୂର୍ଣ୍ଣ ସୁସ୍ଥ ହୋଇଉଠନ୍ତା । ଛାଡ଼ନ୍ତୁ– ଆମର ବହୁତ କେସ୍‌ ଏମିତି ।

ଦୀର୍ଘଶ୍ୱାସଟିଏ ଛାଡ଼ି ମୁଁ ପଦାକୁ ବାହାରି ଆସିଲି । ରାତିରେ ରାଜୁ ମା’ଙ୍କର କେସ୍‌ ହିଷ୍ଟ୍ରି ସହ ତାଙ୍କର ଆତ୍ମ–ପଠନକୁ ମିଳାଇ ଦେଖି ହତାଶ ହେଲି । ରାଜୁର ବାପା ଯେଉଁ କେସ୍‌ ହିଷ୍ଟ୍ରି ଦେଇଛନ୍ତି, ତାହା ବାସ୍ତବ ନୁହେଁ । ଏଥିରେ ଚିକିତ୍ସକଙ୍କର ରୋଗ ଭଲ କରିବାର ଅବକାଶ କାହିଁ ?

ପରଦିନ ସକାଳୁ ରାଜୁ ପୁଣି ଚାଲିଗଲା ପାଗଳଖାନାର ଗେଟ୍‌ ସାମ୍ନାକୁ । ସେମିତି ବସି ଗାର ଟାଣିଲା ଭୂଇଁରେ । ମୁଁ ତା’ର ବାପାଙ୍କ ଠିକଣାରେ ଚିଠିଟିଏ ପକାଇଦେଲି । ପୁଅକୁ ଖୋଜି ସେ ବିଚରା ବ୍ୟସ୍ତ ହେଉଥିବ । ସେ ଆସିଲେ ବୁଝାଇ ସୁଝାଇ ରାଜୁକୁ ପଠାଇଦେବି । ଲୋକଟାକୁ ସେ ଅଭ୍ୟାସ ପରିବର୍ତ୍ତନ ପାଇଁ ପ୍ରବର୍ତ୍ତାଇବି ବୋଲି ସ୍ଥିର କଲି ।

ଦିନ ଗୋଟାଏରେ ଡାକ୍ତରଖାନାରୁ ଆସିବା ବେଳେ ରାଜୁ ‌ସେମିତି ଗାର କାଟୁଥିଲା ଭୂଇଁରେ । ତିନିଦିନ ଧରି ସେ ମୋ ଘରେ ଗଣ୍ଡାଏ ଖାଇଦେଇ ପାଗଳଖାନା ସାମ୍ନାରେ ବସି ରହୁଛି । ଆଜି ହୁଏତ ତା’ର ବାପା ଆସି ପହଞ୍ଚିଯିବ । ଅପରାହ୍ନରେ ମୁଁ ବିଶ୍ରାମ ନେଉଥିବା ‌ବେଳେ ହଠାତ୍‌ ଗୋଟାଏ ଦାରୁଣ କୋଲାହଳ । ମୁଁ ପଦାକୁ ବାହାରି ଆସିଲି । ପାଗଳଖାନା ସାମ୍ନାରେ ଭିଡ଼ ଜମିଛି । ମୁଁ ତର ତର ହୋଇ ଭିଡ଼ ଠେଲି ଭିତରକୁ ଯାଉ ଯାଉ ପ୍ରଶ୍ନ କଲି ''କ’ଣ ହେଇଛି ?''

କେହି ଜଣେ କହିଲା ''ସେଇ ପିଲାଟା ପାଗଳ ହୋଇଯାଇଛି । ପାଠ ଛାଡ଼ି ଘରୁ ଟଙ୍କା ପଇସା ଧରି ଆଠଦିନ ହେବ ଗାଁରୁ ପଳାଇ ଆସିଥିଲା । ଆଜି ହଠାତ୍ ଉତ୍ୟକ୍ତ ହୋଇ 'ବାଘ' – 'ବାଘ' – ଚିତ୍କାର କରି ଟେକାପଥର ଫିଙ୍ଗି ଗୁଡ଼ାଏ ଲୋକଙ୍କୁ ଖଣ୍ଡିଆଖାବରା କରିଛି । ଗୋଟାଏ ଲୋକର ମୁଣ୍ଡ ଫାଟିଛି – କାମୁଡ଼ି ଖଣ୍ଡିଆ କରିଛି ତାକୁ । ପିଲାଟା ଦେହରେ ଏତେ ବଳ ଆସିଲା କୁଆଡୁ କେଜାଣି ?''

ମୁଣ୍ଡରେ ଆଘାତ ପାଇଥିବା ଲୋକଟି ଗାମୁଛାଟା ମୁଣ୍ଡରେ ଚାପିଧରି ଉପରେ ପଡ଼ି କହିଲା ''ପାଗଳୀର ପୁଅ ଆଉ ଭଲ ହେବ କେଉଁଠୁ ? ଯାଉ ପାଗଳଖାନାକୁ । ଗୋଟାଏ କଣ୍ଟା ଗଲା ।'' ମୁଁ ପ୍ରଶ୍ନ କଲି ''ତମେ କିଏ ?''

– ମୁଁ ସେଇ କୁଲାଙ୍ଗାର ଟୋକାର ବାପା । ଭାଗ୍ୟ ଦୋଷରୁ ଏମିତି ପୁଅ ଜନ୍ମ ହୋଇଛି । ଲୋକଟା କଥାଗୁଡ଼ାକ ମୋ ମୁହଁକୁ ଫିଙ୍ଗିଦେଇ ଧପ୍ ଧପ୍ ଚାଲିଗଲା ବେପରୱା ଭାବରେ । ରାଜୁକୁ ପାଗଳଖାନାର ଶିଶୁ ୱାର୍ଡରେ ଭର୍ତ୍ତି କରାହୋଇଥିଲା ।

ମୁଁ ଅପରାଧୀଟି ଭଳି ମୁଣ୍ଡ ଝୁଙ୍କାଇ ଫେରିଆସିଲି । ଝର୍କା ରେଲିଂ ସେପଟେ ଦୁଇଟି ସ୍ଥିରନିଶ୍ଚଳ ଆଖି – ଆଖି ତ ନୁହେଁ, ସତେ ଯେମିତି ଦୁଇଟି ଅଭିଯୋଗପତ୍ର – ଯାହାର ଜବାବ୍ ନାହିଁ ।

ହାତ ବାକ୍ସ

ବୋଉର ସେଇ ହାତବାକ୍ସ ଉପରେ ସବୁ ପିଲାଙ୍କର ଲୋଲୁପ ଦୃଷ୍ଟି । ଏମିତିକି ବାପାଙ୍କର ମଧ୍ୟ । ଶିଶୁକାଠର ଚାରିକଣିଆ ଛୋଟ ବାକ୍ସଟିଏ । ଭିତରେ ବିଭିନ୍ନ ଆକାରର ଖୋପ ଖୋପ ହୋଇ ଡାଲାଟିଏ । ଡାଲାଟିକୁ ଟେକିଦେଲେ ଭିତରକୁ ଛୋଟିଆ ଗମ୍ଭୀରି ଘର ଭଳି ଅନ୍ଧାରିଆ ଜାଗା । ମଜବୁତ ଗଢ଼ଣ । ବନ୍ଦ କରିଦେଲେ ନିଦା ବାକ୍ସ ଭଳି ଦିଶେ । ସାମ୍ନାରେ ସରୁ ରନ୍ଧ୍ର, ଲୁହାର ଚାବି ପାଇଁ । ଦୁଇ କଡ଼ରେ ପିତଳର କାରୁକାର୍ଯ୍ୟଭରା କଡ଼ା, ବାକ୍ସଟିକୁ ଧରି ଉଠାଇବା ପାଇଁ । ବୋଉର ଚେହେରା ଭଳି ସେ କାଳର ତିଆରି ବାକ୍ସଟି ଭାରି ସମ୍ଭ୍ରାନ୍ତ, ଅଭିଜାତ ମନେହୁଏ । ବୋଉର ଚୁପଚାପ୍ ସଦାଗମ୍ଭୀର ଶାନ୍ତ ମୁହଁକୁ ଚାହିଁଦେଲେ ଯେମିତି ବୁଝିହୁଏ ଯେ ଭିତରଟା ଅନେକ ଦାମି, ଓଜନିଆ ଆଉ ମହନୀୟ, ସବୁବେଳେ ତାଲା ବନ୍ଦ ଗୁମୁରିଆ ହୋଇ ନିଦାପିଟା ବାକ୍ସଟିକୁ ଚାହିଁଦେଲେ ଯେମିତି ମନେହୁଏ ଭିତରେ ସାରା ସଂସାରର ଦୁର୍ମୂଲ୍ୟ ପଦାର୍ଥ ଭରି ରହିଛି । ବୋଉକୁ

ଚାହିଁଦେଲେ ମନଟା ଯେମିତି ଖୁସି ହୋଇଯାଏ, ବାକ୍ସଟାକୁ ଦେଖିଦେଲେ ମନଟା ସେମିତି ଉଲ୍ଲସି ଉଠେ ।

ସେଇଟି ବୋଉର ହାତବାକ୍ସ । ଯୌତୁକ ସଙ୍ଗରେ ସେଇଟି ତା' ସଙ୍ଗରେ ବାପଘରୁ ଆସିଥିଲା । ସବୁ ଝିଅଙ୍କ ସଙ୍ଗରେ ହାତ ବାକ୍ସ ଯାଏ । ଅନ୍ୟସବୁ ଯୌତୁକ ଜିନିଷରେ ସମସ୍ତଙ୍କ ଦାବି । ନନନ୍ଦ, ଦିଅର, ଶାଶୁ ଶ୍ୱଶୁର ଯେ କେହି ତାକୁ ବ୍ୟବହାର କରିପାରନ୍ତି । କିନ୍ତୁ ଏଇ ଛୋଟିଆ ହାତ ବାକ୍ସଟି ଝିଅର ଏକାନ୍ତ ବ୍ୟକ୍ତିଗତ ଜିନିଷ । ସେଥିରେ ଝିଅର ହାତଖର୍ଚ୍ଚ ପାଟକନାରେ ଗୁଡ଼ା ହୋଇଥାଏ । ଶୁଘରେ ପହଞ୍ଚୁ ପହଞ୍ଚୁ ଝିଅ ତ ଆଉ ମୁହଁ ଖୋଲି ପଇସାଟିଏ କାହାକୁ ମାଗିବ ନାହିଁ । ବାପଘରୁ ବାରିକ କି ଭାରୁଆ ଗଲେ ସେ ତ ନିଜର ମାନ ରଖି ହାତ ଟେକି ତାକୁ କିଛି ଦେବ । ସେଇଟା ଶାଶୁଘରର ମାନ୍ । ନନନ୍ଦ, ଦିଅର, ପୁତୁରା, ଝିଆରୀ ଅଳି ଅଝଟ ବେଳେ ସେ ତ ସ୍ନେହରେ ପଇସାଟିଏ ତାଙ୍କ ହାତରେ ଦେବ । ସେଇଟା ବାପଘରର ବଡ଼ପଣ । ସେତିକି ଛାଡ଼ିଦେଲେ ସେ କାଳରେ ବୋହୂମାନଙ୍କର ଆଉ କ'ଣ ବା ହାତଖର୍ଚ୍ଚ ଥାଏ । ''ଶାଶୁଘର ଟାଣ ବାପ ଘରକୁ, ବାପ ଘର ଟାଣ ଶାଶୁଘରକୁ'' – ସେତିକି ପାଇଁ ଯେମିତି ହାତ ବାକ୍ସଟିଏ ।

ସବୁବେଳେ ନୂଆ ବୋହୂକୁ ସେତିକି ଯେମିତି ସେ କହୁଥାଏ – ରୂପ ରୂପ କରି । ସତକୁ ସତ ତାଲା ବନ୍ଦ ହାତବାକ୍ସ ପରି ବାପଘରର ଦୁଃଖ ଦାରିଦ୍ର୍ୟ, ନିପାରିଲା ପଣ, ଆଉ ଶାଶୁଘରର ଅନିଭୋଗ, ଖୁଣ୍ଟା ଗଞ୍ଜଣା ସବୁ ତ ଚାପିନିଏ ସେ କାଳର ବୋହୂ – ନିଜ ଭିତରେ– ନିଃଶବ୍ଦଘରେ । ''ଦୁହିତା ଦୁଇ କୁଳକୁ ହିତା''ର ମତୋକୁ ମୁଖସ୍ଥ କରି ଜୀବନ କାଟିଦିଏ ପାଟିବୁଜି, ଠିକ୍ ତାଙ୍କରି ବୋଉ ପରି ।

ହାତ ବାକ୍ସର ଚାବିଟାକୁ ବୋଉ ଜମାରୁ ହାତଛଡ଼ା କରେ ନାହିଁ । ଏମିତି କି ମଲା ଶେଯରେ ବି ସେ ଛୋଟିଆ ଚିକ୍କଣ ଲମ୍ୟାଲିଆ ସାଦା ଗଢ଼ଣର ଚାବିଟି ତା' ପଣତରେ ବନ୍ଧା ହୋଇଥିଲା । ନୂଆ ଲୁଗା ପାଲଟା ହେବା ପୂର୍ବରୁ ସାହସ କରି ବଡ଼ବୋହୂ ଶବ କାନିରୁ ଚାବିଟାକୁ ଖୋଲି ନେଇଥିଲେ । ଶାଶୁ ମରି ଶୋଇଛନ୍ତି ଜାଣିଲେ ମଧ ଛାତି ଦାଉଁ ଦାଉଁ ପଡ଼ୁଥାଏ । ତର୍ଣ୍ଣ ଅଠା ଅଠା ହୋଇଯାଉଥାଏ ଭୟରେ । ଲାଗୁଥାଏ ଯେମିତି ଶାଶୁ ତାଙ୍କର ଶୀର୍ଷ ଥଣ୍ଡା ହାତରେ ବୋହୂର ହାତକୁ ମାଡ଼ି ବସିବେ । ଛଡ଼ାଇ ନେବେ ତାଙ୍କର ଅତିପ୍ରିୟ ହାତ ବାସ୍ତର ଚାବିଟିକୁ । ବୋଉର ମଲା ଦେହରୁ ଯେତେବେଳେ ଗୋଟି ଗୋଟି ସବୁ ଗହଣା କାଢ଼ି ନିଆହେଲା, ସେତେବେଳେ ବଡ଼ପୁଅଙ୍କ ହୃଦୟ ଫାଟି ଯାଉଥିଲେ ବି ସେ କାଠଭଳି ଠିଆ ହୋଇଥିଲେ । ସଂସାରର ନିଷ୍ଠୁର ନିୟମକୁ ମାନି ନେଇଥିଲେ ଅସହାୟ ଭାବରେ ।

ସୁନା ଗହଣାକୁ ବୋଉ ସଙ୍ଗେ ଚିତାରେ ପୋଡ଼ିଦେଲେ ବୋଉ ଏବେ କୋଉ ଜାଣିବ ଯେ !

ଜନ୍ମ କାଳରୁ ଦେଖି ଆସୁଥିବା ବୋଉ ନାକର ସେଇ ଛୋଟିଆ ସୁନା ମାଛିଟି ଯେତେବେଳେ ସାନ ଦାଦା ବହୁ କଷ୍ଟରେ ଖୋଲୁ ଖୋଲୁ ବୋଉର ସେଇ ସୁନ୍ଦର ତିଳଫୁଲ ପରି ନାକର କୋମଳ ଫଳି ଟିକେ ଛିଡ଼ି ଯାଇଥିଲା, ବଡ଼ ପୁଅ ''ଉଃ'' ବୋଲି ଅସ୍ପଷ୍ଟ ଚିତ୍କାର କରି ପୁଣି ନିଜକୁ ସମ୍ଭାଳି ନେଇଥିଲେ । ସାନପୁଅ ପଦାକୁ ବାହାରିଯାଇ କୋହ ଚାପିନେଇ ନିଜ ମନର ଟାଣପଣ ଦେଖାଇଥିଲେ । କିନ୍ତୁ ବଡ଼ ବୋହୂ ଯେତେବେଳେ ଅତି ଖଞ୍ଜରେ ଶାଶୁଙ୍କ ପିନ୍ଧାଲୁଗା କାନିର ଚାବିଟାକୁ ଖୋଲି ନେଇଥିଲେ, ବଡ଼ପୁଅ ଝର ଝର କାନ୍ଦି ପକାଇ କ୍ଷୀଣ ପ୍ରତିବାଦ କରିଥିଲେ – ''ଥାଉ ରେଖା, ସେଇଟା ବୋଉର ନୂଆଲୁଗା କାନିରେ ବାନ୍ଧିଦିଅ, ବୋଉ ସଙ୍ଗେ ଚିତାରେ ଜଳିଯାଉ ସେଇଟା, ବଞ୍ଚିଥିଲା ବେଳେ ଦିନେ ଚାବିଟାକୁ ଆମକୁ ଧରିବାକୁ ବି ଦେଇନାହିଁ ।''

ରେଖା ସ୍ୱାମୀକୁ ସାନ୍ତ୍ୱନା ଦେବା କଣ୍ଠରେ ରୁପ୍‌ରୁପ୍ କହିଥିଲା– ''ପିଲାଙ୍କ ଭଳି ଅବୁଝ ହେଉଛ ? ବୋଉଙ୍କ ଚିତାରେ ଚାବିଟାକୁ ସିନା ପକାଇଦେବ, ବାକ୍‌ଟା ତ ପକାଇ ଦେବନି । ସେଥିରେ ଯେ କ'ଣ ଅଛି କିଏ ଜାଣେ ? ସାରା ଜୀବନର ସଞ୍ଚୟ... ବୋଉ ସତେ କେତେ ହିସାବି ମଣିଷ ଥିଲେ –'' ସକ ସକ କାନ୍ଦି ପକାଇଲେ ବଡ଼ବୋହୂ ସୁରେଖା ଶାଶୁଙ୍କର ସବୁ ସୁଗୁଣ ସୁମରି ।

ମାତୃଶୋକର ସଦ୍ୟ ଦୁଇଦିନ କଟିଯିବା ପରେ ପ୍ରଥମ ଚିନ୍ତାହେଲା ବାକ୍‌ଟାକୁ ଖୋଲିବ କିଏ ? କେଜାଣି କି ନିଧି ସମ୍ପତ୍ତି ସେଥିରେ ରଖିଥିଲା ବୋଉ, ଶେଷ ଜୀବନରେ ବାପାଙ୍କ ଉଦାସୀନତାର ଅବହେଳା ଭିତରେ ସଢ଼ି ସଢ଼ି ମଲା ପଛକେ ପଇସାଟାଏ କାଢ଼ି ଖର୍ଚ କଲାନାହିଁ । ମଲା ପୂର୍ବରୁ କହିଗଲା ନାହିଁ କାହାପାଇଁ କ'ଣ ରଖିଯାଇଛି – କାହାର ଭାଗ କେତେ ? ଜୀବନ-ଦୀପ ଲିଭିଯିବା ନିଶ୍ଚୟ ଜାଣି ସମସ୍ତେ ବାରବାର ପଚାରିଛନ୍ତି– ''ବୋଉ କିଛି କହିବୁ ? କଛି କହିଯିବାକୁ ଅଛି – କିଛି ଇଚ୍ଛା – କିଛି ନିର୍ଦ୍ଦେଶ– କିଛି ଆଦେଶ– !''

ନାଇଁ – ହାତବାକ୍ସ ଭଳି ଚିରାଚରିତ ରୀତିରେ ବୋଉ ରୁପ୍ କିଛି ହେଲେ କହିଗଲା ନାହିଁ । ମଲା ପୂର୍ବରୁ ଅସ୍ପଷ୍ଟ ଖନ ଖନ ସ୍ୱରରେ ବଡ଼ପୁଅକୁ ହାତ ଧରି ପଦିଏ କହିଥିଲା ''ମୋ ହାତ ବାକ୍‌'' ବାସ୍ – ଆଉ କିଛି ବୁଝ୍ ହେଲା ନାହିଁ । ବୋଉର ସେଇ ମଧୁରସ୍ୱର ଫେରନ୍ତି ଗାଡ଼ିର ଧକ୍କାରେ ସେପାରିକୁ ଉଡ଼ି ଯାଇଥିଲା ।

କିନ୍ତୁ ଏ କଥା ସତ ଯେ ବୋଉ କେବେ ଚାହିଁ ନଥିଲା ତା'ର ମଲା ପରେ

ହାତ ବାକ୍ସର ଚାବି ବାପାଙ୍କ ହାତରେ ପଡୁ । ବାପାଙ୍କ ପ୍ରତି ବୋଉର ଭକ୍ତି ସମ୍ଭ୍ରମ, ଆନୁଗତ୍ୟ ଏବଂ ଜଣେ ପତିଗତପ୍ରାଣ ପତ୍ନୀର ସମସ୍ତ କର୍ତ୍ତବ୍ୟବୋଧ ଥିବା ସତ୍ତ୍ୱେ 'ପ୍ରେମ' ଜିନିଷଟି ଯେ ନଥିଲା ଏକଥା ହେତୁ ହେବାଦିନୁ ସବୁ ପୁଅ ଝିଅ ଜାଣିଥିଲେ । ସେଇଟା ବୋଉର ତ୍ରୁଟି ନୁହେଁ ବରଂ ବାପା ସେଥିପାଇଁ ଶହେ ଭାଗ ଦାୟୀ ବୋଲି ବୁଦ୍ଧି ହେବା ପରଠୁ ସମସ୍ତେ ହୃଦୟଙ୍ଗମ କରୁଥିଲେ । ବୋଉ ପ୍ରତି ବାପାଙ୍କର କୌଣସି ବିଶେଷ ଅନୁରାଗ ନଥିଲା ବୋଉର ବୟସ ଥିବା ବେଳଠାରୁ, ଏକଥା ବି ସବୁ ପୁଅ ଝିଅ ଜାଣିଥିଲେ ।

ବୋଉ ଗଧ ଭଲି ଖଟୁଥିଲା ଏବଂ ବାପାଙ୍କ ସ୍ୱଳ୍ପ ଆୟର ସୀମିତ ପରିସର ମଧ୍ୟରେ ପାଞ୍ଚ ପାଞ୍ଚୋଟି ପିଲାଙ୍କୁ ଅଭାବ କ'ଣ ଜାଣିବାକୁ ନଦେଇ ଉପଯୁକ୍ତ ମଣିଷ କରିବାରେ କୁଣ୍ଠ ସାଧନ କରୁଥିଲା । ବାପା ମାସ ଶେଷରେ ବୋଉ ହାତକୁ ଦରମା ଟଙ୍କାଟା ଦେଉଥିଲେ ଏବଂ ତା'ପର ଦିନଠୁ ନିଜର ଅନେକ ବଦଖର୍ଚ୍ଚ ପାଇଁ ବୋଉଠାରୁ ପ୍ରତିଦିନ ଟଙ୍କା ମାଗି ନେଉଥିଲେ । ପ୍ରତିଦିନ ବୋଉ କହୁଥିଲା– ''ଆଉ ଟଙ୍କା ନାହିଁ – ଧାର ଉଧାର କରି ଘର ଚଲାଉଛି । ତମେ କେତେ ଟଙ୍କା ନେଲଣି ହିସାବ ରଖିଛ ? ଶେଷକୁ କ'ଣ ପିଲାଗୁଡ଼ା ଭୋକରେ ରହିବେ ? ଏଥର ତମେ ଘର ଚଲାଅ । ମନ ଖୁସିରେ ଖର୍ଚ୍ଚ କରିବ ।''

ଏ ସବୁ ପ୍ରତିଦିନ ଶୁଣି ଶୁଣି ପିଲାମାନଙ୍କର ମୁଖସ୍ଥ ହେଇଯାଇଥିଲା ଏବଂ ଏସବୁ କହିସାରିବା ପରେ ବୋଉ ହାତ ବାକ୍ସ ଖୋଲି ବାପାଙ୍କୁ ଯାଇ କେତେଟା ଟଙ୍କା ନିଶ୍ଚୟ ବଢ଼ାଇଦେବେ ଏ କଥା ବି ପିଲାମାନେ ଜାଣିଥିଲେ ।

ପିଲାମାନେ ସ୍କୁଲରେ ଖର୍ଚ୍ଚ କରିବା ପାଇଁ କଟାଳ କଲେ ବୋଉ ଗରଗର ହେଇ କହୁଥିଲା– 'ବାପ ସତେକି ଦଶହଜାରୀ ! ତାଡ଼ାତାଡ଼ା ନୋଟ୍ ମୋ ହାତକୁ ବଢ଼ାଇ ଦେଉଛନ୍ତି ଯେ, ପିଲାଙ୍କର ବାପାଙ୍କର ସବୁଦିନେ ପଇସା ଦରକାର । ମୋ ହାତରୁ ଗୋଡ଼ରୁ ଖଣ୍ଡେ ନିଅ । ବିକି ଭାଙ୍ଗି ଖାଅ । ଘଡ଼ା ତ ଖାଲି ମୁଁ ଆଉ କ'ଣ କରିବି ? ମୋ ହାଡ଼ ମାଉଁସକୁ ଖାଇଦେଲେ ତମ ବାପାର ମନ ଶାନ୍ତି ହୋଇଯିବ ଯେ'' – ବୋଉ ପିଲାଙ୍କୁ ଗାଲି ଦେଇ ଦେଇ ବାପାଙ୍କ ଉପରେ ରାଗ ସୁଝାଏ ଓ ଗାଲିଗୁଡ଼ା ଯେ ପିଲାଙ୍କର ନୁହେଁ ବାପାଙ୍କର, ଏକଥା ପିଲାଏ ଜାଣନ୍ତି । ଆହୁରି ମଧ୍ୟ ସେମାନେ ଜାଣନ୍ତି ଯେ, ବୋଉ ୟାପରେ ରାଗରେ ଗୋଡ଼ କଟାଡ଼ି କଟାଡ଼ି ତା'ର ଶୋଇବା ଘରକୁ ଯିବ, ଅତି ଯତ୍ନରେ ଫୁଲପକା ରେଶମୀ ଲୁଗାଧଡ଼ି ସିଲେଇ ହୋଇ କଭର୍ ଦିଆ ହୋଇଥିବା ହାତବାକ୍ସଟିକୁ 'ଟୁକ୍' କରି ଖୋଲିବ ଆଉ ପିଲାଙ୍କ ମନବୋଧ ହେଲା ଭଲି ପଇସାଏ ଦିପଇସା ସମସ୍ତଙ୍କ ହାତରେ ଗୁଞ୍ଜିଦେବ । ତା'ପରେ

ପିଲାଙ୍କୁ ଗାଳି ଦେଇଥିଲା ବୋଲି ତା'ର ମନ ଖରାପ ହେବ ଓ ଦୁର୍ ଦୁର୍ ବର୍ଷା ପରେ ପୃଥିବୀ ନରମ ଆଉ କୋମଳ ଦିଶିବା ପରି ସେ କୋମଳ ହେଇଯାଇ ପିଲାଙ୍କ ଦେହ ମୁହଁ ଟିକେ ସାଉଁଳିଦେବ । ଆଉରି ନରମ କରି – ପ୍ରଥମ ଚଇତାଳି ପବନରେ କଅଁଳିଆ ପତ୍ର ଧୀରେ ମୁଲାୟମ୍ କରି ହଲିଯିବା ପରି, ଉଦାସିଆ ଦୀର୍ଘଶ୍ୱାସଟିଏ ଆସ୍ତେ ବାହାରି ଯିବ ତା' ଭିତରୁ ।

ସେ ଗୁରୁଗୁର୍ ହେଇ କହିବ – ''ବାପାର ମନ ଯଦି ଏଣିକି ଟିକେ ଘର ଧରନ୍ତା ତେବେ ଏତିକି ପଇସାରେ ମୋ ଛୁଆଏ ଢେର୍ ଖାଆନ୍ତେ – ଢେର୍ ପିଅନ୍ତେ । ପଇସାଏ ଦିପଇସା ପାଇଁ ବାର ନାରଖାର ହେଇ ଗାଳି ଶୁଣନ୍ତେ କାହିଁକି ?'' ବୋଉଠାରୁ ପଇସା ନେଇସାରିବା ପରେ ମଧ୍ୟ ପିଲାଏ ଯେମିତି ଜାଣିଲା ଭଳି ଏତିକି ପାଇଁ ଅପେକ୍ଷା କରି ରହିଥାନ୍ତି ।

ବୋଉର କଅଁଳ ହାତର ଛୁଆଁ ଲାଗିଲା ପରେ ତାଙ୍କର ବାହୁରେ ଚାହୁଁ ଚାହୁଁ ଡେଣା ଗଜୁରି ଯାଏ ଓ ସେମାନେ ଡେଇଁ ଡେଇଁ ସ୍କୁଲକୁ ଚାଲିଯାନ୍ତି । ସେତେବେଳେ ପିଲାଙ୍କର ମନେହୁଏ ବୋଉର ସେଇ ହାତ ବାକ୍ସ ଯେମିତି ଅସରନ୍ତି କୁହୁକ ପେଡ଼ି । ଯେତେ ଖର୍ଚ୍ଚ କଲେ ବି ପଇସା ସରେ ନାହିଁ । କୋଉ କଣରେ ହେଲେ ଲାଖି ରହିଯାଇଥାଏ– ବୋଉର ଲକ୍ଷ୍ମୀହାତ ବାଜିଲେ ଗୋଟାଏ ପଇସା ବଢ଼ି ବଢ଼ି ବାକ୍ସ ଭର୍ତ୍ତି ହୋଇଯାଇଥାଏ । ସେଥିରେ ଘରଖର୍ଚ୍ଚ, ପଢ଼ାଖର୍ଚ୍ଚ, ବାପାଙ୍କ ନବାବି ଖର୍ଚ୍ଚ, ପିଲାଙ୍କ ଖୁସିଖର୍ଚ୍ଚ, ବନ୍ଧୁବେଭାର, ଓଷାପର୍ବ, ରୋଗ ବୈରାଗ ଖର୍ଚ୍ଚ ସରି ଭରି ହୋଇଯାଏ ।

ବର୍ଷେ ଦୁଇବର୍ଷରେ ଥରେ ବୋଉ ହାତ ବାକ୍ସ ସଜାଡ଼ି ବସେ ଅତି ଯତ୍ନରେ । ସେ ଦିନଟା ପିଲାମାନଙ୍କର ସବୁଠୁ ଆନନ୍ଦର ଦିନ । ସେ ଆନନ୍ଦ ଏଇ ପରିଣତ ବୟସରେ ବି ଭୁଲି ହୋଇନି । ''ବୋଉ ଆଉ ହାତ ବାକ୍ସକୁ'' ଘେରି ବସନ୍ତି ପାଞ୍ଚଟିଯାକ ଗୁଡ଼ୁଗୁଡ଼ୁ ପିଲା । ସମସ୍ତଙ୍କ ଆଖିରେ ଆନନ୍ଦର ଚକମକ କୌତୂହଲ । ବୋଉ ହାତ ବାକ୍ସ ଭିତରେ ଯେମିତି ସାରା ସଂସାରର ଅମୂଲ୍ୟ ଦରବ ରହିଛି । ଛୋଟ ଛୋଟ କରାଟରେ ସୁନାର ନାକଫୁଲ–କାନଫୁଲ–ଛୋଟ ଛୋଟ ଡବାରେ ସୁନାର କଣ୍ଠି, ହାର, ମୁଣ୍ଡଫୁଲ, କଙ୍କଣ, ବଟଫଳ ଆହୁରି କେତେ ଛୋଟ ବଡ଼ ଗହଣା ସେଇଦିନମାନଙ୍କରେ ଭରିଥିଲା ହାତ ବାକ୍ସରେ ।

ନିଜ ବାପଘରୁ ଆଣିଥିବା ଗହଣାତକ ଅତି ଯତ୍ନରେ ମାଜିମୁଜି ସାଇତି ରଖିଥିଲା ବୋଉ । କେତେଖଣ୍ଡ ନିହାତି ପିନ୍ଧିବା ଗହଣା ସେ ମାତ୍ର ପିନ୍ଧୁଥିଲା । ସେ ଜାଣିଥିଲା ବାପାଙ୍କ ଆୟ ବ୍ୟୟର ଗଣ୍ଡି ଭିତରେ ସେ ଆଉ ନିଜ ପାଇଁ ସଉକିରେ ଗହଣା ଖଣ୍ଡେ

ଗଢ଼ିବା କଥା ତ ସ୍ୱପ୍ନ, ଝିଅ ତିନିଟାଙ୍କ ବାହାଘର ପାଇଁ ବି ଖଣ୍ଡେ ଗହଣା କରି ହେବନି । ବୋହୂମାନଙ୍କ ମୁହଁ ଦେଖା ପାଇଁ ମଧ ହାରଟାଏ କି ମୁଦିଟାଏ ଗଢ଼ି ରଖି ହେବନି ।

ହାତ ବାକ୍ସରେ କେତୋଟି ବଡ଼ ଲଫାପା- ଜମିବାଡ଼ି ସଂକ୍ରାନ୍ତୀୟ ପଟ୍ଟା ପାଉତି ଓ ଅନ୍ୟାନ୍ୟ ଦରକାରୀ କାଗଜପତ୍ର । ପାଟ ରୁମାଲରେ ଗୁଡ଼ିଆ ହୋଇ ତା' ବାପାଙ୍କର ହାତ ଲେଖା ଚିଠି କେତେ ଖଣ୍ଡ । ବୋଉର ସ୍ୱର୍ଗତ ବାପାଙ୍କର ଅମୂଲ୍ୟ ସ୍ମୃତିର ସଚକ ସେଟିକି । ହାତ ବାକ୍ସର ସବୁ ମୂଲ୍ୟବାନ ଜିନିଷ ଭିତରେ ସେତକ ବୋଉ ପାଖରେ ସବୁଠୁ ମୂଲ୍ୟବାନ ।

ସବୁ ଥରକ ବାକ୍ସ ସଜାଡ଼ିବା ବେଳେ ବୋଉ ଚିଠିତକ ଖୋଲେ । ତା' ବାପାଙ୍କ ଅକ୍ଷରକୁ ଦେଖି ଦେଖି ମନେ ପକାଏ । ଲୁହ ଗଡ଼ାଇ ଗୁଣ୍ଠୁଗୁଣ୍ଠୁ ହେଇ କହେ- ''ମଣିଷ ମରି ସେ ପୁରରେ ରହିଲେଣି । କାଗଜ ଖଣ୍ଡେ ସେମିତି ଅଛି । ଅକ୍ଷର ସେମିତି ଅଛି, କାଲି ଲେଖିବା ପରି । ମଣିଷ ଜୀବନ କାଗଜ ଖଣ୍ଡକ ଠାଉଁ ବି ହୀନ । ସେଥ‌ିରେ କ'ଣ ୟାଙ୍କର ବୋପା ଗୁଣମଣି ବୁଝୁଛନ୍ତି ? ପାନ ସିଗ୍ରେଟ୍ ଭାଙ୍ଗ ନିଶା ଖାଇ ନିଜ ଜୀବନକୁ କ୍ଷୀଣ କରୁଛନ୍ତି । ମୋ କଥାର କି ମୂଲ୍ୟ - ମୁଁ କ'ଣ ଏ ଘରେ ମଣିଷ, ମୁଁ ତ ଗଧ କି ଘୁସୁରୀ, ନହେଲେ ପୋଇଲୀ । ଖଟିବି, ଗାଲିମାଡ଼ ଖାଇବି, ଶେଷରେ ଅଛତରେ ଗଡ଼ି ମରିବି । କିଏ ପଚାରିବ ? କିଏ ସେବା କରିବ ? ଏଇ ମଣିଷଟାକୁ ଭରସା କରିବି ? ଭଲ ପାଇବା ବଅସର ପରା ଭଲ କଥା ପଦେ କହି ନାହାନ୍ତି । ରୋଗଣୀ ହେଲେ, ବୁଢ଼ୀ ହେଲେ ଇଏ ମୁହଁକୁ ଚାହିଁବେ ? ଦୁଃ - ମୋ ବାପା କ'ଣ ଭିତର ଦେଖିଥ‌ିଲେ - ବାହାରକୁ ଯାହା ସୁନ୍ଦର ସବୁ ତ ଦେଖି ଦେଇଥ‌ିଲେ । ତାଙ୍କ ଦୋଷ କାହିଁକି ଦେବି ? ସବୁ ଭାଗ୍ୟ-''

ପିଲାଏ ବୋଉ କଥା ଶୁଣୁ ଶୁଣୁ ଗେଲେଇ ହେଇ କହନ୍ତି ''ବୋଉଲୋ ଆମେ ପରା ତତେ ପଚାରିବୁ । ତୋର ସେବା କରିବୁ । ବାପା ନପଚାରନ୍ତୁ-'' ବୋଉର ବିଷଣ୍ଣ ମୂର୍ତ୍ତିଟା କ୍ଷଣକରେ କରୁଣାରେ ଉଦ୍‌ଭାସିତ ହୋଇଉଠେ । ପିଲାଙ୍କ ଉପରେ ଛେପଟିକେ ପକାଇଦେଇ କୋଳେଇ ନେଉ ନେଉ ସେ କହେ- ''ଦେ ଉଠ, ତମେ ଗୋଟାଏ ମଣିଷରେ ଗଣା ହେବ, ଯୁଗ ରାଇଜ କରିବ, ସେ କଥା ଏକା ସେଇ ଜାଣେ । ତା'ରି ପାଖରେ ତମକୁ ସମର୍ପି ଦେଇଛି । ମୋର କ'ଣ ଅଛି ? ମୁଁ କାହିଁକି ତୁମକୁ ଆଶା କରିବିରେ - ତମେ ଭଲରେ ରହ- ଭଲ ମଣିଷ ହୁଅ - ପାଞ୍ଚ ଜଣରେ ଜଣେ ହୁଅ । ତମ ବାପା ଭଲି ଅମଣିଷ ନହୁଅ- । ସେତିକି ହେଲେ ମୁଁ ସବୁ ପାଇଲି । ତେଣିକି ମତେ ପଚାର - ନପଚାର- ।''

ବୋଉର ସବୁ କଥା ଯେମିତି ବାପାଙ୍କୁ ଲକ୍ଷ୍ୟକରି । ଯୋଉଠୁ କଥା ଆରମ୍ଭ କଲେ ବି ବୁଲି ବୁଲି ଆସି ବାପାଙ୍କ ପାଖରେ ଛିଡ଼େ । ବଡ଼ ହୋଇଯିବା ପରେ ପିଲାମାନେ ବେଶ୍ ବୁଝିଥିଲେ ଯେ, ସଦା ନିଷ୍ଠୁର ନିର୍ଦୟ ସ୍ୱାମୀଙ୍କ ସାମ୍ନାରେ କେବେହେଲେ ଭରସି କରି ଠିକ୍ କଥାଟାରେ ବି ମୁହଁ ଖୋଲି ପାରେ ନାହିଁ ବୋଲି ବୋଉ ତା'ର ମନର ସବୁ ରାଗ, ସବୁ ଅସନ୍ତୋଷ, ସବୁ ଅଭିମାନ, ବାପାଙ୍କ ପଛଆଡ଼େ କଥା କଥାକେ ପ୍ରକାଶ କରିଦେଇ କିଞ୍ଚିତ ଶାନ୍ତି ପାଏ । ତାହା ନହେଲେ ବଞ୍ଚିବା ଯେ କଷ୍ଟକର ହୋଇପଡ଼ନ୍ତା ।

ବାପାଙ୍କ ଅବସର ଗ୍ରହଣ ବେଳକୁ ବୋଉର ଜୀବନବ୍ୟାପୀ ଉତ୍ସର୍ଗୀକୃତ ସାଧନା ବଳରେ ପୁଅମାନେ ମଣିଷଭଳି ମଣିଷ ହୋଇସାରିଥିଲେ ଓ ଝିଅ ଜିନିଜଣ ଉପଯୁକ୍ତ ଶିକ୍ଷା ସମାପ୍ତ ପରେ ସତ୍ପାତ୍ରରେ ପରଘରି ହୋଇ ସାରିଥିଲେ । ବୋଉର ସେଇ ଅସରନ୍ତି ହାତ ବାକ୍ସର କରାମତି ବଳରେ ପୁଅମାନଙ୍କର ଉଚ୍ଚଶିକ୍ଷା ଓ ଝିଅମାନଙ୍କର ବିବାହର ଖର୍ଚ୍ଚ ଉଠିଥିଲା ।

ବାପାଙ୍କ ଅବସର ଗ୍ରହଣ ପରେ ବୋଉ ଜୀବନର ପ୍ରକୃତ ଦୁର୍ଯୋଗ ଆରମ୍ଭ ହୋଇଗଲା । ପୂର୍ବଭଳି ବାପା ପ୍ରତିଦିନ ବୋଉକୁ ପଇସା ମାଗିଲେ ଓ ପୂର୍ବଭଳି ବୋଉ ଆଉ ପ୍ରତିଦିନ ପଇସା ଦେଇପାରିଲା ନାହିଁ । ସେ ବୟସରେ ବି ବାପା ବୋଉକୁ ବେଳେ ବେଳେ ହାତ ଉଠାଇ ଦେଉଥିଲେ ବୋଲି ପୁଅ ଝିଅଙ୍କ କାନରେ ପହଞ୍ଚୁଥିଲା । ପିଲାମାନଙ୍କ ପରି ବାପାଙ୍କର ବି ଧାରଣା ହେଇଥିଲା ବୋଉର ସେଇଟା ଅସରନ୍ତି ବାକ୍ସ ।

ପୁଅମାନେ ବୋଉକୁ ପାଖକୁ ନେଇଯିବା ପାଇଁ ଚାହିଁଲେ ବୋଉ ରାଜି ହୁଏ ନାହିଁ । କହେ – ''ଚୋରକୁ ମାନ କରି ଖପରାରେ ଖାଇବି ?? ଅମଣିଷ ଲୋକଟା ଉପରେ ମାନ କରି ପୁଅ ଝିଅଙ୍କ ପାଖରେ ଆରାମ କଲେ ସେ କ'ଣ ବୁଝିବେ ? ଓଲଟି ଘରଦ୍ୱାର ବିକିଭାଙ୍ଗି ଉଡ଼ାଇଦେବେ । ନିଜ ଦେହକୁ ସତ୍ୟାନାଶ କରିଦେବେ । କାହାର କ୍ଷତି ହେବ – ତମରିମାନଙ୍କ ବାପର ତ ?

ବେଳେ ବେଳେ ପୁଅ ଝିଅ ବି ବୋଉ ଉପରେ ଚିଡ଼ିଯାଇ କହନ୍ତି – ''ପଡ଼ିଥାଉ ସେଇଟି ଜୀବନସାରା । ଖାଉଥାଉ ମାଡ଼ଗାଲି । ଦିନା କେତେ ଚାଲି ଆସିଲେ ବାପା ସିନା ବୋଉର ମହତ୍ୱ ବୁଝନ୍ତେ– ଗୋଡ଼ ହାତ ଧରି ଡାକି ନିଅନ୍ତେ ।'' ଏ କଥା ଶୁଣି ବୋଉ ହସିଦେଇ କହେ– ''ବୋଉ ମଲା ପରେ ବି ତମ ବାପା ଭଲା ବୋଉର ମହତ୍ୱ ବୁଝିବେ ? ତାଙ୍କର କ'ଣ ମନ ଅଛି – ହୃଦୟ ଅଛି – ଲୋକଲଜ୍ଜାକୁ ଜୀବନ ସାରା ପଡ଼ିରହିଛି ସିନା ତମରିମାନଙ୍କ ମୁହଁକୁ ଚାହିଁ ଜୀବନ ହାରିନାହିଁ ସିନା ।''

ପୁଅ ଝିଅ ପୁଣି କହନ୍ତି - ''ଆମେ ପ୍ରତି ମାସରେ ଏଣିକି ବେଶୀ ଟଙ୍କା ପଠାଇବୁ । ବାପାଙ୍କୁ ଦବୁ । ଏତେ ମାଡ଼ ଗାଳି ଖାଇବୁନି ।'' ବୋଉ ଆଖି ଦେଖାଇ କହେ ''ପୁଅର ବଦଖର୍ଚ୍ଚ ପାଇଁ ବାପା ଟଙ୍କା ଦେବା ଯେମିତି ଅନ୍ୟାୟ, ବାପାର ବଦଖର୍ଚ୍ଚ ପାଇଁ ପୁଅ ଟଙ୍କା ଦେବା ବି ସେମିତି ଅନୁଚିତ । ମୁଁ ଥିବା ଯାଏ ତମ ବାପାଙ୍କର ଅଭାବ ହେବ ନାହିଁ । ତା' ବୋଲି ପିଲାଙ୍କ ଝାଳବୁହା ଧନରେ ବାଜେଖର୍ଚ୍ଚ ମୁଁ କରାଇ ଦେବିନି । ତମ ଟଙ୍କାରେ ନିଜ ଘରଟିମାନ ଭଲରେ ଚଲାଅ । ବିପଦ ଆପଦକୁ ଦୁଇ ପଇସା ସଞ୍ଚି ରଖ । ତମକୁ ମୁଁ ଚାହିଁ ବସିନି । ଘରେ ଧାନ ଚାଉଳ ଅଛି ! ଆମେ ଚଲିଯିବୁ ।

ସତକୁ ସତ ବାବାଙ୍କ ପାଖରେ ଯେମିତି ବୋଉ ନିଜର ସୌକ ପାଇଁ କେବେ କିଛି କଟାଳ କରିନାହିଁ, ପାରିଲା ପୁଅମାନଙ୍କ ପାଖରେ ବି କେବେ ନିଜର ହାତଖର୍ଚ୍ଚ ପାଇଁ ଅଳି, ଅଭିଯୋଗ କରିନାହିଁ । ମା' ଲକ୍ଷ୍ମୀ ଭଳି ବାପାଙ୍କର ରୋଜଗାର ନଥାଇ ବି ତା'ର ହାତ ବାକ୍ସ କେବେ ଶୂନ୍ୟ ହୁଏ ନାହିଁ । କେଜାଣି କେତେ ସେ ସଞ୍ଚିଛି ହାତ ବାକ୍ସ ଭିତରେ !

ଶେଷ ବେଳକୁ ବୋଉ ଆଉ ଗୋଟିଏ ବି ପଇସା ବାପାଙ୍କୁ ଦେଲା ନାହିଁ । ବାପା ମାଗିଲେ ଖିଙ୍କାରି ହୋଇ କହେ - ''କୋଉଠୁ ଆଣିବି ? ବାକ୍ସ ତ ଝାଡ଼ାଝୁଡ଼ି । ତମର ବିଡ଼ି ସିଗ୍ରେଟ୍ ଖର୍ଚ୍ଚ ପାଇଁ ପୁଅମାନଙ୍କ ପାଖରେ ମୁଁ ହାତ ପାତିବି ନାହିଁ । ତେଣିକି ତମେ ଯାହା କର ।'' ବାପା କହନ୍ତି - ''ମତେ ଚାବିଟା ଦିଅ- ମୁଁ ନିଜେ ଦେଖିବି ।''

ବୋଉ ଚମକି ଯାଇ କହେ 'ଅସମ୍ଭବ । ମୁଁ ମଲାପରେ ବି ତମେ ସେ ବାକ୍ସ ଖୋଲି ପାରିବନି । ପିଲାଙ୍କୁ କହିବି, ପଛକେ ମୋ ସାଙ୍ଗେ ବାକ୍ସଟାକୁ ନିଆଁରେ ପକାଇଦେବେ, ହେଲେ ତମେ ଛୁଇଁ ପାରିବନି ।'' ସେଇ ବାକ୍ସଟାକୁ ନେଇ ବାପାଙ୍କର ବୋଉ ଉପରେ ଅତ୍ୟାଚାର ବଢ଼େ ପଛକେ ବୋଉ ଚାବିଯା ବଢ଼ାଇ ଦିଏନି ତାଙ୍କ ହାତକୁ । ଶୂନ୍ୟ ବାକ୍ସଟା ଖୋଲି ଦେଖିଦେଲେ ସେ ବଳେ ଚୁପ୍ ହୋଇ ରହନ୍ତେ । ସବୁ ଅଶାନ୍ତି ତୁଟିଯାଅନ୍ତା । ବୋଉର ଏ ଜିଦ୍ ପାଇଁ ପିଲାମାନେ ବି ବେଳେ ବେଳେ ଚିଡ଼ିଯାଆନ୍ତି । ବୋଉ ବୁଢ଼ୀ ହେବାରୁ ଜିଦିଆ ହୋଇଗଲାଣି ବୋଲି ସେମାନେ ଭାବନ୍ତି ।

ବୋଉ କିନ୍ତୁ ପ୍ରତିଦିନ ହାତ ବାକ୍ସଟାକୁ ଥରେହେଲେ ଖୋଲେ । କବାଟ କିଲି କ'ଣ କରେ କେଜାଣି ? କବାଟ ଖୋଲିଲା ବେଳକୁ ତା'ର ବିଷର୍ଣ୍ଣ ମୁହଁଟା ମଉଳା ଫୁଲରେ ପାଣି ଛିଞ୍ଚିଲା ପରି ସାମାନ୍ୟ ହସିଲା ହସିଲା ଦିଶୁଥାଏ । ବାପା ରକ୍ତ ଚାଉଳ

ଟୋବାଇ କହନ୍ତି – "ନିକୁଚ୍ଛା ଘରର ଚିଠିଟା, ପ୍ରତିଦିନ କବାଟ କିଲି ଟଙ୍କା ଗଣୁଥ୍ୱା – ସଙ୍ଗରେ ନେଇକରି ଯିବୁ । ମଲାପରେ ସବୁ ଯଦି ଏକା ଦିନକେ ଉଡ଼େଇ ନଦେଇଛି–"

ପିଲାମାନେ ବି ଭାବନ୍ତି ବୋଉ କବାଟ କିଲି ଟଙ୍କା ଗଣୁଛି । ତା' ନହେଲେ ଖାଲି ବାକ୍ସଟାକୁ ପ୍ରତିଦିନ ଖୋଲି କରୁଛି କ'ଣ ? ବାପାଙ୍କୁ ଚାବିଟା ଦଉନି କାହିଁକି ? ବୋହୂମାନେ ଭାବନ୍ତି – "ତେବେ ବି ଶାଶୁଙ୍କମର ବାପଘରର ନିଦା ଗହଣା ଗାଣ୍ଠି କିଛି ରହିଛି – ସଞ୍ଚୟ ପଇସା ବି କିଛି ଅଛି – ଗଣନ୍ତୁ ବିଚାରୀ । ଜୀବନ ସାରା ନିଜ ପାଇଁ ତ କିଛି ଖର୍ଚ୍ଚ କରିନାହାନ୍ତି, ଏବେ ଯଦି ସଞ୍ଚି ରଖିଥାନ୍ତି ତେବେ ତାହା ମଧ୍ୟ ନିଜ ପାଇଁ ନୁହେଁ । ତାଙ୍କ ଅନ୍ତେ କିଏ ଆଉ ତାକୁ ଭୋଗ କରିବ – ପୁଅମାନେ ତ !

ବୋଉର ବୟସ ଏମିତି କିଛି ହୋଇ ନଥିଲା । ବାପାଙ୍କର ଜୀବନଯାକ ନିର୍ଦ୍ଦୟ ଅତ୍ୟାଚାର ଆଉ ପ୍ରେମଶୂନ୍ୟ ଦାମ୍ପତ୍ୟ ତା ଭିତରଟାକୁ ପୋଲା କରି ଦେଇଥିଲା । ସେ ହଠାତ୍ ଥରେ ବିଛଣା ଧରିଲା ତ ଆଉ ଉଠିପାରିଲା ନାହିଁ । ମାତ୍ର କେତେଟା ଦିନର ଅସୁସ୍ଥତା ଭୋଗି ସେ ଚାଲିଗଲା ।

ବୋଉର ରୋଗଶୟ୍ୟା ପାଖରେ ପିଲାଏ ବାପାଙ୍କୁ ଦୋଷ ଦେଇ ଚୁପ୍ ଚୁପ୍ କଥାବାର୍ତ୍ତା ହେଉଥିବାର ଶୁଣି ସେ କହୁଥିଲା – "ତମ ବାପା ପ୍ରଥମରୁ ଏମିତି ନଥିଲେରେ । ସେ କେତେ ଭଲ ମଣିଷ ଥିଲେ । ବାହାଘରର କେଇଟା ମାସ ରେ ଚାକିରି କରିବାକୁ ଆସିଲେ । ମୁଁ ଥାଏ ଗାଁରେ । ସେତେବେଲେ କେତେ ଭଲ ଥିଲେ । ତାଙ୍କ ପାଖରେ ସହରକୁ ରହିବା ପାଇଁ ଆସିଲା ବେଲକୁ ସେ ବଦଲି ଗଲେଣି । ସାଙ୍ଗମେଲରେ ପଡ଼ି ବଦ ଅଭ୍ୟାସରେ ପଇସା ଉଡ଼େଇ ମଣିଷପଣିଆ ଭୁଲିଲେଣି । ଯେତିକି ଦିନ ତାଙ୍କଠାରୁ ଦୂରରେ ଗାଁରେ ଥିଲି ତାଙ୍କ ଭଲପଣିଆର ପ୍ରଶଂସା ଶୁଣି କେତେ ଶାନ୍ତିରେ ଥିଲି । ବାସ୍– ସେତିକି ମୋ ସୁଖ । ତା' ପରେ ତ ସବୁ ନିଆଁ ଲାଗିଗଲା–"

ବାପା ଯେ କେବେ ଦିନକ ପାଇଁ ବୋଉ ପ୍ରତି ଭଲ ଥିଲେ ଏବଂ ବାପା ବୋଉଙ୍କ ଭିତରେ ଯେ କେବେ ପ୍ରେମର ସମ୍ପର୍କ ଥିଲା ସେ କଥା ପିଲାଙ୍କର ବିଶ୍ୱାସ ହୁଏ ନାହିଁ । ସେ କଥା ସେମାନେ କେବେ ଦେଖିନାହାନ୍ତି । ବୋଉ ମଲା ପରେ ମଧ୍ୟ ବାପାଙ୍କୁ ଦୁଃଖ କରିବାର ଦେଖି ନାହାନ୍ତି । ଲୁହ ଗଡ଼ାଇବାର ଦେଖି ନାହାନ୍ତି । ବୋଉ ପାଇଁ ବାପାଙ୍କ ମନଟା ପଥର ପରି ନିବୁଜ ।

ଆଜି ବୋଉ ହାତ ବାକ୍ସର ଚାବିଟାକୁ ନେଇ ଚିନ୍ତା ଘାରିଛି ସମସ୍ତଙ୍କୁ । କିଏ ଖୋଲିବ ? କିଏ ? କାହାରି ସାହସ ହେଉ ନାହିଁ । ବୋଉ କାହାକୁ ସେ ଅନୁମତି ଦେଇଯାଇ ନାହିଁ । ବରଂ ବାପାଙ୍କୁ ଧମକ ଦେଇ କେତେଥର କହିଛି,

ହାତ ବାକ୍ସଟାକୁ ତା’ ଚିତାରେ ଜଳାଇ ଦେବାକୁ ପୁଅମାନଙ୍କୁ କହିଯିବ ବୋଲି ।
ଯାହା ବି ହେଉ ହାତ ବାକ୍ସ ଖୋଲିବାକୁ ହେବ । ନିଶ୍ଚୟ କିଛି ମୂଲ୍ୟବାନ ଗହଣା,
କିଛି ଟଙ୍କା ବୋଉ ରଖି ଯାଇଥିବ । ହାତ ବାକ୍ସ ଶୂନ୍ୟ ହେବାର ନୁହେଁ ।

ଶେଷ ପର୍ଯ୍ୟନ୍ତ କାହାରି ସାହସ ହେଲାନାହିଁ । ଶେଷକୁ ଅଠର ବର୍ଷର କଲେଜ
ପଢ଼ୁଆ ନାତି ଉଦୟ ହାତରେ ଚାବିଟି ଦିଆଗଲା । ସେଇ ଖୋଲୁ । ସେ ବରଂ
ପିଲାବେଳେ କେତେଥର ଜିଦ୍‌କରି ଚାବିନେଇ ବୋଉର ହାତ ବାକ୍ସ ଖୋଲିଛି –
କିନ୍ତୁ ପୁଅମାନଙ୍କୁ କେବେ ବି ବୋଉ ସେ ଅନୁମତି ଦେଇନି ।

ନାତି ଉଦୟ ବାକ୍ସ ଖୋଲିଲା । ବାକ୍ସରେ ଅନେକ ଡବା, ଅନେକ କରାଟ ।
ପୁଅ-ବୋହୂ ସମସ୍ତେ ଝୁଙ୍କି ପଡ଼ି ଚାହିଁଛନ୍ତି । ହାତ ବାକ୍ସ ଭିତରୁ ବୋଉର ହାତ
ବାସ୍ନା ମିଶା ସେଇ ପୁରୁଣା ଉଷ୍ଣମୂଲିଆ, ମିଠାଲିଆ ବାସ୍ନା ଆସୁଛି । ପେଟ ପୂରି ଯାଉଛି
– ମନ ଭରି ଯାଉଛି । ତେବେ ବି କ’ଣ ଅନେକ ଗହଣା ରଖିଯାଇଛି ବୋଉ ?

କିନ୍ତୁ ସବୁଗୁଡ଼ିକ ଡବା ଶୂନ୍ୟ-ଗୋଟିଏ ହେଲେ ନାକଫୁଲ ବି ଆଉ ନାହିଁ ।
ସବାତଳ ଥାକରେ ହାତ ବୁଲାଇ ଆଣିଲା ଉଦୟ । କିଛି ପଇସାପତ୍ର ବି ନାହିଁ ।
ତେବେ କ’ଣ କରୁଥିଲା ବୋଉ ପ୍ରତିଦିନ କବାଟ କିଲି ? କାହିଁକି ବାପାଙ୍କ ହାତକୁ
ଚାବିଟା ଦେଉ ନଥିଲା । ଉଦୟ ଆଉଥରେ ସବୁ କୋଣ ଦରାଣ୍ଡି ଆଣିଲା । ତଳ
ଥାକରେ ପିତଳର କାରୁକାର୍ଯ୍ୟଭରା ଡବାଟିଏ ପାନ ଡବା ପରି । ତା’ ଭିତରେ ଏ
କ’ଣ ?

ଚାରିଭାଙ୍ଗା ହେଇ ଚିଠିଟିଏ । ଚିଠି ଭିତରେ ଗୋଟିଏ ନବ‌ଯୁବକର ଫଟୋ ।
ଫଟୋର ହଳଦିଆ ଛାପି ଛାପିକିଆ ରଙ୍ଗରୁ ଏ କଥା ସ୍ପଷ୍ଟ ଯେ, ସେ ଯୁବକଜଣକ
ଏବେ ବୃଦ୍ଧ ହେଇସାରିଥିବ । ତେବେ କ’ଣ ବୋଉର କେହି ପ୍ରେମିକ ଥିଲେ ?
ହେ ଭଗବାନ୍‌ - ପୁଅ-ବୋହୂ ଲଜ୍ଜାରେ ଚିଠି ଆଉ ଫଟୋ ଉପରୁ ଆଖି
ଫେରାଇନେଲେ । ପୁଅମନେ ଭାବୁଥିଲେ ବୋଉର ସମସ୍ତ ସୁଗୁଣ ସ‌ତ୍ତ୍ୱେ ଏଇ
ଗୋଟିଏ ମାତ୍ର ଦୁର୍ବଳତାର ଟେର୍‌ ପାଇ ବାପା କ’ଣ ବୋଉକୁ ଜୀବନସାରା ଏପରି
ଦୁର୍ବ୍ୟବହାର କରୁଥିଲେ ? ସେଇଥିପାଇଁ କ’ଣ ବୋଉ ଚାବିଟାକୁ କାହା ହାତକୁ
ଦେଉ ନଥିଲା ?

‘‘ଗୋଟାଏ ଲଭ୍ ଲେଟର୍‌’’ କହି ଉଦୟ ଉଲ୍ଲାସରେ ଗୁଣୁ ଗୁଣୁ ହେଇ ଚିଠି
ପଢ଼ୁଥିଲା-

‘‘ହୃଦୟର ଆରାଧ୍ୟ ଦେବୀ ମୋର –   ପ୍ରିୟତମା ତିଲୋ‌ତମା’’
                                    ତମ ବିନା ସବୁକିଛି ବିଷମୟ

ଲାଗୁଛି ଏଠି   X   X   X

ବଡ଼ପୁଅ ଉଦୟ ହାତରୁ ଝାମ୍ପି ଆଣିଲେ ଚିଠିଟା ।

ନିଷ୍ଫଳ ଆକ୍ରୋଶରେ ଗ୍ରୁମୁରି ଉଠି ପୁଅକୁ ଧମକ ଦେଲେ – ''ଯା ବାହାର !
ପାଠ ପଢୁଛି କଲେଜରେ – ତତେ କିଏ କହିଲା– ମାଆର ବାକ୍‌ ଖୋଲିବାକୁ ?
ଦରକାରୀ କାଗଜପତ୍ର ଅଛି – ହଜିଗଲେ ମୁସ୍କିଲ୍‌ ।''

ଉଦୟ ବାପାଙ୍କ ଅସହାୟତା ବୁଝିପାରି ଚୋରପଟିଆ ହେଇ ପଳାଇଲା ।
ତା' ମୁହଁରେ ମୃଦୁ ହସ । ବାଃ – ସବୁବେଳେ ନୀତିଶିକ୍ଷା ଦେଉଥିବା ଏଡ଼େ ବେରସିକା
ବୁଢ଼ୀ ମାଆଟା ପୁଣି କେବେ କାହାର ପ୍ରିୟତମା ଥିଲା ? କାହାକୁ ପ୍ରେମ କରୁଥିଲା ?
ଏମିତି ପ୍ରେମ କରୁଥିଲା ଯେ, ଆଜିଯାଏ ଚିଠିଟା ସାଇତି ରଖିଛି ଏତେ ଯନ୍ତରେ–

ବଡ଼ବୋହୂର କୌତୂହଳଭରା ଦୃଷ୍ଟି ସାମ୍ନାରେ ଅସହାୟ ଭାବରେ ଚିଠିଟାକୁ
ଗୋଟାଇ ଆଣି ତରତର ହେଇ ଲଫାପାରେ ଭରି ଦେଉ ଦେଉ ବଡ଼ପୁଅଙ୍କର
ଅବୋଲକରା ଆଖି ଦୁଇଟା ପଢ଼ି ପକାଇଲା ଶେଷ କେଇଟି ଧାଡ଼ି – ବୋଉର ପ୍ରେମିକ
କିଏ ଜାଣିବାର ଅଦମ୍ୟ କୌତୂହଳବଶତଃ । ନାଁଟା ପଢ଼ି ପକାଇ କାଠ ହେଇଗଲେ
ବଡ଼ପୁଅ । ଲେଖା ଥିଲା– ''ଫଟୋ ଖଣ୍ଡେ ପଠାଇଲି । ଖାସ୍‌ ତମରି ପାଇଁ ଉଠାଇଥିଲି ।
ତା'ରି   ଉପରେ ଯେତେ ରାଗ ସୁଝାଇବ । ଇତି । ତୁମର ଅଯୋଗ୍ୟ ସ୍ୱାମୀ
ନିରଞ୍ଜନ ।''

ବାପାଙ୍କର ଟୋକା ବେଳର ଫଟୋଟା ହଠାତ୍‌ ଚିହ୍ନି ହେଉ ନାହିଁ । ବୋଉର
ସେଇ ପ୍ରେମିକ ଯାହାଙ୍କର ଖଣ୍ଡିଏ ପ୍ରେମପତ୍ରକୁ ସାରା ଜୀବନ ଅମୂଲ୍ୟ ଦ୍ରବ୍ୟ ଭଳି
ସାଇତି ରଖି ସେଇ ସମ୍ପତ୍ତିର ଦମ୍ଭରେ ବୋଉ ଜୀବନ କାଟି ଦେଇଛି ସେ ନିଜର
ବାପା ନିରଞ୍ଜନଙ୍କ ବ୍ୟତୀତ ଅନ୍ୟ କେହି ନୁହନ୍ତି । ବାପାଙ୍କ ଫଟୋ ପାଖରେ ହିଁ
ବୋଉ ସାରା ଜୀବନ ରାଗ ଅଭିମାନ ବାଢ଼ିଛି । ବୋଉ ଗାଁରେ ଥିବାବେଳେ
ବାପାଙ୍କର ସେହି ଖଣ୍ଡିଏ ପ୍ରେମପତ୍ର, ମଳୟର ଛୁଆଁଭଳି ଦିନ କେଇଟାର ସେଇ
ମଧୁର ପତ୍ନୀପ୍ରେମ ବୋଉର ସାରା ଜୀବନର ସଞ୍ଚୟ । ଆଃ ବୋଉ ବାପାଙ୍କୁ କେତେ
ଗଭୀର ଭାବରେ ପ୍ରେମ କରୁଥିଲା ? ନିଜର ବୋଉ ଭଳି ବୋଉର ପ୍ରେମ ବି ଏ
ପୃଥିବୀରେ ଆଜି କେଡ଼େ ଦୁର୍ଲଭ ! ସେ ପ୍ରେମ ସେମାନଙ୍କ ଦାମ୍ପତ୍ୟ ଜୀବନରେ ବି
କାହିଁ ?

ମୂଲ୍ୟବାନ କିଛି ଜିନିଷ ଶାଶୁଙ୍କର ଶେଷ ଉପହାର ସ୍ୱରୂପ ପାଇବାକୁ ଆଶାକରି
ବସିଥିବା ବଡ଼ବୋହୂ ଛଳଛଳ ନେତ୍ରରେ ସ୍ୱାମୀଙ୍କୁ ଚାହିଁ ସ୍ୱଗତୋକ୍ତି କରୁଥିଲେ–
ଯ଼ାଠାରୁ ବେଶୀ ମୂଲ୍ୟବାନ ଉପହାର କ'ଣ ହୋଇପାରେ ? ସ୍ୱାମୀଠାରୁ କିଛି ନପାଇ

ସର୍ବସ୍ୱ ଉଜାଡ଼ି ଶେଷ ନିଶ୍ୱାସ ଛାଡ଼ିବା ପର୍ଯ୍ୟନ୍ତ ତାଙ୍କୁ ଏମିତି ଭଲ ପାଇବାର ମହାନ୍ ଶିକ୍ଷା ଆମକୁ ଆଉ କିଏ ଦିଅନ୍ତା ଶାଶୁଙ୍କ ବ୍ୟତୀତ, ଆଜିର ବସ୍ତୁବାଦୀ ପୃଥିବୀରେ ? ତାଙ୍କ ସ୍ୱାମୀଙ୍କୁ ସେ ଭଲା ଏମିତି କେବେ ଭଲ ପାଇଛନ୍ତି ଏତେ ବର୍ଷର ସୁଖମୟ ଦାମ୍ପତ୍ୟ ଜୀବନ ଭିତରେ ?

ସୁକ୍ ସୁକ୍ ହେଇ ସୁଲେଖା କାନ୍ଦୁଥିଲେ ଶାଶୁଙ୍କ ନିର୍ମଳ ପତିପ୍ରେମକୁ ସଙ୍ଗୋପନରେ ଈର୍ଷା କରି ।

ତା' ପରଦିନ କିଛି ନଜାଣିଲା ପରି ବାପାଙ୍କ ହାତକୁ ଚାବିଟା ବଢ଼ାଇ ଦେଲେ ବଡ଼ପୁଅ । ବାପା ଯେମିତି ସେଟିକି ପାଇଁ ଅପେକ୍ଷା କରିଥିଲେ । ବୋଉର ଶୋଇବା ଘରେ ପଶି କବାଟ କିଳିଲେ ବାପା । ଫୁଟ୍ ଫୁଟ୍ ହୋଇ କହୁଥିଲେ– ''ଛୋଟଲୋକ ଘର ଝିଅଟା ଜୀବନ ସାରା କୁର୍ମ ଭଲି ସଞ୍ଚି ସଞ୍ଚି କ'ଣ ନେଇଗଲା ସଙ୍ଗରେ ? ଏବେ ସବୁଟ ମୋର ଗୋଟାଏ ଦିନର ଖର୍ଚ୍ଚ ।''

ବାକ୍ସ ଖୋଲିବାର ଶବ୍ଦ ହେଲା । ତା' ପରେ କିଛି ସମୟ ସବୁ ନୀରବ । ହଠାତ୍ ବାପାଙ୍କର ଅସମ୍ଭାଳ କୋହଉଚ୍ଛ୍ୱାସର ଶବ୍ଦ । ବାପା ପିଲାଭଳ ଭଲି କାନ୍ଦି କାନ୍ଦି କହୁଥିଲେ – ତିଲୋଉମା–ମୁଁ ଗୋଟାଏ ପାଷାଣ୍ଡ-ବର୍ବର, ଦିନେ ତୁମକୁ ଚିହ୍ନିଲି ନାହିଁ– ସବୁ ସୁଖ ତମଠାରୁ ଜୋର୍ କରି ଲୁଟି ନେଇଛି– ଦିନେ ତୁମକୁ କିଛି ଦେଇ ନାହିଁ । ତମ ବିନା ମୁଁ ଆଉ ବଞ୍ଚିବି ନାହିଁ, ବଞ୍ଚିବି ନାହିଁ – କେମିତି ବଞ୍ଚିବି ? ତିଲ-ତିଲ–'' ନିବୁଜ ଘର ଭିତରେ ବୋଉର ଖୋଲା ହାତ ବାକ୍ସ ପାଖରେ ବାପା ଭାଙ୍ଗିରୁଜି ଅଜାଡ଼ି ହୋଇ ପଡୁଥିଲେ ।

ଦୁଇ ପୁଅ ବନ୍ଦ ଦ୍ୱାରରେ ଅଶ୍ରୁସଜଳ ନେତ୍ରରେ ଠିଆହୋଇ ବାପାଙ୍କ ଖୋଲା ହୃଦୟର ଭାଷା ଶୁଣୁଥିଲେ । ଏତେଦିନ ଚିରଦୁଃଖିନୀ ବୋଉର ମୃତ୍ୟୁ ପରେ ହାତ ବାକସ ଖୋଲିଯିବା ସଙ୍ଗେ ସଙ୍ଗେ ବାପାଙ୍କ ହୃଦୟ ବି ମୁକୁଳା ହେଇଯାଇଛି । ହେଲେ ସେଟିକି ଦେଖିବା ପାଇଁ ବୋଉ ଆଉ ନାହିଁ । ସେ ଛାଡ଼ିଯାଇଛି ତା'ର ହାତଗଢ଼ା ପ୍ରିୟ ସଂସାରକୁ-ତା'ର ଅତିପ୍ରିୟ ହାତ ବାକ୍ସକୁ, ସବୁ ଆଶା ପ୍ରତ୍ୟାଶର ବହୁ ଊର୍ଦ୍ଧ୍ୱକୁ ସେ ଚାଲିଯାଇଛି ।

ଶିଳାନ୍ୟାସ

ଜାଥୁ ବୁଢ଼ାର ଘରଦ୍ୱାର ନାହିଁ । ତା' ବାପ ଅଜା ଚୌଦ
ପୁରୁଷରେ କାହାରି କେବେ ଘର ନଥିଲା । ଜାଥୁର ଯାଯାବର
ଜୀବନ । ତା'ର ଗାଁ ବି ନାହିଁ । ଜାଥୁ ଜାତିର ଲୋକମାନେ
ଯୋଉଠି ପହଞ୍ଚନ୍ତି ସେଇ ତାଙ୍କର ଗାଁ । ଯୋଉଠି ରାତିଏ
ଶୋଇ ପଡ଼ନ୍ତି ସେଇ ତାଙ୍କର ଘର । ଜାଥୁ ସାପ ଖାଏ –
ବେଙ୍ଗ ଖାଏ – କାଉ ଖାଏ – କୁକୁଡ଼ା ଖାଏ । ଲୋକେ
କହନ୍ତି ସବାଖିଆ । ଜାଥୁ ଭାବେ ଜୀବ ମାତ୍ରେ ହିଁ ସବାଖିଆ ।
ପେଟ ପୋଡ଼ିଗଲେ ସମସ୍ତେ ସବୁ ଖାଇପାରିବେ । ପେଟ
ପାଇଁ ପିଲାମାଇପ, ଭାଇବନ୍ଧୁଙ୍କୁ ଧରି ଜାଥୁ ଗାଁ ଗାଁ ବୁଲେ ।
ଜାଥୁ ବୁଲି ବୁଲି ନିର୍ମଳପୁର ଗାଁ ମୁଣ୍ଡରେ ଆମ୍ବତୋଟାରେ
ଡେରା ପକାଇଥାଏ ।   ୫ଙ୍କାଳିଆ ଆମ୍ବଗଛର ଛାଇ
ସେମାନଙ୍କର ଘର ପାଲଟି ଯାଇଥାଏ । ଆମ୍ବଗଛର ମୋଟା
ଡାଲରେ ଛୋଟ ଛୋଟ ଛୁଆମାନେ ପିନ୍ଧା ଲୁଗାର ଝୁଲଣାରେ
ଆଖି ବୁଜି ଝୁଲୁଥାନ୍ତି । ମା'ମାନେ ତାଙ୍କ ଜୁଡ଼ାରେ ମାଲିବସା
ମୁଣ୍ଡକଣ୍ଢା ଖୋସି ପସରା କାଖେଇ ଗାଁ ଗାଁ ଘର ଘର ବୁଲି

ବିକନ୍ତି କେତେ ଜାତିର ଦ୍ରବ୍ୟ । ପୁରୁଷମାନେ କାଉ ମାରନ୍ତି, ବଗ ମାରନ୍ତି । ମଶାଣି ଦାଢ଼ରୁ ହାଣ୍ଡି ଗୋଟେଇ ଆଣି ସ୍ୱାମୀମାନଙ୍କୁ ଦିଅନ୍ତି । ମଉଜରେ ଭାତ, କାଉ ମାଂସର ତିଅଣ ଖାଇ ଜାଥୁ ବୁଢ଼ା ଆମ୍ବଗଛ ଛାଇରେ ନିଶ୍ଚିନ୍ତ ନିଦରେ ଶୋଇପଡ଼େ । ଆଜିର ଚିନ୍ତା ଆଜି, କାଲିର ଚିନ୍ତା କାଲି । ଏଇ ତା’ର ଜୀବନ । ଜାଥୁ ଭାବେ ଘରଦ୍ୱାର କରି ରହୁଥିବା ଲୋକମାନେ ରଜା ହୋଇପାରନ୍ତି, ମାତ୍ର ସେମାନଙ୍କର ଚିନ୍ତା ବେଶୀ, ଜଞ୍ଜାଲ ବେଶୀ । ଜାଥୁର ଚିନ୍ତା କ’ଣ ?

ଜାଥୁ ଜାତିର ଲୋକେ ଘୁଷୁରିପଲ ଭଳି ଯୁଆଡ଼େ ଯାଆନ୍ତି ଦଲବାନ୍ଧି – ଖାଆନ୍ତି ଦଲ ବାନ୍ଧି – ବଞ୍ଚନ୍ତି ଦଲବାନ୍ଧି । ସେମାନେ ଘୁଷୁରି ନୁହନ୍ତି ତ ଆଉ କ’ଣ ? ଆବର୍ଜନା ଭିତରେ ସେମାନେ ମାଟି ଉପରେ ଘୁଙ୍ଗୁଡ଼ି ମାରନ୍ତି । ଆବୁରୁ ଜାବୁରୁ ଖାଇ ପେଟ ଭରନ୍ତି । ଯେଉଁଠି ଡେରା ପକାଇ ରୁହନ୍ତି ସେଠି ଆବର୍ଜନା କରନ୍ତି । ମଣିଷ ଦିହ ତ ମଇଲାର ଭଣ୍ଡାର । ମଣିଷ ଯେଉଁଠି ପହଞ୍ଚିଯାଏ ସେଠି ମଇଲା ଛାଡ଼ିଯାଏ । ମଇଲା ଅସନା ପାଇଁ ଜାଥୁର କିଛି ଚିନ୍ତା ନଥାଏ । ମାତ୍ର ନିର୍ମଲପୁର ଭଳି ଗାଁଗଣ୍ଠାକୁ ପରମଲ କରାଇବା ପାଇଁ ବଡ଼ବଡ଼ିଆଏ ଚିନ୍ତା କରୁଛନ୍ତି । ଗାଁ ଗଣ୍ଠ ପରିମଲ ହେଲେ ଦେଶ ପରିମଲ ହେବ । ଲୋକେ ପରିମଲ ହେବେ । ସମସ୍ତେ ସୁଖରେ ରହିବେ ।

ନିର୍ମଲପୁର ଗାଁ ମୁଣ୍ଡରେ ଗୋଟାଏ ଅଚାନକ ଚାଞ୍ଚଲ୍ୟ ଖେଳିଯାଇଥାଏ । ଗାଁ ମୁଣ୍ଡରେ କେତୋଟି ଆମ୍ବଗଛ କଟାଇ ବୁଦୁବୁଦୁକିଆ ଜଙ୍ଗଲ ସଫା କରାହେଉଥାଏ । ଟ୍ରକ୍ ଟ୍ରକ୍ ଗୋଡ଼ିବାଲି ପଥର ଆସି ଜମା ହେଉଥାଏ । ଲୋକେ କୁହାକୁହି ହେଉଥାନ୍ତି, ‘ସୁଲଭ ଶୌଚାଲୟ’ର ଶିଲାନ୍ୟାସ ଉତ୍ସବ ହେବ । ସବୁ ଶୁଣି ଜାଥୁ ଭାବୁଥାଏ ଗାଁ ମୁଣ୍ଡରେ ବୋଧେ ମନ୍ଦିର ତିଆରି ହେବ । ଜାଥୁର ଦଲଟା ଖାଲି କୌତୂହଲରେ ଆଖି ମିଟି ମିଟି କରି ସବୁ ଦେଖୁଥାନ୍ତି ।

ଚାହୁଁ ଚାହୁଁ ଶିଲାନ୍ୟାସ ଉତ୍ସବର ଦିନ ଆସିଗଲା । ଗାଁ ମୁଣ୍ଡରେ ତୋରଣ ସଜା ହେଲା । ଜରି କାଗଜର ଫୁଲ ଆଉ ପତାକା ଉଡ଼ିଲା । ମଞ୍ଚ ତିଆରି ହେଲା । ମଞ୍ଚ ଉପରେ ମାଇକ୍ ଫିଟ୍ ହେଲା । ସହରରୁ ତିନିଟା ମୋଟର ଗାଡ଼ିରେ ବୋଝେଇ ହୋଇ ଆସିଲେ ଧୋବଧାଉଲିଆ ବାବୁମାନେ । ଜାଥୁ ଭାବୁଥାଏ ସବା ଆଗଜଣକ ବୋଧହୁଏ ଏ ଦେଶର ରାଜା । ରାଜା ଭଳି ଏତେ ଆଖିଝଲ୍ସା ପୋଷାକ ସେ ପିନ୍ଧି ନଥାନ୍ତି । ହେଲେ ଚାଲୁଥାନ୍ତି ରାଜା ଭଳି । ପାରିଷଦବର୍ଗ ଏବଂ ପ୍ରଜାଗଣ ତାଙ୍କ ପଛେ ପଛେ କୃତକୃତ୍ୟ ହୋଇ ଚାଲିଥାନ୍ତି ।

ମାର୍ବଲ ପଥର ଉପରୁ ନାଲି ପରଦା ହଟେଇ ଦେଇ ରାଜା ବକ୍ତୃତା ଦେଲେ – ‘‘ଭାଇ ଓ ଭଉଣୀମାନେ ! ଆପଣମାନେ ମତେ ରାଜା ଭାବିପାରନ୍ତି । ମାତ୍ର ମୁଁ

ଆପଣମାନଙ୍କର ସେବକ, କିଙ୍କର । ଆପଣ ସୁଖରେ ରହିଲେ ମୁଁ ସୁଖରେ ରହିବି । ଆପଣ ସୁସ୍ଥ ରହିଲେ ମୁଁ ସୁସ୍ଥ ରହିବି । ଆପଣମାନେ ବଞ୍ଚି ରହିଲେ ମତେ ଆପଣମାନଙ୍କର ସେବା କରିବାର ସୁଯୋଗ ଦେଇ ବଞ୍ଚାଇ ରଖିବେ । ତେଣୁ ଆପଣଙ୍କ ଜୀବନ ସହ ମୋ ଜୀବନ ବନ୍ଧା । ଆପଣମାନଙ୍କର ସ୍ୱାସ୍ଥ୍ୟ ଓ ସୁରକ୍ଷା ପାଇଁ ମୋ ଆଖିରେ ନିଦ ନାହିଁ । ନିର୍ମଳପୁରର ସୁଲଭ ଶୌଚାଳୟ ଏହାର ପ୍ରଥମ ପଦକ୍ଷେପ । ପ୍ରଥମେ ଦେଶ ପରିମଳ ରହୁ । ତା'ପରେ ସମସ୍ତଙ୍କୁ ବାସଗୃହ ଓ ଜମି ଯୋଗାଇ ଦିଆଯିବ । ସମସ୍ତେ ସୁନ୍ଦର ସୁଖକର ଜୀବନ କାଟିବେ । ତେଣୁ ଭାଇମାନେ, ସମସ୍ତେ ଆମକୁ ସହଯୋଗ କରନ୍ତୁ ଓ ଆପଣମାନଙ୍କର ଚିରାଚରିତ ଅସ୍ୱାସ୍ଥ୍ୟକର ବଦଭ୍ୟାସ ବଦଳାଇ ସୁଲଭ ଶୌଚାଳୟର ସଦ୍‌ବ୍ୟବହାର କରନ୍ତୁ ।'' ରାଜାଙ୍କ ସଙ୍ଗେ ଆସିଥିବା ପାରିଷଦବର୍ଗ କରତାଳି ଦେଲେ । ବୋକାମାନେ କିଛି ନବୁଝି ହସିଲା ପରି ଗାଁ ଲୋକେ ବି ତାଳି ମାରିଲେ । ଜାଥୁ ବୁଢ଼ା ବି ହସି ହସି କରତାଳି ଦେଲା ।

ତା'ପରଠୁ ଆରମ୍ଭ ହେଲା ସୁଲଭ ଶୌଚାଳୟ କାର୍ଯ୍ୟ । ଠିକାଦାର ବାବୁଙ୍କ ଦାନ୍ତଦେଖା କଥା ଓ ଠଣଠଣ କଞ୍ଚା ପଇସାର ଲୋଭରେ ଯୋଉ ଗାଁ ଲୋକମାନେ ଧାଡ଼ିବାନ୍ଧି ମଜୁରି ଖଟିବା ପାଇଁ ଆସିଥିଲେ ସେମାନେ ସୁଲଭ ଶୌଚାଳୟର ପ୍ରକୃତ ଅର୍ଥ ବୁଝିସାରିବା ପରେ ଫେରିଗଲେଣି । ପାଇଖାନା ତିଆରି କାମରେ ସେମାନେ ମଜୁରି ଖଟିବେ ନାହିଁ । ପାଇଖାନାରେ ମଜୁରି ଖଟିବା ଆଉ ବିଲ ବାଡ଼ିରେ ମଜୁରି ଖଟିବା ଏକ କଥା ନୁହେଁ । ଗରିବ ହେଲେ ବି ସେମାନଙ୍କର ଗାଁରେ ଗୋଟାଏ ସମ୍ମାନ ଅଛି ।

ବଡ଼ ମୁସ୍କିଲ କଥା । ଠିକାଦାର ବାବୁ ମହା ଅଡୁଆରେ ପଡ଼ିଲେଣି । ଠିକ୍ ସମୟରେ କାମ ସାରିବାକୁ ହେବ । ଉପରୁ କଡ଼ା ତାଗିଦ୍‌ । ସହରିଆ ଲୋକଙ୍କୁ ଧପେଇବା ଯେମିତି କଷ୍ଟ ଗାଉଁଲି ଲୋକଗୁଡ଼ାକୁ କଥାଟାକୁ ବୁଝାଇବା ସେମିତି କାଠିକର ପାଠ । ଜାଥୁ ବୁଢ଼ାର ଦଳ ଉପରେ ଠିକାଦାର ବାବୁଙ୍କ ଆଖି ପଡ଼ିଲା । ଫୁସୁଲାଫୁସୁଲି କରି ସେ କହିଲେ – କାମ ଚାରିମାସ ଚାଲିବ । ଚାରି ମାସଯାଏ ଏକା ଜାଗାରେ ରହି କଞ୍ଚା ପଇସା ଏ ହାତ ସେ ହାତ କରିବ । ଜାଥୁ ବୁଢ଼ା ମଙ୍ଗିଗଲା, କ୍ଷତି କ'ଣ ? ସେମାନେ ତ ସବାଖିଆ ଜାତି । ପାଇଖାନା ତିଆରି କାମରେ ମଜୁରି ଖଟିଲେ ତାଙ୍କର କ'ଣ ଜାତି ଚାଲିଯାଉଛି ?

ପେଟ୍ରୋମାକ୍ସ ଲାଇଟ୍ ଲାଗି ରାତି ଦିନ କାମ ଚାଲିଲା । ଜାଥୁ ଦଳର ସବୁ ଲୋକଙ୍କ ହାତକୁ କଞ୍ଚା ପଇସା ଆସିଲା ପ୍ରତିଦିନ । ସେମାନେ ଦି'ଗୁଣ ଉତ୍ସାହରେ କାମରେ ମାତିଲେ । ମଣିଷଗୁଡ଼ାଙ୍କୁ ଦିନରାତି ଗଧ ଭଳି ଖଟେଇ ନ୍ୟାୟ୍ୟ ମଜୁରିର

ଏକ-ତୃତୀୟାଂଶ ଦେଇ ଠିକାଦାର କାମଟାର ଲାଭାଂଶ ମନେ ମନେ ଗଣନା କରି କୁରୁଳି ଉଠୁଥିଲେ ।

ଚାହୁଁ ଚାହୁଁ ଅପଣ୍ତରା ମଶାଣି ଭୂଇଁରେ ସୁନ୍ଦର କୋଠ ଘରଟିଏ ତିଆରି ହୋଇଗଲା । ନଜାଣିବା ପଥଚାରୀ କହିଲେ – ରାଜା ଉଆସ । ସତକୁ ସତ ନିର୍ମଳପୁର ଗାଁରେ କୋଠାଘର ଖଣ୍ଡେ କାହାର ବା ଅଛି ? ଏମିତି ଗୋଟାଏ ସୁନ୍ଦର କୋଠାଘର ଦେଖି ସମସ୍ତଙ୍କ ଆଖି ଖୋସି ହୋଇଗଲା । ସମସ୍ତେ ଭାବୁଥାନ୍ତି ଏଥର ନିର୍ମଳପୁର ଗାଁର ଭାଗ୍ୟ ଖୋଲିଲା । ପରକୁ ପର ସମସ୍ତଙ୍କର ଘରଗୁଡ଼ାକ ବି ଉଆସ ପାଲଟି ଯିବ । ପାଇଖାନା ଯଦି ଏମିତି-ଘର କେମିତି ନହେବ ?

ଜାଥୁ ବୁଢ଼ା ଭାବୁଥାଏ, ତା'ର କି ଯାଏ ଆସେ ?

କାମ ସରିଲା । ଏଥର ତାଙ୍କ ଦଳ ଡେରା ଉଠାଇବେ ଅନ୍ୟ ଗାଁକୁ । ତଥାପି ଆଶା ଥାଏ, ଆଉ କିଛି କୋଠାବାଡ଼ି ନିଶ୍ଚୟ ନିର୍ମଳପୁର ଗାଁରେ ତିଆରି ହେବ । ସେମାନେ କିଛିଦିନ ପଡ଼ି ରହିଥାନ୍ତି କାମ ଆଶାରେ ।

ସୁଲଭ ଶୌଚାଳୟ ଉଦ୍‌ଘାଟନ ଉତ୍ସବ ଆସିଗଲା । ରାଜା ଆସିଲେ ଶୌଚାଳୟ ଉଦ୍‌ଘାଟନ କରିବା ପାଇଁ । ରାଜାଙ୍କ ସାଙ୍ଗେ ସାଙ୍ଗେ ଆଗପଛ ହୋଇ ପାରିଷଦବର୍ଗ । ଶଙ୍ଖ, ଭେରୀ, ତୂରୀ ନାଦରେ ନିର୍ମଳପୁର ଗାଁଟା ପଡ଼ୁଥାଏ ଉଠୁଥାଏ । ମା' ଭଉଣୀମାନେ ଓଢ଼ଣା ଭିତରେ ଜିଭଟିମାନ ସଜାଡ଼ି ରଖିଥାନ୍ତି, ହୁଳହୁଳି ଦେବା ପାଇଁ ।

ବାହାରକୁ ସୁନ୍ଦର କୋଠାଟିଏ । ଭିତରେ ଧାଡ଼ି ଧାଡ଼ି ପରିଶ୍ରାଗାର ଓ ଶୌଚାଳୟ । ସବୁ ନିର୍ମଳ, ସବୁ ଚକ୍ ଚକ୍ । ଶୌଚାଳୟ ଭିତରେ ବିରାଟ ଅଗଣା । ବଡ଼ ବଡ଼ ଚଉଡ଼ା ମୋଜାଇକ୍ ବାରଣ୍ଡା । ଶୌଚାଳୟର ଗୋଟିଏ କାନ୍ଥକୁ ଲାଗି ସୁନ୍ଦର ନରମ ସବୁଜ ଘାସର ଲନ୍ । ଲନ୍‌ର କାନ୍ଥେ କାନ୍ଥେ ପକ୍ୱା ବେଞ୍ଚ କେତେଖଣ୍ଡ । ପାଇଖାନା ଯିବା ପୂର୍ବରୁ ଜଣେ ବସି ପାରିବ । ଗଡ଼ାଖୁ ଘଷି ଘଷି, ଗାମୁଛା ଖସେଇ, ତଳିପେଟକୁ ବାଡ଼େଇ ଲନ୍‌ର ସୌନ୍ଦର୍ଯ୍ୟ ଉପଭୋଗ କରିପାରିବ । ଶୌଚାଳୟର କାର୍ଯ୍ୟ ତଦାରଖ କରିବା ପାଇଁ ସରକାରୀ ଅଫିସର ଗସ୍ତରେ ଆସିଲେ ରହିବେ ବୋଲି ଲନ୍ ଶେଷ ମୁଣ୍ଡରେ ଛୋଟ ବଙ୍ଗଳାଟିଏ । ସବୁ ଦେଖି ଲୋକଙ୍କ ଆଖି ଟେରା ହୋଇଯାଉଥାଏ ।

ଧାଡ଼ିର ପ୍ରଥମ ଶୌଚାଳୟଟି ବ୍ୟବହାର କରି ଆଜି ମହାରାଜ ଶୌଚାଳୟର ଉଦ୍‌ଘାଟନ କରିବେ । ସେଇ ଶୌଚାଳୟଟି ଗାଁ ଯାକର ଚମ୍ପା, ହେନା, ସୁଜ୍ଜ ଆଉ ରଜନୀଗନ୍ଧା ଫୁଲରେ ସୁନ୍ଦର କରି ସଜା ହୋଇଥାଏ । ସେଦିନ ଗାଁର ମନ୍ଦିରମାନଙ୍କରେ ଥିବା ଦେବଦେବୀ ମଧ ବିନା ଫୁଲରେ ତୁଳସୀ ଓ ବେଲପତ୍ରରେ ପୂଜା ପାଇଥାନ୍ତି ।

ପାଇଖାନା ଘରଟି ବାସର ଘରଭଲି ଦିଶୁଥାଏ । ଦୁଇବୋତଲ ବିଦେଶୀ ଅତର ଢଳା
ଯାଇଥାଏ । ଚଟାଣସାରା ଅଗୁରୁ ଚନ୍ଦନ ଛିଞ୍ଚା ଯାଇଥାଏ । ସାରା ପରିବେଶ ପବିତ୍ର,
ମଧୁର ବାସ୍ନାରେ ମହକି ଉଠୁଥାଏ ।

ସମସ୍ତଙ୍କୁ ନମସ୍କାର କରି ମହାରାଜା ହସି ହସି ଶୌଚାଳୟ ଆଡ଼କୁ ଗଜଠାଣିରେ
ଆଗେଇଲେ । ଶଙ୍ଖ, ଭେରି, ତୂରୀ ବାଜି ଉଠିଲା । ଶୌଚାଳୟ ଦ୍ୱାରେ ବଡ଼ ବଡ଼
ବାବୁ ଓ ହାକିମମାନେ ସାବୁନ୍‍, ଡବା, ପାଣିଢାଲ, ତଉଲିଆ ଗୁଡ଼ାଖୁ ଡବା ଓ ଝାଡୁ
ଧରି ଠିଆ ହୋଇଥାନ୍ତି ।

ମହାରାଜାଙ୍କର କୋଷ୍ଠକାଠିନ୍ୟ ରୋଗଟି ଅଛି । ପାଇଖାନାରେ ବସିଲେ
ଦେଉଳିଆ ପାରା ଭଲି ଶବ୍ଦ କରି ଘ୍ମୁରନ୍ତି । ସାମ୍ୱାଦିକମାନେ ସେ ଶବ୍ଦକୁ ରେକର୍ଡ଼
କରି ନେବା ପାଇଁ ସବୁ ସରଞ୍ଜାମ ପ୍ରସ୍ତୁତ କରି ଠିଆ ହୋଇଛନ୍ତି । ମହାରାଜା ଚର୍ବିଲ
ଖାଲି ଦେହରେ ଗାମୁଛା ପିନ୍ଧିଗୁଡ଼ାଖୁ ଘଷିଲା ବେଳେ ଘନ ଘନ ଫଟୋ ଉଠୁଥାଏ ।
ଜଣେ ବଡ଼ବାବୁ ମହାରାଜାଙ୍କ ପାଦପଦ୍ମରୁ ଜୋତା ଦୁଇଟି ଖୋଲିନେଇ ସ୍ଲିପର ପିନ୍ଧାଇ
ଦେବା ବେଳେ ଘନ ଘନ କରତାଲି ମଧ୍ୟରେ ରଙ୍ଗିନ କ୍ୟାମେରାରେ ଫଟୋ ଉଠିଲା ।
ପାଇଖାନା ବସିଲାବେଳେ ରାଜାଙ୍କୁ ଯେମିତି କିଛି କଷ୍ଟ ନହେବ ସେଥିପାଇଁ ଜଣେ
ବଡ଼ ଡାକ୍ତର ଔଷଧ ଗଣ୍ଠିରା ମୁଣ୍ଡେଇ ଶୌଚାଳୟ ସାମ୍ନାରେ ଜାଗ୍ରତ ହୋଇ ଠିଆ
ହୋଇଥାନ୍ତି । ମହାରାଜ ଶୌଚାଳୟରେ ପ୍ରବେଶ କଲେ । ପୁଣିଥରେ ଶଙ୍ଖ, ଘଣ୍ଟା
ବାଜି ଉଠିଲା ।

ମହାରାଜ ଅନେକ ସମୟଯାଏ ବିକଟ ଶବ୍ଦ କରି ଘ୍ମୁରିଲେ ଏବଂ ଅନ୍ୟ
ସମସ୍ତେ ନିଶ୍ୱାସ ବନ୍ଦ କରି ମହାରାଜାଙ୍କ କଷ୍ଟକୁ ଗର୍ଭବେଦନା ଭଲି ନିଜ ଭିତରେ
ଅନୁଭବ କଲେ । କିଛି ସମୟ ପରେ ମହାରାଜାଙ୍କର ଅତ୍ୟନ୍ତ ପାଖଲୋକ ଜଣେ
ଦୁଇଟି ଅଙ୍ଗୁଲି ଦେଖାଇ ସଙ୍କେତ ଦେଲେ ସେ ଜନତାର ସେବା ପାଇଁ ମହାରାଜ
ବହୁ ଶ୍ରମ ସ୍ୱାକାର କରି ଅସମୟରେ ଶୌଚାଳୟ ଉଦ୍ଘାଟନ କରିଛନ୍ତି । ସଂଗେ
ସଂଗେ ଜନତା ଭିତରେ ଆନନ୍ଦର ଗୋଟାଏ ତଡ଼ିତ୍ ପ୍ରବାହ ଖେଳିଗଲା ଏବଂ ସଙ୍କେତ
ପାଇ ମା', ଭଉଣୀମାନେ ହୁଲହୁଲି ଦେଲେ । ହରିବୋଲ ହୁଲହୁଲିରେ ନିର୍ମଲପୁର
ଗାଁର ଆକାଶପାତାଲ କମ୍ପି ଉଠିଲା । ମହାରାଜାଙ୍କୁ ପାଣି, ସାବୁନ, ତଉଲିଆ
ବଢ଼ାଇ ଦେବା ପାଇଁ ଏବଂ ଶୌଚାଳୟର ସଫେଇଟି କରିବା ପାଇଁ ବାବୁମାନଙ୍କ
ଭିତରେ ଏତେ ପ୍ରତିଯୋଗିତା ଚାଲିଲା ଯେ ମଡ଼ାଦଳାରେ ବହୁଲୋକ ଆହତ
ହେଲେ । ଶୀଘ୍ର ଶୀଘ୍ର ଉପର ପାହାଚକୁ ଚଢ଼ି ଯାଉଥିବା ଜଣେ କରିତ୍‍କର୍ମା ବାବୁ
ପଡ଼ିଯାଇ ହାତ ଭାଙ୍ଗି ବସିଲେ ।

ମହାରାଜାଙ୍କ ପରେ ପରେ ଶୌଚାଳୟ ଉଦ୍‌ଘାଟନ କରିବା ପାଇଁ କେତେଜଣ ବାବୁ ପୂର୍ବ ରାତିରୁ ପେଟ ସଫେଇଟି ଔଷଧ ଖାଇଥିଲେ । ସେମାନେ ମଧ୍ୟ ମଡ଼ାଦଳା ହୋଇ ଶୌଚାଳୟରେ ପଶିବା ଫଳରେ ଶୌଚାଳୟ ଭିତରେ ଖରୁ ଗଣ୍ଡଗୋଳ ଉପୁଜିଲା । ଶାନ୍ତିରକ୍ଷା ପାଇଁ ପୋଲିସ୍‌ଙ୍କର ମୃଦୁ ଲାଠିଚାଳନା ଫଳରେ ଶୌଚାଳୟ ବାହାରେ ଥିବା ଗରିବ ଜନତାଙ୍କ ଭିତରୁ କେତେଜଣ ସାମାନ୍ୟ ଭାବେ ଆହତ ହେଲେ । ସବୁ ବାଧାବିଘ୍ନ ସତ୍ତ୍ୱେ ଶୌଚାଳୟ ଉଦ୍‌ଘାଟିତ ହୋଇଗଲା ।

ଜାଥୁ ବୁଢ଼ା ଏସବୁ ଦେଖି ଭାବୁଥାଏ.... ଆହା, ମହାରାଜା ବିଚାରାଟିର କେତେ କଳବଳ ଜୀବନ । ନିଜ ମନଖୁସିରେ ନିରୋଳାରେ ଖାଇବା ପିଇବା ତ ଦୂରର କଥା, ପାଇଖାନାରେ ବି ବସିପାରନ୍ତି ନାହିଁ । ମହାରାଜାଙ୍କ ଠାରୁ ଜାଥୁ ବୁଢ଼ା କେତେ ସୁଖୀ, ସ୍ୱାଧୀନ ଆଉ ନିଦକ !

ଶୌଚାଳୟରେ ଦୁଇଜଣ କର୍ମଚାରୀ ନିଯୁକ୍ତି ପାଇଲେ । ଜଣେ ଦିନରାତି ପହରା ଦବ ଏବଂ ଶୌଚାଳୟ ଝାଡୁ ଦେବ । ଅନ୍ୟଜଣେ ଶୌଚାଳୟ ବ୍ୟବହାର କରୁଥିବା ଲୋକମାନଙ୍କଠାରୁ ଦଶ ପଇସା ଆଦାୟ କରିବ ଏବଂ ପଇସାପତ୍ରର ହିସାବ ରଖିବ । ମାତ୍ର ସୁଲଭ ଶୌଚାଳୟ ଏକ ଦର୍ଶନୀୟ ସୌଧ ଭଳି ଦୂରରୁ ଶୋଭା ପାଇଲେ ବି ନିର୍ମଳପୁରର ଜଣେ ହେଲେ ଗ୍ରାମବାସୀ ସେମାନଙ୍କର ଚିରାଚରିତ ଅସ୍ୱାସ୍ଥ୍ୟକର ବଦଭ୍ୟାସ ଛାଡ଼ି ସୁଲଭ ଶୌଚାଳୟକୁ ବ୍ୟବହାର କରିବା ନାଁ ଧରିଲେ ନାହିଁ । ପୂର୍ବଭଳି ଗାଁ ପିଲାମାନେ ଯୋଉଠି ପାରେ ସେଠି, ଯେତେବେଲେ ନାହିଁ ସେତେଲେ ସର୍ବସମକ୍ଷରେ ବସି ମଳତ୍ୟାଗ କରିବାକୁ ଲାଗିଲେ । ଗାଁ ଝିଅ-ବୋହୂମାନେ ମୁଣ୍ଡରେ ହାତେ ଓଢ଼ଣା ଟାଣି ବାଉଁଶ ବାରିରେ ମେଳିକରି କ୍ଷାତିଭୋଜନରେ ବସିଲା ଭଳି ବସି, ନିତ୍ୟକର୍ମ ଶେଷ କରୁ କରୁ ସଂସାରଯାକର ମଇଲା ଘାଣ୍ଟିବାକୁ ଲାଗିଲେ । ଗାଁ ଲୋକମାନେ ଗାମୁଛା ପିନ୍ଧି ଗୁଡ଼ାଖୁ ଘସୁ ଘସୁ ପୋଖରୀହୁଡ଼ାରେ ଗଛ ମୂଳରେ ଆବର୍ଜନା ଛାଡ଼ିବାକୁ ଲାଗିଲେ । ସେ ଅଞ୍ଚଳର ଲୋକପ୍ରତିନିଧି ବାବୁ କପାଳରେ ହାତମାରି ସଭାସମିତିମାନଙ୍କରେ କହି ବୁଲୁଥିଲେ– ଯେତେ ଚେଷ୍ଟା କଲେ ବି ଏ ମୁର୍ଖ ଗାଉଁଲିଆ ଲୋକଗୁଡ଼ାଙ୍କର ଅଭ୍ୟାସ ବଦଲେଇ ହେବ ନାହିଁ । ତାଙ୍କୁ ସଭ୍ୟ ମାର୍ଜିତ ସୁସ୍ଥ କରେଇ ହେବ ନାହିଁ । ସେମାନେ ଆବର୍ଜନାକୁ ଚିରଦିନ ଜାବୁଡ଼ି ଧରି ସେଥିରେ ଘାଣ୍ଟି ହେଉଥିବେ । ଅନ୍ୟମାନେ ତାଙ୍କ ପାଇଁ ଯେତେ ମୁଣ୍ଡ କୋଡ଼ିଲେ କ'ଣ ହେବ ? ଘୁଷୁରିକୁ ପାଚିଲା କଦଳୀ କୋଉଠୁ ରୁଚିବ ?

ତାଙ୍କର ବିବୃତି ମଝିରେ ମଝିରେ ସମ୍ବାଦପତ୍ରରେ ମଧ୍ୟ ପ୍ରକାଶ ପାଉଥାଏ ଏବଂ ପଢ଼ିବାଲୋକେ ଭାବୁଥାନ୍ତି ସତକୁ ସତ ନିର୍ମଳପୁର ଗାଁର ଲୋକଗୁଡ଼ା ସୁଲଭ

ଶୌଚାଳୟ ବ୍ୟବହାର ନକରିବାର କାରଣ କ'ଣ ? ନିର୍ମଳପୁର ଗାଁର ଲୋକଗୁଡ଼ା କ'ଣ ସତକୁ ସତ ଘୁସୁରି ?

ଅସଲ କାରଣଟା ନିର୍ମଳପୁର ଗାଁ ଲୋକଙ୍କୁ କିଏ ପଚାରିଛି ଯେ ଜାଣିବ ? ନିଜ ରୋଗର କଷଣ ନିଜ ଛଡ଼ା ଆଉ କିଏ ଜାଣେ ?

ନିର୍ମଳପୁର ଗାଁର ସମସ୍ତଙ୍କର ତିନିପିଢ଼ିର ବହୁ କୁଟୁମ୍ବୀ ପରିବାର । ପ୍ରତି ପରିବାରରେ ଅତି କମ୍‌ରେ ଦଶ ପନ୍ଦର ପିଲା । ପାଞ୍ଚ ସାତଟି ବୁଢ଼ାବୁଢ଼ୀ । ପିଲାଏ ଦିନକୁ ଅତି କମ୍‌ରେ ପାଞ୍ଚସାତଥର ଝାଡ଼ା ଯିବେ । ବୁଢ଼ାବୁଢ଼ୀଙ୍କର ମଧ୍ୟ ବର୍ଷକ ବାରମାସ ବଦହଜମୀ । ସ୍ତ୍ରୀଲୋକଗୁଡ଼ାଙ୍କର ଯାବତୀୟ ରୋଗ, ସଂସାରଯାକର ବଦଭ୍ୟାସ କାହାର ଡାଇରିଆ – କାହାର ଆମାଶୟ ତ କାହାର ଡିସେଣ୍ଟ୍ରି । ସୁଲଭ ଶୌଚାଳୟ ପ୍ରତିଥର ବ୍ୟବହାର କରିବାର ଫି' ଦଶ ପଇସା । ଦିନକୁ ଘରପିଛା ଅତି କମ୍‌ରେ ଚାରି ପାଞ୍ଚଟଙ୍କା ଖାଇବାରେ ଖର୍ଚ୍ଚ ହେବା ବି କାଠିକର ପାଠ । ତା'ଛଡ଼ା ଡାଲି ଚାଉଳ ଗାଁ ଦୋକାନରୁ ସାମାନ୍ୟ ଚଢ଼ା ଦରରେ ହେଉ ପଛକେ ବାକିରେ ଆଣି ଅଭାବ ଅସୁବିଧାରେ ପିଲାଙ୍କ ମୁହଁରେ ଢୋକ ଦେଇହୁଏ, କିନ୍ତୁ ସୁଲଭ ଶୌଚାଳୟରେ ବାକିରେ ଝାଡ଼ା ଯାଇ ହୁଏନା । ସେଠି ପ୍ରତିଦିନ ଝାଡ଼ା ଯିବା ପାଇଁ ନଗଦ ପଇସାର କାରବାର । ରଜାୟର ନିୟମରେ ବାକିବୁକର ଚଳେନା । ସେଠି ନିୟମ ମାନେ ନିୟମ । ତେଣୁ ନିର୍ମଳପୁରର ଗ୍ରାମବାସୀ ଭାବୁଥିଲେ, ଦିନକୁ ତିନି ଚାରି ଟଙ୍କାର ଝାଡ଼ା ଫେରିଲେ ପିଲା କୁଟୁମ୍ବ ଖାଇବେ କ'ଣ ? ପେଟ ପୂରା ଖାଦ୍ୟ ନଖାଇଲେ ଝାଡ଼ା ଫେରିବେ ବା କ'ଣ ? ତେଣୁ ସୁଲଭ ଶୌଚାଳୟକୁ ଯାଇ ପଇସା ଗଣି ପେଟ ବାଡ଼େଇ ସମୟ ନଷ୍ଟ କରିବେ ବା କାହିଁକି ?

ଉଲ୍ଲାଯାଇଥିବା ଅତର ବାସ୍ନା ତେବେ ବି ସୁଲଭ ଶୌଚାଳୟରେ ମହକୁଥାଏ । ସୁଲଭ ଶୌଚାଳୟର ମୋଜାଇକ୍‌ ଚଟାଣ ତେବେ ବି ଦର୍ପଣ ଭଳି ଚିକ୍‌ଚିକ୍‌ କରୁଥାଏ । ମଳିମୁଣ୍ଡିଆ ଗାଁ ଲୋକେ ବିଲବାରି ମୂଲ ମଜୁରିରୁ ଫେରି ଧୂଳିଧୂସରିତ ପଙ୍କ କାଦୁଅ ବୋଳା ପାଦ ସେଠି ପକାନ୍ତେ ବା କିପରି ? କର୍ତ୍ତବ୍ୟନିଷ୍ଠ କର୍ମଚାରୀ ଦୁହେଁ ବସି ବସି ଉପରୁ ଦରମା ପାଆନ୍ତି । ସହରରୁ ଆସୁଥିବା ଲୋକଙ୍କଠାରୁ ଉଡ଼ା ଖବର ମିଳେ ସୁଲଭ ଶୌଚାଳୟରେ ସୁଲଭ ବିଦ୍ୟାଳୟ ଖୋଲାଯିବ । ଗାଁ ପିଲାଏ ପାଠ ନପଢ଼ି, ସ୍କୁଲରେ ନାମ ନଥାଇ ପାସ୍‌ ସାର୍ଟିଫିକେଟ୍‌ ପାଇବେ । କିଏ କହେ ଆଧୁନିକ ଧରଣର ସୁଲଭ ଭୋଜନାଳୟଟିଏ ଖୋଲିବ । ମଜୁରି ଖଟୁଥିବା ସ୍ତ୍ରୀ ପୁରୁଷମାନେ କ୍ଲାନ୍ତଶ୍ରାନ୍ତ ହୋଇ କାମରୁ ଫେରି ଆଉ ରୋଷେଇ କରିବେ ନାହିଁ । ହୋଟେଲରେ ଖାଇ କୁଡ଼ିଆକୁ ଫେରିବେ । କିଏ କହେ ସୁଲଭ ଚିକିତ୍ସାଳୟ ଖୋଲିବ । ଡାକ୍ତର

ନଥାଇ, ଔଷଧ ନଥାଇ ବିନା ପଇସାରେ ଲୋକେ ବାତଜ୍ୱର, ମ୍ୟାଲେରିଆ, ହଜମୀ ପାଇଁ ଚିକିତ୍ସିତ ହେବେ । ଏତେବଡ଼ କୋଠାଘରଟା ବ୍ୟବହାର ନହୋଇ ପଡ଼ିରହିଲେ ଦେଶର କେତେ ଲୋକସାନି ନହେବ ?

କିନ୍ତୁ ସୁଲଭ ଶୌଚାଳୟ ଆଦୌ ବ୍ୟବହାର ହୁଏ ନାହିଁ ବୋଲି ନୁହେଁ । ମଝିରେ ମଝିରେ ସେଠି ରାତିଅଧୁଆ ଗାଡ଼ି ଅଟକେ । ଗାଡ଼ିରୁ ମଣିଷ ଓହ୍ଲାନ୍ତି । ସୁଲଭ ଶୌଚାଳୟର ମସୃଣ ବାରଣ୍ଡାରେ ପାଦ ଶବ୍ଦ ଶୁଭେ । ପୁରୁଷ–ସ୍ତ୍ରୀଙ୍କର ମିଳିତ ହର୍ଷଧ୍ୱନି ଓ ଆଳାପ ଶୁଭେ । ସୁଖାଦ୍ୟ ଏବଂ ପାନୀୟର ବାସ୍ନା ଶୌଚାଳୟ ପାଖ ଅପସ୍ତରାରେ ଗଛମୂଳେ ପଡ଼ିଥିବା ଜାଥୁ ବୁଢ଼ାର ନାକରେ ବାଜେ । ଜାଥୁ ଭାବେ, କେହି ବଡ଼ବାବୁ ପିଲାଛୁଆ ନେଇ ପରିଦର୍ଶନରେ ଆସିଥିବେ ପରା । ଦିନେ ଦିନେ ରାତିରେ ପୁରୁଷ କଣ୍ଠରେ ଅଟ୍ଟହାସ୍ୟ ଭିତରେ ନାରୀ କଣ୍ଠର ଆର୍ତ୍ତସ୍ୱର ଚାପା ପଡ଼ିଯାଏ । ଜାଥୁ ଭାବେ ବାବୁ ବାବୁଆଣୀଙ୍କର ଝଗଡ଼ା ଲାଗିଛି ପରା । ଘର କରି କାହାର ବା କଳି ନଲାଗେ । କେଉଁ ପୁରୁଷ ବା ସ୍ତ୍ରୀ ବିଧାଏ ଚଟକଣାଏ ନଦିଏ ?

ରାତି ପାହିଲେ ସୁଲଭ ଶୌଚାଳୟ ଶୂନ୍‌ଶାନ୍‌ ହୋଇଯାଏ । କର୍ମଚାରୀ ଦୁହେଁ ରାତି ଅନିଦ୍ରା ହୋଇ ପୋଖରୀରୁ ନିଆଁ ଲିଭାଇଲା ଭଳି ଭୁଲୋଉଥାନ୍ତି । ଗାଉଁଲିଆ ଲୋକଗୁଡ଼ାଙ୍କର   ସମୟ ଅସମୟ ନାହିଁ । ପୁଣି ନିଉଚ୍ଛୁଣା ପେଟଟା ରାତିଅଧୁଆ ଲେଉଟିପଡ଼େ । ଗାମୁଛା ପାଲଟିବାକୁ ତର ସହେନି । କେହି କାଳେ ସୁଲଭ ଶୌଚାଳୟକୁ ଚାଲିଆସିବେ ଭାବି ବିଚରାଗୁଡ଼ା ରାତିସାରା ଡିଉଟି କରିଥିବେ ପରା ।

ଜାଥୁ ବୁଢ଼ା ଏବଂ ସରଳ ଗାଁ ଲୋକେ ସୁଲଭ ଶୌଚାଳୟର ରାତିଅଧୁଆ ଡିଉଟି, ହସ, କାନ୍ଦ, ଖାନା, ପିନା ବିଷୟରେ ବେଶୀ ମୁଣ୍ଡ ଖେଳାନ୍ତି ନାହିଁ । ରଜାଘର କଥା । ପତର ସାଉଁଟିବା ମଣିଷ ତୋଟାମୂଳ କରିବ କାହିଁକି ? ହେଲେ ଜାଥୁ ବୁଢ଼ା ସୁଲଭ ଶୌଚାଳୟ ପାଖରେ ନାକେଇ ପଡ଼ିଥାଏ ତା'ର ପିଲା କବିଲା କୁଟୁମ୍ବକୁ ଧରି । ଆଶା ଆଉ କିଛି କାମ ହେବ । କଅଣ ପଇସା ହାତକୁ ଆସିବ । କାମ ଯଦି ନହୁଏ ଚତୁର୍ମାସ୍ୟା ପରେ ପରେ ଜାଥୁ ବୁଢ଼ା ତା'ର ଦଳବଳ ନେଇ ଡେରା ଉଠେଇବ ଅନ୍ୟ ଗାଁକୁ । ଆଉ ଚିନ୍ତା କ'ଣ ?

ଚଲାବାଟରେ କଣ୍ଟାଟିଏ ଭଳି, ବହିଯାଉଥିବା ବେପରୁଆ ଜୀବନ ଭିତରେ ଚିନ୍ତାଟିଏ କେବଳ ମେଘି – ଜାଥୁ ବୁଢ଼ାର ସବା ସାନଝିଅ । ବୟସ ଚଉଦ । ତା' ସାଙ୍କୁ ଝୁଆନ୍‌ ଟୋକାଟିଏ ଖଣ୍ଡିଦେଲେ ଜାଥୁ ନିଦକ ହେବ । ଆର ଗାଁରେ ଡେରା ପକାଇଥିବା ସବୋଖିଆ ପଲଙ୍କ ଭିତରେ ଖାସା ଟୋକାଟିଏ ଅଛି । ଜାଥୁବୁଢ଼ା ଟୋକାଟାକୁ ହାତଛଡ଼ା କରିବନି । 'ମେଘି'ଟା ବାରବୁଲୀ ସବାଖାଇ ଝିଅଟାଏ ହଉ

ପଛେ ଜାଥୁ ବୁଢ଼ାର ଗେଲବସର । ଚଳା ମେଘ ଭଳି ବାପା ସାଙ୍ଗେ ଏ ଗାଁରୁ ସେ ଗାଁ ଫୁଲାଫାଙ୍କିଆ ହୋଇ ଭାସି ବୁଲେ । ତା' ଉପରେ ଏବେ ବାରଲୋକଙ୍କ ଆଖି । ମେଘିଟା ଏବେ ମୌସୁମୀ ମେଘ ଭଳି ଭାରି ଭାରି ଦିଶୁଚି । ଜାଥୁ ବୁଢ଼ାର ଭୟ, କାଳେ କୋଉଠି ବେକାଇଦା ହୋଇ ମରୁଭୂଇଁରେ ଥକିଯିବ – ବର୍ଷ ଯିବ – ବ୍ୟର୍ଥରେ ଢ଼ାଳି ଦେବ ଜୀବନର ସବୁ ସ୍ୱଚ୍ଛତା !

ଦିନେ ଦିନେ ଶୌଚାଳୟର କର୍ମଚାରୀ ଦୁହେଁ ମେଘିକୁ ମୁହଁସଞ୍ଜରେ ଶୌଚାଳୟ ଭିତରକୁ ଡାକନ୍ତି । କହନ୍ତି– କିଲୋ ! ବର୍ଷା! କାକରରେ ମଶାଣି ଭୂଇଁରେ ପଡ଼ି ରହିଛୁ କାହିଁକି ? ବାରଣ୍ଡା ଉପରକୁ ଉଠି ଆସୁନୁ । ତୁ ରାତିଏ ଏଠି ଶୋଇପଡ଼ିଲେ କ'ଣ ବାରଣ୍ଡା ଅଶୌଚ ହୋଇଯିବ ନା ତୋ ଦେହରେ ଅଶୌଚ ଲାଗିଯାଉଛି ? ଏଠି ସିନା ଝାଡ଼ା ଫେରିବାକୁ ପଇସା ପଡ଼େ, ହେଲେ ବିଶ୍ରାମ କରିବାକୁ ପଇସା ପଡ଼େନି ମ ! କେତେ କେତେ ବାବୁ ପରା ଘରଦ୍ୱାର ଛାଡ଼ି ଏଠି ବିଶ୍ରାମ ନିଅନ୍ତି । କେହି କେହି ତୋ କଥା ପଚାରନ୍ତି ଲୋ – ଆସିବୁ ? ତୋ ଭାଗ୍ୟ ଖୋଲିଯିବ ଯେ–

ମେଘି ନାକରେ ଲୁଗାଦିଏ । ଥୁଃ କରି ବିଣ୍ଡାଏ ଛେପ ପକାଇ ମୁହଁ କୁଞ୍ଚେଇ କହେ – ଛିଃ – ପାଇଖାନା ଘରେ ଶୋଇବି ? ଜଣେହେଲେ ତ ଯିଏ ଥରଟାଏ ପାଇଖାନା ବସିଛି । ସାରା କୋଠାଟା ତ ପାଇଖାନା ହୋଇଯାଇଛି ସେହିଦିନଠୁ । ଛିଃ – ଛିଃ – ଛିଃ – ସତକୁ ସତ ଅଇ ଉଠେ ମେଘିର ।

କର୍ମଚାରୀ ଦୁହେଁ କାନ ବୁଜିପକାନ୍ତି । କହନ୍ତି – ବନ୍ଦ କର । ବନ୍ଦ କର । ଆଲୋ କାହାକୁ ଛିଃ ଛିଃ କହୁଚୁ ? ଅଲଷଣୀ, ଆମ ଚାକିରି ଖଣ୍ଡକ ଖାଇବୁ କି ? ଆଲୋ ମହାରାଜାଙ୍କ ମଇଲା କ'ଣ ମଇଲା ? ସେ ତ ସୁନାରୂପା । ଦରକାର ହେଲେ ବଡ଼ ହାକିମ ତ ହାତ ପତେଇବେ । ଦେଖିନୁ ସେଦିନ ? – ହାତ ପତେଇ ଦେବେ । ଅଃ.... ମେଘି ସାରା ଦେହଟାକୁ ଘୃଣାରେ କୁଞ୍ଚେଇ ଦିଏ । ପୁଣି ଥରେ ଅଃ – ଅଃ କହି ପଳେଇ ଯାଇ ବାପାକୁ ସବୁ କହେ । ଜାଥୁ ବୁଢ଼ା ଆକାଶକୁ ଚାହିଁ କହେ – ଆମର ଗଛମୂଳ ଭଲ, ଗଛ ଉପରେ ଆକାଶ ଅଛି । ଆକାଶରେ ଚନ୍ଦ୍ରତାରା ଅଛନ୍ତି । ସେମାନେ ପାପପୁଣ୍ୟର ହିସାବ ରଖନ୍ତି । ଛାତ ତଳେ – ଅନ୍ଧାରି କୋଠାଘର– ପାପପୁଣ୍ୟ ବାରି ହୁଏ ନାହିଁ । ସବୁ ଏକାକାର ହୋଇଯାଏ । ମେଘି ବାପାର କଥା ମାନି ଶୌଚାଳୟର ସୀମା ମାଡ଼େ ନାହିଁ ।

ଆକାଶକୁ ଚାହିଁ ମା', ଭାଇ, ଭାଉଜ କୁଟୁମ୍ବ ମେଳରେ ଶୋଇଥାଏ ମେଘି । ସେଦିନ ନିର୍ମଳପୁର ଆକାଶଟା ବେଶ୍ ନିର୍ମଳ, ଗାଢ଼ ନେଲୀ ଦେଖାଯାଉଥାଏ ମେଘିର ଆଖିକୁ । ଆର ଗାଁର ମଶାଣି ପାଖ ଆକ ଆଉରି ''ନେ–ଏ–ଲି'' ହୋଇଥିବ

ପରା ! ବାପା ଯାଇଛି ଆର ଗାଁକୁ ବରଘର ଦେଖି ସେ ସବୁ ଠିକ୍ କରି ଫେରିବ ସିନା । ଘର ଦେଖିବ କୋଉଠୁ ? ସବାଖିଆଙ୍କର ଘର କେଉଁଠୁ ଆସିବ ?

ନିର୍ମଳପୁର ଗାଁ ମୁଣ୍ଡ ମଶାଣି ସଫା ହୋଇ କୁଆଡ଼େ ଧାଡ଼ି ଧାଡ଼ି ଟାଇଲି ଛପର ପକ୍କାଘର ହେବ । ନିର୍ମଳପୁର ଗାଁର ଗରିବ ବାସହୀନ ଗାଁବାଲାଙ୍କୁ ସେଘର ମିଳିବ । ଝଡ଼ବତାସ-ଦୈବୀଦୁର୍ବିପାକକୁ ସେମାନଙ୍କର ଆଉ ଭୟ କ'ଣ ? ନିର୍ମଳପୁର ଗାଁ ମୁଣ୍ଡରୁ ଡେରା ଉଠାଇବାକୁ ସବାଖିଆଙ୍କୁ ତିନି ଚାରିଥର ତାଗିଦା ଆସିଲାଣି । ସେମାନେ ଡେରା ଉଠାଇଲେ –ଅପନ୍ତରା ଭୁଇଁ ସଫାସୁତୁରା ହେବ । ନିର୍ମଳପୁରର ଗରିବ ଲୋକମାନଙ୍କୁ ସୁଲଭ ବାସଗୃହ ଯୋଗାଇ ଦିଆଯିବ । ମେଘିର ପଲ ନିର୍ମଳପୁର ବାସିନ୍ଦା ନୁହନ୍ତି । ସେମାନେ ବାରବୁଲା ଜାତି । ତାଙ୍କୁ ଯେ ଘର ମିଳିବ ନାହିଁ । ମେଘିର ବି ବେଳେ ବେଳେ ଇଚ୍ଛା ହୁଏ – ତାଙ୍କର ବି ଗୋଟିଏ ଛୋଟ ଗାଁ ଥା'ନ୍ତା । ସେ ଗାଁରେ ତାଙ୍କର ଥାନ୍ତା ଛୋଟ କୁଡ଼ିଆଟିଏ । କୁଡ଼ିଆ ଆଗରେ ଚେନାଏ ମାଟି । ମାଟି ଉପରେ ଅନାବନା କେତେଟା ବଣ ଫୁଲର ଗଛ । ଯାହାକୁ ସେ କହନ୍ତା ''ମୋ' ଘର'' – ''ମୋ' ବଗିଚା'' ''ମୋ' ଫୁଲ'' । ଝଡ଼ ବତାସରେ ମେଘି ତା'ର ଛୋଟ ତାଟିକବାଟଟି ନିବୁଜ କରି ଦେଇଦିଅନ୍ତା । ମାଟି ଉପରେ ନିଦକ ହୋଇ ଶୋଇପଡ଼ନ୍ତା । କିନ୍ତୁ ତାଙ୍କ ଜାତିର କେହି ଘରଦ୍ୱାର କରି ରହନ୍ତି ନାହିଁ । ମେଘି କିନ୍ତୁ ନିଜେ ମାଟି ଚକଟି ନିଜ ଘର କରିବ । ଆର ଗାଁର ବାରବୁଲା ସବାଖିଆ କେଲା ଟୋକାକୁ ଘରୁଆ ମଣିଷ କରି ବାନ୍ଧି ରଖିବ । ତା'ହେଲେ ଗାଁ ଛାଡ଼ି ଚାଲିଯିବାକୁ ଉପରୁ ଆଉ ତାଗିଦା ଆସୁନଥିବ । ମେଘ କାକରରେ କାହିଁକି ପଡ଼ିଛୁ ବୋଲି କୋଉ ନିର୍ମୁଲିଆଏ ତାକୁ ଦୟା ଦେଖାଇ ପାଇଖାନା ଘର ଭିତରକୁ ଡାକୁ ନଥିବେ । କେଜାଣି ସତେ କ'ଣ ତା'ର ଘରଟିଏ ହେବ ? ମେଘିର ଆଖିରେ ନିଜ ଭାଗ୍ୟ ଉପରେ ଅବିଶ୍ୱାସର କଳାମେଘ ଖଣ୍ଡେ ଉଠାଇ ଆସିଲା ବେଳକୁ ନିର୍ମଳପୁରର ନେଲିଆ ଆକାଶଟା ମେଘି ଆଖିକୁ ଅଚାନକ କଳା ଘୁମର ଦିଶିଲା ।

ରକ୍ତମୁଖା ଦାନବ ଭଳି ଝଡ଼ ବତାସ ଚାହୁଁ ଚାହୁଁ ମାଡ଼ି ଆସିଲା । ନିର୍ମଳପୁର ଗାଁ ଉପରକୁ । ଝଡ଼ ବତାସର ଗର୍ଜନରେ ମେଘିର ସ୍ୱପ୍ନ ଭାଙ୍ଗିଗଲା । ସେ ଆଖି ବୁଜି ତା'ର ମା'କୁ କୁଣ୍ଢାଇ ଧରିଲା । ମୁଣ୍ଡ ଉପରେ ବଡ଼ ବଡ଼ ଗଛ ସବୁ ମାତାଲ ଭଳି ହାତ ଗୋଡ଼ ପିଟି ଝୁଲୁଥିଲେ । ସତେ କି ସବାଖିଆ ପଲଟା ଉପରେ ଅକାଡ଼ି ହୋଇ ପଡ଼ିବେ ! ପିଲାଏ ଚିର ଚିରେଇ କାନ୍ଦି ଉଠିଲେ । ବିକଳରେ ସମସ୍ତେ ଛୁଆପିଲାଙ୍କୁ ଧରି ଉଠିଗଲେ ଶୌଚାଳୟ ବାରଣ୍ଡାକୁ । ଶୌଚାଳୟ ଦୁଆଣ୍ଡରେ କାରଟିଏ ଥୁଆ ହୋଇଥିଲା । କେହି ରାଜା ମହାରାଜା ଝଡ଼ବତାସରୁ ରକ୍ଷା ପାଇବା ପାଇଁ ଅଟକି

ଯାଇଅଛନ୍ତି ବୋଧେ । ସବାଖିଆ ମଣିଷଯାକ ହାଉ ହାଉ ପାଟି କରି ପ୍ରାଣ ବିକଳରେ ଶୌଚାଳୟର ଅଗଣା ଭିତରକୁ ପଶିଗଲେ ।   ମେଘିର ଡେଣାକୁ ଟାଣି ଟାଣି ତା'ର ମା' ତାକୁ ଅଗଣା ଭିତରକୁ ଟାଣିନେଲା । ମେଘି ତେବେ ବି ସେଇ ପାଟିଗୋଳ ଭିତରେ ଚିତ୍କାର କରୁଥିଲା ପାଇଖାନା ଭିତରକୁ ଯିବି ନାହିଁ ଲୋ ମା'...

କର୍ତ୍ତବ୍ୟପରାୟଣ କର୍ମଚାରୀ ଦୁହେଁ ଠେଙ୍ଗା ଧରି ଝପଟି ଆସିଲେ ଧାନବିଲରୁ ଗୋରୁ ତଡ଼ିବା ପରି । ସେଇ ଅନ୍ଧାର ଭିତରେ ଠେଙ୍ଗା ବୁଲେଇ ପାଟିକଲେ - ବାହାର – ବାହାର, ଏଇଟା କ'ଣ ଧର୍ମଶାଳା ହେଇଛି ଯେ ତମେ ସବୁ ଉଠି ଆସିଲ ? ଏଠି ମାଗଣାରେ କେହି ଉଠନ୍ତି ନାହିଁ । ପକାଅ ସମସ୍ତେ ଦଶ ପଇସା ଲେଖା । ପାଇଖାନା ଘରେ ଜଣେ ଜଣେ ପଶିଯାଅ ।   କିଏ ମନା କରୁଛି ? କିନ୍ତୁ ବିନା ପଇସାରେ ଶୌଚାଳୟ ବାରଣ୍ଡାରେ ବିଶ୍ରାମ ନେବା ନିୟମ ବାହାରର କଥା । ଆମେ ହୁକୁମର ଚାକର । ତମେ ସବୁ ଛତରଖିଆ ଲୋକଗୁଡ଼ା ନିୟମ ଲଙ୍ଘିବ ।   ଏଣେ ଆମ ଚାକିରିଟିମାନ ଯିବ । ଆମ ପିଲାଛୁଆ ଛତରରେ ପଶିବେ । ହଟ ଉଟ, ତହିଁକି ବଡ଼ ହାକିମ ଆସି ପହଞ୍ଚିଛନ୍ତି ରାତିଅଧୁଆ ।   ଆମର ଆଉ ଚାରା କ'ଣ ?

ସବାଖିଆ ଦଳ ସମସ୍ୱରେ ବିଳାପ ଧ୍ୱନି ଭିତରେ ପ୍ରାର୍ଥନା କଲେ - ଧର୍ମାବତାର, ଏଇ କାଳରାତିଟା ଟିକିଏ ଆଶ୍ରା ଦିଅ । ଆମ ପିଲାଛୁଆ ବଞ୍ଚିଯାଆନ୍ତୁ । ଝାଡ଼ା ଫେରିବା ପାଇଁ ଆମ ପାଖରେ ପଇସା ନାହିଁ । ରାତି ପାହିଲେ ତମ ଗୋଡ଼ ମୋଡ଼ିବୁ, ତମ ମଇଳା ଉଠେଇବୁ । କାଲି ସକାଳୁ କାଉ ଶଗୁଣା ଯାହା ଅର୍ଜିବୁ ତମ ପାଦ ତଳେ ଅଜାଡ଼ି ଦବୁ ।

କର୍ମଚାରୀ ଦୁହେଁ ଗର୍ଜିଉଠିଲେ - ଆରେ ବାହାର – ବାହାର, ଆମକୁ କ'ଣ ଲାଞ୍ଛୁଆ ଭାବିଲ ? ତମ ଅର୍ଜନକୁ କିଏ ପଚାରେ ? ହାକିମଙ୍କ ପାଖରେ ଆମକୁ ଲାଞ୍ଛୁଆ କରୁଛ ? ବାହାର – ବାହାର । ନିୟମ ମାନେ ନିୟମ । ବେନିୟମ କାମ ଏଠି ଚଳେନା –

ଅନ୍ଧାର ଭିତରେ କାହାର ମୁଣ୍ଡ ଫାଟିଲା । କାହାର ହାତ ଗୋଡ଼ ଜଖମ ହେଲା । କର୍ତ୍ତବ୍ୟପରାୟଣ କର୍ମଚାରୀ ଦୁହେଁ ସଚ୍ଚୋଟପଣିଆ ଓ ବୀରତ୍ୱର ପରାକାଷ୍ଠା ଦେଖାଇ ଜୀବନମୂଲ୍ଛା ଠେଙ୍ଗା ଚଳାଇ ପଳଟାୟାକ ସବାଖିଆଙ୍କୁ ଝଡ଼ବତାସ ଭିତରକୁ ଠେଲି ଦେଇ ଧଡ଼୍‌ଧାନ୍‌ କବାଟ ପକେଇଦେଲେ ଭିତରୁ । ବିଚାରୀ ମେଘି କିନ୍ତୁ ବଞ୍ଚିଗଲା । ଅନ୍ଧାର ଭିତରେ ଦୟାବନ୍ତ କର୍ମଚାରୀଟି ତା'ର ହାତ ଧରି ଅଟକେଇ ଦେଲା । ଫିସ ଫିସ କରି କହିଲା- ପଦାକୁ ଗୋଡ଼ ବଢ଼େଇଲେ ଜୀବନ ପାଇବୁନି ଲୋ ! ଦଣ୍ଡେ ରହିଯା-ଝଡ଼ଟା ଥମିଯାଉ ।   ବେଲେ ତୁମରିମାନଙ୍କ ଜୀବନ ରକ୍ଷା

ପାଇଁ ଏମିତି ବେନିୟମ କାମ କରିବାକୁ ପଡ଼ିଥାଏ । ତମରିମାନଙ୍କ ସ୍ୱାର୍ଥ ପାଇଁ ନିଜ ସ୍ୱାର୍ଥକୁ ଆଖିବୁଜି ବଳି ଦେବାକୁ ହୁଏଲୋ... । ମେଘି ରହିଗଲା ଭିତରେ.... କବାଟ ପଡ଼ିଗଲା... !!

ସକାଳୁ ସକାଳୁ ଜାଥୁ ବୁଢ଼ା ଫେରୁଥାଏ ମେଘି ପାଇଁ ବର ଠିକଣା କରି । ମନଟା ଖୁସିଥାଏ । ବାଟଯାକ କାଉ ସବୁ ମରି ପଡ଼ିଥାନ୍ତି । ଜାଥୁବୁଢ଼ା ମନ ଆନନ୍ଦରେ ମଲାକାଉ ସବୁ ସାଉଁଟି କାନ୍ଧରେ ପକାଉଥାଏ । ମେଘିଟା କାଉ ମାଉଁସକୁ ଭାରି ଭଲ ପାଏ । ଜାଥୁର ପୁଅ, ବୋହୂ, ନାତି, ନାତୁଣୀ ସମସ୍ତେ କାଉ ମାଉଁସକୁ ରଙ୍କପରି ହୁଅନ୍ତି । ଆଜି ଗୋଟାଏ ବଢ଼ିଆ ଭୋଜି ହେବ । ମେଘିର ଭାଗ୍ୟଟା ଜଲ୍ଲୁଛି ଯେମିତି । ବାହାଘର ଠିକ୍ ହେଉ ହେଉ ଆପେ ଆପେ ବିନା ଯୋଗାଡ଼ରେ ଭାଇ ବନ୍ଧୁକୁ ଭୋଜିଟାଏ ବି ଦେଇହେବ । ନିର୍ମଳପୁର ଗାଁ ମୁଣ୍ଡରେ ପହଞ୍ଚିଲା ବେଳକୁ ଜାଥୁ ବୁଢ଼ାର କାନ୍ଧ କଟ କଟ କରୁଥାଏ ମଲାକାଉଙ୍କ ବୋଝରେ ।

ଗାଁ ମୁଣ୍ଡରେ ପହଞ୍ଚି ଜାଥୁ ବୁଢ଼ାର ଗୋଡ଼ହାତ ବରଫ ଭଳି ଥଣ୍ଡା ହୋଇଗଲା । ଗତ ରାତିରେ ଝଡ଼ଟା ଯେମିତି ଖାଲି ନିର୍ମଳପୁର ଗାଁ ମୁଣ୍ଡରେ ଆଶ୍ରା ନେଇଥିବା ସବାଖିଆ ଜାତିଟାକୁ ନିର୍ମୂଳ କରି ଦେଇ ନିର୍ମଳପୁର ଗାଁକୁ ନିର୍ମଳ କରିଦେବା ପାଇଁ ଖାସ୍ ଆସିଥିଲା । ଆମ୍ବତୋଟାର ବଡ଼ ବଡ଼ ଗଛଗୁଡ଼ା ଧରାଶାୟୀ ହୋଇ ଛିନ୍ଛତ୍ର ହୋଇ ଯାଇଥାନ୍ତି । ଗଛର ଭଙ୍ଗାରୁଜା ଗଣ୍ଡିତଳେ ସବାଖିଆ ପଲଟାୟାକ ମାଉଁସ ମେଞ୍ଚା ହୋଇ ପଡ଼ିଥାନ୍ତି । ଶୌଚାଳୟରେ ଆଶ୍ରା ନପାଇ ବିଚରାଗୁଡ଼ା ଆମ୍ବ ତୋଟାରେ ପଶିଥିଲେ ପ୍ରାଣ ବିକଳରେ । ସେଇଠି ସମସ୍ତେ ଶେଷ ହୋଇଯାଇଛନ୍ତି, ଏକାସଙ୍ଗେ । କାହା ପାଇଁ କାନ୍ଦିବାକୁ କେହି ନାହିଁ । ମଶାଣି ଦାଢ଼ର ଥୁଣ୍ଡା ବରଗଛ ଭଳି ଏକା ଜାଥୁ ବୁଢ଼ାଟା ରହିଯାଇଛି ସମସ୍ତଙ୍କୁ ସୁମରି କାନ୍ଦିବା ପାଇଁ । ମରି ପଡ଼ିଥିବା ପକ୍ଷୀ ଓ କାଉମାନଙ୍କୁ ଦେଖି ଆକାଶରେ ମେଲା ମେଲା କାଉ ରା ରା ରାବରେ ସ୍ୱର ଲମ୍ବେଇ ଶୋକ ପ୍ରକାଶ କରୁଥାନ୍ତି । ଅଥଚ ଜାଥୁ ବୁଢ଼ା ସଙ୍ଗେ ଶୋକରେ ସ୍ୱର ମିଳାଇବାକୁ ଜଣେହେଲେ କେହି ନାହିଁ । ଜାଥୁ ଭାବିଲା–ସେ କ'ଣ ଗୁହଁଖିଆ କାଉଙ୍କଠୁ ବି ହୀନ ! ହେୟ–!!

ଆହା, ମାଉଁସ ଡାହାଣୀ ମେଘି ଏକାବେଳକେ ଏତେ ମଲାକାଉ ଦେଖି ଆନନ୍ଦରେ ଡେଉଁଥାନ୍ତା । ଜାଥୁ ବୁଢ଼ାର ଲୁହଗୁଡ଼ା ଜମାଟ୍ ବାନ୍ଧି ଯାଉଥାଏ ଆଖିର କୋରଡ଼ରେ । ସେ ବହୁ କଷ୍ଟରେ ଆଖିଫାଡ଼ି ସେଇ କୁଡ଼ କୁଡ଼ ବୀଭସ୍ସ, ବିକଳାଙ୍ଗ ଶବମାନଙ୍କ ଭିତରୁ ଗେଲବସରର ମେଘିକୁ ତା'ର ଖୋଜି ହେଉଥାଏ । କାଲେ ଯଦି ଭାଗ୍ୟ ବଳରୁ ସୁକ୍ସୁକୁ ହୋଇ ବଞ୍ଚି ରହିଥିବ ବିଚାରୀ । ଗୋଟି ଗୋଟିଏ

ସମସ୍ତଙ୍କୁ ଚିହ୍ନଟ କରୁଥାଏ ଜାଥୁ । ତା'ର ଭାଇ, ଦାଦା, ଖୁଡ଼ୀ, ପୁଅ, ବୋହୂ, ନାତି, ନାତୁଣୀ- ବନ୍ଧୁ ପରଜନ - ଶେଷରେ ତା'ର ବୁଢ଼ୀ । ହେ ଭଗବାନ ! ସେ କ'ଣ ବଞ୍ଚିଛି ? ତା'ର ହାତଗୋଡ଼ ହଲୁଛି- ଆଖିଟେକି ସେ ଚାହୁଁଚି । ଆଉ ତା'ର ମେଘି ? ଜାଥୁ, ବୁଢ଼ୀର ମୁହଁ ପାଖରେ ବସିପଡ଼ିଲା । ବୁଢ଼ୀ ଯେମିତି ଜାଥୁକୁ ଅପେକ୍ଷା କରିଥିଲା । ଖନ-ଖନ ସ୍ୱରରେ ସେ କହିଲା-ମେଘି ବଞ୍ଚିଯାଇଛି । ଜାଣି ଜାଣି ତାକୁ ପାଇଖାନା ଘରେ ଛାଡ଼ି ଆସିଥିଲି କାଲି ରାତିରେ । ମେଘି ମୋର ତମକୁ ଲାଗିଲା- ବୁଢ଼ୀର ବେକ ମୋଡ଼ି ହୋଇଗଲା ।

ମେଘି ବଞ୍ଚି ରହିଥିବାର ଆତ୍ମିକ ଆନନ୍ଦ ଭିତରେ ବୁଢ଼ୀର ମୃତ୍ୟୁଶୋକ କୁଆଡ଼େ ଉଡ଼ିଗଲା । ଜାଥୁ ମଲା କାଉମାନଙ୍କୁ ପୁଣିଥରେ ଜାବୁଡ଼ି ଧରି ଶୌଚାଳୟ ଆଡ଼କୁ ଧାଇଁଲା ଓ ଚିତ୍କାର କରି ଡାକିଲା-ମେଘିଲୋ ମା' ଲୋ.... କୋଉଠି ଅଛୁ- ଦେଖ୍ କ'ଣ ଆଣିଛି । ଉପରକୁ ଚାହିଁ ଦଉଡ଼ୁ ଦଉଡ଼ୁ ଜାଥୁ ବୁଢ଼ା ଝୁଣ୍ଟିପଡ଼ିଲା । ଶୌଚାଳୟ ସାମ୍ନା ରାସ୍ତା ଉପରେ ଶବଟାଏ ପଡ଼ିଛି ମୁହଁମାଡ଼ି । ତା' ଉପରେ ଗାଡ଼ି ମାଡ଼ିଯାଇଛି । ଅନ୍ତବୁଜୁଳା ବାହାରି ପଡ଼ିଛି । ଜାଥୁ ତାକୁ ଲେଉଟେଇ ଦେଲା । ତାରି ଉପରେ ସେ ଅଜାଡ଼ି ହୋଇପଡ଼ିଲା । ଗତ ରାତିର ସର୍ବନାଶୀ ଝଡ଼ଟା ମେଘିର କଅଁଳ କିଶୋରୀ ଦେହଟାକୁ କ୍ଷତବିକ୍ଷତ ଏବଂ ବିବସ୍ତ୍ର ବି କରି ଦେଇଥିଲା ।

ମୁଣ୍ଡ ଉପରେ ହେଲିକପ୍ଟରରେ ଉଡ଼ି ଉଡ଼ି ରାଜା ମହାରାଜା ହାକିମ ହୁକୁମାମାନେ ଝଡ଼ବିଧ୍ୱସ୍ତ ଅଞ୍ଚଳ ପରିଦର୍ଶନ କରୁଥିଲେ । ସହରରୁ ସ୍ୱେଚ୍ଛାସେବୀ ଦଳ ଆସି ପହଞ୍ଚୁଥିଲେ । ସରକାର ମୃତାହତ ପରିବାରକୁ କ୍ଷତିପୂରଣ ଦେବେ ବୋଲି ଘୋଷଣା କରୁଥିଲେ ।

ଝିଅର ଉଲଗ୍ନ ଶବ ଉପରେ ପଡ଼ି ଅତି ଦୁଃଖରେ ଜଡ଼ ପାଲଟି ଯାଉଥିବା ଜାଥୁ ଭାବୁଥିଲା- ସରକାର କ'ଣ ସତରେ ତା'ର କ୍ଷତିପୂରଣ ଦେଇପାରିବେ ? ତା'ର ବଂଶ, କୁଟୁମ୍ବ ଆଉ ପ୍ରାଣପିତୁଲା ମେଘିର କ୍ଷତିପୂରଣ କ'ଣ ସମ୍ଭବ ??

ବାବୁମାନେ କୁହାକୁହି ହେଉଥିଲେ, ଝଡ଼ଟା ଗାଁ ମୁଣ୍ଡର ଗଛଲତା, କୁଡ଼ିଆଘର ଇତ୍ୟାଦି ସମ୍ପୂର୍ଣ୍ଣ ନିଶ୍ଚିହ୍ନ କରିଦେଇ ଗାଁ ମୁଣ୍ଡଟାକୁ ପରିଷ୍କାର କରି ଦେଇଛି । ଗାଁ ମୁଣ୍ଡଟା ପଦା ହୋଇଯାଇଛି । କହିବାକୁ ଗଲେ ଝଡ଼ଟା ଅନେକଗୁଡ଼ାଏ ଆବର୍ଜନାକୁ ସଫା କରିନେଇଛି । ସେତିକି ବାସ୍ତବରେ ଆବଶ୍ୟକ ଥିଲା । ଏଣିକି ନିର୍ମଲପୁର ଗାଁଟା ପରିମଳ ହୋଇଯିବ । ଜାଥୁ ଭଳି ଦରିଦ୍ର, ବାସହୀନ ମଣିଷଗୁଡ଼ାକ ଦେଶର ଆବର୍ଜନା ନୁହନ୍ତି ତ ଆଉ କ'ଣ ?

ମାଇକ୍‌ରେ ଘୋଷଣା କରାହେଉଥିଲା- ଆସନ୍ତା ସପ୍ତାହରେ ନିର୍ମଲପୁର

ଗାଁମୁଣ୍ଡରେ ସୁଲଭ ବାସଗୃହର ଶିଳାନ୍ୟାସ ଉତ୍ସବ ମହାସମାରୋହରେ ଅନୁଷ୍ଠିତ ହେବ । ଶୌଚାଳୟ ଶିଳାନ୍ୟାସ ଉତ୍ସବର ଭାଷଣରୁ କେତେପଦ ଜାଥୁ ବୁଢ଼ାର ସ୍ମରଣକୁ ଅସଂଲଗ୍ନ ଭାବେ ଆସି ଯାଉଥିଲା ।

ଝିଅର ଶବକୁ କୁଣ୍ଢେଇ ଆବର୍ଜନାର ପ୍ରତୀକ ସବାଖିଆ ଜାଥୁ ବୁଢ଼ାର ଅପରିଚ୍ଛନ୍ନ ଦେହଟା ଧୀରେ ଧୀରେ ନିସ୍ତେଜ ହୋଇଆସୁଥିଲା.... ।

ଭଦ୍ରଲୋକ

ଅଚିହ୍ନା ଅକ୍ଷରର ଚିଠି ଅଜଣା କୌତୂହଲରେ ମନକୁ ସବୁକାଲେ ଉଲ୍ଲସିତ କରେ । କିନ୍ତୁ ଚିଠିଟା ଶେଷ କଲା ବେଲକୁ ଶୁଭଦା ବିଷଣ୍ଣ ହୋଇଯାଇଥିଲା । କୈଶୋରର ସ୍ୱପ୍ନ ଭଲି ଦୂର ସମୟର ସୁଅରେ ଧୋଇହୋଇ ଅକ୍ଷରଗୁଡ଼ା ଅଚିହ୍ନା ପାଲଟି ଯାଇଥିଲେ ବି ଚିଠି ଶେଷରେ ସେଇ ନାଁଟି ନିଜ ଗାଁ ଆକାଶର ଜହ୍ନ ଭଲି ଉଜ୍ଜଲ, ସ୍ନିଗ୍ଧ ଆଉ ଚିର ଅଭୁଲା ହେଇ ସ୍ମୃତିପଟରେ ଝିକିଝିକି ହେଉଥିଲା । ଆହା ! ସେ ଆସି ଦାଣ୍ଡ ଦୁଆରୁ ଫେରିଗଲେ ? ଥରେ ନୁହେଁ, ଚାରି ଚାରି ଥର ? ଶୁଭଦାର ଉଆସ ଚାରିପଟେ ପହରା ଦେଉଥିବା ଅତି ବିଶ୍ୱସ୍ତ ଏବଂ କର୍ତ୍ତବ୍ୟନିଷ୍ଠ ଦ୍ୱାରରକ୍ଷୀ ଏବଂ ଦେହରକ୍ଷୀମାନେ ତାଙ୍କୁ ବାହାରୁ ବାହାରୁ ଘଉଡ଼ାଇ ଦେଲେ । ଶୁଭଦା ସେମାନଙ୍କୁ ଶାସ୍ତି ଦେବ କି ? କିନ୍ତୁ ସେମାନେ ତ ଶୁଭଦାର ନିର୍ଦ୍ଦେଶ ହିଁ କଡ଼ାକଡ଼ି ପାଲନ କରିଛନ୍ତି ।

ବିନା କାରଣରେ ଆଜିକାଲି ତା'ର ବହୁ ସମୟ ଅଯଥାରେ

ଖର୍ଚ୍ଚ ହୋଇଯାଏ । ପଦସ୍ଥ ସ୍ୱାମୀଙ୍କ ସୁପାରିସ ଏବଂ ଅନୁଗ୍ରହ ମିଳିବାରେ ଶୁଭଦା ହିଁ ଯେମିତି ଏକମାତ୍ର ନିର୍ଭରଯୋଗ୍ୟ ମାଧ୍ୟମ । ସେଇ କାରଣରୁ ବହୁ ସାଂସ୍କୃତିକ ଅନୁଷ୍ଠାନ, ସମାଜସେବୀ ସଂସ୍ଥା, କ୍ଲବ୍, ମହିଳା ସମିତି, ପତ୍ରପତ୍ରିକା, ସଭାସମିତି, ସାଂସ୍କୃତିକ ଉତ୍ସବରେ ଯୋଗଦେବା ପାଇଁ ଉପଦେଷ୍ଟା ହେବାକୁ ବା କାର୍ଯ୍ୟକାରୀ ସମିତିର ସଭ୍ୟ ହେବା ନିମନ୍ତେ ତା' ଉପରେ ଚାପ ପକାନ୍ତି । ତା' ଭିତରେ ନାହିଁ ନଥିବା ପ୍ରତିଭାର ଆବିଷ୍କାର କରି ତାକୁ ବେଳେ ବେଳେ ଅପଦସ୍ଥ କରିପକାନ୍ତି । ସେଇଥିପାଇଁ ଶୁଭଦାର କଡ଼ାକଡ଼ି ନିର୍ଦ୍ଦେଶ, ଲୋକ ଦେଖି ଭିତରକୁ ଛାଡ଼ିବ ବା ବାହାରୁ ଫେରାଇଦେବ । ସ୍କୁଲ୍ ଯାଉଥିବା ଶୁଭଦାର ପୁଅ ଝିଅମାନେ ବି ଜାଣିଗଲେଣି କେଉଁ ଲୋକ ବୈଠକ ଘରେ ବସିବାର ଯୋଗ୍ୟ, କିଏ ବାହାରେ ଅପେକ୍ଷା କରିବାର କଥା, କିଏ ଫାଟକ ସେପଟୁ ଫେରିଯିବା ଉଚିତ । ସେଇ ଗଣନା ଅନୁସାରେ ସେମାନେ ଜଗିରହି ଫୋନ୍‌ରେ ବି ଉତ୍ତର ଦେଇ ଶିଖିଲେଣି । ପିଲାମାନେ ଉପସ୍ଥିତ ବୁଦ୍ଧି ଖଟାଇ ଡାହା ମିଛ କହିବା ବେଳେ ଶୁଭଦାକୁ ବେଳେ ବେଳେ ଖରାପ ଲାଗେ ଯେ ମା' ପାଖରୁ ହିଁ ତା' ପିଲାମାନେ ମିଛ କହିବାର ତାଲିମ ନେଉଛନ୍ତି । କିନ୍ତୁ ସବୁ ସତ କହିଲେ ଗୁଡ଼ାଏ ଝମେଲାରେ ପଡ଼ିବାକୁ ହୁଏ । ଆଜିକାଲି ନଜ ଘର ଅପେକ୍ଷା, ଅନ୍ୟ ଘରର ବୈଠକ ଘରେ ସମୟ କଟାଇବାରେ ବେଶୀ ଆଗ୍ରହ ଏବଂ ଆନନ୍ଦ ପାଆନ୍ତି କିଛି କରୁ ନଥିବା ଅଥଚ ଅବିରତ କାର୍ଯ୍ୟବ୍ୟସ୍ତତାରେ ଧାଁଦଉଡ଼ କରୁଥିବା ଭଦ୍ରଲୋକମାନେ ।

ତା' ବୋଲି ଶେଷରେ ତାଙ୍କୁ ହିଁ ଫେରିଯିବାକୁ ହେଲା ଫାଟକ ସେ ପାଖରୁ ! ଥରେହେଲେ ଏମାନେ ଶୁଭଦାକୁ ପଚାରି ଗଲେନି, ସେ କିଏ- ତାଙ୍କୁ ଘରକୁ ଡାକିବା ଉଚିତ କି ନା !

ଶୁଭଦା ସେଦିନ ସାରାଦିନ ଅବ୍ୟକ୍ତ ବେଦନାରେ କୁହୁଳିଲା ଏବଂ ବିନା କାରଣରେ ସମସ୍ତଙ୍କ ଉପରେ ଚିଡ଼୍ ଚିଡ଼୍ ହେଲା । ଶେଷଥର ପାଇଁ ଗତ ବୁଧବାର ଦିନ ସକାଳେ ସେ ଆସି ଫେରିଯାଇଛନ୍ତି ବୋଲି ଚିଠିରେ ଲେଖାଅଛି । ବୋଧହୁଏ, ସକାଳେ ଶୁଭଦା କୁଆଡ଼େ ଯାଇଥିଲା । ଶୁଭଦା ମନେ ପକାଇଲା ଯେ, ସେଦିନ ସେ ସାରା ସକାଳ ଘରେ ହିଁ ଥିଲା ।

ତେବେ, ସେ ଫେରିଗଲେ କାହିଁକି ? ଶୁଭଦା ଗୋଟି ଗୋଟି କରି ସମସ୍ତଙ୍କୁ ପଚାରିଲା-କେହି ଭଦ୍ରଲୋକ ସେଦିନ ତାଙ୍କୁ ଆସି ଖୋଜିଥିଲେ କି ?

ସମସ୍ତେ ମନ ପକାଇ ପକାଇ କହିଥିଲେ-ନା, କେହି ଭଦ୍ରଲୋକ ସେଦିନ ଶୁଭଦାଙ୍କୁ ସକାଳେ ଖୋଜିନାହାନ୍ତି । ଯେଉଁ କେତେଜଣ ଶୁଭଦାଙ୍କ ଦେଖା ନପାଇ ଫେରି ଯାଇଛନ୍ତି, ଶୁଭଦା ସେମାନଙ୍କୁ ଦେଖା ଦେବାକୁ ଚାହିଁଲେ ନାହିଁ ବୋଲି

ସେମାନଙ୍କୁ ଫେରାଇ ଦିଆଯାଇଛି । ଏମିତି ତ ସବୁଦିନ ହୁଏ । କେତେଲୋକ ବୈଠକ ଘରେ ବସନ୍ତି । କେତେକ ବାହାରୁ ଫେରିଯାଆନ୍ତି । ସେଦିନ କେହି ଫେରିଯାଇଛି ବୋଲି ଶୁଭଦା ଆଜି ଏତେ ବିବ୍ରତ କାହିଁକି ? ଥରେ ନୁହେଁ ଚାରି ଚାରି ଥର ସେ ଆସି ଶୁଭଦାର ବନ୍ଦ ଫାଟକ ଦ୍ୱାରୁ ଫେରିଛନ୍ତି ବୋଲି ଭାବିବା ମାତ୍ରେ ଗୋଟାଏ ଗୁରୁତର ଅପରାଧବୋଧ ଶୁଭଦାର ଛାତି ଭିତରେ ଅଜଗର ସାପ ଲି ଗୁଡ଼େଇ ହେଇ ଚକା ବାନ୍ଧୁଥାଏ.... ତାକୁ ଅଶ୍ୱସ୍ତିରେ ଅସ୍ଥିର କରୁଥାଏ ।

ତା'ର ଏଇ ଭାବପ୍ରବଣତାକୁ ବୁଝିବା ପାଇଁ ଏ ଘରେ କେହି ନାହାନ୍ତି । ଏମିତିଆ କଥାଟାଏ ପଦସ୍ଥ ସ୍ୱାମୀଙ୍କୁ କହି ତାଙ୍କର ସମୟ ନଷ୍ଟ କରାଯାଇପାରେ ନା – ପିଲାଏ ଏକଥା ଶୁଣି ଅବଜ୍ଞାରେ ହସି ଉଡ଼ାଇବେ । ଶୁଭଦା କାହାକୁ ଏକଥା ବୁଝାଇବ ଯେ, ଯିଏ ଆସି ବାରମ୍ବାର ତା'ର ଉଆସ ଦ୍ୱାରୁ ଫେରି ଯାଇଛନ୍ତି ସେ ତା'ର ହୃଦୟ ଭିତରେ ଆସନ ଜମାଇ କେତେ କାଳରୁ ବସିଛନ୍ତି ବୋଲି ।

ଆଉଥରେ ଚିଠିଟାକୁ ପଢ଼ିଲା ଶୁଭଦା । ଏଥର ଅକ୍ଷର ଚିହ୍ନା ଚିହ୍ନା-କଥାଗୁଡ଼ା ଯେମିତି ନିଜ ହୃଦୟ ଭିତରୁ ଭାସି ଆସୁଛି ।

ଲେଖା ଥିଲା–

ମା' ଶୁଭଦା;

ଜଗନ୍ନାଥଙ୍କ କୃପାରୁ ସର୍ବ ଶୁଭରେ ଥା' – ତୋର ସବୁ ସୁଖବର, ତୋ ସ୍ୱାମୀଙ୍କର ଯଶଖ୍ୟାତି, ତୋ ପିଲାମାନଙ୍କର କୃତିତ୍ୱ, ସବୁ ଖବର ମୁଁ ରଖିଛି ଆଉ ସୁଖୀ ହେଇଛି । ଏବେ ମୁଁ ଅକର୍ମଣ୍ୟ-ତଥାପି ଯାଇଥିଲି ଚାରି ଚାରି ଥର ଖାସ୍ ତତେ ଦେଖିବା ପାଇଁ । ଥରେ ତୁ ବାହାରକୁ ଯାଇଥିଲୁ, ଆଉଥରେ ଠାକୁର ପୂଜାରେ ବସିଥିଲୁ, ତା' ପର ଥରକ ବୈଠକ ଘରେ ଭଦ୍ରଲୋକମାନେ ଥିବାରୁ ତୁ ବ୍ୟସ୍ତ ଥିଲୁ । ଶେଷଥରକ ତୁ ଗାଧୁଆଘରେ ଥିଲୁ । ମୁଁ ଅପେକ୍ଷା କରିବାକୁ ପ୍ରସ୍ତୁତ ଥିଲି । ମାତ୍ର ତୋ ଲୋକମାନେ କହିଲେ-ଘର ସାମ୍ନାରୁ ହଟିଯାଆ – ସାହେବ ଆସିବେ । ଗସ୍ତରେ ଯାଇଛନ୍ତି ଚାରିଦିନ ହେବ, ଆଜି ଫେରିବେ । ବାହାର ପାଚେରିର ଶେଷ ମୁଣ୍ଡରେ ଓଲିଟିଏ ଠିଆ ହେଲି । ତୁ ପଦାକୁ ବାହାରିଲୁ ନାହିଁ । ତୋ ସ୍ୱାମୀ ଫେରିଲେ । ଭାରି ଦୟାବନ୍ତ ପୁରୁଷ । ମନଟା ଆକାଶ ଭଳି ଉଚ୍ଚ, ପୃଥ୍ବୀ ଭଳି ଖୋଲା ଆଉ ଉଦାର । ମୋ ଉପରେ ଆଖି ପଡ଼ିଯିବା ମାତ୍ରେ ଟିକେ ଅଟକିଗଲେ । ପକେଟ୍‌ରୁ ଟଙ୍କା ଦୁଇଟି କାଢ଼ି ବଢ଼ାଇଦେଲେ- ନିଅ ବୁଢ଼ା । କେତେ ଖରାଟାରେ ଠିଆ ହେଇଛ ?

ଯାଅ ଏଥର–

ମତେ ଭିକାରୀ ଭାବିଲେ ବୋଲି ମୋର ଦୁଃଖ ହେଲାନି । ମୋର ରୂପ ଆଉ

ଭେକ ତ ସେମିତି ହେଇଛି । ବରଂ ଖୁସିହେଲି ତାଙ୍କର ବଦାନ୍ୟତା ଦେଖି । ଟଙ୍କା ଦୁଇଟି ନେଲି । ନହେଲେ ସକାଳୁ ସକାଳୁ ସେ ମନ ଖରାପ କରିଥାନ୍ତେ । ସେ ଚାଲିଯାଇ ପରେ ତାଙ୍କର କଲ୍ୟାଣ କାମନା କରି ଟଙ୍କା ଦୁଇଟି ଦେଇଦେଲି ରାସ୍ତାରେ ଯାଉଥିବା ଭିକାରୁଣୀ ବୁଢ଼ୀକୁ । ରାସ୍ତାରେ ଭିକାରୀଙ୍କର କୋଉ ଅଭାବ ଅଛି ଯେ-

ତୋ ପାଖକୁ ଆସିଥିଲି ଗୋଟାଏ ଅତି ଜରୁରୀ କାମରେ । କେଉଁଦିନ ମରିଯିବ କିଏ କହିବ ? ଗୋଟାଏ ଗୋଡ଼ ଜାଣ ମଶାଣିରେ ଦେଇ ସାରିଛି । ପୁଅ ବୋଲି ଗୋଟିଏ ଯେ ଆଇ.ଏ. ଫେଲ୍ ହେଇ ପାଟରେ ଡୋରି ବାନ୍ଧିଲା । ଏବେ ବେକାର-ମୋର କିଛି ଉପାୟ ନାହିଁ । ତୁ ସାହାଯ୍ୟ କରିବୁ ଏଇ ଆଶାରେ ଆସିଲିଣି ଚାରିଥର । ଈଶ୍ୱରଙ୍କର ବରାଦ ନାହିଁ । କେମିତି ତୋ ସଙ୍ଗେ ଦେଖାହେବ ? ଥରେ ଗାଁରୁ ଭୁବନେଶ୍ୱର ଯିବାରେ ପନ୍ଦର ଟଙ୍କା ଖର୍ଚ୍ଚ । ମୋର ଶକ୍ତି ପାଉନାହିଁ – ସାମର୍ଥ୍ୟ କୁଲାଉ ନାହିଁ । ତୁ ଉତ୍ତର ଦେଲେ ଯାହା କରିବି-

ଅକର୍ମଣ୍ୟ ହେବାରୁ ତୋର ସାହାଯ୍ୟ ଲୋଡ଼ିଲି । କିଛି ଖରାପ ଭାବବୁ ନାହିଁ ।

ଇତି

ମାଷ୍ଟେ

ସମୟର ଚକ ତଳେ ଘସରା ହୋଇଯାଇଥିବା ଅସ୍ପଷ୍ଟ ମୂର୍ତ୍ତିଟିଏ ଆଖି ଆଗରେ ସ୍ପଷ୍ଟ ହେଇ ଦିଶୁଛି । ଚତୁର୍ଦ୍ଧୀ ମୂର୍ତ୍ତି ଭଳି ନିଦୋପିତା ଶ୍ୟାମଳ ବିଶାଳ ମୂର୍ତ୍ତିଟିଏ । ଗୋଲ ମୁଣ୍ଡ, ଚକା ହେଇ ମୁହଁ, ବଡ଼ ବଡ଼ ଗଭୀର ଆଖି, ପୃଥୁଳ ଉଦର, ଖାମ୍ଭ ଭଳି ମଜ୍‌ଭୁତ ଗୋଡ଼ହାତ, କବାଟ ଭଳି ଚଉଡ଼ା ଜବ୍‌ବର ପିଠି, ଖଇର ବୋଲରେ ନାଲି ପଡ଼ିଥିବା ପାନଖିଆ ଓଠ । ସବୁଟକ ଏକାଠି ମିଶାଇଦେଲେ ସେ ହେବେ ନାରଣ ମାଷ୍ଟେ' । ଆଖି ବୁଜି ସେଇ ରୂପକୁ ମନେ ପକାଇଲେ ଦିଶିବ ଜଗନ୍ନାଥଙ୍କ ରୂପ । ମନରେ ଭୟ ନୁହେଁ, ଭକ୍ତି ଭରିଯିବ, ଶ୍ରଦ୍ଧା ଉଚ୍ଛୁଲି ଉଠିବ ।

ପଦ୍ମାସନ ପକାଇଲା ଭଳି ଚଉତା ଚକାପାରି ସେ ବସନ୍ତି । ପାଖିକିଆ କରି ବାଁ ଜଙ୍ଘ ଉପରେ ଶୁଭଦାକୁ ବସାଇ ପାଠ ଆରମ୍ଭ କରିଥିଲେ । ବ୍ରହ୍ମା, ବିଷ୍ଣୁ, ମହେଶ୍ୱର ଲେଖି ଅକ୍ଷର ଶିଖେଇଥିଲେ । କାହାଣୀ କହୁ କହୁ, ଗୋଲ କରୁ କରୁ, କୁତୁ କୁତୁ କରି ହସାଉ ହସାଉ ନାରଣ ମାଷ୍ଟେ ଚଗଲା ପିଲାଙ୍କୁ ପାଠ ପଢ଼ାନ୍ତି । ମଲା କାଉଟିଆ ସାପ ଭଳି ସରୁ ବେତଟିଏ ନିର୍ଜୀବ ହେଇ ପଡ଼ିଥାଏ ଦୂରେଇ କରି । କେବେ ଦରକାରରେ ଆସେ ନାହିଁ । ପିଲାଏ ନାରଣ ମାଷ୍ଟଙ୍କୁ ଭୟ କରନ୍ତି ନାହିଁ, ଭଲ ପା'ନ୍ତି । ଅବଜ୍ଞା କରନ୍ତି ନାହିଁ, ସମ୍ମାନ କରନ୍ତି ।

ସ୍କୁଲ୍ ରେଜିଷ୍ଟରରେ ନାଁ ଲେଖା ହେଲାବେଳେ 'ଶୁଭଲକ୍ଷ୍ମୀ' ପରିବର୍ତ୍ତେ 'ଶୁଭଦା' ଲେଖିଥିଲେ ନାରଣ ମାଷ୍ଟ୍ରେ । କହିଥିଲେ- ଆମର ତିନି ଠାକୁର ଜଗନ୍ନାଥ, ବଳଭଦ୍ର, ଶୁଭଦ୍ରା । ତିନି ଅକ୍ଷର ଶୁଭ । 'ଶୁଭଦା' ଖାଲି ଲକ୍ଷ୍ମୀ ହେବ ନାହିଁ ସରସ୍ଵତୀ ବି ହେବ । ସମସ୍ତଙ୍କ ପାଇଁ ଶୁଭଦାୟିନୀ ହେବ । ବାପା ଖୁସି ହୋଇଥିଲେ । ସେଇଦିନୁ ସେ ହେଲା ଶୁଭଲକ୍ଷ୍ମୀ ପରିବର୍ତ୍ତେ ଶୁଭଦା । ବଡ଼ ହେଲା ପରେ ଶୁଭଲକ୍ଷ୍ମୀ ଅପେକ୍ଷା ଶୁଭଦା ନାଁଟି ତାକୁ ଭଲ ଲାଗିଥିଲା ।   ସ୍କୁଲ୍ ଖାତାରେ ନାଁ ଲେଖାହେଲା ବେଳେ ଜାତକରେ ଲେଖାଥିବା ଅଧିକାଂଶ ନାଁ ନାରଣ ମାଷ୍ଟ୍ରଙ୍କ କଲମରେ ବଦଳିଯାଏ । ବଡ଼ ହେବା ପରେ ସେଇ ନାଁଟି ସବୁ ପିଲାଙ୍କୁ ଭଲ ଲାଗେ, ଯେମିତି ଭଲ ଲାଗନ୍ତି ନାରଣ ମାଷ୍ଟ୍ରେ, ଅନ୍ୟ ମାଷ୍ଟ୍ରଙ୍କଠାରୁ ।

ଶୁଭଦା ବାପାଙ୍କର ଗେହ୍ଲା ଝିଅ । ଆଦର ସୋହାଗ ନମିଳିଲେ ସେ କାହାରି ବଶ ହେବାର ନୁହେଁ । ବୋଉ ଯଦି କେବେ ରାଗରେ ଗୋଟାଏ ମାଡ଼ ଦେଇଥିବ ବାପା ଘରକୁ ଆସିବା ଯାଏଁଲହରେଇ ଲହରେଇ କୋହାଟ୍କୁ ଲମ୍ବେଇ ରଖିଥିବ ଶୁଭଦା । ବାପାଙ୍କୁ ଦେଖିଲେ କଣ୍ଠା ଅମୃତଭଣ୍ଡାରେ ଟେକା ମାଡ଼ ବାଜିଲା ଭଳି ଶୁଖି ଯାଇଥିବା ଲୁହଧାର ପୁଣି ଥରେ ଝରଝର ଝରିଯିବ । ଭୁଲି ହେଇ ଯାଇଥିବା ମାଡ଼ର କଷ୍ଟଟା ଲଙ୍କାମରିଚ ବାଟିଥିବା ହାତ ପରି ପୁଣିଥରେ ରୁଗରୁଗ୍ ହେଇ ପୋଡ଼ି ଉଠିବ । ବାପା ତା'ର ପଠ ଆଉଁସି ଦେବେ । ବିନା କାରଣରେ ସୁନା ଝିଅଟାକୁ କାହିଁକି ମାଡ଼ଗାଲି ଦିଅ ବୋଲି, ବୋଉ ଉପରେ ଟିକେ କୃତ୍ରିମ ରୋଷ ପ୍ରକାଶ କରିବେ । ବାସ୍, ଶୁଭଦା ନିଆଁରେ ପାଣି ପଡ଼ିଲା ଭଳି ଥପ୍ କରି କାନ୍ଦ ବନ୍ଦ କରିବ । ଓଠରେ ହସର ବିଜୁଲି ଖେଳାଇ ବୋଉ କାନିରେ ମୁହଁ ଲୁଚାଇବ । କହିବ, ''ବୋଉ, ବାପା ତତେ ମିଛଟାରେ ଗାଲି ଦିଅନ୍ତି କାହିଁକି ଯେ – ତୁ ଜମାରୁ ମନ ଦୁଃଖ କରିବୁନି । ମୋ ସୁନା ବୋଉଟା ପରା ।''

ଶୁଭଦା ଏମିତି କାହାରି କଡ଼ା କଥା ପଦେ ସହିବନି, ଆଉ କାହା ମନରେ ଦୁଃଖ ଦେବା କଥା ବରଦାସ୍ତ କରିବନି । ରଙ୍ଗୀଣୀ ଫୁଲ ଭଲି ଲହୁଣୀ ମନଟିଏ । ଛୁଇଁଦେଲେ ଦାଗ ହୋଇଯାଏ । ନାରଣ ମାଷ୍ଟ୍ରେ ସେ କଥା ଜାଣନ୍ତି । ନାଲି ଆଖି ଦେଖାଇ ଶୁଭଦା ଠାରୁ ପାଠ ଆଦାୟ କରି ହୁଏନା । କାରଣ କାନ୍ଦି କାନ୍ଦି ଶୁଭଦାର ଆଖି ଦୁଇଟା ମାଷ୍ଟ୍ରଙ୍କ ଆଖିଠୁ ବେଶୀ ନାଲି ହୋଇଯାଏ । ପିଠ ଥାପୁଡ଼େଇ 'ସାବାସ' କହିଦେଲେ ଶୁଭଦା ପାଠ ତ ପଢ଼େ ନାହିଁ, ପିଇଯାଏ । ମାଷ୍ଟ୍ରେ ପିଲାଙ୍କର ନାଡ଼ି ନକ୍ଷତ୍ର ଦେଖି ପାଠ ପଢ଼ାନ୍ତି । କେଉ ଔଷଧ କାହାକୁ କାଟୁକରେ, କେଉ ମନ୍ତରେ କିଏ ବଶ ହୁଏ ସେକଥା ନାରଣ ମାଷ୍ଟ୍ରେ ଦୈବବିଧାତା ଭଲି ଜାଣନ୍ତି କେମିତି କେଜାଣି ?

ଶୁଭଦା ତୁଚ୍ଛା ଡରକୁଳୀଟା ଅଚିହ୍ନା ମଣିଷ, ଚିହ୍ନା ଗାଁ ରାସ୍ତା, କୁକୁର, ମାଙ୍କଡ଼, ମଶାଣୀ ବିଲ, ନାଳ ଉପରେ କାଠପୋଲ, ଚାଇଁ ଚାଇଁ ଖରା ଆଉ ଝାମ୍ପୁଲା ଗଛ ତଳର ଅନ୍ଧାରିଆ ଛାଇ, ସମସ୍ତେ ତାକୁ ଡରାନ୍ତି । ସକାଳୁଆ ସ୍କୁଲ ଛୁଟିହେଲେ ତାକୁ ଡର ନମାଡୁଥିବା ରାସ୍ତା ଯାଏ ବଳାଇଦେବା ପାଇଁ ନାରଣ ମାଷ୍ଟ୍ର କିଛି ବାଟ ତା' ସଙ୍ଗେ ସଙ୍ଗେ ଚାଲି ଚାଲି ଆସନ୍ତି ।

ସ୍କୁଲ ପାଖକୁ ଲାଗି ବୁଢ଼ାପୀରଙ୍କ ଆସ୍ଥାନ । ୫ଙ୍କା ବରଗଛର ଛନ୍ଦାଛନ୍ଦି ଓହଲ ସବୁ ବ୍ରହ୍ମରାକ୍ଷାସର ହାତ ଭଳି ତଳକୁ ଲମ୍ବି ଆସିଥାନ୍ତି ସତେ କି ଧରିତ୍ରୀର ଅନ୍ତ ବିଦାରିବା ପାଇଁ । ଗଛ ଅଗରୁ ମେଲା ମେଲା ମାଙ୍କଡ଼ ଓହ୍ଲାଇ ଆସି ଖିଙ୍କାରି ଗୋଡ଼େଇ ବାଟ ଜଗନ୍ତି ରାସ୍ତା ମଝିରେ । ପୀର ସାହେବଙ୍କ ଦୁଇକଡ଼ ରାସ୍ତା ତଳକୁ ମୁସଲମାନ କବରଖାନା । ଏଟିକି ରାସ୍ତା ଶୁଭଦାକୁ ଯମପୁରୀ ଭଳି ଭୟାବହ ଲାଗେ । ନାରଣ ମାଷ୍ଟ୍ର ଶୁଭଦାର ହାତ ଧରି ମଞ୍ଜା ଗପଟିଏ କହି କହି ସେତିକି ରାସ୍ତା ପାର ହୋଇଯାନ୍ତି । ତା'ପରେ ଡାକ୍ତରଖାନା । ସେଠି ମଧ୍ୟ ଦିନ ଦିପହରେ ଡର ଶୁଭଦାର ବାଟ ଜଗେ । ଶବ ଏବଂ ରୋଗୀମାନଙ୍କ କଥା ଠିକ୍ ସେଇଠି ମନେପଡ଼େ ଏବଂ ଶୁଭଦା ସେମାନଙ୍କୁ ପ୍ରାଣେ ଡରେ । ଡାକ୍ତରଖାନା ପାରି ହେଲେ ନାଳ ବନ୍ଧ ପର୍ଯ୍ୟନ୍ତ ସଲଖ ରାସ୍ତାର ଦୁଇ କଡ଼କୁ ଲାଗି ଢେଉଢେଉକା ସବୁଜ ଧାନ କ୍ଷେତ । ସିଏ ବି ଡରାଏ ଶୁଭଦାକୁ । ସବୁଜ ଢେଉସବୁ ହାତ ବଢ଼ାଇ ଶୁଭଦାର କୁନି କୁନି ପାଦ ଦୁଇଟାକୁ ଯଦି କିଆରି ଭିତରକୁ ଟାଣିନେବେ, ଆଉ ଯଦି ସେଠି ଥିବେ ବେଙ୍ଗ, କଙ୍କଡ଼ା କି କୁମ୍ଭୀର ଛୁଆ, ଶୁଭଦା କ'ଣ କରିବ ?

ନାରଣ ମାଷ୍ଟ୍ର ଖାଲି ପାଦରେ ତାତିଲା ବାଲି ଉପରେ ଡଗ ଡଗ ପାଦ ପକାଉ ପକାଉ କହନ୍ତି – ଚାଲ୍ ନାଳ ବନ୍ଧରେ ଉଠେଇ ଦେଇ ଆସିବି । ନାଳ ବନ୍ଧକୁ ଉଠିଗଲେ ଶୁଭଦା ସାହାସ ଫେରିପାଏ । କାଠପୋଲ ସେପଟେ ଗାଁର ସେତେବେଲକାର ଛୋଟ ବଜାରଟି ବୁଢ଼ୀମା'ର କୋଳ ପରି ଭାରି ନିର୍ଭୟ ଲାଗେ । ମାତ୍ର ପୋଲ ପାରି ହେଲେ ତ ଯାଇ ବଜାର ଆସିବ । ନାରଣ ମାଷ୍ଟ୍ର ହାତ ଧରି ଧରି ଦଦରା କାଠପୋଲ ପାରି କରେଇ ଦିଅନ୍ତି ।

ପୋଲ ପାରି ହେଲେ ଶୁଭଦା କହେ–ମାଷ୍ଟ୍ର, ମୁଁ ଏଥର ଚାଲିଯିବି । ଘର ଦିଶିଲାଣି । ଆଉ ଡର ନାହିଁ । ନାରଣ ମାଷ୍ଟ୍ର ସେମିତି ଚାଲୁ ଚାଲୁ ମୁଣ୍ଡ ମାଡ଼ି କହନ୍ତି ଉଁହୁଁ, ବଜାରଟା ପାର କରେଇ ଦିଏ ଗାଡ଼ି ମଟର ଦିନକୁ ତିନି ଥର ଯା'ଆସ କରୁଛି ତ । କାଲେ ଗୋଟାଏ ଆସିଯିବ ଅବିକା ।

ଶୁଭଦା ଜାଣେ, ନାରଣ ମାଷ୍ଟ୍ର ବି ଜାଣନ୍ତି ଦିନକୁ ତିନିଥର ମାତ୍ର ଯା'ଆସ

କରୁଥିବା ଗାଡ଼ିମଟର ସେ ସମୟରେ ହଠାତ୍‌କିନା ଆସେ ନାହିଁ କି ଯାଏ ନାହିଁ । ତା’ର ଗୋଟାଏ ନିର୍ଦ୍ଦିଷ୍ଟ ବେଳ ଅଛି । ତଥାପି ନାରଣ ମାଷ୍ଟ୍ରେ ବଜାର ପାରି ହେବା ପର୍ଯ୍ୟନ୍ତ ତା’ ସଙ୍ଗେ ଆସନ୍ତି । ଶୁଭଦାଙ୍କ ଘର ଚାରିପଟେ ବୁଲିଥିବା ବିରାଟ ହତାଟା ବଜାର ଶେଷକୁ ଲାଗିଛି । ସେଇଠି ଫାଟକ ପାଖରେ ଠିଆ ହୁଅନ୍ତି ନାରଣ ମାଷ୍ଟ୍ରେ, କହନ୍ତି ଯା, ଏଥର ଚାଲିଯା ।

ଫାଟକ ପାଖରୁ ଘର ପର୍ଯ୍ୟନ୍ତ ସଲଖ ରାସ୍ତାରେ ଶୁଭଦା ଏଥର ଗୋଟିଏ ଗୋଟିଏ ଚାଲେ । ତା’ର ଇଚ୍ଛା ହୁଏ ସେ ମାଷ୍ଟ୍ରଙ୍କୁ ଘର ପର୍ଯ୍ୟନ୍ତ ଡାକନ୍ତା ଆଉ ତା’ ବୋଉ ମାଷ୍ଟ୍ରଙ୍କୁ ଦହି ସରବତ୍‌ ଦିଅନ୍ତା, ନହେଲେ ବାଧକରି ଖାଇବାକୁ ଦେଇ ଛାଡ଼ନ୍ତା । କିନ୍ତୁ ସେ ଜାଣେ ନାରଣ ମାଷ୍ଟ୍ରେ ଗାଧୋଇବେ, ଠାକୁର ପୂଜା କରିବେ, ତେବେ ଯାଇ ଖାଇବେ । ସକାଳୁ ଅଗାଧୁଆରେ ଚା’, ପାନ ଛଡ଼ା ସେ ଆଉ କିଛି ଖାଆନ୍ତି ନାହିଁ ।

ଶୁଭଦା ଘରେ ପଶିବା ଯାଏ ନାରଣ ମାଷ୍ଟ୍ରେ ଖରାଟାରେ ସେମିତି ଠିଆ ହୋଇଥାନ୍ତି । ଶୁଭଦା ଖାଇବସିଲା ବେଳେ ଭାବେ ନାରଣ ମାଷ୍ଟ୍ରେ ଅଗାଧୁଆ, ଅଖିଆ, ତା’ପାଇଁ ପ୍ରତିଦିନ ଖରାରେ ଏତକ ବାଟ ଚାଲନ୍ତି କେଉଁ ଆଶାରେ ? ନାରଣ ମାଷ୍ଟ୍ରେ ଦିନେ କେବେ ମୁହଁ ଖୋଲି ନିଜର ଅଭାବ ଅସୁବିଧା କଥା କୋଉ ଅଭିଭାବକ ପାଖରେ କହନ୍ତି ନାହିଁ । ପାଠରେ ପଛୁଆ ପିଲାମାନଙ୍କୁ ଛୁଟି ପରେ ଘଣ୍ଟାଏ ଅଧିକ ପାଠ ପଢ଼ାନ୍ତି ବୋଲି ବାପାମା’ଙ୍କଠାରୁ ସେଥିପାଇଁ ଟ୍ୟୁସନ୍‌ ବାବଦ ଦରମା ନିଅନ୍ତି ନାହିଁ । ନିଜ ଇଚ୍ଛାରେ ସେ ବିଦ୍ୟାଦାନ କରନ୍ତି, ସ୍ନେହ ଦାନ କରନ୍ତି । ତା’ର ମୂଲ୍ୟ କ’ଣ ଏତେ କମ୍‌ ଯେ ସେ ହାତ ପତାଇ ନେବେ । ନାରଣ ମାଷ୍ଟ୍ରେ ସବୁବେଲେ କହନ୍ତି–ତୋ ବାପା ମା’ ତୋତେ ଲକ୍ଷ୍ମୀଠାକୁରାଣୀ ଭାବେ ସ୍ଥାପନା କରିବା ପାଇଁ ଚାହାନ୍ତି, ମୁଁ କିନ୍ତୁ ତତେ ସରସ୍ୱତୀ ଭାବରେ ଦେଖିବାକୁ ଚାହେଁ । ପାଠରେ ମନ ଦେଲେ ତୁ ସରସ୍ୱତୀ ହୋଇ ବାହାରିବୁ, ଆମ ଅଞ୍ଚଲର ନାମ ରଖିବୁ । ଅଧ୍ୟାପିକା ଶୁଭଦା ଆଜି ଯାହା ହେଇପାରିଛି, ଯେଉଁଠି ପହଞ୍ଚିପାରିଛି, ସେଥିରେ ନାରଣ ମାଷ୍ଟ୍ରଙ୍କର ଏକ ଗୁରୁତ୍ୱପୂର୍ଣ୍ଣ ଭୂମିକା ଯେ ରହିଛି ଏକଥା ଶୁଭଦା ମର୍ମେ ମର୍ମେ ଉପଲବ୍ଧି କରେ । ନାରଣ ମାଷ୍ଟ୍ରଙ୍କ କୋଲରେ ବସି ପାଠ ପଢ଼ୁଥିବା ଅତୀତକୁ ସ୍ମରଣ କଲେ ନାରଣ ମାଷ୍ଟ୍ରଙ୍କ ମୁହଁଟା ଜଗନ୍ନାଥଙ୍କ ମୁହଁ ଭଲି ତା’ ମନରେ ଭାସିଉଠେ । ଶୁଭଦା ଭକ୍ତିପୂତ ହୃଦୟରେ ପ୍ରଣାମ ଜଣାଏ । ସେ ଭାବେ ଜଗନ୍ନାଥଙ୍କୁ ପ୍ରଣାମ କଲେ ନାରଣ ମାଷ୍ଟ୍ରେ ହିଁ ପାଆନ୍ତି ''ଗୁରୁ ବ୍ରହ୍ମା, ଗୁରୁ ବିଷ୍ଣୁ, ଗୁରୁଦେବ ମହେଶ୍ୱର'' କଥାଟି ନାରଣ ମାଷ୍ଟ୍ରଙ୍କ ପାଇଁ ହିଁ ଯେମିତି ଲେଖା ହୋଇଥିଲା ।

ସେଇ ନାରଣ ମାଷ୍ଟେ ତା' ଦ୍ୱାରୁ କି ସାହାଯ୍ୟ ପାଇଁ ଚାରିଥର ଆସି ଲେଉଟିଲେ ? ବିଭିନ୍ନ କ୍ଷେତ୍ରରେ ସାହାଯ୍ୟ ପାଇଁ ଶୁଭଦା ପାଖରେ ବନ୍ଧୁବାନ୍ଧବ ଚିହ୍ନାଜଣା ଆସି ପହଞ୍ଚିବା କିଛି ବିଚିତ୍ର କଥା ନୁହେଁ । ପରସ୍ପରର ସାହାଯ୍ୟ ଓ ସହଯୋଗରେ ଏ ସଂସାର ଚଳେ । ବେଳ ପଡ଼ିଲେ ଶୁଭଦା ମଧ୍ୟ କାହାଠାରୁ କଥା ପଦକର ହେଲେ ବି ସାହାଯ୍ୟ ଲୋଡ଼େ । କିନ୍ତୁ ନାରଣ ମାଷ୍ଟେ ସାହାଯ୍ୟ ପାଇଁ ଏ ବୟସରେ ଗାଁରୁ ଚାରିଥର ଭୁବନେଶ୍ୱର ଆସି ଶୁଭଦା ପାଖରେ ହାତ ପାତିବା ଯେତିକି ବିସ୍ମୟକର, ସେତିକି ବ୍ୟଥାଦାୟକ । ବୋଧହୁଏ ଅଭାବରୁ ସ୍ୱଭାବ ନଷ୍ଟ କଥାଟା ସତ୍ୟ । ନାରଣ ମାଷ୍ଟେ ବୃଦ୍ଧ, ବହୁଦିନରୁ ଉପାର୍ଜନହୀନ, ପୁଅ ଅପଦାର୍ଥ, ବେକାର । ନାରଣ ମାଷ୍ଟେଙ୍କ ଉପରେ ବୋଝ । ବୋଧହୁଏ ପୁଅକୁ ଚାକିରିଟିଏ କରାଇଦେବା କିମ୍ୱା କିଛି ଟଙ୍କା ଧାର ଦେଇ ପୁଅକୁ କିଛି ବ୍ୟବସାୟରେ ଲଗାଇଦେବା ତାଙ୍କର ଉଦ୍ଦେଶ୍ୟ । ନିଜର ଶକ୍ତି ସାମର୍ଥ୍ୟ ଭିତରର କଥା ହେଲେ ଏ ପ୍ରକାର ସାହାଯ୍ୟ ଅଜସ୍ର ବହୁତ କରିଛି ଶୁଭଦା । ଏ ସଂକ୍ରାନ୍ତରେ ଶୁଭଦାର ବନ୍ଧୁ ଯେତିକି, ତା'ଠୁ ଶତ୍ରୁ ବେଶୀ । କାରଣ ସବୁବେଳେ ସମସ୍ତଙ୍କୁ ସାହାଯ୍ୟ କରି ହୁଏନା । ଶକ୍ତି ଭିତରର କଥା ହେଲେ ଅନ୍ୟକୁ ଯଥାସାଧ୍ୟ ସାହାଯ୍ୟ କରିବାର ଆନ୍ତରିକତା ମନୋବୃତ୍ତି ଶୁଭଦାର ମାତୃଦତ୍ତ ଗୁଣ । ସେଥିପାଇଁ ନିଜେ ବେଶ୍ ଅସୁବିଧାର ସମ୍ମୁଖୀନ ବି ହୁଏ ବେଳେ ବେଳେ । ଆଜିକାଲି ଶୁଭଦା ବି ଅନ୍ୟକୁ ସାହାଯ୍ୟ କରିବା ପାଇଁ ଦୋ, ଦୋ; ପାଞ୍ଚ ହୁଏ.... ସ୍ୱାମୀ ଏବଂ ପିଲାମାନେ ତ ଶୁଭଦା ଉପରେ କେବଳ ଏଇଥିପାଇଁ ନାରାଜ ।

ବିକଳ ହେଇ ଶୁଭଦା ଭାବିଲା, ଆହା ! ନାରଣ ମାଷ୍ଟେ ତା' ପାଖରେ ସାହାଯ୍ୟପ୍ରାର୍ଥୀ ହୋଇ କାହିଁକି ନିଜକୁ ଛୋଟ କରିଦେଲେ ? ଆଜିକାଲି କେହି ସାହାଯ୍ୟ ପାଇଁ ଘରକୁ ଆସିଲେ ସମସ୍ତଙ୍କର, ଏପରିକି ଶୁଭଦାର ମଧ୍ୟ ତା' ପ୍ରତି ମନ ଊଣା ହୋଇଯାଏ । ଯିଏ ସାହାଯ୍ୟ ପାଏ ସେଇତ ଶୁଭଦାର ନିନ୍ଦୁକ ଓ ବେଳ ପଡ଼ିଲେ ଶତ୍ରୁ ହୋଇଯାଏ । ସେପରି ଅସୁବିଧାରେ ନପଡ଼ିଥିଲେ ନାରଣ ମାଷ୍ଟେ କାହାରି ପାଖରେ ହାତ ପାତିବା ମଣିଷ ନୁହନ୍ତି । ଶୁଭଦା ଭାରି ଛଟପଟ ହେଲା । ତାଙ୍କ ସଙ୍ଗେ ଦେଖା ହେଲାନି ବୋଲି ବିରକ୍ତ ହୋଇ ସମସ୍ତଙ୍କୁ ଗାଳିଦେଲା । ଶେଷକୁ ବୁଝା ପଡ଼ିଲା, ସାନପୁଅ ହିଁ ତାଙ୍କୁ ଫେରାଇ ଦେଇଛି । ତା'ର ବା ଦୋଷ କ'ଣ ? ସେଦିନ ଶୁଭଦା ଗାଧୁଆ ଘରେ ପଶି ପାଣି ପାଇଯ ଖୋଲିଛି ତ ସାନପୁଅ କବାଟ ବାଡ଼େଇ ଡାକିଲା–''ମା', କିଏ ଜଣେ ଖୋଜୁଛି ।''

'କିଏ' ? ପାଣି ପଡ଼ିବା ଶଦ୍ଦକୁ ଟପେଇ ଚଢ଼ା ଗଳାରେ ଶୁଭଦା ଉତ୍ତର ଦେଲା ।

'ଜାଣିନି' । - ପୁଅ ଆଉରି ଜୋରରେ ଲେଉଟି ଜବାବ୍ ହାଙ୍କିଲା । ଶୁଭଦା ଚିଡ଼ିଯାଇ ପାଟି କଲା- ''ପଚାରି ବୁଝ୍ କିଏ- କ'ଣ ଦରକାର ମୋ ପାଖରେ ।''

ପୁଅ ବିରକ୍ତ ହେଇ କହିଲା, - ''ପଚାରିଲେ କହୁଛନ୍ତି ମା'ଙ୍କୁ ଡାକ । ତୁ ପିଲା ଲୋକ । ମୁଁ କିଏ ବୋଲି କ'ଣ ବୁଝିବି'' ?

ଶୁଭଦା ମୁହଁରେ ସାବୁନ୍ ଲଗାଉ ଲଗାଉ ଆଖିରେ ସାବୁନ ପଶିଗଲା । ଆଖି ଯେତିକି ପୋଡ଼ି ଉଠିଲା, ଶୁଭଦା ସେତିକି ଚିଡ଼ିଉଠି ଭାବିଲା- ''ସକାଳୁ ସକାଳୁ ନିଶ୍ଚୟ ହିତଶତ୍ରୁ କେହି ପହଞ୍ଚି ଗଲେଣି । ଏମିତି ଉତ୍ତର ତ ସେଇମାନେ ଦିଅନ୍ତି ।''

ଶୁଭଦା ଭିତରୁ ଥାଇ ପଚାରିଲା, - ''କ'ଣ ଜଣେ ଭଦ୍ରଲୋକ'' ?

''ନା - ନା - ଏମିତି ଜଣେ ଯାଦୁସାଦୁ ଲୋକ ହେଇଥିବ । ଭଦ୍ରଲୋକ ଆଦୌ ନୁହେଁ'', ପୁଅ ସଙ୍ଗେ ସଙ୍ଗେ ଉତ୍ତର ଦେଲା ।

ଶୁଭଦା ଏଥର ବିରକ୍ତିରେ ଚିଲ୍ଲେଇ ଉଠି କହିଲା- ''ତେବେ ସିଦା କହିଦେବୁ- ମା' ଗାଧୁଆଘରେ - ଡେରି ହେବ । ପରେ ଆସନ୍ତୁ । ମତେ ବିରକ୍ତ କରୁଛୁ କାହିଁକି ? ମଣିଷ ଛୁଟି ଦିନରେ ଟିକେ ଗାଧୋଇ ବି ପାରିବନି ? ଥରେ ତ କହିଛ ଯଦି ଭଦ୍ରଲୋକ ତେବେ ଡ୍ରଇଂରୁମ୍‌ରେ ବସାଅ, ନାହିଁ ତ ଗେଟ୍ ପାଖରୁ ବିଦା କରିଦିଅ'' ।

ଶୁଭଦା ଜୋରରେ ପାଣି ପାଇପ୍ ଖୋଲିଦେଲା ଓ ମୁଣ୍ଡଟାକୁ ଥଣ୍ଡା କରିବା ପର୍ଯ୍ୟନ୍ତ ମୁଣ୍ଡ ଧୋଇଲା । ସାନପୁଅ ଗେଟ୍ ବାହାରୁ ବୁଢ଼ାଟାକୁ ଘଉଡ଼ାଇ ଦେଲା ।

ସବୁ ଶୁଣି ଶୁଭଦା ଚାପା ବିରକ୍ତିରେ ଗୁମୁରି ଗୁମୁରି କହିଲା-''ପିଲାଗୁଡ଼ା ପାଠଶାଠ ପଢ଼ିଲେ, ତେବେ ବି ଜାଣିପାରିଲେନି ଭଦ୍ରଲୋକ କିଏ ? ହୁଁ- ନାରଣ ମାଷ୍ଟ୍ର ଯଦି ଭଦ୍ରଲୋକ ନୁହନ୍ତି, ତେବେ ଏ ସଂସାରରେ ଆଉ କେହି ଭଦ୍ରଲୋକ ହୋଇପାରିବେନି ।'' ସାନ ପୁଅ ମା'କୁ କିଛି ନକହି ଭାବୁଥାଏ-ଭଦ୍ରଲୋକ କିଏ ତମେ ଚିହ୍ନଛ ? ତମେ ପରା ଯେଉଁମାନଙ୍କୁ ଭଦ୍ରଲୋକ ବୋଲି ବୈଠକ ଘରେ ବସାଅ ସମସ୍ତେ କିଛି ନା କିଛି ନୀତିବିରୁଦ୍ଧ କାମ ପାଇଁ ବୈଠକ ଘରେ ଅପେକ୍ଷା କରିଥାନ୍ତି ! କିଏ ଆସିଥାଏ ଅଧାପିକା ଶୁଭଦା ପାଖକୁ ପୁଅଝିଅ ସମ୍ପର୍କୀୟ ପରୀକ୍ଷାର୍ଥୀଙ୍କ ରୋଲ୍ ନମ୍ବର ଧରି ପରୀକ୍ଷାରେ ନମ୍ବର ବଢ଼ାଇବା ପାଇଁ.... କିଏ ଆସିଥାଏ ବାପାଙ୍କୁ ତୋଷାମତ କରି କିଛି ଅନୁଚିତ ଫାଇଦା ଉଠାଇବା ପାଇଁ । ସମସ୍ତେ କୌଣସି ନା କୌଣସି ଭାବେ ଦୁର୍ନୀତିଗ୍ରସ୍ତ ମୁଖାପିନ୍ଧା ମଣିଷ । ଅଭଦ୍ର ହଁ କୁହାଯାଉ ସେମାନଙ୍କୁ ।

ପ୍ରକାଶ୍ୟରେ ସେ ପଚାରିଲା- କେମିତି ଜାଣିବି କିଏ ଭଦ୍ରଲୋକ ? ପୋଷାକରୁ ତ ଦଦରା ବୁଢ଼ାଟା ତ ଏକବାର ଅପରିଚ୍ଛନ୍ନ । ବୈଠକ ଘରେ ପାଦ ପକାଇବାର କଥା ବି ନୁହେଁ ।

ବିକଳ ହେଇ ଶୁଭଦା ଭାବୁଥାଏ, ସତରେ ଭଦ୍ରଲୋକ କିଏ ? କ'ଣ ତା'ର ସଂଜ୍ଞା ? ପୁଅକୁ ସେ କ'ଣ ବୁଝାଇବ- କେମିତି ବୁଝାଇବ ଯେ ତାଙ୍କର ପାଦଧୂଳି ତା' ବୈଠକ ଘରେ ପଡ଼ିଥିଲେ ବହୁ ପାପର ପ୍ରକ୍ଷାଳନ ହେଇଥାନ୍ତା ବୋଲି ।

ନାରଣ ମାଷ୍ଟ୍ରଙ୍କ ପ୍ରତି ସମସ୍ତ ଭକ୍ତି ଓ ଶ୍ରଦ୍ଧା ସତ୍ତ୍ୱେ ତଥାପି ଘୁଣ ପୋକଟିଏ ସନ୍ତର୍ପଣରେ ନାରଣ ମାଷ୍ଟ୍ରଙ୍କ ପାଇଁ ମନର ନିର୍ମଳ ଭାବନାକୁ ଖୁଟ୍‌ଖୁଟ୍ କରି କାଟୁଥାଏ । ନାରଣ ମାଷ୍ଟ୍ରେ ବି ଅନ୍ୟ ସମସ୍ତଙ୍କ ପରି ସାହାଯ୍ୟ ମାଗିଲେ ? ସାହାଯ୍ୟର ପରିମାଣ ଯଦି ତା' ଶକ୍ତିର ବାହାର ହୁଏ ତେବେ ସେ ବି ଶତ୍ରୁ ହେଇଯିବେ । ଆଉ ଶୁଭଦାର ସେ ଅକଲ୍ୟାଣ କରିବେ ।

କ'ଣ ଉତ୍ତର ଦେବ ଭାବୁ ଭାବୁ ନାରଣ ମାଷ୍ଟ୍ରଙ୍କ ଚିଠିର ଉତ୍ତର ଦେଇପାରିଲାନି ଶୁଭଦା । ସାହାଯ୍ୟ କରିବାକୁ ପ୍ରତିଶ୍ରୁତି ଦେଇ ଯଦି ସେଥିପାଇଁ ଅକ୍ଷମ ହୁଏ ନାରଣ ମାଷ୍ଟ୍ରେ ରାମା, ଦାମା ଯେକେହି ନୁହନ୍ତି ଯେ ତାଙ୍କ ପାଖରେ ସହଜରେ ମିଥ୍ୟା ପ୍ରତିଶ୍ରୁତି ଦେଇହେବ ଏବଂ ସେଥିପାଇଁ କିଛି ଗ୍ଲାନି ବି ଆସିବନି ମନରେ । ଯଦି ତାଙ୍କୁ ପ୍ରତିଶ୍ରୁତି ନଦେବ, ତେବେ ଚିଠିରେ କ'ଣ ବା ଲେଖିବ ? କିଏ ଜାଣେ ନାରଣ ମାଷ୍ଟ୍ରେ ତା'ଠାରୁ କେତେ ବେଶୀ ଆଶା କରନ୍ତି । ଫେରିବାଲା ସଙ୍ଗେ ଦର କଷା ଭଳି ପଚିଶ ମାଗିଲେ ପାଞ୍ଚ ମିଲେ ନୀତିରେ ଆଜିକାଲି ସାହାଯ୍ୟ ବି ମଗାଯାଏ । ନାରଣ ମାଷ୍ଟ୍ରେ ସେମିତି ଗୋଟାଏ ବେଓଜିଆ ସାହାଯ୍ୟ ପାଇଁ ହାତ ପତାଇ ନାହାନ୍ତି ତ । କିଏ ଜାଣେ, ଆଜିକାଲି ତାଙ୍କର ଅବସ୍ଥା ତ ଅତି ଶୋଚନୀୟ-ଶୁଭଦା ଶୁଣିଛି, ପଥ୍ୟ ତ ଦୂରର କଥା, ନିୟମିତ ଖାଦ୍ୟ ବି ଜୁଟେ ନାହିଁ । କ'ଣ ଲେଖିବ ଭାବୁ ଭାବୁ ଶୁଭଦା ଅନେକ ଦିନ ଚୁପ୍ ରହିଗଲା ।

ହଠାତ୍ ଦିନେ ରେଜେଷ୍ଟ୍ରି ଡାକରେ ଚିଠିଟିଏ ଆସିଲା ନାରଣ ମାଷ୍ଟ୍ରଙ୍କଠାରୁ । ସ୍ୱାମୀ ଏବଂ ପିଲାଏ ଛିଗୁଲାଇଲେ- ଆସିଗଲା ପରୱାନା । କାଲେ ସାହାଯ୍ୟ ପାଇଁ ଆବେଦନ ପତ୍ରଟି ହଜିଯିବ ବୋଲି ଏଥର ରେଜେଷ୍ଟ୍ରି ଡାକରେ ଆସିଛି । ଆଉ ଫାଙ୍କି ଦେବାର ସୁ' ନାହିଁ । ଯେତେହେଲେ ହାତ ଧରି ଅକ୍ଷର ଆରମ୍ଭ କରିଥିଲେ ତ । ଗୁରୁ ଦକ୍ଷିଣାର ପରିମାଣଟା କେତେ ଖୋଲି ଦେଖ ଆଗେ ।

ଶୁଭଦାର ମୁହଁ ଦୁଃଖ ଓ ଗ୍ଲାନିରେ ରଙ୍ଗା ପଡ଼ିଗଲା । ଉତ୍କଣ୍ଠାରେ ସେ ଚିଠିଟି ଖୋଲିଲା । ଚିଠି ପଢ଼ି ସ୍ତବ୍ଧ ହେଇଗଲା । ତା'ର ଶିକ୍ଷା, ସଭ୍ୟତା, ସାମାଜିକ ସମ୍ମାନ, ଧନ ଦୌଲତ, ସ୍ୱାତ୍ସ୍ୟ - ସବୁକିଛି ଖଣ୍ଡିଏ ମାତ୍ର ଚିଠିରେ ଭୁଲୁଣ୍ଠିତ ହେଇଗଲା । ଚିଠିଟି ନାରଣ ମାଷ୍ଟ୍ରେ ନୁହନ୍ତି, ତାଙ୍କର ପୁଅ ନବୀନ ଲେଖିଥିଲା-

ପୂଜନୀୟା ଅପା,

ପନ୍ଦର ଦିନ ତଳେ ବାପାଙ୍କର ଦେହାନ୍ତ ହୋଇଗଲା, ମୃତ୍ୟୁ ପର୍ଯ୍ୟନ୍ତ ତମକୁ ସେ ଖୋଜୁଥିଲେ । ତାଙ୍କର ଆଶା ଥିଲା ସେ ତମ ଦୁଆରୁ ଚାରିଥର ଫେରିଛନ୍ତି ଶୁଣି ନିଶ୍ଚୟ ତାଙ୍କୁ ଦେଖା କରିବାକୁ ଥରେହେଲେ ତମେ ଗାଁକୁ ଧାଇଁ ଆସିବ । କିଛି ନହେଲେ ତାଙ୍କୁ ନିଶ୍ଚୟ ସାହାଯ୍ୟ କରିବ ବୋଲି ପ୍ରତିଶ୍ରୁତି ଦେଇ ତମେ ଅନ୍ତତଃ ଚିଠି ଖଣ୍ଡେ ଦେବ । ଚିଠି ଖଣ୍ଡିକ ପାଇଥିଲେ ଅନ୍ତତଃ ସେ ଶାନ୍ତିରେ ମରି ପାରିଥାନ୍ତେ ।

ଅପା, ବାପା ଶେଷରେ ରଣଗ୍ରସ୍ତ ହେଇ ଚାଲିଗଲେ । ସେତିକି ତାଙ୍କର ଦୁଃଖ । ସାନ ଭଉଣୀ ବାହାଘର ବେଳେ ତମ ବାପା ବାଧ୍ୟ କରି ଦୁଇହଜାର ଟଙ୍କା ବାପାଙ୍କୁ ଦେଇଥିଲେ । ସେତିକି ନଦେଇଥବଲେ ବେଦିରୁ ବର ଉଠି ଯାଇଥାନ୍ତା । ତମ ବାପା ଟଙ୍କାଟା ସାହାଯ୍ୟ କରିଥିଲେ ବି ମୋ ବାପା ତାକୁ ରଣ ଭାବେ ଗ୍ରହଣ କରି ଶୁଝିଦେବେ ବୋଲି ପଣ କରିଥିଲେ । ମୁଁ ତ ଅଯୋଗ୍ୟ ହେଲି, ରଣ ଶୁଝିବ କିଏ ? ଏ ଭିତରେ ତମ ବାପା ବି ଚାଲିଗଲେ । କିନ୍ତୁ ମୋ ବାପା ସେ ରଣ ଭାରକୁ ଭୁଲିଲେ ନାହିଁ । ତମ ଭାଇଙ୍କୁ କେମିତି ସେ ଟଙ୍କାଟା ଫେରାଇବେ ସେଇ କଥା ଭାବି ଭାବି ତମର ଦ୍ୱାରସ୍ଥ ହେଇଥିଲେ ସେ । ସେ ଦିନର ଦୁଇହଜାର ଟଙ୍କା ଆଜି ବାପାଙ୍କ ହିସାବରେ ସୁଧମୂଲ ମିଶି ଦଶହଜାରରୁ ବେଶୀ ହେବ; ତେଣୁ ଘରଡିହ ଖଣ୍ଡିକ କେବଳ ମୋ ପାଇଁ ଛାଡ଼ିଦେଇ ବାକିସବୁ ସମ୍ପତ୍ତି ତମରି ନାଁରେ କରି ଯାଇଛନ୍ତି । ଉଦ୍ଦେଶ୍ୟ, ତମେ ସେ ଜମିର ମୂଲ୍ୟ ବାବଦକୁ ଟଙ୍କାଟା ତମ ଭାଇଙ୍କୁ ଦେଇଦେବ ଏବଂ ଚାହିଁଲେ ଜମିଟା ବିକ୍ରି କରିଦେଇ ତମ ଟଙ୍କା ତମେ ପାଇଯିବ । ଏତିକି ସାହାଯ୍ୟ ପାଇଁ ସେ ତମ ଘରକୁ, ଜରାବ୍ୟାଧିକୁ ଖାତିର ନକରି ଯାଇଥିଲେ । ମୋର ଅଯୋଗ୍ୟତା ଏବଂ ବାପାଙ୍କ ଅସହାୟତାର ସୁଯୋଗରେ ଗାଁ ଲୋକ ଆମର ସୁନାଥାଲି ଜମିକୁ ଶାଗ, ମାଛ ମୂଲରେ ନେବା ପାଇଁ ଫିକର କରୁଥିଲେ । ନହେଲେ ବାପା ଅନେକ ଦିନରୁ ଜମି ବିକି ରଣ ଶୁଝି ଦେଇଥାନ୍ତେ ଓ ଖୋଲା ମନରେ ମରି ପାରିଥାନ୍ତେ । ତମଠାରୁ ଚିଠି ନପାଇ ସେ ବୋଝଟାଏ ନେଇ ସଂସାର ଛାଡ଼ିଲେ । ତମେ ଯଦି ଏଥିପାଇଁ ଟିକେ ହଇରାଣ ହୁଅ ତାଙ୍କୁ କ୍ଷମା କରିଦେବ ବୋଲି ବଡ଼ କାକୁତି ମିନତି କରି ପ୍ରାଣ ଛାଡ଼ିଛନ୍ତି । ରହିଲି ।

ହତଭାଗ୍ୟ ନବୀନ

ଶୁଭଦାର ଅନୁମାନ ଅନୁସାରେ ନାରଣ ମାଷ୍ଟ୍ରଙ୍କ ସବୁ ସମ୍ପତ୍ତି ଦଶହଜାର ଟଙ୍କାରୁ ଯଥେଷ୍ଟ ଊର୍ଦ୍ଧ୍ୱ ହେବ । ନାରଣ ମାଷ୍ଟ୍ରେ ତା' ଉପରେ ଏତେ ବଡ଼ ଦୁଃଖ ଓ

ଅପରାଧର ବୋଝ ଚାପିଦେଲେ କାହିଁକି ? ବୋଧହୁଏ ତା' ଉପରେ ତାଙ୍କର ସ୍ନେହ ଓ ଭରସାର ଆଧିକ୍ୟ ଯୋଗୁଁ ସେ ଏପରି କଲେ ।

ନିଜ ବାପାଙ୍କ ମୃତ୍ୟୁ ସମ୍ବାଦ ପାଇ ଶୁଭଦା ଏମିତି ଦିନେ ଲୁହ ଝରାଇ କାନ୍ଦିଥିଲା । ମାତ୍ର ଆଜି ସେ ଲହୁ ଝରାଇ କାନ୍ଦୁଛି । କାରଣ ସେଦିନ ତା'ର ଆଖି ଫଟାଇ ଲୁହ ଝରୁଥିଲା.... ଆଜି ହୃଦୟ ଫାଟି ଆଖି ଦେଇ ଲହୁ ଝରୁଛି ।

ପୃଥକ ଈଶ୍ୱର

ସେମାନେ ଈଶ୍ୱର ଅନ୍ବେଷଣରେ ବାହାରିଥିଲେ ଏବଂ ଏକଥା ମଧ୍ୟ ଜାଣିଥିଲେ ଯେ, ଈଶ୍ୱର ମିଳିବେ ନାହିଁ । କାରଣ 'ଈଶ୍ୱର' ବୋଲି କେହି ଜଣେ ଅଛି– ଏ ସମ୍ପର୍କରେ ସେମାନଙ୍କ ମନରୁ ସନ୍ଦେହ ତେବେ ବି ଦୂର ହୋଇ ନଥାଏ ।

ଈଶ୍ୱରଙ୍କ ପାଖରେ ସେମାନଙ୍କର ସେପରି କିଛି 'ଖାସ୍' କାମ ନଥିଲା । କାରଣ ସେମାନଙ୍କର ଅଭାବ ବୋଲି କିଛି ନଥିଲା, ଫଳତଃ କିଛି ମାଗୁଣି ବି ନଥିଲା । କେବଳ କୌତୂହଲ ଯୋଗୁଁ ସେମାନେ ଈଶ୍ୱରଙ୍କୁ ଖୋଜି ବାହାରିଥିଲେ । ସେମାନେ ପ୍ରଥମେ ଭାରତକୁ ଆସିଥିଲେ । କାରଣ ଶୁଣିଥିଲେ, ଭାରତରେ ଈଶ୍ୱରଙ୍କୁ ପ୍ରତ୍ୟକ୍ଷ କରିହେବ– ଅବଶ୍ୟ ଯଦି ନିଷ୍ଠାରେ କେହି ତାଙ୍କୁ ଖୋଜେ ।

ଈଶ୍ୱର ଏକ ବିବଦମାନ ବିଷୟ ନୁହନ୍ତି । ଈଶ୍ୱର ଅଛନ୍ତି/ ନାହାନ୍ତିର ବିରୋଧାଭାସ ମଧ୍ୟରେ ଈଶ୍ୱର ଅନ୍ବେଷାର ନିଷ୍ଠା ଆସିପାରେ ନାହିଁ । ତେଣୁ ବିଦେଶୀଦ୍ୱୟ ସର୍ବପ୍ରଥମେ ଈଶ୍ୱରଙ୍କ

ସମ୍ପର୍କରେ ନିଶ୍ଚିତ ହେବା ପାଇଁ ସାଧୁ ସନ୍ତ, ପଣ୍ଡିତମାନଙ୍କ ସହ ଆଲୋଚନା କଲେ । ଗୁରୁ ଖୋଜିଲେ ।

ଭାରତବର୍ଷରେ ସାଧୁସନ୍ତଙ୍କର ଅଭାବ ନାହିଁ– ଅସାଧୁ, କପଟୀମାନଙ୍କର ବି ଅଭାବ ନାହିଁ । ତେଣୁ ପ୍ରଥମେ ଭ୍ରମରେ ପଡ଼ି ଦୁହେଁ ଅନେକ ମନ୍ଦିର, ମସ୍‌ଜିଦ, ଗୁରୁଦ୍ୱାର, ଗୀର୍ଜା, ମଠ, ମଣ୍ଡପ, ଗଛ କୋରଡ଼, ପର୍ବତ ଗୁମ୍ଫା, ଉଇହୁଙ୍କାମାନଙ୍କରେ ଈଶ୍ୱରଙ୍କୁ ଖୋଜିଲେ । ଖୋଜି ଖୋଜି ନିରାଶ ହେଲେ ।

ସେ ଦୁହେଁ ଯୁକ୍ତିବାଦୀ ମଣିଷ । ତର୍କ ଓ ବୁଦ୍ଧିବାଦ ଉପରେ ତାଙ୍କର ବିଶ୍ୱାସ ଅଧ୍ୟୁଷିତ । ତେଣୁ ସେମାନେ ଅନୁଭବ କଲେ ଯେ କାଠ, ପାଷାଣ, ସୁନା, ରୂପା, ମାର୍ବଲ, ବ୍ରୋଞ୍ଜର ମୂର୍ତ୍ତିମାନ ଏବଂ ଚିତ୍ରପଟ ଇତ୍ୟାଦି ଈଶ୍ୱର ନୁହନ୍ତି– କାରଣ ସେମାନଙ୍କର କ୍ଷୟ ଅଛି । ସେମାନେ ମଣିଷସୃଷ୍ଟ । ଈଶ୍ୱର ତର୍କ ଓ ବୁଦ୍ଧିବାଦର ପ୍ରତିପନ୍ଥୀ ବୋଲି ଶୁଣିବା ପରେ ସେମାନେ ଭିନ୍ନ ପଥରେ ଆଗେଇଲେ ।

ସେମାନେ ଅବଶେଷରେ ପଣ୍ଡିତମାନଙ୍କ ସଂସ୍ପର୍ଶରେ ଆସିଲେ । ସେମାନଙ୍କର ହୃଦ୍‌ବୋଧ ହେଲା ଯେ, ଭକ୍ତି, ଈଶ୍ୱର ଏବଂ ତର୍କ ପରସ୍ପର ବିରୋଧୀ ନୁହନ୍ତି । ଅନ୍ଧ ଅନୁସରଣରେ ଈଶ୍ୱର ଅନ୍ୱେଷାର ଇତି ହୁଏ ନାହିଁ ।

ସେମାନେ ପ୍ରଶ୍ନ କଲେ – ''ଈଶ୍ୱରଙ୍କର ରଙ୍ଗ କ'ଣ ? ଆକାର କିପରି ? ତାଙ୍କୁ ଆପଣ ଦେଖିଛନ୍ତି ? ସ୍ପର୍ଶ କରିଛନ୍ତି ? ଯଦି ନୁହେଁ ତେବେ କିପରି ବିଶ୍ୱାସ କରନ୍ତି ଯେ ଈଶ୍ୱର ଅଛନ୍ତି ?''

ଉତ୍ତର ଦେବା ନୁହେଁ– ଉତ୍ତର ଆଦାୟ କରିବା ପ୍ରକୃତ ଗୁରୁର ଲକ୍ଷଣ । ତେଣୁ ନିର୍ବିକାର ଗୁରୁ ନିର୍ଲିପ୍ତ ସ୍ୱରରେ ପାଲଟା ପ୍ରଶ୍ନ କଲେ–

ଗୁରୁ– ''ଆଲୋକ କ'ଣ ?''

ବିଦେଶୀ– ''ଏକ ଶକ୍ତି ।''

ଗୁରୁ– ''ଆଲୋକକୁ ଦେଖିଛନ୍ତି ? ଆଲୋକ କ'ଣ ଦୃଶ୍ୟମାନ ?''

ବିଦେଶୀଙ୍କର ଚିନ୍ତାମଗ୍ନ, ଦ୍ୱିଧାଗ୍ରସ୍ତ ଉତ୍ତର– ''ନା, ଆଲୋକ ନିଜେ ଦୃଶ୍ୟ ହୁଏ ନାହିଁ– ସେ କେବଳ ସମସ୍ତ ପଦାର୍ଥକୁ ଦୃଶ୍ୟମାନ କରେ ।''

ଗୁରୁ ପ୍ରଶ୍ନ କଲେ– ''ଆଲୋକର ରଙ୍ଗ କିପରି ?''

ଦ୍ୱିଧାଗ୍ରସ୍ତ ବିଦେଶୀ କହିଲେ– ''ଆଲୋକର ରଙ୍ଗ ଧଳା– ନା – ନା– ନୀଳ, ସବୁଜ, ଲୋହିତ, କୃଷ୍ଣ, ଗୋଲାପୀ, ହରିଦ୍ରା ରଙ୍ଗ,….. ଏବଂ ନା– ଆଲୋକର କିଛି ରଙ୍ଗ ନାହିଁ । ବାସ୍ତବରେ ଆଲୋକର ତ କିଛି ରଙ୍ଗ ନାହିଁ ! ବରଂ ଆଲୋକ ବସ୍ତୁର ରଙ୍ଗକୁ ପ୍ରତିଫଲିତ ରଶ୍ମି ଦ୍ୱାରା ପ୍ରକଟିତ କରେ ।''

ଗୁରୁ ସ୍ମିତ ହସି ପ୍ରଶ୍ନ କଲେ- ''ଆଲୋକ କେତେବେଳେ ଉପସ୍ଥିତ ଥାଏ- ଉଷାକାଳ, ସାୟଂକାଳ, ରାତ୍ରି ନା ପ୍ରଭାତରେ ?''

ବିଦେଶୀ ନିଶ୍ଚିତ ଭାବରେ ଉତ୍ତର ଦେଲେ- ''ଆଲୋକ ସର୍ବକାଳରେ ବିଦ୍ୟମାନ- ରାତ୍ରି କାଳରେ ଆଲୋକ ନାହିଁ ବୋଲି ଯେଉଁମାନେ ଭାବନ୍ତି, ସେମାନେ ଆଲୋକ ସମ୍ପର୍କରେ ଅଜ୍ଞାନ-''

ଗୁରୁଙ୍କର ମୁଖରେ ଆଲୋକ ଓହ୍ଲେଇ ଆସୁଛି । ତାଙ୍କର ଅନ୍ୟ ପ୍ରଶ୍ନ - ''ଆଲୋକ କେଉଁ ସ୍ଥାନରେ ଥାଏ ? ଭାରତରେ-ଇଂଲଣ୍ଡରେ- ନା ଆମେରିକାରେ- ଅନ୍ତରୀକ୍ଷରେ ନା ପର୍ବତରେ, ସାଗରରେ-''

''ଆଲୋକ ସର୍ବତ୍ର ବିରାଜିତ ।   ସେ ଆମେରିକାର ନୁହେଁ ବା ଭାରତର ନୁହେଁ'' । ସେ ସ୍ଥାନାତୀତ, କାଳାତୀତ । ଆଲୋକ ମୋ ଦେଶର, ମୋ ଜାତିର କହିବା ଚରମ ମୂର୍ଖତା'' ବିଦେଶୀ ସ୍ପଷ୍ଟ ଉତ୍ତର ଦେଲେ ।

ଗୁରୁ ସ୍ମିତ ହସି ପ୍ରଶ୍ନ କଲେ- ''ଆଲୋକର ଗତିପଥ କିଏ ?''

ବିଦେଶୀ ବୈଜ୍ଞାନିକ ନିଶ୍ଚୟ । ସେ ଉତ୍ତର ଦେଲେ - ''ସ୍ୱଚ୍ଛ ପଦାର୍ଥ ମଧ୍ୟରେ ଆଲୋକ ଗତି କରେ । ଅସ୍ୱଚ୍ଛ ପଦାର୍ଥ ଆଲୋକର ଗତିରୋଧକ ।'' ଧୀରେ ଧୀରେ ବିଦେଶୀଙ୍କ ମୁହଁରେ ଆଲୋକ ଓହ୍ଲାଇ ଆସୁଛି ।

ଗୁରୁ ପ୍ରଶ୍ନ କଲେ - ''ଆଲୋକକୁ ତୁମେ ସ୍ପର୍ଶ କରିଛ ? ଏହା ମସୃଣ ନା ଦନ୍ତୁରୀତ ? ଏହାର ଆକୃତି କିପରି ?''

ବିଦେଶୀ- ନା ଆଲୋକକୁ ମୁଁ ସ୍ପର୍ଶ କରିନାହିଁ । ଏହାର ନିର୍ଦ୍ଦିଷ୍ଟ ଆକାର ନାହିଁ ।''

ଗୁରୁ ଶେଷ ପ୍ରଶ୍ନ କଲେ- ''ତେବେ ଆଲୋକ ଅଛି ବୋଲି ତମେ କିପରି ବିଶ୍ୱାସ କରୁଛ ?'

ଦୃଢ଼ କଣ୍ଠରେ ବିଦେଶୀ ଉତ୍ତର ଦେଲେ- ''ଆଲୋକ ଏକ ଅନୁଭବ- ଏକ ଶକ୍ତିର ସ୍ଥିତି ଅନୁଭବରୁ ହିଁ ଉପଲବ୍ଧ ହୁଏ ।''

ଗୁରୁ ପରମ ସନ୍ତୋଷରେ କହିଲେ- ''ବନ୍ଧୁ ! ତମେ ନିଜ ପ୍ରଶ୍ନର ଉତ୍ତର ନିଜେ ଦେଇଛ । ମୋର ବିଶ୍ୱାସ ଈଶ୍ୱରଙ୍କ ସ୍ଥିତି ସମ୍ପର୍କରେ ତମ ଭିତରେ ଦ୍ୱନ୍ଦ୍ୱର ଅବସାନ ହୋଇଛି ।''

''କିପରି ?'' ବିଦେଶୀ ଦ୍ୱୟ ତେବେ ବି ଦ୍ୱିଧାଗ୍ରସ୍ତ !

ଗୁରୁ ବୁଝାଇଦେଲେ- ''ଆଲୋକ ପରି ଈଶ୍ୱର ଏକ ଶକ୍ତି । ସେ ନିଜେ ଦୃଶ୍ୟ ହୁଅନ୍ତି ନାହିଁ ଅଥଚ ସମସ୍ତ ବିଶ୍ୱକୁ ଦୃଶ୍ୟମାନ କରାନ୍ତି । ଈଶ୍ୱର ନିରାକାର,

ସର୍ବବିଦ୍ୟମାନ, ସ୍ବଚ୍ଛ ହୃଦୟରେ ପ୍ରବେଶ କରିପାରନ୍ତି । ସେ କାଳାତୀତ, ସ୍ଥାନାତୀତ । ଆଲୋକ ବ୍ୟତୀତ ଯେପରି ସୃଷ୍ଟି ଅନ୍ଧକାରାଚ୍ଛନ୍ନ, ଈଶ୍ବରାନୁଭବ ବିନା ସେପରି ଚେତନା ମୋହାଚ୍ଛନ୍ନ । ଈଶ୍ବର ଏକ ଅନୁଭବ । ଯେତେବେଳେ ମଣିଷର ଚିନ୍ତା ସ୍ଥୂଳରୁ ଊର୍ଦ୍ଧ୍ବକୁ ଜାଗରିତ ହୁଏ, ସେତେବେଳେ ଏହି ଅଲୌକିକ ଶକ୍ତିର ଉପଲବ୍ଧି ମିଳେ । ଚିନ୍ତା ଓ ଚେତନାର ଶୀର୍ଷରେ ଈଶ୍ବର ଅବଶ୍ୟ ସୂକ୍ଷ୍ମ ଭାବରେ ଦୃଶ୍ୟମାନ ହୁଅନ୍ତି । ପ୍ରଜ୍ଞାର ମୂଳସୂତ୍ର ହେଉଛି ଏକ ଶୁଦ୍ଧତମ ସତ୍ୟ ଓ ଅବମିଶ୍ର ଆନନ୍ଦର ଅନ୍ବେଷା– ଯାହା ବୁଝାଇଦିଏ ଯେ ଈଶ୍ବର ଆଲୋକ ଏବଂ ମୁକ୍ତି–ସ୍ପୃହା ଏବଂ ଉପଲବ୍ଧି ।''

ବିଦେଶୀ ଆଧୁନିକ–ଜ୍ଞାନ, ବିଜ୍ଞାନ, ପ୍ରତିଭା, ପ୍ରଜ୍ଞା ବଳରେ ବିଶ୍ଳେଷଣ କରି ଚାଲିଛନ୍ତି ଗୁରୁଙ୍କର ବ୍ୟାଖ୍ୟା । ଗୁରୁ ଈଶ୍ବରଙ୍କ ସମ୍ପର୍କରେ ଆହୁରି ଅନେକ କଥା କହିଛନ୍ତି, ଯାହାକୁ ଭିତ୍ତିକରି ବିଦେଶୀ ଈଶ୍ବର ଅନ୍ବେଷଣରେ ବାହାରିଛନ୍ତି । ସେ ଏବେ ବିଶ୍ବାସ କରନ୍ତି ଯେ, ଈଶ୍ବର ବିଦ୍ୟମାନ । କିନ୍ତୁ କେଉଁଠି, କିପରି ଭାବରେ ତାଙ୍କର ସାକ୍ଷାତ ମିଳିବ ସେ ରହସ୍ୟର ଭେଦ ଗୁରୁ ଦର୍ଶାଇ ନାହାନ୍ତି । ତେଣୁ ନାନା ସନ୍ଦେହ ଓ ସଂସଶୟକୁ ଅତିକ୍ରମ କରି ଈଶ୍ବରଙ୍କୁ ସେମାନେ ଖୋଜି ଚାଲିଛନ୍ତି । ନିଷ୍ଠା ଥିଲେ ଈଶ୍ବର ସୂକ୍ଷ୍ମ ଭାବରେ ଦର୍ଶନ ଦିଅନ୍ତି ଏ ବିଶ୍ବାସ ତାଙ୍କର ଦୃଢ଼ ।

ନିଜକୁ ଈଶ୍ବର ପ୍ରତିପାଦିତ କରିବା ପାଇଁ ପୃଥକ୍ ପୃଥକ୍ ଈଶ୍ବରମାନଙ୍କ ଭିତରେ ସଂଘର୍ଷ, ରକ୍ତପାତ, ଶତ୍ରୁତା ଏବଂ ଷଡ଼ଯନ୍ତ୍ର ବିଦେଶୀ ଲକ୍ଷ୍ୟ କରୁଥିଲେ, ଗୁରୁଙ୍କ ବ୍ୟାଖ୍ୟା ଅନୁସାରେ ମିଳାଇ ଦେଖୁଥିଲେ ଏବଂ ବିଶ୍ଳେଷଣ କରି ଚାଲିଥିଲେ ପ୍ରତ୍ୟେକ ଈଶ୍ବରଙ୍କୁ ।

''ବୈଜ୍ଞାନିକ ଈଶ୍ବର ?''

''ବୈଜ୍ଞାନିକ ସ୍ରଷ୍ଟା ନୁହେଁ – ଉଦ୍ଭାବକ । ସେ ଈଶ୍ବର ହୋଇ ନପାରନ୍ତି ।''

''ତେବେ ଶିଳ୍ପୀ ହେଉଛି ଈଶ୍ବର !''

''ଶିଳ୍ପୀ ସୃଷ୍ଟି କରେ ନାହିଁ – ସୃଷ୍ଟି ସୌନ୍ଦର୍ଯ୍ୟକୁ ରୂପାୟନ କରେ ।''

''ଗୁରୁ ଈଶ୍ବର ?''

''ଈଶ୍ବର ପରମ ଗୁରୁ ।''

''ଦେବ ଦେବୀ ଈଶ୍ବର !''

''ଈଶ୍ବର ଅବ୍ୟୟ–ତାଙ୍କର ଲିଙ୍ଗ ଭେଦ ନାହିଁ ।''

''ପ୍ରବୀଣ ଈଶ୍ବର...''

''ଈଶ୍ବର ଯୁବକ ନୁହନ୍ତି, ବୃଦ୍ଧ ନୁହନ୍ତି ।''

''ରାଜା ଈଶ୍ବର !''

''ରାଜାର ସିଂହାସନ ମଧ୍ୟ ରାଜାର ନୁହେଁ– ତାହା ଈଶ୍ୱରଙ୍କର କରୁଣା ପ୍ରଦତ୍ତ ଅସ୍ଥାୟୀ ଦାନ । ରାଜା ମଧ୍ୟ ସମୟକ୍ରମେ ଭିକାରୀ ହୋଇପାରେ ।''

ତେବେ ଈଶ୍ୱର କିଏ– କେଉଁଠି ?

ବିଦେଶୀଦ୍ୱୟ ସମଗ୍ର ଭାରତବର୍ଷ ବୁଲିଲେଣି । ଏଣିକି ସେ ଈଶ୍ୱରଙ୍କ ଦର୍ଶନ ନପାଇ ଫେରିଯିବେ ବୋଲି ସ୍ଥିର କରି ନେଇଛନ୍ତି । ପ୍ଲାଟ୍‌ଫର୍ମରେ ଟ୍ରେନ୍‌କୁ ଅପେକ୍ଷା କରି ପଡ଼ିଛନ୍ତି ଦୁହେଁ । ଟ୍ରେନ୍ ଆସୁନାହିଁ । ଟ୍ରେନ୍ ବିଳମ୍ବରେ ଆସିବା ଏଠାରେ ଅସ୍ୱାଭାବିକ ନୁହେଁ– ଏ ଉପଲବ୍ଧି ତାଙ୍କର ଏତିକି ଦିନ ଭିତରେ ହୋଇଛି । ତେଣୁ ସେମାନେ ଆଦୌ ବ୍ୟସ୍ତ ହେଉ ନାହାନ୍ତି । କିନ୍ତୁ ଅନ୍ୟ ସ୍ଥାନୀୟ ଯାତ୍ରୀମାନେ ଟ୍ରେନର ବିଳମ୍ବିତ ଆଗମନ ପ୍ରସ୍ଥାନ ସମ୍ପର୍କରେ ଆଜନ୍ମ ଅଭିଜ୍ଞ ଥିଲେ ମଧ୍ୟ ବ୍ୟସ୍ତ, ବିଚଳିତ ଏବଂ ଧୈର୍ଯ୍ୟହରା ହେଉଥିବାର ସେମାନେ ଲକ୍ଷ୍ୟ କରୁଛନ୍ତି ।

ଅବଶ୍ୟ ଆଜିର ବିଳମ୍ବ ଅସ୍ୱାଭାବିକ । ସବୁ ଟ୍ରେନ୍ ଆଜି ଆଠଘଣ୍ଟା, ଦଶ ଘଣ୍ଟା ବିଳମ୍ବରେ ପହଞ୍ଚିବ ବୋଲି ଯାତ୍ରୀମାନେ ଟ୍ରେନ୍‌ରେ ପହଞ୍ଚିବା ପରେ ହିଁ ଅନୁସନ୍ଧାନ କରି ଜାଣୁଛନ୍ତି । ପୂର୍ବରୁ ରେଡ଼ିଓ କିମ୍ବା ଦୂରଦର୍ଶନରେ ବିଶେଷ ଘୋଷଣା ଦ୍ୱାରା ଏ କଥା ଜଣାଇ ଦିଆଯାଇ ପାରିଥାନ୍ତା । ଅନେକ ଉଚିତ କାର୍ଯ୍ୟ ଏଠାରେ ଉଚିତ ସମୟରେ ହୁଏ ନାହିଁ । ତେଣୁ ସବୁଠି କୋଳାହଳ, ଗଣ୍ଠଗୋଳ, ବିଶୃଙ୍ଖଳ ପରିସ୍ଥିତି । ଆଜି ଷ୍ଟେସନ୍‌ରେ ମଧ୍ୟ ସେଇ ପରିସ୍ଥିତି । ଜିନିଷପତ୍ର, ପିଲାଛୁଆ ଧରି ଯାତ୍ରୀମାନେ ସମସ୍ତେ ଏକତ୍ର ହୋଇଛନ୍ତି । ଦିନକ ତଳେ ଝଡ଼ ତୋଫାନ ଯୋଗୁଁ ଟ୍ରେନ୍ ଲାଇନ୍ ଉପରେ ଗଛ ପଡ଼ିଛି । ପଥ ପରିଷ୍କାର କାର୍ଯ୍ୟ ଚାଲିଛି । ତେଣୁ ଟ୍ରେନ୍ ଆସିବାରେ ବିଳମ୍ବ । ପ୍ଲାଟ୍‌ଫର୍ମରେ ବସିବାକୁ ମଧ୍ୟ ସ୍ଥାନ ନାହିଁ । ୱେଟିଂ ରୁମ୍‌କୁ ନଯିବା ବରଂ ଭଲ । ୱେଟିଂ ରୁମର ବାଥରୁମ, ଲାଟ୍ରିନ୍‌ର ଅବସ୍ଥା ନକହିବା ଭଲ । ଏଠାରେ ସମସ୍ତେ ଅପରକୁ ଦୋଷ ଦେବାରେ ଧୁରନ୍ଧର । ସମସ୍ତେ ଭାବନ୍ତି ଅଳ୍ପ ସମୟ ପରେ ସେ ଗାଡ଼ି ଧରିବେ । ତେଣୁ ଯେଉଁଠି ପାରେ ସେଠି ଆବର୍ଜନା କୁଢ଼େଇ ଦେଲେ ନିଜ କାମ ଖତମ୍ । ପରିଚ୍ଛନ୍ନତା ଦାୟିତ୍ୱ ରେଳ କର୍ତ୍ତୃପକ୍ଷଙ୍କର, ବା ସ୍ୱିପର୍, ମେହେନ୍ତରର । ତେଣୁ ଅବଶେଷରେ ସର୍ବତ୍ର ଦୁର୍ଗନ୍ଧ, ଅପରିଚ୍ଛନ୍ନତା, କୁଢ଼ କୁଢ଼ ଆବର୍ଜନା । ଚତୁର୍ଦ୍ଦିଗରେ ଦୂଷିତ ପରିବେଶ । ଏ ନିତ୍ୟପ୍ରବୃତ୍ତ ଘଟଣା । ଆଜି ଅଧିକ ଜନଗହଳି ଯୋଗୁଁ ପରିସ୍ଥିତି ଅତ୍ୟନ୍ତ ପ୍ରତିଗନ୍ଧମୟ । ସମସ୍ତେ ନାକରେ ରୁମାଲ ଗୁଞ୍ଜି ମୁଖ ବିକୃତ କରି ନିଜକୁ ବାଦ୍ ଦେଇ ବାକି ସମସ୍ତଙ୍କୁ ଏ ପରିସ୍ଥିତି ପାଇଁ ଅଭିଶାପ ଦେଇ ଚାଲିଛନ୍ତି ।

ୱେଟିଂ ରୁମରେ ଯେଉଁମାନେ ଆଗୁଆ ପହଞ୍ଚିଛନ୍ତି ସେମାନେ ବେଞ୍ଚ ଉପରେ, ସୋଫା ଉପରେ ଗୋଡ଼ହାତ ଲମ୍ବେଇ ଆରାମ କରୁଛନ୍ତି । ନିଜର ବୈଠକ ଘରେ ମଧ୍ୟ

ଆଗନ୍ତୁକଙ୍କୁ ବସିବା ପାଇଁ ସ୍ଥାନ ଛାଡ଼ି ଦିଆଯାଏ । ଅଥଚ ସର୍ବସାଧାରଣ ବିଶ୍ରାମାଗାରରେ ଜଣେ ଶୋଇଛି, ଜଣେ ବସିବା ପାଇଁ ସ୍ଥାନ ଖୋଜୁଛି । ସାଧାରଣ ସୌଜନ୍ୟ ଦୃଷ୍ଟିରୁ ସ୍ଥାନ ଛାଡ଼ିଦେବା ଭିନ୍ନ କଥା– ଏଠି ଅନଧିକାର ସ୍ଥାନ ମାଡ଼ିବସି ଲୋକେ ଅନ୍ୟର ସୁବିଧାରେ ହକ୍ ଦାବି ପ୍ରତି ସମ୍ମାନ ବି ଦେଖାଉନାହାନ୍ତି । ''ମୁଁ ଆଗ ଆସିଛି ତେଣୁ ମୁଁ ଏସବୁ ସ୍ଥାନ ଜୟ କରିଛି'' ଏଇ ମନୋଭାବ ସ୍ପଷ୍ଟ ।

ପ୍ଲାଟ୍‌ଫର୍ମକୁ ପୁଣି ଓହ୍ଲାଇ ଆସିବାକୁ ପଡ଼ିଲା । ଅପରିଚ୍ଛନ୍ନ, ଆବର୍ଜନାମୟ ହେଲେ ମଧ୍ୟ ପ୍ଲାଟ୍‌ଫର୍ମରେ କିଛି ସ୍ଥାନ ଖାଲି ପଡ଼ିଛି । ଅପେକ୍ଷାକୃତ ପରିଷ୍କାର ସ୍ଥାନ ଦେଖି ଯାତ୍ରୀମାନେ ଖଣ୍ଡିଏ ଖଣ୍ଡିଏ ସ୍ଥାନ ମାଡ଼ି ବସିଛନ୍ତି । ଖବରକାଗଜ ବିଛେଇ ଗୋଟିଏ ପରିଚ୍ଛନ୍ନ ପରିବାର ସେଇ ଅପରିଚ୍ଛନ୍ନ ସ୍ଥାନରେ ସଂସାର ମେଲି ଦେଇଛନ୍ତି । ଜିନିଷପତ୍ର ବ୍ୟାଗ୍‌, ଆଟାଚି, ଟିଫିନ୍‌ କ୍ୟାରିୟର, ପାଣି ବୋତଲ ଅପେକ୍ଷାକୃତ ଦାମିକା ଓ ରୁଚିପୂର୍ଣ୍ଣ । ଦୁଇଟି ପରିବାର ଏକତ୍ର ଛୁଟି କଟାଇବା ପାଇଁ ପର୍ଯ୍ୟଟନରେ ବାହାରିଛନ୍ତି ବୋଲି ମନେ ହେଉଛି । ଦୁଇଜଣ ମହିଳା, ଦୁଇଜଣ ପୁରୁଷ ଓ ପିଲାଛୁଆ ମିଶି ଚାରି । ସମସ୍ତେ ଆବଶ୍ୟକତା ଅପେକ୍ଷା ଅଧିକ ମେଦମୟ ଦିଶୁଛନ୍ତି । ସ୍ନେହସାର ଖାଦ୍ୟର ବହୁଳତା ଦେହ ମୁହଁର ତ୍ୱକ୍‌ରେ ଫୁଟି ଉଠୁଛି । ବେଶ୍‌ ହସଖୁସିର ସଂସାର । ବିଦେଶୀ ଦୁହିଁଙ୍କୁ ଦେଖି ସେମାନେ ଉଲ୍ଲସିତ ବୋଲି ମନେ ହେଉଛି ।

ମହିଳା ଦୁଇଜଣ ବେଢ଼ିଙ୍କୁ ଆଉଜି ଖୁସିଗଛ୍ଛ କରୁ କରୁ ବ୍ୟାଗରୁ ଛୋଟ ଦର୍ପଣ କାଢ଼ି ନିଜର ଚେହେରା ବାଗେଇ ନେଲେଣି ସ୍ୱଭାବ ସୁଲଭ ଢଙ୍ଗରେ । ଓଠରେ ଲିପ୍‌ଷ୍ଟିକ୍‌ ବୁଲାଇ ଆଣିଲେଣି । ସକାଳ ପ୍ରସାଧାନ ମଉଳି ଆସିଛି । ଧୂଳି ଓ ଝାଳର ଅଠାଳିଆ ଆସ୍ତରଣ ଉପରେ ସେମାନେ ହାଲ୍‌କା କରି ପାଉଡରର ଲେପ ଦେଉଛନ୍ତି ଓ ଆଖି କୋଣରେ ବିଦେଶୀ ଦୁହିଁଙ୍କୁ ଦେଖୁଛନ୍ତି ।

ସେମାନେ ଆଉ କେହି ଅଧୈର୍ଯ୍ୟ, ଅସ୍ଥିର, ବିରକ୍ତ ହେଉନାହାନ୍ତି । ବିଦେଶୀ ଦୁହେଁ ସେମାନଙ୍କର ମନୋରଂଜନ ଏବଂ ସମୟ ବିନୋଦନର ଉପାଦାନରେ ପରିଣତ ହୋଇଛନ୍ତି । ସମସ୍ତେ ବିଦେଶୀଙ୍କର ନିକଟତର ହେଉଛନ୍ତି ।

ଭାରତ ଭ୍ରମଣ ଅଭିଜ୍ଞତାରୁ ବିଦେଶୀ ଦୁହେଁ ବୁଝିଛନ୍ତି ଯେ, ଅତୀତରେ ଯେଉଁ ଭାରତବର୍ଷ ଦେଶପ୍ରେମର ଚରମ ନିଦର୍ଶନ ସ୍ୱରୂପ ଭାରତବର୍ଷକୁ ସ୍ୱାଧୀନ କରିବା ପାଇଁ ଆତ୍ମବଳୀ ଦେବାରେ ପଛଘୁଞ୍ଚା ଦେଉ ନଥିଲେ, ଆଜି ସେଇ ଭାରତୀୟଙ୍କ ପ୍ରାଣରେ 'ଦେଶପ୍ରେମ' ଅପେକ୍ଷା 'ବିଦେଶପ୍ରେମ' ଅଧିକ ବଳବତ୍ତର ହେଉଛି । 'ବିଦେଶୀ ଦ୍ରବ୍ୟ' ବର୍ଜନକୁ ମୂଳମନ୍ତ୍ର କରି ଦିନେ ଭାରତବର୍ଷ ଶକ୍ତିଶାଳୀ ବ୍ରିଟିଶ୍‌ ରାଜ କବଳରୁ ଦେଶକୁ ସ୍ୱାଧୀନ କରିଥିଲା । ମାତ୍ର ଆଜି ସ୍ୱାଧୀନ ଭାରତବର୍ଷରେ ବିଦେଶୀ

ଦ୍ରବ୍ୟ ବ୍ୟବହାର କେବଳ ଆଗ୍ରହ ନୁହେଁ, ରୀତିମତ ଆସକ୍ତିରେ ପରିଣତ ହୋଇଛି । କହିବାକୁ ଗଲେ 'ଇମ୍ପୋଟେଡ୍' ଶବ୍ଦଟି ଗୋଟାଏ 'ଷ୍ଟାଟସ୍ ସିମ୍ବଲ'ରେ ପରିଣତ ହୋଇଛି । ବିଦେଶୀଟିଏ ଦେଖିଲେ ଏବେ ମଧ ଭାରତବର୍ଷର ଶିକ୍ଷିତ ଅଶିକ୍ଷିତ, ସେମାନଙ୍କୁ ଦେବଦୂତ ମନେ କରି ବିସ୍ମୟ କୌତୂହଲ ଏବଂ ଉଲ୍ଲସିତ ଆଗ୍ରହରେ ଚାହିଁରହନ୍ତି । ଭିକ୍ଷୁକମାନେ ମନେ କରନ୍ତି ବିଦେଶୀମାନେ କୁବେରପୁରୀର ମାଲିକ । ଯେଉଁ ଦ୍ରବ୍ୟ ତାଙ୍କ ଦେଶରେ ଅତ୍ୟନ୍ତ ମୂଲ୍ୟହୀନ ଓ ଶସ୍ତା, ସେଇ ଦ୍ରବ୍ୟକୁ ଅଧିକ ମୂଲ୍ୟ କିମ୍ବା ଅଧିକ ମୂଲ୍ୟର ପଦାର୍ଥ ବିନିମୟରେ ଭାରତୀୟମାନେ ସଂଗ୍ରହ କରନ୍ତି, କାରଣ ସେଇଟା 'ଇମ୍ପୋଟେଡ୍' ।

ବିଦେଶୀ ଦୁହିଁଙ୍କର କଲମ, ହାତଘଡ଼ି, ବେଲ୍ଟ, ଜାକେଟ୍, ପାନିଆ, ବ୍ଲେଡ୍, ସେଭିଂ ଲୋସନ୍ ଇତ୍ୟାଦି ଅନେକଦିନରୁ ହସ୍ତାନ୍ତରିତ ହୋଇଛି ଭାରତୀୟ କଲମ, ହାତଘଡ଼ି, ବେଲ୍ଟ ଇତ୍ୟାଦି ବିନିମୟରେ... ନୂଆ ଦ୍ରବ୍ୟ ଦେଇ ପୁରୁଣା ବ୍ୟବହୃତ ଜିନିଷ ନେବାରେ କି ଆଗ୍ରହ !

ଗୋରା ଚମ, କହରା କେଶ, ଚିଲା ବା ଧୂସର-ନୀଳ ଆଖି, ରଙ୍ଗିଲା ଅଧର ଦେଖିବା ମାତ୍ରେ ଭାରତୀୟମାନେ ଘେରିଯାନ୍ତି । ସେ କେଉଁ ଦେଶର ବୁଝିବା ଆଗରୁ 'ଫରେନର୍' (ବିଦେଶୀ) ଶବ୍ଦର ମହିମାରେ ସେମାନେ ମୋହିତ ହୋଇ ନିକଟତର ହୁଅନ୍ତି । କେହି କେହି ବିଦେଶ ଯିବାର ସୁଯୋଗ କିପରି ମିଳିବ ସେ ସମ୍ପର୍କରେ ମଧ ବିଶଦ୍ ବିବରଣୀ ସଂଗ୍ରହ କରନ୍ତି ।

ହୋଇପାରେ ଭାରତୀୟମାନଙ୍କର ଏଇଟା ବନ୍ଧୁବତ୍ସଲତା । ବନ୍ଧୁଦେଶ ପ୍ରତି ଆଗ୍ରହ ପ୍ରକାଶ କରିବା ସ୍ୱାଭାବିକ ହୋଇପାରେ ।

ସେଇ ପରିବାରଟି ଧୀରେ ଧୀରେ ସେମାନଙ୍କୁ ଘେରିଲେଣି, ଆଲାପ ଆରମ୍ଭ କଲେଣି । ନିଜର ସ୍ୱାଭାବିକ ଇଂରାଜୀ ଉଚ୍ଚାରଣରେ ଫରେନ୍ ସ୍ପର୍ଶ ଦେବା ପାଇଁ ଅସ୍ୱସ୍ତ ଅସ୍ୱାଭାବିକ ଅବୋଧ ଢଙ୍ଗରେ ଉଚ୍ଚାରଣ କରୁଛନ୍ତି । ଧୀରେ ଧୀରେ ସେମାନେ ନିଜର ବ୍ୟାଗ୍, ସୁଟ୍‌କେସ୍ ଇତ୍ୟାଦି ଖୋଲି ଜିନିଷମାନଙ୍କର ପ୍ରଦର୍ଶନୀ ଖୋଲିଲେଣି । ସେମାନେ ଯେ ଅନେକ ଇମ୍ପୋଟେଡ୍ ଜିନିଷ ବ୍ୟବହାର କରନ୍ତି ଏକଥା ସ୍ପଷ୍ଟ କରିଦେବା ପାଇଁ ଚାହାନ୍ତି । ହାତବନ୍ଧା ଘଡ଼ି, କ୍ୟାମେରା, ଟେପ୍ ରେକର୍ଡର, ଭି.ସି.ଆର୍. ଅନେକ କିଛି ଇମ୍ପୋଟେଡ୍ ଦ୍ରବ୍ୟ ସେମାନେ ବ୍ୟବହାର କରନ୍ତି ବୋଲି ବିଦେଶୀମାନଙ୍କର ହୃଦ‌୍ବୋଧ ହୋଇଛି । ସେମାନଙ୍କର କେଉଁ ସମ୍ପର୍କୀୟ 'ଫରେନ୍'ର କେଉଁଠି କେଉଁଠି ରହୁଛନ୍ତି ତା'ର ତାଲିକା ମଧ ବର୍ତ୍ତମାନ ବିଦେଶୀ ଦ୍ୱୟଙ୍କ ହାତରେ ଧରାଇଦେଲେଣି । ଏ ପରିବାର ଦୁଇଟି ଅନ୍ୟ ସାଧାରଣ ପରିବାରଠାରୁ ଉଚ୍ଚ ସ୍ଟାଟସ୍‌ରେ ଅଛନ୍ତି ଏଥିରେ

ଆଉ କିଛି ସନ୍ଦେହ ନାହିଁ । ସେମାନେ ବିଦେଶୀମାନଙ୍କ ପ୍ରତି ଯେତେ ଆଗ୍ରହୀ, ବିଦେଶୀଦ୍ୱୟ ସେମାନଙ୍କ ପ୍ରତି ସେତେ ଆଗ୍ରହୀ ନୁହନ୍ତି । ସେମାନଙ୍କର ଦୃଷ୍ଟି ଅନ୍ୟତ୍ର ନିବଦ୍ଧ । ଈଶ୍ୱରଙ୍କର ବିଭିନ୍ନ ସଂଜ୍ଞା ସ୍ମରଣ କରି ସେମାନେ ସେଇ ଅଭୂତ ଜୀବଟିକୁ ନିରୀକ୍ଷଣ କରି ଚାଲିଛନ୍ତି । କେଜାଣି ଈଶ୍ୱର ମିଳିଯିବେ ପରା !

ପ୍ଲାଟ୍‌ଫର୍ମ ଉପରେ ଦୁଇଟା ଆଖି ଚିତ୍‌ହୋଇ ପଡ଼ିଛି । ସେ ଆଖି ଦୁଇଟା ପ୍ଲାଟ୍‌ଫର୍ମର ନା କୌଣସି ଜୀବର ! ସେ ଜୀବଟି ପଶୁ, ମଣିଷ ନା ଈଶ୍ୱର !

ସେ ଜୀବଟିକୁ ଦିନସାରା ଚାଲୁଥିବାର ଦେଖିଥିଲେ ବିଦେଶୀଦ୍ୱୟ । ବର୍ତ୍ତମାନ ସେ ପ୍ଲାଟ୍‌ଫର୍ମର ଆବର୍ଜନା ଭିତରେ ନିଜେ ଆବର୍ଜନାର ପ୍ରତୀକ ହୋଇ ନିରାଲମ୍ୱ ପଡ଼ିରହିଛି । ଦିନରେ ସେ ପ୍ଲାଟ୍‌ଫର୍ମର ମଇଳା ଚଟାଣ ରଙ୍ଗର ବାୟୁ ଚାଲଚଲ କରିପାରୁଥିବା ବେହରଣ ଖଣ୍ଡେ ଅଣ୍ଟାରେ ଗୁଡ଼ାଇଥିଲା । ସେ ଖଣ୍ଡିକ ତା'ର ହାତୁଆ ଅଣ୍ଟାରୁ ବାରମ୍ୱାର ଖସି ପଡ଼ୁଥିଲା । ସେଥିପ୍ରତି ତା'ର ଭ୍ରୂକ୍ଷେପ ନଥିଲା । ଏବେ ସେଇ ବେହରଣ ଖଣ୍ଡିକ ଅଣ୍ଟାରୁ ଖୋଲି ସେ ଘୋଡ଼ି ହୋଇଛି– ଅର୍ଥାତ୍ ସମ୍ପୂର୍ଣ୍ଣ ଉଲଗ୍ନ ଶରୀରକୁ ପ୍ଲାଟ୍‌ଫର୍ମର ଆବର୍ଜନା ଉପରେ ଲମ୍ୱେଇ ଦେଇଛି ରାଜକୀୟ କାଇଦାରେ । ତା' ଶରୀରର ରଙ୍ଗ କିପରି ? ଗୋରା ନା କଳା ? ଦିନେ ନିଶ୍ଚୟ ତା' ଶରୀରର କିଛି ଗୋଟାଏ ରଙ୍ଗ ଥିବ । ବର୍ତ୍ତମାନ ତା' ଶରୀରର ରଙ୍ଗ ଏବଂ ପ୍ଲାଟ୍‌ଫର୍ମର ମସିଆ, ମାଟିଆ, ଆବର୍ଜନାର ଦାଗରେ ୦ଏ ୦ଏ ଛାପିଛାପିକିଆ ଦିଶୁଥିବା ରଙ୍ଗ ଭିତରେ କିଛି ଫରକ୍ ବାରିହେଉ ନାହିଁ । ଜୀବଟିର କେଶର ରଙ୍ଗ କହରା ନା ଅଯନ୍‌ରେ ଧୂସରା !

ତା'ର ମୁଖର ଆକୃତି କିପରି ! କିଛି ବାରିହେଉ ନାହିଁ । କାରଣ ଯେକୌଣସି ଜୀବର ଖପୁରୀ ଓ ମୁଖର ଅସ୍ଥି ଉପରେ ମାଂସ ନଥିଲେ ସବୁ ଖପୁରୀ ଓ ଅସ୍ଥି ଏକାପରି ଦିଶେ । ଜୀବଟିର ଅସ୍ଥି ଉପରେ ମାଂସହୀନ ଚର୍ମର ଢାଙ୍କଣୀଟିଏ ପଡ଼ିଛି । ତେଣୁ ତା'ର କିଛ ନିର୍ଦ୍ଦିଷ୍ଟ ଆକୃତି ଅଛି ବୋଲି ଜାଣି ହେଉ ନାହିଁ ।

ସେ ଯୁବକ ନା ବୃଦ୍ଧ ?

ବୟସ ଯୋଗୁଁ ନା ରୋଗ, ଭୋକ, ଅନାହାର ଯୋଗୁଁ ସେ ଅସ୍ଥିକଙ୍କାଳମୟ ଦିଶୁଛି ଜାଣିବା କଷ୍ଟ । ହୋଇପାରେ ସେ ଯୁବକ-ନଟେତ୍ ବୃଦ୍ଧ ।

ତା'ର ଭୁତରା ମୁଣ୍ଡରୁ ଆଉରି ଅସଂଖ୍ୟ କ୍ଷୁଦ୍ରାଦପି କ୍ଷୁଦ୍ର ଜୀବ ଆତ୍ମପ୍ରକାଶ କରି ତା' ମୁଣ୍ଡ ଚାରିପଟ ଚଟାଣରେ ଲୀଳାଖେଲା କରୁଛନ୍ତି ।

ସେଗୁଡ଼ାକ କ'ଣ ବୋଲି ପ୍ରଶ୍ନ କରିବାରୁ ପିଲାଟିଏ ଉତ୍ତର ଦେଲା– 'ଉକୁଣୀ' ଜୀବକୁ ଅସଂଖ୍ୟ ଜୀବ ଆଶ୍ରା କରିପାରେ– ପରମାତ୍ମାକୁ ଆତ୍ମା ଆଶ୍ରୟ କରିବା ପରି, ଅଣୁ ଭିତରେ ପରମାଣୁ ପରି !

ଜୀବଟି ନିଜର ଅସ୍ଥିମୟ ହାତର ଲମ୍ବ ଲମ୍ବ ତୀକ୍ଷ୍ଣ ନଖରେ ସେଇ କ୍ଷୁଦ୍ରାଦପି କ୍ଷୁଦ୍ର ଜୀବଗୁଡ଼ିକୁ ସଂହାର କରି ଚାଲିଛି– ସେମିତି ଶୋଇ ଶେଇ ଉକୁଣୀଗୁଡ଼ାକୁ ଟକ୍ ଟକ୍ ମାରି ଚାଲିଛି ପ୍ଲାଟ୍‌ଫର୍ମ ଚଟାଣ ଉପରେ । ହିରଣ୍ୟକଶିପୁ ସଂହାର କରି ଚାଲିଛି ମଣିଷର ଶତ୍ରୁକୁ !

ସୃଷ୍ଟି, ସ୍ଥିତି, ବଲୟ, ସବୁର କର୍ତ୍ତା ଜଣେ ।

ଜୀବଟିର ଗୋଟାଏ ହାତ ମୁକ୍ତିର ମଶାଲ ଜାଳିବା ଭଙ୍ଗୀରେ ଲମ୍ବ ହୋଇ ଦୂରେଇ ପଡ଼ିଛି ଚଟାଣ ଉପରେ । ବଡ଼ ବଡ଼ ନଖ ଭିତରେ ଭରପୂର ଆବର୍ଜନା । ଖୋଲା ପାପୁଲିଟି ''ସବୁକିଛି ନିଅ, ସବୁକିଛି ଦିଅ'' ଭଙ୍ଗୀରେ ନିଶ୍ଚଳ ପଡ଼ିଛି । ଯିଏ ଦିଅ – ସେ ନିଅ । ସେ କିଏ ?

ଜୀବଟିକୁ ଯେତେ ଗଭୀର ଅଧ୍ୟୟନ କରୁଛନ୍ତି, ସେତିକି ଉତ୍କଣ୍ଠିତ ହେଉଛନ୍ତି ବିଦେଶୀଦ୍ୱୟ ।

ଈଶ୍ୱରଙ୍କ ସଂଜ୍ଞା ସହ ମିଳାଇ ଦେଖୁଛନ୍ତି ଜୀବଟିକୁ ।

ପରମେଶ୍ୱର ସର୍ବବ୍ୟାପକ ଅଟନ୍ତି ।   ଏପରି ଜୀବ ଭାରତବର୍ଷର ସର୍ବତ୍ର ଦେଖିଛନ୍ତି ବିଦେଶୀଦ୍ୱୟ....

ସେ ନିର୍ମଳ ତାଙ୍କ ପାଇଁ ସ୍ନାନର ପ୍ରୟୋଜନ କ'ଣ ?

ଜୀବଟି ସ୍ନାନ କରୁ ନଥିବ ବୋଲି ମନେହୁଏ ।

ବିଶ୍ୱୋଦରଙ୍କ ପାଇଁ ବସ୍ତ୍ରର ପ୍ରୟୋଜନ ନାହିଁ – ରମ୍ୟ ପାଇଁ ଆଭୂଷଣର ଆବଶ୍ୟକତା କ'ଣ ? ଏପରି ଜୀବ ବସନ, ଭୂଷଣ ବ୍ୟବହାର କରୁଥିବାର ଦେଖାଯାଏ ନାହିଁ ।

ନିର୍ଲେପ ପାଇଁ ଗନ୍ଧ କ'ଣ ?

ନିର୍ଗନ୍ଧ ପାଇଁ ଧୂପ କାହିଁକି ?

ନିର୍ଲିପ୍ତ ପାଇଁ ନୈବେଦ୍ୟ କାହିଁକି ?

ଜୀବଟିକୁ ଗନ୍ଧ ବାସ୍ନା କିଛି ବି ପ୍ରଭାବିତ କରୁନାହିଁ । ତା' ପାଖରେ କେହି କେବେ କିଛି ନୈବେଦ୍ୟ ବାଢ଼ିବାର ଦେଖାଯାଏ ନାହିଁ ।

ଅସ୍ମିତା, ରାଗ, ରୋଷ, ଅଭିନିବେଶ ଯାହାଙ୍କଠାରେ ନାହିଁ ସେ ଈଶ୍ୱର । ଏଭଳି ଜୀବମାନ ଅପମାନ ପ୍ରତି ନିର୍ଲିପ୍ତ ଥିବାର ଦେଖାଯାଏ । ସେମାନଙ୍କର ରାଗ, ଦ୍ୱେଷ, ଈର୍ଷା, ଅସ୍ମିତା ଥାଏ କି !

ଈଶ୍ୱର ଯୁବକ ବା ବୃଦ୍ଧ ନୁହନ୍ତି ।

ଈଶ୍ୱର ଅନାମ – ପୁଣି ସର୍ବନାମ ।

ଏଭଳି ଜୀବଙ୍କର କିଛି ନାମ ନାହିଁ । କୋଡ଼ିଆ, ଖଣ୍ଡିଆ, ବୁଢ଼ା, ଟୋକା, ମାଗନ୍ତା, ଇତ୍ୟାଦି ଯିଏ ଯୋଉ ନାମରେ ଡାକେ ସେମାନେ ଶୁଣନ୍ତି ।

ବିଦେଶୀଦ୍ୱୟ ଜୀବଟିର ନିକଟକୁ ଗଲେ ।

ପ୍ରଶ୍ନ କଲେ- ତୁମର ପିତା, ମାତା କିଏ ? ତୁମେ କେବେ ଜନ୍ମ ହେଲ ? ତୁମର ପୁତ୍ର, କନ୍ୟା କିଏ ?

ସବୁ ପ୍ରଶ୍ନର ଉତ୍ତରରେ ମୁକ୍ତି ମଶାଲଧରା ତା'ର ହାତଟି ନାସ୍ତି- ନାସ୍ତିର ସଂକେତ ଦେଉଥାଏ, ଅର୍ଥାତ୍ ସେ ଜନ୍ମିଛି କି ନା କେହି ଜାଣେନି – ସେ ନିଜେ ମଧ୍ୟ । ତା'ର ପିତା ମାତା, ପୁତ୍ର କନ୍ୟା, ସମ୍ପର୍କୀୟ କେହି ଜାଣନ୍ତି ନାହିଁ ।

ଈଶ୍ୱର ଅଜନ୍ମା ଅଟନ୍ତି । ତାଙ୍କର ପିତା ମାତା, ପୁତ୍ର କନ୍ୟା କେହି ନାହିଁ । ନିର୍ବିକାର ପରମାତ୍ମା ସାଂସାରିକ ବନ୍ଧନରୁ ସମ୍ପୂର୍ଣ୍ଣ ମୁକ୍ତ ଅଟନ୍ତି ।

ବିଦେଶୀଦ୍ୱୟ ପୁଣି ପଚାରୁଛନ୍ତି-ତମର ଜାତି କ'ଣ ? ଧର୍ମ କ'ଣ ? କିଏ ତୁମର ଈଶ୍ୱର ?

''ନାହିଁ – ନାହିଁ – ମୋର ଜାତି ଧର୍ମ ନାହିଁ – ମୋର ଈଶ୍ୱର ନାହାନ୍ତି'' ହାତଟି ଏଇ ଭଙ୍ଗୀରେ ହଲାଉଛି ଜୀବଟି ।

ଈଶ୍ୱରଙ୍କର ଜାତି ଧର୍ମ ନାହିଁ– ପରମେଶ୍ୱରଙ୍କର ଈଶ୍ୱର କିଏ ?

ଅର୍ଥାତ୍ – ଅର୍ଥାତ୍ ଜୀବଟି କିଏ ?

''ତୁମର ଘର ଦ୍ୱାର କେଉଁଠି ? କେଉଁଠି ତୁମର ନିବାସ ? ମନ୍ଦିର, ମସ୍‌ଜିଦ୍‌, ଗୀର୍ଜା, ଗୁରୁଦ୍ୱାର ?''

''କିଛି ମୋର ନାହିଁ – ମୋର ନିବାସ ନାହିଁ ।''

''ଈଶ୍ୱର ନିରାଧାର– ତାଙ୍କର ନିବାସ କ'ଣ ?''

ସେଇ ସୁନ୍ଦର ପରିବାରର ପିଲାଦୁଇଟି ବିଦେଶୀଙ୍କର ହାତଧରି ଟାଣିନେଲେ । ତାଙ୍କ ମା'ମାନେ ଟିଫିନ୍‌ କ୍ୟାରିୟର ଖୋଲି ନାନାପ୍ରକାର ଖାଦ୍ୟର ଦୋକନ ଖୋଲି ଧରିଛନ୍ତି । ସେମାନେ ବିଦେଶୀଙ୍କୁ ଆଗ୍ରହର ସହ ଖାଦ୍ୟ ଯାଚୁଛନ୍ତି ।–

ଆଖିରେ ବନ୍ଧୁତ୍ୱଭରା ଅନୁନୟ–

ଜୀବଟିର ଶୂନ୍ୟ ହାତଟି ସବୁ ସାଉଁଟି ନେବା ଭଙ୍ଗୀରେ ଖୋଲା ପଡ଼ିଥାଏ । ତା' ଆଡ଼କୁ ଘୃଣିତ କଟାକ୍ଷ ଫିଙ୍ଗିଦେଇ ଭଦ୍ରଲୋକ ବିଦେଶୀଙ୍କୁ ଖାଦ୍ୟଭରା ପ୍ଲେଟ୍‌ଟିଏ ବଢ଼ାଇଦେଲେ ।

ବିଦେଶୀ ହାତଯୋଡ଼ି କ୍ଷମା ମାଗୁଛନ୍ତି । ଭଦ୍ରତା ଖାତିରରେ ନୁହେଁ, ଭୟରେ, ଆଶଙ୍କାରେ ସନ୍ଦେହରେ–

ଭାରତୀୟ ଖାଦ୍ୟ, ଔଷଧ, କ୍ଷୀର, ନୀର ସବୁ ଅପମିଶ୍ରିତ । ଦୂଷିତ ପରିବେଶ ଅସଂଖ୍ୟ ରୋଗ ଜୀବାଣୁରେ ପୂର୍ଣ୍ଣ । ଏଠାରେ ରନ୍ଧାଖାଦ୍ୟ ଖାଇବାର ଅର୍ଥ ମୃତ୍ୟୁ ! ସେମାନେ ବଡ଼ ବଡ଼ ହୋଟେଲ୍‌ରେ ପରୀକ୍ଷିତ ହୋଇଥିବା ଖାଦ୍ୟ ଖାଉଛନ୍ତି-ଜୀବାଣୁମୁକ୍ତ ପାଣି ସଙ୍ଗରେ ଧରି ବୁଲୁଛନ୍ତି । ନିଜ ଦେଶର ଔଷଧପୁଡ଼ିଆ ଧରିଛନ୍ତି ସଙ୍ଗରେ ।

ପରିବାରର ସମସ୍ତେ ନାକରେ ରୁମାଲ ଗୁଞ୍ଜି, ବଡ଼ କଷ୍ଟରେ ସେଇ ଦୁର୍ଗନ୍ଧମୟ ଆବହାୱା ଭିତରେ ଖାଦ୍ୟ ଖାଉଛନ୍ତି । ଜୀବନ ରକ୍ଷା କରିବାକୁ ତ ପଡ଼ିବ !

ଉଚ୍ଛିଷ୍ଟ ଖାଦ୍ୟ ପ୍ଲେଟ୍‌ରେ ସାନ ପିଲାଟା ଝଲକାଏ ବାନ୍ତି କରିଦେଲାଣି । ଏ ଦୁର୍ଗନ୍ଧରେ ଖାଦ୍ୟ ପେଟକୁ ଯିବା କଷ୍ଟ । ସମସ୍ତଙ୍କ ଉଚ୍ଛିଷ୍ଟକୁ ବାନ୍ତି ସହିତେ ଏକତ୍ର କରି ମହିଲାଜଣକ ଜୀବଟିର ହାତ ପାଖରେ କୁଢ଼େଇ ଦେଲେ ।

ବିଦେଶୀ ଦ୍ୱୟ ଶିହରି ଉଠିଲେ ଘୃଣାରେ, ବିକାରରେ । ପ୍ରତିବାଦ କରୁ କରୁ ଜୀବଟି ଦପ୍ ଦପ୍ ଲୋଭିଲା ଦୃଷ୍ଟିରେ ଖଣ୍ଡମଣ୍ଡଳକୁ ଜଳକା କରିଦେଇ ସେଇ ବାନ୍ତିମିଶା ଉଚ୍ଛିଷ୍ଟ ବାଟୁଲାଟିକୁ ପ୍ଲାଟ୍‌ଫର୍ମର ଆବର୍ଜନା ସହ ଫେଣ୍ଡିଦେଇ ଆମ୍ଫୁଡ଼ି ରାମ୍ଫୁଡ଼ି ନିଜର ବିରାଟ ଆଁ ମେଲା କରି ଉଦରକୁ ନିକ୍ଷେପ କରିଦେଲାଣି ।

ଈଶ୍ୱର ନିରାହାର-ପୁଣି ସର୍ବଭୁକ୍ !

ବିଦେଶୀ ବିଚଳିତ ସ୍ୱରରେ କହିଲେ- ଏ କ’ଣ କଲେ- ଉଚ୍ଛିଷ୍ଟ ଦେଲେ !

ହସି ହସି ଭଦ୍ରଲୋକ କହିଲେ- ‘‘କିଛି ହେବ ନାହିଁ । ସେମାନେ କ’ଣ କରିବେ ! ରୋଗ ବ୍ୟାଧି କିଛି ହେବ ନାହିଁ ସେଗୁଡ଼ାଙ୍କୁ । ତା’ ହେଉଥିଲେ ସେମାନେ ବଞ୍ଚିଥାନ୍ତେ କିପରି- ବଂଶବିସ୍ତାର କରି ଚାଲିଥାନ୍ତେ କିପରି- ସର୍ବତ୍ର ମାଡ଼ିଯାଆନ୍ତେ କିପରି ?

ଅର୍ଥାତ୍ ଈଶ୍ୱର ଅବିନାଶୀ । ତାଙ୍କୁ ଖରା, ବର୍ଷା, ଅଗ୍ନି, ଜୀବାଣୁ ଗ୍ରାସ କରିପାରେ ନାହିଁ । ତେଣୁ ସେ ଉଚ୍ଛିଷ୍ଟ ଆବର୍ଜନା ନିଲିପ୍ତ ଭାବେ ଭକ୍ଷଣ କରି ମରନ୍ତି ନାହିଁ- ବ୍ୟାପି ଯାଆନ୍ତି ସର୍ବତ୍ର...

ବିଦେଶୀ ଖୁସିରେ ପାଗଳ ଭଳି ନାଚି ଉଠିବା ମୁହୂର୍ତ୍ତରେ ସେମାନେ ତାଙ୍କ ଫଟୋ ଉଠାଇଲେ । ସୋନେ ଜଣ ଜଣ କରି ବିଦେଶୀଙ୍କ ସହ ଅନେକ ଫଟୋ ଉଠାଇଲେ ।

ବିଦେଶୀ ମଧ୍ୟ ନିଜର କ୍ୟାମେରା ପ୍ରସ୍ତୁତ କଲେ । ସେମାନେ ମଧ୍ୟ ବିଦେଶୀ କ୍ୟାମେରାରେ ନିଜ ଫଟୋ ଦେଖିବା ପାଇଁ ପ୍ରସ୍ତୁତ ହୋଇଗଲେ । ଅନୁରୋଧ କଲେ- ‘‘ଆମକୁ ମଧ୍ୟ ଖଣ୍ଡିଏ ଲେଖାଁ ଫଟୋ ପଠାଇବେ । ଆମ ଠିକଣା ଦେବୁ ।’’

ବିଦେଶୀ ଭାବ ଗଦ୍ ଗଦ୍ ସ୍ୱରରେ କହିଲେ- ‘‘ବେଳେ ବେଳେ ଈଶ୍ୱର ଏହି

ମର୍ତ୍ତ୍ୟଭୂମିକୁ ଓହ୍ଲାଇ ଆସି ମଣିଷ ଭିତରେ ରହସ୍ୟମୟ ଭାବରେ ଆତ୍ମଯାତ ହୁଅନ୍ତି । ଆମ ସଭାର ଅନନ୍ତ ଗଭୀରତାରେ ସେଇ ପରମେଶ୍ୱରଙ୍କର ସ୍ପର୍ଶ ଅନୁଭୂତ ହୁଏ ଏକ ଦିବ୍ୟ ମୁହୂର୍ତ୍ତରେ । ସେଇ ଦିବ୍ୟ ମୁହୂର୍ତ୍ତଟିକୁ ଯେଉଁ ବ୍ୟକ୍ତି, ଯେଉଁ ଜାତି, ଯେଉଁ ଦେଶ ଅଜ୍ଞାନତାରୁ ହେଉ ବା ଅହଂକାରରୁ ହେଉ ପାଦରେ ଆଡ଼େଇ ଦିଏ, ସେମାନେ ହତଭାଗ୍ୟ ଏବଂ ସେମାନଙ୍କର ଧ୍ୱଂସ ଅବଶ୍ୟମ୍ଭାବୀ ।’’

ବିଦେଶୀଦ୍ୱୟ ନିଜର ଶକ୍ତିଶାଳୀ କ୍ୟାମେରାରେ ଆବିଷ୍କୃତ ଈଶ୍ୱରଙ୍କର ବିସ୍ମୟକର ସର୍ବଭୁକ୍ ରୂପକୁ ଉତାରି ନେଉଛନ୍ତି ।

ସ୍ତମ୍ଭୀଭୂତ, ତଟସ୍ଥ, ବିସ୍ମୟାଭିଭୂତ ଭଦ୍ରଲୋକ କହିଉଠିଲେ- ‘‘ଭିକାରୀଟାର ଫଟୋ ଉଠାଇ କାହିଁକି ବିଦେଶୀ କ୍ୟାମେରାର ମୂଲ୍ୟବାନ ବିଦେଶୀ ରିଲ୍‌ଗୁଡ଼ା ନଷ୍ଟ କରୁଛନ୍ତି ? କି ସୌନ୍ଦର୍ଯ୍ୟ ଅଛି ଏଇ ରୁଗ୍ଣ ଭିକାରୀଟାଠି ?’’

ବିଦେଶୀଦ୍ୱୟ ପୁନର୍ବାର ସର୍ବଭୁକ୍ ଈଶ୍ୱରଙ୍କର ଫଟୋ ଉଠାଉ ଉଠାଉ କହିଲେ- ‘‘ସେହି ଦିବ୍ୟ ମୁହୂର୍ତ୍ତଟି ଉପସ୍ଥିତ ହେଲେ ମାନବ ମନର ସକଳ ପ୍ରକାର ମିଥ୍ୟାଭିମାନ, ଅହଂକାର, ଆତ୍ମପ୍ରବଞ୍ଚନା ଦୂରୀଭୂତ ହୋଇଯାଏ । କିନ୍ତୁ ସେଇ ମୁହୂର୍ତ୍ତରେ ସଇତାନ୍‌ର ବୁଦ୍ଧି ତୁମ କାନ ପାଖରେ ନିଶ୍ଚୟ ଫିସ୍ ଫିସ୍ କରିବ । ସେଥ୍ପ୍ରତି ସାବଧାନ ରହିଲେ ଯେଉଁ ଆଶାତୀତ କଳନାତୀତ ମୁହୂର୍ତ୍ତଟି ଅପ୍ରତ୍ୟାଶିତ ଉପସ୍ଥିତ ହୁଏ, ତାହା ହିଁ ହେଉଛି ଈଶ୍ୱରଙ୍କୁ ସୂକ୍ଷ୍ମ ଭାବରେ ପ୍ରତ୍ୟକ୍ଷ କରିବାର ମୁହୂର୍ତ୍ତ ।

କ୍ୟାମେରା ଭିତରୁ ରେଡିମେଡ୍ ବିବଶ ଫଟୋଟାଏ ବାହାରି ଆସୁଥିଲା । ସେଇ ଦିବ୍ୟ ମୁହୂର୍ତ୍ତକୁ ପ୍ରତ୍ୟାଖ୍ୟାନ କରି ହାତଗୁଡ଼ିକ ଫେରିଯାଉଥିଲା ।

ସେମାନେ ନିଜ ନିଜ ଭିତରେ ଫିସ୍ ଫିସ୍ ହୋଇ କଥା ହେଉଥିଲେ- ‘ଫରେନ୍‌ରଗୁଡ଼ା କ’ଣ ଯେ ମଇଳା, ଆବର୍ଜନା, ଦୁର୍ଭିକ୍ଷ, ଦରିଦ୍ର, ଭିକାରୀମାନଙ୍କ ପାଇଁ ପାଗଳ ବୁଝିହୁଏ ନାହିଁ । ଭିକାରୀ ଓ ଭଗବାନଙ୍କ ଭିତରେ କିଛି ବି ଫରକ୍ ଦେଖି ପାରୁ ନାହାନ୍ତି ! ଦେବଭୂମି ଭାରତବର୍ଷରେ ଯାହାର ଜନ୍ମ ହୋଇନାହିଁ ସେ କ’ଣ ଚିହ୍ନିବ ଈଶ୍ୱରଙ୍କୁ !’’

ପାଦୁକା ପୂଜା

ରାମଙ୍କ ଭଳି ପିତୃଭକ୍ତ କିଏ ଅଛି ନା ଲକ୍ଷ୍ମଣ ଭରତଙ୍କ ଭଳି ଭ୍ରାତୃଭକ୍ତ ଆଉ କିଏ ଜନ୍ମିଛି ଏ ସଂସାରରେ! 'ପାଦୁକାପୂଜା'ରେ ଭରତଙ୍କୁ ଟିପିଯିବ– ଏମିତି କେହି ମଣିଷ ନାହିଁ ଏ ପୃଥିବୀରେ। ବିଧାନବାବୁଙ୍କ ଘରେ ପାଦୁକାପୂଜା ଦେଖି କେହି କେହି ଏକଥା ଭାବନ୍ତି ତ କେହି କେହି ହସନ୍ତି। ଭାବନ୍ତି ଏଗୁଡ଼ାକ ସବୁ ଲୋକଦେଖାଣିଆ ଭକ୍ତି। ପାଦୁକାପୂଜା ପୁଣି ବାପାର ନୁହେଁ କି ମା'ର ନୁହେଁ, ବାପାଙ୍କ ସାନଭାଇ ବିଧାନବାବୁଙ୍କ ଦାଦାଙ୍କର। ବାପା, ମା'ଙ୍କର ପାଦୁକା କଥା ଛାଡ଼, ଫଟୋଟିଏ ବି ନାହିଁ ବିଧାନବାବୁଙ୍କ ଘରେ; ଅଥଚ ଦାଦାଙ୍କର ପାଦୁକା ପୂଜା ହେଉଛି। ସେ କାଳରେ ଫଟୋ ଉଠୁନଥିଲା ବୋଲି କେମିତି କହିବା? କେତେ କାଳର କଥା କି? ବିଧାନବାବୁଙ୍କ ପିଲାକାଳ ହେଉଛି ଆଜିକୁ ତିରିଶ ପଇଁତିରିଶ ବର୍ଷ ତଳର କଥା। ସେତେବେଳକୁ ସହରରେ ଲୋକେ ନିଜର ଫଟୋ ବାଂଧେଇ କରି କାନ୍ଥରେ ଟାଙ୍ଗିବାର ଫେସନ ଆସିଲାଣି।

ମାତ୍ର ନିପଟ ମଫସଲ ଗାଁରେ ଥିଲାବାଲାଙ୍କ ଘରେ ମଧ୍ୟ ଜିଅନ୍ତା ମଣିଷର ଫଟୋ ଉଭାରି କାନ୍ଥରେ ଟାଙ୍ଗିବା ଦେଖା ନଥିଲା। ଠାକୁରଙ୍କ ଫଟୋ ବ୍ୟତୀତ ମଣିଷଙ୍କ ଫଟୋ କାନ୍ଥରେ ଟାଙ୍ଗି ନିତି ଦର୍ଶନ କରିବ- କିଏ କାହିଁକି ଅଭିଳା ହୋଇ କରନ୍ତା ? କାଁ ଭାଁ ଲୋକଙ୍କର ଫଟୋ ଓ ଠାକୁରଙ୍କ ଫଟୋ ଟଙ୍ଗା ହେଉଥିଲା ଜମିଦାର ସାହୁକାରମାନଙ୍କ କାନ୍ଥରେ। ଫୁଲମାଲ ଦିଆହୋଇ ଧୂପ ଦିଆ ହେଉଥିଲା ମଲା ଲୋକଙ୍କଠି। ତେଣୁ ବିଧାନବାବୁଙ୍କ ବାପା, ମା, ଦାଦା, ଖୁଡ଼ୀ କାହାରି ଫଟୋ ଖଣ୍ଡିଏ ନାହିଁ। ସେମାନଙ୍କର ମୁହଁ ସବୁ ମରିହଜି ଗଲାଣି। ଖାଲି ସ୍ମୃତିପଟରେ ଯେତିକି ଅଛି ସେତିକି। ଆଜି ବିଧାନବାବୁଙ୍କ ଘରେ ଫଟୋ ଉଠାଇବା ଫେସନ ଦିନୁଦିନ ଏମିତି ବଢୁଛି ଯେ ଭାତ ଖାଇ ହାତ ଧୋଇ ବି ଫଟୋ ଉଠା। ବାପା, ମା, ଦାଦା, ଖୁଡ଼ୀଙ୍କର ଫଟୋଟିଏ ରଖିପାରିଲେ ନାହିଁ ବୋଲି ବିଧାନବାବୁ ଦୁଃଖ କରନ୍ତି। କିନ୍ତୁ ଏକା ଦାଦାଙ୍କର ଦୁଇଟି ଚମଡ଼ାଚଟିକୁ ଖଟୁଲି ଉପରେ ରଖି ପୂଜା କରିବାର କାରଣ କ'ଣ।

ପିଲାଏ ପଚାରିଲେ କହନ୍ତି, "ବାବା ଆଖି ବୁଜିବା ବେଳକୁ ମୁଁ ପଢୁଥିଲି ନବମ ଶ୍ରେଣୀରେ। ଦାଦା ହିଁ ପିଲାଟି ଦିନରୁ କୋଳେଇ କାଖେଇ ବଢ଼ କରିଥିଲେ। ବାପା ବଞ୍ଚିଥିବାବେଳେ ମଧ୍ୟ ନିଜ ପିଲାଙ୍କୁ କୋଳକୁ ନେବାର ମନେନାହିଁ। ବାପା ଥିଲେ କଡ଼ାମିଜାଜର ଲୋକ। ତେଣୁ ମୁଁ ବାପାଙ୍କ ଅପେକ୍ଷା ଦାଦାଙ୍କୁ ବେଶୀ ଭଲ ପାଉଥିଲି..."

ଏତିକି ପିଲାଙ୍କ ପ୍ରଶ୍ନର ସନ୍ତୋଷଜନକ ଉତ୍ତର ନଥିଲା- ଏକଥା ଜାଣନ୍ତି ବିଧାନବାବୁ; କିନ୍ତୁ ପିଲାଙ୍କୁ କ'ଣ ସବୁ କିଛି କହିହୁଏ ? କହିଲେ ମଧ୍ୟ ପିଲାଏ ତାଙ୍କର ଭାବପ୍ରବଣତାକୁ ସେତିକି ସମ୍ମାନ ଦେଇନପାରନ୍ତି, ଯେତିକି ସମ୍ମାନ ଦିଏ ଚିତ୍ରା-ତାଙ୍କ ପିଲାମାନଙ୍କର ମା'। ବରଂ ପିଲାଏ ଭାବିପାରନ୍ତି ତାଙ୍କ ବାପା ଜଣେ କୃପଣ ଏବଂ ଅକୃତଜ୍ଞ ମଣିଷ। ଦାଦା ତାଙ୍କର ଏତେ କଲେ ଅଥଚ.....

ବିଧାନବାବୁଙ୍କ ଘରେ ପାଦୁକା ପୂଜାଟା ବନ୍ଧୁବାନ୍ଧବ ମହଲରେ ଗୋଟାଏ ଚର୍ଚ୍ଚାର ବିଷୟ ଥିଲା। ତା'ର ଅର୍ଥ ନୁହେଁ ଯେ ବିଧାନବାବୁ ଦାଦାଙ୍କ ପ୍ରତି ତାଙ୍କ ଭକ୍ତିକୁ ବିଜ୍ଞାପିତ କରୁଥିଲେ। ବରଂ ବିଧାନବାବୁ ତାଙ୍କ ଶୋଇବା ଘରର ଗୋଟାଏ କୋଣରେ ଖଟୁଲି ଉପରେ ମଖମଲ ନାଲି କନା ଖଣ୍ଡିଏ ପାରି ପୁରୁଣା ଚମଡ଼ା ଚପଲ ଦୁଇଟିକୁ ରଖିଛନ୍ତି। ସେଥିରେ ଚନ୍ଦନଛିଟା ଶୁଖିଯାଇଛି। ପ୍ରତିବର୍ଷ ଦାଦାଙ୍କ ଶ୍ରାଦ୍ଧଦିନ ଚନ୍ଦନ ଧୂପଦେଇ ପୂଜା କରନ୍ତି। କାରଣ ସେ ପୁତୁରା ହୋଇଥିବାରୁ ଦାଦାଙ୍କୁ ପିଣ୍ଡ ବାଢ଼ି ପାରନ୍ତିନି। ପ୍ରତିଦିନ ଗାଧୋଇ ସାରି ଠାକୁରଙ୍କ ଫଟୋକୁ ପ୍ରଣାମ କଲାବେଳେ ବାପା, ବୋଉ, ଦାଦା, ଖୁଡ଼ୀଙ୍କୁ ସ୍ମରଣ କରନ୍ତି ଏବଂ ଦାଦାଙ୍କ ପାଦୁକାକୁ ମଧ୍ୟ ପ୍ରଣାମ

କରନ୍ତି । କଥା ମାତ୍ର ଏତିକି; କିନ୍ତୁ କଥାଟି ଲୁଚି ରହି ନାହିଁ । ଆଜିକାଲି ଜନ୍ମକଲା ବାପା ମା'ଙ୍କୁ ଯୋଗ୍ୟ ସନ୍ତାନମାନେ ଜିଅନ୍ତା ନାରଖାର କରୁଛନ୍ତି । ମରନ୍ତେ ଦାଦାଖୁଡ଼ୀଙ୍କୁ ପଚାରେ କିଏ ? ଅଥଚ ମୃତ ଦାଦାଙ୍କ ପାଦୁକା ପୂଜା କରିବାର କଲିଯୁଗରେ ପିତୃପୁରୁଷ ପ୍ରତି ଭକ୍ତିର ଏକ ଜ୍ୱଳନ୍ତ ଉଦାହରଣ ନୁହେଁ କି ? କଥାକଥାକେ ସାଇପଡ଼ିଶା, ବନ୍ଧୁବାନ୍ଧବ ନିଜ ଅବାଧ୍ୟ ଉପରମୁହାଁ ପୁଅଝିଅଙ୍କୁ କହନ୍ତି " ଯାଅ ଦେଖି ଆସ ବିଧାନବାବୁଙ୍କ ଘର । କେତେ ବଡ଼ଲୋକ- କେତେ ବିଦ୍ୱାନ, କେତେ ଯଶଖ୍ୟାତି, ଅଥଚ ଦାଦାଙ୍କର ପାଦୁକା ପୂଜା କରୁଛନ୍ତି । ପିତୃପୁରୁଷଙ୍କ ପ୍ରତି ଭକ୍ତି ଯୋଗୁଁ ସେ ଉପରକୁ ଉପରକୁ ଉଠୁଛନ୍ତି, ଯାଅ ଦେଖ, ଟିକେ ହେଜ ପଣ୍ଡ ତମମାନଙ୍କର..."

ବିଧାନବାବୁଙ୍କ ମୁହଁ ଉପରେ ଏପରି ପ୍ରଶଂସା କେହି କଲେ ସେ ବିନୟ- ଭାବରେ ମ୍ରିୟମାଣ ହୋଇଯାଆନ୍ତି । ଛାତିରେ ଏକ ଅଜଣା କଷ୍ଟ ହୁଏ । ଅଶୀ ବର୍ଷକାଳ ଚାଲିଚାଲି ଥକି ପଡ଼ିଥିବା ଦାଦାଙ୍କର ମଇଳା ଶୀର୍ଣ୍ଣପାଦ ଦୁଇଟା ଦିଶିଯାଏ । ଆଖି ଓଦା ଓଦା ଲାଗେ । କାହିଁକି ଲୋକମାନେ ପରକଥାରେ ଏତେ ମୁଣ୍ଡ ଖେଳାନ୍ତି ? ତାଙ୍କ ଅକୁହା ଦୁଃଖ ଉପରେ ବାରମ୍ବାର ଆଘାତ କରିବା କି ଦରକାର ? କିଏ କାହାକୁ ପୂଜିବ, ନ ପୂଜିବ, ସେଇଟା ତା'ର ନିଜ ମାମଲା । ସେଥିପାଇଁ ଅନ୍ୟମାନେ ଏତେ ଚର୍ଚ୍ଚା କରନ୍ତି କାହିଁକି ?

ବିଧାନବାବୁଙ୍କର ଯେଉଁମାନେ ନିକଟତମ ବନ୍ଧୁବାନ୍ଧବ, ସେମାନେ ବିଧାନବାବୁଙ୍କଠି କେବଳ ପିତୃପୁରୁଷ ପ୍ରତି ଅଚଳା ଭକ୍ତିର ନମୁନା ପାଦୁକାପୂଜା ଦେଖିନାହାନ୍ତି- କରୁଣା'ର ଆଉ ଏକ ବିଚିତ୍ର ରୂପ ମଧ ଦେଖୁଛନ୍ତି । କେହି କିଛି ସାହାଯ୍ୟ ମାଗିବା ପାଇଁ ଆସିଲେ ସେ ପହିଲେ ତା'ର ପେଟ ପିଠିକୁ ନ ଚାହିଁ ତା'ର ପାଦକୁ ଚାହାନ୍ତି । ଦୀର୍ଘଶ୍ୱାସଟିଏ ଛାଡ଼ନ୍ତି । ଯାହା ସାହାଯ୍ୟ କରନ୍ତୁ ବା ନ କରନ୍ତୁ ପଚାରନ୍ତି- "ତମର ହଲେ ଚଟି ଦରକାର କି ? ମୋର ଚପଲ ହଲକ ନବ ? ନଚେତ୍ ଟଙ୍କା ଦେବି ଚପଲ ହଲେ କିଣି ପିନ୍ଧିବ । ଦେଖ ତମ ପାଦଦି'ଟା କେତେ ଚାଲୁଛି । ବଡ଼ କଷ୍ଟ ହେଉଥବ ଖରାଦିନେ- ତାତିଲା ବାଲିରେ ପିଚୁ ରାସ୍ତାରେ ।

ଯୋଗୀ, ଭିକାରି, ଦରିଦ୍ର ଛାତ୍ର ଓ ସାହାଯ୍ୟ ପ୍ରାର୍ଥୀଙ୍କୁ, ବୟସ୍କ ଅଭାବଗ୍ରସ୍ତ ସମ୍ପର୍କୀୟଙ୍କୁ ସେ ନୂଆ ଚପଲ କିଣି ଦେଇଛନ୍ତି । ପଚାରିଲେ କହନ୍ତି "କେବଳ ଅନ୍ନଦାନ ବା ବସ୍ତ୍ରଦାନ ପୁଣ୍ୟକାର୍ଯ୍ୟ ନୁହେଁ, ଖରାଦିନେ, ଜାଡ଼ଦିନେ ପାଦୁକା ଦାନ ମଧ ମହାପୁଣ୍ୟ କାର୍ଯ୍ୟ । ମୋ ପିଲାଦିନେ ଦାଦା ଥରେ କହିଥିଲେ...।" ଏତିକି କହି ଅନ୍ୟମନସ୍କ ହୋଇଯାଆନ୍ତି ବିଧାନବାବୁ । ବଡ଼ ବିନୟୀ ଏବଂ ଭାବପ୍ରବଣ ମଧ । ବିଧାନବାବୁ ଯାହା କହିବାକୁ ଚାହାନ୍ତି, କହିପାରନ୍ତି ନାହିଁ । ଖାଲି ଜଳଜଳ ହୋଇ

ଦିଶେ ଦାଦାଙ୍କର ଶେଥା, ଫୁଲିଲା ମଲାପାଦ ଦୁଇଟି । ସେଇ ପାଦଦୁଇଟି ଦିନେ ବିଧାନବାବୁଙ୍କର ପାଦ ହୋଇଥିଲା । ଦାଦାଙ୍କ ପାଦରେ ବିଧାନ ନାମକ ବାଳକଟି ସେଦିନ ବାଟ ଚାଲିନଥିଲେ ଆଜି ଏଠି କ'ଣ ପହଞ୍ଚ ପାରିଥା'ନ୍ତା ?

ସେ କାଳର କୁଟୁମ୍ବଦାରିଆ ଏକାନ୍ନବର୍ତ୍ତୀ ପରିବାର କଥା ଆଜି ବିଧାନବାବୁଙ୍କ ପିଲାଏ ବିଶ୍ୱାସ କରନ୍ତି ନାହିଁ । ବିଶ୍ୱାସ କଲେ ବି ପସନ୍ଦ କରନ୍ତି ନାହିଁ । ପରିବାରମାନେ କ'ଣ ଗାଈଗୋଠ । ବାପରେ ବାପ ! ଜେଜେବାପା, ବାପା, ବଡ଼ବାବା, ଦାଦା, ଖୁଡ଼ୀ, ବଡ଼ବୋଉ, ଜେଜେମା, ସମସ୍ତଙ୍କର ପିଲାମାନେ, ଗଲା ଅଇଲା ପିଉସୀ, ମାଉସୀ, ନାନୀ ଓ ତାଙ୍କର ପିଲାମାନେ, ଲୋଖାଯୋଖାରେ ବନ୍ଧୁବାନ୍ଧବ, କୋଠିଆ, ହଳିଆ ସମସ୍ତେ ଖାଇବେ ଗୋଟିଏ ହାଣ୍ଡିରେ । ତା'ର ଅର୍ଥ ଦିନରାତି ଖଦାଶାଳ ଲାଗିଥିବ ବାହା ନିମିତ୍ତ ଭଳି । କେମିତି ଏତେ ଲୋକ ଏକାଘରେ ରହନ୍ତି ପାଟିବୁଜି– ଗୋରୁଙ୍କ ଭଳି । ଯାହାଙ୍କର ସବୁ କୋଠରେ ନିଜସ୍ୱ ଇଚ୍ଛା, ଆଗ୍ରହ ପସନ୍ଦ, ଏପରିକି ଖାଦ୍ୟରୁଚି ବୋଲି କିଛି ନାହିଁ ?

କୁଆଡ଼େ ପିଲା ଖାଉଡ଼କ ଏକଭଳି ଜାମା ପ୍ୟାଣ୍ଟ ପିନ୍ଧନ୍ତି । ମାଇପେ ସଧବା, ବିଧବା ମୁତାବକ ଏକାଭଳି ଶାଢ଼ି ପିନ୍ଧନ୍ତି । ଅବଶ୍ୟ ବାପଘର ଶାଢ଼ି ଭିନ୍ନ; କିନ୍ତୁ କିଏ କେତେବେଳେ କାହାରି ଶାଢ଼ି ଗହଣା ପିନ୍ଧିବାର ବାରଣ ନଥାଏ । ଯେମିତି ଘର ନୁହେଁ ଗୋଟାଏ ଆଖଡ଼ାଶାଳ । ଦିନରାତି ହୋ ହୋ, ଘୋ, ଘୋ । ସଭିଏଁ କାର୍ଯ୍ୟବ୍ୟସ୍ତ । ପୁଣି କାହାରିକି କାମ ବାଧେନି । ଜଣେ ପରିବା କାଟିଲେ ଆଉ ଜଣେ ପାଣି ଆଣିଦିଏ– ଏ କାଖରୁ ସେ କାଖ କୋଡ଼ିପିଲା ହେବା ପରି ଏ ହାତରୁ ସେ ହାତ କାମ ପାହିଯାଏ ସୁରୁଖୁରୁରେ । କେଜାଣି ମନ ଫଟାଫଟି, ଉଖୁରାଉଖୁରି ମାଇପିଙ୍କ ଭିତରେ ହେଉଥିବ । ମର୍ଦ୍ଦଙ୍କ କାନକୁ କଥା ଆସେନି । ଯେମିତି ଦି'ଟା ରାଜ୍ୟ ମର୍ଦ୍ଦଙ୍କର, ମାଇପିଙ୍କର । କିଶୋର ବିଧାନ ମର୍ଦ୍ଦଙ୍କ ରାଜ୍ୟ ଖବର ସହ ପରିଚିତ । କାରଣ ତା' ବାପା, ଦାଦାଙ୍କ ଭଳି ସେ କେବେ ପ୍ରମିଳାରାଜ୍ୟ ଖବର ରଖେନି । ସେ ଦେଖିଛି ତା'ର ବାପାଙ୍କୁ । ବଡ଼ କଡ଼ା ମିଜାଜ, କର୍ମଠ, ସଚ୍ଚୋଟ, ସତ୍ୟବାଦୀ ଆଉ ଗମ୍ଭୀର । ବିଧାନ ତାଙ୍କ ପାଖ ପଶେନି । ବାପା ମଧ ଛୁଆମାନଙ୍କୁ କୋଳକୁ ନିଅନ୍ତିନି । ଖାଲି କଚେରି କାମରେ କଟକ ଯାଇଥିଲେ ଇନ୍ଦ୍ରପୁରର ନାମଜାଦା ରସଗୋଲା ଠେକିଏ ଆଣି ଆସନ୍ତି ପିଲାଙ୍କ ପାଇଁ । ବିଧାନ ରସଗୋଲାପ୍ରିୟ । କୋଉ ଭଲ ଜିନିଷଟା ହୁ ହୁ ହୋଇ ବଢ଼ୁଥିବା ବିଧାନ ନାମକ ବାଳକର ପ୍ରିୟ ନଥିଲା ଯେ । ରସଗୋଲା ଗୋଟିଏ ଲେଖାଁ ଭାଗ ପଡ଼େ ସମସ୍ତଙ୍କର । ପିଲାଙ୍କର ଦୁଇଟା ଲେଖାଁ । ବାପା ସେଇ ହିସାବରେ ଆଣନ୍ତି କି କ'ଣ । ତେବେ ବୋଉ, ଖୁଡ଼ୀ କେବେ ରସଗୋଲା ଖାଇବାର ବିଧାନ ଆଖିରେ

ପଢ଼ିନି । ଜେଜେମା'ଙ୍କୁ ବୋଉ ତା'ର ବାଧ କରି ରସଗୋଲା ଦିଏ । କୁଆଡ଼େ ବାଲବୃଦ୍ଧ ସମାନ । ତେବେ ଦାଦାଙ୍କ ଭାଗ ରସଗୋଲାଟି ବିଧାନ ଭାଗରେ ପ୍ରାୟ ପଡ଼ିଥାଏ । ବାରିଆଡ଼କୁ ଡାକିନେଇ ଦାଦା ରସଗୋଲାଟି ବିଧାନ ପାଟିରେ ଦିଅନ୍ତି । କହନ୍ତି ଡାଆଣାଙ୍କ ଭଳି ଚାଖି ଚାଖି ଖାଆନି । ଝଟପଟ ଖାଇଦେ । ନଇଲେ ପଙ୍ଗପାଳ ଦଳ ପହଞ୍ଚିଯିବେ । ଚିଲଭଳି ଝାଙ୍ପିନେବେ । ଚାହିଁଥିବୁ ଉପରକୁ । ବିଧାନ ରସଗୋଲାଟି ବିକଳରେ ଗର୍ଭସାତ୍ କରିସାରି ଭାବେ– ଦାଦା ରସଗୋଲାଟି ତାକୁ ନଦେଇ ତାଙ୍କ ନିଜ ପୁଅ ବିରାଜକୁ ବି ଦେଇ ପାରିଥା'ନ୍ତେ । କାରଣ ଖାଇବାରେ ସେ ଭୀମ । ତେବେ ନିଜ ପୁଅ ଆଉ ଭାଇର ପୁଅ ଭିତରେ ବାରିହେବା ଭଳି କୌଣସି କଥା ଯେତେବେଳେ ଏ ଘରେ ଘଟୁନଥିଲା ରସଗୋଲା କଥାରେ ସେଭଳି ଘଟିବ କାହିଁକି ?

ଦାଦା ବାପାଙ୍କ ଭଳି ବୁଦ୍ଧିଆ ଓ କାମିକା ନଥିଲେ । ଯୋଉ କାମରେ ହାତଦେଲେ ସେ ବୁଡ଼ିଲା । ବାପାଙ୍କର ବହୁ ଅର୍ଥ ଶ୍ରାଦ୍ଧ ହେଲା ଦାଦାଙ୍କ ହାତରେ । କ୍ରମେ ଦାଦା ନିକମାରେ ଗଣାହେଲେ । ଦାଦାଙ୍କ କାମ ହେଲା ବିଲ ବାଡ଼ି ଚାଷବାସ କାମ ତଦାରଖ କରିବା । ଏକାନ୍ନବର୍ତ୍ତୀ ପରିବାର । ଜଣେ ନିକମା ହେଲେ ମଧ ତା' ପେଟ ଅପୋଷା ରହିଯାଏ ନାହିଁ । କିନ୍ତୁ ବିଧାନ କେବେହେଲେ ଦାଦାଙ୍କୁ ନିକମା ମଣିନାହିଁ । ଦାଦା ଯେତେ କାମ କରନ୍ତି, ସମ୍ଭବତଃ ଘରେ ସେତିକି କାମ କେହି କରନ୍ତି ନାହିଁ । ଖୁଡ଼ୀ ହାତରେ ହାଣ୍ଡି ଚୁଲି । ତା' ଜୀବନର ସବୁ ସମୟ ଚାଲିଯାଏ ରୋଷେଇଘରେ । ଖାଇ ପିଇ ହାଣ୍ଡି ପଖାଳି ଶୋଇବାବେଳକୁ ରାତି ଅଧ । ଖୁଡ଼ୀର ଅଣ୍ଟା ଧରିଯାଏ । ସକାଳୁ ଉଠିପାରେନି । ବିଧାନ କେତେଥର ଦେଖିଛି ଦାଦା ଖୁଡ଼ୀର ଗୋଡ଼ ଚପିଦେବା, ଆଣ୍ଟୁରେ ମଲମ ଘଷିବା । ସେ କାମ କୁଆଡ଼େ ମାଇପି–ବୋଲକରା ନିକମା ମଣିଷଙ୍କ କାମ । କିନ୍ତୁ ବିଧାନ ଜାଣେ ଦାଦା ମାଇପି ବୋଲକରା ନଥିଲେ । ତା ହୋଇଥିଲେ ଏତେ ବଡ଼ ଏକାନ୍ନବର୍ତ୍ତୀ ପରିବାରର ମୂଳଦୁଆ ଦୋହଲି ଯାଇଥା'ନ୍ତା । ଖୁଡ଼ୀର ଦିହମୁଣ୍ଡ ଦାଦା ଦେଖି ନଥିଲେ କିଏ ଦେଖିଥା'ନ୍ତା । ଖୁଡ଼ୀ ସବୁ ପାଇଟି ସାରି ବୋଉର ଗୋଡ଼ ମୋଡ଼ିଦିଏ । ମାତ୍ର ବୋଉ ଖୁଡ଼ୀର ଗୋଡ଼ ମୋଡ଼ିଦେବାର ବିଧାନ କେବେ ଦେଖିନି । କେମିତି ମୋଡ଼ିଦେବ! ଖୁଡ଼ୀ ପରା ସାନଯୋଆ । ବୋଉ କିନ୍ତୁ ଏତେ ଭିଡ଼ କାମ କରେନି । ବଡ଼ଯୋଆ ବୋଲି ନିୟମ ଅନୁସାରେ କାନିରେ ଚାବିପେଣ୍ଟା ବାନ୍ଧି ମାମଲତି କରେ । ଖୁଡ଼ୀ ଥାଏ ହାତଟେକାରେ; କିନ୍ତୁ ସେଇଟା ବୋଉର ଖୁଡ଼ୀ ଉପରେ ଅତ୍ୟାଚାର ନୁହେଁ । ଏକାନ୍ନବର୍ତ୍ତୀ ପରିବାରର ନିୟମ । କିନ୍ତୁ ଖୁଡ଼ୀର ଖାଇବା ପିନ୍ଧିବାରେ ଉଣା ନଥାଏ । ବୋଉ ଖୁଡ଼ୀ ଏକା କଂସାରେ ଖାଆନ୍ତି । ଦାଦାଖୁଡ଼ାଙ୍କର ପିଲାମାନଙ୍କ ପ୍ରତି ପାତର ଅନ୍ତର ନଥାଏ । ଖୁଡ଼ୀ ସକାଳୁ ଝଟପଟ ଉଠିପାରେ ନାହିଁ ବୋଲି ଦାଦା ସକାଳୁ

ଚୁଲିମୁଣ୍ଡକୁ ଯାଇ ପହିଲେ ଡେକ୍‌ଟିଏ ଚା’ ବସାନ୍ତି। ଘରର ସଭିଙ୍କୁ ଏପରିକି ଚାକର କୋଠିଆଙ୍କୁ ଚା’ ପରିବେଷଣ କରନ୍ତି। ତା’ପରେ ପିଲାମାନଙ୍କ ଜଳଖିଆ। ସୁଜି, ସାଗୁ, କ୍ଷୀର ଆଉଟା ଏବଂ ମାଇପିମାନେ ପଖାଳ ଖାଇବେ ବୋଲି ଭଜା ସନ୍ତୁଲା କରନ୍ତି। ଖୁଡ଼ୀର ଅଣ୍ଣା ଧରେ ବୋଲି ଖୁଡ଼ୀ ଡେରିରେ ଗାଧୋଏ। ଅଗାଧୁଆ ଚୁଲିମୁଣ୍ଡକୁ ଯିବ କିପରି ? ଦାଦା ନିକମା ବୋଲାଇଲେ ବି ପୁରୁଷ ଲୋକ। ସେ ଅଗାଧୁଆ ଅଘଷା ମଧ ଚୁଲି ହାଣ୍ଡି ଛୁଇଁପାରିବେ, ଭଜା, ସନ୍ତୁଲା କରିପାରିବେ। ବାହା ନିମିଢ, ପର୍ବ– ପର୍ବାଣିରେ ଦାଦା ରାତିରାତି ବସି ଖଜା, ପିଠା, ଉଖୁଡ଼ା ମୁଆଁ କରନ୍ତି। ସେଥିରେ ସେ ଦକ୍ଷ। ଖୁଡ଼ୀ ମଧ ଦାଦାଙ୍କ ଭଳି ଏତେ ଭଲ ପିଠାପଣା କରିପାରେନି। ଆରିସା ପିଠା ଦାଦାଙ୍କ ହାତରେ ଯେମିତି ଉତୁରେ, ଖୁଡ଼ୀ ହାତରେ ସେମିତି ଉତୁରେ ନାହିଁ। ପିଠାରୁ ଜାଣିହେବ ଦାଦା କରିଛନ୍ତି କି ଖୁଡ଼ୀ କରିଛନ୍ତି। ସକାଳୁ ଦୁଇ ତିନିଥର ଚା’ଭାତି ବସେ। ଦାଦା ଚୁଲିମୁଣ୍ଡେ ବସିବସି ଅଗାଧୁଆ ଚା’ ପିଅନ୍ତି ଦୁଇ ତିନିଥର। ଚା’ସଙ୍ଗେ ହୁଡ଼ୁମ୍ କି ଚୁଡ଼ାଭଜା ପୋଷେ ପାଟିକି ପକାନ୍ତି। ସେତିକି ଦାଦାଙ୍କର ସକାଳ ଜଳଖିଆ। କେବେ କେବେ ହାଲୁଆ କରିଥିଲେ ସେଥିରୁ ମେଞ୍ଜାଏ ଖାଆନ୍ତି। ଦାଦାଙ୍କର ପଥ୍ୟ ଆହାର, ତେଣୁ ଶରୀର ଦୁର୍ବଳ। ସକାଳେ ଗୋଟକଯାକ ଛୁଆଙ୍କୁ ଗାଧୋଇ ଦିଅନ୍ତି ଦାଦା। ଜାମା, ପେଣ୍ଟ ପିନ୍ଧାଇ ସ୍କୁଲକୁ ପଠାନ୍ତି। ସ୍କୁଲ ନଯିବା ଛୁଆଙ୍କୁ କାଖେଇ ବୁଲନ୍ତି। ଏତେ ବଡ଼ ପରିବାରରେ ଚାରି ପାଞ୍ଚଜଣ ମାଇପିଲୋକ। ମାତ୍ର ସେମାନେ ଖାଲି ବର୍ଷକୁ ବର୍ଷ ପିଲା ଜନ୍ମ କରନ୍ତି। ଛୁଆଙ୍କୁ ପାଲିବାକୁ ତର ନଥାଏ।

ଦାଦା ବିଲବାରି ତଦାରଖ କରନ୍ତି ଦି’ପହର ସାରା। ସଂଜକୁ ପିଲାଙ୍କୁ ଠୁଲ କରି ଗପ କହନ୍ତି, ଯେମିତି ରନ୍ଧା ସରିବା ଆଗରୁ କେହି ଭୁଲେଇ ନପଡ଼େ। ଏସବୁ ବାଦ୍ ବନ୍ଧୁବାନ୍ଧବଙ୍କୁ ଶଙ୍ଖୁଲିବା, ଠାକୁରବାଡ଼ି ସମ୍ଭାଲିବା କାମ ବି ଦାଦାଙ୍କର। ଗୋରୁ ଗାଈଙ୍କୁ ଠିକ୍ ସମୟରେ ମୁହାଁଇବା, ନଡ଼ାକୁଟା ପକାଇବା, ଗୁହାଲ ଠିକ୍‌ରେ ପୋଛା ହେଲା କି ନା ଦେଖିବା ଦାଦାଙ୍କ କାମ। ସମସ୍ତେ କ୍ଷୀର ଦହି ଘିଅ ଖାଆନ୍ତି। ମାତ୍ର ଗୁହାଲ ଦୁଆର କେହି ମାଡ଼ନ୍ତି ନାହିଁ। ପୋଖରୀ ମରା ହେବା, ନଡ଼ିଆ ଗଛ ଝଡ଼ା ହେବା– ଯାହାକୁ ଯାହା ଦେବାର କଥା ସୁରୁଖୁରେ କରନ୍ତି ଦାଦା। କିନ୍ତୁ ଏସବୁ କାମ ପୁରୁଷପୁଅ ପାଇଁ କାମରେ ଗଣା ନୁହେଁ। ଯୋଉ କାମରେ ଦି’ପଇସା ଉପାର୍ଜନ ନହେଲା, ସେ କି କାମରେ ଗଣା। ସେଗୁଡ଼ା ମାଇପି କାମ। ତେଣୁ ଦାଦାଙ୍କ କାମରେ କିଛି ଯଶ ନଥାଏ। ବାପା କଚେରିରେ କାମ କରନ୍ତି। ଘରେ ଜୋଇଁ କୁଣିଆ। ବାପା ଚାକିରି କରିଥିଲେ ବୋଲି କି ବଡ଼ପୁଅ ବୋଲି ତାଙ୍କର ଦାଦାଙ୍କଠୁଁ ବେଶୀ ଖାତିର– ପିଲାଏ ଜାଣିବା ମୁସ୍କିଲ। ତେବେ ସମସ୍ତେ ଏତିକି ଜାଣିଥିଲେ ଯେ ବାପା ହେଉଛନ୍ତି

ମୁରବି, ଦାଦା ହେଉଛନ୍ତି ସାବାଳକ ଆଶ୍ରିତ। ଘରେ ଯଦି ବାପା ଦାଦାଙ୍କର ହାଣ୍ଡି ଚୁଲି, ଜମିଜମା ଅଲଗା ହୋଇଯାନ୍ତା, ତେବେ ଦାଦାଙ୍କ ଅଂଶ ଜମିରୁ ଯେତେ ଆୟ ଆମଦାନି ହୁଅନ୍ତା, ସେତିକି ଆମଦାନି ବାପାଙ୍କ ଅଂଶ ଜମିରୁ ହୁଅନ୍ତା ନାହିଁ। ତା'ସତ୍ତ୍ୱେ ଦାଦା ରହିଥା'ନ୍ତି ହାତ ଟେକାରେ। ସେଥିରେ ଦାଦାଙ୍କ ମନରେ ଦୁଃଖ ନଥାଏ। ବାପାଙ୍କ ମନରେ ଅସୂୟା ନଥାଏ। ସେଇଟା ମଧ୍ୟ ଏକାନ୍ନବର୍ତ୍ତୀ ପରିବାରର ନିୟମ।

ଦାଦା ପିଲାରଙ୍କୁଣା। ଦେଉଳ ଉପରେ ପାରାଦଳ ବସିବା ପରି ପିଲାଏ ଦାଦାଙ୍କ କାନ୍ଧରେ ପିଠିରେ ଚଢ଼ିଥାନ୍ତି। ଦି-କାନ୍ଧରେ ଦୁଇଜଣ ପିଲାଙ୍କୁ ଧରି ଦାଦା ଦାଣ୍ଡରେ ଚାଲୁଥିବାର ଦୃଶ୍ୟ ନିତିଦିନିଆ। ପିଠିରେ ନାଉକରି ବୁଲୁଥିବେ ବଡ଼ ପିଲାଙ୍କୁ, ତେବେ ପିଲାମାନଙ୍କ ଭିତରେ ସେଦିନର 'ବିଧାନ', ଆଜିର 'ବିଧାନବାବୁ' ଥିଲା ଦାଦାଙ୍କର ସବୁଠୁ ପ୍ରିୟ। ତା'ର ଏକମାତ୍ର କାରଣ ହେଉଛି ବିଧାନ ଥିଲା ପେଣ୍ଠାକ ଭୂତଖିଆ ଭିତରେ ଏକମାତ୍ର ଶ୍ରୀଫଳ। ଏକାନ୍ନବର୍ତ୍ତୀ ପରିବାରର 'ଘୋ' ଭିତରେ ପାଠପ୍ରତି କାହାରି ଧ୍ୟାନ ନଥିଲା। ମୁରବି ନୁହେଁ କି ପିଲାଙ୍କର ବି ନୁହେଁ। ଗୋରୁ ପଲ ଜଗିବା ପାଇଁ ଗାଈଆଳ ପିଲାଟିଏ ଯେମିତି ନିଯୁକ୍ତ ହୋଇଥାଏ, ମାଟ୍ରିକ୍ ଫେଲ୍ ଟ୍ୟୁସନ ମାଷ୍ଟରଟିଏ ସେମିତି ନିଯୁକ୍ତ ହୋଇଥିଲା ପିଲାଙ୍କୁ ଜଗିବା ପାଇଁ। ନାଁକୁ ପାଠପଢ଼ା। ବାକି ସମୟ ପିଲାଙ୍କ ମାଡ଼ ଫଉଜଦାରୀକୁ ସାକ୍ଷୀ ପ୍ରମାଣ ହେବା ପାଇଁ ମାଷ୍ଟେ ସଜାଗ ଥିଲେ। ପିଲାଏ ପୋଖରୀରେ ବେଶୀ ସମୟ ବୁଡ଼ ମାରିବେ ନାହିଁ ବୋଲି ମାଷ୍ଟେ ବାଡ଼ିଧରି ଠିଆ ହୋଇଥିବେ। ଭାତ ଖାଇଲାବେଳେ ଥାଳିରେ ଛାଡ଼ିଦିବେ ନାହିଁ ବୋଲି ମାଷ୍ଟେ ବାଡ଼ି ଧରି ବସିଥିବେ। ଖରାବେଳେ ନଶୋଇ ଦାଣ୍ଡ ବାରି ହେବେ ନାହିଁ ବୋଲି ମାଷ୍ଟେ ବାଡ଼ିଧରି ପହରା ଦେଉଥିବେ, ସଞ୍ଜବେଳେ ଖେଳୁ ଖେଳୁ ମାଡ଼ପିଟ ହୋଇ ମୁଣ୍ଡ ଓଠ ଫଟାଫଟି ହେବେ ନାହିଁ ବୋଲି ମାଷ୍ଟେ ବାଡ଼ିଧରି ଠିଆ ହୋଇଥିବେ। ସଞ୍ଜବେଳେ ମଧ୍ୟ ମାଷ୍ଟଙ୍କ ହାତରେ ଖଡ଼ି ନଥାଏ, ଥାଏ ବାଡ଼ି। ଗରିବ ମାଷ୍ଟ ବାପୁଡ଼ା ବ୍ୟତୀତ ଏ ପଞ୍ଚପାଳ ଦଳଙ୍କୁ ସମ୍ଭାଳିବ କିଏ? ବାପା ମା' ମଧ୍ୟ ପିଲାଙ୍କ ଦୁଷ୍ଟାମି ନିଜେ ନ ସମ୍ଭାଳି ମାଷ୍ଟଙ୍କୁ ଡାକୁଥିବେ- "ମାଷ୍ଟେ ଆସିବଟି ଏଠିକ-ଦବଟି ଏ ଟୋକାକୁ ଦି'ପାହାର। କେମିତି କଥା ମାନୁନି ପଚାରିବଟି ତାକୁ...।"

ମାତ୍ର ଦାଦା ପିଲାଙ୍କର ସବୁ ଅଲିଅର୍ଦ୍ଦଲି ସହନ୍ତି। ଦିନେ କାହାକୁ ଚିପ ଛୁଆନ୍ତି ନାହିଁ। ସେଥିପାଇଁ କି କ'ଣ ଦାଦାଙ୍କର ଚାରିପୁଅଯାକ ବାଲୁଙ୍ଗା। ବିଧାନ ପିଲାଟି ଦିନରୁ ଶାନ୍ତଶିଷ୍ଟ। ପାଠପଢ଼ାରେ ମନ। ମାଷ୍ଟଙ୍କ ବେତ ମାଡ଼ ତା'ଠି ବାଜିନି। ସବୁ ଶ୍ରେଣୀରେ ଫାଷ୍ଟ। ତେଣୁ ବିଧାନ ହେଉଛି ଦାଦାଙ୍କର ଗଲାମାଲି। ସର୍ବଦା ବିଧାନ ବିଧାନ ହେଉଥା'ନ୍ତି। ବିଧାନ ଆଗ ବିରାଜ ପଛ। ଯଦି ବିରାଜ ଆଗ ହୋଇ ବିଧାନ ପଛ

ହୋଇଥା'ନ୍ତା, ଲୋକେ କହିଥା'ନ୍ତେ ଦାଦା ପାତର ଅନ୍ତର କଲେ। ମାତ୍ର ବିଧାନ ଆଗ ବିରାଜ ପଛ ହେବାରୁ ଲୋକେ ଦାଦାଙ୍କୁ କହନ୍ତି ଦେବତା ସମାନ। ନିଜ ପୁଅକୁ ପଛ କରି ଭାଇର ପୁଅକୁ ଆଗ କରିଛି। ବିରାଜ ସଦାସର୍ବଦା ଦାଦାଙ୍କଠୁ ଗାଳି ଖାଉଥାଏ ତା'ର ଦୁଷ୍ଟାମି ପାଇଁ। ବିଧାନ ସର୍ବଦା ବାହାବା, ସାବାସ୍। ବିରାଜ ସମ୍ଭବତଃ ସେଥିପାଇଁ ବେଶୀ ବାଲ୍ଲଙ୍କ ହୁଏ ଦାଦାଙ୍କ ଉପରେ ଆକ୍ରୋଶ ରଖି। ବିରାଜଟା ଦିନୁ ଦିନ ପୂରା ବିଗିଡ଼ି ଯାଉଥାଏ। ତା'ର ଚେଲା ସାଜିଥା'ନ୍ତି ଅନ୍ୟ ଭାଇମାନେ। ବିଧାନ ମାଇନର ବୃତ୍ତି ପରୀକ୍ଷା ଦେବାପାଇଁ ପାଞ୍ଚ ମାଇଲ ଦୂର ହରିପୁର ସ୍କୁଲକୁ ଯିବାର କଥା, ମାତ୍ର ଯିବ କେମିତି ? ଗାଡ଼ି ମଟର ଚାଲୁ ନଥାଏ ସେ କାଲେ। ଦାଦାଙ୍କୁ ସାଇକେଲ ଚଢ଼ି ଆସେନି। ବାପାଙ୍କୁ ସାଇକେଲ ଚଢ଼ି ଆସେ ଯେ– କଚେରି କାମ ଛାଡ଼ି ସେ ଯାଇପାରିବେନି।

ଦାଦା କହିଲେ, "ଚିନ୍ତା ନାହିଁ, ବିଧାନ ଦୁର୍ବଳିଆଟାଏ, ଚାଲିପାରିବନି। ମୁଁ ତାକୁ କାନ୍ଧରେ ବସାଇ ନେଇଯିବି।" କେବଳ ପରୀକ୍ଷା। କେଇ ଦିନ ନୁହେଁ ମାସକ ଆଗରୁ ହରିପୁରର ସ୍କୁଲର ଜଣେ ମାଷ୍ଟ୍ରଙ୍କ ପାଖରେ ବୃତ୍ତି ପରୀକ୍ଷାର ସମ୍ଭାବିତ ପ୍ରଶ୍ନାବଳୀ କରିବା ପାଇଁ ବିଧାନକୁ କାନ୍ଧରେ ବସାଇ ଦାଦା ଚାଲିଲେ ହରିପୁର। ଖରାଦିନ– ତତଲାବାଲି, ପାଦ ପୋଡ଼ି ଯାଉଥାଏ। ଦାଦାଙ୍କୁ କଷ୍ଟ ହେଉଥିବ, କାରଣ ଖାଲି ପାଦ। ଦାଦା ଚପଲ ପିନ୍ଧନ୍ତି ନାହିଁ। ବାପା ଚପଲ ପିନ୍ଧନ୍ତି, କାରଣ ସେ କଚେରିରେ କାମ କରନ୍ତି। ବିଲବାରି ବୁଢ଼ୁଥିବା ଗାଉଁଲି ମଣିଷ କିଏ ବା ଚପଲ ପିନ୍ଧୁଥିଲା ସେ କାଲେ। ଯଦି କିଏ ପିନ୍ଧିଥା'ନ୍ତା ଲୋକେ କହିଥା'ନ୍ତେ ଫେସନ କାଟୁଛି। ତେଣୁ ଦାଦାଙ୍କ ପାଦ ଚାଲି ଚାଲି ଫୋଟକା ହୋଇଗଲେ ବି ଦାଦା ଚପଲ ପିନ୍ଧିବ ବୋଲି ମନ କରିନାହାନ୍ତି। ଦାଦାଙ୍କ ପାଇଁ ହଲେ ଚପଲ କିଣି ନପାରିବା ଭଲି ଦୁରବସ୍ଥା ନଥିଲା ଘରର। କିନ୍ତୁ କାହାରି ମୁଣ୍ଡକୁ ସେ କଥା ଢୁକିନି। କାହିଁକି ବା ଢୁକନ୍ତ। ଦାଦା ତ ରୋଜଗାରିଆ କାରବାରୀ ପୁରୁଷ ନଥିଲେ। ପାଞ୍ଚଜଣରେ ଜଣେ ହୋଇ ବସୁନଥିଲେ, କାହିଁକି ଚପଲ ମାଡ଼ନ୍ତେ ?

ବିଧାନ ଦାଦାଙ୍କର କାନ୍ଧରେ ବସିଥାଏ। ମୁଣ୍ଡ ଉପରେ ଛତା। ଦାଦା ଉଗଉଗ ହୋଇ ଚାଲନ୍ତି ତତଲା ବାଲିରେ। ହରିପୁରଠି ପହଞ୍ଚିଲାବେଲକୁ ଦାଦାଙ୍କ ପାଦ ଦୁଇଟା ନଥାଏ। ବିଧାନର ପଢ଼ା ସରିବାଯାଏ ଦାଦା ସ୍କୁଲ ବାରଣ୍ଡାରେ ବସି ହାଲିଆ ମେଣ୍ଢାନ୍ତି। ବିଧାନ ଆସିଲେ ତାକୁ ବଜାରରେ ଜଲଖିଆ ଖୁଆନ୍ତି। ନିଜେ ପିଅନ୍ତି ଚା', କେବେ କେବେ ଦି'ଟା ଶୁଖିଲା ବରା।

ବିଧାନକୁ କାନ୍ଧେଇ ଫେରିବା ବେଲେ ପଚାରନ୍ତି–"ବାଧା ଲାଗୁଛି କିରେ ବାପା ?"

"ମତେ କିଆଁ ବାଧା ଲାଗିବ ? ତମେ ତ ଦିନକୁ ଦଶକୋଡ଼ିଏ ମାଇଲ ଚାଲୁଛ ତତଲା ବାଲିରେ। ମୁଁ ମଜାରେ କାନ୍ଧରେ ବସିଛି।"

"ହେଲେ ପାଠପଢ଼ା କରୁଛୁ। ମୁଣ୍ଡ ଖର୍ଚ୍ଚ ବଡ଼ ବାଧା। ଭାଇ ବି ସେମିତି କଟିରି କାମ କରୁଛନ୍ତି ମୁଣ୍ଡ ଖର୍ଚ୍ଚ କରି। ମୋର କି କାମ ? ଗଲି, ଅଇଲି ଖାଇଲି, ପିଇଲି ବାସ୍। ମୁଣ୍ଡ ଗରମ ହେବାର କିଛି ନାହିଁ। ବାଧା କାହିଁକି ଲାଗିବ ?"

"କିନ୍ତୁ ଦାଦା– ତମ ଗୋଡ଼କୁ ତ ବାଧା ହେଉଥିବ। ତତଲା ବାଲିରେ ତମ ପାଦରେ ଫୋଟକା ବାହାରି ପଡ଼ିଲାଣି।"

ଦାଦା ତାଙ୍କ ଲମ୍ବ ଚିବୁକକୁ ଓସାର କରିଦେଇ ଅମାୟିକ ହସ ହସି ଦେଇ କହିଥିଲେ "ହଉ–ସବୁଦିନକୁ କ'ଣ ଏ କଷ୍ଟ ରହିବ ? ତୋର ତ ପରୀକ୍ଷା ଆସି ସରିଲା। ବୃଭି ପାଇ ତୁ ହରିପୁର ହାଇସ୍କୁଲରେ ହଷ୍ଟେଲରେ ରହି ପଢ଼ିବୁ। ବଡ଼ ଅଫିସର ହବୁ ଭବିଷ୍ୟତରେ। ଆମ ବଂଶର ନାଁ ତୁଇ ତ ରଖିବୁ...।"

ବିଧାନ ଅଶ୍ରୁବିଗଳିତ ସ୍ୱରରେ କହିଥିଲା "କିନ୍ତୁ ଦାଦା– ମତେ କାନ୍ଧରେ ବୁହାଇ ବୁହାଇ ତମର ଦି'ଟା ଯାକ ପାଦରେ ଫୋଟକା ବାହାରି ପଡ଼ିଲା ବୋଲି ମନରେ ଭାରି ଦୁଃଖ।"

"ଦୁଃଖ କାହିଁକିରେ ପାଗଲା। ବଡ଼ ଋକିରି କଲେ ମତେ ହେଲେ ଚଟି କିଣିଦବୁନି କି ?" ଦାଦା ଆଶ୍ୱାସନା ଦେଇଥିଲେ।

ଚକିତ ଉଲ୍ଲାସରେ ବିଧାନ ପଋରିଥିଲା "ତମକୁ ଚଟି କିଣିଦେଲେ ତମେ ଚଟି ପିନ୍ଧିବଟି ଦାଦା ?"

"ନ ପିନ୍ଧିବି କାହିଁକିରେ ? ମୁଁ ନିକମା ବୋଲି ଆଉ କାହା ପଇସାରେ ସିନା ଚଟି ପିନ୍ଧିଲେ ଲୋକେ ହସିବେ, ପୁଅ ପଇସାରେ ପିନ୍ଧିଲେ କ'ଣ ଲୋକ ହସିବେ ?" ଦାଦା ଆମ୍ବିଶ୍ୱାସର ସହ କହିଥିଲେ।

"ମୁଁ ଋକିରି କଲେ ତମ ପାଇଁ ନିଶ୍ଚୟ ଚପଲ କିଣିଦେବି" ବିଧାନ କହିଥିଲା।

"ତୁ କିଣିଦେଲେ ମୁଁ ଖାଲି ପିନ୍ଧିବିନି, ରାସ୍ତାରେ ଋଲି ଋଲି ସମସ୍ତଙ୍କୁ ଦେଖାଇବି" ଦାଦା କହିଥିଲେ।

ବିଧାନ ବୃଭି ପାଇଥିଲା। ସାନ ଗାଁ'ଟିର ଆଉରି ସାନ ବଜାରରେ ଚହଲ ପଡ଼ିଯାଇଥିଲା ଯେ ମହାନ୍ତି ଘର ପିଲାଟିଏ ବୃଭି ପାଇଛି। ବାପାଙ୍କୁ ଘଷାମୋଡ଼ା କରୁ କରୁ ବାରିକ ପଋରିଲା "ଆଜ୍ଞା ଆପଣଙ୍କ ପୁତୁରା ପରା ବୃଭି ପାଇଲା। ଯାହାହେଉ ସାଆନ୍ତଘର ନାଁ ରଖିଲା।"

ବାପା ବ୍ରହ୍ମଋପୁଡ଼ାଟିଏ ଦେଇଥିଲେ ବାରିକକୁ। ଆଖି ନାଲି କରି କହିଥିଲେ–

“ହଇରେ ଶଳା– ଆଜିଆଏ ଜାଣିନୁ ବିଧାନ ମୋର ପୁଅ ବୋଲି, କହୁଛୁ କ’ଣ ନା ପୁତୁରା.... ଯା’ ବଜାରରେ ବୁଲି ବୁଲି କହିବୁ ମୋ ପୁତୁରା ନୁହେଁ ପୁଅ ବିଧାନ ବୃଭି ପାଇଛି.... ।”

ବାପା ଟଙ୍କା ଦଶଟା ବକ୍‌ସିସ୍ ଦେଇଥିଲେ ବାରିକକୁ। ବାରିକ ଦାନ୍ତ ନିକୁଟି କହିଥିଲା “ସାନସାଆନ୍ତ କାନ୍ଧରେ ବସେଇ ହରିପୁର ଇସ୍କୁଲକୁ ନେଉଥିଲେ, ସେଇଥିପାଇଁ ଭାବିଲି ପୁତୁରା।”

“କ’ଣ ହେଲା ସେଇଠୁ। ପୁଅ କିଏ ପୁତୁରା କିଏ ? ପୁତୁରାକୁ କାନ୍ଧରେ ବସାଇ ନିଅନ୍ତାନି କି ? ମତେ ବେଲ କାହିଁ ?” ବାପା ରାଗରେ କହିଥିଲେ।

ଦାଦା ଶୁଣି ବହେ ହସିଥିଲେ। କହିଥିଲେ “ବିଧାନକୁ ଜନ୍ମକରି ଭାଉଜଙ୍କର ଗଲାଗଲା ଡାକ ପଡ଼ିଲା। ଭାଇ ନିଜେ ମୋ ସ୍ତ୍ରୀ କି ଡାକି କହିଲେ, ଆଜିଠୁ ଏ ପିଲା ତୁମର ଆଗ। ବାକି ସମସ୍ତେ ପଛ। ତା’ ମା’ ଆଉ ବଞ୍ଚିବା ଭଲି ଦିଶୁନି। ପୁଣି ଆଜି ବିଧାନ ବୃଭି ପାଇବାରୁ କହୁଛନ୍ତି ବିଧାନ ତାଙ୍କ ପୁଅ! ଭାଗ୍ୟକୁ ଭାଉଜ ବଞ୍ଚିଗଲେ। କିନ୍ତୁ ଭାଇଙ୍କ କଥାକୁ ମାନି ବିଧାନ ମୋର ଆଗ, ବାକି ସମସ୍ତେ ପଛ।”

ବାପାଙ୍କ ଯିବାର ଅନେକ ଦିନ ପରେ ମଧ୍ୟ ଦାଦା ବାରିକର ବ୍ରହ୍ମଚର୍ଯ୍ୟପୁଡ଼ାଖିଆ ମନେ ପକାଇ ହସନ୍ତି। ପୁଣି ଦୀର୍ଘଶ୍ୱାସ ଛାଡ଼ନ୍ତି ଯେ “ବିଧାନ ଏତେ ପାରିବାର ହେଲା। ପାଠ ପଢ଼ିଲା। ବଡ଼ ଅଫିସର ହେଲା। ହଜାର ହଜାର ଟଙ୍କା ରୋଜଗାର କଲା। ଭାଇ କିଛି ଦେଖିଲେନି।” ସତକୁ ସତ ବିଧାନବାବୁଙ୍କ ବାପା ବାଉନ ଘାଟିରେ ଝଲିଗଲେ। ବିଧାନବାବୁଙ୍କୁ ସେତେବେଳେ ତେର କି ଚଉଦବର୍ଷ। ତା’ ପରେ ସେ ନିଜର ନିଷ୍ଠା ଓ ବୁଦ୍ଧିମତ୍ତା ବଳରେ ପଢ଼ିଲେ ଓ କୃତିତ୍ୱ ହାସଲ କଲେ। ଉଚ୍ଚ ପଦବୀରେ ରହିଲେ। କିନ୍ତୁ ଦାଦା କିଛି କରିନାହାନ୍ତି ବୋଲି କହିହବ କି ? ବିଧାନବାବୁ ବୃଭି ପାଇଲେ ସତ, ସେତିକିରେ କ’ଣ ସବୁ ଭରଣା ହୋଇଗଲା ? ଦାଦା ଗାଁରୁ ଚୁଡ଼ା, ଝଉଲ, ମୁଢ଼ି, ଗୁଡ଼, ମୁଆଁ, ନଡ଼ିଆ, ଘିଅ, ବଡ଼ି ଧରି ଆସନ୍ତି। ବିଧାନବାବୁ ମେସ କରି ରହିଥାନ୍ତି। ଝକିରି ପାଇବା ପରେ ମଧ୍ୟ ଦାଦା ଝଉଲ ବନ୍ଦ କରିନାହାନ୍ତି। ବିଧାନବାବୁ ଦାଦାଙ୍କୁ ମାନୁଥା’ନ୍ତି। ଦାଦାଙ୍କ ଧଇଁ ରୋଗ ପାଇଁ ଚ୍ୟବନପ୍ରାସ, ଭିଟାମିନ୍ ଔଷଧ, ଦାଦାଙ୍କ ପାଇଁ ମିଠା, ଫଳ ଗାଁକୁ ପଠାନ୍ତି। ଦାଦା ସେତିକିରେ ଖୁସି। ଆଶୀର୍ବଚନ ଢାଲି ଦିଅନ୍ତି ବାବୁଙ୍କୁ।

ବିଧାନବାବୁ ଝୁହଁ ଝୁହଁ ଦରବୁଢ଼ା ହୋଇଗଲେ, ଦାଦା ଥୁର ଥୁର ବୁଢ଼ା। ଆଉ ସହରକୁ ଆସିପାରନ୍ତି ନାହିଁ। ପୁଅ ବୋହୂଙ୍କଠାରୁ ସେବାଶୁଶ୍ରୂଷା ଯେତେ ମିଳିବାର କଥା ମିଳେନି। ନିତି ବୁଢ଼ାଙ୍କୁ କିଏ ପଚରେ! ବିଧାନବାବୁ ମଧ୍ୟ ଆଜି

କଟକ କାଲି କୋରାପୁଟ ଋକିରିରେ ପିଲା କବିଲାଙ୍କୁ ନେଇ ସିନା ବୁଲୁଥା'ନ୍ତି, ବୁଢ଼ାବୁଢ଼ୀଙ୍କୁ ନେଇ କେତେଆଡ଼େ ବୁଲିବେ ? ଦାଦାଖୁଡ଼ୀ ମଧ ଗାଁ ଛାଡ଼ି ସବୁଦିନ ପାଇଁ ସହରକୁ ଆସିବେନି । ତାଙ୍କୁ କ'ଣ ସହର ଭଲ ଲାଗିବ ? ଆଜିକାଲି ଦାଦା ଚାଲବୁଲ କରିପାରନ୍ତି ନାହିଁ । ଖୁଡ଼ୀ ତାଙ୍କୁ ଘୋଷାରୁଥା'ନ୍ତି । ଧଇଁ ରୋଗଟା ବଢ଼ିଯାଇଛି । ଦିହ ଦୁର୍ବଲ-ବୟସ ବେଜାୟ-ପାଚିଲା ଆମ୍ବ । ବିଧାନବାବୁ ମଧ ଦାୟିତ୍ୱ ଜଞ୍ଜାଲ ଛାଡ଼ି ଗାଁରେ ମାସେ ପନ୍ଦର ଦିନ ରହିପାରନ୍ତି ନାହିଁ । ମିଠା ମିଠି ଧରି ଯାଆନ୍ତି । ତା'ପରଦିନ ଲେଉଟି ଆସନ୍ତି । ସେଥର ଦାଦାଙ୍କ ଅବସ୍ଥା ଆଉ ଭଲ ଜଣାପଡ଼ୁ ନଥିଲା । ସାଇପଡ଼ିଶା, ବନ୍ଧୁବାନ୍ଧବ, ଭଲମନ୍ଦ ଖାଇବା ଜିନିଷ ଧରି ଦେଖିବାକୁ ଆସିବା ଆରମ୍ଭ କଲେଣି । ଅର୍ଥାତ୍ ଏଥର ଉପରୁ ଡାକରା ଆସିବାର ଲଗ୍ନ ଉପସ୍ଥିତ । ଖବର ପାଇ ବିଧାନବାବୁ ମଧ ଗଲେ । କଦରପୁର ରସଗୋଲା ଠେକିଏ ନେଇଥା'ନ୍ତି । ଦାଦା ରସଗୋଲା ପ୍ରିୟ । ମାତ୍ର ଦାଦାଙ୍କ ରସଗୋଲା ଭାଗ ବିଧାନବାବୁ ହିଁ ଆମ୍ସାତ୍ କରନ୍ତି । ଚିତ୍ରା ଦାଦାଙ୍କ ପାଖରେ ବସି ରସଗୋଲା ଖୁଆଇଲେ । ପାଟିକି ରସଗୋଲା ନେବା ଆଗରୁ ଦାଦା ପଚାରିଲେ "ବିଧାନକୁ ରସଗୋଲା ଦେଲଣିଟି ?" ଯେମିତି ବିଧାନବାବୁ ସେମିତି ଟକଲା ଛୁଆ ହୋଇ ଅଛନ୍ତି । ବିଧାନବାବୁଙ୍କ ଆଖି ଜକେଇଲା ।

"ଆଉ କ'ଣ ଇଚ୍ଛା ମନ ଖୋଲି କହିଦିଅ– ପୁତୁରା ଆସିଛନ୍ତି । ଟଙ୍କାର ଅଭାବ ନାହିଁ । ଯାହା କହିବ କଟକରୁ ନେଇଆସିବେ । ଗାଡ଼ିରେ ଆସିଛନ୍ତି । ଚିନ୍ତା କ'ଣ ?" ସାଇ ପଡ଼ିଶାଏ ପଚାରୁଥା'ନ୍ତି ବୁଢ଼ାଙ୍କୁ ?

ଦାଦାଙ୍କ କୋଟରଗତ ଆଖିକୋଣରୁ ନେଦ୍ଦୋରା ମିଶା ଲୁହ ବାହାରିଆସିଲା । ଥର ଥର ସ୍ୱରରେ କହିଲେ, "ବିଧାନ ମୋର ପୁତୁରା ନୁହେଁ ପୁଅ । ମୋ ପୁଅ, ଭାଇଙ୍କର ବି ପୁଅ । ପୁଅ ଛଡ଼ା ସେ କାହାରି ପୁତୁରା ହୋଇପାରିବନି…"

"ହଉ ହେଲା, ସେ ତ ତୁମ ପୁଅ ବୋଲି ହାଟ ବଜାର ସମସ୍ତେ ଜାଣନ୍ତି । ଭାଇଙ୍କଠୁ ବାରିକ ସେଥିପାଇଁ ବ୍ରହ୍ମଚାପୁଡ଼ା ଖାଇଥିଲା । ମନେ ନାହିଁ ?" ଖୁଡ଼ୀ କହିଲେ ।

ଦାଦାଙ୍କ ମୁହଁରେ ହସ ଫୁଟିଲା । ଅତୀତକୁ ସୁମରି କହିଲେ, "ଭାଇ ବି ପିଲାଙ୍କଠୁ ବଲି ପଡ଼ିଲେ ସେଦିନ…"

"ହଉ–ଏଥର କୁହ । କ'ଣ ତୁମର ଇଚ୍ଛା" କିଏ ଜଣେ ପଚାରିଲା ।

"ଇଚ୍ଛା– ? ହଁ ବହୁଦିନରୁ ଇଚ୍ଛାଥିଲା, ଚପଲ ହଲେ ପିନ୍ଧନ୍ତି । ଭାଇଙ୍କ ସରିସା ମୁଁ ନୁହେଁ । ତେବେ ଭାଇଙ୍କ ଭଲି ଚପଲହଲେ ପିନ୍ଧି ରାସ୍ତାରେ ଚାଲନ୍ତି, ବିଧାନ କହିଥିଲା । ପିଲାଦିନ କଥା । ଭୁଲିଯାଇଛି । ନଇଲେ ସେ କ'ଣ ଛାର ଚପଲ ହଲେ

କିଣି ଦେଇପାରିନଥା'ନ୍ତା? ଆଉ କ'ଣ ହେବ? ପାଦ ଫୁଲି ଏଡ଼େ, ଆଉ ଚପଲ ପଶିବନି, କେଜାଣି ବା ଯଦି ପାଦଫୁଲା କମିଯାଏ... କବିରାଜ ତ କହିଛନ୍ତି..."

ଗୋଦର ଗୋଡ଼ ଭଳି ଫୁଲିଥିବା ପାଦ ଓ ପେଣ୍ଟାକୁ ବିକଳରେ ଚାହିଁଲେ ଦାଦା। ମରଣଦୁଆରେ ଠିଆ ହୋଇଛି ଜାଣିଲେ ମଧ ମରିବାକୁ କିଏ ଚାହେଁ? ଦାଦାଙ୍କ କଥାରେ ବିଧାନବାବୁଙ୍କ ଛାତି ଭିତରଟା କୋରି ହୋଇଗଲା। ସତକୁ ସତ ଛାର୍ ଚପଲ ହଲେ ଦାଦାଙ୍କ ଜୀବନକାଳ ଭିତରେ କିଣିପାରିଲେ ନାହିଁ।

ବିଧାନବାବୁ ଗ୍ଲାନିରେ ମ୍ରିୟମାଣ ହୋଇଗଲେ। ଚପଲ କିଣିଦେବା କଥା ସେ ଯେ ଭୁଲି ଯାଇଥିଲେ ସେ କଥା ନୁହେଁ, କେମିତି ଭୁଲିବେ? ଦାଦାଙ୍କ କାନ୍ଧରେ ବସି ପରୀକ୍ଷା ଦେବାକୁ ଯିବା କଥା- ବୃତ୍ତି ପାଇବା କଥା କ'ଣ ଭୁଲିହୁଏ? କିନ୍ତୁ ସେ କେବେ ଭାବି ନଥିଲେ ଯେ ଦାଦା ସତକୁ ସତ ଚପଲ ହଲେ ପିନ୍ଧିବା ପାଇଁ ମନରେ ଅଭିଲାଷ ପୋଷଣ କରିଥିବେ ବୋଲି। ଭାବିଥିଲେ, ଦାଦା ପିଲାମନ ବହଲେଇବା ପାଇଁ ଏପରି କହିଥିଲେ। ଦାଦା ଯଦି ସତକୁ ସତ ଏପରି ଏକ ଅଭିଲାଷ ପୋଷଣ କରିଥିଲେ ଅନ୍ତତଃ ଖୁଡ଼ୀ ବିଧାନବାବୁଙ୍କୁ ନଇଲେ ଚିତ୍ରାକୁ ମନେ ପକାଇଦେଲେ ନାହିଁ କାହିଁକି? ଖୁଡ଼ୀ ଏତେ କଥା କହନ୍ତି- ଗରମ ଚାଦର, ଔଷଧ, ଛତା ଯାହା ଲୋଡ଼ା। ମନେପକାଇ ଦେଇଛନ୍ତି, ଅଥଚ... ସଂକୋଚ କଲେ ପରା। କାରଣ ବିଧାନବାବୁ ପୁଅ ନୁହେଁ ପୁତୁରା? ପୁଅ ହୋଇଥିଲେ ମାଗିଥା'ନ୍ତେ ସତରେ? ବିଧାନବାବୁ ମଧ ଥରେ ଦି'ଥର ଭାବିଛନ୍ତି ଦାଦାଙ୍କ ପାଇଁ ଚପଲ କିଣିଦେବେ। ପୁଣି ଭାବିଛନ୍ତି ଦାଦା ଚପଲ ପିନ୍ଧି ଯିବେ କୋଉଠିକି? ସତରେ କ'ଣ ପିନ୍ଧିବେ? ତେବେ ସମସ୍ତଙ୍କ ଭଳି ବିଧାନବାବୁ ମଧ କ'ଣ ଭାବିଲେ ଯେ ଦାଦାଙ୍କ ଭଳି ନିକମା ଲୋକ ଚପଲ ପିନ୍ଧିବାର କଥା ନୁହେଁ! କଥାଦେଇ ଚପଲ କିଣିନଦେବାଟା କ'ଣ ପ୍ରମାଣ କରୁନାହିଁ ଯେ ବିଧାନବାବୁ ମଧ ଦାଦାଙ୍କୁ ବାପାଙ୍କଠୁ ତଳେଇ ଦେଖିଲେ? ମନମାରି ବିଧାନବାବୁ ଲେଉଟି ଆସିଲେ। କିନ୍ତୁ ସେଇଦିନ ଚପଲ ହଲେ ଦାଦାଙ୍କ ପାଦ ମାପରେ କିଣିନେଲେ। ଭଗବାନ୍ କଲେ ପାଦଫୁଲା କମିଯିବ। ଦାଦା ଅନ୍ତତଃ ଚପଲଟା ଥରେ ଗୋଡ଼ରେ ପୁରାଇବେ।

ଦାଦାଙ୍କ ପାଦଫୁଲା ସତକୁ ସତ କମି ଯାଇଥିଲା। ଦାଦା ଖୁସି ହେଉଥିଲେ ନିଜର ଚମ ଧୁତୁ ଧୁତୁ ପାଦକୁ ଚାହିଁ। ବିଧାନବାବୁ ଦାଦାଙ୍କ ପାଦରେ ଚପଲ ଦୁଇଟି ଗଲାଇ ଦେବାବେଳେ ବାଲୁଙ୍ଗା ନାତି ନାତୁଣୀମାନେ ଖୋ ଖୋ ହସି ଉଠିଲେ। କିଏ ଜଣେ କହିଲା, "ଜେଜେ ବଂକୁଲିବାଡ଼ି ଧରି କଟେରି ଯିବେ ପରା..."

ଭାଗ୍ୟ ଭଲ- ଦାଦାଙ୍କୁ ଭଲ ଶୁଭୁନି। କିନ୍ତୁ ମାଇପିମାନେ ଓଠ ଚିପି ଟିକେ

ହସିଥିଲେ। କିଏ ଜଣେ ଫୁସ୍ ଫୁସ୍ କରି କହିଲା, "ବୁଢ଼ାର ମଲାବେଳକୁ ସଉକି ବାହାରୁଛି। ଏଣେ ଅଣଚାଶ ପବନ ବହିଲାଣି..."

ବିଧାନବାବୁ ନିଜକୁ ଅପରାଧୀ ମଣୁଥିଲେ। କାହିଁକି କରୁଥିଲେ ଏ ପ୍ରହସନ? ନିଜକୁ ଗ୍ଲାନିମୁକ୍ତ କରିବା ପାଇଁ ସେ ଚପଲ କିଣିଆଣିଛନ୍ତି, ଦାଦା ପିନ୍ଧିବା ପାଇଁ ନୁହେଁ ଏକଥା ସେ ନିଜେ ନୁହନ୍ତି, ଉପସ୍ଥିତ ସମସ୍ତଙ୍କୁ ଜଳଜଳ ଦିଶୁଛି। କ'ଣ ଦରକାର ଥିଲା ମରଣମୁଖା କତରାଲଗା ଦାଦାଙ୍କ ପାଇଁ ଚପଲ ହଲେ କିଣି ଆଣିବା?

ଦାଦା ଢଳିଗଲେ। ଚପଲ ଦୁଇଟି ଥୁଆ ହୋଇଥାଏ ଗୋଡ଼ ପାଖରେ। ମଲା ପର୍ଯ୍ୟନ୍ତ କହୁଥିଲେ, "ଥାଉ ମୋ ବିଧାନ କିଣିଦେଇଛି। କାଲେ ପୁଣି ଉଠିବି, ଆଉ ଢଳିପାରିବି। ଅନ୍ତତଃ ବିଧାନ କିଣିଦେଇଥିବା ଚପଲ ହଲକ ମଡ଼ାଇ ଢଳିବା ପାଇଁ ମତେ ଭଗବାନ୍ ବଞ୍ଚାଇ ଦିଅନ୍ତେ ନାହିଁ!" ମଲାବେଳକୁ ବଡ଼ ବିକଲ ହେଉଥିଲେ ବଞ୍ଚିବା ପାଇଁ। ବିଧାନବାବୁ କିଣି ଦେଇଥିବା ଚପଲ ହଲକର ଏତେ ଜୋର୍ କାହିଁ ଯେ ସେ ଦାଦାଙ୍କ ଲେଉଟାଣି ଗାଡ଼ିକୁ ଅଟକାଇ ଦେଇଥାନ୍ତା?

ଦାଦାଙ୍କ କ୍ରିୟାକର୍ମ ପରେ ଦାଦାଙ୍କ ସନ୍ତକସ୍ୱରୂପ ବିଧାନବାବୁ ଚପଲହଲକ ମୁଣ୍ଡରେ ଲଗାଇ କାଖରେ ଜାକି ନେଇଆସିଲେ। ଯାହା ଦେହରେ ଥରେ ମାତ୍ର ଦାଦାଙ୍କ ପାଦ ସ୍ପର୍ଶ ଲାଗିଥିଲା।

ଚଉଦବର୍ଷ ପରେ ଭରତକୁ ଫେରିବା ପ୍ରତିଶ୍ରୁତି ଦେଇଥିଲେ ରାମଚନ୍ଦ୍ର। ଦାଦା ସେପରି ପ୍ରତିଶ୍ରୁତି ଦେଇନାହାନ୍ତି। କିନ୍ତୁ ଉଦାସ ଖରାଦିନେ– ଧୂ ଧୂ ଦ୍ୱିପ୍ରହରରେ ପୃଥୀ ଜଳିବା ବେଳେ ଦାଦା ସେଇ ଚପଲ ହଲକ ପିନ୍ଧି ଧପଧପ ପଦାଘାତ କରି ଢଳନ୍ତି ବିଧାନବାବୁଙ୍କ ଛାତି ଉପରେ।

ମୋକ୍ଷ

ଗୋଟିଏ ଘରେ ପୁରୁଷଟିଏ ନାରୀଟିଏ ପଇଁଚାଳିଶ ବର୍ଷ ଧରି ସୁଖ-ଦୁଃଖ ଶୋକ-ଦୈନ୍ୟର ଭାଗୀଦାର ହୋଇ ଚଳିଲେ; ହେଲେ ମୁହଁ ଚାହାଁଚାହିଁ ହୋଇନାହାନ୍ତି, କଥାଭାଷା ହୋଇନାହାନ୍ତି- ଛୁଆଁ-ଛୁଇଁ ତ ଦୂରର କଥା । ନୁରିଦାସ 'ଶୋଷୀ'ର ମୁହଁକୁ ସିଧାସଳଖ ଚାହିଁଲେ, ସେ ନୁରି ଦାସ ଘରକୁ ଆସିବାର ପଇଁଚାଳିଶ ବର୍ଷ ପରେ, ଶ୍ମଶାନରେ, ଜୁଇ ଉପରେ, ନୁରି ଦାସଙ୍କ ଏକମାତ୍ର କୁଳକଳଙ୍କ ପୁଅ 'ସତିଆ' (ଯିଏ 'ମିଛୁଆ' ବୋଲି ଖ୍ୟାତ) 'ଶୋଷୀ'ର ମଲା ମୁହଁରେ ନିଆଁ ଦେଲାବେଲେ । ନୁରି ଦାସଙ୍କୁ ଶୋଷୀର ମୁହଁଟା ଧାପ୍ସା ଦିଶୁଥିଲା । କାରଣ ସେତେବେଲକୁ ତାଙ୍କ ଆଖିରେ ପରଲର ପର୍ଦ୍ଦାଟିଏ ପଡ଼ିସାରିଥିଲା । ବୟସ ହେଲାଣି 'ଅଶୀଟି । ଶୋଷୀର ଅଠାବନ ବର୍ଷ ମୁହଁର ମଲା ଚମଡ଼ାରେ ସୋରାଏ ଦି'ପହର ଖରା, ଧଲାବଉଦ କାଟି ପଡ଼ିଥାଏ, ଯେମିତି ସତିଆ ତା' ମୁହଁରେ ନିଆଁ ଦେବା ଆଗରୁ ଆକାଶ ଆଉଥ୍ଆଲରୁ ଆଉ

ଜଣେ କିଏ ନିଆଁ ଧାରଟିଏ ଚଢ଼େଇ ଦେଉଥିଲା । ତା' ସଙ୍ଗେ ଶୋଷୀର ମୁହଁଟା ପ୍ରକୃତରେ କେମିତି, ସେ କଥା ନୁରି ଦାସ ଠଉରେଇ ପାରିଲେ ନାହିଁ । ଜାଲୁଜାଲୁଆ ମୁହଁର ଛାପଟିଏ । ବାସ୍, ସେଟିକିରୁ କ'ଣ ବା ଠଉରେଇ ହବ, ପଇଁଚାଲିଶ ବର୍ଷ ତଳେ ସେ ମୁହଁଟା କେମିତି ଥିବ । ଭଲ ହେଲା । ପ୍ରଥା ଅନୁସାରେ ଶୋଷୀର ମଲା ମୁହଁଟାକୁ ମଧ ନୁରି ଦାସ ଦେଖିବା ନିଷେଧ ।

ଶବଦାହ ସାରି ଘରକୁ ଫେରିବା ପରେ ଘରଟା ନୁରି ଦାସଙ୍କୁ ବଡ଼ ଏକାଟିଆ ଲାଗିଲା । ପୃଥିବୀଟା ଖାଁ ଖାଁ ଖାଇ ଗୋଡ଼େଇଲା । ସେ ଘର ଅଗଣାକୁ ପଶିପାରିଲେ ନାହିଁ, ଯେଉଁଠି ପଇଁଚାଲିଶ ବର୍ଷ ଧରି ସେ ଶୋଷୀର ପାଦ ଦୁଇଟାକୁ ଚଳପ୍ରଚଳ ହେଉଥିବାର ଦେଖିଥିଲେ ।

ଯେଉଁଠି ଶୋଷୀର ହାତ ଦୁଇଟା ତାଙ୍କୁ ଦି'ଓଳି ଭାତ ଠିଅଣ ବାଢ଼ି ଦେଉଥିଲା, ସେ ବାରଣ୍ଡାରେ ବି ସେ ବସିପାରିଲେ ନାହିଁ । ସେ ଦାଣ୍ଡପଟ ବଗିଚାର ବୁଢ଼ା କଲମୀ ଆମ୍ବ ଗଛମୂଳେ ଯାଇ ବସିଲେ 'ରଥ' ହୋଇ । ଭାବିଲେ ଶୋଷୀ ସଙ୍ଗେ ତାଙ୍କର କି ସମ୍ପର୍କ ଯେ ସେ ମଲା ବୋଲି ତାଙ୍କୁ ଘରଦ୍ୱାର ଖାଇ ଗୋଡ଼ଉଛି ?

ଶୋଷୀର ପାଦ ଦୁଇଟାକୁ ଦେଖିଲେ ନୁରି ଦାସ ଆଡ଼େଇ ହୋଇ ଯାଉଥିଲେ, ଭାତକଂସା ଧରା ହାତ ଦୁଇଟି ଲମ୍ବି ଆସିଲେ ସେ ସାଙ୍କୁଡ଼ି ଯାଉଥିଲେ । ନୁରି ଦାସ କାନ୍ଥକୁ-ବାଡ଼କୁ ଦେଖେଇ କଥା କହିଲେ ଶୋଷୀ କାମ କାର୍ଯ୍ୟରେ ଜବାବ୍ ଦେଉଥିଲା । ନୁରି ଦାସଙ୍କର କେତେବେଳେ କେଉଁଟା ଦରକାର ଶୋଷୀ ଜାଣିଥିଲା । ତେଣୁ ଡାକିହାକି କହିବା ବି ଦରକାର ପଡ଼ୁ ନଥିଲା । ଶୋଷୀ ସବୁ ଜିନିଷ ସମୟ ମୁତାବକ ତାଙ୍କ ଆଗରେ ରଖି ଦେଉଥିଲା । ସକାଳ ଖରା ପଡ଼ିଲେ ଗୁଡ଼ଦିଆ ନାଲି ଚାହା, ଚାଉଳଭଜା, ତା' ପରକୁ ପାନ ଚାରିଖଣ୍ଡ । ନୁରି ଦାସ ସେତକ ସାରି ବଗିଚା ଆଡ଼େ ବାହାରିଲେ, ଶୋଷୀ କୋଡ଼ି, ଫାଉଡ଼ା, ଖଣ୍ଟି, ଗାଣ୍ଠୁଆ, ବାଲ୍‌ଟି ଯାହା ଯେଉଁ ଦିନ ଲୋଡ଼ା, ଜାଣିଲାମିତି ବଗିଚାରେ ରଖିଦେଇ ଆସୁଥିଲା । ନୁରି ଦାସ ବଗିଚା କାମ କରୁ କରୁ ଶୋଷୀର ତୁଣ୍ଡ ଛୁଙ୍କ ଚେତାଇ ଦେଉଥିଲା ଯେ ସୂର୍ଯ୍ୟ ମୁଣ୍ଡ ଉପରୁ ଢ଼ଲିଲେଣି– ଏଥର ଗାଧୁଆବେଳ । ନୁରି ଦାସ ବଗିଚା ଛାଡ଼ି ଘରେ ନପଶୁଣୁ ଦାଣ୍ଡ ବାରଣ୍ଡା ଉପରେ ତେଲ ଶିଶି ଥୁଆ ହୋଇଥବ । ତେଲମାଖୀ ବଗିଚା ଭିତରର ଛୋଟ ଗାଡ଼ିଆରେ ବୁଡ଼ ପକେଇ ଆସିବା ବେଳକୁ ପୂଜାପାଠ ପାଇଁ ଆସନ, କୋଥଲି ଦୁଆରପଟ ବାରଣ୍ଡାରେ ରଖାଯାଇଥବ । ନୁରି ଦାସ ପଦ୍ମାସନରେ ବସି ବାହୁରେ ତିଲକ ଗାର କାଟିବେ । କପାଳରୁ ନାକ ଅଗ ପର୍ଯ୍ୟନ୍ତ ଚିତା କାଟିବେ । କପାଳର ଦି'ଗାର ଲମ୍ବଚିତା ଭିତରେ ସୁଇକି ଆକାରର ତିଲକ ଟୋପା ଦେବେ । ଛାତିରେ କାଟିବେ ତିଲକ ଗାର । ତା'ପରେ

ପୂଜାପାଠ । ଜପ, ତପ, ପ୍ରଣାମ । ପ୍ରଣାମ ସାରି ମୁଣ୍ଡ ଉଠାଇଲା ବେଳକୁ ଭାତ ତୁଉଣ ବଢ଼ା ସରିଥିବ । ଖାଇ ବସିବେ ସୁନାପୁଅ ପରି । ଲୁଣିଆ ଅଲଣା କିଛି ପାଟି ଫିଟାଇବେନି । ରାଗ ଅରାଗ ବାରିବେନି । ସୁଆଦ ଅସୁଆଦ ବାଛିବେନି । ଶୋଷୀ ବି ପଚାରିପାରିବନି କେମିତି ହୋଇଛି – ଭଲ ନା ମନ୍ଦ ।   ତେବେ ଶୋଷୀ ସେ କଥା ଜାଣିପାରିବ ନୁରି ଦାସଙ୍କର ପଛରେ ଭାତ ଘିନିବା ନ ଘିନିବାରୁ ।

ଶୋଷୀ ବଡ଼ ହୁସିଆର ହୋଇ ବଡ଼ ଯତନରେ ରାନ୍ଧୁଥିଲା ନୁରି ଦାସଙ୍କ ପାଇଁ । ବିଚରା କିଛି ସିନା କହିପାରୁ ନାହାନ୍ତି ଅକାଳରେ ପଡ଼ି, ନହେଲେ ଭୋକ ଲାଗୁଥିବ, ରାଗ ହେଉଥିବ, ମୁଣ୍ଡକୁ ପିଉ ଉଠୁଥିବ ତ ନିଶ୍ଚେ, ପୁରୁଷ ପୁଅ ହୋଇ କେଡ଼େ ସଂଯତରେ ଚଳୁଥାନ୍ତି ନୁରି ଦାସ, ସେ କଥା ଶୋଷୀ ଛଡ଼ା ଆଉ କିଏ ଜାଣେ ?

ନୁରି ଦାସ ସିନା ଶୋଷୀର ଦେହ ମୁହଁକୁ ଦେଖିପାରନ୍ତି ନାହିଁ; ଶୋଷୀ କିନ୍ତୁ ଢୋଣା ତଳୁ ତାଙ୍କୁ ଦେଖିଥିବ । ଯୁବାକାଳରୁ ସେ ଯେମିତି ଥିଲେ, ସେମିତି ଅଛନ୍ତି । ମୋଟା ହୋଇନାହାନ୍ତି କି ଝଡ଼ିଯାଇ ନାହାନ୍ତି ।   ଖାଲି ଯାହା ଟୋକାରୁ ବୁଢ଼ା ହୋଇଛନ୍ତି, ସିଧାରୁ ବାଙ୍କି ଯାଇଛନ୍ତି ଅଲ୍ପ । ହେଲେ ସୁନ୍ଦରରୁ ଅସୁନ୍ଦର ହୋଇନାହାନ୍ତି । ଯୁବକାଳେ ଯୁବାପଣିଆରେ–ବୁଢ଼ାକାଳେ ବୁଢ଼ାପଣିଆରେ ବି ଗୋଟାଏ ସୁନ୍ଦରତା ଥାଏ– ଗୋଟାଏ ପୁରୁଷପଣିଆ ଥାଏ । ସେଥିରେ ନୁରି ଦାସଙ୍କର ସୂତାଏ ବି ଉଣା ହୋଇନି । ଆଣ୍ଠୁ ଉପରକୁ ଧୋବ ଫରଫର ଧୋତି–ଘରେ ଥିଲେ ଖାଲି ଦେହ, ହାଟଜାରକୁ ବାହାରିଲେ ଧଳା କନାର ଫତେଇ । ବାସ୍, ଏତିକି ପୋଷାକ । ନାଲି ଗାମୁଛା ଖଣ୍ଡେ କାନ୍ଧରେ ପଡ଼ିଥାଏ ଘରେ– ବାହାରେ । ତଣ୍ଟିବନ୍ଧା ଦି'ସରି ତୁଳସୀମାଳି । ସର୍ବଦା କପାଳ, ନାକ ଓ ବାହୁରେ ଚିତା ଚଇତନ, ଏମିତିକି କାନଫୁଲିରେ ବି ଟିପେ ଲେଖାଁ ଚନ୍ଦନ । ଗାଉଁଲି ହିସାବରେ ଡେଙ୍ଗା ପାଞ୍ଚହାତିଆ ମର୍ଦ୍ଦ । ସାବନା ରଙ୍ଗ ହେଲେ ବି ବଡ଼ ସୌମ୍ୟ ଚେହେରା । ସିଧା ନାକ, ଓସାରିଆ କପାଳ, ସାନ ସାନ ହେଲେ ବି ତୀକ୍ଷଣ ଆଖି, କବାଟ ପଟା ଭଲି ଚଉଡ଼ା ଛାତି, ଜୁଆଲି ଭଲି ସିଧା ଦୀର୍ଘ କାନ୍ଧ, ଯେମିତି ପର୍ବତ ବୋହିନେବ । ହେଲେ ପେଟ ପଶି ଯାଉଥିବ, ଯେତେ ଖାଅ କି ନଖାଅ । କାମିକା ପରିଶ୍ରମୀ ହାତଗୋଡ଼–ଟିପ ନମାରି ବି କହିହେବ ଯେ ବଡ଼ ଶକ୍ତ । ମୋଟାମୋଟି ମନେହେବ ସୁପୁରୁଷ– ହୁଅନ୍ତୁ ପଛକେ ଗରିବ ।

ଜମିବାଡ଼ି ନାହିଁ । କିଣିଖିଆ । ସମ୍ପତ୍ତି ବୋଇଲେ ଖଣ୍ଡେ ବାରି । ତା'ରି ଭିତରେ ଫସଲ । ଆମ୍ବ ଦି' ତିନିଗଛ, ସଜନାଛୁଇଁ, କଦଳୀ, ପଣସକୁ ଛାଡ଼ିଦେଲେ ରିତୁବାରି ପନିପରିବା ଉପୂଜାଇ ହାତରେ ବିକିଲେ ଘର ଚଳେ । ତେବେ ଆମ୍ବ

ମାସରେ ରୋଜଗାର ଭଲ । କେଜାଣି କୋଉଠୁ ଆସିଥିଲା ସେ ଚାରା । ତା'ର ମୂଳ
ଇତିହାସ ନୁରି ଦାସ କହିପାରିବେନି ।   ବଡ଼ ଜାତିଆ କଲମୀ ଆମ୍ବ । ଠ' ଭଲି
ଗୋଲ । ମାଉସିଆ-ଟିପ୍‌ରେ ଚପି ହେଲାଭଲି ନାକ ଅଗ ଆଡ଼କୁ । ବଡ଼ ପତଲା
ଚୋପା । ଭିତରେ ଘି'କୁଆଁରୀ ଭଲି ଥଲଥଲ ଚିକ୍କଣ ମାଉସିଆ ଆମ୍ବ-ଜମାରୁ ଚେର
ନାହିଁ । କାଟି ଖାଇବାକୁ ଭଲ । ବାସ୍‌ନାରେ ପେଟଠୁ ତାଲୁଯାଏ ଶିର୍ ଶିର୍ ମହକିଯିବ ।
ହାତରେ ବଡ଼ କାର୍‌ତି । ଆମ୍ବ ସରିଆସିବା ବେଳକୁ ଦାମ୍ ଚଢ଼ା । ନୁରି ଦାସ ଆମ୍ବର
ଆକାର ଦେଖି ଦାମ୍ କଷନ୍ତି ।

ସେଇ ବଗିଚା ଖଣ୍ଡିକ ତିନିପ୍ରାଣୀ କୁଟୁମ୍ବର ଭାତଥାଲି । ବାରି ଭିତରେ ସାନ
ଗଡ଼ିଆଟିଏ । ସେଇଥରେ ଗାଧୁଆ ପାଧୁଆ । ବଗିଚା ପାଇଁ ବର୍ଷକ ବାରମାସ ତେଣ୍ଟା
ବନ୍ଧା ହୋଇଥାଏ ।   ଖରାଦିନେ ଗଡ଼ିଆରେ ପାଣି ଶୁକିଗଲେ ରୁଆ ଖୋଲି କାମ
ଚଲାଇବାକୁ ହୁଏ । ଆକାଶରେ ଯେମିତି ମନକୁ ତାରା ଫୁଟେ, ନୁରି ଦାସଙ୍କ ଗଡ଼ିଆରେ
ସେମିତି ଛାଆଁକୁ ମୀନ ଖେଳନ୍ତି । ଗଡ଼ିଶା,   କେରାଣ୍ଡି,   ଦଣ୍ଡିକିରି, ମାଗୁର, କଉ,
ଶେଉଳ, ତୋଡ଼ି, ଏମିତି କେତେ କେତେ ନାଆଁ ମାଛମାନଙ୍କର । ହେଲେ ନୁରି
ଦାସଙ୍କ ପାଇଁ   କୋଉ କାମର ନୁହେଁ । ନୁରି ଦାସ ଜାତିରେ ବଇଷ୍ଣମ । ସଂପୂର୍ଣ୍ଣ
ପରିବାଭୋଜୀ ।   ମାଛ ମାଂସ ଘରେ ପଶିବା ମନା ।   ଗାଡ଼ିଆର ମାଛଗୁଡ଼ା ପାଣିକୁ
ଆଇଁଷ କରନ୍ତି ବୋଲି ପଡ଼ିଶାକୁ ଡାକି ମାଛ ଧରିନେବାକୁ ଅନୁମତି ଦିଅନ୍ତି । ହେଲେ
ବାଡ଼ିର ଲଙ୍କାମରିଚରେ ହାତ ମରାଇ ଦିଅନ୍ତିନି ।

ଖରାଦିନଟି ବଡ଼ ନିରାଟିଆ । ବାଇଗଣଗୁଡ଼ା ଗଛରେ ମୁଣ୍ଡି ପାଲଟିବ ।
ଲଙ୍କାମରିଚ ସେମିତି ଯିବ, ଶାଗ ମଞ୍ଜିଆ ପାଲଟିବ । ଜହ୍ନି, କାକୁଡ଼ି, ମକା, ଛତିନ୍ଦ୍ରା,
ଲାଉ, କଖାରୁ ତ ଖରାଦିନେର ସପନ । ଆଉ କାହା ଘରେ ତୁଉଣ ଶାଗ କଷ୍ଟ
ହେଉଥିବ, ହେଲେ ନୁରି ଦାସଙ୍କ ଘରେ ଖରାଦିନଟା ଭାତ କଷ୍ଟ ବି । ପରିବା ବିକି
ସେ ଚାଉଳ କିଣନ୍ତି । ଖରାଦିନେ କରିବେ କ'ଣ ?

ନୁରି ଦାସଙ୍କର ଆଉ ଗୋଟାଏ ରୋଜଗାର ପନ୍ଥା ଅଛି ।   ସେଇଟା ଆଗରୁ
ଥିଲା ସଉକ । ତିନି ତିନିଟା ପେଟର ଦାଉ ସମ୍ଭାଳିବା ପାଇଁ ନୁରି ଦାସଙ୍କ ସଉକି
ପରିଣତ ହେଲା ଖୋରାକିରେ । ରୋଜଗାର ମନ୍ଦ ହୁଏନି । ଅଷ୍ଟପ୍ରହରୀ, ଶ୍ରାଦ୍ଧ, ଶୁଦ୍ଧି,
ମହୋସବରେ ମୃଦଙ୍ଗ ବଜାଇ କୀର୍ତ୍ତନ କରି ନୁରି ଦାସ ଖରା ଚାରିମାସ ଚଲାଇ
ଦିଅନ୍ତି । କୀର୍ତ୍ତନରୁ ଆଣନ୍ତି ଅରୁଆ ଚାଉଳ, ପାଚିଲା କଦଳୀ, ନଡ଼ିଆ, ଉଖୁଡ଼ା,
ଚୁଡ଼ା, ହୁଡୁମ, ମିଷ୍ଟାନ୍ନ, ପଇସା, ଲୁଗା, ଗାମୁଚ୍ଛା । ନୁରି ଦାସଙ୍କୁ କୀର୍ତ୍ତନ କରିବାକୁ
ବଡ଼ ଭଲ ଲାଗେ । କେଜାଣି କେତେକାଲର ଅଭ୍ୟାସ । ସନ୍ଧ୍ୟାବୁଡ଼ୁଁ ନୁରି ଦାସ

ଦାଣ୍ଡବାରଣ୍ଡାଚାର ଅନ୍ଧାରଚାରେ ବସି ଆଖିବୁଜି ମୃଦଙ୍ଗ ଟୁଙ୍ଗ୍ ଟୁଙ୍ଗ୍ କରୁଥିବେ ତୁଉଣ ଛୁକ୍ ହବାୟାଏ । ଦିନେ ଦିନେ ନୁରି ଦାସଙ୍କ ଘରଆଡୁ ଅଧରାତି ଯାଏ ମୃଦଙ୍ଗ ଟୁଙ୍ଗ୍ ଟୁଙ୍ଗ୍ ଶୁଭୁଥାଏ । ନୁରି ଦାସ ସଞ୍ଜାପହରିଆ ମୃଦଙ୍ଗ ବଜାନ୍ତି ହାଉଲେ ହାଉଲେ, ଟୁଙ୍ଗ୍ ଟୁଙ୍ଗ୍ । ଅଧରାତିଆ ଭୋକିଲା ପେଟରେ ମୃଦଙ୍ଗ ବଜାନ୍ତି ଜୋର ଜୋର ଟଙ୍ଗ-ଟଙ୍ଗ ।

ସଂସାରରେ କେତେ ଜାତିର ଭୋକ ଅଛି- ମିଠା, ଖଟା, ରାଗ, ଲୁଣିଆ, ପିତା, କଷା ଭଳିକି ଭଳି ସୁଆଦ ପରିକା । ଭିନ୍ନ ଭିନ୍ନ ଭୋକର ଅନୁଭବ ବି ଅଲଗା ଅଲଗା । ଦେହର ଭୋକ-ପେଟର ଭୋକ-ମନର ଭୋକ-ଆତ୍ମାର ଭୋକ ଏଇ ଚାରିଟି ହଉଛି ମୂଳ ଭୋକ । ତା' ଦିହରୁ ଆଉରି କେତେ କେତେ ଭୋକର ଶାଖାପ୍ରଶାଖା ବାହାର ଜୀବକୁ କାବୁ କରେ, ବୁଢ଼ିଆଣି ଜାଲ ଭଳି ଛନ୍ଦି ପକାଏ । ମାୟାଜୀବଟି ବିଚରା ''ଆରେ ଶୁଖା ଖଡ୍ ଖଡ୍- ମିଛମାୟାରେ ପଡ଼ି ହେଉ ଲଡ଼ୁବଡ଼ୁ- ଲଡ଼ୁ ବଡ଼ୁ- ଲଡ଼ୁ ବଡ଼ୁ'' ନୁରି ଦାସଙ୍କ ମୃଦଙ୍ଗ ତାଳ ଛିଡ଼େ ଏଇଠି । ନୁରି ଦାସ ଦିଇଟି ଭୋକକୁ ମାନନ୍ତି । ପେଟର ଭୋକକୁ ଭୋଜନ, ଆତ୍ମାର ଭୋକକୁ କୀର୍ତ୍ତନ । ବାକି ଯେତେ ଭୋକ ତାକୁ ଟାଳିଦେବା ନୁରି ଦାସଙ୍କ ପକ୍ଷେ କିଛି କଷ୍ଟକର କଥା ନୁହେଁ । ପେଟର ଭୋକକୁ କୀର୍ତ୍ତନ ଟାଳିପାରେନା; ହେଲେ ଦେହର ଭୋକ, ମନର ଭୋକକୁ ମୃଦଙ୍ଗ ମାଡ଼ରେ ଠେଲିପେଲି ଆତ୍ମାର ଭୋକ ସହ ମିଶେଇ ଦିଅନ୍ତି ନୁରି ଦାସ । ତାଙ୍କ ପାଖରେ ଦିଟା ଭୋକ ସତ୍ୟ ହୋଇ ରହିଯାଏ । ସେ ଭୋକ ମରେ ଭୋଜନ ଓ ଭଜନରେ.... ହରେକୃଷ୍ଣ, ହରେକୃଷ୍ଣ, କୃଷ୍ଣ କୃଷ୍ଣ ହରେ ହରେ.... ହରେ ରାମ ହରେ ରାମ, ରାମ ରାମ ହରେ ହରେ...

ଶୋଷୀ ପେଟରେ କିଛି ଭୋକ ଥାଏ ନା ଜାଣିହୁଏନି । ଓଢ଼ଣା ତଳେ ସବୁ ଭୋକ ଅଦୃଶ୍ୟ ରହିଯାଏ । ନୁରି ଦାସଙ୍କୁ ଖାଲି ଦୃଶ୍ୟ ହୁଏ ଶୋଷୀର ଦୁଇଟା ଚାଲିଲା ପାଦ, କାମିକା ହାତ । ସକାଳୁ ସଞ୍ଜ ଶୋଷୀ ଚାଲୁଥାଏ ଖଟୁଥାଏ । ତା' ହାତ ଦୁଇଟା ଗୁହାଲ-ଗୋବର କରେ, ଘଷି ପାରେ, ଘରଦୁଆର ଲିପେ, ଘର ବାରି ଓଲାଏ, ଜାଳେଣି କାଠିକୁଟା, ଡାଙ୍ଗଡୁଙ୍ଗା ଗୋଟାଏ, ଭାତ ତୁଉଣ ରାନ୍ଧେ-ବାସନକୁସନ ମାଜେ... ସବୁ ଖାଲି ପେଟର ଭୋକ ପାଇଁ ନୁହେଁ, ଦେହର ଭୋକ, ମନର ଭୋକ ତା' ପାଦ ତଳେ ଗୋବର ସଙ୍ଗେ ଦଲିଚକଟି ହୋଇଯାଏ- ଲିପାପୋଛା ମାଟି ଗୋବର କନାରେ ମାଟିରେ ମିଶିଯାଏ- ଡାଙ୍ଗଡୁଙ୍ଗି ସଙ୍ଗରେ ଚୁଲିରେ ଜଳି ପାଉଁଶ ହୁଏ । ତା'ର ଆତ୍ମାର ଭୋକ ନୁରି ଦାସଙ୍କ କୀର୍ତ୍ତନ ସାଥିରେ ମୃଦଙ୍ଗ ତାଳରେ ବୋଧ ହେଉଥିବ କି ନା କିଏ ଜାଣେ ?

ଯୁବକାଳେ ଶୋଷୀର ପାଦ ଦୁଇଟା ଧୋବଲା ଏଣ୍ଡୁରିଥିଆ ଭଳି ଥିଲା ପତଳା– ବୟସ ବଢ଼ିବାରୁ ବାତକ୍ଳରେ ଚିତଉଥିଆ ପରି ଫୁଲ୍‌କି ଉଠିଲା ମଞ୍ଚିରୁ । ପାଦ ଉପରେ କଳା ମହାଏ– ଚିତାକୁଟା ଫୁଲ । ଶୋଷୀର ହାତ ଦୁଇଟା ବଡ଼ ଛତିନ୍ଦାର ମଞ୍ଜି ଅଂଶ ପରି ନିଟୋଲ, ସରୁ କୋମଳ । ହାତ ପାପୁଲି ଦିଓଟି ଛୁଞ୍ଜିପତର ଭଳି ପତଳା ନକ ନକ । ଯା' ବାଦେ ଶୋଷୀର ଚେହେରା ନୂରି ଦାସଙ୍କୁ ଅଗୋଚର – ବେଳେ ବେଳେ ଭାତ ବାଢ଼ିଦେଲା ବେଳେ ଶୋଷିର ମୁକୁଲା ବାହୁ ଦିଶିଯାଏ । ଖାଲି ଚିତାକୁଟା କୋଟିକମ କଳା ନୀଲ ଚିତ୍ର । ଓଢ଼ଣା ତଳୁ ଦିଶେ ଓଲଟ କନିଅର ପାଖୁଡ଼ା ପରି ଫାଲେ ନାକ । ଚିପି ହୋଇ ସୁନାର ନୋଲିଟିଏ ଜକ ଜକ ଦିଶେ– ନାକ ଦିଶେ ନାହିଁ – ଏତେ କାଳ ଚଳପ୍ରଚଳ ଭିତରେ ନୂରି ଦାସ ଘରେ ଥିବାବେଲେ ଶୋଷୀର ଦିହରୁ ମୁଣ୍ଡରୁ ଲୁଗା ଖସିଯିବାର କେହି ଦେଖିନି– ଯଦିବା ଖସିଛି, ନୂରି ଦାସଙ୍କ ଦୃଷ୍ଟି ଖସଡ଼ିଯିବାର କେହି ଦେଖିନି । ଦୁହେଁ ଏକୁ ଆରେକ ବଳି ସଂଯତ, ସଂଭ୍ରାନ୍ତ ସମାଜର ନୀତିନିୟମ, ମୂଲ୍ୟବୋଧକୁ ଜାବୁଡ଼ି ଧରିବାରେ ଯେମିତି ଗୋଟାଏ ରୀତିମତ ତପସ୍ୟା !

ଶୋଷୀଠୁଁ ଦି'ବରଷ ସାନ ତା' ଭଉଣୀ ଶଶୀ ଯଦି ପୁଅ ଜନ୍ମକରି ତା' ଶାଶୁଘରେ ପ୍ରସୂତି ଯନ୍ତ୍ରଣାରେ ଆଖି ବୁଜିଥାନ୍ତା, ତେବେ ଶୋଷୀକୁ ସାରା ଜୀବନ ଓଢ଼ଣା ଉହାଡ଼ରେ ମୁହଁଛପା ଦେଇ ରୁନ୍ଧିଲା ଜୀବନ କାଟିବାକୁ ପଡ଼ି ନଥାନ୍ତା । ମାତ୍ର ଶଶୀ ପୋଖତୀ ହେଲା ନିଜ ବାପଘରେ । କାରଣ ଶଶୀର ଶାଶୁଘର ନାହିଁ । ଶଶୀର ସ୍ୱାମୀ ନୂରି ଦାସ ପହିଲେ ପାଞ୍ଚ ଭାଇଙ୍କ ଭିତରୁ ପୁଅ ହୋଇ ଆସିଥିଲେ ନିଃସନ୍ତାନ ମାମୁଘରକୁ । ପୁଅ ହୋଇ ଆସିବା ପରେ ମାଇଁ ଲାଗ ଲାଗ ତିନିପୁଅର ମା' ହେଲେ । ନୂରି ଦାସ ହେଲେ ପୋଷାପୁଅ, ଗୁଞ୍ଜା ରୁଆ – 'ଏଇଟା କୁଆଡ଼େ ଯାଆନ୍ତ କି'ର ହତାଦର ଭାବ । ହେଲେ ନୂରି ଦାସ ଯିବେ କୁଆଡ଼େ ? ତାଙ୍କ ନିଜର ପୈତୃକ ସମ୍ପତି ସେମିତି କିଛି ନାହିଁ ବୋଲି ମାମୁଘରକୁ ପୁଅ କରି ପଠେଇଦେଲେ, ମାମୁଙ୍କ ସମ୍ପତି ପାଇବେ ବୋଲି । ତାଙ୍କ ଚାରିଭାଇ ବାପାଙ୍କ ଅନ୍ତେ ସମ୍ପତି ଚାରିଭାଗ କରି ଯାହିତାହି ଚଲୁଛନ୍ତି । ନୂରି ଦାସ ଯୁବକ ହେଲେଣି । କୋଉ ମୁହଁରେ ଲେଉଟି ଯାଇ ଭାଇମାନଙ୍କ ଭାତରେ ଭାଗ ବସାଇବେ ? ତାଙ୍କର କ'ଣ ମାନ ଅଭିମାନ ବୋଲି କିଛି ନାହିଁ ?

ସେତିକିବେଳେ ଶୋଷୀର ବାପା ଶଶୀ ପାଇଁ ଘରବଢ଼େଇ ଖୋଜୁଥିଲେ । ଶୋଷୀ ସେତେବେଲକୁ ବାଲୁତ ବିଧବା ହୋଇ ଘରେ ଥିଲା । କୁଲରକ୍ଷା କରିବାକୁ ଭାଇ ବକଟେ ନାହିଁ । ଶୋଷୀ ତ ତିନିପାଞ୍ଚିରୁ ଯାଇଥିଲା । ଶଶାର ଅଣ୍ଟିରିପୁଅ

ବକଟେ ହେଲେ ଅଜା ପିଣ୍ଡରେ ପାଣି ଦେବ । ନୁରି ଦାସ ମାମୁଘର ଛାଡ଼ି ଶ୍ୱଶୁରଘରକୁ ଆସିଲେ ଘରଜ୍ୱାଇଁ ହୋଇ । ମାମୁ ଏମିତି ସୁଯୋଗଟିଏ ଖୋଜୁଥିଲେ । ନଇଲେ ତାଙ୍କ ପୁଅମାନଙ୍କ ସଙ୍ଗେ ସମ୍ପତ୍ତିରେ ଭାଗ ବସାଇଥାନ୍ତା ।

ସବୁ ଠିକ୍ ଚାଲିଥିଲା, ଶଶୀ ପହିଲି ପ୍ରସବ କରି ମଲାଯାଏ । ନାତି ମୁହଁ ଦେଖି ଶୋଷୀର ବାପା ବି ଆଖି ବୁଜିଲେ । ଫୁଲନାଡ଼ କରି ସତିଆକୁ କୋଲକୁ ଟେକିନେଇଥିଲା ରାଣ୍ଡ ମାଉସୀ ଶୋଷୀ । ଘରେ ରହିଲେ ଅଣତିରିଶ ବର୍ଷର ଯୁବକ ନୁରି ଦାସ, ମା' ଛେଉଣ୍ଡ ପୁଅ ସତିଆ । ଆଉ ଅଠର ବର୍ଷର ବାଲୁତ ବିଧବା ଶୋଷୀ ।

ନୁରି ଦାସ ଆଉଥରେ ବିବାହ କରି ଯାଇଥାନ୍ତେ, ଯଦି ଶ୍ୱଶୁର ଘରେ ଘରଜ୍ୱାଇଁ ହୋଇ ପଶି ନଥାନ୍ତେ କି ଶୋଷୀ ଯଦି ତାଙ୍କର ଦେଢ଼ଶାଶୁ ନହୋଇ ଶାଳୀ ହୋଇଥାନ୍ତା । ଶଶୀଠୁ ଶୋଷୀ ମାତ୍ର ଦି'ବରଷ ବଡ଼, ନୁରି ଦାସଙ୍କଠୁ ଏଗାର ବର୍ଷ ସାନ । ସେ ନୁରି ଦାସଙ୍କର ଶାଳୀ ବି ହୋଇପାରିଥାନ୍ତା, ମାତ୍ର ହୋଇନି, ସେ ହୋଇଛି ନୁରି ଦାସଙ୍କ ଦେଢ଼ଶାଶୁ ।

ଦେଢ଼ଶାଶୁ–ଭଉଣୀଜ୍ୱାଇଁର ସମ୍ପର୍କ ଗଙ୍ଗାଜଳ ଭଳି ପବିତ୍ର । ଛୁଆଁଛୁଇଁ, ଚାହାଚାହିଁ କଡ଼ା ନିଷେଧ । ଠଟ୍ଟା ତାମ୍ସାର ପ୍ରଶ୍ନ ନାହିଁ – ଭାବ ବଢ଼େଇବାର ସୁଯୋଗ ଥିଲେ ବି ନିୟମ ନାହିଁ । ନର୍କ ଭୋଗ ।

ସାନଭଉଣୀ ଶଶୀର ମରଣ ପରେ ଶୋଷୀ ପଡ଼ୋଶୀ ଖୁଡ଼ିଙ୍କ ମାଧମରେ ଭଉଣୀ ଜ୍ୱାଇଁଙ୍କୁ ଜଣାଇ ଦେଇଥିଲା ଯେ, ଜୋଇଁଙ୍କର ଯଦି ଇଚ୍ଛା, ସେ ନିଜ ଘରକୁ ଫେରିଯାଇ ବାହାସାହା ହୁଅନ୍ତୁ, ଘରସଂସାର କରନ୍ତୁ । ତାଙ୍କ ବୟସର ପୁରୁଷପୁଅ ସ୍ତ୍ରୀ ମଲା ବୋଲି ଏକଲା ରହିବା ସମାଜର ନିୟମ ନୁହେଁ, ତେବେ ସତିଆ ରହିବ ଏଠି, ତା' ମାଉସୀ ପାଖରେ । ଏଇ କୁଳରେ ସେ ପିଣ୍ଡପାଣି ଦେବ । ସାବତ ମା'ର ଛାଇ ତା'ଠି ପଡ଼ିବନି । ନୁରି ଦାସଙ୍କର ଇଚ୍ଛା ହେଲେ ସେ ଯୋଉଦିନ ମନ ହେବ ପୁଅକୁ ଦେଖିଯିବେ, ମାତ୍ର ପୁଅକୁ ଏଠୁ ନେଇଯିବା କଥା ମୁହଁରେ ଧରିବେନି ।

ଶଶୀର ସ୍ମୃତିକୁ ଗଲାମାଲି କରି ଅବଶିଷ୍ଟ ଜୀବନ ବ୍ରହ୍ମଚର୍ଯ୍ୟ ପାଳନ କରିବା ନୁରି ଦାସଙ୍କର ଆଦୌ ଉଦ୍ଦେଶ୍ୟ ନଥିଲା । ମାତ୍ର ପରିସ୍ଥିତି ଏପରି ଯେ, ସେ ନା ଏ କୁଳର ନା ସେ କୁଳର । ମାମୁଘରକୁ ଫେରିଯାଇ ମାମୁ–ପୁଅ ଭାଇମାନଙ୍କ ସମ୍ପତ୍ତିରୁ ଭାଗ ମାଗିବେ ? ମାଗିଲେ ବା ଦଉଛି କିଏ ? ତା'ଛଡ଼ା ତାଙ୍କର କ'ଣ ମାନସମ୍ମାନ ବୋଲି କିଛି ନାହିଁ ! ଏମିତି ବାରଦ୍ୱାର ହେଉଥିବେ ? ତା'ଛଡ଼ା ଶୋଷୀ ମାନ୍ୟରେ

ଦେଢ଼ଶାଶୁ ହେଲେ ବି ବୟସରେ ଦଶବରଷ ସାନ ଅସହାୟା ବାଲ୍ୟ-ବିଧବା; ସତିଆ ବାଲ୍ୟ ପିଲା– ଆହୁରି ଅସହାୟ । ତେଣୁ ଆଉଥରେ ଘରସଂସାର ବାନ୍ଧିବା ଆଶାରେ ସେ ଦୁଇଟା ଅସହାୟ ଜୀବଙ୍କୁ ଛାଡ଼ିଦେଇ ଚାଲିଯିବାଟା ମଣିଷପଣିଆ ନୁହେଁ ।

ନୁରି ଦାସ ଜବାବ୍ ଦେଇଥିଲେ, "ଶ୍ୱଶୁରଘର ସମ୍ପତ୍ତିରେ ମୋର ଲୋଭ ନାହିଁ, 'ପୁଅ'ରେ ଲୋଭ । ଦ୍ୱିତୀୟ ବିବାହର କଥା ଆଉ ଏ ଘରେ ଯେମିତି ନଉଠେ, ବୁଝ୍ ଖବରଦାର..." ।

ସେଇଦିନ ସଞ୍ଜବେଳକୁ ନୁରି ଦାସ ତାଙ୍କର ମୃଦଙ୍ଗଟିକୁ କାନ୍ଥକଣ୍ଠାରୁ କାଢ଼ିଲେ । ଶ୍ୱଶୁରଘରକୁ ଆସିଲାବେଳେ ସେ ଏଇ ମୃଦଙ୍ଗ ଖଣ୍ଡିକ ଧରି ଆସିଥିଲେ । ମାମୁଘରେ ଥିଲାବେଳେ ମାମୁଙ୍କ ସଙ୍ଗେ ମିଶି ମଠରେ ନଦୀୟା କୀର୍ତ୍ତନ କରୁଥିଲେ । ଶ୍ୱଶୁର ଘରେ ବହୁଦିନ ଧରି ମୃଦଙ୍ଗରେ ହାତ ବାଜିନି । ମୃଦଙ୍ଗ ହିଁ ଆଜି ତାଙ୍କର ଏକମାତ୍ର ନିଜସ୍ୱ ସମ୍ପତ୍ତି– ଅନ୍ତରଙ୍ଗ ସହଚର । ସେଦିନ ସେ ନିର୍ଧୁମ ମୃଦଙ୍ଗ ପିଟିଥିଲେ ରାତି ଅଧ୍ୟାଏ । ତା'ପରଠୁ ପ୍ରତି ସଞ୍ଜରେ ଘଣ୍ଟାଏ ଦି'ଘଣ୍ଟା ମୃଦଙ୍ଗ ପିଟି ନାମକୀର୍ତ୍ତନ କରନ୍ତି । ବହୁକାଳର ଅଭ୍ୟାସ । ଶଶୀର ସ୍ୱାମୀ ହୋଇ ଦି'ବରଷ ହେବ ଏ ଘରକୁ ଆସିବା ପରଠୁ କେମିତି ଭୁଲିଯାଇଥିଲେ କେଜାଣି ?

"ବାଘ ନଦେଖିଲେ ବିଲେଇ ଦେଖ, ମା' ନଦେଖିଲେ ମାଉସୀ ଦେଖ ।" ସତିଆ ବାଘ ଦେଖିନି, ବିଲେଇ ଦେଖିଛି; ମା'କୁ ଦେଖିନି ମାଉସୀକୁ ଦେଖିଛି । ସତିଆ ଅବିକା ମନକଲେ ବାଘ ଦେଖିପାରିବ, ଜଙ୍ଗଲରେ ନଇଲେ ସର୍କସରେ । ମାତ୍ର ମା'କୁ ଆଉ ସେ ଦେଖିପାରିବନି । କାରଣ ମା' ସେପାରିରେ । ସତିଆ ବାଘର ଛବି ଦେଖିଛି– ହେଲେ ନିଜ ମା'ର ଛବି ବି ଦେଖିନି । ସଭିଏଁ କହନ୍ତି, ସତିଆର ମାଉସୀ ତାକୁ ମା'ଠୁ ବଲି ଗଣ୍ଡିଧନ କରିଛି । ହେଲେ ସତିଆ ଯେତେବେଳେ ମା'ର ସ୍ନେହ ଦେଖିନି କି ଜାଣିନି, ସେ କେମିତି ତୁଲନା କରି କହିବ ଯେ ତା' ମାଉସୀର ସ୍ନେହ ମା'ଠୁ ବେଶୀ ? ସତିଆ କେଜାଣି କାହିଁକି, ହେତୁ ହେବା ଦିନଠୁ ଅବାଗିଆ ଆଣ୍ଠୁଆ ବଗୁଲିଆ କଣ୍ଠା ମିଛୁଆ ।

ସତିଆର ତା' ବାପା ଉପରେ ଭାରି ରାଗ । କାରଣ ତା' ବାପା ତାକୁ ରାଗରେ ମା' ଖିଆ' ଡାକିଲେ ଡାକିଲା ପଛେ, କିନ୍ତୁ ଗେହ୍ଲାରେ ବି ଡାକେ 'ମା' ଖିଆ' । ସତିଆ ରାଗିଗଲେ ତା' ବାପାକୁ କହେ, ତୁ ମାଇପଖିଆ । ଏଇଟା ସତିଆର ନିଜର ନୁହେଁ । ସାଇପଡ଼ିଶାରେ ନୁରି ଦାସଙ୍କୁ କହନ୍ତି ମାଇପଖିଆ । ନଚେତ୍ ତେର ଚଉଦ ବରଷର ଝିଅ ଯୋଉଠି ପୋଖତି ହେଉଛନ୍ତି, ଷୋଲ ବରଷର ଶଶୀ କିଆଁ ପ୍ରସବ ବେଦନାରେ ମରିଥାନ୍ତା ? ନୁରି ଦାସଙ୍କ ଜାତକରେ

ସ୍ୱୀ ଘରେ ରିଷ୍ଟ । ଏକଥା ବହୁ ଜ୍ୟୋତିଷ ସତିଆ ମା' ଶଶୀ ମରିବା ପରେ ନୁରି
ଦାସଙ୍କ ଜାତକ ସାଧ୍ୟ କହିଛନ୍ତି ।

ଶୋଷୀ ବାପଘର– ନୁରି ଦାସଙ୍କର ଶ୍ୱଶୁର ଘର । ହେଲେ କେହି କହେନାହିଁ
ଶୋଷୀର ଘର । ସଭିଏଁ କହନ୍ତି ନୁରି ଦାସଙ୍କ ଘର । ନୁରି ଦାସଙ୍କ ଘରଟା ଇଂରେଜ
ଅମଲରେ ପ୍ରତିଷ୍ଠିତ ଏକ ସୁଖ୍ୟାତ ଗ୍ରାମ ହାଇସ୍କୁଲର କାନ୍ଥୁକୁ ଲାଗିଛି କହିଲେ ଚଲେ ।
ଘରେ ଶାଗ ପଖାଳ ଖାଇ ଇସ୍କୁଲ୍ ପଢ଼ିଆରେ କୁଲି ପକାଇବା କଥା । ନୁରି ଦାସ
ଭାବିଥିଲେ, ମା'ଖିଆ   ସତିଆ ହାଇସ୍କୁଲରୁ ମାଟ୍ରିକ୍ ପାସ୍ କରି ଶିକ୍ଷିତରେ   ଗଣା
ହେବ । ସର୍କାରୀ ଚାକିରି ଖଣ୍ଡେ କରି ପେଟ ପୋଷିବ । ତାଙ୍କ ଭଳି ଗଛର ଆମ୍ବ,
ଅଷ୍ଟପ୍ରହରୀ ଉଖୁଡ଼ା ଉପରେ ନିର୍ଭର କରି ଗଣ୍ଡେ ଖାଇ ଦଣ୍ଡେ ଜୀଇବନି ।

ମାତ୍ର ସତିଆ କେଜାଣି କାହିଁକି ହେଲା ପାଠଚୋର । ଇସ୍କୁଲ୍ ନାଁ ଧରିଲେ
ଛେଳିକି ପାଣି... । ଖାଲି ସେତିକି ନୁହେଁ, ବାପର ଯେଉଁଟା 'ହଁ' ସତିଆର ସେଇଟା
'ନା' । ତେଣୁ ବାପ ପୁଅରେ ନିରନ୍ତର ତେରିମେରି । ସତିଆ ଦିନ ଦିନ ଧରି ଇସ୍କୁଲ୍
ନଯାଇ ଏଣେତେଣେ ବୁଲେ । ଦିନେ ଦିନେ ମାଷ୍ଟରଙ୍କଠୁ ଶୁଣି ସତିଆକୁ ଘର ଭିତରେ
ବାନ୍ଧି ପକାଇବେ ନୁରି ଦାସ । ବାହାରୁ କବାଟ ଦେଇ ତାଲା ଠୁଙ୍କିବେ, କହିବେ,
''ଯେପର୍ଯ୍ୟନ୍ତ ଇସ୍କୁଲ୍ ନିୟମିତ ଯିବ ବୋଲି ନକହିଛି, ସେ ପର୍ଯ୍ୟନ୍ତ ଯିଏ ତାକୁ
ଖାଇବାକୁ ଦେଇଥିବ ତା'ର ଦିନେ କି ମୋର ଦିନେ ।'' ଶେଷ କଥାଟା ଶୋଷୀକୁ
ଲକ୍ଷ୍ୟକରି ହିଁ କହିଥାନ୍ତି । ଶୋଷୀକୁ ଛାଡ଼ିଦେଲେ ଏ ଘରେ କିଏ ଅଛି ଯେ ସତିଆର
ଲୁହ ପୋଛି ଖୋଇଦେବ ?

ଶୋଷୀ ଜବାବ୍ ଦିଏନି । ବାପ ଆକଟ କରୁଛି ପୁଅର ଭଲ ପାଇଁ । ବାପା
ତା'ର କର୍ତ୍ତବ୍ୟ କରୁଚି । ମାଉସୀ ହୋଇ ଶୋଷୀ ମଧ୍ୟ ତା'ର କର୍ତ୍ତବ୍ୟ କରିବ ।
କର୍ତ୍ତବ୍ୟରେ ବାଧା ଦବ, ଏମିତି ଅଣ୍ଟିରିପୁଅ କିଏ ଅଛି ଆସୁ ତ ଦେଖି ସାମ୍ନାକୁ ? ନୁରି
ଦାସ ବଜାରକୁ ଯିବା ମାତ୍ରେ ଶୋଷୀ ତା' ପାଖରେ ଥିବା ଚାବିରେ ତାଲା ଖୋଲି
ସତିଆକୁ ବୁଝେଇ ସୁଝେଇ ଭାତ ଖୋଇବ । ଖଟ ଗୋଡ଼ରୁ ଖୋଲିଦବ ସତିଆକୁ ।
ନୁରି ଦାସ ହାଟବଜାରରୁ ଲେଉଟିଲା ସରିକି ସତିଆ ସୁନାପୁଅ ହୋଇ ବହି ଧରି
ବସିଥିବ । ନୁରି ଦାସ ତାକୁ ଦେଖିବେ, କିଛି କହିବେନି । ସତେ କି ଆଗରୁ ଜାଣିଥିଲେ
ସତିଆ ଭାତ ଖାଇଥିବ, ଲୁହ ପୋଛିଥିବ, ବନ୍ଧନରୁ ମୁକୁଳିଥିବ, ବହି ଧରି ବସିଥିବ–
ତେଣିକି ପାଠ ପଢୁ କି ନପଢୁ ।

ମାସକେ ଦଶଥର ଏଇ ପାଲା । ପ୍ରତି କ୍ଲାସରେ ଦି'ବର୍ଷ ତିନି ବର୍ଷ । ଶୋଷୀ
ପାଇଁ ଏସବୁ ଚିନ୍ତାର ବିଷୟ ନୁହେଁ । ପିଲାଟା ପରୀକ୍ଷା ଦେଲା । ଯଦି ପାସ୍ ନକଲା,

ମାଷ୍ଟର ଦୋଷ, ପିଲାର ଦୋଷ ନୁହେଁ । ମାଷ୍ଟର ପାଖରେ ପାଠପଢ଼ି ଯଦି ଭଲ ପିଲା ପାସ୍ କରିବ ଆଉ ବଗୁଲିଆ ପିଲା, ଫେଲ୍ ହେବେ, ସେଥିରେ ମାଷ୍ଟରର ବାହାଦୁରିତା କ'ଣ ! ଯଦି ବଗୁଲିଆ ପିଲା ମାଷ୍ଟର ହାତରେ ନସୁଧୁରିଲା, ତେବେ ସେ କି ମାଷ୍ଟର !

ନୁରି ଦାସ ସତିଆକୁ ଦୋଷ ଦିଅନ୍ତି, ଶୋଷୀ ମାଷ୍ଟରକୁ ଦୋଷ ଦିଏ, ସତିଆ ବାପକୁ ଦୋଷ ଦିଏ । ତା' ବାପା ତା' ବୋଉକୁ ଖାଇଲା ବୋଲି ସତିଆର ନୁରି ଦାସଙ୍କ ଉପରେ ଯେଉ ରାଗ ସେ ତାକୁ ଏଇବାଟେ ଶୁଝୁଛି । ସେ ପାଠପଢ଼ିଲେ ଅବଶ୍ୟ ପାସ୍ କରନ୍ତା । କିନ୍ତୁ ତା' ଦ୍ୱାରା ତା' ବାପା ଖୁସି ହୁଅନ୍ତା । ବାପାକୁ ଦୁଃଖ ଦେବା ସତିଆର ଲକ୍ଷ୍ୟ । ତେଣୁ ସେ ଫେଲ୍ ହେଉଛି । ସତିଆକୁ ନେଇ ନୁରି ଦାସ ଆଉ ଶୋଷୀ ମାଉସୀର ଉଭାଳିଆ ଦିନଗୁଡ଼ାକ ହଲାପଟା ଚିନ୍ତାଦକରେ କୋଉ ଖଣ୍ଡରେ ବହିଗଲା କେହି ଜାଣିପାରିଲେ ନାହିଁ ।

ଦିନେ ଅଠର ବର୍ଷର ସତିଆ ଘରଛାଡ଼ି ସହରକୁ ଗଲା ଆଉ ଭାଗ୍ୟବଶତଃ ଛୋଟକାଟିଆ ଚାକିରିଟିଏ ଯୋଗାଡ଼ କରିଦେଲା । ଘରେ ରହିଲେ ଦି'ପ୍ରାଣୀ । ନୁରି ଦାସ ଆଉ ଶୋଷୀ । ସତିଆ ଚିନ୍ତା ଆଉ ନାହିଁ । କେବଳ ନିଜ ଚିନ୍ତା । ଶୋଷୀ ତେବେ କି କୁନ୍ଦିଲା କାନ୍ଦିଲା ମାଇପିଟାଏ । ନୁରି ଦାସ ତେବେ ବି ଟାଣୁଆ ମର୍ଦ୍ଦ । ରୋଗ-ବଇରାଗ ନାହିଁ । ଖାଲି ପେଟ ଚିନ୍ତା । ବାସ୍ – ଆଉ କିଛି ଚିନ୍ତା ନାହିଁ । ଥିବ ଯଦି, ଥିବ ମନ ଭିତରେ – ବାହାରକୁ ଦିଶେନି, ଶୁଭେନି । ନୁରି ଦାସଙ୍କ ମୃଦଙ୍ଗ ମାଡ଼ରେ ସବୁ ଅଶୁଣା । ଶୋଷୀର ଓଢ଼ଣା ତଳେ ସବୁ ଅଦୃଶ୍ୟ ।

ସେଇଠି, ତାଙ୍କରି ବଇଷ୍ଣବ ସାହିରେ– ତା' ପାଖ ଗଉଡ଼ ସାହି, ଧୋବା ସାହି, ମହାନ୍ତି ସାହି ସବୁଠି କିଛି ନା କିଛି କାନ ନଶୁଣିବା କଥା ଶୁଭେ – ଆଖି ନଦେଖିବା କଥା ଦିଶେ । ଦିଅର-ଭାଉଜ, ଭାଇ-ବୋହୂ-ଦେଢ଼ଶୁର, ଶାଳୀ-ଭିଣୋଇ, ଧରମ ଭାଇ-ଧରମ ଭଉଣୀ, ଏମିତିକି ବାଲ୍ୟବିଧବା ଖୁଡ଼ି ଆଉ କୁଟୁମ୍ବ ଭିତରେ ପୁତୁରା.... ଛିଃ ଛିଃ ରାମ୍ ରାମ୍ ! ପୁଣି ସା'ନ୍ତ ଘର ଦେଇ-କୋଠିଆ ଚାକର ଆଉ ମହାନ୍ତି ଘର ବୋହୂ, ଘରର ହଳିଆ-ସତ୍ୟାନାଶ ହୋଇଗଲା ଦେଶ.... ! ମଣିଷ ସମାଜ !!

ଗାଆଁ ଜୀବନର କଠୋର ଜୀବନ ସଂଗ୍ରାମ ଭିତରେ ଏତିକି ଚାଞ୍ଚଲ୍ୟ – ନିତି ଲୋଡ଼ା । ସହରୀ ଲୋକ ନାଚ, ତାମସା, ସିନେମା-ଥେଟରରୁ ଚାଞ୍ଚଲ୍ୟ ପାଆନ୍ତି, ରୋମାଞ୍ଚ ପାଆନ୍ତି । ମଫସଲ ଜୀବନରେ ସେ ସବୁ କାହିଁ ? ପୋଖରୀ ତୁ'ଠ, ଧୋବା ତୁ'ଠ, ଦାଣ୍ଡ ବାରଣ୍ଡା, ପଞ୍ଚାୟତ ଘରମାନଙ୍କରେ ଏଇ ପ୍ରକାର ରୋମାଞ୍ଚ ଆଉ

ଚାଞ୍ଚଲ୍ୟକର କାହାଣୀ ତିଲରୁ ତାଳ ହୁଏ । ତାଳରୁ ହୁଏ ବେତାଳ । ଜୋରିମାନା, ନିଆଁପାଣି ବାସନ୍ଦ, ଗାଁ'ରୁ ନିର୍ବାନ ପୁଣି ବି ଏ ସବୁର ସମାଧାନ ହୁଏ ମାଡ଼ ଫଉଦରି, ଗୁଣି ଗାରେଡ଼ି, ହତ୍ୟା, ଆତ୍ମହତ୍ୟାରେ ।

ମାତ୍ର ନୁରି ଦାସଙ୍କ ଘରଟି ଏ ସବୁଥରୁ ବାଦ୍ ପଡ଼ିଯାଏ । ସତିଆ ଗାଁରେ ଥିବାବେଳେ ନୁରି ଦାସ ଘରକୁ ନେଇ ଗୋଟାଏ କୌତୂହଳ ଥିଲା । ନିତିଦିନ ସତିଆଆକୁ ନେଇ ମାଡ଼ ଫଉଦାରି, ସତିଆ ନାଁରେ ଚୋରି-ନାରୀ, ମାତ୍ର ସତିଆ ଯେଉଁଦିନଠୁ ଗାଁ ଛାଡ଼ିଛି, ବାହାସାହା ହୋଇ ସହରରେ ରହିଛି, ସେହିଦିନଠାରୁ ନୁରି ଦାସଙ୍କ ଘରଟା ଅମୁହାଁ ଦେଉଳ ଭଳି ନିଷଧ-ନିଶୂନ୍ । ଗଲାଆଇଲା କାହାରି ଆଖିରେ ତିଲ ପ୍ରମାଣ କିଛି ପଡ଼େ ନାହିଁ । 'ତିଲ' ନଥାଇ 'ତାଳ' କରିବାକୁ କାହାର ବେଲ ଅଛି ? ଗାଁରେ କ'ଣ ରୋମାଞ୍ଚ, ଚାଞ୍ଚଲ୍ୟର ଅଭାବ ଅଛି ? ତେବେ ନୁରି ଦାସ ବା ଶୋଷୀଙ୍କୁ ଏଥିପାଇଁ ଗାଁବାଲା ମେଡାଲ୍ ଦିଅନ୍ତିନି । ଧର ସମ୍ପର୍କଟା ଯଦି ଦେଢ଼ଶାଶୁ-ଭଉଣୀ ଜୋଇଁ ନହୋଇ, ଶାଳୀ-ଭିଣୋଇ ହୋଇଥାନ୍ତା, ତେବେ ଦେଖାଯାଇଥାନ୍ତା ନୁରି ଦାସ କେତେଦୂର ସଂଯମୀ ଆଉ ଶୋଷୀ କେଡ଼େବଡ଼ ସତୀ ! ଯଦି ସେମାନେ ନିଜ ଟାଣରେ ଅଟଲ ତେବେ ଦେଢ଼ଶାଉ-ଭଉଣୀଜୋଇଁ ସମ୍ପର୍କଟାକୁ ବାହାବା ଦବାର କଥା ।

ସଂସାରରେ ଅନେକ କଥା ଶୁଣାଅଛି – ଏପରିକି ଶ୍ୱଶୁର-ବୋହୂ – ଛିଃ- ଛିଃ... କିନ୍ତୁ ଦେଢ଼ଶାଶୁ-ଭଉଣୀଜୋଇଁ ? ହେ ଭଗବାନ୍, ସେତିକି ଟିକେ ପୁଣ୍ୟ ହେଲେ ସଂସାରରେ ଥାଉ – ନହେଲେ ପୃଥ୍ୱୀ ରସାତଳକୁ ଯିବ ଯେ !

ପୃଥ୍ୱୀକୁ ମୁଣ୍ଡେଇ ବସି ଧୀରେ ଧୀରେ ନୁରି ଦାସ ବୁଢ଼ା ହେଲେ, ଶୋଷୀ ବୁଢ଼ୀ ହୋଇଗଲା ।

ନୁରି ଦାସଙ୍କର କାଇଁନ ଗାଇ ଗାଇ ଧଇଁରୋଗ ବାହାରି ପଡ଼ିଲାଣି । ଶୋଷୀର ବାତଜର ବଢ଼ି ବଢ଼ି ଗୋଡ଼ ଗୋଦର ।

ହେଲେ କେହି କାହା ଦିହରେ ମୁଣ୍ଡରେ ହାତ ବୁଲାଇବାକୁ କିମ୍ବା ସେବା ଶୁଶ୍ରୂଷା କରିବାର ବିଧାନ ନାହିଁ । ନୁରି ଦାସ ଧଇଁ ପେଲାରେ ଉଠ୍‌ପଡ଼ ହେଲେ ଶୋଷୀ ଓଢ଼ଣା ତଲେ 'ଆହା ଚୁ ଚୁ ହୁଏ, ଶୋଷୀ ବାତଜରରେ ମଲାଗଲା ହୋଇ ପଡ଼ିଲେ ନୁରି ଦାସ ଦାଣ୍ଡପିଣ୍ଢାରେ ପବନମୁହାଁ ବସି ମୃଦଙ୍ଗ ଟୁଙ୍କୁ ଟୁଙ୍କୁ କରନ୍ତି । ଉପାୟ କ'ଣ ? ବେଲେ ବେଲେ ମନ ଭିତରେ ମୃଦଙ୍ଗ ବାଜେ ଟଙ୍‌ ଟଙ୍‌... । ସ୍ତ୍ରୀ-ପୁରୁଷ ଭିତରେ ଏମିତି ସମ୍ପର୍କ କିଏ ବିଧାନ କଲା ଯେ ଜଣକର ମଲା ମୁହଁରେ ଆଉଜଣେ ପାଣି ଦେଲେ ପାପ ଲାଗିବ ! ଶାଳୀକୁ ପାପଗର୍ଭ କରେଇ କ୍ଷମା ଅଛି,

ଶାଳୀ ବୟସର ଦେଢ଼ଶାଶୁର ବାତଜରୁଆ ପାଦରେ ହାତ ବୁଲେଇ ସେବା ଆଶ୍ୱାସନା ଦେଲେ କ୍ଷମା ନାହିଁ ! ଧନ୍ୟ-ଧନ୍ୟ-ମୃଦଙ୍ଗରେ ଦୁମ୍ ଦୁମ୍ ତାଳ ଛିଡ଼ାନ୍ତି ନୁରି ଦାସ ।

ଯହୁଁ ଯହୁଁ ଦୁହେଁ ବୁଢ଼ାବୁଢ଼ୀ ହେଉଥାନ୍ତି, ବୟସ ଖସୁଥାଏ, ରୂପରଙ୍ଗ ଫିକା ପଡୁଥାଏ, ତାହୁଁ ତହୁଁ ଦିହିଁଙ୍କର ଦିହିଙ୍କ ପାଇଁ ପାଣି ଗଲୁ ନଥାଏ । ଜଣଙ୍କର ଦୁଃଖ କଷ୍ଟ ଯନ୍ତ୍ରଣାରେ ଆଉ ଜଣଙ୍କର ପ୍ରାଣ ବିଚଳିତ ହୋଇଯାଏ । ସାମ୍ନାସାମ୍ନି ଡକାହକା ନହେଲେ ବି ଯ୍ୟା ତା' ଆଗରେ ଦିହେଁ ଦିହିଁକ ଏଣିକି 'ବୁଢ଼ୀ' ବୋଲି ଡାକିଲେଣି । ମାଇପୀ ମହଲରେ ଶୋଷୀ କହେ- 'ବୁଢ଼ାଟା ଧଇଁରୋଗରେ ବଡ଼ ଦିକ୍‌ଦାର ହଉଛି । ପାଦରେ ଟିକେ ସୋରିଷ ତେଲ ଘଷିଦେବାକୁ ବି ଘରେ ବିଲେଇ ଛୁଆଟିଏ ନାହିଁ । ପୁଅକୁ ଲୋଭ କରି ଶ୍ୱଶୁର ଘରେ ପଡ଼ିରହିଲା ଭେଣ୍ଟା ବୟସରୁ । ଶେଷକୁ ପୁଅ ବୋହୂ ତାଙ୍କ ସୁଖରେ ରହିଲେ । ମୁଁ ଥିବାଯାଏ ଘୁଷୁରି ଘୁଷୁରି ମୁଠାଏ ଫୁଟେଇଦେବି । ତା'ପରଠୁ ? ବୁଢ଼ା କ'ଣ କରିବ ଏକା ଏକା ? ବୁଢ଼ାଟାର କ'ଣ କମ୍ ଗଉଁ କି ? ପୁଅକୁ ସିନା ଚିଠି ଖଣ୍ଡେ ନେଖ 'ଆ' ବୋଲି କହୁନି, ହେଲେ ବଡ଼ ଝୁରିହେଉଛି । ଯେତେହେଲେ ଆପଣା ରକ୍ତ ତ ! ସେ ନକହିଲେ ବି ମୁଁ କ'ଣ ତା' ମନବ୍ୟଥାକୁ ବୁଝିପାରୁନି ?

ମିଣିପି ମେଳରେ ନୁରି ଦାସ କହୁଥିବେ- 'ବାତଜର ବୁଢ଼ୀଟାକୁ ବଡ଼ ଆକ୍ରାନ୍ତ କଲାଣି । ଫି' ମାସରେ ଜରରେ ମଲାଗଲା ହୋଇ ପଡୁଛି ଚାରି ଦିନ । ସାଷ୍ଟମ କରି ପାଟିରେ ପାଣି ଦବାକୁ ବି ଘରେ କେହି ନାହିଁ । ବିଚାରୀ ମା'ଠୁ ବଲି କରିଥିଲା ପୁତୁରାକୁ । କୁଲାଙ୍ଗାରଟା ଦିନେ ମାଉସୀ ଛଡ଼ା 'ମା' ବୋଲି ଭାବିଲାନି । ଶେଷକୁ ମୁହଁରେ ନିଆଁ ଦବାକୁ ଆସୁଛି କି ନା କିଏ ଜାଣେ ? ବୁଢ଼ୀର ସେଟିକି ହଉଛି ଶେଷ ଇଚ୍ଛା । ସେ ନକହିଲେ ବି ମୁଁ କ'ଣ ଜାଣେନି ?''

ଶୋଷୀ ନକହିବା କଥା ନୁରି ଦାସ କେମିତି ଜାଣିଲେ ? ନୁରି ଦାସ ନକହିବା କଥା ଶୋଷୀ କେମିତି ଜାଣିପାରେ ? ଏ ପ୍ରଶ୍ନ କେହି ପଚାରନ୍ତି ନାହିଁ । ମଣିଷ ମଣିଷ ଭିତରେ କେତେ ସମ୍ପର୍କ ଅକୁହା ରହିଯାଏ । ହେଲେ, ଅଜଣା ରହେନି । ଯିଏ ଭାବେ ଯେ ପାଟି ଖାଲି କଥା କହେ, ସେ ମୂର୍ଖ । ମଣିଷର ହାତ ଗୋଡ଼ ବି କଥା କହିପାରେ । ତମ ଚାଲିରୁ ଜାଣିହବ ତମେ ଭଲ ପାଉଛ କି ମନ୍ଦ ପାଉଚ । ତମ ଭାତବଢ଼ାରୁ ଜାଣିହେବ ତମେ ଯନ୍ତ୍ରରେ ବାଢୁଛ କି ଅଯନ୍ତ୍ରରେ ବାଢୁଛ, ତମ ମୃଦଙ୍ଗ ତାଲରୁ ଜାଣିହେବ, ତମେ ହସୁଛ କି କାନ୍ଦୁଛ। ତେଣ୍ଟାରୁ ପାଣି ବୋହିବା ଢଙ୍ଗରୁ ଜାଣିହବ, ତମ ମନଟା ଶୁଖିଲା ଠାଉ ଠାଉ କି ଭାବ-ଜରର । ପଇଁଚାଳିଶ ବର୍ଷର ସୁଖ, ଦୁଃଖ, ଭୋକ, ଅଭାବ, ଅନଟନ, ଚିନ୍ତା, ଉଦ୍‌ବେଗ, ରାଗ, କ୍ଷୋଭ, ବୁଢ଼ାମଣା,

ଅବୁଝା। ଦୋଷାରୋପ ଫେଙ୍କି ହୋଇଯାଇଛି ଦୁଇଟା। ଅଲଗା ଦୂରଛଡ଼ା ମୁହଁରେ ତୁଣ୍ଡିବନ୍ଧା ମଣିଷର। ଡାକି ବଜେଇ କେହି କାହାକୁ କହିନି, ମୋ ସୁଖରୁ ଭାଗ ନେ– ମୋ ଦୁଃଖରେ ଭାଗୀ ହଅ।

ପବନରେ ଫୁଲର ବାସନା ମିଶିଗଲା ପରି, ଫଟା ଭୂଇଁରେ ବର୍ଷାଝର ଭେଦିଯିବା ପରି, ଜହ୍ନରେ ମୃଦଙ୍ଗର ଶବ୍ଦ ବୋଳି ହୋଇଯିବା ପରି ମଣିଷ ମଣିଷ ଭିତରେ ଭାବ-ଅଭାବ ଆପେ ଆପେ ଭେଦିଯାଏ।

ସେଇଥିପାଇଁ ଶୋଷୀ ବାଧକା ପଡ଼ିବା ମାତ୍ରେ ନୁରି ଦାସ ନିଜ ଆଣ୍ଠ, ଗଉଁ, ମୁହଁଟାଣକୁ ପଛକୁ ପକେଇ ସତିଆକୁ ଖଣ୍ଡେ ଚିଠି ଲେଖିଲେ– 'ଆୟୁଷ୍ମାନ ବାପ ସତ୍ୟାନନ୍ଦ! ତମ ମାଉସୀ ମଳାଶେଯରେ। ମୁହଁ ଖୋଲି ନକହିଲେ ବି ତମକୁ ଥରେ ଦେଖି ପ୍ରାଣ ଛାଡ଼ିବେ ବୋଲି ତାଙ୍କର ଶେଷ ଇଚ୍ଛା। ପୁଣି ତମେ ତାଙ୍କ ମଳା ମୁହଁରେ ନିଆଁ ନଦେଲେ ତାଙ୍କ ଆତ୍ମା ମୋକ୍ଷ ହେବନି ବୋଲି ସେ ଭାବୁଛନ୍ତି....

ଯା' ପରେ ଆଉ ନଆସିଲେ ନଆସ, ମାତ୍ର ଏ ଚିଠିକୁ ତାର ମନେକରି ମାଉସୀ ପାଇଁ ବସିଲାଠୁ ଉଠି ଆସବାକୁ ଶେଷ ଅନୁରୋଧ।

॥ ଇତି ॥

ତମର ଚିର ଶୁଭାକାଂକ୍ଷୀ

ନୁରି ଦାସ

ସତିଆ ଜାଣିଲା ନୁରି ଦାସ ତାଙ୍କର ଗଉଁ ବଜାୟ ରଖି ମାଉସୀ ପାଇଁ କେବଳ ଚିଠିଟି ଲେଖିଛନ୍ତି। ସେଇଥିପାଇଁ 'ଇତି ବାପା' ବୋଲି ଲେଖିନାହାନ୍ତି। ତଥାପି ସତିଆ ତା' ପିଲାଛୁଆକୁ ଧରି ବସିଲାଠୁ ଉଠିଆସିଲା। ବାପାର ଅନୁରୋଧରେ ନୁହେଁ, ମାଉସୀର ମୋକ୍ଷ ପାଇଁ। ଆଣିଥିଲା ବିସ୍କୁଟ୍, ଫଳ, ମିଠା। ମାତ୍ର ସତିଆ ପହଞ୍ଚିଲା ବେଳକୁ ଶୋଷୀର ପାଟି ପଡ଼ିଗଲାଣି। ଆଖି ଦରମେଲା। ଭାଗ୍ୟକୁ ନିଃଶ୍ୱାସ ପ୍ରଶ୍ୱାସ ଯା'ଆସ କରୁଛି! କେଜାଣି ସତିଆ ବସିଲାଠୁ ଉଠିଆସିଛି ବୋଲି ଶୋଷୀ ଜାଣିଲା କି ନା– ସତିଆ କିନ୍ତୁ ଜାଣିଲା ମାଉସୀର ପ୍ରାଣପକ୍ଷୀ ସତିଆକୁ ତକେଇ ରହିଥିଲା; କାରଣ ତା' ପରଦିନ ରାତି ପାହା ପାହା ବେଳକୁ ଶୋଷୀର ଶେଷ ନିଃଶ୍ୱାସ ଉଡ଼ିଗଲା।

ସେଦିନ ଦାହ ପରେ ଶ୍ମଶାନରୁ ଲେଉଟି ଦାଣ୍ଡପିଣ୍ଢାର ଅନ୍ଧାରରେ ନୁରି ଦାସ ଆଖିବୁଜି ଅତି କୋମଳ– ମଧୁରିଆ-ମୃଦଙ୍ଗ ଟୁଙ୍ ଟାଙ୍ ଭିତରେ ଉଦାସିଆ ସୁର ଛାଡ଼ି ନାମକୀର୍ତ୍ତନ କରୁଥିଲେ ''ହରେ କୃଷ୍ଣ ହରେ କୃଷ୍ଣ, କୃଷ୍ଣ କୃଷ୍ଣ ହରେ ହରେ– ହରେ ରାମ ହରେ ରାମ, ରାମ ରାମ ହରେ ହରେ...''

ଘର ଭିତରୁ ବୋହୂର ବାହୁନା ଶୁଭୁଥିଲା – ''ହାଁ ମାଉସୀ ଆମକୁ ଛାଡ଼ି କୁଆଡ଼େ ଗଲ ଲୋ...'' ଏଇଟା ପ୍ରଥା, ପ୍ରେତାତ୍ମାର ତୁଷ୍ଟି ପାଇଁ...

ସତିଆ ନିଭିଲା ଚୂଲି ପାଖରେ ବସି ପିଲାଙ୍କମିତି 'ମାଉସୀ ମାଉସୀ' ଡକାପାରି ଲୁହ ଗାଳୁଥିଲା ଗଲ ଗଲ.... ଏଇଟା ସତ । କେଜାଣି ବୁଢ଼ୀଟା ଏତିକିରେ ମାଉସୀ ଜନ୍ମରୁ ମୋକ୍ଷ ହୋଇଯିବ କି କ'ଣ !

ଦେଢ଼ଶାଶୁର ଦେହାନ୍ତରେ ମୃଦଙ୍ଗଟି ଶୋକ ମନେଇ ରାତିସାରା ବାହୁନୁଥିଲା ଟଙ୍‌, ଟଙ୍‌, ଟଙ୍‌, ଟଙ୍‌,.... ନୂରି ଦାସଙ୍କ ଟିପ ଫାଟି ରକ୍ତ ମିଶୁଥିଲା ମୋକ୍ଷର ତାଳରେ ।

ଶାପ୍ୟ

ପରୀ ଅକୁଳର ହୋଇ ନଥାନ୍ତା, ଯଦି ସେ ପାନ–ଅମଳୀ ହୋଇ ନଥାନ୍ତା, ପୁଣି ପରୀକୁଳରେ ବି ଲାଗି ନଥାନ୍ତା, ଯଦି ସେ ପାନ ଅମଳୀ ହୋଇ ନଥାନ୍ତା । ପାନ ଖିଲେ ପରୀର ମହତ ସାରିଲା, ପୁଣି ମହତ ରଖିଲା ।

ପନ୍ଦରବର୍ଷୀ ପରୀ ବୋହୂ ହୋଇ ଆସିବାବେଳକୁ ପାନ ଅମଳୀ ନଥିଲା; ଥିଲା ତୁଚ୍ଛା ପେଟ– କାବୁରୀଟା । ଖାଇବାରେ ବେଳ ଅବେଳ ହେଲେ ତା'ର ଜହ୍ନଫୁଲିଆ ମୁହଁଟା ପାହାନ୍ତି ତାରାକୁ ଭେଟିବାମିତି ଚୋପା ପଡ଼ିଯିବ । ମାଇପି ଝିଅର କୋଉ କଥାଟା ବେଳରେ ହୁଏ ଯେ ଖାଇବାଟା ବେଳ ଗଡ଼ିବନି । ସେଥିରେ ପୁଣି ଭୂଆସୁଣୀ ବୋହୂ!

ବିଛଣା ଛାଡ଼ିବ ରାତି ନପାହୁଣୁ । ବିଛଣାକୁ ଗଲାସରିକି ରାତିଅଧ । ଗାଧୁଆ ସଅଳ, ଖାଇବା ଉଚ୍ଛୁର । ସଅଳ ଉଚ୍ଛୁର ଦି'ଟାଯାକ ଅବେଳା । ପରୀ ଆଉ ସବୁଥିରେ ଅବେଳ ସହିବ, ଖାଇବାରେ କିନ୍ତୁ ସହିବନି । ନିଆଁଧାସରେ

ସେ କଅଁଳ ମଞ୍ଜି କଦଳୀପତର ପରି ଝାଉଁଳିଯିବ । ଏତେବଡ଼ ଜୀବନର ଦାଉ ସହିବ କେମିତି, ଏମିତି ଲବଣୀପିତୁଳା ହୋଇ ! ମାଇପ ଝିଅ ଲହୁଣୀ ଭଳି ଦିଶିବ, ପଥର ଭଳି ସହିବ, ତେବେ ଯାଇ ଜୀବନର ଭାର ସହିବ – ଜଗତକୁ ଜିତିବ । ମାଇପି ଜୀବନରେ ଯଦି ବା କାହା ଉପରେ ପଟିଆରା ଅଛି, ସେ ହେଉଛି ଦୁଃଖ, ଅନିଭୋଗ । ସୁଖଟା ବଡ଼ ଦଗାଦିଆ । ଜୀବନର କେତେ କେତେ ଭୋକ । ଭୋକରୁ ଯାବତୀୟ ଦୁଃଖ, ସନ୍ତାପ, ପଶ୍ଚାତାପ । ତେଣୁ ପହିଲେ ପେଟର ଭୋକକୁ ଅଙ୍କୁଆରେ ରଖିବାକୁ ଶିଖିଲେ ଅନ୍ୟ ସବୁ ଭୋକକୁ ଆୟତ୍ତ କରିବା କେଜାଣି ବା ସମ୍ଭବ ହୋଇପାରେ । ବୟସ କେବଳ ମଣିଷ ରୂପ ବଦଳାଏନି, ଭୋକର ରୂପ ବି ବଦଳିଯାଏ ବୟସ ଅନୁସାରେ । ତେବେ ପେଟର ଭୋକ ବାରମାସୀ ଚଢ଼େଇ- ପେଟକୁ କାଟୁଥିବ କୁଟ୍‌କୁଟ୍‌, ଜନ୍ମରୁ ମରଣଯାଏ, ସେ ଭୋକରେ ବୟସର କମ୍ ବେଶୀ ବାଛବିଚାର ନଥାଏ ।

ତେଣୁ ପେଟର ଭୋକକୁ ଆଗ ଆୟତ୍ତ ନକଲେ ବୋହୁପଣିଆ କରିହୁଏନି । ପରୀର ଆଈଶାଶୁ, ବୟସ ଅନୁସାରେ ଭଳିକି ଭଳି ଭୋକ, ତା'ର ରୂପଭେଦର ଅଦଳ ବଦଳ, ସବୁ ଅଙ୍ଗେ ନିଭେଇଛି । ଆଜି ଲୋଚାକୋଚା ଚମର ଗାର ସନ୍ଧିରେ କେତେ ଭୋକ ରୁନ୍ଧି ହୋଇଗଲାଣି । ହେଲେ, ନିଆଁନଗା ପେଟର ଭୋକଟା ଯେମିତିକୁ ସେମିତି ।

ପେଟ ସଙ୍ଗେ ପାଟିର ବଡ଼ ଭାବ – ଯେମିତି ଦେହ ସଙ୍ଗେ ମନର । ପେଟ ଭୋକ ବାରିପାରେ, ପାଟି ବାରିପାରେ ସୁଆଦ । ପେଟର ଭୋକକୁ ବହଲେଇବା ପାଇଁ ପାଟିକୁ ଲାଞ୍ଚ ହେଉଛି ପାନ । ଲାଞ୍ଚର ଗୋଟାଏ ବଦ୍‌ଖୋଇ ହେଉଛି ଯେ, ଶେଷରେ ସେ ନିଶାରେ ପରିଣତ ହୋଇଯାଏ । ହାଣ୍ଡିରେ ସଦାସର୍ବଦା ଭାତ ନଥାଏ ବୋଲି ମଣିଷ ପାନ ଖାଇ ପେଟକୁ ବହଲାଏ । ପୁଣି ପାନ ଅମଳ ମଣିଷକୁ ଏମିତି କାବୁ କରିପକାଏ ଯେ ଭାତ ଖାଇସାରି ପାନଖଣ୍ଡେ କଳରେ ନଜାକିଲେ, ଲାଗେ ଖାଇବା ନଖାଇବା ସମାନ । ପେଟର ଭାତ ପାନ ବିନା କୁକୁର ପେଟକୁ ଯାଏ । ଧନୀ ଗରିବ, କିଏ ବା ପାନ ରସିକ ନୁହେଁ !

ପାନ ହେଉଛି ଅଭାବ-ଭାବ ସବୁରି ମନ ବୁଝିବାର ସାଥୀ । ପରୀର ଆଈଶାଶୁ ଭାତ ପଛକେ ଆଡ଼େଇଦବ, ପାନ ଖଣ୍ଡକ ଛାଡ଼ିବନି, ଅଥଚ ଦିନ ଥିଲା, ଭୋକ ମାରିବାକୁ ସେ ପାନ ଖାଉଥିଲା ।

ତେଣୁ ନୂଆବୋହୂ ପରୀ ଯେତେବେଳେ ଖାଇବା ବେଳ ଗଡ଼ିଯିବାରୁ ଓଡ଼ଣା ଭିତରେ ମୁହଁ ମଉଳେଇଲା, ଆଈଶାଶୁ କେତକୀ ଖଇରଦିଆ ପାନଖଣ୍ଡେ ତା' ପାଟିରେ

ଗୁଣ୍ଟିଦେଇ କହିଲା- ''ପାନ ଖାଲି ଓଠ ରଙ୍ଗାଏନି, ମନ ବି ରଙ୍ଗାଏ । ଯିଏ ଖାଏ, ତା'ର ଯେତେ ନୁହେଁ, ଯିଏ ଦେଖେ ତା'ର ବେଶୀ । ଏ ପାନ ଖାଲି ପେଟର ଭୋକକୁ ବଶ କରିବନି, ମୋ ନାତି ଯଦୁଆକୁ ବି ବଶ କରିବ । ବିଦେଶିଆ ଟୋକାଟାକୁ ବଶ ନକଲେ, ପଛନ୍ତେ ପସ୍ତଉଥିଲୁ ଲୋ !''

ପରୀକୁ ପାନ ଭଲ ଲାଗିଲା । ପାନ ଖାଲି ପାଟି ମହକାଏନି, ମନ ବି ମହକାଏ । ପରୀର ପାତଲ ଓଠରେ ନାଲି ଟୁକୁ ଟୁକୁ ପାନ ରଙ୍ଗ ତା'ର ଜହ୍ନିଫୁଲିଆ ତୋଫା ମୁହଁଟାକୁ ଆଉରି ଚହକେଇ ଦେଲା । ଯଦୁନାଥର ଆଖିକୁ ପରୀ ସତସତିକଆ ପରୀ ଭଳି ଦିଶିଲା । ପାନ ସତକୁ ସତ ଭୋକ ମାରିଦିଏ ? କେଜାଣି, ପାନ ଖାଇ ପରୀ ପେଟର ଭୋକ ମଲାକି ନମଲା, ପରୀ କିଛି କହିଲାନି; କିନ୍ତୁ ପରୀର ନାଲି ଓଠ ଯଦୁନାଥର ଭୋକ ମାରିଦେଲା । ସେ ଦି'ପହରର ଖାଇବା ବେଳ ଆଉରି ଅବେଳା କଲା ପରୀ ମୁହଁକୁ ଚାହିଁ ଚାହିଁ । ପରୀକୁ ଛାଡ଼ି ତା'ର ଜମାରୁ ବିଦେଶ କରି ଯିବାକୁ ମନ ହେଲାନି । ବାହାଘର ପାଇଁ ମାସେ ଛୁଟିନେଇ ଆସିଥିଲା । ଶୀତଦିନିଆ ଖରା ପରି ଚାହୁଁ ଚାହୁଁ ତିରିଶି ଦିନ ଛୁ କରିବାକୁ ବସିଲାଣି । କିନ୍ତୁ ବିଦେଶ ନଯାଇ ସେ କରିବ କ'ଣ ? ଗାଁରେ ବିଲ ବାଡ଼ିରେ ହଲ କରିବ – ଚାଷ କରିବ – ବୋଝ ମୁଣ୍ଡେଇ ତା' ବାପା ଭଳି ହାଟକୁ ପରିବା ନେଇ ବିକିବ ? ନବମ ଶ୍ରେଣୀ ଫେଲ୍ ପାଠର ମହତ ଦି'କଡ଼ା କରିବ ! ପରୀର ବାପ ମଧ ତାକୁ ସହଜେ ଛାଡ଼ିବନି । ଯଦି ସେ ପରୀ ଭଳି ସୁନାଖଡ଼ିକା, ମାଛିକୁ ମ' ନକହୁଥିବା ଲହୁଣିପିତୁଳାକୁ ଯଦୁନାଥ ଭଳି ଜମିବାଡ଼ି ଥିବା ଦରପାଉଥୁଆ ଜ୍ୱାଇଁ ହାତରେ ଦେଇଛି, ସେଥିପାଇଁ ତା'ର ଦୂରବିଦେଶର ଚାକିରିକୁ ଜୁହାର । କି' ଚାକିରି, ସେଥିରେ କେହି ମୁଣ୍ଡ ଖେଳାଇନି । କାରଣ, ଯଦୁନାଥ ଭଳି ଶହ ଶହ ଯୁଆନ୍ ଦୂରବିଦେଶରେ କି ଚାକିରି କରନ୍ତି, ସେକଥା କେହି ଦେଖି ଯାଏନି । ଗାଁକୁ ଆସିବା ବେଳକୁ ସଭିଏଁ ଜୋତା, କୁର୍ତ୍ତା । ଗାଁର ଟୋକାମାନଙ୍କଠୁ ବାରି ହୋଇଯିବେ ଥାଟ୍‌ରେ ।

ପରୀ ମଧ ଯଦୁନାଥକୁ ଯେଉଠ ଖାତିର କରୁଛି, ଚାକିରି ଛାଡ଼ି ଗାଁରେ ଜମି ଚଷିଲେ ସେ ମାନମହତ୍ ତାକୁ ଦେବନି । ଚାକିରି ଆଉ ଚାଷୀ ଭିତରେ ପଇସାର ଫରକ୍‌ଟା ବଡ଼କଥା ନୁହେଁ, ଫରକ୍ ହେଉଛି ବାହାରର ଠାଣିମାଣି, ବେଶପୋଷାକରେ । ସ୍ୱାମୀ ପଛେ ବିଦେଶିଆ ହେଉ, 'ବାବୁ' ବୋଲି ପାଞ୍ଚଲୋକ କହୁଛନ୍ତି – ସେତିକି ବଡ଼େଇ ସ୍ତୀର ବିରହକୁ ବଡ଼ ସାନ୍ତ୍ୱନା ଦିଏ – ଯଦିଚ ବିରହର ଉପଶମ ଜାମା, ଯୋଡ଼, ଛତା, ହାତଘଡ଼ି, ଜୋତା, ସିଗ୍ରେଟ୍‌ରେ ନଥାଏ ।

ଅଗତ୍ୟା ଯଦୁନାଥକୁ ମାସ ପୂରନ୍ତେ ବିଦେଶ ଯିବାକୁ ହେଲା । ସ୍ୱାମୀ-ସ୍ତୀରେ

କେତେ ରାଣ, ନିୟମ, ଦିହ ଛୁଆଁଛୁଇଁ, ପ୍ରତିଜ୍ଞା, ପ୍ରତିଶ୍ରୁତି, ଗେଲ, କୋଳାକୋଳି, ଲୁହକୋହ । ଖାଲି ଛାତି ଫାଡ଼ି ଦେଖେଇ ହୁଅନାଇଁ ବୋଲି । ଯଦି ତା' ହେଉଥାନ୍ତା, ତେବେ ପରୀ ଦେଖେଇ ଦେଇଥାନ୍ତା, ତା' ଛାତି ଭିତରେ ଯଦୁନାଥର ଛବି ରକତରେ ଅଙ୍କା ହୋଇଛି । ଯଦୁନାଥ ବି ଦେଖେଇ ଦିଅନ୍ତା ତା' ହୃଦୟର ସିଂହାସନରେ ପରୀ କେମିତି ରାଣୀ ହୋଇ ବସିଛି । ଆଉ ଯେତେ ଯିଏ ସୁନ୍ଦରୀ ତ୍ରିଲୋକରେ ଅଛନ୍ତି, ସମସ୍ତେ ପରୀ ପାଦରେ ପୋଇଲି ପଣେ ଖଟୁଛନ୍ତି । ତେବେ ଛାତି ଫାଡ଼ି ଦେଖେଇବା ସେଇ ମୁହୂର୍ତ୍ତରେ, ସେଇ ରତୁରେ ଲୋଡ଼ା ହୁଏ ନାହିଁ – ଦୁହେଁ ଦୁହିଁଙ୍କ ଛାତି ଭିତରଟା ଜ୍ୱଳ ଜ୍ୱଳ ଦେଖିପାରନ୍ତି । ଆଉ ସେଇ ଭରସାରେ ଜଣେ ଯାଏ ଭେଣ୍ଡାକୁ ମେଣ୍ଡା କରୁଥିବା, ମାଲୁଣୀ ପଲ ପଲ ହେଉଥିବା ଦୂରବିଦେଶକୁ, ଆଉ ଜଣେ ରହେ କୁଳ ବୋହୂକୁ କଦମ୍ୱ ମୂଳକୁ ଟାଣି ଆଣୁଥିବା ଦିଅର-ଦେଢ଼ଶୁର ନାଗର ମାଳ ମାଳ ହେଉଥିବା ଗାଁରେ ।

ଯଦୁନାଥ ତୁଚ୍ଛା ମାହିଆଟା । ବିଦାୟ ବେଳାରେ ପରୀ ସ୍ୱାମୀ ପାଦରେ ମୁଣ୍ଡ ଲଗାଇ କିଞ୍ଚ କିଞ୍ଚ କାନ୍ଦିଲେ କାନ୍ଦିଲା, ସେଇଟା ତା'ର ପତିପ୍ରେମର ପ୍ରମାଣ । ମାତ୍ର ମାଇଚିଆ ମାଧିଆ ଯଦୁନାଥଟା କୋଉ ପସଦରେ ସ୍ତ୍ରୀକୁ ତୋଳି ଧରୁ ଧରୁ ସୁଁ ସୁଁ କରି ଲୁହ ଗାଲି ପକାଇ କହିଲା– ''ପରୀଲୋ – ଧିକ୍ ଏ ଜୀବନ – ଗାଁରେ ଚାଷ କରିବା କୋଟି ଗୁଣେ ଭଲ । ତୋ ଭଲି ସ୍ତ୍ରୀକୁ ପାଇ ଯିଏ ବିଦେଶ କରି ଯାଏ, ତା' ଜୀବନକୁ ଧିକ୍ । କେମିତି ତୋ ବିହୁନେ ଦିହ ଧରି ରହିବି କହ ତ !''

''ଯେମିତି ଏଠି ମୁଁ ଥିବି – ମୋ ଆତ୍ମା ଥିବ ତମ ପାଖରେ, ଠିକ୍ ସେମିତି ।'' ପଚିଶ ବର୍ଷର ସ୍ୱାମୀକୁ ବୋଧ ଦେବା ପାଇଁ ପନ୍ଦର ବୟସୀ ପରୀ କୋହ ଚାପି ଏତିକି କହୁ କହୁ ସ୍ୱାମୀ ପାଟିରେ ମହ ମହ କେତକୀ–ଖିର ଅଲେଇଚ ପକା ପାନ ଖଣ୍ଡେ ଗୁଞ୍ଜିଦେଲା । ଯଦୁନାଥ ଆଉ କ'ଣ ବାହୁଲ୍ୟ ହୋଇଥାନ୍ତା, ତା' ପାଟିରେ କଥା ଠାକିଲା ।

ଯଦୁନାଥକୁ ବିଦାୟ ଦେବାକୁ ବାହାରେ କୁଟୁମ୍ୱ ଲୋକେ ଅପେକ୍ଷା କରିଛନ୍ତି । ମର୍ଦ୍ଦମାନେ ଅଗଣା ବାହାରେ, ଦାଣ୍ଡ ଦୁଆରଟି, ମାଇପେ ଅଗଣାରେ, ଶୋଇବା ଘର ମୁହଁଠି । ସ୍ୱାମୀ-ସ୍ତ୍ରୀଙ୍କର ବିଦାବିଦି ଯେତିକି ଲମ୍ୱିଛି, ମାଇପିଙ୍କ ଫୁସ୍‌ଫୁସ୍‌ ସେତିକି ତେଜୁଛି । 'ମ' ଆଉ କ'ଣ କେହି ବାହା ହୁଅନ୍ତିନି – ବିଦେଶ ଯାଆନ୍ତିନି ନା ଗାଁ ଯାକରେ ସୁନ୍ଦର ମୁହଁ ଏକା ପରୀର ! ଲୋକଲଜ୍ଜା ତ' ପୁଣି ଅଛି । ସ୍ୱାମୀ-ସ୍ତ୍ରୀ ଦିହେଁ ଘର ଭିତରେ ପଶିଛ ଯେ ପଶିଛ ! ଏଣେ ଅନୁକୂଳ ବେଳା ଗଡୁଛି – ବରଗଡ଼ ମୁଣ୍ଡ ବସ୍ ରହିବା ସ୍ଥାନରୁ ପଁ ପଁ ହର୍ଷ ଶୁଭିଲାଣି ଦି'ଥର । ଆଇଶାଶୁ ଡାକ ମାରିଲା–

‘‘ବାହାରି ଆରେ ଯଦୁଆ – ତୋ’ ମାଇପ ମତେ ନାଗିଲା ।   ଏତେ ସୁଆଗ ଭଲ
ନୁହେଁରେ... ଅତି ଲେମୁ ଚୁପୁଡ଼ିଲେ ପିତା... ଆଜିଟୁ ମୁଣ୍ଡରେ ବସାନା କହୁଛି ।’’

ଲେଖାଯୋଖାରେ ଭାଉଜ ପାଟି କଲେ– ‘‘ଯଦୁନାଥ ତ ଆମର ଜାଣି ଜାଣି
ଉଭ୍ଭର କରୁଛନ୍ତି ସେ ବସ୍ ଛାଡ଼ିଦେଉ... ଆଉ ଗୋଟାଏ ଦିନ ତ ରହିଯିବେ ଚାନ୍ଦମୁହଁ
ପାଖରେ... ।’’

ତା’ ପରେ ଖେଁ ଖେଁ ନିଆଁଗେଞ୍ଜା ହସ ।   ପରୀ ଯଦୁନାଥକୁ ଆସ୍ତେ
ଠେଲିଦେଲା– ଯଦୁନାଥ ରୁମାଲରେ ନାକ ଆଖି ପୋଛି ପୋଛି ବାହାରିଆସିଲା ।
ଆଖି ଦୁଇଟା କୁଆଟୁଆ ଆଖି ପରି ଲାଲ୍ ! ତାକୁ ଲାଜ ମାଡ଼ିଲା । ସେ ଏକମୁହାଁ
ହୋଇ ପଦାକୁ ବାହାରିଗଲା। ଯେ ଆଙ୍କୁ ଓଲଗି ହେବାକୁ ବି ଭୁଲିଗଲା ।   ଥରକୁ
ଥର ବିଦାବିଦି ବେଳେ ଏଇ ପାଲା ।

ଯଦୁନାଥ ବିଦେଶରେ ବିରହ ଜ୍ୱାଲା କେମିତି ପ୍ରଶମିତ କରୁଥିବ, ସେକଥା
ପରୀକୁ ଜଣାନାହିଁ । ଆଉ ପାଞ୍ଜଣ ବିଦେଶୀଆ ମର୍ଦ୍ଦଙ୍କ ନାଁରେ ଯାହାସବୁ ସାଧାରଣତଃ
ଶୁଣାଯାଏ ସେକଥା ଏ ଯାବତ୍ ଯଦୁନାଥ ନାଁରେ ଶୁଣାହୋଇନି । ତା’ର କାରଣ
ହେଉଛି, ଯଦୁନାଥର ସ୍ତ୍ରୀ-ସୁଆଗର ପ୍ରମାଣ ।   ପରୀ ଓଠର ପାନରଙ୍ଗ ଏତେ ନାଲି
ଚହ ଚହ କାହିଁକି ? ପରୀ ଆଖିର କଜ୍ଜଳ ଗାର ଏଡ଼େ କଳା ଘୁମର କାହିଁକି ?
ଏସବୁ ସୁଲକ୍ଷଣ ସ୍ୱାମୀସୁଆଗୀ ସ୍ତ୍ରୀର ଲକ୍ଷଣ ।   ଏ ଗାଁରେ କେତେ କିଏ ପାନ ଖାଆନ୍ତି,
କେତେ କିଏ କଜ୍ଜଳ ମାଖନ୍ତି, ମାତ୍ର ଏମିତି ରଙ୍ଗ ଫିଟେ କେତେଜଣଙ୍କ ଓଠରେ –
ଯଦୁନାଥ ଫି’ସାଲ ପନ୍ଦରଦିନ ଛୁଟି ଆଣି ଘରକୁ ଆସେ ।   ସ୍ତ୍ରୀ ପାଇଁ ଯେତେ ଯେତେ
ଦରବ ଆଣେ, ବାପା ବୋଉ ଆଙ୍କ ପାଇଁ ତା’ଠାରୁ ଢେର କମ୍ । କେବେ
କେବେ ସେମାନଙ୍କ ପାଇଁ କିଛି ବି ଆଣି ନଥାଏ । ଖାଲି ପରୀ ପାଇଁ ପ୍ରେମର ପୁତୁଲି ।
କାହାରି ସେଥିରେ ମନ ଦୁଃଖ ନାହିଁ । ବିଦେଶିଆ ପୁଅ, ବୋହୂଠି ଯେତେ ମନପ୍ରାଣ
ଢାଳିବ, ପର ସ୍ତ୍ରୀଠୁ ସେତେ ଦୂରରେ ରହିବ । ଯୋଉଁ ମର୍ଦ୍ଦର ନିଜ ସ୍ତ୍ରୀଠି ମନ କମ,
ସେ ବାଟ ହୁଡ଼େ, ବାଜେ ସ୍ତ୍ରୀଙ୍କ ପିଛାରେ ଅର୍ଜନ ଉଡ଼େଇ ଶରୀର, ଘର, ବୁନିଆଦି
ବୁଡ଼ାଏ । ପରୀ ଯେ ପତିପ୍ରାଣା, ସେଥିରେ ମଧ ମଳିଧୂଳି ନାହିଁ । ମୁଣ୍ଡରୁ ଓଢ଼ଣା
ଖସେ ନାହିଁ, ଅଥାନରେ ହସିବାର, ବସିବାର କେହି ଦେଖିନି । ଲୋଟଣି ପାରାମିତି
ଘରକାମରେ ଲାଗିଥାଏ । ନେ’ -ନେଞ୍ଜରୋ ନାହିଁ । ବାହାଘର ପାଞ୍ଚବର୍ଷ ହେଲାଣି –
ଥରେ ଯାହା ଗର୍ଭ ନଷ୍ଟ ହୋଇଛି । ପରୀଟି ନେହକାଟିଏ । ବୟସ ବି ଏମିତି କିଛି
ନୁହେଁ । ଯାଉ ଦି’ଚାରି ବର୍ଷ । ବୋହୂ ଜୀଅ ରହିଲେ ତ ନାତି ନତୁଣୀ ଖେଲାଇବ ।
ଶାଶୁ ଶ୍ୱଶୁର ଆଙ୍କଶାଶୁ ସଭିଏ ବୋହୂକୁ ନେଢ଼ିରେ ବସେଇଥାନ୍ତି । ଯଦୁନାଥ ଏ

ଘରର ଏକୋଇର ବଲା ବିଶିକେସନ । ପରୀ ଗୋଟିଏ ବୋଲି ବୋହୂ । ପରୀ ଭଲି ରୂପର, ଗୁଣର ବୋହୂ ଭାଗ୍ୟରେ ଥିଲେ ମିଳେ । ତେଣୁ ପରୀ ପ୍ରତି ସମସ୍ତଙ୍କର ନିଘା ।

ବୋହୂକୁ ଶାଶୁଘରେ ଏତେ ଆଦର ସୋହାଗ କେତେ ତପସ୍ୟା କରିଥିଲେ ମିଳେ । ପରୀର କାହିଁରେ ଅଭାବ ନାହିଁ । ଯଦୁନାଥ ନିୟମିତ ଆସି ନପାରିଲେ ମଧ ନିୟମିତ ବାପାଙ୍କୁ ଟଙ୍କା ପଠାଏ । ସେଥିରୁ ବୋହୂର ହାତଖର୍ଚ୍ଚ ପାଞ୍ଚଦଶ ଟଙ୍କା ଶାଶୁ ଆଣି ବୋହୂ ହାତରେ ଗୁଞ୍ଜିଦିଏ । ପରୀ ଗେଲେଇ ହୋଇ କହେ - ''ମୁଁ ଟଙ୍କା କ'ଣ କରିବି ? ମୋର କେଉଁଠାରେ ଅଭାବ ?'' ଶାଶୁ କହେ - ''ଥାଉ ତୋ' ପାଖେ - କେତେବେଳେ ପାଚରା ଆସୁଛି, ଅଲତା, ସୁଦର କିଣିବୁ, ଚିରୁଣୀ ମୁଣ୍ଡକଣ୍ଟା କିଣିବୁ... ପରୀ କିନ୍ତୁ ସେ ଟଙ୍କାରେ କେତେକୀ ଖିରର, ଗୁଆ ଅଲେଇଚ କିଣେ ବେଶୀ । ସୁଦର ଅଲତା ଥରକୁ ଥର ଯଦୁନାଥ ସହରରୁ ଆଣିଥାଏ ଯେ ପୁଣିଥରେ ଆସିବା ଯାଏ ଶିଶି ଭରା । ସବୁ ପ୍ରଭୁଙ୍କ ଇଚ୍ଛା । ପରୀର ସତରେ କୋଉଠାରେ କିଛି ଅଭାବ କାହାରି ଆଖିରେ ପଡ଼େନି ।

ସତୀପଣିଆର ବି ଅଭାବ ନାହିଁ । ଦିଅର ଲେଖା କେହି ଯଦି ବେଆଡ଼ା ନକଲ କରିଦିଏ, ପରୀ ବାଟ ଆଡ଼େଇ, ମୁହଁ ମୋଡ଼ି ଚାଲିଯାଏ । ତା'ର ଅଲତାବୋଲା ସାନ ସାନ କିଆଫୁଲିଆ ପାଦ ଦୁଇଟିରେ ମଲ୍ଲ ପାଉଁଜ ଏମିତି ଝାଉଁ ଝାଉଁ ଶୁଭେ, ଯେମିତି ପରୀ ତା'ର ଅଲାଝୁକ ଫଟାରସିକ ଦିଅରମାନଙ୍କୁ ବେଞ୍ଜିତ କରି ଚାଲିଗଲା । ପରୀ ସାଥିରେ ଗେଲ ନକଲ ହବାକୁ କେହି ସାହସ କରନ୍ତିନି । ଅସରଣିଆ ମାଇପ ସିନା ସବୁରି ଶାଳୀ, ପରୀର ସ୍ୱାମୀ ତ ବିଦେଶିଆ ରୋଜଗାରିଆ, ମାଇପ-ସୁଆରିଆ । ପରୀ ଆଉ କାହାକୁ ପାସଙ୍ଗରେ ପକାଇବ କାହିଁକି ? ତା'ର ପେଟ ଅଭାବ ନା ମନ ଅଭାବ... ତେବେ, ଭିତରେ କ'ଣ ଗୋଟିଏ ଅଭାବ - ! ଛାଡ଼ । ବିଦେଶିଆ ସ୍ୱାମୀ ଫି' ମାସ ଟଙ୍କା ପଠାଉ ଆଉ ସବୁ ଆଖିଦୃଶିଆ ଅଭାବ ପୂରଣ କରିଦେବ ସତ; ହେଲେ, ଆଉରି କେତେ କେତେ ଅଭାବ ଆଖି ଆଢ଼ୁଆଲରେ, ବିବେକ ଆଢ଼ୁଆଲରେ ମଣିଷକୁ ହନ୍ତସନ୍ତ, ଛଟପଟ କରେ, ତା'ର ହିସାବ ରଖେ କିଏ ? ସେ ଅଭାବ ଏତେ ଅଜାଗାରେ ଯେ ନା ଦେଖିହୁଏ ନା ଦେଖେଇ ହୁଏ ।

କେଜାଣି କାହିଁକି ମନଟା ବେଳେ ବେଳେ ବଡ ଉଦାସ ହୋଇଯାଏ । ପରୀ ଝଅଟ କାମ ସାରିଦେଇ ଯେତେବେଳେ ବାରିପଟ ବାରଣ୍ଡାରେ ଝାଲ ମାରିବାକୁ ପବନମୁହାଁ ଘଡ଼ିଏ ବସିଯାଏ, ତା' ନାକରେ ବାଜେ ଆତ ଫୁଲର ଉଦାସିଆ ଝିମ୍‌ଝିମା ବାସ୍ନା । ଆଉ କାହାକୁ ବାସେନି, ପରୀକୁ ବାସେ । ସାଇ ଅଗଣା ନିର୍ଜନ ହୋଇଯାଏ - ଭିତର ବାହାର ସବୁଆଡ଼େ ବଡ଼ ଖାଁ ଖାଁ । କାଠଚମ୍ପା ଗଛଟା କେଜାଣି କି

ଦୁଃଖରେ   ଥୁଣ୍ଟା ହୋଇଯାଇଥାଏ । ମାତ୍ର ଥୁଣ୍ଟା ଗଣ୍ଠିର ଡାହିଏ ଡାହିଏ କଅଁଳି ଆସୁଥାଏ, ଅଧା ଦେଖା ସପନ   ଭଳି, ସାନ ସାନ କଢ଼ି । ଚାହୁଁ ଚାହୁଁ ଡାହିର ଅଗିଲାର   ମେଣ୍ଟ ମେଣ୍ଟ ଧଳାଫୁଲ ଜାକିଜୁକି   ହୋଇ ଦିହକୁଦିହ ଲଗାଇ ହସିବେ ମୁଚୁମୁଚୁ । ମନଟା ପ୍ରାୟ କାଠଚମ୍ପା ଭଳି ନୁହେଁ କି ! ଉପରକୁ ସାଦା, ଧଳା ସନ୍ୟାସିନୀ ଭଳି, ପାଖୁଡ଼ା ଭିତରକୁ ଗହୀରେଇ ଚାହିଁଲେ ଲୁଚାଛପା ଶଙ୍ଖିଲା ରଙ୍ଗ । ଯେମିତି ଫୁଲ ନୁହେଁ, ମଣିଷର ମୁହଁ-ଗହୀରରେ ମନ !

ପରୀକୁ ଆପଣାର ମନଟା ଦିଶିଯାଏ – ଆଉରି ଖାଁ ଖାଁ । ଯଦୁନାଥ ଯଦି ବିଦେଶ ନକରନ୍ତା– ଘରେ ଥାଆନ୍ତା–ଚାଷୀ–ମୂଲିଆ ହୋଇଥାନ୍ତା, ପରୀର ସବୁ ଅଭାବ ମେଣ୍ଟିଯାନ୍ତା ? କେଜାଣି ? ଏଠି ତାଙ୍କ ଗାଁରେ କେତେ ସ୍ୱାମୀ-ସ୍ତ୍ରୀ ଏକାଠି ଅଛନ୍ତି ଦିନେ ଛାଡ଼ବାଢ଼ ନାହିଁ । ହେଲେ ରାତି ପାହିଲେ ଚୁଟି ଧରାଧରି । ମାଇପେ ଆସି ପରୀ ଆଗରେ ହାହୁତାଶ ଅଜାଡ଼ି ଦେବେ – ''କି ସୁଖ ଏ ଜୀବନରେ ! ମଣିଷ କ'ଣ କୁକୁର ବିଲେଇ ? ଖାଇବ, ପିଲା ଜନ୍ମ କରିବ – ସ୍ୱାମୀର ଭୋକ ସମ୍ଭାଳିବାକୁ ସଜ ହୋଇ ବସିଥବ, କାରଣ ସେ ତମକୁ ପୋଷୁଛି ।   ତୋର କେତେ ସୁଖଲୋ ପରୀ । ତୋ ସ୍ୱାମୀ ସହରିଆ – ବଡ଼ ରସିକ । ଏମାନଙ୍କ ଭଳି ଗାଉଁଲିଆ, ଆଣ୍ଠୁଆ, ବଲଦିଆ ନୁହେଁ । ବିଧାତା ଯାହା ଭାଗ୍ୟରେ ଯେତିକି ସୁଖ ଲେଖିଛି ।   ଆମେ ହାଇଁପାଇଁ ହେଲେ କ'ଣ ହେବ ?'' ନିଜ ସ୍ୱାମୀର ରସିକପଣିଆରେ ପରୀ ଖୁସି, ସନ୍ତୁଷ୍ଟ, ଗର୍ବିତା ମଧ । ପରୀର ଇଚ୍ଛା ହୁଏ, ହତାଶାର ଢାଙ୍କୁଣି ଖୋଲିଦେଇ ତାତିଲା ବାଷ୍ପ ଉଡ଼େଇ ଦିଅନ୍ତା । କାହା ଆଗରେ ମନକୁ ଖୋଲିଦେଇ ଉଶ୍ୱାସ ହୋଇଯାନ୍ତା । ମାତ୍ର ଏମିତି କେତେକ   ଦୁଃଖ ଅଛି, ଯାହା ନିଜ ସାଥିରେ ଚିତାରେ ହିଁ ଜଳେ । କାରଣ ସେ ଦୁଃଖ   କଲିଜା ଭିତରେ ଥାଏ– ଯେତେ ଚେଷ୍ଟା କଲେ ବି ପଦାକୁ କାଢ଼ିଦେଇ ହୁଏନି । ଯେତେ ବିଶ୍ୱାସୀ ସହୀ-ସଂଗାତ   ହଉ ପଛେ, ଦିହର ନେଲି ଶିରା କାଟି ମଇଲା ରକତ ସିନା ଦେଖେଇହବ, ଛାତି ଖୋଲି ମନର ଅରମା ତ ଦେଖେଇହବନି ।

ଯଦୁନାଥ ଆଗଭଳି ଆଉ ଫି'ସାଲ ଆସିପାରୁନି ।   ଦି'ତିନି ବର୍ଷରେ ଥରେ ଆସିଲେ ଦେଢ଼ମାସ ଛୁଟି । ବର୍ଷକୁ ପନ୍ଦରଦିନ ଛୁଟି । କୋଉ କାମର ! ଯିବା ଆସିବାରେ ଚାରିଦିନ   ଗଲେ ଆଉ ଦଶ ଏଗାରଟା ଦିନ ପାଇଁ ଗାଡ଼ିଭଡ଼ା କ'ଣ କମ ! ତିନିବର୍ଷରେ ଥରେ ଆସିଲେ ଗାଡ଼ିଭଡ଼ା ଦି' ବର୍ଷର ରହିଲା – ଦେଢ଼ ମାସ ବି ଘରେ ମନବୋଧ କରି ରହିହେଲା ।   କଥାରେ କହନ୍ତି, ପେଟ ପାଇଁ ବିଦେଶରେ ମୁହଁମାଡ଼ି ପଡ଼ିଥାନ୍ତି । ସତରେ କ'ଣ ମୁହଁମାଡ଼ି କିଏ ପଡ଼େ ?

ପରୀର ସେଇ ଛୋଟ ବାଡ଼ିପଟ ବଗିଚା ଗଡ଼ିଆ, ଗଛବୃକ୍ଷ ଗୋଟାଏ ପରିପୂର୍ଣ୍ଣ ପୃଥିବୀ । ତା' ଭିତରେ ସଂସାରର ଯାବତୀୟ ଘଟଣା ଘଟେ । ପୃଥିବୀ ପରୀର ଆଖି ଆଗରେ ରୁତୁ ବଦଳାଏ, ଫୁଲ ଫୁଟାଏ ଫଳ ଧରାଏ । ପକ୍ଷୀ ପକ୍ଷିଣୀ ପରଯୋଡ଼ି ଆକାଶର ଅଜଣା ଇଲାକାକୁ ଉଡ଼ିଯାନ୍ତି । ଯୋଡ଼ି–ନେଉଳ ଖୁମ୍ପୁରା ଖୁମ୍ପୁରି ମାନ ଅଭିମାନର ଖେଳ ଖେଳନ୍ତି, ଫୁଲ ମୁହଁରେ ଭଅଁର ବସେ । ସାପ ଫଣା ଟେକି ଫଁ ଫଁ ହୁଏ, ପୁଣି ଜାକିଜୁକି ଗାତ ଭିତରେ ଶାନ୍ତ ହୋଇଯାଏ ।

ପରୀ ତା'ର ସେଇ ଛୋଟିଆ ପୃଥିର ଗୋଟାଏ ନିକାଞ୍ଜନ କୋଣରେ ବସି ଦିନ ଗଣେନି, ବର୍ଷ ଗଣେ– ତିନିବର୍ଷ ! ଯଦୁନାଥ ସତରେ ମୁହଁମାଡ଼ି ପଡ଼ିଛି ? ମୁହଁ ଟେକି ଫୁଲ, ଆକାଶ, ଚଢ଼େଇ, ସାପ କିଛି ଦେଖୁନି ? କେମିତି ପଥର ମନ ପୁରୁଷର– ଆଖି ବିକ'ଣ ପଥର ?

ପରୀ ଆନମନା ହୋଇ କେତେ କ'ଣ ଭାବୁଥାଏ । ତା' ମୁଣ୍ଡରୁ ଓଢ଼ଣା ଖସେଇ ନେଇଥାଏ ଚଇତାଲି ପବନ– ପିଠି ମୁକୁଲା । ନିବୁଜ ବାଇଗବା ବାଡ଼ ସେପାଖେ କଳା ଛାଇଟାଏ ହଲ୍‌ଚଲ୍ ହୁଏ । ପରୀ ଚମକିପଡ଼ି ଓଢ଼ଣା ଦିଏ, ମୁହଁ ଛପାଏ । କୁଟୁମ୍ବ ଭିତର ଦେଢ଼ଶୁର ! ଭାଇ ଭାଇର ଅପଢ଼ ଯେ, କଥାବାର୍ତ୍ତା ବନ୍ଦ । ବାଡ଼ିରେ ଟିକେ ଫାଙ୍କ ହେଲେ ଯଦୁବାବା ଆଉ ଖଣେଡ଼ ବାଇଗବା ପୋତି ନିବୁଜ କରିଦିଅନ୍ତି । ଯାଆମାନଙ୍କ ଭିତରେ ବି କଥାବାର୍ତ୍ତା ନାହିଁ । ଜନ୍ମଜନ୍ମର ଶତ୍ରୁତା । ହେଲେ ମାନ୍ୟରେ ତ ଦେଢ଼ଶୁର ! ପର ସମ୍ପଭିରେ ଆଖି ବୋଲି ଯଦୁନାଥ ବି କୁଞ୍ଜିକୁ ଓଲଗି ହୁଏନି । ଖରାବେଳେ ପରଘର ଗିଲା ଦେଢ଼ଶୁର କ'ଣ ନିତି କରୁଥାନ୍ତି କେଜାଣି ବାଡ଼ିପଡ଼େ !

କୁଞ୍ଜିର ବଜାର ଉପରେ ସାଇକଲ ମରାମତି ଦୋକାନ ଅଛି । ପ୍ରତିଦିନ କିଛି କଣ୍ଠା ପଇସା ହାତକୁ ଆସେ । କୁଞ୍ଜ ଜାଣ ଏ ସାହିରେ ଟିକେ ଭଲରେ ଚଳେ । ଯଦୁନାଥଠୁ ସାତଆଠ ବର୍ଷ ବଡ଼ ହେଲେ ବି ବଡ଼ ତନ୍‌ଛନରେ ଥାଏ । ଥାଏ ବୋଲି ରକ୍ଷା । ନ‌ଇଲେ କିଏ ଚାହାନ୍ତା କୁଞ୍ଜର କାଳିଆ ହାଉଆ ମୁହଁକୁ ! ମୁଖ–ଦାନ୍ତୁରା, ଲମ୍ବ, ଧେଡ଼ିଆ । କୁଞ୍ଚକୁଞ୍ଚିଆ ଟୋକେଇମିତି ବାଳ । ସେଟିକି ଦେଖିଲା ଭଳି ଦ୍ରବ୍ୟ । ସେଇଥିପାଇଁ କୁଞ୍ଜ ବଡ଼ ଯନ୍‌ରେ ଚେରି କାଟି ବାଳକୁ ଥାକ ଥାକ କରି ଘସାମଜା ପାହାଚ ପରି ରଖିଥାଏ । ଗୋଟାଏ ବାଳ ବାହାରକୁ ଉଠୁ ନଥିବ । କୁଞ୍ଜ ସଫା ପେଣ୍ଟସାର୍ଟ ପିନ୍ଧେ । ଚପଲ ପିନ୍ଧେ । ଘଣ୍ଟା ବାନ୍ଧେ । ସିଗ୍ରେଟ୍ ଖାଏ । ପାନ ଚୋବାଉଥାଏ ଛେଲି ଭଳି । ପରୀକୁ କୁଞ୍ଜର ରୂପ ଭେକ ବଡ଼ ବେଢଙ୍ଗ ଦିଶେ, ଯେମିତି ଯାତ୍ରାପାର୍ଟିର ଜୋକର । କେତେଥର ଯଦୁନାଥର ରୂପ ଭେକ ସଙ୍ଗେ କୁଞ୍ଜର ରୂପ

ଭେକକୁ ତଉଲି ଯଦୁନାଥ ସଙ୍ଗେ ମିଶି ପରୀ ପେଟେ ହସିଛି । ଗାଉଁଲି ବଜାରରେ ସାଇକଲ ମରାମତି ଦୋକାନ କଲେ ଲୋକ ଭାବନ୍ତି ସହରିଆ ହୋଇଗଲେ ? ମାତ୍ର ବିଦେଶିଆଙ୍କ ସଙ୍ଗେ ସରି ହେବେ କି ? ଯଦୁନାଥ କହୁଥିଲା । କୁଞ୍ଜର ଯଦୁନାଥ ପ୍ରତି ବଡ଼ ଅହନ୍ତା । ଆଜି ନୁହେଁ – ସାନଦିନୁ – ଯେତେବେଳେ ବାପା ଦାଦାରେ ଅପଢ଼ ନଥିଲା, ସେକାଲୁ ।

ପରୀ ବସୁ ବସୁ ମୁହଁ ସଞ୍ଜୟାଏ ବାଡ଼ିପଟଟାରେ ପବନକୁ ପିଠି କରି ବସିଯାଏ, ଆଉ ବାରିଆଡ଼ ତାକୁ ଆରେଇଯାଏ । ଦୁଇବାରି ମଝିରେ ବାଡ଼ଟା ଯେତେ ଯେତେ ନିବୁଜ ହୁଏ, ଦେଢ଼ଶୂର କୁଞ୍ଜବିହାରୀର ଛାଇଟା ସେତେସେତେ ଚଳପ୍ରଚଳ ହେବାର ଦିଶେ । ଆଉ ଟିକେ ଫାଙ୍କ ଥିଲେ ଛାଇଟା ସତ ମଣିଷ ଭଳି ଦିଶନ୍ତା କି କ'ଣ । ମାତ୍ର ବାଡ଼ରେ ଫାଙ୍କ କରିବାର ଅର୍ଥ ହାତ ଲହୁଲୁହାଣ ହେବା– ବାଇଗବା ମଝିରେ ମଝିରେ କଣ୍ଟା–ନାଗଫେଣୀ କଣ୍ଟା !

କୁଞ୍ଜର ସ୍ତ୍ରୀ ତୁଲସୀ କାବେଡ଼ିଟାଏ । ତା'ର ହୋଲ ନାଙ୍କି ଡୋଲ ନାଇଁ । କୁଞ୍ଜଠୁଁ ପନ୍ଦର ବର୍ଷ ସାନ । ତିନିଟି ସାନ ସାନ ପୁଅଝିଅ । ଚୁଲି, ଚାଲ, ଢିଙ୍କି, ହାଣ୍ଡି କୁଣ୍ଡେଇକୁ ନେଇ ଦିନରାତି ମାତିଥାଏ । କଥା ନିଶ୍ଚେ କହୁଥିବ, ହେଲେ କେହି ଶୁଣିନି । ଦିନିକିଆ ମଣିଷ ଭାବିବ ଘୁଙ୍ଗୀଟାଏ ।

ସାଇ ଭିତରେ କୁଞ୍ଜ ଏକମାତ୍ର ଲୋକ, ଯିଏ ମଶୁଣି ଟାଙ୍ଗି ଶୁଏ, କାରଣ ସେ କଣ୍ଠ ପଇସା ରୋଜଗାର କରେ । କୁଞ୍ଜର ମଶୁରି ଜାଲଜାଲୁଆ ଫୁଟାଫୁଟା ନୁହେଁ । ତେଣୁ ବଡ଼ ଘରର ଗୁମର ପରି ମଶାରି ଭିତରେ କୁଞ୍ଜ ଶୋଇଛି କି ବସିଛି ବାହାରକୁ ଜଣାପଡ଼େନି । କିନ୍ତୁ ମଶୁରି ଟାଙ୍ଗି ଶୋଇଛି ବୋଲି କୁଞ୍ଜର ତାଙ୍କ ସାଇରେ ଗୋଟାଏ ଅଲଗା ଖାତିର । ମଶା ଦାଉରୁ ରକ୍ଷା ପାଇବା ପାଇଁ ନୁହେଁ, ବାବୁଘର ଲୋକେ ମଶୁରି ଟାଣି ଶୁଅନ୍ତି ବୋଲି କୁଞ୍ଜ ମଶୁରି ଟାଣେ । ରୁଟି ଭଲଲାଗେ ବୋଲି ନୁହେଁ, ବାବୁଘର ଲୋକେ ରାତିରେ ଭାତ ନଖାଇ ରୁଟି ଖାଆନ୍ତି ବୋଲି କୁଞ୍ଜକୁ ଭଲ ନଲାଗିଲେ ବି ରାତିରେ ଭାତ ବଦଲରେ ରୁଟି ଖାଏ । କୁଞ୍ଜ ବିଡ଼ି ବଦଲରେ ସିଗ୍ରେଟ୍ ଟାଣେ । କୁଞ୍ଜର ଘରେ ହେଲେ କପ୍‌ଫ୍ଲେଟ୍ ମଧ ଅଛି । କୁଞ୍ଜ ଗ୍ଲାସରେ ଚା' ନପିଇ କପ୍‌ଫ୍ଲେଟ୍‌ରେ ଚା' ପିଏ ବାବୁଘର ଲୋକଙ୍କ ପରି ।

କୁଞ୍ଜ ଅକ୍ଷର ନଚିହ୍ନିଥିଲେ ମଧ ବାବୁଘର ପୁଅମାନଙ୍କ ପରି ସାର୍ଟ ପକେଟ୍‌ରେ ଫାଉଣ୍ଟେନ୍ କଲମ ଖୋସେ । ପ୍ରାୟ କାଲି ବାହାରି ଛାତି ପକେଟ୍‌ର ଗୋଟାଏ ଧାରରେ ଟଙ୍କା ଆକାରରେ କାଲି ଚପି ଯାଇଥାଏ, ଯାହାର ଅର୍ଥ କୁଞ୍ଜ କଲମ କେବଳ ଖୋସିନି, ତା'ର ବ୍ୟବହାର ମଧ ଜାଣେ । କୁଞ୍ଜ ହାତରେ ଘଡ଼ି ବାନ୍ଧିତାଏ ।

ମାତ୍ର ବେଳ କଣ୍ଟିବା ପାଇଁ ଆକାଶରେ ସୂର୍ଯ୍ୟ କେତେ ଢଳିଲାଣି, ତଳେ ଛାଇ କେତେ ଲମ୍ବିଲାଣି, ସେତିକି ଯଥେଷ୍ଟ । ବାବୁଘର ଲୋକେ ହାତରେ ଘଡ଼ି ବାନ୍ଧନ୍ତି, ମାତ୍ର ଠିକଣା ବେଳରେ ଠିକଣା କାମ କରନ୍ତି କାହିଁ – ସବୁ ବେଠିକଣା । ତେଣୁ ଘଡ଼ି ବାନ୍ଧିବାଟା 'ସମୟ' ପାର୍ଟ ନୁହେଁ, ସୌକି ପାଇଁ । ମୋଟାମୋଟି କୁଞ୍ଜଟା ଅସୁନ୍ଦର, ଅପାଠୁଆ ହେଲେ ବି ବଡ଼ ସୌକିନିଆ । ତା'ର ବେଶପୋଷାକ, ଚାଲିଚଳଣ ତା'ର ଅସୁନ୍ଦରପଣିଆ ଉପରେ ଗୋଟାଏ ଢାଙ୍କୁଣି ପକେଇଦିଏ । ଆଜିକାଲି ଦେଢ଼ଶୁର କୁଞ୍ଜର ଛାଇ ଏତେ ମନ୍ଦ ଦିଶେନି ଆଖିକୁ, ଯେତେ ମନ୍ଦ ଦିଶେ ସତସତିକା କୁଞ୍ଜ ।

କୁଞ୍ଜ ତୁଚ୍ଛାଟାରେ ଆଜିକାଲି ତୁଳସୀ ଉପରେ ରାଗିଁ ଝାଇଁ ହୁଏ । କୁଞ୍ଜର ଶ୍ରଦ୍ଧା, ବେଶ୍ରଦ୍ଧା କାଠବଡ଼ି ତୁଳସୀ ଉପରେ କିଛି ସ୍ୱଭାବ ପକାଏନି । ତୁଳସୀ ନିର୍ବୋଧୀଟାଏ । ଭଲ– ଖୁବ୍ ଭଲ । କୁଞ୍ଜ ସ୍ତ୍ରୀର ନିର୍ଲିପ୍ତ ସରଳତାକୁ ଆଜିକାଲି ତାରିଫ୍ କରେ । ତେବେ, ଭାଇବୋହୂ ପରୀ ସଙ୍ଗେ ସ୍ତ୍ରୀ ତୁଳସୀକୁ ନିକିତିରେ ତଉଲିଲେ ପରୀ ପାଖର ତରାଜୁର ଦଣ୍ଡି ଭାରି ହୋଇ ତଳକୁ ଯିବ ଇ ଯିବ । ତେଣୁ ତୁଳସୀ ସେଇ ଦୃଷ୍ଟିରୁ ଉପରେ ।

ପରୀକୁ କୁଞ୍ଜ ସାମ୍ନାସାମ୍ନି ଦେଖିନି – ତେବେ ବାରି ପୋଖରୀରେ ପରୀ ଯେତେବେଳେ ଗାଧୋଇ ପାଧୋଇ ଓଦା ଲୁଗା ପିନ୍ଧି ତୁଠ ଉପରକୁ ଉଠେ, କୁଞ୍ଜ ସେତେବେଳେ ଦାନ୍ତ ଘଷିବ ବୋଲି ବାଡ଼ରୁ ବାଇଗବା କାଠି ଭାଙ୍ଗୁଥାଏ । ସେତିକି ଫାଙ୍କରେ ପରୀର ଦିହ ଛାଞ୍ଚଟା ତୁଳସୀର ଦିହ ଛାଞ୍ଚଠୁ ପାତଳ ଦିଶିଲେ ବି ଭିନ୍ନ ଦିଶେ– ଭଲ ଦିଶେ । ପରୀ ଓଦାଲୁଗା ପେଣ୍ଟାଯାଏ ଦୋପରସ୍ତ କରି ଟେକି ପାଣି ଚିପୁଥାଏ କି କୁଞ୍ଜ ଛତିଆ କାଉ କାଉ ଗଳା ଖଙ୍କାର ମାରି ଓକାର ଉଠାଏ । ପରୀ ହଳଦିଆ ନୂଆ ପ୍ରଜାପତିଟିଏ ଭଳି ତରକିଯାଏ ଆଉ ବନ୍ଧ ଉପରେ ତରାଟ ଗଛ ସନ୍ଧିରେ ଛପିଯାଏ । ଏମିତି ଛକାପଞ୍ଜା ଖେଲ ଭିତରେ ପରୀ ଆଖିରେ ଦେଢ଼ଶୁର କୁଞ୍ଜର ରଙ୍ଗଟା ଆଉ ଏତେ କାଳିଆ ଦିଶୁ ନଥିଲା । ତେବେ କାହୁ ବି ତ କାଳିଆ । କାଳିଆ ମର୍ଦ୍ଦଙ୍କର ନାଗରପଣରେ ବଡ଼ ସୁନାମ ଅଛି କାଳ କାଳରୁ । ଯଦୁନାଥ କାଳିଆ ନୁହେଁ ସଫା ସୁନ୍ଦର ହେଲେ କୁଞ୍ଜଠୁ ବାଙ୍ଗରା, ପତଳା । ସହରରେ ଚାକିରି କଲେ ବି କୁଞ୍ଜ ଭଳି ଏତେ ତନ୍‌ଛନ୍‌ ନୁହେଁ – ସହରିଆ ଦିଶେନି । ମାଣ୍ଡ ଉପରର ତେଲ ଟିକିଟା ଭଳି ଯଦୁନାଥ ଚରିତ୍ରର ସହରୀ ଖେଲ ଉପରେ ମଫସଲିଆ ତେଲଣ୍ଡିଆ ଗନ୍ଧଟା ବାରି ହୋଇଯାଏ । ଆଗରୁ ପରି ସରଳ ! ପୁରୁଷ ପୁଅ ଏତେ ସାଧାସିଧା ହେଲେ, ଚାକିରି କହ, ବେପାର ବଣିଜ କହ, ଘରସଂସାର କହ, କୋଉଥରେ ହେଲେ ଉନ୍ନତି କରିପାରିବ ଭଲା ! ପ୍ରମାଣ ହେଇ ତ ହାତେହାତେ । ଯଦୁନାଥ

ଚାକିରି କରିଛି; ହେଲେ ଚିଠି ଲେଖୁଛି କି ତାକୁ ଟଙ୍କା ଅଣ୍ଟୁନି, ତେଣୁ ଗାଡ଼ିଭଡ଼ା ବଞ୍ଚେଇବା ପାଇଁ ତିନିବର୍ଷରେ ଥରେ ଗାଁକୁ ଆସିବ । କୁଞ୍ଜ ଛୋଟକାଟିଆ ଦୋକନ କରିଛି, ମାତ୍ର ଦି' ତିନି ମାସରେ ଥରେ ଦୋକାନ ସାଜ ସରଞ୍ଜାମ କିଣିବା ପାଇଁ କଟକ ସହର ଯାଇପାରୁଛି । ଯଦୁନାଥ ଚାକିରି ନକରି ଦୋକାନ କରିଥିଲେ ଖୁବ୍ ଭଲ ହେଇଥାନ୍ତା । ପରୀ ଏବେ ସେଇ କଥା କହି ଦେଇଥିଲା ଜଣକ ହାତରେ ଯେ ଯଦୁନାଥ ମହା ଖପ୍ପା ହୋଇଛି ଭାରିଯା ଉପରେ ।

କେଜାଣି କ'ଣ ପାଇଁ ନିଛାଟିଆ ଖରାବେଲଟାରେ ଅକାଣତରେ ବିଦେଶିଆ ସ୍ୱାମୀକୁ ସୁମରଣା କଲାବେଲଟାରେ ଦେଢ଼ଶୁର କୁଞ୍ଜର ଛାଇଟା ତା' ଦେହରେ ମିଶିଯାଇ ଯଦୁନାଥଟା ଗେଡ଼ା ହୋଇଯାଏ । ଚାରିଆଡ଼ୁ ଖାଁ ଖାଁ ନିର୍ଜନତା କୁଢ଼େଇ ହୋଇପଡ଼େ ପରୀର ବିରହୀ ଦେହ, ମନ ଉପରେ । ପରୀର ଖରାବେଲଟା ପ୍ରାୟ ବାରିପଟେ କଟେ ।

ପରୀ ଥରେ ଅଧେ କୁଞ୍ଜର ଦର୍ଶବର୍ଷର ପୁଅ ଝାଟୁଆ ହାତରେ ବଜାର ପାନ ମଗେଇ ଖାଇଲାଣି । ବଡ଼ ମଣିଷଙ୍କ ସଙ୍ଗେ ସିନା ବଇରୀ - ଛୁଆ ତ ସଭିଙ୍କର । ଝାଟୁଆ ଆଉ ଝାମ୍ପି ଘରେ କଳିଗୋଳ କରନ୍ତି ବୋଲି ତୁଳସୀ କୋଳଛୁଆକୁ ଗେଲ କରୁ କରୁ ବଡ଼ଦିହିଁକି ପଠେଇଦିଏ ପରୀଘର ବାଡ଼ିପଟକୁ । କହେ- ଯାଉନ ନୂଆଖୁଡ଼ି କଟିରେ ଗପ ଶୁଣିବ । କାମିକା ମାଆକୁ ଛୁଆ ଅଡୁଆ । ହେଲେ ପରୀକୁ ଛୁଆ ଅପୂର୍ବ । ତେଣୁ ଛୁଆଦି'ଟା ଇସ୍କୁଲ୍ ଛୁଟିଦିନ ପରୀ ପାଖରେ ଆସି ଗୁଟୁର ଗୁଟୁର ହେଉଥାନ୍ତି । ଏନିକି ପରୀ ବଜାର ପାନ-ଅମଳୀ ହୋଇଗଲାଣି । ଦିନେ ବଜାର ପାନ ନହେଲେ ଆମିଲା ହାକୁଡ଼ି ଉଠେ । ଘର ପାନ ଏତେ ସୁଆଦ ଲାଗେନି । ବଜାର ପାନର ଗୋଟାଏ ଭିନ୍ନ ସୁଆଦ - ନିଆରା ମହକ । ଅବଶ୍ୟ ଦିନେ ଦିନେ ପାଟି ଚୂନ ଖାଇଯାଏ । ତେବେ ବି ବଜାର ପାନଟା ନିତିଦିନିଆ ଉଦାସିଆ ଖରାବେଲର ଖାଁ-ଖାଁ ନିର୍ଜନତାକୁ ଫାଙ୍କି ମାରିବା ପାଇଁ ଗୋଟାଏ ବାହାନା ।

ନାଗୁଆ ଗଉଡ଼ ଭଲି ଝାଟୁଆ ଇସ୍କୁଲ ଫେରନ୍ତି ପରୀକୁ ବଜାର ପାନ ଆଣିଦିଏ । ପାନ ଦୋକାନରେ ତା' ବାପା କୁଞ୍ଜ ଠିଆହୋଇ ନିଜ ପାଇଁ ପାନ ବରାଦ କରୁଥିଲା, ଭାଇବୋହୂର ପାନ ପଇସା ବି ଦେଇଦେଲା । ଭାଇରେ ଭାଇରେ ସିନା ବଇରୀ, ଘରର ବୋହୂ ତ ସଭିଙ୍କର । ପରୀର ଛାତିଟା ଦାଉଁ ଦାଉଁ ପଡ଼େ- କାଲେ ଶାଶୁ ଦେଖିଦବ, ସେଇ ଭୟରେ କି ଦେଢ଼ଶୁରର ବେହିସାବି ଶରଧାକୁ ସମ୍ଭାଳି ନିପାରିବାର ଉତ୍ତେଜନାରେ, କେଜାଣି । ପ୍ରଥମେ ପ୍ରଥମେ ପରୀ ଝାଟୁଆକୁ ବାପଠୁଁ ପାନ ଆଣିବାକୁ ବାରଣ କରୁଥିଲା । ଝାଟୁଆ ବାରଣ ମାନିଲାନି,

ଅର୍ଥାତ୍‍ ଝାଟୁଆର ବାପ କୁଞ୍ଜ ବାରଣ ମାନିଲାନି । ପରୀ ବି କୁହୁ କୁହୁ ଭାବ ନେଇ ଶଙ୍କି ଶଙ୍କି ଶରଧାରେ ଦିଆ ଦେଢ଼ଶୁରର ପାନ ଖାଉ ଖାଉ ଅଭ୍ୟାସରେ ପଡ଼ିଗଲା । ଯୋଉଦିନ ପାନ ଆସିବାରେ ଡେରିହେଲା, ସେଦିନ ପରୀକୁ ବେଶୀ ଖାଁ ଖାଁ ଲାଗିଲା ।

ତେବେ, ପରୀ ଯେତେବେଳେ ଆପେ ପଇସା ଦେଇ ବଜାର ପାନ ମଗେଇ ଖାଉଥିଲା, ତା' ସୁଆଦ, ବାସ୍ନା ଆଉ ପ୍ରକାରେ ଥିଲା । ସେଥିରେ ମୁଣ୍ଡ ଥଣ୍ଡା ରହୁଥିଲା, ଛାତି ପଥର । ଯୋଉଦିନ ଦେଢ଼ଶୁର କୁଞ୍ଜ ହାତର ପାନ ଖାଇଲା, ତା' ମୁଣ୍ଡ ଦିହ ହାତ ଝିମ୍‍ ଝିମ୍‍ ହେଲା । ଛାତି ମାଝିରେ ସେ ଥର ଥର କମ୍ପନ ଅନୁଭବ କଲା । ତାକୁ ଖାଲି ବାଉଳା ବାଉଳା ଲାଗିଲା । କେଜାଣି, ପୋକରା ଗୁଆ ଚୋବାଇ ଦେଲାକି ? ନା – ଏ ମୁଣ୍ଡ ଝାଁ ଝାଁ, ଛାତି ଥର ଥର, ବାଉଳା ଭାବ ଆଉ ପ୍ରକାର, ଭାରି ଚାଉଁଚାଉଁଆ– ତା' ଦିହ ଝିମ୍‍ ଝିମ୍‍ ଛାତି ଥର ଥର କିଏ ଶୁଣିଦେଲା କି ? କାହାକୁ କହିବ ? ମଣିଷ ମରି ପାଉଁଶ ହୁଏ । ଏମିତି କେତେ କଥା ଅଛି, ଯାହା ମଣିଷ ସାଥିରେ ପାଉଁଶ ହୁଏ, ତା' ଆଗରୁ ଦହ ଦହ ରଡ଼ ନିଆଁ ଥାଏ ଭିତରେ – କାହିଁରକୁ ଦୃଶ୍ୟ ହୁଏନି । ଯଦୁନାଥ ଏସନ ରଜକୁ ଥିଲା ନାହିଁ । ବଡ଼ କାଣ୍ଟିଆଏ । ପଇସା କ'ଣ ସ୍ୱର୍ଗକୁ ନବ ? ସ୍ୱାମୀ ଉପରେ ଅକାରଣଟାରେ ଚିଢ଼୍‍ ଚିଢ଼୍‍ ଲାଗେ ।

ଦିନେ କୁଞ୍ଜର ମାଶୁରି ବାରିପଟ ବାରଣ୍ଡାରେ ଟଙ୍ଗା ହେଲା । କୁଞ୍ଜ ଭାରିଯାକୁ କହିଲା– ''ଘର ଭିତରେ ଦହ ଦହ ବାଷ୍ପ– ମୁଁ ଏଣିକି ବାରଣ୍ଡାରେ ଶୋଉଛି । ତୁ ଭିତରୁ କିଳିଶ ଭିଡ଼ିଦେ ।'' ତୁଳସୀର ଓକର ଆପତ୍ତି ନାହିଁ – ଖୋଲ୍‍ ତାଡ଼ ନାହିଁ । କୁଞ୍ଜଟା ବଡ଼ ଆଣ୍ଠୁଆ । ସେଇଥିପାଇଁ କନିଆ ମିଳୁ ନଥିଲେ ଯେ, ଦରବୁଢ଼ାରେ ବାହାହେଲା । ତୁଳସୀଟା ଦୁଃଖୀଘର ଝିଅ – କାଳୀ, କାବେଡ଼ୀ । ତେଣୁ କୁଞ୍ଜଆଡ଼ୁ ପ୍ରସ୍ତାବ ଯିବା ମାତ୍ରେ ତୁଳସୀର ବାପା ମୁଣ୍ଡରୁ ବୋଝ ଉତାରି ନିଶ୍ଚିନ୍ତ ହୋଇଗଲେ । ତୁଳସୀର କି ବିଶ୍‍ ପଡ଼ିଛି ଯେ, ସ୍ୱାମୀକୁ ଜେରା କରିବ 'ବାରିପଟେ କ'ଣ ରସ ଲାଗିଛି କି ! ଦାଣ୍ଡପଟ ବାରଣ୍ଡାରେ ଶୋଉନ – ଘାଉ ଘାଉ ଦକ୍ଷିଣା ପବନ ଛାଡ଼ି ନ'ନ୍ୱଆଣିରେ ଶୋଉଛ କି କାରଣରେ ?'' ମାତ୍ର ତୁଳସୀ ଅମାର ଘର ପରି ଚୁପ୍‍ । ବାହାରେ ତାଲାବନ୍ଦ – ଭିତରେ ଦହ ଦହ ବାଷ୍ପ । ବାରିପଟଟା ଗଛବୃକ୍ଷ, ପୋଖରୀ ଯୋଗୁଁ ବଡ଼ ଥଣ୍ଡା । ତେଣୁ କୁଞ୍ଜ ସେଇ କାରଣରୁ ସମ୍ଭବତଃ ବାରିପଟ ବାରଣ୍ଡାରେ ଶୋଇଲା । ପରୀ କିନ୍ତୁ ଗରମ ଦିନଟାରେ ହାଣ୍ଡିଶାଳେ କାହିଁକି ଶୋଇବାକୁ ପସନ୍ଦ କଲା ? ତା' ଆଇଶାଶୁ ପରୀ ପାଖରେ କାଲକ ଶୁଏ । ଯଦୁମଣି ଯେତିକି ଦିନ ଘରକୁ ଆସେ, ବୁଢ଼ୀ ହାଣ୍ଡିଶାଲରେ ଶୁଏ । ପରୀଟା ତୁଚ୍ଛା ଡରକୁଲୀଟାଏ । ଅନ୍ଧାର ଘରେ

ଏକା ପଶିବନି, ଶୋଇବା କଥା ତ ଛାଡ଼ । କିନ୍ତୁ ପରୀ ବଜାର ପାନ କଳରେ ଜାକି ଓ୦ ରଙ୍ଗୋଇ ସେଦିନ କହିଲା – ''ତମେ ରାତିରେ ଦଶଥର ବାହାରକୁ ଉଠୁଛ, ମୋ ନିଦ ଭାଙ୍ଗିଯାଉଛି, ସକାଳୁ ମୁଣ୍ଡ ଝାଇଁ ଝାଇଁ କରୁଛି । ଏଣିକି ମୁଁ ହାଣ୍ଡିଶାଳରେ ଶୋଉଛି । ସାନ ଘରଟିଏ । ଦେଇପିଣ୍ଡି ଅଛନ୍ତି । ମୁଁ ଡରିବିନି ଜମାରୁ... ।''

ଆଉଶାଶୁ ଖୁସିହେଲା ଯେ, ନାତୁଣୀ ବୋହୂର ଡର ଟିକେ କମିଲାଣି । ଆଉଶାଶୁର ତ ଚିନ୍ତା ପଶିଯାଇଥିଲା । ନାତିଟୋକା ତ ସବୁଦିନେ ବିଦେଶୀ । ଆଉଶାଶୁ ପାକଲା ତାଲ । କୋଉଦିନ ଗୁଲୁକିନା ଗଲିପଡ଼ିବ । ନାତୁଣୀ ବୋହୂ ଏକା ଶୋଇବ କେମିତି ? ଶାଶୁ ପାଖରେ ତ ଶୋଇବନି । ମାନ୍ତି ଲୋକ – କେତେବେଳେ ଦିହରୁ ମୁଣ୍ଡରୁ ଲୁଗା ଖସିଯିବ, ଶାଶୁ ଉପରେ ଗୋଡ଼ ହାତ ପକେଇବ – ପାପ ! ହାଣ୍ଡିଶାଳ ଭଲ । ଦେଇପିଣ୍ଡି ଅଛନ୍ତି – ସାହସ ବଢ଼ିବ ।

ବୁଢ଼ୀ ନିଶ୍ଚିନ୍ତରେ ପରୀକୁ ଏକା ଶୋଇବାକୁ ଛାଡ଼ିଦେଲା । ବୟସ ବଢ଼ିବା ସଙ୍ଗେ ସଙ୍ଗେ ସାହସ ତ ବଢ଼ିବାର କଥା । ହାଣ୍ଡିଶାଳଟା ବଡ଼ ଗରମ । ଚୂଲିରେ ସକାଳଯାଏ ନିଆଁ ଦହକୁଥାଏ । ସେଇ ନିଆଁରୁ ସକାଳର ଚୂଲି ଜଳେ । ଦିନେ ନିଆଁଟିକେ ପାଇଁ କାହା ଘରକୁ ଯିବ ପରୀ ! କୁଞ୍ଜ ଘରେ ସିଆସିଲି କାଠି ଜଳେଇ ଚୂଲି ଲଗାଏ ତୁଲସୀ । ବଜାରରୁ କୁଞ୍ଜ ଦିଆସିଲି ଆଣେ । ଯଦୁମଣିଟା ବିଦେଶିଆ ହେଲା। ଯେ ଘରେ ଦିଆସିଲିଟାଏ ସପନ । ଯେତିକିଦିନ ସେ ଘରକୁ ଆସେ, ସେତିକିଦିନ ସକାଳୁ ଚୂଲିରେ କୁହୁଲା ପକେଇବା ଲୋଡ଼ା ହୁଏନି । ଫୁରୁ ଫୁରୁ ଦିଆସିଲି କାଠି ଜଳେଇ ଶୁଖିଲା ନଡ଼ିଆ ପତରରେ ପରୀ ନିଆଁ ଧରେଇ ଚୂଲି ଲଗାଏ । ଯଦୁନାଥଟା ବଡ଼ ସ୍ୱାର୍ଥପର । ସେ କେମିତି ଭାବୁନି ଯେ ତିନିବର୍ଷରେ ଥରେ ଯଦି ଘରମୁହଁ ଦେଖିବ, ତେବେ ଚୂଲିରେ ନିଆଁ ଧରେଇବା ପାଇଁ ତା' ଭାରିଜା ନିଆଁ ମାଗିବାକୁ କେବେ ନା କେବେ ଦାଣ୍ଡକୁ ଗୋଡ଼ କାଢ଼ିବ ! ଲିଭିଲା ଚୂଲିରେ ରଡ଼ନିଆଁ କ'ଣ ସବୁଦିନ ରହିବ ! ହାଣ୍ଡିଶାଳରୁ ଦହ ବାହାରିବାରୁ ପରୀ ରାତିଅଧଟାରେ ବାରିପଟ ଢିଙ୍କି ଚାଲିଆକୁ ଉଠିଯାଇ ଝାଳ ମାରେ । ସେତେବେଳେ ଦେଢ଼ଶୁରଙ୍କ ବାରିପିଣ୍ଡାରେ ମଶୁରିଟା ପବନରେ ଉଡ଼ୁଥାଏ ଫରଫର । କୁଞ୍ଜ ମୁହଁହାତ ଧୋଉଥିବ । ପୋଖରୀ ପାଣିରେ ଦେଢ଼ଶୁର ଭାଇବୋହୂ ଛୁଆଁ ଲାଗେନି । ନଇଲେ ପାଣି ମଝିରେ କିଏ ବାଡ଼ ପକାନ୍ତା ! ପୋଖରୀଟା କୋଠରେ, ଖାଲି ତୁଠ ଅଲଗା । ଏ ତୁଠରୁ ସେ ତୁଠ ରାସ୍ତା ଖସଡ଼ା ହେଲେ ବି ଦୂର ନୁହେଁ, ଯିବା ସମ୍ଭବ ।

ଅନ୍ଧାର ବି ଆଖି ଅଛି – ନିର୍ଜନତାର ବି କାନ ଅଛି । ତେଣୁ ଅନ୍ଧାର ଭିତରର ଦୃଶ୍ୟ ବି ପ୍ରକଟ ହୁଏ – ନୀରବ ଅକୁହା କଥା ବି ଶୁଭେ । ଘରବୁଢ଼ା

କଥାଗୁଡ଼ା ଘରପୋଡ଼ି ନିଆଁଝଲି ଚାଲରୁ ଚାଲକୁ ଡେଇଁବାରେ ଡେରି ଲାଗେନି । ଗାଁରୁ ସହରକୁ ଗାଡ଼ି ମଟରରେ କଥା ବି ଚାଲରଣ ହୋଇ ଠିକଣା ଲୋକ ପାଖରେ ପହଞ୍ଚେ ।

ବାପା ମରିବା ଖବର ପାଇ ଚାକିରିରୁ ଛୁଟି ନମିଳିପାରେ, ମାତ୍ର ମାଇପ ଦୋଚାରୁଣୀ ହେବାର ଉଡ଼ାଖବର ପାଇ ଯଦି ଚାକିରୁ ଛୁଟି ନମିଳିଲା, ତେବେ ଚାକିରିରୁ ଛୁଟି କରିଦେଇ ଯେକେହି ବସିଲାଠୁ ଉଠି ଆସିବ । ଯିଏ ନଆସିଲା, ସେ ମର୍ଦ୍ଦ ନୁହେଁ ।

ଖବର ନଦେଇ ଯଦୁନାଥ ଯୋଉଦିନ ଅଦିନରେ ଆସି ବସରୁ ଓହ୍ଲେଇଲା, ସବୁଆଡ଼େ ଗୋଟାଏ ତଟସ୍ଥ ନୀରବତା ବ୍ୟାପିଗଲା । କ'ଣ ହେବ ? ଯଦୁନାଥର ଘର ଭାଙ୍ଗିଯିବ ? ସଂସାର ଉଜୁଡ଼ିଯିବ ? ପରୀ ଛତରକୁ ଯିବ ? ନଯାଇ ଯିବ କୁଆଡ଼େ ? ଘରେ ଖାଲି ପରୀର ରାଣ୍ଡ ମାଆଟିଏ । ବାପ ଭାଇ ନାହାନ୍ତି – ସଙ୍ଗଡ଼ି ଭିତରେ ଘରଡିହ ଖଣ୍ଡେ– କିଏ ପିଠିରେ ପଡ଼ିବ ?

ଯଦୁନାଥର ଚାକିରି ଆଉ ବିଦେଶିଆ ଥାଟ୍ ପ୍ରତି ଅସହଣି ପୁରୁଷମାନେ ଭିତରେ ଭିତରେ ଗୋଟାଏ ନିଷ୍ଠୁର ଉଲ୍ଲାସ ଅନୁଭବ କରୁଛନ୍ତି । ପୁଅ କରୁଥା' ବିଦେଶ ! ଆମେ ସବୁ ତ ଚାଷୀ ମୂଲିଆ । ପଇସା ନଥାଉ – ଘରର ମହତ ତ ଅଛି !

ପରୀର ସୁନ୍ଦରତା ପ୍ରତି ଅସହଣି ଗାଁର ଅନ୍ୟ ସ୍ତ୍ରୀଲୋକମାନେ ଭିତରେ ଭିତରେ ଜହରବୋଲା କୌତୁକରେ ଫାଟିପଡ଼ୁଛନ୍ତି । ''ମାଇପିଙ୍କ ମୁହଁ ସୁନ୍ଦର କଥାଟା ମହାକାଳ ଫଳ । ଭିତର ପରୀ ଭଳି ପୋଡ଼ା ଅଙ୍ଗାର । ସୁନ୍ଦରତା ହେଉଛି ସବୁ ଅନର୍ଥର ଗୋଡ଼ । ସୁନ୍ଦର ମହଁକୁ ଏଥର ଘୋରି ବାଟି ପିଉଥା' । ସୁନ୍ଦର ମୁହଁରେ ହିଁ ବେଶୀ କଳାବୋଲା ହୁଏ, ଛି... ମରୁନୁ ଅଲାଜୁକୀ !

ପବନଟା କେମିତି ରୁନ୍ଧି ପକେଇଛି । ଗଛର ପତ୍ର ବି ହଲୁନି । ଧୂମାଳ ହେବାର ସବୁ ଲକ୍ଷଣ । ଉତ୍କଣ୍ଠାରେ ଶ୍ୱାସରୁଦ୍ଧି ହୋଇଯାଉଛି ଅନ୍ୟମାନଙ୍କର ।

ଯଦୁନାଥ କାହାରି ମୁହଁକୁ ଚାହିଁ ପାରିଲାନି । କଥାଚାର ସତ୍ୟାସତ୍ୟ ପ୍ରମାଣ ହେଉଛି ପରୀର ସୁନ୍ଦରପଣିଆ । ଅସୁନ୍ଦରୀ, ଅପର୍ତ୍ତନୀ ହୋଇଥିଲେ ଏପରି ଘଟିନଥାନ୍ତା, ଯଦି ବା ଘଟିଥାନ୍ତା କେହି ସନ୍ଦେହ କରି ନଥାନ୍ତେ । ତେଣୁ ପଚାମାଛର ଗନ୍ଧ ଭଳି କଥାଟା ଗାଁରୁ ସହରକୁ ବ୍ୟାପି ଯାଇ ନଥାନ୍ତା । ଘଟଣାଟା ଉପରେ ଏତେ ଉତ୍ତେଜନା ବି ପ୍ରକାଶ ପାଇ ନଥାନ୍ତା ।

ଯଦୁନାଥ ବୋଉକୁ, ବାପାକୁ, ଆଇକୁ ଓଲଗି ହେଲା ନାହିଁ । ବେଗ୍ ଖଣ୍ଡକ ଅଗଣାରେ ପକେଇଦେଇ ଏକାମୁହାଁ ଘରଭିତରେ ପଶିଗଲା ଯେ ଚପଲ ଖୋଲିବାକୁ

ବି ଭୁଲିଗଲା । ଭିତରୁ କବାଟ ଆଉଜେଇ ଦେଲା । ପରୀ କାକୁସ୍ତ ହୋଇ ଠିଆ ହୋଇଥିଲା ଗୋଟାଏ କୋଣରେ ।

ଯଦୁନାଥ ସିଧାସଳଖ ପଚାରିଲା- ''ହଁ ନା ନାହିଁ ? ମୁଁ ଯାହା ଶୁଣିଛି, ସତ ନା ମିଛ ? ତୁ ଯାହା କହିବୁ, ତାକୁ ଈ ମୁଁ ସତ ମଣିବି । ଘରକଥା ଗାଁ ଲୋକଙ୍କୁ ପଚରାଉଚୁରା କରିବା ଭଳି ଭାତୁଆ ମୁଁ ନୁହେଁ । ତେଣୁ ତତେ ପଚାରୁଛି । ଯଦି ହଁ, ତେବେ ତତେ ଠିକଣା ଜବାବ୍ ଦେବି, ଯଦି ନାହିଁ, ତେବେ ଗାଁ ଲୋକଙ୍କୁ ଠିକଣା ଜବାବ୍ ଦେବି ।''

ପରୀ ଗୌରଚନ୍ଦ୍ରିକା ନକରି ସ୍ୱାମୀର ପାଦ ଉପରେ ଅଜାଡ଼ି ହୋଇପଡ଼ିଲା ଭୋ ଭୋ କାନ୍ଦିଲା । ତା' ପରେ ଘର ଭିତରୁ ତାଲ ପଡ଼ିବାର ଦୁମ୍ ଦୁମ୍ ଶଢ । ପରୀର ପିଠିରୁ ଲୁଗା କାଢ଼ି ବିଧା ଗୋଇଠା ଅଜାଡ଼ି ଚାଲିଛି ଯଦୁନାଥ ପାଷାଣ୍ଡ ଭଳି । ଦୟାମାୟା ବୋଲି ଆଉ କିଛି ନାହିଁ, ଯେମିତି ସଇତାନ୍ ସବାର ହୋଇଛି ତା' ମୁଣ୍ଡରେ । ପରୀ ମାଡ଼ର ଯନ୍ତ୍ରଣାରେ ନିଃଶ୍ୱାସ ନେଇପାରୁନି । ଯଦୁମଣି ମାଡ଼ରେ ସମସ୍ତ ଶକ୍ତି ପ୍ରୟୋଗ କରୁ କରୁ ବେଳୁବେଳ ପାଷାଣ୍ଡରୁ ପଶୁ ପାଲଟିଯାଉଛି ।

ବାହାରେ ସୋର ଶଢ ନାହିଁ । ସମସ୍ତେ ସ୍ତବ୍ଧ ହୋଇ ପ୍ରଳୟର ଶେଷ ତାଣ୍ଡବକୁ ଅପେକ୍ଷା କରିଛନ୍ତି । ଆଜି କେବଳ ପରୀର ନୁହେଁ, ଯଦୁମଣିର ଶବ ମଧ ଉଠିବ ଏ ଘରୁ । ପରୀକୁ ମାରି ମାରି ଜୀବନରୁ ମାରିଦେବା ପରେ ଯଦୁନାଥ ଆଉ ବଞ୍ଚିବ ନାହିଁ । ଆତ୍ମହତ୍ୟା କରିଦେବ । ମାତ୍ର ଯଦୁନାଥକୁ ରୋକିବ କିଏ ? କ'ଣ କହି ରୋକିବ ? ପରୀର ନିର୍ଦୋଷପଣିଆର କୋଉ ବାଟଟା ଆଉ ନିଆଁନାଗି ଖୋଲା ରଖିଛି କି ! ମରଣ ଯନ୍ତ୍ରଣାରେ ଛଟଛଟ ହୋଇ ଯାଉ ଯାଉ ପରୀ କହିଲା ''ଆଉ ମାରନି ମରିଯିବି... ମତେ ଦୟାକର... ମୋର କିଛି ଦୋଷ ନାହିଁ, ସତ କହୁଛି...''

''ତୋର ଦୋଷ ନୁହେଁ ତ କ'ଣ ମୋ ବୋପାର ଦୋଷ ?'' ଯଦୁନାଥ ଗର୍ଜନ କଲା ।

''କହୁଛି... କହୁଛି... ସବୁ ସେଇ ପାନର ଦୋଷ । ପାନରେ କ'ଣ ଓଷଦ ଦେଇ ସେ ଝାରୁଆ ହାତରେ ପଠେଇଲେ କେଜାଣି, ସେଇଦିନଠୁ...''

ନହୁନୁହାଁ ପରୀ ଧକେଇ ଧକେଇ ଏତକ କହି ଛୋବ ଗଲା । ଯଦୁନାଥର ଉଦ୍ୟତ ହାତ ଥମ୍ କରି ଅଟକିଗଲା । ତା'ର ସମଗ୍ର ଶରୀର ନିର୍ଜୀବ, ଅବଶ ହୋଇଗଲା, ଯେମିତି ସେ ଗୋଟାଏ ଠିଆ ଶବ !

ଆଇବୁଢ଼ୀ ନାତୁଣୀ ବୋହୂକୁ ମରଣ ଯନ୍ତାରୁ ଉଦ୍ଧାର କରିବା ପାଇଁ କାତର ହୋଇ ଅପେକ୍ଷା କରିଥିଲେ ବି ପରୀର ନିର୍ଦୋଷପଣିଆ ପାଇଁ କିଛି ହେଲେ ଆରା

ଖୋଜି ପାଉ ନଥିଲା । ଅଚାନକ ଧଡ଼କରି କବାଟ ଖୋଲିଦେଇ ସେ ନାତି ଆଗରେ ଛାତି ଦମ୍ଭ କରି ଠିଆ ହୋଇଗଲା । କହିଲା, ''ହଁ ସେଇ ପାନ ଯୋଗୁଁ ଆଜି ସବୁ ବିପଭି । ନିଆଁଗାଟା ମୋ ହାତରେ ବି କେତେଥର ପାନ ପଠେଇଛି ଭାଇବୋହୂ ପାଇଁ । ମୁଁ ନିଆଁନାଗୀ ଜାଣିଥିଲି କି ଘରପୋଡ଼ା କୁଳବୁଢ଼ାଟା କିମିଆ କରିବା ଓଷଦ ଦେଇଛି ସେଥିରେ । କେତେଥର ପାନ ଖାଇ ପରୀର ଦିହ ମୁଣ୍ଡ ଝିମ୍ ଝିମ୍ ହୋଇଥିବାର ସେ କହିଛି । ତେବେ ବି ବୁଢ଼ୀଟାଏ ହୋଇ ମୁଁ ଜାଣିପାରିଲିନି, ସେ ତ ସହଜେ କାଳିକା ପିଲାଟା, ସଂସାରର କୂଟକପଟ ଭିତରେ ପଶିବ କେମିତି ?''

ଯଦୁନାଥ କାଠ ପାଲଟି ଯାଇଥାଏ । ବୁଢ଼ୀ ପରୀକୁ ସାନ୍ତ୍ୱନା କରୁ କରୁ କୋହ ଚାପି କରୁଣାରେ ବିଗଳିତ ହୋଇ ଯାଉ ଯାଉ କହିଲା- ''ଆହା ନବୁଢ଼ି ନଶୁଢ଼ି କେଡ଼େ ନାରଖାର କରି ଆପଣାର ସ୍ତ୍ରୀକୁ ମାରିଲୁରେ ଚଣ୍ଡାଳଟା ।''

ଯଦୁନାଥ ପରୀକୁ ଧୂଳି ଧୂସର, ଲହୁଲୁହ ଗୋଲା କରୁଣ ବିକଳ ଶରୀର ପାଖରେ ଲଥ୍ କରି ବସିପଡ଼ିଲା, ଆଉ ଦୁଇ ହାତରେ ମୁହଁ ଲୁଚାଇ ନିଷ୍ଫଳ ଆକ୍ରୋଶରେ କାନ୍ଦିଉଠିଲା । ବୁଢ଼ୀ ପରୀକୁ ସାନ୍ତ୍ୱନା କରି କହିଲା- ''ପଡ଼ ସ୍ୱାମୀର ଗୋଡ଼ତଳେ, ଆଉ ଦିନେ ସେ ନିଆଁନଗାଠୁଁ ବଜାର ପାନ ଖାଇବୁନି । ଘରେ କ'ଣ ପାନ, ଗୁଆ, ଚୂନ, ଖଇର ଅଭାବ ହୋଇଛି ? ଆହା କେଡ଼େ ସରି ହେଲୁଟି !''

ପରୀ ସ୍ୱାମୀର ଗୋଡ଼ତଳେ ପଡ଼ି ଆହୁରି ଥରେ କାନ୍ଦିଲା - ଅନୁତାପ, ପଶ୍ଚାତାପର କାନ୍ଦ । ସେ କାନ୍ଦର କିଛି ମଳିଧୂଲି ନଥିଲା, ଛଳନା ନଥିଲା । କାହିଁକି, କାହିଁକି ତା'ର ମତିଭ୍ରମ ହେଲା ? ଯଦୁନାଥ ଭିତରର ଆହତ, କ୍ଷତବିକ୍ଷତ ସ୍ୱାମୀତ୍ୱ ଧୀରେ ଧୀରେ ସାନ୍ତ୍ୱନା ହେଲା । ତା' ସ୍ତ୍ରୀ ଜାଣି ଜାଣି ପରପୁରୁଷ ଆଡ଼କୁ ଢଳିନି । ଜଣେ ଯଦି ଜଣକୁ ଓଷଦ କରିଦିଏ, ତେବେ ତା'ର ଆଉ ଚାରା କ'ଣ ?

ରୁନ୍ଧିଲା ପବନଟା ଏଥର ବହିବାକୁ ଆରମ୍ଭ କଲାଣି । ବେଶ୍ ଶୀତଳ, ଓଦାଲିଆ, ସମେଦନଶୀଳ । ମର୍ଦ, ମାଇପି ମହଲରେ ମୃଦୁ ଗୁଞ୍ଜରଣ... ''ପାନରେ ଓଷଦ କରିବା କଥାଟା କିଏ ନଜାଣେ ? ମିଛ ନୁହେଁ - ସତ ହୋଇଥିବ । ବିଚାରୀ ପରୀଟି ପରଞ୍ଚିଅ - ଛତରକୁ ଯାଉ ଯାଉ ବଞ୍ଚିଗଲା । ଛାଡ଼, ଏଣିକି ସ୍ୱାମୀ-ସ୍ତ୍ରୀରେ ବିଚରା ବିଚରି ହେବେ । ଏକାଠି ରହିବେ ନା ନରହିବେ । ସମସ୍ତେ ଝିଅ ବୋହୂଧରି ଘର କରିଛନ୍ତି - ସାମାନ୍ୟ ପାନ ଖଣ୍ଡେ ବି ସ୍ୱାମୀ ସ୍ତ୍ରୀ ପୁରିଲା ସଂସାରକୁ ଭାଙ୍ଗିଦେବା ଏ ଗାଁରେ ନୂଆ କଥା ନୁହେଁ । ମସ୍ତେ ଏକଥା ବିଶ୍ୱାସ କରନ୍ତି, ଅଙ୍ଗେ ନିଭେଇଛନ୍ତି । ତେଣୁ ସାକ୍ଷୀ ପ୍ରମାଣର ଆବଶ୍ୟକତା କ'ଣ ? ଘରଟାଏ ଭାଙ୍ଗିଯିବା କେଡ଼େ ସହଜ !

ତା' ପରଦିନ ଦି' ପହରେ ପରୀ ବାରିପଟ ବାଇଗଣ ବାଡ଼ ଧାରରେ

ଠିଆହୋଇ ପାନରେ ଓଷଦ କରି ତାକୁ ଦୋଚାରୁଣୀ କରିବା ଅଭିଯୋଗରେ ଦେଢ଼ଶୁର କୁଞ୍ଜର ନାଆଁ ଧରି ଅଶ୍ରାବ୍ୟ ଭାଷାରେ ଗାଲିଗୁଲଜ ସମ୍ପାକଟା କରିବାକୁ ଲାଗିଲା । କୁଞ୍ଜ ଆରପଟେ ଚଳପ୍ରଚଳ ହେଉଥାଏ । ମାତ୍ର ଭାଇବୋହୂର ଅଶ୍ରାବ୍ୟ ଗାଲିର କିଛି ଜବାବ୍ ଦଉ ନଥାଏ । ଗୋଟାଏ ହତ-ଚକିତ ବିମର୍ଷ ମଣିଷ ବେଲୁବେଲ ଛାଇ ପାଲଟି ଯାଉଥାଏ । ଧୀରେ ଧୀରେ ଛାଇଟା ଅପସରିଗଲା ଓ ଆଉ ଦିଶିଲା ନାହିଁ । ଦିନେ ନୁହେଁ, ଅନେକ ଦିନ ଧରି ପରୀ ଏମିତି ସମ୍ପାକଟା କଲା ଓ କୁଞ୍ଜପଟୁ ଲେଉଟ ପ୍ରତିବାଦର ସ୍ୱର ଶୁଭିଲାନି । ଏତିକିରୁ ପ୍ରମାଣିତ ହୋଇଗଲା ଯେ ଦୋଷ ପରୀ ଚରିତ୍ରର ନୁହେଁ– ପାନ ଭିତର ଓଷଦର ।

ପରୀର ପିଠିରୁ ଘା'ଗୁଡ଼ା ଶୁଖିଗଲା । ପରାଶ ଥିଲେ ଥିବ ମଞ୍ଜି ଭିତରେ । ବାହାରକୁ ଘା'ର ଚିହ୍ନ ବର୍ଷ ନାହିଁ । ଗାଁ ଲୋକେ ବି ଘଟଣାଟାକୁ ଭୁଲିଗଲେ । କେଜାଣି ଯେଉଁ ଘରେ କବାଟ କିଲି କଦବା କେମିତି ଫୁସଫୁସ ହଉଥିବେ । ମାତ୍ର ବାହାରେ ଆଉ ପରୀ-କୁଞ୍ଜ ଉପାଖ୍ୟାନ ଚର୍ଚ୍ଚା ହୁଏନାହିଁ ।

ଯଦୁନାଥ ଓ ପରୀ ପିଲାଛୁଆ ସଂସାରରେ ଆଉ ଫାଟ ଦିଶିନି । ଅଭାବ ଅନଟନ, ସୁଖ, ଦୁଃଖର ଜୀବନ ଜଞ୍ଜାଲ ଭିତରେ ଦୁହିଁଙ୍କ ଭିତରେ ପଛକଥାକୁ ଘଣ୍ଟାଚକଟା କରି ଅଶାନ୍ତି ସୃଷ୍ଟି ହେବାର ବାହାରକୁ ଶୁଭିନି ।

ତେବେ ପାନରେ ଓଷଦ କରୁଥିବା ସେଇ ତାନ୍ତ୍ରିକ ଲୋକଟାକୁ ଠାବ କରିବ ବୋଲି ପ୍ରତିଜ୍ଞା କରିଥିଲେ ବି ଯଦୁନାଥ ଆଉ ତର ପାଇନି । ସବୁକାଲେ ସବୁ ଗାଁରେ ଜଡ଼ିବୁଡ଼ି କରିବାର ଲୋକ ଥାଆନ୍ତି । ମାତ୍ର ଅସଲ ଲୋକକୁ ଠାବ କରି ହୁଏନି । ଯେଉଁମାନଙ୍କୁ ଠାବ କରିହୁଏ, ସେଗୁଡ଼ା ଠକ । ତାଙ୍କ ଗୁଣିଗାରେଡ଼ି କାଟୁ କରେନି ।

ପାଞ୍ଚ ପିଲାର ମା' ଦରବୁଢ଼ୀ ପରୀର ପାରିଲାୟଣକୁ ଗୌରବରେ ନିରେଖି ଯଦୁନାଥ ଭାବେ – ଏସବୁ କଥା ମୁଣ୍ଡ ଖେଲେଇବାକୁ ତା' ହାତରେ ଆଉ ବୟସ ନାହିଁ କି ଆଗ୍ରହ ନାହିଁ – ଗୁଣିଆ ଶଲାଟାକୁ ପୃଥିବୀରେ ତ କୋଉଠି ଠାବ କରି ହେଲାନି । ଥିଲେ ଥିବ ଶଲା ଘରବୁଡ଼ାଟା ନର୍କପୁରୀରେ !

ସେଇ ଅଜ୍ଞାତ ଗୁଣିଆଟାକୁ ନିରନ୍ତର ଶାପ୍ୟ ଦେଉ ଦେଉ, ତା'ର ସପ୍ତପୁରୁଷର ଶ୍ରାଦ୍ଧ କରୁ କରୁ ଯଦୁନାଥର ବୟସ, ପରୁଷପଣିଆ ଏବଂ ଆକ୍ରୋଶ ତା' ନିଜ ଅଜ୍ଞାତରେ ସମୟ ହାତରେ କୋଉଦିନ ଚାଲୁ ହୋଇଗଲା, ଅଥଚ ସଇତାନ୍ଟାକୁ ଶେଷ ପର୍ଯ୍ୟନ୍ତ ଠାବ କରି ହେଲାନି !

ପ୍ରେମପତ୍ର

ଝିଅର ଗଣିତ ବହି ଭିତରେ ଝିଅ ହାତଲେଖା ପ୍ରେମପତ୍ର ଦେଖି ମା' ଥକ୍କା ହୋଇଗଲା । ସତେ ବା ଚଉଦବର୍ଷୀୟା ନବମ ଶ୍ରେଣୀ ଛାତ୍ରୀ, ମାଛି କି ମ' ନକହୁଥିବା ତାଙ୍କ ଝିଅ ପୃଥିବୀର ପ୍ରଥମ ପ୍ରେମପତ୍ର ଲେଖି କୁମାରୀ ବ୍ରତ ଭାଙ୍ଗିଛି । ୟା' ପୂର୍ବରୁ ଯେମିତି କୁମାରୀ କନ୍ୟା ପ୍ରେମପତ୍ର ଲେଖିବାର ନଜିର ନାହିଁ । କେଡ଼େ କାଣ୍ଡ କରି ନବସିଛି ଚୁପ୍‌ସଇତାନୀ ଟୋକି ଖଣ୍ଡକ । ତାଙ୍କ ଝିଅ ଯେ ଭଲ ପୋଷାକ, ଭଲ ଖାଦ୍ୟ ମା'ର ଗେହ୍ଲା, ବାପାଙ୍କ ଆଦର ବ୍ୟତୀତ ସଂସାରରେ ଆଉ କୋଉ କଥା ଭାବୁଛି, ଆଉ କୁଆଡ଼କୁ ଢଳିଛି – ଏ କଥାର ଟେର୍ ପାଇ ନଥିଲା ସୁରମା ।

ରିମା ପୁଣି ପ୍ରେମପତ୍ର ଲେଖିବ – ତାଙ୍କ ଝିଅ ହୋଇ ! କିଏ ସେ ଛତରା ଟୋକା– ତାଙ୍କ ଝିଅକୁ ଯିଏ ପ୍ରେମପତ୍ର ଲେଖିବାକୁ ଉସ୍‌କେଇଛି ? ସାମ୍ନାରେ ପାଇଲେ ତା' କାନ ଛିଡ଼େଇଦିଅନ୍ତା ଦି'ଟା ବ୍ରହ୍ମ ଜାବଡ଼ା । ଏକାଥରେ ପ୍ରେମ ପ୍ରେମ ଛଡ଼େଇ ଦିଅନ୍ତା । ଏଡ଼େ ସାହସ ! ଜାଣିନି କି ସେ

ରିମା ଆଜେବାଜେ ଘରର ପିଲା ନୁହେଁ, ସୁରମା ଆଉ ସୁବୋଧଙ୍କ ଝିଅ ବୋଲି । ଜାଣିନି ସେ ରିମା କେଡ଼େ ଗେଲବସରରେ ବଢ଼ିଛି – କେତେ କ'ଣ ରିମାର ମା' ସୁରମାର ସ୍ୱପ୍ନ ଆଉ ଅଭୀପ୍ସା ନିଜର ଝିଅ ପାଇଁ ।

କାହାର ପୁଅ ସେ – କ'ଣ ତା'ର ଯୋଗ୍ୟତା ଅଛି ରିମାଠୁ ପ୍ରେମପତ୍ର ପାଇବାର ? ଘରଦ୍ୱାର, ଖାନ୍ଦାନୀ, ବଂଶ ପରଂପରା କ'ଣ ଏମିତି ଅଛି ଯେ ତା'ର ସେ ରିମାଠୁ ପ୍ରେମପତ୍ର ଲେଖେଇନବ ?

ହୁଃ ! ଏ ପୁଣି ପ୍ରେମ । ରିମାଟା ପିଲାଟାଏ । ହାତରେ ବେଣୀ ବାନ୍ଧି ଜାଣିନି । ଠିକ୍‌ରେ 'ଟିପା'ଟାଏ କପାଳରେ ପିନ୍ଧି ପାରେନା, ମାଛରୁ କଣ୍ଟା କାଢ଼ି ଖାଇ ଶିଖିନି । ରଚନା, ପତ୍ରଲିଖନ ଠିକ୍‌ରେ ଲେଖି ଜାଣିନି । ପଢ଼ା ଦିଆହୋଇଥିଲେ ମା' ପାଖେ ଖୁମାଣ କରି ବସିବ । ମା' ଲେଖିଦବ–ନଇଲେ କ'ଣ ଲେଖିବାକୁ ହେବ କହିଦେବ । କେଉଁଠି କ'ଣ ହେଲେ ଘରେ ପାଦ ନଦଉଣୁ ବଖାଣି ବସିବ, ''ଜାଣିଛୁ ମା' – ଆଜି କ'ଣ ହେଲାନା... ଗୋଟାଏ ଟୋକା ମତେ ଦେଖି ସିନେମା ଗୀତ ବୋଲିଲା... ମୋ ରିକ୍ସା ପଛେ ପଛେ ଫଲୋ କଲା– ସୁସୁରି ମାରିଲା । ବଡ଼ ଅଭଦ୍ର ନୁହେଁ ମା ?'' ଶାଢ଼ି ପିନ୍ଧିବା ଦୂର କଥା, ଚୁଡ଼ିଦାର ଡୋରରେ ଗଣ୍ଠି ପଡ଼ିଗଲେ ସୁରମା ହିଁ ତାକୁ ଖୋଲିବ । ଅଥଚ ଖେଚଡ଼ ଟୋକୀର ମନରେ ଗଣ୍ଠି ପଡ଼ିଗଲା ଆଉ ସୁରମା ତା'ର ଟେର୍ ପାଇଲାନି ।

ସେଇ ବଚକାନି ରିମା ଲେଖିଛି କୋଉ ଯାଆଛା'ତା ଟୋକାକୁ ପ୍ରେମପତ୍ର ? ମା'କୁ ସୁରାକ୍‌ ବି ଦେଇନି । ତା'ରି ପେଟରୁ ଜନ୍ମ, ତାକୁ ଲୁଚାଇ ଏତେ ବାଟ ଆଗେଇଗଲା ?

ସୁରମାର ତାଳୁରୁ ତଳିପା ଯାଏ ନିଆଁ ହୋଇଯାଉଛି । ରିମା ସାମ୍ନାରେ ପଡ଼ିଲେ ତାକୁ କ'ଣ ବୋଲି କ'ଣ କରିପକାନ୍ତା । କିଏ ସେ ରସିକ ଟୋକା ? ନାଁଟା ବି ଲେଖିନି ରିମା, ନଇଲେ ସେ ଟୋକାକୁ ଏତେବେଲକୁ ଠାବ କରିସାରନ୍ତାଣି ସୁରମା । ତେବେ ଟୋକାଟାର ବେଶୀ ଦୋଷ । ରିମାଠୁ ତ ବର୍ଷେ ଦି'ବର୍ଷ ବଡ଼ ହୋଇଥିବ ବୟସରେ, କାହାର ଅକଲ ବେଶୀ, ରିମାର ନା ସେ ଟୋକାଟାର ? ସେଇ ଫଂସେଇ ଦେଇଛି ସରଲିଆ ଝିଅଟାକୁ । ସଂସାରର ଛଦକପଟ ଜାଣେନି ତାଙ୍କ ଝିଅ । ପ୍ରେମ ଫ୍ରେମ କି ପଦାର୍ଥ ଜାଣିନି । କାହା ଶିଖାରେ ପଡ଼ି ଚିଠିଟାଏ ଲେଖି ପକାଇଛି ପରା । ଆଜିକାଲି ସଙ୍ଗଦୋଷ ସବୁ ପିଲାଙ୍କୁ ସତ୍ୟାନାଶ କଲା । ଆଗ ଭଲି ଭଲଘର ପିଲାଏ ଖାଲି ପାଠ ପଢ଼ିବେ, ସେ କଥା ନାହିଁ । ଯାହା ତାହା ପିଲାଙ୍କ ପାଖଁ ସ୍କୁଲ୍ କଲେଜ ମେଲା । ଧାନ ବାଲୁଙ୍ଗା ଏକାକାର । ତେଣୁ ପିଲା ଭଲ ସାଙ୍ଗଟିଏ

ପାଇବେ କୋଉଠୁ ? ରିମାର ସେଇ ଆଜେବାଜେ ସାଙ୍ଗମାନେ ପ୍ରେମପତ୍ର ଅବଶ୍ୟ ଲେଖୁଥିବେ । ବେଳ ପଡ଼ିଲେ କାହା ସଙ୍ଗେ ଫେରାର୍ ହୋଇଯିବେ । ମା' ବାପାଙ୍କ ମୁଣ୍ଡରୁ ଝିଅ ବୋଝ ଗଲା । କେତେ କେତେ ମା' ତ ଝିଅମାନଙ୍କୁ ଶିଖାଉଛନ୍ତି ଭଲଘର ପୁଅମାନଙ୍କୁ କେମିତି ହେଲେ ଫସେଇ ଦେବା ପାଇଁ । ସେମିତିଆ ଝିଅମାନେ ବିନା ଝମେଲାରେ ଭଲ ବର ପାଇ ବାହା ହେଇଯାଉଛନ୍ତି । ରିମା ଭଳି ସଂଭ୍ରାନ୍ତ ବାଧଝିଅମାନଙ୍କ ପାଇଁ ମା' ବାପା ବର ଖୋଜି ଖୋଜି ନଯ୍ୟାନ୍ତ । ୟା ବୋଲି ପ୍ରେମପତ୍ର ଲେଖିବ ବାଜେଝିଅଙ୍କ ପରି ? ଦେଖାଶିଖାରେ ପିଲାଟା ଚିଠିଖଣ୍ଡେ ଗାରେଇ ଦେଇଛି । ତେବେ ଏପରି ଭାବେ ଚିଠି ଲେଖିବା ଅନୁଚିତ । ଆଜି ଯଦି ଚିଠିଟା ତାଙ୍କ ହାତରେ ନପଡ଼ି ଗଣିତ ମାଷ୍ଟ୍ରାଣୀ ହାତରେ ପଡ଼ିଥାନ୍ତା, ତେବେ କଡ଼ାକ୍ରାନ୍ତି ସୁଧ କଷି କଥାଟା ଯାଇ କୋଉଠୁ କୋଉଠି ପହଞ୍ଚି ସାରନ୍ତାଣି । ରିମାଟା ସିନା ବୁଝିପାରୁନି – ରିମାର ମା' ଆଉ ମୁହଁ ଦେଖେଇବାର ଅବସ୍ଥାରେ ରହିଥାନ୍ତେ ! କି ଲଜ୍ଜା ।

ତେବେ ସତକୁ ସତ ଯଦି ରିମା କୋଉ ବାଜେପିଲାକୁ ଭ୍ରମରେ ପ୍ରେମପତ୍ର ଲେଖିଥାଏ, ସେ ତ ନିଶ୍ଚୟ ମା'କୁ ଦେଖାଇଥାନ୍ତା । ହେଇତ ସେଦିନ କୋଉ ପିଲା 'ଆଇ ଲଭ୍ ୟୁ ରିମା' ଲେଖି ରିମା ପାଖକୁ ଗୋଟାଏ ନୂଆବର୍ଷ କାର୍ଡ଼ ପଠାଇଥିଲା । ଛତରାଟା ନାଁ ଫାଁ ନଲେଖି ଲେଖିଛି କ'ଣ ନା – 'ଆଇ ଲଭ୍ ୟୁ – ଗ୍ୱେସ୍ ହୂ ?' (ମୁଁ ତମକୁ ପ୍ରେମ କରେ – କହ ତ ଦେଖି ମୁଁ କିଏ ?') ନନ୍‌ସେନ୍ସ ଇଡିୟଟ୍ । ଏତେ ପ୍ରେମିକ ପ୍ରବରଟାଏ ଯେ ସୁରମାର ଝିଅ ତା' ଅକ୍ଷର ଦେଖି 'ଗ୍ୱେସ୍' କରିପକାଇବ ସେ କିଏ ? ସେଦିନ ରିମାର ମୁହଁ ସାମ୍ନାରେ 'ଗ୍ରିଟିଂ କାର୍ଡ଼ଟା ଫଡ଼୍ ଫଡ଼୍ କରି ଚିରି ପକେଇଥିଲା ସୁରମା । ଝିଅକୁ ଆଖି କାଢ଼ି କହିଥିଲା– ''ବାଜେ କଥାରେ ମୁଣ୍ଡ ନଖେଲେଇ ପାଠ ପଢ଼ । ଏ ବୟସରେ ଭଲ ଝିଅମାନଙ୍କ ପାଖକୁ ବାଜେ ଘର ପିଲା ଏମିତି କେତେ ବାଜେ କଥା ଲେଖନ୍ତି । ସେଗୁଡ଼ାକୁ କଡ଼ାକର ମୂଲ୍ୟ ଦେବାର ନୁହେଁ ।''

ସେଇ ରିମା ! ନିଜେ ଲେଖିଥିବା ଚିଠିଟାକୁ ମା'କୁ ନଦେଖେଇ ବହି ସନ୍ଧିରେ ଛପେଇ ରଖିଛି ? ତା'ର ଅର୍ଥ ମା'କୁ ପଛକରି ନିଜ ଛାତିରେ କଥା ଲୁଚେଇବା ଆରମ୍ଭ କଲାଣି ।

ସୁରମାର ଆକାଶ ପୃଥ୍ୱୀ ଫେଣ୍ଟ ହୋଇଯାଉଛି । ସକାଳ ସଞ୍ଜ ଗୋଲେଇ ହୋଇଯାଉଛି । ଏ ଝିଅର ଆଉ କି ଭବିଷ୍ୟତ ? ସୁରମାର ଆଖି ରୁଦ୍ଧ ହୋଇଯାଉଛି କ୍ରୋଧିତ ଲୁହରେ ।

ରିମା ସ୍କୁଲରୁ ଫେରିବା ମାତ୍ରେ ତାକୁ ସିଧା ସିଧା ପଚାରିବ, କି ଆଗ ଖୋଜପେଢ

ପରେ ପଚାରିବ ସେ ବିଷୟରେ ଗୋଟାଏ ଖସଡ଼ା ପ୍ରସ୍ତୁତ କରିନେଲାଣି ସୁରମା । ନା– ପିଲାଟା ଭୋକରେ ଫେରିଥିବ । ମୁହଁ ଶୁଖି ଯାଇଥିବ । ମା'ଠୁ ପ୍ରେମପତ୍ର କଥା ଶୁଣିଲେ ଲାଜସରମ କୁଣ୍ଠାରେ ମାଟିରେ ମିଶିଯିବ । କେଜାଣି ? ଆଜିକାଲିକା ଝିଅଙ୍କ ପାଇଁ ଏକଥା ଲଜ୍ଜାକର କି ନା । ଅନ୍ତତଃ ସୁରମାର ହିସାବରେ ତାଙ୍କ ଝିଅ ଏଥିରେ ଲାଜରେ ଧୂଲିରେ ଗୋଳିହୋଇ ଯିବା କଥା । ତେଣୁ ଧୈର୍ଯ୍ୟଧରି ପିଲାଟାକୁ ମୁଠାଏ ଖୁଆଇବା ପାଇଁ ସମୟ ଦେବା ଉଚିତ ହେବ । କାରଣ ମା'ର ଜେରା ପରେ ଝିଅ ଏ କ୍ଷେତ୍ରରେ ଦିନେ ଦି'ଦିନ ନଖାଇ ମୁହଁ ମାଡ଼ି ଶୋଇରହିବା କଥା । ସୁରମା ଅନ୍ତତଃ ରିମା ସ୍ଥାନରେ ଥିଲେ ତାହା ହିଁ କରିଥାନ୍ତା ।

ଚିଠିଟାକୁ ବାରମ୍ଧାର ପଢ଼ିଲା ସୁରମା । କେତେବେଲେ ଦିଶୁଥାଏ ଝିଅ ଅକ୍ଷର ପରି, କେତେବେଲେ ଆଉ ଟିକେ ଭିନ୍ନ ଦିଶୁଥାଏ । ଝିଅର କୋଉ ସାଙ୍ଗର ଅକ୍ଷର ରିମା ଅକ୍ଷର ପରି ହୋଇଥବ । ତା' କ'ଣ ସମ୍ଭବ ? ପ୍ରଭୁ ! ନହୋଇଥାଉ ଝିଅ ଅକ୍ଷର... କିନ୍ତୁ ଏତେ ସୁନ୍ଦର ଅକ୍ଷର ତ ତାଙ୍କ ଝିଅ ଛଡ଼ା ଆଉ କାହାର ହେବା କଥା ନୁହେଁ । କୋଉ ସାଙ୍ଗ ପାଇଁ ତାଙ୍କ ଝିଅ ପ୍ରେମପତ୍ରଟି ଲେଖିଦେଇନି ତ । ରିମାଟା ବେଳେ ବେଳେ ମୋଟାବୁଦ୍ଧିଆ ଭଲି କାମ କରେ ।

ଝିଅ ସ୍କୁଲ୍‌ରୁ ଫେରି ଖାଇସାରିଛି କି ନା ମା' ସିଧାସଳଖ ଚିଠିଟା କାଢ଼ି ଝିଅ ସାମ୍ନାରେ ଧରି ପଚାରିଲା, ‘ ଏ ଚିଠି ତୁ ଲେଖିଛୁ ?' ଝିଅ ନୀରବ... ତେବେ ସମ୍ମତିର ଲକ୍ଷଣ ଛଡ଼ା ଅନ୍ୟ କିଛି ନୁହେଁ ।

‘‘କିଏ ସେ ବଜାରୀ ଛତରା ଲଫଙ୍ଗା ଟୋକା ?’’

ଝିଅ କାଠପରି ଚୁପ୍‌ ।

‘‘ପଚାରୁଛି ପରା। କିଏ ସେ ବାଲୁଙ୍ଗା! ତତେ ଚିଠି ଲେଖିବାକୁ ଉସ୍‌କେଇଛି ?’’

ଝିଅ ପଥର ପରି ନିର୍ବେଦ...

‘‘ଖାତିରି ପଡୁନି ମୋ କଥା !’’

ଝିଅ ଜହ୍ନ ଭଲି ଶୀତଳ । ଠାଏ କରି ଚାପୁଡ଼ାଟିଏ ବସେଇଦେଲା ସୁରମା ଝିଅର କଅଁଳ ଗାଲରେ ।

ଝିଅ ଲୁହାପରି ଦୃଢ଼ ଯେ ସେ ଚୁପ୍‌ ରହିବ ।

ସୁରମା ରାଗରେ ରୁଦ୍ଧ ହୋଇଯାଉଛି, ଉତ୍ତେଜନାରେ ଅନିଃଶ୍ୱାସୀ ହେଉଛି, ଦୁଃଖରେ ଦିଗହରା ହୋଇଯାଉଛି । ଛାତି ଯେମିତି ଦି'ଫାଳ ହୋଇଯିବ – ମୁଣ୍ଡ ଅଥବା ଠୋ' କିନା ଫାଟିଯିବ ।

କେଡ଼େ ଗଉଁ ଏ ଟୋକାଟିର, ଚଉଦ ପକ୍ଷେ କି ନପକ୍ଷେ, ଏଡ଼େ ପ୍ରେମିକା ଯେ ମରିଗଲେ ବି ପ୍ରେମିକର ନାଁ ପଦାରେ ପକାଇବନି । କିନ୍ତୁ ଝିଅକୁ ତ ମାରି ମାରି କଥା ଆଦାୟ କରିପାରିବନି ସୁରମା । ସେ ଜାଣିସାରିଲାଣି ଯେ ଏଣିକି ଫାଶୀ ଦେଲେ ବି ଝିଅ ପାଟି ଖୋଲିବନି । ରହସ୍ୟ ଫିଟେଇବନି । ତେବେ ସେ ଟୋକାଟା ବିରୋଧରେ କିଛି କାର୍ଯ୍ୟାନୁଷ୍ଠାନ କରିବା ସମ୍ଭବ ନୁହେଁ । ପୁଣି ଥରେ ଝିଅକୁ ଉସ୍କେଇ ପ୍ରେମପତ୍ର ଲେଖେଇ ନନବ ବୋଲି କିଏ କହିବ ?

ସୁରମା ଧମକ ଦେଲା – ''ନାଁ ନକହିଲେ କାଲିଠୁ ତୋର ପାଠପଢ଼ା ବନ୍ଦ । ସ୍କୁଲ୍ ଯାଇ ପ୍ରେମପତ୍ର ଲେଖିବା ଅପେକ୍ଷା ଗଣ୍ଠମୂର୍ଖ ହୋଇ ଟିପଚିହ୍ନ ଦେବା ଢେର୍ ଭଲ । ଆଜି ଆସନ୍ତୁ ତୋ ବାପା... ମୁଁ ଏଣିକି ତାଙ୍କ ଝିଅକୁ ସମ୍ଭାଳି ପାରିବିନି । ଦିଅନ୍ତୁ ଆରବର୍ଷକୁ ବାହା କରି.. ଦୁର୍ନାମ ଉଠିବା ଆଗରୁ ବୋଝ ଉଠାଇଦେବା ଭଲ...'' ସୁରମା ଶେଷ ନିଷ୍ପତ୍ତି ଶୁଣାଇଦେଲା । ଭାବିଥିଲା ଏଥର ଝିଅ ସଫା ସଫା ମାନିଯିବ । ଟୋକାଟିଚାର ପଢ଼ାରେ ଭାରି ମନ ଯେ ।

ମାତ୍ର ଝିଅ ନିର୍ଲିପ୍ତ ନଛାବନ୍ଧ । ନଛା ପଛେ ଉଚ୍ଛୁଳୁ, ନଛାବନ୍ଧ ନିଦକ । ଝିଅ ଠିକ୍ ମା'ର ନାଡ଼ି ଚିପିଛି । ସେ ଜାଣିଛି ଯେତେ ଯାହାହେଲେ ବି ତା'ର ସ୍କୁଲ୍ ଯିବା ବନ୍ଦ କରିବନି ମା'' । ବାପାଙ୍କ କାନକୁ ଏଭଳି କଥା ଯିବା ଆଗରୁ ମା' ଚପେଇଦବ ନିଜ ଛାତିରେ । ଏମିତି ଛପେଇଦବ ଯେ ବାପା ସାରା ଜୀବନ ଜାଣିବେନି । ମା'ର ଛାତିଟା ଯେମିତି ଝିଅର ଦୋଷ, ଭୁଲ୍, ପାପ ଆଉ ଦୁଃଖ ଛପେଇ ଦେବାର ଅକାତ ସମୁଦ୍ର ।

ଚଉଦ ବର୍ଷର ଝିଅ ମା'ଠୁ ଚାରି ଆଙ୍ଗୁଳ ଉଚ୍ଚା ହେଲାଣି । ସେଇ ଡେଙ୍ଗା ଝିଅକୁ କୋଳରେ ପୁରେଇ ମା' ରାତିସାରା କେତେ ବୁଝେଇଲା । ତୁଚ୍ଛାକୁ ଚାପୁଡ଼ାଟାଏ ଝିଅ ଗାଲରେ ଦେଇଛି ବୋଲି ନିଜକୁ ଧିକ୍କାରିଲା । ପିଲାଲୋକ, ଗ୍ରହ ତାକୁ ଏପରି ଅପକର୍ମ କରାଇଲା ବୋଲି ଭାବିନେଇ ସ୍ଥିରକଲା ଯେ ତୁରନ୍ତ ଗ୍ରହ-ଶାନ୍ତି ପୂଜାଟିଏ କରାଇଦେବ । ଝିଅକୁ ଆଉଁସୁ ଅଉଁସୁ ଝିଅ ଶୋଇପଡ଼ିଲା । କିନ୍ତୁ ମା' ରାତି ଉଜାଗର । ଗଲଗଲ ନିଃଶବ୍ଦ ଲୁହଧାରରେ ତକିଆ ଓଦା ହେଉଛି । ରିମାର ବାପା ନିଶ୍ଚିନ୍ତ ଘୁଙ୍ଗୁଡ଼ି ମାରୁଛନ୍ତି । ସୁରମା ଆକାଶ ପାତାଳ ଭାବୁ ଭାବୁ ସକାଳ ହେଲା । ଝିଅ ଭାତ ଖାଇ ସ୍କୁଲ ଯିବ । ତରବର ହୋଇ ନୂଆଦିନଟିଏ ସାମ୍ନାରେ ଉଭା ହେଲା । ରିମା ପୋଷାକ ପିନ୍ଧି ବାହାରିବା ବେଳକୁ ଖରାରେ ଚାରିଆଡ଼ ଉଜ୍ଜ୍ୱଳା ଦିଶୁଛି ।

ଛିଃ – ରିମା ଏପରି କାମ କରିବାର ଝିଅ ନୁହେଁ । ତେବେ ପ୍ରକୃତରେ କାହାକୁ ପ୍ରେମ କରୁଛି କି ନା, ସେକଥା ଜାଣିବା ପାଇଁ ମା'ର ସନ୍ଦେହୀ ମନ ନିରନ୍ତର

ବିଚଳିତ ହେଲା । ଯଦି ଝିଅ ପ୍ରକୃତରେ ପ୍ରେମରେ ପଡ଼ିଛି,   ତେବେ ଲକ୍ଷଣଗୁଡ଼ିକ ମା' ଆଖିରୁ ବାଦ୍ ପଡ଼ିବନି ଝିଅ ଅନ୍ୟମନସ୍କ ରହିବ । ଉଦାସ ହୋଇଯିବ – ବିନା କାରଣରେ ଏକୁଟିଆ ରିହିବାକୁ ଭଲ ପାଇବ । ଆହାର କମିଯିବ – ନିଦ୍ରା ତ ଉଭାନ୍ ହୋଇଯିବ । ସବୁ ମିଶେଇଦେଲେ ଶେଷଫଳ ହେବ ପଢ଼ାରେ ଅମନୋଯୋଗିତା । ଦେଖାଯାଉ ଝିଅଠି କି ଉପସର୍ଗ ଦେଖାଯାଉଛି ! ମାତ୍ର ମା' ଡାଳେ ଡାଳେ ଗଲେ ଝିଅ ପତ୍ରେ ପତ୍ରେ ଯାଉଛି । ଝିଅଠି ପ୍ରେମର କିଛି ଉପସର୍ଗ ନାହିଁ । ଖାଇବାର ଊଣା ନାହିଁ – ଶୋଇବାରେ ଚିରଦିନ କୁମ୍ଭକର୍ଣ୍ଣ । ପରୀକ୍ଷାରେ ସବୁଥର ଭଲି ସନ୍ତୋଷଜନକ ଫଳାଫଳ ।   ଅଭୁତ ଝିଅ । ପ୍ରେମପତ୍ରରେ ଏଡ଼େ ପ୍ରେମ, ଏତେ ସ୍ୱପ୍ନ,   ଏତେ ଉଦାସୀନତା – ଏତେ ନିସଙ୍ଗତା– ଏତେ ବ୍ୟାକୁଳତା ଅଥଚ ନିଜଠି କିଛି ନାହିଁ । ପୁରାକାଠ ! ଆଜିକାଲିକା ଝିଅଗୁଡ଼ା ତ ଭୟଙ୍କର ପ୍ରାକ୍ଟିକାଲ୍ ।

ଯାହା ବି ହେଉ ସୁରମା ଏଥର ଝିଅକୁ ଗୋଡ଼େ ଗୋଡ଼େ ଜଗିବାକୁ ଆରମ୍ଭ କଲା ।   ଆଉ ଗୋଟାଏ ପ୍ରେମପତ୍ର ଯେପରି ସେ ଲେଖି ନବସେ ।   ଯଦି ଗୋଟାକ ପରେ ଗୋଟାଏ ପ୍ରେମପତ୍ର ଲେଖି ବସେ, ତେବେ ଭବିଷ୍ୟତ ବୋଲି କିଛି ରହିବ ନାହିଁ । ରିମା ପାଖକୁ ଏଥର ଫୋନ୍ ଆସିଲେ ସୁରମା କାନ ଡେରିଲା । କିନ୍ତୁ ଝିଅ କଥାରୁ ବାରିହୁଏନି ଆରପାଖରେ ଶୁଣୁଥିବା ଅଜଣାଟି ଝିଅକି ପୁଅ । ଆଜିକାଲି ପିଲାଗୁଡ଼ା ବାଳ କାଟିଲେଣି ଏକାପରି, ଡ୍ରେସ୍ ପିନ୍ଧିଲେଣି ଏକାପରି – ପୁଣି ହି-ହାଏ – ସମ୍ବୋଧନ ପୁଅସାଙ୍ଗ, ଝିଅ ସାଙ୍ଗ ଉଭୟକୁ । କେମିତି ଜାଣିବ କଥାରୁ ଆରପାଖେ ପୁଅ ନା ଝିଅ ? ଯଦି ଝିଅ ସାଙ୍ଗ ତେବେ ଏମିତି ଡେରି ରାତିରେ ଫୋନ୍ କରେ କିଆଁ ? ଯଦି 'ପୁଅସାଙ୍ଗ' ତେବେ ଏଡ଼େ ପାଟିରେ ମା' ଆଗରେ କଥା କହେ କେମିତି ? ସୁର ତ ଛଁା ନରମିଯିବ ଛତରା ପ୍ରେମିକ ସହ କଥା କହିଲେ ।

କିଶୋରୀ ଝିଅର ମା' ଗୁଇନ୍ଦା ନହେଲେ କେତେବେଲେ ଝିଅର କଅଁଳ ମନରେ କୋଉ ଚୋର ଡାକୁ ସିନ୍ଧିଗାତ କରିବ । ହେଲେ ସୁରମା ସବୁଥରେ ଫେଲ୍ ।   କିଛି ବି ଟେର୍ ମିଳୁନି । ଆଉ ଥରେ ଯଦି ଝିଅର ପ୍ରେମପତ୍ର ହାତରେ ପଡ଼େ, ତକୁ ସତ ସୁରମା ସହଜରେ ଛାଡ଼ିବନି । ଯେମିତିହେଲେ ଝିଅ ପେଟରୁ କଥା କାଢ଼ି ସେ ନଷ୍ଟ ଚରିତ୍ର ଟୋକାଟାକୁ ପାନେ ଶିକ୍ଷାଦେବ ।

ଝିଅଟି ମା' ମନର ସନ୍ତୁଳନର ଟେର୍ ପାଏ କି ନା ଝିଅ ଜାଣୁଥିବ । କାହା ମନରେ କିଏ ପଶିଛି ? ମା' ମନରେ ଝିଅ ନା ଝିଅ ମନରେ ମା' ?

ଝିଅର ମା' ହୋଇ ମନ ଭିତରେ କୋଉ ମୁହୂର୍ତ୍ତରେ ଝିଅର ଆଗତ ଭବିଷ୍ୟତ ନେଇ ମନରେ ଗୋଟାଏ କେଁ ନପଶିବ, ଏମିତି ଗୋଟାଏ ମା' ସଂସାରରେ କିଏ

ଅଛି ? କିନ୍ତୁ ମା’ର ଝିଅ ହୋଇ ମନରେ ମା’ ପାଇଁ ଗୋଟାଏ କେଁ ପଶିବ ଏକଥା ସର୍ବତ୍ର ଘଟେନାହିଁ । ରିମା ମନରେ ଯେଉଁଦିନଠୁ ମା’ ପାଇଁ ଗୋଟିଏ ଗୋପନ କେଁ ପଶିଲା ରିମା ଜାଣିଲା ମା’ ଜନ୍ମଠୁ ଝିଅ ଜନ୍ମ କଷ୍ଟ ।

ଧର– ମା’ ଯଦି ଝିଅର ପ୍ରେମପତ୍ର ଜବତ୍ କରେ, ମା’ ଧରିବ ଝିଅର କାନ । ପଚାରିବ କିଏ ସେ ଛତରା ଟୋକା ? ଏ ବୟସରେ ପ୍ରେମପତ୍ର ଲେଖିଲେ ଭବିଷ୍ୟତ ବୋଲି କିଛି ଆଉ ରହିବ ତ ? ଇତ୍ୟାଦି... ମାତ୍ର ଝିଅ ଯଦି ମା’ର ପ୍ରେମପତ୍ର ଜବତ୍ କଲା, ଝିଅଠୁ ବଳି ଅସହାୟ ଜୀବ ସଂସାରରେ ଆଉ କେହି ନାହିଁ ।

ମା’ର ଷ୍ଟିଲ୍ ଆଲମିରାର ଲୁଗାଥାକ ତଳେ ପରା ହୋଇଥିବା କାଗଜ ତଳୁ ଯେଉଁଦିନ ରିମା ଗୋଟିଏ ‘ପ୍ରେମପତ୍ର’ ପାଇଲା, ସେଦିନ ସେ ଏପରି ସ୍ତମ୍ଭୀଭୂତ ହୋଇଗଲା ଯେ, ତା’ର ଚିନ୍ତାଶକ୍ତି ଜଡ଼ ପାଲଟିଗଲା । ସେ ବୁଝିପାରିଲା ନାହିଁ ଆଘାତଟା ବିସ୍ମୟର କି ଗ୍ଲାନିର । ହୁଏତ ଗ୍ଲାନି, ଲଜ୍ଜା, ବିସ୍ମୟ, ଅବିଶ୍ୱାସର ମିଶାମିଶି ଗୋଟାଏ ପ୍ରଚଣ୍ଡ ଆଘାତରେ ମନ ଭିତରେ ଗଢ଼ା ମା’ ମୂର୍ତ୍ତିଟା ଖଣ୍ଡ ଖଣ୍ଡ ହୋଇ ଭୁଷୁଡ଼ିପଡ଼ିଲା । ରିମା ବିକଳ ହୋଇ ନିଜ ଭିତରେ ମା’କୁ ଖୋଜିଲା । ଆଉ ଦେଖିଲା ମା’ ମୂର୍ତ୍ତି ବିକୃତ ହୋଇଯାଇଛି ସାମାନ୍ୟ କାଗଜରେ, କେଇ ବୁନ୍ଦା ସ୍ୟାହି ଗାରେ, ଗୋଟାଏ ବେନାମି ପ୍ରେମପତ୍ରରେ ।

ଅବଶ୍ୟ ରିମାର ପ୍ରେମପତ୍ର ଆବିଷ୍କାର କରିବା ଦିନ ସୁରମା ବି ଆଘାତ ପାଇଥିବ । ମାତ୍ର ‘ରିମା’ର ଆଘାତଠୁ ସେ ଆଘାତ ଶହେଗୁଣ କମ୍ ହୋଇଥିବ । କାରଣ ପୃଥିବୀର ଶହ ଶହ ‘ରିମା’ ବୟସର ଝିଅ ପ୍ରତିଦିନ ପ୍ରେମପତ୍ର ଲେଖନ୍ତି ବୋଲି ମା’ ଜାଣନ୍ତି, ମାତ୍ର ରିମାର ମା’ ବୟସର କେହି ମା’ ପ୍ରେମପତ୍ର ଲେଖୁଥିବ ଏଭଳି ଏକ ଅଗ୍ରାହ୍ୟ, ଅବାଞ୍ଛିତ କଥା ରିମାକୁ ଜଣାନାହିଁ । ପ୍ରେମର ବୟସ ନଥାଇପାରେ, କିନ୍ତୁ ପ୍ରେମପତ୍ର ଲେଖିବାରେ ତ ଗୋଟାଏ ବୟସ ଥିବ । ମା’ କ’ଣ ନିଜର ବୟସ ଭୁଲିଯାଇଛି ! ପୁଣି ଭୁଲିଯାଇଛି ସେ ଗୋଟାଏ ମା’ ! ମା’ ହୋଇ କେହି ପ୍ରେମପତ୍ର....

ତେବେ ମା’ କୋଉ ବୟସରେ କାହାକୁ ସେଇ ପ୍ରେମପତ୍ର ଖଣ୍ଡିକ ଲେଖିଛି, ଜାଣିବାର ଉପାୟ ନାହିଁ, କାରଣ ଚିଠିରେ ସ୍ଥାନ, କାଳ, ପାତ୍ରର ଉଲ୍ଲେଖ ନାହିଁ । ଚିଠିରେ ସମ୍ବୋଧନ ସ୍ଥାନରେ ଗୋଟାଏ ଛୋଟ ହାଇଫେନ୍ । କାଗଜର ରଙ୍ଗ ଓ ମା’ର ଅକ୍ଷର ଦୁଇଟାୟାକ ଚିଠିର ତାରିଖ ଜଣାଇବାକୁ ଅକ୍ଷମ । ହୋଇପାରେ କୋଡ଼ିଏ ବର୍ଷତଳର– ହୋଇପାରେ – କୋଡ଼ିଏ ବର୍ଷ ପରର ।

ଚିଠିଟା ଯେ ରିମାର ବାପା ଓରଫ୍ ସୁରମାର ସ୍ୱାମୀଙ୍କ ପାଖକୁ ଲେଖାହୋଇନି,

ଏକଥା ଷୋହଳ ବର୍ଷର ରିମାକୁ କେହି ପଢ଼ାଇ ନଥିଲେ ବି ବହୁ ଅପଢ଼ା ପାଠ ଭଲି ରିମାର ହୃଦ୍‌ବୋଧ ହୋଇସାରିଥିଲା ।

ବାପାଙ୍କୁ ବିବାହ କରିବା ପରେ, ମା'ର କେହି ପ୍ରେମିକ ଥିବ, ଏକଥା କେବଳ ଶାସ୍ତ୍ର-ବିରୁଦ୍ଧ ନୁହେଁ, ରିମାର ସ୍ୱପ୍ନ-ବିରୁଦ୍ଧ ମଧ୍ୟ । ବିବାହ ପୂର୍ବରୁ କେତେକ ମା'ଙ୍କର ପ୍ରେମିକ ଥିବାର ଶୁଣାଯାଏ । ତେବେ ରିମାର ମା' ଅନ୍ତତଃ ସେଭଲି ଏକ ଝିଅ ନଥିଲେ, ଏକଥା ରିମାର ଦୃଢ଼-ବିଶ୍ୱାସ କେବଳ ନୁହେଁ, ଦୃଢ଼-ସିଦ୍ଧାନ୍ତ । ଯଦି ମା'ର କୁମାରୀ ବୟସରେ ପ୍ରେମିକ ଥା'ନ୍ତେ, ତେବେ ବାଲ୍ୟ ଜୀବନର ଅନେକ ସୁଖସ୍ମୃତି ସହ ସେ ତ ରିମା ଆଗରେ ନିଶ୍ଚୟ ସେକଥା କହିଥାନ୍ତେ । ରିମାର ମା' କେବେ କୌଣସି କଥା ଝିଅଠୁ ଗୋପନ ରଖିଥିବେ, ଏକଥା ରିମା ବିଶ୍ୱାସ କରିପାରୁନି, ମା'ର ପ୍ରେମପତ୍ର ପାଇବା ପରେ ବି । ତେବେ ମା' କ'ଣ ବିବାହ ପରେ ହିଁ ପ୍ରାକ୍ତନ ପ୍ରେମିକକୁ ପତ୍ର ଲେଖିଛି ? କିମ୍ବା ଏ ପତ୍ରଟିର 'ପ୍ରାପ୍ତେଷୁ' ମା'ର ବିବାହୋଉର ପ୍ରେମିକ ! ପୂର୍ବକଥାଟା କୌଣସି ମତେ ଗ୍ରହଣୀୟ ହୋଇପାରେ । ମାତ୍ର ବିବାହ ପରେ ମା'ମାନଙ୍କର ଦୈନନ୍ଦିନ ରୋଟିନ୍‌ରେ ଆଦୌ ଆବଶ୍ୟକ ନହେଉଥିବା ଏଇ ପ୍ରେମିକ ପଦଧାରୀ ସ୍ୱପ୍ନଭୁକ୍‌ମାନଙ୍କର କି ଆବଶ୍ୟକତା ଅଛି ? ରିମାର ଚିନ୍ତା, ଭାବନା କଳ୍ପନା ଓ ବାସ୍ତବତା ସବୁକିଛି ବେତାଳିଆ ହୋଇଯାଉଥିଲା । ରିମାର ଛାତିତଳର କୋମଳ ଗ୍ରନ୍ଥିସବୁ ଝିଣ ଝିଣ କରୁଥିଲା ।

ଅବଶ୍ୟ ରୀମା ଚଳଚ୍ଚିତ୍ରରେ ଦେଖିଛି – ବିବାହିତା ହେଲେ ବି କାହାର କାହାର ପ୍ରେମିକ ଲୋଡ଼ା ହୁଏ, ଯେଉଁଠି ଦାମ୍ପତ୍ୟର କୋଉଠି ଗୋଟେ ଅଧେ ଛିଦ୍ର ଦେଖାଦେଇଥାଏ । ସେଇ ଛିଦ୍ର ଦେଇ ଚୋର ପରି ଅନୁପ୍ରବେଶ କରିଥାଏ ପ୍ରେମିକ ଆଉ ଛିଦ୍ର ପରିଣତ ହୁଏ ବିରାଟ ଫାଟରେ, ଯାହା ଆଉ ମୁଦି ହୁଏ ନାହିଁ ।

କିନ୍ତୁ ରିମାର ବାପା ମା'ଙ୍କ ଦାମ୍ପତ୍ୟ ପଥର କାନ୍ଥ ପରି ନିଦା, ମଜଭୁତ୍ । ସେ ଦାମ୍ପତ୍ୟର ମଜଭୁତ୍ କାନ୍ଥରେ ପ୍ରେମ, ବୁଝାମଣା, ତ୍ୟାଗ, ସ୍ନେହ, ସହାନୁଭୂତି, ସୁଖ, ସଖ୍ୟର ରାଗ ଅନୁରାଗ ଲେଉଟିଯାଏ । ଚିର-ସବୁଜିମାରେ ରିମା'ର ବାପା ମା'ଙ୍କ ଛୋଟ ସୁଖୀ ପରିବାରଟିକୁ ମଣ୍ଡିଦିଏ ମୁହୂର୍ତ୍ତ ମୁହୂର୍ତ୍ତ । ସେଠି ଅଣୁମାତ୍ର ଛିଦ୍ର କାହିଁକି ଯେ- ପାଷାଣ୍ଡ ପ୍ରେମିକଟିଏ ଧସେଇ ପଶିବ ତା' ମା'ର ଷ୍ଟିଲ୍ ଆଲ୍‌ମିରାର ନିଭୃତ ଥାକ ଭିତରକୁ ।

ଅବଶ୍ୟ ଘର କରି ବାପା ମା'ଙ୍କର କେବେ ମତାନ୍ତର ହୁଏ ନାହିଁ । ଏକଥା ରିମା କହୁନି । କିନ୍ତୁ ସେଟିକି ସ୍ୱାଭାବିକ ମତାନ୍ତର ଜଣେ ପ୍ରେମିକର ଅନୁପ୍ରବେଶ ପାଇଁ ଦାମ୍ପତ୍ୟରେ ଫାଙ୍କ ସୃଷ୍ଟି କରିବ, ଏକଥା ରିମା ପାଇଁ ଅଭାବିତ ଏବଂ ରିମାମାନଙ୍କ ମତରେ ନୀତିବିରୁଦ୍ଧ ।

ରିମାର ଏବେ ମା' ବାପାଙ୍କ ଦାମ୍ପତ୍ୟ ଉପରେ ସନ୍ଦେହ ଉପୁଜିଲା । ତା'ର ମନେହେଲା– ଯୋଉ ପରିବାରଟି ସବୁଠୁ ନିବୁଜ, ନିବିଡ଼ ପବିତ୍ର ଉଷ୍ଣତାରେ ଜାକିଜୁକି ହୋଇ ପରସ୍ପରକୁ ଜାବୁଡ଼ି ଧରିଥିଲା, ତା' କ'ଣ ମିଛ-ଛଳନା-ଅଭିନୟ ? ବାପାଙ୍କର ଅବଶ୍ୟ କିଛି ବଦ୍‌ଗୁଣ ଅଛି, ଯୋଉଥିପାଇଁ ରିମାର ମା' ସୁରମା ବହୁ ସମୟର ବିରକ୍ତ ହୁଅନ୍ତି । ବାପା ସିଗ୍ରେଟ୍‌ ପିଅନ୍ତି, ଯୋଉଟା ସୁରମା ଅନୁସାରେ ଉଚ୍ଚ ପରମ୍ପରା ବିରୋଧୀ । ସୁରମା ସଙ୍ଗୀତପ୍ରିୟା ହେବା ସ୍ଥଳେ ରିମାର ବାପା ଦେଶର ରାଜନୈତିକ ପରିସ୍ଥିତି ସମ୍ପର୍କରେ ଅଧିକ ଆଗ୍ରହୀ, ସୁରମା ନିରାମିଷାସୀ ଏବଂ ମିତାହାରୀ ହେବା ସ୍ଥଳେ ରିମାର ବାପା ଆମିଷପ୍ରିୟ ଏବଂ ଭୋଜନବିଲାସୀ । ଏସବୁ ସତ୍ତ୍ୱେ ସୁରମାର ସ୍ୱାମୀଅନୁରକ୍ତି ଓ ରିମା ବାପାଙ୍କ ପତ୍ନୀ ସୋହାଗର ଝଲକ ଛୁଆମାନଙ୍କ ଆଖିରୁ ବି ବାଦ୍ ଯାଏନି । ରିମା ତ ଭାବିଥିଲା ତା' ବାପା ମା'ଙ୍କ ଦାମ୍ପତ୍ୟ ସଂସାରରେ ନାହିଁ ନଥିବା ଆଦର୍ଶ । ତା' କ'ଣ ମିଛ – ଛଳନା – ଅଭିନୟ! ଆଉ ଏଇ କାଲ ପ୍ରେମପତ୍ରଟି ଆବିଷ୍କାର ଫଳରେ ରିମାକୁ ଘେରିରହିଥିବା ସଂସାରଟି କୀଟଦ୍ରଷ୍ଟ ଫୁଲଟିଏ ଭଳି ଭାରି ତୁଚ୍ଛ ଏବଂ ପ୍ରତାରିତ ମନେହେଲା । ତା'ର ଇଚ୍ଛା ହେଲା, ମା'ର କାନକୁ ତା'ର ହାତ ନପାଇଲେ ମଧ୍ୟ ମା'ର ଆଖିକୁ ତା' ଆଖି ପାଇବ– ରିମା ମା'ର ଆଖିରେ ଆଖି ମିଳାଇ ପଚାରନ୍ତା – ସତ କହ ମା' – ଏସବୁ କାଣ୍ଡ କାହିଁକି ତୁଚ୍ଛାଟାରେ କରୁଛ ? ବାପାଙ୍କର ସବୁ ବଦ୍‌ଗୁଣ ଏବେ ଝାପ୍‌ସା ହୋଇଯାଉଛି । ବାପା ତ ନିଛକ ବାପାଟିଏ । ଯେମିତି ବାପାମାନେ ହେବାର କଥା ଠିକ୍ ସେମିତି । ଟଙ୍କା ରୋଜଗାର କରି ସ୍ତ୍ରୀ ହାତକୁ ବଢ଼େଇ ଦିଅନ୍ତି । ସ୍ତ୍ରୀ ହାତରନ୍ଧା ସୁସ୍ୱାଦୁ ଖାଦ୍ୟରେ ପ୍ରଚୁର ଲୋଭ–ସ୍ତ୍ରୀ ସୋହାଗର ଆଦିଅନ୍ତ ନାହିଁ । ସ୍ୱାମୀ କାଇଦାରେ ଯେତେବେଲେ ଇଚ୍ଛା ସେତେବେଲେ ଚା' ବରାଦ କରନ୍ତି । ଗୋଡ଼ଘଷା ଖାଆନ୍ତି । ସିଗ୍ରେଟ୍ ପିଅନ୍ତି ଆଉ ଅଫିସରୁ ବିରକ୍ତି ନେଇ ଘରକୁ ଫେରିଥିଲେ ସମସ୍ତଙ୍କ ଉପରେ ରାଗ ଉତାରନ୍ତି । ନିମିଷକେ ରାଗ ଭୁଲି ଝିଅ ପୁଅକୁ ଆଦର କରନ୍ତି – ସ୍ତ୍ରୀକୁ ପାଂପ୍ଲାନ୍ତି । ବହୁ ବାପାଙ୍କ ପରି ସବୁ ଭାଗ୍ୟ ଓ ଭଗବାନଙ୍କ ଉପରେ ଛାଡ଼ିଦେଇ ନିଦକ ଥାଆନ୍ତି ପିଲାଙ୍କ ପାଠପଢ଼ା, କ୍ୟାରିୟର, ଭବିଷ୍ୟତ ପାଇଁ । ଏଥରେ ତ୍ରୁଟି ରହିଲା କେଉଁଠି ଯେ ମା'ର ଏ ପ୍ରେମପତ୍ର! ରିମାର ବାପା କେତେ ଭଲ! ଅଥଚ ସୁରମା ? ନା ନା ମା'ଟା ଖରାପ ନୁହେଁ! କିନ୍ତୁ କାହିଁକି ଯେ, ଏପରି ଭାବପ୍ରବଣ ହୋଇ ପ୍ରେମପତ୍ରଟିଏ ଲେଖିଦେଲା ମା'! ଲେଖିଲା ଯଦି ତାକୁ ରିମା ହାତରେ ପଡ଼ିବାକୁ ଦେଲା କାହିଁକି ?

ରିମା ଭାବିଲା, ଠିକ୍ ମା' ଯେମିତି ତା' ମୁହଁ ଉପରେ ତା'ର ପ୍ରେମପତ୍ରକୁ ଟିକେ ବି ସମ୍ମାନ ନଦେଇ ଫର୍‌ ଫର୍‌ ଚିରିଦେଲା, ରିମା ମଧ୍ୟ ମା'କୁ କିଛି ନକହି

ତା' ମୁହଁ ଉପରେ ମା' ହାତଲେଖା ପ୍ରେମପତ୍ରଟିକୁ ଫଡ଼୍ ଫଡ଼୍ ଚିରିଦେଇ ପ୍ରତିଶୋଧ ନେବ । ଅନ୍ତତଃ ମା' ଜାଣୁ ଯେ ତା'ର ଗୋପନ ଭାବନା ରିମାକୁ ଆଉ ଅଛପା ନାହିଁ । ଏତିକି ଅନ୍ତତଃ ମା'କୁ ଭବିଷ୍ୟତ ପାଇଁ ସାବଧାନ କରିଦେବ । ନଚେତ୍ ମା' ଯଦି ଏମିତି ପ୍ରେମପତ୍ର ସବୁ ଲେଖେ ଏବଂ ବାପାଙ୍କ ହାତରେ ଧରାପଡ଼େ, ତେବେ କ'ଣ ହେବ ଏଇ ସୁଖୀ ପରିବାରଟିର ଭବିଷ୍ୟତ ? ଯଦି ଅକସ୍ମାତ କଥାଟା ପଦାକୁ ଖେଳେଇ ହୋଇଯାଏ, ତେବେ ଆଉ ମୁଣ୍ଡ ଟେକି ବାଟ ଚାଲିପାରିବ କି ରିମା ? ରିମାକୁ ବଡ଼ ଅସୁରକ୍ଷିତ ଲାଗିଲା । କାନ୍ଦ କାନ୍ଦ ଡର ଡର ଲାଗିଲା । ସବୁବେଳେ ରାଗ ଲାଗିଲା । ମାତ୍ର ସେ ରାଗ ଉତାରି ପାରିଲା ନାହିଁ ।

ମା' ନହେଇ ବାପ ଯଦି ଏମିତି ଗୋଟାଏ ଗୋପନୀୟ କାଣ୍ଡ କରିଥାନ୍ତେ, ରିମା ଏତେଟା ବିବ୍ରତ ହୁଅନ୍ତାନି । ବହୁ ବାପା ଯା'ଠାରୁ ବହୁଗୁଣରେ ଅବାଞ୍ଛିତ, ଅସ୍ଵହଣୀୟ କାର୍ଯ୍ୟ କରନ୍ତି – ତାଙ୍କ ସଂସାର ଟିକେ ଚହଲିଯାଏ । ମାତ୍ର ଓଲଟପାଲଟ ହୋଇଯାଏନି । ସମାଜ ମଧ ସେଥ୍ରପ୍ରତି ଏତେଟା ଅନୁଦାର ହୁଏନାହିଁ । କିନ୍ତୁ ମା'ର ଏପରି କାର୍ଯ୍ୟ ବରଦାସ୍ତ କରିବାର ନୁହେଁ । ରିମା କିନ୍ତୁ ଚିଠିଟାକୁ ମା' ମୁହଁ ଉପରେ ତ ଛାଡ଼, ମା' ଆଖିର ଅନ୍ତରାଳରେ ମଧ ଚିରି ପାରିଲାନି । କେଜାଣି କ'ଣ ପାଇଁ ତାକୁ ଅପରାଧ କଲାଭଳି ଲାଗିଲା । ଚୁପ୍ଚାପ୍ ଚୋରଣୀଙ୍କ ଭଳି ଚିଠିଟା ଯଥାସ୍ଥାନରେ ରଖିଦେଇ ରିମା ବିପନ୍ନ ହୋଇଗଲା ଆଗାମୀ ଦିନମାନଙ୍କ ପାଇଁ । ସେହି ପତଲା କାଗଜଖଣ୍ଡକ ମା'ଠୁ ରିମାକୁ ଦି'ଭାଗ କରିଦେଇ ଅଦୃଶ୍ୟ ପାଚେରିଟିଏ ହୋଇଗଲା ।

ଝିଅକୁ ମଧ ମା' ପାଇଁ ଗୁଇନ୍ଦାଗିରି କରିବାକୁ ପଡ଼େ ଏବଂ ସେ କଥା ଲେଖାଥାଏ 'ରିମା' ଭଳି କେତେ ଝିଅଙ୍କ ଭାଗ୍ୟରେ । ରିମା ଏଥର ମା'ର ଫୋନ୍ ଉଠାଇ କଥା ଯାଞ୍ଚ କଲା । କେହି ଚିହ୍ନା ଅଚିହ୍ନା, ବନ୍ଧୁ ଅବନ୍ଧୁ ଘରକୁ ଆସିଲେ ରିମା ମା'ର ଭାବଭଙ୍ଗୀ, ବେଶଭୂଷା ତଥା କଥାଭାଷାକୁ ତନଖିଲା । ଘରକୁ ଆସୁଥିବା ସମସ୍ତ ପୁରୁଷଙ୍କୁ ସେ ଥରେ ଥରେ ସେଇ 'ଖଳନାୟକ' ସ୍ଥାନରେ ରଖି ତା' ନିଜ ମାପକାଠିରେ ପରଖିଲା । ବାପାଙ୍କୁ ଛାଡ଼ିଦେଲେ ବାପା ବୟସର ସବୁ ପୁରୁଷ ବଡ଼ ଘୃଣ୍ୟ ମନେହେଲେ । ସମସ୍ତଙ୍କୁ ତା'ର ସେଇ ପାଷାଣ୍ଡ ପ୍ରେମିକ ସ୍ଥାନରେ ରଖି ରିମା ପ୍ରତିଶୋଧ ନେବା ପାଇଁ କିଛି ଉପାୟ ପାଇଲା । ଉପାୟ ନପାଇ ଖାଲି ରଗ୍ଡି ସର୍ଗ୍ଡି ହେଲା ।

ମାତ୍ର କାହିଁରେ ରିମା ସଫଳ ହେଲା ନାହିଁ । ଅର୍ଥାତ୍ ମା'ର ସେହି ଅଜଣା ବନ୍ଧୁଟି ଏମାନଙ୍କ ଭିତରେ ନାହିଁ ବୋଲି ରିମା ଅବଶେଷରେ ନିର୍ଷିତ ହୋଇଯିବା ମାତ୍ରେ ହତାଶ ହୋଇଗଲା । ଅର୍ଥାତ୍ ସେ ଖଳନାୟକଟି ରହିଛି ଏଇ ସୁଖୀ ସଂସାରଟୁ

ଅପହଞ୍ଚ ଦୂରରେ । ଗୋଟାଏ ଅଦୃଶ୍ୟ ଅଜେୟ, ସମ୍ପର୍କ ଯୋଡ଼ିଛି ଏ ସଂସାରର କେନ୍ଦ୍ରବିନ୍ଦୁ ରିମାର ମା' ସହ । ତାକୁ ରିମା ଚିହ୍ନଟ କରିପାରୁନି । ସାମ୍ନାସାମ୍ନି ଭେଟି ପାରୁନି, ରାଗ ସୁଝାଇ ପାରୁନି, ପ୍ରତିଶୋଧ ନେଇପାରୁନି । ରିମା ଅସହିଷ୍ଣୁ କ୍ଷୋଭ ଓ ଗ୍ଲାନିର ଭାରରେ ମ୍ରିୟମାଣ ହୋଇଗଲା । ପୁଣି ମନକୁ ବୁଝାଇଲା ଯେ, ଥାଉ ସେ ବାଜେଲୋକଟା ପୃଥିବୀ ସେପାରି ଦୂରଦ୍ୱରେ । ଲେଖୁଥାଉ ରିମାର ମା' ଫର୍ଦ ଫର୍ଦ ପ୍ରେମପତ୍ର । ଡାକ ଖର୍ଚ କରି ପଠାଉଥାଉ ତା' ପାଖକୁ । ରିମାର କିଛି ଯାଏ ଆସେ ନାହିଁ । ଆଉ ଯେଉ ଦିନ ରିମାର ପ୍ରେମପତ୍ର ମା' ହାତରେ ଧରାପଡ଼େ ଏବଂ ମା' ତାକୁ ଜେରା କରେ, ସେଇଦିନ ରିମା ମୁହେଁ ମୁହେଁ ବତାଇଦବ ଯେ, ମା'ର ସଞ୍ଜୋଟପଣିଆ କେତେଦୂର ସେ ସବୁ ଜାଣେ ! ତେଣୁ ତାକୁ ଆକଟିବାର ଅଧିକାର ମା'ର ନାହିଁ । ଗୋଟାଏ ମା' ହୋଇ ବାପା ବ୍ୟତିରେକ ଜଣେ ଭିନ୍ନ ପୁରୁଷକୁ ପ୍ରେମପତ୍ର ଲେଖିଥିବା ଯୋଗୁଁ ସେ ଝିଅକୁ ଆକଟିବାର ଯୋଗ୍ୟତା ହରାଇଛି । ଏଣିକି ରିମା ତା'ର ମନଇଚ୍ଛା ପ୍ରେମପତ୍ର ଲେଖିବ । ମା'କୁ ଖାତିର କରିବନି !

କିନ୍ତୁ ସତକୁ ସତ ଯେଉଁଦିନ ରିମାର ଦ୍ୱିତୀୟ, ତୃତୀୟ, ଚତୁର୍ଥ ପ୍ରେମପତ୍ରମାନ ମା' ହାତରେ ଧରାପଡ଼ିଲା, ମା' ଜେରା କଲା, ଶାସ୍ତି ଦେଲା, ଝିଙ୍କାସିଲା, ରାଗିଲା, ରିମାକୁ ଗର୍ଭରେ ଧାରଣ କରିଛି ବୋଲି ନିଜ ଗର୍ଭକୁ ନିନ୍ଦିଲା, ରିମା ଯେତେ ଯାହା ଭାବିଥିଲା, କିଛି ବି କହି ପାରିଲାନି । ମହିଷମର୍ଦ୍ଦିନୀ ଦେବୀ ଦୁର୍ଗାଙ୍କ ଅଶୁଭନାଶିନୀ ମୂର୍ତ୍ତି ଭଳି ଦିଶୁଥିଲା ମା'ର ସୁନ୍ଦର ମୁହଁ । ଉତ୍ତେଜନାର ଜ୍ୟୋତିର୍ମଣ୍ଡଳ ଭିତରେ ସୁରମା କେବଳ ରିମାର ମା' ଭଳି ଦିଶିଲା । କେଉଁ ଅବାଞ୍ଛିତ ଘୃଣ୍ୟ ପ୍ରେମିକା ଭଳି ଜମାରୁ ଦିଶିଲା ନାହିଁ । ମା'କୁ ମୁହେଁ ମୁହେଁ ଜବାବ୍ ଦବାର ସବୁ ଶପଥ ନିଆଁ ପାଲଟିବା ଆଗରୁ ଜଳଧାରା ହୋଇ ବହିଗଲା । ରିମା ମା'ର ପଣତରେ ମୁହଁ ଲୁଚାଇ କୋଳି ମୁଚ୍ଛୁଳି କାନ୍ଦିଲା ଏବଂ ତା'ର କ୍ରୋଧ, କ୍ଷୋଭ, ସଂଶୟକୁ ପାଣି କରିଦେବାର ପ୍ରୟାସ କଲା । କିନ୍ତୁ ପୂର୍ବଥରମାନଙ୍କ ଭରି ନିଜ ପ୍ରେମିକର ନାମ ପ୍ରକାଶ କଲାନାହିଁ । ରିମାର ପ୍ରେମିକ ମଧ ମା' ପାଖରେ ଅଦୃଶ୍ୟ, ଅଜ୍ଞାତ ହୋଇ ରହିଲା ।

ସୁରମା ମଧ ଅବଶ ହୋଇଯାଇ ଭାବିଲା ତାଙ୍କ ଝିଅ ଯଦି ପ୍ରେମ ଚିଠି ଲେଖୁଛି, ତେବେ ଠିକଣା ଲୋକଙ୍କୁ ନଦେଇ ବହି ଭିତରେ ଛପେଇ ରଖେ କିଆଁ – କ'ଣ ମା' ହାତରେ ପଡ଼ି କଲବଲ ହେବା ପାଇଁ ? ଯଦି ରିମାର ଏତେ ଗଉଁ ଯେ, ସେ ପ୍ରେମ କରିବ – ଚିଠି ଲେଖିବ ଅଥଚ ମା'କୁ ମୁହଁ ଖୋଲି କିଛି ନକହିବ, ତେବେ ନକହୁ । ଭଲ ଜାଗାରୁ ପ୍ରସ୍ତାବ ଆସୁଛି । କଥା ଆଗେଇଲେ ରିମା ବଲେ ପ୍ରେମ

ପ୍ରକାଶ କରିବ । ଯଦି ତେବେବି ପ୍ରେମିକକୁ ଘୋଷ ଘୋଡ଼େଇ ରଖିଲା, ତେବେ ଟୋକାଟା ନିଶ୍ଚୟ ଅକାଳକୁଷ୍ମାଣ୍ଡ ହୋଇଥିବ । ତା' ପ୍ରସ୍ତାବ ଉଠାଇବାକୁ ଝିଅର ହିମ୍ମତ ହେଉନି । ତେଣୁ କର୍ମ ଆଦରି ବାହା ହୋଇଯିବ ଆଉ ଚୁପ୍‌ଚାପ୍‌ ଘର ସଂସାର କରିବା ଛଡ଼ା ଅନ୍ୟ ଗତି ନଥିବ । ବେକାର ସ୍ୱପ୍ନଭୁକ୍‌ ଟୋକାମାନଙ୍କୁ ପ୍ରେମ କରି ପାଗଳିନୀ ହେବା ଏବଂ ଉପାର୍ଜନକ୍ଷମ ବରପାତ୍ରଙ୍କୁ ବାହାହୋଇ ପାଗଳାମି ଛାଡ଼ିଯିବା – ସୁସ୍ଥ ସଂସାର ଗଢ଼ିବାରେ ରିମା ଭଳି କେତେ କେତେ ଝିଅଙ୍କର ଉଦାହରଣ ସୁରମାର ନଖଦର୍ପଣରେ । ରିମା ପାଇଁ ମଧ ଭଲପାତ୍ରଟିଏ ଠିକ୍‌ କରିଦେଲେ ଚୁପ୍‌ଚାପ୍‌ ବାହା ହୋଇଯାଇ ଆଦର୍ଶ ସଂସାର ଗଢ଼ିବ, ଏଥିରେ ସନ୍ଦେହ ନାହିଁ ।

ସୁରମା ଏଣିକି ଝିଅର ବିବାହ ପ୍ରସ୍ତାବଗୁଡ଼ିକୁ ଗୁରୁତ୍ୱ ଦେଲା । ରିମା ବି ଭାବିଲା, ମା' ଯଦି କାହାକୁ ଏ ବୟସରେ ବି ପ୍ରେମ କରୁଛି, ତେବେ ଚିଠି ଲେଖି ଆଲମିରାରେ କାଞ୍ଚି କରୁଛି କାହିଁକି ? ଠିକଣା ଭୁଲିଯାଇଛି ? ସେଇଦିନଠୁଁ ଚିଠିଟା ତ ସେମିତି ଅଛି । ଚିଠି କଥା ମା' ଭୁଲିନି, ଏକଥା ରିମା ଜାଣେ । କାରଣ ସୁରମା ଆଲମିରାର ଥାକ ଝାଡ଼ି ପୁରୁଣା କାଗଜ ବଦଳାଇ ନୂଆ କାଗଜ ପକାଇଲା ପରେ ମଧ ଚିଠିଟା ଯଥା ସ୍ଥାନରେ ରହିଥାଏ । ରିମା କୌତୂହଳବଶତଃ ମଝିରେ ମଝିରେ ତନଖିଛି ଏବଂ ଚିଠିଟା ପୋଷ୍ଟ ହୋଇନି ବୋଲି ମଧ ପ୍ରମାଣ ପାଇଛି । ତେବେ ଚିଠିଟା ଖୁବ୍‌ କବିତ୍ୱଭରା– ରିମାଠୁ ସୁରମା ପ୍ରେମପତ୍ର ଲେଖିବାରେ ଦକ୍ଷ ।

ନିଜ ଠିକଣାରେ ଡାକରେ ଆସୁଥିବା ଚିଠିଗୁଡ଼ା ମଧ ସୁରମା ଖବରକାଗଜ ଭଳି ସମସ୍ତଙ୍କ ହାତ ପାହାନ୍ତାରେ ଖୋଲି ଛାଡ଼ିଦିଏ । ତେବେ କିଏ ସେଇ କୁଲକ୍ଷଣ ଲୋକଟା, ଯିଏ ସୁରମା ଆଉ ରିମା ଭିତରେ ଗୋଟାଏ ଅଦୃଶ୍ୟ ପାଚେରି ହୋଇ ଛିଡ଼ା ହୋଇଛି ? ରିମା ଯେତେ ଯେତେ ସେଇ ଅଭଦ୍ର ଅସାମାଜିକ ଲୋକଟାକୁ ଖୋଜିଲା, ପାଚେରିଟା ସେତେସେତେ ଦୃଢ଼ ହେଉଥିଲା ।

ରିମାର ବିବାହ ସତ୍‌ପାତ୍ରରେ ହୋଇଯିବା ପରେ ସୁରମା ପୁଣି ସହଜ ହୋଇଉଠିଲା । ତା' ଦେଶା ଉପରୁ କେତେ ଦୁର୍ଭାବନାର ବୋଝ ଉଭେଇଗଲା । ତା' ମନଟା ସଂଶୟମୁକ୍ତ ହୋଇଗଲା । ସେ ଭାବିଲା, ପିଲାଲୋକ କ'ଣ ଖଣ୍ଡେ ଅଧେ ଚିଠି ଲେଖିଦେଇଥିଲା କେଉଁ ଟୋକାଟାର ଗଜୁରା ନିଶା, ଆଖି ମିଟ୍‌କା, ଓ ଟ ଚିପା ଇଙ୍ଗିତରେ ଭୁଲିଯାଇ । କିଛି ମାରହାଣ କଥା ତ କରିନି । ସେ ଟୋକ ସହ ଘରୁ ତ ଭାଗିନି । ଅପଦାର୍ଥ ହେଲେ ବି ତାକୁ ବାହା ନହେଲେ ପ୍ରାଣ ହାରିଦବ ବୋଲି ପଣକରି ଲୋକହସା ତ କରିନି । ବାପା ମା' ଯୋଉଠି ବିବାହ ଠିକ୍‌ କଲେ ସୁନାଝିଅ ଭଳି ଚୁପ୍‌ଚାପ୍‌ ବାହା ହୋଇଗଲା । ମା' ଛାତିରେ ମୁହଁ ଗୁଞ୍ଜି ସୁକ୍‌ ସୁକ୍‌

କାନ୍ଦି ଥରେ ତ କହିଲାନି – ''ମା'- ମୁଁ ଆଉ ଜଣକୁ... ''ରିମା କିଛି ତ ଦୁଃଶ୍ଚିନ୍ତାରେ ପକାଇଲାନି ତାଙ୍କୁ ! କୋଉଠି ହସିବାର, ବସିବାର, ହେଁ ହେଁ ଫେଁ ଫେଁ ହେବାର କେହି ଦେଖିନି । ସଭିଏଁ ପ୍ରଶଂସା କରନ୍ତି । କେତେଝିଅ ନା ପକାଉଛନ୍ତି । ତାଙ୍କ ଝିଅ ପ୍ରେମପତ୍ର ଚାରିଖଣ୍ଡ ଲେଖି ପକାଇଥିଲା ପିଲା ବୁଦ୍ଧିରେ ତ କ'ଣ ଭାସିଗଲା ।

ଝିଅ ଶାଶୁଘରକୁ ଯିବା ପରେ ତା'ର ବହିଗୁଡ଼ିକ ଗୋଟି ଗୋଟିଏ ଖେଳେଇ ଆଉ କେତେଖଣ୍ଡ ପ୍ରେମପତ୍ର ହାସଲ କରିଥିଲା ସୁରମା ଏବଂ ନିଜ ହାତରେ ସେ କଳଙ୍କକୁ ନଷ୍ଟ କରି ଦେଇଥିଲା । ଝିଅ ହାତଲେଖା ଚିଠିଗୁଡ଼ା ପୋଡ଼ା ଅଙ୍ଗାର ହୋଇଯିବା ପରେ ସୁରମା ଛାତିରୁ ସେ ଅକ୍ଷରଗୁଡ଼ା ପୋଛି ହୋଇଗଲା । ତା' ମନରେ ଆଉ କିଛି ସଂଶୟ ନଥିଲା । ବାହା ହୋଇ ନିଜ ସଂସାର ଗଢ଼ିବା ସୋପାନରେ ରିମା କିନ୍ତୁ ମା' ଉପରୁ ସଂଶୟ ତୁଟାଇ ପାରିଲା ନାହିଁ । ତା' ମା' ତ ସଂସାରରେ ସାର, କେବଳ ସେଇ ପ୍ରେମପତ୍ରକୁ ଛାଡ଼ି । ଅମୃତ ଭାଣ୍ଡରେ କଣିକାଏ ବିଷ ।

ଯେତେବେଳେ ବାପଘରକୁ ଆସିଛି ଗୋପନରେ ଚିଠି ତନଖିଛି ରିମା । ମା'ର ପ୍ରେମପତ୍ର ସେମିତି ଅଛି । ଥାଉ ନିରାପଦରେ ମା'ର କାର୍ଭି । କେବେ କାହାକୁ ପୋଷ୍ଟ କରିବ କି ନା ସେ କଥାରେ ମୁଣ୍ଡ ଖେଳେଇବାକୁ ରିମାର ଆଉ ଫୁର୍ସତ୍ କାହିଁ ? ସେ ତ ନିଜେ ବି ସଂସାରୀ । ମା'ର ସଂସାର ଭିତରେ ସେ ଆଉ ମୁଣ୍ଡ ପୂରାଇବା କି ଦରକାର ?

ବୟସ ବଢ଼େ – ସମୟ ଆଗକୁ ବହେ – ମଣିଷର ଭାବନା ଚଉଦିଗକୁ ଚଟରେଇ ଯାଏ । ଗତକାଲିର ବଡ଼କଥା ଦିଶେ କେତେ ନଗଣ୍ୟ– କେତେ ସାନ । ରିମା ଭାବେ କେତେ ଦିନେ ମା' ସହ ସେ ମୁକାବିଲା କରିବ–

'ରିମା'ର ମନରେ ଛୋଟ ଘୁଣପୋକଟିଏ ଥିବା ସତ୍ତ୍ୱେ ମା'ର ପ୍ରେମପତ୍ରକୁ ଏତେ ଗୁରୁତ୍ୱ ଦେବା ପାଇଁ କାଳ ଅପେକ୍ଷା କରେନି । ମା' ସହ ମୁକାବିଲା କରିବାର ଦୀର୍ଘଦିନର ଯୋଜନା ବି ପାଣି ଫାଟିଯାଏ ବାପାଙ୍କ ଗୋଟାଏ ତାରବାର୍ତ୍ତାରେ ।

ମା' ଚାଲିଗଲା – ତୁରନ୍ତ ବସିବାକୁ ଉଠିଆ ! ସତକୁ ସତ ବସିବାକୁ ଉଠିଆସିଲା ରିମା ।

ମା'ର ଶବକୁ ଆବୋରି ଝିଅ ଏବେ ବସିଛି । ଶବ ଉଠିବାର ବ୍ୟବସ୍ଥା ଚାଲିଛି । ଯେତେଶୀଘ୍ର ସମ୍ଭବ ମାଟି ପିଣ୍ଡଟାକୁ ଘରୁ ଉଠେଇଦେବା ପାଇଁ ସମସ୍ତେ ତତ୍ପର । ରିମାକୁ ଦିଶୁଛି ମା'ର ଜୀଅନ୍ତା ଛବି । ଗିରି ଗୋବର୍ଦ୍ଧନକୁ ତୋଲି ଧରିବା ଭଳି ଏଇ ଛୋଟ ସଂସାରକୁ ତୋଲି ଧରିବାର ଶକ୍ତ କୋମଳ କଲ୍ୟାଣକାରୀ ହାତକୁ ରିମା ମୁଠେଇ ଧରି ବସିଛି, ଯୋଉ ହାତ ତାକୁ ଖୋଇ ଦେଇଛି, ବେଣୀ ବାନ୍ଧିଛି,

ଡ୍ରେସ୍ ପିନ୍ଧାଇ ସ୍କୁଲ୍ ପଠାଇଛି, ଟିଫିନ୍ ସଜାଡ଼ିଛି, ତା' ଖାତାରେ ପାଠ ଲେଖିଛି, ଛବି ଆଙ୍କିଛି – ନୂଆ ନୂଆ ତାକୁ ଶାଢ଼ି ପିନ୍ଧାଇଛି, ରୋଷେଇ, ସିଲେଇ ନର୍ଶଖିଲେ ସେଇ ହାତରେ ତାକୁ ଆକଟିଛି ସଂସାରର ଭଲମନ୍ଦ ବୁଝାଉ ବୁଝାଉ ସେଇ ହାତ ତାକୁ ଆକଟ ମାନ ମାରିଛି । ପୁଣି ତୋଲିଧରି ଗେଲ କରିଛି, ଲୁହ ପୋଛିଛି । ଏଇ ହାତ ଏ ସଂସାରର ମଇଳା ଆବର୍ଜନା ଉଠେଇଛି । ଜଣଜଣ କରି ସଭିଙ୍କ ମନଜାଣି ଖାଦ୍ୟ ପରଷିଛି । ସଭିଙ୍କ କଲ୍ୟାଣ ପାଇଁ ଏଇ ହାତ ଦୀପ ଜାଳିଛି, ଚନ୍ଦନ ଘୋରିଛି – ଠାକୁର ପୂଜିଛି – ଏ ଘରର ପ୍ରତିଟି ଧୂଳିକଣାରେ ମା'ର ହାତଛାପ ଦିଶିଯାଉଛି । କ'ଣ ନକରିଛି ମା'ର ଏଇ ହାତ ଏଇ ସାନ ସଂସାରଟିକୁ ବଡ଼ କରି ଠିଆ କରିବା ପାଇଁ । ଏବଂ – ଏବଂ ଏଇ ହାତ ଲେଖିଚି ପ୍ରେମପତ୍ର ! କ'ଣ ହୋଇଗଲା ସେଇଠୁ ? ଯୋଉ ହାତ ଏତେ କାରୁକାର୍ଯ୍ୟରେ ସଂସାର ମଣ୍ଡିଲା, ଖଣ୍ଡିଏ ପ୍ରେମପତ୍ର ଲେଖି ସେ ହାତ କ'ଣ ଅପବିତ୍ର ହୋଇଗଲା ? ଏତେଦିନ ଧରି ଏମିତି ଏକ ଧାରଣାରେ କାହିଁକି ଘାଣ୍ଟିହେଲା ରିମା ? କାହିଁକି ଭିତରେ ଭିତରେ ତ ମା'ର ଅଜାଣତରେ ମା' ସାମ୍ନାରେ ପାଚିରିଟିଏ ଠିଆକଲା ? ମା' କ'ଣ ଜାଣିପାରିଥିବ ଝିଅର ଭାବନା ଓ ଦୁଃଖ ପାଇଥିବ ? ସନ୍ତାପରେ ସଢ଼ିଥିବ ଅଥଚ ସହିଷ୍ଣୁ ଗୁଣରେ ସବୁ ପଛକୁ ପକେଇ ସ୍ନେହ ଆଶୀର୍ବାଦ ଢାଲି ଚାଲିଥିବ ?...

ଅକସ୍ମାତ୍ ମା'ର ପ୍ରେମପତ୍ର କଥା ରିମାର ସ୍ମରଣକୁ ଆସିଲା । କେତେକାଲ ବିତିଗଲାଣି ଏ ଭିତରେ । ମା' ହୁଏତ ପ୍ରେମପତ୍ରଟି ଠିକଣା ଲୋକ ପାଖକୁ ପଠାଇ ଦେଇଥିବ । ଚିଠିଟା ସେ ଥାକରେ ନଥିଲେ ଇ ଏଣିକି ମଙ୍ଗଳ । ରିମା ଏତେବର୍ଷ ପରେ ମା'ର ଆଲମିରା ଖୋଲି ଥାକ ଅଣ୍ଡାଲିଲା । ମା' ଆଉ ନାହିଁ – ପ୍ରେମପତ୍ର ଯୋଉଠି ଥିଲା ସେଇଠି ଅଛି । କେତେ ସୁନ୍ଦର ମା'ର ଅକ୍ଷର, ମା'ର ମୁହଁ ଭଳି, ମା'ର ସ୍ନେହ ଆଉ ଆଁକାଙ୍କ୍ଷା ଭଳି । ମା' ମରି ଶୋଇଛି । ଅକ୍ଷର ଅମର । ମା'ର ପ୍ରେମ ଅମର ।

ଆଉଥରେ ଚିଠିଟା ଉପରେ ଆଖି ପକାଇ ଆଣ୍ଡୁ ଆଣ୍ଡୁ ଆଖି ଲୁହରେ ରିମାର ଡୋଲା ଉବୁଟୁବୁ ହେଲା । ଅକ୍ଷର ଦିଶିଲାନି । ରିମାର ମା' ଯଦି କବିଟିଏ ହୋଇଥାନ୍ତା ତେବେ ଏଇ ପ୍ରେମପତ୍ରଟି କବିତାଟିଏ ଭାବରେ ଆଦୃତ ହୋଇପାରିଥାନ୍ତା । ରିମାର ମା' ଯଦି ଗଳ୍ପକାର ହୋଇଥାନ୍ତା ତେବେ ଏଇ ପ୍ରେମପତ୍ରଟି ହୋଇଥାନ୍ତା ଏକ ଅନନ୍ୟ ପ୍ରେମଗଳ୍ପର କିୟଦଂଶ । ରିମାର ମା' ଚିତ୍ରଶିଳ୍ପୀଟିଏ ହୋଇଥିଲେ ଏଇ ପ୍ରେମପତ୍ରର ପ୍ରତିଟି ଶବ୍ଦ ହୋଇଥାନ୍ତା ଏକ ଅନନ୍ୟ ଚିତ୍ରକଳାର ପ୍ରତୀକ ।

ଅଥଚ ସୁରମା ନା ଥିଲା କବି ନା ଥିଲା କଥାକାର, ନା ଥିଲା ଶିଳ୍ପୀ ! ସେ ଥିଲା ଚୁଲ୍ଲା ମା'ଟିଏ । ତେଣୁ ରିମା ପ୍ରେମପତ୍ରଟିକୁ ଗଳ୍ପ ବା କବିତା ଭାବିବାର ଯୁକ୍ତି ଥିଲା କେଉଁଠି ? ଯାହାକୁ ପ୍ରେମପତ୍ର ଆଖ୍ୟା ଦିଆଯାଏ, ସେଗୁଡ଼ିକ କ'ଣ ମନର କବିତା ନୁହେଁ – ଆତ୍ମାର ଆଖ୍ୟାୟିକା ନୁହେଁ ? ସବୁ ପ୍ରେମପତ୍ର ନାୟକ କ'ଣ ସନ୍ଦେହ ପ୍ରେମିକଟିଏ ହେବାକୁ ବାଧ୍ୟ । ସବୁ ପ୍ରେମପତ୍ର କ'ଣ ଡାକ ଠିକଣା ଥାଏ ? ଆପଣା ଭିତରେ କିଏ ବାନ ନଲେଖେ ପ୍ରେମ କବିତା ? ହୁଏତ ବେହିସାବି ଭାବପ୍ରବଣତାରେ କେହି କେହି ରିମା ଭଳି ବା ତା'ର ମା' ସୁରମା ଭଳି ମନର କବିତାକୁ ହାତକାଟି ଶବ୍ଦରେ ସାକାର କରିପକାନ୍ତି ଏବଂ ଖୋଜି ହେଉଥାନ୍ତି ଜୀବନସାରା ପ୍ରାପ୍ତେଷୁ– କିଏ – କିଏ ? ତା'ରି ଭଳି ମା'ର କେହି ସନ୍ଦେହ ପ୍ରେମିକ ନଥିଲେ, ଏଇ ସିଦ୍ଧାନ୍ତରେ ପହଞ୍ଚିବା ପରେ ରିମା ମା'ର ପ୍ରେମପତ୍ରଟିକୁ କେଉଁ ଏକ ଅଜଣା ପତ୍ରିକାର ପ୍ରେମ କବିତା ବିଭାଗରେ ଛଦ୍ମ ନାମରେ ଛାପିଦେବ ବୋଲି ସ୍ଥିର କଲା । ସାଇତି ରଖିଲା କିତାର ପଂକ୍ତି ସବୁ ନିଜ ଛାତିତଳେ ଏବଂ ବଞ୍ଚିଥିବାତକ ଚିରକାଳ ରିମା ପାଇଁ ଦୁକୁଦୁକୁ ହେଉଥିବା ମା'ର ନିଦକ ମଲା ଛାତି ଉପରେ ଲୋଟିଯାଇ ରିମା ତା'ର ଆତ୍ମାକୁ ଓଜାଡ଼ିଦେଲା ମା' ଛାତିରେ । ରିମାର ଛାତି ଭାରରେ ମଝି ପାଚିରୀଟା ଭାଙ୍ଗି ଚୁରମାର୍ ହୋଇ ରକ୍ତ ବହିଯାଉଛି ୫ର ୫ର ରିମାର ଆଖି ଫଟେଇ ।

■

ଆଣ୍ଟିକ୍

ପାକଲା ଆମ୍ବ – ବୁଢ଼ା ନବେ ଟପିଲେଣି, ବୁଢ଼ୀ ଅନ୍ଦାଜରେ ଅଶୀରୁ ଉପର । କୋଉଦିନ ଦମକାଏ ପବନରେ ଝଡ଼ି ପଡ଼ିବେ କିଏ ଜାଣେ ? କିଏ ଆଗ – କିଏ ପଛ ? ଏଟିକି ଯାହା ଦୁହିଁଙ୍କର ଭାଲେଣି । ବୟସରେ ବଡ଼ ହୋଇଥିବାରୁ ନବେ ବର୍ଷର ବୁଢ଼ା ଆଗ ଯିବା ନ୍ୟାୟ । ମାତ୍ର ବୁଢ଼ୀଙ୍କ ପ୍ରତି ସେଇଟା ବିଧାତାର ଅନ୍ୟାୟ ହେବନି କି ? ଏ ବୟସରେ ଆଉ କିଛି ମାଗୁଣି ନାହିଁ । ପ୍ରଭୁ ଯାହା ଦେବା କଥା ଦେଇସାରିଛନ୍ତି । ପୁଅ, ବୋହୂ, ଝିଅ, ଜ୍ବାଇଁ, ନାତି, ନାତୁଣୀ.... ଧନ ଦ୍ରବ୍ୟ ଯେତିକି ଦେଇଛନ୍ତି ଥେର୍ । ଖାଲି ଗୋଟିଏ ମାଗୁଣି ବୁଢ଼ୀଙ୍କର “ପ୍ରଭୁ ମୋ ବୁଢ଼ା ସେମିତି ବସିଥା’ନ୍ତୁ – ଶହେ ବିଶାଶହେ ବର୍ଷ । ବିଶା ଶହେ ବର୍ଷ ପରମାୟୁ ବୋଲି ଭାଗ୍ୟରେଖା କହୁଛି । ନ ଫଳିବ କାହିଁକି ? ଅହ୍ୟ ଡେଙ୍ଗୁରା ବଜେଇ ମୋ ମଲା ଦେହ ଏ ଅଗଣାରୁ ଉଠୁ ।” କିଏ ଜୀବନ ମାଗୁଣି କରେ । ବୁଢ଼ୀଙ୍କର ମରଣ ମାଗୁଣି । ସେଥିକି ଯଦି ବିଧାତା କୃପଣ ହେବ, ତେବେ

କହିବା କାହାକୁ ? ବୁଢ଼ାଙ୍କର ସେତିକି ବି ମାଗୁଣି ନାହିଁ । ସେ ଜାଣନ୍ତି ମାଗୁଣି କରିବା ବୃଥା । ଈଶ୍ୱର କ'ଣ ଆମରି ମାଗୁଣିକୁ କାନ ଡେରି ବସିଛନ୍ତି ? ତା'ଛଡ଼ା ବୁଢ଼ାଙ୍କ ମାଗୁଣି ମୁତାବକ ଆଉରି ଗୁଡ଼ାଏ ବର୍ଷ ବଞ୍ଚି ଲାଭ କ'ଣ ? କାହାର ଆଉ ଲୋଡ଼ା ଦୀର୍ଘ ପରମାୟୁ ? ଏଣିକି ପରମାୟୁ ହିଁ ସବୁ କଷ୍ଟଠୁ ବଳେ.... ।

ବାପା ଗୋଁସବାପା ଅମଳର ଏ ଦୁନିଆଦି କୋଠାଟା ବୁଢ଼ା ବୁଢ଼ୀଙ୍କଠୁ ଆଉରି ପୁରୁଣା – ମାତ୍ର କୋଠିଟାର ଆବଶ୍ୟକତା ଅଛି । କେହି ରୁହିଁବ ନାହିଁ ଦେଢ଼ଶହ ବର୍ଷର ଏ କୋଠିଟା ଯେହେତୁ ଢେରକାଳ ଠିଆ ହେଲାଣି, ଏଣିକି ଭୁଣ୍ଡୁଡ଼ି ପଡ଼ୁ, ତା'ଠି ଆଉ ଲୋଡ଼ା ନାହିଁ ! କୋଠିଟା ଠିଆ ହୋଇଥିଲେ ଆଶ୍ରା ଓ ଅର୍ଥଲାଭ । ବୁଢ଼ା ବୁଢ଼ୀ ଆଉରି ଅଧିକ କାଳ ବଞ୍ଚ ରହିଲେ କଷ୍ଟ ଓ ଅର୍ଥଶ୍ରାଦ୍ଧ ! ତାଙ୍କୁ ଆଶ୍ରା ଦେବା ସବୁଠୁ କଷ୍ଟ । ଦୁନିଆର ରୀତି ! ଏଥିରେ ବୁଢ଼ା ବୁଢ଼ୀ ମନ ଊଣା କରିବାର କିଛି ନାହିଁ । ବୁଢ଼ା ବୁଢ଼ୀ ଦୁହେଁ ଦୀର୍ଘାୟୁ । ସମ୍ଭବତଃ ଏ ଗାଁର ସବୁଠୁ ପୁରୁଖା ଲୋକ । ତାଙ୍କ ଅମଳର ସମସ୍ତେ ପ୍ରାୟ ଗଲେଣି । ତେଣୁ ଦୁହେଁ ଏଣିକି ଯିବା ପାଇଁ ମନକୁ ପ୍ରସ୍ତୁତ କରି ସାରିଲେଣି । ମରଣ ଯେତେବେଳେ ଆସିବ ପରୁରି ଉରୁରି ଆସିବ କି ଯେ "ତୁମେ ପ୍ରସ୍ତୁତ କି ? ମୁଁ ଆସିପାରେ ?" ତେବେ ମରଣ ପାଇଁ ପ୍ରସ୍ତୁତି ବା କରିବ କାହିଁକି ? ବରଂ ମନବୋଧ କରି ଏମିତି ବଞ୍ଚବ ଯେମିତି ମରଣ ବୋଲି କିଛି ଗୋଟାଏ ନାହିଁ ।

ବୁଢ଼ାବୁଢ଼ୀ ବାସ୍ତବରେ ମରଣ ଚିନ୍ତାରେ ଘାରି ହୁଅନ୍ତି ନାହିଁ । ଜୀବନର ମାଧୁର୍ଯ୍ୟ ଚୁଷି ଚୁଷି ପ୍ରତିଟି ଦିନ ବଞ୍ଚନ୍ତି । ଦୁହେଁ ଏବେ ବି ନିଜ କାମ ନିଜେ କରିପାରନ୍ତି । ଠାକୁରବାଡ଼ିରୁ ପ୍ରସାଦ ଆସେ । ରୋଷେଇ ଝମେଲା ନାହିଁ । ତା' ଛଡ଼ା ଏ ବୟସରେ ପେଟ ମଧ ଖାଦ୍ୟ ଅଦଉତି ସାଧେ । ଚଢ଼େଇ ଆହାର । ପ୍ରାଣରକ୍ଷା ପାଇଁ ଯେତିକି ଲୋଡ଼ା ସେତିକି । ଖାଦ୍ୟର ଲାଳସା ବି ନାହିଁ । ବୁଢ଼ାବୁଢ଼ୀ ମଜାରେ ଅଛନ୍ତି ବୋଲି ସମସ୍ତେ ଜାଣନ୍ତି । ପୁଅ, ବୋହୂ, ଝିଅ, ଜ୍ୱାଇଁଙ୍କ ପାଖରେ ଯାଇ ଅଭ୍ୟସ କରିବାକୁ ମନ କରନ୍ତି ନାହିଁ କି "ଆମକୁ ଆସି ଦେଖ, ଆମ ଦେହ'ପାକୁ ସାହାଭରସା ହୁଅ, ଆମର ସେବାୟନ୍ କର" ବୋଲି ଖବର ପଠେଇ ସେମାନଙ୍କ ଶାନ୍ତି ନଷ୍ଟ କରନ୍ତି ନାହିଁ । ଯାହାର ମନ ସେ ଆସୁ, ଗାଁ'ରେ ଯେତେଦିନ ଇଚ୍ଛା ହେଉଛି ରହୁ । ହାତୀଶାଳ ଭଳି ଘର ପଡ଼ିଛି । ଅବସର ବିନୋଦନ କର । ବୁଢ଼ୀ ସେଥିରେ ଖୁସି । ତେଣୁ ଇଷ୍ କିନା ହେଲେ 'ବସିଲାଠୁ ଉଠିଆସ' ବୋଲି ତାର ପଠାଇବା, ବୁଢ଼ାବୁଢ଼ୀଙ୍କ ନୀତି ନୁହେଁ । ଅବଶ୍ୟ ମାଇପି ଦୋଷରୁ ବୁଢ଼ୀ ବେଳେବେଳେ ଅଭିମାନିଆ କରି କହିଦିଅନ୍ତି "ପୁଅ ଝିଅ କାହିଁକି ଜନ୍ମ କରେ ମଣିଷ ? ବୁଢ଼ାଦିନକୁ ଆଶ୍ରା ହେବା ପାଇଁ ତ ! ଚିଠିଖଣ୍ଡେ ଦଉନାହାନ୍ତି ପିଲାଏ ।"

ବୁଢ଼ା କଥା କାଟି ଦିଅନ୍ତି ସହସା "ମଣିଷ ମଣିଷର ଆଶ୍ରା ନୁହେଁ – ଭଗବାନ୍‌ ଆଶ୍ରା" – ପିଲାଏ ତାଙ୍କ ସଂସାର ସମ୍ଭାଳିବେନି? ଦଶଖଣ୍ଡ ଚିଠି ଲେଖି ବାହୁଲ୍ୟ କଲେ କ'ଣ ଆମ ଦିହରୁ ରୋଗ ବ୍ୟାଧି ଉଭେଇଯିବ? ମାଇପି ମାତ୍ରକେ ଅଯଥା ଅଭିମାନ ଅଭିଯୋଗ..... ପିଲାଏ ଦଶଥର ଆସିଲେ ଦେଖିବ ତମେଇ ହରବର ହେବ। ନଅ ତିଅଣ ଛଅ ଭଜା କରିବାକୁ ତମର ଆଉ କ'ଣ ବଳ ବୟସ ଅଛି? ଯେତିକି ଆସୁଛନ୍ତି ସେତିକି ଭଲ। ଟାଣିଓଟାରି ଅଯଥାରେ ମନ ଖରାପ କରିବା ବୋଧହୁଏ ମାଇପିମାନଙ୍କର ଗୋଟାଏ ଖୋଇ।"

ବୁଢ଼ାଙ୍କ କଥାରେ ବୁଢ଼ିର ପାକୁଆ ପାଟି ବିଲୋଳ ହସରେ ଆଁ ହୋଇଯାଏ। ଅର୍ଥାତ୍‌ ବୁଢ଼ାଙ୍କର ଏଇଟା ଗୁରୁତର ଅଭିଯୋଗ ନୁହେଁ – ସ୍ନେହ। ବେଳେବେଳେ ଅଭିମାନିଆ କଥା କହିବାଟା ମା' ପଣିଆ ଓ ମାଇପିପଣିଆ ସାବ୍ୟସ୍ତ କରେ। ବୁଢ଼ା ସେଇକଥାଟା ଅଭିଯୋଗ ଛଳରେ ସାବ୍ୟସ୍ତ କରନ୍ତି।

ବୁନିଆଦ୍‌ ଜମିଦାର କୋଠି। ପୂର୍ବେ କୁହାଯାଉଥିଲା ଉଆସ। କୋଠିଟା ଏବେ ଜରାଜୀର୍ଣ୍ଣ। କିନ୍ତୁ ଏ କଥା ସତ୍ୟ ଯେ ସମୟ ମଣିଷ ପ୍ରତି ଯେତେ ନିର୍ଦ୍ଦୟ, ଜଡ଼ବସ୍ତୁ ପ୍ରତି ସେତେ ନିର୍ଦ୍ଦୟ ନୁହେଁ। କୋଠିଟା ଅଯନ୍‌ ଅସୁରକ୍ଷିତ ହୋଇପଡ଼ିଛି ପଚୁଶ ବର୍ଷରୁ ଉର୍ଦ୍ଧ। ମାତ୍ର ବୁଢ଼ାବୁଢ଼ିଙ୍କ ଦେହରୁ ସମୟ ଯେତେ ରଙ୍ଗ ଓ ବିଭବ ଛଡ଼ାଇ ନେଇଛି, କୋଠି ଦେହରୁ ସେତେ ନେଇନି। କୋଠିଟା ବୁଢ଼ାବୁଢ଼ିଙ୍କଠାରୁ ବେଶୀ ଆଖିଦୃଶିଆ – ବେଶୀ ଆକର୍ଷଣୀୟ ଦିଶେ। ବୁଢ଼ାବୁଢ଼ିଙ୍କ ଯେତେ ବୟସ ବଢ଼ୁଛି, ସେତେ ଦୟନୀୟ ଦିଶୁଛନ୍ତି। ଅଥଚ କୋଠିଟା ଯେତେ ପୁରୁଣା ହେଉଛି ସେତେ ଗରିମାମୟ ଦିଶୁଛି। ଏ ଅଞ୍ଚଳରେ କୋଠିଟାର ଅପାର ଖ୍ୟାତି। କୋଠିଟା ପଛରେ ଅଛି ଏକ ଐତିହାସିକ ଆଖ୍ୟାନ। ତେଣୁ ମନରେ କୌତୃହଲ ଉଦ୍ରେକ କରେ ଦେଖଣାହାରିଙ୍କର। ବୁଢ଼ାଙ୍କ ପୂର୍ବଜଙ୍କଠାରୁ 'ସୂର୍ଯ୍ୟାସ୍ତ ଆଇନ' ବଳରେ ଜଣେ ବଙ୍ଗବାସୀ ଜମିଦାରଙ୍କ ଜମିଦାରୀ ଦଖଲ କରି ଏ କୋଠିର ମାଲିକ ହୋଇଥିଲେ। ଓଡ଼ିଆ ମିସ୍ତ୍ରୀ ମଜୁରିଆଙ୍କ ଶ୍ରମଜଳରେ କୋଠିର ମୂଳଦୁଆ, କାନ୍ତୁ ଓ ଛାତ ମଜଭୂତ କରି ନିର୍ମାଣ ହୋଇଥିଲା ଏ ଉଆସ। ଓଡ଼ିଆ ମହାରଣାର କରଣିର କରାମତି ସେଇ ଯନ୍ତ୍ରୀ, ସେଇ ମିସ୍ତ୍ରି। ଅଥଚ ଆଜିକାର ଆଧୁନିକ ପ୍ରାସାଦ ଏ କୋଠି ଆଗରେ ଦିଶେ କୋଠିକୁ ଲାଗି ଯେମିତି ଘୋଡ଼ାଶାଳ। କୋଠି ବାହାରଠାରୁ ଭିତର ଆଉରି ଆକର୍ଷଣୀୟ ଓ ଗରିମାମୟ।

ଭାଷା ସୂତ୍ରରେ ଓଡ଼ିଶାର ବିଚ୍ଛିନ୍ନାଞ୍ଚଳ ମିଶ୍ରଣ ପରେ ଏବଂ ଓଡ଼ିଆ ଭାଷା ତା'ର ସ୍ୱାତନ୍ତ୍ୟ ଫେରିପାଇବା ପରେ କେଜାଣି କେଉଁ କାରଣରୁ ବଙ୍ଗବାସୀ ଜମିଦାର ଜଣକ ଜମିବାଡ଼ି କୋଠି ବିକ୍ରି କରି ସ୍ୱସ୍ଥାନକୁ ଫେରି ଯାଇଥିଲେ। ପୂର୍ବ ଜମିଦାରଙ୍କର ଜଣେ

ବଂଶଧର ସୌଭାଗ୍ୟବଶତଃ ନିଲାମରେ ଜୟଲାଭ କରି ପୂର୍ବପୁରୁଷଙ୍କର କୋଠି ପୁନରାଧିକାର କରିଥିବାର କିମ୍ବଦନ୍ତୀ ଅଛି ।

ପୂର୍ବଜଙ୍କ ନିର୍ମିତ କୋଠି ଅଧିକାର କରିବା ପଛରେ ଗୋଟାଏ ବାଂଶୀୟ ସ୍ୱାଭିମାନ ଥିଲା । ତେଣୁ ଏ କୋଠି ଏବଂ କୋଠିର ପ୍ରତ୍ୟେକଟି ବସ୍ତୁ ସହ ଏକ ପ୍ରତିଷ୍ଠିତ ବଂଶର ମର୍ଯ୍ୟାଦା ଜଡ଼ିତ ହୋଇ ପଡ଼ିଥିଲା । ସେଇ କାରଣରୁ ଏ କୋଠିରେ ଥିବା ଅନେକ ଜୀର୍ଣ୍ଣବସ୍ତୁକୁ ନିଲାମ କରିବା, ଦାନ କରିଦେବା କିମ୍ବ ଅଳିଆଗଦାକୁ ପକାଇଦେବା ସମ୍ଭବ ହୋଇନାହିଁ । କେତେ ଭଙ୍ଗା, ଦଦରା, ରଙ୍ଗଛଡ଼ା ଅସିଆ କାଳର ମସିଆ ବସ୍ତୁ ସବୁ ଅୟନରେ ପଡ଼ିଛି । କିଏ ଅଛି ଘଷି ମାଜି ଧୂଳି ଝାଡ଼ି ସଜ୍ଜ୍ୱ ସାଇତି ରଖିବ ? ଦିନେ ଯେଉଁ ବସ୍ତୁଗୁଡ଼ିକ କୋଠିର ଶୋଭାବର୍ଦ୍ଧନ କରୁଥିଲା, ବଂଶର ସ୍ୱଚ୍ଛଳତା ଓ ସମ୍ଭ୍ରାନ୍ତପଣିଆ ଜାହିର କରୁଥିଲା ଆଜି ସେଇ ବସ୍ତୁଗୁଡ଼ିକ କୋଠି ଭିତରଟାକୁ ଗୋଟାଏ ଆବର୍ଜନାମୟ ଅଳିଆଗଦାରେ ପରିଣତ କରିଛି ।

ଆଧୁନିକ, ନୂତନ ପଦାର୍ଥରେ ଗୃହ ମଣ୍ଡନ କରିଥିବା ନବ୍ୟସଭ୍ୟ ପରିବାରଙ୍କ ସମ୍ମୁଖରେ ଏହି ପୁରାତନ କଳଙ୍କିଲଗା ବସ୍ତୁଗୁଡ଼ିକ ଘରର ଦୈନ୍ୟ ଓ ପୁରୁଣାକାଳିଆ ମାନ୍ଧାତା ଅମଲର ରୁଚିକୁ ପ୍ରକଟ କରୁଛି । ଉପାୟ କ'ଣ ? ଯିଏ ଯାହା ଭାବୁଛି ଭାବୁ । ବୁଢ଼ାବୁଢ଼ୀଙ୍କର ଆଉ ଆର୍ଥିକ, ମାନସିକ, ଶାରୀରିକ କ୍ଷମତା ନାହିଁ ଆଧୁନିକ ଆସବାବପତ୍ର ଖରିଦ କରି ଘର ସଜାଇବାକୁ । ବଂଶର ଇତିହାସ ପୃଷ୍ଠାରୁ ଖଣ୍ଡିଏ ଖଣ୍ଡିଏ ଘରର ପ୍ରତ୍ୟେକଟି ଆସବାବପତ୍ର । ତାକୁ ପ୍ରତ୍ୟାଖ୍ୟାନ କରିବାର ଆକାଂକ୍ଷା ବି ନାହିଁ । ତାଙ୍କର ନିଜ ଶରୀର ଆଜି ଜୀର୍ଣ୍ଣ, ପୁରାତନ । ତା' ବୋଲି ଦେହତ୍ୟାଗ କରିବା ପାଇଁ କାହାର ମାନ ବଳେ କି ! ବାର୍ଦ୍ଧକ୍ୟଗ୍ରସ୍ତ ଶରୀରର ନାନା ଅଦଉଟି, ଅସହ୍ୟ ପ୍ରାଦୁର୍ଭାବ । ତେବେ ବି ତାକୁ ପ୍ରିୟବସ୍ତୁ ପରି ସାଇତି ସଜାଡ଼ି ରଖିବାକୁ ହୁଏ । ମାତ୍ର କଳଙ୍କିଲଗା ପୁରାତନ ଆସବାବପତ୍ର ଓ ସେଦିନର ବ୍ୟବହାର୍ଯ୍ୟ ବସ୍ତୁଗୁଡ଼ିକର ଅଦଉଟି ବୋଲି କିଛି ନାହିଁ । ବଡ଼ ନିରୀହ ନିରହଂକାର, ନିର୍ମାୟ ପଦାର୍ଥ ସବୁ । ଦିନେ ଏଇ ବଂଶର କେତେ କାମରେ ନିଜକୁ ନିଯୋଜିତ କରିଛନ୍ତି, କେତେ ଅଦଉଟି ସହିଛନ୍ତି ଏ ବଂଶର ମଣିଷଙ୍କଠାରୁ । ଆଜି ସେମାନେ ଅଦରକାରୀ, ବର୍ଜିତ, ଅବହେଳିତ । ଧୂଳି, ଅଳନ୍ଦୁ, ବୁଢ଼ିଆଣୀ ଜାଲରେ ଆକ୍ରାମାକ୍ରା ହୋଇ ପଡ଼ିରହିଛନ୍ତି । ତେବେ ବି ନିରଭିଯୋଗ । ତୁମେ ଚାହିଁଲେ ତାଙ୍କୁ ବିକିଭାଙ୍ଗି ଖାଇପାର, ଚାହିଁଲେ ବ୍ୟବହାର କରିପାର, ଚାହିଁଲେ ଦାନ ଖଇରାତିରେ ଉଡ଼ାଇଦେଇପାର । ତମ ଖୁସି ଉପରେ ତାଙ୍କର ହସ୍ତକ୍ଷେପ ନାହିଁ । ଏତିକି ବର୍ଷ ଭିତରେ ମଣିଷର କମର ନଇଁଗଲାଣି, ନାନା ରୋଗ ଭୋଗି ଶକ୍ତିହୀନ ଦଦରା ଦେହ । ମାତ୍ର ସେଦିନର ଖଟ, ପଲଙ୍କ, ସିନ୍ଦୁକ, ଆଲମିରୋ, ବାକ୍ସ, ହଣ୍ଡା, ହାଣ୍ଡି,

ଗରା, ଲୋଟା, ପିକଦାନି, ପାନବଟା, ହଳଦୀକାଠୁଆ, କଜଲପାତି, ଗୁଆକାତି, ହେମଦସ୍ତା, ଦୀପରୁଖା, ଦିଅଁକ ଖଟୁଲି, ଘଣ୍ଟ ଘଣ୍ଟା, ହାତ ଘଣ୍ଟ, ଦୀପ, ଚନ୍ଦନପେଡ଼ି, ଫୁଲ ଝଙ୍ଗୁଡ଼ି, ପୂଜାଥାଲି, ସିନ୍ଦୂର ଫରୁଆ, ଶଙ୍ଖ, କର୍ତ୍ତୁଲି, ପିଠାଖଣ୍ଡିକା, ଗିନା, ଗ୍ଲାସ୍, ବିଣ୍ଛଣା, ଝମର, ଚଉକି ମେଜ କେତେ କ'ଣ – ହେମଦସ୍ତାଠାରୁ ଢିଙ୍କିଯାଏ ଗୁଆକାତି କତୁରି, ପନିକି, କୋରଣା ଯାଏ.... ସବୁ ଆଜି ମଧ୍ୟ ଏ ପରିବାରର ସେବା କରିବା ପାଇଁ କମର ଭିଡ଼ି ବାହାରି ପଡ଼ିବେ। ଦାଣ୍ଡବାରଣ୍ଡାରେ ସେ କାଳର ଶବାରି ପାଲିଙ୍କ ଅଲୋଡ଼ା, ଅଖୋଜା ହୋଇପଡ଼ିଛି। ମାତ୍ର ନିଜର ମର୍ଯ୍ୟାଦା ହରାଇନି। ଏବେବି ରୁହଁଲେ ବରକନ୍ୟା ସେଥିରେ ବସି ନିଧଡ଼କ ଶ୍ୱଶୁରଘର ଯାଇପାରିବେ। ଅଣ୍ଡାରେ ସେ କାଳର ଜୋର୍ ସେମିତି ଅଛି। ମାତ୍ର ତାଙ୍କୁ ପଚରେ କିଏ? ଗାଁ ଗହଳରେ ବି ମଟରଗାଡ଼ିରେ ବର ଆସିଲେଣି। ଯାହାର ଏତେ ପଇସା ନାହିଁ ସେ ଅଟୋରିକ୍ସା, ରିକ୍ସାରେ ବରଂ ବାହାହୋଇ ଆସୁଛନ୍ତି। ଶବାରି ପାଲିଙ୍କିରେ ବସି "ହାଁକୁଲୁ ଧାଉଁ ଲୋ – ଏଇଠି ଖାଲ, ଏଇଠି ଢିପ" ହୋଇ ବର ବଧୂ ସାଜିବାକୁ ନାକ ଟେକୁଛନ୍ତି।

ମଣିଷ ଜୀବନ ଜଡ଼ବସ୍ତୁଠାରୁ କେତେ ଭଙ୍ଗୁର, କ୍ଷଣିକ ପାଣିଫୋଟକାଠୁ ହୀନ। ଏସବୁ ଆସବାବପତ୍ର ବଂଶର କେତେ ପିଢ଼ି ମଣିଷଙ୍କର ସ୍ପର୍ଶ ଓ ସ୍ମୃତିକୁ ବହନ କରି ଜୀବନ୍ତ ଭଳି ଦିଶନ୍ତି ବୁଢ଼ାବୁଢ଼ୀଙ୍କୁ। କାନ ଡେରିଲେ ସେମାନଙ୍କ ଭିତରୁ ଶୁଭେ ହସ କାନ୍ଦ, ଗୀତ, କଥା, କେତେ ସ୍ୱରରେ, କେତେ ପ୍ରକାରେ। ଛୁଇଁଲେ ଦିହରେ, ମନରେ ଆସେ ଆନନ୍ଦର ଶିହରଣ – ଦୁଃଖ ଓ ବ୍ୟଥାର ପରାଶ। ପରଲପକା ଆଖି ଭେଦି ଦିଶେ ବାଲ୍ୟ, କୈଶୋର ଓ ଯୌବନ। ଦିଶେ ଜୀବନର କେତେ ମହୋତ୍ସବ, କେତେ ଉଦ୍ଦାମତା, ପୁଣି ଦିଶେ ଜୀବନର କେତେ ଅଦଉଟି, କେତେ ଅପୂର୍ଣ୍ଣତା, କେତେ ଭୁଲ, ଠିକ୍ ଓ ବ୍ୟର୍ଥତା। କେବଳ ନିଜ ଜୀବନର ଆଖ୍ୟାୟିକା ନୁହେଁ – ଗୋଟାଏ ବଂଶର ଆଖ୍ୟାୟିକା। ନିଃସଙ୍ଗ ଘରଟା ଲାଗେ କୋଲାହଲମୟ ପରିପୂର୍ଣ୍ଣ। ବୁଢ଼ାବୁଢ଼ୀ ଯେ ଯାହା ଖଣ୍ଟରେ, ସେମାନଙ୍କ ସଙ୍ଗେ ରୁପି ଚୁପି କଥାଭାଷା ହୁଅନ୍ତି। ସେମାନଙ୍କର ଅଭିଯୋଗ ଶୁଣନ୍ତି, କୈଫିୟତ ଦିଅନ୍ତି, ଆଦର କରନ୍ତି ସେମାନଙ୍କୁ, ପୁଣି ଅଭିମାନ କରନ୍ତି ତାଙ୍କ ଉପରେ। କାହିଁକି ରାତାରାତି ଛୁ ମନ୍ତର ହୋଇଯାଉନ ଆପେ ଆପେ? କେଇଦିନ ଆଉ ଆମକୁ ଜଟି ପଡ଼ିଥିବ? ଆମ ଅନ୍ତେ? ଚୋରର ତସ୍କରଙ୍କ ହାତର ଖେଳଣା ହେବ? ନିଆଁ ଚୁଲି ପାଉଁଶରେ ଯିବ? କିଏ ବୁଝିବ ତମର ମାନମର୍ଯ୍ୟାଦା? ନିଜର ପିଲାଏ ତ ବୁଝିଲେନି...

ସମୟର ଦୋଷ? ସମୟ କ'ଣ କାହାର ଖାଇଲା ନା ଧାରିଲା? ସମୟ ଉପରେ ଦୋଷ ଲଦି ଦେଇ ନିଜେ ଝାଡ଼ିଝୁଡ଼ି ହୋଇ ବସିବା ମଣିଷର ପ୍ରକୃତି। ଏମିତି

କିଏ ଅଛି, ଯିଏ ବେଳ ପଡ଼ିଲେ ସମୟକୁ ଦୋଷ ନଦେଇ ଜୀବନକାଳ କାଟି ଦେଉଛି। ଅଥଚ ସମୟ ମଣିଷର ଦେହଟାକୁ ସିନା ଟୋକାରୁ ବୁଢ଼ା କରୁଥିବ– ମଣିଷ କିନ୍ତୁ ନିଜ ମଗଜରୁ ବୁଦ୍ଧି କାଢ଼ି ସମୟକୁ ମରହଟ୍ଟିଆ, ପୁରୁଣା କରିଦିଏ। ମଣିଷ ଯଦି ନୂଆ ନୂଆ ଜିନିଷ, ନୂଆ ଫେସନ, ନୂଆ ଆଇନକାନୁନ, ଗୀତନାଚ ମନରୁ ନ ଫାନ୍ଦନ୍ତା, ତେବେ ପୁରୁଣା ବୋଲି ଗୋଟାଏ ଶବ୍ଦ ନଥା'ନ୍ତା ପୃଥ୍ୱୀରେ। ହେଲା ଏବେ ଯାହାର ଜନ୍ମ ଆଗ, ସେ ପୁରୁଣା, ଯାହା ଜନ୍ମ ପଛ, ସେ ନୂଆ। ତା' ବୋଲି କୋଉଠି ଲେଖାହୋଇଛି ପୁରୁଣା ମାତ୍ରକେ ବର୍ଜନୀୟ, ନୂଆ ମାତ୍ରକେ ଗ୍ରହଣୀୟ ?

ପିଲାମାନେ ଘରର ବୁନିଆଦି ଅମଲର ସାଇତା ଆସବାବପତ୍ରକୁ ଆଡ଼ ଆଖିରେ ଚାହାନ୍ତି ନାହିଁ, ନୂଆ ଯୁଗର ଆସବାବପତ୍ର, ବାସନକୁସନ, ନିତ୍ୟ ବ୍ୟବହାର୍ଯ୍ୟ ନାନା ଦ୍ରବ୍ୟ ପିଲାମାନେ ଯେ ଯାହାର କଲେଣି। ଷ୍ଟିଲ୍ ବାସନ, ଅଭଙ୍ଗା ଥାଲି, ଗିନା, ନୂଆ କିସମର ଖଟ, ସୋଫା, ଓ୍ୱାଡ଼ରୋବ, ବୁକ୍ ସେଲଫ୍ କେତେ କ'ଣ। ପାଟିରେ ପଶେନି। ହଉ ତାଙ୍କର ଯୋଉଥିରେ ରୁଚି ସେ କରନ୍ତୁ। ସମସ୍ତେ ଯାହା କରୁଛନ୍ତି ସେଥିରୁ ବାହାରିଯିବେ କେମିତି ? ଆଜିକାଲି କଂସା ବାସନରେ କିଏ ଖାଉଛି ? ବେଜାଏ ଭାରୀ, ମଜାମାଜି ପାଇଁ କଷ୍ଟ। ହାତ ମରିଲେ ରାଙ୍ଖୀଃଖାଁ, ବଡ଼ ବିରକ୍ତିର। ବୁଢ଼ାବୁଢ଼ୀଙ୍କ ପାଇଁ ଷ୍ଟିଲ୍ ବାସନ, ଗ୍ଲାସ, ଅଭଙ୍ଗା ଚା'କପ୍ପ୍ଲେଟ୍, ଜଳଖିଆ ପ୍ଲେଟ୍ ଆଣିଦେଇଛନ୍ତି ପିଲାଏ। ବୁଢ଼ୀଙ୍କୁ ବଡ଼ ସହଜ ଲାଗେ କାରବାର କରିବା ପାଇଁ। ସାବୁନ୍ ଫେଣ ବାଜିଲେ ଚିକ୍ ଚିକ୍ କରିବ। କଂସା ବାସନ ସଙ୍ଗେ ଅଯଥାରେ ବଳ କଷାକଷି। ପିଲାମାନଙ୍କର ସୁବୁକଥାଗୁଡ଼ା ମନ୍ଦ ନୁହେଁ ଯେ। କିନ୍ତୁ ତାଙ୍କ ଅନ୍ତେ ଏଇ ଦ୍ରବ୍ୟଗୁଡ଼ିକର କି ବ୍ୟବସ୍ଥା ହେବ ? ପିଲାଏ ଛୁଟି ଆଣି ଦିନେ ଦୁଇଦିନ ପାଇଁ ଘରକୁ ଆସିଲେ ବୁଢ଼ାବୁଢ଼ୀ ନେହୁରା ହୁଅନ୍ତି– "ବାପ ଅଜା ଅମଲର ଜିନିଷପାତି ଯାହାର ଯୋଉଟା ଶିରଧାରେ ନେଇଯାଅ'ରେ... କେତେବେଲେ ପିଣ୍ଡରୁ ପବନ ବାହାରିଯିବ, କିଏ ଜାଣେ ? ମଡ଼ାକୁ ଶାଗୁଣା ଛକିଲାମତି କୁଟୁମ୍ବ ଲୋକେ ଛକିଛନ୍ତି। ମଡ଼ା ଉଠି ନଥିବ ଜିନିଷପତ୍ର ଗାଏବ।"

ଝିଅ ପୁଅ, ବୋହୁ, ନାତି, ନାତୁଣୀ ହସନ୍ତି ଚାପି ଚାପି, ଆଖିରେ ଆଖିରେ କଥାଭାଷା ହୁଅନ୍ତି, "କଂସା ପିଉଲର ନିଦାପିଟା ମରହଟ୍ଟା ଜିନିଷ, ପୁରୁଣାକାଲିଆ ଖଟ, ପଲଙ୍କ ଆଲମିରା ସିନ୍ଦୁକ, ପେଡ଼ି ପେଟରା, ବାକ୍ସ, ପାନବଟା, ପିକଦାନି, ନାସଦାନି, ଲୋଟା, ହଣ୍ଢାହାଣ୍ଡି, କଂସା, ଗରୁ, ତସଲା, କୁଣ୍ଡ ଓ କୁଣ୍ଡିଆ। ତାକୁ ପୁଣି କିଏ ନବ! କ'ଣ ବା ମୂଲ ମର୍ଯ୍ୟାଦା ତା'ର। ତୁଚ୍ଛା ପୁରୁଣାକାଲିଆ ପଡ଼ିଥାଉ ଏଠି। ବୁଢ଼ାବୁଢ଼ୀଙ୍କ ଅନ୍ତେ ଯାହା ହେବ ଦେଖାଯିବ।

ପୁଅବୋହୂ, ନାତି, ନାତୁଣୀ, ନାତୁଣୀବୋହୂ ସମସ୍ତେ ଯୋଗ୍ୟ। ମୁଠା ମୁଠା ଟଙ୍କା ରୋଜଗାର କରୁଛନ୍ତି। ଟଙ୍କା! ଟଙ୍କା ଗୋଟାଏ କୋଉ ଉପାର୍ଜନରେ ଗଣ୍ୟ? ପୁଅ ବୋହୂ, ନାତି ନାତୁଣୀ କିଏ ଡଲାର ଉପାର୍ଜନ କରୁଛି ତ କିଏ ପାଉଣ୍ଡ, କିଏ ଫ୍ରାଙ୍କ୍ ତ ଆଉରି କ'ଣ ପାଟିରେ ପଶେନା, ମଗଜରେ ଧରେନା। ଟଙ୍କାରେ ହିସାବ କଲେ ମୁଣ୍ଡ ଘାଉଁରାଇ ଦିଏ। ଏତେ ଟଙ୍କା ସତରେ ରୋଜଗାର କରୁଛନ୍ତି ନା ଖାଲି ଠଟ୍ଟାତାମସାରେ କହୁଛନ୍ତି! ନାତି କହେ, "ଆଲୋ ଜେଜେମା, ମୁଠା ମୁଠା ଟଙ୍କା ଗୋଟାଏ ରୋଜଗାରରେ ଗଣା? ବ୍ୟାଙ୍କ ବ୍ୟାଙ୍କ ଡଲାର ପାଉଣ୍ଡ...ଛାଡ଼, ତୁ ବୁଢ଼ୀ ମଣିଷ କ'ଣ ବୁଝିବୁ, ଜେଜେଙ୍କ ମୁଣ୍ଡରେ ତ ପଶୁନି।"

ସତକୁ ସତ ଯଦି ଏତେ ଟଙ୍କା ରୋଜଗାର କରୁଛନ୍ତି, ତେବେ ତାଙ୍କୁ କୋଉ ଦ୍ରବ୍ୟ ଅପୂର୍ବ ଯେ ଏଇ କଂସା, ଗିରା, କୁଣ୍ଡ, ହଣ୍ଡାକୁ ବୋହିନେବେ କାମୁଡ଼ାକାମୁଡ଼ି ହୋଇ। କିବା ମୂଲ୍ୟ ପୁରୁଣା ଦ୍ରବ୍ୟର? ତେବେ ସବୁ କ'ଣ ପଇସାରେ ତଉଲାଯାଏ? ଯୋଉ ଦ୍ରବ୍ୟ ବାପ ଅଜା ଚଉଦପୁରୁଷଙ୍କର ସ୍ମୃତିରେ ଗୁରୁ ହୋଇଛି, ତା'ର ତଉଲ କ'ଣ ଟଙ୍କା କଉଡ଼ି।

ଏଇ ଖଟ, ପଲଙ୍କ, ସିନ୍ଦୁକ, କଂସା ବାସନ ସହ କେତେ ନିଗୂଢ଼ ସଂପର୍କ। ସେ ସଂପର୍କ ଆଖିକୁ ସିନା ଦିଶେନି, ଛାତିକୁ ତ ଛୁଏଁ, ଦରଜ କରାଏ, ପୁଣି ମଲମ ବୋଲିଦିଏ କଲିଜାରେ। ପିଲାଏ କାହୁଁ ବୁଝିବେ ସେ କଥା? ସେମାନେ ତ ଚାରିପାଞ୍ଚ ବର୍ଷରେ ଘର ବଦଲାନ୍ତି, ପୁରୁଣା ଦ୍ରବ୍ୟକୁ ଅଳିଆଗଦାକୁ ଫୋପାଡ଼ି ଦେଇ ନୂଆ ଦ୍ରବ୍ୟ କିଣନ୍ତି।

ଯେତେ ପ୍ରିୟ ହେଲେ ବି ପାଞ୍ଚ ସାତବର୍ଷରେ ପୁରୁଣା ଦ୍ରବ୍ୟକୁ ମୂର୍ଚ୍ଛ ଦେଇ ନୂଆ ଦ୍ରବ୍ୟ ଆଣିବାରେ ଦୋ ଦୋ ପାଞ୍ଚ ବି ନଥାଏ। ଖାଲି ଘର ବଦଲାନ୍ତି ନାହିଁ, ଗାଡ଼ି ବଦଲାନ୍ତି, ସୋଫାସେଟ୍, ଚଉକି ଟେବୁଲ୍, ଖଟ, ପଲଙ୍କ ବି ବଦଲାନ୍ତି। ଏବକୁ ପୁଣି ସ୍ଵାମୀସ୍ତ୍ରୀ ମଧ ବଦଲାଇ ନୂଆକରି ସ୍ଵାମୀ ସ୍ତ୍ରୀ ବରଣ କଲେଣି। ଭାଗ୍ୟକୁ ବୁଢ଼ାବୁଢ଼ୀଙ୍କ ପିଲାମାନେ ଅନ୍ୟସବୁ ବଦଲାଇ ଚାଲିଛନ୍ତି, ସ୍ଵାମୀ ସ୍ତ୍ରୀ ବଦଲ ହୋଇନି, ସେଥିକିରେ ବୁଢ଼ାବୁଢ଼ୀ ଭଗବାନଙ୍କ ନିକଟରେ କୃତଜ୍ଞ। ମାତ୍ର ବୁଢ଼ାବୁଢ଼ୀ ଦୁଇଟା ଜୀବନରେ ଯାହାକୁ ଧରିଲେ, ତାକୁ ଜୀବନର ଗୋଟିଏ ଅଂଶ କରିନେଲେ। ସେ କାଲର ସେଇ କାରୁକାର୍ଯ୍ୟଭରା ଓଲଟ ଶୁଆକଟା ଶିଶୁକାଠର ପଲଙ୍କ ନିଦା ନିଧଡ଼କ ପଡ଼ିଛି। ସିନ୍ଦୁକ ବାକ୍ସ– ଯେ ଯାହା ସ୍ଥାନରେ ଯେମିତି ଥିଲା, ସେମିତି ଅଛି। ସେଦିନ ଶବାରି, ପାଲିଙ୍କି ଏ କାଲକୁ ଅଚଲ ହେଲେ ମଧ ଉଚ ଦାଣ୍ଡିପିଣ୍ଡରେ ଥୁଆ ହୋଇଛି। ଅକାମୀ ହେଲେ ମଧ ଗୁହାଲ କାନ୍ଥକୁ ଡେରାହୋଇ ଶଗଡ଼ ଚକ ଦୁଇଟା ଓ ଶଗଡ଼ଦଣ୍ଡ ସେମିତି ଥୁଆ

ହୋଇଛି। ପିଲାମାନେ ଫୋପାଡ଼ିଦେବା ପାଇଁ କହିପାରନ୍ତି ନାହିଁ। ସେମାନେ ଜାଣନ୍ତି କଥାଟା ଟାଇଁ କାରି ବାଜିବ ବୁଢ଼ାବୁଢ଼ୀଙ୍କ ମର୍ମରେ। ଥାଉ ଯଥାସ୍ଥାନରେ ସବୁଗୁଡ଼ିକ ଯେମିତି ଥିଲା ସେମିତି। ପରେ ଦେଖାଯିବ। ଏଇ ନୀତି ପିଲାମାନଙ୍କର।

ତେବେ ଏଇ କେତେଦିନ ହେବ ବୁଢ଼ାବୁଢ଼ୀଙ୍କଠି ଯେତେ ନୁହେଁ, ପୁରୁଣା ଦ୍ରବ୍ୟ ଓ ପୁରୁଣା ଘରଠି ପିଲାମାନଙ୍କର ଆଗ୍ରହ ବଢିଛି। ପହିଲେ ନାତୁଣୀ ବୁଢ଼ୀଙ୍କର କଳାସୂତାରେ ଗୁନ୍ଥା ହରଡ଼ଫାଳିଆ ହାରଟି ନେଇ ପିନ୍ଧିଲା। ଆଜିକାଲି ଏହି ହାର କୁଆଡ଼େ ଭାରି ଉଠିଛି। ନଉ। କ'ଣ ହେବ ବୁଢ଼ୀଙ୍କର? ନାତୁଣୀବୋହୂ ବୁଢୀଙ୍କ ମଗରମୁହା ବାଲା ଦୁଇଟି ଧରିଲା। ଏମିତି ଏମିତି ବୁଢ଼ୀଙ୍କ ପାଉଁଜ, ପଇଁଚ, କାନ ମାଙ୍କେଡ଼ି, ଚନ୍ଦ୍ରହାର ହାତଛଡ଼ା ହୋଇଗଲାଣି। ଭଲ। ଚୋର ନେଇଥା'ନ୍ତେ, ପିଲାଏ ନେଲେ। ଦିନେ ବୁଢ଼ୀଙ୍କର କୁଞ୍ଚିହାତ ବ୍ଲାଉଜ୍ ଦେଖି ବୋହୂ, ନାତୁଣୀବୋହୂ ସମସ୍ତେ ହସୁଥିଲେ। ଏବେ କୁଆଡ଼େ ପୁଣି ସେଇ ଫେସନ ଉଠିଛି। ବୁଢ଼ୀଙ୍କର କେତେଖଣ୍ଡ କୁଞ୍ଚିହାତ ସିଲ୍କ୍ ବ୍ଲାଉଜ୍, ପାଟ, ମଠାର ଶାଢ଼ି ମଧ୍ୟ ପିଲାଏ ଆଗ୍ରହ କରି ନେଲେଣି।

ଦିନେ ନାତୁଣୀର କ'ଣ ମନେହେଲା, ପିତ୍ତଳର ପାନ ପିକଦାନିଟାକୁ ବଡ଼ ଯତ୍ନରେ ଧରିଲା। ବୁଢ଼ୀ ସେଦିନ ମଠେଇ ମଠେଇ ପିକଦାନିଟାକୁ ସୁନାପରି ଚକ୍ ଚକ୍ କରି ମାଜିଥିଲେ। ବୁଢ଼ାଙ୍କର ଦିନରାତି ଲୋଡ଼ା। ବୁଢ଼ା ଯୋଉଠି କୁଢ଼େଇ ହୋଇ ବସିଥିବେ ତାଙ୍କ ହାତ ପାଖରେ ଆଶାବାଡ଼ି ପରି ପାନକୁଟା ଓ କମଣ୍ଡଳୁ ପରି ପିକଦାନୀ ଥୁଆହୋଇଥିବ। ପଞ୍ଜରା ଭିତରେ ଦଦରା ଜୀବନନାଟିକା ଦୁକୁ ଦୁକୁ ହୋଇ ଅନବରତ ଚାଲିଥିବା ପରି ବୁଢ଼ାଙ୍କର ଶୀର୍ଣ୍ଣ ଶିରାଳ ହାତରେ ପାନକୁଟାଟି ଅନବରତ ଠୁକ୍ ଠୁକ୍ ହେଉଥାଏ। ବୁଢ଼ାଙ୍କ ପାକୁଆ ପାଟି ତା' ସଙ୍ଗେ ତାଳ ଦେଇ ପାନ ପାକୁଳି କରି ଚାଲିଥାଏ ଆଉ ପିକଦାନିର କଞ୍ଚା ମୁହଁ ପାନ ପିକରେ ଲାଲ୍ ହୋଇ ପାଚିଉଠେ। ବୁଢ଼ୀ ନାତୁଣୀକୁ ହାଁ ହାଁ କରି ବାରଣ କଲେ।

"ଛ୍ୟା-ଛ୍ୟା-ପିକଦାନିଟାକୁ କିଆଁ କୁଣ୍ଢେଇଲୁ ?"

"ଫୁଲଦାନି କରିବି। ଆଜିକାଲି ଏମିତିକା ଫୁଲଦାନିର ହାୱା ଉଠିଛି।"

"ସତେ ନା କ'ଣ ? ତେବେ ଜେଜେବାପା ପାନପିକ ପକାଇବେ କୋଉଠି ?"

"ଏତେ କଂସା ପିତ୍ତଳର ବାସନ ପଡ଼ିଛି। ଘର ଲିପା ଗୋବର କନା ଯୋଉଥିରେ ରଖୁଛ, ତାକୁ ମାଜିମୁଜି ପିକଦାନି କରିଦିଅ...."

"ହଉ ହେଲା, ତମର ଯଦି ସବୁ ପିକଦାନିରେ ଶରଧା, ଆମର କ'ଣ ମାରା ହୋଇଯାଉଛି ?" ବୁଢ଼ା କହିଲେ।

ଏଣିକି ଥରକୁ ଥର ପିଲାଏ ଆସିଲେ ଯିଏ ଯାହା ଖଞ୍ଜରେ ଅଲୋଡ଼ା ପୁରୁଣା ଦ୍ରବ୍ୟ ସବୁ ନେଇଯା'ନ୍ତି । ହଣ୍ଡାଗୁଡ଼ାକ ବୋହିନେଲେଣି କାହିଁ କେତେ ଦୂରକୁ । ସେଠି କ'ଣ ବାହା ନିମିଉ ପାଇଁ ହାଣ୍ଡି ହଣ୍ଡା ମିଲେ ନାହିଁ ? ପିଲାଏ ହସନ୍ତି । କହନ୍ତି "ବାହା ନିମିଉ ପାଇଁ ଆଉ ଖଦ୍ୟାଶାଳ ଲୋଡ଼ାନାହିଁ । ବଡ଼ ବଡ଼ ହୋଟେଲ ଅଛି । ବରାଦ କରିଦେଲେ ଖାଦ୍ୟ ଆସି ପହଞ୍ଚିଯିବ ହଜାର ହଜାର ଲୋକଙ୍କ ପାଇଁ । ଏ ହଣ୍ଡାଗୁଡ଼ାକ ହେବ ବୈଠକ ଘରର ସାଜ ସରଞ୍ଜାମ । ହଣ୍ଡା ଉପରେ ବଡ଼ ବଡ଼ ପିତଳ ଥାଲି ଥୋଇଦେଲେ ଗୋଲ୍ ଟେବୁଲ୍‌ର କାମ ଦେବ । ତା' ଉପରେ ସଜା ହେବ ପୁରୁଣାକାଳର ଚଢ଼େଇ ଢାଞ୍ଚାର ଡିବିରି, ଦୀପରୁଖା, ପାନବଟୁଆ, ଗୁଆକାତି, କଜଳପାତି, ଗୋଇଠିଘଷା ପଥର, ହଳଦୀକାଠୁଆ, ନାସଦାନି । ଆଜିକାଲି ପୁରୁଣା ଦ୍ରବ୍ୟର ଆଦର ବଢ଼ିଛି । ଗରା, କୁଣ୍ଡ, ଏମିତିକି ପାନବଟୁଆ, ଗାଞ୍ଜିଆ, କାଇଁଚପତ୍ର ବିଞ୍ଛଣା – ସବୁ ଯିଏ ଯାହା ଶରଧାମୁତାବକ ନେଇଗଲେଣି । ବୁଢ଼ାବୁଢ଼ୀ ଦିନେ ଯେଉଥ କଥା ରୁହଁଥିଲେ, ସେଇକଥା ଫଳୁଛି ଦେଖି ଖୁସି – ମାତ୍ର ଘରଟା ଖାଇ ଗୋଡ଼େଇଲାଣି ଏଣିକି । ବଡ଼ ଖାଁ ଖାଁ ଲାଗୁଚି । ଆଲମିରା, ସିନ୍ଦୁକ, ପେଡ଼ି ପେଟରା ମଧ ସହରକୁ ସ୍ଥାନାନ୍ତରିତ ହେଲାଣି । ଓଡ଼ିଆ ଘରର ଚୁଲିଠୁ ରୁହଲଯାଏ, ଲୁଗାକୁଣ୍ଠୁ ଖୋସା ବାନ୍ଧିବାଯାଏ, ପିଠାପଣାଠୁ କାନ୍ଥ ଲିପାଯାଏ, ସବୁଥିରେ ଫୁଟିଉଠେ କଳାଚତୁରୀ । ଧୀରେ ଧୀରେ ମରିହଜି ଯାଉଛି ସେ କଳା । ନୂଆ ଫେସନ ପୁରୁଣା କଳାକୁ ଆଁ ମେଲି ଗ୍ରାସ କରିବାକୁ ବସିଛି । ସେଇ ଦରମଲା ଜୀର୍ଣ୍ଣ, ମାନ୍ଧାତା ଅମଲର କଳାକୃତି ପ୍ରତି ବିଶ୍ୱବ୍ୟାପୀ ଆଗ୍ରହ କୁଆଡ଼େ ଦିନୁଦିନ କମୁଛି । ପୁରାତନ କଳାର ସଂରକ୍ଷଣ ପାଇଁ ବିଦ୍ୱାନଲୋକେ ତତ୍ପର । ତେଣୁ ସେଇ ପୁରୁଣା ଜିନିଷ ଏବେ ବୈଠକଘରର ଶୋଭାବର୍ଦ୍ଧନକାରୀ ସାମଗ୍ରୀରେ ପରିଣତ ହୋଇଛି । ଯାହାଘରେ ଯେତେ ପୁରୁଣା ଦ୍ରବ୍ୟ, ତା'ର ବୁନିଆଦି ସେତେ ମଜବୁତ ଓ ରୁଚି ସେତେ ଉନ୍ନତ ବୋଲି ଧରାଯାଉଛି । ନବ୍ୟସଭ୍ୟ ଲୋକେ ତେଣୁ ବୁନିଆଦି ମଜବୁତ କରିବା ପାଇଁ ପୁରୁଣା ଦ୍ରବ୍ୟ ସଂଗ୍ରହ କରୁଛନ୍ତି । ପୁରୁଣା ଦ୍ରବ୍ୟ ଏବେ ଦର୍ଶନୀୟ ବସ୍ତୁ ହୋଇଥିବାରୁ ବିଦେଶ ବଜାରରେ ଦାମ ମଧ ଚଢ଼ା । ପୁରୁଣା ଦ୍ରବ୍ୟର ଖାତିର ନାହିଁ ନଥିବା । ବୁଢ଼ାବୁଢ଼ୀ ଅତ୍ୟନ୍ତ ଖୁସି । ତାଙ୍କ ପରିବାରର ପୁରୁଣା ଦ୍ରବ୍ୟର ଆଦର ଓ ସମ୍ମାନ ବଢ଼ିବା ସଂଗେ ସଂଗେ ବୁଢ଼ାବୁଢ଼ୀଙ୍କର ଆଦର ଓ ସମ୍ମାନ ମଧ ବଢ଼ିଛି । ଘରେ ଗହଲ ଚହଲ ବଢ଼ିଛି । ପୂର୍ବେ ପାଞ୍ଚବର୍ଷ, ତିନିବର୍ଷରେ ଥରେ ପିଲାଏ ଆସୁଥିଲେ ଗାଁକୁ । ଏବେ ବର୍ଷକୁ ଦୁଇଥର ଆସୁଛନ୍ତି ଗାଁକୁ । ସଙ୍ଗରେ ଶିକ୍ଷିତ ଦେଶୀ, ବିଦେଶୀ ବନ୍ଧୁକୁ ଆଣୁଛନ୍ତି । ଗାଁ ଗଣ୍ଡା ବୁଲାଉଛନ୍ତି । ନିଜର ପୁରୁଣା ରଙ୍ଗଛଡ଼ା,

ଅୟନ୍ ଅସଜଡ଼ା ଘରଦ୍ୱାର ଦେଖାଉଛନ୍ତି । ଏଇ ପୁରୁଣା କୋଠିର କାନ୍ଥ, କବାଟ, ଚଉକାଠ, ଚଟାଣ, ଠଣା, ଅମାର, ଚୁଲି, ବଡ଼ବଡ଼ୁଆ, ଠାକୁର ଘର ସବୁ ଦେଖୁଛନ୍ତି । ସେମାନେ ଫଟୋ ଉଠାଇ ନେଉଛନ୍ତି । କ'ଣ କରୁଛନ୍ତି କେଜାଣି ? ବୁଢ଼ାବୁଢ଼ୀଙ୍କ ପ୍ରତି ମଧ୍ୟ ସେମାନଙ୍କର ଆଗ୍ରହ ପ୍ରକାଶ ପାଉଛି । ନାନା ପ୍ରଶ୍ନ ପଚରୁଛନ୍ତି । କେତେ ବର୍ଷ ହେଲା ବାହାଘର ? ବାର୍ଦ୍ଧକ୍ୟଗ୍ରସ୍ତ ଜୀବନ କେମିତି କଟୁଛି – ଏତେବର୍ଷ ଧରି ଦାମ୍ପତ୍ୟ ପ୍ରେମ କିପରି ଅଟୁଟ ରହିଛି । ବୁଢ଼ାବୁଢ଼ୀ ଦୀର୍ଘ ଦାମ୍ପତ୍ୟ ଜୀବନରେ ଦିନେ ମୁହଁ ଶୁଖାଶୁଖି ନହେବାର ରହସ୍ୟ କ'ଣ – ଯଦି ପରଜନ୍ମ ଥାଏ, ତେବେ ବୁଢ଼ାବୁଢ଼ୀ ସ୍ୱାମୀ–ସ୍ତ୍ରୀ ଭାବରେ ପରସ୍ପରକୁ ରହିଁବେ ନା ନାହିଁ । ଏତେ ବୟସରେ ଏତେ କାର୍ଯ୍ୟକ୍ଷମ ରହିବା ପଛରେ କି ସ୍ୱାସ୍ଥ୍ୟକର ନିୟମ ରହିଛି ଇତ୍ୟାଦି.... ସେମାନେ ଚାଲିଯିବା ପରେ ଘରଟା ପୁଣି ନିରୋଳା ହୋଇଯାଏ । ବୁଢ଼ାବୁଢ଼ୀ ମୁହଁ ରହାଁରୁହିଁ ହୋଇ କଥାଭାଷା ହୁଅନ୍ତି "ବାରୁଳ ଗୁଡ଼ାଏ । ହଉ ପଛକେ, ବୁଢ଼ାବୁଢ଼ୀଙ୍କ ବିଷୟରେ ଜାଣିବାକୁ ତ ଆଗ୍ରହ ପ୍ରକାଶ କରୁଛନ୍ତି ! ଆଜିକାଲି ବୁଢ଼ାବୁଢ଼ୀ ହେଲେ କିଏ ପଚରେ ? ସେମାନେ ହେଲେ ଅଚଳ ଟଙ୍କା । ତେଣୁ ଫୋପାଡ଼ି ଦେବେନି କି ପାଖରେ ରଖିବେନି । ଗାଁ' ମାଟି କାମୁଡ଼ି ପଡ଼ିଥିବେ । ଅଛଟରେ ପ୍ରାଣ ଗଲେ ପାଖରେ କେହି ନଥିବେ ।

ଘରଟା ଜିନିଷପତ୍ରରେ ଭରା ଥିଲା – ଏକପ୍ରକାର ଥିଲା । ଏତେ ଖାଁ ଖାଁ ଲାଗୁ ନଥିଲା । ଏବେ ଜିନିଷପତ୍ର ବିନା ନଣ୍ଟା ତାଳଗଛ ପରି ଘରଟା ନିରାଶିଆ ଲାଗୁଛି । ପିଲାଏ ସବୁ ଆସବାବପତ୍ର ବାର୍ଷିକୁଣ୍ଠ ନେଇଗଲେଣି । ଖାଲି ବୁଢ଼ାବୁଢ଼ୀଙ୍କ ପଲଙ୍କଟି ଅଛି । ସେ କାଳର ଶିଶୁକାଠର ପଲଙ୍କ ବୁଢ଼ୀଙ୍କ ବାପା ବଡ଼ ଯନ୍‌ରେ ମହାରଣା ଡକାଇ ତିଆରି କରିଥିଲେ । ଟିକେ ଉଚ । ଆଜିକାଲିକା ବୟେ ପାର୍ଟ୍‌ସ ଯାଉଁଲି ଖଟ ଭଳି ଏତେ ନିରଛ ନୁହେଁ । ମାଇପି ପେଣ୍ଠା ଭଳି ଚିକ୍‌ଣ ବଳିଲା ଗୋଡ଼ ଚାରିଟି । ତା' ଦିହରେ ମଲ ପାଉଁଦ ପରି କୁନ୍ଦା କାମ । ଉପରକୁ ଭୁଆସୁଣୀର ଅଣ୍ଡାବିଛା ପରି ଖଟ ପାହିଆରେ ଲତାପତ୍ର କାରୁକାର୍ଯ୍ୟ ଲତେଇ ଯାଇଛି । ତା' ଉପରକୁ ଗଭା ବାନ୍ଧିଲା ପରି ମୁଣ୍ଡା ପାଖକୁ ମକୁଟ ଆକାରରେ ଉଠିଯାଇଛି ଓଲଟ ଶୁଆ, ହାତୀ, ପଦ୍ମ ଲତାପତ୍ରର କୁନ୍ଦା କାରୁକାମ । ମଝିରେ ପଟାପଟା ଶାଢ଼ି ପରି ଖଣ୍ଡି ଖଣ୍ଡି ପଟା । ଚାରିକୋଣରୁ ଚିକ୍‌ଣ, ବଳିଲା ବଳିଲା ନିଟୋଲ ବାହୁ ଚାରିଟି ଉଠିଯାଇଛି ଅଳସ ଭାଙ୍ଗିବା ଭଙ୍ଗୀରେ–ମଶାରିବାଡ଼ା । ଯେମିତି ପଲଙ୍କ ନୁହେଁ, ସ୍ୱୟଂମୁଗ୍ଧା ଚତୁର୍ଭୁଜା ନାରୀ । ସେଇ ପଲଙ୍କଖଣ୍ଡିକ ଆଜି ଅତୀତର ଏକମାତ୍ର ସ୍ମୃତି ସନ୍ତକ, ବାର୍ଦ୍ଧକ୍ୟର ସହଚରୀ । ସ୍ୱାମୀ ସ୍ତ୍ରୀ ଦୁଇଜଣ ଭିନ୍ନ ମଣିଷ, ଭିନ୍ନ ମତ, ଭିନ୍ନ ସ୍ୱପ୍ନ ଓ ଅଭୀପ୍ସା ପରି

ଆଜିକାଲିର ଡବଲ ଖଟ। ଏକାଠି ରହିଲେ ବି ମଝିରେ ସ୍ତାଏ ଫାଙ୍କ ରହିବ। ଯେମିତି ଡବଲ ଖଟ ନୁହେଁ। ଦୁଇଟି ସ୍ୱତନ୍ତ ନରନାରୀ। ବୁଢ଼ାବୁଢ଼ୀଙ୍କ ମନ ଜୀବନ ଓ ପଲଙ୍କ ଭଳି ଡବଲ ଖଟ ଅଭିନ୍ନ ନୁହେଁ। ନାମକୁ ମାତ୍ର ଏକ; ରହିଁଲେ ଦୁଇଟି ଭିନ୍ନ ସତ୍ତା। ଟିକିଏ ଟଣାଓଟରାରେ ଅଲଗା ହୋଇଯାଇ ପାରିବେ। ବୁଢ଼ାବୁଢ଼ୀଙ୍କ ପଲଙ୍କ ପୁରୁଣାକାଳିଆ ଓ ବୋଦକା। ତେଣୁ ପଲଙ୍କଟି ସ୍ଥାନାନ୍ତରିତ ହୋଇନାହିଁ। ଥାଉ, ସେଠିକି ଥାଉ। ଘରଟା ଠୁଙ୍କା ଖାଲି କରିଦେଲେ ମଣିଷ କାହା ସଙ୍ଗେ କଥାଭାଷା ହେବ? ବୁଢ଼ାବୁଢ଼ୀ ଯଦି ଏଇ କଥାପଦିକ କାହାକୁ କହିବେ ଲୋକେ ହସିବେ। ମଲା! ଖଟପଲଙ୍କ କ'ଣ କଥା କହେକି? ତା'ର କ'ଣ ଜୀବନ ଅଛି? ଏମିତି କଥାରେ ବୁଢ଼ାବୁଢ଼ୀ କିଛି ଉତ୍ତର ଦେଇପାରିବେନି। ହେଲେ ଆପଣା ଅନୁଭବକୁ କ'ଣ କିଏ ରୋକିପାରିବ? ଖଟ, ପଲଙ୍କ, ଆସବାବପତ୍ର, ଏଇ ପୁରୁଣାଘର, ଵର୍କ। ସେପଟେ ସେଇ ପୁରୁଣା କାଞ୍ଚନ ଗଛ, ତା'ଠୁ ଅଲପ ଛାଡ଼ି ଆମ୍ବଗଛରେ ପେଟେଇ ପଡ଼ି ଗେଲ ହେଉଥିବା ସେଇ ବାସ ମହ ମହ ମାଳତୀ ଲତା, ଚଉରା ପିଣ୍ଡିରେ ଜଳି ଜଳି ଲିଭିଯାଇଥିବା ସଂଜବତିର ମହକ, ରୋଷଘରର ଠାରେ ଗୋବର କନାର ଅକ୍ଷମ ଛାପ ତଳୁ ପୁରୁଷ ପରେ ପୁରୁଷ ଧରି ଡିବିରି ଆଲୁଅର ପରସ୍ତ ପରସ୍ତ କଳାଦାଗ, ପୁଣି ପିଲାମାନଙ୍କ ଅନ୍ତଃପୁରଶାଳର କାନ୍ଥ ଭେଦି ଜଳଜଳ ରହିଁଥିବା ଷଠୀଘର କଉଡ଼ିମାନ, କାଳ କାଳ ଧରି ଘରର ସଂସ୍କାରକୁ ଚେତେଇ ଦେଉଥିବା କରଣୀ, ତାଳପତ୍ର ପୋଥି... ଏମାନେ କଥା କହନ୍ତି ନାହିଁ ବୋଲି ଆଉ ଯିଏ ବିଶ୍ୱାସ କରିପାରେ, ମାତ୍ର ବୁଢ଼ାବୁଢ଼ୀ ବିଶ୍ୱାସ କରିବେ ନାହିଁ। ଏମାନଙ୍କ ସାଥିରେ କଥାଭାଷା ନ ହେଉଥିଲେ ବୁଢ଼ାବୁଢ଼ୀ ଆଜିଯାଏ ମଣିଷ ଭଳି ବଞ୍ଚ ପାରିଥାନ୍ତେ କି? ଏଇ ପଲଙ୍କ କଥାଟି ଥରେ ଭାବି ଦେଖ। ଗୁଣ୍ଡ ଗୁଣ୍ଡ ହୋଇ ସ୍ମୃତିକୁ ଉଖାରି ଉଖାରି କେତେ କଥା ସିଏ ନ କହେ! ସେ ଦେଖିଛି ବୁଢ଼ାବୁଢ଼ୀଙ୍କର ଯୌବନ-ବାର୍ଦ୍ଧକ୍ୟ, ସୁଖ-ଦୁଃଖ, ମିଳନ-ବିରହ, ରାଗରୋଷ, ଲୁହ, ସୋହାଗ, ରୋଗ-ବୈରାଗ। ସେ ସହିଛି ପିଲାମାନଙ୍କର ଅଳିଅର୍ଦ୍ଦଳି, ଗୁହ, ମୂତ, କେତେ କ'ଣ। ପରସ୍ତ ପରସ୍ତ କନ୍ଥା, କମ୍ବଳ ଭେଦି ପଲଙ୍କ ପଟା ପିଆଯାଇଛି ପିଲାଙ୍କର ହାଣ୍ଡି ହାଣ୍ଡି ମୂତ। କେବେ ପ୍ରତିବାଦ କରିଛି? ଏବେବି ନାକ ଦେଲେ ପଟାର ତନ୍ତୁରୁ ମୂତୁରା ଗନ୍ଧ ଉକୁଟି ଉଠିବ। ମାତ୍ର ପିଲାଙ୍କୁ ପଲଙ୍କ କ'ଣ କେବେ ନାକ ଟେକିଛି। ପୁଣି ସଞ୍ଜ ଫୁଟନ୍ତା ଆଙ୍ଗୁଲାଏ ମଲ୍ଲୀଫୁଲ ବୁଢ଼ା ଆଣି ଶୋଯରେ ବିଷ୍ଟଦେଲେ ମହକି ଉଠେ ସାରା ପଲଙ୍କ! ପିଲାଙ୍କ ଅଦଉଟିକୁ ସେ ଧରିବସେନି; ମାତ୍ର ଚଣ୍ଡ ରୟମୁଣ୍ଡ ହୋଇ ପିଲାଏ ନିଜେ କେତେଥର ପଲଙ୍କରୁ ଖସିପଡ଼ିବା ପିଲାଙ୍କର ଦୋଷ,

ନ‍ଇଲେ ମା'ର ଅସାବଧାନତା। ବୁଢ଼ୀଙ୍କର ସଫା ମନେଅଛି ପଲଙ୍କ ଉପରୁ କୋଉ ପିଲା କେତେଥର ପଡ଼ିଛି – କାହାର ତାଳୁ ଫୁଲିଛି, କାହାର ଓଠରେ ଦାନ୍ତ ପଶିଯାଇଛି। ପଲଙ୍କର ଦୋଷ କ'ଣ? ଖଟରୁ ନପଡ଼ି, ଓଠ ନ ଫାଟି କୋଉ ପିଲାର ଦିହ ଭଲା ପାକଲ ହୋଇଛି! ପଲଙ୍କ ଉପରେ ଜୀର୍ଣ୍ଣ ଶରୀରଟିକୁ ଲୋଟେଇ ଦେଲେ କିଛି ନା କିଛି ନିଶ୍ଚୟ ଶୁଭେ – ଦିଶେ। ମାତ୍ର ଏବକୁ ପଲଙ୍କଟା ଟିକେ ଉଚ୍ଚା ହୋଇଗଲାଣି। ଏଥିରେ ବି ପଲଙ୍କର କିଛି ଦୋଷ ନାହିଁ। ବୁଢ଼ାବୁଢ଼ୀ ବାଙ୍କିଯାଇ ଟିକେ ସାନ ହୋଇଯିବା ଯୋଗୁଁ ପଲଙ୍କ ଉଚ୍ଚା ହୋଇଯିବାରେ କାହାରି ବି ଦୋଷ ନାହିଁ। ସବୁ କଥା ନିୟମମୁତାବକ ଚ‍ଳିଛି। ବୁଢ଼ାବୁଢ଼ୀ ପଲଙ୍କ ଦାଢ଼ରେ ପିଢ଼ା ଦୁଇଟି ପକାଇ ସହଜରେ ଚଢ଼ିପାରନ୍ତି। ପଲଙ୍କ ଉପରେ ଗଡ଼ି ପଡ଼ିଲେ ସବୁ ନିଃସଙ୍ଗତା ଦୂର ହୋଇଯାଏ। ସ୍ମୃତି ସବୁ କେଳି କରନ୍ତି ଚାରିକଡ଼ିରେ। ବୟସ ବଢ଼ିଲେ ନିଦ କମେ– ପରଲପଖା ଆଖିରେ ଜଳ ଜଳ ଛାତକୁ, କାନ୍ଥକୁ, ପଲଙ୍କ ବାଡ଼କୁ ଚାହିଁଲେ ପିଛିଲା ସୁଖ ଦୁଃଖ ଦାଉ ଦାଉ ଦିଶେ। ଦିନେ ଏଇ ପଲଙ୍କ ଉପରେ ଆଗପଛ ହୋଇ ପ୍ରାଣ ଛାଡ଼ିବେ ଦୁହେଁ। ସେଥିପାଇଁ ଦେହ ମନ ସବୁ ପ୍ରସ୍ତୁତ। ସେମାନେ ଜାଣନ୍ତି, ଜୁଇରେ ସେମାନେ ଜଳିଯିବେ। ପଲଙ୍କଟା ପରିତ୍ୟକ୍ତ ହୋଇଯପଡ଼ିଥିବ ଏଇ ଜୀର୍ଣ୍ଣ କୋଠିରେ। ଝୁରିବନିକି ମନେ ମନେ। ପଲଙ୍କଟା ପାଇଁ ବେଲେବେଲେ ମନ ପରାସ ଲାଗେ। ବୁଢ଼ୀ ବସି ବସି ପଲଙ୍କଟାକୁ ସାଉଁଳୁଥା'ନ୍ତି, ପୁରୁଖା ହାତରେ ଛୁଇଁ ଛୁଇଁ ସ୍ମୃତିର ପୁଞ୍ଜି ଗଣୁଥା'ନ୍ତି। ଗତଥରକ ପିଲାଏ ଯେତେବେଲେ ଆସିଥିଲେ, ପଲଙ୍କଟାର ବଡ଼ ତାରିଫ କଲେ। ଏଇ ଗୋଟିକିଆ ଦେଉଳିଆ ପଲଙ୍କର ଆଦର ପୁଣି ବଢ଼ିଲାଣି। ଆଉ ସାଦାସିଧା ଯାଉଁଲ ଖଟ ବେଶୀ ଚଳୁନି। ପୁରୁଣା ଢ଼ାଞ୍ଚାରେ ଗୋଟିକିଆ ପଲଙ୍କର କାଟ୍ତି ଏବେ ବେଶୀ। ପିଲାଏ କିନ୍ତୁ କହୁଥିଲେ ନୂଆ କରିଗର ଏମିତିକା ପଲଙ୍କ ଉତାରି ପାରୁନି। ପଲଙ୍କ ତିଆରି ଆଉ ପୂର୍ବପୁରୁଷରୁ ଗଡ଼ିଆସୁଥିବା ବୃତ୍ତି ହୋଇନାହିଁ। ଯିଏ ଚାହିଁଲା ଅ, ଆ, କ, ଖ ମଡ଼ାଇବା ପରି ଶିଖାଇଲା– ଲୋକଙ୍କ ବରାଦ ମୁତାବକ ପଲଙ୍କ ତିଆରି କଲା। ଏଇଟା ହେଲା ବେପାର, କୌଳିକ ବୃତ୍ତି ନୁହେଁ। ତେଣୁ ନିଜ ମନ ଚୈତନ୍ୟ ଦେଇ, ନିଜ ସମୟମୁତାବକ ତିଆରି କରିବାକୁ ତର କାହିଁ? କିଣିଲା ଲୋକେ ତନାଘନା କରନ୍ତି। ପଲଙ୍କଟାଏ ପାଇଁ ଛଅମାସ ବର୍ଷେ କିଏ ଅପେକ୍ଷା କରିବ? କଂଚା ହାତ-କଂଚା କାମ। ଖାନଦାନି ଫୁଟିବ କୋଉଠୁ? ପୁଣି କ'ଣ ପିଲାଏ କହୁଥିଲେ ଯେ ଏ ପଲଙ୍କଟା ଏବେ 'ଆଣ୍ଟିକ୍'। ମାନେ ପୁରୁଣା, ମିରହଟ୍ଟା ଅଚଳ ଦ୍ରବ୍ୟ ହେଲେ ବି ଦୁଷ୍ପ୍ରାପ୍ୟ ହେତୁ ଆଦରଣୀୟ। ଏଇଆ ବୁଝାଇ ଦେଇଥିଲା ନାତୁଣୀବୋହୂ। ବୁଢ଼ୀଙ୍କ ଛାତି କୁଣ୍ଢେମୋଟ। ବାପାଙ୍କୁ ସ୍ମରଣ କରି

କହିଥିଲେ “ମୋ ବାପା ଯେମିତି ବରାଦ କରିଥିଲେ, ମହାରଣା ଠିକ୍ ସେମିତି ଉତାରିଥିଲା। ବାହାଘର ପାଞ୍ଚବର୍ଷ ଥାଇ ପଲଙ୍କ ତିଆରି ଯୋଜନା କରିଥିଲେ ବାପା। ପୋଖତ କାଠ ଖୋଜାରେ ତ ଚାଲିଗଲା ବର୍ଷେ ଦି'ବର୍ଷ। ବାପାଙ୍କର ରୁଚି ଆଉ ମିଜାଜ ଯେମିତି, ପଲଙ୍କ ଉତୁରିଲା ଠିକ୍ ସେମିତି।” ବୁଢ଼ୀ ବାପାଙ୍କୁ ସୁମରି ଟିକେ ସୁଁ ସୁଁ ହୋଇଥିଲେ। ନାତିନାତୁଣୀଏ ହସିଥିଲେ ଠୋଠୋ। କହିଥିଲେ “ତୋତେ ତ ଅଶୀ ଟପିଲାଣି। ତୋ' ବାପା କ'ଣ ଆଜିଯାଏ ବସିଥା'ନ୍ତେ ଯେ କାନ୍ଦୁଛୁ?”

ଆଜିକାଲିକା ପିଲା ସମୟ ସହ ତାଲଦେଇ ଆଗକୁ ମାଡ଼ିଯାଆନ୍ତି। ପଛକୁ ଫେରି ଚାହିଁଲେ ବି ଅଟକି ଯାଆନ୍ତି ନାହିଁ। ପୁରୁଖା ଲୋକଙ୍କର ଆଗକୁ ଯିବାର ନାହିଁ, ଖାଲି ଫେରି ଚାହୁଁଥା'ନ୍ତି ପଛକୁ, ସ୍ମୃତି ଦୃଶ୍ୟ ହେଉଥିବା ପର୍ଯ୍ୟନ୍ତ।

ପିଲାମାନେ ପଲଙ୍କଟାକୁ 'ଆଣ୍ଟିକ୍' କହିବା ପରଠୁ ବୁଢ଼ୀଙ୍କର ତା'ପ୍ରତି ମାୟା ମମତା ବଢ଼ିଛି। ବୁଢ଼ାଙ୍କର ମଧ ଶ୍ୱଶୁରଙ୍କ ରୁଚି ପ୍ରତି ଖାତିର ବଢ଼ିଛି। ଶ୍ୱଶୁର ଯଦି ଜାଣିଥା'ନ୍ତେ ଦିନେ ତାଙ୍କ ରୁଚିରେ ନିର୍ମିତ ପଲଙ୍କଟା ଏ ଯୁଗର ଇଂରେଜୀପଢୁଆ, ଲକ୍ଷ ଲକ୍ଷ ଟଙ୍କା ରୋଜଗାର କରୁଥିବା, ଗାଡ଼ିମଟର ଚଢ଼ୁଥିବା, ଦେଶ ଦୁନିଆ ଦେଖୁଥିବା ପିଲାମାନଙ୍କଠାରୁ 'ଆଣ୍ଟିକ୍' ପଦବୀ ଲାଭ କରିବ, ତେବେ ବଡ଼ ଖୁସିଟାଏ ହୋଇଥା'ନ୍ତେ। ହଉ, ଏତେକାଲ ବା କିଏ ବଂଚେ। ତାଙ୍କ ଆତ୍ମା ତ ଜାଣୁଥିବ।

କେଜାଣି କିଆଁ ଏବେ ମରଣ ଖାଇ ଗୋଡ଼ାଉଛି। ଇଚ୍ଛା ହେଉଛି ଏକଲା ମରିବା ବଡ଼ କଷ୍ଟ। ପିଲାମାନେ ଚାରିକଟିରେ ଘେରି ବସିଥା'ନ୍ତେ, ଜୀବ ଛାଡ଼ି ଯା'ନ୍ତା। ମାତ୍ର ଯିବେ କୋଉଠିକି? ପିଲାମାନେ ଆଗରୁ ପାଖକୁ ଡାକୁଥିଲେ। ସେତେବେଲେ ମୋ ଘର, ମୋ ଜିନିଷପତ୍ର, ମୋ ବାଗବଗିଚା କହି ବୁଢ଼ାବୁଢ଼ୀ ମାଟି କାମୁଡ଼ି ଗାଁ'ରେ ପଡ଼ିରହିଲେ। ଏବେ ଘର ଶୂନ୍ୟ। ଖାଲି ପଲଙ୍କଟାରେ ମୋହ। ସେଇଟା ଯଦି ପିଲାଏ ନେଇପାରନ୍ତେ, ବୁଢ଼ାବୁଢ଼ୀ ଯାଇ ପିଲାଙ୍କ ପାଖରେ ରହନ୍ତେ। ପଲଙ୍କରେ ଶୋଇ ଅୟସରେ ମରନ୍ତେ। କିନ୍ତୁ ସେ କଥା ତ ପିଲାଏ ଆଉ ତୁଣ୍ଡରେ ବି ଧରୁ ନାହାନ୍ତି। ଅଭିମାନରେ ପରା। ଏତେକରି ଡାକିଲେ, ଆଉ କିଆଁ ଡାକିବେ? କିଏ ଆଗ ଯିବ କିଏ ପଛ? ଯିଏ ପଛ ଯିବ, ତା' ଅବସ୍ଥା ଏକଲା ଘରେ କ'ଣ ହେବ?

ବୁଢ଼ାବୁଢ଼ୀଙ୍କ ଦେଖାଚାହାଁ କରୁଥିବା ସ୍ୱାମୀ ସ୍ତ୍ରୀ ଦିଓଟି ବି ଏବେ ବୁଢ଼ାବୁଢ଼ୀ। ନାତି ଦିନେ ହସି କହୁଥିଲା “ତମେ ସମସ୍ତେ ଗୋଟାଏ ଗୋଟାଏ ଆଣ୍ଟିକ୍ ପିସ୍।” ଆଜିକାଲି ଆଉ କୁଆଡ଼େ ସହରରେ କେହି ବୁଢ଼ାବୁଢ଼ୀ ହେଉନାହାନ୍ତି। କାହାରି ଦାନ୍ତ ପଡୁନି, ବାଳ ପାଚୁନି, କେହି ଆଉ ବଙ୍କୁଳିବାଡ଼ି ଧରି ପିଟି ବଂକେଇ ଚାଲୁନାହାନ୍ତି। ପାକୁଆ ପାଟି ପାକୁ ପାକୁ କରି ଅସ୍ପଷ୍ଟ କଥା କହୁନାହାନ୍ତି। ଆଖି କାନ ମଧ ବୁଢ଼ା

ହେଉନି। ସବୁ ପାଇଁ ଆଧୁନିକ ନବୀକରଣ ବ୍ୟବସ୍ଥା ଅଛି। ଅଶୀ ନବେ ବର୍ଷର ଲୋକେ ସିଧା ହୋଇ ଚାଲୁଛନ୍ତି– ଦିଶୁଛନ୍ତି ଯୁବକ ଭଳି। ଉପଯୁକ୍ତ ଖାଦ୍ୟ, ଚିକିସ୍ଥା ସତ୍ତ୍ୱେ ଲୋକେ ବୟସ୍କ ହେବେ ସତ, ମାତ୍ର ବୁଢ଼ା ହେବେନି– ବାଙ୍କିବେନି, ମୁହଁରେ ଲୁଟୁପୁଟୁ ଚମ ଓହଲିବନି। ସେଥିପାଇଁ ବି ଅପରେସନ ଅଛି! ଯାବତୀୟ ବୁଢ଼ାବୁଢ଼ୀ ଏବେ ଗାଁ'ରେ। ଗୋଟାଏ ଗୋଟାଏ ଆଣ୍ଟିକ୍ ପିସ୍! କିଛିଦିନ ଗଲେ ସହରର ଛୁଆ ଗାଁକୁ ଆସିବେ ଖାଲି ବୁଢ଼ାବୁଢ଼ୀ କି ଜିନିଷ ଦେଖିବା ପାଇଁ। ହଉ– ସେ କଥା ହେଲେ ବି ଉତ୍ତମ। ଥରେ ଅଧେ ଗାଁକୁ ତ ପାଦ ପଡ଼ିବ।

କେଜାଣି କି ଆଣ୍ଟିକ୍ ହାଓ୍ୱା ଆସିଛି ଏ କାଲେ। ଆଖି ଆଗରେ ପଥର ମୂର୍ତ୍ତି ତିଆରି କରୁଛନ୍ତି। ଖାତ ଖୋଲି ଗୋବର ବୋଲି ପୋତି ଦେଉଛନ୍ତି। ବିଦେଶୀଙ୍କ ଆଗରେ ସେଇ ମୂର୍ତ୍ତିକୁ ଗାତରୁ ବାହାର କରି କହୁଛନ୍ତି 'ଆଣ୍ଟିକ୍'। ହୁ ହୁ ପଇସାର ସୁଅ ଛୁଟିଛି ଆଣ୍ଟିକ୍ ପଛରେ। ହେଲେ ଏ ଗାଁରେ ବୁଢ଼ାବୁଢ଼ୀଙ୍କୁ ତ ପିଲାଏ ମନବୋଧ କରି ହାତଖର୍ଚ୍ଚ ଦେଉନାହାନ୍ତି। ଭଲ ଖାଦ୍ୟ, ଉପଯୁକ୍ତ ଚିକିସ୍ଥା ଓ ଯନ୍ ଅଭାବରୁ ମଣିଷ ଆଣ୍ଟିକ୍ ହେବାକୁ ତ ବାଧ୍ୟ।

ଗତଥର ବୁଢ଼ାବୁଢ଼ୀଙ୍କୁ ପଲଙ୍କ ଉପରେ ବସାଇ ଫଟୋ ନେଇଛନ୍ତି ପିଲାଙ୍କର ବିଦେଶୀ ବନ୍ଧୁ। ବଡ଼ କଳାକାର, ଜଣେ ଆର୍ଟିଷ୍ଟ। ଖଟ ଆଣ୍ଟିକ୍, ବୁଢ଼ାବୁଢ଼ୀ ଆଣ୍ଟିକ୍। ଆଣ୍ଟିକ୍ ଉପରେ ଆଣ୍ଟିକ୍। ଫଟୋଟା କୁଆଡ଼େ ବଡ଼ ମେଡାଲ ପାଇଲା। ହଜାର ହଜାର ଟଙ୍କା ଆୟ ଗୋଟାଏ ଫଟୋରୁ? ପାଗଳଗୁଡ଼ା–ବୁଢ଼ାବୁଢ଼ୀ ଶୁଣି ହସନ୍ତି।

କିନ୍ତୁ ଅନେକ ଦିନରୁ ପିଲାଏ ବୁଢ଼ାବୁଢ଼ୀଙ୍କୁ ପଲଙ୍କରେ ଶୋଇବାକୁ ବାରଣ କଲେଣି। ଯଦି ଅନ୍ଧାରରେ ଗଡ଼ିପଡ଼ିବେ ତେବେ ଏ ବୟସରେ ହାଡ଼ ଭାଙ୍ଗିଲେ ଆଉ ଯୋଡ଼ି ନହୁଏ।

ବୁଢ଼ୀ ପିଲାଙ୍କ ଡରକୁ ହସି ଉଡ଼ାଇ ଦିଅନ୍ତି। କହନ୍ତି, "ତମେ ସବୁ ଏଇ ପଲଙ୍କରୁ କେତେ ଗଡ଼ା ଖାଇଛ– କିଛି ହୋଇନି। ଆମର କ'ଣଟୋ ହୋଇଯିବ? ପିଲାଏ ଯାହା ଆଶଙ୍କା କରୁଥିଲେ, ତାହାହିଁ ହେଲା। ବୁଢ଼ା ଦିନେ ପଲଙ୍କରୁ ପଡ଼ିଗଲେ। ବୁଢ଼ା ଅଚଳ। ଖବର ପାଇ ପିଲାଏ ଆସିଲେ। ପଲଙ୍କରେ ଶୋଇବା ବାରଣ ନ ମାନି ଏ ଅବସ୍ଥା ବୋଲି ବହେ ବିରକ୍ତ ହେଲେ। ବୁଢ଼ାବୁଢ଼ୀ ଏଣିକି ତଳେ ଶୋଇଲେ। ପଲଙ୍କଟା ଫାଁ ଗାଲି ପଡ଼ିଥାଏ ଶୂନ୍ୟ। ପିଲାଏ ଆଉ ଅନୁମତି ମଧ ମାଗିଲେ ନାହିଁ। ଏଥର ପଲଙ୍କଟାକୁ ଟ୍ରକ୍ରେ ଲଦି ସହରକୁ ନେଇଗଲେ। ଏଠି ରହିଲେ ବିପଦ। ଏଥର ସିନା ଅନ୍ତକେ ବର୍ତ୍ତିଗଲେ। ଆଉ ଥରକୁ ପ୍ରାଣ ରହିବନି। ବୁଢ଼ାବୁଢ଼ୀ ଚୁପ୍। ତେବେ ମନରେ ଆଶା ଅଛି ପଲଙ୍କଟା ଯିବା ପରେ ନିଶ୍ଚୟ ଆରଥରକୁ ବୁଢ଼ାବୁଢ଼ୀଙ୍କ

ନେଇଯିବେ। 'ଆଣ୍ଟିକ୍'ର ଆଦର ପିଲାଏ ନିଣ୍ଡେ କରିବେ। କାତର ଆଣ୍ଟିକ୍‌କୁ ଯଦି ଆଦର, ଜିଅନ୍ତା ମଣିଷ ଆଣ୍ଟିକ୍‌କୁ ହତାଦର କରିବେ କେମିତି ? ଗାଁ ଛାଡ଼ି, ଭିଟାମାଟି ଛାଡ଼ି ଯିବାକୁ ଆମ୍ଭା ଡ଼ାକୁ ନାହିଁ; କିନ୍ତୁ ନଯାଇ ଉପାୟ ନାହିଁ। ବୁଢ଼ା ଅକର୍ମଣ୍ୟ, ବୁଢ଼ୀ ଅଥର୍ବ। ଏଥର ପିଲାଏ ଡାକିଲେ ନିଣ୍ଚୟ ଯିବେ। ମାତ୍ର ଦୁଇଟା ଖରାଛୁଟି ଏ ଭିତରେ ଗଲାଣି। ପିଲାଏ ଆସିବେ ଆସିବେ ହୋଇ ଆସିପାରିନାହାନ୍ତି। ଚିଠି ଲେଖିଥିଲେ ପୁରୁଣା ପଲଙ୍କଟା ସେଠି ଦର୍ଶନୀୟ ବସ୍ତୁରେ ପରିଣତ ହୋଇଛି। ବୁଢ଼ୀ ବୁଢ଼ାଙ୍କୁ ପଚାରିଲେ, "ପୁରୁଣା ଦ୍ରବ୍ୟକୁ ଯଦି ଆଦର, ତେବେ ଆମକୁ ନେଇଯାଉ ନାହାନ୍ତି କାହିଁକି ? ଆମେ ପରା ଆଣ୍ଟିକ୍ ନା ଫାଣ୍ଟିକ୍..."

"ନେବେ, ନିଣ୍ଚୟ ନେବେ। ଆଣ୍ଟିକ୍ ଭଲି ଦର୍ଶନୀୟ ବସ୍ତୁ କରି ନିଜର ପ୍ରୌଢ଼ି ଦେଖାଇବାକୁ ଚାହେଁ, ପୁରୁଣା ବସ୍ତୁର ପ୍ରକୃତ ଆଦର ଯିଏ କରନ୍ତି, ସେ ନିଣ୍ଚୟ ପାଖକୁ ନେଇଯିବେ। ଧୈର୍ଯ୍ୟ ଧରି ଅପେକ୍ଷା କର।"

ବୁଢ଼ା ବୁଢ଼ୀଙ୍କୁ ବୋଧ ଦେଲେ।

"ସେ ପୁଣି କିଏ ?"

"ସେଇ– ଯିଏ ନୂଆକୁ ପୁରୁଣା କରନ୍ତି, ପୁରୁଣାକୁ ଆଣ୍ଟିକ୍ କରନ୍ତି ନାହିଁ–ପୁଣି ଆଣ୍ଟିକ୍‌କୁ ଦିଅନ୍ତି ନବକଲେବର..."

"ହଉ ତେବେ–ତାଙ୍କର ଯେବେ ଇଚ୍ଛା ନିଅନ୍ତୁ, ଆମର କି ଚାରା।"

ବୁଢ଼ୀ ଥର ଥର ଯୋଡ଼ହସ୍ତ ମୁଣ୍ଡରେ ଲଗାଇଲେ।

ଅଖଣ୍ଡ ଦୀପ

ପିଲାମାନେ ସାନ ଥିବାବେଳେ ମା'ର ଆଖି ଦୁଇଟା ସ୍ୱପ୍ନ ଟଳମଳ ଥିଲା । ପିଲାମାନେ ବଡ଼ହୋଇ, ନିଜର ସଂସାର କରିବା ପରେ ମା'ର ଆଖି ଦୁଇଟା କେତେବେଳେ ପିଲାମାନଙ୍କ ସୁଖ ଓ ସଫଳତାରେ ଆନନ୍ଦାଶ୍ରୁ ଟଳମଳ ତ କେତେବେଳେ ପିଲାମାନଙ୍କ ଦୁଃଖ ଓ ବିଫଳତାରେ ବେଦନାଶ୍ରୁ ଟଳମଳ ହେଉଥିଲା । ପିଲାମାନଙ୍କ ପାଇଁ ସ୍ୱପ୍ନ ହେଉ ବା ଦୁଃସ୍ୱପ୍ନ ହେଉ ତା' ଥିଲା ମା'ର ଏକାନ୍ତ ନିଜସ୍ୱ । ତା' ଆଖିର ସ୍ୱପ୍ନ ଓ ଲୁହକୁ ସେ ବାପାଙ୍କୁ ଦେଖାଉ ନଥିଲା କି ପିଲାମାନଙ୍କୁ ଦେଖାଉ ନଥିଲା । କିନ୍ତୁ ପିଲାମାନଙ୍କ ପାଖରେ ମା'ର ସେଇ ଭାବଭରା ଆଖି ଦୁଇଟା ଥିଲା ସ୍ନେହ ଟଳମଳ – ସେଇ ଆଖି ଦୁଇଟା ହିଁ ଥିଲା ପିଲାମାନଙ୍କ ପାଇଁ ଦିଗ ନିର୍ଣ୍ଣୟକ । କେତେ ଖଣ୍ଡିରେ ସେ ଆଖି ଦୁଇଟା ପାଞ୍ଚ ପାଞ୍ଚଟା ଅରଣା ପିଲାଙ୍କୁ ଅଢ଼େଇ ନେଉଥିଲା ଠିକଣା ବାଟରେ । ବାସଲ୍ୟର ନାନାବାୟା ଗୀତ ଗାଇ ଦୁଃଖମାନଙ୍କୁ ଥାପୁଡ଼େଇ ଦେବାର ଶକ୍ତି ସେ ଆଖି ଦୁଇଟାର ଥିଲା ।

ଢୁଣ୍ଡିପଡ଼ି ଲହୁଲୁହାଣ ହେଲେ ସେ ଆଖି ଦୁଇଟା ମଲମ ଲଗାଇ ଦେଉଥିଲା । ଆଶା ହାରିଦେଲେ ମା'ର ସେଇ ସରଳ ନିର୍ମାୟା ଆଖି ଦୁଇଟା ବିଶ୍ୱାସର   ଆକାଶ ପାଲଟି ଯାଉଥିଲା । ଅନ୍ଧାରରେ ବାଟବଣା ହେଲେ ସେ ଆଖିଦୁଇଟା ଦୀପ ହୋଇ ଜଳୁଥିଲା, ଅଜାଣତରେ ପାଦ ଖସିଗଲେ ସେ ଆଖି ଦୁଇଟା ଚୁମ୍ବକ ପଥର ଭଳି ଛାତିକୁ ଟାଣି ନେଉଥିଲା, ଜାଣି ଜାଣି ବାଟ ହୁଡ଼ିଲେ ସେ ଆଖି ଚେତାବନୀ ପାଲଟି ଯାଉଥିଲା । ଦୁଇଟା ଆଖି ପାଞ୍ଚ ପିଲାଙ୍କ ପଛେ ପଛେ ଦଶଟା ଆଖି ପାଲଟିଯାଇ ଘୁରୁଥାଏ । ଶ୍ରୀମନ୍ଦିର ନୀଳଚକ୍ର ଉପରେ ପବିତ୍ର ନେତ ଭଳି ମା'ର ନିଟୋଲ ଦମ୍ସିଲା ମୁହଁରେ ସେଇ ଦୁଇଟି ବିଭୋର ଆଖି ନିରନ୍ତର ଅଭୟ ଆଶିଷ ଢାଲି ଚାଲିଥିଲା । ବାପାଙ୍କର ଅର୍ଜନ ସିନା ପିଲାଙ୍କର ପିଣ୍ଡକୁ ଅନ୍ନବସ୍ତ୍ର ଯୋଗାଇଥିଲା, ମା'ର ଆଖି ଦୁଇଟା ତ ପିଲାଙ୍କ ପିଣ୍ଡ, ମନ, ଚେତନା ଏବଂ ଚେତନାସ୍ଥିତ ବିବେକକୁ ମାଟିମୁଠି ପୁଷ୍ଟ କରିଥିଲା । ସଚରାଚର ବୋଉମାନଙ୍କ ଭଳି ମା'ଟା ଜମାରୁ ଖେଟ୍‌ଖେଟୀ ନଥିଲା ।   ମା'ର କଥାକୁହା ଆଖି ଦୁଇଟା ତ ସବୁ କହୁଥିଲା, ତୁଣ୍ଡ ସାରିବା ଲୋଡ଼ା କ'ଣ ?

ନିଜ ମା'କୁ ଦେଖି ପିଲାମାନେ   ଜାଣିଥିଲେ ଯେ, ମା'ମାନେ   ବେମାର ହୁଅନ୍ତି ନାହିଁ ।   ସେମାନଙ୍କ ପାଇଁ ପଥ୍ୟ, ପାଚନ, ବଇଦ, ଡାକ୍ତର ଲୋଡ଼ା ହୁଏ ନାହିଁ । ମା'ମାନେ ଥକି ପଡ଼ନ୍ତି ନାହିଁ, ମା'ମାନଙ୍କର ଅଣ୍ଟା, ପିଠି, ଗୋଡ଼ ବଥା ହୁଏ ନାହିଁ ।   ମା'ମାନେ ବୁଢ଼ୀ ବି ହେବା କଥା ନୁହେଁ, ନହେବା ଉଚିତ । ମା'କୁ ବେମାରିଆ, ଥକ୍କାମରା, ଯାଉଣ୍ଡୁ ଆସୁଣ୍ଡୁ ଉଃ, ଆଃ ହୋଇ କୁନ୍ଥାଉଥିବା ଗଣ୍ଡି ଅଳସେଇ କୁନ୍ଥୁକୁନ୍ଥୀ ମଣିଷ ଭାବରେ ପିଲାଏ କେବେ ଦେଖି ନାହାନ୍ତି । ପିଲାମାନଙ୍କ ଜାଣତରେ ମା' କେବେ ଡାକ୍ତରଖାନା ଦୁଆର ମାଡ଼ି ନଥିଲା, ମା' ପାଇଁ ଡାକ୍ତର ବଇଦଙ୍କୁ ଡକରା ପଡ଼ି ନଥିଲା । ବୟସ ବଢ଼ିବା ସହ ମା'ର ଚେହେରା ବଦଲୁଥିବ, ମାତ୍ର ପିଲାମାନଙ୍କ ଆଖିରେ ଧରାପଡ଼ୁ ନଥିଲା, ମା' ଚିରକାଲ ନିଜକୁ କର୍ମଠ, ସରସ, ଆତ୍ମନିର୍ଭରଶୀଲ କରି ରଖିଥିଲା । ଜର, ଶର୍ଦ୍ଦି, ମୁଣ୍ଡବ୍ୟଥା ହେଲେ ମା' କି ଔଷଧ ଖାଏ, ଔଷଧ ଖାଏ କି ନା ପିଲାଏ ଜାଣନ୍ତି ନାହିଁ । ନିଜର ସାଧାରଣ ରୋଗ କିପରି ବଡ଼ ଆକାର ଧାରଣ ନକରିବ ତା'ର ଉପଚାର ମା'କୁ ଜଣା ଥିଲା । ମା' ଜାଣିଥିଲା, ବେମାରିଆ ମା'ମାନେ ପିଲାଙ୍କ ପାଇଁ ଗଳଗ୍ରହ, ପରିବାର ପାଇଁ କାଲ ।   କିନ୍ତୁ ବାପାଙ୍କ ପାଇଁ ଡାକ୍ତର, ଔଷଧ, ପଥ୍ୟପାଚନ ବନ୍ଧା ହୋଇଥାଏ । ପ୍ରତିଦିନ ଘଷାମୋଡ଼ା ନଖାଇଲେ ବାପାମାନଙ୍କ ଆଖିକୁ ନିଦ ଆସେ ନାହିଁ । ଘିମିରିଟାଏ ବାହାରିଲେ ଡାକ୍ତରଙ୍କୁ ଡକରାପଡ଼େ । ବାପାଙ୍କୁ ଥଣ୍ଡା ଜ୍ୱର ହେଲେ ମା'ର ରାତି ଅନିଦ୍ରା । ବେଲେ ବେଲେ ଖାଇବା ପାଇଁ ବି ତର ମିଲେନି । ବାପା ପାଖରୁ ଛାଡ଼ିଲେ ସିନା ମା' ମୁଠାଏ

ଖାଇବ ! ସେଥିକି ମା'ର ପରବାସ ନଥାଏ, କି ଆଉ କାହାରି ମୁଣ୍ଡ ଖେଳେଇବାର ନଥାଏ । ମା'ମାନେ ଉପାସ ଭୋକ ସମ୍ଭାଳି ପାରନ୍ତି, ଓଷା ଉପବାସରେ ବି ହାଣ୍ଡି ହାଣ୍ଡି ପିଠାପଣା, ଖିରି, ପୁରି ରାନ୍ଧି ପରଶି ପାରନ୍ତି । ମା'ମାନେ ସେମିତିକା ଉପାଦାନରେ ଗଢ଼ା । ତେଣୁ ପିଲାମାନେ ସେଥିପାଇଁ ମୁଣ୍ଡ ଭାରି କରନ୍ତି ନାହିଁ, ମା'ର ମଧ୍ୟ କିଛି ଅଭିଯୋଗ ନଥାଏ । ପିଲାମାନଙ୍କ ଦେହ ଖରାପ ହେଲେ ମା'ତ ଅଖଣ୍ଡ ଦୀପ ହୋଇ ଜଳୁଥାଏ । ଆଖିପତା ପକାଏ ନାହିଁ । କୋଉଠୁ ଆସେ କିଶୋରୀ ଭଳି କୃଶାଙ୍ଗୀ ମା' ଦେହରେ ଏତେ ବଳ ? ମାଟ୍ରିକ୍ ପାସ୍ କରି ନଥିବା ମା' ଭିତରେ କୋଉଠି ଥାଏ ଏତେ ତେଜ, ଏତେ ଆତ୍ମଶକ୍ତି !

“ପାଠ ପଢ଼ିଲେ ଦୁଧଭାତ, ପାଠ ନପଢ଼ିଲେ ଠେଙ୍ଗାଲାତ୍” ବାପାଙ୍କର ନୀତି । କିନ୍ତୁ ମା'ର ରୀତି ଅଲଗା । ପାସ୍ ହେଉ, ଫେଲ୍ ହେଉ ପିଲାମାନଙ୍କ ପାଇଁ ଦୁଧଭାତ ବାଢ଼ିଦେବା ହେଉଛି ମା'ର ଧର୍ମ । ପିଲାଙ୍କର ଦୁଷ୍ଟାମି, ଅବାଧ୍ୟତା, ପାଠରେ ଅମନଯୋଗିତା ପାଇଁ ମା' ପିଲାମାନଙ୍କୁ ଶାସ୍ତି ଦିଏ ନାହିଁ, ନିଜକୁ ଶାସ୍ତି ଦିଏ, ଖିଆପିଆ ଛାଡ଼ିଦେଇ ନୁଖୁରା ମଇଲା ହୋଇ ଶୁଖିଲା ମୁହଁରେ ଠାକୁରଙ୍କୁ ମୁଣ୍ଡିଆ ମାରି ମୁଣ୍ଡ ଫୁଲେଇ ଦିଏ । ଗୁଣ୍ଡୁଗୁଣ୍ଡୁ ହୋଇ ଦୋଷ ସ୍ୱୀକାର କରୁଥାଏ ଠାକୁରଙ୍କ ପାଖରେ– ଠାକୁରେ, ବାଲୁତ ଅଜ୍ଞାନ ପିଲାଗୁଡ଼ିକ, ଦୋଷ ତାଙ୍କର ନୁହେଁ, ଭଲମନ୍ଦ ଜ୍ଞାନ ସେମାନଙ୍କର ହୋଇନି, ମୁଁ ଯଦି ପିଲାମାନଙ୍କୁ ଠିକଣା ବାଟରେ ଚଲାଇ ନପାରିଲି ତେବେ ଦୋଷ ମୋର । ମୋ ଭଳି ମା' ଥାଇ କେତେ ନଥାଇ କେତେ ? ତୋ ଆଗରେ ହଳପ୍ କରୁଛି, ମୋ ପିଲାଙ୍କୁ ଠିକଣା ବାଟ ନଦେଖାଇବା ଯାଏ ମୁଁ ଅନ୍ନଜଳ ଛୁଇଁବି ନାହିଁ । ଶୁଖି ଶୁଖି ମରିଯିବି ପଛକେ ମୋର ଏଡ଼େ ସରସା ପିଲାଙ୍କୁ ଅମଣିଷ ହେବାର ଦେଖିବି ନାହିଁ – ମା'ର ଏ ଖେଦୋକ୍ତି ଠାକୁରେ ଶୁଣନ୍ତୁ କି ନଶୁଣନ୍ତୁ, ପିଲାଏ ଶୁଣନ୍ତି । ମା' ସେମାନଙ୍କର ଦୁଷ୍ଟାମି ପାଇଁ ପ୍ରାଣ ଦେବାକୁ ବସିଛି ଜାଣି କୋଉ ବାଲୁଙ୍ଗା ବା ଧାନ ନହୋଇ ରହିବ ? ପିଲାଙ୍କୁ ବାଟକୁ ଆଣିବା ପାଇଁ ମା' କେତେବାର ଯେ ନିର୍ଜଳା ଉପବାସ କରିଛି ତା'ର ହିସାବ ନାହିଁ । ବାପା ତ ସାତ ପିଲାଙ୍କଠୁ ବଳନ୍ତି । ପିଲା ସୁନାମ କଲେ ସବୁ କୃତି ତାଙ୍କର, ପିଲା ବିଫଳ ହେଲେ, ଦୁର୍ନାମ କଲେ ଦୁଷ୍କୃତି ମା'ର । ପିଲା ଭଲ ପଢ଼ିଲେ ବାପ ପରି ହୋଇଛି, ମନ୍ଦ ପଢ଼ିଲେ ମା'ର ମଗଜ ଆଣିଛି । ଜିତିଲା ପୁଅ ମୋ ପୁଅ, ହାରିବା ପୁଅ ତୁମ ପୁଅ– ଏମିତି ଭାଗବଣ୍ଟରା ଚାଲିଥାଏ ବାପାଙ୍କର ଜୀବନସାରା । ମା' କିନ୍ତୁ ପିଲାଙ୍କୁ ଭାଗ କରିବାରେ ବିଶ୍ୱାସୀ ନଥିଲା । ଭଲ, ମନ୍ଦ, ସବୁ ତା'ର – ସମସ୍ତେ ତା'ରି ରକ୍ତମାଂସରେ ଗଢ଼ା, ତାରି ଗର୍ଭରୁ ଜନ୍ମିଛନ୍ତି ସମସ୍ତେ । ପିଲାଙ୍କୁ ଭାଗ କରି ତୋର ମୋର କଲେ

ମା'ର କଲିଜା ଦି'ଖଣ୍ଡ ହୋଇଯିବା ନିଶ୍ଚିତ । ତେଣୁ ପିଲାଙ୍କର ହାର୍‌-ଜିତ୍‌, ପାସ୍‌-ଫେଲ୍‌, ସୁନାମ-ଦୁର୍ନାମ, ବିନମ୍ରତା, ଅବାଧ୍ୟତା ସବୁକୁ ଲୁହ, ଲହୁ, ସରାଗ, ଦୁଃଖ, ବିଷାଦ, ପୁଲକରେ ଗୋଳେଇ ପୋଳେଇ କାନିରେ ବାନ୍ଧି ବୁଲୁଥାଏ । ପିଲା ତ କଲିଜାରୁ ଖଣ୍ଡେ ଲେଖାଁ । କଲିଜା ଯଦି ଦରଜ ହେଲା, କଷ୍ଟହେଲା, ତେବେ କ'ଣ କାଟି ଫୋପାଡ଼ି ଦେଇହେବ ? ଯୋଉ ପିଲା କ୍ଲାସରେ ପାଠରେ ଦୁର୍ବଳ ତା'ର ରିପୋର୍ଟ କାର୍ଡ଼ ମା' ଯାଇ ସ୍କୁଲରୁ ଆଣେ । ଦୁଇଟିଯାକ ରିପୋର୍ଟ କାର୍ଡ଼କୁ ଏକାପରି ଆଦରରେ ନିଜ ହାତ ବାକ୍ସରେ ରଖେ, କହେ- "ଥାଉ, ଏସବୁ ତୁମ ପିଲାଏ ଦେଖିବେ" । ଏତିକିରେ ଅମାନିଆ, ଅମନଯୋଗୀ ପିଲା ସାବାଡ଼ ହୋଇଯାଏ, ଅନ୍ୟ ମା'ମାନଙ୍କ ପରି ମା' ଯଦି ଦୁର୍ବଳ ପିଲାର ରିପୋର୍ଟ କାର୍ଡ଼କୁ ଚିରି ଫୋପାଡ଼ି ଦେଉଥାନ୍ତା ତେବେ କେତେ ଭଲ ହୁଅନ୍ତା ! ନିଜର ଅମନଯୋଗୀତା ଓ ବିଫଳତା ଏତେ ଭାରି ଲାଗନ୍ତା ନାହିଁ ଆପଣାକୁ ! କମ୍‌ ନମ୍ବର ପାଇଥିବା ରିପୋର୍ଟ କାର୍ଡ଼ଟା ମୁଣ୍ଡ ଉପରେ ବୋଝ ହୋଇ ଏମିତି ଚାପ ପକାଏ ଯେ ପିଲା ମନଯୋଗୀ ହୋଇ ଭଲ ରିପୋର୍ଟ କାର୍ଡ଼ ନଆଣିବା ଯାଏ ଶାନ୍ତିରେ ଶୋଇପାରେ ନାହିଁ । ପାସ୍‌, ଫେଲ୍‌ ଦୁଇ ପିଲାଙ୍କ ମୁହଁକୁ ସାଉଁଲି ଦେଇ ମା' ଆଦର କରେ । ଜଣକୁ ମା'ର ଆଖି କହେ "ଆହା ! କେତେ କଷ୍ଟ କରି ଏତେ ଭଲ ନମ୍ବର ଆଣିଛି ମୋ ସୁନାପୁଅ...!" ଆଉ ଜଣକୁ ଆଖି କହେ "କେମିତି ଏତେ ଖରାପ ନମ୍ବର ରଖିଲୁରେ ମୋ ଧନ ! ତୁ ତ ଏଡ଼େ ବୁଦ୍ଧିଆ, ଏଡ଼େ ବିଚକ୍ଷଣ-କେତେ ଦୁଃଖ ପାଇଲା ମୋ ପୁଅ" ଏମିତି ଏମିତି କେତେ ଖଣ୍ଡରେ ପିଲାଙ୍କୁ 'ସାବାସ୍‌' ଦେଉଥିଲା, ପୁଣି ବି 'ସାହସ' ଦେଉଥିଲା ମା'ର ସେଇ କଥାକୁହା ଆଖି । ପିଲାମାନଙ୍କର ବୟସ ବଢ଼ିବା ସହ ମା'ର ଆଖିରେ ରତୁ ପରିବର୍ତ୍ତନ ହେବାକୁ ଲାଗିଲା । ପିଲାମାନଙ୍କୁ ଠିକଣା ବାଟରେ ଚଲାଇବା ପାଇଁ ଜୀବନପଣ କରି ଲାଗିଥିଲେ ବି ମା'ର ସ୍ୱପ୍ନଭଙ୍ଗ ହେଲା ବହୁ କଥାରେ । ପିଲାଙ୍କୁ ନେଇ ଦେଖିଥିବା ଭଲି ଭଲି ସ୍ୱପ୍ନ ଅଧାରୁ ଭାଙ୍ଗିଗଲା ମା'କୁ ରାତି ଅନିଦ୍ରା କରି । ପିଲାମାନଙ୍କୁ ନେଇ ସବୁ ବାପା ମା'ଙ୍କର ସ୍ୱପ୍ନ ଭଙ୍ଗ ହୁଏ । ବାସଲ୍ୟ ମମତାରେ ରାଜା ରାଣୀ ଡାକୁଥିବା ପିଲାମାନେ ବାସ୍ତବ ଜୀବନରେ ରାଜା ରାଣୀ ହୁଅନ୍ତି ନାହିଁ । "ମୋ ପିଲାଙ୍କ ଅଗ ଗୋଡ଼ରେ କଣ୍ଟା ନବାକୁ" ପ୍ରାର୍ଥନା କଲେ ବି ପିଲାଙ୍କ ଗୋଡ଼ରେ କଣ୍ଟା ବାଜେ । ମା'ର ଆଖି ରକତ ଟଳମଳ ହୋଇଯାଏ ପିଲାଙ୍କୁ ପିମ୍ପୁଡ଼ି କାମୁଡ଼ିବା ଭଲି ସାନ ଦୁଃଖଟାଏ ହେଲେ ।

ପିଲାମାନେ ନିଜ ନିଜ ସଂସାର ବାନ୍ଧି ଉଚ ଉଚ ଡାଲରେ ବସା ବାନ୍ଧିବା ପରେ ମା'ର ଆଖି ଦୁଇଟା କ୍ରମେ ନିର୍ଲିପ୍ତ ହେବାକୁ ଆରମ୍ଭ କରିଥିଲା । ସେ

ଆଖି ଦୁଇଟା କହୁଥିଲା– କାହିଁରେ ତା'ର ଆସକ୍ତି ନାହିଁ, କିନ୍ତୁ ପିଲାମାନଙ୍କଠୁ ଆସକ୍ତି କୋଉ ମା'ର ବା ତୁଟେ ? ପିଲାମାନଙ୍କ ମୁଣ୍ଡକୁ ହାତ ପାଇଲାଣି । ସମସ୍ତେ ନିଜ ହାତରେ ଚଉଦପା' । ପିଲାଏ ଡେଙ୍ଗା ଚଉଡ଼ା ହୋଇଯାଇଛନ୍ତି ମା'ଠୁ । ପିଲାଙ୍କ ସାମ୍ନାରେ ସବୁ କଥାରେ ମା' ଅଜ୍ଞାନ, ଅବୋଧ ପାଲଟିଛି, ପିଲାମାନେ ଏବେ ସବୁ କଥାରେ ଆଗୁଆ । ଯା'ଠାରୁ ବଡ଼ ପ୍ରାପ୍ୟ ମା'ର ଆଉ କ'ଣ ଥାଏ ? ମା' ଆଉ ଖବରକାଗଜ ପଢ଼େ ନାହିଁ, ପିଲାଏ ସବୁ ଖବର ଜଣେଇ ଦିଅନ୍ତି ଟିଭି ଦେଖୁ ଦେଖୁ । ମା'କୁ ଟିଭି ସାମ୍ନାରେ ବସିବାକୁ ବି ତର ନଥାଏ । ପିଲାଏ ସାନ ଥିବାବେଳେ ମା' ଯେମିତି ଖଟୁଥିଲା, ପିଲାଏ ବଡ଼ ହେବା ପରେ ମା' ସେମିତି ଖଟୁଛି । ପିଲାମାନେ ଅଫିସ୍ ଯିବେ, ନାତି ନାତୁଣୀ ସ୍କୁଲକୁ ଯିବେ । ଅବସରପ୍ରାପ୍ତ ସ୍ୱାମୀଙ୍କ ଚା'ପିଆ ଚାଲିଥାଏ ସକାଳ ଛଅରୁ ରାତିଯାଏ । ସେତେବେଳେ କେବଳ ବାପା ଅଫିସ୍ ଯାଉଥିଲେ । ଜଣକ ପାଇଁ ତରବର ରୋଷେଇବାସ ଆଉ ଲଞ୍ଚ ପ୍ୟାକେଟ୍ ପ୍ରସ୍ତୁତି ହେଉଥିଲା, ଏବେ ତିନିପୁଅ, ତିନି ବୋହୂଙ୍କର ଅଫିସ୍– ଚାରି ନାତି ନାତୁଣୀଙ୍କର ସ୍କୁଲକୁ ଯିବା ଝାମେଲା, ସେମାନଙ୍କର ପ୍ରତିଦିନ ନୂଆ ନୂଆ ଜଳଖିଆ ଯାଏ ଟିଫିନ୍ ବାକ୍ସରେ । ପିଲାଏ ବଡ଼ ହେବା ସହ ମା'ର କାମ ବଢ଼ିଛି । ମା' ଆଗରୁ ଖରାବେଳେ ଗଳ୍ପବହି, ପତ୍ରପତ୍ରିକା ପଢ଼ୁଥିଲା, ଏବେ ସେଥିପାଇଁ ମଧ୍ୟ ତର ନାହିଁ । କିନ୍ତୁ ବିରିଚାଉଳ ବଟା, ପିଲାଙ୍କ ଜାମା ପ୍ୟାଣ୍ଟରେ ବୋତାମ ଲଗା, ଚିରା ଶାଢ଼ି, କନ୍ଥା ଚଦର ସିଲାଇ, ଆଚାର, ବଡ଼ି, ମୁଠାଁ, ଆରିଷା ତିଆରି, ଚାଉଳ, ଗହମ ବାଛି ଧୁଆଧୋଇ କରି ଅଟା ପେଷିବା – ସବୁ କାମ ପୂର୍ବବତ୍ ଚାଲିଥାଏ । କାମର ପ୍ରକାର କେବଳ ନୁହେଁ, ଆକାର ବି ବଢ଼ିଥାଏ । ମା'ର ସେଥିପାଇଁ ଅଭିଯୋଗ ନଥାଏ । ଅନ୍ତର ଦେଇ ମା'ର କର୍ତ୍ତବ୍ୟ ତୁଲାଉ ତୁଲାଉ ମା' ନିଜକୁ ସମ୍ଭବତଃ ଭୁଲି ସାରିଥିଲା, ଅଭିଯୋଗ କରିବାକୁ ତର ନଥାଏ, ଇଚ୍ଛା ନଥାଏ, ସ୍ମରଣ ନଥାଏ । କାହା ପାଖରେ କାହା ବିରୋଧରେ ଆପଣି ଅଭିଯୋଗ କରିଥାନ୍ତା ମା' ? ଅଭିଯୋଗ କରିବାର ଅଭ୍ୟାସ ଏଇ ମା'ର ଥିଲା କେଉଁଠି ? ଦିନେ ଯେଉ ଆଖି ଦୁଇଟା ପିଲାମାନଙ୍କୁ କଠୋର ଶୃଙ୍ଖଳାର ଶଗଡ଼ଗୁଲାରେ ଚଲାଇବାକୁ ସକ୍ଷମ ଥିଲା, ସେଇ ଆଖି ଦୁଇଟା ପିଲାମାନଙ୍କର ଶୃଙ୍ଖଳାଭଙ୍ଗ କରିଥାଆନ୍ତା କିପରି ?

ଦିନେ ମା'ର ନିର୍ଭୟ ଆଖି ପିଲାମାନଙ୍କୁ ଭୟ ଦେଖାଉଥିଲା । ଏବେ ପିଲାମାନଙ୍କର ତେଜିଲା ଆଖି ମା'କୁ ଚୁପ୍ କରିଦିଏ । ପିଲାମାନେ ଆଉ ମା'ର ଅନୁମତି ନେଇ ଶଗଡ଼ଗୁଲାରୁ ପାଦ କାଢ଼ନ୍ତି ନାହିଁ । ମା'ର ଆଶିଷ ଆଉ ସ୍ନେହ

ସବୁକାଳକୁ ଲୋଡ଼ା । ମା'ର ଅନୁମତି ଆଉ ଉପଦେଶ ସବୁ କାଳକୁ ଲୋଡ଼ା ନୁହେଁ । ମା'ର ସବୁ କଥା ଆଉ ଠିକ୍ ମନେ ହୁଏନି, ପିଲାମାନଙ୍କର ସବୁ କଥା ଆଉ ଭୁଲ୍ ବୋଲି କହିହେବନି । ପିଲାମାନଙ୍କ ବିଚାର ଆଉ ସିଦ୍ଧାନ୍ତ ପାଖରେ ମା' କେତେ କଥାରେ ଏଣିକି ହାରିଯାଏ । ମାତ୍ର ପିଲାମାନଙ୍କ ପାଖରେ ହାରିଯିବାରେ ମା'ର ପରାଜୟ ହୁଏ ନାହିଁ । ସମୟ ବଦଳିବା ସହ ଚଳଣି ବଦଳିଛି, ଖାଦ୍ୟପେୟ ବଦଳିଛି, ପୋଷାକ ପରିଚ୍ଛଦ ବଦଳିଛି, ନୀତିନିୟମ ବଦଳିଛି, ସାମାଜିକ କାଇଦା କତକଣା ବଦଳିଛି । ମୋଟ ଉପରେ ପିଲାଏ ବଦଳି ଯାଇଛନ୍ତି, କିନ୍ତୁ ମା' ବଦଳି ନାହିଁ ମା'ମାନେ ବଦଳନ୍ତି ନାହିଁ । ପିଲାଙ୍କ ପାଖରେ ମା'ର ପ୍ରାଧାନ୍ୟରେ ଓଲମ ବିଲମ ହୋଇଯାଏ ପିଲାମାନଙ୍କ ବ୍ୟସ୍ତବହୁଳ କର୍ମମୟ ଜୀବନରେ, ଆପଣାର ଆଧୁନିକ "ଆମେ ଦୁଇ – ଆମର ଦୁଇ" ପାରିବାରିକ ଜୀବନରେ । କିନ୍ତୁ ମା' ପାଖରେ ପିଲାମାନଙ୍କର ପ୍ରାଧାନ୍ୟ ଯାହା ଥିଲା ସେୟା । ମା'ର ସମ୍ପର୍କ ପିଲାମାନଙ୍କ ସହ ମା' ତରଫରୁ ବଦଳି ନାହିଁ । ତେବେ ବି ମା'ର ଆଖିରେ ଅଭିଯୋଗ ନଥାଏ, ରାଗ, ଦ୍ୱେଷ ନଥାଏ, ଦୁଃଖ ହତାଶା ନଥାଏ । ବରଂ ମା' ପିଲାଙ୍କପଟିଆ ହୋଇ ବାପାଙ୍କ ଅଭିଯୋଗକୁ ଖଣ୍ଡନ କରେ – ତୁମେ କ'ଣ ଭାବୁଛ ! ପିଲାମାନେ ଆମଠୁ ଦୂରେଇ ଯାଉଛନ୍ତି ? ସେପରି ହେବାର ନୁହେଁ । ସେମାନଙ୍କୁ ବେଳ କାହିଁ ? ସ୍ୱାମୀ-ସ୍ତ୍ରୀ ବସି ଦୁଃଖ ସୁଖ ହେବାକୁ ପରା ବେଳ ନାହିଁ ତାଙ୍କର । ନିଜ ପିଲାଙ୍କୁ ଗେହ୍ଲା ଆଦର କରିବା ପାଇଁ ପରା ତାଙ୍କର ତର ନାହିଁ । ତା' ବୋଲି କ'ଣ ଆମ ପିଲେ ତାଙ୍କ ସ୍ତ୍ରୀ ପିଲାଙ୍କୁ ଭଲ ପାଆନ୍ତି ନାହିଁ ? ନିଜ ଦେହର ଯତ୍ନ ନେବା ପାଇଁ ତାଙ୍କୁ ସମୟ ନାହିଁ । କେତେ ଗେହ୍ଲାରେ ବଢ଼ାଇଥିଲି, କେଡ଼େ ନାରଖାର ଜୀବନ କାଟୁଛନ୍ତି ? ରାତିରେ ଘରକୁ ଫେରୁଛନ୍ତି, ସେତିକି ଢେର ବୋଲି ଭାବି ଠାକୁରଙ୍କୁ ମୁଣ୍ଠିଆ ମାରୁଛି ମୁଁ । ନ ଫେରିବାଯାଏ କେଡ଼େ ଦକଦକ ଲାଗେ ତମେ କ'ଣ ବୁଝିପାରୁନ ?

ପୂର୍ବେ ଛୁଟିଦିନମାନଙ୍କରେ ମା' ପିଲାମାନଙ୍କ ପାଇଁ ଭୋଜିର ଆୟୋଜନ କରୁଥିଲା । ବୋହୂମାନଙ୍କ ଫୁରୁଫୁରୁ ନୁଖୁରା କେଶରେ ତେଲ ଘଷି ଜୁଡ଼ା ପାରି ଦେଉଥିଲା । ଏବେ ସେ କାମରୁ ମା'କୁ ମୁକ୍ତି ଦେଇଛନ୍ତି ପିଲେ । ଛୁଟି ଦିନରେ ସମସ୍ତେ ବାହାରେ ସମୟ କଟାନ୍ତି, ହୋଟେଲରେ ଭଲମନ୍ଦ ଖାଆନ୍ତି । ବୋହୂମାନଙ୍କ କେଶ ବାନ୍ଧିବା ବି ଲୋଡ଼ା ହୁଏ ନାହିଁ । ଯେଉଁ ବୋହୂମାନଙ୍କର ଲମ୍ବ ଘନ କେଶ ଦେଖି ମା'ର ଆଖି କନ୍ୟାଦେଖା ବେଳେ ମୁଗ୍ଧ ହୋଇଥିଲା, ସେମାନେ ଆଜି ଲଣ୍ଠୀ । ପୁଅମାନଙ୍କ ମୁଣ୍ଠ ବାଳଠୁ ବୋହୂମାନଙ୍କ ମୁଣ୍ଠବାଳ ସାନ ସାନ । ଚାକିରି ଜୀବନର ବ୍ୟସ୍ତତା ଭିତରେ ଲମ୍ବ କେଶର ଯତ୍ନ ନେଇହୁଏ ନାହିଁ, ଚାକିରିର ପଦ ପଦବୀ ଓ

ଚାକିରି ପୋଷାକ ସହ ଲମ୍ବ କେଶ ଶୋଭାପାଏ ନାହିଁ । ମା'ର କିଛି ଖେଦ ନାହିଁ, ଅଭିଯୋଗ ନାହିଁ । ଯୋଉ ସମୟକୁ ଯୋଉ ସାଜ, ଯୋଉ ଚାକିରିକୁ ଯୋଉ ଭେକ । ହେଲେ ନାତୁଣୀମାନଙ୍କ ଲମ୍ବ କେଶରେ ବେଣୀବାନ୍ଧି, ଫୁଲ ଖୋଷିବାରେ ମା'ର ହାତ ହେଲା କରେ ନାହିଁ । ନାତୁଣୀମାନଙ୍କ ଲମ୍ବ ବେଣୀ ଦେଖି ତାଙ୍କର 'ଲାଣ୍ଟି' ମା'ମାନଙ୍କ ମୁହଁରେ ଯେତେବେଳେ ସରାଗର ଫୁଲ ଫୁଟିଯାଏ, ସେତେବେଳେ ମା'ର ମୁହଁଟା ସକାଳର ଫୁଲବଗିଚା ପାଲଟିଯାଏ । ମା' ହସି ହସି ରସିକତା କରେ – "ପୂର୍ବେ ଦଣ୍ଡ ଦେବା ପାଇଁ ଲାଣ୍ଟି କରି ଦେଉଥିଲେ । ଏ ଚାକିରି ବି ଗୋଟାଏ ଦଣ୍ଡ ନୁହେଁ କି ? ଆପଣାର ଏଡ଼େ ସୁନ୍ଦର ମୁହଁଟିମାନ ଦେଖିବାକୁ ବି ଏମାନଙ୍କର ବେଳ ନାହିଁ ? ସେମାନେ ନଦେଖନ୍ତୁ ମୋର ଢେର୍ ବେଳ ଅଛି ସମସ୍ତଙ୍କ ମୁହଁ ଦେଖିବା ପାଇଁ । ଏଇ ନାତୁଣୀମାନଙ୍କର ଲମ୍ବ କେଶରେ ବେଣୀ ବାନ୍ଧିବାଠାରୁ ବଡ଼ ଆନନ୍ଦ ଆଉ କିଛି ନାହିଁ । ଏମାନେ ଲାଣ୍ଟି ହେବାବେଳକୁ ଏ ଆଖି ଆଉ ଥିବ ନା ମୁଁ ଥିବି ! ତେଣୁ ମୋର କିଛି ଚିନ୍ତା ନାହିଁ ମ…"

ପିଲାମାନଙ୍କ ଉପରେ ମା'ର ଆଉ କିଛି କଟକଣା ରହେ ନାହିଁ, କିନ୍ତୁ ମା'ର ଆଖି ଦୁଇଟା ନିର୍ଲିପ୍ତତା ଭିତରେ ବି ଅନୁସରଣ କରୁଥାଏ ପିଲାମାନଙ୍କର ଗତିବିଧିକୁ । ଅନ୍ଧାର ଭିତରେ ବି ମା' ପିଲାଙ୍କ ବାସ୍ନାରୁ ଜାଣିପାରେ କିଏ ଘରେ ପଶିଲା, କିଏ ପଦାକୁ ବାହାରିଲା । ବିଜୁଳିବତି ଜଳୁନଥିବା ବେଳେ ମା'ର ଟର୍ଚ ଲାଇଟ୍ ବି ଲୋଡ଼ା ହୁଏ ନାହିଁ । ମା' ସ୍ୱଚ୍ଛନ୍ଦରେ ଏ ଘର ସେ ଘର ହେଉଥାଏ – ନାତି ନାତୁଣୀଙ୍କୁ ଅନ୍ଧାର ଭିତରେ ବି ବିସ୍କୁଟ୍ ମିକ୍ଚର ଧରାଇଦିଏ । ବାପା ପାଣି ମାଗିଲେ ଅନ୍ଧାରେ ଅନ୍ଧାରେ ପାଣିଗ୍ଲାସ ଧରି ଠିଆ ହୁଏ । ପିଲାଏ କହନ୍ତି – "ମା', ତୋ ଆଖିରେ କେତେ ପାୱାର ବତି ଜାଳିଛୁ ଯେ ଅନ୍ଧାରରେ ବି ସବୁ ଦେଖି ପାରୁଛୁ ?"

ମା' ହସିଦେଇ କହେ – "ସବୁ ସମ୍ପର୍କ ହେଉଛି ଗୋଟାଏ ଗୋଟାଏ ଜଳନ୍ତା ଦୀପ, ସେଥିରୁ ଆଲୁଅ ବାହାରେ । ଅନ୍ଧାର ହଟିଯାଏ । ମା'ର ପିଲାଙ୍କ ସହ ସମ୍ପର୍କଟା ତ ଅଲିଭା ଦୀପ । ଅଖଣ୍ଡ ଜଳୁଥାଏ । ମା' ମରି ପାଉଁଶ ହେବା ପରେ ବି ସେ ଦୀପ ଲିଭେ ନାହିଁ । ତମ ସ୍ୱାମୀମାନଙ୍କୁ ପଚାର । ସେମାନେ ବୁଝାଇଦେବେ । ବାପାମାନଙ୍କ କଥା ନିଆରା ।" ବାପାମାନଙ୍କ କଥା ସତକୁ ସତ ନିଆରା । ବାପା ଖଟୁଲି ଉପରେ ଦିଅଁ ଭଳି ପୂଜା ପାଉଥାନ୍ତି, ଭୋଗରାଗ ବଢ଼ାହୁଏ । ଛତିଶ ନିଯୋଗ ଖଟିବା ଚାହିଁ । ପାନରୁ ଚୂନ ଖସିଲେ ନାତି ବିଭ୍ରାଟ ! ସେଥିରେ ପୁଣି ପଥ୍ୟ ପାଚନ ବନ୍ଦ । ବାପାଙ୍କର ଦେହ ମୁଣ୍ଡକୁ ମା' ନିଘା କରିଥାଏ । ଆଧୁନିକ ଜୀବନରେ ବେଳ କାହିଁ କାହାକୁ ? ମା' ଏକା ଏକା ଛତିଶ ନିଯୋଗ ହୋଇ

ଖଟୁଥାଏ ସାରା ପରିବାର ପାଇଁ । ବାପାଙ୍କର ନିୟମିତ ସ୍ୱାସ୍ଥ୍ୟ ପରୀକ୍ଷା ହୁଏ ।
ବୟସଜନିତ ନାନାଦି ସ୍ୱାଭାବିକ ରୋଗ । ମାତ୍ର ଅଭୁତ ଶକ୍ତି ମା'ର । ଦିନେ ଛୁଞ୍ଚି
ଫୋଡ଼ା ବି ଖାଇନାହିଁ । ମା'ର 'ରକ୍ତ ଗ୍ରୁପ୍' କ'ଣ ତା' ମଧ ପିଲାଙ୍କୁ ଜଣାନାହିଁ ।
ମା'ର କିଛି ସ୍ୱାସ୍ଥ୍ୟ ସମସ୍ୟା ନାହିଁ । ଭାଗ୍ୟର କଥା ମା' ଏମିତି ଅଭୁତ ଉପାଦାନରେ
ଗଢ଼ା ଯେ ଏଯାଏ ମା'ର ଆଖି ଚଷମା ଲୋଡ଼ିନି । ଅଥଚ ମା'ର ପିଲାମାନେ
ଚାଳିଶ ନହେଉଣୁ ଚଷମା ବ୍ୟବହାର କରିବା ଅପରିହାର୍ଯ୍ୟ ହେଲାଣି ।

ଦିନେ ବାପା କହିଲେ – "ତମେ ଗୋଟେ ଚଷମା ପିନ୍ଧୁନ ? ବେଳେ ବେଳେ
ଏଠି ସେଠି ଝୁଣ୍ଟୁଛ, ଢେର ବୟସ ହେଲାଣି । ଚଷମା ଦରକାର ହେଉନି ତୁମର ?

ମା' ଠୋ ଠୋ ହସି କହିଲା– "ଏଇଟା ଆମର ଝୁଣ୍ଟିବା ବୟସ । ମାତ୍ର
ତୁମେ ଚଷମା ପିନ୍ଧି ମୋଠୁ ବେଶୀ ଝୁଣ୍ଟୁଛ । ଏ ନାତିନାତୁଣୀଗୁଡ଼ାକ ଆମଠୁ ବେଶୀ
ଝୁଣ୍ଟୁଛନ୍ତି । ମୁଁ କ'ଣ ଅଫିସ୍ ଯାଇ ଲେଖାପଢ଼ା କରୁଛି ଯେ, ଚଷମାଟାଏ ମଡ଼େଇବି
ବୁଢ଼ୀ ମେମ୍ ଭଲି ? ଛିଃ! ଚଷମାଗୁଡ଼ା ମାଇପିଙ୍କୁ ସାଜେନି ।   ତମ ବୋଉ ତ
ଅଶୀବର୍ଷ୍ୟାଏ ଚଷମା ଲୋଡ଼ି ନଥିଲେ । ମୁଣ୍ଡରୁ ନିଖ, ଗଜି ଚିମୁଟି ଆଣୁଥିଲେ । ମୁଁ
ବି ନାତୁଣୀମାନଙ୍କ ମୁଣ୍ଡରୁ ଉକୁଣି ବାଛି ପାରୁଛି । ଚଷମାଟାଏ କ'ଣ କରିବି ? ତୁଚ୍ଛା
ଝମେଲା ।"

ଆଉ ମା' ପାଇଁ ଚଷମା ପିନ୍ଧିବାର   ପ୍ରସଙ୍ଗ ଉଠିନି । ପିଲାମାନେ ମା'ର
ସେଇ ସାନ, ପତଳା ମୁହଁ ଉପରେ ଚଷମାଟାକୁ ଜମାରୁ କଳ୍ପନା କରିପାରନ୍ତି ନାହିଁ ।
ବୋଧହୁଏ ଅଭଙ୍ଗ ଦେହଭଲି ମା'ମାନଙ୍କର ଦୃଷ୍ଟିଶକ୍ତି ମଧ ଅମଳିନ । ମା'ମାନଙ୍କର
ସ୍ନେହ ଭଲି ତାଙ୍କର ଆଖି ଅଖଣ୍ଡ ଦୀପ । ସେଇଥିପାଇଁ ତା' ମା' ଅମଲର ବହୁ
ମା'ଙ୍କ ଆଖିରେ ଚଷମା ନଥାଏ । ବାପାମାନେ ଚଷମାର ଅଧୀନ, ବଙ୍କୁଲି ବାଡ଼ିର
ଅଧୀନ । ଛତା, ଜୋତା, ଚା' ବିଡ଼ିର ଅଧୀନ । ମା'ମାନେ ଏସବୁର ଅଧୀନ ହେବା
ଆଖିରେ ପଡ଼ିନାହିଁ ପିଲାମାନଙ୍କର ।

ମା' ପାଇଁ ପିଲାଙ୍କର ଚିନ୍ତା, ଦକ, ଜଞ୍ଜାଲ କିଛି ନଥାଏ ।

ଦିନେ ମା'କୁ ଜର ହେଲା–ଭୀଷଣ ମୁଣ୍ଡବ୍ୟଥା । ମା'ର ଜର, ଜର ନୁହେଁ ।
ଏମିତି କେତେଥର ମା'ର ଜର, ମୁଣ୍ଡବ୍ୟଥା ପିଲାଙ୍କ ଅଜ୍ଞାତରେ ଭଲ ହୋଇଯାଇଛି ।
ତେଣୁ କେହି ବିବ୍ରତ ହେଲେ ନାହିଁ । ପିଲାଙ୍କ କାନକୁ କଥା ଗଲା ପାଞ୍ଚଦିନ
ପରେ । ଯେତେବେଳେ ମା'ର ଅଖଣ୍ଡ ଦୀପ ଭଲି ଜଲୁଥିବା ଆଖି ଦୁଇଟା ଖୋଲିଲା
ନାହିଁ ।

ମା'କୁ ଡାକ୍ତରଖାନା ନିଆଗଲା । ମା'କୁ ପୁଣି ଡାକ୍ତରଖାନା ଖଟରେ ଶୋଇବାକୁ

ହେବ, ମା'ର ରକ୍ତ ପରୀକ୍ଷା ହେବ, ଗୋଡ଼ୁ ମୁଣ୍ଡଯାଏ ସ୍ୱାସ୍ଥ୍ୟ ପରୀକ୍ଷା ହେବ – ଏହା ଥିଲା ସମସ୍ତଙ୍କ ପାଇଁ ଅଭାବିତ ଘଟଣା । ଏପରି ଘଟଣା ଆଗରୁ ଘଟି ନଥିଲା । ପିଲାମାନେ ବ୍ୟସ୍ତ, ଅଧୈର୍ଯ୍ୟ ହୋଇପଡ଼ିଲେ । ମା' ତାଙ୍କର ନିରଭିଯୋଗ, ନିରହଙ୍କାର, ସହଣଶୀକ ବୋଲି ପିଲାଏ କ'ଣ ହେଲା କରି ଦେଲେ କି ? ମା'ର ନିୟମିତ ସ୍ୱାସ୍ଥ୍ୟ ପରୀକ୍ଷା ବହୁପୂର୍ବରୁ ହେବା ଉଚିତ ନଥିଲା କି ? ସମସ୍ତଙ୍କ ଭଲମନ୍ଦ ପାଇଁ ମା' ଯେତେ ଯତ୍ନଶୀଳା ହୋଇଛି, ମା' ପାଇଁ ତା'ର ଶହେ ଭାଗରୁ ଭାଗେ ମଧ୍ୟ ଯତ୍ନଶୀଳ ହୋଇନାହାଁନ୍ତି ଅନ୍ୟମାନେ । ଏଥିରେ ପିଲାଙ୍କର ଦୋଷ ଯେତେ ନୁହେଁ, ମା'ର ସେତେ ଦୋଷ । ମା' କ'ଣ ଭାବିଥିଲା ନିଜକୁ ? ଭଗବାନ୍ ! ଅଜର, ଅମର ? ତା'ର କ'ଣ ସ୍ୱାସ୍ଥ୍ୟ ସମସ୍ୟା ହେଲା ସେକଥା ସେ ପିଲାଙ୍କୁ ନକହିଲେ ପିଲେ ଜାଣିବେ କେମିତି ? ପିଲା କ'ଣ ସର୍ବଜ୍ଞ ? ସାନପୁଅ ସବୁ କାଳେ, ସବୁ କଥାରେ ଫାଁ ଫାଁ – ସ୍ନେହରେ ତ ବେଶୀ ଫାଁ କାନ୍ଦିବା ତା'ର ଖୋଇ । ବଡ଼ପୁଅ ଗୁମ୍ମାରି ବସିଥାଏ ସବୁଦିନ ଭଲି । ମା' କ'ଣ ପିଲାଙ୍କ ଉପରେ ଅଭିମାନ କରି କିଛି କହିଲା ନାହିଁ ? ପିଲାଙ୍କୁ ବେଳ ନଥିଲା ପଚାରିବା ପାଇଁ – ମା'କୁ ତ ବେଳ ଥିଲା କହିବା ପାଇଁ ! ନାତିନାତୁଣୀ, ବାପାଙ୍କ ଦେହ ଖରାପର ତାଲିକା ବଢ଼ାଇଦିଏ, ନିଜକୁ ହେଲା କରିବାଟା ପିଲାମାନଙ୍କ ପ୍ରତି ବଡ଼ ଅନ୍ୟାୟ ନୁହେଁ କି ? ପିଲାଙ୍କ ପାଇଁ ସେ ନିଜକୁ ମାଟିରେ ମିଶାଇ ଦେବ– ଅଥଚ ପିଲାମାନଙ୍କୁ ତା'ପାଇଁ କିଛି କରିବାର ସୁଯୋଗ ଦବନି, ଏଇଟା ମା'ର ଅହଂକାର ନା ପିଲାଙ୍କ ଉପରେ ଭରସାର ଅଭାବ ?

ମା'ର ମୁଣ୍ଡ ପାଖରେ ବସି ପିଲାଏ ନିଜ ନିଜର ଅପରାଧବୋଧରୁ ମୁକୁଳିବା ପାଇଁ ନିଜ ନିଜ ଢଙ୍ଗରେ ମା'କୁ ଜେରା କରୁଥାନ୍ତି । ମା' ଶାନ୍ତ ସ୍ୱରରେ କହିଲା– "ଜର ଛାଡ଼ିଯିବ, ଚିନ୍ତା କାହିଁକି ? ତୁଚ୍ଛାଟାରେ ଡାକ୍ତର ହାତରେ କଳବଳ କଲ ?"

ଡାକ୍ତର ବି କହିଲେ– "ଜର ପାଇଁ ଚିନ୍ତା କରିବାର ନାହିଁ । ଭାଇରାଲ୍ ଜର । ସାତଦିନ ତ ଭୋଗିବେ । ତେବେ ଚିନ୍ତାର କାରଣ ହେଉଛି..."

"କ'ଣ ? – ମା' ପାଇଁ ଚିନ୍ତାର କାରଣ କ'ଣ ? ପିଲାଏ, ବାପା ଏକାଠି ଚିନ୍ତାରେ ପଡ଼ିଗଲେ ।

ଡାକ୍ତର ଦୁଃଖିତ ସ୍ୱରରେ କହିଲେ – "ବଡ଼ ଦୁଃଖର କଥା, ତୁମ ମା'ଙ୍କର ଦୃଷ୍ଟିଶକ୍ତି ବହୁଦିନ ତଳୁ ସମ୍ପୂର୍ଣ୍ଣ ଲୋପ ପାଇଯାଇଛି । ଠିକ୍ ସମୟରେ ଡାକ୍ତର ଦେଖାଇଥିଲେ ଏ ପରିଣତି ହୋଇନଥାନ୍ତା । ବଡ଼ ଆଶ୍ଚର୍ଯ୍ୟ ଲାଗୁଛି ଯେ ରୋଗୀ ଏକଥା ଜାଣନ୍ତି, ଅଥଚ ଆପଣମାନେ କେହି କେମିତି ଜାଣିପାରିଲେନି ?"

ପିଲାମାନେ ସ୍ତବ୍ଧ ହୋଇଗଲେ ଡାକ୍ତରଙ୍କ ନିଷ୍ଠୁର ଘୋଷଣାରେ । ଡାକ୍ତରଙ୍କଠୁ

ମା' ବେଶୀ ନିଷ୍ଠୁର । ଜୀବନରେ ପିଲାମାନଙ୍କୁ ଶାସ୍ତି ଦେଇନଥିବା ମା' ଶେଷକୁ ପିଲାମାନଙ୍କୁ ଏଡ଼େ ଦଣ୍ଡ ଦେଲା ?

ମା'ର ନିର୍ଲିପ୍ତ ଆଖିରୁ ଦରଦର ଲୁହ ଝରୁଥିଲା । ସ୍ନେହବୋଳା ସ୍ୱରରେ ମା' କହିଲା-"ହଇରେ ବାବୁନି, ମୁହଁଟା ଏମିତି ନାଲି ପଡ଼ିଛି କାହିଁକି ? ମା' ଉପରେ ରାଗ ? ଆରେ ବାପା, କହିବି କହିବି ହୋଇ ଦିନେ ଅନ୍ଧୁଣୀ ହୋଇଗଲି । ତା'ପରେ ଆଉ ଲାଭ କ'ଣ ? ତମକୁ ବି ବେଳ କୋଉଠି ଥାଏ ଏତେ ଝଞ୍ଜଟ ପାଇଁ ? ମୋର ବି କାମ ଦାମ କରିବାରେ ଅସୁବିଧା ନଥିଲା । ସବୁ ତ ଅଭ୍ୟାସର କଥା- କାହିଁକି ତମମାନଙ୍କ ମନରେ କଷ୍ଟ ଦେଇଥାନ୍ତି ? ମା' ସାନପୁଅର ମୁହଁ ସାଉଁଲି ଦେଇ ଉଠିବସିଲା ।

ବଡ଼ ପୁଅର ମୁହଁକୁ ଚାହିଁ କହିଲା- "ଜର ଛାଡ଼ିଗଲାଣି । ଏଥର ଚାଲ ଘରକୁ ଯିବା । ମୋ ପାଇଁ ବଡ଼ ହରବର ହେଲଣି ସମସ୍ତେ । ହଇରେ ବାପା! ମୁହଁ କାହିଁକି ଶୁଖାଇଛୁ-ମା' ଉପରେ ରୁଷା ଛାଡ଼ିଲୁନି ?"

ପୁଅ ବାଷ୍ପରୁଦ୍ଧ ସ୍ୱରରେ କହିଲା, "ଏଡ଼େ ବଡ଼ ଶାସ୍ତି କାହିଁକି ଦେଲୁ ମା', ଆମ ମୁହଁ ସବୁ ଦେଖିବା ପାଇଁ ଇଚ୍ଛା ହାରିଦେଲୁ କେମିତି ?"

"ଛି ! ତୁ ତ ଏମିତି କାନ୍ଦୁରା ନଥିଲୁ କେବେ ! ଏଡ଼େ ଅବୁଝା ତ ନଥିଲୁ ! ଏତିକି ବୁଝିପାରୁନୁ ? ହଇରେ ପିଲାମାନଙ୍କ ମୁହଁ ଦେଖିବା ପାଇଁ ମା'ର ବାହାର ଆଖି ଲୋଡ଼ା ହୁଏନି । ମା'ର ଆଖି ଦୁଇଟି ପରା ଛାତି ଭିତରେ ଥାଏ.... ।

ଏବେ ତୁ ଲୁହ ଚାପିବା ପାଇଁ ଚେଷ୍ଟା କରୁଛୁ – ମୁଁ ଦେଖି ପାରୁଛି ପରା !"

ଜହ୍ଲାଦ

କାହ୍ନୁ ମଲ୍ଲିକ ଯେତେବେଳେ ରାସ୍ତାକୁ ବାହାରେ ସେତେବେଳେ ତାକୁ ଚିହ୍ନିଥିବା ଲୋକମାନେ ଆଡ଼େଇ ହୋଇଯାଇ, ତାକୁ ରାସ୍ତା ଛାଡ଼ିଦିଅନ୍ତି । ଯେମିତି ମୁଖ୍ୟମନ୍ତ୍ରୀ, ରାଜ୍ୟପାଳଙ୍କ ଗାଡ଼ି ଯିବାବେଳେ ଆଗେ ଆଗେ ପୋଲିସଗାଡ଼ି ସାଧାରଣ ଲୋକଙ୍କୁ ରାସ୍ତାରୁ ହଟାଇଦେଇ ରାସ୍ତା ଫାଙ୍କା କରିଦିଏ, ଠିକ୍ ସେମିତି ରାସ୍ତା ଫାଙ୍କା ହୋଇଯାଏ । କିନ୍ତୁ କାହ୍ନୁ ମଲ୍ଲିକ ସାମ୍ନାରେ ପୋଲିସ୍ ଗାଡ଼ି ଚାଲି ନଥାଏ । ସେ ନିଜେ ମଧ୍ୟ ଗାଡ଼ିରେ ଯାଉ ନଥାଏ । ସେ ଚାଲି ଚାଲି ବଜାର ସଉଦା କରିବାକୁ ଯାଏ । ଲୋକେ ସମ୍ଭ୍ରମରେ ଆଡ଼େଇ ଯା'ନ୍ତି ନାହିଁ; ଘୃଣାରେ ଆଡ଼େଇ ହୋଇଯାନ୍ତି । ପିଲେ ଭୟରେ ଦୌଡ଼ି ପଳାନ୍ତି । କାରଣ ସେମାନେ ଶୁଣିଆସୁଛନ୍ତି ଯେ, କାହ୍ନୁ ମଲ୍ଲିକ ହେଉଛି ଜହ୍ଲାଦ । ପିଲାଙ୍କୁ ଖୋଇବା ପାଇଁ, ଶୋଇ ପକାଇବା ପାଇଁ ମାଆମାନେ ଡରାନ୍ତି "ଏଇ ଜହ୍ଲାଦ ଆସିଲା" । ପିଲେ ଭୟରେ ମାଆକୁ କରକଚ୍ଛ୍ୟା ମାଡ଼ିବସନ୍ତି । ପିଲାଏ ଜାଣିଛନ୍ତି,

ଜହ୍ନାଦର ଅର୍ଥ ମଣିଷମାରୁ-ହତ୍ୟାକାରୀ । କାହ୍ନୁ ମଲ୍ଲିକ ତା' ଜୀବନକାଳ ଭିତରେ କେତେ ଯେ ମଣିଷ ମାରିଲାଣି, ତାହାର ହିସାବ ସେ ରଖିଛି । ଆଉ କାହାର ବା କ'ଣ ଦରକାର ଜହ୍ନାଦଟାର ଇତିହାସ ଲେଖିବାକୁ ? ଜହ୍ନାଦ ପୁଣି ଇମିତି ଖଣ୍ଡିରେ ମଣିଷ ମାରେ ଯେ, ତାକୁ ଦଣ୍ଡ ଦେବାର ୟୁ' କାହାର ନାହିଁ । ଭାରତର ପ୍ରଧାନ ବିଚାରପତିଙ୍କର ନାହିଁ କି ରାଷ୍ଟ୍ରପତିଙ୍କର ବି ନାହିଁ । ଅପରାଧୀ ତାଲିକାରେ ବି ତା' ନାଁ ନାହିଁ । କିନ୍ତୁ ଲୋକଟା ଯେ ମଣିଷମାରୁ ଏକଥା ସମସ୍ତେ ଜାଣନ୍ତି । ଲୋକଟାର ଚେହେରା ସମସ୍ତଙ୍କ ଆଖିକୁ ବଡ଼ ଭୟଙ୍କର ଦିଶେ । କାରଣ ତା' ସଂପର୍କରେ ଧାରଣା ଭୟ ଉଦ୍ରେକକାରୀ । ଲୋକଟା ଅତି ନିଷ୍ଠୁର ସ୍ୱଭାବର ନିଶ୍ଚୟ । ତା' ନହେଲେ ସାରା ଜୀବନ ମଣିଷମାରି ଚାଲିଥାନ୍ତା ? ଭାରତବର୍ଷରେ ତା'ଭଳି ଏକ ବିଖ୍ୟାତ ହତ୍ୟାକାରୀ ହେଉଛି ସେ ଜଣେ । କହିବାକୁ ଗଲେ ତା'ର ସେଇଟା କୌଲିକ ବୃତ୍ତିରେ ପରିଣତ ହୋଇଛି । ଯେଉଁଥିପାଇଁ କାହ୍ନୁ ମଲ୍ଲିକ ଗର୍ବ କରେ ।

କେହି କେହି ପୁରୁଖା ଲୋକ ପଚାରନ୍ତି "ଆଛା ମଲ୍ଲିକ, ତମ ବାପା ତ ଏତେ ଧାର୍ମିକ ଲୋକ ଥିଲେ, ମାଛ ମାଂସ ଖାଉ ନଥିଲେ, ବୈଷ୍ଣବ ଧର୍ମ ନେଇ ତୁମ ନାଁ କାହ୍ନୁ ଦେଇଥିଲେ, ଯାହାଙ୍କ ହାତରେ ଥିଲା ମୁରଲୀ । ତୁମେ କେମିତି ଗୋଟାଏ ମଣିଷମାରୁ ହେଲ ? ଅଶୀ ବର୍ଷ ବୟସ୍କ କାହ୍ନୁ ପଚାଶ ବର୍ଷର ନବୀନ ପ୍ରୌଢ଼ ପରି ଦର୍ପିତ ହୋଇ ଚାଲୁ ଚାଲୁ ଦଣ୍ଡେ ଥମିଯାଏ, କହେ – "କୃଷ୍ଣ କ'ଣ ପୂତନା ବଧ କରି ନଥିଲେ, ବକାସୁର ବଧ କରିନଥିଲେ, ନରକାସୁର, ଶିଶୁପାଳ ଏମିତିକି ନିଜର ମାମୁ କଂସ ବଧ କରିନଥିଲେ ? ତେଣୁ ମୋ ବାପା ମୋ ନାଁଟା କାହ୍ନୁ ଦେଇ ଠିକ୍ କରିଛନ୍ତି ।" ବେଳେ ବେଳେ ଟୋକା ସାମ୍ୱାଦିକମାନେ ମଲ୍ଲିକର ଘରକୁ ଆସନ୍ତି । ନୂଆ ନୂଆ ସାମ୍ୱାଦିକ ହୋଇଛନ୍ତି, ଚାଞ୍ଚଲ୍ୟକର ଖବର ବାହାର କଲେ ତାଙ୍କର ଖବରକାଗଜର କାଟ୍‌ତି ବଢ଼ିବ । ସେମାନଙ୍କ ଚାକିରିଟା ବି ସ୍ଥାୟୀ ହୋଇଯାଇପାରେ । ତା' ନହେଲେ ଖବରକାଗଜ ଚାକିରିରେ ସର୍ବଦା ଜୀବିକା ହରାଇବାର ଦୁଃଶ୍ଚିନ୍ତା । କାହ୍ନୁ ସାମ୍ୱାଦିକମାନଙ୍କୁ ଆଦରରେ ବସାଏ, ଚା' ପିଇବାକୁ ଦିଏ, ବ୍ୟୁବନ୍ତ ଦିହରେ ସାର୍ଟଟା ଗଲେଇ ଲୁଙ୍ଗି ସଜାଡ଼ି ବିଭିନ୍ନ ପୋଜ୍‌ରେ ଫଟୋ ଉଠାଏ । ସାମ୍ୱାଦିକମାନେ ପ୍ରଶ୍ନ କରନ୍ତି – "ତମେ ଏତେ ବର୍ଷ ଧରି ମଣିଷ ମାରୁଛ, ଏତେ ମଣିଷ ମାରି ସାରିଲଣି, ତୁମ ମନରେ କୌଣସି ଅନୁଶୋଚନା ହୋଇନାହିଁ ? କାହ୍ନୁ ରୋଷପୂର୍ଣ୍ଣ ନେତ୍ରରେ ଖୋଲାଦ୍ୱାର ଦେଇ ବାହାର ଦୁନିଆକୁ ଚାହିଁ କହେ– "ମୋ ହାତରେ ଯେତିକି ନରହତ୍ୟା ହେବାର କଥା ସେତିକି ହେଉ ନାହିଁ, ତାହା ହିଁ ମୋର ଦୁଃଖ । କୃଷ୍ଣ କ'ଣ ଏକା ନରକାସୁରକୁ ବଧ କରିଥିଲେ ? ତା'ରି ଭଳି

କେତେକେତେ ଅସୁର ସୈନ୍ୟସାମନ୍ତଙ୍କୁ ବି ହତ୍ୟା କରିଥିବେ । କିନ୍ତୁ ମୋତେ ସେ ସୁଯୋଗ ମିଳୁନାହିଁ । ଆଇନର ହାତ ବଡ଼ ଲମ୍ବା । କିନ୍ତୁ କୋଉଠି କେଜାଣି ଗଣ୍ଠି ହୁଗୁଲି ଯାଉଛି, ମୋ ମୁରୁଖ ମୁଣ୍ଡରେ ପଶେ ନାହିଁ ।" କାହ୍ନୁ ମଲ୍ଲିକର କଥାଗୁଡ଼ାକ ଠୋଠା । କାହିଁକି କାହାକୁ ଡରିବ ? ତା'ର କିଏ କ'ଣ କରିପାରିବ ? ସେ ସରକାରଙ୍କ ପାଖରେ ନ୍ୟୁନ ନୁହେଁ । ବରଂ ସରକାର ତା' ପାଖରେ ନ୍ୟୁନ । କାହ୍ନୁ ମଲ୍ଲିକର ଇଚ୍ଛା ବର୍ଷକୁ ଅତି କମ୍‌ରେ ଶହେଟା ନରହତ୍ୟା ସେ କରନ୍ତା । ଦେଖିଲାବେଳକୁ ଦଶ ପନ୍ଦର ବର୍ଷରେ ଥରେ ଦୁଇଥର ସେ ନରହତ୍ୟା କରେ । ତା'ର ହାତଟା ଶକ୍ତ ମାତ୍ର ଏତେ ଲମ୍ବା ନୁହେଁ । ଜୀବନକାଳ ଭିତରେ ସେ ମାତ୍ର କେତୋଟି ନରହତ୍ୟା କରିଛି ବୋଲି ତାକୁ ଲୋକେ ସହରରେ ଡାକନ୍ତି 'ଜଲ୍ଲାଦ' । ତା' ଘରକୁ ବେଶୀ କେହି ଯିବାଆସିବା କରନ୍ତି ନାହିଁ । ତା' ଘରେ ବନ୍ଧୁ ବାନ୍ଧିବାକୁ ପସନ୍ଦ କରନ୍ତି ନାହିଁ । ତା' ପୁଅ ପାଇଁ ବୋହୂ, ଝିଅ ପାଇଁ ଜ୍ୱାଇଁ ଖୋଜିଲାବେଳେ ସେ ନାକେଦମ୍ ହୋଇଛି । ଦେଖିଲା ବେଳକୁ ତା'ର ପୁଅ ନରହତ୍ୟାର ଧାର ଧାରେ ନାହିଁ । ବାପ ଯୋଉଦିନ ନରହତ୍ୟା କରେ ପୁଅ ସେଦିନ ରାତିରେ ଶୋଇପାରେ ନାହିଁ । କିନ୍ତୁ କାହ୍ନୁ ମଲ୍ଲିକ, ନିଘୋଡ଼ ନିଦରେ ଶୋଇପଡ଼େ । ଲୋକେ କହନ୍ତି– "ସେ ପିଇଦେଇ ଶୋଇପଡ଼େ ।" ମାତ୍ର କାହ୍ନୁ ମଲ୍ଲିକ ଜାଣେ , ତା' ପରିବାର ଜାଣନ୍ତି ଯେ ସେ ମଦପାଣିର ପାଖ ପଶେ ନାହିଁ । ନରହତ୍ୟା କରି ଆସିବା ପରେ ସେ କିଛି ଖାଏ ନାହିଁ । ଖାଲି ପାଣି ଗ୍ଲାସ୍‌ଟାଏ ପିଇଦେଲେ ବି ତାକୁ ନିଦ ମାଡ଼ିଆସେ । ଭାବେ ଯାହା ହେଉ ଏତେଦିନେ ତା' ହାତରେ ଗୋଟାଏ ଭଲ କାମ ହେଲା । ବେଶୀ ନହେଲେ ବି ମାଲ୍‌ମତା କିଛି ମିଳେ । ସବୁ ଈଶ୍ୱରଙ୍କ ଇଚ୍ଛା ।

ତା' ବାପା ନରହତ୍ୟା କରିନି, ତା' ପୁଅଟା ମହାଛେରୁଆ, କୌଳିକ ବୃତ୍ତିଟାକୁ ତା' ଅନ୍ତେ ଚାଲୁ ରଖିବା ପାଇଁ ସେ ପୁଅକୁ ବହୁତ ବୁଝାଇଲା । ମାତ୍ର ପୁଅ ଏକବାର ନାରାଜ । ଏଇଠି କାହ୍ନୁ ହାରିଲା । ନଟବର କାହ୍ନୁ ଅର୍ଜୁନଙ୍କ ବିଷାଦ ଯୋଗ ଭାଙ୍ଗି ଯୁଦ୍ଧ କ୍ଷେତ୍ରରେ ଆତ୍ମୀୟ ସ୍ୱଜନଙ୍କୁ ହତ୍ୟା କରିବା ପାଇଁ ପ୍ରବର୍ତ୍ତାଇ ପାରିଥିଲେ । ମାତ୍ର କାହ୍ନୁ ମଲ୍ଲିକ ପୁଅର ବିଷାଦ ଯୋଗଟାକୁ ଭାଙ୍ଗିପାରିଲେ ନାହିଁ । ନରହତ୍ୟା କରି ବାପ ଲଜ୍ଜିତ ନୁହେଁ ବରଂ ଗର୍ବିତ, କିନ୍ତୁ ପୁଅଟା ସେଥିପାଇଁ ସ୍କୁଲରେ ପଢ଼ିଲା ଦିନଠୁ ଏଡ଼େ ଲଜ୍ଜିତ ଆଉ ବିଷାଦିତ ଯେ, ସେ ଏବେ ବି ମୁହଁପୋତି ରାସ୍ତାରେ ଚାଲେ । ଲୋକେ କହନ୍ତି – "ଏଇଟା ସିନା ଜଲ୍ଲାଦର ପୁଅ ମାତ୍ର ଏକବାର ଧର୍ମଯୁଜେଷ୍ଠି ।"

କାହ୍ନୁ ମଲ୍ଲିକ ପୁଅର ପ୍ରଶଂସାରେ ଦୁଃଖ କରେ ନାହିଁ, ଖୁସି ହୁଏ । କିନ୍ତୁ ତାକୁ କହେ "ତୋ ବାପା ଇମିତି କ'ଣ ଚୋରିନାରୀ କରିଛି ଯେ ତୁ ମୁଣ୍ଡ ତଳକୁ କରି ଚାଲିବୁ ? ବରଂ ତୋର ଗର୍ବ କରିବାର କଥା ଯେ, ଅଶୀବର୍ଷ ବୟସରେ ତୋ' ବାପାର ହାତରେ ତାକତ ଅଛି ମଣିଷ ମାରିବା ପାଇଁ । ଏ ସହରରେ ଇମିତି ଆଉ ଗୋଟାଏ ଲୋକ ନାହିଁ । ଆରେ ଗାନ୍ଧିମହାତ୍ମା ବି କାହ୍ନୁ ମଲ୍ଲିକକୁ ନିନ୍ଦା କରିନାହାନ୍ତି । ଆଉ ଆଜିକାର ଦୁର୍ନୀତିଗ୍ରସ୍ତ ଭ୍ରଷ୍ଟାଚାରୀ ଦୁନିଆରେ ଲୋକେ ଯଦି ତାକୁ ନବୁଝିଲେ ତା'ର ସେଥିପାଇଁ ଖାତିର ନାହିଁ ।

କାହ୍ନୁ ମଲ୍ଲିକର ସେଇ ପୁରୁଣାକାଳର ସାନ ପାଚେରିର ଜୀର୍ଣ୍ଣ କାନ୍ଥରେ ବାହାରପଟେ ଗୋଟିଏ ରଙ୍ଗଛଡ଼ା ଟିଣର ନାମଫଳକ କେଜାଣି କେତେକାଳରୁ ଝୁଲୁଛି । ଏ ସହରର ଅଧିକାଂଶ ଲୋକ ହେତୁହେବା ଦିନଠାରୁ ସେ ଫଳକଟିକୁ ଦେଖି ଆସୁଛନ୍ତି । କିନ୍ତୁ ପଢ଼ିବାର ଚେଷ୍ଟା କରନ୍ତି ନାହିଁ । ଲୋଡ଼ା କ'ଣ ? ସମସ୍ତେ ଜାଣନ୍ତି ଘରଟା ଜହ୍ଲାଦ କାହ୍ନୁ ମଲ୍ଲିକର । ଦୂରରୁ ଦିଶେ କିରାସିନି ଟିଣର ଖଣ୍ଡେ ଚଦର କଟାହୋଇ ଝୁଲୁଥିବା ପରି । ଅକ୍ଷର କିଛି ଦିଶେ ନାହିଁ । ଅତି ପାଖକୁ ଯାଇ ପଢ଼ିବାକୁ ଚେଷ୍ଟା କଲେ ପଢ଼ିହୁଏ କେତୋଟି ଅକ୍ଷର, "ଇଂରେଜ ଅମଳର ତାଲିମପ୍ରାପ୍ତ ବଟକୃଷ...." । ଆଉ କିଛି ପଢ଼ିହୁଏ ନାହିଁ । କେତେକ ଲୋକ ଜାଣିଛନ୍ତି ବଟକୃଷ୍ଣ ଥିଲେ କାହ୍ନୁ ମଲ୍ଲିକର ଜେଜେବାପା । ସେ ଶହେବର୍ଷ ବଞ୍ଚିଥିଲେ । ସେ ବି ଥିଲେ ଜଣେ ହତ୍ୟାକାରୀ । କେଜାଣି କୋଉ ଧର୍ମ ବଳେ ଶହେ ବର୍ଷ ବଞ୍ଚିଲେ । ଶହେ ବର୍ଷ ବୟସରେ ବି ସେ ଜଣକୁ ହତ୍ୟା କରିଥିଲେ । ସେତେବେଳେ ସାରା ଦେଶରେ ବଟକୃଷ୍ଣ ଚହଳ ପକାଇ ଦେଇଥିଲେ । କିନ୍ତୁ ତାଙ୍କ ପୁଅ ବୀରବର ମଲ୍ଲିକ- ଖାଲି ଶରୀରରେ ଦୁର୍ବଳ ନଥିଲେ, ମନରେ ବି ଦୁର୍ବଳ ଥିଲେ । ମଣିଷ ମାରିବା କଥା ଛାଡ଼, ଗୋଟାଏ କୁକୁଡ଼ାର ବେକ ବି ମୋଡ଼ି ନଥିଲେ । ବାପାଙ୍କର ନରହତ୍ୟା କାର୍ଯ୍ୟ ତାଙ୍କୁ ଏପରି ବାଧୁଥିଲା ଯେ, ବେକରେ ତୁଳସୀମାଳି ପକାଇ କପାଳରେ ରାମାନନ୍ଦୀ ଚିତା କାଟି ଗୋଟାଏ କୀର୍ତ୍ତନ ଦଳ ସାଥୀରେ ଘରଛାଡ଼ି ପଳାଇଥିଲେ । କୀର୍ତ୍ତନିଆ ଯେତେବେଳେ ଜାଣିଲେ ଯେ, ଏ ଟୋକାଟା ହତ୍ୟାକାରୀ ବଟକୃଷ୍ଣ ମଲ୍ଲିକର ପୁଅ, ତାକୁ ଚିତାକଟା ଭଣ୍ଡ ଇତ୍ୟାଦି ଗାଳିଦେଇ ଘଉଡ଼ାଇ ଦେଲେ । ତା'ପରେ ବିଚରା ବାଧହୋଇ ଘରକୁ ଲେଉଟିଲା । ଏକା ଜିଦ୍ ଧରିଥିଲା ବାହା ହେବ ନାହିଁ ବୋଲି । ତା' ବାପର ଯୋଉ ଖ୍ୟାତି, କୋଉ ଝିଅଟା ତାକୁ ବାହାହେବ ? ପାଠ ପଢ଼ିସାରିବା ପରେ ବୁଝାସୁଝା କରିବାରୁ ଜିଦି କଲା, "ଯଦି ବାହାହେବି ପହିଲେ ବାପାଠାରୁ ଭିନେ ହେବି । ମୋ ପିଲାଙ୍କ ଉପରେ ମଣିଷମାରୁ ବାପାର କୁ-ପ୍ରଭାବ ଯେପରି

ନପଡ଼େ ।” ବଟକୃଷ୍ଣ ସର୍ବସମକ୍ଷରେ କହିଥିଲା, “ମୋ ପୁଅ ହୋଇ ଏଇଟା ଏଡ଼େ ହୀନବୀର୍ଯ୍ୟ କିପରି ହେଲା ? ଯାର କୋଉଠୁ ପିଲା ହେବ ସେ ଏଡ଼େ କଥା କହୁଛି, ଆଜିଠୁ ଏ ଅପଦାର୍ଥଠୁ ଭିନେ ହେଲି ।” ଦୁଆରେ ବାଡ଼ ପକାଇଦେଲା ବଟ ମଲ୍ଲିକ । ତା’ପରେ ଘରକୁ ବୋହୂ ଆସିଲା ବର୍ଷେ ନପୂରୁଣୁ ପୁଅ ଜନ୍ମ କଲା, ବାପା ତା’ର ନାମ ଦେଲା କାହ୍ନୁବର ମଲ୍ଲିକ । କାହ୍ନୁ କ’ଣ ବାଡ଼ବତାକୁ ମାନେ ? ଯେମିତି ଚାଲି ଶିଖିଲା ବାଡ଼ ଭିତରେ ଗଲି ଆସି ଜେଜେବାପା ପାଖରେ ।   ଦୋଷ ପିଲାଟାର ନୁହେଁ, ମାଇପିମାନେ ଯାବତୀୟ ଅନର୍ଥର ମୂଳ । ବଟକୃଷ୍ଣର ଭାରିଜା ବାଡ଼ କଣାକରି ପୁଅ ପାଇଁ ଦିନ୍ ତୁଭଣ ଗିନା ବଢ଼େଇ ଦିଏ ଆଉ ଶାଶୁ-ଶ୍ୱଶୁରଭକ୍ତ ଆଦର୍ଶ ବୋହୂ ସେଇ କଣାକୁ ଆଉଟିକେ ଫରଚାଇ ସକାଳୁ ଗାଧୋଇ ପାଧୋଇ ପାଣି ଗିନାଟାଏ ବଢ଼େଇଦିଏ ଯେ, ଶାଶୁଶ୍ୱଶୁର ବୁଢ଼ା ଆଙ୍ଗୁଠି ବୁଡ଼େଇ ଦିଅନ୍ତି ଆଉ ବୋହୂ ସେଇ ଗୋଡ଼ଧୁଆ ପାଣି ପିଇସାରିଲେ ଯାଇ ନିର୍ମାଲ୍ୟ ପାଏ । ସେହି କାରଣରୁ ସ୍ୱାମୀ-ସ୍ତ୍ରୀରେ ଢେର ଝଗଡ଼ା ଲାଗେ । କାହ୍ନୁ ବାପା ସ୍ତ୍ରୀକୁ ତିଆରେ “ହଇଲୋ ଧାର୍ମିକ ଶ୍ୱଶୁରର ଗୋଡ଼ଧୁଆ ପାଣି ପିଇଲେ ସିନା ଆୟୁଷ ବଢ଼େ, କିନ୍ତୁ ମୋ ବାପ ଭଳି ଗୋଟିଏ ନରହନ୍ତାର ଗୋଡ଼ଧୁଆ ପାଣି ପିଇଲେ ତତେ ନିଶ୍ଚୟ ଅଚିହ୍ନା ବେମାରି ଧରିବ । ତୁ ଅଧା ବୟସରେ ମରିବୁ । ଏତେ ଭକ୍ତି ଆଉ ଦେଖାନା, ନହେଲେ ଭଲ ହେବନି କହୁଛି ।” କାହ୍ନୁକୁ ସାତବର୍ଷ ହେବାଯାଏ ସ୍ୱାମୀ-ସ୍ତ୍ରୀଙ୍କର ଏଇ କଳିର କିଛି ମୀମାଂସା ହୋଇପାରି ନଥିଲା ।   ସେତେବେଳକୁ ବାଡ଼ଟା ଅଧାଅଧ୍ୱ ମେଲା ହୋଇଗଲାଣି । ଶାଶୁ ବୋହୂ ନିର୍ଦ୍ୱନ୍ଦ୍ୱରେ ଏଘର ସେଘର ହେଉଥାନ୍ତି । କାହ୍ନୁ କିନ୍ତୁ ପୂରା ଜେଜେବାପା ପାଖରେ ରହେ । ତା’ରି ସଂଗେ ଖାଏ । ତା’ରି ପାଖରେ ଶୁଏ । ତା’ ବାପାର ଧଇଁ ବେମାରି ଥିବାରୁ ବାପା ପାଖରେ ଶୋଇବାକୁ ପିଲାଟାକୁ ଭଲ ଲାଗେ ନାହିଁ । ତା’ଛଡ଼ା ଜେଜେବାପା ସାଙ୍ଗରେ ମାଛ ମାଉଁସ ଝୋଳ ଖାଇବାକୁ ପିଲାଟାର ବଡ଼ ଲୋଭ ।

ପିଲାଟି ବି ଜେଜେବାବା ଭଳି ତାଗଡ଼ା ହୋଇଛି । ତା’ ବାପାର ଚିନ୍ତା ଯେ, ଜେଜେବାପା ସଂଗେ ମାଉଁସ ତରକାରୀ ଖାଇଲେ ଖାଉ, ମାତ୍ର ଜେଜେବାପା ପରି ନରହନ୍ତା ନହେଉ । ନରହନ୍ତା ଶ୍ୱଶୁରର ଗୋଡ଼ଧୁଆ ପାଣି ପିଉଥିବା ବୋହୂର ଦିହଟା ଏବେ ଡଉଲଡାଉଲ ହେଲାଣି, ଆସିଲା ବେଳେ ଢେଢ଼ିଙ୍ଗାଟାଏ ଥିଲା । ତା’ର କାରଣ ହେଉଛି, ଅବିଶ୍ୱାସିନୀ ସ୍ୱାମୀକୁ ଲୁଚାଇ ଶାଶୁ ସାଙ୍ଗରେ ମାଉଁସ ତରକାରୀ ଖାଏ । ଯାକୁ ସ୍ୱାମୀଘାତିନୀ କହିବନି ତ ଆଉ କ’ଣ କହିବ ? ସେଇ କାରଣରୁ ଅଚିହ୍ନା ବେମାରିଟା ବୋହୂକୁ ଧରିଲାନି, ଧରିଲା ତା’ର ଧର୍ମବନ୍ତ ସ୍ୱାମୀକୁ । କେତେ ବା

ବୟସ ତା'ର ହୋଇଥିଲା ! ଚାଳିଶ ବି ଛୁଇଁ ନଥିବ । କୌଣସି ଓଷଦ କାମ୍ କଲାନି । ଝଡ଼ାଫୁଙ୍କା ଯନ୍ତର ମନ୍ତର ଫେଲ୍ ମାରିଲା । କୃଷ୍ଣ କୃଷ୍ଣ ଜପୁ ଜପୁ କୃଷ୍ଣପ୍ରାପ୍ତି ହେଲା । କାହୁର ବୟସ ସେତେବେଳେ ଦଶବର୍ଷ । ଲୋକେ କହିଲେ – "ନରହନ୍ତା ବାପାର ପାପ ଯୋଗୁଁ ଧର୍ମବନ୍ତ ପୁଅଟା ଅଧା ବୟସରେ ମଲା । ନଚେତ୍ ଭେଣ୍ଡିଆଟା କି ପାପ କରିଥିଲା ଯେ, ଅଧା ବୟସରେ ଡଙ୍କମୋଡ଼ି ଦେଲା ? ପିଲାଟା ଅନାଥ ହେଲା ।"
ବଟ ମଲ୍ଲିକ ପୁତ୍ରଶୋକକୁ ପ୍ରଶମିତ କରିବା ପାଇଁ କାନ୍ଦିଲା ନାହିଁ, ଗୋଟାଏ ହେଣ୍ଡାଳ ଛାଡ଼ି କଜଳପାଟିଆ ଭଲଲୋକଙ୍କ ମୁହଁ ବନ୍ଦ କରିଦେଲା । କହିଲା– "କାହାକୁ ଅନାଥ କହୁଚ ? କାହୁକୁ ? କାହୁ ମୋର ନାତି ନୁହେଁ ପୁଅ । ତା' ବାପା ଭୁଲରେ ମୋର ପୁଅ ହୋଇ ଜନ୍ମ ହୋଇଥିଲା । ତା' ନହୋଇଥିଲେ ମୁଁ ମଣିଷ ମାରି ଘରକୁ ଫେରିବା ପରେ ତାକୁ କିଆଁ ଜର ପୂରାନ୍ତା ? ଛାତିରେ ଛେଲିକଲିଜା ଲଗାଇ ସେ ଜନ୍ମ ହୋଇଥିଲା । ଖାସ୍ ମନରେ ଡର ପୂରାଇ ପ୍ରାଣ ଛାଡ଼ିଲା । ତମେ ଦେଖ, କାହୁକୁ ମୁଁ କେମିତି ତାଲିମ ଦେଉଛି । ଏଇ କାହୁ ହେବ ମୋର କୁଳପ୍ରଦୀପ ।"
ସତକୁ ସତ ବଟ ମଲ୍ଲିକର ଉପଯୁକ୍ତ ଉତ୍ତରାଧିକାରୀ ଥିଲା ଜହ୍ଲାଦ କାହୁବର ମଲ୍ଲିକ । ଯିଏ ଆଶୀବର୍ଷ ବଞ୍ଚିସାରିଲାଣି । ଆହୁରି କୋଡ଼ିଏ ବର୍ଷ ବଞ୍ଚିବ ବୋଲି ଛାତିରେ ହାତ ବାଡ଼େଇ କହେ । ତା' ଜେଜେବାପାର ରକ୍ତ ତା' ଦେହରେ ବହୁଚି । ତା'ରତ ଇଚ୍ଛା ହୁଏ ଭାରତର ଆଇନ ଯଦି ସବୁ ବ୍ୟାପାରରେ ନାକ ନପୂରାନ୍ତା, ସେ ପ୍ରତିଦିନ ହାଲିଆ ହେବା ପର୍ଯ୍ୟନ୍ତ ନରହତ୍ୟା କରନ୍ତା । କିନ୍ତୁ ତା' ସେ କରିପାରେ ନାହିଁ ବୋଲି ଭିତରେ ଭିତରେ କୁହୁଲେ । ଦଶ ପନ୍ଦର ବର୍ଷରେ ଥରେ ନରହତ୍ୟା କଲେ ତା'ର ବା କି ରୋଜଗାର ହେବ ? ତା' ସଂସାର ଚଳିବ କେମିତି ? ତାଙ୍କ ବଂଶର କ'ଣ ଗୋଟାଏ ଅଭିଶାପ ଅଛି ଯେ ବାପର ବୃତ୍ତିକୁ ପୁଅ ନାପସନ୍ଦ କରୁଛି । ନାତି ଆଦରୁଛି । କାହୁବରର ପୁଅ ବୀରବର ବାପ ବୃତ୍ତିକୁ ଆଦରିଲା ନାହିଁ । ସେ ତା'ର ଜେଜେବାପା ପରି ଡରୁଆ, ଛେରୁଆଟା, ମାଛ ରକ୍ତ ବି ଦେଖିପାରିଲା ନାହିଁ । ବି.ଏ. ପାସ୍ କଲା, ସେ କାଳର ବି.ଏ. ଅଥଚ ତାକୁ କିଏ ଚାକିରି ଦେଲେ ନାହିଁ । କାରଣ ତା'ର ବାପଟା ମଣିଷମାରୁ । ଏଇ ହେଉଚି ଆମ ଧାର୍ମିକ ଦେଶର ନ୍ୟାୟ ! ପୁଅର ମାର୍କସିଟ୍‌ରେ ତା'ର ପରୀକ୍ଷା ନମ୍ବର ନଚଢ଼ି, ତା'ର ବାପା କେତେଟା ମଣିଷ ମାରିଛି ସେହି ସଂଖ୍ୟାଟା ଚଢ଼ିଥାଏ କି ? କାହୁବରର ବଡ଼ ରାଗ ହୁଏ ଗାନ୍ଧି ମହାମ୍ମାଙ୍କ ଉପରେ । ଏ ଦେଶଟାକୁ ସ୍ୱାଧୀନ କରି ପ୍ରାଣ ଦେଲେ, ମାତ୍ର ବ୍ରିଟିଶ୍ ଶାସନଠାରୁ କୋଉ ଗୁଣରେ ଭଲ ? ଦୁର୍ନୀତି, ଭ୍ରଷ୍ଟାଚାର, ହତ୍ୟା, ପରନାରୀହରଣ, ବର୍ବରତା, ହିଂସାକାଣ୍ଡ ସବୁତ ଯାଦୁ ବିଛୁଏଇ ପରି ମାଡ଼ିଗଲାଣି । ସବୁଠୁ ବେଶୀ ନାଶନାକାଣ୍ଡ

ହେଉଛି   ଧର୍ଷଣ ଆଉ ଗଣଧର୍ଷଣ । ତା' ପରକୁ ପୁଣି ଧର୍ଷିତାକୁ ହତ୍ୟା । ଛେଲି ବେକକୁ ହାଣି ମାଉଁସ ତରକାରୀ ଖାଇବା ଭଲି ଏ ଘଟଣା ମାମୁଲି ଘଟଣାରେ ପରିଣତ ହେଲାଣି । ରାତି ପାହିଲେ ଯେମିତି ରାସ୍ତା କଡ଼ରେ ଛାଲ ଉତୁରା ଲଙ୍ଗଳା ଛେଲିମାନଙ୍କର ମଲାଦେହ ମାଲ ମାଲ ଝୁଲୁଥାଏ, ସେମିତି ଖବରକାଗଜ ଖୋଲିଲେ ପ୍ରତିଦିନ ଧର୍ଷିତା ଝିଅବୋହୂଙ୍କର ଲଙ୍ଗଳା ଦେହ ଅକ୍ଷରମାଲରେ ଝୁଲୁଥାଏ । ସବୁ ତ ଜ୍ୱଲ ଜ୍ୱଲ ଦିଶେ । ତା'ର ଇଚ୍ଛାହୁଏ ରାସ୍ତାରେ ଯେତେ ଲୋକ ସାର୍ଟପ୍ୟାଣ୍ଟ ପିନ୍ଧି ବାବୁ ହୋଇ ଚାଲୁଛନ୍ତି ସମସ୍ତଙ୍କଠୁ ପ୍ୟାଣ୍ଟ ସାର୍ଟ ଉତାରି ନିଅନ୍ତା । ସମସ୍ତଙ୍କୁ ଲଙ୍ଗଳା ପ୍ୟାରେଡ୍ କରାନ୍ତା । ପଚାରନ୍ତା "କେମିତି ଲାଗୁଛି ? ତମରି ଭିତରୁ ଅଧେ ତ ଝିଅ ବୋହୂଙ୍କୁ ବିଚ୍‌ବଜାରରେ ଲଙ୍ଗଳା କରୁଛ । ସାତବର୍ଷରୁ ସତୁରି ବର୍ଷ କେହି ବାଦ୍ ଯାଉନାହାନ୍ତି ।"

ଇଂରେଜ ଶାସନ କାଲରେ ଏଭଲି ହେଉଥିଲା କି ? ଗାନ୍ଧି ମହାରାଜା ଏତିକି କରିଛନ୍ତି ଯେ, ଆମକୁ ଗୋଲାମ ଜାତିର ଦୁର୍ନାମରୁ ରକ୍ଷା କରିଛନ୍ତି । ଗୋରା ସରକାରଙ୍କୁ କାହ୍ନୁବର ମାନେ ସତ, କିନ୍ତୁ 'ଗାନ୍ଧି ଗୋଲ' ବେଲେ ବହୁ ଗୋରା ଲୋକଙ୍କୁ ସେ ହତ୍ୟା କରିଛି । ନରହତ୍ୟା କରିବା, କାହ୍ନୁବର ପାଇଁ ବଡ଼ କଥା ନୁହେଁ, ଖାଲି କାହାକୁ ହତ୍ୟା କରିବ, ନକରିବ ସେଇଟା ତା'ର ନିଜ ସିଦ୍ଧାନ୍ତ । କୋଉ ସରକାରର ବୋଲ ମାନି ସେ ବସଉ ହୁଏନି । ନରହତ୍ୟା କଲାବେଲେ ତା'ର ଟିକିଏ ବି ଗ୍ଲାନି ନଥାଏ । ସେ ଜାଣେ ଯେ, କଲମଗାରରେ ବି କେତେ କେତେ ନରହତ୍ୟା କରୁଛନ୍ତି, ମାନ୍ୟଗଣ୍ୟ ବ୍ୟକ୍ତିମାନେ । ତାଙ୍କର ସବୁ ଭିନ୍ନ ଭିନ୍ନ ନାଁ । କାହ୍ନୁବର କିଆଁ ସେଗୁଡ଼ା ତୁଣ୍ଡରେ ଧରିବ ? ସବୁ ତ ଦାଣ୍ଡରେ ପଡ଼ି ହାଟରେ ଗଡ଼ଗଡ଼ଉଛି । ଖାଲି କାହ୍ନୁବର ଚାଲିଗଲା ବେଲେ ହୁରି ପଡ଼ୁଛି 'ଜଲ୍ଲାଦ' 'ଜଲ୍ଲାଦ' । କାହ୍ନୁବର ଏଣିକି ଅଦ୍ଭୁତ ଖିଆଲ ସବୁ ମନକୁ ଭୁକୁଛି । ସେ ଭାବୁଛି ଧର୍ଷଣକାରୀମାନଙ୍କୁ ଜିଅନ୍ତା ଖଣ୍ଡ ଖଣ୍ଡ କରି ହାଣି ତାଙ୍କ ମାଉଁସ କୁକୁର ବିଲୁଆଙ୍କୁ ଖାଇବାକୁ ଦିଅନ୍ତା । ସେମାନଙ୍କର ମୁଣ୍ଡକୁ ମାଲକରି ବେକରେ ପିନ୍ଧି ଭାରତବର୍ଷର ଏ ମୁଣ୍ଡରୁ ସେ ମୁଣ୍ଡ ବୁଲନ୍ତା । ତେବେ ହୁଏତ କାମୁକ ବିକାରଗ୍ରସ୍ତ ପଶୁଗୁଡ଼ାକ ଟିକେ ଡରନ୍ତେ, ଝିଅ ବୋହୂମାନେ ରାସ୍ତାରେ ଟିକେ ନିରାପଦରେ ଚାଲନ୍ତେ । ଅବଶ୍ୟ କାହ୍ନୁବରର ଏଣିକି ନରହତ୍ୟା କରିବାକୁ ଇଚ୍ଛା ନାହିଁ । ବୟସର ଦୁର୍ବଲତାରୁ ନୁହେଁ, କୌଲିକ ବୃଭିଟାକୁ ବଢ଼ାଇବାକୁ ହେବ । ଆଜିକାଲି ଇଂରେଜ ପାଠଟା ପିଲାମାନଙ୍କ ମନରେ ଭିମିତି ଭ୍ରମ ସୃଷ୍ଟି କଲାଣି ଯେ, କୌଲିକ ବୃଭିକୁ ଆଦରିବାକୁ ଶିକ୍ଷିତ ପିଲା ଆଦୌ ରାଜି ନୁହନ୍ତି । ଖାଲି ଅଫିସରର ପୁଅ ଅଫିସର ହେବ, ମନ୍ତ୍ରୀର ପୁଅ ମନ୍ତ୍ରୀ ହେବ । ଚାଷାର ପୁଅ

ଚାଷୀ ହେବନି, ବଢ଼େଇର ପୁଅ ବଢ଼େଇ ହେବନି, ଇମିତିକି ପୂଜକର ପୁଅ ପୂଜକ ହେବାକୁ ରାଜି ନୁହେଁ । ତେବେ ଏସବୁ ତୁମେ ଯଦି ନକରିବ, ଅଫିସର ପୁଅ ବଞ୍ଚିବ କେମିତି ? ବଢ଼େଇ ପୁଅ ଚୌକି ତିଆରିଲେ ସିନା ଅଫିସର ପୁଅ ବସିବ, ଚାଷୀ ଫସଲ ଉପୁଜାଇଲେ ସେ ସୁଖାଦ୍ୟ ଖାଇବ, ପୁରୋହିତ ପୁଅ ଆଶୀର୍ବାଦ କଲେ ତା ଚୌକିର ବଢ଼ତିରୁ ବଢ଼ତି ହେବ, ତା’ ବଂଶରେ ସମସ୍ତଙ୍କୁ ଚୌକି ମିଳିବ । ଚାଷୀ ପୁଅ, ବଢ଼େଇ ପୁଅ, ପୁରୋହିତ ପୁଅମାନେ ଢୋକେ ପିଇ ଦଣ୍ଡେ ଜିଇ ବଞ୍ଚିଯିବେତ ! ତେଣୁ କାହ୍ନୁବର ମଲ୍ଲିକ ଏବେ ତା’ ପୁଅଠୁ ଆଶା ଛାଡ଼ି ନାତିଟୋକାକୁ କୌଳିକ ବୃତ୍ତିରେ ତାଲିମ ଦେଉଛି । ଏକୋଇଶ ବର୍ଷର ନାତିଟୋକା କଲେଜରେ ଭଲ ପାଠ ପଢ଼ୁଛି । ମାତ୍ର ସେ ଜାଣେ ସେ ଟୋକାକୁ ଚାକିରି ମିଳିବ ନାହିଁ । ହତ୍ୟାକାରୀ କାହ୍ନୁବରର ନାତିଟୋକାର ଚାକିରି ପାଇଁ ତା’ର ଶିକ୍ଷାଗତ ଯୋଗ୍ୟତା ପର୍ଯ୍ୟାପ୍ତ ନୁହେଁ । ଯେମିତି ଆଜିକାଲି ବେପାର ବଢ଼ାଇବା ପାଇଁ ହଳଦୀରେ ହଳଦୀ ରଙ୍ଗ ମିଶାଉଛନ୍ତି, ବାସନା ଫୁଲରେ ଅତର ଛିଞ୍ଚୁଛନ୍ତି, ମିଠାଫଳ ରସରେ ନକଲି ଚିନି ମିଶାଉଛନ୍ତି, ସେମିତି ଚାକିରି ପ୍ରାର୍ଥୀଙ୍କ ଯୋଗ୍ୟତା ସହ ପଛଦ୍ୱାର ଖୋଲି ଧରିବା ପାଇଁ ଚାଣ୍ଡୁଆ ହାତ ବି ଥିବା ଦରକାର । ଯୋଉ ପିଲାଙ୍କର ସେଭଳି ସୁପାରିସକରା ହାତ ନାହିଁ, ସେ ପିଲାଙ୍କ ଜନ୍ମକୁଣ୍ଡଳୀରେ ଗ୍ରହଦୋଷ ଅଛି । କାହ୍ନୁବର ମଲ୍ଲିକ ଦିନଦିପହରରେ ନରହତ୍ୟା କରିଦିଏ । ସମାଜର ରଥୀ ମହାରଥୀଙ୍କ ସାମ୍ନାରେ ସେ ନରହତ୍ୟା କରେ । ଏପର୍ଯ୍ୟନ୍ତ ସେ କାହାକୁ ହେଲେ ପଛଆଡୁ ଛୁରି ଭୁଷି ହତ୍ୟା କରିନି । ତେଣୁ ତା’ ପୁଅ ବେକାର ବସିଛି । ନାତି ବି ବେକାର ବସିବ । ଅବଶ୍ୟ ଇମିତି କାଁ ଭାଁ ନରହତ୍ୟାରେ ବି ପେଟ ପୂରେନି । କିନ୍ତୁ କୌଳିକ ବୃତ୍ତିଟାକୁ ସମ୍ମାନ ଦେବା ଆମର ପରମ୍ପରା । ନାତି ବି ସାହସୀ ହୋଇଗଲାଣି । ଏଣିକି କାହ୍ନୁବର ନିଜେ ନରହତ୍ୟା ନକରି ନାତି ହାତରେ କରାଇବ । ସେ ବଞ୍ଚି ଥାଉ ଥାଉ ନାତିକୁ ଦକ୍ଷ କରିବାକୁ ଚାହିଁବ । ଏବେ କେତେଦିନ ହେଲା କାହ୍ନୁବର ସରକାରଙ୍କ ଉପରେ ରକ୍ତଚାଉଳ ଚୋବାଉଛି । ଗୋଟାଏ ନାବାଳିକାର ଧର୍ଷଣକାରୀ ପୁଣି ହତ୍ୟାକାରୀକୁ ଚଉଦବର୍ଷ ହେଲା ବସେଇ ଖୁଆଉଛନ୍ତି । ସିଏ ଯାହା ଖାଉଛି, କାହ୍ନୁର ନାତି ବି ତାହା ଖାଇବାକୁ ପାଉନାହିଁ । ଗୋଟାଏ ଏଡ଼େବଡ଼ ଅପରାଧୀ ଆଉରି ଚଉଦବର୍ଷ ବଞ୍ଚିଲା କିଆଁ ? ସେ ନିର୍ଲଜଟା ବି କହୁଛି– “ମୁଁ ନିର୍ଦୋଷ”, “ମୁଁ ନିର୍ଦୋଷ’ । ତେବେ ଦୋଷୀ କ’ଣ ତୋର ‘ବୋପା’ ? ତା’ ସପକ୍ଷରେ ପୁଣି କେତେ କେତେ ବୁଦ୍ଧିଜୀବୀ, ଏନ୍‌ଜିଓ ଇତ୍ୟାଦି ସ୍ଲୋଗାନ ଦେଇ କହୁଛନ୍ତି – “ଲୋକଟା ଅପରୋଧ କରିଛି ସତ, ଜଘନ୍ୟ ଅପରାଧ, କିନ୍ତୁ ତମେ ତ ତାକୁ ଚଉଦ ବର୍ଷ କାଳ ତିଳ ତିଳ କରି ହତ୍ୟା କରିସାରିଲଣି । ପ୍ରତି ରାତିରେ ସେ

ଫାଶୀଖୁଣ୍ଟରେ ଝୁଲୁଛି । ଥରେ ଫାଶୀରେ ଝୁଲାଇବା ଅପେକ୍ଷା ଚଉଦ ବର୍ଷ ଧରି ମାନସିକ ନିର୍ଯାତନା ଆହୁରି ଭୟଙ୍କର ଶାସ୍ତି ନୁହେଁ କି ? ବରଂ ମାନବିକତା ଦୃଷ୍ଟିରୁ ତାକୁ ରାଜକ୍ଷମା ଦିଆଯାଉ ।" ସେ ପାପୀଷ୍ଟ ପୁଣି ରାଜକ୍ଷମା ପାଇଁ ଦରଖାସ୍ତ କରିଛି । ସେଇଦିନଠାରୁ କାହ୍ନୁବର ମଲ୍ଲିକ ଶଯ୍ୟାଶାୟୀ । ସେ ବର୍ବରକୁ ଯଦି ରାଜକ୍ଷମା ମିଳେ, ତେବେ କାହ୍ନୁବର ଅନଶନ କରି ପ୍ରାଣତ୍ୟାଗ କରିବ । ଏ ଦେଶରୁ ଧର୍ମ ଛାଡ଼ିବା ଆଗରୁ କାହ୍ନୁବର ପ୍ରାଣ ଛାଡ଼ିବା ଉଚିତ । ସେ ପାପୀଷ୍ଟର ଗାଁବାଲାଙ୍କ ମୁହଁକୁ ବି ଲାଜ ନାହିଁ ଯେ, କହୁଛନ୍ତି, ଧର୍ଷଣକାରୀକୁ ଯଦି ମୃତ୍ୟୁଦଣ୍ଡ ହୁଏ, ତେବେ ଗାଁଟା ସାରା ସମସ୍ତେ ଆତ୍ମାହୁତି ଦେବେ । କିନ୍ତୁ କାହ୍ନୁବର ଜାଣେ ଯେ,   ଏ ରାକ୍ଷସଟାକୁ ଯଦି ମୃତ୍ୟୁଦଣ୍ଡ ହୁଏ, ତେବେ ଗାଁବାଲା କ'ଣ ତା' ବାପା ମାଆ, ସ୍ତ୍ରୀ ପୁଅ ବି ଆତ୍ମାହୁତି ଦେବେ ନାହିଁ । ତା' ଶବକୁ ନବାପାଇଁ ଆସିବେ ନାହିଁ । ତା' ଶବ ମଡ଼ାବୁହା ଗାଡ଼ିରେ ବୁହାହେବ । ଏଗୁଡ଼ାକ ଖାଲି ରାଜନୈତିକ ଦଳର ନାଟ । ତମ ଝିଅ-ବୋହୂଙ୍କୁ ଯିଏ ଧର୍ଷଣ କରିବ, ତାକୁ କାଖେଇ ବୁଲୁନ ? ଏଭଲି ନାଟୁଆମାନଙ୍କୁ ଖାଲି ବିଛୁଆଟି ଛାଟ ଲୋଡ଼ା । ଅନଶନରେ ତିନିଦିନ ରହି, ଜଳ ସ୍ପର୍ଶ ନକରି କାହ୍ନୁବର ଇମିତି ସବୁ ପ୍ରଲାପ କରିଚାଲିଥାଏ ।   ନାତିଟି ପାଖରେ ବସି କହୁଥାଏ– "ଜେଜେ, ତମେ ବ୍ୟସ୍ତ ହୁଅନା । ମୁଁ ପରା ଅଛି । ସେ ପାପୀଷ୍ଟଟା ମୋ ହାତରୁ ପାର ପାଇବ ନାହିଁ ।" କାହ୍ନୁବରର ଆଖିରୁ ଆନନ୍ଦାଶ୍ରୁ ଗଲିପଡ଼ିଲା । ଯାହାହେଉ ବ୍ରିଟିଶ୍ ଅମଲରୁ ଗଡ଼ିଆସୁଥିବା ଏଇ ଗୌରବମୟ କୌଲିକ ବୃତ୍ତିଟା ତା' ବଂଶରୁ ବୁଡ଼ିଯିବ ନାହିଁ । ଆଜି ଯଦି ସେ ମରିଯାଏ, ଶାନ୍ତିରେ ମରିବ ।

ଖବରକାଗଜରୁ ଜଣାପଡ଼ିଲା ଯେ, ପାପୀଷ୍ଟଟାକୁ ରାଜକ୍ଷମା ମିଲିଲାନି । କାହ୍ନୁବର ଖାଡ଼ିଝୁଡ଼ି ହୋଇ ଉଠିଲା । ନାତି ସାଙ୍ଗରେ ବସି ଭାତ ତରକାରୀ ଖାଇଲା । ରାତିରେ ନିଶ୍ଚିନ୍ତରେ ଶୋଇଲା । ସୁଖସ୍ୱପ୍ନ ଦେଖିଲା ଯେ,   ରାତି ପାହିଲା ବେଳକୁ ପାଷାଣ୍ଡଟା ଫାଶୀଖୁଣ୍ଟରେ ଓହଲିସାରିଲାଣି । ସକାଳୁ ଜାମାଯୋଡ଼ ହୋଇ ବଜାରକୁ ବାହାରିଲା, ଅଧିକିଲୋ ମାଉଁସ ଆଣିଲେ ଘରେ ଗୋଟାଏ ଭୋଜି ହେବ । କିନ୍ତୁ କଥା କ'ଣ ? ରବିବାରଦିନରେ ତାଙ୍କ ଛକରେ ମାଉଁସ ଦୋକାନଟାରେ ଚାରିଛଅଟା ଜୀଅନ୍ତା ଛେଲିକୁ ଧରି ଦୋକାନୀ ଟୋକା ମୁହଁମାରି ବସିଛି । ଗ୍ରାହକମାନେ ଆତୁର ହୋଇ ପାଟିତୁଣ୍ଡ ଆରମ୍ଭ କଲେଣି । "କଥା କ'ଣ ? ଆଜି ଏତେବେଲଯାଏ ଛାଲଉତ୍ତୁରା ଛେଲି ଝୁଲୁନି କାହିଁକି ? କଂସେଇର ଦେଖାନାହିଁ କାହିଁକି ?" ଦୋକାନରେ ବେପାରୀର ପୁଅଟା ତ ବସିଛି । ଯାଦ୍ୱାରା କି କାମ ହେବ ? ଗଡ଼ ଜିଣିଲା ଭଳିଆ ଭିଡ଼ ଭିତରେ ପଶିଯାଇ ସବା ଆଗରେ ଠିଆହେଲା କାହ୍ନୁବର ।

ପଚାରିଲା– "କଥା କ'ଣ ?" ବେପାରୀ ପୁଅ କହିଲା– "ଆଜି କଂସେଇମାନେ ଧର୍ମଘଟ୍ କରିଛନ୍ତି । ତାଙ୍କ ମଜୁରି ନବଢ଼ିଲେ ସେମାନେ ଆଉ ଛେଲି ବେକ କାଟିବେ ନାହିଁ । ତେଣୁ ସେମାନେ କାମବନ୍ଦ କରିଛନ୍ତି ।" ଏତିକିବେଳେ ଭିଡ଼ ଭିତରୁ କେହିଜଣେ କହିଲା– "ହଇଓ କାହ୍ନୁବର ତମେ ତ ପୋଖତ ନରହତ୍ୟାକାରୀ, ଆଜି ଗୋଟାଏ ଛେଲିବେକ କାଟନା । ରବିବାର ଦିନ ମାଉଁସ ତରକାରୀ ବିନା ମଣିଷ ପାଟିକି ଗୁଣ୍ଡା ନବ କେମିତି ? ଆମେ ମିଲିମିଶି ତମକୁ ମଜୁରି ଦେଇଦେବୁ ।" କାହ୍ନୁବର ହାତକୁ ଛୁରୀଟା ବଢ଼େଇଦେଲା ବେପାରୀର ପୁଅ । ଗରାଖମାନଙ୍କ ପାଟିରୁ ଲାଲ ବୋହିପଡ଼ିଲା । ଛୁରୀଟାକୁ ଖାପ୍‌କିନା ହାତରେ ଧରି ହନୁମାନ ଲଙ୍କାପୋଡ଼ି କଲାଭଳି ଡିଆଁ ମାରି କାହ୍ନୁବର ଚିତ୍କାର କଲା, "ମତେ କ'ଣକରି ପାଇଲ କି, ମୁଁ କ'ଣ ଗୋଟାଏ କଂସେଇ ?, ନିରୀହ ନିରପରାଧ ପ୍ରାଣୀଟାକୁ ମାରିବି ? ଦେଖ, ତମ ଭିତରେ ମହା ମହା କସେଇଙ୍କୁ ମୁଁ ଦେଖୁଛି, ହଁ ମୁଁ ଗର୍ବର ସହିତ କହୁଛି ଯେ, "ମୁଁ ବ୍ରିଟିଶ୍ ଅମଲର ତାଲିମପ୍ରାପ୍ତ ଭାରତର ଏକମାତ୍ର ଫାଶୀଆଲ । ମୋ ହାତରେ ଅନେକ ଧର୍ଷଣକାରୀ, ହତ୍ୟାକାରୀ ଫାଶୀ ପାଇଛନ୍ତି । ମୋ ଅନ୍ତେ ମୋର ନାତି ଗିରଧର ମଲ୍ଲିକ ହେବ ଭାରତର ଏକମାତ୍ର ଫାଶୀଆଲ । ଏବେ ଯୋଉ ଧର୍ଷଣକାରୀ ପାଷାଣ୍ଡଟା ଫାଶୀଖୁଣ୍ଟରେ ଝୁଲିବ ତା'ର ଫାଶୀଆଲ ହେବ ମୋର ନାତି ଗିରଧର । କିନ୍ତୁ ଏ ଛେଲି ବେକ କିଆଁ ମୁଁ କାଟିବି ? ଛେଲିଟା କ'ଣ କାହାକୁ ଧର୍ଷଣ କରିଛି ? ନରହତ୍ୟା କରିଛି ? କଲମଗାରରେ ରକ୍ତ ପିଇଛି ଗରିବଙ୍କର ? ନିରୀହ ତୃଣଭୋଜି ଜୀବଟା ଜୀବନ ଦାନ କରି ତୁମକୁ ବଳୁଆ କରୁଛି ବୋଲି ତୁମେ ସବୁ ହତ୍ୟାକାରୀ, ଧର୍ଷଣକାରୀ ପାଲଟୁଛ । ମୁଁ ଜଲ୍ଲାଦ ହୋଇପାରେ ମାତ୍ର ତୁମେଗୁଡ଼ା ତ ଏକୁ ଆରେକ ବଳି କଂସେଇ ! ଶୁଣ, ଆଜିଠୁ ଏ ଛକରେ ଛେଲିକଟା ବନ୍ଦ– ଆମ ଘରେ ମାଉଁସ କରକାରୀ ବନ୍ଦ । କଂସେଇଗୁଡ଼ା ମାଉଁସ ପିଛାରେ ଯୁଆଡ଼େ ଯାଉଛ ଯାଅ, ମାତ୍ର ମୋ ଛକରେ ଛେଲିବେକ କଟାହେବ ନାହିଁ । ଏଛଟା ହେଉଛି କାହ୍ନୁବର ଫାଶୀଆଲ ଛକ–ବୁଝ୍ ଖବରଦାର ! ଆଉ ଟିକେ ଆଗକୁ ବଢ଼ିଲେ, ଆଇନ ଆଖିରେ ଧୂଳିଦେଇ ଖସି ଆସିଥିବା ଧର୍ଷଣକାରୀମାନଙ୍କୁ ମୁଁ ଗୋଟା ଗୋଟା କରି ଖାସୁ କରି ଛାଡ଼ିବି ।"

ଅଶୀବର୍ଷର କାହ୍ନୁ ସହ ଧସ୍ତାଧସ୍ତି ହେବା ପାଇଁ ଆଗକୁ ବଢ଼ୁଥିବା କେତେଜଣ କୁଖ୍ୟାତ ଟୋକା ଅତର୍କିଆ ଦୌଡ଼ ମାରିଲେ । ଛେଲିଗୁଡ଼ା ପଘା ଛିଣ୍ଡେଇ ପାର୍ । ତା' ପରଦିନ କାହ୍ନୁ ମଲ୍ଲିକର ଘର ସାମ୍ନାରେ ନୂଆ ନାମଫଲକଟିଏ ଝୁଲୁଥିଲା– "କାହ୍ନୁବର ଫାଶୀଆଲ ଛକ" ।

କମଳା

ସେତିକି ଜାଣ ଶାଶୁଙ୍କର ସନ୍ତକ । ମରିବାର ଦିନ କେତୋଟି ପୂର୍ବପର୍ଯ୍ୟନ୍ତ ଶାଶୁ କମଳଟିକୁ ଘୋଡ଼ାଇ ହେଉଥିଲେ । କଲେଜରେ ପଢ଼ିଲାବେଳେ, ନିଜ ସ୍କଲାର୍ସିପ୍ ଟଙ୍କାରେ କମଳଟି କିଣି ଶାଶୁଙ୍କୁ ଉପହାର ଦେଇଥିଲା ପୁଅ ମନ୍ନଥ । କମଳର ପ୍ରତିଟି ଭାଙ୍ଗରେ କର୍ପୂର ଦେଇ, ସଫା ପରୁଣା ଶାଢ଼ିରେ ବାନ୍ଧି, ଅତି ଯତନରେ ପେଟରା ଭିତରେ ଶାଶୁ ସେଇଟି ରଖିଥାନ୍ତି । ଶୀତଦିନେ ମଧ୍ୟ କମଳଟି ପଦାକୁ ବାହାରେ ନାହିଁ । ପେଟରା କଣରେ କର୍ପୂରର ମହମହ ବାସ୍ନା ଭିତରେ ଜାକିଜୁକି ହୋଇ ନିଦକ ମନରେ କମଳଟି ଉଷ୍ମ ଟାଣୁଥାଏ । ପୁରୁଣା ହାତ ତିଆରି ମଖମଲି କନ୍ଥା କେତେଖଣ୍ଡରେ ଶାଶୁ ମଞ୍ଜଥରା ଶୀତକୁ ପାର କରେଇ ଦିଅନ୍ତି ପଛକେ, ଦାମିକା, ବିଦେଶୀ କମଳଟିକୁ ଘୋଡ଼ି ହେବା ପାଇଁ ତାଙ୍କର ସତ ବଳେ ନାହିଁ । ସାନ ଯାଆ ସେବତୀ ପରିହାସରେ କହନ୍ତି- ''ଏତେ ରକ୍ଷୁଣୀ ହୁଅନା ମ ଅପା ! ମନ୍ନଥ ଚାକିରି କଲେ ଯାଉ ବଲି କେତେ ବଢ଼ିଆ

କମ୍ବଳ, ରେଜେଇ ତମପାଇଁ କରିଦେବନି ଯେ, ତମେ ଏଇ କମ୍ବଳକୁ ସାଇତି ରଖୁଛ ? ମନ୍ମଥ ବଡ଼ହେଲେ କେତେ କ'ଣ କରିବ ଏକଥା ପରା ତା' ପିଲାକାଳରୁ ବାରିହେଇ ପଡ଼ିଲାଣି ! ତୁଳସୀ ଦୁଇ ପତ୍ରରୁ ବାସେ । ପାଠ ପଢ଼ୁ ପଢ଼ୁ ଯିଏ ମା' ପାଇଁ ବିଲାତି କମ୍ବଳ ଆଣି ଦେଲାଣି, ଚାକିରି କଲେ ସେ ସୁନା ଜରିର ଧଡ଼ିବନ୍ଧା, ରୂପାର ସୁତାରେ ତିଆରି କମ୍ବଳ ଆଣିଦେବ ।''

ନିର୍ମଳା ଉପରକୁ ହାତଟେକି ନମସ୍କାର କରନ୍ତି । ଉଦାସିଆ ସ୍ୱରରେ କହନ୍ତି- ''ହଁ, ମନୁ ଗୋଟାଏ ମଣିଷରେ ଗଣାହେଲାଣି ଯେ, ତା' ପାଇଁ ଏତେ କଥା ଆଗକୁ ଭାବିବି ? ଠାକୁର ତାକୁ ଆଉଷ ଦିଅନ୍ତୁ, ସେ ଆଗ ମଣିଷରେ ଗଣା ହେଉ....''

ସେବତୀ କହନ୍ତି- ''ହେଲା ଯେ, ଏସନ ଜାଡ଼ ବଳାଇ ପଡ଼ିଛି । ବିଲାତି କମ୍ବଳ ଜାଣି ଏ ଜାଡ଼କୁ ଜବତ୍ କରିବ । କମ୍ବଳ ତ ଜାଡ଼ ପାଇଁ । ତାକୁ କ'ଣ ସାଇତି ରଖିବାକୁ ମନୁ କଟକ ଗାଁରୁ କିଣି ଆଣିଥିଲା ?''

ନିର୍ମଳା ପେଟରା ଖୋଲନ୍ତି । କମ୍ବଳଟିକୁ ଏମିତି ଯନ୍ତରେ କାଢ଼ନ୍ତି ଯେମିତି କି କମ୍ବଳ ନୁହେଁ, କଅଁଲା ଶୋଇଲା ରୁଆଟିଏ । କାଲେ ତା'ର କଅଁାନିଦ ଭାଙ୍ଗିଯିବ, ଅଝଟ କରିବ, ଲୁହନାଲ ଏକାଖଣ୍ଡ ହେବ ! ମନୁଟା ପିଲାଦିନେ ସତରେ କେଡ଼େ ଅଝଟିଆ ନଥିଲା ! ଏବେ ବି ଛୁଟିରେ ଘରକୁ ଆସିଲେ ପିଲାଦିନ ଭଳି ରୁଷିବ, ରାଗିବ, କଟାଳ କରିବ । ନିର୍ମଳା ପରଷ୍ଟ ପରଷ୍ଟ କମ୍ବଳକୁ ଅତି ଧୀରେ ମୁଲାୟମ କରି ହାତରେ ଛୁଇଁ ଛୁଇଁ ଅନୁଭବ କରନ୍ତି । କାଲେ ଉଷ୍ଣମ ନିଦ ଭାଙ୍ଗି ଚିହିଁକି ପଡ଼ିବ ପରା ! କେଡ଼େ ଯନ୍ତରେ ହସ ହସ ମୁହଁରେ କମ୍ବଳର ରେଶମୀ ସୁଚୀ କାମରେ ବନ୍ଧା ଧଡ଼ିକୁ ପରଖନ୍ତି । ଗୌରବରେ କହନ୍ତି- ''ଆଲୋ ସେବ, ଦେଖିଛୁ ଯାର ଧଡ଼ି କେତେ ? ସୁକ୍ଷ୍ମରେ ରେଶମୀ ସୂତାର ଠିକିରି ସବୁ ଧଡ଼ି ଧଡ଼ି ହେଇ ପାଖକୁ ପାଖ ଲାଗି, ଏକା ସାଇଜ୍ ହେଇ କମ୍ବଳର ଦାଢ଼େ ଦାଢ଼େ ଲମ୍ବିଯାଇଛି । ସତେକି ମଲ୍ଲୀକଢ଼ର ମାଲାଟିଏ, ନାଇଁବା- ସତେ ଯେମିତି ଗୁଲୁଗୁଲୁ ଛୁଆରୁଡ଼ିଏ ହାତ ଧରାଧରି ହେଇ ପୁଟି ଖେଳୁଛନ୍ତି । ଯେମିତି ଚାହିଁଲେ ସେମିତିପରା ଦିଶୁଛି । ପୁଣି କମଲର ରଙ୍ଗକୁ ଦେଖ । କେଡ଼େ ନରମ, ମୁଲାୟମ, ପିଆଜ ପାଖୁଡ଼ାର ରଙ୍ଗ । ସତେ କି ହାତ ମାରିଦେଲେ ଦାଗ ରହିଯିବ । ପୁଣି କେଡ଼େ ଚିକ୍କଣ । ଯେମିତିକି ଲହୁଣୀ ପରଷ୍ଟଟିଏ କିଏ ପାରିଦେଇଛି । ଦେହର ରଙ୍ଗକୁ ଖାପ ଖୁଆଇ ଧଡ଼ିର ଜାମୁକୋଲିଆ ରେମଣୀ ସୂତାକାମ ଆଉ କୋଉ କମ୍ବଳରେ ଦେଖିଛୁ ? ଛିଃ, ଆଉ ସବୁ ବାଜେ କମ୍ବଳଗୁଡ଼ା ସଁବାଲୁଆ ରୁମ ଭଳି ଟାଉଁସିଆ-ଦିହରେ ଟାଙ୍ଗ ଟାଙ୍ଗ ଗଲିଯାଏ । ଦିହ ଗଲୁ ହୁଏ । ଘୋଡ଼େଇ ହେଇପଡ଼ିଲେ ନିଶ୍ୱାସ ବନ୍ଦ ହେଇଗଲା ପରି ଲାଗେ । ଦିହ ଗଲୁ ହୁଏ । ଘୋଡ଼େଇ ହେଇପଡ଼ିଲେ ନିଶ୍ୱାସ ବନ୍ଦ ହୋଇଗଲା ପରି

ଲାଗେ । ଇସ୍ କି ଫୁର୍କୁଟିଆ ଗନ୍ଧ ପୁଣି ତା'ର ! ଯେମିତି ବୋଦା କି ଭାଲୁ ରୁମ । ଆଉ
ଏ କମ୍ବଳରେ କି ସୁନ୍ଦର କଅଁଳ ଛୁଆର ଦିହ ବାସ୍ନା ! କେଜାଣି ଏଇ ଖଣ୍ଡିକ ବା ତିଆରି
ହେଇଥିବ ସାରା ପୃଥିବୀରେ; ଆଉ ୟାର ଗୋଟାଏ ଯୋଡ଼ି ଥିବ ବୋଲି ପରତେ
ହେଉନି ! କାହିଁକ ବୁଲିଆସିଲୁ ଗାଁଟାୟାକ କାହା ଘରେ ଅଛି ? ହେଇତି କାନିରେ ଗଣ୍ଠି
ପଡ଼ିଲା । ସତେ ଲୋ ! ମୋ'ରି ପୋଡ଼ା ପେଟରୁ ଜନମି ମନୁଆଟାର କି ପସନ୍ଦ, କି
ନଜର, କି ବିଚାର ବୁଦ୍ଧି !

ସେବତୀ ମୁରୁକି ହସି କହନ୍ତି – ''ଯେମିତି କଥା କହୁଚ ନା ଆପା, ସତେକି
କମଲଟାକୁ ଆମ ମନୁ ତିଆରି କରିଛି – ନିକୁଟି ନିକୁଟି ଧଡ଼ି ବାନ୍ଧିଛି । ହସି ହସି
ଗଡ଼ିଯାନ୍ତି ସେବତୀ ।''

ନିର୍ମଲା କମ୍ବଳଟାକୁ ପୁଣି ଯତ୍ନକରି ବାନ୍ଧିଦିଅନ୍ତି । କହନ୍ତି– ''ଥାଉ, ଏ
ଦରବ ଆଉ ମିଳିବ ? ପୁଅ ମୋର କଲେର୍ସିପ୍ ଟଙ୍କାରେ କିଣି ଦେଇଥିଲା ବୋଲି
ମନେଥିବ ମଲାଯାଏ । ଘୋଡ଼େଇ ହେଲେ ମଇଲା ହବ, ଛିଣ୍ଡିଯିବ । ମଫସଲ ଗାଁର
ନିଉଛୁଣା ଜାଡ଼ ପାଇଁ ବିଲାତି କମ୍ବଳ କ'ଣ ହେବ ? ତାକୁ ସାଧ କରିବ କନ୍ଥା, ନିଆଁ
ଉଧେଇ । ଏମିତି ତ କାଲିକ ଗଲାଣି । ଯଦି ମନୁଆ ମଣିଷରେ ଗଣାହୁଏ, ଦି'ପଇସା
ରୋଜଗାର କରେ, କହିବି ରେଜେଇଟାଏ କରିଦେବ । ରେଜେଇଟା ବେଶ୍ ଆରାମ
ନା ? ସମସ୍ତେ କହନ୍ତି ତ –ଇଚ୍ଛା ଅଛି ରେଜେଇଟାଏ ବୁଢ଼ିଦିନେ ଜାଡ଼ ପାଇଁ
କରିବି । ଦେଖାଯାଉ – ଯାହା ବରାଦ !''

ସତକୁ ସତ ନିର୍ମଲା ଜୀବନରେ ରେଜେଇ ଘୋଡ଼େଇ ହୋଇ ନାହାନ୍ତି ।
ସେ କାଲରେ ମଫସଲ ଗାଁରେ କିଏ ବା ମାଇପି ଜନ୍ମ ପାଇ ରେଜେଇ ଘୋଡ଼େଇ
ହୁଏ ? ପୁରୁଣା ରଙ୍ଗଛଡ଼ା ଲୁଗାରେ ଧାଡ଼ି ବନ୍ଧେଇ କରି ମଜଭୁତ କନ୍ଥା ସିଲେଇ
କରିବା ମାଇପିମାନଙ୍କର ଗୋଟାଏ ସଣ୍ଠଣା, କଲା । ସେଇ କନ୍ଥାରେ କନ୍ଥାରେ ଜୀବନ
କଟିଯାଏ । ରେଜେଇ କମ୍ବଳ ବିନା ଜାଡ଼ ଦିନଟା କୋଉ ଅଟକିଯାଏ କି ? ନିର୍ମଲା
ଭାରି ସୁନ୍ଦର କନ୍ଥା ସିଲେଇ କରନ୍ତି । କନ୍ଥା ଉପରେ ସୂତାରେ ଶୁଆ, ସାରୀ, ହାତୀ,
କଲସ, ପଦ୍ମଫୁଲ, ସୂର୍ଯ୍ୟର ନକ୍ସା କାଟନ୍ତି– ସତେ କି କିଏ ଝୋଟି ଲେଖିଛି । ନୂଆ
ଲୁଗା ପୁରୁଣା ହୁଏ, ପୁରୁଣା କନ୍ଥା ଫାଟିଗଲେ ନୂଆ କନ୍ଥା ତିଆରି ହୁଏ । ବର୍ଷକୁ ବର୍ଷ
ଭୋଦୁଅ ଖରା ଖାଇ କମ୍ବଳ ସେମିତି ଉଷ୍ମ ଟାଣେ । କମ୍ବଳ, ରେଜେଇ, କନ୍ଥାକୁ
ଖାତିର ନକରି ଶୀତ ପରେ ଶୀତ ଆସେ, ଯାଏ, ଆଉ ନିର୍ମଲା ଦିନେ ଶାଶୁବୁଢ଼ୀ
ହୋଇଯାନ୍ତି ।

ମୀରା ନୂଆ ବୋହୂ ହୋଇ ଆସିଥାଏ । ପେଢ଼ି ସାଇତା ମଠା ଲୁଗାପଟା

ସଙ୍ଗେ   ବିଲାତି   କମ୍ବଲଟାକୁ   ଭୋଦୁଅ   ଖରା   ଦେବେ   ବୋଲି   କାଢ଼ିଥାନ୍ତି   ନିର୍ମଳା ।
ଶାଶୁଙ୍କ   ସଙ୍ଗେ   ମିଶି   ମୀରା   ବି   ଗୋଟି   ଗୋଟି   ଲୁଗାପଟା   ଭାଙ୍ଗି   ଫିଟାଇ   ଅଗଣାରେ
ଖରା   ଦେଉଥାଏ ।   କମ୍ବଲର   ପୁଟୁଲାଟିକୁ   ଖୋଲୁଥାନ୍ତି   ନିର୍ମଳା ।   ମୀରାର   ଆଖି   ଅକସ୍ମାତ
ଟାଣିନେଲା ।   ପିଆଜ   ପାଖୁଡ଼ା   ରଙ୍ଗର   ସେଇ   ଦୁଧଛେନା   ଭଳି   ମୁଲାୟମ୍   ବିଦେଶୀ
କମ୍ବଲଟି ।   ଶାଶୁ   ଅତି   ଧୀରେ,   କୋମଳ   ମଧୁର   ଭଙ୍ଗୀରେ,   କମ୍ବଲର   ଭାଙ୍ଗ
ଫିଟାଉଥାନ୍ତି ।   ଆଉ   ମୀରା   ବିସ୍ମାରିତ   ଆଖିରେ   ଏକଲୟରେ   ଚାହିଁ   ରହିଥାଏ ।
ଲୁଚାଇବାକୁ   ଯେତେ   ଚେଷ୍ଟା   କଲେ   ବି   ମନର   ପ୍ରଲୋଭନ   ମୀରାର   ସୁନ୍ଦର   ନୀଳ
ଆଖିର   ଡୋଲାରେ   ସନ୍ଧ୍ୟା   ଆକାଶରେ   ଗୋଟି   ଗୋଟି   ତାରା   ପରି   ଜିକି   ଜିକି
ଫୁଟିଉଠୁଥାଏ ।   ଶାଶୁଙ୍କ   ପେଡ଼ି   ପେଟେରାର   ମଠାଶାଢ଼ି,   ଲୁଗାପଟା,   ଆସନ,   ଚଦର
ସଙ୍ଗେ   ସେଇ   ଅପୂର୍ବ   କମ୍ବଲଟି   ଆଦୌ   ଖାପ   ଖାଉ   ନଥାଏ ।   ଏମିତି   ଗୋଟାଏ   ଚମକ୍ରାର
ଇଂପୋଟେଡ୍   କମ୍ବଲ   ଶାଶୁଙ୍କ   ପେଟେରାକୁ   ଆସିଲା   କେମିତି ?

କମ୍ବଲର   ଗୋଟିଏ   କାନି   ମୀରା   ହାତରେ   ଧରାଇଦେଲେ   ଆର   ପଟଟି   ନିଜେ
ଧରି   ଆସ୍ତେ   ଝାଡ଼ିଦେଉ   ଦେଉ   ନିର୍ମଳା   ଗଦ୍   ଗଦ୍   କଣ୍ଠରେ   କହିଲେ- ‘‘ମନୁ   କଲର୍ସ
ଟଙ୍କା   ପାଇ   କିଣି   ଦେଇଥିଲା ।   ସାତବର୍ଷ   ହେଲାଣି ।   ଦିନେ   ଘୋଡ଼େଇ   ହେଇନି ।
ଦିନକୁ   ଦିନ   କମ୍ବଲଟା   ବେଶୀ   ବେଶୀ   ତୋଫା   ଦିଶୁଛି ।   ଯିଏ   ଦେଖେ   ଘଡ଼ିଏ   ଥକ୍କା
ହୋଇ   ଚାହେଁ ।   ଆଗରୁ   ଏମିତିକା   କମ୍ବଲ   କେହି   ଦେଖି   ନଥାଏ ।   କୋଉଠୁ   ଦେଖିବ ?
ସଂସାରରେ   ଯାର   ଯୋଡ଼ି   ତ   ଆଉ   ନାହିଁ ।   ମନୁଆ   ବି   ପିଲାଦିନେ   ଏଡ଼େ   କଉତୁକିଆ
ହୋଇଥିଲା   ଯେ,   ଦାଣ୍ଡରେ   ଚାଲିଗଲା   ଲୋକ   ଘଡ଼ିଏ   ଚାହୁଁଥିଲା ।   ମନୁଆର   ପିଲାଦିନ
ଚେହେରା   ସାରା   ସଂସାରରେ   ଆଉ   କାହା   ପିଲାଠେଇଁ   ମୁଁ   ଦେଖିନି ।   ଦିନରାତି
ପାଠଗୁଡ଼ାଏ   ପଢ଼ି,   ଏଡ଼େ   ବଡ଼   ଚାକିରିର   ଜଞ୍ଜାଲ   ମୁଣ୍ଡେଇ   ଚାକିରି   କାମରେ   ଦେଶ
ଦୁନିଆଁ   ବୁଲି   ବୁଲି   ଏବକୁ   ତା’ର   ଆଗ   ଚେହେରା   କାହିଁ ?   ଏତେବଡ଼   ଚାକିରିଟାଏ
ମୁଣ୍ଡେଇବା   କି   ଦରକାର   ଥିଲା ?   ଭଲରେ   ଟିକେ   ଖାଇବନି,   ବସିବନି,   ଉଠିବନି,
ଆରାମ   କରିବନି ?   ପିଲାଏ   ଭଲ   ପାଠ   ପଢ଼ିଲେ   ସିନା   ଭଲରେ   ରହନ୍ତି ।   କିଏ
ଜାଣିଥିଲା   ଏମିତି   ହରକତ   ହବ   ବୋଲି   ମୋ   ପୁଅ !   ବାପା   ଅକାଲରେ   ଚାଲିଗଲେ ।
ଭଲ   ପାଠ   ପଢ଼ିଲା   ବୋଲି   କଲର୍ସ   ପାଇ   ପାଇ   ସଂସାର   ଯାକର   ପାଠ   ପିଲାଟା
ପଢ଼ିଗଲା ।   ଆଉ   ଏବେ   ଖାଇବାରେ   ଠିକଣା   ନାହିଁ   କି   ପିଇବାରେ   ଠିକଣା   ନାହିଁ….
ନିର୍ମଳା   ଛଳଛଳ   ଆଖିରେ   କମ୍ବଲଟାକୁ   ଅଗଣା   ତାରରେ   ପକାଇ   ଆସ୍ତେ   ଆଉଁସି
ଆଣନ୍ତି ।   କମ୍ବଲ   ଧଡ଼ିରେ   ଲାଗିଥିବା   ସୂତାରୁ   ଅଲଘୁ   ଯନ୍ତ୍ରରେ   ଝାଡ଼ି   ଦିଅନ୍ତି ।   ସତେକି
ମନୁଥର   ଥକ୍କାମରା   ମୁହଁରୁ   ଝାଲ   ପୋଛି   ଦେଉଛନ୍ତି,   ତାକୁ   ଆଦର   କରୁଛନ୍ତି…. ।’’

ମୀରା ନିର୍ମଳାଙ୍କର ଭାବପ୍ରବଣତା ବୁଝୁ ନଥାଏ । ସେ ଖାଲି କମ୍ବଳଟାକୁ ଚାହିଁଥାଏ ଆଉ ଭାବୁଥାଏ ଏମିତି କମ୍ବଳଟିଏ ପେଟରା ଭିତରେ ସାଇତା ହୋଇ ରହିଲେ ଲାଭ କ'ଣ ? ଶାଶୁ କମ୍ବଳଟାକୁ ଘୋଡ଼େଇ ହୁଅନ୍ତି, ଏଇ ନିପଟ ମଫସଲ ଗାଁରେ ଇମ୍ପୋଟେଡ୍ କମ୍ବଳଟାର ମୂଲ୍ୟ କିଏ ବୁଝିବ ? ତା'ଛଡ଼ା ନିର୍ମଳାଙ୍କର ସେଇ ପୁରୁଣାକାଳିଆ ଶିଶୁକାଠର ପଲଙ୍କ ଉପରେ କନ୍ତା ତକିଆ ସାଙ୍କୁ ଏ କମ୍ବଳଟା ବା କୋଉ ଖାପ ଖାଇବ ? ବରଂ ଏମିତି କମ୍ବଳଟିଏ ଆଧୁନିକ ବେଡ଼ରୁମ୍‌ର ଶୋଭା ବଢ଼ାଇବ, ସମ୍ମାନ ବଢ଼ାଇବ, ମର୍ଯ୍ୟାଦା ବି ବଢ଼ାଇବ । ଦେଖିଲା ଲୋକ ବୁଝିବେ କମ୍ବଳଟା ଅର୍ଡିନାରୀ ନୁହେଁ, ଇମ୍ପୋଟେଡ୍ । ଖାଲି ଇମ୍ପୋଟେଡ୍ ତ ନୁହେଁ, ରଙ୍ଗ, ଧଡ଼ି, ଧଡ଼ିର କାମ ସବୁଥିରେ ଗୋଟାଏ ସ୍ୱାତନ୍ତ୍ର୍ୟ ବି ଅଛି । କମ୍ବଳର ରଙ୍ଗ ଏତେ ମିଠା, ହାଲ୍‌କା; ଆଉ ନରମ ସେ ତ କାହିଁ ଦେଖିନାହିଁ । ନବବିବାହିତା ମୀରା ଅଳ୍ପ ଅଳ୍ପ ଜାଣିଥିବା ସ୍ୱାମୀଙ୍କ ରୁଚିକୁ ତାରିଫ୍ କରୁଥାଏ । ପର ମୁହୂର୍ତ୍ତରେ ମନେ ମନେ କ୍ଷୁବ୍ଧ ହେଉଥାଏ, ଉପହାର ଦେବାରେ ସ୍ଥାନ କାଳ ପାତ୍ରର ବିଚାର ବୁଦ୍ଧିରେ ସ୍ୱାମୀଙ୍କର ଅପାରଗତା ପାଇଁ । ବୋଉଙ୍କୁ ଏମିତି ଗୋଟାଏ କମ୍ବଳ ଉପହାର ଦେବା କ'ଣ ସଙ୍ଗତ ? ସ୍କଲାର୍‌ସିପ୍ ଟଙ୍କାରେ ବୋଉଙ୍କୁ ଶାନ୍ତିପୁରୀ ଶାଢ଼ି ଖଣ୍ଡେ ଦିଆଯାଇ ପାରିଥାନ୍ତା, ଜଗନ୍ନାଥ ମୂର୍ତ୍ତି କି ଠାକୁର ଠାକୁରାଣୀଙ୍କ ଫଟୋ, ଠାକୁର ଘର ପାଇଁ ପିପିଲି ଚାନ୍ଦୁଆଟିଏ ନଚେତ୍ ପୂଜା କରିବା ବେଳେ ବସିବା ପାଇଁ ଦାମିକା ଆସନ ଖଣ୍ଡେ ଦୁଇଖଣ୍ଡ ଦେଇଥିଲେ ହୁଏତ ବୋଉଙ୍କର କାମରେ ଆସିଥାନ୍ତା । ଯଦିବା କମ୍ବଳ ଦେଲେ, ବୋଉ ଘୋଡ଼ିହେଲା ଭଳି କମ୍ବଳଟିଏ ଦେଇଥାନ୍ତେ । ବୋଉଙ୍କର କାମରେ ଲାଗୁଥାନ୍ତା । ଏ କମ୍ବଳଟିକୁ ନିଜ ବ୍ୟବହାର ପାଇଁ ରଖିପାରିଥାନ୍ତେ ତ ମନ୍ଦ !

ତାର ଉପରେ କୁଞ୍ଚିତ ହେଇଯାଇଥିବା କମ୍ବଳଟିକୁ ଯତ୍ନରେ ଟାଣି ସିଧା କରୁ କରୁ ମୀରା କହିଲା– ''ଏଡ଼େ ସୁନ୍ଦର କମ୍ବଳଟାକୁ ସାଇତି ରଖିଲେ କ'ଣ ହେବ ? ଯାର ବ୍ୟବହାର କଲେ ସିନା ଯାର ମର୍ଯ୍ୟାଦା ବୁଝିହେବ ! ଏଇ ଶୀତରେ କମ୍ବଳଟାକୁ ବ୍ୟବହାର କର । ଭାରି ଭଲ ଶୀତ ରଖିବ । ଦେହରେ ଫୋଡ଼ିହେବ ନାହିଁ । ଭାରି ନରମ ଆଉ ଚିକ୍‌ଣ । ସତରେ ଏମିତିଆ କମ୍ବଳ ବି ଦେଖି ନଥିଲି ।''

ନିର୍ମଳା ଆନନ୍ଦରେ କୁରୁଳିଉଠି କହିଲେ– ''ଦେଖି ନ ଥିଲୁଟି ? ମୁଁ ପରା ଜାଣେ–ମନୁଆ ଭଳି ଏ କମ୍ବଳଟା ବି କାହିଁ କୋଉଠି ନଥିବ । ସେଥିପାଇଁ ପରା ତାକୁ ସାଇତିଛି । ଏ ପଦାର୍ଥ ଆଉ ମିଳେ ?''

ମୀରା ଚଟ୍‌କରି କହି ପକାଇଲା– ''ଖୋଜିଲେ ଯାଠାରୁ ଭଲ ଜିନିଷ ବି ଆଜିକାଲି ମିଳିଲାଣି । କମ୍ବଳଟା କ'ଣ ସହଜେ ଛିଣ୍ଡୁଛି ? ଛିଣ୍ଡିଗଲେ ଆଉ କ'ଣ

କିଣା ହବନି ?

ନିର୍ମଳା କମ୍ବଳଟାକୁ ଆଉଥରେ ହାତ ବୁଲେଇ ଝାଡ଼ିଦେଲେ । ବସିଲା ସ୍ବରରେ କହିଲେ – ''ସବୁ ମିଳିବ ଯେ, ମନୁଆର କଲର୍ସ ଟଙ୍କାରେ ସେ ତ ଆଉ କିଣା ହେବନି । ତମେ କ'ଣ ମତେ ରେଜେଇ ଖଣ୍ଡେ କରିଦେଇ ପାରିବନି କି ? ଏ ଗାଁରେ କେତେ ଲୋକଙ୍କ ପିଲାଏ ଚାକିରି କରିଛନ୍ତି; କିନ୍ତୁ ମୂଲରୁ ଶେଷଯାଏ ସବୁ କିଲାସରେ କେହି କଲର୍ସ ପାଇ ପାଠ ପଢ଼ିନି । ସେତିକି ତ ଏ କମ୍ବଳର ମହତ ।''

ମୀରା ଆତୁର ଆଗ୍ରହରେ କହିଲା– ''ରେଜେଇ ଖଣ୍ଡେ କୋଉ ଗୋଟାଏ ବଡ଼ କଥା ? କହିବ ତ କରିଦବାକୁ କିଏ ମନା କରିବ ? ଏ କମ୍ବଳ ଯଦି ତମେ ଘୋଡ଼େଇ ନହେବ, ଆମ ଘରୁ ଆସିଥିବା ନୂଆ ରେଜେଇଟା ରଖ– ।''

ମୀରା ଭାବିଥିଲା ବାପଘରର ରେଜେଇ ବଦଳରେ ନିର୍ମଳା କମ୍ବଳଟା ବୋହୂକୁ ଦେଇଦେବେ । ବୋହୂ ଜାଣ ଏମିତି କମ୍ବଳ ବ୍ୟବହାର କରିବାର ଉଚିତ ପାତ୍ରୀ ବୋଲି ନିର୍ମଳା ନିଷ୍ଚୟ ବୁଝିପାରିବେ । ରେଜେଇ ତ ଯେତେବେଲେ ଇଚ୍ଛାହେଲେ ବି କରିଦେଇହବ । ଠିକ୍ ଏମିତିଆ କମ୍ବଳଟାଏ ଖୋଜି ଖୋଜି ପାଇବା ସତରେ ସମ୍ଭବ ନହୋଇପାରେ । ଯାଉ ଭଲ ମିଲିପାରେ, କିନ୍ତୁ ଠିକ୍ ଏମିତିଆ କମ୍ବଳଟିଏ କୋଉଠୁ ମିଲିବ କିଏ କହିପାରିବ ?

କିନ୍ତୁ ମୀରାକୁ ହତାଶ କରିଦେଇ ଶାଶୁ କମ୍ବଳଟାକୁ ଚାରି ଚଉତ କରି ଭାଙ୍ଗୁ ଭାଙ୍ଗୁ କହିଲେ– ''ତୋ ବାପାଘର ରେଜେଇଟା କାହିଁକି ଦେବୁ ? ମୋର ତ କନ୍ଧାରେ କନ୍ଧାରେ କଟିଗଲାଣି ଏତେ ଦିନ । କେବେ ସୁବିଧା ଦେଖି ରେଜେଇ ଖଣ୍ଡେ କରିଦେବ ଯେ, ମଲାଯାଏ ଘୋଡ଼େଇ ହେବି । ରେଜେଇଟା କୁଆଡ଼େ ବେଶୀ ଉଷ୍ମ ଆଉ ଆରାମ । ମନ ଖୋଜୁ ନଖୋଜୁ ବୁଢ଼ୀଦିନକୁ ଏ ଗାତ ଚୁଲି ଦେହଟା ଟିକେ ଆରାମ ଖୋଜେ । ଏ କମ୍ବଳକୁ କିନ୍ତୁ ସେମିତି ସାଇତି ରଖିବି । ଏମିତିଆ ବିଚିତ୍ର ପଦାର୍ଥ କ'ଣ ମଣିଷ ଦେହ ପାଇଁ ବିଧାତା ଗଢ଼ିଛି– ଏ ତ ପେଢ଼ି ସାଇତା ଅପୂର୍ବ ପଦାର୍ଥ ! ଥାଉ, ତମ ପିଲାମାନେ ଦେଖିବେ । ଜାଣିବେ ବାପା ତାଙ୍କର କେମିତି ଅସାଧ୍ୟ ସାଧନ କର କଲର୍ସ ପାଇଥିଲା...

ନିର୍ମଳା କମ୍ବଳଟିକୁ କର୍ପୂର ଦେଇ, ସଫା ଲୁଗାରେ ବାନ୍ଧି ପେଟେରା ଭିତରେ ରଖି ତାଲା ଦେଲେ, ଆଉ ମୀରାର ଲୋଭାତୁର ମନର ଗୋପନ ଆଶାର ଦ୍ବାର ବନ୍ଦ କରିଦେଲେ !

ଅନେକ ବର୍ଷ ପରେ ବି ସେ କମ୍ବଳ କଥା ମୀରାର ମନେପଡ଼େ । ମନେହୁଏ ତା' ଘରର ସମସ୍ତ ଆସବାବପତ୍ର ଓ ସଂଭ୍ରାନ୍ତ ବିଲାସ ଦ୍ରବ୍ୟ ଭିତରେ କିଛି ଗୋଟାଏ

ଅଭାବ ଯେମିତି ରହିଯାଇଛି । ଗୋଟାଏ ଦୁଇଟା ଇମ୍ପୋଟେଡ୍‌ କମ୍ବଳ ମୀରା କିଣିଛି; କିନ୍ତୁ ମନର ସେ ଅଭାବଟା ଦୂର ହେଇନି । ସେଇ ପିଆଜ ରଙ୍ଗର କମ୍ବଳଟା ଶାଶୁ କହିଲା ପରି ସତରେ ବା ଗୋଟିଏ ମାତ୍ର ତିଆରି ହୋଇଥିଲା । ବେଳେ ବେଳେ ମୀରା ମନ୍ମଥଙ୍କୁ କହେ - ‘‘ବୋଉ କାହିଁକି ସେ କମ୍ବଳଟାକୁ ସାଇତିଛନ୍ତି ? ବୁଢ଼ୀଲୋକ- ଶୀତ ବେଶୀ ହେଉଥିବ- ଘୋଡ଼େଇ ହୁଅନ୍ତେ । ଅବଶ୍ୟ ସେମିତିଆ କମ୍ବଳ ମଫସଲରେ କିଏ ଘୋଡ଼େଇ ହୁଏ ? ଭାରି ସୁନ୍ଦର କମ୍ବଳଟାଏ । ସେମିତି କମ୍ବଳ ଆଜିକାଲି ଯେତେ ଖୋଜିଲେ ବି ମିଳୁନି ।’’

ମନ୍ମଥ ଖୋଲା ମନରେ ହସିଦିଅନ୍ତି । ‘‘କହନ୍ତି-କମ୍ବଳଟା ଭାରି ସୁନ୍ଦର ବୋଲି ତ ବୋଉକୁ ଦେଇଥିଲି । ପାଠ ପଢ଼ିଲାବେଳେ ସଂସାରର ସବୁ ସୁନ୍ଦର ଜିନିଷ ଦେଖିଲେ ବୋଉ ପାଇଁ ସେସବୁ ତିଆରି ହୋଇଛି ବୋଲି ମୁଁ ଭାବେ । ଯାହା ଯୋଉଠି ଭଲ ଜିନିଷଟିଏ ଦେଖିଲେ ବୋଉକୁ ନେଇ ଦେବା ଛଡ଼ା ଆମର ଆଉ ସେତେବେଳେ କିଏ ଥିଲା ? ମୀରାକୁ ଚାହିଁ ମନ୍ମଥ ମୁରୁକି ହସନ୍ତି । ଥରେ ଶୀତଦିନେ ଗାଁକୁ ଯିବା ଅବସରରେ ମନ୍ମଥ ବୋଉକୁ କହିଲେ- ‘‘କମ୍ବଳଟା କାହିଁକି ସାଇତି ରଖିଛୁ ବୋଉ- ତତେ ଶୀତ ହଉନି ସେ କନ୍ଥାରେ ? ପୁଅ ତୋର ଚାକିରି କଲା; ଆଉ ତୁ କନ୍ଥା ଛାଡ଼ିଲୁନି ?’’

ନିର୍ମଳା ହସିଦେଇ କହିଲେ- ‘‘ଶୀତ ପାଇଁ ଦିନ କୋଉଠି ଅଟକି ଯାଇଛି ? କନ୍ଥାରେ ତ ବୁଢ଼ୀ ହେଲିଣି ଆସି । ମାଟ୍ରିକ୍‌ ପାସ୍‌ କରି ଯିବାଯାଏ ମୋ’ରି ଦେହରେ କାଉଚିଆ ସାପ ଭଳି ତୋର ନଡ଼ନଡ଼ିଆ ଦିହକୁ ଗୁଡ଼େଇଦେଇ ସେଇ କନ୍ଥା ଘୋଡ଼େଇହେଇ ତୁ କେଡ଼େ ଆରାମରେ ଶୋଉଥିଲୁ । କି ପାଠ ପଢ଼ି ଚାକିରି କଲୁ ଯେ, ରାତିରେ ଭଲ ନିଦରେ ବି ଶୋଉନୁ ।

ମନ୍ମଥ ଭାବୁଥିଲେ, କେତେ ସୁଖର ଦିନ ସେ ଥିଲା ସତେ ! ଅବଶ୍ୟ ଗୋଟାଏ କନ୍ଥାରେ ଶୀତ ରହେ ନାହିଁ । ଏପାଖ ବୋଲି ସେପାଖ ଟିକିଏ ଫାଙ୍କ ଦେଖିଲେ ଶୀତ ତା’ର ହେମାଳ ହାତରେ ଦେହକୁ ବରଫ କରିଦିଏ । ନିଦ ବାଉଲାରେ ବୋଉ ଦେହରୁ ଗୋଟାକୟାକ କନ୍ଥା ଚାଣିତୁଣି ଉଷ୍ମମ ଟାଣି ଶୋଉଥାନ୍ତି ମନ୍ମଥ । ପିନ୍ଧା ଲୁଗା ଦୁଇଟା ଏକାଠି ଯୋଡ଼ି ବୋଉ ଶୋଉଥାଏ ଘୋଡ଼େଇହେଇ, ମାଟ୍ରିକ୍‌ ପଢ଼ୁଆ ପୁଅକୁ କୋଳେଇ, ମାତୃତ୍ୱର ସବୁ ଉଷ୍ମମ ପୁଅ ଦେହରେ ବିଛେଇଦେଇ । ପାହାନ୍ତାରେ ନିଦ ଭାଙ୍ଗିଗଲେ ମନ୍ମଥ ବ୍ୟସ୍ତ ହୁଅନ୍ତି ଯେ, ଏତେବଡ଼ କନ୍ଥାଟାକୁ ନିଦ ବାଉଲାରେ ବୋଉ ଦେହରୁ ସେ ଟାଣିନେଇ ବୋଉକୁ ହେମଳରେ ପକାଇଲେ ବୋଲି । ଭାବନ୍ତି ଏଣିକି ସାବଧାନରେ ଶୋଇବେ; କିନ୍ତୁ ସବୁଦିନ ସେଇ ଏକା

କଥା । ପରେ ସିନା ମନ୍ମଥ ଜାଣିଲେ ଯେ, ତାଙ୍କୁ ନିଦ ହେଇଗଲେ ବୋଉ ତାଙ୍କ କାନ ଉପରେ, ବେକ ମୂଳ, ପିଠିପାଖ, ଆଣ୍ଠୁ ସନ୍ଧିଦେଇ ପଶିଯାଉଥିବା ହେମାଳର ବାଟ ବନ୍ଦ କରିବା ପାଇଁ ସାରା କନ୍ଥାଟାକୁ ତାଙ୍କୁ ଘୋଡ଼େଇ ଦେଇଥାଏ, ଆଉ ରାତିସାରା ତାଙ୍କ ଦେହରୁ ଖସିଯାଉଥିବା କନ୍ଥାକୁ ଠିକଣା ବେଳରେ ନିଦ ଭାଙ୍ଗି ଠିକ୍ କରୁଥାଏ । କୈଶୋରର କୋମଳ ମନଟା ବୋଉ ପାଇଁ ବିକଳ ହେଇଯାଏ । ମନେ ମନେ ସେ ଭାବନ୍ତି, ସ୍କ୍ଲାରସିପ୍ ଟଙ୍କା ଏକାଠି ମିଳିଲେ ବୋଉ ପାଇଁ ଭଲ କମ୍ବଳଟିଏ ସହରରୁ କିଣି ପଠାଇବେ । ତାଙ୍କ କଥା ସିଏ ରକ୍ଷା କଲେ; ହେଲେ ବୋଉ କମ୍ବଳଟାକୁ ପେଡ଼ିସାଇତା ଦ୍ରବ୍ୟ ଭାବି ସାଇତି ରଖିଛି । ରଖୁ-ତା'ର ଖୁସି, କିଏ କ'ଣ କରିବ ?

ନିର୍ମ୍ମଳା ପୁଅର ଗୁମ୍ସୁମ୍ ମୁହଁକୁ ଚାହିଁ କହିଲେ- ''ବୋହୂ ବି ମତେ କେତେଥର କହିଲାଣି କମ୍ବଳଟା ଘୋଡ଼େଇ ହେବା ପାଇଁ; ହେଲେ ତମେ କେମିତି ବୁଝିବ ଯେ, ସେଇ କମ୍ବଳଟା ଯାହିତାହି ମଣିଷ ଘୋଡ଼ିହେଲା କମ୍ବଳ ନୁହେଁ । ତୋ କଲର୍ସ ଟଙ୍କାରେ ସିଏ କିଣା ହେଇଛି ବୋଲି ଭୁଲିଗଲୁ ? ଯଦି କହୁଚ ତ ରେଜେଇଟାଏ କରିଦିଅ-ଘୋଡ଼େଇ ହେବି ମଲାଯାଏ – ତାକୁ ସାଇତିବିନି ।''

ମନ୍ମଥ ଖାମ୍ଖିଆଲି ଭାବେ କହିଲେ - ''କହୁଚ୍ଚୁ ଯଦି ରେଜେଇଟାଏ ଆରବର୍ଷ ଶୀତକୁ କରିଦେଲେ ହବ ସତରେ ।''

ଆରବର୍ଷ ଶୀତ ପାଇଁ ବୋଉର ଗୋଟାଏ ରେଜେଇ କରି ଗାଁକୁ ପଠାଇ ଦେବାକୁ ହେବ ବୋଲି ମୀରାକୁ କହିଦେଲେ ମନ୍ମଥ ।

ମୀରା କହିଲା- ''ମୁଁ ବି କେତେଥର ଭାବିଲିଣି-ଖିଆଲ ରହୁନି । ବୋଉ ଯେତେବେଳେ ମୁହଁଖୋଲି ଥରେ ଦି'ଥର କହିଲେଣି, ରେଜେଇଟାଏ ସତରେ କରିଦେବା ଆରବର୍ଷକୁ ।''

ବସନ୍ତ ପବନ ପକାଇଲେ ମଞ୍ଜୀଥରା ଶୀତର କଷ୍ଟ ଭୁଲି ହୋଇଯାଏ । ଧୂ ଧୂ ଖରା ତାତିରେ କଅଁଳ ଶୀତର ସ୍ନିଗ୍ଧ ପରଶକୁ ମନ ଝୁରି ହେଉଥାଏ । ଆଜିର କଥା କାଲିକୁ ପାସୋରି ହୁଏ । ପ୍ରତିବର୍ଷ ଶୀତ ଜୋର୍ ପଡ଼ିଲେ, ଶୀତଦିନିଆ ରେଜେଇ ବିଛଣା କଡ଼ାହେଇ ଖରା ଦିଆହେଲେ ମନେପଡ଼େ ଶାଶୁଙ୍କ ରେଜେଇ ତିଆରି କଥା । ଶୀତ ଅଧାଅଧ୍ୟ ଗଲାଣି । ରେଜେଇଟାଏ ଆଜି ବରାଦ ଦେଲେ ମାସେ ପନ୍ଦର ଦିନ ଯିବ । ଶୀତ ସରିଆସିଥିବ । ଥାଉ-ଆରବର୍ଷକୁ । ମନେ ପକାଇ ଆଗୁଆ କରିଦେଲେ ପୂରା ଶୀତଟା ବୋଉ ରେଜେଇ ଘୋଡ଼େଇ ହେବେ ।

ପ୍ରତିବର୍ଷ ଶୀତ ଗଡ଼ିଯାଏ । ଶୀତ ଅଧାରେ କି ଶୀତ ଶେଷରେ ମୀରାର ନହେଲେ ମନ୍ମଥଙ୍କର ବୋଉ ପାଇଁ ରେଜେଇ ତିଆରି କଥା ମନେପଡ଼େ । ଭୁଲାମନ

ପାଇଁ ଦୁହେଁ ଦୁହିଁଙ୍କୁ ଦୋଷ ଦିଅନ୍ତି । ରେଜେଇ ତିଆରି ଯୋଜନା ତା' ଆରବର୍ଷକୁ ରହିଯାଏ । ଯୋଜନା ବର୍ଷକୁ ବର୍ଷ ଘୁଞ୍ଚି ଘୁଞ୍ଚି ଯାଉ ଯାଉ ମୀରା ଭାବେ, ଶାଶୁଙ୍କର ରେଜେଇ ଏତେ ବେଶୀ ଦରକାର ନୁହେଁ । ହେଉଥିଲେ ଶୀତଦିନେ ଥରେ ଅଧେ ସେ ତ ମନେ ପକେଇ ଦିଅନ୍ତେ ! ମନ୍ମଥ ବି କ'ଣ ଭାବିଲେ କେଜାଣି ଚିଡ଼ିଯାଇ ଦିନେ କହିଲେ- ''ଥାଉ ବୋଉର ରେଜେଇ ତିଆରି । ବେଶୀ ଶୀତ ହେଲେ କମ୍ବଳ ଅଛି, ବଳେ ଘୋଡ଼େଇ ହେବ । ରାତି ପାହିଲା ବେଳକୁ ରେଜେଇଟାଏ କ'ଣ କରିବ ?''

ସତକୁ ସତ ରାତି ପାହା ପାହା ବୋଲି ମନ୍ମଥ ଜାଣିଲେ, ମୀରା ଜାଣିଲେ । ପାଖରେ ଥାଇ ଶେଷ ନିଃଶ୍ବାସ ଛାଡ଼ିବେ ବୋଲି ନିର୍ମଳାଙ୍କୁ ପୁଅବୋହୂ ଯାଇ ଗାଁରୁ ନେଇ ଆସିଲେ । ଗାଁରୁ ନିଜର ଲୁଗାପଟା ସଙ୍ଗରେ ପେଡ଼ିସାଇତା କମ୍ବଳଟିକୁ ବି ଆଣିବା ପାଇଁ ଭୁଲିଲେ ନାହିଁ ନିର୍ମଳା । ପୁଅ ହେଲେ ଗାଁ ଛାଡ଼ି ସହର ଆସିଲା ଦିନରୁ ହାତପାହାନ୍ତାରୁ ଦୂରକୁ ଚାଲିଯାଇଛି; କିନ୍ତୁ ପୁଅ ଦେଇଥିବା ଏଇ କମ୍ବଳଟା ତ ତାଙ୍କରି ପାଖେ ପାଖେ ଅଛି ଚିରଦିନ । ତାଙ୍କୁ ମାତୃତ୍ବର ସବୁ ଉଷ୍ମ ସୋହାଗ ତା'ରି ଉପରେ ଅକାଡ଼ି ଦେଇଛନ୍ତି ଏକା ଏକା ଗାଁରେ ଥାଇ ନିର୍ମଳା । ତାକୁ ଅନ୍ତର କରିଦେବେ କେମିତି, ପୁଅ ଶେଷ ବେଳରେ ?

ନିର୍ମଳାଙ୍କୁ କମ୍ପ ଉଠେଇ ଜର ହୁଏ । ବଡ଼ କଷ୍ଟ ପାଆନ୍ତି ଶୀତରେ । କଲିଜାଥରା କମ୍ପକୁ କନ୍ଥାରେ ସମ୍ଭାଳି ହୁଏ ନାହିଁ । ମନ୍ମଥ ଦିନେ କମ୍ବଳଟା ନିର୍ମଳାଙ୍କ ବାକ୍ସରୁ କାଢ଼ି ବୋଉକୁ ଘୋଡ଼ାଇ ଦେଲେ । କହିଲେ- ''କାହିଁକି ସାଇତିଛୁ କମ୍ବଳଟା । ଦେଇଥିଲି ଯେ, ଦିନେ ବି ଘୋଡ଼େଇ ହେଲୁନି- ମନ୍ମଥଙ୍କର କଣ୍ଠରୁଦ୍ଧ ହେଇଗଲା । ଆଖି ସାମ୍ନାରେ ଧୂଆଁଳିଆ ଦିଶିଲା । ନିର୍ମଳା କମ୍ବଳଟାକୁ ଆବେଗରେ ଜାକିଜୁକି ନେଉ ନେଉ କହିଲେ- ''ଏଇ କଥାରେ ତୋର ଯଦି ମନକଷ୍ଟ, ହେଇ ଘୋଡ଼େଇ ହେଲି- ଘୋଡ଼େଇହେଇ ମରିବି । ତୁ ତ ଏବେ ପାଖରେ ଅଛୁ । କମ୍ବଳଟା ମୋ ସଙ୍ଗେ ମଶାଣିକି ଗଲେ ଚିନ୍ତା କ'ଣ ? ତୋର ସବୁ ରୋଗ ବେମାରୀ ଆପଦ ବିପଦ ଏଇ କମ୍ବଳ ଦିହରେ ଝାଡ଼ିଝୁଡ଼ି ମତେ ଦେଇଦେ- ଏତିକି ତ ଜୀବନସାରା ମାଗୁଣି କରିଛି ଠାକୁରଙ୍କ ପାଖରେ । ଏଣିକି ସେଇ ତତେ ସାହା । ମୁଁ ଆରାମରେ ଶୋଇଲି ।'' କମ୍ବଳର ଉଷ୍ମ ସ୍ପର୍ଶରେ ଆଖି ବୁଜି, ହୃଦୟ ଦେଇ ଅନୁଭବ କରୁଥିଲେ ନିର୍ମଳା । ଭାବୁଥିଲେ କିଏ କହେ ରେଜେଇ ବେଶୀ ଆରାମ ବୋଲି ? ମନୁ କିଣିଥିବା କମ୍ବଳଟା ଏତେ ଆରାମ ଦିଏ ଜାଣିଥିଲେ ଆଉ କିଛିବର୍ଷ ଆଗରୁ ହେଲେ ନିର୍ମଳା ତାକୁ ଘୋଡ଼ି ହେଇଥାନ୍ତେ । ଏ ବର୍ଷର ଶୀତ ସରିଆସିଲାଣି । ଜୀବନ ବି

ସରିଆସୁଛି.... ମୁଦିଲା ଆଖି ପତାରୁ ଆନନ୍ଦରେ କି   ଦୁଃଖରେ ଲୁହଧାରଟିଏ ବହିଆସିଲା ।

ମୀରା ଖୁସି ଯେ, ଏତେଦିନେ ଅନ୍ତତଃ ଶାଶୁ କମଳଟାର ସଦ୍ ବ୍ୟବହାର କଲେ; ମାତ୍ର କେଇଦିନି ? ଡାକ୍ତର କହିଛନ୍ତି ଖୁବ୍ ବେଶୀ ହେଲେ ମାସେ କି ପନ୍ଦର ଦିନ । ତେବେ କମଳ ଦେଖି ଡାକ୍ତର, ନର୍ସ, ଗଲା ଆସିଲା ବନ୍ଧୁବାନ୍ଧବ ତାରିଫ୍ କରିଛନ୍ତି; ଆଉ ଏଟିକି ବି ବୁଝିଥିବେ ଯେ, ଅନ୍ତତଃ ପୁଅବୋହୂ ବୁଢ଼ୀକୁ ଅଣହେଲା କରିନାହାନ୍ତି । ଭଲରେ ରଖିଛନ୍ତି; କିନ୍ତୁ ବୋଉଙ୍କ କହିବା କଥା ଅନୁସାରେ କମଳଟା ତାଙ୍କ ସଙ୍ଗେ ମଶାଣିକୁ ଯିବ । ମଲା ଲୋକର ବିଛଣା, ଶେଯ, ତକିଆ ମଶାଣିରେ ଧୋବା ନେଇଯିବ । ଏଡ଼େ ସୁନ୍ଦର କମଳଟାର ପରିଣତି ଶେଷରେ ଏଇଆ ହେବ ? କଥାଟା ଭାବିବାମାତ୍ରେ ଯନ୍ତ୍ରଣାରେ ଛଟପଟ ହେଲା ମୀରା । ଦିନଟିଏ ଗଲେ ଶାଶୁ ଚାଲିଯିବେ ବୋଲି ଯେତିକି ଯନ୍ତ୍ରଣା, କମଳ ଚାଲିଯିବ ବୋଲି ତା'ଠାରୁ ବେଶୀ ଯନ୍ତ୍ରଣା ହେଉଥାଏ । ଶାଶୁ ତ ଯିବା କଥା ଯିବେ । ସଂସାରର ନିୟମକୁ ଲଙ୍ଘିବ କିଏ ? ତାଙ୍କ ଯିବା ବାଟ ରୋକିବ କିଏ ? କିନ୍ତୁ କମଳର ଗଲା ବାଟକୁ ତ ରୋକି ଦିଆଯାଇପାରେ ! ସେଥିରେ କ୍ଷତି କ'ଣ ଅଛି ? ଯୋଉ କମଳକୁ ବୋଉ ଏତେ ଯନ୍ତ୍ରେ ସାଇତିଥିଲେ, ସେ ମଶାଣିକି ଯାଉ ଏକଥା କ'ଣ ସେ ଚାହିଁବେ ?

ଭାବି ଭାବି ମୀରା ମୁଣ୍ଡକୁ ବୁଦ୍ଧି ବି ଯୁଟିଗଲା । ନିଜର ପୁରୁଣା ରେଜେଇରେ ସଫା ଖୋଲଟିଏ ପୂରେଇ ଶାଶୁ ଶୋଇପଡ଼ିଥିଲା ବେଳେ ତାଙ୍କୁ ଘୋଡ଼େଇଲୋ ମୀରା । ଅତି ଅସ୍ତେ କମଳଟିକୁ କାଢ଼ି ଆଣିଲା । ରେଜେଇଟା ଧୋବା ନେଲେ କ୍ଷତି ନାହିଁ । ଆଉ ଗୋଟାଏ କରିଦେଲ ହେବ; କିନ୍ତୁ ଏଇ ଅପୂର୍ବ କମଳଟା ଯେ ଦୁର୍ଲଭ !

ନିର୍ମଳା ନିଦ ଭାଙ୍ଗି ଚିହିଁକି ଉଠିଲେ । ବିଳିବିଳେଇଲା ରି କହିଲେ– "ମୋ କମଳ ନାହିଁ ? କିଏ ନେଲା ?"

ମୀରା ଶାଶୁଙ୍କ ପାଦ ଆଉଁସି ଦେଉ ଦେଉ କୋମଳ କଣ୍ଠରେ କହିଲା– "ରେଜେଇ ପାଇଁ କେତେଥର କହିଛ । ହେଲାରେ କିରପାରି ନଥିଲି । ମୋ ରେଜେଇଟା ତମକୁ ଘୋଡ଼େଇ ଦେଇଛି । ତମର ଏ କଣ୍ଟ ଜରକୁ ବିଲାତି କମଳଟା ସମ୍ଭାଳୁନି । କମଳଟା ଭାଙ୍ଗି ରଖିଦେଇଛି ତମ ବାକ୍‌ରେ ।"

ନିର୍ମଳା ପଚାରିଲେ– "ମନୁ କେଉଁଠି ?"

– "ସେ ଘରେ ଅଛନ୍ତି । ତମ ଦେହ ପାଇଁ ଛୁଟିନେଇ ଘରେ ବସିଛନ୍ତି । କୁଆଡ଼େ ବି ଯାଉନାହାନ୍ତି ।" ମୀରା ସ୍ନେହଭରା କଣ୍ଠରେ କହିଲା ।

ନିର୍ମଳା ଆଶ୍ୱସ୍ତ ହେଲେ । ସ୍ୱର ଲମ୍ବେଇ କହିଲେ– "ମନୁ ପାଖରେ ଅଛି

ତ କମଳ ଯୋଉଟି ଥାଉ; ହେଲେ ତୁ ମା' ଏ ଜାଡ଼ରେ କେମିତି କ'ଣ କରିବୁ ? କୋଉ ଦିନର କଥା ପଦେ ମୋର ମନେରଖି ତୋ ଘୋରିହେଲା ରେଜେଇ ମତେ ଦେଇଦେଲୁ ? ନିର୍ମଳା ବ୍ୟସ୍ତ ହେଇପଡ଼ିଲେ ।

ମୀରା କ୍ଷୀଣ କଣ୍ଠରେ କହିଲା- ''ଶୀତ ସରିଆସିଲାଣି । ମୁଁ ଯେମିତିହେଲେ ଚଳେଇନେବି ।   ରେଜେଇଟା ତମର ନିତାନ୍ତ ଦରକାର ।   କି କଣ୍ଡ ସତରେ ଆସୁଛି ତମର !

ନିର୍ମଳା ହାତ ବଢ଼େଇ ବୋହୂର ମୁହଁ ଦେହକୁ ସାଉଁଲି ଦେଲେ । ସବୁ ଆଶୀର୍ବାଦ ଅଜାଡ଼ିଦେଇ କହିଲେ- ''ପରଉଠିଅ ହେଇ ମୋ ପାଇଁ ତୋର କେତେ ମନ ! ତୋ ମନଟି ଯେମିତି, ଠାକୁର ତତେ ସେମିତି ଭଲରେ ରଖିବେ ମା' ମନ ଘିନି ଫଳ...''

ନିର୍ମଳାଙ୍କର ଆଖିରୁ ଲୁହଧାରଟିଏ ଗଡ଼ିପଡ଼ିଲା । ଶାଶୁଙ୍କ ଜରୁଆ ହାତମୁଠା ଭିତରେ ମୀରାର ହାତଟି କେଜାଣି କାହିଁକି ହେମାଳ ଲାଗୁଥାଏ, ଅଛ ଅଛ ଥରୁଥାଏ ।

ରେଜେଇଟା ବୋଉକୁ କାହିଁକି ଦେଇଦେଲି ବୋଲି ରାତିରେ ପଚାରିଲେ ମନ୍ମଥ । ସ୍ୱାମୀଙ୍କୁ ବି ସେଇ ଏକା କଥା ବୁଝାଇଦେଲା ମୀରା । ହେଲେ କଣ୍ଠସ୍ୱର କ୍ଷୀଣ, ବାକ୍ୟ ଅସ୍ପଷ୍ଟ ।   ମନରୁ ସବୁ ଉତ୍ସାହ କେଜାଣି କାହିଁକି ମରିଯାଇଥାଏ ମନ ଭିତରେ ଗୁଡ଼େଇ ହେଉଥାଏ ଗୋଟିଏ କଥା- ''ମରଣମୁଖୀ ଶାଶୁଙ୍କୁ ମିଛ କହିଲା ସାମାନ୍ୟ କମ୍ବଳଟାର ପ୍ରଲୋଭନକୁ ଏଡ଼ି ନପାରି ? ତାଙ୍କର ସରଳ ହୃଦୟର ସବୁ ସୋହାଗ ଆଉ ଆଶୀର୍ବାଦ ଗୋଟେଇନେଲା ଛଳନାର କଥା କହି ଅଭିନୟ କରି ?''

ଦିନ କେଇଟା ପରେ ନିର୍ମଳା ଚାଲିଗଲେ । ମଲା ପର୍ଯ୍ୟନ୍ତ ବନ୍ଧୁବାନ୍ଧବ ସମସ୍ତଙ୍କୁ ରେଜେଇ ଦେଖେଇ କହୁଥିଲେ- ''ମୋ ବୋହୂ ଦେଇଛି-ନିଜେ ଏଡ଼େ ବଡ଼ ଶୀତରେ କ'ଣ ଘୋଡ଼େଇ ହଉଛି କେଜାଣି ? ଆହା ! କେତେ ମନ ତା'ର ମୋ ପାଇଁ !'' ନିର୍ମଳାଙ୍କ କଥା ଶୁଣି ସମସ୍ତେ ମୀରାଙ୍କୁ ଧନ୍ୟ କହିଛନ୍ତି ।

ଶାଶୁ ଯିବା ପରେ କମ୍ବଳଟା ମୀରାର ସମ୍ପୂର୍ଣ୍ଣ ଅଧିକାରକୁ ଆସିଲା । ସେ ତାକୁ ବ୍ୟବହାର କରିଥାନ୍ତା । ବେଡ଼ରୁମ୍‌ରେ ରଖି ନିଜର ମର୍ଯ୍ୟାଦା ବଢ଼ାଇଥାନ୍ତା; ମାତ୍ର ଆଶ୍ଚର୍ଯ୍ୟର କଥା, ମୀରା ମଧ ନିର୍ମଳାଙ୍କ ଭଳି କମ୍ବଳଟିକୁ ଭୋଦୁଅ ଖରାଦେଇ, ଚାରିଚଉଟ କରି, କର୍ପୂର ଦେଇ ଆଲମୀରା ତଳ ଥାକରେ ସାଇତି ରଖିଲା ।

ମନ୍ମଥ ହସି ହସି କହିଲେ- ''ସବୁ ସ୍ତ୍ରୀ ଲୋକଙ୍କ ମନ ଏକାପରି । ତମେ ପରା ବୋଉକୁ କହୁଥିଲ ! ତମେ କାହାପାଇଁ କମ୍ବଳଟା ସାଇତି ରଖିଛ ? ବୋଉ ରଖି ରଖି କିଏ ତାକୁ ଭୋଗ କଲା ?''

ମୀରା ଆସ୍ତେ କହେ- ''ଥାଉ, ସେତିକି ଜାଣ ବୋଉଙ୍କର ସନ୍ତକ ।'' ମୀରାର

ଆଖି ଛଳଛଳ ହୁଏ । ମନ୍ମଥ ଅବାକ୍ ହେଇ ଭାବନ୍ତି ତାଙ୍କ ବୋଉ ପାଇଁ ମୀରା ମନରେ ଏତେ ଭକ୍ତି, ଏତେ ଶ୍ରଦ୍ଧା, ଏତେ ଭାବପ୍ରବଣତା, ସେ ତ ବୋଉ ବଞ୍ଚିଲା ବେଳେ ବି ଜାଣିପାରି ନଥିଲେ । ମୀରାକୁ ସେ କେତେ ଟିକିଏ ଜାଣିଥିଲେ ଏତେଦିନ ତା' ସଙ୍ଗେ ଘରକରଣା କରି !

ମନ୍ମଥ ବେଳେ ବେଳେ କହନ୍ତି– ''କମଳଟା ତମେ ଘୋଡ଼େଇ ହୋଇ ଶୋଇଲେ ମତେ ଭଲ ନିଦ ହୁଅନ୍ତା ।''

.... କାହିଁକି ? ମୀରା ପଚାରେ । ମନ୍ମଥ କହନ୍ତି– ''ବୋଉ ଦିନ କେଇଟା ସେ କମଳକୁ ଘୋଡ଼େଇ ହୋଇଥିଲେ ବି କମଳର ପ୍ରତ୍ୟେକ ତନ୍ତୁର ଶିରା ଉପଶିରା ବୋଉର ଦେହ ବାସ୍ନାକୁ ଆଜିଯାଏ ଧରି ରଖିଛି । କମଳଟା ଖରା ଦିଆଗଲେ ଚାରିଆଡ଼େ ବୋଉର ବାସ୍ନା ଖେଳିଯାଏ । ମନେହୁଏ ବୋଉ ଯେମିତି ଜମାରୁ ମରିନି, ଏଇଠି ଅଛି, ଚଲପ୍ରଚଲ ହେଉଛି । କମଳ ଘୋଡ଼େଇହେଇ ତମେ ମୋ ପାଖରେ ଶୋଇଲେ ବୋଉ ବାସ୍ନାରେ ଛୁଟ୍‌କିନି ନିଦ ହୋଇଯାଏ । ଆଜିକାଲି ବୟସ ବଢ଼ିବା ସଙ୍ଗେ ସଙ୍ଗେ ଭଲ ନିଦ କାହିଁକି ହଉନି କେଜାଣି ?

ମୀରା ବହୁଥର ଚେଷ୍ଟା କରିଛି କମଳଟା ବ୍ୟବହାର କରିବା ପାଇଁ । ଛୋଟ ଗୋଟାଏ ଭାବପ୍ରବଣତାକୁ ମନରୁ ପୋଛିଦେବାକୁ ଚେଷ୍ଟା କରିଛି; ମାତ୍ର ଆଖି ବୁଜିଲେ କମଳଟା ଛାତି ଉପରେ ଭାରି ଭାରି ଲାଗେ । ଶ୍ୱାସରୁଦ୍ଧ ହୋଇଯାଏ ମୀରାର । ମରଣମୁଖୀ ଶାଶୁଙ୍କର ନିର୍ମଳ ଆଶୀର୍ବଚନ ପାହାଡ଼ଭଳି ମାଡ଼ିବସେ ଛାତି ତଳର କଲିଜା ଉପରେ । ଖିନ୍‌ଭିନ୍ ହୋଇଯାଏ ହୃଦୟସାରା । ମୀରା ଭାବେ ଶାଶୁଙ୍କ ଆଗରେ ଟିକିଏ ଛଳନା, ପଦିଏ ମିଛ କଥାର ଶାସ୍ତି ଏତେ ଭୟଙ୍କର ବୋଲି ସେ ଆଗରୁ ବୁଝିପାରିଲାନି କାହିଁକି ? ସ୍ୱାମୀ, ସନ୍ତାନ, ବନ୍ଧୁବାନ୍ଧବ କାହାରି ଆଗରେ ନିଜ ହୃଦୟର ଯନ୍ତ୍ରଣାକୁ ପ୍ରକାଶ କରିହୁଏନି । ଅବ୍ୟକ୍ତ ଯନ୍ତ୍ରଣାରେ ମୀରା ଛଟପଟ ହୁଏ । ଯାହା ଆଗରେ ଏକଥା କହିବ, କେତେ ଛୋଟ ହେଇଯିବ ମୀରା ତା' ଆଖିରେ ଏଇ ପଦିଏ ମିଛ କଥା ପାଇଁ ? ଶାଶୁଙ୍କ ପ୍ରତି ମୀରାର ଭକ୍ତି, ତା'ର ଆନ୍ତରିକ ସେବା ଶୁଶ୍ରୂଷା, ଯତ୍ନ ଏବଂ ଭଲ ପାଇବା ଏଇ ପଦିକ ମିଛ କଥାର ସ୍ୱୀକାରୋକ୍ତିରେ ଅମୃତଭାଣ୍ଡରେ କଣାଏ ବିଷ ଭଳି ନିମିଷକେ ଲୁଟି ନିଷିଦ୍ଧ ହେଇଯିବ । ସମସ୍ତେ କହିବେ କେଡ଼େ ଛୋଟ ମନ ମୀରାର–ସାମାନ୍ୟ ଇମ୍ପୋର୍ଟେଡ୍ କମଳଟାକୁ ରୋଗିଣା ଶାଶୁ ଦେହରୁ ଘୋଷାଡ଼ି ଆଣିଲା ! ଛିଃ! ରେଜେଇଟା ଘୋଡ଼େଇ ହେଇ ଶୀତରେ ଥରି ଥରି କେଡ଼େ କଷ୍ଟରେ ପ୍ରାଣ ଛାଡ଼ିଲା ବୁଢ଼ୀଟା ! ଏପରିକି ସ୍ୱାମୀଙ୍କ ଆଗରେ ବି ହୃଦୟର ଗ୍ଲାନି ପ୍ରକାଶ କରିପାରୁନି ମୀରା । କ'ଣ ଭାବିବେ ସେ ?

କମଳ ଖରାରେ ଦିଆହେଲେ ସାଇପଡ଼ିଶା ଦେଖନ୍ତି, ତାରିଫ୍ କରନ୍ତି । ମୀରା ମୁହଁ ଶୁଖାଇ କହେ- ''ସେତିକି ଶାଶୁଙ୍କର ସତ୍କ ।'' ଆଖି ଛଳଛଳ ହୁଏ । କଣ୍ଠ ରୁଦ୍ଧ ହୁଏ ଅବ୍ୟକ୍ତ ବେଦନାରେ । ସାଇପଡ଼ିଶା, ବନ୍ଧୁବାନ୍ଧବ ଆଧୁନିକା ବୋଉର ଶାଶୁ ପ୍ରେମରେ ଅଭିଭୂତ ହୋଇଯାନ୍ତି । ମୀରା ସଢ଼ିଯାଏ ଆଉରି ଗ୍ଲାନିରେ ।

ବୟସ ବଢ଼ିବା ସଙ୍ଗେ ସଙ୍ଗେ ଅବ୍ୟକ୍ତ ଗ୍ଲାନିଟା ବଢ଼ି ବଢ଼ି ଯାଉଥାଏ । ମୀରା ହଠାତ୍ ଜରରେ ପଡ଼ିଲା । ଜର ଓହ୍ଲାଏନି ଦେହରୁ । ଶୀତ ଶୀତ ଲାଗେ । ମୀରାର ଦେହ ଦୁର୍ବଳ ହେଇଯାଏ । ଡାକ୍ତର କିଛି ଧରିପାରନ୍ତି ନାହିଁ । ରକ୍ତରେ କିଛି ରୋଗ ନାହିଁ । ମୀରା ସେଦିନ ଶୋଇପଡ଼ିଥାଏ । ମନ୍ମଥ ଅସମୟରେ ଅଫିସରୁ ଫେରିଲେ । ମୀରା ଦେହରେ ହାତଦେଇ ଦେଖିଲେ ଜର ଅଛି । ପାଦ ଦୁଇଟା ଥଣ୍ଡା । ଅଳ୍ପ କମ୍ପୁଛି ମୀରାର ଶରୀର । ମୀରାକୁ ଶୀତ ହେଉଛି । ଶୀତଦିନିଆ ରେଜେଇ ଇତ୍ୟାଦି ବନ୍ଧାବନ୍ଧି ହେଇ ବାକ୍ ରୁମ୍ରେ ବଡ଼ ବଡ଼ ବାକ୍ସରେ ତାଲା ପଡ଼ି ରହେ । ଆଲମିରା ତଳ ଥାକରୁ ବୋଉର କମ୍ବଳଟା କାଢ଼ିଆଣି ମୀରାକୁ ଘୋଡ଼େଇଦେଲେ ମନ୍ମଥ । ଭାବିଲେ, ବୋଉର ଆଶୀର୍ବାଦରେ ମୀରା ଭଲ ହେଇଯିବ ନିଶ୍ଚେ । ଅନେକ ସମୟ ଶୋଇପଡ଼ିଲା ମୀରା । ହଠାତ୍ ନିଦ ଭାଙ୍ଗିବା ମାତ୍ରେ ନିଜ ଦେହରେ ଶାଶୁଙ୍କ କମ୍ବଳ ଦେଖି ଚିହିଁକି ଉଠିପଡ଼ିଲା ସେ । କମ୍ବଳଟା ଛାଟିଦେଲା ତଳକୁ । ଗୋଟାପଣେ ଥରି ଥରି କହିଲା- ''ଏ କମ୍ବଳ ଆଲମିରାରୁ ଏଠିକି ଆସିଲା କେମିତି ? କିଏ ଘୋଡ଼େଇଦେଲା ମତେ ?'' ମୀରାର ଆଖି ଦୁଇଟାକୁ ଚାହିଁ ଭୟ ପାଇଗଲେ ମନ୍ମଥ । ଭାବିଲେ, ମୀରାର ଜର ବଢ଼ିଯାଇଛି । ସେ ବାଉଳି ହେଉଛି । ମୀରାକୁ ଧରି ବସାଇଦେଲେ ମନ୍ମଥ । କମ୍ବଳଟା ତଳୁ ଗୋଟେଇ ଆଣିଲେ । ଆଶ୍ୱାସନାଭରା କଣ୍ଠରେ କହିଲେ- ''ତମେ ଶୀତରେ ଥରୁଥିଲ । ଆଉ କିଛି ପାଇଲନି । କମ୍ବଳଟା କାଢ଼ି ତୁମକୁ ଘୋଡ଼େଇ ଦେଇଥିଲି । ଭାବିଲି, ବୋଉର କମ୍ବଳ ଘୋଡ଼େଇ ଦେଲେ ତା'ର ଆଶୀର୍ବାଦରେ ତମର ଜର ଭଲ ହେଇଯିବ । ଏଥିରେ ଏତେ ବିଚଳିତ ହେଉଛ କାହିଁକି ?''

ମୀରା ଥରି ଥରି କହିଲା-''ଦୟାକରି ସେ କମ୍ବଳଟା ମତେ କେବେ ବି ଘୋଡ଼େଇ ଦବ ନାହିଁ । ତମେ କେହି ତାକୁ ଘୋଡ଼େଇ ହବନି ।''

– କାହିଁକି ? ମନ୍ମଥ ଆଶ୍ଚର୍ଯ୍ୟ ହୋଇଯାଇ ପ୍ରଶ୍ନ କଲେ ।

ମୀରା ଅସ୍ପଷ୍ଟ ସ୍ୱରରେ କହିଲା- ''ସେତିକି ତ ବୋଉର ସତ୍କ-କେତେ ଯନ୍ତ୍ରେ ବୋଉ ତାକୁ ସାଇତି ଥିଲେ ।'' ମୀରା ଝର ଝର କାନ୍ଦି ପକାଇଲା । ଆଉ କିଛି କହିପାରିଲା ନାହିଁ । ମନ୍ମଥ ଆଖି ବି ଓଦା ହୋଇଗଲା ବୋଉର ସ୍ମୃତିରେ,

ମୀରା ହୃଦରେ ନିଜ ବୋଉ ପ୍ରତି ଥିବା ସ୍ନେହ ଓ ସହାନୁଭୂତିରେ । ସେ ମୀରାକୁ
ଆଦରକରି କହିଲେ– ''ତମରି କଥା ରହୁ । କମଲଟା ସେମିତି ଯତ୍ନରେ ଥାଉ ।
ବୋଉର ସ୍ମତି ପ୍ରତି ତମର ଯଦି ଏତେ ଶ୍ରଦ୍ଧା, ମୁଁ ତାକୁ ନଷ୍ଟ କରିବି କାହିଁକି ?''
ମୀରା, ତମର ମନ କେତେ ନିର୍ମଳ, କେତେ ଉଦାର ! ମୋ ବୋଉ ପାଇଁ ତମର
କେତେ ଭକ୍ତି !

ମୀରା ଆଖିରୁ ଆହୁରି ଥରେ ଲୁହ ଝରିଲା । ଅସ୍ଥିର କଣ୍ଠରେ ସେ କହିଲା–
''ଥାଉ – ଥାଉ – ସେମିତି କହନା । ମତେ ବଡ଼ କଷ୍ଟ ହୁଏ । ତମ ବୋଉ କ'ଣ
ମୋର କେହି ନୁହନ୍ତି ?''

ଅଭିଭୂତ ହେଇ ବସିଥାନ୍ତି ମନ୍ମଥ । ଗ୍ଲାନିରେ ସଢ଼ି ସଢ଼ି ଯାଉଥାଏ ମୀରା ?
କେମିତି ମୁକ୍ତି ପାଇବ ଏଇ ଗ୍ଲାନିରୁ – ଅପରାଧ ବୋଧରୁ–ମର୍ମ ବେଦନାରୁ– ?

ଶୀତଦିନ ଦ୍ୱିପ୍ରହରରେ ବିଛଣାରେ ପଡ଼ିଗଲେ ଶୀତ ମାଡ଼ିବସେ । ମୀରା
ଦେହରେ ଜର ବି ରହୁଥାଏ ସବୁ ସମୟରେ । ଶୋଇପଡ଼ିବା ମାତ୍ରେ ଶୀତ ଅନୁଭୂତ
ହେବାରୁ କମଲ ମନେ ପଡ଼ିଲା– ମନେପଡ଼ିଲେ ଶାଶୁ–ଶାଶୁଙ୍କର ଆଶୀର୍ବଚନ–
ନିଜର ଛଳନା–ମିଛ କଥା– ଆଉ ଅସହ୍ୟ ସେହି ଗ୍ଲାନି । ମୀରା ଛଟପଟ ହେଲା ।
ବାହାରେ କେହିଜଣେ କାତର କଣ୍ଠରେ ଡାକୁଛି । ସେଇ ଭିକାରୁଣୀ ବୁଢ଼ୀ
ହେଇଥବ । ଦ୍ୱିପହରରେ ସେଇ ପ୍ରାୟ ନିଦ୍ରାଭଙ୍ଗ କରିଥାଏ । ତା'ର ପାଟି ଶୁଣିଲେ
ମୀରା ବିରକ୍ତ ହୋଇଯାଏ । ଆଜି କିନ୍ତୁ ମୀରା ନିଜେ ଉଠିଗଲା ବାରଣ୍ଡାକୁ ।
ପଚାରିଲା– ''କ'ଣ ଦରକାର ? ଥରେ ତ କହିଛି ଅବେଳାରେ ହାଣ୍ଡିରେ ଭାତ
ନଥାଏ ।

ବୁଢ଼ୀଟା ଥରି ଥରି କହିଲା– ''ଆଜି ଭାତ ତୁଉଣ ମାଗୁନି ମା' ! ଛିଣ୍ଡାଫଟା
ହେଉ ଖଣ୍ଡେ ଘୋଡ଼ିହେଲା ଦିଅ । ଧର୍ମ ହେବ ମା'–ବୁଢ଼ାଟା ଏ ଜାଡ଼ରେ ଠାକିବନି ।
କୁଡ଼ିଆରେ ତିନିଦିନ ଭୋକ ପେଟରେ ରହିଯାଇ ହେବ– ଏ ଜାଡ଼ରେ ତ ରାତି
ପାହିବନି, ଜୀବ ଛାଡ଼ିଯିବ । ନାଲ କଡ଼େ କଡ଼େ ଝାଟିମାଟ କୁଡ଼ିଆଟା ରାତିରେ ତଲୁ
ଉପରଯାଏ ବରଫ ପାଲଟିଯାଉଛି । ଯାହା ଖଣ୍ଡେ ନଦେଲେ ବୁଢ଼ାଟା କାଲିକି
ନଥ୍‌ବ । ଚାରିଦିନ ହେବ ଦିହରେ ଜର ଯେ ଖଇ ଫୁଟିଯିବ ।

ମୀରାଘଡ଼ିଏ ଗୁମ୍‌ମାରି ରହିଗଲା । ହଁ କି ନା କିଛି କହିଲାନି । ଭାବିଲା,
ଚଦର ଖଣ୍ଡକରେ ବୁଢ଼ାର ଜୀବନଟା ଶୀତର ପଞ୍ଜା ଭିତରୁ କ'ଣ ବଞ୍ଚିଯିବ । ମୀରା
ଆଲମୀରା ଖୋଲି କମଲଟା ଆଣିଲା–ଗେଟ୍ ପାଖକୁ ନିଜେ ଯାଇ କମଲଟା ବୁଢ଼ାର
ପ୍ରସାରିତ ହାତକୁ ନିର୍ଲୋଭ, ନିର୍ମଳ ଚିତ୍ତରେ ବଢ଼ାଇଦେଲା । ଆର୍ଦ୍ର କଣ୍ଠରେ କହିଲା–

‘‘ନିଅ, ଏତିକି ମୋର ଶାଶୁଙ୍କର ସମ୍ପତ୍ତି । ମୁଁ କିଛି ଦାନ କରୁନାହିଁ । ଯଦି କଲ୍ୟାଣ କରୁଛ ଏତିକି କର ଯେ, ମୋ ଶାଶୁଙ୍କ ଆତ୍ମାକୁ ଶାନ୍ତି ମିଳୁ । ତାଙ୍କ ଆତ୍ମାର ସଦ୍‌ଗତି ହେଉ ।’’

ଭିକାରୁଣୀ ବୁଢ଼ୀ କମ୍ବଳ ଧରି ନିର୍ବାକ୍ ହେଇଯାଇଥାଏ । ଘଟଣାଟା ସତ୍ୟ ନା ସେ ସ୍ୱପ୍ନ ଦେଖୁଛି ବୁଝିପାରୁ ନଥାଏ । ଭୟ କାତର କଣ୍ଠରେ ସେ କହୁଥାଏ– ‘‘ମୁଁ ଛାର ଭିକାରୁଣୀଟାଏ– ଏ ଦରବ ନେଇ କ’ଣ କରିବି ? ଚିରା ଫଟା ଚଦର ଖଣ୍ଡେ ମାଗୁଥିଲି...’’

ମୀରା ଦୃଢ଼ କଣ୍ଠରେ କହିଲା– ‘‘ଦାନ ଦେଇ ଆଉ ଫେରାଇ ନିଆଯାଏନି । ଏଇଟା କମ୍ବଳ । ଘୋଡ଼େଇ ହେବ । ବୁଢ଼ାର ଜର ଛାଡ଼ିଯିବ । ଯାଆ–ଆଉ ଠିଆହେଲ କାହିଁକି ?

ମନ୍ନଥ ଅଫିସରୁ ଫେରି ଏ ଦୃଶ୍ୟ ଦେଖି ସ୍ତମ୍ଭୀଭୂତ । ଅବିଶ୍ୱାସଭରା କଣ୍ଠରେ ସେ କହିଲେ– ‘‘ଏ କ’ଣ କଲ ମୀରା ? ବୋଉର ସ୍ମୃତି, ସେଇ ଅମୂଲ୍ୟ କମ୍ବଳଟାକୁ ଦାନ କରିଦେଲ ? ଆଉ କିଛି ଗୋଟାଏ ଦେଇ ପାରିଥାନ୍ତ; କିନ୍ତୁ ବୋଉର ସ୍ମୃତିଟା..... ମୁଁ କିଛି ବୁଝିପାରୁନି ତମ କଥା ।’’

ବୁଢ଼ୀକୁ ଚାଲିଯିବା ପାଇଁ ଧମକ ଦେଇ ମୀରା ଗେଟ୍ ବନ୍ଦ କଲା । ମନ୍ନଥଙ୍କ ମୁହଁକୁ ନଚାହିଁ ଆଗେ ଆଗେ ଘରେ ପଶୁ ପଶୁ କହିଲା– ‘‘ସ୍ମୃତିର ଅର୍ଥ ନୁହେଁ ତାଲା ବନ୍ଦ କରି ସାଇତି ରଖିବା । ବୋଉଙ୍କ ସ୍ମୃତିର ସଦୁପଯୋଗ ମୁଁ କରିଛି । ପ୍ରତିବର୍ଷ ବୋଉ ଗାଁରେ ଶୀତଦିନେ ପୁରୁଣା ଚଦର, ହାତତିଆରି କନ୍ଥା, ପୁରୁଣା ଲୁଗା ଗରିବମାନଙ୍କୁ ଦାନ କରନ୍ତି । କହନ୍ତି– ‘‘ଶୀତଦିନେ ବସ୍ତ୍ରଦାନ ଠାରୁ ଦାନ ନାହିଁ । ଶକ୍ତି ମୁତାବକ ସୂତାଖିଏ ଦାନ କଲେ ବି ତମପାଇଁ ଶେଜ ସୁପାତି ଥୁଆ ହେଇଥିବ । ବୋଉଙ୍କ କମ୍ବଳ ଦାନ କରିଦେଲି ତାଙ୍କ ଆତ୍ମାର ସଦ୍‌ଗତି ପାଇଁ । ବୁଢ଼ୀର ଆଶୀର୍ବାଦରେ ବୋଉଙ୍କ ଆତ୍ମା ସେପୁରରେ ଶାନ୍ତି ପାଇବ ।’’

ମନ୍ନଥ ତେବେ ବି ଅବୁଝା କଣ୍ଠରେ କହିଲେ– ‘‘କିନ୍ତୁ ବୋଉର ଯେ ସେଇଟି ସମ୍ପତ୍ତକ, ସ୍ମୃତି....’’

ମୀରା ସେମିତି ମନ୍ନଥଙ୍କୁ ପଛକରି ଜବାବ୍ ଦେଲା– ‘‘ସ୍ମୃତି ତ ମନ ଭିତରେ ଥାଏ, ସମ୍ପତ୍ତକ ତ ସାଇତା ହେଇଥାଏଦିନ ଦିନର ପରସ୍ତ ପରସ୍ତ ଅନୁଭୂତି ଭିତରେ । ସେଥିପାଇଁ ଗୋଟାଏ ଜିନିଷର ଆବଶ୍ୟକତା କ’ଣ ? ବେଉ ନାହାନ୍ତି ବୋଲି ଆଖି ବୁଜିଲେ ତମେ କ’ଣ ବୋଉଙ୍କ ଛବି ଦେଖ ନାହିଁ ? ଆଉ ତେବେ ସମ୍ପତ୍ତକର ଆବଶ୍ୟକତା କ’ଣ ?’’

ମନ୍ମଥ ଅଭିଭୂତ ହୋଇପଡ଼ି କହିଲେ- ''ତମକୁ ମୁଁ ଯେତେ ବୁଝିଛି ବୋଲି ଭାବେ, ତା'ର କେତେ କମ୍ ଅଂଶ ସତରେ ବୁଝିଥାଏ- ସତରେ ତମ ମନଟା କେଡ଼େ ନିର୍ଲୋଭ, କେଡ଼େ ଉଚ୍ଚ !''

– ଥାଉ, ଥାଉ, ଏସବୁ ପ୍ରଶଂସା ମତେ କଷ୍ଟ ଦିଏ ବୋଲି ଥରେ ତ କହିଛି, ମୀରା ଛଳଛଳ ଆଖିରେ କହିଲା ।

ମନ୍ମଥ ମୀରାର ହାତଧରି, ତା'ର ଦେହକୁ ସ୍ପର୍ଶ କରି କହିଲେ- ''ତମ ଦେହରେ ଆଜି ଜର ନାହିଁ ଦେଖୁଛି ! ଓଃ ! କେଡ଼େ ବଡ଼ ଚିନ୍ତା ମୋର ଉତୁରିଗଲା ।''

ମୀରା ବ୍ୟାକୁଳ କଣ୍ଠରେ କହିଲା- ''ଜର ଆଉ ନାହିଁ; କିନ୍ତୁ ଛାତିର କଷ୍ଟଟା କମିନାହିଁ, କେଉଁଠି ଟିକେ ଦରଜ ରହିଯାଇଛି ।''

ମନ୍ମଥ ସହାନୁଭୂତିରେ ଦ୍ରବୀଭୂତ ହୋଇଯାଇ ଉତ୍ତରଦେଲେ- ''ଡାକ୍ତର ତ କହିଲେ କିଛି ରୋଗ ନାହିଁ । ତାଙ୍କର ଆଉ ଦୋଷ କ'ଣ ? ଛାତି ଭିତରଟା ଯଦି ଦେଖି ହେଉଥାନ୍ତା....''

ମୀରାଛାତିର କଷ୍ଟକୁ ମ୍ଲାନ ହେଇ ଖୋଜୁଥାନ୍ତି ମନ୍ମଥ !

କ୍ରେଡିଟ୍ କାର୍ଡ

ସେଦିନଗୁଡ଼ାକ ଥିଲା ସ୍ୱପ୍ନରଞ୍ଜିତ । ଅନ୍ଧାର ରାତିରେ ନଈ ପହଁରିଯିବାକୁ ପଡ଼ିଥିଲେ ପିଲାଙ୍କ ପାଇଁ ସେକଥା ମଧ୍ୟ କରିବା ସାଧାତୀତ ନଥିଲା । ସୁଖୀ ଏବଂ ପରିପୂର୍ଣ୍ଣ ଲାଗୁଥିଲା ତାଙ୍କର ସଂସାର । ଗୃହସ୍ୱାମୀ ଜାଣିଥିଲେ ଯେ, ସରସ୍ୱତୀ ଦିନେ ପରଘରର ଲକ୍ଷ୍ମୀ ପାଲଟି ଏଘରୁ ଯାଇ ଆଉ କେଉଁଠି ରହିବ । କିନ୍ତୁ ବିନାୟକ ବିଦ୍ୟାବୁଦ୍ଧିରେ ଜଗତ ଜିଣି ବିଶ୍ୱ ପରିକ୍ରମା କରି ପୁଣି ତ ଆସିବ ଘରକୁ । ତେଣୁ ଦୁଇଟି ଶୋଇବା ଘର ଥାଇ ସେ ଫ୍ଲାଟ୍‌ଟିଏ କିଣିବା ବେଳେ ମନରେ ଗ୍ଲାନି ନଥିଲା, ଯଦିଓ ସ୍ତ୍ରୀ ଟିକେ ମନ ଊଣା କରିଥିଲେ । ଝିଅ-କ୍ୱାଇଁ, ପୁଅ-ବୋହୂ କେବେ ତ ଏକାଠି ପହଞ୍ଚିଯିବେ ଛୁଟି କଟାଇବା ପାଇଁ ? କାହାକୁ ଦାଣ୍ଡରେ ବସେଇବେ ? ଲୋକଟା ସେଦିନ ନିର୍ଲିପ୍ତ ହସ ଖଣ୍ଡେ ସ୍ତ୍ରୀଙ୍କୁ ଉପହାର ଦେଇ କହିଥିଲା– "ଦାଣ୍ଡରେ ଆଉ କିଏ କିଆଁ ବସିବ ? ଦାଣ୍ଡଘରତ ଆମ ପାଇଁ ଅଛି । ଆମେ କେଇଟା ଦିନ ଦାଣ୍ଡଘରେ ଶୋଇପଡ଼ିବା । ଆମ ଅବସ୍ଥାକୁ ଚାହିଁ ଏତିକି ସାହସ ମୁଁ କରିଛି ବୋଲି ମୋ

ସାଂସାରିକ ବୁଦ୍ଧିକୁ ଧନ୍ୟବାଦ ଦିଅ ।” ସତକୁ ସତ ଆପାର୍ଟମେଣ୍ଟର ମାଟି, ଗୋଡ଼ି, ଇଟା, ସିମେଣ୍ଟଗୁଡ଼ା ଚାହୁଁ ଚାହୁଁ ହୀରା, ମୋତିଲା, ମଣିମାଣିକ୍ୟର ଭାଉରେ ପହଞ୍ଚିଲା । ନିଜ ପିଲା ଦିଓଟି ଓ ନିଜର ଘର “ସ୍ୱପ୍ନାଲୋକ”କୁ ନେଇ ସେଗୁଡ଼ାକ ଥିଲା ଜୀବନର ଶ୍ରେଷ୍ଠ ସୁଖର ଦିନ । ଏବେ ଦୁଃଖ ବୋଲି ସେମିତି କିଛି ନାହିଁ । ଖାଇବା ପିନ୍ଧିବାରେ ଅଭାବ ନାହିଁ, ପିଲା ଦିହେଁ ବେଶ୍ ପାରିବାର ହୋଇ ନିଜ ନିଜର ସଂସାର କଲେଣି । ଏଠି-ବୁଢ଼ାବୁଢ଼ୀ-ଏକା ।   ଏବେ ବୁଢ଼ୀ କହନ୍ତି - “ଏତେବଡ଼ ଘର, କ’ଣ କରିବା ଦି’ଜଣ ?” ଏହି ‘ଆପାର୍ଟମେଣ୍ଟ’ର ଯେତେ ଫ୍ଲାଟ୍‌ରେ ବୁଢ଼ାବୁଢ଼ୀ ଦେଖିବ, ଜାଣିବ ସେଇଟା ତାଙ୍କର   ନିଜ ଘର, ଭଡ଼ାଘର ନୁହେଁ । ଆଉ କୁଆଡ଼େ ଯିବାର ଉପାୟ ନାହିଁ । ତାଙ୍କଠି ଆଉ କାହାର ଆବଶ୍ୟକତା ନାହିଁ । ତେଣୁ ତାଙ୍କ ଘରକୁ ବି କେହି ଆସନ୍ତି ନାହିଁ । ଅକାଲେ ସକାଲେ ନିଜ ପିଲାଏ ତରକା ଚଢ଼େଇ ଛୁଆ ଭଳି ଆସି ଦିନ ଦି’ଚାରିଟାରେ ନିଜ ଥାନକୁ ଉଡ଼ିଯାନ୍ତି ।

ଯେତେଦିନ ଯାଏ ଝିଅ ଏ ସହରରେ ଥିଲା ସେତେଦିନ ବୁଢ଼ୀ ଗାଁ ଦେଉଳରେ ଆଳତି ଦେଖିବାକୁ ଯିବାପରି ସଞ୍ଜ ବୁଡୁବୁଡୁ ବାହାରି ପଡ଼ୁଥିଲେ ଝିଅ ପାଖକୁ । ଖରାବେଲଟା ସାରା ଲସର ପସର ହୋଇ କିଛିନା କିଛି ଖାଇବା ଦ୍ରବ୍ୟ ତିଆରି କରୁଥିଲେ । କୋଉଟା ଜୋଇଁର ପସନ୍ଦ, କୋଉଟା ଝିଅର ପସନ୍ଦ, କୋଉ ଜିନିଷକୁ ନାତିନାତୁଣୀ ସୁଖ ପାଆନ୍ତି ବୁଢ଼ୀଙ୍କୁ ଜଣା । ଏ ଗୁଣଟି ମାଇପି ଜାତିର ଗୋଟାଏ ଚମତ୍କାରିତା । ପୁରୁଷମାନଙ୍କ ଆଖିରେ ଏସବୁ ଛୋଟ ଛୋଟ ଅର୍ଥାତ୍ ସାମାନ୍ୟ ଜିନିଷ ପଡ଼େ ନାହିଁ । ବୁଢ଼ାଙ୍କ ଆଖିରେ ପଡ଼େ ପୁଅଝିଅଙ୍କ ପରୀକ୍ଷାଫଳରେ ଫାଷ୍ଟ, ସେକେଣ୍ଡ, ଥାର୍ଡ଼…. ବା ତା’ ତଳକୁ ପଡ଼େ ତାଙ୍କ ଫ୍ଲାଟ୍‌ର ବାହାର କାନ୍ଥରେ ଆପାର୍ଟମେଣ୍ଟରେ କୋଉ ବାଲୁଙ୍ଗା ପିଲା ରଙ୍ଗ ପେନ୍‌ସିଲ୍‌ରେ ଗାରେଇ ବୀଭତ୍ସ କରିଛି, ପଡ଼େ ବି ଖବରକାଗଜର ବହୁତ ବଡ଼ ବଡ଼ ଘଟଣା ଯେଉଁ ଘଟଣାର ନିୟନ୍ତ୍ରଣ ତାଙ୍କ ହାତରେ ନଥାଏ କି ଖବରକାଗଜ ପଢ଼ି ଦିନରାତି “ହାୟ, ହାୟ, କି ଦେଖିଲା ଏ ନେତ୍ର, କ’ଣ ନଥିଲା ଏ ଦେଶ…” ଇତ୍ୟାଦି ଗପି ସମୟ ବରବାଦ କରୁଥିବା ବହୁ ଖବରକାଗଜ ଗ୍ରାହକଙ୍କ ହାତରେ ନଥାଏ । ସ୍ତ୍ରୀ ସେତେବେଳେ ଜବର କେବଳ ନଥିଲେ, ଥିଲେ ବି ମହା ମାମଲତକାରିଆଣୀ । ଯାହା କହିବେ, ତା’ କରିବେ, ଅବଶ୍ୟ ସେଇସବୁ ଛୋଟ ଛୋଟ ଘରୋଇ ବ୍ୟାପାରରେ । ସବୁଦିନ ଟିଫିନ୍ କ୍ୟାରିୟର ଭର୍ତିକରି ଟନ୍‌ଛନ୍ ହୋଇ ବାହାରିପଡ଼ୁଥିଲେ, ଝିଅଘରକୁ । ଆଦେଶ ଦେଉଥିଲେ “ବାହାର କର ଗାଡ଼ି– ଆଜି କ’ଣ ଭୁଲିଗଲ କି ? ସାଢ଼େ ଛ’ ପରା ବାଜିଲାଣି ।” ପହିଲେ ପହିଲେ ବୁଢ଼ାଙ୍କୁ ବି ଭଲ ଲାଗୁଥିଲା । ଗାଡ଼ି ହର୍ଷ ଶୁଣି ଝିଅ ଦଉଡ଼ି ଆସୁଥିଲା ଉପର ମହଲାରୁ ତଳକୁ । ଜୋଇଁ ବାହାରି ଆସୁଥିଲେ ବାରଣ୍ଡାକୁ,

ନାତି ନାତୁଣୀ ଦୁଇଟା ଆଉଙ୍କ ହାତରୁ ଟିଫିନ୍ ବାଟି ଛଡ଼ାପଡ଼ା କରି ନେଇଯାଇ ପଡ଼ା ଟେବୁଲ୍ ଉପରେ ଖୋଲି ପକାଉଥିଲେ । ଅଧାଅଧ୍ୱ ଖାଇ ଦେଉଥିଲେ । ଝିଅ ଜୋଇଁ ବି ଖଣ୍ଡେ କ'ଣ ନେଇ ପାଟିରେ ପକାଇ ଦେଉଥିଲେ ଆଉ "ବଢ଼ିଆ ହୋଇଛି" ବୋଲି ମନ୍ତବ୍ୟ ଦେଉଥିଲେ । ସେତେବେଳେ ବୁଢ଼ୀଙ୍କ ମୁହଁଟାକୁ ଖାଲି ଦେଖିବାର କଥା । ଟୋକାଦିନେ ବି ସେ ମୁହଁ ଏଡ଼େ ତୋରା ଦିଶୁ ନଥିଲା । ଏମିତି ବାଲ୍ୟଲୀଳା ଚାଲିଥିଲା ପ୍ରତିଦିନ । ଛୁଟିଦିନରେ, ଦିନ ଆଉ ରାତି ପାଇଁ ଖାଇବା ଦ୍ରବ୍ୟ ରାନ୍ଧି ଦୁଇଟା ଟିଫିନ୍ ବାଟି ଧରି ଝିଅ ଘରେ ପହଞ୍ଚି ଯାଉଥିଲେ । ସେଠି ଏକାଠି ଖିଆପିଆ, ସାରାଦିନ ରହଣୀ... । ଓଃ, କେଡ଼େ ଆହ୍ଲାଦର ଦିନଗୁଡ଼ିଏ ଥିଲା ସତେ ! ଜୋଇଁଟା 'ଫରେନ୍' ଯିବାକୁ ମାତିଛି ଶୁଣିବା ମାତ୍ରେ ବୁଢ଼ୀ କଦର କରି ଝିଅ ସଂଗେ ଲଗେଇ ସହରର ଆଉ ଏକ ଭବ୍ୟ ଆପାର୍ଟମେଣ୍ଟରେ ଫ୍ଲାଟ୍ଟିଏ କିଣାଇଦେଲେ । କିଛି ଟଙ୍କା ସାହାଯ୍ୟ ତ କଲେ, ପୁଣି ଝିଅର ବ୍ୟାଙ୍କ କରଜ ପାଇଁ ଗ୍ୟାରେଣ୍ଟର ବି ପଡ଼ିଲେ । ଯାଃ ଏକାନାତେ ଅଟୁଆ ଟୁଟିଲା । ଏଥର ସେଇ ଘର ଖଣ୍ଡିକ ପିଛାରେ ଲାଗିବ ଶ୍ୱଶୁରଙ୍କ ଭଳି । ଆଉ ଫରେନ୍‌ଭୂତ ମୁଣ୍ଡରେ ଚଢ଼ିବନି । ତା' ହେଲା ମଧ୍ୟ କିଛିବର୍ଷ ପାଇଁ । ସେଇ ଫ୍ଲାଟ୍ଟିର ନୂଆ ରୂପ ଦେବାରେ ମାତିରହିଲା ଜୋଇଁ । ଏଣେ ଶାଶୁ ମାତିଲେ ପ୍ରତିସଂଜରେ 'ପିକ୍‌ନିକ୍' ପାଇଁ । ବୁଢ଼ାଙ୍କୁ ଚିଟା ଲାଗେ ଏଣିକି । ସବୁଦିନ ଝିଅ ଘରକୁ ଯିବାଟା କ'ଣ ଦରକାର ? ତାଙ୍କୁଇ ତ ଡ୍ରାଇଭର୍ ହେବାକୁ ପଡ଼େ ! ଝଡ଼ି, ମରୁଡ଼ି କିଛିକୁ ବି ଖାତିର୍ ନଥାଏ ସ୍ୱାଙ୍କର । କାହିଁକି ହେବ ? ମାଲିକାଣୀ ତ ଆରାମ କରି ବସିବେ ନା – ଗାଡ଼ି ଚଲାଉଥିଲେ ଜାଣନ୍ତେ ଏଇ କେତେଟା ବର୍ଷ ଭିତରେ ଝିଅ ଘରକୁ ଯିବା ପାଇଁ ରାସ୍ତାଟା କେଡ଼େ ଭିଡ଼ ହେଲାଣି । ଗାଡ଼ିରେ ଗାଡ଼ି ଘସିହୋଇଯିବା ଭଳି ଅବସ୍ଥା । ଏଡ଼େ ଓଷାର ଲାଗୁଥିଲା ଯୋଉ ରାସ୍ତାଟା, ସେଇଟା ଏଡ଼େ ସଂକୀର୍ଣ୍ଣ ଦିଶେ ଖାସ୍ ଯାନବାହନଙ୍କ ପ୍ରାଦୁର୍ଭାବ ଯୋଗୁଁ – ଲମ୍ବା ଓଷାର ଯୁଆଡ଼େ ଦେଖ ରାଉ ରାଉ ମଣିଷ – ହାଉ ହାଉ ଗାଡ଼ି । ଝିଅ ଘରେ ପହଞ୍ଚିବା ବେଳକୁ ବୁଢ଼ାଙ୍କ ମୁଣ୍ଡର ଶିରା ଟାଙ୍କି ଉଠିଥାଏ, ଟେନ୍‌ସନ୍‌ରେ, ସ୍ୱାଙ୍କ ଉପରେ ବିରକ୍ତିରେ । କଥାଟା ଖାଲି ଏତିକି ହୋଇଥିଲେ ବୁଢ଼ାଙ୍କ ମୁଣ୍ଡଶିରା ସମତୁଲ ହୋଇଯାନ୍ତା ଝିଅ ଘରେ ପହଞ୍ଚିବା ପରେ । କଥା ଅନ୍ୟ ପ୍ରକାର ହେଲାଣି ବୋଲି ବାପାଙ୍କ ଆଖିରେ ପଡ଼ିଲାଣି, ଖଟକା ଲାଗିଲାଣି ଥରେ ଅଧେ, ମା' ଗର୍ଭଧାରିଣୀଙ୍କ ଆଖିରେ ପଡ଼ିଥିଲେ ବି ସେ ଦେଖି ଅଦେଖା ହୋଇ ରହିବାକୁ ପ୍ରତିଜ୍ଞା କରିଥିଲେ । ଆରେ, ଏ ଭିତରେ ସମୟ ଗତ ହେଲାଣି । ଝିଅର ପିଲେ ବଡ଼ ହେଲେଣି, ପାଠର ବୋଝ ବଢ଼ିଲାଣି, ପରୀକ୍ଷା ଉତ୍ତର ପଶିଲାଣି, ଘରରନ୍ଧା ଦ୍ରବ୍ୟ ଅପେକ୍ଷା ବାହାରର ବଜାରିଆ ଜିନିଷ ପାଟିକୁ ବେଶୀ ସୁଆଦ ଲାଗିଲାଣି । ଦାୟିତ୍ୱ ବଢ଼ିଲାଣି,

ଖାଦ୍ୟରୁଚି ଓ କୌତୂହଳର ନକ୍ସା ବଦଳିଗଲାଣି । ତେଣେ ଝିଅର ବି ସାଙ୍ଗମେଳ, ବାହାର କାମ ବଢ଼ିଲାଣି, ଜୋଇଙ୍କର ବି । ସେ ଦୁହିଁଙ୍କର ବୟସ ବଢ଼ିବା ସହିତ ସ୍ୱାସ୍ଥ୍ୟ ସଚେତନତା ଯୋଗୁଁ ଖାଦ୍ୟରୁଚି ମଧ୍ୟ ବଦଳିଗଲାଣି । ଆଜିକା ପିଲାଏ କ୍ରମେ ତ ଖିରି, ମାଲପୁଆ, ମଣ୍ଡା, ବୁଢ଼ାଚକୁଲି, ଆରିଷା, କାକରା, ଲଡ଼ୁ, ରସାବଳି, ଏଣ୍ଠୁରି, ଛୁଞ୍ଚିପତରକୁ ଆଢ଼ ଆଖିରେ ଚାହିଁଲେ ନାହିଁ । ଝିଅ-ଜୋଇଁ, ଲୋଭ ଥିଲେ ବି ଦୂରେଇ ରହିବା ଶ୍ରେୟ ମଣିଲେ । ମା' ପୁଣି ଡାଲଡା ଘିଅ ନୁହେଁ ଖାଣ୍ଟି ଗୁଆଘିଅରେ ପିଲାଙ୍କ ପାଇଁ ଛଣାଛଣି କରୁଥିଲେ । ଡର କ'ଣ ? ଭେଜାଲକୁ ସିନା ମନା, ଖାଣ୍ଟିକୁ କିଆଁ ନାକଟେକା ? ଜମାରୁ ବୁଝନ୍ତି ନାହିଁ ଅବୁଝା ମାଇପେ, ସେ ପୁଣି ଯଦି ଏମନ୍ତ ସୁପାଟିକା ମା' ! ଏଣିକି ଆଉ ଗାଡ଼ି ହର୍ଷ ବାଜିଲେ ଆଗଭଳି ଝିଅ ତଳକୁ ଦଉଡ଼ି ଆସେନି । ଉପର ପାହାଚରେ ଥାଇ ତଳକୁ ପରିଚାରକ ଆସେ ବାପାଙ୍କୁ ଧରି ପାହାଚ ଉଠାଇବା ପାଇଁ, ମା'ଙ୍କ ହାତରୁ ଟିଫିନ୍ ବାଟି ନେବାପାଇଁ । ତା' ପରେ ଝିଅ ଅପ୍ରସନ୍ନ ମୁହଁରେ ପାଖୋଟି ନିଏ ବାପା ମା'ଙ୍କୁ । କହେ– "କାହିଁକି ସବୁଦିନ ଧଦି ହେଉଛ ଶୁଣେ ? ପଇସା ନଷ୍ଟ ଆଉ ତୋ ସ୍ୱାସ୍ଥ୍ୟ ବି । ଏସବୁ ଆମେ ଆଉ ଖାଉନୁ ପରା । ଡାକ୍ତର ମନା କଲେଣି । ପିଲାଙ୍କୁ ମନା ହେଲାଣି । ଆମ ବଂଶରେ ତ ବ୍ଲଡ଼ପ୍ରେସର୍ ଅଛି । ଯା'ଙ୍କ ବଂଶରେ ଡାଇବେଟିସ୍-ତେଣୁ ଆଜହୁଁ ସାବଧାନ ନହେଲେ ବିପଦ..."

ସ୍ତ୍ରୀ ମୁହଁ ମୋଡ଼ି ଦେଉଥିଲେ । କହୁଥିଲେ– "ଡାକ୍ତରମାନେ ନିଜେ ସବୁ ଖାଆନ୍ତି, ରୋଗୀକୁ ଖାଲି ବାରଣ କରିବା ଜାଣନ୍ତି । ପାଠ ତ ଗୋଟାଏ ପଢ଼ିଛନ୍ତି– ଯାହା ଲେଖିଦେବେ ବେଦର ଗାର ! କ'ଣ ମିଳୁଛି ତାଙ୍କ କଥାରୁ – ନାତି ନାତୁଣୀଙ୍କ ପାଇଁ କିଛି ଗୋଟାଏ ନରାନ୍ଧି ମୁଁ କେମିତି ଆସିଥାନ୍ତି କହିଲୁ – ଆଛା ହେଲା, ଏଥର ମାଛଝୋଲ, ମାଉଁସ ତରକାରୀ, ଭାକୁର ମୁଣ୍ଡ ଛିଂଚଡ଼ା..." । ଏତିକି କହୁ କହୁ ଭିତରୁ ନାତି ପାଟିକରି ଉଠୁଥିଲା – "ଇସ୍ ମାଛ ଝୋଲ ! ମାଉଁସ ତରକାରୀ !! କି ଆଇଷିଆ – ଆମେ ତ ଭଲ ପାଉଛୁ କଲମି କବାବ୍, ଚିକେନ୍ ପକୋଡ଼ା, ଡ୍ରମଷ୍ଟିକ୍ ।" ଏମିତି କେତେ କ'ଣ ତାଲିକା ଭିତରେ ନାତୁଣୀର କିରି କିରି ହସ ଶୁଭେ । "ଆଇ ! ମାଉଁସ ଝୋଲ ହାପୁଡ଼ା ଶଢ଼ ତ ଶୁଭିବ" – ଇସ୍ କି ଲାଜ ? ଆଇ କ'ଣ ଗୋଟାଏ ଜବାବ୍ ଖୋଜୁ ଖୋଜୁ ଝିଅ ଓଠରେ ଅଙ୍ଗୁଳି ରଖି ମା'କୁ ଚୁପ୍ ରହିବାକୁ ଇଙ୍ଗିତ ଦେଇ କହୁଥିଲା "ମା', ପିଲାଙ୍କର ଏକ୍ଜାମ୍ ଚାଲିଛି ତ, କିଛି ପଢ଼ୁନାହାନ୍ତି । ଆମର ତ ସହଜେ ଷ୍ଟଡ଼ିରୁମ୍ ଅଲଗା ନାହିଁ । ଏଠି ବସି ଯାହା ଗପସପ କଲେ ସବୁ ଶୁଣୁଛନ୍ତି । ତୁ ଚୁପ୍ ହେଇ ବସ । ମୁଁ ଚା' ଆଣୁଛି ।" ବୁଢ଼ା ସେତେବେଳକୁ ସକାଳେ ପଢ଼ି ସାରିଥିବା ଖବରକାଗଜଟାକୁ ଦୋହରା ପଢ଼ୁଥାନ୍ତି । ଝିଅ ଚା' ପାଇଁ ଯିବା ପରେ ସ୍ତ୍ରୀଙ୍କୁ କହନ୍ତି "ଝିଅ ଠିକ୍ କହୁଛି । ଆଜିକାଲି ପିଲାଗୁଡ଼ାକ

କି ପରୀକ୍ଷା ଦେଇ ଚାଲିଛନ୍ତି ପ୍ରତିଦିନ ଭାବିଲେ ବଡ଼ ଦୟା ହୁଏ । ତାଙ୍କର ଆଉ ପିଲାଦିନ ବୋଲି କିଛି ନାହିଁ ।" ସ୍ତ୍ରୀ ଏଥର ବୁଢ଼ାଙ୍କୁ ଚୁପ୍ ରହିବାକୁ ନିର୍ଦ୍ଦେଶ ଦିଅନ୍ତି । ଦିନେ ଦିନେ ଜୋଇଙ୍କ ସହ ବି ଦେଖା ହୁଏନି– ଇଣ୍ଟରନେଟ୍‌ରେ ଥାନ୍ତି ଜୋଇଁ । କି ଯୁଗ ଏଇଟା ହେଲା ! ମଣିଷଗୁଡ଼ା ମେସିନ୍ ପାଲରେ ପଡ଼ିଗଲେଣି । ନେଟ୍ ନିଶା– ମଦନିଶା, ଡ୍ରଗ୍ ନିଶାଠୁ ବଳିଲାଣି । ସେଇ ସାନ ମେସିନ୍‌ଟା ଭିତରେ ଭଲ, ଖେଲ, ବେଦ, ଅବେଦ ସବୁ ଖୁନ୍ଦା ହୋଇଛି । ଟିପ ଛୁଆଁଲେ ଶାସ୍ତ, ଅଶାସ୍ତ ସବୁ ମେଲିଯାଉଛି । ସେଇକଥା ଭାବି ଭାବି ଦିନେ ମୂର୍ଖ ସ୍ତ୍ରୀ ତାଙ୍କର ଝିଅକୁ ଉପଦେଶ ଦେଲେ "ଶୁଣ – ଜୋଇଁଙ୍କୁ କହ ସେ ନେଟ୍‌ରେ ବେଶୀ ନପଶନ୍ତୁ । ସେଥିରେ ବହୁତ ବାଜେ କଥା ବି ଅଛି । ମୋର ତ ଡର ବେଶୀ ସେଥିରେ ମଞ୍ଜିଲେ ଯୋଉ ଭାଇରସ୍– ନା ଫାଇରସ୍ ସେଥିରେ ଅଛି, ଏଡ୍‌ସ ବି ହୋଇପାରେ ! ସେ ରୋଗଟା ଏଡ଼େ ପାଜି ଯେ କୋଉ ଖଣ୍ଡରେ କାହାଠି ପଶୁଛି ଡାକ୍ତର କ'ଣ ସବୁ କଥା ଜାଣିପାରିଲେଣି ? ଆଲୋ ମୁଁ ଶୁଣିଛି ସେ ମେସିନ ଭିତରେ କୁଆଡ଼େ ବେଶ୍ୟାଳୟ ବି ଅଛି ।" ଶେଷ ବାକ୍ୟଟା ଝିଅର କାନ ପାଖରେ ମୁହଁ ଲଗାଇ କହିଲେ ବି ବୁଢ଼ା ଶୁଣିପାରିଲେ । ଝିଅର ନାଲି ମୁହଁ, ଚାପା ହସକୁ ଆଢ଼ ଆଖିରେ ଦେଖିନେଇ ବୁଢ଼ୀଙ୍କ ବାହାକୁ ଧରି ଏକରକମ ଉଠାଇଦେଇ କହିଲେ "ଚାଲ ଚାଲ – ମୋର ଔଷଧ ଖାଇବା ବେଳ ହେଲାଣି, ଆଜି ଔଷଧଟା ଆଣିବାକୁ ଭୁଲିଗଲି–" ଝିଅ କେବେ କେବେ ବାଧ୍ୟ କରୁଥିଲା ରାତିଖିଆ ସେଇଟି ଖାଇବା ପାଇଁ । ବୁଢ଼ା ଔଷଧ ଛାଡ଼ି ଆସିଥିଲେ ସାମ୍ନା ଦୋକାନରୁ ମଗାଇଦିଏ । ସେଦିନ ବି କହୁଥିଲା "ଖାଇବା ସାଙ୍ଗ ହୋଇ" । ମାତ୍ର ବୁଢ଼ାବୁଢ଼ୀ ଉଠିବାବେଳେ ମନା କଲା ନାହିଁ – କାରଣ ବାପା ଯିବା ପରେ ସେ କେମିତି ବହେ ହସି ହସି ଗଡ଼ିବ–ତା'ରି ଉପକ୍ରମରେ ଥିଲା । ଆଜି କ'ଣ ଭାବିବେ ଜୋଇଁ ? ଝିଅଟା ଯେମିତି ହୁଣ୍ଟି ମଜ୍ଜା ଦେଖିବା ପାଇଁ ଜୋଇଙ୍କୁ ସାବଧାନ କରିଦେବ କି କ'ଣ – ବାଟସାରା ସ୍ୱାମୀ ସ୍ତ୍ରୀଙ୍କର ଏଇ କଥାକୁ ନେଇ ଝଗଡ଼ା ହେଲା । ସ୍ତ୍ରୀ ହାର୍ ମାନିବାକୁ ପ୍ରସ୍ତୁତ ନଥିଲେ । ବିତଣ୍ଡା ଯୁକ୍ତିକୁ ବୁଢ଼ା କ'ଣ ମହାମହା ବୁଢ଼ା ବି ପାରିନାହାନ୍ତି । ଶେଷକୁ ଉପଦେଶ ଦେଲେ – "ମୋର ସାନକୁହା ମାନ । ଏଣିକି ପ୍ରତିଦିନ ଝିଅ ଘରକୁ ଯିବାନି । ମାସକୁ ଦି' ତିନିଦିନ ଗଲେ ଆଦର ମିଳିବ । ଆମ ପାଇଁ ବେଳ ବି ମିଳିବ ତାଙ୍କୁ । ବାପା ମା' ବୋଲି ସବୁଦିନ ଗଲେ ଆମକୁ କିଆଁ ସେତିକି ସମୟ, ସେତିକି ଆଦର ଦେବେ ? ତାଙ୍କ ନିଜର ତ କେତେ ଜଞ୍ଜାଳ । ସେମାନଙ୍କ ଆଧୁନିକ ଜୀବନର ହରକଟିଆ ପଧ୍ୟପ ତମେ କିଛି ଜାଣୁନ କେମିତି ?" ସବୁଦିନ ପରା ଖରାବେଳେ, ରାତିରେ ଟେଲିଭିଜନ୍‌ରେ ଏତେ ହରକଟିଆ ଆଧୁନିକ ଜୀବନର ସିରିଆଲଗୁଡ଼ା ପିଇଯାଉଛ । କୋଉଠି କୋଉ

ସିରିଆଲ୍‌ରେ ବୁଢ଼ାବୁଢ଼ୀ ଦି’ଟା ଖୋତରା ଗାଡ଼ିଟାଏ ଉପଢପ କରି ଚଢ଼ି, ଟିଫିନ୍‌ କ୍ୟାରିୟର ଧରି ଝିଅଘରେ ପହଞ୍ଚିବାର ଏଯାବତ୍‌ ଦେଖିଲଣି ? କିଛି ବି ଶିଖୁନ ସିରିଆଲ୍‌ ଚିତ୍ରରୁ ? ଭାଗ୍ୟ ଭଲ ଝିଅର ଶାଶୁ ନାହାନ୍ତି । ନହେଲେ “ବହୂ ଭି କଭି ଶାଶୁ ଥୀ”ରେ ଯାହା ଘଟୁଛି ତମ ଘରେ ସେଇଆ ଘଟନ୍ତା ।” ଏଥର ବୁଢ଼ୀ ହସି ହସି ଲୋଟାକୋଟା ଲୁଗା ଗଣ୍ଠିଲି ପାଲଟିଗଲେ । ଛି ଛି ଏଟିକି ସାଧାରଣ ଜ୍ଞାନ ନାହିଁ ତାଙ୍କ ବୁଢ଼ାଙ୍କର ! କାହାଣୀ ଭୁଲ୍ ଭାଲ କହିଲେ ଚଲିବ – ତା’ ବୋଲି ସିରିଆଲ୍‌ ନାଁଟାକୁ ବି ଓଲଟା ପାଲଟା କରି କହିବ ? ପାଞ୍ଚବର୍ଷର ପିଲା ବି ଏମିତି ଭୁଲ୍ କରିବେନି…. ଖାଲି କ୍ରିକେଟ୍ ଖେଳ ଦେଖିବାରେ କରୋଡ଼ପତି ହେଲେ ହୋଇଗଲା ? ବୁଢ଼ୀଙ୍କର କ୍ରିକେଟ୍ ନାଁ ପଡ଼ିଲେ ନାହିଁ ଦିଏଁ । ଆରେ ବାବା, ପଞ୍ଚେ ପଟା ଖଣ୍ଡେ ବାଡ଼େଇ ବାଡ଼େଇ ପଡ଼ିଆର ଏ ପାଖରୁ ସେପାଖ ଦୌଡ଼ାଦୌଡ଼ି କରି କରୋଡ଼ପତିର ବଡ଼ବାପା ହେଉଛନ୍ତି । ବାକି ଦେଶଟାଯାକ ସେଇ ଖେଳକୁ ଦେଖି ଦେଖି କାମ ନାହିଁ, ଦାମ ନାହିଁ, ଖପଟି ! ସେ ତ କହନ୍ତି ଯେ କ୍ରିକେଟ୍ ଖେଳଟା ଲକ୍ଷ୍ମୀବନ୍ତ ଖେଳ, ଯିଏ ଖେଳେ ତା’ରି ପାଇଁ । ଯିଏ ଦେଖେ ତା’ପାଇଁ ଲକ୍ଷ୍ମୀଛଡ଼ା ଖେଳ । ସେଇ କ୍ରିକେଟ୍ ଯୋଗୁଁ ବୁଢ଼ାବୁଢ଼ୀଙ୍କର ଝଗଡ଼ା ବି ଲାଗେ । ଗୋଟାଏ ଟିଭିକୁ କ୍ରିକେଟ୍ ଫୁଟ୍‌ବଲ୍ / ହକି ଆଉ ‘ଶାଶୁ ଭି କଭି ବହୂ’, ସିନ୍ଦୂର, କୁଙ୍କୁମ, କଙ୍କଣ, ମଙ୍ଗଳସୂତ୍ର ମଣିହାର ଏମିତି ଯାବତୟ ସିରିଆଲ୍ କେମିତି ଭାଗ ବାଣ୍ଟିବେ ବୁଢ଼ାବୁଢ଼ୀ ? ଯା’ହେଉ ବ୍ଲଡ୍‌ପ୍ରେସର ଯୋଗୁଁ ବୁଢ଼ା ଏବେ ନିଦବଟିକା ଖାଇ ଚଞ୍ଚଳ ଶୋଇପଡ଼ୁଛନ୍ତି । ବୁଢ଼ୀଙ୍କର ସଉକ ଭିତରେ ଦୁଇଟି – ଝିଅଘରକୁ ଟିଫିନ୍‌ବାଟି ନେଇଯିବା, ଟିଭି ସିରିଆଲ୍ ଦେଖିବା । କାହିଁ ଛାଡ଼ିବେ ? ଝିଅଜୋଇଁ, ନାତି ନାତୁଣୀଙ୍କ ପାଖରେ ଗୋଟାଏ ମାନମର୍ଯ୍ୟାଦା, ଆଦର ଆତିଥ୍ୟ ଖୋଜିବ କ’ଣ ? ତାଙ୍କଠି ଗୋଟାଏ ଅଭିମାନ ବି କ’ଣ ? ପେଟ୍ ଭିତରୁ ଗୋଇଠା ମାରି ମାରି, ଲହୁଲୁହାଣ କରି ପିଲେ ପରା ଭୂଇଁରେ ପଡ଼ିଲେ ମା’ ତୋଳିନେଇ ଛାତିରୁ କ୍ଷୀର ଖୁଆଏ । ମା’କୁ ଗୋଇଠା ମାରି ମାରି ଆସିଛି ବୋଲି ମା’ କ’ଣ ମାନ ଅଭିମାନ କରେ, ପିଲାର ମୁହଁ ଚାହେଁନି ? ବୁଢ଼ା ବି ସେକଥା ବୁଝିପାରିବେ କେମିତି ? ସେ ତ ଆଉ ମାଆ ନୁହନ୍ତି ନା !

ଦିନେ ଝିଅ ସାମ୍ନାରେ କଥାଟା ଫଇସଲା ହୋଇଗଲା । ଟିଫିନ୍ କ୍ୟାରିୟର ସେଦିନ ଖୋଲା ନହୋଇ ଟେବୁଲ୍ ଉପରେ ଅନାଥ ଭଳି ଥୁଆ ହୋଇଥାଏ । ରୋଷେଇ ଘରକୁ ବି ନେଲେନାହିଁ କେହି । ଝିଅ ବଡ଼ ବିବ୍ରତ ଜଣା ପଡ଼ୁଥିଲା । ଜୋଇଁ ବି କ’ଣ କାଗଜପତ୍ର ସଜଡ଼ା ସଜଡ଼ି କରୁଥିଲେ ।

ବୁଢ଼ା କହିଲେ – “ଆମେ ଯାଉଛୁ ମା’ । ତମେ ସବୁ କ’ଣ ବଡ଼ ବ୍ୟସ୍ତ ଜଣାପଡ଼ୁଛ ? ମାଆକୁ ବୁଝାଇଲେ ବି ସେ କ’ଣ ବୁଝୁଛି ? ସବୁଦିନେ ଆସିବା

କ'ଣ ଆବଶ୍ୟକ ? ତୁ ନିଜେ କହୁନୁ ? ଗାଡ଼ି ଚଲାଇବାକୁ ମୋର ବଳ ନଥିବାକୁ, ତମର ବେଳ ବି ନାହିଁ...' ଝିଅ ଚୁପ୍ ରହିଲା । କିଛି ଜବାବ୍ ଦେଲାନି । ବୁଢ଼ାଙ୍କୁ ଟିକେ ବାଧ୍ଲା । ସେ ଆଶା କରିଥିଲେ - ଝିଅ କହିଥାନ୍ତା "ନାଇଁ ବାପା ସେମିତି କାହିଁକି ଭାବୁଛନ୍ତି ? ଆମକୁ ବେଳ ନଥିଲେ ମଧ..." ବୁଢ଼ାଙ୍କ କଥା ଶେଷ ନହେଉଣୁ ବୁଢ଼ୀ କାନିରେ ଗଣ୍ଠି ପକାଇ କହିଲା "ଶୁଣ-ମୁଁ ବଞ୍ଚିଥିବା ଯାଏ ପ୍ରତିଦିନ ଆସିବି । ଗାଡ଼ିରେ ନହେଲେ ରିକ୍ସାରେ ଆସିବି । ତମର ବେଳ ଥାଉ ନଥାଉ ମୋର ଯାଏ ଆସେ ନାହିଁ । ତମକୁ ଥରେ ଦେଖିନଗଲେ ରାତିରେ ମତେ ନିଦ ହୁଏ ନାହିଁ । ଜୋଇଁଙ୍କ ନେଟ୍ ନିଶା । ତୋ ବାପାଙ୍କ କ୍ରିକେଟ୍ ନିଶା ଭଳି ମୋର ଏଇଟା ନିଶା । ନାତିନାତୁଣୀଙ୍କ ମୁହଁ ପରା ମୋର ନିଦ ବଟିକା... ।"

ବୁଢ଼ା କହିଲେ "ହଉ ଏଥର ଉଠ, ଆଜି ସମସ୍ତେ ବଡ଼ ବ୍ୟସ୍ତ । ଆଉ କ'ଣ ଝିଅ ମୁହଁ ଖୋଲି କହିବ ଯେ, ତୁମେ ଦୁହେଁ ସବୁଦିନ ଆସ ନାହିଁ" । ଝିଅ ତେବେ ବି ଚୁପ୍ ରହିଲା । ବୁଢ଼ୀ କହିଲେ - "ସେକଥା କହିଲେ ବି ମୁଁ ଆସିବି । ପ୍ରତିଦିନ ଆସିବି । ସେଥିପାଇଁ ତ ତାକୁ ଘର କିଣେଇଦେଲି । ପୁଅ ତ ତା'ର ଯାଯାବର ଭଳି ସଂସାର ମୁଣ୍ଡଧରି ଏ ସହରରୁ ସେ ସହର ହେଉଛି ସରକାରଙ୍କ ତାଡ଼ନାରେ । ଝିଅଟି ପାଖରେ ଅଛି ବୋଲି ସିନା....." ବୁଢ଼ୀଙ୍କ ଆଖି ଛଲଛଲ ହେଲା । ଝିଅର ମୁହଁ ନରମିଲା । ଭିତରଟା ଦୁଃଖରେ ଓଦା ହେଇଗଲା ବୋଲି ତା'ର ଶୁଖିଲା ମୁହଁ କହିଦେଲା । ସେ ତା'ର ମାକୁ ଆଦୌ ବୁଝାଇପାରିବନି ଯେ ସେ ବି ଗୋଟାଏ ମା' ହେଲାଣି, ତା ପିଲାଙ୍କ ପାଠପଢ଼ା ଆଉ ଭବିଷ୍ୟତ ନେଇ ସେ କେତେ ବ୍ୟସ୍ତ ଆଉ ବିବ୍ରତ । ପିଲାମାନଙ୍କୁ ପାଖରେ ରଖିବେ ନା ଦୂରସୁଦୂର ଭଲ ସ୍କୁଲକୁ ପଠାଇଦେବେ ସେହି ଦ୍ୱନ୍ଦ୍ୱର ସମାଧାନ କରିପାରୁନି ସେ । ତା'ଛଡ଼ା ସ୍ୱାମୀଙ୍କର କ୍ୟାରିୟର ନେଇ ବି ଚିନ୍ତା । ମା' କିଛି ବି ବୁଝିପାରିବେ ନାହିଁ । ତେଣୁ ସେ କିଛି ନକରି ଚୁପ୍ ରହିବା ଭଲ ନୁହେଁ କି ?

ମା' ତା'ର ପ୍ରତିଜ୍ଞା ପାଳନରେ ବ୍ରତୀ ହୋଇଥାଏ । ସଂଜବେଳେ "ଝିଅ ଏବେ ବି ଝିଅ ହୋଇ ରହିଛି ।" "ରାତିରେ ଶାଶ୍ ଭି କଭି ବହୁ ଥୀ..." ଏଇ ଦୁଇଟି ସିରିଏଲ୍ ବଜାୟ ରହିଥାଏ । ସିରିଏଲଗୁଡ଼ା ସରୁ ସରୁ ପିଲେ ବଡ଼ ହୋଇଯାଆନ୍ତି । "ଶାଶ୍ ଭି କଭି ବହୁ ଥୀ" ସିରିଏଲଟା ସରି ନଥାଏ । "ଝିଅ ବି ଏବେ ଝିଅ ହୋଇ ରହିଛି" ସିରିଏଲଟି ସରିଗଲା । ସେଦିନ ପହଞ୍ଚିବା ବେଳକୁ ବୁଢ଼ାବୁଢ଼ୀ ଜାଣିଲେ ଯେ ଜୋଇଁ, ଝିଅ ନାତିନାତୁଣୀ ଫରେନ୍ ଚାଲିଯାଉଛନ୍ତି । ଜୋଇଁଙ୍କର ଗୋଟାଏ ମଲ୍ଟି ନ୍ୟାସନାଲ୍ କମ୍ପାନୀରେ ମୋଟା ଦରମାର ଚାକିରି ହୋଇଯାଇଛି । ପିଲାପିଲିଙ୍କ ପିଢ଼ାପଢ଼ି ଦୃଷ୍ଟିରୁ ଉନ୍ନତ ଦେଶ ବି ଭଲ । ଯେଉଁଠି ଦେହରୁ 'ନେଟିଭ୍' ଗନ୍ଧ ସହଜରେ

ଛାଡ଼ିଯାଏ - ପିଲେ ଉନ୍ନତ ଖାଦ୍ୟ ବି ଖାଆନ୍ତି, ଉନ୍ନତ ଭାଷାରେ ପଣ୍ଡିତ ହୁଅନ୍ତି, ଗୁଡ଼ାଏ ଅଯଥା ଦେଶୀ ଭାବପ୍ରବଣତା କର୍ପୂର ଭଲି ଉଡ଼ିଯାଏ ସେ ଦେଶମାନଙ୍କରେ । ବୁଢ଼ୀ କହିଲେ "ଏଁ ଫରେନ୍ !"

 କ୍ଷଣେ ଆବେଗ ରୋକି ବୁଢ଼ୀ ସ୍ୱଭାବିକ ହୋଇଗଲେ । କହିଲେ- "ଭଲ ଭଲ, ଫରେନ୍‌ଟା ବୁଝ୍ ଆସ, ଆଜିକାଲି ସେ ବି ଗୋଟାଏ ନିଶା ହୋଇଗଲାଣି । ଯାହା ଘରେ ଦେଖ ପୁଅ କି ଝିଅ ଫରେନ୍‌ରେ । ଶୁଣିଲେ ଆଉ ଆଖିପତା ଟେକି ହୋଇଯିବା ଭଲି ଗୌରବ ବା ଚମକ୍‌ାରିତା ନାହିଁ । ତେବେ ବି 'ଫରେନ୍' ଶବ୍ଦଟା ସମସ୍ତଙ୍କୁ ଉଲ୍ଲସିତ କରେ । ଯିଏ ଫରେନ୍ ନଦେଖିଛି ସେ ଯେମିତି ଅନ୍ଧ ! ଭଲ ହେଲା, ମୋ ପିଲେ ବି ଯାଇ ଫରେନ୍ ବୁଲିଆସନ୍ତୁ । ତମ ଘରଦ୍ୱାର ପ୍ରତି ମୁଁ ନଜର ରଖିଥିବି । କେତେଦିନ ପାଇଁ ଯାଉଛ ? ପିଲାଙ୍କ ପାଠ ମାରା କରିବନି ବେଶୀଦିନ..."

ବୁଢ଼ା କହିଲେ – "ତମେ ଶୁଣିଲନି କି ? ଜୋଇଁ ଚାକିରି ପାଇ ଯାଉଛନ୍ତି । ସେଠି ଚାକିରି କରି ରହିବେ" ।

"ପୁଣି ତ ବଦଲି ହେବ ବର୍ଷେ ଛ'ମାସରେ । ଦେଖନ୍ତୁ ଆମ ପୁଅର ଅବସ୍ଥା..."

"ନାଇଁ ମା' ଆମେ ଇମିଗ୍ରେସନ୍ ଭିସାରେ ଯାଉଛୁ-ଅତିକମ୍‌ରେ ଦଶବର୍ଷ ନଚେତ୍ ସବୁଦିନ ପାଇଁ..." ଜୋଇଁ ସ୍ଥିରକଣ୍ଠରେ କହିଲେ ।

ବୁଢ଼ା ଗୁମ୍ ମାରି ରହିଲେ । ବୁଢ଼ୀ ଅଦୃଶ୍ୟମାନବୀ ପାଲଟିଯାଇ ନିଜ ଭିତରୁ ଉଭେଇଗଲେ ।

ହାତରେ ଗାରଟଣା ରେଖାଚିତ୍ର ଭଲି ଶୂନ୍ୟ ହୋଇ ବସିରହିଲେ ।

ଝିଅ କହିଲା – "ଆରବର୍ଷକୁ ତୁ ଆଉ ବାପା ଆମ ପାଖକୁ ଯିବ । ଆମେ ଟିକଟ୍ ପଠାଇବୁ ।" ବୁଢ଼ୀ ସେଥିକି ଗୁରୁତ୍ୱ ନଦେଇ କହିଲେ – "ଏ ଘରଟା ବିନିର୍ବୟ ହୋଇଯିବ ଯେ – ରକ୍ଷଣାବେକ୍ଷଣ ପାଇଁ ଆମର ଆଉ କେତେ ବା ଆୟୁଷ ?"

"ତୁମେ ଚିନ୍ତା କରନା – ଘରଚିନ୍ତା ଆଉ ନାହିଁ । ଘରଟା ବିକ୍ରି ହୋଇଯାଇଛି । ମୋ କମ୍ପାନୀ ଏମାନଙ୍କ ଟିକଟ ପଇସା ଦେଲାନି ତ .... ତା'ଛଡ଼ା ଗୋଟାଏ ଝମେଲା ରହିଥାନ୍ତା । କିବା ଘର ଯେ ଏତେ ଲୋଭ କରି ରଖିଥାନ୍ତୁ ?" ଜୋଇଁ କହିଲେ ।

ବୁଢ଼ୀ ବଡ଼ ମାୟାମମତାଭରା ଦୃଷ୍ଟିରେ ଘରର ଚତୁର୍ଦିଗକୁ ଚାହିଁ ଆନମନା ହୋଇଗଲେ । ତାଙ୍କର ସବୁ ତେଜ ମଉଳିଗଲା । ପ୍ରତିକ୍ଷାର କି ମୂଲ୍ୟ ରହିଲା ? ଖୋତରା ଗାଡ଼ିଟା ଧରି ସେ କ'ଣ ଆଉ ଫରେନ୍ ଯାଇପାରିବେ – ପ୍ରତିଦିନ ନହେଲେ ବି ପ୍ରତିବର୍ଷ ?

ବୁଢ଼ା ଦୃଢ଼ ସ୍ଵରରେ କହିଲେ – “ତମେ ସବୁ ଯାଅ – ଉନ୍ନତି କର । ଆମ ଟିକଟ ପଇସା ତମକୁ ଦେବାକୁ ପଡ଼ିବନି । ଆମର ପଇସା ସୁବିଧା ହେଲେ ଆମେ ଯିବୁ । ମୁଁ ଜାଣେ ସେଠି ଯାଇ ଜୋର ଲଗାଇ ଅଣ୍ଡା ସଳଖିବାକୁ କେତେ ସଂଘର୍ଷ କରିବାକୁ ହୁଏ । କେହି ଯାଇ ସେଠି ପହଞ୍ଚିବାମାତ୍ରେ ରାତାରାତି କୋଟିପତି ହୋଇଯାଏ ନାହିଁ । ସେଠି ‘ଇଜିମନି’ ବି ନାହିଁ ଏ ଦେଶ ଭଳି । ଝାଲବୁହା ପଇସା ତମେ ବରବାଦ୍ ବି କରିବା ଉଚିତ ନୁହେଁ । ଆମେ ଯାଇ ସେଠି କରିବୁ କ’ଣ ? ସେଇଟା ଆଦୌ ବିଦେଶୀ ବୁଢ଼ାବୁଢ଼ୀଙ୍କ ଦେଶ ନୁହେଁ...” ।

ବୁଢ଼ୀ ଟିକେ ତେଜିଉଠି କହିଲେ – “ସେଇଟା କି ଦେଶ ତମେ କ’ଣ ଜାଣିଛ ଯେ ଏତେ ଛାନିଆ କରୁଛ ପିଲାଙ୍କୁ । ଏତେ ଲୋକ ଧାଉଁଛନ୍ତି କ’ଣ ମିଛଟାରେ । ମୁଁ ତ ଏମାନଙ୍କୁ ଛାଡ଼ି ରହିପାରିବି ନାହିଁ । ଝିଅ ଡାକିଲେ ମୁଁ ନିଶ୍ଚେ ଯିବି...”

“ହଉ – ଯିବ, ତମକୁ ମୁଁ ରୋକିବିନି – ହେଲେ ମତେ କେହି ବାଧ୍ୟ କରିବନି । ମତେ ବେଳ ମିଳିଲେ ମୁଁ ଉଡ଼ିଯିବି ଯେ – କିଛି ବଡ଼କଥା ନୁହେଁ ଯିବାଟା–” ବୁଢ଼ା ଦାର୍ଶନିକ ପାଲଟିଗଲେ । ବୁଢ଼ୀ ମିଛ ମାୟାରେ ଛଟପଟ ଜୀବଟିଏ ଭଳି କଳବଳ ଚାହାଣୀରେ ଥରେ ବୁଢ଼ାଙ୍କୁ ଥରେ ଝିଅକୁ ଚାହିଁ ଭାବିଲେ – “ମାଇପି ଜନ୍ମଟା ଏଡ଼େ କଷ୍ଟ ! ଯାହାକୁ ରକ୍ତମାଂସ ଦେଇ ଜନ୍ମ କରିଛ ତା’ ପାଇଁ ଛଟପଟ । ଯାହାଠି ତମର ରକ୍ତ ଫଙ୍କ କିଛି ବି ପୂର୍ବ ସମ୍ପର୍କ ନାହିଁ ତା’ ପାଇଁ ବି କଳବଳ, ଯନ୍ତ୍ରଣା !

ଦିନ ବିତିଯାଉଥିଲା, ସବୁ ସତ୍ତ୍ଵେ ଦିନ ବିତେ । ଅଥଚ ମଣିଷ ଭାବେ କେମିତି ତା’ ବିନା ଦିନ ବିତିବ ? ବୁଢ଼ା ଶାନ୍ତିରେ ନିଃଶ୍ଵାସ ଛାଡ଼ନ୍ତି । ଝିଅଠୁ ହରଦମ୍ ଫୋନ୍ ଆସେ । ସେଠି କାହିଁରେ କିଛି ଉଣା ନାହିଁ । କିନ୍ତୁ ମା’ ବାପାରେ ବି କ’ଣ ଉଣା ନାହିଁ ? ବୁଢ଼ା ଭାବନ୍ତି, ବୁଢ଼ୀ କହନ୍ତି । ଝିଅ ଦୁଇବର୍ଷ ପରେ ବାପା ମା’ଙ୍କୁ ନେବାକୁ ଚାହିଁଲା । ବୁଢ଼ା ନିଜେ ଟିକଟ କାଟିଲେ, ଝିଅ ଟିକଟକୁ ମନାକଲେ । ମା’ ପାଇଁ ଟିକଟ ପଠାଇଲା ଝିଅ । ଦୁଇମାସ କାଳ ଦିବ୍ୟ ଭ୍ରମଣ ହେଲା । ନେତ୍ର ଯାହା ନଦେଖିଥିଲା ଦେଖିଲା । ଭଲ ମନ୍ଦ ସବୁ ବୁଢ଼ାଙ୍କ ଆଖିରେ ପଡ଼ିଲା । ବୁଢ଼ୀଙ୍କ ଆଖିରେ ଖାଲି ଭଲକଥା ଦିଶିଲା । ସତଠୁ ବଡ଼ ଆକାରରେ । ବୁଢ଼ୀ ଫେରିବା ବେଳେ ଜବାବ୍ ଦେଇ ଆସିଲେ – “ଯେତେବେଳେ ଚାହିଁବୁ ପୁଣି ଆସିବି । ତୁ ଏଠି ଏକା ଏତେ କାମ କରୁଛୁ ସେଟିକି ଖାଲି ଖରାପ ଲାଗୁଛି ମତେ । କେଡ଼େ ଗେଲେବସର କରି ବଢ଼ାଇଥିଲି ।”

ବୁଢ଼ା ଗମ୍ଭୀର ହୋଇ କହିଲେ – "ନିଜ କାମ ନିଜେ କରିବାରେ କ'ଣ ଗେଲ ବସର ପଣିଆ ଉଣା ହୁଏ ? ଏଠି କିଛି ତ ଅଭାବ ଦେଖୁନି ଏମାନଙ୍କର । ବରଂ ଦରକାରଠୁ ଅଧିକା କିଣନ୍ତି ଆଉ ଘରଭର୍ତ୍ତି କରନ୍ତି ଏମାନେ । ଅବଶ୍ୟ ଉଣା ଏତିକି ଯେ ସମସ୍ତେ ରଣଗ୍ରସ୍ତ । ଛାଡ଼– ଆମର ସେଥିକି ମୁଣ୍ଡବ୍ୟଥା କରିବା କଥା ନୁହେଁ । ହଁ – ମୋର ଢେର୍ ବୁଲା ହେଲା । ଆଉ ମତେ ଡାକିବୁ ନାହିଁ । ଆସିଲେ ଅଧିକ କ'ଣ ବା ଦେଖିବି ?"

"ହେଲେ – ତମକୁ ଛାଡ଼ି ମୁଁ ଆସିବି କେମିତି ? ଏ ବୟସରେ ତମେ ଏକା କେମିତି ରହିବ ? ତା'ମାନେ ମୋ ଆସିବା ବାଟ ବନ୍ଦ !" ବୁଢ଼ୀ ଅଭିଯୋଗ କଲେ । ବୁଢ଼ା ଦୀର୍ଘଶ୍ୱାସ ଛାଡ଼ି କହିଲେ – "ତମ ବାଟ ମୁଁ ବନ୍ଦ କରିବିନି ଜମାରୁ । କିଛି ଗୋଟାଏ ବ୍ୟବସ୍ଥା ଈଶ୍ୱର କରିବେ । ତମର ଯେତବେଳେ ଇଚ୍ଛା ଝିଅ ପାଖକୁ ଆସିବ । ଯିବା ବେଳେ ମନ ଉଣା କରନାହିଁ । ଝିଅଟା କାନ୍ଦିବ ଆମେ ଯିବା ପରେ ।" ବୁଢ଼ୀଙ୍କର ମନେହେଲା। ଏତେଦିନେ ବାପ ଭଳିଆ କଥା ପଦେ କହିଲେ ବୁଢ଼ା ।

ଫରେନ୍ ଫେରନ୍ତା ହୋଇ ଦିହେଁ ଘରକୁ ଲେଉଟିଲେ ।

ଏ ଭିତରେ ବୁଢ଼ୀ ଆଉ ଦୁଇଥର ଝିଅ ପାଖକୁ ଗଲେଣି । ବୁଢ଼ାଙ୍କ ପାଖରେ ବୋହୂଟି   ଆସି ସେତିକିଦିନ ରହେ ।   ବୁଢ଼ାଙ୍କର   ହାର୍ଟ ବେମାରୀଟା ବାହାରି ନ ଥିଲେ ବୁଢ଼ା ଏକା ଏକା ମାସେ ପନ୍ଦରଦିନ ରହିବା ପାଇଁ ଡରନ୍ତେ ନାହିଁ । ଏଣିକି ଝିଅର ଦରକାର ପଡ଼ିଲେ ମା'କୁ ତଲବ୍ ଆସେ । ଝିଅଟା ବି ଚାକିରି କଲାଣି । ବଡ଼ ହରବର ଜୀବନ । ବୁଢ଼ୀ ଯାଇ ପହଞ୍ଚିଗଲେ ଝିଅଟା ଟିକେ ଉଶ୍ୱାସ ହୋଇଯାଏ । ବୁଢ଼ୀ ବନ୍ଦଘର ଭିତରେ ଯାବତୀୟ କାମ କରି କରି ନ୍ୟସ୍ତ ହୋଇଯାନ୍ତି । ବାସନମଜା, ଲଣ୍ଡ୍ରି, ଘରସଫା, ରାତି ରୋଷେଇ, ସେଥ‌ିରେ ପୁଣି ଗୋଟାଏ ଭୁଆବିରାଡ଼ି ପୋଷିଛନ୍ତି ଯେ ତା' ପାଇଁ ଯାବତୀୟ କାମ! ବୁଢ଼ୀ ସିନା ରୋଷେଇଘରେ ବିଶ୍ୱକର୍ମା, କିନ୍ତୁ ଲଣ୍ଡ୍ରି, ବାସନମଜା, ଘରସଫା, ବିରାଡ଼ି ସେବା ବୁଢ଼ୀ ତାଙ୍କ ଜୀବନକାଲରେ କରିନାହାନ୍ତି । ପୁଣି କବାଟ ବନ୍ଦ ! ଭୟ ବି ଲାଗେ ଦିନଟାରେ । ପିଲାଗୁଡ଼ା ବଡ଼ ହୋଇଗଲେଣି ଯେ ଆଉ ଓଡ଼ିଆରେ କଥା କହୁନାହାନ୍ତି, ଓଡ଼ିଆ ବୁଝୁନାହାନ୍ତି ଭଲକରି, ଘରେ ସମସ୍ତେ ଇଂଲିସ୍‌ ଚୋବାଉଛନ୍ତି–ବୁଢ଼ୀ ପାନ ଚୋବେଇ ଚୋବେଇ କାଲୁଣୀ ଭଲି ଚଲୁଛନ୍ତି । ସେ ତ ଇଂରାଜୀର ଧାର ଧରନ୍ତିନି ।   ଖାଲି ଭେରିଗୁଡ, ଭେରିବ୍ୟାଡ, ନନ୍‌ସେନ୍, ଇଡିୟଟ୍, ନ୍ୟାଷ୍ଟି ଏମିତି କେତେଟା କଥାର ଅର୍ଥ ସେ ବୁଝନ୍ତି । ବୁଢ଼ୀ ଛଟପଟ ହୋଇ ପଲେଇ ଆସନ୍ତି । ଅବଶ୍ୟ ଝିଅର ଅସୁବିଧାଟା ଦୂର ହେବା ପର୍ଯ୍ୟନ୍ତ ବନ୍ଧା ପଡ଼ିବାକୁ ହୁଏ । ବୁଢ଼ୀ କାମ କରୁ କରୁ ଭାବନ୍ତି ଝିଅଟା ଏଣିକି ତା' ସଂସାର ସମ୍ଭାଳିବା ଉଚିତ,

ତା' ସମସ୍ୟାର ସମାଧାନ ପାଇଁ ମା' ଉପରେ ନିର୍ଭର କରିବା ଉଚିତ ନୁହେଁ । ମା'ର କ'ଣ ବଳ ବୟସ ଆସୁଛି ? ଏଇ କଥାଟା ବୁଢ଼ା ସେକାଲରୁ କହି ଆସୁଥିଲେ । ବୁଢ଼ୀ ଭାବୁଥିଲେ ବାପାଗୁଡ଼ା ବଡ଼ ଆପଣାସ୍ୱାର୍ଥିକ । ଏବେ ବୁଝୁଛନ୍ତି ବାପାଗୁଡ଼ା କେତେ କଥା ଆଗକୁ ଭାବିଚିନ୍ତି କହିଥାନ୍ତି । ବୁଢ଼ୀ ଯଦି ମୂଳରୁ ପାରିବାର ନହୋଇଥାନ୍ତେ ତେବେ ଝିଅ କ'ଣ ତାଙ୍କୁ ହୁଟ୍‌ଯୁଟ୍‌ ନେଇଆସନ୍ତା ? ତା' ଶାଶୁକୁ କିଆଁ ଆଣୁନି ? ତାଙ୍କର ତ ନେ ନେଞ୍ଜରା ନାହିଁ । ବୁଢ଼ାଙ୍କୁ ଛାଡ଼ି ମନଟା ବି ଦକଦକ ହୁଏ ବୁଢ଼ୀଙ୍କର । ଆଉ ଫରେନ୍‌ ଦେଶଟା ଭଲ ଲାଗୁନି । ବଡ଼ ଚିଟା ଲାଗିଲାଣି । ଏଥର ଗଲେ ଆଉ ଆସିବେନି । ବୁଢ଼ାଙ୍କୁ ଛାଡ଼ି ଆଉ ଆସିବା ବି ଉଚିତ ନୁହେଁ । ଝିଅଟା ସେକଥା ବୁଝୁନି କେମିତି ? ସେଥର ସେଇକଥା କହି ବୁଢ଼ୀ ଫରେନ୍‌ ଛାଡ଼ିଲେ ।

ବର୍ଷେ ଯାଇନି ଝିଅ ଟିକଟ ପଠାଇଦେଲା, ଝିଅର ଅନ୍ୟ ଦେଶରେ ଛଅମାସର କାମ । ନାତୁଣୀଟା ବଡ଼ ହେଲାଣି । ଜୋଇଁ ଏକାଏକା କେମିତି ସମ୍ଭାଳିବେ ? ଜୋଇଁଙ୍କ ଚାକିରି ତ ସକାଳୁ ସଞ୍ଜ । କେମିତି ଚଳିବ ସଂସାର ? ଏଥର ବୁଢ଼ାବାପାଙ୍କ ଆଳ ଦେଖାଇ ଫରେନ୍‌ ଯିବା କଷ୍ଟକୁ ଫାଙ୍କିଦେଇ ହେଲାନି । ବୁଢ଼ା ତାଙ୍କୁ ନିର୍ଜ୍ଞାଲ କରିଦେଇ ଛଅମାସ ତଳେ ନିଦରେ ଶୋଇ ସେପାରିକୁ ବାଟ କାଟିଥିଲେ । ବୁଢ଼ାଙ୍କୁ ହଲାପଟା ବି କରିନାହାନ୍ତି । ଦିନକର ସେବା ବି ଲୋଡ଼ିନାହାନ୍ତି । ବୁଢ଼ୀ ସଂସାରଟାକୁ ଚିହ୍ନିସାରିଲେଣି । ଆଉ ନିଜଠି ମାୟା ନାହିଁ । ହେଲେ ନାତିନାତୁଣୀ ଦୁଇଟା ବହେ ମନେ ପଡ଼ନ୍ତି । ମନଟାଣେ, ମାତ୍ର ସାହସ ହୁଏ ନାହିଁ । ଆଉ ଦମ୍ଭ ନାହିଁ, ମନରେ କି ଦେହରେ । କିନ୍ତୁ ଏବେ ନଯିବେ କେମିତି ? ଅବଶ୍ୟ ଝିଅ ଫରେନ୍‌ରେ ଥାଇ ତାଙ୍କ କଥା ଢେର ବୁଝେ । ଗୋଟାଏ ଜୱଣ୍ଡ କ୍ରେଡିଟ୍‌ କାର୍ଡ କରିଦେଇଛି । ବୁଢ଼ୀ ଯେତେବେଳେ ଚାହିଁବେ ଏଠି ବ୍ୟାଙ୍କରୁ ଟଙ୍କା ଉଠାଇପାରିବେ । ବୁଢ଼ୀ କାର୍ଡଟି ଯତ୍ନରେ ରଖିଛନ୍ତି । ମାତ୍ର ସେ ଜାଣନ୍ତି ଏ କାର୍ଡ ତାଙ୍କର କିଛି କାମରେ ଆସିବନି । ଯଦିବା ଶକ୍ତ ବେମାରରେ ପଡ଼ନ୍ତି, ଏକା ପୁଅ ଚିକିତ୍ସା ଖର୍ଚ ସମ୍ଭାଳି ନପାରେ । ତେବେ କାର୍ଡଟା ବ୍ୟବହାରରେ ଲାଗିବ । ପୁଅବୋହୂଙ୍କ ପାଖରେ ଯତ୍ନରେ ଥିଲେ ବୁଢ଼ୀ । ବୁଢ଼ୀ ଯିବା ପରେ ପୁଅ ଚେଷ୍ଟାକରି ନିଜ ସହରକୁ ଫେରିଆସିଥିଲା । ଚଣ୍ଡାଳଟା ବାପ ଥାଉଥାଉ ଭଲା ଏତିକି କରିଥାନ୍ତା ! ଛାଡ଼ – ଯାହା କପାଳରେ ଯାହା ଲେଖା, ତାହା ସେ ଭୋଗିବ । ବୁଢ଼ୀଙ୍କ କପାଳରେ ତ ଫରେନ୍‌ କଷ୍ଟଟା ଲେଖା ! ଅଗତ୍ୟା ବୁଢ଼ୀ ଯାଇ ପହଞ୍ଚିଲେ ଫରେନ୍‌ରେ । ଏକା ଏକା ଯିବା ଆସିବା କରିବାକୁ ବୁଢ଼ୀ ଆଉ ଡରୁନଥିଲେ । ଜୋଇଁ ଏୟାରପୋର୍ଟରୁ ପାଛୋଟି ନେଲେ ।

ସେତେବେଳକୁ ଝିଅ ଅନ୍ୟ ଦେଶକୁ ଯାଇ ନଥିଲା । ଯିବାର ପ୍ରସ୍ତୁତି ଚାଲିଥିଲା । ମାସେ ଦୁଇମାସ ଲାଗିପାରେ । ତେବେ ଏତେ ତରବରରେ କିଆଁ ଭିଡ଼ିଆଣିଲେ ? ହଉ, ଆଉ ତ ବୁଢ଼ାଙ୍କ ଚିନ୍ତା ନାହିଁ । ନାତି ନାତୁଣୀଙ୍କ ପାଖରେ ଟିକେ ମନଟା ପରିବର୍ତ୍ତନ ହୋଇଯାଇପାରେ । ଘରେ ପହଞ୍ଚିଲା ବେଳକୁ ଝିଅ ଜୋଇଁଙ୍କର କେତେଜଣ ସାଙ୍ଗସାଥୀ ପହଞ୍ଚି ସାରିଥିଲେ । ରାତିରେ ଝିଅଘରେ ପାର୍ଟି ଥିଲା, ଝିଅର ଚାକିରିରେ ପ୍ରମୋସନ ଉପଲକ୍ଷେ । ଜୋଇଁଙ୍କ ହସ ହସ ମୁହଁକୁ ଦେଖି ଜଣେ ସାଙ୍ଗ କହିଲା "ଆଜି ମି. ଦ୍ୱିବେଦୀଙ୍କ ମନ ଭାରି ଖୁସି– କାରଣ ଶାଶୁ ଆସି ପହଞ୍ଚିଗଲେଣି । ଘର କାମ କରିବାକୁ ଆଉ ପଡ଼ିବ ନାହିଁ । ମୋ ଶାଶୁ ବଡ଼ ସେଲ୍‌ଫିସ୍ । ଆଧୁନିକା ଶାଶୁମାନେ ଈ ସ୍ୱାର୍ଥପର । ସେମାନଙ୍କ ଚାକିରି ସରିବା ପରେ ବି ହଜାର ଧନ୍ଦା । ହଜାର ଦାୟିତ୍ୱ ।...”

ଝିଅ ଆଖି ମିଟିକା ମାରି ତାଙ୍କ ପାଟି ବନ୍ଦ କରିଦେଲା । କହିଲା– “ମା’କୁ କ’ଣ ଆମେ କାମ କରାଇବା ପାଇଁ ଆଣିଛୁ ? ତା’ର ଟିକେ ମନ ପରିବର୍ତ୍ତନ ହେବ, ସେଥିପାଇଁ...” ।

ବୁଢ଼ୀ ସେତେବେଳକୁ ରୋଷେଇଘରେ ପଶି ସାରିଥିଲେ । ନାତିନାତୁଣୀଙ୍କ ପାଇଁ ରାନ୍ଧିବାକୁ ଅଣ୍ଟାରେ ଜୋର୍ କୋଉଠୁ ଆସେ ବୁଢ଼ୀମାନଙ୍କର ? ସବୁ ଭଗବାନଙ୍କ କରୁଣା...”

ଏ ଭିତରେ ପିଲା ଦୁଇଟା ପୂରା ବିଗିଡ଼ି ଗଲେଣି ନା କ’ଣ ? ଏତେ ପ୍ରକାର ରନ୍ଧାବଢ଼ା ହୋଇଛି । ତାକୁ ଆଢ଼ ଆଖିରେ ଚାହିଁଲେନି । ଫ୍ରିଜ୍‌ରୁ ବହଲ ଚିଜ୍, ବଟର, ଚିକେନ୍ ଦିଆ ପିଜା ବାହାରକରି, ମାଇକ୍ରୋଓଭେନ୍‌ରେ ଭର୍ତ୍ତିକରି ଦେଇ ଚୁଁ କିନା ପ୍ଲେଟ୍‌ରେ ଧରି ନିଜ ନିଜ ରୁମ୍‌କୁ ପାର । ଝିଅ ବି ବାଧ କଲାନି ଭାତ ଡାଲି, ତରକାରୀ, ପୁରି, ରସଗୋଲା ଖାଇବା ପାଇଁ । ଏଠି ପିଲାମାନଙ୍କୁ ସ୍ୱାଧୀନତା ଦିଆଯାଏ । ବୁଢ଼ୀ ସେସବୁ ନଶୁଣି ତାଙ୍କ ପଛେ ପଛେ ଭାତ, ଡାଲି ଧରି ଧାଇଁବାରୁ ନାକଟେକି କହିଲେ – “ନ୍ୟାଷ୍ଟି ଇଣ୍ଡିଆନ୍ ହାବିଟ୍– ରାଇସ୍, ଡାଲ୍... ଛେଃ” ବୁଢ଼ୀ ଚମକିପଡ଼ିଲେ । ଏମାନେ କ’ଣ ଆଉ ଇଣ୍ଡିଆନ୍ ହୋଇନାହାନ୍ତି ? ଏଣିକି ପ୍ରତି କଥାରେ ପିଲାମାନେ ନ୍ୟାଷ୍ଟି ଇଣ୍ଡିଆନ୍ ହାବିଟ୍ କହନ୍ତି । ସଂଜବତୀ ଦେଇ ଭଜନଜଣାଣ ଗାଇବା ବୁଢ଼ୀଙ୍କର ଆବାଲ୍ୟ ଅଭ୍ୟାସ । ଏବେ ମଧ୍ୟ କଣ୍ଠରୁ ଲାଲିତ୍ୟ ସଂପୂର୍ଣ୍ଣ ହଜିନି । ଜଣାଣ ଗାଇବା ବେଳେ ବୁଢ଼ୀଙ୍କ ଆଖିରୁ ଲୁହ ବହିଯାଏ । ମୁଣ୍ଡିଆମାରି ଉଠିଲେ ଖଣ୍ଡିଆ ଖଣ୍ଡିଆ ଇଂରାଜୀମିଶା ଓଡ଼ିଆରେ ନାତିନାତୁଣୀ ପଚାରନ୍ତି “ଠାକୁରଙ୍କୁ କାନ୍ଦି କାନ୍ଦି କ’ଣ କହୁଥିଲୁ ଆଇ ?”

ବୁଢ଼ୀ କହନ୍ତି- "ଦୁଃଖ ଜଣାଉଥିଲି- କେତେ କଥା ମାଗୁଣି କରୁଥିଲି । ଘୃଣାରେ ନାତି କହିଲା – "ଇଣ୍ଡିଆନ୍‌ମାନଙ୍କର ଏ ମାଗଣା ସ୍ୱଭାବଟା କେବେ ଯିବ ? ସମସ୍ତଙ୍କୁ ହାତ ପତାଇବା ଅଭ୍ୟାସ । ପର ଉପରେ ନିର୍ଭରଶୀଳତା ବଡ଼ ନ୍ୟାଷ୍ଟି ଇଣ୍ଡିଆନ୍‌ ହାବିଟ୍‌ସ ।" ଏ‍ଇ ଟୋକା ପାଞ୍ଚବର୍ଷର ହୋଇଥିଲା, ଦରୋଟି ଭାଷାରେ ଆଇ ସଙ୍ଗେ ଏ‍ଇ ଗୀତ ଗାଇ ଠାକୁରଙ୍କୁ 'ନମ' 'ନମ' କରୁଥିଲା । ଆଜି ଏକି ଅମଙ୍ଗଳିଆ କଥା ! ବୁଢ଼ୀ ଆଉ ବରଦାସ୍ତ କଲେ ନାହିଁ । ଝିଅକୁ ପଚାରିଲେ – "ଏ କି କଥା ? ତୁମେ କ'ଣ ଏମାନଙ୍କୁ ଏ‍ଇ କଥା ଶିଖାଇଛ ? ଏମାନେ କ'ଣ ଇଣ୍ଡିଆନ୍‌ ନୁହନ୍ତି କି ? ସବୁ କଥାରେ ମତେ 'ଇଣ୍ଡିଆନ୍‌' କହି ଉଲ୍ଲୁଗୁଣା ଦେଉଛନ୍ତି କାହିଁକି ?"

ଝିଅ ନିର୍ଲିପ୍ତ କଣ୍ଠରେ କହିଲା- "ସେମାନେ ତ ଏଠି ପଢ଼ିଲେ, ବଢ଼ିଲେ, ଏଠିକା ଖାଦ୍ୟ ପସନ୍ଦ କଲେ । ତା'ଛଡ଼ା ଆମେ ପରା ଏଠି ସିଟିଜେନ୍‌ସିପ୍‌ ପାଇଁ ଦରଖାସ୍ତ କରିଛୁ । ସେମାନେ ନିଜକୁ ଏ ଦେଶର ବୋଲି ଭାବିବା ସ୍ୱାଭାବିକ । ଆମ କଥା ଅଲଗା-" ବୁଢ଼ୀ ଗୁମ୍ ମାରି ରହିଲେ । ପିଲାମାନଙ୍କ କଥା କ'ଣ ଧରାଯାଏ ? ପ୍ରକୃତରେ ତ ସେମାନେ ଆଉ ଇଣ୍ଡିଆନ୍‌ ହୋଇନାହାନ୍ତି... ଯେ ଦେଶ ଯାଇ, ସେ ଫଳ ଖାଇ । ମାତ୍ର ବୁଢ଼ୀ ଏ ଦେଶର ବହୁ ଖାଦ୍ୟ ଖାଇପାରନ୍ତି ନାହିଁ । ତାଙ୍କର ସେଇ ଭାତ, ଡାଲି, ତରକାରୀ, ପଖାଳ ଯାହାକୁ ପିଲେ କହନ୍ତି ନ୍ୟାଷ୍ଟି ଇଣ୍ଡିଆନ୍‌ ହାବିଟ୍‌ସ । ଯା' ହେଉ ଝିଅଟା ଯେ ଏତିକି କହେନି ସେତିକି ମାତ୍ର ଶାନ୍ତ୍ୱନା । ବୁଢ଼ୀଙ୍କର ନାମ ଦେଶପ୍ରେମୀ ତାଲିକାରେ ନାହିଁ ସତ, ମାତ୍ର ସେ ନିଜ ଦେଶର ମାଟି, ପାଣି ପବନକୁ ଭଲ ପାଆନ୍ତି । ନିଜ ଦେଶର ମହାନତାକୁ ବୁଝିଛନ୍ତି । ଏଇଟା ତାଙ୍କ ଗାନ୍ଧିବାଦୀ ବାପାଙ୍କ ଆଦର୍ଶ । ସକାଳୁ ସକାଳୁ ଝିଅ ବାହାରିଯାଏ କାମରେ । କହିଯାଏ – "ମା' ତୁ ବିଶ୍ରାମ ନେବୁ । ଲଣ୍ଡ୍ରି, ବାସନ ସବୁ ସେମିତି ପଡ଼ିଥାଉ । ମୁଁ ଆସି କରିବି ।" ବୁଢ଼ୀ ଜାଣନ୍ତି ଏସବୁ ତାଙ୍କ କାମ । ଘରେ ବସି ବସି କରିବେ କ'ଣ? ମାତ୍ର ଏ ଭୂଆ ବିରାଡ଼ିଟାକୁ ତାଙ୍କର ଘୃଣା । ବିରାଡ଼ି ଗୋଟାଏ ଜୀବ, ସେ ପିଲାଟି ଦିନରୁ ଦି' ଆଖିରେ ଦେଖିପାରନ୍ତି ନାହିଁ ।

ଏ ଦେଶରେ ବିରାଡ଼ି ପ୍ରେମ ଦେଖି ସେ ତାଜୁବ୍ ! ବୁଢ଼ୀକି ଜାଣନ୍ତି – ଥରେ ଦେଶକୁ ଫେରିବା ପୂର୍ବରୁ ଘର ପାଖ ଦୋକାନକୁ ଚାଲିଚାଲି ଯାଇ ପୁଅର ପିଲାମାନଙ୍କ ପାଇଁ ସୁନ୍ଦର ଖାଦ୍ୟ ଡବା ଦୁଇଟା କିଣିଆଣିଲେ । ଡବା ଦୁଇଟା ବଡ଼ ଲୋଭନୀୟ ଦିଶୁଥିଲା । କୁନି କୁନି ଥାକୁଲ ଥାକୁଲ ବିରାଡ଼ିପିଲା ଦୁଇଟା କୋଲାକୋଲି ହେବାର ଚିତ୍ର ତାଙ୍କୁ ବଡ଼ ଆମୋଦିତ କଲା । ପିଲେ ଖାଦ୍ୟ ଖାଇସାରି ଡବା ଖାଲି କରିଦେବା

ପରେ ସେ ନିଜେ ଡବାଟିଏ ରଖିବେ । ବୋହୂକୁ ଗୋଟିଏ ଦେବେ । ବୋହୂ ଗହଣା ରଖିବ, ସେ ଔଷଧ ରଖିବେ । ସବୁ ଛୁଆ ତାଙ୍କ ଆଖିକୁ ଭଲ ଦିଶନ୍ତି, ବାଘଛୁଆ, ବିରାଡ଼ିଛୁଆ । ମାତ୍ର ଭୁଆ ବିରାଡ଼ି ! ରାମ୍ ରାମ୍....

ଝିଅ ଡବା ଦୁଇଟି ଦେଖି ଭାବିଲା “ଯା'ହେଉ ମା' ଏଥର ବିରାଡ଼ିକୁ ଟିକେ ଭଲ ପାଇଲାଣି ।” କିନ୍ତୁ ଯେତେବେଳେ ବୁଢ଼ୀ ଡବା ଦୁଇଟିକୁ ନିଜ ଆଟାଟିରେ ଯନ୍ତରେ ରଖିଲେ ଝିଅ ପଚାରିଲା – “ମା'ଲୋ–ଭାଇ କ'ଣ ଏବେ ବିରାଡ଼ି ପାଲିଲାଣି କି ? ତୁ କେମିତି ରାଜି ହେଲୁ ? ଭାଇର ଘର ହୋଇଥିଲେ ଭିନ୍ନ କଥା । ତୋର ସେଠି ପାଟି ଫିଟାଇବାର ୟୁ' ନଥାନ୍ତା । ମାତ୍ର ସେଇଟା ତ ତୋ ଘର । ବାପା ତୋ ନାମରେ ଘର କିଣିଥିଲେ । ତୁ ଭାଇ ପାଖରେ ନାହୁ, ଭାଇ ତୋ ପାଖରେ ଅଛି । ତୁ କେମିତି... ?”

ଝିଅର ସ୍ୱର ଭିନ୍ନ ଶୁଭୁଥିଲା । ବୁଢ଼ା ଘର କିଣିଲେ, ଛାଡ଼ିଛୁଡ଼ି ଛୁ– ବୁଢ଼ୀଙ୍କ ନାମରେ ଘରଟା ଅଛି, ବୁଢ଼ୀ ବି ଦିନେ ଛୁ କରିବେ । ଘର ଛାଆଁ ଘର ପଡ଼ିଥିବ । ତାଙ୍କ ଘର କ'ଣ ପୁଅର ଘର ନୁହେଁ – ଝିଅର ଘର ନୁହେଁ ? ଅବଶ୍ୟ ଝିଅ କହିଦେଇଛି– “ମୋ ଭାଗରେ ଗୋଟାଏ ତାଲା ଲେଖିଦେବୁ ବୋଲି ଯାହା କହୁଛୁ ସେକଥା ଭୁଲିଯା– ପୂରାଟା ଘର ଭାଇ ନାମରେ ଲେଖିବେ – ଭାଇ କ'ଣ ଆଉ ସେମିତି ଜାଗାରେ ସେଭଳି ଘର କରିପାରିବ ? ଆମେ ଚାହିଁଲେ ସେଠାରେ ଘରଟାଏ କିଣିପାରିବୁ...” ଏଇଟା ଝିଅର ଭାଇ ପାଇଁ ସ୍ନେହ, ଉଦାରତା, ଦୟା ନା ନିଜ ପାରିବାପଣର ଦମ୍ଭ, ସେକଥାରେ ବୁଢ଼ୀ ମୁଣ୍ଡ ଖେଳାଇଲେ ନାହିଁ । ଏତିକି ଖୁସି ହୋଇଥିଲେ ଯେ ପୁଅ ଆଉ ଅଶାନ୍ତି ହେବ ନାହିଁ । ବୋହୂ ନିଶ୍ଚିନ୍ତ ହୋଇଯିବ । ବୁଢ଼ୀ ଶାନ୍ତିରେ ଆଖି ବୁଜିପାରିବେ । ଜଗନ୍ନାଥଙ୍କର ବଡ଼ କରୁଣା... । ଝିଅର ପ୍ରଶ୍ନିଲ ଦୃଷ୍ଟିକୁ ଚାହିଁ ବୁଢ଼ୀ କହିଲେ – “ଖାଲି ତୋ ଘରେ ମୁଁ ବିରାଡ଼ି ସହ ଏକାଠି ରହୁଛି । କାରଣ ଏଠୁ ପଳେଇବାର ଉପାୟ ନାହିଁ । ପଡ଼ିଶାଘର କବାଟ ବି ବନ୍ଦ ! ଏ ଗୋରାଲୋକଗୁଡ଼ା ଏବେ ବି କଳା ଲୋକଙ୍କୁ ଘୃଣା କରନ୍ତି ବୋଲି ମୁଁ ଏଠି ଜାଣି ସାରିଲିଣି ମ.... ତୋ ବାପା ଠିକ୍ କଥା କହୁଥିଲେ । ତମେ ଏଠିକାର ବାସିନ୍ଦା ହେଲେ ବି କଦାଚିତ୍ 'ଗୋରା' ହୋଇପାରିବନି ।” ଝିଅ ଭାବିଲା, ବିଚିତ୍ର ଏଇ ମା' ତା'ର । ବାପା ବଞ୍ଚିଥିବା ବେଳେ ତାଙ୍କର ସବୁକଥା ଭୁଲ୍ ଥିଲା, ତାଙ୍କ ଅନ୍ତେ ସବୁ ଠିକ୍ ! ବାପା ଭଲା ଏତିକି ଶୁଣିଥାନ୍ତେ ଥରେ । ମା'କୁ ଏସବୁ କହିଲାନି ସେ – ପଚାରିଲା – “ତେବେ ଏ ବିରାଡ଼ି ଖାଦ୍ୟ ଡବା ଦୁଇଟି କିଣିଲୁ କାହାପାଇଁ ? ଏଗୁଡ଼ା ତ ଭାରି ଦାମିକା–”

"ଏଁ– ବିରାଡ଼ି ଖାଦ୍ୟ ? ମୁଁ ତ ଭାବିଲି ପିଲାଙ୍କ ବିସ୍କୁଟ୍ ।" ପିଲେ ଆଉ ଝିଅ
ହସି ହସି ବେଦମ ! ସେ ଅଲକ୍ଷଣା ଭୂଆଚା ଖାଇବ ବୋଲି ସେ କିଣି ଆଣିଥିଲେ ?
ଝିଅ ସେତେବେଳକୁ ଓଦା ଦୁଇଟା ଝାମିନେଇ ଅଝେଇଖା ଭୂଆଟାକୁ କୋଳରେ ପୂରେଇ
ଗେଲ କରୁଥାଏ– କହୁଥାଏ – "ମାଇଁ ସୁଇଟି ପାଏ– ଦେଖ୍ ତୋ ଆଇ ତତେ କେତେ
ଭଲ ପାଇଛି ... ତୋ ପାଇଁ ବିସ୍କୁଟ୍ ଆଣିଛନ୍ତି ମୋ ଧନ... ଆଇକୁ ଥ୍ୟାଙ୍କ୍ ୟୁ କହିଦେ –
" ବିରାଡ଼ିର ସେ ଅବର୍ଯ୍ୟା ହାତଟାକୁ ଟେକି ତାଙ୍କ ଆଡ଼କୁ 'ଥ୍ୟାଙ୍କ୍ ୟୁ' କରୁଥାଏ ଝିଅ ।
ବୁଢ଼ୀ ଗର ଗର ହୋଇ ଜିନିଷ ପ୍ୟାକ୍ କରୁଥାନ୍ତି–"

ଦି'ଦିନ ପରେ ଅଗଷ୍ଟ ପନ୍ଦର–ସ୍ୱାଧୀନତା ଦିବସ । ବୁଢ଼ୀ ନାତି ନାତୁଣୀଙ୍କୁ
ସ୍କୁଲକୁ ଯିବାର ଦେଖି କହିଲେ – "ଆଜି କ'ଣ ତମର ଛୁଟି ନାହିଁ କି ? ଆଜି ତ
ସ୍ୱାଧୀନତା ଦିବସ । ଘରେ ଗାନ୍ଧି ଫଟୋ ପୂଜା ହେବ । ମାଛ ମାଂସ ଆଜି ବନ୍ଦ ।
ତମ ଅଜା ଏମିତି କରିଆସୁଥିଲେ, ଭୁଲିଗଲ ?"

ପିଲେ କହିଲେ – "ଆମର ସ୍ୱାଧୀନତା ଦିବସ ପରା ଜୁଲାଇ ମାସରେ
ଗଲା । ଭୁଲିଗଲ ? ତା'ଛଡ଼ା ଗାନ୍ଧି ତ ମଣିଷ ଥିଲେ – ତାଙ୍କର ଗୋଟାଏ ପୂଜା
କ'ଣ ?"

"ଆରେ – ସେ ପରା ଦେବତା ପାଲଟିଲେ..."

"ଏସବୁ ଅଯଥା ଇଣ୍ଡିଆନ୍ ସେଣ୍ଟିମେଣ୍ଟ । ମଣିଷ କ'ଣ ଗାନ୍ଧି ହୋଇ
ପାରିବେନି ? ଗଡ଼ ତ ଜଣେ – ଏତେ ଗଡ଼ ଏଠାରେ ନାହାନ୍ତି ।"

"ଗଡ଼ ଏକ୍ ଏକଥା ତମ ଅଜା କହୁଥିଲେ । ସେ କେତେ ରୂପରେ ଧରାରେ
ଅବତରନ୍ତି । ଯେମିତି ଗାନ୍ଧି, ବୁଦ୍ଧ, ରାମ, କୃଷ୍ଣ...."

"ଆଉ ଆମ ଅଜା !" ନାତି ନାତୁଣୀ ପରିହାସ କରି ବାଏ ବାଏ ହାତ
ହଲାଇ ସ୍କୁଲକୁ ପଳାଇଲେ । ବୁଢ଼ାଙ୍କ ଆଖି ଛଳଛଳ ହୋଇଗଲା ଅକାରଣରେ ।
ବୁଢ଼ା ସେଦିନ ବେଶୀ ମନେ ପଡ଼ିଲେ । ବୁଢ଼ା ସିନା ମଣିଷ ଥିଲେ – ଦେବତାପଣିଆ
ବି ତାଙ୍କଠି କିଛି ଥିଲା । ସବୁ ମଣିଷ ଭିତରେ ଦେବତାପଣିଆ ଅଛ ବହୁତ ଥାଏ –
ବୁଢ଼ା କହୁଥିଲେ ।

ଝିଅ ଘରେ ବୁଢ଼ୀ ଜଗନ୍ନାଥଙ୍କ ଫଟୋ ପାଇଛନ୍ତି । ଗାନ୍ଧିଙ୍କ ଫଟୋ
ପାଇଲେନି । ଗାନ୍ଧିଙ୍କୁ ସୁମରଣା କରି ଧୂପକାଠିଟାଏ ଜାଲିଲେ । ଗଳବସ୍ତ୍ର
ହୋଇ ମୁଣ୍ଡିଆ ମାରିଲେ ଏକାଏକା । ଗତବର୍ଷ ବୁଢ଼ାବୁଢ଼ୀ ଦିହେଁ ମୁଣ୍ଡିଆ
ମାରିଥିଲେ । ବହୁବର୍ଷର ଅଭ୍ୟାସ । ଗାନ୍ଧି ଏତେ ମନେ ପଡ଼ିଲେ ନାହିଁ, ବୁଢ଼ା
ଭାରି ମନେ ପଡ଼ିଲେ । ବୁଢ଼ୀ ଘରର କାମଦାମ ପକେଇ ଦେଇ ନଖାଇ ନପିଇ

ଶୋଇପଡ଼ିଲେ । ସଞ୍ଜ ପୂର୍ବରୁ ରନ୍ଧାବଢ଼ା କରିଦେଲେ ଝିଅ ଜୋଇଁ ରାତି ଖାଇବା ଖାଇବେ ଦିନ ଥାଉ ଥାଉ – ଏଠିକା ରୀତି ।

ଝିଅ ବି ସବୁଦିନ ତାଙ୍କୁ ଗାଳିଦିଏ ଘରେ ପଶୁ ପଶୁ । "ମା ! – ତତେ କିଏ କହୁଥିଲା ଲଣ୍ଡ୍ରି କରିବା ପାଇଁ – ବାସନ ମାଜିବା ପାଇଁ – ଆଇରନ୍ କରିବା ପାଇଁ, ରୋଷେଇ କରିବା ପାଇଁ ? ଯେତେ ମନାକଲେ ବି ଯିଦି କଲାଭଲି କରୁଛୁ । ଦେହ ବିଗିଡ଼ିଲେ ଏଠି କି ମୁସ୍କିଲ୍ ଜାଣିନୁ ତ…" ବୁଢ଼ୀ ଖାଲି ମୁର୍କ ହସନ୍ତି । ଯଦି ମୁଁ ନକରିବା କଥା, ତେବେ ବାସି ପାଇଟି ପକାଇଦେଇ ଯାଉ କାହାପାଇଁ ? ଏଠିକି ଭାବନ୍ତି ସେ, କ୍ରମେ ଝିଅ ଆଉ କିଛି କହେ ନାହିଁ । ବରଂ ପ୍ରଶଂସା କରେ – "ମା' ଥିଲେ ଘରଟା ଝଟକୁଥାଏ । ମା' ଯିବାପରେ ଗୁହାଳ । ମା' ଭଳି ମୁଁ ଏତେ କାମିକା ନହେଲି କାହିଁକି ? ଏଇ ମା'ର ଦୋଷ ! ଏତେ ଗେହ୍ଲା, ଏତେ ଡିପେଣ୍ଡାଣ୍ଟ କରିଦେଇଛି ପିଲାଦିନୁ ଯେ…." ମା' ଚୂପ୍ ରହନ୍ତି । ଝିଅ ଖୁସି-ତେଣୁ ସେ ବି ଖୁସି ।

ସଂଜରେ ଝିଅ ଘରେ ପଶୁ ପଶୁ ପାଟିକଲା – "ଆଜି ଘରଦ୍ୱାର ଏମିତି କ'ଣ ପଡ଼ିଛି-ଲୁଗାପଟା ବାଥ୍‌ରୁମ୍‌ରେ ଗଦା ହୋଇଛି – ବାସନକୁସନ ଅଇଁଠା ପଡ଼ିଛି । ମା' କୁଆଡ଼େ ଗଲା । "ମା' – ମା' – କୋଉଠି ଅଛୁ ? ଅବେଳାରେ ଶୋଇଛୁ କାହିଁକି ? ଦେହ ଖରାପ ହେଲା କି ? ଘରଦ୍ୱାର ଏମିତି ପଡ଼ିଛି ଯେ – " ଝିଅ ମା'ର ଖଟଧାରରେ ଠିଆ ହୋଇଥିଲା । ବୁଢ଼ୀ ସେମିତି ଶୋଇ ରହି କ୍ଲାନ୍ତ ସ୍ୱରରେ କହିଲେ – "ଦେହ ଠିକ୍ ଅଛି । ମନଟା କାହିଁକି ଭଲ ଲାଗିଲାନି । ଦେହଟା ମାଟି ମାଟି ଲାଗିଲା ସେଇଥିପାଇଁ…."

"ମନ କାହିଁକି କାରଣ ନଥାଇ ଖରାପ ଲାଗିଲା ? କେହ ତ ତତେ ସେମିତି କିଛି କହିନାହାନ୍ତି- ପିଲାଏ କିଛି କହିଲେ ? ପିଲାଙ୍କ କଥା ଧରାଯାଏ ? ଆଛା ଠିକ୍ ଅଛି । ଏସବୁ କରିବାରେ ମୋର ଅଭ୍ୟାସ ଅଛି…" ଝିଅ ଟିକେ ଅସନ୍ତୁଷ୍ଟ ଭାବ ପ୍ରକଟ କରି କାମରେ ଲାଗିଲା । ବିଚାରୀ ଖଟି ଖଟି ଆସିଛି – ଭଲମଣିଷଟା ଦିନସାରା ଶୋଇ ରହିବା ଠିକ୍ ହେଲାନି । ଝିଅକୁ ସାହାଯ୍ୟ କରିବା ପାଇଁ ବୁଢ଼ୀ ଉଠିଲେ । ଏତିକି ବେଳେ ଝିଅ ନାକରେ କାଗଜ ରୁମାଲ୍ ଚାପି, ନାକଟେକି ଚିକ୍କାର କଲା "ଏହେ – ଆଜି ବିରାଡ଼ିର ଏ କି ଦୁର୍ବୁଦ୍ଧି ! ପଛପଟେ ତା' ପାଇଖାନାରେ ଟାଟି ନକରି ଘର ମଝିରେ ଟାଟି କରିଛି । ସାରା ଘରଟା ଗନ୍ଧ ଭଣ ଭଣ…. ଏମାନେ ଫେରିଲେ ଡେଇଁବେ । ଏପରି ତ କେବେ ହୁଏନା, ଯାର ଖରାପ ଅଭ୍ୟାସ ଜମାରୁ ନାହିଁ…"

"ପଶୁଗୁଡ଼ାଙ୍କର ଏଠିସେଠି ମଇଳା କରିବା ତ ଜନ୍ମଗତ ଅଭ୍ୟାସ । ସେମାନେ କ'ଣ ମଣିଷଛୁଆ ହୋଇଛନ୍ତି ଯେ, ଝାଡ଼ା ତଲବ୍ ଦେଲେ ପାଇଖାନାକୁ ଧାଇଁବେ ?" ବୃଢ଼ୀ ବିରକ୍ତିରେ କହିଲେ ।

– ଝିଅ ବୁଢ଼ୀଙ୍କୁ ରୋଷପୂର୍ଣ୍ଣ ଚକ୍ଷୁରେ ଚାହିଁ କହିଲା – "ଏ ତ ଆମ ଘରର ଗୋଟାଏ ପିଲା । ତୁ ଟିକେ ମଇଲାଟା ସଫା କରିଦେଇଥିଲେ ହୋଇନଥାନ୍ତା ? ମୁଁ ଜାଣେ ତୁ ବିରାଡ଼ିକୁ ଭଲ ପାଉନୁ । ମାତ୍ର ନାତିନାତୁଣୀଙ୍କ ମଇଳା ତ ତୁ ସଫା କରିଛୁ ଆନନ୍ଦରେ । ବିରାଡ଼ିକୁ ସେମିତି ଭାବିପାରିଲୁନି ଏତେଦିନ ଭିତରେ ।"

ବୁଢ଼ୀଏଥର ନିଆଁ ପାଲଟିଗଲେ । କହିଲେ – "କ'ଣ କହିଲୁ ? ମୁଁ ବିରାଡ଼ି ମଇଳା ସଫା କରିଦେଇଥାନ୍ତି ? ଏଇଥିପାଇଁ ମତେ ଆଣି ବନ୍ଦୀଶାଳାରେ ପକାଇଛୁ ? ଶୁଣ୍ ମରିଗଲେ ବି ମୁଁ ବିରାଡ଼ି ମଇଳା ସଫା କରିବି ନାହିଁ ।"

"ଇଣ୍ଡିଆନ୍‌ମାନଙ୍କର ଏଇଟା ଗୋଟାଏ ହିପୋକ୍ରାସି । ସମସ୍ତଙ୍କଠି ଈଶ୍ୱର ବିଦ୍ୟମାନ କହିବେ– ପ୍ରବଚନ ଦେବେ–ମାତ୍ର ମଣିଷ ମଣିଷ, ପଶୁ ପଶୁ । ମଣିଷରେ ବି ଉଚ୍ଚନୀଚ–ଛୁଆଁ, ଅଛୁଆଁ, ଇଣ୍ଡିଆନମାନେ କେବେ ସୁଧୁରିବେ....." ବିରାଡ଼ି ମଇଳା ସଫା କରୁ କରୁ ଝିଅ ରାଗ ଉତାରିଲା ମା' ଉପରେ । ଅବଶ୍ୟ ଝିଅର କଥାଗୁଡ଼ା ସତ । ମାତ୍ର ଝିଅ କାହାକୁ 'ଇଣ୍ଡିଆନ୍' ବୋଲି କହିଲା ? ମା'କୁ ? ସେ ନିଜେ କ'ଣ ଇଣ୍ଡିଆନ୍ ହୋଇ ରହିନି ଆଉ ? ନାତିନାତୁଣୀଙ୍କୁ କ୍ଷମା କରିଦେଇଥିଲେ ବୁଢ଼ୀ । ମାତ୍ର ଝିଅକୁ କ୍ଷମା କରିପାରିଲେ ନାହିଁ । କାରଣ ଇଣ୍ଡିଆନ୍ ସ୍ନେହ, ମମତା, ମୂଲ୍ୟବୋଧ, ଦେଶପ୍ରୀତି, ମାଟିର ଗନ୍ଧ ଗୋଲା ତେଲ ହଳଦୀରେ ମାଟିମୁଠି ସେ 'ଝିଅ' ନାମକ ଏଡ଼େ ମନୋରମ ମୂର୍ତ୍ତିକୁ ଗଢ଼ିଥିଲେ । ସେଇଟି ଭାଙ୍ଗିରୁଜି ଗଲା ଦେଶଭଙ୍ଗା ଭୂଆ ବିରାଡ଼ିଟା ପାଇଁ..."

ଝରଝର କାନ୍ଦି ପକାଇ ବୁଢ଼ୀ ଦୃଢ଼ ସ୍ୱରରେ କହିଲେ – "ମୋ ଫେରନ୍ତି ଟିକଟ କରିଦେ – ମୋର ଏଠାରେ ରହିବାର ନାହିଁ । ମୁଁ ଗୋଟାଏ ଇଣ୍ଡିଆନ୍ – ଏଠି କିଆଁ ରହିବି ?" ବୁଢ଼ୀ କ୍ରେଡିଟ୍ କାର୍ଡଟି ଝିଅ ହାତକୁ ବଢ଼ାଇଦେଲେ । ଯେଉଁଠ‌ରୁ ସେ ଆଦୌ ଟଙ୍କା ଉଠାଇ ନାହାନ୍ତି କେବେ, ଏଡ଼ିକି ଟିକେ କାର୍ଡର ବଡ଼ ବୋଝ । ସେ ଏଥର ଉଶ୍ୱାସ ହୋଇଗଲେ । ବୁଢ଼ା ବଡ଼ ଦୂରଦର୍ଶୀ ଥିଲେ । ଯେତିକି ସଞ୍ଚୟ ଛାଡ଼ିଯାଇଛନ୍ତି ବୁଢ଼ୀଙ୍କ ବାକି ଜୀବନଟା ବେଶ୍ କଟିଯିବ । ପୁଅ ହେଉ, ଝିଅ ହେଉ କାହା ଉପରେ ନିର୍ଭର କରିବେ କିଆଁ ? ତାଙ୍କ ନିଜ ଇଚ୍ଛାରେ ବାକି ଜୀବନଟା ନବଞ୍ଚବେ କିଆଁ ?

ଚଟିଘର

ତମାମ ଜୀବନ ଦେଶ ମନେ ପଡ଼େ– ଯାବତୀୟ ବେଳାରେ ମନେପଡ଼େ ଦେଶ । ଦେଶକୁ ଭୁଲିହୁଏ ବା କେତେବେଳେ ! ଦେଶ ତ ରକ୍ତରେ ବହୁଛି, ନିଶ୍ୱାସ ପ୍ରଶ୍ୱାସରେ ରକ୍ତମାଂସ ଅସ୍ଥିମଜ୍ଜାରେ ଖେଳେଇ ହୋଇଯାଇଛି, ପଞ୍ଚାମୃତରେ କ୍ଷୀର, ମଧୁ ମିଳେଇଯିବା ପରି । ପଞ୍ଚଭୂତ ଶରୀର, ମନ, ଚୈତନ୍ୟ ସବୁଟି ଦେଶ ଭେଦିଯାଇଛି ଗାଢ଼ା ହୋଇ । ଦେଶଠାରୁ ମୁକ୍ତି କାହିଁ ! ଦେଶକୁ ସିନା ମଣିଷ ଛାଡ଼ିଦିଏ, ଦେଶ ତା'କୁ ଛାଡ଼ିଲେ ତ ସେ ଦେଶକୁ ଭୁଲିଯାଇ ବିଦେଶକୁ ଦେଶ ମଣିବ !

ଦେଶରେ ମାତ୍ର ସତେଇଶି ବର୍ଷ କଟାଇଥିଲେ କୃଷ୍ଣମୋହନ । ବିଦେଶରେ ରହିସାରିଲେଣି ଚାଳିଶବର୍ଷ । ଅଥଚ ଦେଶର ଅଦଉଟିକୁ ଦେଖ ! ବିଦେଶ ମାଟିରେ ସାରା ଜୀବନ କର୍ମକଲେ, ଫଳପ୍ରାପ୍ତି ହେଲେ, ଯାବତୀୟ ଭୌତିକ ସୁଖ ବିଦେଶରୁ ଲଭିଲେ, ଅଥଚ ରାତିରେ ଶୋଇପଡ଼ିବା ମାତ୍ରେ ଉଠିଲେ ଯାଇ ଦେଶରେ । ନିଦରେ, ଘୁଙ୍ଗୁଡ଼ିରେ,

ବିଲିବିଲାରେ, ସପନରେ, ଦେଶ-ଦେଶ-ଦେଶ । ଅଥଚ ତାଙ୍କୁ ଦେଶପ୍ରେମୀ ବୋଲି କେହି କହିଲେନି । କହିଲେ ଅର୍ଥପ୍ରେମୀ, ଯଶପ୍ରେମୀ । ସାରା ଜୀବନ ସାହେବୀ ପୋଷାକ ତଳେ ସେ ଦେଶର ନାମାବଳୀ ପକାଇ ଦେଶସହସ୍ର ନାମ ଜପ କରୁ କରୁ ଟୋକାରୁ ବୁଢ଼ା ହୋଇଗଲେ । ଅଥଚ ନା ସେ ଦେଶର ହେଲେ, ନା ବିଦେଶର ! ଏମିତି ଦି' ନାବରେ ଗୋଡ଼ ଦେଇ ମଝି ଦରିଆ ପାରି ହେବାକୁ ବସିଲେଣି । ଆଉ ଥରେ ଜନ୍ମିଲେ ସେ ତାଙ୍କର ସେଇ ଅନଗ୍ରସର ପ୍ରିୟ ଦେଶମାଟିରେ 'ଧୂସରା' ହୋଇ ଜନ୍ମିବେ କି ଉନ୍ନତ, ବିକଶିତ, ସମୃଦ୍ଧ ବିଦେଶ ମାଟିରେ 'ଗୋରା' ହୋଇ ଜନ୍ମିବେ ତାହା ଏପର୍ଯ୍ୟନ୍ତ ସ୍ଥିର କରିପାରିଲେନି ।   ଏ ଦ୍ୱନ୍ଦ୍ୱ ତାଙ୍କର ନୁହେଁ, ତାଙ୍କ ସମୟରେ ବିଦେଶକୁ ପଳାଇ ଆସି ବାପର ସୁଯୋଗ୍ୟ ସନ୍ତାନ, ସ୍କୁଲର ଉତ୍ତମ ଛାତ୍ର ବୋଲାଉଥିବା ସମସ୍ତ ଦେଶୀ ଲୋକଙ୍କର ।

ଯେଉଁ ସମୟରେ କୃଷ୍ଣମୋହନ ବିଦେଶ ଆସିଲେ ସେ ସମୟରେ 'ବିଦେଶ ଯାତ୍ରା' ଥିଲା ବୈକୁଣ୍ଠପ୍ରାପ୍ତି ଭଳି ଗୌରବମୟ ଏବଂ ଅଭାବିତ । 'ଉଚ୍ଚ ଶିକ୍ଷା ପାଇଁ ଯୁବକଙ୍କର ବିଦେଶ ଯାତ୍ରା' ଶୀର୍ଷକରେ ଫଟୋ ସହ ବିଦେଶ ଯାତ୍ରାର ବିବରଣୀ ଖବରକାଗଜ ଛାପୁଥିଲେ । କୃତୀ ଯୁବକଙ୍କର ବାପା, ଗୋସାପା, ଅଜା, ଶ୍ୱଶୁର ଆଦିଙ୍କ ବଂଶ ବୁନିଆଦି ଛପାଯାଉଥିଲା– "ଜଣେ କୃତୀ ଛାତ୍ରର ବିଦେଶ ଯାତ୍ରା" ଗୋଟାଏ ବଂଶର ଗୌରବ କେବଳ ନୁହେଁ, ଗୋଟିଏ ଗାଁର ଗୌରବ, ଗୋଟିଏ ଜିଲ୍ଲାର ଗୌରବ ତଥା ଦେଶର ଗୌରବ ଭାବରେ ଗଣ୍ୟ ହେଉଥିଲା । କୃଷ୍ଣମୋହନ ସ୍କୁଲ ଛାତ୍ର ଥିବା ସମୟରେ 'ବିଦେଶ ଯାତ୍ରା ଶୀର୍ଷକ' ସମ୍ବାଦମାନ ପଢ଼ି ଭଲ ଛାତ୍ର ହେବା ପାଇଁ ସଂକଳ୍ପବଦ୍ଧ ହୋଇଥିଲେ । ଶିକ୍ଷକ, ବାପା, ଗୁରୁଜନଗଣ ଉତ୍ସାହିତ କରୁଥିଲେ ଉଚ୍ଚଶିକ୍ଷା ପାଇଁ ବିଦେଶ ଯାତ୍ରା କରି କୁଳ ଉଜ୍ଜ୍ୱଲ କରିବା ପାଇଁ । ସେ ସମୟରେ ଗାଉଁଲି, ମଧବିଉ ପରିବାରର ଛାତ୍ର ପକ୍ଷେ ବିଦେଶ ଯାତ୍ରା ଥିଲା ଦିବାସ୍ୱପ୍ନ । କୃଷ୍ଣମୋହନ ଦିବାସ୍ୱପ୍ନ ଦେଖୁଥିଲେ । ସେତେବେଳେ ତାଙ୍କ ଅଞ୍ଚଳର ଜଣେହେଲେ ସମସାମୟିକ କୃତୀ ଛାତ୍ର ବିଦେଶ ଯାତ୍ରା କରି ନଥିଲେ । ତାଙ୍କ ଜିଲ୍ଲାର ଜଣେ ମାତ୍ର ଯୁବକ ବିଦେଶ ଯାଇଥିଲେ କୃଷ୍ଣମୋହନଙ୍କ ଜନ୍ମର ବହୁ ପୂର୍ବରୁ । ସେହି ଭାଗ୍ୟବାନଙ୍କ ସାଙ୍ଗିଆ ସହ ସାହେବ ଶବ୍ଦ ସଂଯୋଗ ହୋଇଥିଲା ।   ଅବଶେଷରେ ତାଙ୍କ ନାମଟା ହୋଇଗଲା 'ପରିଡ଼ା ସାହେବ' । ଅସଲ ନାମଟି କ୍ରମଶଃ ଜନମାନସରୁ ଭୁଲି ହୋଇଗଲା । ସେ କାଳରେ ବିଲାତ, ଆମେରିକା, ଜର୍ମାନ୍ ଇତ୍ୟାଦି ସବୁ ଦେଶକୁ ଗାଉଁଲି ଲୋକେ କହୁଥିଲେ ବିଲାତ ଏବଂ ସାହେବ ଶବ୍ଦଟା ବିଦେଶ ଫେରନ୍ତାମାନଙ୍କ ଉପାଧିରେ ପରିଣତ ହୋଇଥିଲା ।   କିନ୍ତୁ କୃଷ୍ଣମୋହନଙ୍କ ବିଦେଶ ଯାତ୍ରା ଆଉ ବିରଳ

ରହିଲା ନାହିଁ । ତାଙ୍କ ସମୟକୁ ବିଦେଶ ଫେରନ୍ତା ଶଢ଼ଟି କ୍ରମେ ବିରଳ ହେବାକୁ ଆରମ୍ଭ କଲାଣି । ବିଲାତ ପରିବର୍ତ୍ତେ ଲୋକେ ଆମେରିକାଭିମୁଖୀ ହେଲେଣି । ଆମେରିକାରେ ଉଚ୍ଚଶିକ୍ଷା ପରେ ଅନୁନ୍ନତ ଦେଶ ମାଟିକୁ ଫେରିଆସି ଦେଶକୁ ନିଜ ପାଇଁ ଅଯୋଗ୍ୟ ମଣିବା ଉଚିତ ନମଣି ଆମେରିକାରେ ଯଥାଯୋଗ୍ୟ ଜୀବିକା ବାଛିନେଇ ଆମେରିକା ବାସିନ୍ଦା ହେବାର ପରମ୍ପରା ସୃଷ୍ଟି ହେଲାଣି । ଆମେରିକାରେ ବସବାସ କରି ନାଗରିକତ୍ୱ ହାସଲ କରିବାରେ କୃଷ୍ଣମୋହନ ହେଉଛନ୍ତି ଅନ୍ୟତମ ପୁରୁଖା ଭାରତୀୟ । କୃଷ୍ଣମୋହନଙ୍କ ବାପା ଗାଁ ପ୍ରାଥମିକ ସ୍କୁଲର ଶିକ୍ଷକ ଥିଲେ । ଉଚ୍ଚଶିକ୍ଷା ପାଇଁ ପୁତ୍ରର ବିଦେଶ ଯାତ୍ରା ତାଙ୍କୁ ଗୌରବାନ୍ବିତ କରିଥିଲା । କିନ୍ତୁ ଶିକ୍ଷା ସମାପ୍ତ କରି ପୁଅ ଫେରି ନଆସି ଆମେରିକାରେ ଘରଦ୍ୱାର କିଣି ସ୍ଥାୟୀ ବାସିନ୍ଦା ହୋଇଯିବା କଥାଟାକୁ ସେ ଗୌରବ ମଣି ନଥିଲେ ।

କୃଷ୍ଣମୋହନଙ୍କ ଗାନ୍ଧିବାଦୀ ବାପା ମଲା ପର୍ଯ୍ୟନ୍ତ କହୁଥିଲେ – "ଗୋରାମାନଙ୍କ ପାଖରେ ଗୋଲାମି କରିବୁ ନାହିଁ ବୋଲି ଆମେ ଦେଶକୁ ସ୍ୱାଧୀନ କଲୁ, ଗୋରାମାନଙ୍କୁ ଦରିଆପାରି କରାଇଲୁ । ସ୍ୱାଧୀନତା ଆମର ଅଖଣ୍ଡ ଦେଶକୁ ଦୁଇଭାଗ କରିଦେଲା, ଆମର ପ୍ରିୟ ଗାନ୍ଧିଜୀଙ୍କୁ ଆମଠୁ ଛଡ଼ାଇନେଲା । କେତେ ବୀରପୁତ୍ର ଶହୀଦ ହେଲେ । ଏବେ ଆମ ପିଲେ ଦରିଆପାରି ହୋଇ ଗୋରାଙ୍କ ପାଖରେ ଗୋଲାମି କଲେ !" ଦେଶକୁ ଫେରି ଆସିଥିଲେ କୃଷ୍ଣମୋହନ ସାହେବ ଉପାଧିପ୍ରାପ୍ତ ହୋଇଥା'ନ୍ତେ । ଅଥଚ ଜୀବନ ସାରା ରକ୍ତକୁ ପାଣି ଫଟେଇ ଗୋରାଙ୍କ ଦେଶକୁ ଅଧିକରୁ ଅଧିକ ସମୃଦ୍ଧ କରିବା ସଉଁ କୃଷ୍ଣମୋହନଙ୍କ ନାମ ସହ ସାହେବ ଉପାଧି ଲାଗିବା ତ ଦୂରର କଥା – ଧପ୍ ଧପ୍ ଦେଶୀ ଗୋରା କୃଷ୍ଣମୋହନଙ୍କୁ ଗୋରାମାନେ କହିଲେ କଳା ! ଓଲଟି କୃଷ୍ଣମୋହନ ଭଳି ନାମଟିରୁ 'ମୋହନ' ଶଢ଼ଟି କାଟିଦେଇ କୃଷ୍ଣକୁ କରିଦେଲେ 'କ୍ରିସ୍' । କୃଷ୍ଣମୋହନ ଦାସ ହେଲେ 'କ୍ରିସ୍ ଡ଼ାସ୍' । ପ୍ରିୟ 'ମୋହନ ଦାସ' ଲିଭିଗଲେ ପୁଅର ନାମ ପାଖରୁ । କୃଷ୍ଣମୋହନଙ୍କ ତିନି ପିଲା ଆମେରିକାରେ ଜନ୍ମଲଭି ହେଲେ ନାଗରିକ । ତେବେ ମଧ ସେମାନଙ୍କୁ ଆମେରିକାନ ନକହି କୁହାଗଲା ଭାରତୀୟ ବଂଶୋଭବ ଆମେରିକାନ । ଯେଉଁ ପିଲାଗୁଡ଼ାକ ଭାରତରେ ପ୍ରଥମ ଶ୍ରେଣୀ ନାଗରିକ ହୋଇଥାନ୍ତେ ସେଠି ହେଲେ ଦ୍ୱିତୀୟ ଶ୍ରେଣୀ ନାଗରିକ । ବାପାଙ୍କର ଏପରି କଥା କୃଷ୍ଣମୋହନଙ୍କ ଭିତରେ ଚିରନ୍ତନ ଦ୍ୱନ୍ଦ ସୃଷ୍ଟି କଲା ସିନା, ତାଙ୍କୁ ଫେରାଇ ଆଣିପାରିଲା ନାହିଁ । ଭାରତରେ ତାଙ୍କ ପିଲାମାନଙ୍କର ଭବିଷ୍ୟତ ଆଉ ସ୍ପଷ୍ଟ ଦିଶିଲା ନାହିଁ । ଆମେରିକାର ଶିକ୍ଷା ବ୍ୟବସ୍ଥା, ବ୍ୟକ୍ତି ସ୍ୱାଧୀନତା ଉପରେ ଭିତ୍ତିକରି ବ୍ୟକ୍ତିତ୍ୱ ଗଠନ ଏବଂ ସର୍ବୋପରି ନିର୍ମଳ ପରିବେଶ, ଉତ୍ତମ ଖାଦ୍ୟପେୟ ଏବଂ ଭାରତ ଓ ଆମେରିକା

ଭିତରେ ଥିବା ଆର୍ଥିକ ତାରତମ୍ୟକୁ ବିଚାର କରି ପହିଲେ ଆମେରିକା ଦିଗକୁ ସେ ଢଳିଲେ; ଭାବିଲେ ଠିକ୍ ଅଛି, ପିଲାଏ ବଡ଼ ହେବା ପରେ ଏବଂ ଆର୍ଥିକ ସ୍ଥିତି ଦୃଢ଼ ହେବା ପରେ ସେ ନିଜ ଦେଶକୁ ନିର୍ଦ୍ଧନ୍ଦ୍ୱରେ ଫେରିଯିବେ । ପିଲାଙ୍କୁ ଅଠର ବର୍ଷ ହେବା ପରେ ବାତ୍ସଲ୍ୟ ପ୍ରେମ ଆଲରେ ପିଲାଙ୍କୁ ବାଶକରି ରଖିବାର ପକ୍ଷପାତୀ ସେ ନଥିଲେ । ତେଣୁ ସେ ଦୃଢ଼ ସ୍ୱରରେ ବାପା ବୋଉଙ୍କୁ ବୋଧ ଦେଇଥିଲେ "ମଣିଷ ଚନ୍ଦ୍ରରେ ପହଞ୍ଚିବା ପରେ ଆମେରିକା ଆଉ ଦୂର ଦେଶ ହୋଇ ନାହିଁ । ବରଂ, ଦିଲ୍ଲୀରେ ରହୁଥିବା ପୁଅମାନେ ବାପା ବୋଉଙ୍କ ଦେହପା ଖବର ପାଇ ଏକାଦିନେ ଆସି ପହଞ୍ଚିବା ସମ୍ଭବ ନହୋଇପାରେ, ମାତ୍ର ଆମେରିକାରେ ରହୁଥିବା ପୁଅ ସହସା ବସିଲାଠୁ ଉଠିଆସି ଆଗ ପହଞ୍ଚିପାରିବ ।" କୃଷ୍ଣମୋହନଙ୍କ କଥାଟା ସତ୍ୟରେ ପରିଣତ ହୋଇଥିଲା । ବାପା, ବୋଉ ଉଭୟଙ୍କ ମୃତ୍ୟୁ ଖବର ପାଇ କୃଷ୍ଣମୋହନ ହିଁ ଉଡ଼ିଆସି ଆଗ ପହଞ୍ଚିଥିଲେ । ତାଙ୍କ ସାନ ଭାଇ କେରଳର କାଲିକଟ୍‌ରୁ ଟ୍ରେନ୍‌ରେ ଆସି ପହଞ୍ଚିଥିଲା ତାଙ୍କ ପରେ । ଖାଲି ସେତିକି ନୁହେଁ ବାପା-ବୋଉ ବଞ୍ଚିଥିବା ବେଳେ କୃଷ୍ଣମୋହନ ବର୍ଷକୁ ଥରେ ଆମେରିକାରୁ ଆସି ବାପା-ବୋଉଙ୍କୁ ଶଙ୍ଖୋଲୁଥିଲେ । ଅଥଚ ଭାରତର ବିଭିନ୍ନ ସ୍ଥାନରେ ଥିବା ତାଙ୍କ ଭାଇ ଭଉଣୀମାନେ ବର୍ଷକୁ ଥରେ ଗାଁକୁ ଆସିପାରୁ ନଥିଲେ । ଟ୍ରେନ୍ ଯାତ୍ରା ସମୟସାପେକ୍ଷ । ଖର୍ଚ୍ଚ ସାପେକ୍ଷ ମଧ୍ୟ । ପ୍ରତିଥର କୃଷ୍ଣମୋହନ ବାପାଙ୍କୁ ପ୍ରତିଶ୍ରୁତି ଦେଇ ଯାଉଥିଲେ ଯେ ଗାଡ଼ି, ଘର ଇତ୍ୟାଦି ପାଇଁ ନେଇଥିବା ରଣ ଶୁଝିଗଲେ ସେ ଆଗୁଆ ଅବସର ନେଇଯିବେ ଏବଂ ଦେଶକୁ ବାହୁଡ଼ି ଆସିବେ । ମାତ୍ର ରଣ ଶୁଝିଲେ ତ ଆସିବେ ! ଗାଡ଼ି ବଦଲାଇବା, ଘର ବଦଲାଇବା ସହ ରଣଭାର ବଢୁଥିଲା । ତେଣୁ ଅବସର ନେବା ଓ ଦେଶକୁ ଫେରିବା 'ପଦ୍ମ ଘୁଞ୍ଚି ଘୁଞ୍ଚି ଯିବା ଭଳି' କାହାଣୀରେ ପରିଣତ ହୋଇଥିଲା । କିନ୍ତୁ ଗାଁରେ କେହି ବିଶ୍ୱାସ କରୁ ନଥିଲେ ଯେ, କୃଷ୍ଣମୋହନ ସତରେ ରଣଗ୍ରସ୍ତ । ଆମେରିକାରେ ଯିଏ ପହଞ୍ଚିଯାଏ ସେ କୁବେର ପାଲଟିଯାଏ, ଏକଥା ଗାଁ ଲୋକେ କେଜାଣି କେଉଁ ସୂତ୍ରରୁ ଜାଣି ସାରିଥିଲେ । ତେଣୁ କୃଷ୍ଣମୋହନ ପାଖରେ ଗାଁ, ସାଇ-ଭାଇଙ୍କର ଅଭାବ, ଅନଟନର ଲମ୍ବା ତାଲିକା ପେଶ୍ ହେଉଥିଲା ପ୍ରତିଥର । ଯଥାସମ୍ଭବ ସାହାଯ୍ୟ କରୁଥିଲେ, କୃଷ୍ଣମୋହନ, ମାତ୍ର ସମସ୍ତଙ୍କୁ ସନ୍ତୁଷ୍ଟ କରିବା ତାଙ୍କ ପକ୍ଷେ ସମ୍ଭବ ହୋଇପାରୁ ନଥିଲା । ଗାଁର ମାଟି ଘରକୁ କୋଠାଘର କରିବା, ଭାଇଭଉଣୀଙ୍କ ପିଲାମାନଙ୍କର ପାଠପଢ଼ା, ବିବାହ ଆଦିରେ ମୋଟା ସାହାଯ୍ୟ କରିବା, ଗାଁରେ ସ୍କୁଲ୍ ଘର ତୋଲାଇବା, ମନ୍ଦିର ପୁନରୁଦ୍ଧାର କରିବା, ବାପାଙ୍କ ନାମରେ କଲେଜ କରିବା, ବୋଉ ନାମରେ ଦାତବ୍ୟ ଚିକିତ୍ସାଳୟ କରିବା ଆଦିରେ ଅନେକ ଅର୍ଥ ବ୍ୟୟ କରିଥିଲେ ମଧ୍ୟ ଗାଁବାଲାଙ୍କର

ଆଶା ଆକାଂକ୍ଷାକୁ ପୂର୍ଣ୍ଣ କରିପାରୁ ନଥିବାର ଗ୍ଲାନି ସେ ଭୋଗୁଥିଲେ । କୋଟିପତିର ମଧ୍ୟ କୋଟିଏ ରଣ ଥାଏ ବୋଲି ଗାଁ ଲୋକେ କେମିତି ବା ବୁଝିବେ ? ଦେଶରେ ବଢ଼ି, ପଢ଼ି, ଧାରି ପାଢ଼ି ବିଦେଶ ଯାଇଥିବା ସବୁ ଭାଗ୍ୟବାନଙ୍କର ଅବସ୍ଥା କୃଷ୍ଣମୋହନଙ୍କ ପରି ଦୟନୀୟ ।

କୃଷ୍ଣମୋହନ ଭାବନ୍ତି ଦେଶର ମାଟି, ପାଣି, ପବନ, ଗଛ, ପତ୍ର, ବାପା-ମା', ଶିକ୍ଷକ, ବନ୍ଧୁ, କୁଟୁମ୍ବ, ଗାଈ, ଗୋରୁ, ପୁରୋହିତ, ଠାକୁର ପୂଜକ ସମସ୍ତଙ୍କ ପାଖରେ ସେ ରଣୀ । ତେଣେ ଆମେରିକାର ଗାଡ଼ି କମ୍ପାନୀ, ଗୃହ ନିର୍ମାଣ ସଂସ୍ଥା ଭଳି ଅନେକ ସଂସ୍ଥାର ରଣ ବୋଝ ମୁଣ୍ଡ ଉପରେ ।   ସବୁ ମିଶି ଗାଏମୋଟ ସେ ରଣଗ୍ରସ୍ତ ଜୀବ । ତେବେ 'ପାଣିରେ ଘର କରି କୁମ୍ଭୀରକୁ ଡର' ନା ଆମେରିକାରେ ଘର କରି ରଣ ଭାରକୁ ଡର !   ଧନୀ ଲୋକମାନେ ହିଁ ତ ରଣକୁ ପରବାଏ ନକରି ରଣ ଉପରେ ରଣ   ବଢ଼ାଇ ଚାଲିଥାନ୍ତି ।

ବାପା-ବୋଉ ଯିବା ପରେ ମଧ୍ୟ ଦେଶକୁ ଫେରିବାର ସଂକଳ୍ପ ହୁଗୁଲା ହୋଇ ନଥିଲା ।   କାରଣ ଦେଶଟା ଏମିତି ଏକ ବିଚିତ୍ର ଅନୁଭବ ଯେ ବାପା, ବୋଉ, ଶିକ୍ଷକ, ଭାଇ ବନ୍ଧୁ, ପିଲାଦିନର ସାଙ୍ଗସାଥୀ, ଗଛଲତା, ଠାକୁରବାଡ଼ି, ଗାଁ ଗଣ୍ଠାର ସେଇ ନିର୍ମଳ ଛବି ହଜି ଯାଇଥିଲେ ବି ଦେଶଟା ମନ ଭିତରୁ ଆଦୌ ହଜିପାରୁ ନଥିଲା । ଯହୁଁ ଯହୁଁ ବୟସ ବଢୁଥିଲା, ଦେଶ ସେତିକି ଟାଣୁଥିଲା । ବାଲ୍ୟକାଲରେ ସବୁ ସ୍ମୃତି ବାରମ୍ବାର ନିଜ ଭିତରେ ଉଦ୍ଭାସିତ ହେଉଥିଲା । ବାପା-ବୋଉ, ସ୍କୁଲ୍ ଶିକ୍ଷକ ଏବଂ ସେ କାଲର ପର୍ବପର୍ବାଣି, ଯାନିଯାତ୍ରା କିଛି ବି ଅତୀତ ହୋଇଯାଇ ନଥିଲା । ସବୁ ନିତିପ୍ରତି ଘଟୁଥିଲା ନିଜ ଭିତରେ । ଜୀବନର ବହୁ କଥା, ବିଶେଷକରି ପ୍ରିୟ ବାଲ୍ୟକାଲ କେବେହେଲେ ଅତୀତ ହୁଏ ନାହିଁ, ଦେଶ କେବେହେଲେ ଅତୀତ ହୁଏ ନାହିଁ ଏକଥା କୃଷ୍ଣମୋହନ ମର୍ମେ ମର୍ମେ ଅନୁଭବ କରୁଥିଲେ ।

ସାତ ସମୁଦ୍ର, ତେର ନଈ ପାରି ହୋଇ ଜନ୍ମ ମାଟିଟୁଁ ଅପହଞ୍ଚ ଦୂରତାରେ ଚାଲିଶ ବର୍ଷ ରହିବା ପରେ ବି ଦେଶ କେବେହେଲେ ବିଦେଶ ହୋଇପାରେ ନାହିଁ, ବିଦେଶ କେବେହେଲେ ଦେଶ ହୋଇପାରେ ନାହିଁ, ନାଗରିକ ହେବା ପରେ ମଧ୍ୟ ଦେଶ ଦେଶ ହୋଇ ରହେ- ବିଦେଶ ଦ୍ୱିତୀୟ ଦେଶ ହୋଇପାରେ 'ମୋ ଦେଶ' ହୋଇପାରେ ନାହିଁ । ଜୀବନସାରା ଦୁଇ ନାବରେ ଗୋଡ଼ ଦେଇ କୋଉ କୂଳର ହୋଇପାରି ନାହାନ୍ତି କୃଷ୍ଣମୋହନ । ଦେଶକୁ ଫେରିପାରୁ ନାହାନ୍ତି, ବିଦେଶକୁ ଛାଡ଼ିପାରୁ ନାହାନ୍ତି । ଦେଶକୁ ପରକରି ପାରୁନାହାନ୍ତି ।   ବିଦେଶକୁ ନିଜର କରିପାରୁ ନାହାନ୍ତି । ମୁହଁରେ ନକହିଲେ ବି ସବୁ ବିଦେଶୀ ନାଗରିକଙ୍କ ମନୋସ୍ଥିତି ଏମିତି ଟଳମଳ ।

ଯେତେବେଳେ ନୂଆ ନୂଆ ବିଦେଶରେ ପହଞ୍ଚିଲେ କୃଷ୍ଣମୋହନ ସେତେବେଳେ ମନ କରିଥିଲେ ଇନ୍ଦ୍ରଭୁବନ ବୋଲି ଯଦି କିଛି ଥାଏ ତେବେ ସେଇଟା ହେଉଛି ଏଇ ଦେଶ । କୁବେରପୁରୀ ଏଇଟି । ଜ୍ଞାନ, ବିଜ୍ଞାନ, ଧନ, କ୍ଷମତା, ସବୁଥିରେ ଶ୍ରେଷ୍ଠ ଦେଶ ଆମେରିକା । ୟୁରୋପର ଅନ୍ୟାନ୍ୟ ଦେଶ ବି ମଧ୍ୟବିତ୍ତ ଶ୍ରେଣୀର ଦେଶ ବୋଲି ମନେ ହୋଇଥିଲା । ଏ ଦେଶର ଗୋରା, ଡେଙ୍ଗା, ଇଂରାଜୀ କହୁଥିବା ଲୋକମାନଙ୍କୁ ନିଜଠାରୁ ଉନ୍ନତ, ସୁନ୍ଦର ମନେ ହୋଇଥିଲା । ଏ ଦେଶର ଆକାଶ, ବନସ୍ପତି, ପାହାଡ଼, ନଦୀ, ଝରଣା, ବରଫ, ପଶୁ-ପକ୍ଷୀ ସବୁ ମନେ ହୋଇଥିଲା ନିଜ ଦେଶଠାରୁ ସୁନ୍ଦର, ମନୋମୁଗ୍ଧକର । ରାସ୍ତାଘାଟ, ଖାଦ୍ୟପେୟ, ଦୋକାନ ବଜାର, ଆଇନ ଶୃଙ୍ଖଳା ଲୋକମାନଙ୍କର ଶିଷ୍ଟ, ଶାଳୀନ ଆଚରଣ, ନାଗରିକ ଦାୟିତ୍ୱ, ସାମାଜିକ ସଚେତନତା ସବୁ ଅନୁକରଣୀୟ, ଶିକ୍ଷଣୀୟ ଓ ସର୍ବଶ୍ରେଷ୍ଠ ମନେ ହୋଇଥିଲା । ନିଜ ଦେଶ କେତେ ପଛୁଆ, କେତେ ଦରିଦ୍ର, ମଣିଷ ପରି ବଞ୍ଚିବା ପାଇଁ କେତେ ଅନୁପଯୁକ୍ତ ସେକଥା ଭାବି ବ୍ୟଥା ଅନୁଭବ କରିଥିଲେ । ସବୁ ପ୍ରାକୃତିକ ବିଭବ ସତ୍ତ୍ୱେ ଦେଶ ତାଙ୍କର ଦରିଦ୍ର ଓ ଅନଗ୍ରସର କାହିଁକି ? ଏଇ ପ୍ରଶ୍ନର ଉତ୍ତର ସେ ଖୋଜୁଥିଲେ ।

ନିଜ ଦେଶର ଜନଚରିତ୍ରର ଦୁର୍ବଳ ଦିଗଟା ଦୂରକୁ ଆସିବା ପରେ ସ୍ପଷ୍ଟ ଦିଶୁଥିଲା । କର୍ମକୁଣ୍ଠା, ବୃଥା ଅହଂକାର, ସହଜସିଦ୍ଧିର ଆକାଂକ୍ଷା, ଭ୍ରଷ୍ଟାଚାର, ଦୁର୍ନୀତି, ଆତ୍ମସ୍ୱାର୍ଥ, ଅନ୍ଧବିଶ୍ୱାସ, କୁ-ସଂସ୍କାର, ଈର୍ଷା, ଅସୂୟା । ନିଜ ଦେଶର ଜନଚରିତ୍ରର ଅଙ୍ଗ । ଅଧ ବହୁତେ ସମସ୍ତେ ଏଇସବୁ ବ୍ୟାଧିର ଶିକାର । ସେଇମାନେ କିନ୍ତୁ ଉନ୍ନତ ଦେଶକୁ ଆସିଲେ ଖଟି ଖଟି କୁର୍ମ ପାଲଟିଯାଆନ୍ତି । କର୍ମର ମର୍ଯ୍ୟାଦା ବୁଝନ୍ତି । ପ୍ରଫେସର ଯୋଗ୍ୟତା ଥାଇ ମଧ୍ୟ ଦୋକାନରେ କାମ କରିପାରନ୍ତି, ହୋଟେଲ୍‌ରେ କାମ କରିପାରନ୍ତି ଅର୍ଥ ଉପାର୍ଜନ ପାଇଁ । କାମରେ ସାନ ବଡ଼ ଦେଖନ୍ତି ନାହିଁ । ସେଇମାନେ ଉନ୍ନତ ଦେଶମାନଙ୍କୁ ଅଧିକ ସମୃଦ୍ଧ କରନ୍ତି ନିଷ୍ଠାପର ଶ୍ରମଦାନ କରି । ଶୃଙ୍ଖଳିତ ସଚ୍ଚୋଟ ଜୀବନଯାପନ କରନ୍ତି । ନିଜ ଦେଶର ସୁନାମ ବଢ଼ାନ୍ତି । ସେ ମଧ୍ୟ ସେମାନଙ୍କ ଭିତରୁ ଜଣେ । ଏ ଦେଶକୁ ଆସିବା ପରେ ସେ ନିଜର ଦୁଇ ପୁଅ ଓ ଗୋଟିଏ ଝିଅକୁ ଏ ଦେଶର ଢାଞ୍ଚାରେ ଗଢ଼ିଥିଲେ । ଖାଦ୍ୟପେୟ, ଚାଲିଚଳଣ, ପାଠଶାଠ ସବୁଥିରେ ଗୋରାମାନଙ୍କଠାରୁ ଆଗୁଆ ତାଙ୍କ ପିଲାମାନେ । ତାଙ୍କ ଘରେ ବି ଭାତ ରନ୍ଧା ହେଉଥିଲା ଅକାଲେ ସକାଲେ । ଭାତରେ ଥାଏ କ'ଣ ? ସେଥିରୁ ପେଟେଲେଖାଁ ଖାଇ ଅକର୍ମା ହୁଅନ୍ତି ନିଜ ଦେଶର ଲୋକମାନେ । ତାଙ୍କ ଅପେକ୍ଷା ତାଙ୍କ ସ୍ତ୍ରୀ ଥିଲେ ଏ ଦେଶ ସହ ନିଜକୁ ଖାପ ଖୁଆଇନେବାରେ ଦି'ପାଦ ଆଗୁଆ । ଦିନ କେଇଟାରେ ସେ ଓଡ଼ିଆଣୀର ଯାବତୀୟ ଦୁର୍ଗୁଣ ତ୍ୟାଗ କରି ସାହେବାଣୀ

ହୋଇଯାଇଥିଲେ । ଗାଡ଼ିରେ ବସିଲେ ବାନ୍ତି କରୁଥିଲେ ଆଗରୁ । ଏବେ ସେ ଏ ଦେଶରେ ବଡ଼ ବଡ଼ କାର୍ ଚଲାଇ ଶହ ଶହ ମାଇଲ୍ ଉଡ଼ିଯାଆନ୍ତି । କୃଷ୍ଣମୋହନଙ୍କଠାରୁ ସ୍ତ୍ରୀଙ୍କର ଇଂରେଜୀ ଉଚ୍ଚାରଣରେ ଅଧିକ ସାହେବୀ ସ୍ୱର୍ଣ । ଲଜ୍ଜା, ଭୟ, କୁସଂସ୍କାର ଦୂର ହୋଇଯାଇଥିଲା । କେତେଶୀଘ୍ର ପୋଷାକ ପରିଛଦ ବି ବଦଳିଯାଇଥିଲା । ଏସବୁ ଆବଶ୍ୟକ ଥିଲା । "ଯେ ଦେଶେ ଯାଇ ସେ ଫଳ ଖାଇ" । ନିଜ ଦେଶର ଦୁର୍ଗୁଣ   ଗାଇବାରେ ତାଙ୍କ ଅପେକ୍ଷା ତାଙ୍କ ସ୍ତ୍ରୀ ପ୍ରେମଲତା ଥିଲେ ଅଧିକ ମୁଖର । ତେଣୁ ପିଲାମାନେ ସମ୍ପୂର୍ଣ ସାହେବ ପାଲଟିଗଲେ । ଜୀବନ ପ୍ରତି ସେମାନଙ୍କ ଦୃଷ୍ଟିଭଙ୍ଗୀ ମଧ୍ୟ ସାହେବୀ ହେବା ସ୍ୱାଭାବିକ । ଯେତେବେଲେ କୃଷ୍ଣମୋହନଙ୍କର ଅସ୍ଥାୟୀ ଚାକିରି ଥରକୁଥର ହାତଛଡ଼ା ହୁଏ, ପୁଣି ଚାକିରି ଖୋଜା, ଅନିଶ୍ଚିତତା, ଗ୍ରୀନ୍‌କାର୍ଡ଼ ହେବାରେ ପ୍ରତିବନ୍ଧକ ଇତ୍ୟାଦି ସୃଷ୍ଟି ହେଲା, ସେତିକିବେଲେ କୃଷ୍ଣମୋହନ ସ୍ଥିର କରିଥିଲେ ପୁଡ଼ାପୁଟଳୀ ବାନ୍ଧି ଦେଶକୁ ଫେରିଯିବେ । ବାପା ବୋଉ ସେତେବେଲେ ବଞ୍ଚିଥିଲେ । ବରଗଛର ଆୟୁଷ ପରି ମଣିଷର ଆୟୁଷଟା ଏତେ ଲମ୍ୟ ବି ନୁହେଁ । ଅନିଶ୍ଚିତତା ଭିତରେ ଯୁବା ବାଳ ପାଚିଗଲାଣି । ନିଜ ଦେଶରେ ଏଡ଼େ ଥାର୍ ନାହିଁ, କିନ୍ତୁ ଜୀବନଟା ଏଡ଼େ ହରବର ନୁହେଁ । ପ୍ରାଚୁର୍ଯ୍ୟ ନଥିଲେ ବି ନିଜର ବୋଲି କହିବା ପାଇଁ ଅନେକ କଥା ଅଛି ଦେଶରେ । ମାତ୍ର ପ୍ରେମଲତା ଟଙ୍କିଲେନି । କହିଲେ, "ତୁମେ ଦେଶକୁ ଫେରିଲେ ଫେର, ମାତ୍ର ଆମେ ମା' ଆଉ ପିଲେ ଆଉ ଦେଶକୁ ଫେରିବୁନି । ଆମକୁ ଆଉ ସେଠି ଆରେଇବନି, ତୁମ ପିଲାଏ ସେଠି କି ଖାଦ୍ୟ ଖାଇବେ ? କି ପାଠ ପଢ଼ିବେ ? ଏ ଦେଶ ସହ ନିଜ ଦେଶକୁ ତୁଲନା କରି ଦେଖ । ପିଲାଙ୍କ ଭବଷ୍ୟତ ସମ୍ପର୍କରେ ଚିନ୍ତାକର, ତା'ପରେ ଯଦି ଭାବୁଛ ଫେରିଯିବା ଉଚିତ ତେବେ ଫେରିଯାଅ । ମାତ୍ର ଆମକୁ ତୁମ ସହ ଟାଣନାହିଁ ।" କୃଷ୍ଣମୋହନ ଆଉ ଫେରିବା ନାମ ଧରିନଥିଲେ । ବାସ୍ତବ କଥା କହୁଥିଲେ ପ୍ରେମଲତା । ପିଲାଙ୍କ କଥା ପଛକୁ ଥାଉ, ପ୍ରେମଲତାଙ୍କ କଥା ବିଚାର କରି ଦେଖାଯାଉ । ଏଠି ସେ ମୁକ୍ତ, ତାଙ୍କ ଉପରେ କାହାରି କିଛି କଟକଣା ନାହିଁ । ମୁଣ୍ଡରେ ହାତେ ଓଢ଼ଣା ଦେଇ ଯା'ଆସ କରୁଥିବା ପ୍ରେମଲତା ଏଠାରେ ଜିନ୍ ପ୍ୟାଣ୍ଟ, ଗଞ୍ଜି, ସାର୍ଟ, ସ୍କଟ୍-ବ୍ଲାଉଜ୍ ପିନ୍ଧି ବୁଲୁଛନ୍ତି, ଗାଡ଼ି ଚଲାଉଛନ୍ତି । ସୁଇମିଂ ସୁଟ୍ ପିନ୍ଧି ସନ୍ତରଣ କରୁଛନ୍ତି । କୁସଂସ୍କାର, ଅନ୍ଧବିଶ୍ୱାସ ଏବଂ ସ୍ୱାମୀମାନଙ୍କ ପାଇଁ ଯାବତୀୟ ଅମାନବୀୟ ନିୟମ କାନୁନକୁ ସେ ଏଠାରେ ମାନନ୍ତି ନାହିଁ । ତା'ଛଡ଼ା ଏଠାରେ ପରିବାର ବୋଇଲେ ସ୍ୱାମୀ ସ୍ତ୍ରୀ ପିଲା । ଏଠାକୁ ବନ୍ଧୁବାନ୍ଧବ ଆସିବା ଦୂରର କଥା, ବାପା ମା' ମଧ୍ୟ ଯେତେବେଲେ ନାଇଁ ସେତେବେଲେ ପହଞ୍ଚିଯାଇ ଝାମେଲା କରିପାରିବେ ନାହିଁ । ଆଧୁନିକ   କାର୍ଯ୍ୟବ୍ୟସ୍ତ

ଜୀବନରେ ଅଚଳ ବୁଢ଼ାବୁଢ଼ୀଙ୍କ ଦାୟିତ୍ୱ ବହନ କରିବା ଅଭିଶାପ ବ୍ୟତୀତ ଅନ୍ୟ କିଛି ନୁହେଁ । ଏଠାରେ ସ୍ତ୍ରୀଲୋକ ଯେକୌଣସି କାର୍ଯ୍ୟକରି ଅର୍ଥ ଉପାର୍ଜନ କରିପାରନ୍ତି । ହୋଟେଲ୍‌ରେ ପରଷୁଣୀ, ବେବିସିଟିଂ, କୌଣସି ଦୋକାନରେ ବିକ୍ରିବଟା କାମ ସହଜରେ ମିଳିଯାଏ । ଏଠାରେ କୌଣସି କାମ କରିବାରେ କୁଣ୍ଠା ନଥାଏ ଭିନ୍ନ ଦେଶରୁ ଆସିଥିବା ସ୍ତ୍ରୀଲୋକମାନଙ୍କର । ଚାହିଁଲେ ସବୁ ସ୍ତ୍ରୀ ଏଠାରେ ଆର୍ଥିକ ସ୍ୱାଧୀନତା ହାସଲ କରିପାରନ୍ତି । ସ୍ତ୍ରୀଲୋକଙ୍କ ପାଇଁ ଏ ଦେଶରେ ଅନେକ ଆକର୍ଷଣ । ତେଣୁ ଅନେକ ଦେଶପ୍ରେମୀ ପୁରୁଷ ସ୍ତ୍ରୀମାନଙ୍କ ଜିଦ୍ ଯୋଗୁଁ ରହୁ ରହୁ ଚିର ବିଦେଶୀ ହୋଇଯାଇଛନ୍ତି । କୃଷ୍ଣମୋହନ ସେମାନଙ୍କ ଭିତରୁ ଜଣେ ।

ଯେତେବେଳେ ପୁଅ ଝିଅମାନେ ଡେଟିଂ ଆରମ୍ଭ କଲେ ସେତେବେଳେ ପ୍ରେମଲତାଙ୍କର ଚେତା ପଶିଲା । ସ୍ୱାମୀଙ୍କୁ ହିତୋପଦେଶ ଦେଲେ "ଚାଲ, ଆଉ ଏ ଦେଶରେ ରହିବା ନାହିଁ । ପିଲେ ନଷ୍ଟ ହୋଇଯିବେ" ।

ମା' କଥା କାନରେ ପଡ଼ନ୍ତେ ପିଲେ କହିଲେ–

"ଆମେ ଆମେରିକାରେ ଜନ୍ମିଛୁ । ନିଜ ଦେଶ ଛାଡ଼ି ଆମେ ତୁମ ସଂଗେ ଭାରତ ଫେରିଯିବୁ କାହିଁକି ? ହଁ ଫେରିଥାନ୍ତୁ, ଯଦି ଭାରତରେ ଆମେରିକାଠାରୁ କିଛି ଅଧିକ ସୁଖ ସମୃଦ୍ଧି ମିଳିଥାନ୍ତା । ଏବେ ମଧ୍ୟ ଭାରତରୁ ଉଚ୍ଚଶିକ୍ଷିତମାନେ ଆମେରିକାକୁ ଧାଡ଼ି ବାନ୍ଧିଛନ୍ତି, ଅଥଚ ଆମେ ପୃଥିବୀର ସର୍ବୋନ୍ନତ ଦେଶ ଛାଡ଼ି ଗୋଟାଏ ଅନୁନ୍ନତ ଏବଂ ଦରିଦ୍ର ଦେଶକୁ ଯିବୁ ? ତୁମେମାନେ ତ ତୁମର ବାପା, ମା' ଓ ଦେଶ ଛାଡ଼ି ଏ ଦେଶକୁ ଆସିଥିଲ ସୁଖ ସମୃଦ୍ଧି ଏବଂ ଆମ୍ୟୋନ୍ନତି ପାଇଁ । ପୁଣି ଆଜି କ'ଣ ହେଲା ? ତୁମେ ଭାରତ ଛାଡ଼ିଦେଲ ଅଥଚ ଭାରତୀୟ ମାନସିକତା ଛାଡ଼ିପାରିଲ ନାହିଁ । ଆମେରିକାର ପିଲାଙ୍କ ଉପରେ ପଚାଶ ବର୍ଷ ତଳର ଭାରତୀୟ ନୀତି ନିୟମ ଓ ସାମାଜିକ ଚଳଣିକୁ ଲଦିଦେବା ଅତି ଅନ୍ୟାୟ କଥା ନୁହେଁ କି ? ତୁମେ ଯିବ ତ ଯାଅ । ମାତ୍ର ଏତିକି ମନେରଖ ଆମେ ତୁମକୁ ଚାହୁଁ । ଆମେ ଯଦି ଏ ଦେଶରେ ରହିବୁ, ତୁମେ ଏକା ଏକା ଏ ବୟସରେ ଭାରତରେ ରହିବା କେତେଦୂର ସଙ୍ଗତ ?"

ପ୍ରେମଲତା ନିଆଁରେ ପାଣି ପକାଇବା ପରି ଥପ୍‌କିନା ଲିଭିଗଲେ । ଆଉ ଭାରତ ଫେରିବା ନାଁ ଧରିନାହାନ୍ତି । ତାଙ୍କ ପିଲାମାନଙ୍କୁ ଛାଡ଼ି ସେ କେବଳ ଶ୍ମଶାନକୁ ସିନା ଯାଇପାରିବେ, ଅନ୍ୟ କେଉଁଠିକି ନୁହେଁ । ଡେଟିଂ ବିଷୟରେ ମଧ୍ୟ ଆଉ ଅଭିଯୋଗ କରିପାରିଲେ ନାହିଁ । ତାଙ୍କ ପିଲାମାନେ ମା'ର ନୁହନ୍ତି ମାଟିର । ମାଟି ମା'ଠୁ ଢେର ଉଚ୍ଚରେ । ଆମେରିକାନ ପିଲାମାନେ ଯଦି ସବୁ ପିଲାଙ୍କ ଭଳି ସତର ବର୍ଷ ବୟସରୁ ଡେଟିଂ କଲେ, ଅବିବାହିତ ଦମ୍ପତି ଭାବରେ ଅଲଗା ଘର ବି ନେଇ

ରହିଲେ ସେ ଲାଜ ସଂକୋଚରେ ମରିଯିବାଟା ବରଂ ଲଜ୍ଜାକର । ତା’ଛଡ଼ା ଭାରତରେ ବି ଏସବୁ ଚାଲିଲାଣି । ବେଶୀ ଭାଗ ଲୁଚାଚୋରାରେ । କେତେ ଛଲନା, ହିପୋକ୍ରାସି ? ପ୍ରେମଲତା ଏମିତି କେତେ କଥାରେ ମନକୁ ଥାପୁଡ଼େଇ ଆମେରିକାରେ ମାଟି କିଣିଛନ୍ତି ବୋଲି ଧରିନେଲେ । କୃଷ୍ଣମୋହନ ବି ଦେଶକୁ ଫେରିବା ଆଶା ଛାଡ଼ିଦେଲେ । ତାଙ୍କ ପିଲାମାନେ ତାଙ୍କୁ ‘ଚାହୁଁଛନ୍ତି’- ସେତିକି କଥା ଏ ଦେଶରେ ବାର୍ଦ୍ଧକ୍ୟ ସମ୍ଭାଳିବା ପାଇଁ ଢେର ।   ସ୍ୱାମୀ-ସ୍ତ୍ରୀ ମନକୁ ବୁଝାଇଦେଲେ ।

ପିଲାମାନଙ୍କୁ ଛାଡ଼ି ସେମାନେ ସିନା ଆପଣାର ଜନ୍ମମାଟିକୁ ଫେରିପାରିଲେ ନାହିଁ- ପିଲାମାନେ କିନ୍ତୁ ସେମାନଙ୍କୁ ଛାଡ଼ି ଗୋଟିକ ପରେ ଗୋଟିଏ ପାଠ ସରୁ ସରୁ ଉଡ଼ା ଚଢ଼େଇ ଭଲି ବାପା ମା’ଙ୍କର ପୁରୁଣା ନୀଡ଼ ଛାଡ଼ି ନୂଆ ବସା ବାନ୍ଧିବା ପାଇଁ ଉଡ଼ିଗଲେ ।   ନିଜ ନିଜର   ଭାବୀ ଜୀବନସଙ୍ଗୀମାନଙ୍କ ସହ ଅନ୍ୟତ୍ର ବସବାସ କଲେ ।   ସମୟ ଆସିଲେ ବିବାହ ପ୍ରସଙ୍ଗ ଉଠାଇବେ ବୋଲି ବାପା ମା’ଙ୍କୁ ଜଣାଇଦେଲେ । କିଛି ଲୁଚାଛପା ନାହିଁ । ସ୍ୱଚ୍ଛ, ସ୍ୱାଧୀନ ଖୋଲାମେଲା ଜୀବନ । ସ୍ୱାମୀ-ସ୍ତ୍ରୀ ଚକିତ ହେଲେନାହିଁ । ବ୍ୟଥିତ ବା ହେବେ କାହିଁକି ? ଏଠି ଏଇ ହେଉଛି ଜୀବନର ଧାରା । ତାଙ୍କ ପିଲାଏ ଏ ଦେଶର କୌଣସି ନିୟମ ଭଙ୍ଗ କରିନାହାନ୍ତି । ତାଙ୍କ ପିଲାଙ୍କୁ କେହି ଏଠାରେ ଅଙ୍ଗୁଳି ଦେଖାଇ କହିପାରିବେ ନାହିଁ ଯେ, “ଏଟା ବିଗିଡ଼ିଗଲା, ବାପା ମା’ଙ୍କ ମୁହଁରେ କାଳି ବୋଲିଲା ।” ଅଯଥାରେ କାହିଁକି ଦୁଃଖ ପାଇବା ଭଲି ଚିନ୍ତା କରିବେ ବାପା ମା’ ?

ପୁଅ ଦୁଇଜଣ ଗୋରୀ ବାହା ହୋଇଗଲେ ।   ଏଣିକି ତାଙ୍କ ପିଲାମାନେ ଖାଣ୍ଟି ସାହେବ   ହେବେ ।   ଗୋରାମାନେ ତାଙ୍କୁ ଦେଖି କହିପାରିବେ ନାହିଁ - ‘କଳା’ । ସେମାନଙ୍କର ରଙ୍ଗ ମା’ମାନଙ୍କ ରଙ୍ଗ ଭଲି ହେବ ହିଁ ହେବ । କୃଷ୍ଣମୋହନ ଏକରକମ ଖୁସି ହେଲେ । କାରଣ କୃଷ୍ଣମୋହନ ଜୀବନସାରା କଳାଗୋରା ବିଭେଦ ନୀତିଟାକୁ ମର୍ମେ ମର୍ମେ ଭୋଗିଛନ୍ତି । ଏଠିକାର ଜୀବନରେ ତାଙ୍କର ଗୋରା ପଡ଼ୋଶୀମାନେ ତାଙ୍କ ସହ ଏତେ ଘନିଷ୍ଟ ନୁହନ୍ତି । ‘ରୁଦ୍ଧଦ୍ୱାର’ ସଭ୍ୟତାରେ ସମସ୍ତଙ୍କ ଘରେ ଜଉମୁଦ । ପଦାକୁ ବାହାରିବା ବେଳେ ଦେଖା ସାକ୍ଷାତ ହେଲେ, ଆଖିମିଟିକା, ହାଏ-ହ୍ୟାଲୋ ସମ୍ଭାଷଣ ଭିତରେ ସମ୍ପର୍କ ସୀମାବଦ୍ଧ ।   କୃଷ୍ଣମୋହନଙ୍କ ଭଲି ଏସୀୟମାନେ ଏ ମାଟିକୁ ଯେତେ ସମୃଦ୍ଧ କଲେ ମଧ ‘ଗୋରା’ ଜାତିରେ ମିଶିପାରିଲେ ନାହିଁ । ଅନ୍ତତଃ ତାଙ୍କ ନାତିନାତୁଣୀମାନେ ‘ଗୋରା ତୋରା ହୋଇ ଏ ଦେଶ ମାଟିରେ ଛାତି ଫୁଲେଇ ଧପ୍ ଧପ୍ ଚାଲନ୍ତୁ । କୃଷ୍ଣମୋହନ ଓ ପ୍ରେମଲତା ବୋହୂମାନଙ୍କୁ ଧରି ଗର୍ବ ଗୌରବରେ ବନ୍ଧୁମିଳନକୁ ଗଲେ । ‘ଗୋରା’ମାନଙ୍କ ଭଲି ଜାତିଆଣ ଭାବ ଭାରତୀୟଙ୍କଠି ନାହିଁ

ବୋଲି କହିବୁଲିଲେ । ବୋହୂମାନେ ଜଗନ୍ନାଥଙ୍କ ଖଟୁଲି ଛୁଇଁଲେ, ହାଣ୍ଡିଶାଳରେ ପଶିଲେ । ତାଙ୍କ ଆଖି ସାମ୍ନାରେ ସ୍ୱାମୀମାନଙ୍କୁ ଗଳାରେ ଲଗାଇ ଚୁମ୍ବନ ଦେଲେ କ୍ଷତି କ’ଣ ? ପ୍ରେମ, ସୋହାଗ ଆଦି ସ୍ୱାଭାବିକ ମାନବିକ ଆବେଗ ପ୍ରକାଶରେ ଲୁଚାଚୋରା କ’ଣ ପାଇଁ ? କୃଷ୍ଣମୋହନ ଏବଂ ପ୍ରେମଲତାଙ୍କ ଭଳି ତାଙ୍କ ପିଲେ ଏଭଳି ଖୋଲାମେଲା ଆନନ୍ଦ, ଆହ୍ଲାଦରୁ ବଞ୍ଚିତ ହୋଇ ରହନ୍ତେ କେଉଁ ଦୁଃଖରେ ? କୃଷ୍ଣମୋହନ ମଧ୍ୟ ଏମିତି ବଞ୍ଚିପାରିଥିଲେ ଭଲ ହୋଇଥାନ୍ତା । ତାଙ୍କ ଦେଶରେ ସ୍ୱାମୀ ସ୍ତ୍ରୀଙ୍କୁ ମଧ୍ୟ ମନ ଖୋଲି ପ୍ରେମ ପ୍ରକାଶ କରିବା ପାଇଁ ଦିଏ ନାହିଁ ସମାଜ ! କେଡ଼େ ସଂକୀର୍ଣ୍ଣତା । ମନକୁ ଉଦାର କରି ପିଲାଙ୍କ ସୁଖରେ ଭାସିଯାଆନ୍ତି ସ୍ୱାମୀ-ସ୍ତ୍ରୀ ।

କିନ୍ତୁ ଯେଉଁଦିନ ଅଲିଅଲୀ ଝିଅ ‘ଲିଜା’ ତା’ର କୃଷ୍ଣ ଆମେରିକୀୟ ପ୍ରେମିକକୁ ବିବାହ କରିଛି ବୋଲି ଘୋଷଣା କଲା ସେଦିନ ସ୍ୱାମୀ-ସ୍ତ୍ରୀଙ୍କୁ ଚତୁର୍ଦିଗ ଅନ୍ଧାର ଦିଶିଲା । ସୁନା ଝିଅ ଲିଜା ଏ କି ସୃଷ୍ଟିଛଡ଼ା କାଣ୍ଡ କରି ବସିଲା ? କାହାକୁ ମୁହଁ ଦେଖାଇବେ ସେମାନେ ? ଲିଜା ପଛରେ କେତେ ଗୋରା ଯୁବକ ଗୋଡ଼ାଇଥିଲେ । ଭଲା ସେଥିରୁ ଜଣକୁ ବାହା ହୋଇଥା’ନ୍ତା ? ଶେଷକୁ ଗୋଟାଏ ‘କଳା’ ଯୁବକକୁ ! ‘ନେଲ୍‌ସନ୍‌’ ଟୋକାଟା ମନ୍ଦ ନୁହେଁ । କ୍ରିଏଟିଭ୍ ଲିଟରେଚର୍ ବିଭାଗରେ ଅଧ୍ୟାପନା କରେ । ଦୁଇଟା ଉପନ୍ୟାସ ଛାପିସାରିଲାଣି । ବେଶ୍ ଚର୍ଚ୍ଚିତ ହୋଇଛି । ଲେଖକ ଭାବରେ ବେଶ୍ ସମ୍ଭାବନାମୟ ତା’ର ଭବିଷ୍ୟତ । ଟୋକାଟାର ଶରୀର ଗଠନ ଏବଂ ମୁଖମଣ୍ଡଳର ଗଢ଼ଣ ବଡ଼ ସୁନ୍ଦର । ତା’ର ବୁଦ୍ଧିଦୀପ୍ତ ଆଖିଦୁଇଟି ଏବଂ ମୁକ୍ତାଭଳି ସଫା ସୁଗଠନ ଦନ୍ତପଙ୍‌କ୍ତି ବାସ୍ତବରେ ଆକର୍ଷଣୀୟ । ହସିଦେଲେ ଏକାବେଳେକେ ଚାରିଟି ଦିଗରେ ସୂର୍ଯ୍ୟୋଦୟ ହେବାଭଳି ଦିଶେ । ବିପ୍ଲବୀ ଅଥଚ ବିନମ୍ର । ଆଠବର୍ଷ ଧରି ବିଶ୍ୱସ୍ତ ପ୍ରଣୟ ପ୍ରାର୍ଥୀ ହୋଇ ରହିଥିଲା । ଖୁବ୍ ସ୍ନେହୀ ଟୋକାଟା । ସବୁ ସତ୍ତ୍ୱେ ଟୋକାଟା ଯେ ‘କଳା’ । ଏତିକି କଥା ସ୍ୱାମୀ ସ୍ତ୍ରୀଙ୍କୁ ବିଷାଦ କାଳିମାରେ ବିଷଣ୍ଣ କରି ରଖିଲା । କୃଷ୍ଣମୋହନ ଭାବିଲେ ଜଗାକାଳିଆଙ୍କୁ ଗଲାମାଲ କରିଥିବା ଏତେ ଉଦାର ବୋଲାଉଥିବା କୃଷ୍ଣମୋହନଙ୍କ ଭିତରେ ତ ‘ଗୋରା’ମାନଙ୍କଠାରୁ ଅଧିକ ବର୍ଣ୍ଣ ବିଦ୍ୱେଷ ! ସେ ନିଜେ ‘କଳା’ ହୋଇ ମଧ୍ୟ କଳା ପ୍ରତି ଏତେ ଅନାଦର-ଏତେ ଘୃଣାଭାବ ଆବିଷ୍କାର କରି ନିଜକୁ ହିଁ ଅଧିକ କଷ୍ଟ ଲାଗିଲା । କିନ୍ତୁ ‘ତର୍କ’ ବଳରେ ‘କଳା’ ଜ୍ୱାଇଁକୁ ପୂର୍ଣ୍ଣ ପ୍ରାଣରେ ଗଳାରେ ଲଗାଇ ହେଲା ନାହିଁ । ଝିଅ ଜ୍ୱାଇଁ ଅତି ଆନନ୍ଦରେ ସୁଖରେ ସଂସାର କରିଥିଲେ ମଧ୍ୟ ସ୍ୱାମୀ-ସ୍ତ୍ରୀ ଦୁଃଖରେ ଦିନ କାଟୁଥିଲେ । ପ୍ରେମଲତା ଜଗା କାଳିଆଙ୍କ ପାଖରେ ମୁଣ୍ଡିଆମାରି ଅଳି କରୁଥିଲେ – ‘କାଳିଆ, ତୋତେ ଆଶ୍ରା କରିଥିଲି – ଶେଷକୁ ଯାହା ତ କଲୁ କଲୁ, ମୋ ଝିଅର ଛୁଆମାନଙ୍କୁ ତୋ

ଭଳି କାଲିଆମୁହାଁ କରିବୁନି କହିଦଉଛି ।’ କାଲିଆ ମୁରୁକି ହସୁଥିଲେ । ମୁଣ୍ଡରୁ ଆଶୀର୍ବାଦ ଫୁଲ ଖସୁଥିଲା । କୃଷ୍ଣମୋହନ ନିଜକୁ ଏବଂ ସ୍ତ୍ରୀଙ୍କୁ ବୁଝାଉଥିଲେ – “ମତେ ଯିଏ ଭଲପାଏ, ଗୋରା, କଳା ଉଭୟଙ୍କୁ ଗଳାରେ ଲଗାଇବା ତା’ ଭାଗ୍ୟରେ ମୁଁ ଲେଖିଥାଏ । ମତେ ଯିଏ ଭଲ ପାଇବ ସେ ‘କଳା’କୁ କେମିତି ଘୃଣା କରିପାରିବ ? ନେଲ୍‌ସନ୍‌ ଭିତରେ ମତେ କ’ଣ ଦେଖିପାରୁନ ? ତେବେ ବୃଥାରେ ମୋ ପାଖରେ ଭୋଗ ବାଢୁଛ କାହିଁକି ?” ଜଗନ୍ନାଥଙ୍କ ହସର ଏହା ହିଁ ସାରାଂଶ । ମନକୁ ଯେତେ ବୁଝାଇଲେ ବି ଗୋଟାଏ ଦୂରତ୍ୱ ଅଦୃଶ୍ୟରେ ଟାଣି ହୋଇଯାଏ ଝିଅ ଜ୍ୱାଇଁଙ୍କ ସହ । ଏ ଦୂରତ୍ୱ କେବଳ, କଷ୍ଟ ହିଁ ଦିଏ– ଝିଅକୁ, ବାପା ମା’କୁ । ସମ୍ଭବତଃ ସେଇ ଦୁଃଖରେ, ବାପା ମା’ଙ୍କ ଉପରେ ଅଭିମାନ କରି ଲିଜା ଓ ନେଲ୍‌ସନ୍‌ ପ୍ୟାରିସ୍‌ରେ ଚାକିରି ପାଇ ଚାଲି ଯାଇଥିଲେ । ଦିନେ ସମୟ ହିଁ ଏ ଦୂରତ୍ୱକୁ ଦୂର କରିଦେବ ଏଇ ଆଶା କରୁଥିଲେ କୃଷ୍ଣମୋହନ ।

କୃଷ୍ଣମୋହନ କ୍ରମଶଃ ବୃଦ୍ଧ ହେଉଥିଲେ, ପ୍ରେମଲତା ହେଉଥିଲେ ରୁଗ୍‌ଣା । ଦୁହେଁ ହାତେ ହାତେ ବୁଝୁଥିଲେ ଯେ, ଏ ଦେଶ ବାର୍ଦ୍ଧକ୍ୟ ପାଇଁ କିମ୍ବ ରୁଗ୍‌ଣମାନଙ୍କ ପାଇଁ ଅନୁକୂଳ ଦେଶ ନୁହେଁ । କୃଷ୍ଣମୋହନ ଘର ବଦଳାଇ ସ୍ଥାନ ବଦଲାଇ ଏପରି ଏକ ସ୍ଥାନରେ ନୂଆ ଘର ନେଲେ ଯେଉଁ ସ୍ଥାନକୁ ଦୁଇ ପୁଅଙ୍କ ସହର ପ୍ରାୟ ସମାନ ଦୂରତ୍ୱରେ ରହିବ । ଏଠି ଘର ବଦଲାଇବା, ସ୍ଥାନ ବଦଲାଇବା ଜୀବନର ଏକ ଅଙ୍ଗ । ବାସ୍ତବତାକୁ ଆଖି ଆଗରେ ରଖି ଏଠାରେ ଘର, ଗାଡ଼ି, ସହର, ସ୍ତ୍ରୀ, ସ୍ୱାମୀ, ଚାକିରି, ବନ୍ଧୁ ସବୁ ବଦଲାଇବା ପାଇଁ ପଡ଼େ । ଏସବୁ ପାଇଁ ଅଯଥା ଭାବପ୍ରବଣତାର ସ୍ଥାନ ନାହିଁ ।

କିନ୍ତୁ ଏଠି ବାପା, ମାଆକୁ ବଦଲାଯାଇ ପାରେ ନାହିଁ । ପେଟର ପିଲାକୁ ବଦଲାଯାଇପାରେ ନାହିଁ । ପିଲାମାନେ ବାପା, ମା’କୁ ଭୁଲି ନାହାନ୍ତି । ହତାଦର ବି କରନ୍ତି ନାହିଁ । କିନ୍ତୁ ସେମାନେ ବାପା ମା’କୁ ନେଇ ନିଜ ପାଖରେ ରଖିବା କଥା ଚିନ୍ତା କରନ୍ତି ନାହିଁ । ଏ ଦେଶର ରୀତି ଏକଥା ଭାବିବା ପାଇଁ ଦିଏ ନାହିଁ । କୃଷ୍ଣମୋହନ ଏବଂ ପ୍ରେମଲତା ମଧ ପିଲାମାନଙ୍କ ପାଖରେ ରହିବା କଥା ଭାବନ୍ତି ନାହିଁ । ସେମାନେ ମଧ ନିଜ ଢଙ୍ଗରେ ସ୍ୱାଧୀନ ଭାବରେ, ନିଜ ଅର୍ଜନରେ, ବାର୍ଦ୍ଧକ୍ୟ ସମାପନ କରିବା ପାଇଁ ସୁଖ ପାଆନ୍ତି । ପିଲାମାନେ ମଝିରେ ମଝିରେ କୁଶଳ ଜିଜ୍ଞାସା କରନ୍ତି – ‘ଫାଦର୍ସ ଡେ’, ‘ମଦର୍ସ ଡେ’ରେ ଉପହାର ପଠାନ୍ତି । ଏ ଦେଶରେ ବୁଢ଼ାବୁଢ଼ୀଙ୍କ ପାଇଁ ଏତିକି ଢେର୍ ।

ମାତ୍ର ପିଲାମାନେ ମନେପଡ଼ନ୍ତି ପ୍ରତିଦିନ, ପ୍ରତିକ୍ଷଣ । ତେଣୁ ଏ ଦେଶରେ ଏଯାଏ ‘ସନ୍‌’ସ ଡେ’ ‘ଡଟର୍ସ’ ଡେ’ ନାହିଁ ।

ବାର୍ଦ୍ଧକ୍ୟଜନିତ ରୋଗ ଯେତେ ନିଷ୍କରୁଣ ନୁହେଁ, ସେତେ ନିଷ୍କରୁଣ ଚିକିସା କରିବା ପାଇଁ ଲୋଡ଼ା ମୋଟା ଅଙ୍କର ଅର୍ଥ । ତେଣୁ ବାର୍ଦ୍ଧକ୍ୟକୁ ଅବଜ୍ଞା କରି ସହଜିଆ କାମ ମଧ୍ୟ କରିବା ପାଇଁ ପଡ଼େ । କାମ ନକରି ବସି ରହିବାଟା ବି ବେଶୀ ବୁଢ଼ା କରିଦିଏ । ଏ ଦେଶରେ ନିଜକୁ ବୁଢ଼ାବୁଢ଼ୀ ଭାବିବା ପାଇଁ ମନା । ସମସ୍ତେ ଖଟନ୍ତି, ନିଜ କାମ ନିଜେ କରନ୍ତି । ଖାଲି ମରଣ ପରେ କେଉଁଠି ସକ୍ରାର ହେବ ଇତ୍ୟାଦି ଲେଖିଦେଇ ଯାଇଥାନ୍ତି, ସେଥିପାଇଁ ଅର୍ଥ ମଧ୍ୟ ରଖିଦେଇ ଯାଆନ୍ତି- ଯେପରି ପିଲାଙ୍କ ଉପରେ ତାଙ୍କ ମରଣର ବୋଝ ନପଡ଼େ । ଜଣେ ଆଗ ଯିବ – ଆଉଜଣେ ପଛେ – ଯିବାଟା ନିଶ୍ଚିତ । ସେଇଥିପାଇଁ ସମ୍ଭବତଃ ଏଠି ଲୋକଙ୍କର ଘର ପ୍ରତି, ପିଲାଙ୍କ ପ୍ରତି ଅତିରିକ୍ତ ଆସକ୍ତି ନାହିଁ । ସୁନ୍ଦର ସହରମାନଙ୍କରେ ଅତି ସୁନ୍ଦର, ଧାଡ଼ି ଧାଡ଼ି କାଠଘର- ପକ୍ଷୀ ଘର ଭଲି ହାଲ୍‌କା ଅସ୍ଥାୟୀ । ନିଆଁକୁ ଡର, ପବନକୁ ଡର । ତେବେ ବି ସୁସଜ୍ଜିତ କରି ରଖିଥାନ୍ତି ଘରଦ୍ୱାର । ସବୁଜ କାନ୍‌ଭାସ ଉପରେ ଯେମିତି ସହରଗୁଡ଼ିକ ଖଣ୍ଡିଏ ଖଣ୍ଡିଏ ହାତ ଅଙ୍କା ଚିତ୍ରପଟ – ଘରଗୁଡ଼ିକ ଯେମିତି ପିଲାଙ୍କ ଖେଳଘର । ଖେଳ ସରିଲେ ଘରଦ୍ୱାର ପଡ଼ିଥିବ, ଯିଏ ଯୁଆଡ଼େ ଛୁ । ଭାରତୀୟ ଦର୍ଶନର ଦୃଷ୍ଟିମ ପିଟୁଥିଲେ ବି ଜୀବନକୁ ଭଲ ପାଇବା ସହ ପଦ୍ମପତ୍ର ଉପରେ ଢଳ ଢଳ ଜଳ ଭଲି ନିରାସକ୍ତ କରିପାରନ୍ତି ନାହିଁ ଭାବପ୍ରବଣ ଭାରତୀୟ ମାନସ । କିନ୍ତୁ କୃଷ୍ଣମୋହନଙ୍କ ମନ କହୁଛି ତାଙ୍କର ଏଇ ପକ୍ଷୀଘରଟି ଆଉ ବର୍ଷ କେଇଟାର ବିଶ୍ରାମ ଗୃହ ମାତ୍ର । ଫେରନ୍ତି ରାସ୍ତାର ଏଇ ନିରୋଳା ଚଟିଘରଟିରେ ପ୍ରେମଲତା ବିଛଣାଲଗା ହେଲେଣି । ସେ ସମ୍ଭବତଃ ଆଗ ଚାଲିଯିବ । ଯାଉ ବିଚାରୀ-ନଇଲେ ଏକା ଏକା ମରଣ ପ୍ରେମଲତାକୁ ଆୟୁଷ ସରିବା ପୂର୍ବରୁ ମାରିଦେବ । ବନ୍ଦ ଘର ଭିତରେ ଏକା ଏକା ମରିବାଠୁ ଅଧିକ କଷ୍ଟ ଆଉ କିଛି ନାହିଁ ମଣିଷ ଜୀବନରେ । ଦେଶ ଭାରି ମନେ ପଡ଼େ ଏବେ । ଦେଶରେ ଜୀବନ, ଯୌବନ କଷ୍ଟକର ହୋଇପାରେ, ବାର୍ଦ୍ଧକ୍ୟ ଆଉ ମରଣ ଏଡ଼େ ଦାରୁଣ ଆଉ ନିସଙ୍ଗ ନୁହେଁ । ଜୀଅନ୍ତେ ପଛକେ ପଚାରୁନଥିବେ, ମରଣ ପାଖରେ ଅଘର ଦୁଆରୀ ରେଳି ଲଗାଇଥିବେ । ଶେଷ ଇଚ୍ଛା ପୂରଣ କରିବା ପାଇଁ ମଲା ମୁହଁରେ କ୍ଷୀରି, ପିଠା ଅଜାଡୁଥିବେ । ମଲା ମୁହଁରେ ନିର୍ମାଲ୍ୟ ପାଣି ଦେବା କେଡ଼େ ଭାଗ୍ୟର କଥା ।

ପ୍ରେମଲତାଙ୍କ ଅଛେ କୃଷ୍ଣମୋହନ ନିଜ କାମ ନିଜେ ତୁଲାଇପାରିବେ । ଏ ଦେଶରେ ରହି ସେ ଘାସକଟାଠାରୁ ଘୋଡ଼ାଚଢ଼ାଯାଏ ସବୁ କାମରେ ପାରଙ୍ଗମ ହୋଇଛନ୍ତି । ନହେଲେ ଏ ଦେଶରେ ଜୀବନ ଅଚଳ !

ଏଠି ଏକଲା। ମଣିଷ ନିଜର ମରଣ ଶଯ୍ୟା ବି ନିଜେ ପ୍ରସ୍ତୁତ କରେ । ବାସି ବିଛଣାରେ ମରିବା, ବାସିମଡ଼ା ହେବା ଏ ଦେଶର ଏକଲା ବୁଢ଼ାବୁଢ଼ୀଙ୍କ ଭାଗ୍ୟଲିଖନ । ତେବେ ଖବର ପାଇ ପିଲେ ବସିଲାଠୁ ଉଠି ଆସିବେ, ଏ ଭରସା ପିଲାଙ୍କଠୁ ତୁଟିନି । 'ଥିକ୍ ଏଣ୍ଡ'କୁ ଅପେକ୍ଷା କରିବେ ନାହିଁ ମରଣ ଖବର ପାଇ । ମରଣର ଏକ ସ୍ୱତନ୍ତ୍ର ମର୍ଯ୍ୟାଦା ଅଛି, ଦେଶରେ ବିଦେଶରେ ସବୁଠି । ମରଣ ସବୁରି ଊର୍ଦ୍ଧ୍ୱରେ । କୃଷ୍ଣମୋହନ ଜାଣନ୍ତି ମରଣ ପରେ ଏଇ ଚଟିଘର ଛାଡ଼ି ଆମ୍ଭାପକ୍ଷୀ ଦେଶକୁ ଉଡ଼ିଯାଇପାରିବ । ମୋହ ମାୟାମୁକ୍ତ ନିର୍ଲିପ୍ତ ଆମ୍ଭର ଚିନ୍ତା ନଥିବ କି ଦୁଃଖ ନଥିବ । ଗୋଟାକ ଆକାଶ ତ ପକ୍ଷୀର । ଗୋଟାକ ପୃଥିବୀ ମଧ୍ୟ । ଦେଶ ଆଉ ବିଦେଶ ଭିତରେ ସୀମାରେଖା ଟଣା ହୋଇ ନଥିବା ଗୋଟିଏ ଅଖଣ୍ଡ ଲୋକରେ ଚିନ୍ତା ଦକ ନଥାଏ ।
ଖାଲି ଏତିକି ଚିନ୍ତା–ପିଲେ ପହଞ୍ଚିଗଲେ ବନ୍ଦ ଦ୍ୱାର ଖୋଲିବ କିଏ ?

ତୁନ୍ଦ୍ରାର ସଂଗୀତ

ବିଖ୍ୟାତ କଣ୍ଠଶିଳ୍ପୀ ମରଣ ଶେଯରେ ଶୋଇ ଅସ୍ପଷ୍ଟ ସ୍ୱରରେ ଅବୁଝ। ସଂଗୀତଟିଏ ଅବିରତ ଗାଇ ଚାଲିଥିଲେ । ଯାହାଙ୍କର ସଂଗୀତ ସମସ୍ତଙ୍କର ହୃଦଯର ଭାଷା ଥିଲା, ଆଜି ସେ କି ଏକ ଅବୋଧ୍ୟ ଭାଷାରେ ମରଣ ସଂଗୀତ ଗାଉଥିଲେ, ଯାହା ବୁଝି ହେଉ ନଥିଲା ।

କେହି କେହି ଭାବୁଥିଲେ ସେ ବାଚାଳ ହୋଇ ନିରର୍ଥକ ଶବ୍ଦଗୁଡ଼ିଏ ଗାଇ ଚାଲିଛନ୍ତି । ବାଚାଳ ଅବସ୍ଥାରେ ଗୀତ ଗାଇବା ସମ୍ଭବ, ମାତ୍ର ନିରର୍ଥକ ଶବ୍ଦଗୁଡ଼ିକ ତାଳ ଲଯ ଛନ୍ଦରେ ପୁନରାବୃଭି କରି ଗାଇବା ସମ୍ଭବ ନୁହେଁ । ତେବେ ସେ କେଉଁ ଭାଷାରେ ଗୀତ ଗାଉଥିଲେ ମରଣ ଶଯ୍ୟାରେ ଶୋଇ, ଯେଉଁ ଭାଷାରେ ସେ ଜୀବନରେ କେବେହେଲେ ଗାଇ ନଥିଲେ ?

ନରୱେ ଦେଶର ସେଇ ମହାନ୍ କଣ୍ଠଶିଳ୍ପୀ 'ଦାନିଏଲ' କେବଳ କଣ୍ଠଶିଳ୍ପୀ ନଥିଲେ, ଥିଲେ ମଧ ଚିତ୍ରଶିଳ୍ପୀ । ତାଙ୍କ

ଚିତ୍ରଗୁଡ଼ିକ   ନିଃସଙ୍ଗତାର କଥା କହୁଥିବା ବେଳେ ତାଙ୍କର   କଣ୍ଠ ବିଷାଦ ଏବଂ ବିରହର ଗୀତ ଗାଉଥିଲା । ନରଙ୍ଗେର ଲଳିତ ଭାଷାରେ ସାରାଜୀବନ ଗୀତ   ଗାଇ ସେ ସଂଗୀତ ସାମ୍ରାଜ୍ୟଟିଏ   ତିଆରି କରିସାରିଥିଲେ ଏବଂ ଚିତ୍ର ଦୁନିଆରେ ମଧରାତ୍ରିର ସୂର୍ଯ୍ୟ ଭଳି ମନୋରମ ଆଭାରେ ସମସ୍ତଙ୍କୁ ବଶୀଭୂତ କରି ଅସ୍ଥହୀନ   ମନେ ହୋଇଥିଲେ ।   ସଂଗୀତ ଏବଂ ଚିତ୍ର ଉଭୟରେ ତାଙ୍କର ଶୈକ୍ଷିକ ଉତ୍କର୍ଷ ଓ ଲୋକପ୍ରିୟତାର   ପରିଧ କେହି ଅତିକ୍ରମ କରିପାରୁ ନଥିଲେ । ସେ ଥିଲେ ଶୀତ ରାତିର ମେରୁଜ୍ୟୋତି ଭଳି ରହସ୍ୟମୟ ଏବଂ ସରଳ, ନିରାଡ଼୍ମର ।   ସେ ଯାଯାବର ଜୀବନ କାଟୁଥିଲେ ଏବଂ ଅବିବାହିତ ଥିଲେ ।   ସଫଳତାର ଶିଖରରେ ପହଞ୍ଚିବା ପରେ ମଧ ସେ ବିଷଣ୍ଣ ରଙ୍ଗରେ ହିଁ ସମସ୍ତ ଚିତ୍ରରେ ଜୀବନ ଫୁଟାଉଥିଲେ । ତାଙ୍କର ବାଲ୍ୟକାଳ,   ପିତାମାତା, ପ୍ରକୃତ ଠିକଣା କାହାରିକୁ ଜଣା ନଥିଲା ।   ନିଜ   ସମ୍ପର୍କରେ ସେ ଥିଲେ ଉଦାସୀନ ।   ତାଙ୍କ ପ୍ରତି ବହୁ ନରଙ୍ଗେ ସୁନ୍ଦରୀ ଆକର୍ଷିତ ହୋଇଥିଲେ; ମାତ୍ର   ବନ୍ଧୁତ୍ୱର ସୀମା ଡେଇଁବାର ଅଧିକାର ସେ କାହାରିକୁ ଦେଉ ନଥିଲେ । ତାଙ୍କର ଚିତ୍ରଗୁଡ଼ିକର   ବିଷୟବସ୍ତୁ 'ଅନ୍ୱେଷଣ',   'ପ୍ରତୀକ୍ଷା', 'ଦିଗହଜା ପରିଚିତ' ଏବଂ 'ଅବ୍ୟକ୍ତ ପ୍ରେମ' କହିଦେଉଥିଲା ଯେ, ସେ ନିଜକୁ ଖୋଜୁଛନ୍ତି, ଖୋଜୁଛନ୍ତି ଜୀବନକୁ ଏବଂ ଖୋଜୁଛନ୍ତି ଅଜଣା ପ୍ରିୟାକୁ ।   ସେ କିଛି ପାଉନାହାନ୍ତି, ତେଣୁ ବିଷଣ୍ଣତା ହିଁ ଥିଲା ତାଙ୍କ   ଗୀତ ଓ ଚିତ୍ରର ଭାବବିନ୍ଦୁ ।

ଜଣକର ଚରମ   ସଫଳତା ତା'ର ବର୍ତ୍ତମାନକୁ ଏତେ ଜାଜ୍ୱଲ୍ୟମାନ କରିଦିଏ ଯେ ତା'ର ଅତୀତକୁ   ଅଣ୍ଟାଳିବା ପାଇଁ ତାକୁ ବେଳ ନଥାଏ କିୟା ତା'ର ପ୍ରଶଂସକମାନଙ୍କର ବି   ଆବଶ୍ୟକତା ନଥାଏ ।   ତେଣୁ 'ଦାନିଏଲ୍' ଥିଲେ 'ଦାନିଏଲ୍' ।   ଏତିକି ଥିଲା ତାଙ୍କର ପରିଚୟ । ଏତିକି ପରିଚୟରେ ସେ ଥିଲେ ସମସ୍ତଙ୍କ ହୃଦୟର ମଣିଷ ।   ସମସ୍ତଙ୍କ ଘର ମଣିଷ-ପ୍ରିୟତମ । ସେ ସମସ୍ତଙ୍କଠୁ ଦୂରରେ ଥାଇ ଗୀତ ଗାଇ ଚାଲିଥିଲେ ଓ ଚିତ୍ର ଆଙ୍କି ଚାଲିଥିଲେ ମଧ ତାଙ୍କୁ ସମସ୍ତେ ନିଜ ହୃଦୟର ନିକଟରେ ରଖିଥିଲେ ଓ   ତାଙ୍କୁ ନେଇ ସ୍ୱପ୍ନରେ ସ୍ୱପ୍ନରେ କେତେ କେତେ ଚିତ୍ର ଆଙ୍କି ଚାଲିଥିଲେ । ପ୍ରଚଣ୍ଡ ପ୍ରତିଭାବାନ୍ ଶିଳ୍ପୀ ଦାନିଏଲଙ୍କ ଏକମାତ୍ର ଅନିୟନ୍ତ୍ରିତ ବିଳାସ ଥିଲା ସୁରାପାନ ।   ସୁରାପାନ   ଦୋଷାବହ ନୁହେଁ; କିନ୍ତୁ ନିୟନ୍ତ୍ରଣର ବାହାରକୁ ଚାଲିଗଲେ କେବଳ ନିଜର   କ୍ଷତିସାଧନ   କରେ ନାହିଁ, ସମାଜର ବି କ୍ଷତି ସାଧନ କରେ । ଦାନିଏଲ୍ ସୁରୋ କବଳରେ ନିଜର ହୃଦୟଟିକୁ ବନ୍ଧା ରଖ୍ ରଖ୍ ହୃଦୟ, ଲିଭର ସବୁକିଛି ହରାଇ ବସିବେ ବୋଲି ଡାକ୍ତରମାନେ ମତ ଦେଇସାରିଥିଲେ ।   ଦାନିଏଲ୍ ଥିଲେ ଅବୁଝା ଶିଳ୍ପୀ କିୟା   ଶିଳ୍ପୀ ମାତ୍ରେ ହିଁ

ଅବୁଝା   ତାଙ୍କୁ କିଏ ବୁଝାଇଥାନ୍ତା ?   ତାଙ୍କର ପ୍ରିୟବନ୍ଧୁମାନେ ତାଙ୍କୁ ଉପଦେଶ ଦେବା ପାଇଁ ସାହସ ବି କରୁନଥିଲେ ।

ଦିନେ ଅତ୍ୟନ୍ତ ଅସୁସ୍ଥ ହୋଇ ଦାନିଏଲ୍ ଆସିଲେ ହସ୍ପିଟାଲ୍ । ସେ ଅର୍ଦ୍ଧଚେତନ ଅବସ୍ଥାରେ ଥିଲେ । ଏକ ଅବୁଝା ଭାଷାରେ କ'ଣ ସବୁ କହି ଚାଲିଥିଲେ ଓ ଗୀତ ବି ଗାଇ ଚାଲିଥିଲେ । ଡାକ୍ତର, ନର୍ସ ଏବଂ ସାଙ୍ଗମାନଙ୍କର ହୃଦ୍‌ବୋଧ ହେଲା ଯେ, ଦାନିଏଲ୍ ବିସ୍ମୃତପ୍ରାୟ କୌଣସି ଏକ ନିର୍ଦ୍ଦିଷ୍ଟ ଭାଷାରେ କ'ଣ ସବୁ ଗାଇ ଚାଲିଛନ୍ତି । କହି ଚାଲିଛନ୍ତି, ଯାହା ସେ ଚେତନ ଅବସ୍ଥାରେ କେବେ କହି ନଥିଲେ । ହୋଇପାରେ ସ୍ୱିଡିସ୍ କିମ୍ବା ଫିନିସ୍ ଭାଷା ? ଜଣେ ସ୍ୱିଡିସ୍ ନର୍ସ ଓ ଜଣେ ଫିନିସ୍ ନର୍ସଙ୍କୁ ତାଙ୍କର ତତ୍ତ୍ୱାବଧାନରେ ରଖାଗଲା । ତାଙ୍କର କଥା ଓ ଗୀତକୁ ରେକର୍ଡ଼ କରାଗଲା । ସେମାନେ ଧ୍ୟାନ ଦେଇ ଦାନିଏଲଙ୍କର ଭାଷାକୁ ଶୁଣିଲେ ଏବଂ ମତଦେଲେ ଯେ ଦାନିଏଲ୍ ସ୍ୱିଡିସ୍ ବା ଫିନିସ୍ ଭାଷାରେ ଗାଉ ନାହାନ୍ତି । ଅନ୍ୟ ଏକ ମଧୁର ଭାଷା ସେ ଗାଇ ଚାଲିଛନ୍ତି, ଯାହା ଏହି ନର୍ସଦ୍ୱୟ ଆଗରୁ ଶୁଣିନାହାନ୍ତି ।

ଜଣେ ନର୍ସ ମତ ଦେଲେ, ସମ୍ଭବତଃ ଦାନିଏଲ୍ 'ସାମି' ଭାଷାରେ ଗୀତ ଗାଉଛନ୍ତି, କଥା କହୁଛନ୍ତି । କାରଣ ଦୂର ସହଜରର ହସ୍ପିଟାଲ୍‌ରେ ନର୍ସ କାମ କରୁଥିବା ଏକ ସାମି ସୁନ୍ଦରୀ 'ଏଲ୍‌ସା ଓଲସନ୍'ଠାରୁ ସେ ଏମିତି ଏକ ଭାଷାରେ ଗୀତଟିଏ ଶୁଣିଥିଲେ । 'ଏଲ୍‌ସା'କୁ ସ୍ଥାନାନ୍ତର କରି ଅଣାଗଲା ସେହି ହସ୍ପିଟାଲ୍‌କୁ । ଶିଳ୍ପୀ ଦାନିଏଲଙ୍କ ସେବାଯତ୍ନର ଦାୟିତ୍ୱ ତାଙ୍କ ଉପରେ ନ୍ୟସ୍ତ କରାଗଲା । ଦାନିଏଲଙ୍କ ଭାଷା ଏଲ୍‌ସା ବୁଝିପାରୁଥିବେ ଭାବି ତାଙ୍କୁ ଏହି ଦାୟିତ୍ୱରେ ରଖାଯାଇଛି ବୋଲି ଏଲ୍‌ସାଙ୍କୁ ଜଣାଇ ଦିଆଗଲା । ଏଲ୍‌ସା ତାଙ୍କର ଏହି ସୌଭାଗ୍ୟକୁ ବିଶ୍ୱାସ କରିପାରୁ ନଥିଲେ । ଶିଳ୍ପୀ ଦାନିଏଲଙ୍କର ସେ ଥିଲେ ପ୍ରତିଭାର ପୂଜାରିଣୀ । ତାଙ୍କ ଗୀତର କ୍ୟାସେଟ୍‌ରେ ଘର ଭର୍ତ୍ତି କରି ରଖିଥିଲେ । ତାଙ୍କ ଅଙ୍କିତ ଚିତ୍ର ଲଗାଇଥିଲେ ଶୋଇବାଘର, ବୈଠକଘର, ରୋଷେଇ ଘର ଏବଂ ନିଜ ହୃଦୟସାରା । ଦାନିଏଲଙ୍କୁ ସେ ଥରେମାତ୍ର ଦେଖିଥିଲେ ନରଓ୍ଵେର କୌଣସି ଏକ ଚିତ୍ର ପ୍ରଦର୍ଶନୀରେ । ଦେଖିଥିଲେ ବହୁ ଦୂରରୁ । ପାଖକୁ ଯାଇ ଅଟୋଗ୍ରାଫ୍ ମାରିବା ପାଇଁ ଇଚ୍ଛାକୁ ଦମନ କରିଥିଲେ । ଏଲ୍‌ସାଙ୍କର ଏଇ ସଂକୋଚ ଭାବ ଜନ୍ମଗତ । ଏକା ତାଙ୍କର ନୁହେଁ, ସାମି ଜାତିର ସମସ୍ତ ଶିକ୍ଷିତ ଟିଅପୁଅ ନିଜକୁ ଅନ୍ୟମାନଙ୍କଠାରୁ ଦୂରରେ ରଖିବାକୁ ପ୍ରୟାସ କରନ୍ତି, କାରଣ ସେମାନେ ଜାଣନ୍ତି ତାଙ୍କର 'ସାମି ' ପରିଚିତି ତାଙ୍କର ବାଧକ । ସେମାନଙ୍କୁ ଆଦର କରୁଥିବା ନରଓ୍ଵେଜିଆନ୍ ସାଙ୍ଗସାଥୀ ତାଙ୍କର ସାମି ପରିଚିତି ଜାଣିବା ପରେ ତାଙ୍କୁ ହୀନ ଦୃଷ୍ଟିରେ ଦେଖିଥିଲେ, ଦୂରେଇ ଯାଉଥିଲେ ଏବଂ କୌଣସିମତେ

କେଉଁ କ୍ଷେତ୍ରରେ ମଧ୍ୟ ନିଜର ସମକକ୍ଷ ମଣ୍ୟ ନଥିଲେ । ସେହି କାରଣରୁ ସାମି ପୁଅଝିଅ ଯେତେବେଳେ ଶିକ୍ଷିତ ନରୱେଇ ସମାଜରେ ମିଶୁଥିଲେ, ସାମି ଭାଷା ଉଚ୍ଚାରଣ କରୁ ନଥିଲେ । ସେମାନଙ୍କର ବାପା-ମା' ରାଣ ଦେଇ କହୁଥିଲେ ''ଯଦି ମୁଖ୍ୟ ସ୍ରୋତରେ ମିଶିବୁ, ତେବେ ମାତୃଭାଷା ଉଚ୍ଚାରଣ କରିବୁ ନାହିଁ । ମାତୃଭାଷାରୁ ପରିଚୟ ଧରାପଡ଼ିଯିବ ଓ ତୁ ଘୃଣିତ ହୋଇ ରହିବୁ ।'' ଏଲ୍‌ସାର ଏହି ସଂକୋଚ ଭାବ ଏଲ୍‌ସାକୁ ସର୍ବଦା ଶିକ୍ଷୀଙ୍କଠାରୁ ଦୂରରେ ରଖିଥିଲା ।

ଦାନିଏଲ୍‌ ଯେ ସାମି ଜାତିରେ ଜନ୍ମ, ସେ କଥା ନଜାଣି ମଧ୍ୟ ଏଲ୍‌ସାର ସ୍ୱପ୍ନ ଜଗତରେ ଶିକ୍ଷୀ ଥିଲେ ସମ୍ରାଟ, ତା'ର ପ୍ରିୟତମ ପୁରୁଷ । ଏଲ୍‌ସା ମଧ୍ୟ ଅବିବାହିତା ଥିଲା । ସାମି ପୁରୁଷମାନେ ଉଚ୍ଚଶିକ୍ଷିତା ସହରୀ ସାମି ଯୁବତୀଙ୍କୁ ପତ୍ନୀ ପଦରେ ବରଣ କରିବା ପାଇଁ ଆଗ୍ରହୀ ନଥିଲେ । ଏଣେ ନରୱେର ଶିକ୍ଷିତ ଯୁବକମାନେ ସାମି ଲଲନାକୁ ପତ୍ନୀ ଭାବରେ ଗ୍ରହଣ କରିବା ପାଇଁ ଘୃଣା କରୁଥିଲେ । ସେହି କାରଣରୁ ଶିକ୍ଷିତା ସାମି ଯୁବତୀ ଅବିବାହିତା ରହିଯିବା ପାଇଁ ପସନ୍ଦ କରୁଥିଲେ । ଏଲ୍‌ସା ଦାନିଏଲ୍‌ଙ୍କୁ ସ୍ୱାମୀ ଭାବରେ କେବେ ଆଶା କରି ନଥିଲା । ଏତେ ବଡ଼ ଦୁରାଶା ସେ କାହିଁକି କରିଥାନ୍ତା ? ସାମି ଯୁବତୀକୁ ଦାନିଏଲ୍‌ କାହିଁକି ଜୀବନସାଥୀ କରିଥାନ୍ତେ, ଯେଉଁଠି ଲକ୍ଷ ଲକ୍ଷ ନରୱେ ସୁନ୍ଦରୀ ତାଙ୍କର ପ୍ରଣୟପ୍ରାର୍ଥୀ ? ଦାନିଏଲ୍‌ ଥିଲେ ଏଲ୍‌ସାର ସ୍ୱପ୍ନର ଦେବତା, ସୁଦୂର ପ୍ରିୟତମ । ଆଜି ଭାଗ୍ୟଲକ୍ଷ୍ମୀ ଏଲ୍‌ସା ହାତରେ ସ୍ୱପ୍ନର ଦେବତାଙ୍କୁ ସମର୍ପି ଦେଇଛି, ସେ ପୁଣି ମୃତ୍ୟୁ ଦେବତାର ବଶ ହେବା ପାଇଁ ବସିଥିବା ଲଗ୍ନରେ । ଏଲ୍‌ସାର ଖୁସିର ମୁହୂର୍ତ୍ତ ବି ନିରପେକ୍ଷ, ଉଦାର, ବିଦ୍ୱେଷହୀନ ନୁହେଁ । ଏଲ୍‌ସା ଆନନ୍ଦ ବିଷାଦର ଏକ ମିଶ୍ର ମନୋସ୍ଥିତିରେ ଶିକ୍ଷୀଙ୍କ ପାଦ ସ୍ପର୍ଶ କଲା । ପାଦ ଦୁଇଟା ଶୀତଳ ହୋଇଆସୁଥିଲା । ଉଷ୍ମ ଲୁହ ଦୁଇଟୋପା ଖସି ପଡ଼ିଲା ଏଲ୍‌ସାର ଆଖିରୁ । ଶିକ୍ଷୀ ଆଖି ଖୋଲିଲେ । ଦୂର ଆକାଶର ମ୍ଲାନ ତାରା ଭଳି ତିମିତ ଦୃଷ୍ଟି ସ୍ଥିର ହୋଇଥିଲା । ଏଲ୍‌ସାର ସରଳ ସ୍ନେହରେ, ସ୍ନିଗ୍ଧ କୋମଳ ମୁହଁ ଉପରେ । ଏଲ୍‌ସା ଶୁଣିଥିଲା ଶିକ୍ଷୀଙ୍କୁ ନିଦ ହେଉନାହିଁ । ସେ ନିଦ୍ରିତ ନୁହନ୍ତି କି ଜାଗ୍ରତ ନୁହନ୍ତି । ଛଟପଟ ବିଚଳିତ ତାଙ୍କର ଶରୀର ଓ ମନର ସ୍ଥିତି । ଏଲ୍‌ସା କି ଗୀତ ଗାଇ ସଂଗୀତସମ୍ରାଟଙ୍କୁ ଶୋଇ ପକାଇବ ? ଏଲ୍‌ସାର ମନେ ପଡ଼ିଲା ତା' ନିଜର ବୁଢ଼ୀମା' ଆଉ ମା'ର ଗୀତ, ସେଇ ଗୀତ ଶୁଣି ସବୁ ସାମି ପିଲା ଚଟ୍‌ କରି ଶୋଇପଡ଼ନ୍ତି । ମାତ୍ର ନରୱେର ଶିକ୍ଷୀଙ୍କୁ କାହିଁକି ଶୁଣାଇବ ତା'ର ଆତ୍ମାର ସ୍ୱର, ସାମି ଜାତିର ଭାଷା ? ମୃତ୍ୟୁ ଶେଯରେ ମଧ୍ୟ ସାମି ସ୍ୱର୍ଶରେ ସେ ଅଶୁଦ୍ଧ ହୋଇଯିବେ, ଏଲ୍‌ସାର ସେବାଯତ୍ନକୁ ପ୍ରତ୍ୟାଖ୍ୟାନ କରିବେ । ଶିକ୍ଷୀଙ୍କର

ଅନେକ ଗୀତ ଏଲ୍‌ସା କଣ୍ଠସ୍ଥ କରିଥିଲା । ଏକ୍‌ଲାପଣର ସେଇ ପ୍ରିୟ ଗୀତଟି ତା’
ମନକୁ ଆସିଲା । ସେ ଶିଳ୍ପୀଙ୍କ କାନ ପାଖରେ ଗାଇଲା ସେଇ ଗୀତଟି–

ମତେ ପ୍ରତ୍ୟାଖ୍ୟାନ କର ପ୍ରିୟ

ମତେ ପ୍ରତାରଣା ଦିଅ

ମୁଁ ତୁମର ଗୀତ ହୋଇଯିବି

ହୋଇଯିବି ତୁମର ଚିତ୍ରକଣ୍ଠ....

ସ୍ୱତଃ ସେ ନିଜ ମନରୁ ଗୀତଟଏ ଗାଇଲା–

ମତେ ପ୍ରେମର କଥା କୁହ ନାହିଁ ପ୍ରିୟ

ରାତି ପାହିଗଲେ ତୁମେ ନୀରବ ହୋଇଯିବ

ତୁମ ବିରହରେ, ତୁମେ ନଥିବାର ବେଦନାରେ ମୁଁ

ଏକା ଏକା ଗାଉଥିବି ତୁମ ପାଇଁ,

ତୁମରି ଏକ୍‌ଲାପଣର ସଂଗୀତ ।

ଶିଳ୍ପୀ ଅନେକ ସମୟ ଧରି କିଛି ଉଚ୍ଚାରଣ କରୁ ନଥିଲେ, ଖାଲି ଛଟପଟ
ହେଉଥିଲେ ।   ଏଲ୍‌ସା କଣ୍ଠର ବେଦନାର ସୁର ତାଙ୍କୁ ଆହୁରି ଛଟପଟ କଲା ।
ଏଲ୍‌ସା ଶିଳ୍ପୀଙ୍କର ପାଦ ପାଖରୁ ଉଠିଆସି ମୁଣ୍ଡ ପାଖରେ ବସିଲା ଶିଳ୍ପୀଙ୍କର ବାଳ
ଭିତରେ ଅଙ୍ଗୁଳି ଚାଳନା କରୁ କରୁ ସ୍ୱତଃ ଗାଇ ଚାଲିଲା ସାମି ଜନନୀର କୋମଳ
ନିଦର ମଖମଲି ଗୀତ ‘ସାମି ଲୋରୀ’ । ସେ ଭୁଲିଗଲା ଯେ, ସହରୀ ଲୋକଙ୍କ
ସାମ୍ନାରେ ତାଙ୍କୁ ସାମି ଭାଷା କହିବା ପାଇଁ ମା’ ବାରଣ କରିଥିଲା । ସେ ଭୁଲିଗଲା
ଯେ ‘ସାମି ଭାଷା’ରେ କଥା କହିବା ପାଇଁ ସ୍କୁଲରେ ନିଷିଦ୍ଧ ହୋଇଥିଲା । ପଚାଶ
ବର୍ଷ ହେଲା। ଶିକ୍ଷିତ। ସାମି ନିଜର ମାତୃଭାଷାରେ କଥା କହିବା ବର୍ଜନ କରିଛି
ବୋଲି ମଧ୍ୟ ସେ ଭୁଲିଗଲା । ସେ ମଧ୍ୟ ସ୍କୁଲରେ ନାମ ଲେଖାଇବା ପରଠୁ ସାମି
ଭାଷାଠାରୁ ଦୂରରେ ରହିଆସିଛି । ନିଜର ସାମି ପରିଚୟ ଗୋପନ ରଖିବା ପାଇଁ
ଚେଷ୍ଟା କରିଆସିଛି । ତା’ର ସାମି ଜାତିର ପ୍ରିୟ ପାରମ୍ପରିକ ପୋଷାକ ‘ଗାକ୍‌ତି’
ପିନ୍ଧିବା ସେ ଛାଡ଼ିଦେଇଛି । ଦ୍ୱିତୀୟ ବିଶ୍ୱଯୁଦ୍ଧ ପରଠାରୁ ପ୍ରାୟ ପଚାଶ ବର୍ଷ
ହେଲା ସହରୀ ସାମି ବାପା ମା’ମାନେ ଘରେ ତାଙ୍କର ପିଲାମାନଙ୍କ ସହ ମଧ୍ୟ ସାମି
ଭାଷାରେ କଥାବାର୍ତ୍ତା କରିବା ଛାଡ଼ି ଦେଇଥିଲେ । ‘ସାମି ଭାଷା’ ପ୍ରାୟ ମରି ମରି
ଆସୁଥିଲା । ସ୍କୁଲରେ ସାମି ଛାତ୍ରଛାତ୍ରୀଙ୍କୁ ଅଲଗା ଧାଡ଼ିରେ ବସାଯାଉଥିଲା ।
ନର୍‌ଓ୍ୱେ ଭାଷାରେ କଥା କହିବାର ଅଭ୍ୟାସ କରୁ କରୁ ସେଥିରେ ସାମି ଭାଷାଟଏ
ମିଶିଗଲେ ସହପାଠୀମାନେ ତାଚ୍ଛଲ୍ୟରେ ହସି ଉଠୁଥିଲେ ଏବଂ ଶିକ୍ଷକମାନଙ୍କ

ଠାରୁ ଶାସ୍ତି ମିଳୁଥିଲା । ଉତ୍ତର ନରୱ୍ୱେର ତା'ର ଗାଁ, ତା'ର ଗାଁର ଆକାଶରେ ଅସ୍ତହୀନ ଧ୍ରୁବତାରା, ମଧ୍ୟରାତ୍ରିର ସୂର୍ଯ୍ୟ, ମେରୁ ଜ୍ୟୋତି, ବରଫଢଙ୍କା ମାଟି, ବରଫଭରା ଆକାଶ, ବଲ୍‌ଗାହରିଣ ସହ ବାଲ୍ୟ କୈଶୋର ଦୌଡ଼ ପ୍ରତିଯୋଗିତା, ମେରୁ ପ୍ରଦେଶକୁ ଛୁଇଁ ଆସିବାର ଅଦମ୍ୟ ଇଚ୍ଛା, ସାମି ହାତଗଢ଼ା ଗହଣା, ଖେଳ ସରଞ୍ଜାମ, ହସ୍ତଶିଳ୍ପ, ବଲ୍‌ଗା ହରିଣ ମାଂସର ଝୋଲ ଏବଂ ତା'ର ସାମି ଭାଷାକୁ ସେ ଭୁଲିଯିବାକୁ ଚେଷ୍ଟା କରିଆସିଛି ଜୀବନସାରା । କାରଣ ତା'ର ପରିଚୟ ତାକୁ ନିଜ ଦେଶରେ ଆଶ୍ରିତ, ଶରଣାର୍ଥୀ କରି ଦେଉଥିଲା । ଆଜି ଏକ ଦୁର୍ବଳ ମୁହୂର୍ତ୍ତରେ ସାମି ଗୀତଟିଏ ସେ ଗୁଣୁଗୁଣୁ ହେଲା ବୋଲି ଅନୁତାପ ଆସିଲା ଏବଂ ଚୁପ୍ ହୋଇଗଲା । କେଜାଣି ଶିଳ୍ପୀ ତା'ର ଗୀତ ଶୁଣୁଥିଲେ କି ନା ! ଶୁଣିଲେ ମଧ୍ୟ ତା'ର ସାମି ପରିଚିତ ଧରା ପଡ଼ିଗଲା କି ନା ସେ ଜାଣପାରିଲା ନାହିଁ । ତା'ର ଗୀତ ସରୁ ସରୁ ଶିଳ୍ପୀ ଗୁଣୁ ଗୁଣୁ ହୋଇ ଗୀତ ଗାଇବା ପାଇଁ ଆରମ୍ଭ କଲେ, କଥା କହିବା ପାଇଁ ଆରମ୍ଭ କଲେ । ଏଲ୍‌ସା ପାଇଁ ଶିଳ୍ପୀଙ୍କର ଭାଷା ଅବୋଧ୍ୟ ନଥିଲା । କାରଣ ଶିଳ୍ପୀ ତାଙ୍କ ଆତ୍ମାର ଭାଷା କହୁଥିଲେ, ଯାହା ସ୍ପର୍ଶ କରୁଥିଲା ଏଲ୍‌ସାର ଆତ୍ମାକୁ । ଆଶ୍ଚର୍ଯ୍ୟ ! ଏଲ୍‌ସାର ଆତ୍ମାର ଭାଷା ମଧ୍ୟ ତାହା ହିଁ ଥିଲା । ଶିଳ୍ପୀଙ୍କର ମରଣ ଗୀତଟି ଅମୃତ ନଦୀ ହୋଇ ବୋହିଗଲା ଏବଂ ଏଲ୍‌ସାକୁ ପ୍ଲାବିତ କରିଦେଲା । ନିଜ ଭାଷା, ନିଜ ଜାତି, ନିଜ ଗାଁଗଣ୍ଡା ଏବଂ ପରିଚିତକୁ ଭଲ ପାଉଥିବା ଏବଂ ସେଥିରୁ ବଞ୍ଚିତ, ଲାଞ୍ଛିତ, ଅବଦମିତ ଏକ ଜାତିର ଅବ୍ୟକ୍ତ ବେଦନାକୁ ଶିଳ୍ପୀ ଏତେଦିନ ଗାଉଥିଲେ ଅର୍ଦ୍ଧଚେତନ ଅବସ୍ଥାରେ । ଏଇ ଗୀତ ଏଲ୍‌ସା ମଧ୍ୟ ମନେ ମନେ ଗାଇ ଚାଲିଥିଲା ଜୀବନସାରା । ଶିଳ୍ପୀ ଗାଉଥିଲେ ''ମୁଁ ଯେତେବେଳେ ନରୱ୍ୱେ ଭାଷାରେ ତୁମ ଆତ୍ମାର ଗୀତ ଗାଏ, ସେତେବେଳେ ତୁମେ ଆପଣା କଣ୍ଠର ଗୀତ, ଶୁଣୁଥାଅ, ମାତ୍ର ମୋ ଜିଭ ଏସିଡ୍‌ରେ ଜଳୁଥାଏ, ମୋର କଣ୍ଠ ବି ଜଳୁଥାଏ, ଜଳୁଥାଏ ମୋର ହୃଦୟ । ତେଣୁ ମୁଁ ହୃଦୟର ଜ୍ୱାଲାକୁ ଲଭାଇଦିଏ ପ୍ରତିଦିନ, ପ୍ରତିରାତ୍ରି ସୁରା ଅମୃତରେ...''

ଶିଳ୍ପୀ ଗୀତ ବନ୍ଦ କରି କଥା କହୁଥିଲେ ଯେମିତି ଏଲ୍‌ସାର କାନରେ ''ଶୁଣ, ଏ ମୋ କଥା ନୁହେଁ, ଗୋଟିଏ ମାନବ ଗୋଷ୍ଠୀର କଥା । ମୁଁ ସେଇମାନଙ୍କର କଥା କହୁଛି, ଯିଏ ତୁନ୍ଦ୍ରାରେ ଘର ବାନ୍ଧନ୍ତି, ରୁତୁମାନେ ତାଙ୍କୁ ଶାସନ କରନ୍ତି, ପ୍ରକୃତି ତାଙ୍କୁ ଦିଏ ସ୍ୱାଧୀନତା, ବଲ୍‌ଗା ହରିଣମାନେ ତାଙ୍କୁ ବାଟ କଢ଼ାଇ ନିଅନ୍ତି ତୁନ୍ଦ୍ରାରୁ ତୁନ୍ଦ୍ରାକୁ । ମୁଁ ତାଙ୍କରି କଥା କହୁଛି, ଯେଉଁମାନଙ୍କୁ ତଡ଼ି ଦିଆଗଲା ତୁନ୍ଦ୍ରାରୁ, ତୁନ୍ଦ୍ରା ଉଜୁଡ଼ିଗଲା, ଦୂଷିତ ହେଲା ତୁଷାର ଭେଳା । କାରଣ ଯେଉଁମାନେ ତଡ଼ିଦେଲେ, ସେମାନେ

ଶକ୍ତିଶାଳୀ   ନହେଲେ ବି ସଂଖ୍ୟାଗରିଷ୍ଠ । ସେଇ ସଂଖ୍ୟାଗରିଷ୍ଠ କେଉଁଠୁ ବୁଝିବେ ସେଇ ସ୍ୱର୍ଗୀୟ   ଆନନ୍ଦର କଥା ? ଯେତେବେଳେ ବସନ୍ତ ଆସେ, ଗଛରେ ନାଲି ନାଲି ପତ୍ର କଅଁଳି ଆସିବା ପରି ଗର୍ଭିଣୀ ବଲ୍‌ଗାହରିଣୀଟି ନାଲି ଛୁଆଟିଏ ଜନ୍ମ ଦେଇ ଭାଗ୍ୟଲକ୍ଷ୍ମୀଙ୍କୁ   ଡାକି   ଆଣେ, ସେତେବେଳେ ସେମାନେ କାହୁଁ ଜାଣିବେ ଯେ ସହରୀ ଅର୍ଥର ସାମୟିକ ଆନନ୍ଦଠୁ, ବଲ୍‌ଗାହରିଣ   ସହ ଏକାଠି ବଞ୍ଚିବାର ଆନନ୍ଦ ଢେର ଆନନ୍ଦଦାୟକ,   ଢେର ସୁଖକର ।   ସେଇ ସଂଖ୍ୟାଗରିଷ୍ଠମାନେ ମତେ ବଲ୍‌ଗାହରିଣଠୁ   ଛଡ଼େଇ ଆଣିଲେ, ତୁନ୍ଦ୍ରାଠୁ   ଦୂରକୁ   ଡାକି ଆଣିଲେ, ଅର୍ଥରେ ପୋତିଦେଲେ ଜୀଅନ୍ତା   ଏବଂ ମତେ ଶେଷକୁ ଶୂନ୍ୟତାର   ଧୂଆଁରେ ଶ୍ୱାସରୁଦ୍ଧ କରିପକାଇଲେ । ମୋର କହିବାର ଥିଲା, ଗାଇବାର ଥିଲା, ମୋ କଥା, ତୁନ୍ଦ୍ରାର କଥା, ବଲ୍‌ଗାହରିଣ ଆଉ ଉତ୍ତର ନକ୍ଷତ୍ରର   କଥା । ମୋର ଗାଇବାର   ଥିଲା ସେଇ ଲୋକମାନଙ୍କର କଥା,   ଯେଉଁଠି ସମସ୍ତଙ୍କର   ତୁନ୍ଦ୍ରାରେ ଥାଏ ହକ୍, ଯାହାଫଳରେ ସମସ୍ତେ ହୋଇପାରନ୍ତି ବିଲ୍‌ଗାହରିଣର ମାଲିକ । ମୋର ଗାଇବାର ଥିଲା ସେଇମାନଙ୍କ ଦେଶର ଗୀତ, ଯେଉଁମାନେ ତୁନ୍ଦ୍ରା, ବରଫ, ଧ୍ରୁବନକ୍ଷତ୍ର ଆଉ ମଧ୍ୟରାତ୍ରିର   ସୂର୍ଯ୍ୟର ତତ୍ତ୍ୱାବଧାନରେ ଉଠିବା, ପଡ଼ିବା, ଲଢ଼ିବା, ଦଉଡ଼ିବା, ଠକିବା, ଶିଖିବାର ଅଭିଜ୍ଞତାକୁ ନେଇ ନିଜ ଶକ୍ତି ସହ ବଳ କଷାକଷି ହୁଅନ୍ତି; ଅଥଚ ଗୋଟାଏ ଲାଲ୍ ଟୁକୁଟୁକୁ ବଲ୍‌ଗାହରିଣର ଛୁଆ ସେମାନଙ୍କୁ ସଂଗ୍ରାମର ଆହ୍ୱାନ ଦେଉଥାଏ ଏବଂ   ଜୀବନସାରା ଦଉଡ଼ାଉଥାଏ ନିଜ ପଛେ ପଛେ । ଧାଉଁ ଧାଉଁ ଜୀବନ ସରିଯାଇ ତା' ପଛକୁ ପଛ ନୂଆ ଜୀବନର ଧାଡ଼ି ଲାଗିଯାଏ,   ହେମନ୍ତର   ଧୂସର ପତ୍ର ଝଡ଼ିଗଲେ ବସନ୍ତକୁ ବସନ୍ତ ନବପତ୍ର କଅଁଳି ଆସେ ।   ଜୀବନ ସରେ ନାହିଁ, ତୁନ୍ଦ୍ରାର   ସଜ ଘାସ ପରି ଜଣେ ଚାଲିଗଲେ ଆଉ ଜଣେ ଜନ୍ମ ହୁଏ....''

ହେମନ୍ତର ପତ୍ର ଝଡ଼ିଗଲା, ଶିଳ୍ପୀ ଚାଲିଗଲେ । ଏଲ୍‌ସା   କିନ୍ତୁ ଗୁଣ୍ଡ ଗୁଣ୍ଡ ହୋଇ ଗାଉଥିଲା   ଶିଳ୍ପୀଙ୍କର ଅଧାବୋଲା ଗୀତ,   ତୁନ୍ଦ୍ରାର ସଂଗୀତ ।

ଏଲ୍‌ସା ଚିରିଦେଲା ଲେଖି ପକାଇବାର ଶିଳ୍ପୀଙ୍କ   ଗୀତର ଭାବାର୍ଥକୁ । କିଏ, କିଏ ଏହି   ଶିଳ୍ପୀ ? କି ଭାଷାରେ ଗୀତ ଗାଉଥିଲେ ? ତାଙ୍କ ମରଣ ଗୀତର ଭାଷା ହିଁ ତାଙ୍କର ପରିଚୟ । ସେ କ'ଣ 'ସାମି' ସଂସ୍କୃତିର ଧ୍ରୁବ ନକ୍ଷତ୍ର ? ଏଲ୍‌ସା ଉପରେ ପ୍ରଶ୍ନବାଣ ଅଜାଡ଼ି ହୋଇପଡ଼ୁଥିଲା । ଏଲ୍‌ସା କ'ଣ ଶିଳ୍ପୀଙ୍କର ପରିଚୟ ଦେଇଦେବ ? ତା'ର   ସଂସ୍କୃତିର ଗୌରବ ବଢ଼ାଇବ ? ଘୋଷଣା କରିଦେବ ଯେ ଶିଳ୍ପୀ ମରଣ ସଂଗୀତ ଗାଉଥିଲେ ତାଙ୍କୁ ନିଷିଦ୍ଧ କରାଯାଇଥିବା ନିଜ ମାତୃଭାଷା ସାମି ଭାଷାରେ ? ଏଲ୍‌ସା ଦ୍ୱନ୍ଦ୍ୱରେ   ପଡ଼ିଯାଇଥିଲା ।

ଥାଉ, ଶିଳ୍ପୀ ତ ଜଗତର । ସେ ତୁହ୍ଦୋର ଶିଳ୍ପୀ ନୁହନ୍ତି, ନରଙ୍ଗେର ଶିଳ୍ପୀ ନୁହନ୍ତି, ସେ ଖାଲି ଶିଳ୍ପୀ । ସଂଗୀତ ଓ ଚିତ୍ର ସାମ୍ରାଜ୍ୟର ଏକ ଅବିସ୍ମରଣୀୟ ଇତିହାସ ପାଲଟି ଯାଇଥିବା ଦାନିଏଲ୍‌ଙ୍କ ପରି ଏତେ ମହାନ୍ ଶିଳ୍ପୀଙ୍କୁ ସେ କାହିଁକି ସୀମାବଦ୍ଧ କରିଦେବ ଭାଷାରେ, ଭୂଗୋଳରେ ? ଦାନିଏଲ୍ ଜୀବନସାରା ଯେଉଁ କଥା ପ୍ରକାଶ କରିପାରିଲେ ନାହିଁ, ସେ କଥା ଏଲ୍‌ସା ପ୍ରକାଶ କରିଦେଇ ସୁଖ ପାଇବ ନାହିଁ, କାରଣ ଏଲ୍‌ସା ଜାଣେ ଦାନିଏଲ୍ ମରଣ ସଂଗୀତ ସାମି ଭାଷାରେ ଗାଉଥିଲେ ବୋଲି ପ୍ରଚାରିତ ହୋଇଗଲେ ଦାନିଏଲ୍ ଆଉ ନରଙ୍ଗେ ଦେଶର ମହାନ୍ ଶିଳ୍ପୀ ହୋଇ ରହିବେ ନାହିଁ, ସେ ହୋଇଯିବେ ସାମି ଭାଷାର ମହାନ୍ ଶିଳ୍ପୀ । ତାଙ୍କ ପାଇଁ ଗୋଟାଏ ଭିନ୍ନ ଧାଡ଼ିରେ ଆସନ ପଡ଼ିବ, ଯେମିତି ସ୍କୁଲରେ ଭିନ୍ନ ଧାଡ଼ିରେ ବସନ୍ତି ସାମି ଜାତିର ପିଲାମାନେ ।

ଏଲ୍‌ସା ଘୋଷଣା କଲା, ''ମୁଁ ନିଃସନ୍ଦେହ ଯେ ଦାନିଏଲ୍ ସାମି ଭାଷାରେ ଗୀତ ଗାଉ ନଥିଲେ, କାରଣ ତାଙ୍କ ଗୀତର ଭାଷା ମୁଁ ବୁଝିପାରିଲି ନାହିଁ, ଯଦିଓ ତାଙ୍କ ଗୀତର ଭାବ ମତେ ବିଭୋର କରି ରଖିବ ଅନନ୍ତକାଳ ।''

(ନରଙ୍ଗେର ସାମି ସଂସ୍କୃତିର ଜଣେ ଚିତ୍ରଶିଳ୍ପୀଙ୍କ ଜୀବନର ସତ୍ୟ ଘଟଣା ଉପରେ ଗଙ୍ଗଟି ଆଧାରିତ)

ବରଫ ଚିଠି

ହେମନ୍ତ ଆକାଶରୁ ସୂର୍ଯ୍ୟ ଖସିଗଲେ ଦିନସବୁ ରାତି ପାଲଟିଯାଏ, ରାତିସବୁ ଅନ୍ଧାର ପାଲଟିଯାଏ ଏବଂ ଚିଠି ସବୁ ବରଫ ପାଲଟିଯାଏ ଉତ୍ତରା ଶୀତର ତୀକ୍ଷ୍ଣ, ଧାରୁଆ ମୁଠାରେ ।

ମାତ୍ର ମେରୁ ରାତିର ବରଫ ହାତ୍ଥାରେ ଚିଠି ପାଇଁ ପ୍ରତୀକ୍ଷା ବରଫ ପାଲଟେ ନାହିଁ; ବରଂ ବିଷାଦଭରା ଅନ୍ଧାରୀ ଶୀତରେ ଚିଠି ପାଇଁ ପ୍ରତୀକ୍ଷା ଦେହ ଓ ମନକୁ ଉଷ୍ଣମ ରଖିଥାଏ । ଛଅମାସ ଧରି ଦିଗ୍‌ବଳୟର ତଳକୁ ଖସିବ ନାହିଁ ବୋଲି ହଟକରି ବସିଥିବା ମଧ୍ୟରାତ୍ରିର ସୂର୍ଯ୍ୟ, ଧ୍ରୁବ ନକ୍ଷତ୍ରର ଆକାଶ ଉପରେ ଅଯଥା ରୋଷକରି ନାଲିମୁହଁ ଲୁଚାଇ ଦେଉ ଦେଉ ଠୋ-କିନା ଅନ୍ଧାର ମାଡ଼ିଆସେ, ଆଉ ଗାଁଗଣ୍ଡା ସହରକୁ କାବୁ କରିଦିଏ । ରୁକ୍ଷ କର୍କଶ, ନିର୍ମମ ଉତ୍ତରମେରୁ ମଣ୍ଡଳର ଶୀତ, ବରଫର ପାହାଡ଼ ଚାପିଦିଏ ସ୍ୱଚ୍ଛନ୍ଦ ଜୀବନଯାତ୍ରା ଉପରେ । ଦିନରାତି ସଲାସୁତରା ହୋଇ ଏକ୍ ହୋଇଯାନ୍ତି ଆଉ ରତୁମାନଙ୍କୁ ଅବଜ୍ଞା କରି ବିଜ୍ଞାନ ବଳରେ ରାତିକୁ

ଦିନ, ଦିନକୁ ରାତି କରୁଥିବା ମଣିଷମାନଙ୍କ ଅହଂକାରକୁ ପଦାଘାତ କରନ୍ତି । ଶୀତତ୍ରସ୍ତ ଅସରା ଅନ୍ଧାର ରାତିରେ ଅବସାଦ, ବିଷାଦ, ନିଃସଙ୍ଗତା ଆଉ କର୍ମକୁଣ୍ଠତା ଅସାଢ଼ କରିଦିଏ ଚଳଚଞ୍ଚଳ କର୍ମମୟ ବ୍ୟସ୍ତ ଜୀବନକୁ । ପୁଣି ଜୀବନ, ମୃତ୍ୟୁ, ମଣିଷ ସହ ମଣିଷର ସମ୍ପର୍କ, ମଣିଷ ପ୍ରତି ପ୍ରକୃତିର ଅକୁଣ୍ଠ ଆଶୀର୍ବାଦ, କ୍ରୁର ବୈରଭାବ ଆଦି ଦାର୍ଶନିକ ଭାବନା, ମଣିଷ ଉପରେ ରହସ୍ୟମୟ ମେରୁ ଜ୍ୟୋତିର ଯାଦୁକରୀ ପ୍ରଭାବ ସଂପର୍କରେ ବିଚିତ୍ର ଅନୁଭବ, ଶୀତ ରାତିକୁ ଅଧିକରୁ ଅଧିକ ମଗ୍ନ ଓ ଦୀର୍ଘରୁ ଦୀର୍ଘତର କରିଦିଏ । ଛଅମାସ ଦିନ ଓ ଛଅମାସ ରାତିର ଲୁଚକାଲି ଖେଳ ଭିତରେ ଜୀବନକୁ କେବେ ପ୍ରଖର, କେବେ ଆସାଢ଼ କରି ଦେଉଥିବା ଉତ୍ତରମେରୁର ହାତପାହାନ୍ତାରେ ଏଇ ସାନ ସହରଟି କିନ୍ତୁ ଓଲଗା ସୋଲାଙ୍ଗଙ୍କର ଅତି ପ୍ରିୟ, କେବଳ ତାଙ୍କର କାହିଁକି ନିଜ ଜନ୍ମମାଟି କାହାର ବା ପ୍ରିୟ ନୁହେଁ ! ଏଇ ସହରର ତାପମାତ୍ରା ଛଅମାସ ରାତି ସମୟରେ, ପ୍ରବଳ ତୁଷାରପାତରେ, ଶୂନ୍ୟ ଡିଗ୍ରୀର ତଳେ ଚାଳିଶ ପଚାଶ ଡିଗ୍ରୀକୁ ଖସିଗଲେ ବି ଘର ଭିତରଟା ହିଟରର ଉତ୍ତାପରେ ମୁଲାୟମ୍ ଉଷ୍ଣୁମ ଟାଣୁଥାଏ । ବିଜୁଳୀବତି ଜଳୁଥାଏ ରାସ୍ତାଘାଟରେ ଅହର୍ନିଶ । ଯୋଉ ଦୁଇମାସ ସଂପୂର୍ଣ୍ଣ ଅନ୍ଧକାର, ସୂର୍ଯ୍ୟଙ୍କର ଛଟା ଆକାଶରୁ ସମ୍ପୂର୍ଣ୍ଣ ଲିଭିଯାଏ, ଆଉ ଲୋକେ ପଦାକୁ ବାହାରିପାରନ୍ତି ନାହିଁ, ସେତେବେଳେ ନିଃସଙ୍ଗ ବାର୍ଦ୍ଧକ୍ୟରେ ପୁଅଝିଅଙ୍କ ପାଖରୁ ଚିଠି ଖଣ୍ଡିଏର ପ୍ରତୀକ୍ଷା ଛଡ଼ା ଆଉ କିଛି ସ୍ୱପ୍ନ ଓ ଅଭିସ୍ସା ନଥାଏ ଓଲଗାଙ୍କର । ଯେତେବେଳେ ମଣିଷର ରକ୍ତରେ ବୟସର ଉଷ୍ଣତା ଥାଏ, ନିଃସଙ୍ଗ ଶୀତ ରାତିର ସ୍ୱପ୍ନରେ ଥାଏ କନ୍ଦଲୋକର ରୋମାଞ୍ଚ, ମାତ୍ର ଏଇ ଉତ୍ତର ବାର୍ଦ୍ଧକ୍ୟର କିଟ୍କିଟ୍ ନିଃସଙ୍ଗ ରାତିରେ ଯୋଉ ସ୍ୱପ୍ନଟିକକ ମିଞ୍ଜିମିଞ୍ଜି ନକ୍ଷତ୍ର ଭଲି ଦିଶୁଥାଏ, ସେଥିରେ ସେ ରୋମାଞ୍ଚ ନଥାଏ, ଥାଏ ପ୍ରତୀକ୍ଷାର ନିଷ୍ପାପର ମଗ୍ନତା । ଦିନ ଛଅମାସର ଗହ ଗହ ଗହଳି ଭିତରେ, ସପ୍ରେମ ଦୁଃଖ ଆଉ ସକରୁଣ ଅବସାଦର ଯେଉଁ ଅପୂବ ସୂକ୍ଷ୍ମ ସ୍ୱରଟି ଶୁଭେନାହିଁ, ସେ ସ୍ୱରଟି ଖୋଜି ପାଇବାରେ ଶୀତରାତି କିନ୍ତୁ ସହାୟକ ହୁଏ । ତେଣୁ ଶୀତରାତି ଓଲଗାଙ୍କୁ ଦିନ ପରେ ଦିନ ନିରାଶ କରିଦେଉଥିଲେ ବି ସେ ନୀରବରେ, ଅନ୍ତରଙ୍ଗ ଭାବେ ଧୈର୍ଯ୍ୟ ସହକାରେ ଶୀତରାତିକୁ ଭଲପାଇ ଚାଲିଛି । ସେ ଭଲ ପାଇବାର ଅନ୍ତ ହୁଏ ନାହିଁ । କାରଣ ଶୀତ ରାତିରେ ପୁଅ ବର୍ତ୍ତାଣ୍ଡ ଓ ଝିଅ ତିସ୍ତାର ଚିଠିକୁ ପ୍ରତୀକ୍ଷା କରିବାରେ ଥାଏ ଅବିଚଳ ଏକାଗ୍ରତା, ଯାହା ଦିନର ବ୍ୟସ୍ତ ଜୀବନରେ ପ୍ରତିହତ ହୋଇଥାଏ । ବାର୍ଦ୍ଧକ୍ୟଗ୍ରସ୍ତ ଜୀବନରେ ତେଣୁ ଓଲଗାଙ୍କ ପାଇଁ ଦିନ ରାତିର ଫରକ୍ ଥିଲା ଡାକବାଲାର ନିୟମିତତା ଓ ଅନିୟମିତତା ।

ଶୀତଦିନେ ଡାକବାଲା ପ୍ରବଳ ତୁଷାରପାତ ଭିତରେ ନିୟମିତ ଆସିପାରେ

ନାହିଁ । ତା' ନଆସିବାରେ ଚିଠି ପାଇଁ ପ୍ରତୀକ୍ଷା ତୀବ୍ରତର ହେବାରେ ବି ଗୋଟାଏ ଦୁଃଖଦ ସୁଖ ଥାଏ । କିନ୍ତୁ ଡାକବାଲାର ଆସିବାରେ ଅନିୟମିତତା ସହ ଓଲ୍‌ଗାଙ୍କ ଠିକଣାରେ ଚିଠି ଆସିବାରେ ଅନିୟମିତତାର କିଛି ସମ୍ପର୍କ ନରହିବାର କଥା । ବରଂ ଓଲ୍‌ଗା ଭାବୁଥିଲେ ଶୀତ ରାତିରେ ଘର ଭିତରେ ବେଶୀ ସମୟ ବନ୍ଦ ହୋଇ ରହିବା ଫଳରେ ଫର୍ଦ ଫର୍ଦ ଚିଠି ଲେଖିବାର କଥା । ଶୀତ ରାତିରେ ଏ ଟୋକାଟୋକୀଗୁଡ଼ା ଘରେ ବସି କ'ଣ ଏମିତି ବ୍ରହ୍ମାଣ୍ଡଯାକର କାମ କରନ୍ତି ଯେ, ଚିଠି ଖଣ୍ଡେ ଲେଖିପାରନ୍ତି ନାହିଁ ? ଓଲଗ୍ଵା ନିଜର ଆତ୍ମକେନ୍ଦ୍ରିକ ଭାବନାରୁ କ୍ଷାନ୍ତ ହୋଇ ଯୁବତୀ ପାଲଟି ଯା'ନ୍ତି ଆଉ ବୁଝିପାରନ୍ତି ଯେ, ଶୀତ କାଲରେ ହିଁ ଯୁବଦମ୍ପତିମାନେ ପରସ୍ପରକୁ ଅଧିକ ସମୟ ନିସର୍ଗ ଭାବେ ଓ ସଂପୂର୍ଣ୍ଣ ରୂପେ ପାଇପାରନ୍ତି । ସତରେ କ'ଣ କେହି କାହାକୁ ନିସର୍ଗ ପାଇପାରେ ? ସଂପୂର୍ଣ୍ଣ ରୂପେ ବି ପାଇପାରେ ? ସ୍ଵାମୀ, ସ୍ତ୍ରୀ, ପ୍ରେମିକ ପ୍ରେମିକାଙ୍କ କଥା ବାଦ୍‌ଯାଉ, ମା' ପୁଅ ବି କ'ଣ ପରସ୍ପରକୁ ସମ୍ପୂର୍ଣ୍ଣ ରୂପେ ପାଇପାରନ୍ତି ? ପୁଅ ବର୍ତ୍ତାନ୍ତର ହୃଦୟର ବଡ଼ ଅଂଶଟା ଆପାତତଃ ବର୍ତ୍ତମାନ ପ୍ରେମିକାପନ୍ମୀର ହେବା ସ୍ଵାଭାବିକ ନୁହେଁ କି ? ମାତ୍ର, ନିଜ ରକ୍ତ ମାଂସରେ ଗଢ଼ା ନିଜ ଗର୍ଭରେ ଧାରଣ କରି ନିଜକୁ ବିଭକ୍ତ କରି, ରକ୍ତ କ୍ଷରଣ କରି, ଯୋଉ ପୁଅକୁ ଜନ୍ମ ଦେଇଥିଲେ ଓଲ୍‌ଗା, ତାକୁ କ'ଣ ମା' ହୋଇ ସମ୍ପୂର୍ଣ୍ଣ ରୂପେ ସେ ପାଇପାରିଛନ୍ତି ? ନିଜର ସ୍ଵାଧୀନ ଚିନ୍ତାଧାରା ଯୋଗୁଁ ପୁଅ ଉପରେ ନିଜ ବାର୍ଦ୍ଧକ୍ୟର ବୋଝକୁ ଲଦି ନଦେବାର ଦୃଢ଼ ଆତ୍ମନିର୍ଭରଶୀଳତା ଏବଂ ନିଜ ଶୈଲୀରେ ବଞ୍ଚିବା, ମରିବାର ଅଧିକାରକୁ ସାବ୍ୟସ୍ତ କରିବାର ଅଟୁଟ ବିଚାର କ'ଣ ମା' ପୁଅଙ୍କ ଭିତରେ ସୂକ୍ଷ୍ମ ଅନ୍ତରାୟଟିଏ ସୃଷ୍ଟିକରି ଠିଆ ହୁଏ ନାହିଁ ? ବାସ୍ତବରେ କ'ଣ ପୁଅକୁ ଚିରକାଲ ଧରି ଜଡ଼ାଇ ଧରି ନିଜର ମାତୃତ୍ଵକୁ ତୁଷାର ନଦୀପରି ପାହାଡ଼ ଶିଖରରୁ ପୁଅର ଆତ୍ମମଗ୍ନ ପୃଥିବୀରେ ବୁହାଇ ଦେଇ ନିଜର ସତ୍ତା ହଜାଇ ଦେବାକୁ ସେ ଚାହାନ୍ତି ? ପୁଅ ଯଦି ତାଙ୍କର ଅଥର୍ବ ବାର୍ଦ୍ଧକ୍ୟକୁ ଆଦରରେ ତୋଲିନିଏ, ତେବେ ସେ କ'ଣ ପୁଅର କର୍ତ୍ତୃତ୍ଵ ଭିତରେ ମରଣର ମହୋସ୍ବ ପାଲିବା ପାଇଁ ରାଜି ହୋଇଯିବେ ? ସହରୀ ଜୀବନ ଓଲ୍‌ଗାଙ୍କୁ ତାଙ୍କ ମା'ଙ୍କ ଚିନ୍ତାଧାରାଠୁ ଭିନ୍ନ ଧାରାରେ ଭାବିବା ପାଇଁ ଶିଖାଇଛି । ତେଣୁ ଊର୍ଦ୍ଧ୍ଵମୁଖୀ ମା'ର ମମତାରେ ବହିଯିବାର ଉଚ୍ଛ୍ଵାସ ଥିଲେ ମଧ୍ୟ ବହିଯାଇ ସତ୍ତା ହରାଇ ଦେବାର ପ୍ରବଣତା ଓଲ୍‌ଗାଙ୍କର ନଥାଏ ।

ମଧ୍ୟରାତ୍ରିର ଏଇ ଉତ୍ତରୀ ଇଲାକାରେ ଦୀର୍ଘତମ ଶୀତରାତି ପରି ମଣିଷର ଆୟୁରେଖା ମଧ୍ୟ ଦୀଘ ଏବଂ ସ୍ଵତିରେଖା ଦିଗ୍‌ବଲୟର ଅଛିଣ୍ଟ ରେଖାପରି ବାଲ୍ୟକାଲରୁ ବାର୍ଦ୍ଧକ୍ୟ ପର୍ଯ୍ୟନ୍ତ ମେରୁ ଜ୍ୟୋତିର ନୀଲ ସବୁଜ ସ୍ଵପ୍ନିଲ ଦୀପ୍ତିରେ ଜଡ଼ାଇ ଧରିଥାଏ

ଓଲ୍‌ଗାଙ୍କ ଭଳି ଏକାକୀ ମଣିଷମାନଙ୍କୁ । ଏକା ଏକା ବଞ୍ଚିବାରେ ଅଭ୍ୟସ୍ତ ବାର୍ଦ୍ଧକ୍ୟରେ କିଛି ବୈଚିତ୍ର୍ୟ ନଥାଏ ସତ, ମାତ୍ର ପ୍ରକୃତିର ବୈଚିତ୍ର୍ୟକୁ ନେଇ ମଣିଷ ବେଶ୍ ବଞ୍ଚିପାରେ । ଓଲ୍‌ଗାଙ୍କର ବିଶ୍ୱାସ ଯେ, ମୃତ୍ୟୁ ପରେ ପ୍ରକୃତି ସହ ମିଶିଯାଇ ମଣିଷ ଅମରତ୍ୱ ଲଭେ ଯେମିତି ବରଫ ତରଳି ଗଲେ ତୁଷାର ନଦୀ ହୋଇଯାଏ । ତୁଷାର ନଦୀ ମାଟି ଛୁଇଁଲେ ନୀଳ ଦର୍ପଣ ଭଳି ଖଣ୍ଡିଏ ଖଣ୍ଡିଏ ଫିୟୋର୍ଡ଼ ପାଲଟି ଯାଏ । ଫିୟୋର୍ଡ଼, ତୁଷାର ନଦୀ ଏବଂ ମଣିଷର ଆତ୍ମା କେବେହେଲେ ବାଷ୍ପୀଭୂତ ହୋଇ ସଭା ହରାଏ ନାହିଁ । ପୁଣି ଫେରିଆସେ ଧ୍ରୁବ ନକ୍ଷତ୍ର ଆକାଶ ତଳେ ଏଇ ମାଟିକୁ, ବନସ୍ପତି, ବଲଗା ହରିଣ, ଧଳାଭାଲୁ, ସିଲ୍‌ମାଛ, ସି-ଇଗଲ୍ କିମ୍ବା ଶୁଭ୍ର ସତେଜ ଶିଶୁ ହୋଇ, ଯେଉଁ ଶିଶୁମାନଙ୍କର ଗାଲରେ ସବୁ ରତୁରେ, ସବୁ ବୟସରେ ଫୁଟିଥାଏ ସତେଜ ଗୋଲାପ । ସପ୍ତର୍ଷିମଣ୍ଡଳର ଠିକ୍ ତଳେ ଧ୍ରୁବ ନକ୍ଷତ୍ର ସୁମେରୁ ଦେଶରେ ଅନନ୍ତ ପର୍ବତମାଳା ପରି, ଚିରନ୍ତନ ହ୍ରଦମାନଙ୍କ ପରି, ଖରସ୍ରୋତା ନଦୀମାନଙ୍କ ପରି ଅନନ୍ତ ଜୀବନ ମଣିଷର । ବରଫର ପ୍ରେମାଲିଙ୍ଗିନ ଭିତରେ ଶ୍ୱାସରୁଦ୍ଧ ହୋଇ ଦୀର୍ଘଶ୍ୱାସ ଛାଡୁଥିବା ଘୁ ଘୁ ଅରଣ୍ୟମାନେ ଯଦି ଭାଙ୍ଗିପଡ଼ନ୍ତି ନାହିଁ, ତେବେ ଶୀତ ରାତିର ବରଫ ରାସ୍ତାରେ ସାଇକେଲ୍ ଚଢ଼ି ସବୁ ରାତିରେ ଆସିପାରୁ ନଥିବା କର୍ତ୍ତବ୍ୟନିଷ୍ଠ ପୋଷ୍ଟମ୍ୟାନ୍‌ର ଅସହାୟ ଅନିୟମିତତା ଓଲ୍‌ଗାଙ୍କର ପ୍ରତୀକ୍ଷାକୁ ଭାଙ୍ଗିରୁଜି ଦେବ କାହିଁକି ? ଓଲ୍‌ଗାଙ୍କର ବିଶ୍ୱାସ ଯେ ତାଙ୍କ ପୁଅ ନାତି ନାତୁଣୀମାନଙ୍କ ପାଖରୁ ଆସୁଥିବା ଚିଠିମାନ ଅନିୟମିତ ହୋଇନାହାନ୍ତି, ଅନିୟମିତ ହୋଇଛି ପୋଷ୍ଟମ୍ୟାନ୍, ବରଫର ତାଡ଼ନାରେ । ତେଣୁ ପୁଅଝିଅ, ପୋଷ୍ଟମ୍ୟାନ୍ ସମସ୍ତେ କ୍ଷମଣୀୟ । ପ୍ରେମିକାର ପ୍ରତୀକ୍ଷାରେ ଧୈର୍ଯ୍ୟ ହରାଇବାର ଆଶଙ୍କା ଥାଏ,   ବାଟ ଭାଙ୍ଗିଯିବାର ସମ୍ଭାବନା ଥାଏ, ମାତ୍ର ମା'ର ପ୍ରତୀକ୍ଷା ଧୈର୍ଯ୍ୟ ଭାଙ୍ଗେନାହିଁ, ବାଟ ଭାଙ୍ଗେ ନାହିଁ । ଶୀତୁଆ ଝଡ଼ର ଆଖି ଘୁ ଘୁ ସମୁଦ୍ର ବକ୍ଷ ଚୁମିଯିବା ପରି ଓଲ୍‌ଗାଙ୍କର ବୟସ୍କ ବାସଲ୍ୟ ବର୍ତ୍ତଣ୍ଡ ଆଉ ତିସ୍ତାଙ୍କର ବାଲ୍ୟ କୈଶୋର ଏବଂ ଅନନ୍ତ ଭବିଷ୍ୟତକୁ ନିରନ୍ତର ଚୁମିଯାଏ ।

ଶୀତ ରାତିରେ ଫୁଲ ଫୁଟେ ନାହିଁ । ମାତ୍ର ଓଲ୍‌ଗାଙ୍କ ପାଖରେ ଫୁଲର ଅଭାବ ନାହିଁ । ତାଙ୍କର ଅଶୀବର୍ଷର ଶଙ୍ଖମର୍ମର ମୁହଁର ଗାଲ ଦୁଇଟିରେ ଫୁଟିଥାଏ ଦୁଇଟି ଗୋଲାପ ଫୁଲ, ଯେଉଁଠି ଦିନେ ଲାଲ୍ ଚହଚହ ଟ୍ୟୁଲିପ୍ ଫୁଲ ଫୁଟିଥିଲା । ତାଙ୍କର ନୀରବ ଅଧରରେ ବି ଗୋଲାପ ଫୁଟିଥାଏ । ଆଉ ଦୁଇଟି ସତେଜ ଗୋଲାପ ଫୁଲ ଗୋଟିଏ ବୃନ୍ତରେ ଫୁଟିଥାଏ, ଯାହା ଅତି ଯତ୍ନରେ ଶୀତ ଦାଉରୁ ରକ୍ଷା କରିବା ପାଇଁ ସେ ଛାତି ତଳର ଉଷ୍ମ ଭିତରେ ରଖିଥାନ୍ତି । ସେ ଫୁଲ ଦୁଇଟି ତାଙ୍କ ପୁଅ

ଝିଅଙ୍କର ଆଲିଙ୍ଗନବଦ୍ଧ ଅମଳିନ ଛବି, ଯାହାକୁ ଓଲ୍‌ଗା ଅମୃତ ବାସଲ୍ୟର ଅତୁଟ ପ୍ରେମରେ ବାନ୍ଧି ହୃଦୟର ଶାଶ୍ୱତ ପ୍ରଚ୍ଛଦରେ ଟାଙ୍ଗି ଦେଇଥାନ୍ତି, ଆଉ ନିରେଖି ନିରେଖି ଦୃଷ୍ଟିଶକ୍ତିକୁ ଉଜାଗର ରଖିଥାନ୍ତି ।

ଆଗକୁ ଚାହିଁଲେ ଓଲ୍‌ଗାଙ୍କୁ ନିଜ ପିଲାଙ୍କ ବ୍ୟତୀତ ଆଉ କିଛି ଦିଶେ ନାହିଁ । କନ୍ତୁ ପଛକୁ ଚାହିଁଲେ ସବୁ ଦିଶେ, ନିଜର ପିଲାଙ୍କ ପିଲାକାଳ, ନିଜ ପିଲାକାଳ, ନିଜ ମା'ର ପିଲାକାଳ, ଯାହା ସେ ନିଜ ମା'ଙ୍କ ମୁହଁରୁ ଶୁଣିଥିଲେ । ଓଲ୍‌ଗା ଜନ୍ମ ହୋଇଥିଲେ ତୁନ୍ଦ୍ରାରେ । ବଲ୍‌ଗା ହରିଣଙ୍କ ପଛରେ ପାହାଡ଼ ପରେ ପାହାଡ଼, ଉପତ୍ୟକା ପରେ ଉପତ୍ୟକା ପାରି ହେଉ ହେଉ ଓଲ୍‌ଗା ମା'ଙ୍କ ପାଦର ଗଦି ସହ ପୃଥ୍ୱୀକୁ ଆସିବା ପାଇଁ ନିଜର ଗତି ଧାର୍ଯ୍ୟ କରିଥିଲେ । ମା'ଙ୍କ ଗର୍ଭବେଦନାର ସୂଚନା ପାଇବାମାତ୍ରେ ବାପାଙ୍କର ଅଭିଜ୍ଞ ଯାଯାବରୀ ହାତ ପକ୍ଷୀ ପର ଝାଡ଼ିଦେବା ପରି ଅଳ୍ପ ସମୟ ଭିତରେ ସଙ୍ଗରେ ବୋହି ନେଉଥିବା ତମ୍ବୁ ଟାଣି ଦେଇଥିଲେ । ଓଲ୍‌ଗାଙ୍କର ମା' ପ୍ରସବ ବେଦନାକୁ ପ୍ରଶମିତ କରିଥିଲେ ତୁନ୍ଦ୍ରାର ସେଇ ହିମସ୍ନିଗ୍ଧ ତନ୍ଦ୍ରାଚ୍ଛନ୍ନ ଉପତ୍ୟକାରେ । ତା'ପରେ ବାପା-ମା'ଙ୍କ ହାତଧରି ବଲ୍‌ଗା ହରିଣକୁ ଅନୁସରଣ କରି ଶିଶୁ ଓଲ୍‌ଗାଙ୍କର ଯାତ୍ରାରମ୍ଭ ହୋଇଥିଲା । ଓଲ୍‌ଗା ଏମିତି ଏକ ମାଟିରେ ଜନ୍ମ ହୋଇଥିଲେ, ଯେଉଁଠି ସୂର୍ଯ୍ୟ ଥରେ ଉଇଁଲେ ଅସ୍ତଯାଏ ନାହିଁ, କିନ୍ତୁ ଥରେ ଅସ୍ତ ହୋଇଗଲେ ଉଦୟର କଥା ଭୁଲିଯାଏ । ଛ'ମାସ ଦିନ, ଛ' ମାସ ରାତି । ଆଲୋକ ଦିଏ ଶକ୍ତି, ଅନ୍ଧାର ଦିଏ ପ୍ରଶାନ୍ତି । ମାତ୍ର ଓଲ୍‌ଗାଙ୍କ ଗାଁ ଆକାଶରେ ଛଅମାସର ସୂର୍ଯ୍ୟ ରଶ୍ମିଠୁ ମୁହଁ ଲୁଚାଇ ପାହାଡ଼ର ଛାଇରେ ଶୋଇ ପଡ଼ିବା ଯେମିତି ଭାଗ୍ୟର କଥା ଥିଲା, ଛଅମାସ ରାତିର ଅସରା ପ୍ରଶାନ୍ତି ଭିତରେ ଉଜାଗର ରାତି ପାହିଯିବା ସେମିତି ଭାଗ୍ୟଲିଖନ ଥିଲା । କିନ୍ତୁ ସବୁ ଥିଲା ଓଲ୍‌ଗାଙ୍କର ଅତି ପ୍ରିୟ । ବଲ୍‌ଗା ହରିଣ, ଦଳ ଦଳ ପକ୍ଷୀ, ତୁନ୍ଦ୍ରାର ସଙ୍ଗୀତ, ବରଫର ଝଡ଼, ଦିଗ୍‌ବଳୟର ଜିଦ୍‌ଖୋର ସୂର୍ଯ୍ୟ, ରାତି ଆକାଶରେ ନିର୍ଲିପ୍ତ ଅନ୍ଧକାର ଏବଂ ମେରୁଜ୍ୟୋତିର କୁହେଲି... ସମସ୍ତେ ଥିଲେ ଜୀବନର ବିଭିନ୍ନ ଅଂଶ । ମାତ୍ର ଓଲ୍‌ଗାଙ୍କୁ ଗାଁ ଛାଡ଼ି ସ୍କୁଲ୍‌ ଯିବାକୁ ପଡ଼ିଥିଲା । ଓଲ୍‌ଗାଙ୍କର ମା' ନିଜର ଝିଅକୁ ମରଣମୁକ୍ତ କରିପାରିବେ ନାହିଁ ଜାଣିଥିଲେ, ମାତ୍ର ଶଙ୍କାମୁକ୍ତ କରିବା ପାଇଁ ବଦ୍ଧପରିକର ଥିଲେ । ତୁନ୍ଦ୍ରାର ସେଇ ସାନ, ସାମି ଗାଁରେ ନାରୀଟିଏ ଜନ୍ମଠୁ ମରଣ ଯାଏ ଶୀତ ରାତିର ଘନଘୋର ଅନ୍ଧାର ପରି ନିଜର ପ୍ରିୟ ଜୀବନ ପ୍ରତି କେତେ କେତେ ବିପଦର ଆଶଙ୍କାରେ ପ୍ରତିଦିନ ଅଳ୍ପ ଅଳ୍ପ ମରୁଥାଏ । କେତେବେଳେ ଡାହାଣୀ ସନ୍ଦେହରେ ଗାଁବାଲା ପୋଡ଼ି ମାରିଦେବାର ଭୟ ତ କେତେବେଳେ ସମାଜର ନିୟମଭଙ୍ଗ ଅପରାଧରେ ମୁଣ୍ଡକାଟର ଭୟ । ଅଜଗର

ଆଁ ମେଲେଇ ଜୀବନକୁ ମରଣଠୁ କଷ୍ଟକର କରିଦିଏ ଏଇ ଭୟ । ଓଲ୍‌ଗାର ମା'
ଜାଣିଥିଲେ ପୃଥିବୀର ଯୋଉ ଇଲାକାକୁ ଗଲେ ବି ନାରୀର ନିସ୍ତାର ନାହିଁ । ସେ
ଖଟିବ, ଶଙ୍କାରେ ରହିବ ଏବଂ କିଛି ନା କିଛି ଆଳରେ ଦଣ୍ଡିତ ହେବ । କିନ୍ତୁ ସହର
ଜୀବନରେ କିଏ କାହା କଥାରେ ମୁଣ୍ଡ ଖେଳାଏ ?

ଓଲ୍‌ଗା ଥିଲେ ଅତ୍ୟନ୍ତ ଶକ୍ତିଶାଳିନୀ ମହିଳା । ବରଫ ନଦୀ ବହୁଥିବା ପାହାଡ଼ର
ଗଡ଼ାଣିରେ ସେ ବଳଗାହରିଣ ଛୁଆପରି କ୍ଷୀପ୍ରଗତିରେ ଦଉଡ଼ି ଦଉଡ଼ି ବାଲ୍ୟକାଳ
ବିତାଇଥିଲେ । ପାହାଡ଼ର ଉଠାଣିରେ ସେ ପ୍ରାତଃଭ୍ରମଣ କରିବା ଭଳି ସ୍ୱଚ୍ଛନ୍ଦରେ
ଚାଲି ଚାଲି ଶିଖର ଦେଶରେ ପହଞ୍ଚି ଯାଉଥିଲେ । ପ୍ରଶ୍ୱାସରେ ପ୍ରକୃତିର ସବୁଜିମା ଓ
ବରଫର   ନିର୍ମଳ ସ୍ୱଚ୍ଛତାକୁ ସେ ଶୋଷି ନେଉଥିଲେ ଅନ୍ତରାତ୍ମାର ଗହ୍ବରକୁ,
ଯୋଉଥିପାଇଁ ଅଶୀବର୍ଷ ବୟସ ପର୍ଯ୍ୟନ୍ତ ତାଙ୍କ ଭିତରୁ ସବୁଜିମା ମରିନାହିଁ, ସ୍ୱଚ୍ଛତା
ମଉଳି ନାହିଁ । ଓଲ୍‌ଗା   ପାହାଡ଼ ଅଧାରୁ ଉପତ୍ୟକାକୁ ଡିଆଁମାରି ଚମକୃତ କରି
ଦେଉଥିଲେ ଗାଁବାଲାଙ୍କୁ । ତାଙ୍କର   ଏଇ ସାହସିକତା ଯେ, ଦିନେ କାଳ ହେବ,
ଏବଂ   ସାମି ସମାଜରେ କ'ଣ ନାଇଁ କ'ଣ ନିୟମଭଙ୍ଗ ଅପରାଧରେ ସେ ଦଣ୍ଡିତ
ହେବେ ଏଇ ଆଶଙ୍କା ଥିଲା ଓଲ୍‌ଗାଙ୍କ ମା'ଙ୍କର । ତେଣୁ ଝିଅକୁ ସେ ନିଜ ପାଖରୁ
ତଡ଼ି ଦେଇଥିଲେ ପାହାଡ଼ ପାଦଦେଶରେ ଥିବା ସାନ ସହରକୁ, ଯେଉଁଠି ଓଲ୍‌ଗା ପାଠ
ପଢ଼ିଥିଲେ ଓ ଝିଅମାନଙ୍କୁ ଶାରୀରିକ ଶିକ୍ଷା ତାଲିମ ଦେବା ପାଇଁ ସେଇ ସ୍କୁଲରେ
ଚାକିରି ବି ପାଇଯାଇଥିଲେ । ଓଲ୍‌ଗାଙ୍କ ସାହସିକତାର ପ୍ରେମରେ ପଡ଼ି ଯାଇଥିଲେ
ଦକ୍ଷିଣ ନରୱେର ଭିକ୍ଟର ନାମକ ଜଣେ ସ୍ୱାସ୍ଥ୍ୟବାନ ଯୁବକ । ଓଲ୍‌ଗାଙ୍କ ଦେହରେ
ବହୁଥିବା ସାମି ରକ୍ତର କଟକଣାକୁ ଅବଜ୍ଞା କରି ତାଙ୍କୁ ବିବାହ ବି କରିଥିଲେ ।
ଓଲ୍‌ଗା ଭାବିଥିଲେ ସ୍ୱାସ୍ଥ୍ୟବାନ, ଚରିତ୍ରବାନ, ନରୱେ ଯୁବକ ଭିକ୍ଟରଙ୍କ ପ୍ରେମର
ଉଷ୍ମତା ଶୀତଳ ହୋଇଗଲେ ହୁଏତ ସେ ଓଲ୍‌ଗାଙ୍କ ସ୍ନାୟୁରେ ସାମି ରକ୍ତର ଗନ୍ଧକୁ
ସହ୍ୟ କରିପାରିବେ ନାହିଁ । ତେଣୁ ବିବାହ ବିଚ୍ଛେଦ ଅବଧାରିତ । କିନ୍ତୁ ଭିକ୍ଟର ଓଲ୍‌ଗାଙ୍କ
ସ୍ୱାଭାବିକ ଆଶଙ୍କାକୁ ମିଥ୍ୟା ପ୍ରମାଣ କରି ତାଙ୍କ ସହ ଅବିଚ୍ଛେଦ୍ୟ ଦାମ୍ପତ୍ୟରେ ବାନ୍ଧି
ହୋଇ ରହିଲେ ଦୀର୍ଘ ପଚାଶ ବର୍ଷ । ପାଞ୍ଚବର୍ଷ ତଲେ ସେ ଦେହର ବନ୍ଧନ କାଟି
ଚାଲିଗଲେ । ବିଚିତ୍ର ଏଇ ନାରୀପୁରୁଷ ସମ୍ପର୍କ । ବନ୍ଧନ ଶିଥିଳ ହେଲେ ବିଚ୍ଛେଦ
ଦୁଃଖ, ବନ୍ଧନ ଦୃଢ଼ ହେଲେ ବି ବିଚ୍ଛେଦ ଦୁଃଖ ଭୋଗିବାକୁ ହୁଏ । ସ୍ୱଚ୍ଛ ଦାମ୍ପତ୍ୟ
ଜୀବନ ପରେ ବିବାହ ବିଚ୍ଛେଦ ହୋଇଥିଲେ ଯେତେ ଦୁଃଖ ହୋଇ ନଥାନ୍ତା,
ପଚାଶ ବର୍ଷର ଅଟୁଟ ଦାମ୍ପତ୍ୟ ପରେ ସ୍ୱାମୀଙ୍କ ବିଚ୍ଛେଦ ଅଧିକ ଦୁଃଖଦାୟକ ଥିଲା
ଓଲ୍‌ଗାଙ୍କ ପକ୍ଷେ । ଭିକ୍ଟରଙ୍କର ଏଇ ଅନିଚ୍ଛାକୃତ ନିଷ୍ଠୁରତା ପାଇଁ ତାଙ୍କ ପ୍ରତି ବିମୁଖ

ହେବା ପରିବର୍ତ୍ତେ ତାଙ୍କୁ ଅଧିକ ନିବିଡ଼ ଭାବେ ଭଲ ପାଉଥିଲେ ଓ ନିରନ୍ତର ପାଖରେ ପାଇବାକୁ ଚାହୁଁଥିଲେ ଓଲ୍‌ଗା, ତେଣୁ ପତି ବିଚ୍ଛେଦ ହେଲେ ଯେତିକି ଦୁଃଖ ପାଇବାର କଥା ତା’ଠୁ ଅଧିକ ଦୁଃଖ ପାଉଥିଲେ । ଉତ୍ତମ ସ୍ୱାମୀ ହେଲେ ତାଙ୍କୁ ଏକା କରିଦେଇ ମରିବାରେ ଯେତିକି ଦୁଃଖ, ତାଙ୍କ ବିହୁନେ ବଞ୍ଚିବାରେ ବି ସେତିକି ଦୁଃଖ । ସମ୍ଭବତଃ ସ୍ୱାମୀ ସ୍ତ୍ରୀର ସଂପର୍କରେ ପ୍ରେମହୀନତା ଯେତେ ଦୁଃଖ, ପ୍ରେମ ତା’ଠାରୁ ବଡ଼ ଦୁଃଖ । ଭିକ୍ଟର ଜଣେ ସାଧାରଣ ସ୍ୱାମୀ ନଥିଲେ, ସେ ଥିଲେ ଓଲ୍‌ଗାଙ୍କର ଚିରନ୍ତନ ପ୍ରେମିକ ସ୍ୱାମୀ । ତେଣୁ ଓଲ୍‌ଗାଙ୍କ ଦୁଃଖର ଏବେ ସୀମା ନଥିଲା । ତେବେ ଭିକ୍ଟର ଯେ, ତାଙ୍କ ଆତ୍ମା ସହ ମିଶି ଯାଇଛନ୍ତି- ଏଇ ବିଶ୍ୱାସରେ ସେ ଶହେ ବର୍ଷ ବଞ୍ଚି ଯାଇପାରିବେ ବୋଲି ଭାବୁଥିଲେ । ଶାଶ୍ୱତ ପ୍ରେମରେ ମରଣ କାହିଁ ?

ଓଲ୍‌ଗା ଏକାକିନୀ ଜୀବନ କାଟୁଥିଲେ ଗୋଟିଏ ଆପାର୍ଟମେଣ୍ଟର ତିନିକୋଠରି ବିଶିଷ୍ଟ ଫ୍ଲାଟ୍‌ରେ । ଓଲ୍‌ଗାଙ୍କର ଏଇ ଶୂନ୍‌ଶାନ୍‌ ସାନ ଫ୍ଲାଟ୍‌ଟି ଦିନେ କୋଲାହଲପୂର୍ଣ୍ଣ ଥିଲା। ଓଲ୍‌ଗା ଗୋଟିକ ପରେ ଗୋଟିଏ ପାଞ୍ଚଟି ସନ୍ତାନର ଜନନୀ ହୋଇଥିଲେ, ସେଥିରୁ ତିନିଜଣଙ୍କୁ ସେ ହରାଇଥିଲେ । ବଞ୍ଚି ରହିଥିଲେ ଆଖିର ଦୁଇ ଡୋଲା ପରି ପୁଅ ବର୍ତ୍ତାଣ୍ଟ ଓ ଝିଅ ତିସ୍ତା ।

ଓଲ୍‌ଗା ଜୀବିକାର୍ଜନ ପାଇଁ ଚାକିରି କରୁଥିଲେ, ମାତ୍ର ମା’ଠାରୁ ଉତ୍ତରାଧିକାର ସୂତ୍ରରେ ପାଇଥିଲେ ରୋଷେଇଶାଲର ଯାବତୀୟ କାମ, ଗୋଡ଼ ମେସିନ୍‌ରେ ପିଲାମାନଙ୍କ ପୋଷାକ ତିଆରି, କ୍ଷୀରକୁ ହାତରେ କ୍ଷିପ୍ର ଗତିରେ ଗୋଲେଇ ଗୋଲେଇ ଲହୁଣୀ ବାହାର କରିବାର କଳା ଓ ସ୍ୱାମୀଙ୍କର ଯତ୍ନ । ପିଲାମାନଙ୍କ ଯତ୍ନ ନେବାର ନିଷ୍ଠା, ସବୁ ତ ଜଣେ ସାମି ଝିଅର ମାତୃଦତ୍ତ ସମ୍ପତ୍ତି ! ଶୀତ ସହ ଯୁଦ୍ଧ କରିବାକୁ ବାହାରି ପଡୁଥିବା ପୁଅଝିଅଙ୍କ ପାଇଁ ବହେ ପୋଷାକ ତିଆରି କରିବାକୁ ପଡୁଥିଲା ଓଲ୍‌ଗାଙ୍କୁ । କେତେ କ୍ଷିପ୍ର ଗତିରେ ଗୋଡ଼ ଚଲାଇ ସେ ପୋଷାକ ଗଦା ଭିତରେ ମେସିନ୍‌ ସହ ନିଜେ ମେସିନ୍‌ ପାଲଟି ଯାଉଥିଲେ, ସେ କଥା ଭାବିଲେ ଓଲ୍‌ଗାଙ୍କର ମୁହଁରେ ବିଷାଦ ଉତୁରି ଆସେ । ଓଲ୍‌ଗାଙ୍କର ବଲ୍‌ଗା ହରିଣ ଗୋଡ଼ପରି ସେଇ କ୍ଷିପ୍ର ଗୋଡ଼ଦୁଇଟାରେ ଜଙ୍କ୍‌ ଲାଗିଗଲାଣି ଏବେ । ଘର ଭିତରେ ଚଲପ୍ରଚଲ ହେବାରେ ବି ବେଶ୍‌ କଷ୍ଟ ହୁଏ । ଓଲ୍‌ଗାଙ୍କ ଦେହରେ ସେଇ ମା’ର ରକ୍ତ ବହୁଥିଲା, ଯିଏ ପଶୁ ଚମଡ଼ାକୁ ଦାନ୍ତରେ ଚୋବେଇ ଚୋବେଇ ନରମ କରି ସ୍ୱାମୀ ଓ ପିଲାଙ୍କ ପାଇଁ ପୋଷାକ ତିଆରି କରେ, ପିଲାଙ୍କର ଦେହ ମୁହଁର ମଇଳାକୁ ଚାଟିଚାଟି ତୋରା କରିଦିଏ । ଉତ୍ତର ମେରୁର ହାତପାହାନ୍ତାରେ ଜନ୍ମିଥିବା ମଣିଷମାନେ ବିଶ୍ୱାସ କରନ୍ତି ଯେ, ନାରୀ ଏବଂ ପ୍ରକୃତି ଅଭିନ୍ନ । ନାରୀ ହେଉଛି ସବୁ ଆରମ୍ଭର ଆରମ୍ଭ । ସେ

ଈଶ୍ୱରଙ୍କ ଆଦ୍ୟକୃତି । ନାରୀକୁ ବାଦ୍‌ଦେଇ ତୁନ୍ଦ୍ରାରେ ଜୀବନ ଭାବି ହୁଏ ନାହିଁ । ସ୍ୱାମୀ, ସନ୍ତାନ ଏବଂ କୁଟୁମ୍ବମାନଙ୍କ ପାଇଁ ତୁନ୍ଦ୍ରାର ନାରୀ କ'ଣ ବା ନକରେ ? ନାରୀ ହେଉଛି ପରିବାର, ପ୍ରକୃତି ଏବଂ ତୁନ୍ଦ୍ରାର ରକ୍ଷାକର୍ତ୍ରୀ । ନାରୀ ଏଠାରେ ପୁରୁଷର ବି ରକ୍ଷାକର୍ତ୍ରୀ । ସେଇ ଦୃଷ୍ଟିରୁ ଓଲ୍‌ଗା ଅଧିକ ବା କ'ଣ କରିଥିଲେ ନିଜର ଛୋଟ ପରିବାର ପାଇଁ ? ପକ୍ଷୀଣୀଟିଏ ବି ତା' ଶାବକ ଚଞ୍ଚୁରେ ଆହାର ଦିଏ । ତେଣୁ ପିଲାମାନଙ୍କ ପାଇଁ ପରିଶ୍ରମରେ ଗୋଲିବାଟି ହୋଇଯିବା ବେଳେ ଓଲ୍‌ଗାଙ୍କୁ କ୍ଲାନ୍ତି ସ୍ପର୍ଶ କରୁ ନଥିଲା କେବେ । ଓଲ୍‌ଗା ଶିକ୍ଷାରେ ଚାଲିଚଳଣୀରେ ତାଙ୍କ ମା'ଠାରୁ ଅବଶ୍ୟ ଗୋଟାଏ ପାଦ ଆଗୁଆ ଥିଲେ ।

ସେମାନେ ତ ଆଉ ନିରୋଲା ସାମିଜାତିର ପିଲା ନଥିଲେ- ସେମାନଙ୍କ ଦେହରେ ଭିକ୍ଟରଙ୍କ ୟୁରୋପୀୟ ରକ୍ତ ଅଧା ବହୁଥିଲା, ମାତ୍ର ସେମାନେ ବ୍ୟକ୍ତିତ୍ୱରେ, ଜୀବନଯାତ୍ରାରେ ପୂରା ୟୁରୋପୀୟ ଥିଲେ । ଓଲ୍‌ଗା, ଭିକ୍ଟରଙ୍କୁ ବିବାହ କରିବା ପରଠୁ ତାଙ୍କର ସାମି ପରିଚୟଟି ଲୁଚି ଯାଇଥିଲା । ଓଲ୍‌ଗା ଭିତରେ ଭିତରେ ରୁଞ୍ଜିହୋଇ ଯାଉଥିଲେ ବି ଚୁପ୍ ରହିବାକୁ ପସନ୍ଦ କରୁଥିଲେ । ଚୁପ୍ ରହିବାଟା ହିଁ ଥିଲା ସାମି ବ୍ୟକ୍ତିତ୍ୱର ଗୋଟାଏ ବଡ଼ ଦିଗ । ସାମି ଝିଅମାନେ ବେଶୀ ବକ୍‌ବକ୍ ହେବା କଥା ନୁହେଁ- ପୁଣି ସହରକୁ ଗଲେ ନିଜକୁ 'ସାମି ସାମି କହି ଅନ୍ୟମାନଙ୍କର ଘୃଣା ଓ ଅବହେଲାର ଶିକାର ହେବା କଥା ନୁହେଁ । ଏହା ହିଁ ସବୁ ମା'ଙ୍କ ପରି ଓଲ୍‌ଗାଙ୍କ କାନେ କାନେ ତାଙ୍କ ମା' କହିଥିଲେ । ସାମି ସଭ୍ୟ ହେଲେ ନିଜର ଭାଷା, ନିଜର ପରିଚୟକୁ ମଧ୍ୟ ଭୁଲିଯିବାକୁ ବାଧ୍ୟ ହୁଏ । ଓଲ୍‌ଗା ତ ନିଜ ପିଲାଙ୍କୁ ତୁନ୍ଦ୍ରାର କାହାଣୀ, ଏକ ଆଦିମ, ପ୍ରିୟତମ ସଂସ୍କୃତି ବହୁଥିବା ନିଜର ବହଳିଆ ରକ୍ତର କାହାଣୀ ବି କହି ନଥିଲେ । କାରଣ ଓଲ୍‌ଗାଙ୍କ ୟୁରୋପୀୟ ପିଲା ଦୁହେଁ ବଲ୍‌ଗା ହରିଣ ପଛରେ ଦଉଡ଼ି ଦଉଡ଼ି ନିଜକୁ ଶକ୍ତିଶାଳୀ ଓ ସମୃଦ୍ଧ କରିବାର ନଥିଲା । ସେମାନେ ଆଧୁନିକ ଯୁଗର ୟୁରୋପୀୟ ପିଲା ଥିଲେ- ପାଞ୍ଚଜଣରେ ଜଣେ ହୋଇ ଠିଆ ହେଉଥିଲେ ଏବଂ ପାଞ୍ଚଜଣଙ୍କ ପରି ବାଲ୍ୟକାଳରୁ ହିଁ ଅବାଧ ସ୍ୱାଧୀନତା ଓ ମୁକ୍ତିର ସ୍ୱାଦ ଉପଭୋଗ କରିଥିଲେ । ତେର ଚଉଦ ବର୍ଷ ବୟସ ବେଳକୁ ବୟଫ୍ରେଣ୍ଡ, ଗାର୍ଲ୍‌ଫ୍ରେଣ୍ଡକୁ ଘରକୁ ନେଇ ଆସୁଥିଲେ, ଅଠର ବର୍ଷ ପୂର୍ଣ୍ଣ ହୁଅନ୍ତେ ଘର ଛାଡ଼ିଥିଲେ- ପଡ଼ିଶା ଘରର ମଣିଷ ପାଲଟି ଯାଇଥିଲେ । ଡେଣାଶକ୍ତ ହେଲେ ପକ୍ଷୀ ଶାବକ ଖଣ୍ଡେଉଡ଼ା ଦେଉ ଦେଉ ଉଡ଼ିଯାଏ, ବାପ ମା'ଙ୍କ ପାଖରେ ଠିକଣା ଛାଡ଼ିଯାଏନି । ଭାଗ୍ୟବଶତଃ ତିସ୍ତା ଏବଂ ବର୍ତାଣ୍ଡଙ୍କର ଠିକଣା ଓଲ୍‌ଗାଙ୍କ ପାଖରେ ଥାଏ । ସେମାନେ ପତି ବା ପତ୍ନୀ ବଦଲାଇବା ବେଳେ ଖବର ଦିଅନ୍ତୁ ବା ନଦିଅନ୍ତୁ ସହର ବଦଲାଇବା ବେଳେ, ଘର

ବଦଳାଇବା ବେଳେ ଓଲ୍‌ଗାଙ୍କୁ ଠିକଣା ଜଣାଇ ଦିଅନ୍ତି । ଯେତେବେଳେ ପିଲାମାନଙ୍କଠାରୁ ଦିନ ଦିନ ଧରି ଚିଠି ମିଳେନାହିଁ, ଓଲ୍‌ଗା ଧରିନିଅନ୍ତି ଯେ ପିଲାମାନେ ହୁଏତ ଜୀବନସାଥୀ ବଦଳାଇବା କିମ୍ବା ସହର ବଦଳାଇବା, ଚାକିରି ବଦଲାଇବା ଝାମେଲା ଭିତରେ ଅଛନ୍ତି । କିନ୍ତୁ ଭିକ୍ଟରଙ୍କ ଦେହାନ୍ତ ପରେ ବର୍ଣ୍ଣଣ୍ଡ ଓ ତିସ୍ତା ଓଲ୍‌ଗାଙ୍କୁ ଚିଠି ଦେବାରେ ଅତ୍ୟନ୍ତ ନିୟମିତ ହୋଇପଡ଼ିଥିଲେ । ଛଅମାସ ଦିନ ସମୟରେ କମ୍ ଚିଠି ଲେଖୁଥିଲେ ମଧ୍ୟ ଛଅମାସ ରାତି ସମୟରେ ପନ୍ଦର ଦିନକୁ ଥରେ ଚଠି ଲେଖୁଥିଲେ- ଲେଖୁଥିଲେ ରାତିର ବିସ୍ତାର ଓ ବରଫପାତ ପରି ବିସ୍ତୃତ ଚିଠି । କାରଣ ସେମାନେ ଜାଣିଥିଲେ, ବାପା ଚାଲିଯିବା ପରେ ଅଶୀବର୍ଷ ବୟସ୍କା ଆତ୍ମନିର୍ଭରଶୀଳା ମା'ର ଅସରା ଶୀତରାତିର ଏକମାତ୍ର ଆଶ୍ୱାସନା ଥିଲା ପିଲାମାନଙ୍କ ଅସରା ଚିଠି । ପିଲାମାନେ ଅସରା ଚିଠି ଲେଖୁ ନଥିଲେ, ମାତ୍ର ଚିଠିସବୁ ନିରନ୍ତର ପଢ଼ିବା ପ୍ରକ୍ରିୟାରେ ହାତରେ ଅସରା ପାଲଟି ଯାଉଥିଲା, ''ପ୍ରିୟ ମମି, ଏଠି ସବୁ ଭଲ, ତୁମେ ବି ଭଲରେ ଥିବ, ଆମେ ତୁମକୁ ମନେ ପକାଉଛୁ...'' ବାସ୍ ଏତିକି ଯଥେଷ୍ଟ, ଆଉ ଯେତେସବୁ ସ୍ନେହ ସୋହାଗର ଶବ୍ଦ ଓ ଅକ୍ଷର, ସେ ସବୁ ଥିଲା ଚିଠିର ଅଳଙ୍କାର ।

ଓଲ୍‌ଗା ଖୁସି ହେଉଥିଲେ ଯେ, ପିଲାମାନେ ୟୁରୋପୀୟ ପିଲାମାନଙ୍କ ପରି ବାପା ମା'ଙ୍କ ପ୍ରତି ଏତେ ଉଦାସୀନ ନୁହନ୍ତି । ସେମାନେ ଜାଣନ୍ତୁ ବା ନଜାଣନ୍ତୁ ତାଙ୍କ ଦେହରେ ତୁହ୍ଲାର ମଧୁର ମମତାସ୍ନିଗ୍‌ଧ ଅଧାରକ୍ତ ତ ବହୁଥିଲା । ତେଣୁ ସେମାନେ ଏକାକିନୀ ଜନନୀକୁ ନିୟମିତ ଚିଠି ଦେବାରେ କାର୍ପଣ୍ୟ କରୁ ନଥିଲେ । କିନ୍ତୁ ତାଙ୍କ ପିଲା ଦୁଇଟି ମଧ୍ୟ ଦିନେ ବାର୍ଦ୍ଧକ୍ୟରେ ପହଞ୍ଚି ଯିବେ, ତାଙ୍କରି ଭଳି ନିଃସଙ୍ଗ ଜୀବନ କାଟିବେ, ଡାକବାଲାର ବାଟ ଚାହିଁ ବସିବେ । କାରଣ ସେମାନେ ସାମିଗାଁର ଛୁଆ ନୁହନ୍ତି, ଯେଉଁଠି ଗାଁ ଗୋଟାକର ଲୋକେ ବଲ୍‌ଗାହରିଣ ପଲ ପରି ନିଜର ପଲେ ଛୁଆପିଲା କୁଟୁମ୍ବ ଧରି ଜୀବନରୁ ମରଣ ଯାଏ ଏକାଠି ରହନ୍ତି । ସେଠି ନିଃସଙ୍ଗ ଜୀବନ ଓ ନିଃସଙ୍ଗ ମରଣର ପ୍ରଶ୍ନ କାହିଁ ? ଓଲ୍‌ଗାଙ୍କର କାମନା ଯେ, ସେ ମୃତ୍ୟୁ ପରେ ଯଦି ଜନ୍ମନେବେ, ସାମି ଗାଁରେ ଜନ୍ମ ନେବେ । ବର୍ଣ୍ଣଣ୍ଡ ଓ ତିସ୍ତା ମଧ୍ୟ ତାଙ୍କରି ଗର୍ଭରୁ ଜନ୍ମ ନେଇ ସାମି ଜୀବନ ବଞ୍ଚିବେ, ଯେଉଁଠି ବନ୍ଦ କୋଠରିରେ ଏକଲା ବୁଢ଼ାଟିଏ କି ଏକଲା ବୁଢ଼ୀଟିଏ ମରଣକୁ ଅପେକ୍ଷା କରେ ନାହିଁ । ଏ ସହରଟି ହେଉଛି ଏକ ଦ୍ୱୀପ । ନୀଳ ସୁନୀଳ ଉତ୍ତର ସାଗର ଭିତରେ ବରଫ ଢଙ୍କା ମୁକ୍ତାର ପର୍ବତମାଳା ଏ ସହରଟିକୁ ହିମଶୀତଳ ସମୀକରଣ ଦୋଲାରେ ହିଲ୍ଲୋଲିତ କରୁଥାଏ ବର୍ଷକ ବାରମାସ । ସହରର ରାସ୍ତାଘାଟ ନିର୍ଜନତାର ମହୋସ୍ବ ପାଲୁଥାଏ ନିୟମ

କଲାଭଲି । ଶୀତରାତ୍ତୁର ରାସ୍ତାଘାଟରେ କେବଳ ଥାଏ ଅନ୍ଧାର ଆଉ ବରଫ । କିଏ ବା ପଦାକୁ ବାହାରେ ଏପରି ରାତିରେ ?

ଓଲ୍‌ଗା କିନ୍ତୁ ନିଜ ହାତବୁଣା ଲମ୍ବ ପଶମ କୋଟ୍‌ ପିନ୍ଧି, ଫର୍‌ଟୋପିକୁ କାନ ଉପରକୁ ଟାଣିଆଣି ବସିଥାନ୍ତି ବାଲ୍‌କୋନିରେ ଶୀତ ଓ ବରଫକୁ ଉପେକ୍ଷା କରି । ହାତ, ପାଦରେ ଉଲ୍‌ରେ ବୁଣା ମୋଜା । ଓଲ୍‌ଗା ଅପେକ୍ଷା କରିଥାନ୍ତି ମେରୁ ଜ୍ୟୋତିକୁ, ଯାହା ସ୍ୱର୍ଗଲୋକରୁ ଅତର୍କିତ ମୁହୂର୍ତ୍ତରେ ଆତ୍ମପ୍ରକାଶ କରି ଚହଟିଯାଏ ଆକାଶର ଏକ ମୁଣ୍ଡ ସେ ମୁଣ୍ଡ । ସେ ଜ୍ୟୋତିରେ ଥାଏ ପୂର୍ବ ପୁରୁଷଙ୍କର ଆତ୍ମାର ଆଶୀର୍ବାଦ । ଓଲ୍‌ଗା ଅପେକ୍ଷା କରିଥାନ୍ତି ଆଉ ଏକ ହୃଦୟ ଜ୍ୟୋତିକୁ, ଯାହା ପ୍ରେମଲୋକରୁ ଜନ୍ମନେଇ ପିଲାମାନଙ୍କ ଅକ୍ଷର ରୂପନେଇ ଚହଟିଯାଏ ଓଲ୍‌ଗାଙ୍କର ଅନ୍ତରାତ୍ମାର ଏକୂଲ ସେକୂଲ । ଭାଗ୍ୟରେ ଥିଲେ ମେରୁ ଜ୍ୟୋତି ଶୀତରାତିକୁ ନିମିଷେ ଆଲୋକିତ କରିଦିଏ, ଭାଗ୍ୟରେ ଥିଲେ, ଏକାକିନୀ ବୁଢ଼ାବୁଢ଼ୀଙ୍କୁ ଡାକବାଲା ଚିଠି ଦେଇଯାଏ ।

ମଣିଷ ଯେତେ କର୍ମଠ ହେଲେ ବି ଭାଗ୍ୟ ଉପରେ ବିଶ୍ୱାସ କରିବା ପାଇଁ ବାଧ୍ୟ । ଭାଗ୍ୟ ହିଁ ମଣିଷର ଆଶ୍ୱାସନା । କାରଣ ଭାଗ୍ୟ ଯେତେ ନିଷ୍ଠୁର ହେଲେ ବି ଉପସ୍ଥିତ ନହେବା ପର୍ଯ୍ୟନ୍ତ ମଣିଷକୁ ଦିଶେ ନାହିଁ । ଅଦେଖା ଭାଗ୍ୟର ରୂପ ମେରୁଜ୍ୟୋତି ଭଳି ସ୍ୱପ୍ନିଲ, ରହସ୍ୟମୟ ଏବଂ ଆଶ୍ୱାସନା ଭରା ହୋଇଥିବାରୁ ମଣିଷ ଦୁର୍ଭାଗ୍ୟର ପାହାଚରେ ଠିଆ ହୋଇଥିଲେ ବି ଆଗକୁ ପାଦ ବଢ଼ାଏ ସୌଭାଗ୍ୟର ଆଶାରେ । ତେଣୁ ମଣିଷ ବଞ୍ଚି ରହେ ଓଲ୍‌ଗାଙ୍କ ଭଳି ଅଶୀବର୍ଷ, ଶହେ ବର୍ଷ, ପିତାମାତା ତିନି ସନ୍ତାନ ଏବଂ ପ୍ରାଣପ୍ରିୟା ସ୍ୱାମୀ ଭିକ୍ଟରଙ୍କ ମୃତ୍ୟୁ ପରେ ମଧ ! ମଣିଷକୁ ତା'ର ଭାଗ୍ୟ ଯଦି ଜଳଜଳ ଦିଶୁଥାନ୍ତା, ତେବେ ମଣିଷ କ'ଣ କରନ୍ତା ? ଥାଉ, ଅଦୃଶ୍ୟ ହୋଇ ରହିଥାଉ ଓଲ୍‌ଗାଙ୍କର ଭାଗ୍ୟ । ପିଲାମାନଙ୍କଠୁ ଚିଠି ଆସୁଥିବ, ଅର୍ଥାତ୍‌ ପିଲାମାନେ ସର୍ବଶୁଭରେ ଅଛନ୍ତି, ଯେଉଁଠି ବି ରହିଥାନ୍ତୁ । ପକ୍ଷୀଟିଏ ଏମିତି ଭାବନା ନେଇ ସମ୍ଭବତଃ ପିଲାମାନଙ୍କୁ ଉଡ଼େଇ ଦେଇ ଗୀତ ଗାଇ ଗାଇ ବଞ୍ଚିପାର, ଅନନ୍ତ ଆକାଶର ସୀମା ଛୁଇଁ ଉଡ଼ିପାରେ ।

ଓଲ୍‌ଗା ଜାଣନ୍ତି, ଏଠାରେ କେଡ଼େ ନିର୍ଲିପ୍ତ, କେଡ଼େ ଉଦାସୀନ ବାପପୁଅ, ମା' ଝିଅର ସମ୍ପର୍କ । ବସନ୍ତରତୁରେ ପ୍ରତିଦିନ ଦୁଇଟି ପୁରୁଷ ପ୍ରାତଃଭ୍ରମଣରେ ଦୁଇ ବିପରୀତ ଦିଗରୁ ଚାଲି ଚାଲି ଆସି ଓଲ୍‌ଗାଙ୍କ ଘର ସାମ୍ନାରେ ଦିନେ ଦିନେ ଭେଟାଭୋଟି ହୋଇଯାନ୍ତି ଏବଂ ଯନ୍ତ୍ରବତ୍‌ ସମ୍ଭାଷଣ କରନ୍ତି 'ସୁପ୍ରଭାତ, କେମିତି ଅଛ ? ଦେଖାହେଲା ବଡ଼ ଆନନ୍ଦର କଥା ।'' ତା'ପରେ ନିର୍ଲିପ୍ତ ଭାବରେ ବାଟକାଟି ବୁଢ଼ାଟି ଥରେ ଦୁଇଥର ପଛକୁ ଫେରି ଚାହେଁ, ଯୁବକଟି ନାକ ସଳଖେ ଏକାଗ୍ରଚିତ୍ତରେ ଚାଲିଥାଏ ।

ଥରେହେଲେ ପଛକୁ ଫେରି ଚାହେଁନାହିଁ । ଓଲ୍‌ଗା ଭାବୁଥିଲେ ଯେ ବୃଢ଼ାମାନେ ପଛରେ ଅନେକ କଥା ଛାଡ଼ି ଆସିଛନ୍ତି, ଆଗକୁ ବେଶୀ କିଛି ପାଇବାର ନାହିଁ । ତେଣୁ ସେମାନେ ପଛକୁ ଫେରି ଚାହିଁବାରେ ଆଶ୍ୱାସନା ମିଳେ । ଯୁବକମାନେ ପଛରେ କେବଳ ବାଲ୍ୟ ଓ କୈଶୋର ଛାଡ଼ି ଆସିଛନ୍ତି, ସେଥିରେ ଥାଏ କ'ଣ ? ସେମାନଙ୍କ ଆଗରେ ତ ଅଛି ସବୁକିଛି ହାସଲ କରିବାର ଅସରନ୍ତି ପଥ... ତେଣୁ ସେମାନେ ପଛକୁ ଫେରି ଚାହିଁବେ କେଉଁ ଦୁଃଖରେ ?

ଏ ବର୍ଷ ଶୀତ ପଡ଼ୁପଡ଼ୁ ବୃଢ଼ାଟି ଆଉ ରାସ୍ତାକୁ ବାହାରିବାର ଓଲ୍‌ଗା ଦେଖୁନଥିଲେ । ଯୁବକଟି କିନ୍ତୁ ନିୟମିତ ପ୍ରାତଃଭ୍ରମଣ କରୁଥିଲା । ଦିଗ୍‌ବଲୟରେ ସୂର୍ଯ୍ୟଙ୍କର ସୁନାରଙ୍ଗା ଅଚ୍ଛ ସମୟ ପାଇଁ ଚହଟି ଯିବାବେଳେ ଥରେ ଓଲ୍‌ଗା ବାଲ୍‌କୋନିରେ ଠିଆହୋଇ ପଚାରିଲେ, ''ତୁମର ସେଇ ବୟସ୍କ ବନ୍ଧୁଟି କୁଆଡ଼େ ଗଲେ ? ଶୀତ ପଶୁ ପଶୁ ଆଉ ପଦାକୁ ବାହାରୁ ନାହାନ୍ତି ଯେ...''

ଚାଲୁ ଚାଲୁ ଯୁବକଟି ନିର୍ଲିପ୍ତ ଭାବରେ ଉତ୍ତର ଦେଲା ''ମୋ ବାପାଙ୍କର ମାସକ ତଳେ ଦେହାନ୍ତ ହୋଇଗଲା । ଦୁଃଖର କଥା, ମୁଁ ଖବର ପାଇଲି ଗୋଟାଏ ସପ୍ତାହ ପରେ । ଯେତେବେଳେ ପଡ଼ିଶାମାନେ ତାଙ୍କ ବନ୍ଦଘର ଭିତରୁ ଦୁର୍ଗନ୍ଧ ବାରିପାରିଲେ, ପୋଲିସ୍‌କୁ ଖବର ଦେଲେ, ତା'ପରେ ଯାଇ ମତେ ଖବର ମିଲିଲା । ମା' ଯିବା ପରେ ଦଶବର୍ଷ ଧରି ଦିନେ ବି ଅସୁସ୍ଥ ନଥିବା ନବେ ବର୍ଷର ବାପା ରାତିରେ ଅଚାନକ ଚାଲିଗଲେ । ଯାହାହେଉ ମୃତ୍ୟୁର ପୂର୍ବଦିନ ମଧ ମୋ ସହ ତାଙ୍କର ରାସ୍ତା ଉପରେ ଦେଖା ହୋଇଥିଲା । ଠକ୍‌କିନା ପ୍ରାଣ ଚାଲିଗଲା ନିଦରେ ନିଦରେ । କଷ୍ଟ କ'ଣ ଜାଣିଲେ ନାହିଁ । ଖୁବ୍‌ ଭଲ ମରଣ ନୁହେଁ କି ? ବାପାଙ୍କ ବିଷୟରେ ପଚାରିବାରୁ ତମକୁ ଧନ୍ୟବାଦ ।'' ଓଲ୍‌ଗାଙ୍କଠାରୁ ଅଧା ବୟସରୁ କମ୍‌ ବୟସ୍କ ଯୁବକଟି ପ୍ରଶ୍ନ ଅନୁଯାୟୀ ଉତ୍ତର ଦେଇସାରି ନିର୍ଲିପ୍ତ ଦାର୍ଶନିକ ଭଳି ନାକ ସଲଖେ ଆଗକୁ ବଢ଼ିଲା ।

ଅଥଚ ଅଶୀବର୍ଷ ବୟସର ଅନୁଭୂତିରେ ପୋଖତ ପାଲଟିଥିବା ଓଲ୍‌ଗାଙ୍କର ସ୍ଥବିର ହୃଦୟ ଧଡ଼ିକିନା ଦବିଗଲା, ଶୋକରେ, ଆଶଙ୍କାରେ, ଏକାକୀ ମଣିଷର ଅସହାୟତାରେ । ମଣିଷ ଏକା ଏକା ବଞ୍ଚିପାରେ, ଏକଥା ସେ ଦେଖିଛନ୍ତି, ନିଜେ ବି ଭୁକ୍ତଭୋଗୀ । ଦେହରେ ବଳ ଥିଲେ, ମନରେ ଦମ୍ଭ ଥିଲେ, ଚଲିବା ଭଳି ଆର୍ଥିକ ଶକ୍ତି ଥିଲେ କଷ୍ଟ କ'ଣ ? କିନ୍ତୁ ମଣିଷ ଏକା ଏକା ମରେ କେମିତି ? ସତରେ କ'ଣ ବୁଢ଼ା ଭଲ ମରଣଟିଏ ମରିଲେ ? ତାଙ୍କ ପ୍ରାଣ କ'ଣ ନିମିଷକେ ଛାଡ଼ିଗଲା ? ବିନା କଷ୍ଟରେ ? ବୁଢ଼ା କ'ଣ ଏକା ଏକା ମରଣ ଯନ୍ତ୍ରଣାରେ ଛଟପଟ ହୋଇ ନଥିବେ ?

'ପାଖରେ କେହି ନାହାନ୍ତି'ର ଭାବନା ମରଣଠୁ ଅଧିକ ଯନ୍ତ୍ରଣା ଦେଇ ନଥିବ ତାଙ୍କୁ ? ସେ ମରିବାକୁ ଚାହାନ୍ତି ନାହିଁ, ତାଙ୍କୁ ଡାକ୍ତରଖାନାକୁ ନିଅ, ବଞ୍ଚାଇ ଦିଅ, ନଚେତ୍ ଯନ୍ତ୍ରଣାମୁକ୍ତ ମୃତ୍ୟୁ ଦିଅ ବୋଲି ପ୍ରାର୍ଥନା କରି ନଥିବେ ? ତାଙ୍କ ପାଟିରେ ପାଣି ଟିକେ ଦେଉ ଦେଉ, ତାଙ୍କ ଦେହ ମୁଣ୍ଡ ସାଉଁଲି ଦେଉ, ଛାତିରେ ସ୍ନେହ ସୋହାଗର ହାତରଖି କଷ୍ଟ ଉଣା କରୁ ବୋଲି ପୁଅକୁ ଖୋଜି ନଥିବେ ? କେମିତି ମରିଥିବେ ବୁଢ଼ା ? ଟୋକାଟା କେମିତି ଜାଣିଲା ଯେ ଏକା ଏକା ଶୀତ ରାତିର ବନ୍ଦ କୋଠରିରେ ବିନା କଷ୍ଟରେ ଠକ୍‌କିନା ମରିଗଲେ ତା' ବାପା ? ଯାହାହଉ ତାଙ୍କର ପ୍ରାଣପ୍ରିୟ ସ୍ୱାମୀ ଭିକ୍ଟର ଏପରି ଅସହାୟ ମରଣ ମରିନାହାନ୍ତି । ଓଲ୍‌ଗା ସ୍ୱାମୀଙ୍କ ମରଣର ସହାୟିକା ହୋଇ ନିରନ୍ତର ପାଖରେ ରହିଥିଲେ । ଓଲ୍‌ଗାଙ୍କ ସେବାଶୁଶ୍ରୂଷା ଓ ଆଦର ଯନ୍ ଭିତରେ ସେ ଅନ୍ୟର ଈର୍ଷା ଉପୁଜେଇଲା ଭଳି ମରଣଟିଏ ମରିପାରିଲେ । ଓଲ୍‌ଗା ଭାବୁଥିଲେ ଭିକ୍ଟର ଭାଗ୍ୟବାନ । ଓଲ୍‌ଗାଙ୍କର ସେ ଭାଗ୍ୟ କାହିଁ ? ତାଙ୍କ ଭାଗ୍ୟରେ ତ ଏକାକୀ ମରଣ ଅବଧାରିତ ? ଓଲ୍‌ଗା ଅଶୀବର୍ଷ ବଞ୍ଚି ସାରିଲେଣି । ତେବେ ବି ମାୟା ତୁଟି ନାହିଁ ଜୀବନଠୁ, ପୁଅ ଝିଅଙ୍କଠୁ, ସଂସାରଠୁ । ସଂସାରର ସବୁଠୁ ବଡ଼ ମାୟା ଏଇ ପିଲାଗୁଡ଼ାକ, ଯିଏ ବୁଢ଼ାବୁଢ଼ୀ ନହେବା ପର୍ଯ୍ୟନ୍ତ ନିଃସଙ୍ଗ ବାର୍ଦ୍ଧକ୍ୟର କଷ୍ଟ ଜାଣିପାରନ୍ତି ନାହିଁ । ଖଣ୍ଡେ ଚିଠିର କେତେ ମୂଲ୍ୟ, ତା' ବି ବୁଝନ୍ତି ନାହିଁ ଉଥାଳ ବୟସରେ… !

ବାଲ୍‌କୋନୀ ଚେୟାରରେ ବସି ଓଲ୍‌ଗା ଗରମ ପୋଷାକରେ ଶରୀର ଆବୃତ କରି, ଫରଟୋପି ଭିତରେ ମୁଣ୍ଡ, କାନ, ବେକ ଲୁଚାଇ ଜୁଲୁଜୁଲୁ ଆଖିରେ ଚାହିଁଥାନ୍ତି ବରଫଢଙ୍କା ରାସ୍ତା ଉପରକୁ । ବନ୍ଦଘର ଭିତରେ ଶୀତ ରାତିର ଅନ୍ଧାର, ଭୂତ ଭଳି ମାଡ଼ିବସେ ତାଙ୍କୁ । ଯଦି ତାଙ୍କ ଘରର କବାଟ ଆଉ ନଖୋଲେ, ଯଦି ପୁଅ ଝିଅଙ୍କ ଚିଠିସବୁ ମୁଦା ରହିଯାଏ ? ଏକା ଏକା ପ୍ରାଣ ଛାଡ଼ିବା କ'ଣ ଏ ସହରର ସବୁ ବୁଢ଼ାବୁଢ଼ୀଙ୍କର ଭାଗ୍ୟଲିଖନ ?

ଏକାଗ୍ର ନିଷ୍ଠାରେ, ପ୍ରତୀକ୍ଷାର ଅପୂର୍ବ ମହିମା ପ୍ରକଟ କରି ଓଲ୍‌ଗା ବସି ରହିଥିଲେ ବାଲ୍‌କୋନିରେ ଘଣ୍ଟା ଘଣ୍ଟା, ରାତିରାତି । ଡାକବାଲା ଚିଠି ପକାଇ ଦେଇ ଯାଉଥିଲା ଡାକବାକ୍ସରେ, କିନ୍ତୁ ଓଲ୍‌ଗାଙ୍କର ପାଦ ଚଲୁ ନଥିଲା ତଳକୁ ଓହ୍ଲାଇ ଯାଇ ପିଲାଙ୍କ ହାତ ଅକ୍ଷରକୁ ଚୁମିଯିବା ପାଇଁ । ଡାକବାକ୍ସରେ ବରଫ ଜମି ଯାଉଥିଲା । କିନ୍ତୁ ଓଲ୍‌ଗା ଅଟଳ ପ୍ରତୀକ୍ଷାର ଭଙ୍ଗୀରୁ ଚଲୁ ନଥିଲେ । ତାଙ୍କର ସର୍ବାଙ୍ଗ ବରଫ ପାଲଟି ଯିବା ସହ, ପିଲାଙ୍କ ଚିଠି ପାଇଁ ଓଲ୍‌ଗାଙ୍କର ପ୍ରତୀକ୍ଷା ବି ବରଫ ପାଲଟି ଯାଇଥିଲା । ବରଫ ଆଖିରେ ଓଲ୍‌ଗା ସ୍ୱପ୍ନ ଦେଖୁଥିଲେ ଆଉ ଏକ ନୂଆ ଜନ୍ମର, ଯୋଉ ଜନ୍ମରେ

ସେ ତୁନ୍ଦ୍ରାର ଏକ ହିମସ୍ନିଗ୍ଧ ଉପତ୍ୟକାରେ, ଯାଯାବରୀ ତମ୍ବୁ ଭିତରେ ଜନ୍ମ ନେଇଛନ୍ତି, ବଲ୍‌ଗା ହରିଣ ପଲ୍ଲରେ ଦଉଡ଼ି ଦଉଡ଼ି ବଡ଼ ହୋଇଯାଇଛନ୍ତି, କ୍ଷୀରରୁ ଲହୁଣୀ କାଟୁ କାଟୁ, ଗଦାଗଦା ପୋଷାକ ସିଲେଇ କରୁ କରୁ ବୁଢ଼ୀ ହୋଇଯାଇଛନ୍ତି,   ତୁନ୍ଦ୍ରାର ସଂଗୀତ ଗାଉ ଗାଉ ଗୋଟେ କୁଟୁମ୍ବଙ୍କ ମେଳରେ ମରି ଯାଇଛନ୍ତି ଆଉ ଥରେ ତୁନ୍ଦ୍ରାକୁ ଫେରି ଆସିବାର ପ୍ରତିଶ୍ରୁତି ଦେଇ, ଠିକ୍ ବଲ୍‌ଗା ହରିଣ ପରି... ।

ବସନ୍ତରତୁରେ ସୂର୍ଯ୍ୟ ଉଠିବ, ବରଫ ସବୁ ତରଳି ନଦୀ ହୋଇଯିବ, ନଦୀ ସବୁ ସମୁଦ୍ରକୁ ବହିଯିବ, ନଦୀର ଧାରେ ଧାରେ ବୃକ୍ଷଲତାରେ ଫୁଲ ଫୁଟିଯିବ, ପିଲାମାନଙ୍କର ଚିଠିର ଅକ୍ଷର ସେମାନଙ୍କର ମୁହଁ ପାଲଟିଯିବ । ଶୀତ ରାତିର ଦୀର୍ଘ ନିଃସଙ୍ଗ ତାପରେ ମା'କୁ ଦେଖିବା ପାଇଁ ପିଲାମାନେ ଶେଷଥର ପାଇଁ ଆସିବେ । ବରଫର ମମିରୁ ମୃତ୍ୟୁର ଗନ୍ଧ ରାସ୍ତାକୁ ଚହଟିଲେ ପିଲାମାନଙ୍କ ପାଖରେ ନିଶ୍ଚୟ ଖବର ପହଞ୍ଚିବ ଯେ ତାଙ୍କର ପ୍ରିୟ ମମି ତା'ର ପ୍ରିୟ ଗାଁକୁ ଉଡ଼ିଯାଇଛି ପକ୍ଷୀଟିଏ ହୋଇ, ଯୋଉ ଗାଁରେ ଚିଠି ଲୋଡ଼ା ହୁଏ ନାହିଁ, କାରଣ ଗାଁ ଚାରିକଡ଼ ଅନନ୍ତ ପର୍ବ୍ବତମାଳାର ବରଫ ଫର୍ଦ୍ଦରେ ଲେଖା ହୋଇଥାଏ ଅସରା ଚିଠି ।

ଦେଶ କେଉଁଠି

– ସୂର୍ଯ୍ୟମୁଖୀର ମଲାକ୍ଷେତ ପରି ଯୁଦ୍ଧକ୍ଷେତ୍ରର ଅତୀତ।
ଯୁଦ୍ଧରୁ ମିଳେ କ'ଣ ? ଶାନ୍ତି !

କିପରି ଶାନ୍ତି ? ଶ୍ମଶାନର ନିରବତା ପରି ଶାନ୍ତି। ସେଦିନ
ଯେଉଁମାନେ ଯୁଦ୍ଧକରି ଦେଶ ପାଇଁ ଶହୀଦ ହୋଇଥିଲେ
ସେହିମାନେ ବୋଧହୁଏ ଶାନ୍ତିରେ ରହିବେ। ସେମାନଙ୍କର
ତ୍ୟାଗପୂତ ବଳିଦାନ ଦେଶକୁ, ପୃଥିବୀକୁ ଶତ୍ରୁଶୂନ୍ୟ ବା ଯୁଦ୍ଧମୁକ୍ତ
କରିପାରିବେ ନାହିଁ। ଆଜି ସିମେଟ୍ରିଗୁଡ଼ିକ ହେଉଛି ପୃଥିବୀର
ସବୁଦେଶରେ ଟୁରିଷ୍ଟ ଆକର୍ଷଣର ସ୍ଥାନ। ଦିନସାରା ସିମିଟ୍ରି,
ଭଗ୍ନରାଜପ୍ରାସାଦ ଏବଂ ଦୁର୍ଗମାନଙ୍କର ଧ୍ୱଂସାବଶେଷ ଦେଖି
ଦେଖି କ୍ଲାନ୍ତ ଲାଗୁଥିଲା ଅରଣ୍ୟାକୁ। ଆଉ ପାଦ ଚଳୁନଥିଲା।
ଟୁରିଷ୍ଟ ବସ୍‌ରୁ ଓହ୍ଲାଇବାକୁ ଇଚ୍ଛା ହେଉନଥିଲା। ସେମାନେ
ଟୁରିଷ୍ଟ ବସ୍‌ରେ ପାହାଡ଼ ଉପରକୁ ଉଠି ଉଠି ଯାଉଥିଲେ
ରୋମାନ୍ ସାମ୍ରାଜ୍ୟର ଭଗ୍ନାବଶେଷ ଦେଖିବା ପାଇଁ। ଲାଗୁଥିଲା
ପାହାଡ଼ ଉପରେ ରୋମାନ୍ ସାମ୍ରାଜ୍ୟର ଧ୍ୱଂସାବଶେଷ
ନଦେଖିଲେ ତା'ର ଜୀବନ ବ୍ୟର୍ଥ ହୋଇଯିବ ନାହିଁ। କିନ୍ତୁ

ସେ ବସ୍‌ରୁ ଓହ୍ଲାଇବାକୁ ବାଧ୍ୟ ହେଲା । କାରଣ, ସମସ୍ତଙ୍କୁ ଓହ୍ଲାଇଦେଇ ଡ୍ରାଇଭର ବସ୍‌ ଲକ୍‌ କରିଦେଇ ରଂ’ ପିଇବାକୁ ଚାଲିଗଲା । ଅରମ୍ୟା ବହୁକଷ୍ଟରେ ପାଦ ଘୋଷାରି ଘୋଷାରି ଉପରକୁ ଉଠିଲା । ମାତ୍ର ଛୋଟ ଛୋଟ ଦୋକାନବଜାର ଆରମ୍ଭ ହେବାମାତ୍ରେ ଅଟକିଗଲା । ଅନେକବାଟ ଚାଲି ଚାଲି ଉଠାଣିରେ ଗଲେ ରୋମାନ୍‌ ସାମ୍ରାଜ୍ୟର ଧ୍ୱଂସାବଶେଷ ନିକଟରେ ପହଞ୍ଚିବାକୁ ହୁଏ । ତା’ପରେ ଭଙ୍ଗାରୁଜା ଅବଡ଼ାଖାବଡ଼ା ପ୍ରସ୍ତରଖଣ୍ଡର ଉପରେ ଚାଲି ଚାଲି ଅତୀତର ସମୃଦ୍ଧିକୁ ଭଗ୍ନାବଶେଷରୁ ପଢ଼ିବାକୁ ହେବ । କ’ଣ ପଢ଼ିବ – କ୍ଷମତାଲୋଭ, ପରରାଜ୍ୟ ଦଖଲ ଓ ମାନବିକ ଅଧିକାରର ହତ୍ୟା ! ରାଜପ୍ରାସାଦର ଚତୁର୍ଦିଗରେ ଘେରିଥିଲା ବିଶାଳ ପ୍ରାଚୀର । ଯେପରିକି ବାର୍ଦ୍ଧକ୍ୟ ଓ ମୃତ୍ୟୁ ତା’ ଭିତରକୁ ପ୍ରବେଶ କରିପାରିବ ନାହିଁ ! କିଏ କୁଆଡ଼େ ଚାଲିଗଲେଣି, ଭଗ୍ନାବଶେଷ ଭିତରେ କାନ୍ଦୁଛି କେତେ ହତଭାଗ୍ୟ ମଣିଷଙ୍କର ଆତ୍ମା । ତୁର୍କୀସ୍ଥାନରେ କେବଳ ଇଷ୍ଟାନବୁଲ୍‌ର ନୀଳମସ୍‌ଜିଦ୍‌ ଦର୍ଶନୀୟ ସ୍ଥାନ ନୁହେଁ, ସାରା ଦେଶରେ ଦର୍ଶନୀୟ ସ୍ଥାନ ହେଉଛି ରୁଇନ୍‌ – ଭଗ୍ନାଂଶ । ଅରମ୍ୟାର ଦୃଷ୍ଟି ଆକର୍ଷଣ କରିବା ପାଇଁ ଦୋକାନ ଭିତରୁ ସୁନ୍ଦରୀ ତୁର୍କୀ ତରୁଣୀମାନେ ନିଜ ଭାଷାରେ ତାକୁ ଦୋକାନକୁ ଡାକିଲେ । ସେମାନଙ୍କ କଥାରୁ କେବଳ ଇଣ୍ଡିଆନ୍‌ ଶବ୍ଦଟି ହିଁ ସେ ବୁଝିପାରିଲା । ସେଦିନ କେଜାଣି କାହିଁକି ଅରମ୍ୟା ଭାରତୀୟ ଶାଢ଼ୀ ପିନ୍ଧି ବାହାରିଥିଲା । ଗାଇଡ୍‌ ଅରମ୍ୟାକୁ ଛାଡ଼ିଦେଇ ଯିବାକୁ ଚାହୁଁନଥିଲା । ଯଦି ଅରମ୍ୟା ହଜିଯାଏ ତେବେ ଗାଇଡଙ୍କର ଅବସ୍ଥା ଶୋଚନୀୟ ହେବ । ସେ ତାକୁ ସଙ୍ଗରେ ଯିବାପାଇଁ ବାଧ୍ୟ କରୁଥିଲେ । ଅରମ୍ୟା ହସି ହସି କହିଲା – ‘‘ମୁଁ ତ ଏହି ସ୍ଥାନରେ ଅତୀତର ସେହି ଭଙ୍ଗାରୁଜା ପ୍ରସ୍ତରଖଣ୍ଡ ପରି ଠିଆହୋଇ ରହିବି । ଯଦି ମୁଁ ହଜିଯାଏ ତେବେ ମୋର ଅବସ୍ଥା ଯେ ଶୋଚନୀୟ ହେବ ସେକଥା ଆପଣ ବୁଝିବା ଉଚିତ । ତେଣୁ ମୁଁ ଆଦୌ ହଜିବି ନାହିଁ ଏବଂ ଏ ସ୍ଥାନରୁ ଘୁଞ୍ଚିବି ନାହିଁ । ଭାରତୀୟ ଗବେଷିକାକୁ ହଜାଇଦେବାର ଶଙ୍କା ମନରୁ ଦୂର ହୋଇନଥିଲେ ମଧ୍ୟ ଗାଇଡ୍‌ ଟୁରିଷ୍ଟଦଳଟିକୁ ନେଇ ଆଗେଇଲେ । ମାସାକ, ମନୋଜ ପ୍ରଭାକର ଏବଂ ସୟିଦ୍‌ ସେମାନଙ୍କ ସହ ଆଗେଇଲେ । ସୟିଦ୍‌ ଅରମ୍ୟା ସହ ରହିଯିବାକୁ ଚାହୁଁଥିଲା । କାରଣ ଏ ଦେଶରେ ସେ ନିଜକୁ ସହଜ ମନେକରୁଥିଲା । ଅରମ୍ୟାକୁ ଏକାଛାଡ଼ି ଯିବା ଉଚିତ ହେବ କି ? ଏମିତି ଭାବୁଥିବା ବେଳେ ମାସାକ ତା’ର ହାତ ଚାଣିନେଇ ଚାଲିଗଲା । ମାସାକ ଜାଣିଥିଲା ଅରମ୍ୟା ହଜିଯିବା ଭଳି ଝିଅ ନୁହେଁ । ଅରମ୍ୟା ମୂର୍ତ୍ତିଭଳି ଠିଆହୋଇ ରହିଲା ନିଜ ସ୍ଥାନରେ । କିନ୍ତୁ ବସିବାକୁ ସ୍ଥାନ ନଥିଲା । କେତେଖଣ୍ଡ ଚୌକି ପଡ଼ିଥିଲା ଦୋକାନ ଧାରରେ । ସେଥିରେ ବସିଥିଲେ କେତେଜଣ ତୁର୍କୀ ଯୁବକ । ସେହି ଦୋକାନର ଗୋଟିଏ ବାରଣ୍ଡାକୁ ଆଉଜି ଅରମ୍ୟା ଠିଆହୋଇ ରହିଲା । ଭାବିଲା ଏକାଥିଲେ ବି ଏହି ତରୁଣମାନଙ୍କ ଦୃଷ୍ଟିରେ ବିପଦର ସୂଚନା ନାହିଁ । କେତେ ସମୟ

ବା ଠିଆହୋଇପାରିବ ? ଟିକେ ବୁଲାବୁଲି କଲା ଏବଂ ଥକ୍କା ଲାଗିବାରୁ ଓ ଖରା କାଟିବାରୁ ଫେରିଆସି ପୂର୍ବସ୍ଥାନରେ ଠିଆହେଲା । ସେ ଲକ୍ଷ୍ୟକଲା ଜଣେ ମଧ୍ୟବୟସ୍କ ବ୍ୟକ୍ତି ତା'ର ଗତିବିଧିକୁ ଲକ୍ଷ୍ୟ କରୁଛନ୍ତି । ତାଙ୍କୁ ଅଡୁଆ ଲାଗିଲା । ବ୍ୟକ୍ତିଜଣକ ଭାରତୀୟ ପରି ମନେହେଉଥିଲେ । ତାଙ୍କ ଦୃଷ୍ଟିରେ ଥିଲା କୌତୁହଳ । ସେ ଢୁଲି ଢୁଲି ଅରମ୍ୟାର ପାଖକୁ ଆସିଲେ, ପଚାରିଲେ – ''ଆପଣ ଭାରତୀୟ ?''

''ହଁ'' ଉତ୍ତରଦେଲା ଅରମ୍ୟା ।

''ମୁଁ ଆପଣଙ୍କୁ ଦେଖିବାମାତ୍ରେ ଜାଣିପାରିଥିଲି । କିନ୍ତୁ ଏଠି ଏକା କାହିଁକି ? ଆପଣଙ୍କ ଦଳ ସଙ୍ଗରେ ଗଲେନାହିଁ ? ଆଉଥରେ କ'ଣ ଆସିବାର ସୁଯୋଗ ପାଇବେ ?'' କହିଲେ ଭଦ୍ରବ୍ୟକ୍ତି ।

ଅରମ୍ୟା ସାମାନ୍ୟ ବିରକ୍ତି ପ୍ରକାଶକରି କହିଲା– ''ରୋମାନ୍ ସାମ୍ରାଜ୍ୟର ଭଗ୍ନାବଶେଷ ନଦେଖିଲେ ମୋର କିଛି କ୍ଷତି ହୋଇଯିବନି । ଏଠି ଭଗ୍ନାବଶେଷ ଓ କବରଖାନା ଦେଖି ଦେଖି ମଣିଷ ଉପରୁ ଆସ୍ଥା ତୁଟିଯାଉଛି । ଯେଉଁଠି ଦେଖ ଯୁଦ୍ଧ ଓ ରକ୍ତପାତ । ପୁଣି ତୁଚ୍ଛକଥାକୁ ନେଇ । ଚେନାଏ ମାଟି, ଦେଶର ସୀମାରେଖା, ସାଂପ୍ରଦାୟିକ ଭାବନା ଏ ସବୁ କ'ଣ ମଣିଷ ଜୀବନଠାରୁ ବେଶୀ ମୂଲ୍ୟବାନ୍ ? ମୁଁ ଜଣେ ଗବେଷିକା । ଯେଉଁ ତଥ୍ୟ ମୋର ପାଇବାର ଆବଶ୍ୟକ ଥିଲା ପାଇସାରିଲିଣି । ଆପଣ କ'ଣ ଜଣେ ଭାରତୀୟ ? ମୁଁ ଆପଣଙ୍କୁ ଦେଖିବା ପରଠାରୁ ତାହା ହିଁ ଭାବୁଛି ।''

ଏବେ ଦୁହେଁ ସାମ୍ନାସାମ୍ନି ଠିଆ ହୋଇଥିଲେ । ଅରମ୍ୟାକୁ ଆଉ ଅଡୁଆ ଲାଗୁନଥିଲା । ଯେମିତି କେହି ଘରଲୋକ ତା' ସାମ୍ନାରେ ଠିଆ ହୋଇଥିଲେ । ଭଦ୍ରଲୋକ କହିଲେ–''ମୁଁ ଭାରତୀୟ ନୁହେଁ, ପାକିସ୍ତାନୀ । କିନ୍ତୁ ଏବେ ତୁର୍କି ନାଗରିକ । ବଡ଼ ଆନନ୍ଦରେ ଅଛି । ଏଠି ରହିଲିଣି ମୁଁ ପଇଁତିରିଶ ବର୍ଷ ।''

ଅରମ୍ୟା ଚକିତ ହୋଇ ପଚାରିଲା – ''ପାକିସ୍ତାନରୁ ଆସି ଏଠି କେମିତି ନାଗରିକ ହୋଇଗଲେ ?''

ଭଦ୍ରଲୋକ କହିଲେ – ''ସେ ଏକ ପ୍ରେମକାହାଣୀ । ପ୍ରେମ ପାଖରେ ଦେଶ, କାଳ, ପାତ୍ର ପ୍ରତିବନ୍ଧକ ହୁଏନାହିଁ । ଗ୍ରୀସ୍ ଦେଶର ଏକ ଜଳଜାହାଜରେ ମୁଁ କାମ କରୁଥିଲି । ତାହା ଥିଲା ଏକ କାର୍ଗୋଜାହାଜ । ସଲଫ୍ୟୁରିକ୍ ଏସିଡ୍ ନେଇ ଜାହାଜଟି ଆସୁଥିଲା ଗ୍ରୀସରୁ ଇସ୍ତାନବୁଲ୍ । କେହି ଜଣେ ସିଗ୍ରେଟ୍ ଖାଇ ଜାହାଜ ଭିତରେ ପକାଇଦେଲା । ଏସିଡ୍‌ରେ ନିଆଁ ଲାଗିଗଲା । ଜାହାଜର କ୍ୟାପ୍‌ଟେନ୍‌ଙ୍କ ସମେତ ଅନେକ କର୍ମଚାରୀ ମରିଗଲେ । ଅନେକ ଅଗ୍ନିଦଗ୍ଧ ହୋଇ ସମୁଦ୍ରକୁ ଡେଇଁପଡ଼ିଲେ । ସେମାନଙ୍କ ମଧ୍ୟରେ ମୁଁ ବି ଥିଲି । ସେତେବେଳେ ମୋର ବୟସ ବାଇଶି ବର୍ଷ । ଆମକୁ ଉଦ୍ଧାର

କରାଗଲା ଏବଂ ଇସ୍ତାନବୁଲ୍‌ର ଡାକ୍ତରଖାନାରେ ଆମର ଚିକିତ୍ସା ଚଳିଲା। ମୋର ଅବସ୍ଥା ଭଲ ନଥିଲା। ମୋର ସେବାକାରିଣୀ ଥିଲେ ଜଣେ ସୁନ୍ଦରୀ ତରୁଣୀ ନର୍ସ। ତାଙ୍କର ସେବା ଓ ଚିକିତ୍ସା ଫଳରେ ମୁଁ ଆରୋଗ୍ୟଲାଭ କଲି ଏବଂ ନୂଆଜୀବନ ଫେରିପାଇଲି। ସେତେବେଳକୁ ଆମେ ଦୁହେଁ ପରସ୍ପରର ପ୍ରେମରେ ପଡ଼ିସାରିଥିଲୁ। ଆଉ ପଛକୁ ଫେରିରହିଲି ନାହିଁ। ଯେଉଁ ଦେଶରେ ପ୍ରେମ ମିଳେ ସେ ଦେଶ ଅତି ସୁନ୍ଦର। ତାଙ୍କୁ ବିବାହକରି ରହିଗଲି। ସୁଖରେ ରହିଲି। ମୋର ଦୁଇଟି କନ୍ୟା। ସେମାନେ ବିବାହିତା। ଏବେ ମୁଁ ଦୁଇଟି ନାତୁଣୀଙ୍କର ଜେଜେବାପା।'' ଏତିକି କହୁ କହୁ ତାଙ୍କର ମୁହଁରେ ଏକ ମଧୁର ସ୍ମିତି ଖେଳିଗଲା। ଅରମ୍ୟାର ଆଖିକୁ ସେ ଦିବ୍ୟପୁରୁଷଟିଏ ଭଳି ମନେହେଲେ। ଅରମ୍ୟା ପଚାରିଲା — ''ଦେଶକୁ ଝୁରନ୍ତି ନାହିଁ ?''

''ନା, କାହିଁକି ଝୁରିବି ? ଏଠି ତ ମୋର କିଛି ଅଭାବ ନାହିଁ। ଦେଶରେ ଥିଲେ ମୋର ଆର୍ଥିକ ଅବସ୍ଥା ଏତେ ସ୍ୱଚ୍ଛଳ ହୋଇନଥାନ୍ତା। ମୋର ସ୍ତ୍ରୀ ଓ କନ୍ୟାମାନେ ବୁର୍ଖାପିନ୍ଧି ବୁଲୁଥାନ୍ତେ। ଆଉ କେତେକେତେ ଦୁଃଖର ସାମ୍ନା କରିବାକୁ ମତେ ପଡ଼ିଥାନ୍ତା କିଏ ଜାଣେ। ଦେଶ ବିଭାଜନ ପରେ ଆମ ପାକିସ୍ତାନୀମାନଙ୍କର ଦୁର୍ଦ୍ଦଶା ତ ବଢ଼ିଯାଇଛି। ସବୁଦିନ ଗୁଳିବିନିମୟ, କଟାମୁଣ୍ଡ ବିନିମୟ, ବିସ୍ଫୋରଣ, ଆକ୍ରମଣ ଆଶଙ୍କାରେ ମଣିଷ ମରୁଥାଏ'' ଭଦ୍ରଲୋକ ଏତିକି କହିବା ମାତ୍ରେ ଅରମ୍ୟାର ମନେହେଲା ସେ ଯେପରି ଅରମ୍ୟାକୁ ଦୋଷଦେଇ କହୁଛନ୍ତି ଯେ, ପାକିସ୍ତାନର ସବୁଦୁଃଖର କାରଣ ହେଉଛି ଭାରତ।''

ଅରମ୍ୟା ଅପ୍ରୀତିକର ପ୍ରସଙ୍ଗକୁ ଏଡ଼ାଇଯାଇ ତାଙ୍କୁ ପାଲଟା ପ୍ରଶ୍ନ ପଚାରିଲା — ଦେଶକୁ ଯାଆନ୍ତି ?

''ନିଶ୍ଚୟ, ପ୍ରତିବର୍ଷ ନିୟମକରି ଯାଏ।''

''ଦେଶରେ ଆପଣଙ୍କର ଆଉ କିଏ ଅଛନ୍ତି ?''

''କେହି ନାହାନ୍ତି। ବାପାମା', ବଡ଼ଭାଇ, ଭଉଣୀ ସମସ୍ତେ ପରପାରିରେ। ମୋର ସାଙ୍ଗସାଥୀ, ଶିକ୍ଷକ ମଧ୍ୟ ବେଶିଭାଗ ସେପାରିକୁ ଚଳିଗଲେଣି। ଘରଦ୍ୱାର ଭଙ୍ଗାଦଦରା ହୋଇପଡ଼ିଛି।'' ଭଦ୍ରଲୋକ ଦୀର୍ଘଶ୍ୱାସ ଛାଡ଼ିଲେ।

ଅରମ୍ୟା ତାଙ୍କୁ ଆଘାତ ଦେବାଭଳି ପ୍ରଶ୍ନ କଲା — ଆପଣ ତ ଦେଶକୁ ଝୁରନ୍ତି ନାହିଁ। ଦେଶରେ ଏବେ ଆପଣଙ୍କର ସେଠାରେ କେହି ନଥିବା ସତ୍ତ୍ୱେ କେଉଁ ଆକର୍ଷଣରେ ପ୍ରତିବର୍ଷ ନିୟମକରି ଦେଶକୁ ଯାଆନ୍ତି ?

ଭଦ୍ରଲୋକ କହିଲେ — ''ବିଦେଶରେ ଯେତେ ସମୃଦ୍ଧ ଜୀବନ କାଟିଲେ ବି ଦେଶ ହେଉଛି ଦେଶ। ଦେଶକୁ କ'ଣ ଭୁଲିହୁଏ। ଦେଶ କ'ଣ କେବଳ ମା' ବାପା

ବନ୍ଧୁକୁଟୁମ୍ବ ? ଦେଶ ତ ହେଉଛି ଗୋଟିଏ ଅନ୍ତରଙ୍ଗ ଭାବ। କିନ୍ତୁ ଦେଶର ଅସ୍ଥିରତା ପରିସ୍ଥିତି ଦେଖିଲେ ଦୁଃଖ ହୁଏ। ରାଗ ବି ହୁଏ। ମୁଁ ଆଉ ସେଠାରେ ରହିବି ନାହିଁ। ମୋ ପିଲାମାନେ ବି ସେଠାରେ ରହିବେ ନାହିଁ। କିନ୍ତୁ ମୋ ଦେଶର ସ୍ଥିତିକୁ ନେଇ ମୁଁ କ'ଣ ଚିନ୍ତିତ ହେବିନାହିଁ ?''

ଏତିକି କହି ଭଦ୍ରଲୋକ କହିଲେ – ଆପଣ ବହୁ ସମୟ ଠିଆହେଲେଣି। ଆପଣଙ୍କୁ କଷ୍ଟ ହେଉଛି। କେଉଁଠି ବସିବା ପାଇଁ ଜାଗାନାହିଁ। ଏ ପିଲାମାନେ ଆପଣଙ୍କୁ ଚେୟାର୍‌ଟିଏ ବି ଛାଡ଼ିଦେଇପାରୁ ନାହାନ୍ତି। ଆଜିକାଲିକା ପିଲା, ତୁର୍କି ତରୁଣ। ଆମ ଦେଶର ମୂଲ୍ୟବୋଧ ଭିନ୍ନ ବୋଲି ମତେ ଆପଣଙ୍କର ଠିଆହେବାଟା ବାଧୁଛି।'' ଏତିକି କହି ଭଦ୍ରଲୋକ ଦୋକାନ ଆଡ଼କୁ ଯାଇ ଉଭାନ୍‌ ହୋଇଗଲେ ଏବଂ କିଛି ସମୟ ପରେ ଗୋଟିଏ ଛୋଟ ସୋଫା। ଟେକିଟେକି ଆଣି ଅରମ୍ୟାର ସାମ୍ନାରେ ପକାଇଲେ। କହିଲେ – ''ଦୋକାନ ଭିତରୁ ମାଗିଆଣିଛି। ସେମାନେ ଆସିବା ପର୍ଯ୍ୟନ୍ତ ଆପଣ ନିଶ୍ଚିନ୍ତରେ ବସନ୍ତୁ। ଆପଣ ଯିବାପରେ ଦୋକାନୀ ଆସି ସୋଫାଟି ନେଇଯିବ। ଯାହାହେଉ ଆପଣଙ୍କ ବସିବା ପାଇଁ ସୋଫାଟି ମିଳିଗଲା ବୋଲି ମତେ ଆଜି ଖୁବ୍‌ ଖୁସୀ ଲାଗୁଛି।''

ଅରମ୍ୟାର ହୃଦୟ କୃତଜ୍ଞତାରେ ନମ୍ର ହୋଇଗଲା। ଇଏ ତ ପାକିସ୍ତାନୀ ଲୋକ। ଏବେ ଭାରତକୁ ଦୋଷ ଦେଉଥିଲେ। ପୁଣି କହୁଥିଲେ, 'ଆମଦେଶ'ର ମୂଲ୍ୟବୋଧ। କେଡେ ବିଚିତ୍ର ପରିସ୍ଥିତି। ଅରମ୍ୟା ସୋଫାରେ ବସିବା ପୂର୍ବରୁ କହିଲା – ''ଆପଣଙ୍କର ଏ ଉପକାର ଏବଂ ଉଦାର ଭାବନାକୁ ଭୁଲିପାରିବିନାହିଁ। ଏହା ମୋ ଗବେଷଣାର ଏକ ଅଂଶରେ ଲେଖାହେବା ପାଇଁ ଅବଧାରିତ ଥିଲା। ମୋର ଗବେଷଣାର ମୂଳକଥା ତ ହେଉଛି ବିଶ୍ୱଶାନ୍ତି।''

ଭଦ୍ରଲୋକ ଉଦାରସ୍ବରରେ କହିଲେ – ''ଏଥିରେ ଉପକାର କଥା ରହିଲା କେଉଁଠି ? ଏ ତ ମୋର କର୍ତ୍ତବ୍ୟ ଥିଲା। ଏତିକି ନକରି ଆପଣଙ୍କୁ ଠିଆକରି ଘରକୁ ଫେରିଥିଲେ ସାରାଜୀବନ ମୋ ଭିତରେ ଗ୍ଲାନି ରହିଯାଇଥାନ୍ତା। ମୋର ଘରକୁ ଫେରିବାର ବେଳ ହେଲାଣି। ଆପଣଙ୍କ ପାଇଁ ମୁଁ ବଡ଼ ଚିନ୍ତାରେ ପଡ଼ିଥିଲି। ଆପଣଙ୍କର ଏଠି କିଛି ଅସୁବିଧା ହେବନାହିଁ। ଆପଣ ମୋର ସଂପର୍କୀୟା ବୋଲି ମୁଁ ସମସ୍ତଙ୍କୁ କହିଦେଇଛି। ଏହି ଯୁବକମାନେ ଆପଣଙ୍କ ପାଇଁ ଆଦୌ ବିପଦ ସୃଷ୍ଟିକରିବେ ନାହିଁ।''

ଏତିକିବେଳେ କାର୍‌ଟି ଆସି ଭଦ୍ରଲୋକଙ୍କ ପାଖରେ ଅଟକିଲା। ଭଦ୍ରଲୋକ ସ୍ନେହାର୍ଦ୍ର ଦୃଷ୍ଟିରେ ଅରମ୍ୟାକୁ ରହିଁରହିଁ କହିଲେ – ''ଆଛା ବେଟି ଏବେ ତୁମେ ଆରାମ୍‌ କର। ବଡ଼ କ୍ଲାନ୍ତ ଦିଶୁଛ। ମୋ ସ୍ବାମୀଙ୍କର ଡ୍ୟୁଟି ସରିବାବେଳ ହେଲାଣି, ହସ୍ପିଟାଲ୍‌ରୁ ତାଙ୍କୁ ନେଇ ଘରକୁ ଫେରିବି। ଯାହାହେଉ ଆମ ଅଞ୍ଚଳର ତୁମଭଲି ଏକ ସଂସ୍କୃତିନିଷ୍ଠ

ବେଟି ସହ ଦେଖାହେବା ପରେ ମତେ ଲାଗୁଛି ମୁଁ ଏବେ ଦେଶରୁ ଫେରୁଛି। ଆଲ୍ଲା ତୁମର ମଙ୍ଗଳ କରନ୍ତୁ।''

କୃତଜ୍ଞତାରେ ଅରଣ୍ୟାର ଆଖି ସଜଳ ହେଲା। ସେ ହାତଯୋଡ଼ି ବିଦାୟପ୍ରଣତି ଜଣାଇଲା। ଭାବିଲା – ସେ ଯଦି ଏଠି ରହିଯାଇ ନଥାନ୍ତା ତେବେ ଏହି ମହାର୍ଘ ଉପଲବ୍ଧରୁ ବଞ୍ଚିତ ହୋଇଥାନ୍ତା। ସହସା ପଚାରିଦେଲା – ''ପାକିସ୍ତାନରେ ଆପଣଙ୍କର ଘରଟା କେଉଁଠି ?''

ଭଦ୍ରଲୋକ ଗାଡ଼ିରେ ବସିସାରିଥିଲେ। ପଦାକୁ ମୁହଁକାଢ଼ି କହିଲେ – ''ମୀରପୁର ଆଜାଦ୍ କାଶ୍ମୀର।'' ଗାଡ଼ି ଗୁଳିଗଲା।

ଅରଣ୍ୟା ଭାବିଲା – ଏ ତ ଭାରତୀୟ। କାଶ୍ମୀର ଅଧିକୃତ ଭାରତ ମୀରପୁରରେ ଯାଙ୍କ ଘର। କହୁଛନ୍ତି କ'ଣ ନା ସେ ପାକିସ୍ତାନୀ ! ଅରଣ୍ୟା ହୃଦୟର କୃତଜ୍ଞତା ଉପରେ ବେଦନାର ଛାଇ ପଡ଼ିଲା। ଜର୍ମାନ ପ୍ରାଚୀର ଭଳି ଦୁଇ ଦେଶର ସୀମାରେଖା ଉଠାଇଦେଲେ କେମିତି ହୁଅନ୍ତା ? ସତରେ କ'ଣ ଆଉ ହିନ୍ଦୁ–ମୁସଲମାନଙ୍କ ଭିତରେ ଥିବା ଧର୍ମବିଦ୍ୱେଷ ଉଭେଇ ଯାଆନ୍ତା ? ଭାଇ ଭାଇ ଭିତରେ ରକ୍ତପାତର ସମାପ୍ତି ଘୋଷଣା ହୁଅନ୍ତା ! କୌଣସି ସିଦ୍ଧାନ୍ତରେ ସେ ପହଞ୍ଚିପାରିଲା ନାହିଁ। ଭାବିଲା– ଭଦ୍ରଲୋକଙ୍କୁ ତାଙ୍କ ଗାଁର ନାଁଟା ନପଚାରିଥିଲେ ଭଲ ହୋଇଥାନ୍ତା। ଅନ୍ତତଃ ଯେଉଁ ବିଚିତ୍ର ଯନ୍ତ୍ରଣା ତା' ହୃଦୟକୁ ବ୍ୟଥିତ କରୁଛି ସେଥିରୁ ସେ ମୁକ୍ତି ପାଇଯାଇଥାନ୍ତା। ଆଜି ନିର୍ମଳ ଆନନ୍ଦ ମଧ୍ୟ ମଣିଷର ଭାଗ୍ୟରେ ଲେଖାନାହିଁ।

ପ୍ରକୃତରେ ତାକୁ ରଣୀ କରିଥିବା ଭଦ୍ରଲୋକଙ୍କର ଦେଶ କେଉଁଠି ? ଭାରତ ନା ପାକିସ୍ତାନ ?

ସେ ରହୁଛନ୍ତି ଭିନ୍ନ ଦେଶରେ। ତେବେ ବି ଗୋଟାଏ ମଣିଷ ହାତଗଣା ସୀମାରେଖାକୁ ନେଇ ତାଙ୍କର ଭାବନା ରକ୍ତାକ୍ତ !

ଆଉ କେବେ ଦେଖାହେବ ନାହିଁ

ଗାଡ଼ିରେ ବସିବା ଆଗରୁ ଧୂମାଲି କାନିରେ ଗଣ୍ଠି
ପକାଇସାରିଥିଲା ଯେ ସେ ଜିତିକି ଫେରିବ – ହାରିକି
ନୁହେଁ । ବସିଲାଠୁ ଉଠିଆସିବା ଛଡ଼ା ଆଉ କିଛି ରୂରା ନଥିଲା ।
ବେହୋସ ହୋଇ ପଡ଼ିଥିବା ସ୍ୱାମୀ ମର୍ଦ୍ଦଳ ମିସ୍ତ୍ରୀକୁ ଗାଡ଼ିରେ
ଉଠାଇ ନିଜେ ବସିବା ବେଳକୁ ସେ ମନକୁ ମନ କହିଥିଲା
– ‘ଏମିତିକା ମର୍ଦ୍ଦଠୁ ମନ ଛିଣ୍ଡ କିନା ଛାଡ଼ି ଯାଇଥିଲେ ବି
ସେ ଯମ ହାତରୁ ତାକୁ ଫେରାଇଆଣିବ । ସେ ପୁରାଣର
ସତୀ ସାବିତ୍ରୀ ନ ହୋଇପାରେ, ମାତ୍ର ତା’ ପାଖରେ ଯଦି
ଲକ୍ଷେଟଙ୍କା ଅଛି ମରଣର ଏମିତିକା ତୁଚ୍ଛ ଡରାଣକୁ ସବୁଠୁ
ଭଲ ଡାକ୍ତରଖାନାର ବଡ଼ଡାକ୍ତରମାନେ ଫୁଂ’ କିନା
ଉଡ଼ାଇଦେବେ ଓ ସେ ମର୍ଦ୍ଦଳକୁ ଗାଁକୁ ଫେରାଇଆଣିବ ଦିନ
କେଇଟାରେ । ବିଲବାଡ଼ି, ଘରଦ୍ୱାର, ଗହଣାଗାଣ୍ଠି,
ଟଙ୍କାପଇସା, କାହାରି ଜୀବନଠୁ ବଡ଼ ନୁହେଁ । କେମିତି ସେ
ଟଙ୍କା! ଖର୍ଚ୍ଚକୁ ଡରି ଗୋଟାଏ ଜୀବନକୁ ମୂଚ୍ଛ
ଦେଇପାରିଥାନ୍ତା ? ସେ ଜୀବନ ଯାହାର ବି ହେଉ ମଣିଷ

ଜୀବନ ତ ! ଡାକ୍ତରଖାନାରେ ଉଡ଼ିଯାଇଥିବା ଧନ ଆଉଥରେ ଭରଣା କରିହେବ –
ମାତ୍ର ଉଡ଼ିଯିବା ଜୀବନକୁ ଆଉ କସ୍ମିନ୍‌କାଲେ ଫେରାଇ ଆଣିହେବ ନାହିଁ। ମର୍ଦ୍ଦଲର
ଜୀବନ ପୁଣି ଯାହା ତାହାର ଜୀବନ ନୁହେଁ, ତା’ ଝିଅ କୁଲେଇର ଆଉ ତା’ ପୁଅ
ବାବୁନିର ବାପର ଜୀବନ। ବଡ଼ହେଲେ ତା’ ପୁଅଝିଅ ଦୁହେଁ ତାକୁ ଯଦି ଜବାବ
ମାଗିବେ ? ପଚାରିବେ – “କିବା ରୋଗଟାଏ ହୋଇଥିଲା ଆମ ବାଆର ଯେ ତୁ
ବଞ୍ଚାଇ ପାରିଲୁନି ? ବାଆ ଅର୍ଜନ କରିଥିବା ଟଙ୍କା ପଇସାକୁ ସଞ୍ଚିଲୁ ଆଉ ତା’
ଜୀବନଟାକୁ ଉଡ଼ାଇଦେଲୁ ?”

ସତକୁ ସତ ମର୍ଦ୍ଦଲ ମିସ୍ତ୍ରୀଟା କାମିକା ମର୍ଦ୍ଦ। ଦିନକୁ ପାଆଁଶ ଟଙ୍କା ରୋଜଗାର
କରେ। ଯେତେବେଳେ ରାଜମିସ୍ତ୍ରୀ କାମ ନଥାଏ ସେତେବେଳେ ରଙ୍ଗମିସ୍ତ୍ରୀ କାମ ବି
କରିପାରେ। ମାସକ ତିରିଶ ଦିନ ତା’ ହାତରେ କାମ ଆଉ ପଇସା। ଏମିତି ସ୍ୱାମୀ
କେତେଜଣଙ୍କୁ ମିଳେ ? ବୟସ ତ ଏମିତି କିଛି ହୋଇନି ଯେ ତାକୁ ଯମ ନେଇଯିବ।
ପଇଁତିରିଶ ସାରିକି ବୟସ। ତା’ଠୁ ଜମାରୁ ଦଶବର୍ଷ ବଡ଼। ଏଇଟା କ’ଣ ମରିବାର
ବୟସ ଯେ ଧୂମାଲି ଯମହାତରେ ଛାଡ଼ିଦେବ ସ୍ୱାମୀର ଜୀବନକୁ !

ଡୁଙ୍ଗିପଲ୍ଲିରୁ ଆଖିପାଇବା ଭଲି ରାସ୍ତା ନୁହେଁ ରାଜଧାନୀ ଭୁବନେଶ୍ୱର। ଗାଡ଼ିକରି
ଗଲେ ଲାଗିବ ବାର ତେର ଘଣ୍ଟା। ସାଙ୍ଗରେ ଆସିବା ପାଇଁ ଆପଣାର ବୋଲି
ମର୍ଦ୍ଦପିଲାଟିଏ କେହି ନାହିଁ। ଉପରବେଲାଠୁ ଗାଡ଼ିରେ ବସିଲେ ରାତିସାରା ଗାଡ଼ି
ଝୁଲିଥିବ। ମର୍ଦ୍ଦଲକୁ ଡାକ୍ତରଖାନାରେ ଭର୍ତ୍ତି କରିବାଟା ବି ଏଡ଼େ ସହଜ ନୁହେଁ।
ଆଜିକାଲି ପଇସା ଥିଲେ ବି ଭଲ କଲେଜରେ ଯେମିତି ଭଲପିଲାକୁ ବି ସିଟ୍ ମିଳୁନି,
ସେମିତି କାନିରେ ଲକ୍ଷେଟଙ୍କା ବାନ୍ଧିଥିଲେ ବି ଭଲ ଡାକ୍ତରଖାନାରେ ଏତେ ଭିଡ଼ ଯେ
ମରଣଦୁଆରେ ଠିଆ ହୋଇଥିବା ରୋଗୀକୁ ବି ସେମିତି ଖଟିଆଟିଏ ମିଳୁନି। ମର୍ଦ୍ଦଲକୁ
ତ ଅସାଧ୍ୟ ରୋଗ କିଛି ହୋଇନି, ତାକୁ ରୋଗୀ କହିବା ବି ଠିକ୍ ନୁହେଁ। ସେଇଟା
ଗୋଟାଏ ଫୁଟାଣିଆ, ପାଜି, ବଦ୍‌ଚରିତ୍ର ମର୍ଦ୍ଦ। କାହାରି ସ୍ୱାମୀ ହେବାର ଯୋଗ୍ୟ
ନୁହେଁ। ଯିଏ ସ୍ତ୍ରୀକୁ ଧୋକା ଦେଇ ଧମକାଇବା ପାଇଁ ତିନିଥର ବିଷ ପିଇଲାଣି ତାକୁ
କ’ଣ ସ୍ୱାମୀଟାଏ ବୋଲି କହି ଲୋକଙ୍କ ଆଗରେ ମୁଣ୍ଡଟେକି ଝୁଲିହେବ ?
ଆତ୍ମହତ୍ୟାର ଧମକ ଦେଇ ଭାଗମାପରେ ଦି’ଥର ବିଷ ପିଇସାରିଛି। ତାକୁ ଦାନ୍ତରଗେଇ
ଯମ ପାଖରୁ ଫେରେଇଆଣିଛି ଧୂମାଲି। ଏଥରକ ଧୂମାଲିର ବି ବ୍ରହ୍ମଚଣ୍ଡାଲ ରାଗଟା
ମୁଣ୍ଡକୁ ଚଡ଼ିଯାଇଥିଲା। ତୁଣ୍ଡରେ ନ ଧରିବା କଥା ସ୍ୱାମୀକୁ କହି ସମ୍ପାକଟା କଲା ଶାଶୁ
ଆଗରେ। ମର୍ଦ୍ଦଲ ବି ଛାଡ଼ିବାର ମର୍ଦ୍ଦ ନୁହେଁ। ତା’ ମୁଣ୍ଡକୁ ଦି’ଗୁଣା ରାଗ ଚଡ଼ିଲା।
ରାଗକୋପରେ ଚିତ୍କାର କଲା – “ଆଜି ତୋରି ନାଁରେ ନିଶ୍ଚୟ ମରିବି, ମୋ

ଆତ୍ମହତ୍ୟାର ଦୋଷ ତତେ ଲାଗିବ। ଯମ ଯେତେବେଳେ ତୋ ପାପର ହିସାବ ମାଗି ପୋକ ସାଲୁବାଲୁ ନର୍କରେ ଘାଣ୍ଟିବ ସେତେବେଳେ ମୋ ଆତ୍ମା ଶାନ୍ତି ପାଇବ।" ରାଗକୋପରେ ଭାଗମାପ ଜାଣିନପାରି ଟିକେ ଅଧିକା ପିଇଦେଲା କୀଟନାଶକ ଔଷଧ। ଚେତା ହରାଇ ପଡ଼ିଲା। ସ୍ଥାନୀୟ ଡାକ୍ତରଙ୍କ ପାଖକୁ ସବୁଥରକ ଭଳି ଦୌଡ଼ିଲା ଧ୍ରୁମାଲି। ଧ୍ରୁମାଲିକୁ ଦେଖୁ ଦେଖୁ ଡାକ୍ତରବାବୁ ଜାଣିଗଲେ। ବାନ୍ତି କରେଇବା ଔଷଧପତ୍ର ଧରି ଧାଇଁଆସିଲେ। ବାନ୍ତି କରାଇଲେ କିନ୍ତୁ ଚେତା ଫେରାଇପାରିଲେନି। ଟିକେ ବି ଦୟାମାୟା ନ ରଖି କହିଲେ – "ଏଥର ଆଶା ଛାଡ଼ିଦିଅ, ଗୋଟାଏ ଚିନ୍ତାଗଲା ତମର।" ଏତିକିରେ ଧ୍ରୁମାଲିର ରାଗ ଉତୁରିଗଲା। ଦୁଃଖରେ ହାଉ ହାଉ ହୋଇ କାନ୍ଦିବ କ'ଣ, ଶାଶୂଙ୍କ ହାଉ ହାଉ ଭର୍ସନାରେ ତା' ଦୁଃଖ ଉଭେଇଗଲା। ଶାଶୂ ସମସ୍ତଙ୍କୁ ଶୁଣେଇ ଚିତ୍କାରକରି କହିଲେ – "ମୁଁ ମନାକରୁଛି ଏ ରାହାବାଲୀ ମାଇକିନାକୁ ଉଠାଇଆଣିଲା ଆରଗାଁରୁ। ତା'ରି ଯୋଗୁ ତିନି ତିନିଥର ମରିବ ମରିବ ହୋଇ ଆଜି ମରିଗଲା ମୋ ପୁଅ।" ଶାଶୂଙ୍କର ବୋହୂ ଉପରେ ରାଗ ତାଙ୍କୁ ପୁଅ ମରଣର ବାହୁନା ଭୁଲାଇଦେଲା। ଏକଥା ସତ ଯେ ମର୍ଦ୍ଦ ଭଲଲୋକଟିଏ ଭାବି ଧ୍ରୁମାଲି ତାକୁ ଭଲ ପାଇଲା, ତା' ସହ ପଳାଇ ଆସିଲା। ସେହିଦିନଠୁ ଶାଶୂଙ୍କର ରାଗ। ଯାବତୀୟ ଗଞ୍ଜଣା। ସବୁ ସହିଛି ଧ୍ରୁମାଲି। ମାତ୍ର ଏଭଳି ପରଘରପଶା ମର୍ଦ୍ଦ ବୋଲି ଜାଣିନଥିଲା। ମାଇପ ଭାବରେ ଧ୍ରୁମାଲି ବରଂ ବିଷପିଇ ମରିଶୋଇବା କଥା। କିନ୍ତୁ ଧ୍ରୁମାଲି କେବେହେଲେ ସେକଥା ମନକୁ ଆଣିନି। ତା' ନିଜ ଜୀବନକୁ ଓ ତା' ପୁଅଝିଅଙ୍କ ଜୀବନକୁ ସେ ଭଲପାଏ। ଏ ଦୁନିଆରେ ଏତେ ଭଲ ମଣିଷ ଅଛନ୍ତି, ଗୋଟାଏ ମଣିଷ ଖରାପ ହେଲା ବୋଲି ସେ ମରିଥାନ୍ତା କୋଉ ଦୁଃଖରେ? ତା'ର ବଞ୍ଚବାର ହକ୍ ଅଛି। ଆଜି ଯଦି ମର୍ଦ୍ଦ ମିସ୍ତାର ବାଟରେ ପ୍ରାଣବାୟୁ ଉଡ଼ିଯାଏ, ତେବେ ବି ଧ୍ରୁମାଲି ଆତ୍ମହତ୍ୟା କରି ମରିଯିବ ନାହିଁ। ଗାଡ଼ି ଫେରାଇଆଣିବ, ଭାଗ୍ୟରେ ଯାହା ଲେଖା ହୋଇଥିଲା ତାକୁ ମାନିନେବ, ଭୋଗିବ ଆଉ ବଞ୍ଚବ ଆୟୁଷ ପୂରିବାଯାଏ। ତା'ର ହାତଗୋଡ଼ ଥିବାଯାଏଁ ପେଟକୁ ଭାତର ଅଭାବ ରହିବ ନାହିଁ ବୋଲି ତା' ନିଜ ଉପରେ ତା'ର ଭରସା ଅଛି। କିନ୍ତୁ ଶାଶୂଙ୍କ ଆଖିରେ ପୁଅର ଏତ୍ତେବଡ଼ ଚରିତ୍ରଦୋଷ ଦିଶେନାହିଁ। ସବୁବେଳେ ବୋହୂକୁ ଦୋଷ ଦେଉଥାନ୍ତି। ପୁରୁଷପୁଅ ଯଦି ରୋଜଗାର କରିପାରୁଛି ତେବେ ଆଉଠେଇଁ ଦୁଇତିନିଟା ମାଇପ ରଖିଲେ ବି ଦୋଷ କ'ଣ? ତା' ପିଲାକୁ ତା' ବାହହେଲା ସ୍ତ୍ରୀକୁ ପୋଷିଲେ ସବୁଦୋଷ ଗଲା। କୁଆଡ଼େ ଧ୍ରୁମାଲି ଯୋଗୁଁ ତାଙ୍କ ପୁଅ ତିନି ତିନିଥର ବିଷପିଇ ସାରିଲାଣି। ସେ କୁଆଡ଼େ ସ୍ୱାମୀକୁ କିଛି ନକହି ପାଟିବୁଜି ରହନ୍ତା। କାରଣ, ସେ ସ୍ୱାମୀର ରୋଜଗାର ଖାଉଛି। ଧ୍ରୁମାଲି କେତେଥର ବାହାରିଲାଣି

କାମ କରିବାକୁ। ସେଥିରେ କୁଆଡ଼େ ରୋଜଗାରିଆ ସ୍ୱାମୀର ସମ୍ମାନ ତଳେ ପଡ଼ିଯାଏ। ଲୋକ ନିନ୍ଦା କରିବେ। ତା'ସ୍ୱାମୀକୁ ବାରଲୋକ ଆଖି ପକାଇବେ। ତେଣୁ ସେ ପଦାକୁ ଗୋଡ଼କାଢ଼ି ପାରେନି। ସେଦିନ ଶାଶୁଙ୍କ ଭର୍ତ୍ସନାରେ ଧୂମାଲିର ମୁଣ୍ଡକୁ ପିଉ ଚଢ଼ିଲା। କହିଲା। – "କାନିରେ ଗଣ୍ଠି ପକାଇଲି, ଯମ ଘୋଷାରୁଥିବା ତୁମ ପୁଅରାଣ ଖାଇ କହୁଛି, ଭୁବନେଶ୍ୱର ନେବି ତୁମକୁ ବଞ୍ଚିଲା ପୁଅ ଫେରେଇଦେବି। ଯଦି ଫେରେଇ ନପାରିଲି ତେବେ ଚିନ୍ତା କରନି। ମୁଁ ମରିବିନି। ଗତର ଖଟେଇ ତମେ ବଞ୍ଚୁଥିବା ଯାଏଁ ତମକୁ ପୋଷିବି।"

କଥାଟା କେବଳ ଗୋଟାଏ ଜିଦ୍ ନୁହେଁ। ମର୍ଦ୍ଦଳ ମିସ୍ତ୍ରୀ ଯେତେହେଲେ ବି ତା'ର ସ୍ୱାମୀ। ତା' ପିଲାଙ୍କ ବାପ। ସେ ପାଷାଣ୍ଡ ହୋଇଗଲେ ବି ଧୂମାଲି ପାଷାଣ୍ଡୀ ନୁହେଁ। ମର୍ଦ୍ଦଳର ରୋଜଗାର ଟଙ୍କା ତା'ପାଖରେ ଥାଉ ଥାଉ ତାକୁ ବିନା ଚିକିତ୍ସାରେ କେମିତି ମରିବାକୁ ଛାଡ଼ିଦେବ? ତା' ଉପାର୍ଜନ ତା'ରି ଜୀବନ ବଞ୍ଚାଇବାରେ ଯାଉ। ଯଦି ବଞ୍ଚିଗଲା ମର୍ଦ୍ଦଳର ଭାଗ୍ୟ – ଯଦି ମରିଲା ତେବେ ତା'ରି ଦୁର୍ଭାଗ୍ୟ। କିନ୍ତୁ ମଣିଷଟାକୁ ମରଣମୁହଁରୁ ବଞ୍ଚାଇବାଟା ତ ମଣିଷ ହିସାବରେ ତା' ସ୍ତ୍ରୀର କର୍ତ୍ତବ୍ୟ।

ଏକୁଟିଆ ଡ୍ରାଇଭର ସଂଗେ ଅଧାମୁର୍ଚ୍ଛାରଟିକୁ ଧରି ଭରପୂର ଦେହ ଓ ରୂପର ଲହଡ଼ି ଭାଙ୍ଗୁଥିବା ମାଇପିଟା ରାତିରେ ଜଙ୍ଗଲ ରାସ୍ତାରେ କୋଉ ସାହାସରେ ବାହାରି ଆସିବାକୁ ବସିଥିଲା? ଗାଁ ଲୋକେ ଭୁକୁଣ୍ଠେଇ ରହିଁଲେ। ଦୋ ଦୋ ପାଞ୍ଚ ହେଲା ଧୂମାଲି। ସେ ଜାଣେ ତା' ସହ କେହି କିଛି ଅଘଟଣ ଘଟାଇପାରିବେ ନାହିଁ। କିନ୍ତୁ ଲୋକଙ୍କ ମୁହଁରେ ସେ ଅଘଟଣ ପ୍ରଚାର ହୋଇଯିବ। କୌତୁହଲ ଓ କରୁଣାରେ ଠୁଳ ହୋଇଥିବା ଗାଁ ଲୋକଙ୍କୁ ସେ ରହିଁଲା। ଦୁଇଜଣ ଟୋକାଙ୍କ ମୁହଁରୁ ଭରସା ପଡ଼ିଲା। କହିଲା। – "ଯିବ ମୋ ସଂଗେ, ଖର୍ଚ୍ଚ ମୋର। ଡାକ୍ତରଖାନାଠି ପହଞ୍ଚାଇଦେଇ ଗାଧୁଆପାଧୁଆ କରି ଜଳଖିଆ ଖାଇବ, ଏଇ ଗାଡ଼ିରେ ଲେଉଟିଆସିବ। ମୋ ପାଇଁ ଚିନ୍ତା କ'ଣ? ଫେରିବାବେଳକୁ ତ ତମ ଭାଇ ମୋ ସଂଗେ ଥିବେ। ଯଦି ନଥିବେ ଖବର କରିଦେବିନି କି ଫୋନ୍ରେ! ଯିଏ ହେଲେ ଯାଇ ପହଞ୍ଚାଯିବନି କି?" ଧୂମାଲିକୁ ଭାଉଜ ଡାକୁଥିବା ଗାଁର ଟୋକାମାନେ ଉଁ ଚୁଁ ପାଟି ନ ଫିଟାଇ ଗାଡ଼ିରେ ବସିଲେ। ଗାଡ଼ି ଚାଲିଲା ରାତିସାରା।

ଭାଗ୍ୟକୁ ଡାକ୍ତରଖାନାର ଆଇସିୟୁରେ ଭର୍ତ୍ତି ହୋଇଗଲା ବେହୋସ ପଡ଼ିଥିବା ମର୍ଦ୍ଦଳ। ଟୋକା ଦି'ଜଣ ଡାକ୍ତରଖାନା ସାମ୍ନାରେ ଥିବା ବସ୍ତିବାସିନ୍ଦାଙ୍କ ଘରେ କୋଠରୀଟିଏ ଭଡ଼ାନେଇ ରହିଲେ। ମର୍ଦ୍ଦଳ ଆଇସିୟୁରୁ ବାହାରିବା ପରେ ଯାଇ ସେମାନେ ଘରକୁ ଫେରିବା କଥା ଚିନ୍ତା କରିବେ। ସେମାନେ କ'ଣ ଏତେ ଅମଣିଷ

ହୋଇଛନ୍ତି ଯେ, ମୂଳରୁ ସହର ଦେଖିନଥିବା ମୁର୍ଦ୍ଦାରଟିକୁ ଧରି ଆସିଥିବା ମୁର୍ଖ ମାଇପିଟାକୁ ଏକା ଛାଡ଼ିଦେଇଯିବେ !

ଆଇସିୟୁରେ ଥରେ ପଶିଲେ ଡାକ୍ତରଙ୍କୁ ଭଗବାନ ମଣି ବାହାର ବାରଣ୍ଡାରେ ଦିନରାତି ଜଗିବସିବା ଛଡ଼ା ଆଉ କିଛି ଉପାୟ ନଥାଏ। ଯାହା କରିବ ଭାଗ୍ୟ ନହେଲେ କାନିରେ ବାନ୍ଧିଥିବା ଟଙ୍କା। ଏମିତିକା ଡାକ୍ତରଖାନାରେ ଆଇସିୟୁ ରୋଗୀ ପାଇଁ ଲକ୍ଷେ ଟଙ୍କା କିଛି ନୁହେଁ ବୋଲି ଧୂମାଲି ଜାଣିସାରିଲାଣି। ତେବେ ଆବଶ୍ୟକ ପଡ଼ିଲେ ଗାଁରୁ ଟଙ୍କା ଆସିବା ପାଇଁ ଧୂମାଲି ବ୍ୟବସ୍ଥା କରିଆସିଛି। ଯେଉଁ ମାଲିକର କୋଠା ତିଆରି ହେଉଛି ତା' ଉପରେ ମର୍ଦ୍ଦଲ ମିସ୍ତ୍ରୀର ଢେର ଟଙ୍କା। ବାକିଆ ପଡ଼ିଛି। ତାଙ୍କୁ କହିଛି, ଲୋଡ଼ା ହେଲେ ସେ ଟଙ୍କା ପଠାଇଦେବେ ଚିହ୍ନା ବସ୍ ଡ୍ରାଇଭର ହାତରେ। ଯଦି ଭାଗ୍ୟଦୋଷରୁ ଅଲକ୍ଷଣାଟା ମରିଯାଏ ତାହାଲେ ଧୂମାଲି କଥା ଦେଇଛି ଯେ ତାଙ୍କ ପାଖରେ ମୂଲ କାମ କରି ଟଙ୍କା ଶୁଝିଦେବ। ତା' କଥାକୁ ସେ ବିଶ୍ୱାସ କରିଛନ୍ତି। ଏତିକି ବିଶ୍ୱାସ ମଣିଷ ଉପରେ ମଣିଷର ନଥିଲେ କେମିତି ବଞ୍ଚିପାରନ୍ତେ ଗରିବମାନେ ?

ସ୍ୱାମୀକୁ ଡାକ୍ତରଖାନାରେ ଭର୍ତ୍ତି କରିଦେବା ପରେ ଧୂମାଲିକୁ ବଡ଼ ହାଲକା ଲାଗିଲା। ତାକୁ ଲାଗୁଥାଏ ଯେମିତିକି ମର୍ଦ୍ଦଲ ଅଧା ବଞ୍ଚିଉଠିଲା। ଧୂମାଲିର କର୍ତ୍ତବ୍ୟ ଶେଷ ହୋଇଛି। ଯଦି ଏଥର ଭାଗ୍ୟ ବାମ ହେଲା ତେବେ ସେଇଟା ଧୂମାଲିର କର୍ତ୍ତବ୍ୟରେ ହେଲା ଯୋଗୁଁ ନୁହେଁ। ଧୂମାଲିର ଗୋଡ଼ ଦୃଢ଼ ହୋଇଯାଇଥାଏ। ଆମ୍ଭବିଶ୍ୱାସ ଦୃଢ଼ ହୋଇଥାଏ। ଯେମିତି ପାହାଡ଼ଟାକୁ ଅଧା ଚଢ଼ି ସାରିଥିଲା ଧୂମାଲି। ଆଉ ତଳକୁ ରୁହିଁବାର ନୁହେଁ - ମୁଣ୍ଡ ଘୁରାଇଦେବ ଏ ଲୋକଟା ସହ ଜିଇବାର ମରଣଯନ୍ତ୍ରଣା କଥା ଭାବିଲେ। ଏଥର ଉପରକୁ ରୁହିଁ ବାକି ଅଧକ ପାହାଡ଼ ଚଢ଼ିବାର ଧୈର୍ଯ୍ୟ ରଖିବାକୁ ହେବ। ଖାଲି ନିଜ ଉପରେ ନୁହେଁ, ଉପରବାଲା ଉପରେ ବିଶ୍ୱାସ ରଖିବାକୁ ହେବ। ଧୂମାଲି ଆଖିବୁଜି ପ୍ରାର୍ଥନା କଲା। ତାକୁ ଲାଗିଲା ସେ ନିଶ୍ଚୟ ମର୍ଦ୍ଦଲକୁ ଜୀଅନ୍ତା ଧରି ମୁଣ୍ଡଟେକି ମାଇପିପଣିଆର ଡେଙ୍ଗୁରା ବଜାଇ ଗାଁକୁ ଫେରିବ। ତା'ପରେ ଯାହା ଘଟିବ ଧୂମାଲି ସ୍ଥିର କରିସାରିଛି। ଅଲକ୍ଷଣାଟା ବଞ୍ଚ, ଘରକୁ ଆଗ ଫେରୁ।

ଧାଡ଼ି ଧାଡ଼ି ହୋଇ ବସିଥିଲେ ଆଇସିୟୁରେ ଭର୍ତ୍ତି ହୋଇଥିବା ରୋଗୀମାନଙ୍କର ଲୋକମାନେ ଖଣ୍ଡିଏ ଖଣ୍ଡିଏ ଚୌକି ଆଉ ଲମ୍ବ ହୋଇ ପଡ଼ିଥିବା ଖଣ୍ଡେ କାଠ ବେଞ୍ଚ ଉପରେ। ଅନ୍ଧା ସଳଖିବାର ଉପାୟ ନାହିଁ। ଏଠି ସମସ୍ତଙ୍କର ସମାନ ଅଧିକାର। କାଠ ବେଞ୍ଚ ଉପରେ ଟିକେ ଯାଗା ଥିଲା। ଧୂମାଲି ସେଇଠି ଦ୍ୱିପ୍ରହର ଯାଏଁ ବସିଲା। ଗାଁ ଟୋକାରୁ ଜଣେ ଆସି ତାକୁ ପଠାଇଲା ଗାଧୋଇପାଧୋଇ ଜଳଖିଆ କରି ଆସିବା ପାଇଁ। ତା' ଗାଁର ଟୋକାଗୁଡ଼ାକ କେଡ଼େ ଭଲ। କିଏ କହୁଛି ମାଇପିଟିଏ ଦେଖିଲେ

ଟୋକାଏ ଶାଗୁଣା ପରି ଝାଙ୍ପିପଡ଼ନ୍ତି ବୋଲି ? ମନେ ମନେ ଟୋକାଟୋକୁ କଲ୍ୟାଣ କରି ଧୁମାଲି ଭଡ଼ା ନେଇଥିବା ଘରକୁ ଗଲା । ସେଠି ଗାଧୁଆପାଧୁଆ କରି ଚୁଡ଼ାଚକଟା ଖାଇ ଟିକେ ଶୋଇପଡ଼ିଲା । ଉଠିଲା ଯାଇ ଉପରବେଲାକୁ । ଧୁମାଲି ପାଖ ଦୋକାନରେ ରୁଟି, ଡାଲ୍‌ମା ଖାଇ ରାତି ଡ୍ୟୁଟି କରିବା ପାଇଁ ଡାକ୍ତରଖାନାକୁ ଗଲା । ଟୋକାଟା ଏଥର ବିଶ୍ରାମ ନେବା ଲୋଡ଼ା ।

ଆଇସିୟୁ ବାରଣ୍ଡାରେ କାଠ ବେଞ୍ଚ ଉପରେ ବସିଥିଲେ ଜଣେ ମାଡାମ୍ । ଆଉ ଜଣେ ବସିବା ଭଳି ଯାଗାଟିଏ ଥିଲା । ହତାଶିଆ ଦିଶୁଥିଲେ ମାଡାମ୍ । ବୟସ ବି ଟିକିଏ ହେଲାଣି । ତାଙ୍କର କିଏ ଆଇସିୟୁରେ ପଡ଼ିଚ୍ଛି କେଜାଣି ? ହାତରେ ଖଣ୍ଡେ ଇଂରାଜୀ ବହି ଧରିଥିଲେ । ଧୁମାଲି ତାଙ୍କୁ ରୁହଁ ବୁଝିପାରିଲା ଯେ ସେ ଜଣେ ପାଠୋଇ ସ୍ତ୍ରୀ ଲୋକ, ତାଙ୍କ ସ୍ୱାମୀ ଅଫିସର ହୋଇଥିବେ କି ବଡ଼ ବ୍ୟବସାୟଟାଏ କରୁଥିବେ । ପ୍ରକୃତରେ ଧୁମାଲି ତାଙ୍କ ପାସଙ୍ଗରେ ପଡ଼ିବା କଥା ନୁହେଁ । କିନ୍ତୁ ଏଠି ଦିହେଁ ସମାନ । ଏକା ନାବରେ ବସିଛନ୍ତି ଦିଓଟି ମାଇପି । ଜଣେ ସହରୀ ପାଠୋଇ ବଡ଼ଲୋକର ସ୍ତ୍ରୀ, ଆଉ ଜଣେ କୋଉ ନିପଟ ମଫସଲ ବଣୁଆ ଗାଁର ମଦ୍ର୍‌ଲ ମିସ୍ତ୍ରୀର ମାଇପ । ତେବେ ତାଙ୍କର ଯିଏ ବି ଆଇସିୟୁରେ ପଡ଼ିଥାଉ ସେହି ଗୋଟିଏ ଘରେ ଏକାପ୍ରକାର ଖଟିଆରେ ତ ପଡ଼ିଛନ୍ତି । ଦିହିଁଙ୍କର ତ ଆଜି ଏକା ପ୍ରାର୍ଥନା । ଏ କାଠ ବେଞ୍ଚ ଉପରେ ଆଜି ସେ ଦିହିଁଙ୍କର ସମାନ ଅଧିକାର । ମାଡାମ୍‌କୁ ଆଙ୍ଗୁଠିରେ ଟିକେ କେଞ୍ଚଦେଇ ସେ ନିର୍ଦ୍ଦେଶଦେବା ସ୍ୱରରେ କହିଲା, “ସିଆଡ଼କୁ ଟିକେ ଘୁଞ୍ଚବସୁନ, ସମସ୍ତେ ତ ଟିକେ ବସିବେ ନା ।” ମାଡାମ୍ “ଆଚ୍ଛା” କହି ଘୁଞ୍ଚବସିଲେ । ଟିକିଏ ବିରକ୍ତ ହେଲେ ବୋଲି ଧୁମାଲିକୁ ଲାଗିଲା । ଉପରକୁ କିଛି ଜଣାଇଲେ ନାହିଁ । ସହରୀ ଲୋକଙ୍କ ମୁହଁରୁ ଭିତର କଥା ଦିଶେନି । ଖାଲି ଦିଶେ ସ୍ନୋ, ପାଉଡର୍ । ଧୁମାଲି ସେଠି ବସିଗଲା । ଦି’ହାତ ଉପରକୁ ଟେକି ଅଳସ ଭାଙ୍ଗିଲା । ଲମ୍ବା ହାଇ ମାରିଲା । ପଚାରିଲା, “ତମର ଏଠି କିଏ ପଡ଼ିଛନ୍ତି କି ?”

“ସ୍ୱାମୀ” । ରେକର୍ଡ ବାଜିଲା ଭଳି ସ୍ୱର ମାଡାମ୍‌ଙ୍କର ।

“କ’ଣ ହୋଇଛି – ଆଇସିୟୁରେ ପଡ଼ିଛନ୍ତି ମାନେ ଅବସ୍ଥା ଭଲ ନୁହେଁ । ଚେତା ଅଛି କି ନାହିଁ ?” ପଚାରିଲା ଧୁମାଲି ।

“ହଁ ହଁ ଚେତା ଅଛି । ସେମିତି କିଛି ସିରିୟସ ନୁହେଁ, ଭଲ ହୋଇଯିବେ” ସାମାନ୍ୟ ବିରକ୍ତି ପ୍ରକାଶ କରି କହିଲେ ମାଡାମ୍ । କେଜାଣି ସତ କହିଲେ କି ନାହିଁ! ଇଏ ଏମିତି ଏକ ପରୀକ୍ଷା ଯେ, ପରୀକ୍ଷାଫଳରୁ ଜଣାପଡ଼ିଯାଏ ସତ କି ମିଛ । କିନ୍ତୁ ମାଡାମ୍ ମିଛ କାହିଁକି କହିବ ?

ସେ କହିଲା – "ମୋର ବି ସ୍ୱାମୀ ଆଜି ସକାଳୁ ଏଠି ପଶିଛି। ଚେତା ନାହିଁ। ବଞ୍ଚିବାର ଆଶା ବି ନାହିଁ। ତଥାପି ଛଅଶହ କିଲୋମିଟର ଦୂରରୁ ରାତିରାତି ଧରିଆସିଛି। ତୁମ ସ୍ୱାମୀଙ୍କର ଚେତା ଅଛି ମାନେ ବଞ୍ଚିଯିବେ। କିଛି ଚିନ୍ତା କରନି। ଏଠି ଭର୍ତ୍ତି କରିଛ ମାନେ ତୁମ କର୍ତ୍ତବ୍ୟ ତୁମେ କରିଛ।"

ଭଦ୍ରମହିଳା ସମ୍ଭବତଃ ଏଇ ସ୍ତ୍ରୀ ଲୋକଠାରୁ ମୁକ୍ତି ପାଇବା ପାଇଁ ବହି ଉପରେ ଦୃଷ୍ଟିନିବେଶ କଲେ। ତେବେ ଜାଣିପାରିଲେ ଯେ, ସ୍ତ୍ରୀ ଲୋକଟି ଭିତରେ ସରଳପଣ ଛଳଛଳ କରୁଛି। ତାକୁ କଣେଇକରି ରହିଁଲେ। ବୟସ ପଚିଶ/ଛବିଶ ହୋଇପାରେ। ସ୍ୱାସ୍ଥ୍ୟବତୀ, ଶାବନୀ, ସୁଦରତା ଯେତେ ନାହିଁ ବୟସର ଲାବଣ୍ୟ ଓ ମଧୁରତା ସେତେ ଅଛି। ମନରେ ମାୟା ଲାଗୁଛି, ଦୟା ଉଦ୍ରେକ ହେଉଛି। ଆହାଃ ଏତେ କମ୍ ବୟସର ଝିଅଟା ଏତେବାଟରୁ ଏକା ଏକା ଆସିଛି। ସ୍ୱାମୀର କି ରୋଗ ହୋଇଛି ଯେ ଚେତା ନାହିଁ, ବଞ୍ଚିବାର ଆଶା ବି ନାହିଁ, ତଥାପି ସ୍ତ୍ରୀ ଲୋକଟାର ଧୈର୍ଯ୍ୟ କିଛି କମ୍ ନୁହେଁ। କିନ୍ତୁ ସ୍ୱାମୀର ଏ ଅବସ୍ଥାରେ ଏତେବାଟରୁ ରାତିଟାରେ ଆସିଥିବା ଯୁବତୀ ସ୍ତ୍ରୀଟା ଗହଣାଗାଣ୍ଠି ଭରିହୋଇ କାହିଁକି ଆସିଛି ? ତା'ର ସାହସ ତ କିଛି କମ୍ ନୁହେଁ। ଆଜିକାଲି ସ୍ତ୍ରୀ ଲୋକ ଆଉ ସୁନାରୂପାକୁ ନେଇ ଯାହା ସବୁ ଅଘଟଣ ଘଟୁଛି ଏ ମୂର୍ଖ ସ୍ତ୍ରୀଟା କ'ଣ ଜାଣେନାହିଁ ? ଭାଗ୍ୟଭଲ ନିଜ ଜୀବନ ବଞ୍ଚାଇ ଏଠାରେ ପହଞ୍ଚିଯାଇଛି। ଧୂମାଲି ଯେମିତି ତାଙ୍କ ମନ କଥା ପଢ଼ିପାରୁଥିଲା। ପଚାରିଲା – "ମୋ ବିଷୟରେ କେତେକଥା ଭାବୁଛ ବୋଧେ ? ଭାବୁଥାଅ। ସଂସାରଟା ଯାକ ଲୋକ ପରକଥା ଯେତେ ଭାବନ୍ତି ନିଜ ଘରକଥା ସେତେ ଭାବନ୍ତି ନାହିଁ।"

ଭଦ୍ରମହିଳା ବହି ବନ୍ଦକରିବାକୁ ବାଧ୍ୟ ହେଲେ। ପଚାରିଲେ – "ଚେତା ନାହିଁ କହୁଛ ମାନେ ଅବସ୍ଥା ଭଲନୁହେଁ, କି ରୋଗ ହୋଇଛି ତୁମ ସ୍ୱାମୀର ?"

ଓଃ କରି ଉତ୍ତରଦେଲା ଧୂମାଲି – "କିଛି ରୋଗ ନାହିଁ, ଅଡ଼େଇଷାଟା ମତେ ଧମକାଇବ ବୋଲି ଆତ୍ମହତ୍ୟା କରିବାର ନାଟକ କରୁଥିଲା। ଜାଣି ନଥିଲା ଯେ କୀଟନାଶକଟା ଏତେ ବିଷାକ୍ତ। ମୁଁ ଜାଣେ ସେ ବଞ୍ଚିଲେ ମୋ ଜୀବନକୁ ପୁଣି କଲବଲ କରିବ। ମରିଗଲେ ସେ ତରିଯିବ। ସେ ବୋଧେ ଭାବୁଥିବ ସେ ମରିଗଲେ ମୁଁ ପ୍ରାଣ ହାରିଦେବି। ତିନି ତିନିଥର ବିଷ ପିଇଲାଣି, ଦି'ଥର ମୁଁ ତାକୁ ସେଥରୁ ବଞ୍ଚେଇଛି। ସେ ଜାଣିନି ଯେ, ଏଥର ଯଦି ସେ ମରିଗଲା ମୁଁ ପ୍ରାଣ ହାରିବି ନାହିଁ। କାହିଁକି ମରିବି ? ମରିବା ପାଇଁ କ'ଣ ଜନ୍ମ ହୋଇଥିଲି ? ତା'ଛଡ଼ା ସେଇଟା ସିନା ଅମଣିଷ କିନ୍ତୁ ମୁଁ ତ ନୁହେଁ, ମୋର ପରା ପିଲାଛୁଆ ଦିଓଟି ଅଛନ୍ତି। ପିଲାଙ୍କୁ ଭସେଇଦେଇ କୋଉ ମାଆ ବା ମରିପାରେ ? ଯୋଉମାନେ ମରନ୍ତି ସେମାନେ ପାଗେଲୀ ନ ହେଲେ ମାଆ ହେବାର ଯୋଗ୍ୟ ନୁହଁନ୍ତି। ସେମାନେ ରାକ୍ଷସୀ।"

ଆଶ୍ଚର୍ଯ୍ୟ ହୋଇଗଲେ ଭଦ୍ରମହିଳା, ଧୂମାଲିର ଜୀବନପ୍ରତି ଦୃଷ୍ଟିକୋଣ ଓ ସାହସ ଦେଖି । ଯେଉଁ ଶିକ୍ଷିତା ମହିଳାମାନେ କଥା କଥାକେ ଆମ୍ଭହତ୍ୟା କରିଦେଉଛନ୍ତି ସେମାନେ ଧୂମାଲିଠାରୁ ଦୀକ୍ଷା ନେବା ଉଚିତ । ଧୂମାଲି କହିଲା – "ଆଉ ଟିକେ ଘୁଞ୍ଚିବସୁନ, ଗୋଟାଏ ଲୋକ ଏପଟୁ ଉଠିଗଲାଣି । ମୁଁ ଟିକେ ଜାକିହୋଇ ଶୋଇପଡ଼େ । ରାତିସାରା ଅନିଦ୍ରା, କାଲେ ଲୋକଟାର ବାଟରେ ପ୍ରାଣ ଛାଡ଼ିଯିବ ବୋଲି ତା' ନାକ ପାଖରେ ହାତମାରି ନିଶ୍ୱାସ ଯାଉଛି କି ନା ଦେଖୁ ଦେଖୁ ରାସ୍ତା ସରିଲା । ଆଉ ଏ ସୁଆଙ୍ଗ ସହିପାରିବିନି ।"

ଭଦ୍ରମହିଳା କହିଲେ – "ଏଠି ବେଞ୍ଚ ଉପରେ ଶୋଇପାରିବିନି । ଆଉ କିଏ ବି ଆସିପାରେ ।"

ଧୂମାଲି ଆପଉ ନକରି ବେଞ୍ଚ ଉପରୁ ଉଠିପଡ଼ିଲା । ବ୍ୟାଗରୁ ଚଦରଖଣ୍ଡେ କାଢ଼ି କାନ୍ଥକୁ ଲଗାଇ ଅଡ଼ଓସାର କରି ପାରିଲା । ବ୍ୟାଗ୍‌ଟାକୁ ତକିଆ ଭଳି ରଖିଲା । ଲମ୍ବ ହୋଇ ଶୋଇପଡ଼ିଲା । କହିଲା, "ତମର ଯଦି ଇଚ୍ଛା ଟିକେ ଶୋଇପଡ଼ । କେତେ ବସିବ ? ତମ ସ୍ୱାମୀ ତ ଏତେ ସାଂଘାତିକ ନୁହଁନ୍ତି, ଏଇଠି ଜାଗା ଅଛି ।"

ଭଦ୍ର ମହିଳାଙ୍କର ବି ଇଚ୍ଛା ହେଉଥିଲା କୋଉଠି ହେଲେ ଶୋଇପଡ଼ିବା ପାଇଁ । ମାତ୍ର ପାରିଲେ ନାହିଁ । ତାଙ୍କର ଗୋଟେ ଚିହ୍ନା ମୁହଁ ଅଛି । ସମସ୍ତେ ଚିହ୍ନିଯିବେ । ସେ କହିଲେ, "ମତେ ନିଦ ନାହିଁ, ତୁମେ ଶୁଅ ।"

ଧୂମାଲି ଆଖିବୁଜି ଶୋଇବା ଆଗରୁ କହିଲା– "ତମକୁ ଅପା ଡାକୁଛି, ବୁଝିଲ । ତମେ ମୋଠୁ ବୟସରେ ଢେର୍ ବଡ଼ ହେବନି କି ? ମୁଁ ଟିକେ ଶୋଇପଡୁଛି ଅପା । ଖଟିଆ ନମ୍ବର ଏଗାର ରୋଗୀର କିଏ ଅଛନ୍ତି ବୋଲି ଯଦି ଡାକନ୍ତି ମତେ ଝଟ୍‌କରି ଉଠେଇଦେବ । ଡାକ୍ତର କହିଛନ୍ତି ଡାକିବା ମାତ୍ରେ ଭିତରକୁ ଯିବା ପାଇଁ । ହେ ପ୍ରଭୁ! ମତେ ନ ଡାକନ୍ତୁ । ଡାକିବା ମାନେ ପାଟିରେ ପାଣିଦେବା ବେଳ ହେଲା ବୋଲି ଜାଣ । ନା କ'ଣ କହୁଛ ? ତମକୁ ବି ସେହିକଥା କହିଛନ୍ତି କି ?"

ଭଦ୍ରମହିଳା କହିଲେ– "ନାଇଁ ସେମିତି କାହିଁକି ଭାବୁଛ, ଅବସ୍ଥା ଭଲ ଆଡ଼କୁ ଗତିକଲେ ବି ଡାକନ୍ତି । ତୁମ ସ୍ୱାମୀର ଚେତା ଫେରିଲେ ତୁମକୁ ଡାକିବେ । ହଉ, ମୁଁ ତୁମକୁ ଡାକିଦେବି ।"

ଧୂମାଲି ଆଶ୍ୱସ୍ତ ହେଲା ଓ ଓଢ଼ଣାରେ ମୁହଁ ଘୋଡ଼ାଇ ଚୁପକରି ଶୋଇପଡ଼ିଲା । ଘରେ ଶୋଇଥିବା ପରି ଘୁଡ୍ ଘୁଡ୍ ଘୁଙ୍ଗୁଡ଼ି ମାରିଲା । ମଝିରେ ଥରେ "ମରିଯାଉନୁ ଅଲାଜୁକଟା" ବୋଲି ବିଳିବିଳେଇଲା । ଭଦ୍ର ମହିଳା ଧୂମାଲିର ଖୋଲାପଣକୁ ଈର୍ଷା କଲେ । ସେମିତି ସେ ହୋଇପାରିବେ ନାହିଁ । ଧୂମାଲିକୁ କ'ଣ ସେ ସବୁ ସତକଥା

କହିଛନ୍ତି ? ସ୍ୱାମୀ ସେପ୍ଟିସେମିଆରୁ ମୁକୁଲିବା ପାଇଁ ବେଶ୍ କିଛିଦିନ ଲାଗିବ । ତା’ ସାଙ୍ଗକୁ ଜ୍ୱର, ଡାଇବେଟିସ୍, ରକ୍ତଚାପ ସବୁ ନିଜର ବଡ଼ପଣିଆ ଦେଖାଇ ରଖିଛନ୍ତି । କେଜାଣି କେବେ କ୍ୟାବିନ୍କୁ ଯିବେ ? ତା’ପରେ ଯାଇ ସେବାକାରିଣୀର କଷ୍ଟ ଟିକେ ଉଣା ହେବ । କିନ୍ତୁ ଏ ଧୂମାଲିର ସ୍ୱାମୀ ବାରମ୍ୱାର ବିଷ ପିଇଦେଉଛି କ’ଣ ପାଇଁ ? ଧୂମାଲି ଖଣ୍ଟେକ ମନେ ହେଉଛି ସହଜ ସ୍ତ୍ରୀ ଟିଏ ନୁହେଁ । ଲୋକଟାର ଜୀବନକୁ ହତ୍ରସ୍ତ କରୁଥିବ । ତା’ ନହେଲେ ପୁରୁଷ ପୁଅଟା କଥା କଥାକେ ଆମ୍ରହତ୍ୟା କରିବା ପାଇଁ ଚେଷ୍ଟା କରନ୍ତା କାହିଁକି ? ଯାହାବି ହେଉ, ଏ ମୂର୍ଖ ମାଇପିଟା ବିଷ ପିଇଥିବା ରୋଗୀକୁ ଧରି ବଡ଼ ସାହାସରେ ଗାଡ଼ିକରି ଏତେଦୂରରୁ ରଖିଆସିଲା ସବୁଠାରୁ ଦାମିକା ଡାକ୍ତରଖାନାକୁ । ଖାଲି ନିଜ ମନବୋଧ ହେବ ସିନା, କିନ୍ତୁ ସ୍ୱାମୀକୁ ଆଉ ଘରକୁ ଫେରାଇ ନେଇପାରିବନି ବୋଲି ତା’ କଥାରୁ ମନେ ହେଉଛି । ଧୂମାଲି ବି ସେକଥା ଜାଣେ । ସେ ମନକୁ ପ୍ରସ୍ତୁତ କରିନେଇଛି ବୋଲି ତା’ କଥାରୁ ସ୍ପଷ୍ଟ । ତେବେ ସେ ଏପରି ଅଯଥା ଜିଦ୍ କରି କାହିଁକି ଏତେବାଟ ନିଶ୍ଚିତ ମରିବା ରୋଗୀଟାକୁ ନେଇଆସିଲା କେଜାଣି ?

ସବୁକଥା ଧୂମାଲି ଆପେ ଆପେ କହିବ । ଆଜି ତ ଅଧାକାହାଣୀ କହିସାରିଛି । ମର୍ଦ୍ଦଲର ଦୋଷ ଯାହା ବି ଥାଉ ଅଳସୁଆ, କୋଢ଼ିଆ ମଣିଷ ନୁହେଁ, ବଡ଼ କାମିକା । ପିଲାଦୁହେଁ ଭଲ ଖାଉଛନ୍ତି, ଭଲ ସ୍କୁଲରେ ପଢ଼ୁଛନ୍ତି । ଧୂମାଲି ହାତକୁ ମର୍ଦ୍ଦଲ ଘରଖର୍ଚ୍ଚ ପାଇଁ ଟଙ୍କା ପଇସା ଦିଏ । ବାକି ଟଙ୍କା ବ୍ୟାଙ୍କରେ ଲଗେଇଛି ବୋଲି କହେ । ମର୍ଦ୍ଦମାନଙ୍କର କେତେଟା ବଦ୍ଖୋଇ ରହିବ ତ ! ତାଙ୍କୁ ତ ରୁରିଖୁଣ ମାଫ୍ । ଚବର୍ ଚବର୍ ହୋଇ ନିଜ ମନର ଉଦ୍ବେଗକୁ ଉଡ଼େଇଦେବା ପାଇଁ ହୁଏତ ଚେଷ୍ଟା କରୁଥିଲା ଧୂମାଲି ।

ଆଇସିୟୁ ଏଗାର ନମ୍ଵର ଖଟିଆ ରୋଗୀର କିଏ ନିଜଲୋକ ଅଛନ୍ତି ବୋଲି ଡାକ ପଡ଼ିବା ଆଗରୁ ଧୂମାଲି ଉଠି ବସିଥିଲା । ଅଳସ ଭାଙ୍ଗି ପରଚିଥିଲା, “ମତେ ଡାକିନାହାଁନ୍ତି ?”

ଭଦ୍ର ମହିଲା ମୁଣ୍ଡ ହଲାଇ ନାହିଁ କଲେ । ଗୁଣୁଗୁଣୁ ହୋଇ ଧୂମାଲି କହିଲା, “ତେବେ ବସିଛି ।” ଭଦ୍ର ମହିଲାଙ୍କୁ ରୁହିଁ କହିଲା – “ରାତିସାରା ବସି ପଢ଼ୁଛ ? ଧନ୍ୟ କହିବ ତୁମକୁ । ନିଦ ମାଡ଼ିନି ? ତମକୁ ଡକରା ଆସିନି ? ତମେ କ’ଣ କଲେଜରେ ପଢ଼ୁଛ ନା ପଢ଼ଉଛ ? ଆଜିକାଲି ପରା ପାଠପଢ଼ାର ବୟସ ନାହିଁ ! ମୁଁ ବି ପ୍ରୌଢ଼ଶିକ୍ଷା କେନ୍ଦ୍ରରେ ପଢ଼ୁଛି ଯେ । ଯେତିକି ପଢ଼ିଲିଣି ପଞ୍ଚମ ଶ୍ରେଣୀ ପରୀକ୍ଷା ଦେଇପାରିବି । କିନ୍ତୁ ମୁଁ ପରୀକ୍ଷା ଦେବିନିରେ ବାବା । ‘ଫେଲ୍’କୁ ମୋର ଭାରି ଡର । ଫେଲ୍ ହେଲେ

ପିଲାଙ୍କ ଆଗରେ ବଡ଼ ଲାଜ । ସେମାନେ ଫେଲ୍ ହୋଇଗଲେ ମୁଁ ଆଉ ତାଙ୍କ କାନ ଧରିପାରିବି କି ? ମର୍ଦ୍ଦଳ ମିସ୍ତ୍ରୀ ପରି ବାପ ଯାହାର ତା' ପିଲାଏ ଯେତେ ଭଲ ଖାଆନ୍ତୁ ପଛେ, ଫେଲ୍ ହେବା ବିଚିତ୍ର କଥା ନୁହେଁ । ଭାଗ୍ୟ ଭଲ ଯେ ମୋ ପିଲେ ଆଜିଯାଏ ଫେଲ୍ ହୋଇନାହାଁନ୍ତି । ତାଙ୍କ ଆଗରେ ମୁଁ ଫେଲ୍ ହେବି ? ମୋ ଉପରମୁହଁ ଝିଅଟା ତା'ପରେ ମତେ ପରା ବସ୍ ଉଠ୍ କରେଇବ । ତେଣୁ ଖାଲି ପଢୁଥିବି – ମାତ୍ର ପରୀକ୍ଷା ଦେବିନି ।" ଏତିକିବେଳେ ଏଗାର ନମ୍ବର ଖଟିଆ ରୋଗୀର ସମ୍ପର୍କୀୟ କିଏ ଅଛନ୍ତି ବୋଲି ଘୋଷଣା କରାଗଲା । ଧୂମାଳି ତୀରବେଗରେ ଭିତରେ ପଶିଲା । ଭଦ୍ର ମହିଳାଙ୍କ ଛାତି ଦୁକୁଦୁକୁ ହେଉଥାଏ । ଭଲ ଖବର ନା ମନ୍ଦ ଖବର ? "ହେ ଈଶ୍ୱର ! ସକାଳୁ ସକାଳୁ କାହାରି ମନ୍ଦ ଖବର ଶୁଣାଇନି । ଧୂମାଳି ତ ତୁମରି ଉପରେ ଭରସା କରି ଅସାଧ୍ୟ ସାଧନ କରିବ ବୋଲି ସ୍ୱାମୀକୁ ଏଠି ଭର୍ତ୍ତି କରିଛି । ମୁର୍ଖ ମର୍ଦ୍ଦଳ ମିସ୍ତ୍ରୀକୁ ଏଇଥରକ କ୍ଷମା କରିଦିଅ ।"

ନିଜ ପ୍ରାର୍ଥନାରେ ଚକିତା ହେଲେ ଭଦ୍ର ମହିଳା । ଭାବିଲେ, ପାଟିରେ ବାଡ଼ବତା ନଥିବା ଏଇ ଗଜମୁର୍ଖ ସ୍ତ୍ରୀ ଲୋକଟା ତାଙ୍କର କ'ଣ ହେବ ଯେ, ସେ ତା'ର ସ୍ୱାମୀ ପାଇଁ ସକାଳ ପ୍ରାର୍ଥନା ସାରିଦେଲେଣି ? ପୁଣି ଭାବିଲେ, ଧୂମାଳି କ'ଣ ତାଙ୍କର କେହି ନୁହେଁ ? ଗୋଟାଏ ସୂକ୍ଷ୍ମ ସମ୍ପର୍କର ଡୋରାରେ ନିଶ୍ଚୟ ବାନ୍ଧି ହୋଇଯାଇଛି ଦୁଇଟି ଭିନ୍ନ ପୃଥିବୀର ନାରୀଙ୍କ ଜୀବନ । ଦୁହେଁ ଜଗି ବସିଛନ୍ତି ସ୍ୱାମୀଙ୍କୁ ଯମ ହାତରୁ ଫେରାଇ ଆଣିବେ ବୋଲି । ସତୀ ସାବିତ୍ରୀଙ୍କ ପରି କାୟ ମନୋବାକ୍ୟରେ ଆଉ କେଉଁ ପୁରୁଷକୁ ସେ ରହିଁ ଦେଇ ନାହାଁନ୍ତି ବୋଲି ଛାତିରେ ହାତଦେଇ କହିପାରିବେ ନାହିଁ । କିନ୍ତୁ କପାଳର ସିନ୍ଦୂର ଭିତରେ ଆଉ କାହାର ଛାଇ ପଡ଼ିନାହିଁ ବୋଲି ଛାତିରେ ହାତଦେଇ କହିପାରିବେ ନିଶ୍ଚୟ । ଅବଶ୍ୟ ସେ ଭାବନ୍ତି ନାହିଁ ଯେ ସଧବା ସ୍ତ୍ରୀଟିର କପାଳ ପାଇଁ ସିନ୍ଦୂରବିନ୍ଦୁର ନିୟମ ଜରୁରୀ ବୋଲି । ବରଂ ଶଙ୍ଖା, ସିନ୍ଦୂର, ଝୁଣ୍ଟିଆ, କଙ୍କଣ, ମଙ୍ଗଳସୂତ୍ର ନାରୀର ବନ୍ଦୀଶାଳା ବୋଲି କେତେସ୍ଥାନରେ ସେ ଯୁକ୍ତି ବାଢ଼ିଛନ୍ତି । ଏ ସବୁ ନଥାଇ ମଧ୍ୟ ଜଣେ ବିବାହିତା ନାରୀ ପତିବ୍ରତା ହୋଇପାରେ ବୋଲି ଜୋର୍ ଦେଇ କହନ୍ତି । ସେ ବି ସୀମନ୍ତରେ ସିନ୍ଦୂରରେଖା ଟାଣନ୍ତି ନାହିଁ । ମାତ୍ର ଧୂମାଳିର ଚଉଡ଼ା କପାଳରେ ଗ୍ରାମଦେବତୀଙ୍କ କପାଳର ସିନ୍ଦୂର ଭଳି ମଥାଏ ସିନ୍ଦୂର ଦାଉ ଦାଉ ଜଳୁଥାଏ । ସୀମନ୍ତରେ ଲମ୍ବା ସିନ୍ଦୂରଗାର ଯେମିତିକି ତା'ର ଭାଗ୍ୟର ରକ୍ତରେଖା ! ଜଳୁଥାଉ ସେମିତି ତା' କପାଳର ସିନ୍ଦୂର ।

ଏଇଠି ତ ରହିଛି ଦୁଇଟି ନାରୀଙ୍କ ଭିତରେ ଗୋଟିଏ ସୂକ୍ଷ୍ମ ସମ୍ପର୍କ । ସ୍ୱାମୀ ପଛେ ସଧବା ନାରୀର ସୌଭାଗ୍ୟ ନହୋଇ ଦୁର୍ଭାଗ୍ୟ ହୋଇଥାଉ, କିନ୍ତୁ ସେ

ଆଖିବୁଜିଦେବା ମାତ୍ରେ ଗୋଟିଏ ମୁହୂର୍ତ୍ତରେ ନାରୀର ନାମପାଖରେ 'ବିଧବା' ନାମକ ଏକ ବିଶ୍ରୀ ବିଶେଷଣ ଲାଗିଯାଏ। ତା'ର ବେଶଭୂଷାର ନକ୍ସା ବଦଳିଯାଏ। ସେ ଧୂମାଲି ହେଉ ବା ଦେଶର ପ୍ରଧାନମନ୍ତ୍ରୀ ହୁଅନ୍ତୁ। ଧୂମାଲିର ସାମାଜିକ ପରିବେଶ ତ ଆହୁରି ଅସହାୟ କରିଦେବ ତାକୁ। ଅବଶ୍ୟ ନାରୀଟିଏ ବଞ୍ଚିବା ପାଇଁ ପୁରୁଷ ଉପରେ ଯେତେବେଳେ ନିର୍ଭର କରୁଥିଲା ସେତେବେଳେ ନାରୀଟି ଅସହାୟ ହୋଇଯାଉଥିଲା ବୋଲି ସମାଜର ଏହା କରୁଣାପୂର୍ଣ୍ଣ ବ୍ୟବହାର ହୋଇପାରିଥାଏ। କିନ୍ତୁ ନା, ଏବେ ମଧ୍ୟ ସ୍ୱାମୀ ଅପେକ୍ଷା ଅଧିକ ଉପାର୍ଜନ କରୁଥିବା ନାରୀଟିଏ ସ୍ୱାମୀକୁ ହରାଇଲେ ତାକୁ ସମାଜ ଅସହାୟ ତାଲିକା ଭିତରେ ରଖେ। ତା' ପାଇଁ ପୂର୍ବର ନିୟମ ଜାରି ରହିଛି। ସ୍ତ୍ରୀର ଉପାର୍ଜନ ଉପରେ ନିର୍ଭର କରି ବଞ୍ଚୁଥିବା ବିପନ୍ନୀକ ପୁରୁଷ ପାଇଁ ଏପରି ନିୟମ ଓ ଦୃଷ୍ଟିକୋଣ ସମାଜର ନାହିଁ।

ଏତିକିବେଳେ ଧୂମାଲି ହସ ହସ ମୁହଁରେ ବାହାରିଆସିଲା। ବଡ଼ଭଉଣୀକୁ ସୁସମ୍ୱାଦ ଦେବାଭଳି ଅନ୍ତରଙ୍ଗ ସ୍ୱରରେ କହିଲା, "ଚେତା ଫେରିଲାଣି।" ଏତିକି କହୁ କହୁ ତା' ଆଖିରୁ ଲୁହ ଦି ଧାର ଗଡ଼ିପଡ଼ିଲା – ଆନନ୍ଦାଶ୍ରୁ। ପୁଣି ତରବର ହୋଇ କହିଲା, "ଏବେ ତା'ର କ'ଣ ସବୁ ପରୀକ୍ଷା ହେବ ବୋଲି ନେବେ। ମୁଁ ତା' ସାଙ୍ଗରେ ଯିବି। ବଡ଼ ବଡ଼ ଡାକ୍ତରଖାନାକୁ କୋଉ ବିଶ୍ୱାସ? କୁଆଡ଼େ ହାର୍ଟ, କିଡ଼ନୀ, ଅନ୍ତନାଡ଼ି ଆଦି କାଢ଼ିନେଇ ବିକି ଦେଉଛନ୍ତି! ମୋ ମାଆଲୋ! ଆଛା ଅପା! ତମେ ଏଠି ବସିଥାଅ କି ତାକୁ ଦେଖିବ। ଯାତ୍ରାପାର୍ଟିରେ ରାଜା ପାର୍ଟ କଲାଭଳି ନିଶ ହଳେ ଗାଲ ଉପରକୁ ଯିଏ ମୋଡ଼ିଦେଇଥିବ ସେହି ହେଉଛି ମର୍ଦ୍ଦଳ ମିଶ୍ର। ଜାଣି ଘୋଡ଼ାର ଶିଙ୍ଗ ନାହିଁ.....।"

ମର୍ଦ୍ଦଳ ମିଶ୍ରାକୁ ସ୍ଟ୍ରେଚରରେ ନେଲେ। ଏକ୍ସ–ରେ, ଅଲଟ୍ରାସାଉଣ୍ଡ ଇତ୍ୟାଦି ପରୀକ୍ଷା କରିବା ପାଇଁ। ସାଙ୍ଗରେ ସ୍ତ୍ରୀ ଯାଉଛି କି ନା ବୋଲି ବିକଳ ହୋଇ ମର୍ଦ୍ଦଳ ଘୁରିଆଡ଼କୁ ଚାହିଁଲା। ଧୂମାଲିକୁ ସାଙ୍ଗରେ ଯାଇଥିବାର ଦେଖି ଆଶ୍ୱସ୍ତ ହୋଇ ଆଖି ବୁଜିଦେଲା। ଶକ୍ତ, ସୁଠାମ, କର୍ମଠ ପୁରୁଷଟିଏ ଭଳି ମନେହେଉଥିଲା। ତେବେ ରସିକିଆ ହୋଇଥିବ। ଭଲ ସ୍ୱାମୀ ନ ହୋଇପାରେ। ତେବେ ମନ୍ଦ ମଣିଷଟିଏ ପରି ଲାଗୁ ନଥିଲା। ନିଜ କୃତକର୍ମ ପାଇଁ ଅନୁତପ୍ତ ଦିଶୁଥିଲା। ବିଷର ପ୍ରଭାବରେ ବିଷାଦରୂପକ କଳାମେଘର ଆସ୍ତରଣଟି ଯୌବନର ଦୀପ୍ତି ଉପରେ ଘୋଟିଥିଲା। ତା' ସାଙ୍ଗରେ ଯାଉ ଯାଉ ଗର୍ବ, ଗୌରବ ଓ ପୁଲକରେ ଧୂମାଲି ଆଖିର ଇଙ୍ଗିତରେ କହିଲା, "ଏ ମୋର ସ୍ୱାମୀ"।

ଭଦ୍ର ମହିଲାଙ୍କ ସାଙ୍ଗେ ପୁଣି ଧୂମାଲିର ଦେଖା ହେଲା ରାତିରେ। କହିଲା, "ଆମେ କାଲି ସକାଳୁ ଆଇସିୟୁରୁ ବାହାରି ୱାର୍ଡରେ ରହିବୁ। ଡାକ୍ତର କହୁଛନ୍ତି, ପୁରା ଭଲ ହେଲେ ଛାଡ଼ିବେ। ସାତଦିନ ଖଣ୍ଡେ ଲାଗିବ। ଦଶଜଣିଆ ୱାର୍ଡ। କେଜାଣି

କେତେଟଙ୍କା ? ଲକ୍ଷେଟଙ୍କା । କୁଆଡ଼େ ଉଡ଼ିଗଲାଣି । ଯେଉଁ ଗହଣାଗାଣ୍ଠି ପିନ୍ଧି ଆସିଥିଲି ସବୁ ବିକିଦେଲି । ମୁଁ ଜାଣିଛି, ତୁମେ ମୋ ଗହଣାକୁ କଣେଇ କଣେଇ ରଖୁଥିଲ ଆଉ ଭାବୁଥିଲ ଯେ ସ୍ୱାମୀ ଯମ ଦୁଆରେ ବସିଛି ଏଣେ ମାଇପିଟା ଏତେ ଗହଣାଗାଣ୍ଠି ପିନ୍ଧି ରାତିଟାରେ ଏକା ଏକା ଆସିଛି ? ଟିକେ ବି କାଣ୍ଡଜ୍ଞାନ ନାହିଁ ? କିନ୍ତୁ ମୋର କାଣ୍ଡଜ୍ଞାନ ଅଛି । ମୁଁ ଜାଣେ ଏଠି ଟଙ୍କା ପଇଠ ନକଲେ ଜୀବନ ଝୁଲିଯିବ । ଗାଁରୁ ଟଙ୍କା ଆସି ଠିକ୍ ସମୟରେ ପହଞ୍ଚପାରିବନି ବୋଲି ବି ଜାଣିଥିଲି । ତେଣୁ ସବୁ ଗହଣା ପିନ୍ଧି ଝୁଲିଆସିଥିଲି । ସ୍ୱାମୀ ଯଦି ଝୁଲିଯାଇଥାନ୍ତା, ଗହଣା ପିନ୍ଧିଥାନ୍ତା କିଏ ? ଯାହା ହେଉ କାମରେ ଲାଗିଲା ।"

ଭଦ୍ର ମହିଳା ଆଶ୍ଚର୍ଯ୍ୟ ହୋଇ ରହିଁଲେ ନିର୍ଭୟ, ନିଃସ୍ୱାର୍ଥ ପତିପ୍ରାଣା ଧୂମାଲିକୁ । ପ୍ରଶ୍ନ କଲେ କେଉଁଠି ବିକିଲ ? ଠକି ଦେଇ ନାହାଁନ୍ତି ତ ? ଅଚିହ୍ନା ବଣିଆ ଦୋକାନୀକୁ କେମିତି ବିଶ୍ୱାସ କଲ ?"

"ସେହି ଦିଅରକୁ ସଙ୍ଗରେ ଆଣିଥିଲି ଯିଏ ଆମ ଗାଁ ବଣିଆ ଦୋକାନରେ କାମକରେ । ଜାଣିଥିଲି ସେ କାମରେ ଆସିବ । ଗୋଟେ ଅଚିହ୍ନା ସହରକୁ ଅଜଣା ଭାଗ୍ୟ ସହ ଯୁଝିବା ପାଇଁ ଘରୁ ଗୋଡ଼ କାଢ଼ିବା ବେଳକୁ ଭାବିଚିନ୍ତି ବାହାରିବାକୁ ହୁଏ ।" ଭଦ୍ର ମହିଳା ପ୍ରଭାବିତ ହେଲେ ଧୂମାଲିର ବିରଳ ବୁଦ୍ଧିରେ । ଭଦ୍ରମହିଳା କ'ଣ ଭାବିଲେ କେଜାଣି, ପଚରିଲେ – "ଆଚ୍ଛା ! ଏ ଲୋକଟା ତ ତମକୁ ଛାଡ଼ିଦେଇ ଦଶଟା ସ୍ତ୍ରୀ ଲୋକଙ୍କ ସହ ସଂପର୍କ ରଖିପାରନ୍ତା ? ସେକଥା ନକରି କାହିଁକି କଥାକଥାକେ ଆମ୍ଭହତ୍ୟା କରିଦେବ ବୋଲି ତମକୁ ଧମକାଉଛି ? ତୁମେ ବି କାହିଁକି ତାକୁ ଆମ୍ଭହତ୍ୟା କରିବାକୁ ଉସ୍କାଉଛ ? ଲୋକଟାତ ଏତେ ଖରାପ ଜଣାପଡ଼ୁନାହିଁ । କୋଉ ସ୍ୱାମୀର ବା ଟିକିଏ ଅବିଗୁଣ ନାହିଁ ?" ଫଁ କରି ଉଠିଲା ଧୂମାଲି । କହିଲା – "ସବୁ ସହିହେବ ଯେ, ତମେ ବି କେତେକଥା ସହୁଥିବ । କୋଉ ସ୍ତ୍ରୀ ନ ସହି ସଂସାର କରିଛି ? କିନ୍ତୁ ତୁମ ସ୍ୱାମୀ ଯଦି ତମକୁ ଶାଢ଼ୀ ଗହଣା ଦେବେ, ଘର ଭିତରେ ରାଣୀକରି ରଖିବେ ଆଉ ବାହାରେ ଦି'ରିତା ରାଣୀ ରଖିବେ ଯେମିତି ଦଶରଥ ରାଜା ରଖିଥିଲେ ଝରିତା ରାଣୀ, ତମେ ସହିବ କି ? କିଛି କହିବନି ? ପାଟି ବୁଜି ସ୍ୱାମୀଙ୍କ ରୋଜଗାର ଖାଇ ଖୁସିରେ ରହିବ ? ମୋ କଥାଟା ସେଇଆ । ସହିପାରିବିନି ମୁଁ ସେକଥା । ମୋ ବାପାମାଆଙ୍କ ପସନ୍ଦରେ ମୁଁ ତାକୁ ବାହା ହୋଇନଥିଲି । ତାକୁ ମୁଁ ଭଲପାଇ ମୋର ବାପାମାଆଙ୍କ ଭଲପାଇବାକୁ ଗୋଛାମାରି, ନିନ୍ଦା ପ୍ରଶଂସାକୁ ଖାତିର ନକରି ଘର ଛାଡ଼ି ତା'ସହ ପଳାଇ ଆସିଥିଲି । ସେ ପୁଣି ମତେ ଛାଡ଼ି ପର ସ୍ତ୍ରୀ କରିବ ? ମୁଁ ସମ୍ଭାକଟା କରିବିନି ? ଆମ ଘରେ ଅଶାନ୍ତିର କାରଣ ସେତିକି । ସେ ମତେ ଛାଡୁନି ଏଇଥି ପାଇଁ ଯେ ସେ ନାଗରୀମାନେ ମୋ ଭଳି ଗୋଟି ଖଟିବେନି । ତା' ମାଆର ସେବା କରିବା ପାଇଁ, ଗାଈଗୋବର କରିବା ପାଇଁ, ବଂଶ ରକ୍ଷା ପାଇଁ

ଘରେ ଗୋଟାଏ ସ୍ତ୍ରୀ ଗୁହାଳର ଗାଈପରି ବନ୍ଧା ହୋଇଥିବା ଦରକାର। ମୋ ପାଟି ବନ୍ଦ କରିବା ପାଇଁ ସେ ଆତ୍ମହତ୍ୟା କରିବାର ଧମକ ଦେଇ ନାଟକ କରୁଛି ଆଉ ଶାଶୂ ନଣନ୍ଦଙ୍କଠାରୁ ଆରମ୍ଭ କରି ଗାଁ ଲୋକେ କହୁଛନ୍ତି ଯେ ଏଇ ରାହାବାଳୀ ମାଈପିଟା ସକାଶେ ଲୋକଟା କୋଉଦିନ ସତକୁ ସତ ଆତ୍ମହତ୍ୟା କରିଦେବ !”

କୌଣସି ଉତ୍ତର ନଥିଲା ଭଦ୍ରମହିଳାଙ୍କର। ଏ ସମସ୍ୟାର ସମାଧାନ ତାଙ୍କ ହାତରେ ନାହିଁ। ବରଂ ସେ ଭାବୁଥିଲେ ଯେ ଏତେ ରାହାବାଳୀ ଧୂମାଲି ହେଲେ ବି ଏପର୍ଯ୍ୟନ୍ତ ଲୋକଟାକୁ ବରଦାସ୍ତ କେମିତି କରିଛି ? ଭଦ୍ର ମହିଳା ପରଇଲେ – “ଆଜ୍ଞା, ସେ ତ ଏଠୁ ଫେରିଗଲେ ପୁଣି ସେଇଆ କରିବ। ଏଥରକ ଯେଉଁ କାଣ୍ଡ କଲା ତା’ପରେ ତ ତୁମ ପାଟି ଚୁପ୍ ହୋଇଯିବ। ଆଉ ତ ତାକୁ କିଛି କହିହେବନି। କହିଲେ ତ ସେ ନିଶ୍ଚୟ ଆତ୍ମହତ୍ୟା କରିବ। କେତେଥର ବିଷଦାଉରୁ ବଞ୍ଚେଇହେବ ଲୋକଟାକୁ ? ତା’ର ଅର୍ଥ ସେ ମରିବ। ତୁମେ କ’ଣ କରିବ ବୋଲି ଭାବୁଛ ? ମୁଁ ତ ଭାବୁଛି, ଲୋକଟା ବଦଳିଯାଇଛି। ସେ ତୁମ ପ୍ରତି କୃତଜ୍ଞ ଓ ଅନୁତପ୍ତ ଜଣାପଡୁଛି। ଆଉ ସେ ପରସ୍ତ୍ରୀକୁ ଅନାଇବ ନାହିଁ ବୋଲି ମୁଁ ଭାବୁଛି। ତୁମର ଭଙ୍ଗା ସଂସାର ଏଥର ଯୋଡ଼ିହୋଇଯିବ। ତୁମେ କ’ଣ ଭାବୁଛ ?” ଧୂମାଲି ଭଦ୍ରମହିଳାଙ୍କୁ ମାଷ୍ଟାଣୀ ଭଲି ଆଙ୍ଗୁଠି ଦେଖାଇ କହିଲା – “ମୁଁ ଜାଣିଛି ଏ ଲୋକଟାର ପ୍ରକୃତି ମଲେ ଯାଇ ତୁଟିବ। ସେ ଯାହା କରୁଥିଲା ସେଇଆ କରିବ। ଏଥର ଆହୁରି ଧମକାଇବ ମତେ। ଗାଁ ଲୋକେ, ଶାଶୂ ନଣନ୍ଦ ତାକୁ ଦୟା କରିବେ। ମୋ ପ୍ରତି ନିର୍ଦ୍ଦୟ ହେବେ। ତମେ ମତେ ଆଉ ଶାସ୍ତ୍ରବାଣୀ ଶୁଣାଅନି।”

“ତେବେ କ’ଣ କରିବ ବୋଲି ଭାବୁଛ ? ତାକୁ ତ ତମେ ସତୀ ସାବିତ୍ରୀଙ୍କ ପରି ଯମ ମୁହଁରୁ ଫେରାଇ ଆଣିଲ। ଏ କାଳରେ ବି ସାବିତ୍ରୀ ଅଛନ୍ତି ବୋଲି ମୋର ବିଶ୍ୱାସ ହେଲା। ତାକୁ ତୁମେ ବୁଝାଇ ଶୁଝାଇ ବାଟକୁ ବି ଫେରାଇ ଆଣିପାରିବ ବୋଲି ମଧ୍ୟ ମୋର ବିଶ୍ୱାସ। ଟିକେ ସହିବାକୁ ହେବ।” ଧୂମାଲି ଦୃଢ଼ ସ୍ୱରରେ କହିଲା – “ଯିଏ ଯାହାର ଜୀବନ ନିଜେ ବଞ୍ଚେ। ମୋ ଜୀବନଟାକୁ ତୁମେ ବଞ୍ଚ ନ। ଘରପୋଡ଼ିଗଲା ବେଳେ ବାହାରେ ଠିଆ ହୋଇ ହାଉ ହାଉ ହୋଇ ପାଟିକରିବା ଲୋକ କେତେ ଉପଦେଶ ଦେବେ। ତାଙ୍କର ନିଶ୍ଚୟ ଦୟାମାୟା ଅଛି। କିନ୍ତୁ ଘର ଭିତରେ ଥାଇ ଜୀଅନ୍ତା ଜଳିଯାଉଥିବା ଲୋକଟାର ଯନ୍ତ୍ରଣା ସେମାନେ ଅନୁଭବ କରିପାରିବେନି। ଯେତିକି ସହିବା କଥା ନୁହଁ ତା’ଠୁ ବେଶୀ ସହିଲିଣି। ଆଉ ପାରିବିନାହିଁ। ଅପା, ସେ ମୋର ଭଲପାଇବାକୁ ଗୋଇଠା ମାରିଛି। କାହାଠି ଅଜାଣତରେ ଗୋଡ଼ ବାଜିଗଲେ ସିନା ‘ବିଷ୍ଣୁ’ କହିଦେଲେ ସବୁଦୋଷ ମାଫ୍। କିନ୍ତୁ ଜଣକୁ ଜାଣିଜାଣି

ଗୋଇଠା ମାରିସାରି 'ବିଷ୍ଟୁ' କଲେ ତାକୁ କ'ଣ କ୍ଷମା କରିହେବ ? ମୁଁ ତାକୁ ଏଠିକି ଆଣିବା ଆଗରୁ ସ୍ଥିର କରିସାରିଛି ଫେରିଯାଇ କ'ଣ କରିବି। ଏ ଲୋକଟା ବଦଳୁ କି ନବଦଳୁ ତମକୁ କିନ୍ତୁ ଅନୁରୋଧ କରିବି ଯେ ଆମେ ୱାର୍ଡକୁ ଯିବା ପରେ ତମେ ତାକୁ ଟିକେ ଯାଇ ବୁଝାଇବ। କହିବ- "ନିଜ ଜୀବନ ସବୁଠାରୁ ବେଶୀ ମୂଲ୍ୟବାନ। ଆମ୍ରହତ୍ୟା କରିବା ମହାପାପ। ଯିଏ ମରିଯିବ ତା'ର ଅମୂଲ୍ୟ ଜୀବନ ଗଲା ଆଉ କାହାର କିଛି ଯିବନାହିଁ। ସବୁଦିନ ପରି ସୁଖଦୁଃଖର ସଂସାର ଚଳିବ। କିନ୍ତୁ ଯିଏ ଭଗବାନ ଦେଇଥିବା ଅମୂଲ୍ୟ ଜୀବନଟାକୁ ନିଜ ହାତରେ ନେଲା ସେପୁରେ ସେ ନର୍କରେ ପଡ଼ିବ। ତା'ର ଆଉ ମୋକ୍ଷ ହେବନାହିଁ। ତୁମେ ତ ଦି ଚାରିଦିନ ପରେ କ୍ୟାବିନକୁ ଯିବ। ଆମେ ସାତଦିନ ନିଶ୍ଚୟ ରହିବୁ। ମୁଁ ତମକୁ ଡାକିନେବି ତା' ପାଖକୁ। କାଲେ ତୁମକଥା ରଖିବ।"

ଭଦ୍ରମହିଳାଙ୍କ ସ୍ୱାମୀ କ୍ୟାବିନରେ ରହିଲେଣି। ଏ ଭିତରେ ତାଙ୍କର ଆଉ ଧୁମାଲି ସହ ଦେଖା ହୋଇନଥିଲା। କୋଉ ବୁଦ୍ଧିରେ ସର୍ବଜ୍ଞ ଭଳି ସେଦିନ ଧୁମାଲି କହୁଥିଲା ଯେ ତାକୁ କ୍ୟାବିନରୁ ଡାକିନେବ ? ଭଦ୍ରମହିଳା ଜାଣିଶୁଣି ସେଦିନ ଚୁପ୍ ରହିଥିଲେ।

କିନ୍ତୁ ଏବେ ଧୁମାଲି ପାଇଁ ମନଟା ଗୋଲେଇଘାଣ୍ଟି ହେଉଥିଲା। ସେ ଗାଁକୁ ଯିବା ପୂର୍ବରୁ ଥରେ ତା' ସ୍ୱାମୀକୁ ବୁଝାଇଦେବାକୁ ଇଚ୍ଛା ହେଉଛି। କିନ୍ତୁ ଧୁମାଲିକୁ ସେ କେମିତି ପାଇଥାନ୍ତେ ? କୋଉ ୱାର୍ଡରେ ସେ ଥିବ କେଜାଣି କିମ୍ବ ଘରକୁ ଯିବଣି ? ସେ କ'ଣ ସ୍ଥିର କରି ଆସିଥିଲା ଜାଣିବାକୁ ବି କୌତୁହଲ ହେଉଥିଲା। ସେ ଜାଣନ୍ତି ଯେ ଧୁମାଲି ଏବେ ବି ତା' ସ୍ୱାମୀକୁ ପ୍ରେମକରେ। ଜୀବନକୁ ବାଜି ଲଗାଇ ସେ ସ୍ୱାମୀକୁ ବଞ୍ଚାଇଛି ସେଇଥିପାଇଁ। କିନ୍ତୁ ତା' କହିବା ଅନୁସାରେ ମର୍ଦ୍ଦଲର ପ୍ରକୃତି ବଦଳିବ ନାହିଁ କି ସେ ଆଉ ସହିବ ନାହିଁ। ତେବେ ସମାଧାନ କ'ଣ ?

ହଠାତ୍ ଲିଫ୍ଟ ସାମ୍ନାରେ ଦେଖା ହୋଇଗଲା ଧୁମାଲି। ଭଦ୍ରମହିଳାଙ୍କୁ ଦେଖି ସେ ଖୁସି ହୋଇଗଲା। ହାତ ଧରିପକାଇଲା କହିଲା- "କାଲି ଆମେ ଭୋର୍ ଭୋର୍ ଘରକୁ ଚାଲିଯିବୁ। ମୋ ସ୍ୱାମୀ ପୁରା ଭଲ ହୋଇଗଲା। ଆଉ ବିପଦ ନାହିଁ। ତମକୁ ମନେ ମନେ ବହୁତ ଖୋଜୁଥିଲି। ତମ ସହ ଦେଖା ହୋଇଯାଉ ବୋଲି ଆଜି ସକାଳୁ ଗ୍ରାମ ଦେବତୀଙ୍କୁ ମୁଣ୍ଡିଆ ମାରିଥିଲି। ଦେଖ, କେଡ଼େ ପ୍ରତ୍ୟକ୍ଷ ଆମ ଗ୍ରାମଦେବତୀ! ତମେ ଏବେ କ୍ୟାବିନକୁ ଆସିଗଲଣି ବୋଧେ ? ତା' ମାନେ ସାର୍ ପୁରା ଭଲ ହୋଇଗଲେ। କାହିଁକି ବା ତମ ଭଳି ଭଲ ମଣିଷର ସ୍ୱାମୀ ଭଲ ହୋଇ ଘରକୁ ନଫେରିବେ ? ଯିବା ଆଗରୁ ଦେଖା ନ ହୋଇଥିଲେ ମନରେ ଦୁଃଖ ରହିଯାଇଥାନ୍ତା।

ଟିକେ ମୋ ସଙ୍ଗରେ ରଖ ସେ ଅଲକ୍ଷଣାଟାକୁ ପଦେ ବୁଝାଇଦେବ। ତା'ପରେ ସେ ମଲେ ମରିବ। ମୋର କିଛି ଯାଏ ଆସେ ନାହିଁ।"

ଭଦ୍ରମହିଳା ଧୂମାଳି ସହ ଭିତରକୁ ଗଲେ। ମର୍ଦ୍ଦଳ ଖାଡ଼ିଖୁଡ଼ି ହୋଇ ବେଡ୍ ଉପରେ ସୁନାପିଲା ପରି ଚକାପାରି ବସିଥିଲା। ଧୂମାଳି ଭଦ୍ରମହିଳାଙ୍କୁ ଚିହ୍ନାଇଦେଇ କହିଲା – "ଏଇ ହେଉଛନ୍ତି ଅପା, ଯାହାଙ୍କ କଥା କହୁଥିଲି।" ମର୍ଦ୍ଦଳ ନମ୍ରଭାବରେ ନମସ୍କାର କଲା। ସେ ଲଜ୍ଜିତ ବୋଲି ମନେହେଲା। ଭଦ୍ରମହିଳା ବଡ଼ଭଉଣୀ ପରି ସ୍ନେହଭରା ସ୍ବରରେ କହିଲେ – "ଶୁଣ, ତମେ ଭଲଲୋକ, କାମିକାଲୋକ। ଧୂମାଳି ତୁମକୁ କେତେ ଭଲପାଏ ସେକଥା ତମେ ଯେତିକି ଜାଣିଛ ମୁଁ ଜାଣିଛି ତା'ଠୁ ବେଶୀ। ତମେ କି ଅବସ୍ଥାରେ ଆସିଥିଲ ଆଉ ତୁମକୁ ଭଲ କରିବା ପାଇଁ ଧୂମାଳି ଏଠି କି ଅବସ୍ଥା ଭୋଗିଛି ମୁଁ ଦେଖିଛି। ଏ କାଲରେ ବି ଗାଁ ଗାଁରେ ସାବିତ୍ରୀମାନେ ନିଅନ୍ତି। ଯମ ହାତରୁ ସ୍ବାମୀକୁ ଫେରାଇ ଆଣନ୍ତି। ତମ ସ୍ତ୍ରୀ ଧୂମାଳି ସେହିମାନଙ୍କ ଭିତରୁ ଜଣେ। ଏ କଥା ମୁଁ ଏକା ନୁହେଁ, ଡାକ୍ତରମାନେ ବି କହୁଛନ୍ତି। କେଡେ଼ ସୁନ୍ଦର ସଂସାର ତୁମର। ତୁମକୁ ଭଲ ପାଉଥିବା ସ୍ତ୍ରୀ, ସୁନ୍ଦର ପୁଅଝିଅ, ଘରେ ବୟସ ହୋଇଯାଇଥିବା ମାଆ ଆଉ ତମର ଆଗକୁ ପଡ଼ିଥିବା ଲମ୍ବା ଜୀବନ, କାହାକୁ ମିଳେ ? ଯାହାକଲ କଲ, ଆଉ ଏପରି କରିବ ନାହିଁ। ତୁମେ ଜାଣ କି ନାହିଁ ଯେ ଆତ୍ମହତ୍ୟା କେବଳ ମହାପାପ ନୁହେଁ, ଆଇନ ଆଖିରେ ଧର୍ତ୍ତବ୍ୟ ଅପରାଧ। ଧୂମାଳି ଏବେ ଇଚ୍ଛା କଲେ ତୁମକୁ ଆଇନ ହାତରେ ଛାଡ଼ିଦେଇପାରିବ। କିନ୍ତୁ ସେ ସେପରି କରିବନି। ସେ ତୁମକୁ ସେଥିପାଇଁ ବଞ୍ଚାଇନି। ତୁମେ ସୁଖରେ ବଞ୍ଚିବ ବୋଲି ତୁମକୁ ସେ ଜୀବନ ଫେରାଇଦେଇଛି। ତମେ ଆଜି ଏଠି ପ୍ରତିଜ୍ଞା କର ଆତ୍ମହତ୍ୟା ଭଲି ହୀନ କଥା ଆଉ ମନରେ ଧରିବ ନାହିଁ। ଏହାପରେ ତମେ ଯଦି ସେଭଲି କର ତମ ପ୍ରତି କାହାର ସମବେଦନା ଆଉ ରହିବ ନାହିଁ। ଏପରି କି ତମ ମାଆର ମଧ ତମକୁ ଈଶ୍ବର କେବଳ ନୁହଁନ୍ତି ଗାଁ ଲୋକେ ବି ଅଭିଶାପ ଦେବେ। ବୁଝିଲ, ମୁଁ ଆଶା କରୁଛି ତୁମର ସୁଖର ସଂସାର ଏବେ ହସି ଉଠିବ। ତମେ ଯେଉଁମାନଙ୍କ ପିଛାରେ ବାହାରେ ଟଙ୍କା ଉଡ଼ାଉଥିଲ କିଏ ଆସି ପିଠିରେ ପଡ଼ିଥିଲା ତୁମେ ମରଣଦ୍ବାରରେ ବସିଥିବା ବେଲେ ? ସେ କାମ କେବଳ ସ୍ତ୍ରୀ ହିଁ କରେ। ପର ସ୍ତ୍ରୀ ସୁଖର ସାଥୀ। ମୋ କଥା ମନେ ରଖିବ।"

ମର୍ଦ୍ଦଳ ଦି' ହାତ ଯୋଡ଼ି ମୁଣ୍ଡ ତଲକୁକରି କହିଲା – "କଥାଦେଲି, ଆଉ ଏପରି କରିବିନାହିଁ।"

ଗଡ଼ ଜିତିବା ପରି ବାହାରକୁ ଚଲିଆସିଲେ ଭଦ୍ରମହିଳା। ତାଙ୍କ ପଛେ ପଛେ ଆସିଲା ନିର୍ଲିପ୍ତ ଦିଶୁଥିବା ଧୂମାଳି। ଭଦ୍ରମହିଳାଙ୍କ ପ୍ରବଚନ ବା ମର୍ଦ୍ଦଳର ମିଛ ପ୍ରତିଜ୍ଞା

ତା' ଉପରେ କିଛି ପ୍ରଭାବ ପକାଇନଥିଲା । ହଁ, ମର୍ଦ୍ଦଲ ଆଉ ଆତ୍ମହତ୍ୟା ନ କରିପାରେ କିନ୍ତୁ ପର ସ୍ତ୍ରୀ ପିଛା ଛାଡ଼ିବନି । ସେଇଟା ତା'ର ରୋଗ ।

ଭଦ୍ରମହିଳା ଧୂମାଲିର କାମିକା ଟାଣ୍ଡୁଆ ହାତଦୁଇଟି ଧରି କହିଲେ – "ଏଥର ସବୁ ଠିକ୍ ହୋଇଯିବ । ଈଶ୍ୱରଙ୍କ ଉପରେ ଭରସା ରଖ । ମର୍ଦ୍ଦଲର କଥା ତ ଶୁଣିଲ, ଖାସ୍ ତମରି ପାଇଁ ଆଜି ଲୋକଟା ବଦଳିଗଲା । ମତେ ଆନନ୍ଦ ଲାଗୁଛି ତୁମ ଜିତାପଟ ଦେଖି । ସବୁ ସ୍ତ୍ରୀ ଲୋକ ତମରି ଭଳି ହୋଇପାରନ୍ତେ କି ?"

ଧୂମାଲି ଭଦ୍ରମହିଳାଙ୍କ ଭାବପ୍ରବଣତା ଉପରେ ଶକ୍ତ ଜାବୁଡ଼ା ଦେଇ ଠୋ କରି କହିଲା– "କ'ଣ ଭାବିଛ କି ଅପା ! ମୁଁ ଆଉ ଏଇ ପ୍ରକୃତିଛଡ଼ା ମର୍ଦ୍ଦଟା ସହ ରହିବି ? ହଁ, ସେ ହୁଏତ ଜୀବନର ମୂଲ୍ୟ ବୁଝିଗଲା । ମାତ୍ର ଭଲପାଇବାର ମୂଲ୍ୟ ସେ ବୁଝିବନି । ସେ ବିଷ ନ ପିଇପାରେ କିନ୍ତୁ ବିଚପୀମାନଙ୍କ ଘରେ ପାଣି ନ ପିଇଲେ ସେ ବଞ୍ଚପାରିବ ନାହିଁ । ସେଇଟା ତା ଜୀବନ । ମତେ ସେ ଖାଇବାକୁ ପିନ୍ଧିବାକୁ ଦେଇ ରଖିବ । ପିଲାମାନଙ୍କୁ ଭଲପାଇବ । ମୁଁ ପିଲାମାନଙ୍କୁ ତା' ଅର୍ଜନରେ ଭଲ ମଣିଷକରି ଗଢ଼ିବି । ସେ ଏକଥା ଜାଣେ । କିନ୍ତୁ ମୁଁ କ'ଣ ତା' ରନ୍ଧକରାଣୀ ? ଖଟିବି ଖାଇବି ଆଉ ସେ ମୁନିବ ବୋଲି ଯାହାପାରିବ ତାହା କରିବ ? ମୋର କ'ଣ ଖାଲି ଖାଇବା ପାଇଁ ପେଟଟାଏ ଅଛି ? ଭଲ ପାଇବା ପାଇଁ ହୃଦୟଟିଏ ନାହିଁ ? ସ୍ତ୍ରୀ ବୋଲି ମାନସମ୍ମାନ ନାହିଁ ? ଆଜିପର୍ଯ୍ୟନ୍ତ ସେଇଆ ଭାବିଆସିଥିଲା ସେ । ଏବେ ସେ ବୁଝିପାରିବ ଗୋଟିଏ ସ୍ଥିର ସ୍ଥାନ କୋଉଠି । ଏଠିକି ଆସିବାବେଳେ ଗ୍ରାମଦେବତାଙ୍କୁ ସାକ୍ଷୀ ରଖି କାନିରେ ଗଣ୍ଠି ପକାଇଥିଲି ଯେ, ଯାକୁ ଭଲକରି ନିଶ୍ଚୟ ଗାଁକୁ ଫେରାଇନେବି । ଗାଁ ଲୋକଙ୍କୁ ସାକ୍ଷୀ ରଖି ତା' ମାଆ ହାତରେ ତା' ବଞ୍ଚଲା ପୁଅକୁ ଜିମା କରିଦେବି । ଚରିତ୍ରହୀନ ଲୋକଟା ତେଣିକି ଯେତେଟା ମାଇପ ରଖିବ ରଖୁ । ମାତ୍ର ମୋ ଆଖି ସାମ୍ନାରେ ନୁହେଁ । ଆଉ ଏକଥା ବି ଗାଁ ଲୋକେ ଜାଣିବେ ଯେ ଏଣିକି ଯଦି ସେ ଆତ୍ମହତ୍ୟା କରିବ ତା'ର କାରଣ ମୁଁ ନୁହେଁ, ତା'ର କାରଣ ସେ ନିଜେ । ଏତ୍ତେବଡ଼ ଜଙ୍ଗଲ ପଡ଼ିଛି, ନଇକୂଳ ପଡ଼ିଛି, ରଳିଆଚାଏ ମାରିବାକୁ କେତେଦିନ ଲାଗିବ ? କାମ କରି ମୋ ପିଲାଙ୍କୁ ମଣିଷକରିବି । ମୁଁ ବୁଝିଯାଇଛି ଯେ ସେ ମୋର କୁଆଁରୀ ଦେହଟାକୁ ଭଲ ପାଉଥିଲା, ଗୋଟାପଣେ ମୋତେ ଭଲ ପାଇନଥିଲା । ମୁଁ ଚଣ୍ଡାଳୁଣୀ ସେକଥା ସେ ବୟସରେ ବୁଝିପାରି ନଥିଲି । ଏବେ ତା' ସାଙ୍ଗେ ପେଟରଖଣ୍ଟକ ପାଇଁ ରହିଲେ ମୋ ମନର ପବିତ୍ରତା ନଷ୍ଟ ହୋଇଯିବ । ଯାକୁ ମୁଁ ନିଶ୍ଚୟ ଛାଡ଼ପତ୍ର ଦେବି ବୋଲି ଠାକୁରାଣୀଙ୍କ ପାଖେ ପ୍ରତିଜ୍ଞା କରିଛି । ସ୍ତ୍ରୀ ଲୋକଙ୍କ ସୁବିଧା ଓ ସୁଖଶାନ୍ତି ପାଇଁ ସରକାର ଗଢ଼ିଥିବା ଆଇନକାନୁନ୍ ସଂପର୍କରେ ଏନ୍ଜିଓ ମାଡାମ୍‌ମାନେ ଗାଁକୁ ଆସି ଆମକୁ

ମଝିରେ ମଝିରେ କେତେକଥା ବୁଝାନ୍ତି । ମୁଁ ଯୋଡ଼କଥା ଥରେ ଶୁଣେ ଭୁଲିବାର ନୁହେଁ । ଆଇନ ଅନୁସାରେ ମୁଁ ବାହା ହୋଇନି, ଗ୍ରାମଦେବତାଙ୍କ ପାଖରେ ଫୁଲମାଳ ବଦଳକରି ତାକୁ ବାହା ହୋଇଥିଲି । ମାତ୍ର ଆଇନ ଅନୁସାରେ ଛାଡ଼ପତ୍ର ଦେବି । ନହେଲେ ଏ ଅଲକ୍ଷଣା ମୋ ପାଖରେ ଯାଇ ପହଞ୍ଚିବ । ଘରେ ଗୋଟି ଖଟିବା ପାଇଁ ଗୋଟାଏ ମାଇପ ଦରକାର ନା ! ଆମ ଗାଁର ଜଣେ ସଂପର୍କୀୟ ଭାଇ ଜିଲ୍ଲା ଫାମିଲି କୋର୍ଟରେ କାମ କରୁଛି । ମୋ ଦୁଃଖ ସେ ଜାଣେ । ତା' ସଙ୍ଗେ ମୁଁ ଏଇ ଡାକ୍ତରଖାନାରୁ ଫୋନରେ କଥାବାର୍ତ୍ତା କରିଦେଇଛି । ଫାମିଲି କୋର୍ଟ ମାଡ଼ାମ୍‌ଙ୍କ ସଙ୍ଗେ ସେ ପରାମର୍ଶ କରିଛି । କାଗଜପତ୍ର କାମ ସେ କରି ରଖିଥିବ, ମୁଁ ଖାଲି ସହି କରିବି ।

ଭାଇ କହୁଥିଲା, ଯ଼ା ନାଁରେ ମିଛ ଯୌତୁକ ନିର୍ଯ୍ୟାତନା କେସ୍‌ଟାଏ ଦାୟର କରିବା ପାଇଁ । ଆଜିକାଲି ଝିଅମାନେ ଏପରି କରୁଛନ୍ତି । ରାଗ ଶୁଝାଇବା ପାଇଁ ଓ ସ୍ୱାମୀଠୁ ଟଙ୍କା ଝଡ଼ାଇବା ପାଇଁ ଏ ଗୋଟାଏ ଉପାୟ । ଆଇନ ମୋ ପକ୍ଷରେ ଥିଲେ ବି ମିଛ କେସ୍ ମୁଁ କରିବି ନାହିଁ । ପାପ ଲାଗିବ । ଭାଇ କହୁଥିଲା, ମାନସିକ ନିର୍ଯ୍ୟାତନା କେସ୍ ବି ଦେଇପାରିବି ଯୋଉଟା ସତ । ମାତ୍ର ତା' ମଧ ମୁଁ କରିବିନାହିଁ । କାରଣ, ଗାଳିଗୁଲଜ ସମ୍ପର୍କଟା କରି ମୁଁ ବି ତାକୁ କମ୍ ନିର୍ଯ୍ୟାତନା ଦେଇନାହିଁ । ତା' ହାତରେ ଅକାଟ୍ୟ ପ୍ରମାଣ ଅଛି ଯେ, ସେ ତିନି ତିନିଥର ବିଷ ପିଇଛି । ମୋ ଶାଶୂ ଓ ଗାଁ ଲୋକେ ତା' ପକ୍ଷରେ ସାକ୍ଷୀ ଦେବେ । କିନ୍ତୁ ପୁରୁଷ ପାଇଁ ସ୍ତ୍ରୀର ନିର୍ଯ୍ୟାତନା ବିରୁଦ୍ଧରେ କେସ୍ ଦାୟର କରିବା ପାଇଁ କିଛି ଆଇନ ନାହିଁ ବୋଲି ଭାଇ କହୁଥିଲା । ତେଣୁ ସେ ମୋ ବିରୋଧରେ କିଛି କରିପାରିବ ନାହିଁ । କିନ୍ତୁ ମୁଁ ତ ତାକୁ ସତକୁ ସତ ମାନସିକ ନିର୍ଯ୍ୟାତନା ଦେଇଛି । ତେଣୁ ସେ କେସ୍ ମଧ ମୁଁ ତା' ବିରୋଧରେ କରିବି ନାହିଁ । ଆଜିକାଲି କୁଆଡ଼େ ଉଗ୍ର ସ୍ତ୍ରୀ ଲୋକମାନେ ଏମିତି ମିଛ ମୋକଦ୍ଦମା କରୁଛନ୍ତି । ଧର୍ମ ସହିବ ନାହିଁ ।

ହଁ – ମୋ ପିଲାଙ୍କର ଭରଣାପୋଷଣ ଦାବି କରିବି । ସେଇଟା ମୋ ପିଲାଙ୍କର ଅଧିକାର । ସେମାନଙ୍କ ପିଲାଦିନଟାକୁ ମୋର ଅଳ୍ପ ରୋଜଗାରରେ ଅଭାବ ଅନାଟନରେ ଦୁର୍ବଳ ରକ୍ତହୀନ ଅସାର କରିଦେବାର ଅଧିକାର ମୋର ନାହିଁ । ମାତ୍ର ତା'ଠାରୁ ଆଇନ ଅନୁଯାୟୀ ମୁଁ ମୋ ପାଇଁ ଭରଣପୋଷଣ ମାଗିବିନି । ମୁଁ ଭିକାରୁଣୀ ନୁହେଁ । ଖଟିବି ଖାଇବି । ସେ ଯୋଉଠି ମିସ୍ତ୍ରୀ କାମ ଧରିଛି ମୁଁ ସେଇଠି ମୂଲ କାମ କରିବି । ମାଲିକ ସହ ଫୋନ୍‌ରେ କଥାବାର୍ତ୍ତା ହୋଇସାରିଛି । କିନ୍ତୁ ସତ କହୁଛି, ଏଇଟା ବି ତା'ର ମୁଣ୍ଡ ତଳକୁ କରିଦେବା ପାଇଁ ମୁଁ କରୁନି । ଅସଲ କାରଣ ହେଲା, ସେ ମାଲିକ ଭାରି ଭଲଲୋକ । ବୋପ ସମାନ । ତା' ଉପରେ ମୋର ଭରସା ଅଛି । ଏଥିରେ

ଯଦି ମର୍ଦ୍ଦଳ ମିସ୍ତ୍ରୀର ମୁଣ୍ଡ ଦି'କଡ଼ାର ହୋଇଯିବ ତେବେ ସେ ଅନ୍ୟ ମାଲିକ ଖୋଜୁ। ତା' ପାଇଁ କାମର ଅଭାବ ରହିବ ନାହିଁ। କିନ୍ତୁ ମୁଁ ସେହି ମାଲିକ ପାଖରେ କାମ କରିବି ଯିଏ ମୋର ବାପା। ଯିଏ ମତେ କେବେହେଲେ ପାପ ଆଖିରେ ରହିଁବନି। ହଉ, ମୋ ସ୍ୱାମୀକୁ ତୁମେ ଏତେ ସୁନ୍ଦର ଭାବେ ବୁଝେଇ କହିଲ। ମୁଁ ତୁମ ରଣ ଶୁଝିପାରିବି ନାହିଁ। ଲୋକଟା ଆଉ ମୋର ସ୍ୱାମୀ ହୋଇ ରହୁ କି ନରହୁ, କିନ୍ତୁ ଏ ବୟସରେ ତା' ଜୀବନଟା ଝଲିଗଲେ ମତେ କ'ଣ ବାଧିବ ନାହିଁ? ତୁମ ସାଙ୍ଗେ ମୋର ଆଉ କେବେ ଦେଖାହେବ ନାହିଁ ବୋଲି ମୁଁ ଜାଣେ। କିନ୍ତୁ ଅପା! ତୁମକୁ ମୁଁ ଭୁଲିପାରିବିନି – "ନମସ୍କାର"।

x x x x

ହାତମୁଠାର ପାଣିଭଳି ଅନାୟାସରେ ସମୟ ନିଗିଡ଼ିଯାଏ। ଏ ଭିତରେ କେତେଗୁଡ଼ାଏ ବର୍ଷ ବିତିଗଲାଣି। ବେଳ ଅବେଳରେ ସ୍ମୃତିର ବନ୍ଦ ଦ୍ୱାର ଖୋଲି ନିଜର ଅଧିକାର ଜାହିର କରେ ଧୂମାଲି। ଯେମିତି ପରରେ "ମୋ କଥା ବେଳେବେଳେ ତୁମର ମନେପଡେ କି ନାହିଁ, ଅପା....?" ଗୋଟାଏ ଅବ୍ୟକ୍ତ ଛଟପଟ ଭାବ ଉତ୍ତର ବଦଲରେ ନିଜକୁ ପ୍ରଶ୍ନ କରେ "ଧୂମାଲି କେମିତି ଅଛି ?" ଜାଣିବାର କିଛି ଉପାୟ ନାହିଁ।

ହସ୍ତାକ୍ଷର ଖାତାରେ ପ୍ରେମ

ପିଲେ ବିଶ୍ୱାସ କରନ୍ତି ନାହିଁ –

ପ୍ରିୟବ୍ରତଙ୍କ ଅଙ୍ଗେ ନିଭା ଅନୁଭୂତିକୁ ପରୀ କାହାଣୀ ଭଲି ଉପଭୋଗ କରନ୍ତି ପଛକେ ସତ ମଣନ୍ତି ନାହିଁ । ପିଲାମାନଙ୍କର ଦୋଷ ବି ନାହିଁ । କାରଣ ପ୍ରିୟବ୍ରତଙ୍କ ପିଲାଦିନ ଓ ତାଙ୍କ ପିଲାଙ୍କ ପିଲାଦିନ ଭିତରେ ଆକାଶପାତାଳ ଫରକ୍ । ପ୍ରିୟବ୍ରତଙ୍କର ମନେହୁଏ ଯେ ତାଙ୍କ ବାପା ଓ ତାଙ୍କ ଭିତରେ ଗୋଟାଏ ପିଢ଼ିର ଫାଙ୍କ୍ ଥିଲା । କିନ୍ତୁ ପିଲେ ଓ ତାଙ୍କ ଭିତରେ ଯେମିତି ପାଞ୍ଚ ପିଢ଼ିର ଫାଙ୍କ୍ ! ପ୍ରିୟବ୍ରତ ଆମେରିକାର ଏକ ବଡ଼ ଆଇଟି କମ୍ପାନୀର ଭାଇସ୍ ପ୍ରେସିଡେଣ୍ଟ । ତାଙ୍କ ପିଲାମାନେ ସମସ୍ତେ ଜନ୍ମଗତ ଭାବେ ଆମେରିକାର ନାଗରିକ । ତେଣୁ ସେମାନେ ଆମେରିକାନ୍ । ପ୍ରିୟବ୍ରତ ଏତେ ବର୍ଷ ଆମେରିକାରେ ରହିବା ପରେ ବି ସେହି ଓଡ଼ିଆ ହୋଇ ରହିଛନ୍ତି, କାରଣ ତାଙ୍କର ମୂଳ ରହିଛି ନିଜ ଦେଶରେ, ନିଜ ଗାଁ ମାଟିରେ । ଡାଳ ଲମ୍ଵିଆସିଛି ବିଦେଶକୁ । ସେ ବିଦେଶରେ ଫୁଲଫଳରେ ମଣ୍ଡି ହୋଇ ନିଜେ ସମୃଦ୍ଧ

ହୋଇଛନ୍ତି ଏବଂ ବିଦେଶକୁ ସମୃଦ୍ଧ କରିଛନ୍ତି । ଦେଶ ତା’ ଦୁଃଖ ନେଇ ଯେମିତି ଥିଲା ସେମିତି ଅଛି ବୋଲି ତାଙ୍କର ବେଲେବେଲେ ହୃଦୟରେ ଅବ୍ୟକ୍ତ ବେଦନା ଯାତ ହୁଏ । କାହାକୁ କହିବେ ? ତାଙ୍କ ବୟସର ସବୁ ବିଦେଶୀଙ୍କର ଏକା ଦୁଃଖ । କିନ୍ତୁ ଦେଶକୁ ଫେରିଲେ ସେ ବଡ଼ ସୁଖୀ ଓ ସମୃଦ୍ଧ ଦିଶନ୍ତି । ତାଙ୍କର ଚିହ୍ନାପରିଚିତ ସାଙ୍ଗସାଥୀ ଆଦର ଅଭ୍ୟର୍ଥନାରେ ଉଣା ନକଲେ ବି ସେଥିପାଇଁ ତାଙ୍କୁ ଭିତରେ ଭିତରେ ଈର୍ଷା କରନ୍ତି ।

କାଲି ଭଲି ଅତୀତର ସବୁ କଥା ମନେପଡ଼େ – ‘କାଲି’ଟା ଯଦି ବୁମେରାଂ ଭଲି ଫେରିଆସୁଥାନ୍ତା ପ୍ରିୟବ୍ରତ ଦୁଃଖୀ ହୁଅନ୍ତେ କି ସୁଖୀ ହୁଅନ୍ତେ ବୁଝିପାରନ୍ତି ନାହିଁ । ଦୁଃଖସୁଖର ଏହି ଅଛିଣ୍ଡା ଗଣିତ ଭିତରେ ସେ ବୟସ୍କ ହୋଇଗଲେଣି । କିନ୍ତୁ ପିଲାଦିନ କଥା ତାଙ୍କର ଆଦୌ ବିସ୍ମରଣ ହୋଇନାହିଁ । କାରଣ ପିଲାଦିନର ସ୍ମୃତି କେବେ ବୟସ୍କ ହୁଏନାହିଁ ।

ପିଲାଙ୍କ କ୍ଲାସଉଠା ପରୀକ୍ଷା ପରେ ନୂଆବହି କିଣିବା ପାଇଁ ପୂର୍ବ ଶ୍ରେଣୀରେ ପଢ଼ିସାରିଥିବା ପୁରୁଣା ବହି ଓ ଲେଖିସାରିଥିବା ପୁରୁଣା ଖାତାକୁ ବିକ୍ରି କରିବାକୁ ହେଉଥିଲା ପ୍ରିୟବ୍ରତଙ୍କ ବାପା ରମାନାଥଙ୍କୁ । ପୃଥିବୀର ସମୃଦ୍ଧତମ ଆମେରିକାର ବୈଜ୍ଞାନିକ ପ୍ରିୟବ୍ରତଙ୍କ ପିଲାମାନେ କେମିତି ବା ବିଶ୍ୱାସ କରନ୍ତେ ଏକଥା ! ପ୍ରିୟବ୍ରତଙ୍କ ଭାଇଭଉଣୀ ମିଶି ସମୁଦାୟ ଏଗାର, ଏକାବେଲେକେ ସମସ୍ତଙ୍କର ବାର୍ଷିକ ପରୀକ୍ଷା, ପରୀକ୍ଷାଫଳ ବାହାରିବା ବେଲକୁ ସମସ୍ତେ ପାସ୍ । ଅର୍ଥାତ୍ ସବୁପିଲାଙ୍କର ନୂଆବହି, ନୂଆ ଖାତାପତ୍ର ଆବଶ୍ୟକ ପଡ଼େ । ଅବଶ୍ୟ ବଡ଼ମାନଙ୍କ ପୁରୁଣା ବହି ସାନ ଭାଇଭଉଣୀ ପଢ଼ିପାରିଥାନ୍ତେ । କିନ୍ତୁ ରେଲଡବା ଭଲି ଏଗାର ପିଲାଙ୍କ ଶ୍ରେଣୀଗୁଡ଼ାକ ତା’ ପଛକୁ ପଛ ଲାଗି ନଥାଏ । ମଝିରେ ଦି’ବର୍ଷ, ତିନିବର୍ଷ ଶ୍ରେଣୀର ଫାଙ୍କ୍ ସାଙ୍ଗକୁ ବହିର ପାଠ ବଦଲିଯାଇଥାଏ, ନଲେ ଚିରିଯାଇଥାଏ ତଲୁ ଉପରୁ କେତେ ପୃଷା । ବିକିଦେଲେ ବରଂ ଗୋଟାଏ ଦୃଷ୍ଟିରୁ ଭଲ । ଭାଇଭଉଣୀଙ୍କ ବହି ହେଉ ପଛକେ ପୁରୁଣା ବହିରେ ନୂଆଜ୍ଞାନ ଖୋଜିବା ବେଲେ ପିଲାଙ୍କର ମନ ଟିକେ ଉଣା ହୁଏ । ନୂଆବହିରେ ପ୍ରତିବର୍ଷ ମଲାଟ ମଡ଼ାଇବା ବେଲେ ପିଲାଙ୍କ ମୁହଁରେ ଜ୍ଞାନଲାଭର ଆଗ୍ରହ ଝଲମଲ ହେଉଥିବାର ଦେଖିଲେ କୋଉ ବାପର ବା ଛାତି କୁଣ୍ଢେମୋଟ ହୋଇନଯାଏ ? ରମାକାନ୍ତ ବାବୁ ସହରରେ ସାନ ଚକିରୀ ଖଣ୍ଡେ କରି ଭଲରେ ଚଲୁଥିଲେ ବୋଲି ବାହାରକୁ ଦିଶୁଥିଲେ ବି ଭିତରକଥା କେବଲ ସ୍ୱାମୀ ସ୍ତ୍ରୀ ଜାଣୁଥିଲେ, ଭୋଗୁଥିଲେ । ପାଖରେ ଥିଲେ ବାପା, ବୋଉ, ଜେଜେ ମା’ । ଭାଗ୍ୟକୁ ଗୁହାଲରେ ଗାଈ, କ୍ଷେତରେ ବର୍ଷକ ପାଇଁ ଧାନ, ମୁଗ, ବିରି, ବାଡ଼ି ପୋଖରୀରେ ବାଲିଆ, ସେଉଳ, କଉ, ମହୁରାଲି, ଚେଙ୍ଗ, କେରାଣ୍ଡି ।

ଘର ପଛପଟ ଅରାଏ ବଗିଚାରେ ପନିପରିବା, ନଡ଼ିଆଗଛ, ବାଉଁଶବୁଦା ଥିଲା ବୋଲି ଏତେବଡ଼ ପରିବାର ପାଇଁ ଖାଇବା କଷ୍ଟ ସେତେ ନଥିଲା ସିନା ପିନ୍ଧିବା କଷ୍ଟ ତ ଥିଲା। କିନ୍ତୁ ଭଲ ମନ୍ଦ ଖାଇବାକୁ ପିଲେ ମନକଲେ ଗହମ ଗୋଟି ଗଣିତା। କେତେ ବା ଦରମା ଥିଲା ସେକାଳେ ? ଗାଈ ଗୋରୁ ବିଲ ବାଡ଼ି ବି କିଛି କମ୍ ଖର୍ଚ୍ଚ କରାନ୍ତି ନାହିଁ। ପ୍ରତିବର୍ଷ ପିଲାଙ୍କ ନୂଆବହିରେ ମଲାଟ ମଡ଼ାଇବା ପରି ବାପ ଅଜା ଅମଲର ପୁରୁଣା ଘରର ମାଟିକାନ୍ଥ ଉପରେ ନଡ଼ା ଛପର ନକଲେ ନଚଳେ। ବହିରେ ପୁରୁଣା ଖବରକାଗଜ ମଡ଼େଇଦେଲେ କାମ ଚଳୁଥିଲା। ମାତ୍ର ପୁରୁଣା ନଡ଼ାରେ ଘର ଛାଉଣୀ କରିଦେଲେ କାମ ଚଳୁ ନଥିଲା। ତେଣୁ ଅନ୍ୟ ଖର୍ଚ୍ଚର ଲମ୍ବ ତାଲିକାକୁ ସମ୍ଭାଳିବା ପାଇଁ ଦରମାର ପଣତକାନି ସେତେ ଲମ୍ବ ନଥିଲା। ପିଲାଙ୍କ ପେଟ ଓ ପାଠ ବର୍ଷକୁ ବର୍ଷ ଯେତେ ବଢ଼େ ବାପାଙ୍କ ଦରମା ସେହି ଅନୁପାତରେ ବଢ଼େ ନାହିଁ। ଅଭାବର ମହୁଫେଣାଟା ଭଙ୍ଗାରୁଜା କରି ଚଳିଲେ ଦେହକୁ ବିନ୍ଧେ, ମନକୁ ବି ବିନ୍ଧେ।

ପର୍ବପର୍ବାଣୀରେ ପିଲାଙ୍କ ପାଇଁ ନୂଆ ପୋଷାକ ହେଉ କି ନହେଉ ସରସ୍ୱତୀ ପୂଜା, ଗଣେଶ ପୂଜାକୁ ପିଲାଙ୍କର ନୂଆ ସାର୍ଟ, ନୂଆ ଫ୍ରକ୍ ନକଲେ ନଚଳେ। ପ୍ରିୟବ୍ରତଙ୍କ ଶ୍ରେଣୀର ଜଣେ ଗରିବ ଛାତ୍ରୀ ସରସ୍ୱତୀ ପୂଜାରେ ନୂଆ ଫ୍ରକ୍ ହୋଇନଥିବାରୁ ଆତ୍ମହତ୍ୟା କରିଦେବା ପରେ ବି ଏଗାର ଜଣଙ୍କ ପାଇଁ ଏକାସଙ୍ଗେ ନୂଆ ପୋଷାକ କରିବା ସବୁ ବର୍ଷ ସମ୍ଭବ ହେଉ ନଥିଲା! କିନ୍ତୁ ସେଇ ଘଟଣା ପରେ ପ୍ରିୟବ୍ରତଙ୍କ ବୋଉ ବାପାଙ୍କୁ ବିନତି କରିଥିଲେ – “ଘରର ସବୁ ପର୍ବପର୍ବାଣୀ ପଞ୍ଚକେ ବନ୍ଦ କରିଦିଅ, ପିଲାଙ୍କ ସ୍କୁଲ୍ ପର୍ବ ବନ୍ଦ କରନାହିଁ। ସବୁ ପିଲା ନୂଆ ପିନ୍ଧି ସ୍କୁଲକୁ ଆସିବେ, ଆମ ପିଲାଙ୍କୁ କେମିତି ଲାଗିବ ? ଦେଖିଲ ତ ଗରିବ ଝିଅଟି ବିଚାରୀ ସହିପାରିଲା ନାହିଁ ଏ ଅପମାନ – ଜୀବନ ହାରିଦେଲା ଖଣ୍ଡେ ଫ୍ରକ୍ ପାଇଁ ? ହେ ଭଗବାନ !” ବୋଉ କାନ୍ଦି ପକାଇଥିଲା ସେଦିନ ପର ଝିଅଟି ପାଇଁ। ଆଦର୍ଶବାଦୀ ବାପା ସେଦିନ ସବୁପିଲାଙ୍କୁ ପାଖକୁ ଡାକି ଧାଡ଼ିକରି ବସାଇ ଦେଇଥିଲେ। କହିଥିଲେ – “ତୁମମାନଙ୍କ ପାଇଁ ସବୁଠାରୁ ମୂଲ୍ୟବାନ କ’ଣ ?” ଆଉ କିଏ କ’ଣ ଉତ୍ତର ଦେଇଥିଲା ପ୍ରିୟବ୍ରତଙ୍କର ମନେନାହିଁ, କିନ୍ତୁ ବାପାଙ୍କର ପ୍ରଶ୍ନ ଓ ସେଦିନ ଚତୁର୍ଥ ଶ୍ରେଣୀର ଛାତ୍ର ପ୍ରିୟବ୍ରତ ନିଜେ ଦେଇଥିବା ଉତ୍ତର ତାଙ୍କର ସ୍ପଷ୍ଟ ମନେ ରହିଛି। ପ୍ରିୟବ୍ରତ ସହସା ଉତ୍ତର ଦେଇଥିଲେ – ‘ପାଠ’।

ବାପାଙ୍କ ପ୍ରଶ୍ନ – ‘ପାଠ’ ପାଇଁ କ’ଣ ସବୁ ଜରୁରୀ ଆବଶ୍ୟକ ? ଗଣେଶ ପୂଜା, ସରସ୍ୱତୀ ପୂଜାରେ ନୂଆ ପୋଷାକ ନା ନିଜର ନୂଆ ବହି, ପାଠ ପାଇଁ ପରିଶ୍ରମ ଓ ନିଜର ଜୀବନ ?”

"ସବୁଠୁ ବେଶି ଆବଶ୍ୟକ ନିଜ ଜୀବନ । ବଞ୍ଚିରହିଲେ ସିନା ପାଠ ପଢ଼ିବ ?" ଚଟ୍ କରି କହିଥିଲେ ପ୍ରିୟବ୍ରତ ।

ବାପା ଆନନ୍ଦରେ ବୋଉଙ୍କୁ ଆତ୍ମସନ୍ତୋଷଭରା ଦୃଷ୍ଟିରେ ରହିଁ କହିଥିଲେ – "ଶୁଣିଲ ଆମ ପୁଅର ଉତ୍ତର ? ଆମର ସବୁ ପିଲାଙ୍କର ଏଇ ଉତ୍ତର ।"

ପୁଣି ପ୍ରଶ୍ନ କରିଥିଲେ – "ଗରିବ ହେବା କ'ଣ ଲଜ୍ଜା ଓ ଅପମାନର କଥା ? ନା ଗରିବଙ୍କ ତଣ୍ଟିଚିପି, ସରକାରୀ ଅର୍ଥ ଆତ୍ମସାତ୍ କରିବା, ଲୋକଙ୍କୁ ଠକି, ଚୋରିଚପଟ କରି ଧନୀ ହେବା ଲଜ୍ଜା ଓ ଅପମାନର କଥା ?"

ସମସ୍ତେ ଏକ ସ୍ୱରରେ କହିଥିଲେ – "ଗରିବ ହେବା ଅପମାନର କଥା ନୁହେଁ – ଖରାପ କାମ ଦ୍ୱାରା ଧନୀ ହେବା ଅପମାନର କଥା ।"

"ତେବେ ଗରିବ ହୋଇଥିବା ଯୋଗୁଁ ସରସ୍ୱତୀ ପୂଜାରେ ନୂଆ ଫ୍ରକ୍ ପିନ୍ଧି ନପାରିବା ଅପମାନର କଥା କି ?" ବାପାଙ୍କ ପ୍ରଶ୍ନ ।

"ନା – ନା" ସମବେତ ଉତ୍ତର ।

"ଝିଅଟା ଆତ୍ମହତ୍ୟା କରିଦେବା ଠିକ୍ ନା ଭୁଲ୍ ?"

"ଭୁଲ୍ – ଭୁଲ୍"

ବାପା ଖୁସିରେ ଗଦ୍ ଗଦ୍ ହୋଇ କହିଥିଲେ – "ଆମ ପିଲେ ସେ ବୋକିଝିଅଟି ପରି ଏପରି ମୂର୍ଖ ନୁହନ୍ତି । ମନଦେଇ ପାଠ ପଢ଼ିଲେ ସେମାନେ ବି ଉଚିତ୍‌ମାର୍ଗରେ ଧନୀ ହୋଇପାରିବେ । ଗରିବଙ୍କୁ ସାହାଯ୍ୟ କରିପାରିବେ । କେବଳ ନିଜର ନୁହେଁ, ଦେଶର ଧନ, ମାନ ବଢ଼ାଇପାରିବେ । ନୂଆ ଜାମା ଖଣ୍ଡେ ହେଲା ନାହିଁ ବୋଲି ଜୀବନ ହାରିଦେଇ କାହାର କ୍ଷତି କଲା – ନିଜର ତ !"

"ହଁ ହଁ ନିଜର କ୍ଷତି କଲା" ପିଲେ ଉତ୍ତର ଦେଇଥିଲେ ।

ବାପା ସବୁବେଳେ ଜଟିଳ କଥାକୁ ସରଳ ଭାବରେ ପିଲାଙ୍କୁ ବୁଝାଇଦେଉଥିଲେ, ଯାହା କଅଁା ସିଲଟର ଗାର ଭଳି ଅଳିଭା ଅକ୍ଷରରେ ଲେଖାହୋଇ ରହୁଥିଲା । ମାତ୍ର ବୋଉ ସରଳ କଥାକୁ ଜଟିଳ ଗଣିତ କରି ପିଲାମାନଙ୍କ ଆଗତ ଭବିଷ୍ୟତକୁ ନେଇ ଅଛିନ୍ଦ୍ରା ଆଶଙ୍କାରେ ନିଜେ କେବଳ ଦୁଶ୍ଚିନ୍ତା ଭୋଗୁନଥିଲା ବାପାଙ୍କୁ ବାଧ୍ୟ କରି ସେଥିରେ ଭାଗିଦାର କରୁଥିଲା । ମାତ୍ର ଦୂର ସ୍ଥାନରେ ଚକିରୀ କରିଥିବାରୁ ସବୁ ଚିନ୍ତାଦକ ବୋଉ କାନିରେ ବାନ୍ଧିଦେଇ ବାପା ନିଶ୍ଚିନ୍ତରେ ଚକିରୀ ତୁଲାଉଥିଲେ ଓ ଜାଣିଥିଲେ ଯେ ତାଙ୍କ ପିଲାଙ୍କ ସରଳା ବୋଉର ପାଠ ମାତ୍ର 'ଅ'ରୁ 'କ୍ଷ' ପର୍ଯ୍ୟନ୍ତ ହୋଇଥିଲେ ବି ବୋଉ ପିଲାମାନଙ୍କ ପାଠପଢ଼ା ପ୍ରତି ଧ୍ୟାନ ରଖିବା ସହ ସାରା ଅଭାବୀ ପରିବାରର ଭାର ସମ୍ଭାଲି ନବ । ବୋଉ କିନ୍ତୁ ଛଅ ପୁଅଙ୍କ ପାଇଁ ସରସ୍ୱତୀ ପୂଜାରେ

ଖଣ୍ଡେ ଲେଖାଏଁ ହାତକଟା ଗଞ୍ଜି ଓ ପାଞ୍ଚ ଝିଅଙ୍କ ପାଇଁ ପାଞ୍ଚ ରଙ୍ଗର ପାଞ୍ଚ ମିଟର ଛ'ଅଣା ଦି'ପଇସିଆ ରିବନ କିଣି ଦେଉଥିଲା। ନାହିଁ ମାମୁଁଠାରୁ କଣାମାମୁଁ ଭଲ। ସେତିକିରେ ତାଙ୍କ ପିଲାଙ୍କ ରିଷ୍ଟ କଟିଯିବ ବୋଲି ଗଣେଶ, ସରସ୍ୱତୀଙ୍କ ଉପରେ ସଂପୂର୍ଣ୍ଣ ଭରସା ଥିଲା। କିନ୍ତୁ ପ୍ରିୟବ୍ରତଙ୍କ ତଳଭାଇ ତିନିଜଣ ସ୍କୁଲରେ ପୂଜା ହେବା ବେଳେ ହୋମଧୂଆଁରେ ଗରମ ହେଉଛି କହି ସଫା। ହୋଇଥିବା ପୁରୁଣା ସାର୍ଟକୁ ଖୋଲି ବ୍ୟାଗରେ ରଖିଦିଅନ୍ତି ଓ ଖାଲି ଗଞ୍ଜି ପିନ୍ଧି ବୁଲନ୍ତି, ଖାସ୍ ସାଥୀପିଲାଙ୍କୁ ଦେଖାଇବା ପାଇଁ ଯେ ସେମାନେ ବି ନୂଆ ପିନ୍ଧିଛନ୍ତି। କାରଣ ସେତିକି ମଧ କେତେ ପିଲାଙ୍କ ଭାଗ୍ୟରେ ନଥାଏ ସେହି ଗରିବ ଗାଁରେ।

କେଜାଣି ବେଉ ସ୍କୁଲ୍ ମାଡ଼ିଥିଲା କି ନା ବାପାଙ୍କୁ ଜଣାଥିବ, ପିଲାଙ୍କୁ ଜଣାନଥିଲା। ସେତେବେଳେ ଗାଁରେ ବୋଉମାନେ ଅଫିସ୍କୁ ଯାଉନଥିଲେ। ଏନ୍‍ଜିଓ କାମରେ ଘରୁ ବାହାରି ଯାଉନଥିଲେ। ରାଜନୀତି ଦଳରେ ମିଶି ରାଜରାସ୍ତାରେ ଦଣ୍ଡା। କରୁନଥିଲେ। ସେତେବେଳେ ବୋଉମାନେ ରାତି ପାହିଲେ ରୋଷେଇ ଘରକୁ ଯାଉଥିଲେ। ବାପାମାନେ କାମକୁ ଯାଉଥିଲେ, ପିଲାମାନେ ସ୍କୁଲକୁ ଯାଉଥିଲେ। ବୋଉ ପିଲାମାନଙ୍କ ହାତରେ ବହି ନଦେଖିଲେ ବାସ ମହ ମହ ହଳଦିଆ ଚମ୍ପାଫୁଲରୁ ଟାଣୁଆ ପାଖୁଡ଼ାର ନାଲି କାଠଚମ୍ପା ପାଲଟିଯାଉଥିଲା। କିନ୍ତୁ ବୋଉ ହାତରେ ପିଲେ କେବେ ବହି ଖଣ୍ଡେ ଦେଖିନଥିଲେ। ସେମାନଙ୍କ ଧାରଣା ଥିଲା ଯେ ବୋଉମାନେ ପାଠବହି ପଢ଼ନ୍ତି ନାହିଁ। ଖାଲି ରାମାୟଣ, ଭାଗବତ ପଢ଼ନ୍ତି ଯଦି ଦି'ଅକ୍ଷର ପାଠ ପଢ଼ିଥାନ୍ତି। ତାଙ୍କ ବୋଉର ସେତିକି ବି ନଥାଏ। ଘର ସଜାଡ଼ିବା ପଛକୁ ପକାଇ ପିଲାମାନଙ୍କ ବହିବସ୍ତାନୀ ସଜାଡ଼ିବାରେ ବୋଉକୁ ଅଧିକ ସୁଖ ମିଳୁଥିଲା ବୋଲି ବୋଉର ଦରହସିଲା ମୁହଁରୁ ଜଣାପଡ଼ିଯାଉଥିଲା। ପିଲାମାନଙ୍କ ହସ୍ତାକ୍ଷର ଖାତାକୁ ବୋଉ ନିରେଖି ଦେଖୁଥିଲା ଓ କେବଳ ସେହି ଖାତାର ମୂଲ୍ୟାୟନ ବୋଉ କରିପାରୁଥିଲା। ଗଣିତ, ସାହିତ୍ୟ, ଇଂରାଜୀ, ହିନ୍ଦୀ, ରଚନା ଖାତା ଇତ୍ୟାଦି ବୋଉ ବାରି ପାରୁନଥିଲା। ମାତ୍ର ହସ୍ତାକ୍ଷର ଖାତା ଚିହ୍ନିପାରୁଥିଲା ଓ କାହାର ଅକ୍ଷର ସରସା ଓ କାହାର ନିରସା ସେ ବିଚାର କରିପାରୁଥିଲା। ଯାହାର ଅକ୍ଷର ନିରସା ତାକୁ ଆକଟ କରୁଥିଲା। ସର୍ବଦା କହୁଥିଲା – "ଗାଁ ପରିମଳ ଧୋବା ତୁଠରୁ। ପାଠର ମାନମହତ ହସ୍ତାକ୍ଷର ଖାତାରୁ। ଦେଖୁନ ତୁମ ବାପାଙ୍କ ଅକ୍ଷର, କେମିତି ମାଛମଣ୍ଡି ଭଲି ଗୋଲ୍! ତମ ପିଲାମାନଙ୍କର ଅକ୍ଷର ଜଣକର ବି ବାପାଙ୍କ ଅକ୍ଷର ଭଲି ହେଲାନାହିଁ। ତେବେ ଚେଷ୍ଟା କଲେ ହେବ। ଜଣେ ହେଲେ ବାପାର ନାଁ ରଖ।" ବୋଉ ଏକ୍‍ରୁ ଶହେ ପର୍ଯ୍ୟନ୍ତ ସଂଖ୍ୟା ପଢ଼ିପାରୁଥିଲା। ତେଣୁ ତାରିଖ ବି ପଢ଼ିପାରୁଥିଲା। କେହି ଯଦି ମଝିରେ ଦିନେ ଦି'ଦିନ ହସ୍ତାକ୍ଷର

ଖାତାରେ ଗଫଲତି କରିଥାଏ ତେବେ ବୋଉ ଯେଉଁଦିନ ହସ୍ତାକ୍ଷର ଖାତା ଯାଞ୍ଚ କରେ ପିଲାମାନେ ହାତେହାତେ ଧରାପଡ଼ନ୍ତି ଓ ବୋଉର ନାଲି ଆଖି ଦେଖିବାକୁ ପଡ଼େ। ଏକାଥରକେ ତିନିଚାରି ପୃଷ୍ଠା ହସ୍ତାକ୍ଷର ଲେଖିବାକୁ ପଡ଼େ। ପ୍ରିୟବ୍ରତଙ୍କ ଗାଁର ଆଉସବୁ ବୋଉମାନେ ପିଲାଏ ଭଲ ପଢ଼ନ୍ତୁ ବୋଲି ରୁହଁିଲେ ବି ପିଲାଙ୍କ ପାଠପଢ଼ା ଉପରେ ସତର୍କ ଦୃଷ୍ଟି ରଖିବା ପାଇଁ ବେଳ ପାଆନ୍ତି ନାହିଁ। ପିଲାମାନେ ବି ସେକାଳରେ ବୋଉମାନଙ୍କୁ ଭୂଆଁ ବୁଲାଇବାରେ ଓସ୍ତାଦ ଥିଲେ। ତେଣୁ ପ୍ରିୟବ୍ରତଙ୍କ ଭାଇଭଉଣୀମାନେ ସମସ୍ତେ ଶ୍ରେଣୀରେ ଆଗୁଆ ଥିଲେ। ପ୍ରିୟବ୍ରତଙ୍କ ବୋଉ ପିଲାଙ୍କ ପାଠ ପ୍ରତି ଧ୍ୟାନ ରଖିଥିବାରୁ ଏଗାର ଭାଇଭଉଣୀ ସମସ୍ତେ ଏକୁ ଆରକ ବଳି ଉପାର୍ଜନକ୍ଷମ ହେଲେ। ଏବେ ରାଜ୍ୟ ବାହାରେ, ଦେଶ ବାହାରେ ପ୍ରତିଷ୍ଠିତ ହୋଇ ସୁଖରେ ଅଛନ୍ତି। କେବଳ ବୋଉର ସାଧନା ପାଇଁ ହିଁ ସେତେବେଳେ ରମାକାନ୍ତବାବୁଙ୍କ ଏଗାର ପୁଅଝିଅଙ୍କ ଅକ୍ଷର ସ୍କୁଲରେ ବାରି ହୋଇପଡ଼ୁଥିଲା। ପରୀକ୍ଷା ଖାତା ଦେଖିଲେ ହିଁ ମାଷ୍ଟ୍ରେ ଜାଣିପାରୁଥିଲେ ଯେ ଏଇଟା ରମାକାନ୍ତବାବୁଙ୍କର କୋଉ ଗୋଟିଏ ପିଲାର ନିଶ୍ଚୟ।

ଏବେ ପ୍ରିୟବ୍ରତ ବାପା ହେବା ପରେ ନିଜ ପିଲାମାନେ ପାଠ ପାଖରେ ମନଧ୍ୟାନ ଦେଇ ବସିବା ଦେଖିଲେ ଖୁସି ହୁଅନ୍ତି। ଏକା ସେ ନୁହଁନ୍ତି, ସବୁ ବାପାମାନେ ଏହା ହିଁ ରୁହଁନ୍ତି। ମାତ୍ର ନିଜେ ପିଲାଥିଲା ବେଳେ କୋଉ ପିଲା ବା ପାଠରେ ବକଧ୍ୟାନ ଦେଇ ବସିବା ପାଇଁ ସୁଖ ପାଏ! ଯେଉଁ ପିଲାମାନେ ବାଧ୍ୟରେ ପଡ଼ି ପାଠରେ ମନଯୋଗୀ ହୋଇଥାନ୍ତି ସେହିମାନେ ହିଁ ଭବିଷ୍ୟତରେ ସୁଖରେ ରହନ୍ତି। ତା'ର ପ୍ରମାଣ ପ୍ରିୟବ୍ରତଙ୍କ ଭାଇଭଉଣୀମାନେ। ପ୍ରିୟବ୍ରତଙ୍କ ସାନଭଉଣୀଟା ତୁଚ୍ଛା ଗଧ୍ୟଟାଏ ଥିଲା। କିନ୍ତୁ ବୋଉର ନାଲିଆଖିକୁ ଡରି ପାଠ ଘୋଷି ଘୋଷି ଆଜି ନାମକରା ଡାକ୍ତରାଣୀ।

ନିଉୟର୍କ ସହରରେ ନିଜ ବିରାଟ ବଙ୍ଗଲାର ପ୍ରଶସ୍ତ ପଢ଼ାଘରେ ବସି ଲ୍ୟାପଟପର ଚର୍ସ୍କ୍ରିନ୍ରେ ଟିପ ଛୁଆଁଇଦେଇ କାମ କରିବା ବେଳେ ପ୍ରିୟବ୍ରତଙ୍କର ପ୍ରତିଦିନ ବୋଉ ଭାରି ମନେପଡ଼େ। ତାଙ୍କ ଅକ୍ଷର ତାଙ୍କ ପୁଅଝିଅ ଓ ନାତିନାତୁଣୀଙ୍କ ଅକ୍ଷରଠାରୁ ଭଲ ଓ ତାହା କେବଳ ସମ୍ଭବ ହୋଇଛି ତାଙ୍କ ନିରକ୍ଷରା ବୋଉର ସନ୍ତାନଙ୍କ ପ୍ରତି ଯତ୍ନଶୀଳତା ଯୋଗୁଁ ବୋଲି କହିବାର ଯୁକ୍ତି ସେ ଖୋଜି ପାଆନ୍ତି ନାହିଁ। କାରଣ ତାଙ୍କ ଘରେ ଏଠି ସମସ୍ତଙ୍କ ହାତରେ ଟର୍ ସ୍କ୍ରିନ୍ର ଟିପଛୁଆଁ ଅକ୍ଷର – ଏକାପରି ନିଟୋଲ, ସୁନ୍ଦର, ସ୍ୱଷ୍ଟ। କୋଉ ପିଲାର ଅକ୍ଷର ବାରି ହେବନି। ପ୍ରିୟବ୍ରତଙ୍କର ଘରିବର୍ଷର ସବାସାନ ନାତି 'ଆଲାର୍ଡ' ଆଲଫାବେଟ୍ ଲେଖି ଶିଖିନାହିଁ, ଅଥଚ ଟାବ୍ଲେଟ୍, ଆଇପ୍ୟାଡ଼ରେ ଆଲଫାବେଟ୍ ଚିହ୍ନି ଚିହ୍ନି ପଢ଼ିଦିଏ – 'ଏ' ଫର୍ ଆପଲ, 'ବି' ଫର୍ ----। ଆହୁରି

ଅନେକ ଶବ୍ଦ କେବଳ ପଢ଼ିପାରେନି, ଅକ୍ଷରରେ ଟିପ ମାରି ମାରି ଲେଖିଦିଏ ବି। ନିଜର ନାମ ବି ଲେଖିଦିଏ। ଅବଶ୍ୟ ତା' ନାଁଟି ପ୍ରିୟବ୍ରତ ରଖିଛନ୍ତି ଆଲୋକ। କିନ୍ତୁ ପିଲାଦିନେ ରାତି ନପାହୁଣୁ ସେ ରଡ଼ିଛାଡ଼ି ସମସ୍ତଙ୍କ ନିଦ ଭାଙ୍ଗିଦିଏ ବୋଲି ତାକୁ ତା' ବଡ଼ଭାଇ ନାଁଟା ବଦଲାଇ 'ଆଲାର୍ମ' କରିଦେଲା। ସ୍କୁଲ୍‌ରେ ମଧ୍ୟ ତା' ନାମଟି ଅନନ୍ୟ ଏବଂ ସମସ୍ତଙ୍କର ପ୍ରିୟ।

ଖଡ଼ି ପେନ୍‌ସିଲ୍ ଧରି ଶିଖିନଥିବା ନାତିଟୋକା ଆଲାର୍ମ ଟଚ୍ ସ୍କ୍ରିନ୍‌ରେ ଚମକ୍କାର ଚିତ୍ର ବି ଆଙ୍କିଦିଏ। ବେଳେବେଳେ ପ୍ରିୟବ୍ରତ ଚିନ୍ତାରେ ପଡ଼ିଯାଆନ୍ତି। ଭାବନ୍ତି – କ'ଣ ଲାଭ ହେଲା ତାଙ୍କ ଅମଲର ପିଲାମାନଙ୍କ ଆଙ୍ଗୁଠିକୁ ପିଟି ପିଟି ଯନ୍ତ୍ରକରି ହସ୍ତାକ୍ଷର ଲେଖାଉଥିବାର ଫଳ? ଏବେ ତ ପୃଥିବୀଯାକର ମାତୃଭାଷାର ଅକ୍ଷର ସବୁ ଉଭେଇଯିବ। ଯେଉଁଠି ବା କାଁ ଭାଁ ରହିବ ହସ୍ତାକ୍ଷରରେ ନୁହେଁ, ଟଚ୍ ସ୍କ୍ରିନ୍‌ରେ ଟିପ ମାରିଲେ ସନ୍ଧ୍ୟାବେଳର ଜହ୍ନିଫୁଲ ପରି ତୋରା ହୋଇ ଫୁଟିଉଠିବ ଆଉ ନିମିଷକେ ବି ଉଭେଇଯିବ। ପ୍ରିୟବ୍ରତଙ୍କ ପିଲାମାନେ କେହି ହସ୍ତାକ୍ଷର ଲେଖିନାହାନ୍ତି। ହସ୍ତାକ୍ଷର ଲେଖିବାର ଅର୍ଥ ଏବେକୁ ଅନାବଶ୍ୟକ ଓ ସମୟ ନଷ୍ଟ। ସେମାନଙ୍କ ଜୀବନରେ ଅଭାବର ବି ଅନୁଭବ ନାହିଁ। ସେମାନଙ୍କୁ ଆକଟ କରିବା ବି ନିଷେଧ। ଘରେ ବିଶୃଙ୍ଖଳ ପିଲାମାନଙ୍କୁ ଦଣ୍ଡଦେବା ତ ପିତାମାତାଙ୍କ ପାଇଁ ଦଣ୍ଡନୀୟ। ତେଣୁ ପ୍ରିୟବ୍ରତଙ୍କ ପିଲାମାନେ ତାଙ୍କ ବାପାଙ୍କ ବାଲ୍ୟକାଳର ଅଙ୍ଗେନିଭା କଥାକୁ ସତ ମଣନ୍ତି ନାହିଁ। ମନଗଢ଼ା କାହାଣୀ ମନେକରନ୍ତି। ପ୍ରିୟବ୍ରତ ଏମିତି ବି ବଡ଼ ହସଖୁସି ମିଜାଜର ବ୍ୟକ୍ତି। ବେଜାୟ ହସନ୍ତି, ହସାନ୍ତି, କହନ୍ତି, କୁହାନ୍ତି।

କିନ୍ତୁ ପ୍ରିୟବ୍ରତଙ୍କ ଜୀବନର ସେହି ଗୋଟିଏ କୋମଳ, କରୁଣ ଅନୁଭୂତିକୁ କାହାରି ପାଖରେ ସେ କହିନାହାନ୍ତି। କାରଣ ସେ କଥା ଏକାଲର ପିଲାଙ୍କୁ ବୁଝାଇ ହୁଏନି ଯେ ସେକାଲର ବାପାବୋଉମାନେ କ'ଣ ଥିଲେ। ଅଭାବ ଭିତରେ କେତେ ଭାବ ଥିଲା ସେମାନଙ୍କ ଜୀବନରେ। ଡଲାରର କାର୍ପେଟ୍ ଉପରେ ଚଲୁଥିବା ତାଙ୍କ ପିଲାମାନେ କେବେହେଲେ ବିଶ୍ୱାସ କରିପାରିଲେ ନାହିଁ ଯେ ପ୍ରିୟବ୍ରତ ଇଞ୍ଜିନିୟରିଂ ପଢ଼ିବା ପାଇଁ ହଷ୍ଟେଲ୍‌କୁ ଯିବାବେଳେ ମାସକର ହାତଖର୍ଚ୍ଚ ପାଇଁ ବାପାଙ୍କ ପାଖରେ ପଇସା ନଥିବାରୁ ଖଟତଳେ ବନ୍ଦୀ ହୋଇ ପଡ଼ିଥିବା ସେମାନଙ୍କ ସ୍କୁଲ୍ କଲେଜର ବଳକା ପୁରୁଣା ଖାତାପତ୍ର ବିକ୍ରି କରିବାକୁ ହୋଇଥିଲା। ପ୍ରିୟବ୍ରତ ଖାତାପତ୍ର ଉପରୁ ଧୂଳି ଝଡ଼ାଝଡ଼ି କରୁଥିଲେ। ଅବଶ୍ୟ ସେତେବେଳକୁ ଯଦି ବୋଉ ବଞ୍ଚିଥାନ୍ତା ସେ ସବାସାନ ଗେହ୍ଲାପୁଅ ପ୍ରିୟବ୍ରତର ହାତରେ ଧୂଳିମାଳି ଲଗାଇବାକୁ ଦେଇନଥାନ୍ତା। ନିଚ୍ଛିପିର କରି ନିଜେ ପଣତକାନିରେ ଝାଡ଼ିଦେଇଥାନ୍ତା ଗୋଟି ଗୋଟି କରି ପିଲାଙ୍କ

ଖାତା ଉପରୁ ଧୂଳି। ପିଲାଙ୍କ ମୁହଁରେ ତେଲ, ହଳଦୀ ମାଖିବା ପରି କୋମଳକରି ଆଉଁସି ଦେଉଥାନ୍ତା କେତେ କଷ୍ଟ କରି ତାଙ୍କ ଗେଲବସର ପିଲାମାନେ ବସେଇ ବସେଇ ସୁନ୍ଦରକରି ଲେଖିଥିବା ଅକ୍ଷରମାନଙ୍କୁ। ଅଭିଯୋଗଭରା ସ୍ୱରରେ ଗଲା ଚାପି ଚାପି ବାପାଙ୍କୁ ଶୁଣାଇ ଶୁଣାଇ କହିଥାନ୍ତା – "ଅଭାବ ଯୋଗୁଁ ସିନା, ନଇଲେ ମୋ ପିଲେ ଏତେ କଷ୍ଟ କରି ଗାଲିମାଡ଼ ଖାଇ ଲେଖିଥିବା ପାଠଗୁଡ଼ା କାଗଜ ଠୋଲା ହେବା ପାଇଁ କ'ଣ ବିକ୍ରି ହୋଇଥାନ୍ତା!"

ବାପା ମୁରୁକି ହସି ଉତ୍ତର ଦେଇଥାନ୍ତେ – "ପାଠଗୁଡ଼ା ସବୁ ତମ ପିଲେ ପିଇଯାଇ କିଏ ଡାକ୍ତରୀ, କିଏ ଇଞ୍ଜିନିୟରିଂ, ଓକିଲାତି ଓ କିଏ ପ୍ରଫେସରୀ ପଢ଼ୁଛନ୍ତି। ଆମ୍ଭ ଖାଇସାରିବା ପରେ ପାଠର ଚୋପାଗୁଡ଼ାକ ବିକ୍ରି ନକରି କ'ଣ ଘରଟାକୁ ମାଲ୍‌ଗୋଦାମ କରିଥାନ୍ତ?"

ପିଲାମାନେ ଉଚ୍ଚଶିକ୍ଷା ପାଇ ପ୍ରତିଷ୍ଠିତ ହେବେ ଆଉ ବୋଉର ରଣ ଶୁଝିବେ ଏକଥା ବୋଉମାନେ ପ୍ରାୟ ଆଶା କରନ୍ତି ନାହିଁ। ମୋଟ ଉପରେ ବୋଉମାନଙ୍କର ପିଲାମାନଙ୍କ ଉପରେ ରଣବୋଝ ବୋଲି କିଛି ନଥାଏ। କାରଣ ବୋଉମାନେ ବାତ୍ସଲ୍ୟକୁ ପୁଞ୍ଜିଲଗାଣ କରନ୍ତି ନାହିଁ। ପିଲେ ଭଲରେ ରହିଲେ ସବୁ କଷ୍ଟ ଭୁଲି ହୋଇଯାଏ, ଠିକ୍ ଯେମିତି ପିଲା ପ୍ରସବ ସମୟର ଶୂଳ କଷ୍ଟ ପିଲାର ଦିବ୍ୟ କୁଆଁ ରାବ ଶୁଣିଲେ ଉଭେଇଯାଏ। ପ୍ରିୟବ୍ରତଙ୍କ ବୋଉ ସର୍ବଦା କହୁଥିଲେ – "ତୁମେ ସବୁ ଭଲରେ ରହିଲେ ବାପାବୋଉଙ୍କ ରଣ ଶୁଝିଯିବ। ଆମର ତୁମ ଉପରେ ରଣ ଅଛି ବୋଲି ଭାବନା ମନରେ ଆଣିବ ନାହିଁ। ବୟସ ହେଲେ ଆମ ପିଠି ଆଉ ପେଟ ଯେତିକି ଲୋଡ଼ିବ ସେତିକି ତମ ବାପାଙ୍କ ପେନ୍‌ସନ୍ ଟଙ୍କା ଆଉ ଜମିବାଡ଼ିରୁ ମିଲିଯିବା ଆମ ପାଇଁ ଢେର। ପିଲାଙ୍କ ରୋଜଗାର ଭୋଗ କରିବାକୁ କେତେ ବା ଆୟୁଷ ବାକିଥାଏ ଯେ ବାପାମା'ଙ୍କର? ଈଶ୍ୱରଙ୍କ ଗଣିତ ହିସାବ ବଡ଼ ଚମତ୍କାର। ବୁଢ଼ାବୁଢ଼ୀମାନେ ଯଦି ଚିରକାଲ ବଞ୍ଚନ୍ତେ ତେବେ ପିଲାମାନେ କି ନାରଖାର ହୁଅନ୍ତେ ସେକଥା ତୁମେ ସବୁ ଭାବିପାରିବ ନାହିଁ। ତେଣୁ ସେଥିପାଇଁ ମୋର କିଛି ଚିନ୍ତା ନାହିଁ। ବସିଥିବି ଚଲିପଡ଼ିବି ଏତିକି ସବୁଦିନ ଠାକୁରଙ୍କୁ ପ୍ରାର୍ଥନା କରେ। ଥରେ ଶୂଳ ଖାଇଥିଲି ବୋଲି ଜୀବନସାରା ପିଲାଙ୍କୁ ଭୋଗେଇବି ସେକଥା ଯେପରି ମୋ ଭାଗ୍ୟରେ ଲେଖା ନଥାଉ! ତୁମ ପିଲେ ତୁମ ଭଲି କେତେକଥାରୁ ବଞ୍ଚତ ନହୁଅନ୍ତୁ ବୋଲି ତାଙ୍କରି ପାଇଁ ଏତେ କଷ୍ଟରେ ପାଠ ପଢ଼ିଛ, ଆମ ପାଇଁ ନୁହେଁ!" ସତକୁ ସତ ବୋଉ ଯେମିତି ଭବିଷ୍ୟତ ଦେଖିଥିଲା। ବସୁ ବସୁ ଚଲିପଡ଼ିଲା ଆଉ ଅସମୟରେ ଢଲିଗଲା। ପ୍ରିୟବ୍ରତ ସ୍କୁଲରେ ପଢ଼ୁଥିଲେ। ବୋଉକୁ ହରାଇବାର ଶୋକ ବଢ଼ୁଥ ପିଲାଙ୍କ ଉପରେ ବଜ୍ର

ପଢ଼ିଲା ଭଳି ଲାଗିଲା ସିନା ଚକିରୀରୁ ଅବସର ନେଇଥିବା ବାପାଙ୍କ ମୁଣ୍ଡ ଉପରେ ଆକାଶ ଛିଡ଼ିଗଲା ଭଳି ଲାଗିଥିବ।

ବାପାବୋଉଙ୍କ ପ୍ରେମ କେମିତି ଥିଲା – କେମିତି ମଧୁର, କେତେ ଗଭୀର, କେତେ ରୋମାଣ୍ଟିକ୍ ପିଲାଏ ତା'ର ଟେର ପାଇନଥିଲେ କେବେ। ଛୁଟି ମିଳିଲେ ବାପା ଆସନ୍ତି, ବୋଉ ବାଟ ରୁହିଁ ବସିଥାଏ। ବାପା ଆସୁଛନ୍ତି, ସଫାସୁତୁରା ପିନ୍ଧ, ବହିଧରି ବସ ବୋଲି ପିଲାଙ୍କୁ ତାଗିଦ୍ କରୁଥାଏ। ପିଲାଏ ମନଦେଇ ପଢ଼ୁଛନ୍ତି, ବୋଉର କଥା ମାନୁଛନ୍ତି, ଚଗଲା ହେଉନାହାନ୍ତି, ସଫାସୁତୁରା ରହୁଛନ୍ତି, ଦେଖିଲେ ବାପା ଖୁସି ହୋଇଯିବେ ବୋଲି ଗୁଣ୍ଡୁଗୁଣ୍ଡୁ ହେଉଥାଏ। ବାପା ଘରକୁ ଆସିଲେ ବାପା ଭଲ ପାଉଥିବା ଖାଦ୍ୟ ରାନ୍ଧିବାଢ଼ି ପରସିଦେବା ବୋଉର ପ୍ରଥମ କାମ। ପାଖରେ ବସି ବଲେଇ ବଲେଇ ଖୁଆଏ। ଏଡ଼େ କାର୍ଯ୍ୟକ୍ଷମ ବାପାଙ୍କ ଗୋଡ଼ ଘରେ ପହଞ୍ଚିବା ମାତ୍ରେ କେଜାଣି କାହିଁକି ଘୋଲେଇ ହୁଏ। ସବୁଦିନ ଖରାବେଳେ, ରାତିରେ ବୋଉ ତାଙ୍କ ଗୋଡ଼ ଘସୁଥାଏ। ସହରରୁ ଆଣିଥିବା ମଇଲା ଲୁଗାପଟ଼ା ସଫାକରି ଯତ୍ନରେ ଚଉଟି ବ୍ୟାଗ୍‌ରେ ସଜାଡ଼ିଦିଏ। ବାପାଙ୍କ ପାଇଁ ଚୁଡ଼ାଭଜା, ମୁଢ଼ିମୁଆଁ, ଆରିସା ପିଠା, ଗୁଆଘିଅ ଆଦି ବାନ୍ଧିଦିଏ। ବାପା ସହରକୁ ଫେରିଯିବା ବେଳେ ପ୍ରତିଥର ବାରିପଟ ବାଇଗବା ବାଡ଼ ଆଡ଼େଇ ଏକାଲୟରେ ରୁହିଁଥାଏ ବାପା ବସ୍ ଧରିବାକୁ ଯିବା ରାସ୍ତାରେ ଅଦୃଶ୍ୟ ହେବାଯାଏ। ବାସ୍, ଯାକୁ ହିଁ କହନ୍ତି ପ୍ରେମ? ଏ ଯୁଗର ପ୍ରେମର କିଛି ବି ଚିତ୍ରକଣ୍ଠ ଦିଶେନାହିଁ ପ୍ରିୟବ୍ରତଙ୍କୁ। ବାପାବୋଉଙ୍କ ଦାମ୍ପତ୍ୟର ମଧୁରତଚକ୍‌କୁ ମନେପକାଇଲେ କିଛି ବି ମଧୁ ସେଥିରୁ ଝରିବାର ଅନୁଭବ କରନ୍ତି ନାହିଁ ପ୍ରିୟବ୍ରତ। ଦୁହିଁଙ୍କର କେବଳ କୁଚ୍ଛ ସାଧନା ଏଗାର ପିଲାଙ୍କୁ ମଣିଷ କରିବା ପାଇଁ। ଏଗାର ପିଲା ଜନ୍ମ କରିବା କ'ଣ ପ୍ରେମ? କେଡ଼େ ଅନ୍ୟାୟ! ବୋଉର ଜନ୍ମତାରିଖ ଓ ଜନ୍ମତିଥିଟିଏ ଥିଲା ବୋଲି ପିଲାମାନେ କେବେହେଲେ ଭାବିନଥିଲେ। କେବଳ ମୃତ୍ୟୁ ତାରିଖଟି ମନେରଖିଛନ୍ତି। କାରଣ ବୋଉର ଜନ୍ମଦିନ କେବେହେଲେ ପାଳନ ହୋଇନଥିଲା ତାଙ୍କ ଘରେ। କିନ୍ତୁ ବାପାଙ୍କ ଜନ୍ମଦିନରେ କେତେ କ'ଣ କରେ ଯେ ବୋଉ ପିଲାଏ ବାପାଙ୍କୁ ଈର୍ଷା କରନ୍ତି। ବୋଉର କୌଣସି ସ୍ମରଣୀୟ ଦିନ ଯଥା– ବିବାହବାର୍ଷିକୀ ଆଦିରେ ବାପା କେବେ ବୋଉର ଅଯନ୍ ଗଭାରେ ଫୁଲଟିଏ ଖୋସିଦେଇଥିବାର ନଜିର୍ ନାହିଁ।

କିନ୍ତୁ ବୋଉ ଯିବା ପରେ ପିଲାଙ୍କ ସାମ୍ନାରେ ନିସଙ୍କୋଚରେ ବୋଉର ଓଢ଼ଣାଦିଆ ସୁନ୍ଦର ଫଟୋରେ ପ୍ରତିବର୍ଷ ଶ୍ରାଦ୍ଧଦିବସରେ ଫୁଲମାଳ ପିନ୍ଧାଇ ଦିଅନ୍ତି ବାପା। ପିଲାଙ୍କୁ କହୁଥିଲେ – "ତୁମ ବୋଉ କିଛି ଭୋଗ କରିବାକୁ ଆସିନଥିଲା, ଖାଲି ମୋ ପାଇଁ, ମୋ ପରିବାର ପାଇଁ, ମୋ ପିଲାଙ୍କ ପାଇଁ ଖଟିଖଟି ମରିଯିବା ପାଇଁ

ଜନ୍ମ ହୋଇଥିଲା। ବଡ଼ପୁଅର ବାହାଘରଟା ବି ଦେଖିବା ପାଇଁ ଆୟୁଷ ପାଇନଥିଲା। ବଞ୍ଚିଥିଲେ ତୁମମାନଙ୍କ ପରିପୂର୍ଣ୍ଣ ଘରସଂସାର ଦେଖି କେତେ ଯେ ଖୁସି ହୋଇଥାନ୍ତା। ମୋ ସହ ଦୁଃଖଅଭାବରେ ସହଭାଗିନୀ ହେଲା, ସୁଖରେ ଭାଗ ବସାଇବା ପାଇଁ ରହିଲା ନାହିଁ।"

ପ୍ରିୟବ୍ରତ ଏବେ ଭାବନ୍ତି ୟାକୁ ହିଁ କ'ଣ କୁହାଯାଏ ପ୍ରେମ! ବଞ୍ଚିଥିବା ବେଳେ 'ଆଇ ଲଭ୍ ୟୁ' 'ଡାର୍ଲିଙ୍', 'ମାଇଁ ସ୍ୱିଟ୍ ହାର୍ଟ' ଇତ୍ୟାଦି ପ୍ରେମର ସଂଲାପ ବୋଉକୁ କେବେହେଲେ କହିନଥିଲେ ବାପା। କେବେ କେମିତି ବୋଉକୁ 'କିସ୍'ଟିଏ ଗିଫ୍ ଦେବାର ପିଲାଙ୍କ ଆଖିରେ ପଡ଼ିନାହିଁ। ଅଥଚ ପ୍ରେମ! ପ୍ରେମର ଅର୍ଥ କ'ଣ ଗୋଟିକ ପରେ ଗୋଟିଏ ଏଗାର ପିଲା ଓ ରୁରିପାଞ୍ଚୋଟି ଗର୍ଭଭଙ୍ଗ ଆଉ ଗୋଟିଖଟିବା? ହେ ଭଗବାନ! ଏବେ ତ ଝିଅମାନେ କହିଲେଣି – ସେମାନେ ପିଲା ଜନ୍ମ କରିବା ମେସିନ୍ ନୁହନ୍ତି, କେବଳ ପ୍ରେମ କରିବେ, ପିଲାଜନ୍ମ କରିବେ ନାହିଁ। ଅନାଥ ବା ଦରିଦ୍ର ପିଲାମାନଙ୍କୁ ପୋଷ୍ୟସନ୍ତାନ କରି ଆଣିବେ। ପୁରୁଷମାନେ ଉସୁମାନତାରେ ବାପା ହେବେ, ମୋ ପିଲା ବୋଲି ଛାତି ଫୁଲାଇ ଚାଲିବେ ଆଉ ସ୍ତ୍ରୀମାନେ ଗର୍ଭକଷ୍ଟ ସହିବେ! ଗର୍ଭକଷ୍ଟ କାହିଁକି ବା ସହିବେ, ଏବେ ତ ସିଜରିଆନ୍ ବେବି କୁଆଡ଼େ ବେଶୀ ବୁଦ୍ଧିମାନ ହୁଅନ୍ତି ବୋଲି ଡାକ୍ତର କହିଲେଣି। କିନ୍ତୁ ତା' ସଙ୍ଗେ ନିଜ ପେଟଟାକୁ ଚିରିବେ କାହିଁକି? ପ୍ରିୟବ୍ରତ ମନେ ମନେ ଭାବନ୍ତି ତାଙ୍କ ସରଳା ଗାଉଁଲି ବୋଉ ଏହି ଜଟିଳ ପ୍ରେମଗଣିତକୁ ବୁଝିପାରିନଥାନ୍ତା। ସେ ତ ଭାବିଥାନ୍ତା – "ପ୍ରେମ କରିବ, ଅଥଚ ଗର୍ଭଧାରଣ କରିବ ନାହିଁ ଏ କିପରି କଥା?" ଗୋଟିଏ ପିଢ଼ିରେ ପ୍ରିୟବ୍ରତଙ୍କ ଆଖି ସାମ୍ନାରେ ଜୀବନଚିତ୍ର ଓ ପ୍ରେମର ଅଭିଧାନ ସଂପୂର୍ଣ୍ଣ ବଦଳିଗଲା। ସ୍ୱାମୀର ଅଜ୍ଞାତରେ ଗର୍ଭଭଙ୍ଗ କରିଦେବାରୁ ପ୍ରିୟବ୍ରତଙ୍କ ସାଙ୍ଗ ବିମ୍ଭଧରର ପୁଅର ବିବାହବିଚ୍ଛେଦ ହୋଇଗଲା। ଆଉସବୁ ସାଙ୍ଗମାନଙ୍କର ପିଲାମାନେ 'ଲିଭ୍ ଇନ୍ ରିଲେସନ୍ସିପ'କୁ ପସନ୍ଦ କରନ୍ତି କିନ୍ତୁ ବିବାହକୁ ଅପସନ୍ଦ କରନ୍ତି। କାରଣ ବିବାହରେ ଅନେକ ଦାୟିତ୍ୱ ଓ ଆଇନଗତ ଝମେଲା। ବିଶେଷକରି ପିଲାଛୁଆଙ୍କ ଜଞ୍ଜାଳ। ଜୀବନସାରା ଗୋଲକଧନ୍ଦାରେ ପଡ଼ିବା ଅବସ୍ଥା।

ପ୍ରିୟବ୍ରତ ଭାବନ୍ତି – ଆରେ ବାବୁ କେହି ଯଦି ପିଲା ପ୍ରସବିବେ ନାହିଁ ତେବେ କାଳକ୍ରମେ ଆଉ ଅନାଥ ପିଲା ମିଳିବେ ନାହିଁ ଯେ – ଶେଷରେ ମଣିଷପ୍ରଜାତିଟି ଲୋପ ପାଇଯିବ – ତା'ପରେ? କରୁଥା ପ୍ରେମ!

ସାଇବର୍ନେଟିକ୍ ଯୁଗରେ ରୋବୋମାନଙ୍କୁ କୁଆଡ଼େ ସନ୍ତାନ ଭାବରେ ଗ୍ରହଣ କରିହେବ। ସେମାନେ ସବୁ କାମ କରିବେ। ବସ୍ୟଉ ହେବେ। କେତେ ବା ଆୟୁଷ

ମଣିଷର। ଅସ୍ଥାୟୀ ଜୀବନଟା ପାଇଁ ସ୍ଥାୟୀ ଜଞ୍ଜାଳ ମୁଣ୍ଡାଇ ଅଧାବୟସରୁ ଜରାବ୍ୟାଧ୍ ଭୋଗିବା ଭଳି ଇଡିୟଟ୍ ଆଉ ଏ ଯୁଗର ପିଲା ନୁହଁନ୍ତି। ଏମିତି କଥା ବି ଶୁଣିବା ପାଇଁ ମିଳିଲାଣି। ତେଣୁ ପ୍ରିୟବ୍ରତଙ୍କ ବାପାବୋଉଙ୍କ ସରଳ ପ୍ରେମକଥା ପିଲାଏ ଆଉ ବୁଝିପାରିବେ ନାହିଁ। ଆଉ କିଛି ପିଢ଼ି ପରେ ପିଲେ ଭାବିବେ ସେକାଳର ପିଲାପ୍ରସବକାରୀ ମଣିଷଗୁଡ଼ାକ ମଣିଷପ୍ରଜାତିର ନଥିଲେ। ସେମାନେ ଆଉ କୌଣସି ପ୍ରଜାତିର ଜୀବ ହୋଇଥିବେ।

ମନେପଡ଼େ ପ୍ରିୟବ୍ରତଙ୍କର – ସେଦିନ ପୁରୁଣା ଖାତାଗୁଡ଼ିକ ଭିତରେ ଏକ ବିରଳ ହସ୍ତାକ୍ଷର ଖାତା ଆଖିରେ ପଡ଼ିଲା ପ୍ରିୟବ୍ରତଙ୍କର। ଏଗାର ଭାଇଭଉଣୀଙ୍କ ଭିତରୁ କାହାରି ଅକ୍ଷର ସେ ନଥିଲା। ବାପାଙ୍କ ପୋଖତ ଅକ୍ଷର ବି ସେ ନଥିଲା। ତେବେ କାହାର ହସ୍ତାକ୍ଷର ଖାତା ? ତାରିଖ ପଡ଼ିଥିଲା, ଅ ଠାରୁ କ୍ଷ ପର୍ଯ୍ୟନ୍ତ ଧାଡ଼ି ଧାଡ଼ି ଲେଖା ହୋଇଥିଲା ଅକ୍ଷରଗୁଡ଼ିକ। ଯନ୍ତରେ ଲେଖା ହୋଇଥିଲେ ବି ଏତେ ପୋଖତ ଅକ୍ଷର ନଥିଲା। କୋମଳ ଅକ୍ଷରଗୁଡ଼ିଏ ଲାଜ ଲାଜ ହୋଇ ମୁର୍ଚ୍ଛି ହସୁଥିଲେ। ପୃଷ୍ଠାଗୁଡ଼ିକ ଓଲଟାଇ ଦେଖୁ ଦେଖୁ ବାପାଙ୍କ ମୁହଁକୁ ବାଉଳା ଦୃଷ୍ଟିରେ ରୁହିଁଲା ସେଦିନ ତରୁଣ ପ୍ରିୟବ୍ରତ – ଅର୍ଥାତ୍ ଏଇଟା କାହାର ହସ୍ତାକ୍ଷର ଖାତା ? ବାପାଙ୍କର ଦୃଷ୍ଟି ଖାତାଟି ଉପରେ ପଡ଼ିବା ମାତ୍ରେ ଚଟ୍ କରି ଟାଣିନେଲେ ପ୍ରିୟବ୍ରତ ହାତରୁ। ଅକ୍ଷରଗୁଡ଼ିକ ଉପରେ ଦୃଷ୍ଟି ପଡ଼ିବା ମାତ୍ରେ ବାପାଙ୍କ ମୁହଁରେ ମୁଗ୍ଧବିଭୋର ଅଥଚ କରୁଣ କୋମଳଗାନ୍ଧାରର ଆରୋହ ଅବରୋହ ଖେଳିଯାଉଥିଲା ସ୍ମୃତିର ଘୋଷାପଦ ସହ। ନିଜର କୁଞ୍ଚକାନିରେ ଅତି ନରମ କରି ଅକ୍ଷର ଉପରୁ ଜଞ୍ଜାଳଗ୍ରସ୍ତ ଅତୀତର ଧୂଳି ଝାଡ଼ୁ ଝାଡ଼ୁ ଦରଦୀ ସ୍ୱରରେ ବାପା କହିଲେ – "ଏଇଟା ତୋ ବୋଉର ହସ୍ତାକ୍ଷର ଖାତା। ସେ ପ୍ରତିଦିନ ଅ ଠାରୁ କ୍ଷ ପର୍ଯ୍ୟନ୍ତ ହସ୍ତାକ୍ଷର ତୁମମାନଙ୍କୁ ଲୁଚାଇ ଲୁଚାଇ ଲେଖୁଥିଲା।"

"ବୋଉ କାହିଁକି ହସ୍ତାକ୍ଷର ଲେଖୁଥିଲା ?" ବିସ୍ମୟରେ ପ୍ରଶ୍ନ କରିଥିଲା ପ୍ରିୟବ୍ରତ।

ଉଦାସ ମୁହଁ ଉପରେ କୁଣ୍ଠିତ ମଧୁର ସ୍ମିତି ଫୁଟାଇ ବାପା କହିଲେ – "ତୋ ବୋଉ ମତେ ତୁମମାନଙ୍କ ବିଷୟରେ ଚିଠି ଲେଖିବା ପାଇଁ ଅକ୍ଷରକୁ ସୁନ୍ଦର କରୁଥିଲା। କାରଣ ସେ ଜାଣିଥିଲା ସୁନ୍ଦର ଅକ୍ଷର ପ୍ରତି ମୋର ଅହେତୁକ ଦୁର୍ବଳତା ଥିଲା। ଥରେ ବୋଉ କହିଥିଲା – "ପିଲାଙ୍କ ପାଇଁ ଚିନ୍ତା କରନାହିଁ। ମୁଁ ଅବନା ଅକ୍ଷରରେ ଚିଠି ଲେଖି ପିଲାମାନଙ୍କ କଥା ଜଣାଇବି। ତୁମଭଳି ପଣ୍ଡିତ ଲୋକ ନିଶ୍ଚୟ ଚିଠି ପଢ଼ି ବୁଝିପାରିବ।"

ମୁଁ ତାକୁ ରସିକତା ଛଳରେ କହିଥିଲି – "ଅବନା ଅକ୍ଷର ମୋ ପାଇଁ ସମସ୍ୟା ହେବ ନାହିଁ। ଆଗ ହସ୍ତାକ୍ଷର ଲେଖି ସୁନ୍ଦର ଅକ୍ଷର କର, ତା'ପରେ ମତେ ଚିଠି

ଲେଖିଲେ ମୁଁ ଖୁସି ହେବି ।" ବାସ୍ ସେହିଦିନଠାରୁ ବୋଉର ହସ୍ତାକ୍ଷର ଲେଖା ଚଳିଲା ଯେ ଆଉ ସରିଲାନି । ବଡ଼ ନିଷ୍ଠାରେ ଲେଖୁଥିଲା ହସ୍ତାକ୍ଷର । ନିଜ ପୁରୁଣାଖାତାଗୁଡ଼ିକ ତୁମ ଖାତାସହ ବିକି ଦେଉଥିଲା । ଏହି ଖଣ୍ଡକ କେମିତି ଭୁଲ୍‌ରେ ରହିଯାଇଛି କେଜାଣି ? ବାପା ଅକ୍ଷରଗୁଡ଼ିକ ସାଉଁଲୁଥିଲେ । ଯେମିତି କି ବୋଉକୁ ଆଶ୍ୱାସନା ଦେଉଥିଲେ ଯେ "ତୁମ ଅକ୍ଷର ସୁନ୍ଦର ହୋଇଗଲାଣି । ଏବେ ତୁମେ ମତେ ଚିଠି ଲେଖିପାର ।" ପ୍ରିୟବ୍ରତ କହିଲେ – ବୋଉର ଅକ୍ଷର ତ ବେଶ୍ ଭଲ ବାପା । ଏ ଗାଁରେ କାହାରି ବୋଉର ଅକ୍ଷର ଏପରି ସୁନ୍ଦର ନଥିବ । ଆମ ଶ୍ରେଣୀର କେତେ ପିଲାଙ୍କ ଅକ୍ଷର ତ ବିଲେଇ ମଇଲା । ବୋଉ କ'ଣ ତୁମକୁ ଚିଠି ଲେଖୁଥିଲା ? ଆମ ଦୁଷ୍ଟାମୀ କଥା ନିଶ୍ଚୟ ଲେଖୁଥିବ । ବୋଉକୁ ବହୁତ ହଇରାଣ କରୁଥିଲୁ ଆମେ । ଆମ ଯନ୍ ନେଉ ନେଉ ନିଜର ଯନ୍ ନେଲାନି, ଠିକ୍ ସମୟରେ ଖାଇଲାନି, ବିଶ୍ରାମ ନେଲାନି, ରୋଗ ଲୁଚାଇଲା ଓ ଛୁଟ୍‌କରି ଚଳିଗଲା । ଏ ସବୁ କଥା ସେ କ'ଣ ଲେଖିଥିଲା ତୁମକୁ? ମୁଁ ତ ବେଶି ହଇରାଣ କରୁଥିଲି ତାକୁ । ସେ ଏତେଶୀଘ୍ର ଚଳିଯିବ ଜାଣିଥିଲେ ମୁଁ ସୁନାପିଲା ହୋଇ ରହିଥାନ୍ତି ବାପା ।" ପ୍ରିୟବ୍ରତଙ୍କ କଣ୍ଠରୋଧ ହୋଇଥିଲା ସେଦିନ ।

ବାପା ହସ୍ତାକ୍ଷର ଖାତାକୁ ଚୁହିଁ ପ୍ରେମଭରା ସ୍ୱରରେ କହିଲେ – "ମତେ ଆଉ ଚିଠି ଲେଖିପାରିଲା କୋଉଠୁ ? ତା' ନିଜ ହସ୍ତାକ୍ଷର କାଳେ ମୋର ମନକୁ ଯିବ ନାହିଁ ବୋଲି ସେ ଜୀବନସାରା ହସ୍ତାକ୍ଷର ଲେଖି ଚଳିଥିଲା । ବେମାର ହେବା ପରେ ସେ ଆଉ ହସ୍ତାକ୍ଷର ଲେଖିପାରୁ ନଥିଲା । ହାତ ଥରୁଥିଲା, ଅକ୍ଷର ବଙ୍କାଟେଙ୍କା ହୋଇଯାଉଥିଲା । ସେଥିପାଇଁ ସେ ଦୁଃଖ କରୁଥିଲା । ଦେହ ଭଲ ହୋଇଗଲେ ଅକ୍ଷରସାଧନା କରି ମତେ ଘରର ହାଲ୍‌ଚାଲ୍ ଜଣାଇ ଚିଠି ଲେଖିବ ବୋଲି କଥା ଦେଇଥିଲା । ତା' ବି ସମ୍ଭବ ହେଲାନି । ଚିଠି ଲେଖିବା ଆଗରୁ ସେ ଚଳିଗଲା । ସେ ତ ପ୍ରତିଦିନ ହସ୍ତାକ୍ଷର ଖାତାରେ ଅ ଠାରୁ କ୍ଷ ଯାଏଁ ଅକ୍ଷର ସୁନ୍ଦର କରି ମତେ ହିଁ ଚିଠି ଲେଖୁଥିଲା । ବିଶ୍ୱାସ କର ତା' ଅକ୍ଷର ମତେ କେବେହେଲେ ଦେଖାଏ ନାହିଁ । ଅକ୍ଷର ସୁନ୍ଦର ହେଲେ ଦେଖାଇବ ବୋଲି କହିଥିଲା । ଆଜି ତା'ର ସୁନ୍ଦର ଅକ୍ଷର ପ୍ରଥମକରି ଦେଖିଲି । ଆଉ ଅଧିକ କ'ଣ ଲେଖିଥାନ୍ତା କିରେ ? ପ୍ରେମ କ'ଣ ଏମିତି ଗୋଟିଏ ଉପରଠାଉରିଆ ଜିନିଷ ଯେ ତାକୁ ଅକ୍ଷରରେ ଲେଖିଦେଇ ହୁଏ ?" ପ୍ରିୟବ୍ରତ ବୋଉର ଅକ୍ଷର ଆଉଥରେ ଦେଖିବା ପାଇଁ ବାପାଙ୍କ ଆଡ଼କୁ ହାତ ବଢ଼ାଇଲା ।

ବାପା ଖାତା ଖଣ୍ଡକ କାଖରେ ଯାକିଦେଇ କହିଲେ – "ଏ ଖାତାଖଣ୍ଡକ ଥାଉ । ଦିନେ ତ ମାତୃଭାଷାର ଅକ୍ଷର ସବୁ ହଜିଯିବ । ତୋ ବୋଉର ଏ ପ୍ରେମପତ୍ର ଖଣ୍ଡକ ମ୍ୟୁଜିୟମ୍‌ରେ ସ୍ଥାନ ପାଇବ । ତୁମ ପିଲାମାନେ ମ୍ୟୁଜିୟମ୍‌ରେ ଯାକୁ ଦେଖିବେ"

– ମୁଁ କହିରଖୁଛି । ବାପା ଖାତାଖଣ୍ଡକ ନେଇ ଗୋପନରେ ପ୍ରେମପତ୍ର ପଢ଼ିବାକୁ ଯିବାପରି ଘର ଭିତରକୁ ଚାଲିଗଲେ । ଭିତରୁ କବାଟ ବନ୍ଦ କରିଦେଲେ । ବାପା ଇହଧାମରୁ ବିଦାୟ ନେବା ପରେ ବୋଉର ସେହି ବିରଳ ପ୍ରେମପତ୍ର ଲେଖାଥିବା ହସ୍ତାକ୍ଷର ଖାତାକୁ ପ୍ରିୟବ୍ରତ ରଖିଛନ୍ତି ତାଙ୍କ ଲାଇବ୍ରେରୀରେ । ଭାବିଛନ୍ତି ଏଥର ଓଡ଼ିଶା ଗଲେ ମ୍ୟୁଜିୟମ୍‌ରେ ଦାଖଲ କରିଦେବେ । ଫଟୋକପି କରି ନିଜ ପାଖରେ ଖଣ୍ଡିଏ ରଖିବେ । "ମା' ହାତଲେଖା ମାତୃଭାଷା" କ୍ୟାପ୍‌ସନ୍‌ଟି ବେଶ୍ ସୁନ୍ଦର ହେବ । କେଜାଣି ମ୍ୟୁଜିୟମ୍‌ରେ ରଖିବେ କି ନା ! ବିଦ୍ୱାନ ଲୋକମାନଙ୍କ ଦ୍ୱାରା ଲିଖିତ କେତେ କେତେ ପୋଥି ତ ଗାଁ ଗାଁରେ ଉଈ ଖାଉଛି । ମା'ର ହସ୍ତାକ୍ଷର ଖାତାରେ ଜୀବନର କୋଉ ଦର୍ଶନ ବା ଅଛି ଯେ ମ୍ୟୁଜିୟମ୍‌ରେ ତାକୁ ସ୍ଥାନ ମିଳିବ ? ବରଂ ଯଦି କ୍ୟାପ୍‌ସନ୍‌ଟି ଦିଆଯାଏ "ହସ୍ତାକ୍ଷର ଖାତାରେ ପ୍ରେମ" ତେବେ ହୁଏତ ମ୍ୟୁଜିୟମ୍‌ରେ ସ୍ଥାନ ପାଇପାରେ । କାରଣ ଆଜିକାଲି ସବୁ ତ ଅଟକିଛି ସେହି ପ୍ରେମ ଶବ୍ଦ ପାଖରେ । ଜେଜେମା'କୁ ଆଦୌ ଦେଖିନଥିବା ପ୍ରିୟବ୍ରତଙ୍କ ଝିଅ ଅବର୍ଣ୍ଣା ତାଳିମାରି କହିଲା । –
"କାହାଣୀର ପରିଣତି ଭାରି ସିମ୍ବଲିକ୍ ଡାଡ୍ । ପୁଣି ତୁମେ କାହାଣୀର ଚମତ୍କାର ଶୀର୍ଷକ ବି ଦେଇପାର । ଏହି ଶୀର୍ଷକ ଯୋଗୁଁ ମ୍ୟୁଜିୟମ୍‌ରେ ଦର୍ଶକଙ୍କ ସଂଖ୍ୟା ବଢ଼ିବ । ଆଜିକାଲି ଓଡ଼ିଶାରେ ଯେପରି ସିନେମା ହେଉଛି ମୁଁ କହିରଖୁଛି, ଏହି ଶୀର୍ଷକରେ ଓଡ଼ିଆ ସିନେମାଟି ବି ହେବ । ତୁମ ବାପାବୋଉଙ୍କର ପ୍ରେମ ଅମରଗାଥା ହୋଇଯିବ ।"

ଆନନ୍ଦାଶ୍ରୁ

ରୋଗୀ ସହ ଡାକ୍ତର ବି ରୋଗ ଭୋଗେ, ଶରୀରରେ ନୁହେଁ, ସହାନୁଭୂତିଶୀଳ ମନରେ, କାରଣ ଡାକ୍ତର ଦିନରାତି ରୋଗୀଙ୍କୁ ନେଇ ମେସିନ୍ ଭଳି ଖଟୁଥିଲେ ବି ସେ ମେସିନ୍ ନୁହେଁ, ମଣିଷ । ବୃତ୍ତିରେ ପୋଷେ କୁଟୁମ୍ବ ନୀତିରେ ମରଣ ଦୁଆରେ ଠିଆ ହୋଇଥିବା ରୋଗୀଠୁ ବି ସେ ପାଉଣା ଆଦାୟ କରେ, ତେଣୁ ସେ ହୃଦୟହୀନ ଏକଥା କେବଳ ଅଣଡାକ୍ତରଙ୍କ ଏକତରଫା ମନ୍ତବ୍ୟ । ଫେଲ୍ ପିଲାଠୁ ଟ୍ୟୁସନ୍‌ମାଷ୍ଟର ପାଉଣା ଆଦାୟ କରେ, ଫାଶୀଖୁଣ୍ଟରେ ଝୁଲିବା ପାଇଁ ଅପେକ୍ଷା କରିଥିବା ଆସାମୀଠାରୁ ଓକିଲ ବି ପାଉଣା ଆଦାୟ କରେ । ତା'ର ଅର୍ଥ କ'ଣ, ସାରା ପୃଥିବୀରେ ସମସ୍ତେ ହୃଦୟହୀନ ! ଆଉ କେଉଁ ବୃତ୍ତିରେ ମଣିଷ ହୃଦୟହୀନ ହୋଇପାରେ କି ନା, ସେକଥା ଡାକ୍ତର ଯୁଗଳ କର କହିପାରିବେ ନାହିଁ, କିନ୍ତୁ ଡାକ୍ତରୀ ବୃତ୍ତିରେ ହୃଦୟହୀନ ନୁହେଁ, ପଥର-ହୃଦୟ ହୋଇ ରୋଗୀର ଚିକିତ୍ସା ସେ କରିବାକୁ ହୁଏ, ସେକଥା ସେ ଅଙ୍ଗେ ନିଭାଇଛନ୍ତି ।

ଏତେ ବର୍ଷର ଡାକ୍ତରୀ ଜୀବନରେ ଡାକ୍ତର କରଙ୍କ ସହାନୁଭୂତିଶୀଳ ହୃଦୟରେ ଯେତେ ପଥର ଲଦା ହୋଇଛି, ସେଥିରେ ଗୋଟାଏ ସେତୁବନ୍ଧ ବି ବାନ୍ଧି ହୋଇଯାଇଥାଏ । କହିବାକୁଗଲେ, ରୋଗୀ ଓ ରୋଗୀର ପରିବାରଙ୍କ ହୃଦୟ ଏବଂ ତାଙ୍କ ହୃଦୟ ସହ କେତେକେତେ ସାନବଡ଼ ସେତୁବନ୍ଧ ବାନ୍ଧିଛି ସେହି ଟାଣପଣର ପଥରମାନ, ତା'ର ହିସାବ ତାଙ୍କ ବ୍ୟତୀତ ଆଉ କେହି ବୁଝିନାହିଁ । ରୋଗୀର ଯନ୍ତ୍ରଣାକୁ ଡାକ୍ତର ହିଁ ଭୋଗେ । କାରଣ ସେ ଯନ୍ତ୍ରଣା କ'ଣ, ସେକଥା ତା'ଠାରୁ ଅଧିକ ଜାଣନ୍ତି ନାହିଁ । ତା'ର ଆତ୍ମୀୟମାନେ ମଧ୍ୟ । ଗୋଟିଏ ରୋଗୀର ମରଣ ସହ ଡାକ୍ତରଟିଏ ଅଚ୍ଛ ଅଚ୍ଛ ମରି ଚାଲିଥାଏ ଜୀବନସାରା । ଅନ୍ତତଃ ଡାକ୍ତର କର ରୋଗୀ ସହ କାନ୍ଦନ୍ତି, କଲବଲ ହୁଅନ୍ତି, ହସନ୍ତି, ଜୀଇଁଥାଇ ମରନ୍ତି । ନିଜ ଅଜ୍ଞାତରେ ରୋଗୀ ସହ ଜଡ଼ିତ ହୋଇପଡ଼ିବା ତାଙ୍କ ଚରିତ୍ରର ଦୁର୍ବଳତା କି ଶକ୍ତି, ସେକଥା ଭାବିବା ପାଇଁ ସେ ତର ପାଇନାହାନ୍ତି । ସେଥିପାଇଁ ଭୋଗନ୍ତି ବି ଢେର ।

ରୋଗୀ ଭଲ ହେବ ନାହିଁ ଜାଣି ମଧ୍ୟ ଡାକ୍ତର ଭାବରେ ସେ କ'ଣ ଚିକିତ୍ସା ବନ୍ଦ କରିଦେଇ ପାରିଥାନ୍ତେ ? ସେଇଥିପାଇଁ ତ ଗତ ପନ୍ଦର ବର୍ଷ ଧରି ଦାୟରେ ପଡ଼ି ସପ୍ତାହକୁ ଅନ୍ତତଃ ତିନି ଚାରିଥର ମୋହନବାବୁଙ୍କ ଘରକୁ ଯାଉଥିଲେ, ଆବଶ୍ୟକ ନଥିଲେ ବି ରୋଗୀକୁ ପରୀକ୍ଷା କରୁଥିଲେ, କେବେ କେମିତି ନୂଆ ପ୍ରେସକ୍ରିପ୍‌ସନ୍ ବି ଲେଖିଦେଇ ମୋହନବାବୁଙ୍କ ସ୍ତ୍ରୀଙ୍କ ହାତକୁ ବଢ଼ାଇ ଦେଉଥିଲେ । ଆଶ୍ୱାସନାଭରା ସ୍ୱରରେ କହୁଥିଲେ- "ସବୁ ଠିକ୍ ଅଛି । ଅବସ୍ଥାର ଅବନତି ଘଟିନାହିଁ । ରୋଗୀର ଦାୟିତ୍ୱ ମୁଁ ନେଇଛି । ତୁମେ ପିଲାଙ୍କ କଥା ବୁଝ । ରୋଗୀ ଅପେକ୍ଷା ପିଲାଏ ଏବେ ବେଶୀ ଅସହାୟ । ତୁମେ ତ ବୁଝିବା ସୁଝିବା ଲୋକ, ଭାଉଜ…''

ଡାକ୍ତର କରଙ୍କ ଉପଦେଶକୁ ଅପେକ୍ଷା ନରଖି ସେତେବେଳକୁ ଲୀଳାବତୀ ନିଜ ଛାତିକୁ ପଥର କରି ସାରିଥିଲେ । ମୋହନବାବୁ ଡାକ୍ତର କରଙ୍କ ସମ୍ପର୍କୀୟ ନହୋଇଥିଲେ ବି ବହୁବର୍ଷ ଧରି ତାଙ୍କୁ ଚିକିତ୍ସା କରିବା ଭିତରେ ଏକ ଅନ୍ତରଙ୍ଗ ସମ୍ପର୍କ ଗଢ଼ିଉଠିଥିଲା ତାଙ୍କ ସହ । ତେଣୁ ମୋହନ ବାବୁଙ୍କ ସ୍ତ୍ରୀ ଲୀଳାବତୀଙ୍କୁ ସେ ଶ୍ରଦ୍ଧା କରୁଥିଲେ । ସେହି ସୁଖୀ ଦମ୍ପତିଙ୍କ ଜୀବନରେ ଏମିତି ଏକ ଅକାଳ ବିପତ୍ତି ଡାକ୍ତର କରଙ୍କୁ ମ୍ରିୟମାଣ କରିଦେଲା । ସେ ଭାବିଥିଲେ, ଲୀଳାବତୀ ଏ ଦୁଃଖର ଆଘାତକୁ ସହିପାରିବେ ନାହିଁ । ଚାରିଚାଟିଟା ନାବାଳକ ପିଲା ଅନାଥ ହୋଇଯିବେ । ଅଭାବୀ ସଂସାରରେ ଉଭୟଙ୍କର ମିତବ୍ୟୟିତା ଯୋଗୁଁ ଧାର କରଜ କିଛି ନଥିଲା, କିନ୍ତୁ ସଞ୍ଚୟ ଘର ତ ଶୂନ୍ ଥିଲା । ବ୍ୟାଙ୍କ ଚାକିରିରେ ବଦଲି ହୋଇ ସେ କଲିକତାରୁ କଟକ ଆସିବା ପରେ ଆଉ କଟକ ଛାଡ଼ିବା ପାଇଁ ମନ କରି ନଥିଲେ । ଡାକ୍ତର

କରଙ୍କୁ ସେ କହୁଥିଲେ– “କଲିକତାର ଜୀବନଠାରୁ କଟକର ଜୀବନ ସହଜ । ଯେତେ ବଡ଼ ସହର, ସେତେ ଖର୍ଚ୍ଚ, ସେତିକି ସମସ୍ୟା । ତା’ଛଡ଼ା କଟକର ରସଗୋଲା କଲିକତାର ରସଗୋଲାଠୁ ଅଧିକ ସ୍ୱାଦୁକର, ଲୋକମାନେ ବି ରସଗୋଲା ଭଳି ମିଠା ନରମ, ସହଜ । ଭାବିଛି, ଅବସର ପରେ ଏଠି ଘର ଖଣ୍ଡେ କିଣି ଶେଷ ଜୀବନ କାଟିବି । ଆପଣଙ୍କ ଭଳି ଡାକ୍ତର ବନ୍ଧୁ ଥିଲେ ମରଣ ବି ସୁଖ ଲାଗିବ ଏଠି । ବଡ଼ ସହରରେ ଡାକ୍ତର ରୋଗ ଚିହ୍ନନ୍ତି, ରୋଗୀଙ୍କୁ ଚିହ୍ନନ୍ତିନି । ଆପଣଙ୍କ ଭଳି ମାଗଣାରେ ଘରକୁ ଆସି ରୋଗୀଙ୍କୁ ଶଙ୍ଖୋଳିଯିବା ଡାକ୍ତରଙ୍କୁ ମୁଁ ପାଇଥାନ୍ତି କାହୁଁ ?’’

କିନ୍ତୁ ମୋହନବାବୁ ଅବସରଗ୍ରହଣ ପୂର୍ବରୁ ଭଡ଼ାଘରେ ହିଁ ଶେଷଜୀବନ କଟାଉଥିଲେ । ଡାକ୍ତର କରଙ୍କ କ୍ଲିନିକ୍‌କୁ ସ୍ୱାମୀ–ସ୍ତ୍ରୀ ଦୁହେଁ ଆସୁଥିଲେ । ମୋହନବାବୁଙ୍କ ଉଚ୍ଚ ରକ୍ତଚାପ ରୋଗର ଚିକିତ୍ସା ପାଇଁ । ରୋଗଜନିତ କୌଣସି ଜଟିଳତା ନଥିଲେ ବି ରକ୍ତଚାପ ମାପିବା ପାଇଁ ଅନ୍ତତଃ ମାସରେ ଦୁଇଥର ସ୍ୱାମୀଙ୍କୁ ସଙ୍ଗରେ ଧରି ଲୀଳାବତୀ କ୍ଲିନିକ୍‌କୁ ଆସୁଥିଲେ । ପିଲାମାନେ ଅସୁସ୍ଥତା ଭୋଗିଲେ ଡାକ୍ତର କରଙ୍କ ଚିକିତ୍ସାରେ ହିଁ ସେମାନେ ସୁସ୍ଥ ହେଉଥିଲେ । ଡାକ୍ତର କରଙ୍କ ପଡ଼ିଶା ନହେଲେ ବି ମୋହନବାବୁଙ୍କର ଘର ବେଶୀ ଦୂର ନଥିଲା । ତେଣୁ ଆବଶ୍ୟକ ହେଲେ ଘରକୁ ଯାଇ ସେ ରୋଗୀକୁ ଦେଖି ଆସୁଥିଲେ ଓ ବିଶେଷ ପାଉଣା ଭାବରେ ଲୀଳାବତୀଙ୍କ ହାତରନ୍ଧା ଗ୍ରହଣ କରିବାକୁ ବାଧ୍ୟ ହେଉଥିଲେ । ଲୀଳାବତୀଙ୍କ ସସ୍ନେହ ଅନୁରୋଧକୁ ଏଡ଼ାଇଦେବା ତାଙ୍କ ପକ୍ଷରେ ସମ୍ଭବ ହେଉ ନଥିଲା । ମୋହନବାବୁ ରକ୍ତଚାପ ମାପିବା ପାଇଁ ଆସିଲେ, ଡାକ୍ତର କର ତାଙ୍କଠାରୁ ଡାକ୍ତରୀ ପାଉଣା ରଖୁନଥିଲେ । ରୋଗୀ ଦେଖିବା ପାଇଁ ଘରକୁ ଯିବାକୁ ପଡ଼ିଲା, ଯେତେବେଲେ ଡାକ୍ତର କରଙ୍କ କ୍ଲିନିକ୍‌କୁ ଆସିବା ମୋହନବାବୁଙ୍କ ପକ୍ଷରେ ସମ୍ଭବ ହେଲାନାହିଁ । ସେତେବେଲେ ପାଉଣା ନେବାପାଇଁ ଡାକ୍ତରଙ୍କ ବିବେକ ବାଧାଦେଲା । କାରଣ ସେ ନିଜକୁ ମୋହନବାବୁଙ୍କ ପରିବାରର ଦୁଃଖ ସହ ସହଭାଗୀ କରିସାରିଥିଲେ । ନିୟମ କରି ସପ୍ତାହକୁ ଥରେ ଯାଇ ସେ ମୋହନବାବୁଙ୍କୁ ଦେଖି ଆସୁଥିଲେ । ଉଚ୍ଚ ରକ୍ତଚାପ ଯୋଗୁଁ ମସ୍ତିଷ୍କରେ ରକ୍ତକ୍ଷରଣ ହୋଇ ମୋହନବାବୁ ଦିନେ ବିଛଣାରେ ଶୋଇ ରାତି ପାହିବା ପୂର୍ବରୁ ଅଚେତନ ହୋଇଗଲେ । ଚେତା ଫେରିବା ଆଉ ଡାକ୍ତରଙ୍କ ହାତରେ ନଥିଲା, ଥିଲା ଈଶ୍ୱରଙ୍କ ହାତରେ । ଲୀଳାବତୀ ଈଶ୍ୱରଙ୍କ ଉପରେ ବିଶ୍ୱାସ ରଖିଥିଲେ ମାତ୍ର ଡାକ୍ତରଙ୍କ ଉପରୁ ବିଶ୍ୱାସ ହରାଇ ନଥିଲେ । ସ୍ୱାମୀଙ୍କ ଶଯ୍ୟା ପାଖରେ ଠିଆହୋଇ ସେ ଅନୁରୋଧ କରିଥିଲେ– “ଆପଣ ମଝିରେ ମଝିରେ ଆସି ତାଙ୍କୁ ଦେଖି ଯାଉଥିବେ । ଆପଣଙ୍କ ଉପରେ ତାଙ୍କର ଅଗାଧ ବିଶ୍ୱାସ । ସେଇ ବିଶ୍ୱାସ ଯୋଗୁଁ ସେ ଆପଣଙ୍କ

ଉପସ୍ଥିତିକୁ ଅନୁଭବ କରିପାରିବେ । ସେଇ ଅନୁଭବ ତାଙ୍କୁ ପୁଣିଥରେ ଚେତନ କରିବ । ଏତେଶୀଘ୍ର ସେ ଦାୟିତ୍ୱହୀନ ଭାବେ ନିରାଲମ୍ବ ହୋଇ ଶୋଇପାରିବେ ନାହିଁ ।" ଯଦିଓ ମୋହନବାବୁଙ୍କ ଚିକିତ୍ସା ଆଉ ଲୋଡ଼ା ନଥିଲା, ଗୋଟାଏ ଭରସା ହୋଇ ଠିଆ ହେବା ପାଇଁ ଡାକ୍ତର କର ତାଙ୍କୁ ମଝିରେ ମଝିରେ ଦେଖି ଯାଉଥିଲେ । ଏହି ନୈତିକ ଦାୟିତ୍ୱଟି ଡାକ୍ତର କର ନିଷ୍ପାପ ଭାବରେ ତୁଲାଉଥିଲେ ।

ମୋହନବାବୁ ବ୍ୟାଙ୍କରେ ଜଣେ ସହକାରୀ ଥିଲେ । ଘରକୁ ଫେରି ନିଜ ପିଲାଙ୍କୁ ପାଠ ପଢ଼ାଉଥିଲେ । ଛୁଟିଦିନରେ ସ୍ତ୍ରୀପିଲାଙ୍କୁ ନେଇ ଅବସର ବିନୋଦନରେ ବିଭିନ୍ନ ଦର୍ଶନୀୟ ସ୍ଥାନକୁ ଯାଉଥିଲେ । ବାର୍ଷିକ ଛୁଟିରେ ସପରିବାର ଭାରତର ବିଭିନ୍ନ ସ୍ଥାନ ପରିଭ୍ରମଣ କରୁଥିଲେ । ନିଜର ସୀମିତ ଆୟ ଭିତରେ ଏସବୁ ସମ୍ଭବ ହୋଇପାରୁଥିଲା, ଲୀଲାବତୀଙ୍କ ମିତବ୍ୟୟିତା ଯୋଗୁଁ । ଜୀବନକୁ କଳାତ୍ମକ ଢଙ୍ଗରେ ବଞ୍ଚିବା ବଙ୍ଗାଳୀ ଜାତିର ଏକ ବିଶେଷ ଗୁଣ । ରବୀନ୍ଦ୍ର ସଂଗୀତ, ନଜରୁଲ୍, କଳାତ୍ମକ ଚଳଚିତ୍ର, ଭ୍ରମଣ ଓ ସନ୍ଦେଶ, ରସଗୋଲା ବଙ୍ଗାଳୀଙ୍କର ଜାତୀୟ ଚରିତ୍ରର ଅନ୍ତର୍ଭୁକ୍ତ ବୋଲି ମୋହନବାବୁ ଓ ଲୀଲାବତୀଙ୍କ ଜୀବନଶୈଳୀ କହି ଦେଉଥିଲା । କେବଳ ଲୀଲାବତୀ ନୁହନ୍ତି, ମୋହନବାବୁ ବି ଚମତ୍କାର ରବୀନ୍ଦ୍ର ସଂଗୀତ ଗାଉଥିଲେ । ବଙ୍ଗାଳା ପତ୍ରିକା, ବଙ୍ଗାଳା ଗଳ୍ପ–ଉପନ୍ୟାସ, ବହୁ ବଙ୍ଗାଳୀଙ୍କ ପରି, ଏହି ସୁଖୀ ଦମ୍ପତିଙ୍କର ଜୀବନର ଅଙ୍ଗ ଥିଲା । ମୋହନବାବୁଙ୍କ ଉଚ୍ଚ ରକ୍ତଚାପ ରୋଗ ପାରିବାରିକ ସୁଖଶାନ୍ତିରେ କେବେହେଲେ ପ୍ରତିବନ୍ଧକ ହୋଇନଥିଲା । ଆଧୁନିକ ଜୀବନରେ ଉଚ୍ଚ ରକ୍ତଚାପ ଓ ମଧୁମେହ ରୋଗ ଏବେ ଆଉ ରୋଗରେ ଗଣ୍ୟ ନୁହେଁ, ଏକଥା ଡାକ୍ତର ଓ ରୋଗୀ ଉଭୟ ଜାଣିଥିଲେ । ମୋହନବାବୁ ନିୟମିତ ଔଷଧ ଖାଉଥିଲେ, ଡାକ୍ତରଙ୍କ କହିବା ଅନୁଯାୟୀ ପ୍ରାତଃଭ୍ରମଣ କରୁଥିଲେ, ସ୍ୱାସ୍ଥ୍ୟକର ଖାଦ୍ୟ ଖାଉଥିଲେ । ମାତ୍ର ଚାକିରିଜନିତ ମାନସିକ ଦୁଃଶ୍ଚିନ୍ତା, ଅତ୍ୟଧିକ ଖଟଣି ଓ ଉଚ୍ଚାଭିଳାଷ ଯୋଗୁଁ ରକ୍ତଚାପ ନିୟନ୍ତ୍ରଣ ବାହାରକୁ ଚାଲିଯାଉଥିଲା । ଦିନେ ହଠାତ୍ ସେ ସବୁ ଦୁଃଶ୍ଚିନ୍ତାରୁ ମୁକ୍ତ ହୋଇଗଲେ, ମାତ୍ର ଲୀଲାବତୀଙ୍କ ମନୋରମ କପାଳରୁ ସିନ୍ଦୂର ଲିଭାଇଦେଲେ ନାହିଁ । ଅଚେତନ ସ୍ୱାମୀ ଓ ଅବୋଧ ସନ୍ତାନମାନଙ୍କ ଗୁରୁଦାୟିତ୍ୱର ତାଡ଼ନାରେ ଲୀଲାବତୀ ଝଡ଼ ପାଖରେ ମୁଣ୍ଡ ନୁଆଁଇଦେଇ ପୁଣି ଆପେ ଆପେ ଆଣ୍ଠ ହୋଇ ଠିଆହେଲେ । କାହାରି ସାହାଯ୍ୟ ସହାନୁଭୂତିକୁ ଅପେକ୍ଷା ନଥିଲା ତାଙ୍କର । ଘରେ ସିଲେଇ ମେସିନ୍ ପକେଇ ସେ ସାୟ୍ୟାକର ଜାମା, ପ୍ୟାଣ୍ଟ, ବ୍ଲାଉଜ୍ ତିଆରି କଲେ, ଘରେ ରସଗୋଲା, ସନ୍ଦେଶ, ଲଡ଼ୁ, ଜିଲାପି ତିଆରି କରି ଦୋକାନମାନଙ୍କୁ ସପ୍ଲାଇ କଲେ । ଶନିବାର ଓ ରବିବାର ଦିନ ସେ ସାନସାନ ପିଲାମାନଙ୍କୁ ଗୀତ ଶିଖାଇଲେ,

ଶାଢ଼ିରେ ସୂଚିକଳା ଫୁଟେଇ ବିକ୍ରି କଲେ । କଲିକତା ଶାଢ଼ି ଆଣି କଟକରେ ଘରେ ଥାଇ ବିକ୍ରି କଲେ । ଏମିତି ନାନା ପ୍ରକାର କାମ କରି ସେ ପିଲାମାନଙ୍କୁ ପଢ଼ାଇଲେ । ବାପାଙ୍କ ଅର୍ଜନ ନଥାଇ ମଧ୍ୟ ପିଲାଏ ପୂର୍ବପରି ସ୍ୱଚ୍ଛନ୍ଦରେ ଚଳୁଥିଲେ । ବାପା ଘରେ ଶୋଇରହି ସବୁ ଦେଖୁଛନ୍ତି, ସବୁ ଶୁଣୁଛନ୍ତି, ସବୁ ନିୟନ୍ତ୍ରଣ କରୁଛନ୍ତିର ବିଶ୍ୱାସ ପିଲାଙ୍କ ମନରେ ଦେଇଥିଲେ ଲୀଳାବତୀ । ସମ୍ଭବତଃ ନିଜେ ମଧ୍ୟ ସେକଥା ବିଶ୍ୱାସ କରୁଥିଲେ । ତେଣୁ ସ୍ୱାମୀଙ୍କୁ ବାଧ୍ୟଲାଭଲି କୌଣସି କଥା ଘରେ ଘଟିବା ପାଇଁ ଦେଉ ନଥିଲେ । ପିଲାମାନେ ଯେତେବେଳେ ପଚାରୁଥିଲେ, "ଦଶହରା ଛୁଟିରେ ଆମେ କେଉଁଠିକି ବୁଲିଯିବା ?" ସେତେବେଳେ ଲୀଳାବତୀ ଦୀର୍ଘଶ୍ୱାସ ଛାଡ଼ି କହୁଥିଲେ- "ବାବାଙ୍କୁ ବିଶ୍ରାମ କରିବା ପାଇଁ ଡାକ୍ତରବାବୁ କହିଛନ୍ତି । ବାବାଙ୍କୁ ଛାଡ଼ି ତୁମେମାନେ କ'ଣ ବୁଲିବାକୁ ଯିବାପାଇଁ ଚାହିଁବ ?"

"କିନ୍ତୁ ବାବା କେତେଦିନ ବିଶ୍ରାମ ନେବେ ? ବିଶ୍ରାମ ନେବାର ଅର୍ଥ କ'ଣ କଥାବାର୍ତ୍ତା ନକରିବା ?" ଏମିତି ଏକ ପ୍ରଶ୍ନ ବଡ଼ପୁଅ ପଚାରିଦେବାରୁ ଲୀଳାବତୀ ସହସା ଉତ୍ତର ଦେଲେ, "ତୁମ ବାବା ନିଜ ଅନିଚ୍ଛାରେ ଖଟ ଉପରେ ପଡ଼ିଛନ୍ତି । ଡାକ୍ତରବାବୁ ଯେଉଁଦିନ କହିବେ ସେ ସେଦିନ ଉଠିବେ, ପୂର୍ବଭଳି ସବୁ କରିବେ । ଆମେ ସାଙ୍ଗହୋଇ ବୁଲିଯିବା । ତୁମ ବାବା ମୋ' ସହ କଥାବାର୍ତ୍ତା ହୁଅନ୍ତି । ତୁମମାନଙ୍କ ପରୀକ୍ଷାଫଳ ତାଙ୍କୁ ଶୁଣାଇଲେ ସେ ଖୁସି ହୁଅନ୍ତି, ତୁମକୁ ଆଶୀର୍ବାଦ କରନ୍ତି । ତାଙ୍କ କଥା ତୁମେ ଶୁଣିପାରୁ ନାହଁ, କାରଣ ସେ ବୟସ ତୁମର ହୋଇନି ।" ପିଲାମାନେ ମା' କଥାରେ ମନକୁ ବୁଝାଇଦିଅନ୍ତି । ବାପାଙ୍କ ପାଖରେ ଯାହା ଅଲିଅର୍ଦ୍ଦଲି, ମା'ଙ୍କ ଜରିଆରେ କରନ୍ତି । ମୋହନବାବୁଙ୍କ କାନ ପାଖରେ ମୁହଁ ରଖି ଲୀଳାବତୀ କୋମଳ ସ୍ୱରରେ କହନ୍ତି, "ଶୁଣୁଛ, ତୁମ ପୁଅ ମାଟ୍ରିକ୍ ପରୀକ୍ଷାରେ ପ୍ରଥମ ଶ୍ରେଣୀ ପାଇଛି । ସେ ବିଜ୍ଞାନ ପଢ଼ିବ ନା କଳା ଶ୍ରେଣୀରେ ନାମ ଲେଖାଇବ, ପଚାରୁଛି । କିନ୍ତୁ ତୁମର ଇଚ୍ଛା ଥିଲା ସେ ବିଜ୍ଞାନ ପଢ଼ି କିଛି ଗୋଟାଏ କରୁ... କ'ଣ କହୁଛ ?" ଏତିକି କହିସାରି ଲୀଳାବତୀ ନିଜର କାନ ସ୍ୱାମୀଙ୍କ ନିରବ ୰ଠ ପାଖରେ ରଖିଲେ, କିଛି ସମୟ ପରେ ମୁହଁ ଉଠାଇ ପୁଅକୁ କହିଲେ, "ବାପା ତୋର ପରୀକ୍ଷାଫଳ ଶୁଣି ବଡ଼ ଖୁସି । ତାଙ୍କ ମତରେ ତୋର ଯାହା ଖୁସି, ପଢ଼ । ମାତ୍ର ମନଦେଇ ପଢ଼ । ଖୁବ୍ ଭଲ ରେଜଲ୍ଟ କଲେ ସବୁ ବିଷୟରେ ଭବିଷ୍ୟତ ଅଛି" । ଏମିତି ଭାବରେ ଲୀଳାବତୀ ପିଲାମାନଙ୍କୁ ବାପାଙ୍କ ଅସହାୟତାର ନୈରାଶ୍ୟରୁ ମୁକ୍ତ ରଖିଥିଲେ । କେତେକେତେ ବାପା ଚେତନରେ ଥାଇ ମଧ୍ୟ ପିଲାମାନଙ୍କୁ ଫୁଟନ୍ତା ପାଖୁଡ଼ାର ସୁରଭି ଆଘ୍ରାଣ କରାଇପାରନ୍ତି ନାହିଁ । "ଭାଗ୍ୟରେ ଯାହା ଥିବ ପିଲା ତାହା ହିଁ ହେବ" ଏମିତି ଏକ

କର୍ମକୁଣ୍ଠ ମନୋସ୍ଥିତିର ଶିକାର ଏ ଦେଶରେ ଅନେକ ଧନୁର୍ଦ୍ଧର, ସୁବିଧାବାଦୀ ବାପାମାନେ । ତେଣୁ ଲୀଳାବତୀ ସ୍ୱାମୀଙ୍କ ଅସହାୟ, ନିରବତା ଯୋଗୁଁ ପିଲାମାନଙ୍କୁ ଅସହାୟ କରିଦେବା ପାଇଁ ଚାହିଁ ନଥିଲେ । ଦାନ୍ତ ଲଗାଇ ପିଲାମାନଙ୍କୁ ମଣିଷ କରିବାର ବ୍ରତ ଗ୍ରହଣ କରିଥିଲେ । ସେ ପିଲାମାନଙ୍କର କୃତିତ୍ୱରେ ମୋହନବାବୁ ଭାଗୀଦାର ହେଉଛନ୍ତି ବୋଲି ଡାକ୍ତରବାବୁଙ୍କୁ କହୁଥିଲେ । ଡାକ୍ତରବାବୁ ପହଞ୍ଚିବା ମାତ୍ରେ ପାଟିକରି କହୁଥିଲେ, "ହଇଓ ଶୁଣୁଛ, ଡାକ୍ତରବାବୁ ଆସିଛନ୍ତି..." ଓ ଡାକ୍ତରବାବୁଙ୍କୁ ଚାହିଁ କହୁଥିଲେ, "ଆପଣ ଆସିଲେ ସେ ଭାରି ଖୁସି ହୁଅନ୍ତି । ଆପଣଙ୍କର ରଣ ଶୁଙ୍ଘିବାର ନୁହେଁ, ଆର ଜନ୍ମରେ ହୁଏତ ଶୁଙ୍ଘିପାରୁ..." ଏମିତି ବିଚିତ୍ର ବାତାବରଣ କିନ୍ତୁ ଡାକ୍ତରବାବୁଙ୍କ ପାଇଁ ସ୍ୱାଭାବିକତାରେ ପରିଣତ ହୋଇଥିଲା । ଆଶ୍ଚର୍ଯ୍ୟର କଥା, ସେ ବି ଭାବୁଥିଲେ, ମୋହନବାବୁ ସ୍ତ୍ରୀଙ୍କ ସହ ଦୁଃଖସୁଖ ହୁଅନ୍ତି । ଉଭୟ ପରସ୍ପରକୁ ଶୁଣିପାରନ୍ତି, ବୁଝିପାରନ୍ତି । ଡାକ୍ତରୀପାଠ ମଣିଷର ଜୀବନମୃତ୍ୟୁ ଚେତନ–ଅବଚେତନର ଶେଷ କଥା କହିସାରି ନାହିଁ । ଏପରି ଅନେକ କଥା ସାଧାରଣ ଲୋକଙ୍କ ଅନୁଭବରେ ଚିତ୍ରିତ ହୁଏ, ଯାହା ଡାକ୍ତରୀ ରିପୋର୍ଟରେ ଲେଖାନଥାଏ । ଡାକ୍ତରବାବୁ ଦିନେ ଦିନେ ମୋହନବାବୁଙ୍କ କାଠୁଆ କପାଳରେ ଅନାୟସରେ ହାତ ରଖିଦିଅନ୍ତି ଏବଂ ଆଶ୍ୱାସନାଭରା ଅନୁଚ ସ୍ୱରରେ କହନ୍ତି– "ଚିନ୍ତାର କିଛି କାରଣ ନାହିଁ । ରକ୍ତଚାପ, ନାଡ଼ିର ଗତି, ସବୁ ଠିକ୍ ଅଛି, ସେମିତି ବି ଠିକ୍‌ଠାକ୍ ଚାଲିଛି ତୁମ ସଂସାର । ତୁମ ସ୍ତ୍ରୀ, ପିଲାମାନଙ୍କୁ କାହିଁରେ ଉଣା କରିନାହାନ୍ତି, ତୁମ ଚିକିସାର ବି ହେଳା ହେଉନାହିଁ– ସେକଥା ତୁମେ ନିଶ୍ଚୟ ବୁଝିପାରିଛ । ସେଇଥିପାଇଁ ତମ ଅବସ୍ଥାର ଅବନତି ଲକ୍ଷ୍ୟ କରାଯାଇ ନାହିଁ ।" ନିଜର ଅନୁଚ ସଂଳାପରେ ନିଜେ ବିସ୍ମିତ ହୁଅନ୍ତି ଡାକ୍ତର କର । ଏପରି ଏକ ଅଭୁତ ରୋଗୀ ପାଖରେ, ବିଚିତ୍ର ପରିବେଶରେ, ଏ ଘରେ ସେ ଆଉ ଡାକ୍ତର ହୋଇନାହାନ୍ତି । ଏଠି ତାଙ୍କର ସବୁ ଡାକ୍ତରୀ ବିଦ୍ୟାବୁଦ୍ଧି ହାର ମାନିଛି । ହୃତ୍‌ପିଣ୍ଡର ଗତି ବେଗ ପରୀକ୍ଷା କଲାବେଳେ ସେ ହୃଦୟର ତାଳ–ଲୟ ଛନ୍ଦକୁ ପଢ଼ିପାରନ୍ତି, ହୃତ୍‌ପିଣ୍ଡର ଶବ୍ଦ ଆଉ ତାଙ୍କ ଅଭିଧାନରେ ସେ ଘରେ ନଥାଏ । ଡାକ୍ତର କରଙ୍କୁ ଚର୍ଚ୍ଚା ନକରି ଛାଡ଼ନ୍ତି ନାହିଁ ଲୀଳାବତୀ । ଦଶବର୍ଷ ଧରି ପାଟି ବନ୍ଦ କରି ପଡ଼ିଥିବା ଗୋଟାଏ ଅସହାୟ ରୋଗୀର ଘରେ ଦିବ୍ୟଭୋଜନ କଲାବେଳେ ଡାକ୍ତର କରଙ୍କୁ ମାଡ଼ିମାଡ଼ି ପଡ଼େ । ମୋହନବାବୁଙ୍କ ପାଟିରେ ଚା' ଚାମଚ ଦେଇ ତରଳ ଖାଦ୍ୟ ଦିଆଯାଉଥିଲା । ଏବେ ତା' ମଧ୍ୟ ସମ୍ଭବ ହେଉନି । ନାକଦେଇ ନଳୀବାଟେ ପ୍ରାଣରକ୍ଷାକାରୀ ତରଳ ଖାଦ୍ୟ ଦିଆଯାଉଛି । ପିଠିରେ ଘା' ଆରମ୍ଭ ହେବା ଯୋଗୁଁ ବହୁ ଅର୍ଥ ଦେଇ ପିଠିର ରକ୍ତ ସଞ୍ଚାଳନକାରୀ ବିଛଣା ଖର୍ଦ୍ଦ ହୋଇଛି । ଲୀଳାବତୀ

କେବେହେଲେ ନିଜର ଅଭାବ କଥା କହିନାହାନ୍ତି । ଯେତେବେଲେ ଯାହା ଔଷଧ ଆବଶ୍ୟକ, ସବୁ ସଂଗେ ସଂଗେ କିଣାହୋଇଛି । ଧାରଉଧାର କରି ଚଲିବା କଥା ମଧ ତାଙ୍କ ଜାତକରେ ନାହିଁ । ତେଣୁ ନିଜର ଲୁଗାପଟା ପ୍ରତି ଦୃଷ୍ଟି ଦେବାକୁ ବେଲ କାହିଁ–ପଇସା କାହିଁ ? ସେଥିରେ ପୁଣି ଡାକ୍ତର କର ତାଙ୍କ ପାଉଣା ନେଉନଥିବାରୁ ସେ ରୂଣଭାରରେ ସଢ଼ୁଛନ୍ତି ବୋଲି ପ୍ରକାଶ କରି ଡାକ୍ତର କରଙ୍କୁ ସଂକୋଚରେ ଜଡ଼ସଡ଼ କରି ଦିଅନ୍ତି ।

ଦିନେ ଡାକ୍ତର କହିଲେ– "ମୁଁ ଆସିଲେ ଆପଣ ନ'ତିଅଣ ଛ' ଭଜା କରି ମତେ ଚର୍ଚ୍ଚା କରୁଛନ୍ତି ।   ଅଥଚ ମୁଁ ବା କ'ଣ କରିପାରୁଚି କାହା ପାଇଁ ? ମୋହନବାବୁଙ୍କ ଅବସ୍ଥାର ସୂତାଏ ବି ଉନ୍ନତି ମୁଁ କରିପାରି ନାହିଁ ।   ତେଣୁ ଏଣିକି ମୁଁ ନିୟମିତ ଆସିବି ନାହିଁ । ଯେତେବେଲେ ଜରୁରୀ ଆବଶ୍ୟକତା ପଢ଼ିବ, ମତେ ଖବର ଦେଲେ ମୁଁ ଚାଲିଆସିବି ।"

ଲୀଳାବତୀ ଛଲଛଲ ଆଖିରେ ସ୍ୱାମୀଙ୍କ ନିରଭିଯୋଗ ମୁହଁଟିକୁ ଚାହିଁ କହିଲେ– "ମୁଁ ଜାଣେ, ଆପଣ ଦଶବର୍ଷ ଧରି ନିଃସ୍ୱାର୍ଥପର ବନ୍ଧୁ ଭାବରେ ଏ ଘରକୁ ଆସୁଛନ୍ତି, ଡାକ୍ତର ଭାବରେ ନୁହେଁ । ଏକଥା ମଧ ମୁଁ ଜାଣେ ଯେ, ଆପଣ ଈଶ୍ୱର ନୁହନ୍ତି, ଆପଣ ଡାକ୍ତର । ଆପଣଙ୍କ ହାତରେ ଆଉ କିଛି ନାହିଁ, ସେକଥା କ'ଣ ମୋତେ ଜଣାନାହିଁ ? ତେବେ ବି ମୁଁ ଆପଣଙ୍କୁ ଅନୁରୋଧ କରୁଛି, ଅନ୍ତତଃ ମୋର ଏକମାତ୍ର ଝିଅର ବାହାଘର ଠିକ୍ ହେବା ପର୍ଯ୍ୟନ୍ତ ଆପଣ ଆସୁଥାନ୍ତୁ । ଅନ୍ତତଃ ବରପକ୍ଷ ଜାଣନ୍ତୁ ଯେ ମୋ ଝିଅ ପିତୃହୀନ ନୁହେଁ । ବାପା ତା'ର ଅସୁସ୍ଥ ଅଛନ୍ତି-ଚିକିତ୍ସା ଚାଲିଛି, ଏତିକି ଢେର୍ । ପିତୃହୀନ ଝିଅଟି ବୋଲି କେହି ଦୟାପରବଶ ହୋଇ ବୋହୂ କରି ଉଦ୍ଧାର କରୁ, ଏକଥା ମୋ ସ୍ୱାମୀଙ୍କୁ ବଡ଼ ବାଧିବ- ମୋତେ ମଧ । ମୋ'ର ବିଶ୍ୱାସ, ଝିଅର ବିବାହ ପର୍ଯ୍ୟନ୍ତ ସେ ଅପେକ୍ଷା କରିବେ ।   ସମ୍ଭବତଃ ଏତେଦିନ ଧରି ପଡ଼ିରହିଛନ୍ତି, ସେତିକି ଶୁଣିବା ପାଇଁ ।"

ମୋହନବାବୁଙ୍କ ଝିଅ ସୁଷମାକୁ ଦେଖିବା ପାଇଁ ବରପକ୍ଷ ଆସିଲେ, ପ୍ରଥମେ ସ୍ୱାମୀଙ୍କ ଶୋଇବା ଘରକୁ ନେଇ ବରପକ୍ଷର ଲୋକଙ୍କୁ ଗୃହକର୍ତ୍ତାଙ୍କ ସହ ଭେଟ କରାନ୍ତି ଲୀଳାଦେବୀ । କହନ୍ତି– "ସୁଷମାର ବାପାଙ୍କୁ ଦେଖନ୍ତୁ । ଚିକିତ୍ସା ଚାଲିଛି । ତାଙ୍କୁ ଏ ଅବସ୍ଥାରେ ଦେଖିବା ପରେ ଆପଣମାନେ ଯଦି ଝିଅ ନେବା ପାଇଁ ପ୍ରସ୍ତୁତ, ତେବେ ତା' ବାପା ଖୁସିହେବେ । ବାପାଙ୍କର ଅବସ୍ଥା ଦେଖି କେତେ ବରପକ୍ଷ ପଛଘୁଞ୍ଚା ଦେଇଛନ୍ତି । କନ୍ୟା ଯାହା ହେଉନା କାହିଁକି, ଟାଣୁଆ ବନ୍ଧୁ ବି ଲୋଡ଼ା ।" ସୁଷମାର ବାପାଙ୍କ ଅବସ୍ଥା ଝିଅ ବିବାହର ଅନ୍ତରାୟ ହୋଇ ଠିଆହେଲେ ମଧ ସେକଥା ଗୋପନ

ରଖି ବିବାହ ଠିକ୍ କରିବା ଲୀଳାବତୀଙ୍କର ନୀତି ନଥିଲା । ଏ ଭିତରେ ବଡ଼ପୁଅ ମନ୍ନଥ ଇଞ୍ଜିନିୟରିଂରେ ନାଁ ଲେଖାଇଥିଲା । ସ୍ୱାମୀଙ୍କ କାନପାଖରେ ଗଦ୍ ଗଦ୍ ସ୍ୱରରେ ପୁଅର କୃତିତ୍ୱ ଘୋଷଣା କରିଥିଲେ ଲୀଳାବତୀ । ମୋହନବାବୁ ବି ଖୁସି ହୋଇଛନ୍ତି ବୋଲି ଲୀଳାବତୀ ଘୋଷଣା କରିଥିଲେ । ମୋହନବାବୁ କୁଆଡ଼େ ଆଶ୍ୱାସନା ଦେଇଥିଲେ – “ସୁଷମାକୁ ଉଉମ ବର ମିଳିବ । ତୁମେ ଚିନ୍ତା କର ନାହିଁ ।”

ମୋହନବାବୁଙ୍କ ଅବସ୍ଥାରେ ଉନ୍ନତି ହେଉଛି ବୋଲି ଖବର ଦେଇ ଦିନେ ଡାକ୍ତର କରଙ୍କୁ ଡକାଇ ପଠାଇଲେ ଲୀଳାବତୀ । ରୋଗୀର ଅବସ୍ଥା ସଙ୍କଟାପନ୍ନ ବୋଲି ଖବର ପାଇଥିଲେ ଡାକ୍ତର କର ପଚାଶଜଣ ରୋଗୀଙ୍କୁ କ୍ଲିନିକ୍‌ରେ ବସାଇ ବସିଲାଠୁ ଉଠି ଆସି ନଥା’ନ୍ତେ । ମୋହନବାବୁଙ୍କ ଅବସ୍ଥା ପ୍ରତିଦିନ ହିଁ ସଙ୍କଟାପନ୍ନ ଥିଲା । ଦଶବର୍ଷ ଧରି କୋମାରେ ଥିବା ଅଚେତନ ରୋଗୀର ଅବସ୍ଥାକୁ ଆଉ କ’ଣ କୁହାଯାଇପାରେ ! ଯେକୌଣସି ଦିନ ଲୀଳାବତୀ ସିନ୍ଦୂର ପୋଛିଦେଇ ମୁଣ୍ଡ କୋଡୁଥିବାର ଖବର ତାଙ୍କୁ ମିଳିବ, ସେ ଅପେକ୍ଷା କରିଥିଲେ । ମୋହନବାବୁଙ୍କର ମନ୍ଦର ଶ୍ୱାସକ୍ରିୟା କାହାର ବା କୋଉ କାମରେ ଆସୁଥିଲା ! ମୋହନବାବୁଙ୍କର ନିଜର ବା କି ଲାଭ ଏମିତି ସଢ଼ି ସଢ଼ି ମରିବାରେ ? ବରଂ ସେ ଯଥାଶୀଘ୍ର ଯନ୍ତ୍ରଣାରୁ ମୁକ୍ତ ହୋଇଯାଇ ଲୀଳାବତୀଙ୍କ କଠୋର ତପସ୍ୟାର ବିରତି ଟାଣିବା ଦରକାର । ନିଜର ଏଭଳି ଭାବନା ନିଜକୁ କଷ୍ଟଦିଏ–ମାତ୍ର ଯ୍ୟା’ଠାରୁ କାମ୍ୟ ଆଉ କ’ଣ ଥାଇପାରେ ଏ ପରିସ୍ଥିତିରେ ? ମାତ୍ର ଏ କି ଅଭାବିତ ଖବର ? ମୋହନବାବୁଙ୍କ ଅବସ୍ଥାର ଉନ୍ନତି ହେବା କ’ଣ ସମ୍ଭବ ? ଯଦି ବା ଉନ୍ନତି ହୁଏ, କେତେ ବାଟ ? ସେ କ’ଣ ଆଉ ବାଟ ଚାଲିବେ ? ଅଫିସ୍ ଯିବେ ? ଲୀଳାବତୀଙ୍କର ଦାୟିତ୍ୱ ଊଣା କରିବେ, ନା ଦାୟିତ୍ୱ ବଢ଼ାଇବେ ?

ଡାକ୍ତରବାବୁ ପହଞ୍ଜିବା ବେଳକୁ ମୋହନବାବୁଙ୍କ ପାଖରେ ସରସ, ମୁହଁନେଇ ବସିଥିଲେ ଚିରବିଷଣ୍ଣ ଲୀଳାବତୀ । ଡାକ୍ତର କରଙ୍କୁ ଦେଖି କହିଲେ – “ଡାକ୍ତରବାବୁ ! ବେଳେ ବେଳେ ଉଷୁନା ଧାନ ବି ଗଜାହୁଏ ! ଆପଣଙ୍କ ଡାକ୍ତରୀ ପାଠରେ ଏପରି ଘଟିବାର ଜାଣିଛନ୍ତି ? ଦେଖନ୍ତୁ ଯ୍ୟାଙ୍କ ଓଠ ଏବେ ମଝିରେ ମଝିରେ ଥରୁଛି, ସମ୍ଭବତଃ କଥା କହିବେ ଏଣିକି ? ଆଖିପତା ଅଜ୍ଞ ଖୋଲୁଛନ୍ତି ବୋଲି ମତେ ଦିଶୁଛି । ପୁଅ ଇଞ୍ଜିନିୟରିଂ ପାଠରେ ଦାଖଲ ହେବା ଖବର ପାଇ ତାଙ୍କ ଆଖିରେ ପାଣି ଆସିଲା । ତାଙ୍କ ହାତ ପାଦରେ ତା’ ପରଠୁ କମ୍ପନ ଆସୁଛି । ସମ୍ଭବତଃ ସେ କନ୍ୟାଦାନ ବି କରିପାରିବେ । ଆପଣ ଟିକେ ଭଲ କରି ପରୀକ୍ଷା କରନ୍ତୁ । ଭଲ ଔଷଧ ଦେଇ ତାଙ୍କୁ ଠିକ୍ କରିଦେଇ ପାରିବେ ନାହିଁ ?” ଦଶବର୍ଷ ଧରି ଭାଗ୍ୟର ବିଡ଼ମ୍ବନାକୁ ମାନିନେଇ

ନିର୍ଲିପ୍ତ ପାଲଟିଯାଉଥିବା ଏଇ ସେବାର ଦେବୀଙ୍କ ଅସ୍ୱାଭାବିକ ବ୍ୟବହାର ଡାକ୍ତର କରଙ୍କୁ ଯେତେ ବିଚଳିତ କଲା, ସେତେ ବିଚଳିତ କଲାନାହିଁ ରୋଗୀର ଅବସ୍ଥାରେ ଅବନତି । ମୋହନବାବୁଙ୍କ ଅଙ୍ଗର ପ୍ରତିଟି ଜୀବକୋଷ ମୃତ୍ୟୁ ସହ ସଂଗ୍ରାମ କରୁଛି । ତାଙ୍କର ଯନ୍ତ୍ରଣାମୁକ୍ତିର ଦିନ ଆସନ୍ନ । ଲିଭିବା ଆଗରୁ ଦୀପଶିଖା ଦପ୍ ଦପ୍ ହୋଇ ଜଳି ଉଠିବା କଥା ଲୀଳାବତୀ କ'ଣ ଜାଣନ୍ତି ନାହିଁ ?

ଦଶବର୍ଷ ଧରି ଶେଷ କଥା ଶୁଣିସାରିଥିବା ଏଇ ଧୈର୍ଯ୍ୟଶୀଳା ନାରୀକୁ ସତ୍ୟ କହିବା ଯେତିକି ନିଷ୍ଠୁରତା, ମିଥ୍ୟା କହିବା ତା'ଠାରୁ ଅଧିକ ହୃଦୟହୀନା । ଡାକ୍ତର କର ବର୍ଷବର୍ଷ ଧରି 'ସବୁ ଠିକ୍ ଅଛି' କହି ପରୋକ୍ଷରେ ମିଥ୍ୟା ଆଶ୍ୱାସନା ଦେଇଆସିଛନ୍ତି । କିନ୍ତୁ 'ସବୁ ଠିକ୍ ଅଛି'ର ଅର୍ଥ ଏ ରୋଗୀ କୋମାରୁ ଫେରିବା ନୁହେଁ, ଏକଥା ସେ ଜାଣିଥିଲେ, ଜାଣିଥିଲେ ବି ଲୀଳାବତୀ । ତାଙ୍କ କଥାର ଅର୍ଥ "ରୋଗୀର ଅବସ୍ଥା ପୂର୍ବପରି ରହିଛି ।" ଏକଥା କେବଳ ଲୀଳାତୀ ବୁଝି ନଥିଲେ, ପିଲାମାନେ ବି ବୁଝିଥିଲେ । କିନ୍ତୁ ଆଜି ଆଉ ସେ କହିପାରିବେ ନାହିଁ 'ସବୁ ଠିକ୍ ଅଛି' । ରୋଗୀର ଅବସ୍ଥାରେ ଦ୍ରୁତ ଅବନତି ଘଟୁଛି, ଏକଥା ଲୀଳାବତୀଙ୍କୁ ଓ ପିଲାମାନଙ୍କୁ ଜଣାଇଦେବା ଉଚିତ । ସତ୍ୟର ସାମ୍ନା ସେଇମାନେ ହିଁ କରିବେ । ବର୍ଷ ବର୍ଷ ଧରି ବାପାଙ୍କୁ ଶଯ୍ୟାଶାୟୀ ଦେଖିଆସୁଥିବା ପରିବାରଟି ଶୂନ୍ୟ ବିଛଣା ଦେଖିବା ପାଇଁ ପ୍ରସ୍ତୁତି କରିବା ଉଚିତ । ଏପର୍ଯ୍ୟନ୍ତ ମୋହନବାବୁ ଏ ପରିବାରଟି ପାଖରେ ଜୀବିତ ହୋଇ ରହିଛନ୍ତି । ଏ କୋଠରିକୁ ପିଲାମାନେ ସମ୍ଭ୍ରମ ସହକାରେ ଆସନ୍ତି । ବାପାଙ୍କ ସାମ୍ନାରେ ବଡ଼ପାଟିରେ କଥା କହନ୍ତି ନାହିଁ । ସ୍କୁଲରେ ପଢ଼ୁଥିବା ବେଳେ ପିଲାମାନେ ଦୁଷ୍ଟାମି କଲେ ଲୀଳାବତୀ ଧମକ ଦିଅନ୍ତି, "ରହ, ବାପାଙ୍କୁ କହୁଛି ।" ବେଳେ ବେଳେ ଜିଦ୍‌ଖୋର ପିଲାମାନଙ୍କ ହାତଧରି କହନ୍ତି, "ଚାଲ-ବାପାଙ୍କ ପାଖକୁ । ତୁମମାନଙ୍କର କାର୍ଯ୍ୟକଲାପ ସେ ଶୁଣନ୍ତୁ ।" ପିଲାମାନଙ୍କୁ ବାପାଙ୍କ ପାଖକୁ ଟାଣିଆଣି ଠିଆ କରି କହନ୍ତି, "ଶୁଣ, ତୁମ ପିଲାମାନେ ମତେ କେମିତି ଦହଗଞ୍ଜ କରୁଛନ୍ତି ! ତୁମେ ତ କେବେ କିଛି ଆକଟ କଲ ନାହିଁ-ଏମାନେ ବାଲ୍‌ଙ୍ଗା ହେଲେ ତୁମେ କ'ଣ କଷ୍ଟ ପାଇବ ନାହିଁ ?" ପିଲାମାନେ ବାପାଙ୍କ ପାଖରେ ଆପେ ଆପେ ଦୋଷ ମାନିନିଅନ୍ତି ଆଉ ଏପରି କାମ କରିବେ ନାହିଁ ବୋଲି ବାପାଙ୍କୁ କଥା ଦିଅନ୍ତି । ଲୀଳାବତୀ ସ୍ୱାମୀଙ୍କ କାନ ପାଖରେ କହନ୍ତି, "ଶୁଣ-ତୁମ ପିଲାମାନେ ଭଲ ମଣିଷ ହେବେ- ମନ ଦେଇ ପାଠ ପଢ଼ିବେ । ତୁମର କଷ୍ଟ ଜଣା କରିବେ । ସେମାନେ ତୁମକୁ କଥା ଦେଉଛନ୍ତି । ତୁମେ ଶୁଣିପାରୁଛ ତ ? ତୁମେ ଖୁସି ?"

ପିଲାଙ୍କୁ କୋଳକୁ ନେଇ ବାଷ୍ପରୁଦ୍ଧ କଣ୍ଠରେ ସ୍ନେହମୟୀ ଜନନୀ କହନ୍ତି,

“ତୁମ ବାପା ସବୁ ଶୁଣିଲେ, ସେ ଖୁସି । ତାଙ୍କର ତୁମମାନଙ୍କ ଉପରେ ଅଗାଧ ବିଶ୍ୱାସ...” ଏମିତି ଭାବେ ବାପା ଶୋଇରହି ପିତୃତ୍ୱ ଜାହିର କରିଆସିଛନ୍ତି, ପିଲାମାନଙ୍କୁ ଠିକଣା ବାଟ ଦେଖାଇବାର ଏକ କରୁଣ ନିରବ ଭୂମିକା ଗ୍ରହଣ କରିଆସିଛନ୍ତି ଏତେବର୍ଷ ଧରି । ଏ ଅଭିନୟର ଯବନିକାପାତ ହେବାକୁ ଯାଉଛି । ବଡ଼ ହୋଇଯାଇଥିବା ପିଲାମାନେ ଓ ବୟସ୍କା ହୋଇଥିବା ଲୀଳାବତୀ ଏ ସତ୍ୟକୁ ସହଜ ଭାବରେ ଗ୍ରହଣ କରିନେବେ, ଏ ବିଶ୍ୱାସ ଡାକ୍ତର କରଙ୍କର ଅଛି । ତେଣୁ ଆଉ ଅଭିନୟ କାହିଁକି ?

ଲୀଳାବତୀଙ୍କର ଆଖିକୁ ସିଧାସଳଖ ଚାହିଁ ‘ସବୁ ଠିକ୍ ଅଛି’ ବୋଲି କେବେ କହିନାହାନ୍ତି ଡାକ୍ତର କର । ଆଜି ସେ ଲୀଳାବତୀଙ୍କ ଆଖି ଉପରେ ଦୃଷ୍ଟିନିବଦ୍ଧ କରି ଡାକ୍ତର ଢଙ୍ଗରେ କହିଲେ, “ଝିଅର ବାହାଘର ଶୀଘ୍ର ଠିକ୍ କରନ୍ତୁ । ଏତେଦିନ ପଡ଼ିରହି ପିଲାମାନଙ୍କର ସବୁ କୃତିତ୍ୱ ଶୁଣିଲେ । ଝିଅ ବାହାଘରଟା ବି ହୋଇଯାଉ ତାଙ୍କ ସାମ୍ନାରେ । ଶେଷ ପ୍ରସ୍ତାବଟି ତ ସବୁ ଦୃଷ୍ଟିରୁ ଭଲ ଥିଲା । କ’ଣ, କିଛି କଥା ଛିଡ଼ିଲା ?”

ଲୀଳାବତୀ ପୁଣି ନିର୍ଲିପ୍ତ ହୋଇଯାଇଥିଲେ । ସ୍ୱାମୀଙ୍କର ହାତକୁ ସ୍ନେହରେ ସାଉଁଲୁ ସାଉଁଲୁ କହିଲେ – “ସେମାନେ ସଂକ୍ରାନ୍ତି ପରେ ଆସିବେ । ଆଶାକରୁଛି, ସେମାନେ ଜବାବ୍ ଦେବେ–ସମ୍ଭବତଃ ଝିଅକୁ ମୁଦି ପିନ୍ଧେଇବେ । ଆପଣ ସେଦିନ ଉପସ୍ଥିତ ରହିଲେ ଭଲ ହୁଅନ୍ତା । ଆସିପାରିବେ ?”

ଶୁଭଦିନ ଦେଖି ଡାକ୍ତର କରଙ୍କ ଉପସ୍ଥିତିରେ ସେଦିନ ଜବାବ ଛିଡ଼ିଲା । ଝିଅକୁ ମୁଦି ପିନ୍ଧେଇଦେଇ ଭାବୀ ଶାଶୁଶ୍ୱଶୁର ଆଶୀର୍ବାଦ କଲେ । ତିଥିବାରକୁ ଅପେକ୍ଷା ନରଖି ଆଠଦିନ ଭିତରେ ବିବାହ କାର୍ଯ୍ୟ ସମ୍ପନ୍ନ ହେବ ବୋଲି ଶୁଭଦିନ ଠିକ୍ ହେଲା । ନଚେତ୍ ଅଶୁଭ ଘଟିଗଲେ ବର୍ଷ ନପୂରିବାଯାଏ ବାହାଘର ହୋଇପାରିବ ନାହିଁ ବୋଲି ବରପକ୍ଷ ଜାଣିସାରିଥିଲେ । ଲୀଳାବତୀ ସ୍ୱାମୀଙ୍କ ପାଇଁ ଆଉ ଦିନ ପନ୍ଦରଟାର ଆୟୁଷ ପ୍ରାର୍ଥନା କରୁଥିଲେ । ଅନ୍ତତଃ ଝିଅ ବାହାଘର ଦେଖିଯାଆନ୍ତୁ ମୋହନବାବୁ ।

ଅତିଥିମାନେ ବିଦାୟ ନେଇଯିବା ପରେ ଡାକ୍ତରବାବୁଙ୍କୁ ସ୍ୱାମୀଙ୍କ କୋଠରି ଭିତରକୁ ଡାକିନେଇ ସ୍ୱାମୀଙ୍କ ଶଯ୍ୟାଧାରରେ ଠିଆହେଲେ ଲୀଳା । ରୋଗୀର ଆଖିରୁ ଲୁହ ଦୁଇଧାର ବହିଛି । ଡାକ୍ତରବାବୁ ଜାଣନ୍ତି, ମୋଟା ଲୁହର ଧାର ଲୁହ ନୁହେଁ, ଗଳିତ ଚକ୍ଷୁ ଦୁଇଟିର ପାଣିଫଟା ରକ୍ତ !

ଲୀଳାବତୀ ସ୍ୱାମୀଙ୍କ କାନପାଖରେ ମୁହଁରଖି ଗଦ୍‌ଗଦ୍ ସ୍ୱରରେ କହିଲେ – “ଶୁଣୁଛ ! ତୁମ ଗେହ୍ଲା ଝିଅର ବାହାଘର ସତପାତ୍ର ସହ ସ୍ଥିର ହେଲା । ଠିକ୍ ଆଠଦିନ ପରେ ବିବାହ । ତୁମେ ଜମାରୁ ଚିନ୍ତା କରନାହିଁ, ସେମିତି ଶୋଇରହି ଝିଅକୁ ଆଶୀର୍ବାଦ

କର । କନ୍ୟାଦାନ କରିବେ ସୁଷମାର ମାମୁ । ମାମୁ ତ ବାପା ସମାନ ।” ସ୍ୱାମୀଙ୍କ
ଆଖି ଲୁହ ଲୁଗାକାନିରେ ପୋଛିନେଇ ଡାକ୍ତରବାବୁଙ୍କୁ ଚାହିଁ କହିଲେ – “ସେ ସବୁ
ଶୁଣୁଛନ୍ତି । ଦେଖନ୍ତୁ ତାଙ୍କ ଆଖିର ଆନନ୍ଦାଶ୍ରୁ । ଏଣିକି ସେ ନିଶ୍ଚିନ୍ତରେ ମୁକ୍ତି ପାଇବେ ।
ଏତିକି ଦେଖିବେ ବୋଲି ଦଶବର୍ଷ ପଡ଼ିରହି ଅନେକ ଯନ୍ତ୍ରଣା ସହିଲେଣି” । ସ୍ୱାମୀଙ୍କ
ଆଖି ଉପରେ ଆଖିକୁ ପଥର କରିଦେଇଥିବା ଲୀଲାବତୀଙ୍କ ଆନନ୍ଦାଶ୍ରୁ ଖସିପଡ଼ିଲା ।

ଡାକ୍ତରବାବୁ ଚକିତ ହୋଇ ଭାବିଲେ, ଦୁର୍ଭାଗ୍ୟରେ ସଢୁଥିବା ଏ ନାରୀଟିର
ଭାଇଟିଏ ଅଛି ? ଅଥଚ ଦିନେକାଲେ ଭଉଣୀକୁ ଶଂଖୋଲି ଆସିନାହିଁ ! ସେ ପୁଣି
କନ୍ୟାଦାନ ପାଇଁ କଲିକତାରୁ ଧାଇଁ ଆସିବ ? ଲୀଲାବତୀଙ୍କୁ ଚାହିଁ ଡାକ୍ତରବାବୁ ପ୍ରଶ୍ନ
କଲେ– “ତୁମର ଭାଇଟିଏ ଅଛି ବୋଲି ମୋତେ ତ କେବେ କହିନାହିଁ ? ତୁମ
ଦୁର୍ଦିନରେ ତାଙ୍କର ପାଦ ଏଠି କେବେ ପଡ଼ିଛି ? କାହିଁ, ମୁଁ ତ ଜାଣିନାହିଁ ? ଲୀଲାବତୀ
ଡାକ୍ତରବାବୁଙ୍କ ଚକିତ ଦୃଷ୍ଟିରେ ନିଜର ବିଶ୍ୱାସଭରା ଦୃଷ୍ଟିକୁ ସ୍ଥିର ରଖି କହିଲେ–
“ଉପଯୁକ୍ତ ସମୟ ଆସି ନଥିଲା, ତେଣୁ କହି ନଥିଲି । ସୁଷମାର ମାମୁ ଆମ ଦୁଃଖରେ
ଦଶବର୍ଷ ହେବ ଘାଣ୍ଟି ହେଉଛନ୍ତି । ତାଙ୍କୁ ଛାଡ଼ିଦେଲେ ଏ ଘରକୁ କେହି ଆସନ୍ତିନି ।
ମୋ’ ସ୍ୱାମୀଙ୍କ ମଲାହଜିଲା ତାଙ୍କ ବ୍ୟତୀତ କିଏ ପଚାରିଛି ? ଏଇଟି ତାଙ୍କର ଶେଷ
କାମ–କନ୍ୟାଦାନ ।” ଲୀଲାବତୀଙ୍କର ଶେଷବାକ୍ୟଟି ଡାକ୍ତରବାବୁଙ୍କ କାନକୁ ଅନ୍ତିମ
ରାୟ ଭଲି ଶୁଭିଲା । ଲୀଲାବତୀ ଆନନ୍ଦାଶ୍ରୁ ପୋଛିନେଲେ ଓ ପୁଣି ନିର୍ଲିପ୍ତ ଦିଶିଲେ ।
ସୁଷମାର ମାମୁଙ୍କ ନାମ ଜାଣିବାର ଆବଶ୍ୟକତା ପଡ଼ିଲା ନାହିଁ । କାରଣ ଡାକ୍ତରବାବୁଙ୍କ
ଆଖି ଦୁଇଟି ସେତେବେଳକୁ ସେହି ମଣିଷ ପାଇଁ ଆନନ୍ଦାଶ୍ରୁରେ ଭାସୁଥିଲା ।

ରୋଗୀମାନଙ୍କ ପାଇଁ ଛାତିରେ ଖଣ୍ଡିଏ ଖଣ୍ଡିଏ ପଥର ରଖି କରୁଣାର ମନ୍ଦିର
ଗଢ଼ି ଚାଲିଥିବା ଡାକ୍ତରବାବୁଙ୍କ ଆଖିରୁ ନିଃସଙ୍କୋଚରେ ଝରୁଥିବା ଆନନ୍ଦାଶ୍ରୁ ସେ
ଲୀଲାବତୀଙ୍କ ଆଖିରୁ ଲୁଚାଇବା ପାଇଁ ଚେଷ୍ଟା କଲେ ନାହିଁ । ଜୀବନରେ ଏପରି
ପବିତ୍ର ଆନନ୍ଦାଶ୍ରୁ ଝରାଇବା ଖୁବ୍ କମ୍ ଲୋକଙ୍କ ଭାଗ୍ୟରେ ଥାଏ ! ସେ ଆନନ୍ଦାଶ୍ରୁ
ଝରେ ଦୁର୍ଲଭ କ୍ଷଣରେ । ଏ କ୍ଷଣ ବାରବାର ଆସେ ନାହିଁ । ମୋହନବାବୁଙ୍କ ଶଯ୍ୟାଧାର
ଚେୟାରରେ ବସିପଡ଼ି ସୁଷମା ମାମୁ ଅନେକ ସମୟଯାଏ ଆନନ୍ଦାଶ୍ରୁ ଢାଲି ଚାଲିଥିଲେ
ଓ ମୋହନବାବୁଙ୍କ ଯନ୍ତ୍ରଣାଜର୍ଜରିତ ଜୀବନର ଅନ୍ତିମ ଲଗ୍ନକୁ ପବିତ୍ର ଜଲରେ ମନ୍ତିତ
କରୁଥିଲେ ।

କେତକୀ ବନ

ଶୁଭା ସହ ଦେଖାହେବା ପରେ ହିଁ ମୋର ହେଜ ପଶିଲା ଯେ ମୁଁ ଏ ଭିତରେ ବୁଢ଼ା ହୋଇଯାଇଛି। ସରକାରୀ ଚାକିରିରୁ ଅବସର ନେବାକୁ ଆଉ ବର୍ଷେ ବାକି। ମାତ୍ର ମୁଁ ଯେ ଏ ଭିତରେ ଏତେ ବୁଢ଼ା ହୋଇଯାଇଛି, ସେକଥା କେବେ ମତେ ବିବ୍ରତ କରି ନ ଥିଲା। ଶୁଭା ମୋ'ଠାରୁ ସାତସାନ। ତା' ମୁହଁଟା ବି ଏମିତି ପିଲାଳିଆ ଥିଲା ଯେ ସେ କେବେ ବୁଢ଼ୀ ପରି ଦିଶିବ, ଏକଥା ମୁଁ ଭାବିପାରି ନଥିଲି। ମାତ୍ର ଶୁଭାକୁ ଦେଖିବା ପରେ ଚକିତ ବିଷଣ୍ଣ ହୋଇ ମୁଁ ଭାବିଲି, ଶୁଭା କେବଳ ବୁଢ଼ୀ ପରି ଦିଶୁନାହିଁ, ସେ ବାସ୍ତବରେ ବୁଢ଼ୀ ହୋଇଯାଇଛି। ତେଣୁ ମୁଁ ଯେ ଏ ଭିତରେ ବୁଢ଼ା ହୋଇଯାଇଛି, ଏକଥା ଆଉ ଅସ୍ୱୀକାର କରିବାର ବାଟ ନାହିଁ। ଅସ୍ତବ୍ୟସ୍ତ ଜୀବନରେ ବୁଢ଼ା ହୋଇଯିବାଟା ଆଖିରେ ପଡ଼ିଲେ ବି ଭାବିବାକୁ ତର ନ ଥାଏ। ଭାବିଲେ ବା ତମକୁ ବୁଢ଼ା ହେବାକୁ ଦଉଟି କିଏ ? ସ୍ତ୍ରୀ, ପୁଅଝିଅ, ନାତିନାତୁଣୀ କାହାକୁ ଆଢ଼େଇଦେଇ ତୁମେ କହିପାରିବ

ଯେ ମତେ ଏଥର ମୁକ୍ତି ଦିଅ, ମୁଁ ବୁଢ଼ା ହୋଇଗଲିଣି। ପୁଅ-ବୋହୂ, ଝିଅ-ଜ୍ୱାଇଁ, ନାତି-ନାତୁଣୀ ଦେଖାଇବେଲକୁ ସଂସାରରେ କିଏ ଏବେ ଗଜାଟୋକା ହୋଇ ବସିଥାଏ ଯେ ତୁମେ ବୁଢ଼ା କହି ଖସିଯିବ! ସମସ୍ତେ ତ ସେଇ ବୁଢ଼ାକାଲେ ମିଛମାୟାରେ ଘାଣ୍ଟି ହେଉଥାନ୍ତି। ତୁମେ ଏମିତି କୋଉ ଅନାସକ୍ତ ଯୋଗୀ କି? ହଁ, ଏକଥା ସତ ଯେ ସରକାର ତମକୁ ବୁଢ଼ା କରିଦେବେ, ଅଠାବନ ବର୍ଷରେ। ମାତ୍ର ପିଲାଛୁଆ ତମକୁ ବୁଢ଼ା କହିବେ, ରାଜନୀତିଆ ନେତାଙ୍କ ଭଳି, ଅଣଚାଶ ପବନ ବହିଲେ ଯାଇ। ତା'ଛଡ଼ା ମଧବିଉ ଜୀବନରେ ସ୍ୱପ୍ନଗୁଡ଼ା କେବେ ସମ୍ପୂର୍ଣ୍ଣ ସାକାର ହୁଏ ଯେ ତମେ ସବୁ କାମ ତୁଟାଇଲ ଭାବି ଝାଡ଼ିଝୁଡ଼ି ହୋଇ ବସିବ। ମଧବିଉର ପ୍ରକୃତ ଜୀବନସାଥୀ ସ୍ତ୍ରୀ ନୁହେଁ, ଅଭାବ। ସମସ୍ତଙ୍କ ଭଳି ଧନୀ ହେବା ପାଇଁ ହାଙ୍ଗାଇଁ ହୋଇ ମୁଁ ମଧବିଉ ହୋଇ ରହିଗଲି। ମୋରି ଭଳି ଥୋକେ ଜାଣିଥାନ୍ତି ଯେ ଧନୀ ହେବାଟା ଦିବାସ୍ୱପ୍ନ, କିନ୍ତୁ ମଧବିଉ ଭାବରେ ନିଜକୁ ମାନିନେବାଟା ଏତେ ସହଜ ନୁହେଁ। ସେଇ କାରଣରୁ ଜୀବନସାରା ଖାଲି ଧଦି ହେବାଟା ସାର ହୁଏ। ଅବଶ୍ୟ ମୁଁ ଯେ ଧନୀ ନୁହେଁ ଏବଂ ଧନୀ ଏକ ଅଲଗା ଜାତି, ସେକଥା ଜାଣିଥିଲି ସଂସାର କରିବା ପୂର୍ବରୁ। କାରଣ ମାଟ୍ରିକଖଣ୍ଡକ କଷ୍ଟେମଷ୍ଟେ ପାସ୍ କରି ମାମୁଘର ଗାଁରେ ଆଇ.ଏ. ପଢ଼ିବା ପାଇଁ ମୋତେ ଦୁଇ ତିନିଟା ଟ୍ୟୁସନ କରିବାକୁ ପଡ଼ୁଥିଲା। କେବଳ ମୁଁ ନୁହେଁ, ମୋର ବାପା ଓ ମାମୁ ମଧ ଜାଣିଥିଲେ ଯେ ମୁଁ ଯଦି ଟ୍ୟୁସନ କରିବାରେ ସମୟ ନ ଦିଅନ୍ତି, ତେବେ ସ୍କୁଲ କଲେଜରେ ଫାଷ୍ଟ ଡିଭିଜନ ନିଶ୍ଚୟ ପାଇପାରିଥାନ୍ତି। କିନ୍ତୁ ଫାଷ୍ଟ ଡିଭିଜନ୍‌ଟା ମୋ ପାଇଁ ସ୍ୱପ୍ନ ନଥିଲା, ମୋର ସ୍ୱପ୍ନ ଥିଲା ଆଇ.ଏ. ପଢ଼ିବା ଓ ପାସ୍ କରି ବି.ଏ. ପଢ଼ିବା। ମୋ ଭଳି ଅନେକ ଗରିବ , ମଧବିଉ ପିଲା ଟ୍ୟୁସେନ କରି ପାଠ ପଢ଼ନ୍ତି, ଭବିଷ୍ୟତରେ ତାଙ୍କ ପିଲାଙ୍କ ପାଇଁ ପାଞ୍ଚଟା ଟ୍ୟୁସନ ମାଷ୍ଟର ରଖିପାରନ୍ତି। ମାତ୍ର ମୋ ପିଲାକୁ ଭବିଷ୍ୟତରେ ଟ୍ୟୁସନ ଦେବାକୁ ସମର୍ଥ ହେଲେ ବି ସେ କାମ କରିବି ନାହିଁ ବୋଲି ସ୍ଥିର କରିଥିଲି। ପିଲାଗୁଡ଼ାଙ୍କୁ ଟ୍ୟୁସନ ଦେଲେ ଶୁଭା ଭଳି ସବୁକଥାରେ ଟ୍ୟୁସନ ମାଷ୍ଟର ଉପରେ ନିର୍ଭର କରିବେ। ଏପରିକି ଶୁଭାର ଗଣିତ କଷିବା ବା ଖାତାରେ ଚିତ୍ରାଙ୍କନ କରିବା କେବଳ ନୁହଁ, 'ନିଜକୁ ଗାଈ ମନେ କରି' ରଚନା ମଧ ଶୁଭାର ଖାତାରେ ଲେଖିଦେବାକୁ ପଡ଼ୁଥିଲା। ନବମଶ୍ରେଣୀ ଛାତ୍ରୀ ଶୁଭାକୁ ଭାଗ୍ୟବଶତଃ ପ୍ରତିଦିନ ହସ୍ତାକ୍ଷର ଲେଖିବା ପାଇଁ ପଡ଼ୁ ନଥିଲା। ନଚେତ୍ ସେଟିକି ମଧ ମତେ କରିବା ପାଇଁ ପଡ଼ିଥାନ୍ତା। ମୋର ଟ୍ୟୁସନ୍ ଛାତ୍ରଛାତ୍ରୀଙ୍କ ମଧରୁ ଶୁଭା ସମ୍ପର୍କରେ ମୋର ବିଶେଷ ଉଚାକାଂକ୍ଷା ନ ଥିଲା। ମୁଁ ଜାଣିଥିଲି, ସୁକୁମାରୀ, ବଡ଼ଲୋକିଆ ଅଲିଅଲ ଝିଅମାନଙ୍କର ଝୋଟି ଲେଖିବା, ଇଂରାଜୀ ନ ପଢ଼ିଥିଲେ ବି ତକିଆ ଖୋଲରେ 'ସୁଇଟ୍ ଡ୍ରିମ୍' ଏମ୍ବ୍ରଯଡରି

କରିବା, ଏମ୍‌ଏ଼ଡ଼ରି ଛନ୍ଦଶୀ ଭିତରେ 'ଗଡ୍ ଇଜ୍ ଗୁଡ୍' ଲେଖା ଠାକୁରଙ୍କ ଚରିତ୍ର ସାର୍ଟିଫିକେଟ୍‌ଟିଏ କାନ୍ଥରେ ଟାଙ୍ଗିଦେବା, ଚନ୍ଦନ-କମ୍ର, ପିଠାପଣା, ଗଭା ବାନ୍ଧିବା ପରି ଉଠିପଡ଼ି, ପ୍ରତି ଶ୍ରେଣୀରେ ଝୁଣ୍ଡି ମାଟ୍ରିକ୍ ଯାଏ ପାଠ ପଢ଼ିବା ମଧ୍ୟ ଏକ ସଉକି। ବରଘର ଦେଖ୍ୱାଆସିଲେ ଝିଅର ଯୋଗ୍ୟତା ତାଲିକାରେ ପାଠ ଦି'ଅକ୍ଷର ମଧ୍ୟ ଏକ କଲା। ଶୁଭା ଯେ ମାଟ୍ରିକ୍ ପାସ୍ ନ କରୁଣୁ ବାହା ହୋଇଯିବ, ଏକଥା ମୁଁ ଜାଣିଥିଲି। କାରଣ ପ୍ରତି କ୍ଲାସରେ ଦୁଇବର୍ଷ ଲେଖା ରହି ଦଶମ ଶ୍ରେଣୀ ବେଳକୁ ଶୁଭାକୁ ହୋଇଥିଲା କୋଡ଼ିଏ ବର୍ଷ। ମୁଁ ମଧ୍ୟ ଡେରିରେ ପାଠପଢ଼ି, ଟ୍ୟୁସନ୍ କରିବାରେ ବୟସ ବରବାଦ କରି ଆଇ.ଏ. ପଢ଼ିବା ବେଳକୁ ମୋର କ୍ଲାସରେ ବୁଢ଼ା! କିନ୍ତୁ ମୁଁ ଚାହୁଁଥିଲି, ଶୁଭାର ବାହାଘର ଡ଼େରି ହେଉ। ଏପରି ଭାବିବା ପଛରେ ମୋର ସେପରି କିଛି ଦୁରଭିସନ୍ଧି ନଥିଲା। ଏକ ଉଚ୍ଚାକାଙ୍କ୍ଷୀ ଯୁବକର ସ୍ୱାର୍ଥପର ଭାବନା ବ୍ୟତୀତ ଏହା ଅନ୍ୟ କିଛି ନଥିଲା। ଶୁଭାଙ୍କ ଘରୁ ମତେ ଭଲ ପଇସା ମିଲୁଥିଲା ଓ ମଝିରେ ମଝିରେ ଦିବ୍ୟଭୋଜନ ମଧ୍ୟ ମିଲୁଥିଲା। ତେଣୁ ଇଶ୍ୱରଙ୍କୁ ଡାକୁଥିଲି, ଶୁଭାର ବାହାଘର ଦି' ଚାରିବର୍ଷ ବିଲମ୍ୱରେ ହେଲେ ମୋର ବି.ଏ. ପଢ଼ାର ଖର୍ଚ୍ଚଟା ସୁରୁଖୁରୁରେ ଉଠିଯାଆନ୍ତା। ମାତ୍ର ମୋ ଚାହିଁବା ନ ଚାହିଁବାକୁ କ'ଣ ଶୁଭାର ସବୁମନ୍ତେ ଯୋଗ୍ୟ ବରଟି ଅପେକ୍ଷା କରି ବସିଥାନ୍ତା ? ମାଟ୍ରିକ୍ ପରୀକ୍ଷାକୁ ମୁଣ୍ଡ ଉପରୁ ଉତାରିଦେଇ ହଠାତ୍ ଶୁଭା ମୁଣ୍ଡରେ ବାହାମୁକୁଟ ପିନ୍ଧିଲା। ଶୁଭାର ବାହାଘର ଭୋଜିରେ ଦିବ୍ୟଭୋଜନ କରି ମୁଁ ଅନ୍ୟ ଟ୍ୟୁସନର ସନ୍ଧାନରେ ନିଜକୁ ନିୟୋଜିତ କରିଥିଲି। ଶୁଭାର ସେଇ ବଡ଼ ଅଫିସର-ବରକୁ ମଧ୍ୟ ମୁଁ ଦେଖ୍ ନ ଥିଲି। କାରଣ ଅଧରାତିରେ ବର ଆସିଥିଲା। ବାହାଘର ଭୋଜି ଖାଇସାରି ଶୁଭାର ବରକୁ ଦେଖିବା ପାଇଁ ରାତି ଅନିଦ୍ରା ହେବାର ସେପରି ବିଶେଷ କାରଣ ନ ଥିଲା। ଶୁଭା ପାଇଁ ମୋର ସ୍ୱପ୍ନ ଅଟକି ଗଲାନାହିଁ। କାହା ପାଇଁ ସଂସାରରେ କିଛି ଅଟକି ଯାଏନି। କେବଳ ବି.ଏ. ନୁହେଁ, ମୁଁ ଏମ୍.ଏ. ପାସ୍ କରିଥିଲି ନାନା ସଂଘର୍ଷ ଭିତରେ, ନିଜ ଚେଷ୍ଟାରେ। ସମ୍ମାନଜନକ ଚାକିରିଟିଏ ମିଳିଯାଇଥିଲା। ସଂସାର କରିଥିଲି। ସ୍ୱାଭାବିକ୍ ଜୀବନଟିଏ କାଟିଥିଲି। ପୁଅ-ଝିଅ ଅଭାବ ଅନଟନ, ପିଲାଙ୍କୁ ନେଇ ସ୍ୱପ୍ନ ଓ ସ୍ୱଭ୍ନଭଙ୍ଗ, ସ୍ୱାଙ୍କ ପ୍ରେମ ଓ ଗଞ୍ଜଣା, ଚାକିରିରେ ହତାଶା, ସାମାଜିକ ଜୀବନରେ ନ୍ୟାୟରୁ ବଞ୍ଚିତ, ରାତି ପାହିଲେ ମହର୍ଘ, ଠକାମି, ପ୍ରତିଯୋଗିତାରେ ସାମ୍ନାସାମ୍ନି, ଚାକିରି-ଉଙ୍ଗାରେ ବସି ଅଣାୟଉ ବଦଲି-ପବନରେ ସ୍ଥାନାନ୍ତର, ସହର ବଦଲି, ଘର ବଦଲି, ବନ୍ଧୁ ପରିବର୍ତନ ଅବଶେଷରେ ଅବସର ପାଇଁ ପ୍ରସ୍ତୁତି ଭିତରେ ଶୁଭାର ଖବର ରଖିବାର ଆବଶ୍ୟକତା କି ଅବକାଶ ନ ଥିଲା। କେବଳ ଏତିକି ଜାଣିଥିଲି, ଶୁଭା ପୁନର୍ବାର 'ଶୋଭା' ହୋଇଯାଇଛି। କିଛିବର୍ଷ ତଲେ ଶୁଭାର ପୁଅର

କୃତିତ୍ୱ ସମ୍ବାଦପତ୍ରରେ ବିଜ୍ଞାପିତ ହୋଇଥିଲା । ସେଥିରେ ଲେଖା ଥିଲା, ଶ୍ରୀ ମନମୋହନ ମହାନ୍ତି ଓ ଶ୍ରୀମତୀ ଶୋଭାରାଣୀ ମହାନ୍ତିଙ୍କର ପୁତ୍ର ଓ ଚୌଧୁରୀ ଜଗମୋହନ ରାୟଙ୍କର ନାତି ଦୀପ୍ତିମାନ ମହାନ୍ତି... ଇତ୍ୟାଦି ଇତ୍ୟାଦି ।

ଅବଶ୍ୟ ତା' ନାଆଁଟିକୁ ପରିବର୍ତ୍ତନ କରି ମୁଁ ଶୋଭାରାଣୀରୁ ଶୁଭା କରିଦେଇଥିଲି । ସେ ଯଦି ମାଟ୍ରିକ୍ ପାସ୍ କରିଥାନ୍ତା, ତେବେ ତା'ର ମାଟ୍ରିକ୍ ସାର୍ଟିଫିକେଟ୍‌ରେ ଶୁଭା ହିଁ ରହିଥାନ୍ତା । ଶୁଭା ଓ ଶୋଭା ଭିତରେ ଅର୍ଥଗତ ଫରକ ଶୁଭା ପାଖରେ କିଛି ନ ଥାଇପାରେ, ମାତ୍ର ମୋ ପାଖରେ ଶୁଭା ଓ ଶୋଭାର ଫରକ ଅନେକ । ଝିଅମାନଙ୍କ ନାଁ ଶୋଭା, ସୁନ୍ଦରୀ, ମେନକା, ଉର୍ବଶୀ, କାହିଁକି ଦିଅନ୍ତି ? ପୁଣି ନାଆଁମାନଙ୍କ ସଙ୍ଗେ ଯୋଗ ହୋଇଥିବା ରାଣୀ । ପ୍ରଥମତଃ ସୁନ୍ଦରୀ, ଶୋଭା, ସୁନୟନା, ନାଆଁଗୁଡ଼ିକ ଝିଅମାନଙ୍କୁ ଫୁଲେଇ କରିଦିଏ, ଯଦି ସେମାନେ ପ୍ରକୃତରେ ସାମାନ୍ୟ ସୁନ୍ଦରୀ ହୋଇଥିବେ । ଯଦି ସୁନ୍ଦରୀ ନ ହୋଇ ସୁନ୍ଦରୀ ନାମ ରହିଥିବ, ତେବେ ହୀନମନ୍ୟତାର ଶିକାର ହେବା ଅସ୍ୱାଭାବିକ ନୁହେଁ । ତା' ଛଡ଼ା ରାଣୀ ହେବା କାହା ଭାଗ୍ୟରେ ଥାଏ ? ଥିଲେ ମଧ୍ୟ ରାଣୀ ହେବାରେ ସତରେ ସୁଖ କେତେ ! ଏମିତି ଅନେକ କଥା ସେ ବୟସରେ ମୁଁ ଭାବୁଥିଲି ଓ ଶୋଭା ନାଆଁଟିକୁ ଶୁଭା କରିଦେଇଥିଲି । ଅବଶ୍ୟ ଶୋଭାକୁ ମୁଁ କେବଳ ଡାକୁଥିଲି ଶୁଭା ଓ ମାଟ୍ରିକ୍ ପରୀକ୍ଷାର ଫର୍ମ ପୂରଣ ବେଳେ ସେଇ ନାମ ହିଁ ପୂରଣ କରାଯାଇଥାନ୍ତା । ଛାଡ଼, ଶୁଭା ଯଦି ତା' ଶାଶୂଘରେ 'ଶୋଭା' ହେଲା, ମୋର ମୁଣ୍ଡ ଖେଳାଇବାର କ'ଣ ଅଛି ? ତେବେ, ଶୁଣିଥିଲି ଯେ ଶୋଭା ରାଣୀ ମଧ୍ୟ ହୋଇଛି । ସ୍ୱାମୀଙ୍କର ଅଜସ୍ର ଆୟ, କ୍ଷମତା ଓ ପ୍ରତିପତ୍ତି, ସହରରେ କୋଠାବାଡ଼ି । ଅଚଳାଚଳ ସମ୍ପତ୍ତି । ସ୍ୱତନ୍ତ୍ର ଗୋଟାଏ କାର୍ ଖଣ୍ଡା ହୋଇଥାଏ ଶୁଭା ପାଇଁ । ଏସବୁ ଦେଖିଲି ଶୁଭା ଘରକୁ ଯାଇ, ତିରିଶ ବତିଶ ବର୍ଷ ପରେ । ଶୁଭା ଅତୀତରେ ସୁନ୍ଦରୀ ଥିଲା ନା ନାହିଁ ? ମନେପକାଇବାକୁ ପଡ଼ିଲା । ଅର୍ଥାତ୍ ଶୁଭା ଏମିତି କିଛି ସୁନ୍ଦରୀ ନଥିଲା । ଯୋଉଥିରେ ତା' ରୂପଟା ଛବି ଭଳି ଛପି ଯାଇଥିବ ସ୍ମୃତିରେ । ତେବେ, ସେ ବୟସରେ ଯେଉଁ ନିଷ୍ପାପ, ସତେଜ, ସଜ ଫରଫର ଲାବଣ୍ୟ ସବୁ ଝିଅଙ୍କଠି ମାଖି ହୋଇଯାଇଥାଏ ସେଇ ଲାବଣ୍ୟ ଶୁଭାଠି ମଧ୍ୟ ମାଟିମୁଟି ମାଖି ଦେଇଥିଲା କିଏ । ସବୁ ଯୌବନବତୀ ଝିଅଙ୍କ ଭଳି ଶୁଭା ଆଖିକୁ ଭଲ ଲାଗୁଥିଲା । ବାସ୍, ସେତିକି ଛଡ଼ା ଶୁଭା ଏପରି ଅପରୂପ ସୌନ୍ଦର୍ଯ୍ୟବତୀ ନ ଥିଲା । ବର୍ଷାକାଳରେ କିଛି ନଈ ଉତ୍‌ଫୁଲ୍ଲିତ ହୋଇ କୂଳ ଲଙ୍ଘନ୍ତି, ପୁଣି କିଛି ନଈ ଗମ୍ଭୀର, ନିଥର ହୋଇପଡ଼ିଥାନ୍ତି । ଶୁଭା ଥିଲା ଚପଳ ବୟସରେ ଗମ୍ଭୀର, ନିସ୍ତରଙ୍ଗ । ମାପିଚୁପି କଥା କହେ, ହିସାବ କରି ହସେ । ଅବଶ୍ୟ ଜାଣିଶୁଣି ଏପରି କରେ ନାହିଁ । ଗମ୍ଭୀରତା ଓ ମଗ୍ନତା ସମ୍ଭବତଃ

ତା'ର ଅଭ୍ୟାସ। ଏକଥା ବି ହୋଇପାରେ ଯେ ହୋମୱାର୍କ ନ କରିଥିବା ହେତୁ ଏବଂ ଗୋଟିଏ କଥା ବାରମ୍ବାର ବୁଝାଇବା ପରେ ମଧ୍ୟ ବୁଝିପାରୁ ନଥିବା ହେତୁ ସେ ପ୍ରାୟ ସବୁଦିନ ମୋ' ଠାରୁ ଗାଲି ଶୁଣି ଗମ୍ଭୀର ରହିବା ପାଇଁ ବାଧ୍ୟ ହୁଏ। ଆଉରି ବି ଶୁଭା ଅନେକ ସମୟରେ ଅନ୍ୟମନସ୍କ ରହୁଥିବା ଏକ କାରଣ ହୋଇପାରେ। ଏ ବୟସରେ ଅନ୍ୟମନସ୍କତା ମଧ୍ୟ ଏକ ସ୍ୱାଭାବିକ ଗୁଣ। ସେ ଯାହା ବି ହଉ, ଶୁଭା ଚୁପଚାପ୍ ଝିଅଟିଏ ଥିଲା। ବାହାଘର ପୂର୍ବରୁ ଯେଉଁଦିନ ତା'ର ପାଠ ବନ୍ଦ ହେଲା, ସେଦିନ ଶୁଭା କହିଥିଲା, "ସାର୍, ମୋ ମନ ଭାରି ଦୁଃଖ।"

"ଦୁଃଖ କାହିଁକି, ସବୁ ଝିଅ ତ ଦିନେ ନା ଦିନେ ବାହା ହୁଅନ୍ତି।"

"ଦୁଃଖ ବାହାଘର ପାଇଁ ନୁହେଁ।"

"ତେବେ ପାଠପଢ଼ା ବନ୍ଦ ହୋଇଗଲା ବୋଲି ଦୁଃଖ?" ମୁଁ ପଚାରିଲି। ଶୁଭା ସହସା ଉତ୍ତର ଦେଲା, "ପାଠପଢ଼ା ବନ୍ଦ ହେଲା ବୋଲି ଆଦୌ ଦୁଃଖ ନାହିଁ। କାରଣ ପାଠ ମୋ ଦ୍ୱାରା ହେବନାହିଁ, ଏକଥା ମୁଁ ଜାଣିଥିଲି। ଭଲ ହେଲା ଯେ ପରୀକ୍ଷାଟା ଆସିବା ଆଗରୁ ବାପା ମତେ ବାହା କରିଦେଉଛନ୍ତି। ଦୁଃଖ ଏଇଥିପାଇଁ ଯେ ମୋର ଟ୍ୟୁସନ୍‌ଟା ବନ୍ଦ ହୋଇଗଲା।"

ମୁଁ ହସିଉଠିଲି ଶୁଭାର କଥାରେ। କହିଲି, "କେଡ଼େ ଆଶ୍ଚର୍ଯ୍ୟ ଝିଅ ତୁମେ! ପାଠପଢ଼ା ପାଇଁ ସିନା ଟ୍ୟୁସନ, ପାଠପଢ଼ାରେ ଇଚ୍ଛା ନାହିଁ ଅଥଚ ଟ୍ୟୁସନ ବନ୍ଦ ହୋଇଗଲା ବୋଲି ଦୁଃଖ।"

"ସାର୍ ଆପଣଙ୍କ ବି.ଏ. ପଢ଼ାଟା କାଲେ ବନ୍ଦ ହୋଇଯିବ, ସେଇ ମୋର ଦୁଃଖ। ତେବେ, ଭଗବାନଙ୍କ ଇଚ୍ଛାରେ ସବୁ କିଛି ହେଉଛି। ଆପଣଙ୍କର ବି.ଏ. ପାସ୍ କରିବାକୁ ଥିଲେ ନିଶ୍ଚୟ ପାସ କରିବେ। ସାର୍, ଆପଣ ମୋ ଘରକୁ ନିଶ୍ଚୟ ଆସିବେ।"

'ମୋ ଘର' କହିବାବେଳେ ଶୁଭାର ମୁହଁଟା ଅକାରଣରେ ନାଲି ପଡ଼ିଯାଇ ଥିଲା। ଅବାକ୍ ହୋଇ ମୁଁ ଶୁଭାର ମୁହଁକୁ ଚାହିଁଲି। ମୋର ମନେହୋଇଥିଲା 'ମୋ ବର' ଅପେକ୍ଷା 'ମୋ ଘର' ହେଉଛି ଝିଅମାନଙ୍କ ପାଇଁ ବଡ଼। ନାଡ଼ିଲିଭ୍‌ସା ଝିଅମାନଙ୍କର ସହଜାତ ପ୍ରବୃତ୍ତି। ଅଧିକାଂଶ ସ୍ଥଳେ ବର ମନଲାଖି ନ ହେଲେ ବି ଘରକୁ ମନଲାଖି କରିଦେଇ ଝିଅମାନେ ସେଇ ନିଶାରେ ତମାମ ଜୀବନ ମଗ୍ନ ହୋଇ ବଞ୍ଚନ୍ତି। ମନଲାଖି ବର ପାଇବା ଝିଅମାନଙ୍କ ଅକ୍ତିଆରରେ ନଥାଏ; କିନ୍ତୁ ଘରକୁ ମନଲାଖି କରିପାରିବା ଝିଅମାନଙ୍କ କର୍ତ୍ତୃତ୍ୱ ଭିତର କଥା। ବରକୁ ଭଲ ନ ପାଇ ଜୀବନ କାଟିଦେଇ ହୁଏ; ମାତ୍ର ସାନ ହେଉ, ବଡ଼ ହେଉ, 'ଘର'କୁ ଭଲ ନ ପାଇ ଜୀବନ କାଟିବା କୋଠିକାର ପାଠ।

କେଜାଣି, ଶୁଭାର ବର ତା'ର ମନଲାଖି ହୋଇଥିଲା କି ନା କିଏ ଜାଣେ ? ମାତ୍ର ଶୁଭାର ଘରେ ପାଦ ଦେଉ ଦେଉ ଅନୁଭବ କଲି, ଏ ଘରଟି ଶୁଭାର ମନଲାଖି ହୋଇଥିବ, ଏଥିରେ ସନ୍ଦେହ ନାହିଁ। ଅର୍ଥାତ୍ ଶୁଭାର ଶୁଭଙ୍କରୀ ସ୍ପର୍ଶରେ ମନଲାଖି ଘରଟିଏ ଗଢ଼ିଉଠିଛି ଖାସ୍ ଶୁଭାକୁ କେନ୍ଦ୍ରକରି। ଶୁଭାକୁ ବାଦ୍ ଦେଲେ ଏ ଘରଟି କେନ୍ଦ୍ରରୁ ବିଚ୍ଛିନ୍ନ ହୋଇ ବିପର୍ଯ୍ୟସ୍ତ ହୋଇଯିବାକୁ ବାଧ୍ୟ।

ସେଦିନ ବତିଶ ବର୍ଷ ପରେ ଶୁଭା ସହ ଅଚାନକ ଭେଟ ହୋଇଗଲା ଶାଢ଼ି ଦୋକାନରେ। ଶୁଭାକୁ ମୁଁ ଚିହ୍ନିପାରିଲି ନାହିଁ। ତେବେ, ଦୋକାନ ଭିତରେ ଶୁଭା ବାରମ୍ବାର ମୋର ଦୃଷ୍ଟି ଆକର୍ଷଣ କରୁଥିଲା। ଶୁଭାର ଦରପାଚିଲା କେଶ, ପୃଥୁଳ ଶରୀର, ପାନଖିଆ ନାଲି କଳା ମିଶାମିଶି ଦାନ୍ତ, ପୁଣି କଡ଼ ଦାନ୍ତରେ ସୁନାଖୋଳ, ଶୁଭାର ଓଜନିଆ ହାତ ଓ ଟାରୁ ବେକକୁ ଖାପ ଖାଇବା ଭଳି ଭାରୀ ସୁନାଗହଣା, ଶୁଭାର ଦୁଇ ଗାଲ ଉପରେ ବୟସର ଥୋପା ଥୋପା କଳା ଦାଗ, ସେଥିକି ଖାତିର ନ କରି ଆଦୌ କସମେଟିକ୍ ବ୍ୟବହାର ନ କରିଥିବା ଶୁଭାର ପରିପୂର୍ଣ୍ଣ ଚକା ମୁହଁ ଏବଂ ସବୁଠୁଁ ଦାମିକା ଶାଢ଼ିଗୁଡ଼ାକୁ ଖୋଲି ଆମ୍ବିଶ୍ୱାସର ସହ ଦେଖୁବାର ଭଙ୍ଗୀ କହିଦେଉଥିଲା ଯେ ଶୁଭା ଧନୀ ମହିଲାଟିଏ ହୋଇଥିବ ଏବଂ ନିଜ ଅପେକ୍ଷା ନିଜର ଧନସମ୍ପଦ, ଘରଦ୍ୱାର ଓ ସ୍ୱାତସ୍କୁ ବେଶୀ ପ୍ରାଧାନ୍ୟ ଦେଉଥିବ। ସେଲ୍‌ସମ୍ୟାନ ମତେ ଧ୍ୟାନ ନ ଦେଇ ଶୁଭା ଉପରେ ଧ୍ୟାନ କେନ୍ଦ୍ରୀଭୂତ କରିଥିଲା। ଶୁଭା ସମ୍ଭବତଃ ରେଗୁଲାର କଷ୍ଟମର ହୋଇଥିବ। ମୁଁ ଅପେକ୍ଷାକୃତ କମ୍ ଦାମ୍‌ର ଶାଢ଼ି ମୂଲାଉଥିଲି ସ୍ୱାଙ୍କ ପାଇଁ। ଶାଢ଼ିଟି କମ୍ ଦାମ୍‌ର ହୋଇଥିଲେ ବି ବେଶ୍ ସୁନ୍ଦର ଥିଲା। ଶାଢ଼ିଟି ଶୁଭାର ଦୃଷ୍ଟି ଆକର୍ଷଣ କଲା, ଶାଢ଼ି ଉପରୁ ତା' ଦୃଷ୍ଟି ଫେରିଲା ମୋ ଉପରକୁ। ସହସା ଶୁଭା ଉଠିପଡ଼ି ନମସ୍କାର କଲା ଏବଂ ଖୁସିରେ ଗଦ୍‌ଗଦ୍ ହୋଇ କହିଲା, "ସାର୍, ନମସ୍କାର। ଆପଣ ଏଠି ?

ମୁଁ ଚକିତ ହୋଇ ଚାହିଁଲି– "କିଏ ?"

"ସାର୍, ଚିହ୍ନିପାରିଲେନି ? ମୁଁ ଶୁଭା।"

ଶୁଭାର ଚେହେରା ସଙ୍ଗେ ତାଳଦେଇ ତା'ର ଗଳାଟା ମଧ୍ୟ ଫଟା ଫଟା ଶୁଭୁଛି। ଯେମିତି କଫ ବାନ୍ଧି ବସିଯାଇଛି ଗଳାଟା।

କହିଲି, "ନା, ସତରେ ମୁଁ ଚିହ୍ନିପାରିଲିନି। ତୁମେ ଏତେ ବଦଳି ଯାଇଛ ଯେ…"

"ସାର୍, ସଫା କହୁନାହାନ୍ତି କାହିଁକି ଯେ ମୁଁ ଏ ଭିତରେ ନିପଟ ବୁଢ଼ୀ ହୋଇ ଯାଇଛି। ନାତିନାତୁଣୀ ମିଶି ତିନି, ସାନ ନାତିର ଜନ୍ମଦିନ। ଲୁଗାପଟା କିଣିବା ପାଇଁ

ଆସିଥିଲି । ନାତି ପାଇଁ ଯେମିତି ସେମିତି କିଣିନେଲେ ଚଳିବ । କିନ୍ତୁ ବୋହୂ ପାଇଁ ମନଲାଖି ଶାଢ଼ିଟିଏ ନ ନେଲେ ତାକୁ ଖରାପ ନ ଲାଗିପାରେ, ମାତ୍ର ମତେ ଖରାପ ଲାଗିବ," ଶୁଭାର ସ୍ବରରେ ପୂରା ନଜର ଭରା ଗୀତି ।

ମୁଁ କହିଲି, "ପେପରରୁ ପଢ଼ିଥିଲି ତୁମ ପୁଅର କୃତିତ୍ବ । ଯା' ହେଉ, ତୁମ ପୁଅ ଯେ ଏତେ ମେଧାବୀ ହୋଇଛି, ବଡ଼ ଭାଗ୍ୟର କଥା ।"

"ଠିକ୍ ତା' ବାପାଙ୍କ ଭଳି । ମୋ ବୁଦ୍ଧି ତ ଆପଣଙ୍କୁ ଜଣା ।" ଶୁଭାର ସ୍ବରରେ ପରମ ଗୌରବର ଢଙ୍କାର ସ୍ବାମୀ ଓ ପୁଅଙ୍କ ପାଇଁ । ଯାହାହେଉ, ଶୁଭା ସୁଖୀ ହୋଇଛି । ଖୁସି ଲାଗିଲା । ଶୁଭାର ସୁଖରଞ୍ଜିତ ସାମଗ୍ରିକତା ଦେଖି । ଶୁଭା ଭଳି ମୋଟାବୁଦ୍ଧିଆ ଝିଅମାନେ ସହଜରେ ସୁଖୀ ହୋଇପାରନ୍ତି । ପିଲାମାନେ ଭଲ ପଢ଼ିଲେ, ସ୍ବାମୀ ରୋଜଗାରିଆ ହୋଇଥିଲେ ଶୁଭା ଭଳି ଝିଅମାନଙ୍କର ଆଉ ଦୁଃଖ କ'ଣ ?

ଶୁଭା ମତେ ଚାହିଁ ଚୁପ୍‌ଚାପ୍ କରି ପଚାରିଲା, "ସାର୍, ଆପଣ ବି.ଏ. ପାସ୍ କଲେ ନା ନାହିଁ ?"

ମୁଁ ଶୁଭାର ପ୍ରଶ୍ନରେ ସାମାନ୍ୟ ଅପ୍ରସ୍ତୁତ ହେଲି । ମାତ୍ର ଏତିକି ବୁଝିହେଲା ଯେ ଶୁଭାର ରୂପରଙ୍ଗ ବଦଳିଛି, ଶୁଭା ବଦଳି ନାହିଁ, ସେମିତି ସରଳ ମୋଟାବୁଦ୍ଧିଆ ହୋଇ ରହିଛି । ଶୁଭାର ପ୍ରଶ୍ନରୁ ସ୍ପଷ୍ଟ ଯେ ଶୁଭା ମୋ ବିଷୟରେ କିଛି ବି ଖବର ରଖିନାହିଁ । କିନ୍ତୁ ତା' ବୋଲି କ'ଣ ଏମିତି ଏକ ପ୍ରଶ୍ନ ଦୋକାନଟା ଭିତରେ ଶୁଭାଠାରୁ ଆଶା କରାଯାଏ ? ଶୁଭାର ବୁଦ୍ଧିର ବୃଦ୍ଧି ହୋଇନି ସତ, ବୟସ ତ ବୃଦ୍ଧି ହୋଇଛି । ମୁଁ ତା' ପ୍ରଶ୍ନର ଉତ୍ତର ନ ଦେଇ କହିଲି, "ଘର ଠିକଣା ଦିଅ । କେବେ ସୁବିଧା କରି ଆସିବି । ମୁଁ'ତ ଛଅମାସ ତଳେ ଏଠାକୁ ବଦଳି ହୋଇ ଆସିଛି । ଆଉ ବର୍ଷକରେ ରିଟାୟାର କରିବି । ଭଲ ହେଲା, ଅନେକ ଦିନ ପରେ ତମ ଭଳି ଛାତ୍ରୀ ସହ ଦେଖାହେଲା..."

ଶୁଭା ତା' ବ୍ୟାଗ୍ ଖୋଲି ତା' ସ୍ବାମୀଙ୍କର ନାମାଙ୍କିତ କାର୍ଡଟିଏ ବଢ଼ାଇଦେଲା । ମୁଁ ତା' ସହ କଥା ନ ବଢ଼ାଇ ଦୋକାନରୁ ବାହାରି ଆସିଲି । 'ଆପଣ ବି.ଏ. ପାସ୍ କରିଛନ୍ତି କି ନାହିଁ' ଭଳି ଶୁଭା ଯଦି ପଚାରିଦିଏ "ସାର ଆପଣ ଭଲ ଖାଇବାକୁ ପାଉଛନ୍ତି ତ ?" ତେବେ, ଦୋକାନଟା ଭିତରେ ମୋ ମୁଣ୍ଡକୁ ରାଗ ବଢ଼ିଯାଇଥା'ନ୍ତା ।

ଶୁଭାର ଅନୁରୋଧ ରକ୍ଷା କରି ଦିନେ ତା' ଘରେ ଯାଇ ପହଞ୍ଚିଲି । ଶୁଭାକୁ ଅନ୍ତତଃ ଜଣାଇଦେବାକୁ ହେବ ଯେ ସେ ଶୀଘ୍ର ବାହା ହୋଇଯାଇ ମୋ ଟ୍ୟୁସନ ବନ୍ଦ କରିଦେଇଥିଲେ ମଧ ମୁଁ କେବଳ ବି.ଏ. ପାସ୍ କରିନାହିଁ, ଏମ୍.ଏ. ମଧ ପାସ୍ କରିଛି ଓ ସମ୍ମାନଜନକ ଚାକିରିଟିଏ କରିଛି, ଯେଉଁଥିରେ ମାଛ, ମାଂସ, ଦୁଧ, ଘିଅ, ଫଳମୂଲ ଇତ୍ୟାଦି ଖାଇପାରୁଛି, ମୁଁ ଆଉ ଟ୍ୟୁସନ ଉପରେ ନିର୍ଭର କରେ ନାହିଁ । ଶୁଭା ମତେ

କ'ଣ ବୋଲି ଭାବିଛି ? ଶୁଭାର ସ୍ୱାମୀ ଧନୀ ହୋଇପାରନ୍ତି, ମାତ୍ର ମୁଁ ଗରିବ ନୁହେଁ। ଭାରତବର୍ଷରେ ମଧ୍ୟବିତ୍ତ ହୋଇ ଜୀବନ ନିର୍ବାହ କରିବା କିଛି କମ୍‍ କଥା ନୁହେଁ।

ମୁଁ ଶୁଭା ଘରେ ସନ୍ଧ୍ୟା ପାଞ୍ଚଟାରେ ପହଞ୍ଚିଲାବେଳକୁ ଶୁଭା ବାଲ୍‍ଟିଏ କ୍ଷୀର ଧରି ବସିଥିଲା। ମତେ ଦେଖି କହିଲା, "ସାର୍‍ ଆପଣ ବୋଧହୁଏ କ୍ଷୀର କିଣୁଥିବେ। ଘରପାଖ ହୋଇଥିଲେ ମୋ ଘରୁ ଖାଣ୍ଟି କ୍ଷୀର ପାଇଥାନ୍ତେ। ମୋ ଘରେ ବର୍ଷକ ବାରମାସ ଦୁହାଁଳିଆ ଗାଈ। ମୁଁ କ୍ଷୀର ଦହି କରି ଗଉଡୁଣୀ ପାଲଟି ଗଲିଣି।"

ସ୍ୱାମୀଙ୍କର ସ୍ଵାଟସ୍‍ ସଙ୍ଗେ ଘରେ ଜର୍ସି ଗାଈ ରଖି ସ୍ୱାମାନେ କ୍ଷୀର ବ୍ୟବସାୟ କରିବା, କୁକୁରଛୁଆ ବ୍ୟବସାୟ କରିବା, ଶାଢ଼ି ଇତ୍ୟାଦି ବ୍ୟବସାୟ କରିବାଟା ଏବେ ଭିନ୍ନ ଏକ ଆଭିଜାତ୍ୟରେ ଗଣାହେଲାଣି।

ଶୁଭା ତରବର ହୋଇ ଛେନା ଛିଣ୍ଡାଇ ପୂରା ପ୍ଲେଟ୍‍ ଛେନା, ପୁଲାଏ କାଜୁ ଓ ଅନ୍ୟାନ୍ୟ ମିଷ୍ଟାନ୍ନ ମୋ ସାମ୍ନାରେ ଅତି ଆଗ୍ରହରେ ଆଣି ରଖିଲା। ଅତୀତରେ ଶୁଭା ଯେତେ ଯାହା ଖାଦ୍ୟ ମୋ ସାମ୍ନାରେ ରଖୁଥିଲା, ମୁଁ ସବୁ ଖାଇଦେଉଥିଲି। ଅଧିକାଂଶ ଦିନ ମୁଁ ରାତିରେ ଆଉ ଖାଉ ନ ଥିଲି। କିନ୍ତୁ ଆଜି ଅବେଳାରେ ଏତେଗୁଡ଼ାଏ ଅଭିଜାତ ଖାଦ୍ୟ ଦେଖି ମୁଁ ଅନାଗ୍ରହ ସହକାରେ କହିଲି, "ଏତେ ! କ'ଣ ଗୋରୁ ନା କୁମ୍ଭକର୍ଣ୍ଣ ? ତା'ଛଡ଼ା ମତେ ମିଠା, କାଜୁ ସବୁ ମନା। କେବଳ ସଜ ଛେନା ଦିଅ, କିନ୍ତୁ ଅଳ୍ପ ପରିମାଣର..."

"ଆପଣଙ୍କୁ ଖାଇବା ମନା !" ଶୁଭା ବିଶ୍ୱାସ କରିପାରିଲା ନାହିଁ।

ଗୋଟାଏ ସମୟରେ ଖାଦ୍ୟାଭାବରୁ ମୋ ରକ୍ତରେ ଶର୍କରା, ଚର୍ବି ସବୁ କମ୍‍ ଥିଲା। ସୁଷମ ଖାଦ୍ୟର ଅଭାବରେ ଚେହେରା କେମିତି ଦିଶେ, ମୁଁ ତା'ର ଉଦାହରଣ ଥିଲି। ଡାକ୍ତର କହୁଥିଲେ ସବୁ ଖାଅ- ଘିଅ, ଦୁଧ, ଛେନା, ମାଛ, ମାଂସ, ଫଳମୂଳ ସବୁ.... ପ୍ରଚୁର ପରିମାଣରେ ଖାଇବାରେ କ୍ଷତି ନାହିଁ। ମୁଁ କେବଳ ସେ ସବୁକୁ କାନରେ ଶୁଣୁଥିଲି। ଆଖିରେ ଦେଖୁ ନ ଥିଲି।

ଅଥଚ ଆଜି ସବୁ ମନା। ଶୁଭା ସମ୍ଭବତଃ ବିଶ୍ୱାସ କରିପାରୁ ନ ଥିଲା ଯେ ମୋ ରକ୍ତ ଏତେ ଧନୀ ହୋଇଯାଇଛି ଏ ଭିତରେ। ଧନୀ ଲୋକଙ୍କର ରକ୍ତ ଧନୀ ହେବା କଥା, ଗରିବ ଲୋକଙ୍କ ରକ୍ତ ତ ଚିରକାଳ ଦୁର୍ଭିକ୍ଷିଆ।

ଶୁଭାର ଆଗ୍ରହ ମଉଳି ଯାଇଥିଲା।

ମୁଁ ଗୋଟାଏ ପ୍ଲେଟ୍‍ରେ କିଛି ଛେନା କୋଢ଼ିନେଇ ଖାଉ ଖାଉ କହିଲି, "ମିଛ କହୁନାହିଁ। ବୟସ ବେଳେ ପ୍ରଚୁର ଖିଆହେଲା। ରକ୍ତ ପ୍ରତିବାଦ କରିବନି ତ ଆଉ କିଏ କରିବ ? ମଧ୍ୟବିତ୍ତ ଲୋକ ସବୁ ତ ଖାଇ ଉଡ଼େଇଦିଏ। ଭଲ ଖାଇବା ହିଁ

ମଧବିତ୍ତର ଶ୍ରେଷ୍ଠ ବିଳାସ। ଅନ୍ୟ କିଛି ବିଳାସକୁ ତା' ହାତ ପାଏ ନାହିଁ। ମୁଁ ଧନୀ ନୁହେଁ, କିନ୍ତୁ ମୋର ରକ୍ତ ଧନୀ।"

ଶୁଭାକୁ ମୁଁ ଜଣାଇ ଦେବାକୁ ଚାହୁଁଥିଲି ଯେ ମତେ ସେ ଗରିବ ଭାବିବା ଠିକ୍ ନୁହେଁ, ମୁଁ ନିଜ ପ୍ରଚେଷ୍ଟାରେ ମଧ୍ୟବିତ୍ତ ହୋଇପାରିଛି।

ଶୁଭା ମୋ ମୁହଁକୁ ଚାହିଁ ବାଲୁ ବାଲୁ କରି ମିଠାକାଜୁ ଖାଉ ଖାଉ କହିଲା, "ମତେ ଡାକ୍ତର ସବୁ ବାରଣ କରିଛି। ମୁଁ ସେ ବାରଣକୁ ମାନେ ନାହିଁ। ମଣିଷ ନ ଖାଇଲେ ବି ମରିବ, ଖାଇଲେ ବି ମରିବ। ତେବେ, ଖାଇ ଖାଇ ନ ମରିବ କାହିଁକି ? ଖାଇବା ସଉକି ଛଡ଼ା ମୋର ଆଉ କି ସଉକିଟା ଅଛି କି ?"

ଅବଶ୍ୟ ଝିଅଦିନରୁ ଶୁଭାର ଖାଇବା-ସଉକ ଥିଲା ମୁଖ୍ୟ। ପିନ୍ଧିବା ସଉକି ଗୌଣ। ଆଜି ମଧ୍ୟ ଯଦି ତା'ର ଖାଇବା ସଉକି ମୁଖ୍ୟ, ତେବେ କାହିଁକି ଭାବିବି ଯେ ଶୁଭା ସୁଖୀ ନୁହେଁ।

ଶୁଭାଘରକୁ ଯିବାଟା ନିୟମରେ ପଡ଼ିଯାଇଥିଲା। ଟ୍ୟୁସନ କଲାଭଳି କିଛି ନିର୍ଦ୍ଦିଷ୍ଟ କାରଣ ନ ଥାଇ ମଧ୍ୟ ଦୁଇ ଚାରିଦିନେ ଥରେ ଶୁଭାଘର ଆଢ଼େ ବୁଲି ନ ଆସିଲେ କର୍ତ୍ତବ୍ୟରେ ତ୍ରୁଟି କଲାଭଳି ଲାଗୁଥିଲା। ଥରେ ଦୁଇଥର ସ୍ତ୍ରୀ ଓ ପିଲାମାନେ ମଧ୍ୟ ଶୁଭାଘରକୁ ଆସି ଆପ୍ୟାୟିତ ହୋଇ ଗଲେଣି। ଶୁଭା ମଧ୍ୟ ତା'ର ନାତିନାତୁଣୀଙ୍କୁ ଧରି ଆମ ଘରକୁ ଆସିଲାଣି। ଅବଶ୍ୟ ଆମ ଘରଆଢ଼େ ଆସିବା ପାଇଁ ଶୁଭାର ସ୍ୱାମୀଙ୍କୁ ଫୁରସତ ମିଳିନାହିଁ। ପଦସ୍ଥ ଅଫିସର, ଦାୟିତ୍ୱ ଅନେକ। ଘରକୁ ମଧ୍ୟ ଅଫିସଟାକୁ ନେଇ ଫେରନ୍ତି, ଯେମିତି ଅଫିସ୍ ବାହାରେ ଆଉ କିଛି ନାହିଁ ଏ ଜଗତରେ! ପଦସ୍ଥ ଅଫିସରମାନଙ୍କର ଏମିତି ଦୟନୀୟ ଜୀବନ। ବ୍ୟକ୍ତିଗତ ସୁଖ, ପାରିବାରିକ ଜୀବନ ଥାଇ ମଧ୍ୟ ନାହିଁ କହିଲେ ଚଳେ। ମୁଁ ଶୁଭାର ସ୍ୱାମୀଙ୍କୁ ଭୁଲ୍ ବୁଝିନାହିଁ। ମଧ୍ୟବିତ୍ତର ନିକିତି ଧରି ସେ ମୋ ଘରକୁ ଆସିଥିଲେ ମତେ ଅକଲିଆ ଲାଗିଥାନ୍ତା। ତାଙ୍କ ସହ ଅନ୍ତରଙ୍ଗତା ତ ନାହିଁ। ଶୁଭାର ସ୍ୱାମୀ ଭାବରେ ଯେତିକି ଆଲାପ ପରିଚୟ ଅଛି, ସେତିକିରୁ ମୁଁ ଜାଣିଛି, ସେ ଚିରାଚରିତ ସ୍ୱାମୀଟିଏ। ସ୍ତ୍ରୀକୁ ନିଜର ଛୋଟ ସଂସାର ମୁଣ୍ଡେଇଦେଇ ନିଜେ ଏ ବିରାଟ ସଂସାରଟାକୁ ମୁଣ୍ଡେଇ ଧରିଛନ୍ତି। ବନ୍ଧୁ ଶଙ୍ଖୋଳିବା ପାଇଁ ବେଳ କାହିଁ ?

କିନ୍ତୁ ମୋର ଶୁଭା ଘରକୁ ଯିବାଟା ଏମିତି ନିୟମିତ ଥିଲା ଯେ ମୋତେ ବାହାର ଲୋକ ଶୁଭାର ତିନିଟି ନାତିନାତୁଣୀଙ୍କ ବୁଢ଼ା ଟ୍ୟୁସନ ମାଷ୍ଟର ଭାବୁଥିବେ। ପିଲାଗୁଡ଼ାକୁ ମଧ୍ୟ ଜେଜେ ମା'ଠୁ ଶୁଣି ମତେ ସାର୍ ସାର୍ ଡାକୁଥିଲେ। ଶୁଭାର ସ୍ୱାମୀ, ତା'ର ଚାକରବାକର, ଏପରିକି ଗାଆଁଗୋରୁ ମଧ୍ୟ ତାଙ୍କ ଭାଷାରେ 'ସାର୍' ଡାକୁଥିଲେ।

ଶୁଭାଘରେ ମୋର ଆକର୍ଷଣ କେଉଁଠି କେନ୍ଦ୍ରିତ ଥିଲା ? ଶୁଭାଠାରେ ତ ଆଦୌ ନୁହେଁ, ତା'ର ଗମ୍ଭୀର ପଦସ୍ଥ ସ୍ୱାମୀଙ୍କର ପ୍ରଶ୍ନ ଢ ଉଠୁନି । ଶୁଭା ଘରର ସୁମିଷ୍ଟ ଖାଦ୍ୟ ବି ନୁହେଁ, କାରଣ ମୁଁ ଶୁଭାଘରେ ନିୟମ କଲାଭଲି କିଛି ଖାଉ ନ ଥିଲି । କେବଳ ଶୁଭାଘରର ଚା'ଟା ପିଉଥିଲି । ଶୁଭାଘରେ ସେମାନେ ସମ୍ଭବତଃ ଗ୍ରୀନ୍ ଲିଫ୍ ଟି ନିଅନ୍ତି । ବାହାର ଲୋକଙ୍କୁ ଡଷ୍ଟ ଟି ଦେଉଥିବେ, ସବୁ ବଡଲୋକିଆଙ୍କ ପରି । ମାତ୍ର ମତେ ଶୁଭାଘରୁ ଘରଲୋକଙ୍କ ଚା' କପେ ମିଳୁଥିଲା । ଚମକ୍କାର ବାସ୍ନା । ଭାଗମାପରେ କ୍ଷୀର ଓ ଚିନି । ମୋ' ପରି ମଧ୍ୟବିତ୍ତମାନଙ୍କ ଘରର ଡଷ୍ଟ ଚା'ରେ କ୍ଷୀର ଓ ଚିନିର ପ୍ରାବଲ୍ୟ ଯୋଗୁଁ ଚା'ଟା ନଷ୍ଟ ହେବାର କେବେ ଦେଖିନି । ସମ୍ଭବତଃ ସେହି ଚା'ଟା ମତେ କ୍ଷୀରଖୁଆ ବାଛୁରୀ ପରି ଅଫିସ୍ ଫେରନ୍ତି ବାଟରେ ଶୁଭା ଘରକୁ ଟାଣି ନେଉଥିଲା । ବେଳେବେଳେ ମୁଁ ମାଗିକରି 'ଆଉ କପେ ଚା' ପିଉଥିଲି । ଶୁଭାର ନାତି-ନାତୁଣୀ ମତେ ଡାକୁଥିଲେ ଚା' ସାର୍ । କିନ୍ତୁ ଚା'ର ଆକର୍ଷଣ ନୁହେଁ, ସମ୍ଭବତଃ ଶୁଭାର ନାତି-ନାତୁଣୀଙ୍କ ଆକର୍ଷଣରେ ମୁଁ ଶୁଭା ଘରକୁ ଯାଉଥିଲି । ମୋ ନାତି-ନାତୁଣୀ ମୋ ପାଖରେ ରହୁ ନ ଥିବାରୁ ମୁଁ ଶୁଭାର ନାତି-ନାତୁଣୀଙ୍କ ପ୍ରତି ଦିନୁଦିନ ଅତ୍ୟଧିକ ସ୍ନେହପ୍ରବଣ ହୋଇପଡୁଥିଲି । ମୋ ଯିବାଟା ଏପରି ନିୟମିତ ଧାରାରେ ପଡ଼ିଯାଇଥିଲା ଯେ ଦିନେ ନ ଯାଇ ପାରିଲେ ଶୁଭା ଜେରା କରୁଥିଲା "କାଲି କେମିତି ଆସିଲେ ନାହିଁ ? ପିଲାଏ ବହୁତ ଖୋଜିଲେ । ଆପଣ କାହିଁକି ଆସିଲେ ନାହିଁ ବୋଲି ମତେ ଜେରା କରି ଅଥୟ କରିପକାଇଲେ । ମୁଁ ଆଠଟା ରାତିଯାଏ ସଞ୍ଜ ଚା' ନ ପିଇ ଆପଣଙ୍କୁ ଅପେକ୍ଷା କରିଥିଲି । କ'ଣ ଅସୁବିଧା ହେଲା ?"

ବାଃ, ଏ ତ ଭଲ ଜବରଦସ୍ତି । ଚା' କପେ ଖୁଆଇ କ'ଣ ମୋର ମୁଣ୍ଡ କିଣି ନେଇଛି । ସତେ ଯେମିତି ମୁଁ ଯ଼ା ଘରେ ବ୍ୟୁସନ୍ କରୁଛି, ସବୁଦିନ ହାଜିରା ପକାଇବାକୁ ବାଧ୍ୟ! ତା'ଛଡ଼ା, ମୁଁ ମୋ ଇଚ୍ଛାରେ ଆସୁଛି, ତା' ଇଚ୍ଛାରେ ନୁହେଁ । ଯେଉଁଦିନ ମନ ନହେବ, ନ ଆସିବି, ଜେରା କରିବାକୁ ଏ କିଏ ?

ଶୁଭା କଥାର ଜବାବ ନ ଦେଇ ମୁଁ କହେ, "ଆଜି ଦୁଇ ତିନି କପ୍ ଚା' ପିଇବାର ଯୋଜନା ଅଛି । ଆଗ ଚା' ତିଆରି ହେଉ, ପିଲାଏ କାହାନ୍ତି ?"

ସବୁ ପୁଣି ସହଜ ହୋଇଉଠେ ଚା'ର ବାସ୍ନାରେ ।

ଧୀରେ ଧୀରେ ମୁଁ ଆବିଷ୍କାର କଲି ଯେ ଚୁପଚାପ୍ ସ୍ୱଭାବର ଢିଅ ଶୁଭା ସ୍ୱାଲୋକଙ୍କ ପରି ଆଜିକାଲି ବହୁତ ଗପୁଛି । ସେ ଗପ ଭିତରେ ଅତୀତ ଜାଜ୍ୱଲ୍ୟମାନ ଏବଂ ବର୍ତ୍ତମାନ ମୁହ୍ୟମାନ ।

ଶୁଭା ଝୁରିହୁଏ ତା'ର ଗାଆଁ, ନଈ, ଆମ୍ବତୋଟା ଏବଂ କେତକୀ ବଣକୁ,

ସାଙ୍ଗସାଥୀ ଓ ସେଇ ସମୟକୁ। କଥାଟା ଆରମ୍ଭ ହୁଏ ଖାଇବା ପ୍ରସଙ୍ଗରୁ। ସହରରେ କିପରି ଆମ୍ବ, ପିଜୁଳି, ପାଚିଲା କଦଳୀ, ଏପରିକି ଜାମୁ, ବରକୋଲି, ଜାମୁରୋଲ, ଗୋଲାପଜାମୁ କିଣିବାକୁ ମିଳିଲେ ବି ବେତକୋଲି ମିଳେ ନାହିଁ। ଏଠି ଯାବତୀୟ ଫୁଲର ବିସ୍ତୃଣୀ ଭିତରେ କେତକୀ, ପାଞ୍ଚଆଙ୍ଗୁଲିଆ, କଉଉକା ନୀଳକଇଁ ଦେଖିବାକୁ ମିଳେ ନାହିଁ। ଏଠି କିପରି ଆକାଶ ଦିଶେ ନାହିଁ ଆକାଶଚୁମ୍ବୀ ପ୍ରାସାଦ ଭିତରେ, ଜହ୍ନ ହଜିଯାଏ ବିଜୁଳିବତିର ଆଲୁଅରେ, ପକ୍ଷୀର କୂଜନ ଶୁଭେ ନାହିଁ ସହରର ଘୋ ଘୋ ଗର୍ଜନରେ, ମାଟିର ମିଠା ବାସ୍ନା ଲୀନ ହୋଇଯାଏ ଧୂଲି ଆଉ ଧୂଆଁର ଦାଉରେ, ମଣିଷ ହଜିଯାଏ ବ୍ୟକ୍ତିସ୍ୱାର୍ଥର ବିକଟତାରେ, ସମ୍ପର୍କ ହଜିଯାଏ ଅଚିହ୍ନାପଣିଆରେ... ଏତେ ପାଖରେ ଥାଇ ମଣିଷ ଭିତରେ ଏତେ ଦୂରତା କେମିତି! କାନ୍ଥକୁ କାନ୍ଥ ଲାଗି ଘର, କିନ୍ତୁ ଏଠି କାନ୍ଥ ମଣିଷଠୁ ବଳୀୟାନ। "ଏଠି ସକାଳ ନାହିଁ, ସଞ୍ଜ ନାହିଁ, ସମୟ ନାହିଁ, ଏଠି ନିରୋଳା ମନ ନାହିଁ। ସାର, ଆପଣ କିଛି କାମ ନଥାଇ ଆମ ପାଇଁ ସମୟ କାଢ଼ି ଆସିପାରୁଛନ୍ତି, ସେଇ ଭାଗ୍ୟ। ଆପଣଙ୍କୁ ଦେଖିଲେ ମୋର ବିଶ୍ୱାସ ହେଉଛି ଯେ ଆମ ଗାଆଁରେ ସେ କେତକୀ ବଣ ମରିଯାଇନି, ନୀଳକଇଁ ଫୁଟୁଛି ଆମ ଗାଆଁ ଗଡ଼ିଆରେ, ଚାଲରୁ ଚାଲ ଧୂଆଁ ମିଶିଯାଉଛି, ତରକାରି ଦିଆନିଆ ଚାଲିଛି, ସମସ୍ତଙ୍କର ସମସ୍ତଙ୍କ ପାଇଁ ସମୟ ଅଛି। ବହୁତ ଦିନ ହେଲା ମୁଁ ଗାଆଁକୁ ଯାଇନି। କିଏ ଅଛି କି ଆଉ ଗାଆଁରେ। ଆମର ତ ସମସ୍ତେ ଭିନ୍ନ ଭିନ୍ନ ସହରରେ, ଶୁଣୁଛି ଗାଆଁ ବୁଢ଼ା ହୋଇଯାଇଛି। ସେଠି ଖାଲି ରୋଗ, ଦାରିଦ୍ର୍ୟ, ନିରୁପାୟ ବୁଢ଼ାବୁଢ଼ୀ। ସାର, ଆପଣ ଏବେ ଗାଆଁକୁ ଯାଉଛନ୍ତି ?" ମୁଁ ଶୁଭାକୁ ବିସ୍ମିତ ହୋଇ ଚାହେଁ। ଏଇ ବୟସ୍କା ରମଣୀଟି ସହରରେ ମେଦ ଓ ବାର୍ଦ୍ଧକ୍ୟ ବ୍ୟତୀତ ସମ୍ଭବତଃ ଆଉ କିଛି ପାଇନାହିଁ। ଆଜି ମଧ୍ୟ ସେ କେତକୀ ବଣକୁ ଝୁରୁଛି। ମନେପଡ଼ିଲା, ମୁଁ ପ୍ରାୟ କେତକୀ ଫୁଲ ନେଇ ଶୁଭାକୁ ଦେଉଥିଲି, ତା' ଜେଜେ ମା'ଙ୍କର କେତକୀ ଖଇର ପାଇଁ। କେତକୀ ଫୁଲ ତୋଲିବାରେ ମୁଁ ଧୁରନ୍ଧର ଥିଲି। ମୋ'ଠାରୁ କେତକୀ ଫୁଲ ନେବାବେଳେ ଶୁଭା ଥରେ କହିଥିଲା, "କେତକୀ ଖଇରର ବାସ୍ନାଠାରୁ କେତକୀ ଫୁଲର ବାସ୍ନା ଢେର ଭଲ। ଅକାରଣରେ ଜେଜେ ମା' ଖଇର ପାଇଁ ଫୁଲଗୁଡ଼ା ଚିରି ନଷ୍ଟ କରିଦିଏ।"

ଏତେ ପ୍ରାଚୁର୍ଯ୍ୟ ଓ ପରିପୂର୍ଣ୍ଣତା ଭିତରେ କ'ଣ ଶୁଭାର ଅଭାବ! ଶୁଭା ଭଳି ମୋଟାବୁଦ୍ଧିଆ ସ୍ତ୍ରୀଲୋକର ସ୍ଥୂଲ ଦୃଷ୍ଟିରେ ଅଭାବ ଆଖିରେ ପଡ଼ୁନାହିଁ। ଏଇ ପ୍ରଥୁଲ ଶରୀର ଓ ସ୍ଥୂଲ ଚିନ୍ତାରେ ଉବୁଟୁବୁ ନାରୀଟିର କ'ଣ ସୃଷ୍ଟାତିସୂକ୍ଷ୍ମ ଅଭବାଟିଏ କେଉଁଠି ସଂଗୋପନରେ ଜିଇଁ ରହିଛି, ଅତୀତରୁ ଏଯାଏ ? ଅସମ୍ଭବ- ଶୁଭାର ଦୈନନ୍ଦିନ ଜୀବନକୁ ଅନୁଧ୍ୟାନ କଲେ ତା' ଭିତରେ କିଛି ସୂକ୍ଷ୍ମ ଭାବନା ଅଛି ବୋଲି ବିଶ୍ୱାସ

ହୁଏନାହିଁ । ଶୁଭାର କଥା ଶୁଣିଲେ, ଯେ କେହି ବାହାର ଲୋକ ଭାବିବ ଯେ ଶୁଭା ସେମିତି ଗାଉଁଲି ହୋଇ ରହିଯାଇଛି ।

ମୁଁ ଆଉ ଶୁଭାଘରକୁ ଯାଉନାହିଁ । ଆଉ ଯିବିନାହିଁ ବୋଲି ସ୍ଥିର କରିଛି । ଆଉ ଶୁଭାର ସାମ୍ନାସାମ୍ନି ନ ହେବା ହିଁ ଭଲ । ଶୁଭାର ନାତିନାତୁଣୀଙ୍କର ଉଚ୍ଚଳା ସ୍ୱର "ଏଇ ଚା' ସାର୍ ଆସିଗଲେ" ଓ ଶୁଭା ଘରର ଚା' ବାସ୍ନାଟା ବେଲେବେଲେ ମନେପଡ଼େ । ଆମ ଘର ଚା'ରେ ଚା' ବାସ୍ନା ନ ଥାଏ, ଆମ ଘରେ ବିଦେଶିଆ ନାତି-ନାତୁଣୀଙ୍କର ରୋଲା ଶୁଭେ ନାହିଁ । ତେଣୁ ମନଟା ବେଲେବେଲେ ଶୁଭା ଘରଆଡ଼େ ପାଦକୁ ଟାଣିନିଏ, କିନ୍ତୁ ବିବେକ ଓ ବିଚାର ମୋ ପାଦକୁ ଫେରାଇ ଆଣେ । ସେଦିନ ଘୋର ବର୍ଷାବେଲେ ଶୁଭା ହାତର ଚା' ବାସ୍ନାଟା ମନଭରି ଆଘ୍ରାଣ କରୁ କରୁ ଯେଉଁ ଅଭାବିତ ଘଟଣାଟି ଘଟିଥିଲା, ତା'ପରେ ମୋର ଆଉ କ'ଣ ଶୁଭା ଘରକୁ ଯିବା ଉଚିତ ହେବ ? ଲାଭ ବା କ'ଣ । ଅବଶ୍ୟ ଯେଉଁ ଘଟଣାଟି ସହସା ଘଟିଗଲା, ସେକଥା ଅନ୍ୟ କେହି ଜାଣନ୍ତି ନାହିଁ, ଭବିଷ୍ୟତରେ ବି ଜାଣିବାର ସମ୍ଭାବନା ନାହିଁ । ଶୁଭାର ସ୍ୱାମୀ, ତା'ର ପଦସ୍ଥ, ପ୍ରତିଷ୍ଠିତ ପୁଅ, ଝିଅ-ଜ୍ୱାଇଁ, ବୋହୂ, କେହି ସେ ଘଟଣାର ଟେର୍ ପାଇବେ ନାହିଁ । ଭବିଷ୍ୟତରେ ମଧ ଆଉ ସେ ଘଟଣା ଘଟିବ ନାହିଁ । ସେ ଘଟଣା ପରେ ଆଉ କ'ଣ ବାକି ରହିଲା ଯେ ଆଉ ଘଟିବ ? ଘଟଣାଟି ତ ସମ୍ପୂର୍ଣ୍ଣ ଘଟିଗଲା । ଢ଼ଡ଼ିଗଲା ପାଣିକୁ ଆଉ କ'ଣ ଫେରାଇହୁଏ ? କେହି ନ ଜାଣନ୍ତୁ, ମୁଁ ତ ଜାଣେ, ଶୁଭା ତ ଜାଣେ, ଆମ ଦିହିଙ୍କର ମନ, ହୃଦୟ, ବିବେକ ଓ ବିଚାର ତ ଜାଣେ । ତା'ପରେ ମୁଁ ଭଦ୍ରଲୋକଙ୍କ ଭଲି, କିଛି ନ ଜାଣିବା ଭଲି, ଶୁଭାର ନିରୁତା ବୁଢ଼ା ଟ୍ୟୁସନ ମାସ୍ତ ଭଲି ତା' ଘରେ ଜମେଇ ବସି ସୁଡୁ ସୁଡୁ ଚା' ଶୋଷାଡ଼ିବାଟା ଅପରାଧ ଭଲି ହେବନି ? ଶୁଭାର ସ୍ୱାମୀଙ୍କ ସହ କ୍ୱଚିତ୍ ଦେଖାହୁଏ, ସେ ଦେଖାଟା ଏପରି ସଂକ୍ଷିପ୍ତ ଓ ଉପରଠାଉରିଆ ଯେ ଆମେ ଦୁହେଁ ଦୁହିଁଙ୍କ ଚନ୍ଦାମୁଣ୍ଡ ଦେଖୁ, ପାକଲ ମୁହଁ ବି ଦେଖୁ, ମାତ୍ର ଆଖିରେ ଆଖି ମିଶେନି । ବିନା କାରଣରେ ବାଟ କାଟି ଚାଲିଯିବା ପରି ଆମ ଦୁହିଁଙ୍କର ଦୃଷ୍ଟି । କିନ୍ତୁ ଶୁଭା ଆଖିରେ ମୋ ଆଖିତ ମିଶିବ ! ଦୁହିଁଙ୍କର ମୋଟା ଚଷମା ତଲୁ ଆଖି ଅସ୍ପଷ୍ଟ ହୋଇଯାଇପାରେ, ଦୃଷ୍ଟି ତ ଅସ୍ପଷ୍ଟ ହେବନି । ମୁଁ କ'ଣ ଆଉ ଶୁଭାକୁ ଆଗଭଲି ଚାହିଁପାରିବି ? ଶୁଭା ମଧ ! ହେ ଭଗବାନ, ମଶାଣିକୁ ପାଦ ବଢ଼ାଇବା ବୟସରେ ଏଭଲି ଅଘଟଣ ଘଟେ କାହିଁକି ?

ସେଦିନ ସେ ଘଟଣାଟି ଆକସ୍ମିକ ଘଟିଯିବା ଯୋଗୁଁ ଆମ ଜୀବନ କ'ଣ ବଦଲିଗଲା ନା ବଦଲି ପାରିବ ? ସେ ଘଟଣାଟି ନ ଘଟିଥିଲେ, ଆମ ଜୀବନରେ କ'ଣ କିଛି ଅପୂରା ରହିଯାଇଥା'ନ୍ତା ? ସମ୍ଭବତଃ ସେ ଘଟଣା ବିନା ଜୀବନର ଏକ

ବିଶେଷ ଉପଲବ୍ଧ ଅପୂରା ରହିଯାଇଥା'ନ୍ତା କି କ'ଣ ? ତା' ବୋଲି ଏ ବୟସରେ ସେ ଘଟଣା କ'ଣ ଘଟିବା ଶୋଭନୀୟ ? ସେଇ ଘଟଣାକୁ କ'ଣ ରୋକାଯାଇ ପାରି ନଥା'ନ୍ତା ? କିଏ ରୋକିଥାନ୍ତା, ଶୁଭା ନା ମୁଁ ? ସେ ଘଟଣା ପାଇଁ ଦାୟୀ କିଏ, ଶୁଭା ନା ମୁଁ ? ଅବଶ୍ୟ ଘଟଣାଟା ଶୁଭା ଆଡୁ ଘଟିଛି । କିନ୍ତୁ ମୋ'ଠାରୁ ଭରସା ନ ପାଇଥିଲେ କ'ଣ ଶୁଭା ଭଳି ଅକ୍କକେ ସନ୍ତୁଷ୍ଟ ମୋଟାବୁଦ୍ଧିଆ, ବୟସ୍କା ରମଣୀଟିଏ ଏଭଳି ଏକ ଅଭାବିତ ଘଟଣା ଘଟାଇଥା'ନ୍ତା । ଶୁଭା ଯେ ମୋଟାବୁଦ୍ଧିଆ ନୁହେଁ, ଶୁଭାର ପୃଥୁଳ ଶରୀର ଭିତରେ ସୂକ୍ଷ୍ମ ଭାବବୋଧ ଯେ ମନ୍ଦ୍ର ମଧୁର ଧ୍ବନି ତୋଳି ଗୁଞ୍ଜରିତ, ଆଜି ଏକଥା ମୋ ଛଡ଼ା ଆଉ କେହି ଜାଣନ୍ତି ନାହିଁ, ଏପରିକି ଶୁଭାର ଉଚ୍ଚପଦସ୍ଥ ସ୍ବାମୀ ମଧ୍ୟ ନୁହନ୍ତି, ଯିଏ ଗତ ବତିଶ ବର୍ଷ ଧରି ଶୁଭା ସହ ଗୋଟିଏ ଘରେ ରହୁଛନ୍ତି, ଗୋଟିଏ ଶଯ୍ୟାରେ ଶୋଉଛନ୍ତି ।

ମଣିଷ ମନ ହେଉଛି ଗୋଟାଏ କେତକୀ ବଣ । ସେଠି ପହଞ୍ଚିବା କଷ୍ଟ—କେତେ କଣ୍ଟାଝାଙ୍କ, ତୀକ୍ଷ୍ଣ ଧାର ସେଠି ପହଞ୍ଚିବା ପାଇଁ । କିନ୍ତୁ କେତକୀର ନିରୁତା ବାସ କ'ଣ ଅଛପା ରହେ ! କାହିଁକି ବା କେତକୀ ଡାକି ବଜେଇ କହିବ ଯେ ମୁଁ ବାସ ମହମହ, ମତେ ଆଘ୍ରାଣ କର !

ସେ ଘଟଣା ପରେ ମୋର ଧାରଣା ଦୃଢ଼ୀଭୂତ ହୋଇଛି ଯେ ସଂସାରର କୌଣସି ଝିଅ ଅକ୍କକେ ସନ୍ତୁଷ୍ଟ ନୁହେଁ ବା କୌଣସି ଝିଅ ବୟସ୍କା ହୁଏନାହିଁ । ଝିଅମାନଙ୍କ ସମ୍ପର୍କରେ ମୋର ବଦ୍ଧମୂଳ ଧାରଣାକୁ ଶୁଭା ଗୋଟିଏ ମୁହୂର୍ତ୍ତରେ ଚହଲାଇ ଦେଇଛି । କେବଳ ସେତିକି ନୁହେଁ; ଶୁଭା ମୋ ନିଜ ସମ୍ପର୍କରେ ମୋର ଦମ୍ଭୋକ୍ତି ଓ ଦୃଢ଼ ଧାରଣାକୁ ବି ଚହଲାଇ ଦେଇଛି । ଆମେ ଦୁହେଁ ବୁଢ଼ାବୁଢ଼ୀ ନୋହୁଁ, ଏକଥା ପ୍ରମାଣ କରିଦେଇଛି ଶୁଭା । ବୁଢ଼ାବୁଢ଼ୀ ହେଉଛି ଉପର ଖୋଲପା– ଖୋଲପା ଛଡ଼ାଇଦେଲେ ଭରପୂର ରସ । ଘଟଣାଟି ପାଇଁ ଶୁଭାକୁ ମୁଁ ଦୋଷ ଦେଉନାହିଁ । ଦୋଷ ଦେଉଛି ଏତିକି ଯେ ଯେଉଁ ଘଟଣାଟି ବତିଶ ବର୍ଷ ତଳେ ଘଟିବାର ଥିଲା, ତାକୁ ଆଜି ଘଟାଇବା ଦ୍ବାରା କି ଲାଭ ହେଲା କାହାର ? ଅବଶେଷରେ ଏତିକି ହେଲା ଯେ ଶୁଭାଘରର ରାସ୍ତା ମୋ ପାଇଁ ବନ୍ଦ ହୋଇଗଲା । ଶୁଭା ମତେ ଘର ବନ୍ଦ କରିନାହିଁ, କିନ୍ତୁ ଶୁଭା ନିଶ୍ଚୟ ଚାହୁଁଥିବ ଯେ ସେ ଘଟଣା ପରେ ମୁଁ ଆଉ ତା' ଘରକୁ ନଯାଏ । ତା' ସହ କିଛି ନ ଜାଣିବା ଭଳି ଦୁଃଖ ସୁଖ ନ ହୁଏ । ମୁଁ ଜାଣେ, ମୁଁ ଯଦି ଏବେ ଯାଏ, ଶୁଭା ମୋ ସହ ପୂର୍ବଭଳି ସ୍ବଚ୍ଛନ୍ଦ ହୋଇପାରିବ ନାହିଁ । ମୁଁ ଆଉ ଆଗଭଳି ଖୋଲାହୋଇ ଦୁଃଖସୁଖ ହୋଇପାରିବି ନାହିଁ ।

ଯାହାକିଛି ସେଦିନ ସଞ୍ଜରେ ଘଟିଗଲା, ସମ୍ଭବତଃ ସେଇ ହୃଦୟଭଙ୍ଗା ବର୍ଷା

ହିଁ ସେଥିପାଇଁ ଦାୟୀ। ଘରେ କେହି ନ ଥିଲେ। ନାତିନାତୁଣୀ ଯାଇଥିଲେ ମାମୁଘର। ଏତେବଡ଼ ଘରଟା ଲାଗୁଥିଲା, ଖରାଛୁଟିର ସ୍କୁଲଘର ପରି ନିଛାଟିଆ, ଖାଁ ଖାଁ। ସେତିକିବେଳକୁ ମାଡ଼ିଆସିଲା ଘୋର ବର୍ଷା। ନିଆଁନାଗୀ ବର୍ଷାଟା ଠିକ୍‌ ବତିଶ ବର୍ଷ ତଳର ବର୍ଷା ଭଳି ଦୂର ଦୂର ବର୍ଷୁଥିଲା। ନଈକୂଳ ଲଂଘି, ଫସଲ ଉଜୁଡ଼ିଗଲେ, ଘରଦ୍ୱାର ଭାସିଗଲେ, ବର୍ଷାର କ'ଣ ଖାତିର ଥାଏ! ଏମିତି ଏକ ଦୂର ଦୂର ବର୍ଷାରେ କୋଡ଼ିଏ ବୟସୀ ଶୁଭା ତା ବାହାଘର କଥା ନିର୍ଲିପ୍ତ ସ୍ୱରରେ ଘୋଷଣା କରିଥିଲା। ଘୋଷଣା କରିଥିଲା ଯେ ଟ୍ୟୁସନ ବନ୍ଦ ହୋଇଗଲା ବୋଲି ତା'ର ମନ ଦୁଃଖ। ଅନୁରୋଧ କରିଥିଲା ତା' ଘରକୁ ଆସିବା ପାଇଁ। ବାହାହୋଇ ଯାଉଥିବା ସବୁ ଝିଅଙ୍କ ମୁହଁଠୁ ତା' ମୁହଁ ସ୍ମୃତାଏ ବି ଭିନ୍ନ ଦିଶୁ ନଥିଲା। ଗରିବ, ଟୋକା ଟ୍ୟୁସନ୍‌ ସାରଙ୍କର ଟ୍ୟୁସନ ବନ୍ଦ ହୋଇଯିବ, ଡାକୁ ଚା' ଜଳଖିଆ ମିଳିବ ନାହିଁ, ବି.ଏ. ପଢ଼ିବାର ସ୍ୱପ୍ନ ସଫଳ ହେବ ନାହିଁ, ଏଇ ଭାବନାରେ ସେଦିନ ଶୁଭା ନାମ୍ନୀ ସରଳା ତରୁଣୀଟିର ମୁହଁ କରୁଣାରେ ସଜଳ ଦିଶୁଥିଲା। ଆଜି ଯେତେବେଳେ ଦୂର ଦୂର ନିରୋଳା ବର୍ଷାକୁ ଉପଭୋଗ କରିବାପାଇଁ ଗରମ ଗରମ ଛେନା ପକୁଡ଼ି ଛାଣି ମୋ ସାମ୍ନାରେ ଥୋଇଲା ଶୁଭା ଏବଂ ମୁଁ ରୋକ୍‌ଠୋକ୍‌ କହିଦେଲି, "ଛଣାଛଣି ଖାଇବା ପାଇଁ ମତେ କଡ଼ାକଡ଼ି ମନା, ସେଦିନ ଭଳି ମୋ' ରକ୍ତ ଆଉ ପାଣିଚିଆ ନୁହେଁ 'ଭାରି ବହଳ ଗାଢ଼'"– ଶୁଭାର ମୁହଁରେ 'ଆହା ବଢ଼ା ହୋଇଥିବା ଥାଲି ମଧ ଖାଇବା ଏ ଲୋକଟାର ଭାଗ୍ୟରେ ଲେଖା ନାହିଁ?'ର ବ୍ୟଥା ଲେଖିହୋଇଗଲା। ବାସ୍‌, ଏତିକି ମାତ୍ର ବ୍ୟଥା? ଏତେ ସ୍ତୁଳ ସେଇ ବ୍ୟଥାର ସ୍ୱରୂପ! ଯଦି ଏକଥା ସତ, ତେବେ ସହସା ଶୁଭା ଏଭଳି ଏକ କାଣ୍ଡ କରିବସିଲା। କାହିଁକି?

ଶୁଭା ପକୁଡ଼ି ପ୍ଲେଟ୍‌ଟାକୁ ଫେରାଇ ନେବାବେଳେ ଆଖି ଛଳଛଳ କରିପକାଇଲା ଭଳି ମୋର ମନେହେଲା। ସମ୍ଭବତଃ ଲୁହ ନୁହେଁ, ବର୍ଷାଛିଟା। ଶୁଭା ବିନା ଚିନିର ଚା' କପ୍‌ ଧରି ମୋ ପାଖକୁ ଆସିବାବେଳକୁ ତା'ର କପାଳ ଓ ମୁହଁରେ ବୟସର କଳାମନ୍ଦା ଉପରେ ବିନ୍ଦୁ ବିନ୍ଦୁ ସ୍ୱେଦବିନ୍ଦୁ– ସମ୍ଭବତଃ ନିଆଁଧାସ।

ଗୋଟାଏ ଚଡ଼ଚଡ଼ି କେଉଁଠି ପଡ଼ିଲା। ୫କ଼ା ସେପଟେ ଭରା କଦଳୀ କାନ୍ଦି ଏତେ ଦିନ ବହିଥିବା ମୋଟା କଦଳୀ ଗଛଟା ଭାଙ୍ଗି ପଡ଼ିଲା।

ଓଃ ଶୁଭା ଏପରି କାହିଁକି କରିବସିଲା?

ଶୁଭା କ'ଣ ଭାବିଥିଲା ମୁଁ ଗୋଟାଏ ମୂର୍ଖ, ପେଟ–କାବୁରା, ନିର୍ବୋଧ ଥିଲି ସେତେବେଳେ!

ସବୁକଥା କ'ଣ ମୁହଁ ଖୋଲି କୁହାଯାଏ?

ଜୀବନରେ ଯେତେକଥା କୁହାଯାଏ, ତାଠୁଁ ବେଶୀ କଥା ଅକୁହା ରହିଯାଏ ବୋଲି କ'ଣ ଶୁଭା ଜାଣି ନଥିଲା ? କୁହାକଥା ନିଜକୁ ଠିକ୍ ଭାବରେ ପ୍ରକାଶ କରିବାରେ ଅକ୍ଷମ ହୋଇପାରେ; କିନ୍ତୁ ଅକୁହାକଥା ଯେ ମନର ସୂକ୍ଷ୍ମତମ ଭାବନାକୁ ପ୍ରକାଶ କରିବାପାଇଁ ସବୁଠୁ ଶକ୍ତିଶାଳୀ, ଏକଥା ଆଜିପର୍ଯ୍ୟନ୍ତ ଏତେବଡ଼ ଜୁଆରକୁ ଛାତିରେ ଚାପି ରଖିଥିବା ସତ୍ତ୍ୱେ ଶୁଭା କ'ଣ ବୁଝିପାରିଲା ନାହିଁ ! ନିମିଷକେ କେତକୀ ପାଖୁଡ଼ାରେ ଲେଖା ଗୋପନ ପଙ୍କ୍ତିକୁ ଖିନ୍‌ଭିନ୍ କରିଦେଲା ।

ଶୁଭା ମୋ ହାତକୁ ଚା' କପ୍‌ଟା ବଢ଼ାଇ ଦେଉ ଦେଉ ସହସା କହିଦେଲା, "ସାର୍, ଆପଣ ସେତେବେଳେ ସେଇ କଥାଟା ଖୋଲି କହିଲେ ନାହିଁ କାହିଁକି ? ମୁଁ ଝିଅଟାଏ ବା କେମିତି ମନ ଖୋଲି କହିଥା'ନ୍ତି...।"

ଦୂର ଦୂର ବର୍ଷାମାଡ଼ ଖାଇ ମୁଁ ସେତିକି କଥାରେ ଶୁଭାଘରୁ ବାହାରି ଆସିଥିଲି । ତୋରି ପ୍ରଶ୍ନଟା ଟ୍ୟୁସନ୍ ମାଷ୍ଟର ହୋଇ ମୁଁ କ'ଣ ତାକୁ ପଚାରି ପାରନ୍ତି !

"ବର୍ଷାଟାରେ ଯାଆନ୍ତୁ ନାହିଁ, ଭିଜିଯିବେ" କହି ଶୁଭା ମତେ ଅଟକାଇ ନ ଥିଲା । କାରଣ ସେତେବେଳକୁ ମୁଁ ସମ୍ପୂର୍ଣ୍ଣ ଭିଜି ସାରିଥିଲି ।

www.ingramcontent.com/pod-product-compliance
Lightning Source LLC
Chambersburg PA
CBHW031617100726

47898CB00006B/1824